일제강점 초기
일본어 민간신문 문예물 목록집

3

부산 및 기타지역 편

일본학 총서 38
일제강점 초기 한반도 간행 일본어 민간신문의 문예물 연구 3

일제강점 초기
일본어 민간신문 문예물 목록집

3

부산 및 기타지역 편

고려대학교 글로벌일본연구원
일제강점 초기 한반도 간행 일본어 민간신문의 문예물 연구 사업팀

보고사
BOGOSA

간행사

이 『일제강점 초기 일본어 민간신문 문예물 목록집』(전3권)은 1876년 강화도 조약 체결 이후 부터 1920년 12월 31일까지 한반도에서 발행한 일본어 민간신문 중 현재 실물이 확인되는 20종의 일본어 민간신문에 게재된 문예물을 신문별로 목록화한 것이다. 이 목록집은 2016년 부터 2019년까지 한국연구재단의 일반공동연구 과제의 지원을 받아 수행한 연구 성과를 담은 결과물이다.

강화도 조약 체결 이후 수많은 일본인들이 한반도로 건너와 이주하였고 그들은 정보 교환과 자신들의 권익 주장을 목적으로 한반도 내 개항 거류지를 비롯해서 각 지역에서 일본어 민간신 문을 발행하였다. 이들 민간신문은 당국의 식민정책을 위에서 아래로 전달하기 위해서 발행한 『경성일보(京城日報)』나 『매일신보(每日申報)』와 같은 통감부나 조선총독부의 기관지와는 달리 실제 조선에서 생활하던 재조일본인들이 자신들의 필요에 의해서 창간한 신문들이었다. 예를 들어 조선총독부의 온건한 식민지 정책에 만족하지 못하여 강경파 정치단체의 도움을 받아 신문 창간에 이른 경우도 있으나 대부분 실업에 종사한 재조일본인들이 자신들의 정보 교환, 권인 주장, 오락 제공 등의 필요와 이익을 위해서 신문 창간에 이르렀다. 이렇듯 자신들의 권익을 위해서 창간된 일본어 민간신문은 재조일본인들의 정치·경제·문화 활동, 생활 상황, 일본 혹은 조선에 대한 그들의 인식을 여실히 보여주고 있고 지역 신문의 성격이 강했기 때문 에 일본인을 중심으로 한 그 지역 사회의 동향을 살필 수 있는 중요한 자료라 할 수 있다.

이렇듯 일제강점기에 한반도에서 발행된 일본어 민간신문은 식민지의 실상을 파악할 수 있는 중요한 사료라 할 수 있지만 신문들이 산재해 있고 보존 상태가 열악하여 연구 축적이 많이 이루어지지 않은 것이 실상이다. 따라서 본 〈일제강점 초기 한반도 간행 일본어 민간신문 의 문예물 연구〉 사업팀은 현존하는 일본어 민간신문의 조사, 발굴, 수집에 힘을 썼고, 목록집 작성을 위해서 한국교회사문헌연구원과 한국통계서적센터에서 간행한 일본어 민간신문의 영 인본, 한국사데이터베이스에서 제공하고 있는 디지털 원문, 일본 국립국회도서관과 일본 도쿄 대학(東京大學)의 메이지신문잡지문고(明治新聞雜誌文庫)가 소장하고 있는 마이크로필름 등을 활용하였다.

이 목록집은 1920년 이전까지의 일본어 민간신문으로 목록화 대상 시기를 한정하고 있는데 이는 제한적인 사업 기간 내에 내실 있는 연구 수행을 위한 현실적인 실현 가능성을 고려한 점도 있으나 그보다는 기존의 식민지기 일본어문학·문화 연구의 시기적 불균형 현상을 보완하기 위해서 대상 시기를 일제강점 초기로 집중하였다. 2000년대 이후 한국에서는 일제강점기 재조일본인 연구 및 재조일본인 문학, 한국인 작가의 이중언어문학 작품의 발굴과 분석 등에 관한 연구가 활발히 이루어졌는데 이들 연구는 주로 총독부가 통치정책을 문화정책으로 전환하여 조선 내 언론·문화·문학 등이 다양한 양상을 보이기 시작한 1920년대 이후, 또는 중일전쟁 이후 국민문학, 친일문학이 문학과 문화계를 점철한 1937년 이후부터 해방 이전까지의 연구들이 주를 이루고 있다. 때문에 상대적으로 강화도 조약 이후부터 1920년까지 한반도 내 일본어문학·문화에 대한 연구는 많지 않으며, 또한 일제강점기 초기의 일본어 문학·문화 연구의 경우도 단행본, 잡지 혹은 총독부 기관지 연구에 편중되어 있다. 따라서 본 목록집의 간행을 통해 현재 특정 매체와 시기에 집중되어 있는 식민지기 일본어문학·문화 연구의 불균형 현상을 해소하는데 일조할 수 있을 것이라 기대하고 있다.

이 『일제강점 초기 일본어 민간신문 문예물 목록집』은 1876년부터 1920년까지 한반도에서 발행한 일본어 민간신문의 기사 중에서도 운문, 산문, 수필, 희곡 등의 문예물에 관한 정보를 목록화 한 것이다. 이들 일본어 민간신문에 게재된 문예물들은 일본 본토에 거주하던 일본인 작가의 작품이나 기고문도 다수 있으나 대부분이 한반도에 거주하던 기자, 작가, 일반 재조일본인의 창작물들이 다수이다. 이들 신문 문예물을 통해서 일본어문학·문예의 한반도로의 유입과 그 과정에 작용하고 있는 제반 상황 등을 통해서 일본어문학·문예의 이동, 변용, 정착 등 과경(跨境) 현상을 파악할 수 있는 토대 자료가 될 것이다. 신문의 문예물이란 기본적으로 불특정 다수의 독자들에게 읽는 즐거움을 제공하여 신문 구독을 유도하고 연재소설을 통해서 신문 구독을 유지하기 위한 역할을 하고 있다. 일본어 민간신문의 독자들을 한반도에 거주한 재조일본인들이고 이들 민간신문의 문예물을 통해서 그들의 리터러시 정도와 문예에 대한 인식, 선호 등 문예물 수용자, 독자에 관한 고찰과 함께 신문 미디어의 역학이 식민지 상황에서 어떻게 작용하였는지도 파악할 수 있을 것으로 기대한다.

『일제강점 초기 일본어 민간신문 문예물 목록집』은 총 3권으로 구성하였고 지역별로 나누어 분권하였다. 제1권은 경성에서 발행한 『대한일보(大韓日報)』, 『대동신보(大東新報)』, 『경성신보(京城新報)』, 『경성약보(京城藥報)』, 『용산일지출신문(龍山日之出新聞)』, 『법정신문(法廷新聞)』, 『경성일일신문(京城日日新聞)』과 인천에서 발행한 『조선신보(朝鮮新報)』, 『조선신문(朝鮮新聞)』의 문예물 목록을, 제2권은 1권에 이어 인천에서 발행한 『조선신문』, 『조선일일신문(朝鮮日日新

聞)』의 문예물 목록을, 제3권은 부산에서 발행한 『조선신보(朝鮮新報)』, 『조선시보(朝鮮時報)』, 『조선일보(朝鮮日報)』, 『부산일보(釜山日報)』와 대구에서 발행한 『조선(朝鮮)』과 평양에서 발행한 『평양신보(平壤新報)』, 『평양일일신문(平壤日日新聞)』 그리고 신의주에서 발행한 『평안일보(平安日報)』의 문예물 목록을 수록하였다. 제3권 권말에는 각 신문에 대한 해제를 수록하였다. 이들 민간신문사들은 1941년의 '일도일지 정책(一道一紙政策)' 이전에도 열악한 재정 상태 등의 이유로 발행주가 자주 바뀌었고 그때마다 제호를 변경하는 경우도 다수 있어 해제에서 신문 제호 변경 경위와 창간 배경, 성향 등을 정리하였다.

이 목록집의 체재는 각 신문에서 발췌한 문예물들의 발행 날짜, 게재면, 게재단, 작품명, 작가 이름, 역자 이름과 같은 기본 정보를 표기하고, 장르는 대분류와 하위분류로 나누어 기재하는 방식으로 구축하였다. 작품명은 한국어역을 병기하였으나 작가나 역자 등의 인명은 대부분 필명이거나 현재 인물정보가 파악되지 않는 아마추어 작가, 기자, 일반인의 경우가 많아 정확하지 않은 음독으로 인한 오류를 회피하기 위해서 신문에 기재된 원문만 표기하였다. 또한 일제강점 초기 민간신문에는 사소한 오기, 오식, 연재물의 횟수 오류 등을 산견할 수 있는데 이러한 오류를 비고란에서 정정하였다.

이 목록집이 기존의 '한국문학·문화사', '일본문학·문화사'의 사각지대에 있던 일제강점기 일본어문학 연구의 공백을 채우고 불균형한 연구 동향을 보완해서 일제강점기 일본어문학의 전체상을 파악하기 위한 종합적이고 체계적인 연구의 초석이 될 것이라 믿는다. 또한 이 목록집이 앞으로 일본과 한반도 사이에서 일어난 사람·제도·문화의 교류 양상을 정확하게 파악하고 규명한 연구의 활성화에 기여할 수 있기를 바란다.

마지막으로 이 『일제강점 초기 일본어 민간신문 문예물 목록집』이 한국에서 처음으로 간행될 수 있도록 지원해 준 한국연구재단의 일반공동연구지원사업단에 감사의 뜻을 전한다. 그리고 본 연구팀이 무사히 연구를 수행할 수 있도록 많은 편의를 봐주신 고려대학교 글로벌일본연구원의 서승원 전 원장님과 정병호 원장님께 감사의 말씀을 전한다. 그리고 한 글자 한 글자 판독하기 어려운 옛 신문을 상대로 사업기간 내내 고군분투하며 애써주신 본 연구팀의 이현희, 김보현, 이윤지, 김인아 연구교수님들, 많은 힘이 되어주시고 사업 수행을 끝까지 함께 해주신 김효순, 이승신 공동연구원 선생님들, 그리고 항상 든든한 연구보조원 소리마치 마스미 씨에게도 진심으로 감사의 뜻을 표하고 싶다. 그리고 이 목록집 간행을 맡아 주신 보고사와 꼼꼼하게 편집해주신 박현정 부장님과 황효은 과장님께도 감사의 말씀을 전하는 바이다.

2020년 4월
유재진

일러두기

1. 본 목록집은 일제강점 초기에 한반도에서 발간되었던 20종의 일본어 민간신문에 연재 및 게재된 문학작품 목록을 수록하였다. 이 중 한국어 특집호에 게재된 작품은 제외하고 일본어 작품만 정리한다.

2. 본 목록집에 수록된 신문의 배열은 발행지를 기준으로 경성, 인천, 부산 그 외의 지역 순서로 하여 제1권 〈경성·인천 편〉, 제2권 〈인천 편〉, 제3권 〈부산 및 기타지역 편〉으로 나누었다. 각 권에 수록한 신문의 순서는 발간일자 순으로 정리한다.

3. 본 목록집에 수록된 문학작품의 장르는 다음과 같으며, 대분류와 하위분류로 나누어서 표기한다.

   (1) 산문의 대분류는 소설, 수필, 고단(講談), 민속, 라쿠고(落語)이다.
      ① 소설의 하위분류는 일본소설, 고전소설, 동화, 한국고전, 번역소설 등이 있다.
      ② 수필의 하위분류는 서간, 평판기, 평론, 기행, 일상, 일기, 비평, 일반, 관찰, 기타 등이 있다.
      ③ 민속의 하위분류에는 민요(조선)가 있다.
      ④ 고단과 라쿠고의 하위분류는 없다.
   (2) 운문의 대분류는 시가(詩歌)이다.
      ① 하위분류로 단카(短歌), 교카(狂歌), 속곡(俗曲), 도도이쓰(都々逸), 신체시(新體詩), 하이쿠(俳句), 한시, 센류(川柳), 나니와부시(浪花節), 민요, 랏파부시(ラッパ節), 사노사부시(サノサ節), 하우타(端唄), 기타 등이 있다.
   (3) 광고의 대분류는 광고이다.
      ① 하위분류로 연재예고, 원고모집, 신간발매, 휴재 안내, 모임 안내 등이 있다.

4. 표기법

   (1) 본 목록집의 한자는 원문대로 표기한다.
   (2) 원문의 오류는 그대로 표기하고, 오류임을 명기한다.
   (3) 외래어 표기는 국립국어원의 표기법에 준한다.

5. 본 목록집의 분류 항목은 다음과 같다.

   (1) 작품 목록은 날짜별로 구분하여 수록하였으며, 동일 날짜에 특별호, 지역판, 부록 등이 있는 경우에는 별도로 나누어서 수록한다.

   (2) 신문의 발행 연월일, 요일, 호수를 상단에 기재한다.

   (3) 작품에 대한 정보는 ①지면 ②단수 ③기획 ④기사 제목 〈회수〉 [곡수] ⑤ 필자(저자/역자) ⑥분류 ⑦비고로 구분한다.

   ① 지면에는 작품이 수록된 신문의 지면을 표기한다.

   ② 단수에는 작품이 수록된 지면에서 작품이 위치한 단수를 표기한다.

   ③ 기획에는 작품의 수록에 있어서 신문에 표기되어 있는 특집, 장르의 명칭을 표기한다.

   ④ 기사 제목에는 작품명, 시가의 제재명 등을 기록하고, 작품의 회수와 시가의 곡수를 아라비아 숫자로 병기한다.

   ⑤ 필자에는 저자나 역자를 표기한다.

   ⑥ 분류에는 작품의 장르를 대분류와 하위분류로 나누어 병기한다.

   ⑦ 비고에는 연재 작품의 회수 오류, 표기 오류, 면수 오류, 한자 판독 불가 및 그 외 기타 사항을 표기한다.

   ⑧ 신문의 연월일, 요일, 발행 호수의 오류는 상단의 신문 호수 오른쪽 끝에 표기한다.

7. 본문 내의 부호 및 기호의 표기 원칙은 다음과 같다.

   (1) 작품의 연재 회수는 〈 〉로 표기한다.

   (2) 시가의 작품 편수는 [ ]로 표기한다.

   (3) 판독 불가능한 글자는 #로 표기한다. (예) 松浦#村

   (4) 장르의 대분류와 하위분류는 /로 나누어서 표기한다. (예) 시가/하이쿠

   (5) 『일제강점 초기 일본어 민간신문 문예물 번역집』(총 4권)에 수록된 작품의 경우 제목 앞에 다음과 같이 별도 표시를 한다.

   ① 전문이 번역 수록된 경우 ★

   ② 작품의 일부분만이 번역 수록된 경우 ☆

   (6) 그 외의 기호는 원문에 준하여 표기한다.

목차

전체 목차

목록집 1권

목록집 2권

목록집 3권

일제강점 초기 일본어 민간신문 해제

부산

조선신보

지면	단수	기획	기사제목 〈회수〉〔곡수〕	필자/저자(역자)	분류	비고
1882년 03월 05일 (일) 5호						
5		雜報	在釜山港日本館の老松に蔦のまとへるを見て〔1〕 부산항에 자리한 왜관의 노송에 담쟁이덩굴이 감긴 것을 보고	中臣の紅琴	시가/단카	
1882년 03월 25일 (토) 7호						
6		雜報	雪見〔1〕 눈 구경	中臣の紅琴	시가/단카	
6		雜報	浪上雪〔1〕 파도 위 눈	中臣の紅琴	시가/단카	
1882년 04월 05일 (수) 8호						
4		雜報	五等朝鮮人の兒孩を...〈1〉 우리가 조선인의 아이를......		수필/관찰	
4		雜報	編者曰く朝鮮烈士林慶業の... 편자가 말하기를 조선 열사 임경업의......		광고/연재 예고	
5		雜報	★朝鮮林慶業傳〈1〉 조선 임경업전	朝鮮國 金華山人(日 本國 鷺松軒主人)	소설/한국 고전	
1882년 04월 15일 (토) 9호						
5~6		雜報	★林慶業傳〈2〉 임경업전		소설/한국 고전	
6		雜報	朝鮮人子育の話前號の續〈2〉 조선인의 아이 양육에 관한 이야기 지난 호 속편		수필/관찰	
1882년 05월 05일 (금) 11호						
5		雜報	★林慶業傳〈3〉 임경업전		소설/한국 고전	
1882년 05월 15일 (월) 12호						
4~5		雜報	★林慶業傳〈4〉 임경업전		소설/한국 고전	

조선시보 1914.11.~1920.04.

지면	단수	기획	기사제목 〈회수〉〔곡수〕	필자/저자(역자)	분류	비고
1914년 11월 02일 (화) 5411호						요일 오류
1	4	短歌	(제목없음)〔3〕		시가/단카	
1	5~6		悔恨〈23〉 회한	三島霜川	소설/일본	
면수 불명	4		(제목없음)〔17〕		시가/하이쿠	
면수 불명	4		(제목없음)〔5〕	笑舟	시가/하이쿠	
1914년 11월 04일 (수) 5412호						

지면	단수	기획	기사제목 〈회수〉 [곡수]	필자/저자(역자)	분류	비고
1	4		黃雲十里/梁山讚岐屋にて 황운십리/양산 사누키야에서	鐵槌生	수필/기행	
1	4	短歌	(제목없음) [2]	紅夢	시가/단카	
1	5~6	小說	悔恨 〈26〉 회한	三島霜川	소설/일본	
면수 불명	1~3		大久保彦左衛門 〈41〉 오쿠보 히코자에몬	小川煙村	소설/일본 고전	
면수 불명	4		不可江 [1] 불가강	錦江#郞	시가/한시	
면수 불명	4		告謀成 [1] 고모성	錦江#郞	시가/한시	
면수 불명	4		何時歇 [1] 하시헐	錦江#郞	시가/한시	

1914년 11월 05일 (목) 5413호

지면	단수	기획	기사제목 〈회수〉 [곡수]	필자/저자(역자)	분류	비고
1	4	短歌	☆妻問える鹿 [5] 짝을 찾는 사슴	紅夢	시가/단카	
1	4~5	短歌	秋雜詠 [3] 가을-잡영	紅夢	시가/단카	
1	5~6	小說	悔恨 〈27〉 회한	三島霜川	소설/일본	
면수 불명	1~3		大久保彦左衛門 〈42〉 오쿠보 히코자에몬	小川煙村	소설/일본 고전	
면수 불명	5~6		菊の薫り 국화 향기		수필/일상	

1914년 11월 06일 (금) 5414호

지면	단수	기획	기사제목 〈회수〉 [곡수]	필자/저자(역자)	분류	비고
1	4		幽邃なる仙境/通度寺學林にて 유수한 선경/통도사 학림에서	鐵槌生	수필/기행	
1	5~6	小說	悔恨 〈28〉 회한	三島霜川	소설/일본	
면수 불명	1~2		大久保彦左衛門 〈43〉 오쿠보 히코자에몬	小川煙村	소설/일본 고전	

1914년 11월 06일 (금) 5414호 경북판

지면	단수	기획	기사제목 〈회수〉 [곡수]	필자/저자(역자)	분류	비고
면수 불명	4~5		二日旅び 〈3〉 이틀 여행	木村生	수필/기행	
면수 불명	6		菊の話 국화 이야기		수필/일상	

1914년 11월 07일 (토) 5415호

지면	단수	기획	기사제목 〈회수〉 [곡수]	필자/저자(역자)	분류	비고
1	5~6	小說	悔恨 〈29〉 회한	三島霜川	소설/일본	
면수 불명	1~3		大久保彦左衛門 〈44〉 오쿠보 히코자에몬	小川煙村	소설/일본 고전	

1914년 11월 07일 (토) 5415호 경북판

지면	단수	기획	기사제목 〈회수〉 [곡수]	필자/저자(역자)	분류	비고
면수 불명	5~6		菊の薫り 국화 향기		수필/일상	

1914년 11월 08일 (일) 5416호

지면	단수	기획	기사제목 〈회수〉 〔곡수〕	필자/저자(역자)	분류	비고
1	5~6	小說	悔恨 〈##〉 회한	三島霜川	소설/일본	판독 불가

1914년 11월 10일 (화) 5417호

지면	단수	기획	기사제목 〈회수〉 〔곡수〕	필자/저자(역자)	분류	비고
1	5~6	小說	悔恨 〈41〉 회한	三島霜川	소설/일본	
면수 불명	1~4		大久保彦左衛門 〈46〉 오쿠보 히코자에몬	小川煙村	소설/일본 고전	

1914년 11월 10일 (화) 5417호 경북판

지면	단수	기획	기사제목 〈회수〉 〔곡수〕	필자/저자(역자)	분류	비고
면수 불명	5~6		白衣の人へ 〈2〉 백의의 사람에게	石壁生	수필/일상	

1914년 11월 11일 (수) 5418호

지면	단수	기획	기사제목 〈회수〉 〔곡수〕	필자/저자(역자)	분류	비고
1	5~6	小說	悔恨 〈42〉 회한	三島霜川	소설/일본	
면수 불명	1~3		大久保彦左衛門 〈47〉 오쿠보 히코자에몬	小川煙村	소설/일본 고전	

1914년 11월 12일 (목) 5419호

지면	단수	기획	기사제목 〈회수〉 〔곡수〕	필자/저자(역자)	분류	비고
1	4~6	小說	悔恨 〈43〉 회한	三島霜川	소설/일본	
면수 불명	1~3		大久保彦左衛門 〈48〉 오쿠보 히코자에몬	小川煙村	소설/일본 고전	

1914년 11월 13일 (금) 5420호

지면	단수	기획	기사제목 〈회수〉 〔곡수〕	필자/저자(역자)	분류	비고
1	5~6	小說	悔恨 〈44〉 회한	三島霜川	소설/일본	
면수 불명	1~2		大久保彦左衛門 〈49〉 오쿠보 히코자에몬	小川煙村	소설/일본 고전	

1914년 11월 14일 (토) 5421호

지면	단수	기획	기사제목 〈회수〉 〔곡수〕	필자/저자(역자)	분류	비고
1	5~6	小說	悔恨 〈45〉 회한	三島霜川	소설/일본	
면수 불명	1~3		大久保彦左衛門 〈50〉 오쿠보 히코자에몬	小川煙村	소설/일본 고전	
면수 불명	5	俳句	(제목없음) 〔5〕	山の人	시가/하이쿠	
면수 불명	4	短歌	提燈行列 〔6〕 제등 행렬	澁川紅夢	시가/단카	

1914년 11월 15일 (일) 5422호

지면	단수	기획	기사제목 〈회수〉 〔곡수〕	필자/저자(역자)	분류	비고
1	4~6	小說	悔恨 〈46〉 회한	三島霜川	소설/일본	
면수 불명	1~4		大久保彦左衛門 〈51〉 오쿠보 히코자에몬	小川煙村	소설/일본 고전	

1914년 11월 17일 (화) 5423호

지면	단수	기획	기사제목 〈회수〉 〔곡수〕	필자/저자(역자)	분류	비고
1	5~6	小說	悔恨 〈47〉 회한	三島霜川	소설/일본	
면수 불명	1~2		大久保彦左衛門 〈52〉 오쿠보 히코자에몬	小川煙村	소설/일본 고전	

지면	단수	기획	기사제목 〈회수〉〔곡수〕	필자/저자(역자)	분류	비고
1914년 11월 18일 (수) 5424호						
1	5~6	小說	悔恨 〈48〉 회한	三島霜川	소설/일본	
면수 불명	1~3		大久保彦左衛門 〈53〉 오쿠보 히코자에몬	小川煙村	소설/일본 고전	
1914년 11월 18일 (수) 5424호 경북판						
면수 불명	4~6	慶北文壇	夕べの思ひ 저녁의 생각	大愚生	수필/일상	
1914년 11월 19일 (목) 5425호						
1	5~6	小說	悔恨 〈49〉 회한	三島霜川	소설/일본	
면수 불명	1~3		大久保彦左衛門 〈54〉 오쿠보 히코자에몬	小川煙村	소설/일본 고전	
1914년 11월 19일 (목) 5425호 경북판						
면수 불명	4		凱旋するのも近きに有之候 개선할 날도 가깝습니다	出征某氏	수필/서간	
면수 불명	5~6	慶北文壇	誰何 누구인가	市郎	수필/일상	
1914년 11월 20일 (금) 5426호						
1	4~6	小說	悔恨 〈50〉 회한	三島霜川	소설/일본	
면수 불명	1~3		大久保彦左衛門 〈55〉 오쿠보 히코자에몬	小川煙村	소설/일본 고전	
1914년 11월 21일 (토) 5427호						
1	5~6	小說	悔恨 〈51〉 회한	三島霜川	소설/일본	
면수 불명	1~3		大久保彦左衛門 〈56〉 오쿠보 히코자에몬	小川煙村	소설/일본 고전	
1914년 11월 22일 (일) 5428호						
1	5~6	小說	悔恨 〈52〉 회한	三島霜川	소설/일본	
면수 불명	1~3		大久保彦左衛門 〈57〉 오쿠보 히코자에몬	小川煙村	소설/일본 고전	
1914년 11월 25일 (수) 5429호						
1	5~6	小說	悔恨 〈53〉 회한	三島霜川	소설/일본	
1914년 11월 25일 (수) 5429호 경북판						
면수 불명	5~8		大久保彦左衛門 〈58〉 오쿠보 히코자에몬	小川煙村	소설/일본 고전	
1914년 11월 26일 (목) 5430호						
1	4~5	短歌	霜月の夜の葡萄酒 〔5〕 음력 11월 밤의 포도주	東萊 澁川紅夢	시가/단가	

지면	단수	기획	기사제목 〈회수〉[곡수]	필자/저자(역자)	분류	비고
1	5~6	小說	悔恨 〈54〉 회한	三島霜川	소설/일본	
면수 불명	1~3		大久保彦左衛門 〈59〉 오쿠보 히코자에몬	小川煙村	소설/일본 고전	

1914년 11월 27일 (금) 5431호

지면	단수	기획	기사제목 〈회수〉[곡수]	필자/저자(역자)	분류	비고
1	5~6	小說	悔恨 〈55〉 회한	三島霜川	소설/일본	
면수 불명	1~3		大久保彦左衛門 〈60〉 오쿠보 히코자에몬	小川煙村	소설/일본 고전	

1914년 11월 28일 (토) 5432호

지면	단수	기획	기사제목 〈회수〉[곡수]	필자/저자(역자)	분류	비고
1	5~6	小說	悔恨 〈56〉 회한	三島霜川	소설/일본	
면수 불명	1~2		大久保彦左衛門 〈61〉 오쿠보 히코자에몬	小川煙村	소설/일본 고전	

1914년 12월 09일 (수) 5441호

지면	단수	기획	기사제목 〈회수〉[곡수]	필자/저자(역자)	분류	비고
면수 불명	1~2		大久保彦左衛門 〈69〉 오쿠보 히코자에몬	小川煙村	소설/일본 고전	

1915년 01월 01일 (금) 5459호 경북판 其一

지면	단수	기획	기사제목 〈회수〉[곡수]	필자/저자(역자)	분류	비고
면수 불명	4	文苑	新年雜吟 [24] 신년-잡음	大邱 邱聲	시가/하이쿠	

1915년 01월 01일 (금) 5459호 경북판 其二

지면	단수	기획	기사제목 〈회수〉[곡수]	필자/저자(역자)	분류	비고
면수 불명	5	文苑	新年雜吟 [8] 신년-잡음		시가/하이쿠	

1915년 01월 01일 (금) 5459호

지면	단수	기획	기사제목 〈회수〉[곡수]	필자/저자(역자)	분류	비고
면수 불명	4	支局募集 文藝	俳句 [2] 하이쿠	釜山 鵑花	시가/하이쿠	
면수 불명	4	支局募集 文藝	俳句 [2] 하이쿠	大邱 一夢	시가/하이쿠	
면수 불명	4	支局募集 文藝	俳句 [2] 하이쿠	大邱 麥甫	시가/하이쿠	
면수 불명	4	支局募集 文藝	俳句 [2] 하이쿠	大邱 邱聲	시가/하이쿠	
면수 불명	4	支局募集 文藝	俳句 [1] 하이쿠	鎭海 鎭海庵	시가/하이쿠	
면수 불명	4	支局募集 文藝	俳句 [1] 하이쿠	釜山 四郎	시가/하이쿠	
면수 불명	4	支局募集 文藝	俳句 [1] 하이쿠	釜山 梅友	시가/하이쿠	
면수 불명	4	支局募集 文藝	俳句/秀歌 [1] 하이쿠/수가	釜山 鵑花	시가/하이쿠	
면수 불명	4	支局募集 文藝	★和歌 [1] 와카	浦項 桂月	시가/단카	
면수 불명	4	支局募集 文藝	★和歌 [1] 와카	釜山 雅童	시가/단카	
면수 불명	4	支局募集 文藝	★和歌 [1] 와카	釜山 銀月	시가/단카	

지면	단수	기획	기사제목 〈회수〉〔곡수〕	필자/저자(역자)	분류	비고
면수 불명	4	支局募集 文藝	漢詩/歲旦〔1〕 한시/설날	釜山 春水	시가/한시	
면수 불명	4	支局募集 文藝	漢詩/社頭松〔1〕 한시/신사 앞 소나무	釜山 春水	시가/한시	
면수 불명	2~4		新年と俳句いろいろ〔11〕 신년 및 하이쿠 다수		수필·시가/ 일상·하이쿠	
면수 불명	4		一杯機嫌で 한껏 유쾌한 기분으로	素樂道人	수필/일상	

1915년 01월 01일 (금) 5459호 滑稽/兎づくし

지면	단수	기획	기사제목 〈회수〉〔곡수〕	필자/저자(역자)	분류	비고
면수 불명	1~3		★滑稽/兎の仇討 골계/토끼의 복수	梅林舍南鶯 講演/加藤由太郎 速記	고단	
면수 불명	3~4		うさぎのおしえ 토끼의 가르침	堤貞之氏 談	수필/기타	
면수 불명	4		都々逸〔4〕 도도이쓰	猪阿助	시가/도도이 쓰	

1915년 01월 01일 (금) 5459호 其三

지면	단수	기획	기사제목 〈회수〉〔곡수〕	필자/저자(역자)	분류	비고
면수 불명	4	俳句	屠蘇〔9〕 도소주	鍛冶一夢	시가/하이쿠	

1915년 01월 01일 (금) 5459호 其四

지면	단수	기획	기사제목 〈회수〉〔곡수〕	필자/저자(역자)	분류	비고
면수 불명	6		(제목없음)〔1〕	素人	시가/기타	
면수 불명	6		(제목없음)〔1〕	紫水	시가/기타	
면수 불명	6	俳句	新年雜吟〔6〕 신년-잡음	易水	시가/하이쿠	

1915년 01월 01일 (금) 5459호

지면	단수	기획	기사제목 〈회수〉〔곡수〕	필자/저자(역자)	분류	비고
면수 불명	2		畵に題して〔1〕 그림에 쓰며	美村生	시가/하이쿠	
면수 불명	1	募集文藝 披露	俳句/題「試筆」-本社編輯局選(天)〔1〕 하이쿠/주제「시필」-본사편집국 선(천)	鎭海 鎭海庵	시가/하이쿠	
면수 불명	1	募集文藝 披露	俳句/題「試筆」-本社編輯局選(地)〔1〕 하이쿠/주제「시필」-본사편집국 선(지)	草梁 倉掛廣吉	시가/하이쿠	
면수 불명	2	募集文藝 披露	俳句/題「試筆」-本社編輯局選(人)〔1〕 하이쿠/주제「시필」-본사편집국 선(인)	草染 榎並喜三	시가/하이쿠	
면수 불명	2	募集文藝 披露	俳句/題「試筆」-本社編輯局選(人)〔1〕 하이쿠/주제「시필」-본사편집국 선(인)	大邱 中田邱聲	시가/하이쿠	
면수 불명	2	募集文藝 披露	俳句/感吟〔1〕 하이쿠/감음	榎並喜三	시가/하이쿠	
면수 불명	2	募集文藝 披露	俳句/感吟〔1〕 하이쿠/감음	中田邱聲	시가/하이쿠	
면수 불명	2	募集文藝 披露	俳句/感吟〔2〕 하이쿠/감음	鎭海庵	시가/하이쿠	
면수 불명	2	募集文藝 披露	俳句/感吟〔1〕 하이쿠/감음	尾川久雄	시가/하이쿠	
면수 불명	2	募集文藝 披露	俳句/感吟〔1〕 하이쿠/감음	安重長生	시가/하이쿠	

지면	단수	기획	기사제목 〈회수〉 〔곡수〕	필자/저자(역자)	분류	비고
면수 불명	2	募集文藝 披露	俳句/感吟 [1] 하이쿠/감음	林玄吉	시가/하이쿠	
면수 불명	2	募集文藝 披露	俳句/感吟 [2] 하이쿠/감음	#橋可笑	시가/하이쿠	
면수 불명	2	募集文藝 披露	俳句/感吟 [1] 하이쿠/감음	松浦#村	시가/하이쿠	
면수 불명	2	募集文藝 披露	俳句/感吟 [1] 하이쿠/감음	鍛治一夢	시가/하이쿠	
면수 불명	2	募集文藝 披露	俳句/感吟 [1] 하이쿠/감음	內野瓢々	시가/하이쿠	
면수 불명	2	募集文藝 披露	俳句/感吟 [1] 하이쿠/감음	黑田三光	시가/하이쿠	
면수 불명	2	募集文藝 披露	俳句/感吟 [1] 하이쿠/감음	松浦#村	시가/하이쿠	
면수 불명	2	募集文藝 披露	俳句/感吟 [1] 하이쿠/감음	大山露石	시가/하이쿠	
면수 불명	2	募集文藝 披露	俳句/感吟 [1] 하이쿠/감음	石川雨村	시가/하이쿠	
면수 불명	2	募集文藝 披露	俳句/感吟 [1] 하이쿠/감음	岩田琴子	시가/하이쿠	
면수 불명	2	募集文藝 披露	俳句/感吟 [2] 하이쿠/감음	藤村	시가/하이쿠	
면수 불명	2	募集文藝 披露	俳句/感吟 [1] 하이쿠/감음	畑菊人	시가/하이쿠	
면수 불명	2	募集文藝 披露	俳句/感吟 [1] 하이쿠/감음	岩田琴子	시가/하이쿠	
면수 불명	2	募集文藝 披露	俳句/感吟 [1] 하이쿠/감음	石川雨村	시가/하이쿠	
면수 불명	2	募集文藝 披露	俳句/感吟 [1] 하이쿠/감음	山本陽水	시가/하이쿠	
면수 불명	2	募集文藝 披露	俳句/感吟 [1] 하이쿠/감음	安#生	시가/하이쿠	
면수 불명	2	募集文藝 披露	俳句/秀句 [2] 하이쿠/수구	長生	시가/하이쿠	
면수 불명	2	募集文藝 披露	俳句/秀句 [1] 하이쿠/수구	邱聲	시가/하이쿠	
면수 불명	2	募集文藝 披露	俳句/秀句 [2] 하이쿠/수구	瓢々	시가/하이쿠	
면수 불명	2	募集文藝 披露	俳句/秀句 [1] 하이쿠/수구	天公坊	시가/하이쿠	
면수 불명	2	募集文藝 披露	俳句/秀句 [2] 하이쿠/수구	廣吉	시가/하이쿠	
면수 불명	2	募集文藝 披露	俳句/秀句 [1] 하이쿠/수구	輝一	시가/하이쿠	
면수 불명	3	募集文藝 披露	俳句/秀句 [1] 하이쿠/수구	三光	시가/하이쿠	
면수 불명	3	募集文藝 披露	俳句/秀句 [1] 하이쿠/수구	黃#	시가/하이쿠	
면수 불명	3	募集文藝 披露	俳句/秀句 [2] 하이쿠/수구	藤村	시가/하이쿠	
면수 불명	3	募集文藝 披露	俳句/秀句 [1] 하이쿠/수구	若杉	시가/하이쿠	

지면	단수	기획	기사제목 〈회수〉〔곡수〕	필자/저자(역자)	분류	비고
면수 불명	3	募集文藝 披露	俳句/秀句 [1] 하이쿠/수구	一星	시가/하이쿠	
면수 불명	3	募集文藝 披露	俳句/秀句 [2] 하이쿠/수구	青美	시가/하이쿠	
면수 불명	3	募集文藝 披露	俳句/秀句 [1] 하이쿠/수구	玄吉	시가/하이쿠	
면수 불명	3	募集文藝 披露	俳句/秀句 [1] 하이쿠/수구	可笑	시가/하이쿠	
면수 불명	3	募集文藝 披露	俳句/秀句 [1] 하이쿠/수구	一夢	시가/하이쿠	
면수 불명	3	募集文藝 披露	俳句/秀句 [1] 하이쿠/수구	梅友	시가/하이쿠	
면수 불명	3	募集文藝 披露	俳句/秀句 [1] 하이쿠/수구	久#	시가/하이쿠	
면수 불명	3	募集文藝 披露	俳句/秀句 [1] 하이쿠/수구	喜三	시가/하이쿠	
면수 불명	3	募集文藝 披露	俳句/秀句 [1] 하이쿠/수구	香月	시가/하이쿠	
면수 불명	3	募集文藝 披露	俳句/秀句 [1] 하이쿠/수구	一華	시가/하이쿠	
면수 불명	3	募集文藝 披露	俳句/秀句 [1] 하이쿠/수구	綠水	시가/하이쿠	
면수 불명	3	募集文藝 披露	俳句/秀句 [1] 하이쿠/수구	春若	시가/하이쿠	
면수 불명	3	募集文藝 披露	俳句/秀句 [1] 하이쿠/수구	小皷	시가/하이쿠	
면수 불명	3	募集文藝 披露	俳句/秀句 [1] 하이쿠/수구	孤村	시가/하이쿠	
면수 불명	3	募集文藝 披露	俳句/秀句 [1] 하이쿠/수구	北鷗	시가/하이쿠	
면수 불명	3	募集文藝 披露	俳句/秀句 [1] 하이쿠/수구	小皷	시가/하이쿠	
면수 불명	3	募集文藝 披露	俳句/秀句 [1] 하이쿠/수구	南天	시가/하이쿠	
면수 불명	3	募集文藝 披露	俳句/秀句 [1] 하이쿠/수구	蕉水	시가/하이쿠	
면수 불명	3	募集文藝 披露	俳句/秀句 [1] 하이쿠/수구	六合	시가/하이쿠	
면수 불명	3	募集文藝 披露	俳句/秀句 [1] 하이쿠/수구	小我	시가/하이쿠	
면수 불명	3	募集文藝 披露	俳句/秀句 [1] 하이쿠/수구	春若	시가/하이쿠	
면수 불명	3	募集文藝 披露	俳句/秀句 [1] 하이쿠/수구	蜀人	시가/하이쿠	
면수 불명	3	募集文藝 披露	俳句/秀句 [1] 하이쿠/수구	南天	시가/하이쿠	
면수 불명	3	募集文藝 披露	俳句/秀句 [1] 하이쿠/수구	一齊	시가/하이쿠	
면수 불명	3	募集文藝 披露	俳句/秀句 [1] 하이쿠/수구	北鷗	시가/하이쿠	
면수 불명	3	募集文藝 披露	俳句/秀句 [1] 하이쿠/수구	小我	시가/하이쿠	

지면	단수	기획	기사제목 〈회수〉〔곡수〕	필자/저자(역자)	분류	비고
면수 불명	3	募集文藝 披露	俳句/秀句〔1〕 하이쿠/수구	榮水	시가/하이쿠	
면수 불명	3	募集文藝 披露	俳句/秀句〔1〕 하이쿠/수구	白川	시가/하이쿠	
면수 불명	3	募集文藝 披露	俳句/秀句〔1〕 하이쿠/수구	珪花	시가/하이쿠	
면수 불명	3	募集文藝 披露	狂歌/題「兎」-本社編輯局選(地)〔1〕 교카/주제「토끼」/본사편집국 선(지)	寶水町二 古川曙天	시가/교카	
면수 불명	3	募集文藝 披露	狂歌/題「兎」-本社編輯局選(地)〔1〕 교카/주제「토끼」/본사편집국 선(지)	晋州 可笑生	시가/교카	
면수 불명	3	募集文藝 披露	狂歌/選外秀選〔1〕 교카/입선 외 수작	大廳町一 香月陽鳳	시가/교카	
면수 불명	3	募集文藝 披露	狂歌/選外秀選〔1〕 교카/입선 외 수작	慶州 風來人	시가/교카	
면수 불명	3	募集文藝 披露	狂歌/選外秀選〔1〕 교카/입선 외 수작	蔚山 澁面郎	시가/교카	
면수 불명	3	募集文藝 披露	狂歌/選外秀選〔1〕 교카/입선 외 수작	浦項 狂歌逸史	시가/교카	
면수 불명	3	募集文藝 披露	狂歌/選外秀選〔1〕 교카/입선 외 수작	密陽 嶺南生	시가/교카	
면수 불명	3~4	募集文藝 披露	川柳/題「寶船」-本社編輯局選(地)〔1〕 센류/주제「다카라부네」-본사편집국 선(지)	大廳町一 香月陽鳳	시가/센류	
면수 불명	4	募集文藝 披露	川柳/題「寶船」-本社編輯局選(地)〔1〕 센류/주제「다카라부네」-본사편집국 선(지)	龍山鐵道官## 荒木 不惑	시가/센류	
면수 불명	4	募集文藝 披露	川柳/選外秀逸〔1〕 센류/입선 외 수작	陽鳳	시가/센류	
면수 불명	4	募集文藝 披露	川柳/選外秀逸〔1〕 센류/입선 외 수작	淸一	시가/센류	
면수 불명	4	募集文藝 披露	川柳/選外秀逸〔1〕 센류/입선 외 수작	#人	시가/센류	
면수 불명	4	募集文藝 披露	川柳/選外秀逸〔1〕 센류/입선 외 수작	無心	시가/센류	
면수 불명	4	募集文藝 披露	川柳/選外秀逸〔1〕 센류/입선 외 수작	兀山	시가/센류	
면수 불명	4	募集文藝 披露	川柳/選外秀逸〔1〕 센류/입선 외 수작	不倒	시가/센류	
면수 불명	4	募集文藝 披露	川柳/選外秀逸〔1〕 센류/입선 외 수작	可笑生	시가/센류	
면수 불명	4	募集文藝 披露	川柳/選外秀逸〔1〕 센류/입선 외 수작	素水	시가/센류	
면수 불명	4	募集文藝 披露	川柳/選外秀逸〔1〕 센류/입선 외 수작	月兎	시가/센류	
면수 불명	4	募集文藝 披露	川柳/選外秀逸〔1〕 센류/입선 외 수작	直三	시가/센류	
면수 불명	4	募集文藝 披露	川柳/選外秀逸〔1〕 센류/입선 외 수작	影水	시가/센류	
면수 불명	4	募集文藝 披露	川柳/選外秀逸〔1〕 센류/입선 외 수작	漁人	시가/센류	
면수 불명	4	募集文藝 披露	川柳/選外秀逸〔1〕 센류/입선 외 수작	海鳥	시가/센류	
면수 불명	4	募集文藝 披露	川柳/選外秀逸〔1〕 센류/입선 외 수작	七石	시가/센류	

지면	단수	기획	기사제목 〈회수〉〔곡수〕	필자/저자(역자)	분류	비고
면수 불명	4	募集文藝 披露	漢詩-本社編輯局選(天)/捷後新年〔1〕 한시-본사편집국 선(천)/승리 후 신년	小#雲外	시가/한시	
면수 불명	4	募集文藝 披露	漢詩-本社編輯局選(地)/捷後新年〔1〕 한시-본사편집국 선(지)/승리 후 신년	源#亭	시가/한시	
면수 불명	4	募集文藝 披露	漢詩-本社編輯局選(地)/捷後新年〔1〕 한시-본사편집국 선(지)/승리 후 신년	北村#石	시가/한시	
면수 불명	4	募集文藝 披露	漢詩-本社編輯局選(人)/捷後新年〔1〕 한시-본사편집국 선(인)/승리 후 신년	小# 雲外	시가/한시	
면수 불명	4	募集文藝 披露	漢詩/捷後新年/選外秀逸〔1〕 한시/입선 외 수작/승리 후 신년	北村#石	시가/한시	
면수 불명	4	募集文藝 披露	漢詩/捷後新年/選外秀逸〔1〕 한시/입선 외 수작/승리 후 신년	奧村佛宗	시가/한시	
면수 불명	4	募集文藝 披露	漢詩/選外秀逸/送人〔2〕 한시/입선 외 수작/송인	井村龍南	시가/한시	
면수 불명	4	募集文藝 披露	漢詩/選外秀逸/次韵〔1〕 한시/입선 외 수작/차운	#野梅仙	시가/한시	
면수 불명	4	募集文藝 披露	漢詩/選外秀逸/登通渡寺〔2〕 한시/입선 외 수작/등통도사	北村#石	시가/한시	
면수 불명	4		羽子五句〔5〕 하고(羽子)-오구	夢柳	시가/하이쿠	
면수 불명	4		新年十吟〔10〕 신년-십음	大邱 一夢	시가/하이쿠	
면수 불명	4		新年雜吟〔10〕 신년-잡음	無涯	시가/하이쿠	
면수 불명	1~2		西洋の兎物語 서양의 토끼 이야기	巖谷小波氏 談	소설/동화	
면수 불명	2~4		卯年と所感 토끼해와 소감	香椎源太郎氏 談	수필/일상	
면수 불명	4		(제목없음)〔4〕	省花堂茶遊	시가/하이쿠	
면수 불명	1~4		お能初め 새해 노(能) 시작	茶樂齋	기타	
면수 불명	4		君が春五句〔5〕 그대의 봄-오구	夢柳	시가/하이쿠	
면수 불명	1~6		★卯の花緘 우노하나오도시	柴田文窓 講演	고단	
면수 불명	6	俳句	(제목없음)〔10〕	大邱 邱聲	시가/하이쿠	
면수 불명	6	俳句	新年雜吟〔10〕 신년-잡음	晰浦	시가/하이쿠	
면수 불명	1~4		波の皷「上」/「下」 파도의 북「상」/「하」	江見水蔭	소설/	
면수 불명	4		新年十吟 신년-십음	大邱 一 夢	시가/단카	
면수 불명	4		新年雜吟〔1〕 신년-잡음	無涯	시가/단카	

1915년 01월 01일 (금) 5459호 其七

지면	단수	기획	기사제목 〈회수〉〔곡수〕	필자/저자(역자)	분류	비고
면수 불명	4	俳句	梅十句〔10〕 매화-십구	夢柳	시가/하이쿠	
면수 불명	4	俳句	若水五句〔5〕 새해 정화수-오구	夢柳	시가/하이쿠	

지면	단수	기획	기사제목 〈회수〉〔곡수〕	필자/저자(역자)	분류	비고
면수 불명	4	俳句	梅〔30〕 매화	釜山 尋蟻	시가/하이쿠	
면수 불명	4	俳句	屠蘇〔3〕 도소주	伊# 葵大	시가/하이쿠	
면수 불명	4	都々逸	(제목없음)〔7〕		시가/도도이 쓰	

1915년 02월 02일 (화) 5483호

지면	단수	기획	기사제목 〈회수〉〔곡수〕	필자/저자(역자)	분류	비고
1	6	俳句	別れを惜む〔2〕 이별을 아쉬워하다	古閑鶴水	시가/하이쿠	
1	6	俳句	(제목없음)〔4〕	古閑鶴水	시가/하이쿠	

1915년 02월 03일 (수) 5484호

지면	단수	기획	기사제목 〈회수〉〔곡수〕	필자/저자(역자)	분류	비고
1	5~6		山芉居小集 산칸쿄 소모임		기타/모임 안내	
1	6		山芉居小集/三點〔1〕 산칸쿄 소모임/삼점	竹亭	시가/하이쿠	
1	6		山芉居小集/三點〔1〕 산칸쿄 소모임/삼점	夢村	시가/하이쿠	
1	6		山芉居小集/三點〔1〕 산칸쿄 소모임/삼점	竹亭	시가/하이쿠	
1	6		山芉居小集/二點〔1〕 산칸쿄 소모임/이점	溪南	시가/하이쿠	
1	6		山芉居小集/二點〔2〕 산칸쿄 소모임/이점	鳥吟	시가/하이쿠	
1	6		山芉居小集/二點〔2〕 산칸쿄 소모임/이점	溪南	시가/하이쿠	
1	6		山芉居小集/二點〔1〕 산칸쿄 소모임/이점	雪香	시가/하이쿠	
1	6		山芉居小集/二點〔1〕 산칸쿄 소모임/이점	鳥吟	시가/하이쿠	
1	6		山芉居小集/二點〔1〕 산칸쿄 소모임/이점	紀乙	시가/하이쿠	
1	6		山芉居小集/二點〔1〕 산칸쿄 소모임/이점	鳥吟	시가/하이쿠	
1	6		山芉居小集/二點〔1〕 산칸쿄 소모임/이점	溪南	시가/하이쿠	
1	6		山芉居小集/一點〔1〕 산칸쿄 소모임/일점	沼南	시가/하이쿠	
1	6		山芉居小集/一點〔1〕 산칸쿄 소모임/일점	溪南	시가/하이쿠	
1	6		山芉居小集/一點〔1〕 산칸쿄 소모임/일점	沼南	시가/하이쿠	
1	6		山芉居小集/一點〔3〕 산칸쿄 소모임/일점	夢村	시가/하이쿠	
1	6		山芉居小集/一點〔1〕 산칸쿄 소모임/일점	沼南	시가/하이쿠	
1	6		山芉居小集/一點〔1〕 산칸쿄 소모임/일점	竹亭	시가/하이쿠	
1	6		山芉居小集/一點〔1〕 산칸쿄 소모임/일점	夢村	시가/하이쿠	

지면	단수	기획	기사제목 〈회수〉〔곡수〕	필자/저자(역자)	분류	비고
1	6		山芋居小集/一點〔1〕 산칸쿄 소모임/일점	香雪	시가/하이쿠	
1	6		山芋居小集/一點〔2〕 산칸쿄 소모임/일점	竹亭	시가/하이쿠	
1	6		山芋居小集/一點〔1〕 산칸쿄 소모임/일점	沼南	시가/하이쿠	
1	6		山芋居小集/一點〔1〕 산칸쿄 소모임/일점	鳥吟	시가/하이쿠	
1	6		山芋居小集/一點〔1〕 산칸쿄 소모임/일점	夢村	시가/하이쿠	
1	6		山芋居小集/一點〔1〕 산칸쿄 소모임/일점	竹亭	시가/하이쿠	
1	6		山芋居小集/一點〔1〕 산칸쿄 소모임/일점	夢村	시가/하이쿠	
1	6		山芋居小集/一點〔1〕 산칸쿄 소모임/일점	紀乙	시가/하이쿠	
1	6		山芋居小集/一點〔1〕 산칸쿄 소모임/일점	鳥吟	시가/하이쿠	
1	6		山芋居小集/一點〔1〕 산칸쿄 소모임/일점	紀乙	시가/하이쿠	
1	6		山芋居小集/四點〔1〕 산칸쿄 소모임/사점	夢村	시가/하이쿠	
1	6		山芋居小集/三點〔1〕 산칸쿄 소모임/삼점	鳥吟	시가/하이쿠	
1	6		山芋居小集/二點〔1〕 산칸쿄 소모임/이점	竹亭	시가/하이쿠	
1	6		山芋居小集/二點〔1〕 산칸쿄 소모임/이점	沼南	시가/하이쿠	
1	6		山芋居小集/一點〔1〕 산칸쿄 소모임/일점	鳥吟	시가/하이쿠	
1	6		山芋居小集/一點〔1〕 산칸쿄 소모임/일점	溪南	시가/하이쿠	
1	6		山芋居小集/一點〔1〕 산칸쿄 소모임/일점	紀乙	시가/하이쿠	
1	6		山芋居小集/一點〔1〕 산칸쿄 소모임/일점	史好	시가/하이쿠	
1	6		山芋居小集/一點〔1〕 산칸쿄 소모임/일점	溪南	시가/하이쿠	
1	6	俳句	☆春の思ひ出て〔18〕 봄의 추억	古閑貞雄	시가/하이쿠	
면수 불명	1~2		大久保彦左衛門〈109〉 오쿠보 히코자에몬	小川煙村	소설/일본 고전	
면수 불명	2		新小說豫告/義人と佳人 신작 소설 예고/의인과 가인		광고/연재 예고	
면수 불명	4		瀧川事件〔5〕 다키가와 사건		시가/도도이 쓰	
면수 불명	5		鶴彦翁名作/釜山浦を祝して〔1〕 쓰루히코 옹 명작/부산포를 축하하며		시가/교카	
면수 불명	5		鶴彦翁名作/若松君をこと保幾て〔1〕 쓰루히코 옹 명작/와카마쓰 군을 축복하며		시가/교카	
면수 불명	5		鶴彦翁名作/鐵槌君の需に應じて〔1〕 쓰루히코 옹 명작/데쓰쓰치 군의 부탁에 응하여		시가/교카	

지면	단수	기획	기사제목 〈회수〉〔곡수〕	필자/저자(역자)	분류	비고
			1915년 02월 04일 (목) 5485호			
1	6	俳句	菅公忍ぶ日 [18] 스가와라노 미치자네 공을 기리는 날	古閑貞雄	시가/하이쿠	
면수 불명	1~2		大久保彦左衛門 〈110〉 오쿠보 히코자에몬	小川煙村	소설/일본 고전	
면수 불명	5		新小說豫告/義人と佳人 신작 소설 예고/의인과 가인		광고/연재 예고	
			1915년 02월 05일 (금) 5486호			
1	4	俳句	人の子の [11] 사람 자식의	古閑滿惠	시가/하이쿠	
1	4~6	小說	★義人と佳人 〈1〉 의인과 가인	小栗風葉	소설/일본	
면수 불명	1~2		大久保彦左衛門 〈111〉 오쿠보 히코자에몬	小川煙村	소설/일본 고전	
			1915년 02월 06일 (토) 5487호			
1	5~6		★義人と佳人 〈2〉 의인과 가인	小栗風葉	소설/일본	
면수 불명	2		講談豫告/幡隨院長兵衛 고단 예고/반즈이인 조베에	錦城齋貞玉口演	광고/연재 예고	
			1915년 02월 07일 (일) 5488호			
1	5~6		★義人と佳人 〈3〉 의인과 가인	小栗風葉	소설/일본	
면수 불명	1~3		幡隨院長兵衛 第一席 〈1〉 반즈이인 조베에 제1석	錦城齋貞玉講演/天 沼雄吉速記	고단	
			1915년 02월 09일 (화) 5489호			
1	4		へなぶり [10] 헤나부리	於釜山 古閑鶴水	시가/교카	
1	4~6		★義人と佳人 〈4〉 의인과 가인	小栗風葉	소설/일본	
면수 불명	1~3		幡隨院長兵衛 第二席 〈2〉 반즈이인 조베에 제2석	錦城齋貞玉講演/天 沼雄吉速記	고단	
			1915년 02월 10일 (수) 5490호			
1	4		へなぶり [5] 헤나부리	於釜山 古閑鶴水	시가/교카	
1	4~6		★義人と佳人 〈5〉 의인과 가인	小栗風葉	소설/일본	
면수 불명	1~3		幡隨院長兵衛 第三席 〈3〉 반즈이인 조베에 제3석	錦城齋貞玉講演/天 沼雄吉速記	고단	
			1915년 02월 11일 (목) 5491호			
1	4		へなぶり [3] 헤나부리	古閑貞雄	시가/교카	
1	5~6		★義人と佳人 〈6〉 의인과 가인	小栗風葉	소설/일본	
면수 불명	1~3		幡隨院長兵衛 第四席 〈4〉 반즈이인 조베에 제4석	錦城齋貞玉講演/天 沼雄吉速記	고단	

지면	단수	기획	기사제목 〈회수〉〔곡수〕	필자/저자(역자)	분류	비고
			1915년 02월 13일 (토) 5492호			
1	4	漢詩	遊鮮詩草/三千浦#泊次安永春雨詞宗韵〔1〕 유선시초/삼천포#박차안영춘우사종운	奧田耕雲	시가/한시	
1	4	漢詩	遊鮮詩草/三千浦#泊次安永春雨詞宗韵〔1〕 유선시초/삼천포#박차안영춘우사종운	奧田耕雲	시가/한시	
1	4~6		★義人と佳人〈7〉 의인과 가인	小栗風葉	소설/일본	
면수 불명	1~3		幡隨院長兵衛 第五席〈5〉 반즈이인 조베에 제5석	錦城齋貞玉講演/天 沼雄吉速記	고단	
			1915년 02월 14일 (일) 5493호			
1	3		歸鄉の途中より〈1〉 귀향 도중에	於下の關 竹軒生	수필/서간	
1	4	漢詩	★春海〔1〕 춘해	梁山 北村#石	시가/한시	
1	4	漢詩	梁山通度寺〔1〕 양산 통도사	金石#	시가/한시	
1	4	俳句	弄月吟社句集-東京花笠庵翠葉先生選〔1〕 로게쓰긴샤 구집-도쿄 하나가사안 스이요 선생 선	可秀	시가/하이쿠	
1	4	俳句	弄月吟社句集-東京花笠庵翠葉先生選〔1〕 로게쓰긴샤 구집-도쿄 하나가사안 스이요 선생 선	一草	시가/하이쿠	
1	4	俳句	弄月吟社句集-東京花笠庵翠葉先生選〔2〕 로게쓰긴샤 구집-도쿄 하나가사안 스이요 선생 선	てる女	시가/하이쿠	
1	4	俳句	弄月吟社句集-東京花笠庵翠葉先生選〔1〕 로게쓰긴샤 구집-도쿄 하나가사안 스이요 선생 선	史好	시가/하이쿠	
1	4	俳句	弄月吟社句集-東京花笠庵翠葉先生選/三光逆位〔1〕 로게쓰긴샤 구집-도쿄 하나가사안 스이요 선생 선/삼광역위	春浦	시가/하이쿠	
1	4	俳句	弄月吟社句集-東京花笠庵翠葉先生選/三光逆位〔2〕 로게쓰긴샤 구집-도쿄 하나가사안 스이요 선생 선/삼광역위	史好	시가/하이쿠	
1	5	俳句	弄月吟社句集-東京花笠庵翠葉先生選/追加〔2〕 로게쓰긴샤 구집-도쿄 하나가사안 스이요 선생 선/추가	翠葉	시가/하이쿠	
1	5	俳句	弄月吟社句集-東京#/無黃先生選〔2〕 로게쓰긴샤 구집-도쿄 ### 선생 선	夢柳	시가/하이쿠	
1	5	俳句	弄月吟社句集-東京#/無黃先生選〔1〕 로게쓰긴샤 구집-도쿄 ### 선생 선	可秀	시가/하이쿠	
1	5	俳句	弄月吟社句集-東京#/無黃先生選〔1〕 로게쓰긴샤 구집-도쿄 ### 선생 선	春浦	시가/하이쿠	
1	5	俳句	弄月吟社句集-東京#/無黃先生選〔1〕 로게쓰긴샤 구집-도쿄 ### 선생 선	一草	시가/하이쿠	
1	5	俳句	弄月吟社句集-東京#/無黃先生選/三光逆位〔1〕 로게쓰긴샤 구집-도쿄 ## 무코 선생 선/삼광역위	可秀	시가/하이쿠	
1	5	俳句	弄月吟社句集-東京#/無黃先生選/三光逆位〔1〕 로게쓰긴샤 구집-도쿄 ## 무코 선생 선/삼광역위	瓢	시가/하이쿠	
1	5	俳句	弄月吟社句集-東京#/無黃先生選/三光逆位〔1〕 로게쓰긴샤 구집-도쿄 ## 무코 선생 선/삼광역위	春浦	시가/하이쿠	
1면	5	俳句	弄月吟社句集-東京#/無黃先生選/追可〔1〕 로게쓰긴샤 구집-도쿄 ## 무코 선생 선/추가	無黃	시가/하이쿠	
1면	5~6		★義人と佳人〈8〉 의인과 가인	小栗風葉	소설/일본	
면수 불명	1~3		幡隨院長兵衛 第六席〈6〉 반즈이인 조베에 제6석	錦城齋貞玉講演/天 沼雄吉速記	고단	

지면	단수	기획	기사제목 〈회수〉〔곡수〕	필자/저자(역자)	분류	비고
면수 불명	5		ポープラ吟社(上) 〈1〉〔1〕 포플러긴샤(상)		기타/모임 안내	
면수 불명	6		ポープラ吟社(上) 〈1〉〔1〕 포플러긴샤(상)	沼南	시가/하이쿠	
면수 불명	5~6		ポープラ社(上) 〈1〉〔1〕 포플러긴샤(상)	雪香	시가/하이쿠	
면수 불명	5~6		ポープラ社(上) 〈1〉〔1〕 포플러긴샤(상)	竹亭	시가/하이쿠	
면수 불명	5~6		ポープラ吟社(上) 〈1〉〔2〕 포플러긴샤(상)	鳥吟	시가/하이쿠	
면수 불명	5~6		ポープラ吟社(上) 〈1〉〔1〕 포플러긴샤(상)	夢村	시가/하이쿠	
면수 불명	5~6		ポープラ吟社(上) 〈1〉〔2〕 포플러긴샤(상)	鳥吟	시가/하이쿠	
면수 불명	5~6		ポープラ吟社(上) 〈1〉〔1〕 포플러긴샤(상)	沼南	시가/하이쿠	
면수 불명	5~6		ポープラ吟社(上) 〈1〉〔2〕 포플러긴샤(상)	溪南	시가/하이쿠	
면수 불명	5~6		ポープラ吟社(上) 〈1〉〔1〕 포플러긴샤(상)	雪香	시가/하이쿠	
면수 불명	5~6		ポープラ吟社(上) 〈1〉〔1〕 포플러긴샤(상)	紀乙	시가/하이쿠	
면수 불명	5~6		ポープラ吟社(上) 〈1〉〔2〕 포플러긴샤(상)	夢村	시가/하이쿠	
면수 불명	5~6		ポープラ吟社(上) 〈1〉〔1〕 포플러긴샤(상)	雪香	시가/하이쿠	
면수 불명	5~6		ポープラ吟社(上) 〈1〉〔1〕 포플러긴샤(상)	紀乙	시가/하이쿠	
면수 불명	5~6		ポープラ吟社(上) 〈1〉〔1〕 포플러긴샤(상)	竹亭	시가/하이쿠	
면수 불명	5~6		ポープラ吟社(上) 〈1〉〔1〕 포플러긴샤(상)	鳥吟	시가/하이쿠	
면수 불명	5~6		ポープラ吟社(上) 〈1〉〔1〕 포플러긴샤(상)	夢村	시가/하이쿠	
면수 불명	5~6		ポープラ吟社(上) 〈1〉〔2〕 포플러긴샤(상)	竹亭	시가/하이쿠	
면수 불명	5~6		ポープラ吟社(上) 〈1〉〔1〕 포플러긴샤(상)	沼南	시가/하이쿠	
면수 불명	5~6		ポープラ吟社(上) 〈1〉〔2〕 포플러긴샤(상)	竹亭	시가/하이쿠	
면수 불명	5~6		ポープラ吟社(上) 〈1〉〔1〕 포플러긴샤(상)	夢村	시가/하이쿠	

1915년 02월 16일 (화) 5494호

지면	단수	기획	기사제목 〈회수〉〔곡수〕	필자/저자(역자)	분류	비고
1	4	漢詩	晋陽客舍 〔1〕 진양객사	奧田耕雲	시가/한시	
1	4	漢詩	晋陽客舍/二 진양객사/2	奧田耕雲	시가/한시	
1	4	俳句	★弄月吟社-京都 江西白牛先生選 〔1〕 로게쓰긴샤-교토 에니시 하쿠규 선생 선	史好	시가/하이쿠	
1	4	俳句	弄月吟社-京都 江西白牛先生選 〔1〕 로게쓰긴샤-교토 에니시 하쿠규 선생 선	春浦	시가/하이쿠	

지면	단수	기획	기사제목 〈회수〉〔곡수〕	필자/저자(역자)	분류	비고
1	4	俳句	弄月吟社-京都 江西白牛先生選 〔1〕 로게쓰긴샤-교토 에니시 하쿠규 선생 선	可秀	시가/하이쿠	
1	4	俳句	弄月吟社-京都 江西白牛先生選 〔1〕 로게쓰긴샤-교토 에니시 하쿠규 선생 선	史好	시가/하이쿠	
1	4	俳句	弄月吟社-京都 江西白牛先生選 〔1〕 로게쓰긴샤-교토 에니시 하쿠규 선생 선	春浦	시가/하이쿠	
1	4	俳句	弄月吟社-京都 江西白牛先生選 〔1〕 로게쓰긴샤-교토 에니시 하쿠규 선생 선	てる女	시가/하이쿠	
1	4	俳句	弄月吟社-京都 江西白牛先生選 〔1〕 로게쓰긴샤-교토 에니시 하쿠규 선생 선	夢柳	시가/하이쿠	
1	4	俳句	★弄月吟社-京都 江西白牛先生選 〔1〕 로게쓰긴샤-교토 에니시 하쿠규 선생 선	起蝶	시가/하이쿠	
1	4	俳句	弄月吟社-京都 江西白牛先生選 〔1〕 로게쓰긴샤-교토 에니시 하쿠규 선생 선	一草	시가/하이쿠	
1	4	俳句	弄月吟社-京都 江西白牛先生選 〔1〕 로게쓰긴샤-교토 에니시 하쿠규 선생 선	可秀	시가/하이쿠	
1	4	俳句	弄月吟社-京都 江西白牛先生選/三方 〔1〕 로게쓰긴샤-교토 에니시 하쿠규 선생 선/삼방	春浦	시가/하이쿠	
1	4	俳句	弄月吟社-京都 江西白牛先生選/三方 〔1〕 로게쓰긴샤-교토 에니시 하쿠규 선생 선/삼방	夢柳	시가/하이쿠	
1	4	俳句	弄月吟社-京都 江西白牛先生選/三方 〔1〕 로게쓰긴샤-교토 에니시 하쿠규 선생 선/삼방	春浦	시가/하이쿠	
1	4	俳句	☆弄月吟社/選者吟 〔5〕 로게쓰긴샤/선자음	白牛	시가/하이쿠	
1	5~6		★義人と佳人 〈9〉 의인과 가인	小栗風葉	소설/일본	
면수 불명	1~3		幡隨院長兵衛 第七席 〈7〉 반즈이인 조베에 제7석	錦城齋貞玉講演/天 沼雄吉速記	고단	

1915년 02월 17일 (수) 5495호

지면	단수	기획	기사제목 〈회수〉〔곡수〕	필자/저자(역자)	분류	비고
1	4		ポープラ吟社(二)/即吟/虹 〈2〉 포플러긴샤(2)/즉음/등에		기타/모임 안내	
1	4		ポープラ吟社(二)/即吟/虹 〈2〉〔2〕 포플러긴샤(2)/즉음/등에	竹亭	시가/하이쿠	
1	4		ポープラ吟社(二)/即吟/虹 〈2〉〔2〕 포플러긴샤(2)/즉음/등에	鳥吟	시가/하이쿠	
1	4		ポープラ吟社(二)/即吟/虹 〈2〉〔1〕 포플러긴샤(2)/즉음/등에	夢村	시가/하이쿠	
1	4		ポープラ吟社(二)/即吟/虹 〈2〉〔1〕 포플러긴샤(2)/즉음/등에	雪香	시가/하이쿠	
1	4		ポープラ吟社(二)/即吟/虹 〈2〉〔1〕 포플러긴샤(2)/즉음/등에	竹亭	시가/하이쿠	
1	4		ポープラ吟社(二)/即吟/虹 〈2〉〔1〕 포플러긴샤(2)/즉음/등에	雪香	시가/하이쿠	
1	4		ポープラ吟社(二)/難題吟 〈2〉〔1〕 포플러긴샤(2)/난제음	紀乙	시가/하이쿠	
1	4		ポープラ吟社(二)/難題吟 〈2〉〔1〕 포플러긴샤(2)/난제음	竹亭	시가/하이쿠	
1	4		ポープラ吟社(二)/難題吟 〈2〉〔1〕 포플러긴샤(2)/난제음	溪南	시가/하이쿠	
1	4		ポープラ吟社(二)/##俳句/題日本 〈2〉〔1〕 포플러긴샤(2)/##하이쿠/주제 일본	竹亭	시가/하이쿠	

지면	단수	기획	기사제목 〈회수〉〔곡수〕	필자/저자(역자)	분류	비고
1	4		ポープラ吟社(二)/##俳句/題日本 〈2〉〔1〕 포플러긴샤(2)/##하이쿠/주제 일본	雪香	시가/하이쿠	
1	4		ポープラ吟社(二)/##俳句/題日本 〈2〉〔1〕 포플러긴샤(2)/##하이쿠/주제 일본	沼南	시가/하이쿠	
1	4		ポープラ吟社(二)/##俳句/題日本 〈2〉〔1〕 포플러긴샤(2)/##하이쿠/주제 일본	夢村	시가/하이쿠	
1	4		ポープラ吟社(二)/凡例/ある俳誌より 〈2〉〔1〕 포플러긴샤(2)/범례/하이쿠 잡지에서	鳳聲	시가/하이쿠	
1	4		ポープラ吟社(二)/凡例/ある俳誌より 〈2〉〔1〕 포플러긴샤(2)/범례/하이쿠 잡지에서	竹亭	시가/하이쿠	
1	4		ポープラ吟社(二)/凡例/ある俳誌より 〈2〉〔1〕 포플러긴샤(2)/범례/하이쿠 잡지에서	翠影	시가/하이쿠	
1	5~6		★義人と佳人 〈10〉 의인과 가인	小栗風葉	소설/일본	
면수 불명	1~3		幡隨院長兵衛 第八席 〈8〉 반즈이인 조베에 제8석	錦城齋貞玉講演/天 沼雄吉速記	고단	

1915년 02월 17일 (수) 5495호 경북판

지면	단수	기획	기사제목 〈회수〉〔곡수〕	필자/저자(역자)	분류	비고
면수 불명	5	時事偶感	(제목없음)〔1〕	浦項 義之	시가/단카	
면수 불명	5	時事偶感	鍊大魚〔1〕 청어 대어	浦項 義之	시가/단카	
면수 불명	5	時事偶感	(제목없음)〔1〕	浦項 照子	시가/단카	
면수 불명	5	時事偶感	(제목없음)〔1〕	浦項 照子	시가/하이쿠	
면수 불명	5	時事偶感	(제목없음)〔1〕	浦項 照子	시가/하이쿠	
면수 불명	5	時事偶感	(제목없음)〔4〕	浦項 飛梅	시가/하이쿠	
면수 불명	5~6		人格の意義 인격의 의의	卓越生	수필/기타	

1915년 02월 18일 (목) 5496호

지면	단수	기획	기사제목 〈회수〉〔곡수〕	필자/저자(역자)	분류	비고
1	3		東向列車より 〈2〉 동쪽으로 향하는 열차에서	竹軒生	수필/기행	
1	4	漢詩	遊鮮詩草/夜坐〔1〕 유선시초/야좌	奧田耕雲	시가/한시	
1	4	漢詩	★遊鮮詩草/矗石樓〔1〕 유선시초/촉석루	奧田耕雲	시가/한시	
1	5~6		★義人と佳人 〈11〉 의인과 가인	小栗風葉	소설/일본	
면수 불명	1~3		幡隨院長兵衛 第九席 〈9〉 반즈이인 조베에 제9석	錦城齋貞玉講演/天 沼雄吉速記	고단	

1915년 02월 18일 (목) 5496호 경북판

지면	단수	기획	기사제목 〈회수〉〔곡수〕	필자/저자(역자)	분류	비고
면수 불명	6~8		人格の意義 인격의 의의	邱南生	수필/기타	

1915년 02월 19일 (금) 5497호

지면	단수	기획	기사제목 〈회수〉〔곡수〕	필자/저자(역자)	분류	비고
1	3		東京より 〈3〉 도쿄에서	竹軒生	수필/기행	

지면	단수	기획	기사제목 〈회수〉〔곡수〕	필자/저자(역자)	분류	비고
1	4		へなぶり〔6〕 헤나부리	於釜山 古閑鶴水	시가/교카	
1	5~6		★義人と佳人〈12〉 의인과 가인	小栗風葉	소설/일본	
면수 불명	1~3		幡隨院長兵衛 第十席〈10〉 반즈이인 조베에 제10석	錦城齋貞玉講演/天 沼雄吉速記	고단	
면수 불명	6~7		別離に際して 이별을 맞이하여	鐵槌 稻垣盛人	수필/일상	

1915년 02월 20일 (토) 5498호

1	5~6		★義人と佳人〈13〉 의인과 가인	小栗風葉	소설/일본	
면수 불명	1~3		幡隨院長兵衛 第十一席〈11〉 반즈이인 조베에 제11석	錦城齋貞玉講演/天 沼雄吉速記	고단	

1915년 02월 21일 (일) 5499호

1	4		へなぶり〔6〕 헤나부리	於釜山 古閑鶴水	시가/교카	
1	5~6		★義人と佳人〈14〉 의인과 가인	小栗風葉	소설/일본	
면수 불명	6		小原局長と俳筵〔2〕 오하라 국장과 하이쿠 모임		수필·시가/ 일상·하이쿠	
면수 불명	1~3		幡隨院長兵衛 第十二席〈12〉 반즈이인 조베에 제12석	錦城齋貞玉講演/天 沼雄吉速記	고단	

1915년 02월 23일 (화) 5500호

1	3		靑島行の途中より 칭다오 행 도중에	鐵槌生	수필/기행	
1	4		へなぶり〔5〕 헤나부리	於釜山 古閑鶴水	시가/교카	
1	4	俳句	牛岩洞吟社句集/頭巾〔2〕 우암동음사 구집/두건	芳聲	시가/하이쿠	
1	4	俳句	牛岩洞吟社句集/頭巾〔2〕 우암동음사 구집/두건	笑蛙	시가/하이쿠	
1	4	俳句	☆牛岩洞吟社句集/頭巾〔3〕 우암동음사 구집/두건	南雲	시가/하이쿠	
1	4	俳句	☆牛岩洞吟社句集/頭巾〔2〕 우암동음사 구집/두건	後翁	시가/하이쿠	
1	4	俳句	牛岩洞吟社句集/頭巾〔2〕 우암동음사 구집/두건	佳祥	시가/하이쿠	
1	4	俳句	牛岩洞吟社句集/代出〔1〕 우암동음사 구집/점원 교체	芳聲	시가/하이쿠	
1	4	俳句	牛岩洞吟社句集/代出〔1〕 우암동음사 구집/점원 교체	笑蛙	시가/하이쿠	
1	4	俳句	牛岩洞吟社句集/代出〔2〕 우암동음사 구집/점원 교체	南雲	시가/하이쿠	
1	4	俳句	牛岩洞吟社句集/代出〔1〕 우암동음사 구집/점원 교체	後翁	시가/하이쿠	
1	4	俳句	牛岩洞吟社句集/代出〔1〕 우암동음사 구집/점원 교체	佳祥	시가/하이쿠	
1	4	俳句	牛岩洞吟社句集/雜吟〔1〕 우암동음사 구집/잡음	笑蛙	시가/하이쿠	

지면	단수	기획	기사제목 〈회수〉〔곡수〕	필자/저자(역자)	분류	비고
1	4	俳句	牛岩洞吟社句集/雜吟 〔3〕 우암동음사 구집/잡음	南雲	시가/하이쿠	
1	5~6		★義人と佳人 〈15〉 의인과 가인	小栗風葉	소설/일본	
면수 불명	1~3		幡隨院長兵衛 第十三席 〈13〉 반즈이인 조베에 제13석	錦城齋貞玉講演/天 沼雄吉速記	고단	
면수 불명	5~6		珍談集 〔3〕 우스운 이야기 집		기타	

1915년 02월 24일 (수) 5501호

지면	단수	기획	기사제목 〈회수〉〔곡수〕	필자/저자(역자)	분류	비고
1	4	漢詩	遊鮮詩草/峨嵋洞 〔1〕 유선시초/아미동	奧田耕雲	시가/한시	
1	4	漢詩	遊鮮詩草/南鮮道中 〔1〕 유선시초/남선도중	奧田耕雲	시가/한시	
1	4~5		へなぶり 〔4〕 헤나부리	於釜山 古閑鶴水	시가/교카	
1	5~6		★義人と佳人 〈16〉 의인과 가인	小栗風葉	소설/일본	
면수 불명	1~3		幡隨院長兵衛 第十四席 〈14〉 반즈이인 조베에 제14석	錦城齋貞玉講演/天 沼雄吉速記	고단	

1915년 02월 25일 (목) 5502호

지면	단수	기획	기사제목 〈회수〉〔곡수〕	필자/저자(역자)	분류	비고
1	4	漢詩	遊鮮詩草/南鮮道中 〔1〕 유선시초/남선도중	奧田耕雲	시가/한시	
1	4~5	漢詩	遊鮮詩草/南鮮道中/二 〔1〕 유선시초/남선도중2	奧田耕雲	시가/한시	
1	5~6		★義人と佳人 〈17〉 의인과 가인	小栗風葉	소설/일본	
면수 불명	1~3		幡隨院長兵衛 第十五席 〈15〉 반즈이인 조베에 제15석	錦城齋貞玉講演/天 沼雄吉速記	고단	

1915년 02월 26일 (금) 5503호

지면	단수	기획	기사제목 〈회수〉〔곡수〕	필자/저자(역자)	분류	비고
1	4	漢詩	遊鮮詩草/釜山口占 〔1〕 유선시초/부산 즉흥시를 읊다	奧田耕雲	시가/한시	
1	4	漢詩	遊鮮詩草/春初富民洞訪趙先生家賦呈 〔1〕 유선시초/초봄 부민동 조선생 댁을 방문하여 드리다	奧田耕雲	시가/한시	
1	5~6		★義人と佳人 〈18〉 의인과 가인	小栗風葉	소설/일본	
면수 불명	5~6	文苑	早春 〔1〕 이른 봄	雨情	시가/신체시	
면수 불명	6	日刊文林	滿津子 마쓰코	於釜山 古閑貞雄	수필/일상	

1915년 02월 27일 (토) 5504호

지면	단수	기획	기사제목 〈회수〉〔곡수〕	필자/저자(역자)	분류	비고
1	4	短歌	(제목없음) 〔7〕	在朝鮮 古閑貞雄	시가/단카	
1	5~6		★義人と佳人 〈19〉 의인과 가인	小栗風葉	소설/일본	
면수 불명	1~2		幡隨院長兵衛 第十六席 〈16〉 반즈이인 조베에 제16석	錦城齋貞玉講演/天 沼雄吉速記	고단	

1915년 02월 27일 (토) 5504호 경북판

지면	단수	기획	기사제목 〈회수〉 〔곡수〕	필자/저자(역자)	분류	비고
면수 불명	3~4		筋書 계획	松山嵐	수필/일상	

1915년 02월 28일 (일) 5505호

지면	단수	기획	기사제목	필자/저자(역자)	분류	비고
면수 불명	1~3		幡隨院長兵衛 第十七席 〈17〉 반즈이인 조베에 제17석	錦城齋貞玉講演/天 沼雄吉速記	고단	

1915년 03월 02일 (월) 5506호

지면	단수	기획	기사제목	필자/저자(역자)	분류	비고
1	5	俳句	長崎の俳人士へ 〔9〕 나가사키의 하이진에게	古閑貞雄	시가/하이쿠	
1	5	漢詩	遊鮮詩草/偶成 〔1〕 유선시초/우성	奧田耕雲	시가/한시	
면수 불명	1~2		★義人と佳人 〈20〉 의인과 가인	小栗風葉	소설/일본	

1915년 03월 03일 (화) 5507호

지면	단수	기획	기사제목	필자/저자(역자)	분류	비고
1	4	俳句	牛岩洞吟社句集/題「耳袋」〔3〕 우암동음사 구집/주제「미미부쿠로」	南國子	시가/하이쿠	
1	4	俳句	牛岩洞吟社句集/題「耳袋」〔2〕 우암동음사 구집/주제「미미부쿠로」	笑蛙	시가/하이쿠	
1	4	俳句	牛岩洞吟社句集/題「耳袋」〔2〕 우암동음사 구집/주제「미미부쿠로」	佳祥	시가/하이쿠	
1	4	俳句	牛岩洞吟社句集/題「耳袋」〔2〕 우암동음사 구집/주제「미미부쿠로」	芳聲	시가/하이쿠	
1	4~6		★義人と佳人 〈22〉 의인과 가인	小栗風葉	소설/일본	회수 오류
면수 불명	1~3		幡隨院長兵衛 第十九席 〈19〉 반즈이인 조베에 제19석	錦城齋貞玉講演/天 沼雄吉速記	고단	

1915년 03월 04일 (수) 5508호

지면	단수	기획	기사제목	필자/저자(역자)	분류	비고
1	4	俳句	牛岩洞吟社句集/題「年の暮」〔1〕 우암동음사 구집/주제「연말」	得翁	시가/하이쿠	
1	5	俳句	牛岩洞吟社句集/題「年の暮」〔3〕 우암동음사 구집/주제「연말」	南國子	시가/하이쿠	
1	5	俳句	☆牛岩洞吟社句集/題「年の暮」〔3〕 우암동음사 구집/주제「연말」	笑蛙	시가/하이쿠	
1	5	俳句	☆牛岩洞吟社句集/題「年の暮」〔2〕 우암동음사 구집/주제「연말」	佳祥	시가/하이쿠	
1	5	俳句	☆牛岩洞吟社句集/題「年の暮」〔2〕 우암동음사 구집/주제「연말」	芳聲	시가/하이쿠	
1	5~6		★義人と佳人 〈23〉 의인과 가인	小栗風葉	소설/일본	회수 오류
면수 불명	1~3		幡隨院長兵衛 第二十席 〈20〉 반즈이인 조베에 제20석	錦城齋貞玉講演/天 沼雄吉速記	고단	
면수 불명	4~5		ポプラ集 포플러집		기타/모임 안내	
면수 불명	5		ポプラ集/宿題 鳥菓、蒲公英、春水 〔2〕 포플러집/숙제 새 둥지, 민들레, 춘수	竹亭	시가/하이쿠	
면수 불명	5		ポプラ集/宿題 鳥菓、蒲公英、春水 〔1〕 포플러집/숙제 새 둥지, 민들레, 춘수	雪香	시가/하이쿠	
면수 불명	5		ポプラ集/宿題 鳥菓、蒲公英、春水 〔1〕 포플러집/숙제 새 둥지, 민들레, 춘수	竹亭	시가/하이쿠	

지면	단수	기획	기사제목 〈회수〉〔곡수〕	필자/저자(역자)	분류	비고
면수 불명	5		ポプラ集/宿題 鳥菓、蒲公英、春水〔2〕 포플러집/숙제 새 둥지, 민들레, 춘수	紀乙	시가/하이쿠	
면수 불명	5		ポプラ集/宿題 鳥菓、蒲公英、春水〔1〕 포플러집/숙제 새 둥지, 민들레, 춘수	夢村	시가/하이쿠	
면수 불명	5		ポプラ集/雜題吟 石鹸玉〔1〕 포플러집/잡제음 비눗방울	夢村	시가/하이쿠	
면수 불명	5		ポプラ集/雜題吟 石鹸玉〔1〕 포플러집/잡제음 비눗방울	竹亭	시가/하이쿠	
면수 불명	5		ポプラ集/雜題吟 石鹸玉〔1〕 포플러집/잡제음 비눗방울	雪香	시가/하이쿠	
면수 불명	5		ポプラ集/雜題吟 石鹸玉〔1〕 포플러집/잡제음 비눗방울	竹亭	시가/하이쿠	
면수 불명	5		ポプラ集/雜題吟 石鹸玉〔1〕 포플러집/잡제음 비눗방울	醉迷	시가/하이쿠	
면수 불명	5		ポプラ集/雜題吟 石鹸玉〔1〕 포플러집/잡제음 비눗방울	雪香	시가/하이쿠	
면수 불명	5		ポプラ集/雜題吟 石鹸玉〔1〕 포플러집/잡제음 비눗방울	紀乙	시가/하이쿠	
면수 불명	5		ポプラ集/情調俳句(春雜)〔1〕 포플러집/정조 하이쿠(봄-잡)	竹亭	시가/하이쿠	
면수 불명	5		ポプラ集/情調俳句(春雜)〔1〕 포플러집/정조 하이쿠(봄-잡)	紀乙	시가/하이쿠	
면수 불명	5		ポプラ集/情調俳句(春雜)〔1〕 포플러집/정조 하이쿠(봄-잡)	雪香	시가/하이쿠	
면수 불명	5		ポプラ集/情調俳句(春雜)〔2〕 포플러집/정조 하이쿠(봄-잡)	竹亭	시가/하이쿠	
면수 불명	5		ポプラ集/情調俳句(春雜)〔1〕 포플러집/정조 하이쿠(봄-잡)	雪香	시가/하이쿠	
면수 불명	5		ポプラ集/卽吟 春の虹〔1〕 포플러집/즉음 봄 무지개	紀乙	시가/하이쿠	
면수 불명	5		ポプラ集/卽吟 春の虹〔1〕 포플러집/즉음 봄 무지개	竹亭	시가/하이쿠	
면수 불명	5		ポプラ集/卽吟 春の虹〔1〕 포플러집/즉음 봄 무지개	鳥吟	시가/하이쿠	
면수 불명	5		ポプラ集/卽吟 春の虹〔1〕 포플러집/즉음 봄 무지개	竹亭	시가/하이쿠	
면수 불명	5		ポプラ集/卽吟 春の虹〔1〕 포플러집/즉음 봄 무지개	夢村	시가/하이쿠	
면수 불명	5		ポプラ集/卽吟 春の虹〔1〕 포플러집/즉음 봄 무지개	紀乙	시가/하이쿠	
면수 불명	5		ポプラ集/卽吟 春の虹〔1〕 포플러집/즉음 봄 무지개	竹亭	시가/하이쿠	

1915년 03월 05일 (금) 5509호

지면	단수	기획	기사제목	필자/저자(역자)	분류	비고
1	3		靑島上陸 칭다오 상륙	鐵槌生	수필/기행	
1	4	俳句	牛岩洞吟社句集/題「あんこう」〔1〕 우암동음사 구집/주제「아귀」	得翁	시가/하이쿠	
1	4~5	俳句	牛岩洞吟社句集/題「あんこう」〔3〕 우암동음사 구집/주제「아귀」	南國子	시가/하이쿠	
1	5	俳句	牛岩洞吟社句集/題「あんこう」〔2〕 우암동음사 구집/주제「아귀」	笑蛙	시가/하이쿠	

지면	단수	기획	기사제목 〈회수〉〔곡수〕	필자/저자(역자)	분류	비고
1	5	俳句	牛岩洞吟社句集/題「あんこう」〔1〕 우암동음사 구집/주제「아귀」	佳祥	시가/하이쿠	
1	5~6		★義人と佳人 〈24〉 의인과 가인	小栗風葉	소설/일본	회수 오류
면수 불명	1~3		幡隨院長兵衛 第二十一席 〈21〉 반즈이인 조베에 제21석	錦城齋貞玉講演/天 沼雄吉速記	고단	

1915년 03월 06일 (토) 5510호

지면	단수	기획	기사제목 〈회수〉〔곡수〕	필자/저자(역자)	분류	비고
1	4~5	俳句	逝きにし父の古き俳誌より/冬之部〔17〕 돌아가신 아버지의 옛 하이쿠 잡지에서/겨울 부분	古閑貞雄	시가/하이쿠	
1	5~6		★義人と佳人 〈25〉 의인과 가인	小栗風葉	소설/일본	회수 오류
면수 불명	1~3		幡隨院長兵衛 第二十二席 〈22〉 반즈이인 조베에 제22석	錦城齋貞玉講演/天 沼雄吉速記	고단	

1915년 03월 07일 (일) 5511호

지면	단수	기획	기사제목 〈회수〉〔곡수〕	필자/저자(역자)	분류	비고
1	4~6		★義人と佳人 〈26〉 의인과 가인	小栗風葉	소설/일본	회수 오류
면수 불명	1~3		幡隨院長兵衛 第二十三席 〈23〉 반즈이인 조베에 제23석	錦城齋貞玉講演/天 沼雄吉速記	고단	

1915년 03월 09일 (화) 5512호

지면	단수	기획	기사제목 〈회수〉〔곡수〕	필자/저자(역자)	분류	비고
1	3		濟南府より 지난부(濟南府)에서	鐵槌生	수필/기행	
1	4~5	漢詩	遊鮮詩草/浦項稻田旅館壁#有南條博士詩次韵〔1〕 유선시초/포항 이나다 료칸 벽 ## 난조 박사 시 차운	奧田耕雲	시가/한시	
1	5	漢詩	遊鮮詩草/浦項稻田旅館壁#有南條博士詩次韵/二〔1〕 유선시초/포항 이나다 료칸 벽 ## 난조 박사 시 차운/2	奧田耕雲	시가/한시	
1	5~6		★義人と佳人 〈27〉 의인과 가인	小栗風葉	소설/일본	회수 오류
면수 불명	1~3		幡隨院長兵衛 第二十四席 〈24〉 반즈이인 조베에 제24석	錦城齋貞玉講演/天 沼雄吉速記	고단	

1915년 03월 10일 (수) 5513호

지면	단수	기획	기사제목 〈회수〉〔곡수〕	필자/저자(역자)	분류	비고
1	4	漢詩	遊鮮詩草/原作南條博士詩〔1〕 유선시초/원작 난조 박사 시	奧田耕雲	시가/한시	
1	4	漢詩	遊鮮詩草/原作南條博士詩/二〔1〕 유선시초/원작 난조 박사 시/2	奧田耕雲	시가/한시	
1	4	漢詩	遊鮮詩草/原作南條博士詩/代評次韵〔1〕 유선시초/원작 난조 박사 시/대평차운	靑雨	시가/한시	
1	4~5	俳句	逝きにし父の俳誌より/冬の部〔5〕 돌아가신 아버지의 하이쿠 잡지에서/겨울 부분	古閑貞雄	시가/하이쿠	
1	5	俳句	逝きにし父の俳誌より/新年の部〔4〕 돌아가신 아버지의 하이쿠 잡지에서/신년 부분	古閑貞雄	시가/하이쿠	
1	5~6		★義人と佳人 〈28〉 의인과 가인	小栗風葉	소설/일본	회수 오류
면수 불명	1~3		幡隨院長兵衛 第二十五席 〈25〉 반즈이인 조베에 제25석	錦城齋貞玉講演/天 沼雄吉速記	고단	

1915년 03월 10일 (수) 5513호 경북판

지면	단수	기획	기사제목 〈회수〉〔곡수〕	필자/저자(역자)	분류	비고
면수 불명	4~6		多情多恨 〈1〉 다정다한		수필/관찰	

지면	단수	기획	기사제목 〈회수〉〔곡수〕	필자/저자(역자)	분류	비고
1915년 03월 11일 (목) 5514호						
1	4~5	漢詩	遊鮮詩草/迎日灣#舟抵慶州 〔1〕 유선시초/영일만###경주	奧田耕雲	시가/한시	
1	5~6		★義人と佳人 〈29〉 의인과 가인	小栗風葉	소설/일본	회수 오류
면수 불명	1~3		幡隨院長兵衛 第二十六席 〈26〉 반즈이인 조베에 제26석	錦城齋貞玉講演/天 沼雄吉速記	고단	
1915년 03월 11일 (목) 5514호 경북판						
면수 불명	5~6		多情多恨 〈2〉 다정다한		수필/관찰	
1915년 03월 12일 (금) 5515호						
1	4	漢詩	遊鮮詩草/自九龍浦至立石洞 〔1〕 유선시초/구룡포에서 입석동에 이르다	奧田耕雲	시가/한시	
1	4	漢詩	遊鮮詩草/自九龍浦至立石洞/二 〔1〕 유선시초/구룡포에서 입석동에 이르다2	奧田耕雲	시가/한시	
1	4	漢詩	遊鮮詩草/自九龍浦至立石洞/三 〔1〕 유선시초/구룡포에서 입석동에 이르다3	奧田耕雲	시가/한시	
1	4~5	漢詩	遊鮮詩草/自九龍浦至立石洞/四 〔1〕 유선시초/구룡포에서 입석동에 이르다4	奧田耕雲	시가/한시	
1	5~6		★義人と佳人 〈30〉 의인과 가인	小栗風葉	소설/일본	회수 오류
면수 불명	1~3		幡隨院長兵衛 第二十七席 〈27〉 반즈이인 조베에 제27석	錦城齋貞玉講演/天 沼雄吉速記	고단	
1915년 03월 12일 (금) 5515호 경북판						
면수 불명	5~6		多情多恨 〈2〉 다정다한		수필/관찰	회수 오류
1915년 03월 13일 (토) 5516호						
1	4	漢詩	高麗野會句集-落柿舍柏崖宗匠#/奧二十# 〔1〕 고려야회 구집-라쿠시샤 하쿠가이 소쇼 #/오쿠이십#	一擧	시가/하이쿠	
1	4	漢詩	高麗野會句集-落柿舍柏崖宗匠#/奧二十# 〔1〕 고려야회 구집-라쿠시샤 하쿠가이 소쇼 #/오쿠이십#	山霞	시가/하이쿠	
1	4	漢詩	高麗野會句集-落柿舍柏崖宗匠#/奧二十# 〔1〕 고려야회 구집-라쿠시샤 하쿠가이 소쇼 #/오쿠이십#	瓢々	시가/하이쿠	
1	4	漢詩	高麗野會句集-落柿舍柏崖宗匠#/奧二十# 〔1〕 고려야회 구집-라쿠시샤 하쿠가이 소쇼 #/오쿠이십#	利水	시가/하이쿠	
1	4	漢詩	高麗野會句集-落柿舍柏崖宗匠#/奧二十# 〔1〕 고려야회 구집-라쿠시샤 하쿠가이 소쇼 #/오쿠이십#	松峯	시가/하이쿠	
1	4	漢詩	高麗野會句集-落柿舍柏崖宗匠#/奧二十# 〔2〕 고려야회 구집-라쿠시샤 하쿠가이 소쇼 #/오쿠이십#	一笑	시가/하이쿠	
1	4	漢詩	高麗野會句集-落柿舍柏崖宗匠#/奧二十# 〔1〕 고려야회 구집-라쿠시샤 하쿠가이 소쇼 #/오쿠이십#	遠舟	시가/하이쿠	
1	4	漢詩	高麗野會句集-落柿舍柏崖宗匠#/奧二十# 〔2〕 고려야회 구집-라쿠시샤 하쿠가이 소쇼 #/오쿠이십#	一笑	시가/하이쿠	
1	4	漢詩	高麗野會句集-落柿舍柏崖宗匠#/奧二十# 〔1〕 고려야회 구집-라쿠시샤 하쿠가이 소쇼 #/오쿠이십#	利水	시가/하이쿠	
1	4	漢詩	高麗野會句集-落柿舍柏崖宗匠#/奧二十# 〔1〕 고려야회 구집-라쿠시샤 하쿠가이 소쇼 #/오쿠이십#	遠舟	시가/하이쿠	

지면	단수	기획	기사제목 〈회수〉〔곡수〕	필자/저자(역자)	분류	비고
1	4	漢詩	高麗野會句集-落柿舍柏崕宗匠#/奧二十# 〔2〕 고려야회 구집-라쿠시샤 하쿠가이 소쇼 #/오쿠이십#	一笑	시가/하이쿠	
1	4	漢詩	高麗野會句集-落柿舍柏崕宗匠#/奧二十# 〔1〕 고려야회 구집-라쿠시샤 하쿠가이 소쇼 #/오쿠이십#	一擧	시가/하이쿠	
1	4	漢詩	高麗野會句集-落柿舍柏崕宗匠#/奧二十# 〔2〕 고려야회 구집-라쿠시샤 하쿠가이 소쇼 #/오쿠이십#	一笑	시가/하이쿠	
1	4	漢詩	高麗野會句集-落柿舍柏崕宗匠#/奧三光 〔1〕 고려야회 구집-라쿠시샤 하쿠가이 소쇼 #/오쿠삼광	山霞	시가/하이쿠	
1	4	漢詩	高麗野會句集-落柿舍柏崕宗匠#/奧三光 〔1〕 고려야회 구집-라쿠시샤 하쿠가이 소쇼 #/오쿠삼광	一擧	시가/하이쿠	
1	4	漢詩	高麗野會句集-落柿舍柏崕宗匠#/奧三光. 〔1〕 고려야회 구집-라쿠시샤 하쿠가이 소쇼 #/오쿠삼광	瓢々	시가/하이쿠	
1	4	漢詩	高麗野會句集-落柿舍柏崕宗匠#/追加 〔1〕 고려야회 구집-라쿠시샤 하쿠가이 소쇼 #/추가	選者	시가/하이쿠	
1	5~6		★義人と佳人 〈31〉 의인과 가인	小栗風葉	소설/일본	회수 오류
면수 불명	1~3		幡隨院長兵衛 第二十八席 〈28〉 반즈이인 조베에 제28석	錦城齋貞玉講演/天 沼雄吉速記	고단	

1915년 03월 13일 (토) 5516호 경북판

지면	단수	기획	기사제목 〈회수〉〔곡수〕	필자/저자(역자)	분류	비고
면수 불명	3~4		多情多恨 〈3〉 다정다한		수필/관찰	회수 오류

1915년 03월 14일 (일) 5517호

지면	단수	기획	기사제목 〈회수〉〔곡수〕	필자/저자(역자)	분류	비고
1	3		靑島より 칭다오에서	鐵槌生	수필/서간	
1	4	俳句	亡き父の俳誌より 〔9〕 돌아가신 아버지의 하이쿠 잡지에서	古閑貞雄	시가/하이쿠	
1	4~5	短歌	眠を病みて 〔5〕 눈병을 앓으며	南の#人	시가/단카	
1	5~6		★義人と佳人 〈32〉 의인과 가인	小栗風葉	소설/일본	회수 오류
면수 불명	1~3		幡隨院長兵衛 第二十九席 〈29〉 반즈이인 조베에 제29석	錦城齋貞玉講演/天 沼雄吉速記	고단	

1915년 03월 16일 (화) 5518호

지면	단수	기획	기사제목 〈회수〉〔곡수〕	필자/저자(역자)	분류	비고
1	4~5	短歌	廢丘にて 〔5〕 폐구에서	澁川紅夢子	시가/단카	
1	5~6		★義人と佳人 〈33〉 의인과 가인	小栗風葉	소설/일본	회수 오류
면수 불명	1~3		幡隨院長兵衛 第三十席 〈30〉 반즈이인 조베에 제30석	錦城齋貞玉講演/天 沼雄吉速記	고단	

1915년 03월 16일 (화) 5518호 경북판

지면	단수	기획	기사제목 〈회수〉〔곡수〕	필자/저자(역자)	분류	비고
면수 불명	3~5		多情多恨 〈4〉 다정다한		수필/관찰	회수 오류

1915년 03월 17일 (수) 5519호

지면	단수	기획	기사제목 〈회수〉〔곡수〕	필자/저자(역자)	분류	비고
1	4~5	俳句	亡き父の俳誌より 〔10〕 돌아가신 아버지의 하이쿠 잡지에서	古閑貞雄	시가/하이쿠	
1	5~6		★義人と佳人 〈34〉 의인과 가인	小栗風葉	소설/일본	회수 오류

지면	단수	기획	기사제목 〈회수〉 〔곡수〕	필자/저자(역자)	분류	비고
면수 불명	1~3		幡隨院長兵衛 第三十一席 〈31〉 반즈이인 조베에 제31석	錦城齋貞玉講演/天沼雄吉速記	고단	
1915년 03월 17일 (수) 5519호 경북판						
면수 불명	4~6		多情多恨 〈5〉 다정다한		수필/관찰	회수 오류
1915년 03월 18일 (목) 5520호						
1	4	漢詩	方魚津 〔1〕 방어진	奥田耕雲	시가/한시	
1	4	漢詩	踰險#立石洞 〔1〕 유험#입석동	奥田耕雲	시가/한시	
1	4	漢詩	浦項奇內二首 〔1〕 포항 기내 이수	奥田耕雲	시가/한시	
1	4	漢詩	浦項奇內二首/二 〔1〕 포항 기내 이수/2	奥田耕雲	시가/한시	
1	4~5	和歌	かなしき日記より 〔7〕 슬픈 일기에서	野菊	시가/단카	
1	5~6		★義人と佳人 〈34〉 의인과 가인	小栗風葉	소설/일본	
면수 불명	1~3		幡隨院長兵衛 第三十二席 〈32〉 반즈이인 조베에 제32석	錦城齋貞玉講演/天沼雄吉速記	고단	
면수 불명	6		尋蟻宗匠の雅懷/悴の手術に立會ふて 〔1〕 진기 소쇼의 아회/#의 수술에 입회하여	尋蟻	시가/하이쿠	
면수 불명	6~7		尋蟻宗匠の雅懷/春の雪 〔10〕 진기 소쇼의 아회/봄눈	尋蟻	시가/하이쿠	
면수 불명	7		尋蟻宗匠の雅懷/尋蟻に寄せんとて 〔2〕 진기 소쇼의 아회/진기(尋蟻)에게 보내기 위하여	青雨	시가/하이쿠	
면수 불명	7	時事詞林	爭鹿 〔1〕 쟁록	無名氏	시가/한시	
면수 불명	7	時事詞林	忘善# 〔1〕 망선#	無名氏	시가/한시	
1915년 03월 19일 (금) 5521호						
1	4~5	短歌	(제목없음) 〔3〕	澁川紅夢	시가/단카	
1	5~6		★義人と佳人 〈35〉 의인과 가인	小栗風葉	소설/일본	
면수 불명	1~3		幡隨院長兵衛 第三十三席 〈33〉 반즈이인 조베에 제33석	錦城齋貞玉講演/天沼雄吉速記	고단	
1915년 03월 19일 (금) 5521호 경북판						
면수 불명	5~6		多情多恨 〈6〉 다정다한		수필/관찰	회수 오류
1915년 03월 20일 (토) 5522호						
1	4	俳句	高麗野會月並俳句-省花堂茶遊宗匠選/課題 中詩人孟浩然 〔1〕 고려야회 쓰키나미 하이쿠-쇼카도 사유 소쇼 선/과제 중시인맹호연	一擧	시가/하이쿠	
1	4	俳句	高麗野會月並俳句-省花堂茶遊宗匠選/課題 中詩人孟浩然 〔1〕 고려야회 쓰키나미 하이쿠-쇼카도 사유 소쇼 선/과제 중시인맹호연	山霞	시가/하이쿠	
1	4	俳句	高麗野會月並俳句-省花堂茶遊宗匠選/課題 中詩人孟浩然 〔1〕 고려야회 쓰키나미 하이쿠-쇼카도 사유 소쇼 선/과제 중시인맹호연	一擧	시가/하이쿠	

지면	단수	기획	기사제목 〈회수〉〔곡수〕	필자/저자(역자)	분류	비고
1	4	俳句	高麗野會月並俳句-省花堂茶遊宗匠選/課題 中詩人孟浩然〔1〕 고려야회 쓰키나미 하이쿠-쇼카도 사유 소소 선/과제 중시인맹호연	走舟	시가/하이쿠	
1	4	俳句	高麗野會月並俳句-省花堂茶遊宗匠選/課題 中詩人孟浩然〔1〕 고려야회 쓰키나미 하이쿠-쇼카도 사유 소소 선/과제 중시인맹호연	飄々	시가/하이쿠	
1	4	俳句	高麗野會月並俳句-省花堂茶遊宗匠選/課題 中詩人孟浩然〔1〕 고려야회 쓰키나미 하이쿠-쇼카도 사유 소소 선/과제 중시인맹호연	一擧	시가/하이쿠	
1	4	俳句	高麗野會月並俳句-省花堂茶遊宗匠選/課題 中詩人孟浩然〔1〕 고려야회 쓰키나미 하이쿠-쇼카도 사유 소소 선/과제 중시인맹호연	一笑	시가/하이쿠	
1	4	俳句	高麗野會月並俳句-省花堂茶遊宗匠選/課題 中詩人孟浩然〔1〕 고려야회 쓰키나미 하이쿠-쇼카도 사유 소소 선/과제 중시인맹호연	利水	시가/하이쿠	
1	4	俳句	高麗野會月並俳句-省花堂茶遊宗匠選/課題 中詩人孟浩然〔1〕 고려야회 쓰키나미 하이쿠-쇼카도 사유 소소 선/과제 중시인맹호연	竹月	시가/하이쿠	
1	4	俳句	高麗野會月並俳句-省花堂茶遊宗匠選/課題 中詩人孟浩然〔1〕 고려야회 쓰키나미 하이쿠-쇼카도 사유 소소 선/과제 중시인맹호연	一笑	시가/하이쿠	
1	4	俳句	高麗野會月並俳句-省花堂茶遊宗匠選/課題 中詩人孟浩然〔1〕 고려야회 쓰키나미 하이쿠-쇼카도 사유 소소 선/과제 중시인맹호연	飄々	시가/하이쿠	
1	4	俳句	高麗野會月並俳句-省花堂茶遊宗匠選/課題 中詩人孟浩然〔1〕 고려야회 쓰키나미 하이쿠-쇼카도 사유 소소 선/과제 중시인맹호연	山霞	시가/하이쿠	
1	4	俳句	高麗野會月並俳句-省花堂茶遊宗匠選/課題 中詩人孟浩然〔1〕 고려야회 쓰키나미 하이쿠-쇼카도 사유 소소 선/과제 중시인맹호연	長生	시가/하이쿠	
1	4	俳句	高麗野會月並俳句-省花堂茶遊宗匠選/課題 中詩人孟浩然〔1〕 고려야회 쓰키나미 하이쿠-쇼카도 사유 소소 선/과제 중시인맹호연	利水	시가/하이쿠	
1	4	俳句	高麗野會月並俳句-省花堂茶遊宗匠選/課題 中詩人孟浩然〔1〕 고려야회 쓰키나미 하이쿠-쇼카도 사유 소소 선/과제 중시인맹호연	一笑	시가/하이쿠	
1	4	俳句	高麗野會月並俳句-省花堂茶遊宗匠選/課題 中詩人孟浩然〔1〕 고려야회 쓰키나미 하이쿠-쇼카도 사유 소소 선/과제 중시인맹호연	山霞	시가/하이쿠	
1	4	俳句	高麗野會月並俳句-省花堂茶遊宗匠選/課題 中詩人孟浩然/是より三光 (人)〔1〕 고려야회 쓰키나미 하이쿠-쇼카도 사유 소소 선/과제 중시인맹호연/이후 삼광(인)	遠舟	시가/하이쿠	
1	4	俳句	高麗野會月並俳句-省花堂茶遊宗匠選/課題 中詩人孟浩然/是より三光 (地)〔1〕 고려야회 쓰키나미 하이쿠-쇼카도 사유 소소 선/과제 중시인맹호연/이후 삼광(지)	一擧	시가/하이쿠	
1	4	俳句	高麗野會月並俳句-省花堂茶遊宗匠選/課題 中詩人孟浩然/是より三光 (天)〔1〕 고려야회 쓰키나미 하이쿠-쇼카도 사유 소소 선/과제 중시인맹호연/이후 삼광(천)	山霞	시가/하이쿠	
1	4	俳句	高麗野會月並俳句-省花堂茶遊宗匠選/課題 中詩人孟浩然/追加〔1〕 고려야회 쓰키나미 하이쿠-쇼카도 사유 소소 선/과제 중시인맹호연/추가	茶遊	시가/하이쿠	
1	5~6		★義人と佳人 〈36〉 의인과 가인	小栗風葉	소설/일본	
면수 불명	1~3		幡隨院長兵衛 第三十四席 〈34〉 반즈이인 조베에 제34석	錦城齋貞玉講演/天 沼雄吉速記	고단	

1915년 03월 20일 (토) 5522호 경북판

| 면수
불명 | 4 | | 多情多恨 〈6〉
다정다한 | | 수필/관찰 | 회수 오류 |

1915년 03월 21일 (일) 5523호

| 1 | 4~5 | 俳句 | 雜吟〔9〕
잡음 | 東京 尋蟻 | 시가/하이쿠 | |

지면	단수	기획	기사제목 〈회수〉 〔곡수〕	필자/저자(역자)	분류	비고
1	5	俳句	車中の不二 〔1〕 차 안의 후지	東京 尋蟻	시가/하이쿠	
1	5~6		★義人と佳人 〈38〉 의인과 가인	小栗風葉	수필/소설	회수 오류
면수 불명	1~3		幡隨院長兵衛 第三十五席 〈35〉 반즈이인 조베에 제35석	錦城齋貞玉講演/天 沼雄吉速記	고단	

1915년 03월 21일 (일) 5523호 경북판

지면	단수	기획	기사제목 〈회수〉 〔곡수〕	필자/저자(역자)	분류	비고
면수 불명	4~5		多情多恨 〈7〉 다정다한		수필/관찰	회수 오류

1915년 03월 24일 (수) 5524호

지면	단수	기획	기사제목 〈회수〉 〔곡수〕	필자/저자(역자)	분류	비고
1	4	俳句	弄月吟社句集-香樹園耕菊宗匠選 〔1〕 로게쓰긴샤 구집-고주엔 고키쿠 소쇼 선	夢柳	시가/하이쿠	
1	4	俳句	弄月吟社句集-香樹園耕菊宗匠選 〔1〕 로게쓰긴샤 구집-고주엔 고키쿠 소쇼 선	春浦	시가/하이쿠	
1	4	俳句	弄月吟社句集-香樹園耕菊宗匠選 〔1〕 로게쓰긴샤 구집-고주엔 고키쿠 소쇼 선	比佐古	시가/하이쿠	
1	4	俳句	弄月吟社句集-香樹園耕菊宗匠選 〔2〕 로게쓰긴샤 구집-고주엔 고키쿠 소쇼 선	てる女	시가/하이쿠	
1	4	俳句	弄月吟社句集-香樹園耕菊宗匠選 〔1〕 로게쓰긴샤 구집-고주엔 고키쿠 소쇼 선	一草	시가/하이쿠	
1	4	俳句	弄月吟社句集-香樹園耕菊宗匠選 〔1〕 로게쓰긴샤 구집-고주엔 고키쿠 소쇼 선	比佐古	시가/하이쿠	
1	4	俳句	弄月吟社句集-香樹園耕菊宗匠選 〔1〕 로게쓰긴샤 구집-고주엔 고키쿠 소쇼 선	可秀	시가/하이쿠	
1	4	俳句	弄月吟社句集-香樹園耕菊宗匠選/三光 〔1〕 로게쓰긴샤 구집-고주엔 고키쿠 소쇼 선/삼광	一草	시가/하이쿠	
1	4	俳句	弄月吟社句集-香樹園耕菊宗匠選/三光 〔1〕 로게쓰긴샤 구집-고주엔 고키쿠 소쇼 선/삼광	可秀	시가/하이쿠	
1	4	俳句	弄月吟社句集-香樹園耕菊宗匠選/三光 〔1〕 로게쓰긴샤 구집-고주엔 고키쿠 소쇼 선/삼광	史好	시가/하이쿠	
1	4	俳句	弄月吟社句集-香樹園耕菊宗匠選/追可/世外の身は 〔1〕 로게쓰긴샤 구집-고주엔 고키쿠 소쇼 선/추가/세상 밖의 몸은	耕菊	시가/하이쿠	
1	4~6		★義人と佳人 〈39〉 의인과 가인	小栗風葉	소설/일본	회수 오류
면수 불명	1~3		幡隨院長兵衛 第三十六席 〈36〉 반즈이인 조베에 제36석	錦城齋貞玉講演/天 沼雄吉速記	고단	

1915년 03월 24일 (수) 5524호 경북판

지면	단수	기획	기사제목 〈회수〉 〔곡수〕	필자/저자(역자)	분류	비고
면수 불명	5~6		多情多恨 〈8〉 다정다한		수필/관찰	회수 오류

1915년 03월 25일 (목) 5525호

지면	단수	기획	기사제목 〈회수〉 〔곡수〕	필자/저자(역자)	분류	비고
1	5	俳句	ポプーラー吟社/芦の芽 〔3〕 포플러긴샤/갈대 싹	竹亭	시가/하이쿠	
1	5	俳句	ポプーラー吟社/芦の芽 〔2〕 포플러긴샤/갈대 싹	鳥吟	시가/하이쿠	
1	5	俳句	ポプーラー吟社/芦の芽 〔1〕 포플러긴샤/갈대 싹	紀乙	시가/하이쿠	
1	5	俳句	ポプーラー吟社/芦の芽 〔2〕 포플러긴샤/갈대 싹	君枝	시가/하이쿠	

지면	단수	기획	기사제목 〈회수〉〔곡수〕	필자/저자(역자)	분류	비고
1	5	俳句	ポプーラー吟社/芦の芽〔2〕 포플러긴샤/갈대 싹	夢村	시가/하이쿠	
1	5	俳句	ポプーラー吟社/餘興##句〔1〕 포플러긴샤/여흥##구	紀乙	시가/하이쿠	
1	5	俳句	ポプーラー吟社/餘興##句〔1〕 포플러긴샤/여흥##구	竹亭	시가/하이쿠	
1	5	俳句	ポプーラー吟社/餘興##句〔1〕 포플러긴샤/여흥##구	夢村	시가/하이쿠	
1	5~6		★義人と佳人〈40〉 의인과 가인	小栗風葉	소설/일본	회수 오류
면수 불명	1~3		幡隨院長兵衛 第三十七席〈37〉 반즈이인 조베에 제37석	錦城齋貞玉講演/大 沼雄吉速記	고단	

1915년 03월 25일 (목) 5525호 경북판

지면	단수	기획	기사제목 〈회수〉〔곡수〕	필자/저자(역자)	분류	비고
면수 불명	5~6		多情多恨〈10〉 다정다한		수필/관찰	회수 오류

1915년 03월 26일 (금) 5526호

지면	단수	기획	기사제목 〈회수〉〔곡수〕	필자/저자(역자)	분류	비고
1	4	漢詩	浦項舟中冬風〔1〕 포항주중동풍	耕雲	시가/한시	
1	4	漢詩	甘浦所見〔1〕 감포소견	耕雲	시가/한시	
1	4	俳句	★弄月吟社句集-森無黃先生選〔1〕 로게쓰긴샤 구집-모리 무코 선생 선	春浦	시가/하이쿠	
1	4~5	俳句	☆弄月吟社句集-森無黃先生選〔3〕 로게쓰긴샤 구집-모리 무코 선생 선	てる女	시가/하이쿠	
1	5	俳句	★弄月吟社句集-森無黃先生選〔1〕 로게쓰긴샤 구집-모리 무코 선생 선	春浦	시가/하이쿠	
1	5	俳句	★弄月吟社句集-森無黃先生選/選者吟〔1〕 로게쓰긴샤 구집-모리 무코 선생 선/선자음	無黃	시가/하이쿠	
	5~6	俳句	★義人と佳人〈41〉 의인과 가인	小栗風葉	소설/일본	회수 오류

1915년 03월 26일 (금) 5526호 경북판

지면	단수	기획	기사제목 〈회수〉〔곡수〕	필자/저자(역자)	분류	비고
면수 불명	5		☆慶州彌生會/若草〔3〕 경주 야요이카이/어린 풀	陵守	시가/하이쿠	
면수 불명	5		慶州彌生會/若草〔3〕 경주 야요이카이/어린 풀	半月	시가/하이쿠	
면수 불명	5		慶州彌生會/若草〔3〕 경주 야요이카이/어린 풀	南岳	시가/하이쿠	
면수 불명	5		慶州彌生會/若草〔3〕 경주 야요이카이/어린 풀	葉水	시가/하이쿠	
면수 불명	5		慶州彌生會/若草〔3〕 경주 야요이카이/어린 풀	不意	시가/하이쿠	
면수 불명	5		慶州彌生會/朧〔3〕 경주 야요이카이/어슴푸레	南岳	시가/하이쿠	
면수 불명	5		慶州彌生會/朧〔3〕 경주 야요이카이/어슴푸레	陵守	시가/하이쿠	
면수 불명	5		慶州彌生會/朧〔3〕 경주 야요이카이/어슴푸레	半月	시가/하이쿠	
면수 불명	5		慶州彌生會/朧〔3〕 경주 야요이카이/어슴푸레	葉水	시가/하이쿠	

지면	단수	기획	기사제목 〈회수〉〔곡수〕	필자/저자(역자)	분류	비고
면수 불명	5		慶州彌生會/朧〔3〕 경주 야요이카이/어슴푸레	不意	시가/하이쿠	

1915년 03월 27일 (토) 5527호

지면	단수	기획	기사제목 〈회수〉〔곡수〕	필자/저자(역자)	분류	비고
1	4	漢詩	慶州雜詩/集賢殿趾〔1〕 경주잡시/집현전지	奧田耕雲	시가/한시	
1	4	漢詩	慶州雜詩/新羅舊趾〔1〕 경주잡시/신라구지	奧田耕雲	시가/한시	
1	4	漢詩	★慶州雜詩/瞻星臺〔1〕 경주잡시/첨성대	奧田耕雲	시가/한시	
1	4	漢詩	★慶州雜吟/慶州有感〔1〕 경주잡시/경주유감	奧田耕雲	시가/한시	
1	4	漢詩	慶州雜吟/慶州南門巨鐘〔1〕 경주잡시/경주남문거종	奧田耕雲	시가/한시	
1	4~6		★義人と佳人 〈42〉 의인과 가인	小栗風葉	소설/일본	회수 오류
면수 불명	1~3		幡隨院長兵衛 第三十八席 〈38〉 반즈이인 조베에 제38석	錦城齋貞玉講演/天 沼雄吉速記	고단	

1915년 03월 27일 (토) 5527호 경북판

지면	단수	기획	기사제목 〈회수〉〔곡수〕	필자/저자(역자)	분류	비고
면수 불명	5~6		多情多恨 〈12〉 다정다한		수필/관찰	

1915년 03월 28일 (일) 5528호

지면	단수	기획	기사제목 〈회수〉〔곡수〕	필자/저자(역자)	분류	비고
1	4	俳句	弄月吟社句集-京都 江西白牛先生選〔3〕 로게쓰긴샤 구집/교토 에니시 하쿠규 선생 선	春浦	시가/하이쿠	
1	4	俳句	弄月吟社句集-京都 江西白牛先生選〔1〕 로게쓰긴샤 구집/교토 에니시 하쿠규 선생 선	錄や	시가/하이쿠	
1	4	俳句	弄月吟社句集-京都 江西白牛先生選〔1〕 로게쓰긴샤 구집/교토 에니시 하쿠규 선생 선	てる女	시가/하이쿠	
1	4	俳句	弄月吟社句集-京都 江西白牛先生選〔1〕 로게쓰긴샤 구집/교토 에니시 하쿠규 선생 선	夢柳	시가/하이쿠	
1	4	俳句	弄月吟社句集-京都 江西白牛先生選〔1〕 로게쓰긴샤 구집/교토 에니시 하쿠규 선생 선	可秀	시가/하이쿠	
1	4	俳句	弄月吟社句集-京都 江西白牛先生選〔1〕 로게쓰긴샤 구집/교토 에니시 하쿠규 선생 선	夢柳	시가/하이쿠	
1	4	俳句	弄月吟社句集-京都 江西白牛先生選〔1〕 로게쓰긴샤 구집/교토 에니시 하쿠규 선생 선	てる女	시가/하이쿠	
1	4	俳句	弄月吟社句集-京都 江西白牛先生選〔1〕 로게쓰긴샤 구집/교토 에니시 하쿠규 선생 선	可秀	시가/하이쿠	
1	4	俳句	弄月吟社句集-京都 江西白牛先生選〔1〕 로게쓰긴샤 구집/교토 에니시 하쿠규 선생 선	比佐古	시가/하이쿠	
1	4	俳句	弄月吟社句集-京都 江西白牛先生選〔1〕 로게쓰긴샤 구집/교토 에니시 하쿠규 선생 선	てる女	시가/하이쿠	
1	4	俳句	弄月吟社句集-京都 江西白牛先生選〔1〕 로게쓰긴샤 구집/교토 에니시 하쿠규 선생 선	可秀	시가/하이쿠	
1	4	俳句	弄月吟社句集-京都 江西白牛先生選/三才逆列〔1〕 로게쓰긴샤 구집/교토 에니시 하쿠규 선생 선/삼재역렬	夢柳	시가/하이쿠	
1	4	俳句	弄月吟社句集-京都 江西白牛先生選/三才逆列〔1〕 로게쓰긴샤 구집/교토 에니시 하쿠규 선생 선/삼재역렬	春浦	시가/하이쿠	
1	4	俳句	弄月吟社句集-京都 江西白牛先生選/三才逆列〔1〕 로게쓰긴샤 구집/교토 에니시 하쿠규 선생 선/삼재역렬	可秀	시가/하이쿠	

지면	단수	기획	기사제목 〈회수〉〔곡수〕	필자/저자(역자)	분류	비고
1	4	俳句	弄月吟社句集-京都 江西白牛先生選/追加 〔5〕 로게쓰긴샤 구집/교토 에니시 하쿠규 선생 선/추가	白牛	시가/하이쿠	
1	4	漢詩	乙卯三月有命赴轉福溪 〔1〕 을유삼월유명부전복계	富澤雲堂	시가/한시	
1	4	漢詩	奇懷靑見謠堂 〔1〕 기회청견요당	村上信吉	시가/한시	
1	5~6		★義人と佳人 〈43〉 의인과 가인	小栗風葉	소설/일본	회수 오류
면수 불명	1~3		幡隨院長兵衛 第三十九席 〈39〉 반즈이인 조베에 제39석	錦城齋貞玉講演/ 天沼雄吉速記	고단	

1915년 03월 28일 (일) 5528호 경북판

지면	단수	기획	기사제목 〈회수〉〔곡수〕	필자/저자(역자)	분류	비고
면수 불명	6~7		多情多恨 〈13〉 다정다한		수필/관찰	

1915년 03월 30일 (화) 5529호

지면	단수	기획	기사제목 〈회수〉〔곡수〕	필자/저자(역자)	분류	비고
1	4	俳句	高麗野會句集 고려야회 구집		기타/모임 안내	
1	4	俳句	高麗野會句集/奧二十 〔1〕 고려야회 구집/오쿠이십	長生	시가/하이쿠	
1	4	俳句	高麗野會句集/奧二十 〔1〕 고려야회 구집/오쿠이십	一笑	시가/하이쿠	
1	4	俳句	高麗野會句集/奧二十 〔1〕 고려야회 구집/오쿠이십	山霞	시가/하이쿠	
1	4	俳句	高麗野會句集/奧二十 〔1〕 고려야회 구집/오쿠이십	一擧	시가/하이쿠	
1	4	俳句	高麗野會句集/奧二十 〔1〕 고려야회 구집/오쿠이십	竹月	시가/하이쿠	
1	4	俳句	高麗野會句集/奧二十 〔1〕 고려야회 구집/오쿠이십	呂介	시가/하이쿠	
1	4	俳句	高麗野會句集/奧二十 〔2〕 고려야회 구집/오쿠이십	一擧	시가/하이쿠	
1	4	俳句	高麗野會句集/奧二十 〔1〕 고려야회 구집/오쿠이십	竹竿	시가/하이쿠	
1	4	俳句	高麗野會句集/奧二十 〔1〕 고려야회 구집/오쿠이십	長生	시가/하이쿠	
1	4	俳句	高麗野會句集/奧二十 〔1〕 고려야회 구집/오쿠이십	一笑	시가/하이쿠	
1	4	俳句	高麗野會句集/奧二十 〔1〕 고려야회 구집/오쿠이십	山霞	시가/하이쿠	
1	4	俳句	高麗野會句集/奧二十 〔1〕 고려야회 구집/오쿠이십	一擧	시가/하이쿠	
1	4	俳句	高麗野會句集/奧二十 〔1〕 고려야회 구집/오쿠이십	利水	시가/하이쿠	
1	4	俳句	高麗野會句集/奧二十 〔1〕 고려야회 구집/오쿠이십	長生	시가/하이쿠	
1	4	俳句	高麗野會句集/奧二十 〔1〕 고려야회 구집/오쿠이십	瓢々	시가/하이쿠	
1	4	俳句	高麗野會句集/奧二十 〔1〕 고려야회 구집/오쿠이십	長生	시가/하이쿠	
1	4	俳句	高麗野會句集/奧三光 〔1〕 고려야회구집/오쿠삼광	一笑	시가/하이쿠	

지면	단수	기획	기사제목 〈회수〉〔곡수〕	필자/저자(역자)	분류	비고
1	4	俳句	高麗野會句集/奧三光〔2〕 고려야회구집/오쿠삼광	呂介	시가/하이쿠	
1	4	俳句	高麗野會句集/追加〔1〕 고려야회구집/추가	選者	시가/하이쿠	
1	5~6		★義人と佳人〈44〉 의인과 가인	小栗風葉	소설/일본	회수 오류
면수 불명	1~3		幡隨院長兵衛 第四十席〈40〉 반즈이인 조베에 제40석	錦城齋貞玉講演/天 沼雄吉速記	고단	

1915년 03월 30일 (화) 5529호 경북판

| 면수
불명 | 4~5 | | 多情多恨〈14〉
다정다한 | | 수필/관찰 | |

1915년 03월 31일 (수) 5530호

1	3		淸津より 청진에서	孤#生	수필/서간	
1	5	俳句	春〔5〕 봄	夢村	시가/하이쿠	
1	5	俳句	暗〔3〕 어둠		시가/하이쿠	
1	5~6		★義人と佳人〈45〉 의인과 가인	小栗風葉	소설/일본	회수 오류
면수 불명	1~3		幡隨院長兵衛 第四十一席〈41〉 반즈이인 조베에 제41석	錦城齋貞玉講演/天 沼雄吉速記	고단	

1915년 03월 31일 (수) 5530호 경북판

| 면수
불명 | 5~6 | | 多情多恨〔15〕
다정다한 | | 수필/관찰 | |

1915년 07월 30일 (금) 5632호

호수 오류

| 면수
불명 | 1~3 | | 箱崎文庫(第六十二席)〈62〉
하코자키분코(제62석) | 松林伯知講演 | 고단 | |

1915년 08월 01일 (일) 5632호

1	4	俳句	內閣の総辞職〔3〕 내각 총사직	△○生	시가/하이쿠	
1	4~6		魔の女〈43〉 마의 여인	大平野虹	소설/일본	
면수 불명	1~3		箱崎文庫(第六十三席)〈63〉 하코자키분코(제63석)	松林伯知講演	고단	
면수 불명	3		日曜漫語/千代の俳句と六如の詩 일요만어/지요의 하이쿠와 리쿠뇨의 시	靑雨生	수필/비평	

1915년 08월 01일 (일) 5632호 경북판

면수 불명	1		琵瑟山中に籠て水行〈1〉 비슬산 속에 틀어박혀 수행		수필/관찰	
면수 불명	6	俳句	(제목없음)〔3〕	星主	시가/하이쿠	
면수 불명	6	俳句	(제목없음)〔3〕	春江	시가/하이쿠	
면수 불명	6	俳句	(제목없음)〔2〕	小燕	시가/하이쿠	

지면	단수	기획	기사제목 〈회수〉〔곡수〕	필자/저자(역자)	분류	비고
면수 불명	6	俳句	(제목없음)〔2〕	瓦碎	시가/하이쿠	
면수 불명	4~5		朝顔と金魚 나팔꽃과 금붕어	翠蔭山人	수필/일상	

1915년 08월 03일 (화) 5633호

지면	단수	기획	기사제목 〈회수〉〔곡수〕	필자/저자(역자)	분류	비고
1	3~4		青島にて 칭다오에서	鐵槌生	수필/기행	
1	4		端書だより 짤막한 소식	晋州にて宮崎桂次 郎	수필/서간	
1	4	俳句	暑し〔1〕 덥다	景雪	시가/하이쿠	
1	4	俳句	暑し〔1〕 덥다	碧雲	시가/하이쿠	
1	4	俳句	暑し〔1〕 덥다	一華	시가/하이쿠	
1	4	俳句	暑し〔1〕 덥다	竹臥	시가/하이쿠	
1	4	俳句	暑し〔1〕 덥다	素江	시가/하이쿠	
1	4	俳句	暑し〔1〕 덥다	耳洗	시가/하이쿠	
1	4	俳句	暑し〔1〕 덥다	一白	시가/하이쿠	
1	4	俳句	暑し〔1〕 덥다	秋風嶺	시가/하이쿠	
1	4~6		魔の女〈41〉 마의 여인	大平三野虹	소설/일본	작가명 오류, 회수 오류
면수 불명	1~3		箱崎文庫(第六十四席)〈64〉 하코자키분코(제64석)	松林伯知講演	고단	
면수 불명	1~3		箱崎文庫(第六十五席)〈65〉 하코자키분코(제65석)	松林伯知講演	고단	

1915년 08월 03일 (화) 5633호 경북판

지면	단수	기획	기사제목 〈회수〉〔곡수〕	필자/저자(역자)	분류	비고
면수 불명	2~3		琵瑟山中に籠て水行〈2〉 비슬산 속에 틀어박혀 수행		수필/관찰	

1915년 08월 04일 (수) 5634호

지면	단수	기획	기사제목 〈회수〉〔곡수〕	필자/저자(역자)	분류	비고
1	3~4		青島にて 칭다오에서	鐵槌生	수필/기행	
1	4~6		魔の女〈45〉 마의 여인	大平三野虹	소설/일본	작가명 오류

1915년 08월 04일 (수) 5634호 경북판

지면	단수	기획	기사제목 〈회수〉〔곡수〕	필자/저자(역자)	분류	비고
면수 불명	2		琵瑟山中に籠て水行〈3〉 비슬산 속에 틀어박혀 수행		수필/관찰	
면수 불명	6	文苑	汽車途上近詠〔6〕 최근 기차 여행 중 읊다	翠陰生	시가/단카	

1915년 08월 05일 (목) 5635호

지면	단수	기획	기사제목 〈회수〉〔곡수〕	필자/저자(역자)	분류	비고
1	4~6		魔の女 〈46〉 마의 여인	大平三野虹	소설/일본	작가명 오류

1915년 08월 05일 (목) 5635호 경북판

지면	단수	기획	기사제목 〈회수〉〔곡수〕	필자/저자(역자)	분류	비고
면수 불명	1~2		琵瑟山中に籠て水行 〈5〉 비슬산 속에 틀어박혀 수행		수필/관찰	회수 오류

1915년 08월 06일 (금) 5636호

지면	단수	기획	기사제목 〈회수〉〔곡수〕	필자/저자(역자)	분류	비고
1	4~6		魔の女 〈47〉 마의 여인	大平三野虹	소설/일본	작가명 오류
면수 불명	1~3		箱崎文庫(第六十七席) 〈67〉 하코자키분코(제67석)	松林伯知講演	고단	
면수 불명	1~3		箱崎文庫(第六十八席) 〈68〉 하코자키분코(제68석)	松林伯知講演	고단	

1915년 08월 06일 (금) 5636호 경북판

지면	단수	기획	기사제목 〈회수〉〔곡수〕	필자/저자(역자)	분류	비고
면수 불명	3		釜山港頭より(上)/一信 〈1〉 부산항 근처에서(상)/1신	翠幹生	수필/서간	
면수 불명	4		釜山港頭より(中)/二信 〈2〉 부산항 근처에서(중)/2신	翠幹生	수필/서간	
면수 불명	6	文苑	(제목없음) 〔1〕	勤	시가/단카	
면수 불명	6	文苑	(제목없음) 〔1〕	和基	시가/단카	
면수 불명	6	文苑	(제목없음) 〔2〕	勤	시가/단카	
면수 불명	6	文苑	(제목없음) 〔1〕	篤子	시가/단카	
면수 불명	6	文苑	(제목없음) 〔1〕	通福	시가/단카	

1915년 08월 07일 (토) 5637호

지면	단수	기획	기사제목 〈회수〉〔곡수〕	필자/저자(역자)	분류	비고
1	3~5		魔の女 〈48〉 마의 여인	大平三野虹	소설/일본	작가명 오류
면수 불명	1~3		箱崎文庫(第六十九席) 〈69〉 하코자키분코(제69석)	松林伯知講	고단	

1915년 08월 07일 (토) 5637호 경북판

지면	단수	기획	기사제목 〈회수〉〔곡수〕	필자/저자(역자)	분류	비고
면수 불명	3		釜山港頭より(上)/一信 〈3〉 부산항 근처에서(상)/1신	翠幹生	수필/서간	회수 오류
면수 불명	5		連絡船弘濟丸より(上) 〈1〉 연락선 고사이마루에서(상)	翠幹生	수필/서간	
면수 불명	6	文苑	(제목없음) 〔8〕	しん公	시가/단카	

1915년 08월 08일 (일) 5638호

지면	단수	기획	기사제목 〈회수〉〔곡수〕	필자/저자(역자)	분류	비고
1	3~5		魔の女 〈49〉 마의 여인	大平三野虹	소설/일본	작가명 오류
면수 불명	1~3		箱崎文庫(第六十九席) 〈69〉 하코자키분코(제69석)	松林伯知講	고단	회수 오류

1915년 08월 08일 (일) 5638호 경북판

지면	단수	기획	기사제목 〈회수〉〔곡수〕	필자/저자(역자)	분류	비고
면수 불명	3		連絡船弘濟丸より(中) 〈2〉 연락선 고사이마루에서(중)	翠幹生	수필/서간	
면수 불명	5		連絡船弘濟丸より(下) 〈3〉 연락선 고사이마루에서(하)	翠幹生	수필/서간	
1915년 08월 10일 (화) 5639호						
1	4		蒼海遺珠/夏時詩抄/竹窓聞風 〔1〕 창해유주/하시시초/죽창문풍	衫原知#	시가/한시	
1	4		蒼海遺珠/夏時詩抄/竹窓聞風 〔1〕 창해유주/하시시초/죽창문풍	八木方山	시가/한시	
1	4		蒼海遺珠/夏時詩抄/竹窓聞風 〔1〕 창해유주/하시시초/죽창문풍	木下穆堂	시가/한시	
1	4		★塔影社句集/夕立 〔1〕 도에이샤 구집/소나기	愚佛	시가/하이쿠	
1	4		★塔影社句集/夕立 〔1〕 도에이샤 구집/소나기	一白	시가/하이쿠	
1	4		★塔影社句集/夕立 〔1〕 도에이샤 구집/소나기	碧雲	시가/하이쿠	
1	4		塔影社句集/夕立 〔1〕 도에이샤 구집/소나기	耳洗	시가/하이쿠	
1	4		★塔影社句集/夕立 〔1〕 도에이샤 구집/소나기	景雪	시가/하이쿠	
1	4		塔影社句集/夕立 〔1〕 도에이샤 구집/소나기	素江	시가/하이쿠	
1	4		塔影社句集/夕立 〔1〕 도에이샤 구집/소나기	一華	시가/하이쿠	
1	4		塔影社句集/夕立 〔1〕 도에이샤 구집/소나기	斗花	시가/하이쿠	
1	4		塔影社句集/夕立 〔1〕 도에이샤 구집/소나기	秋風嶺	시가/하이쿠	
1	4~6		魔の女 〈50〉 마의 여인	大平三野虹	소설/일본	
면수 불명	5		(제목없음) 〔1〕	不考郎	시가/하이쿠	
면수 불명	1~3		箱崎文庫(第七十席) 〈70〉 하코자키분코(제70석)	松林伯知講	고단	회수 오류
1915년 08월 10일 (화) 5639호 경북판						
면수 불명	1~2		日蓮上人の聖地を慕ふて佐渡へ 니치렌 쇼닌의 성지를 기리며 사도로	大邱 日蓮光國寺 逝 水生	수필/기행	
면수 불명	5	短歌	巡禮の歌/その一 〔9〕 순례의 노래/그 첫 번째	逝水子	시가/단카	
1915년 08월 11일 (수) 5640호						
1	4	漢詩	蒼海遺珠/夏時詩抄/江樓避暑 〔1〕 창해유주/하시시초/강루피서	桑島澹外	시가/한시	
1	4	漢詩	蒼海遺珠/夏時詩抄/題扇 〔1〕 창해유주/하시시초/제선	石井默庵	시가/한시	
1	4	漢詩	蒼海遺珠/夏時詩抄/蚊 〔1〕 창해유주/하시시초/모기	速水木洋	시가/한시	
1	4		弄月吟社句集-東京 森無黃先生選 〔1〕 로게쓰긴샤 구집-도쿄 모리 무코 선생 선	夢里	시가/하이쿠	

지면	단수	기획	기사제목 〈회수〉 〔곡수〕	필자/저자(역자)	분류	비고
1	4		弄月吟社句集-東京 森無黃先生選 〔2〕 로게쓰긴샤 구집-도쿄 모리 무코 선생 선	てる女	시가/하이쿠	
1	4		弄月吟社句集-東京 森無黃先生選 〔1〕 로게쓰긴샤 구집-도쿄 모리 무코 선생 선	可秀	시가/하이쿠	
1	4		弄月吟社句集-東京 森無黃先生選 〔1〕 로게쓰긴샤 구집-도쿄 모리 무코 선생 선	夢里	시가/하이쿠	
1	4		弄月吟社句集-東京 森無黃先生選/人 〔1〕 로게쓰긴샤 구집-도쿄 모리 무코 선생 선/인	春浦	시가/하이쿠	
1	4		弄月吟社句集-東京 森無黃先生選/地 〔1〕 로게쓰긴샤 구집-도쿄 모리 무코 선생 선/지	春浦	시가/하이쿠	
1	4		弄月吟社句集-東京 森無黃先生選/天 〔1〕 로게쓰긴샤 구집-도쿄 모리 무코 선생 선/천	春浦	시가/하이쿠	
1	4		弄月吟社句集-東京 森無黃先生選/選者吟 〔1〕 로게쓰긴샤 구집-도쿄 모리 무코 선생 선/선자음	無黃	시가/하이쿠	
1	4~6		魔の女 〈51〉 마의 여인	大平三野虹	소설/일본	작가명 오류
면수 불명	1~3		箱崎文庫(第七十一席) 〈71〉 하코자키분코(제71석)	松林伯知講	고단	회수 오류

1915년 08월 12일 (목) 5641호

지면	단수	기획	기사제목 〈회수〉 〔곡수〕	필자/저자(역자)	분류	비고
1	4	漢詩	夏時詩抄/秋近 〔1〕 하시시초/추근	藤田西郭	시가/한시	
1	4	漢詩	夏時詩抄/夏日水亭 〔1〕 하시시초/하일수정	米澤夏軒	시가/한시	
1	4	漢詩	夏時詩抄/午睡 〔1〕 하시시초/오수	種村敬山	시가/한시	
1	4		忠淸丸より 주세이마루에서	TY生	수필/서간	
1	4~6		魔の女 〈52〉 마의 여인	大平野虹	소설/일본	
면수 불명	1~3		箱崎文庫(第七十二席) 〈72〉 하코자키분코(제72석)	松林伯知講	고단	회수 오류
면수 불명	4		塔影社句集/簟 〔1〕 도에이샤 구집/대자리	一華	시가/하이쿠	
면수 불명	4		塔影社句集/簟 〔1〕 도에이샤 구집/대자리	一白	시가/하이쿠	
면수 불명	4		塔影社句集/簟 〔1〕 도에이샤 구집/대자리	素江	시가/하이쿠	
면수 불명	4		塔影社句集/簟 〔1〕 도에이샤 구집/대자리	岳水	시가/하이쿠	
면수 불명	4		塔影社句集/簟 〔1〕 도에이샤 구집/대자리	愚佛	시가/하이쿠	
면수 불명	4		塔影社句集/簟 〔1〕 도에이샤 구집/대자리	秋風嶺	시가/하이쿠	
면수 불명	4		塔影社句集/蓮 〔1〕 도에이샤 구집/연꽃	一白	시가/하이쿠	
면수 불명	4		塔影社句集/蓮 〔1〕 도에이샤 구집/연꽃	愚佛	시가/하이쿠	
면수 불명	4		塔影社句集/蓮 〔1〕 도에이샤 구집/연꽃	耳洗	시가/하이쿠	
면수 불명	4		塔影社句集/蓮 〔1〕 도에이샤 구집/연꽃	素江	시가/하이쿠	

지면	단수	기획	기사제목 〈회수〉〔곡수〕	필자/저자(역자)	분류	비고
면수 불명	4		塔影社句集/蓮 〔1〕 도에이샤 구집/연꽃	一華	시가/하이쿠	
면수 불명	4		塔影社句集/蓮 〔1〕 도에이샤 구집/연꽃	竹臥	시가/하이쿠	
면수 불명	4		塔影社句集/蓮 〔1〕 도에이샤 구집/연꽃	岳水	시가/하이쿠	
면수 불명	4		塔影社句集/蓮 〔1〕 도에이샤 구집/연꽃	秋風嶺	시가/하이쿠	
면수 불명	4		塔影社句集/秋近し 〔1〕 도에이샤 구집/가을이 가깝다	竹臥	시가/하이쿠	
면수 불명	4		塔影社句集/秋近し 〔1〕 도에이샤 구집/가을이 가깝다	耳洗	시가/하이쿠	
면수 불명	4		塔影社句集/秋近し 〔1〕 도에이샤 구집/가을이 가깝다	素江	시가/하이쿠	
면수 불명	4		塔影社句集/秋近し 〔1〕 도에이샤 구집/가을이 가깝다	一華	시가/하이쿠	
면수 불명	4		塔影社句集/秋近し 〔1〕 도에이샤 구집/가을이 가깝다	景雪	시가/하이쿠	
면수 불명	4		塔影社句集/秋近し 〔1〕 도에이샤 구집/가을이 가깝다	一白	시가/하이쿠	
면수 불명	4		塔影社句集/秋近し 〔1〕 도에이샤 구집/가을이 가깝다	秋風嶺	시가/하이쿠	

1915년 08월 13일 (금) 5642호

지면	단수	기획	기사제목 〈회수〉〔곡수〕	필자/저자(역자)	분류	비고
1	4		弄月吟社句集-東京 森無黃先生選 〔1〕 로게쓰긴샤 구집-도쿄 모리 무코 선생 선	てる女	시가/하이쿠	
1	4		弄月吟社句集-東京 森無黃先生選 〔1〕 로게쓰긴샤 구집-도쿄 모리 무코 선생 선	春浦	시가/하이쿠	
1	4		弄月吟社句集-東京 森無黃先生選 〔1〕 로게쓰긴샤 구집-도쿄 모리 무코 선생 선	夢柳	시가/하이쿠	
1	4		弄月吟社句集-東京 森無黃先生選 〔1〕 로게쓰긴샤 구집-도쿄 모리 무코 선생 선	夢里	시가/하이쿠	
1	4		弄月吟社句集-東京 森無黃先生選 〔1〕 로게쓰긴샤 구집-도쿄 모리 무코 선생 선	可秀	시가/하이쿠	
1	4		弄月吟社句集-東京 森無黃先生選/秀逸 〔1〕 로게쓰긴샤 구집-도쿄 모리 무코 선생 선/수일	春浦	시가/하이쿠	
1	4		弄月吟社句集-東京 森無黃先生選/秀逸 〔1〕 로게쓰긴샤 구집-도쿄 모리 무코 선생 선/수일	秋汀	시가/하이쿠	
1	4		弄月吟社句集-東京 森無黃先生選/秀逸 〔1〕 로게쓰긴샤 구집-도쿄 모리 무코 선생 선/수일	可秀	시가/하이쿠	
1	4		弄月吟社句集-東京 森無黃先生選/秀逸 〔1〕 로게쓰긴샤 구집-도쿄 모리 무코 선생 선/수일	夢里	시가/하이쿠	
1	4		弄月吟社句集-東京 森無黃先生選/秀逸 〔1〕 로게쓰긴샤 구집-도쿄 모리 무코 선생 선/수일	春浦	시가/하이쿠	
1	4~6		魔の女 〈53〉 마의 여인	大平野虹	소설/일본	
면수 불명	1~3		箱崎文庫(第七十三席) 〈73〉 하코자키분코(제73석)	松林伯知講	고단	회수 오류

1915년 08월 13일 (금) 5642호 경북판

지면	단수	기획	기사제목 〈회수〉〔곡수〕	필자/저자(역자)	분류	비고
면수 불명	1~2		日蓮上人の聖地を慕ふて佐渡へ 니치렌 쇼닌의 성지를 기리며 사도로	大邱 日蓮光國寺 逝 水生	수필/기행	

지면	단수	기획	기사제목 〈회수〉〔곡수〕	필자/저자(역자)	분류	비고
면수 불명	3		下關より(第一信) 〈1〉 시모노세키에서(제1신)	翠幹生	수필/서간	
면수 불명	4		下關より(第二信) 〈2〉 시모노세키에서(제2신)	翠幹生	수필/서간	

1915년 08월 14일 (토) 5643호

지면	단수	기획	기사제목 〈회수〉〔곡수〕	필자/저자(역자)	분류	비고
1	3		城津より 성진에서	TY生	수필/기행	
면수 불명	2		蒼海遺珠/古中元 〔1〕 창해유주/고중원	半風慶仙	시가/한시	

1915년 08월 17일 (화) 5646호

지면	단수	기획	기사제목 〈회수〉〔곡수〕	필자/저자(역자)	분류	비고
1	5	時報文壇	蓮の花 〔1〕 연꽃	黑坊師	수필·시가/ 일상·하이쿠	
1	5~7		魔の女 〈54〉 마의 여인		소설/일본	
면수 불명	1~3		日本アルプス/飛驒山中にて 〈1〉 일본알프스/히다 산중에서	野人	수필/기행	
면수 불명	4		都々逸 〔4〕 도도이쓰		시가/도도이 쓰	

1915년 08월 18일 (수) 5647호

지면	단수	기획	기사제목 〈회수〉〔곡수〕	필자/저자(역자)	분류	비고
1	5		不倒會月並俳句/題 稲、夜寒、秋の月、野菊、案山子-表香庵山霞先生選 〔1〕 후토카이 쓰키나미 하이쿠/주제 벼, 늦가을 밤 추위, 가을 달, 들국화, 허수아비-효코안 산카 선생 선	天外	시가/하이쿠	
1	5	不倒會月 並俳句	不倒會月並俳句/題 稲、夜寒、秋の月、野菊、案山子-表香庵山霞先生選 〔1〕 후토카이 쓰키나미 하이쿠/주제 벼, 늦가을 밤 추위, 가을 달, 들국화, 허수아비-효코안 산카 선생 선	樹村	시가/하이쿠	
1	5	不倒會月 並俳句	不倒會月並俳句/題 稲、夜寒、秋の月、野菊、案山子-表香庵山霞先生選 〔2〕 후토카이 쓰키나미 하이쿠/주제 벼, 늦가을 밤 추위, 가을 달, 들국화, 허수아비-효코안 산카 선생 선	呂水	시가/하이쿠	
1	5	不倒會月 並俳句	不倒會月並俳句/題 稲、夜寒、秋の月、野菊、案山子-表香庵山霞先生選 〔2〕 후토카이 쓰키나미 하이쿠/주제 벼, 늦가을 밤 추위, 가을 달, 들국화, 허수아비-효코안 산카 선생 선	樹村	시가/하이쿠	
1	5	不倒會月 並俳句	不倒會月並俳句/題 稲、夜寒、秋の月、野菊、案山子-表香庵山霞先生選 〔2〕 후토카이 쓰키나미 하이쿠/주제 벼, 늦가을 밤 추위, 가을 달, 들국화, 허수아비-효코안 산카 선생 선	天外	시가/하이쿠	
1	5	不倒會月 並俳句	不倒會月並俳句/題 稲、夜寒、秋の月、野菊、案山子-表香庵山霞先生選 〔2〕 후토카이 쓰키나미 하이쿠/주제 벼, 늦가을 밤 추위, 가을 달, 들국화, 허수아비-효코안 산카 선생 선	呂水	시가/하이쿠	
1	5	不倒會月 並俳句	不倒會月並俳句/題 稲、夜寒、秋の月、野菊、案山子-表香庵山霞先生選 〔3〕 후토카이 쓰키나미 하이쿠/주제 벼, 늦가을 밤 추위, 가을 달, 들국화, 허수아비-효코안 산카 선생 선	天外	시가/하이쿠	
1	5	不倒會月 並俳句	不倒會月並俳句/題 稲、夜寒、秋の月、野菊、案山子-表香庵山霞先生選 〔1〕 후토카이 쓰키나미 하이쿠/주제 벼, 늦가을 밤 추위, 가을 달, 들국화, 허수아비-효코안 산카 선생 선	樹村	시가/하이쿠	

지면	단수	기획	기사제목 〈회수〉〔곡수〕	필자/저자(역자)	분류	비고
1	5	不倒會月並俳句	不倒會月並俳句/題 稻、夜寒、秋の月、野菊、案山子-表香庵山霞先生選 [1] 후토카이 쓰키나미 하이쿠/주제 벼, 늦가을 밤 추위, 가을 달, 들국화, 허수아비-효코안 산카 선생 선	迂村	시가/하이쿠	
1	5	不倒會月並俳句	不倒會月並俳句/題 稻、夜寒、秋の月、野菊、案山子-表香庵山霞先生選/三光 [3] 후토카이 쓰키나미 하이쿠/주제 벼, 늦가을 밤 추위, 가을 달, 들국화, 허수아비-효코안 산카 선생 선/삼광	呂水	시가/하이쿠	
1	5	不倒會月並俳句	不倒會月並俳句/題 稻、夜寒、秋の月、野菊、案山子-表香庵山霞先生選/加稻 [1] 후토카이 쓰키나미 하이쿠/주제 벼, 늦가을 밤 추위, 가을 달, 들국화, 허수아비-효코안 산카 선생 선/추가 벼	選者	시가/하이쿠	
1	5~7		魔の女 〈55〉 마의 여인		소설/일본	
면수 불명	1~3		箱崎文庫(第七十四席) 〈74〉 하코자키분코(제74석)	松林伯知講	고단	회수 오류

1915년 08월 18일 (수) 5647호 경북판

면수 불명	1		日蓮上人の聖地を慕ふて佐渡へ 니치렌 쇼닌의 성지를 기리며 사도로	大邱 日蓮光國寺 逝水生	수필/기행	
면수 불명	1~2		日本アルプス/飛驒山中にて(其の二) 〈2〉 일본알프스/히다 산중에서(그 두 번째)	野人	수필/기행	
면수 불명	7	漢詩	送刀水高木翁之/根實三首 도이 다카기 옹을 보내며/근실삼수	横田天風	시가/한시	
면수 불명	7	漢詩	送刀水高木翁之/根實三首/二 도스이 다카기 옹을 보내며/근실삼수/2	横田天風	시가/한시	
면수 불명	7	漢詩	送刀水高木翁之/根實三首/三 도스이 다카기 옹을 보내며/근실삼수/3	横田天風	시가/한시	

1915년 08월 19일 (목) 5648호

1	3~4		讀者文藝 독자문예	夢村生	수필/서간	
1	4		蒼海遺珠/夏時詩抄/梧陰讀書 [1] 창해유주/하시시초/오음독서	長尾旭城	시가/한시	
1	4~5		蒼海遺珠/夏時詩抄/雨後 [1] 창해유주/하시시초/우후	小川桂堂	시가/한시	
1	5		龜甲會例會/第四十八回題夏の月、打水、夏木立、毛虫-龜田古仙宗匠選/十位內 [1] 깃코카이 예회/제48회 주제 여름 달, 물 뿌리기, 나무숲, 쐐기-가메다 고센 소쇼 선/십위 내	古城	시가/하이쿠	
1	5		龜甲會例會/第四十八回題夏の月、打水、夏木立、毛虫-龜田古仙宗匠選/十位內 [1] 깃코카이 예회/제48회 주제 여름 달, 물 뿌리기, 나무숲, 쐐기-가메다 고센 소쇼 선/십위 내	蕉雨	시가/하이쿠	
1	5		龜甲會例會/第四十八回題夏の月、打水、夏木立、毛虫-龜田古仙宗匠選/十位內 [1] 깃코카이 예회/제48회 주제 여름 달, 물 뿌리기, 나무숲, 쐐기-가메다 고센 소쇼 선/십위 내	花眠	시가/하이쿠	
1	5		龜甲會例會/第四十八回題夏の月、打水、夏木立、毛虫-龜田古仙宗匠選/十位內 [1] 깃코카이 예회/제48회 주제 여름 달, 물 뿌리기, 나무숲, 쐐기-가메다 고센 소쇼 선/십위 내	柳舟	시가/하이쿠	

지면	단수	기획	기사제목 〈회수〉〔곡수〕	필자/저자(역자)	분류	비고
1	5		龜甲會例會/第四十八回題夏の月、打水、夏木立、毛虫-龜田古仙宗匠選/十位內〔1〕 깃코카이 예회/제48회 주제 여름 달, 물 뿌리기, 나무숲, 쐐기-가메다 고센 소쇼 선/십위 내	雄稚	시가/하이쿠	
1	5		龜甲會例會/第四十八回題夏の月、打水、夏木立、毛虫-龜田古仙宗匠選/十位內〔1〕 깃코카이 예회/제48회 주제 여름 달, 물 뿌리기, 나무숲, 쐐기-가메다 고센 소쇼 선/십위 내	蒙古	시가/하이쿠	
1	5		龜甲會例會/第四十八回題夏の月、打水、夏木立、毛虫-龜田古仙宗匠選/十位內〔1〕 깃코카이 예회/제48회 주제 여름 달, 물 뿌리기, 나무숲, 쐐기-가메다 고센 소쇼 선/십위 내	楓堂	시가/하이쿠	
1	5		龜甲會例會/第四十八回題夏の月、打水、夏木立、毛虫-龜田古仙宗匠選/十位內〔1〕 깃코카이 예회/제48회 주제 여름 달, 물 뿌리기, 나무숲, 쐐기-가메다 고센 소쇼 선/십위 내	芦角	시가/하이쿠	
1	5		龜甲會例會/第四十八回題夏の月、打水、夏木立、毛虫-龜田古仙宗匠選/十位內〔1〕 깃코카이 예회/제48회 주제 여름 달, 물 뿌리기, 나무숲, 쐐기-가메다 고센 소쇼 선/십위 내	仙岩	시가/하이쿠	
1	5		龜甲會例會/第四十八回題夏の月、打水、夏木立、毛虫-龜田古仙宗匠選/十位內〔1〕 깃코카이 예회/제48회 주제 여름 달, 물 뿌리기, 나무숲, 쐐기-가메다 고센 소쇼 선/십위 내	仰天	시가/하이쿠	
1	5		龜甲會例會/第四十八回題夏の月、打水、夏木立、毛虫-龜田古仙宗匠選/十位內〔2〕 깃코카이 예회/제48회 주제 여름 달, 물 뿌리기, 나무숲, 쐐기-가메다 고센 소쇼 선/십위 내	南倉	시가/하이쿠	
1	5		龜甲會例會/第四十八回題夏の月、打水、夏木立、毛虫-龜田古仙宗匠選/十位內〔1〕 깃코카이 예회/제48회 주제 여름 달, 물 뿌리기, 나무숲, 쐐기-가메다 고센 소쇼 선/십위 내	悔香	시가/하이쿠	
1	5		龜甲會例會/第四十八回題夏の月、打水、夏木立、毛虫-龜田古仙宗匠選/追加〔1〕 깃코카이 예회/제48회 주제 여름 달, 물 뿌리기, 나무숲, 쐐기-가메다 고센 소쇼 선/추가	選者	시가/하이쿠	
1	5~7		魔の女 〈56〉 마의 여인		소설/일본	
1	6		淨窓漫筆 〔2〕 정창만필	白雨樓主人	수필·시가/ 기타·한시	
면수 불명	1~2		日本アルプス/飛騨山中にて(其の三) 〈3〉 일본알프스/히다 산중에서(그 세 번째)	野人	수필/기행	
면수 불명	1~3		箱崎文庫(第七十五席) 〈75〉 하코자키분코(제75석)	松林伯知講	고단	회수 오류

1915년 08월 19일 (목) 5648호 경북판

지면	단수	기획	기사제목 〈회수〉〔곡수〕	필자/저자(역자)	분류	비고
면수 불명	1~2		日蓮上人の聖地を慕ふて佐渡へ 니치렌 쇼닌의 성지를 기리며 사도로	大邱 日蓮光國寺 近 水生	수필/기행	

1915년 08월 20일 (금) 5649호

지면	단수	기획	기사제목 〈회수〉〔곡수〕	필자/저자(역자)	분류	비고
1	5	讀者文藝	淨窓漫筆 〔2〕 정창만필	白雨樓主人	수필·시가/ 기타·한시	
1	5~7		魔の女 〈57〉 마의 여인		소설/일본	

지면	단수	기획	기사제목 〈회수〉〔곡수〕	필자/저자(역자)	분류	비고
면수 불명	1~3		箱崎文庫(第七十六席)〈76〉 하코자키분코(제76석)	松林伯知講	고단	
면수 불명	1~2		日本アルプス/飛驒山中にて(其の四)〈4〉 일본알프스/히다 산중에서(그 네 번째)	野人	수필/기행	
면수 불명	5		清津 羅南より 청진 나남에서	チーワイ生	수필/서간	

1915년 08월 21일 (토) 5650호

1	3	讀者文藝	淨窓漫筆〔2〕 정창만필	白雨樓主人	수필·시가/ 기타·한시	
1	5~6		魔の女〈58〉 마의 여인		소설/일본	
면수 불명	1		日本アルプス/飛驒山中にて(其の五)〈5〉 일본알프스/히다 산중에서(그 다섯 번째)	野人	수필/기행	
면수 불명	1~3		箱崎文庫(第七十七席)〈77〉 하코자키분코(제77석)	松林伯知講	고단	회수 오류

1915년 08월 21일 (토) 5650호 경북판

| 면수
불명 | 5~6 | | ★下宿屋の夜
하숙집의 하룻밤 | | 수필/일상 | |

1915년 08월 22일 (일) 5651호

1	5	讀者文藝	馬山の水鄉を趁ふて 마산의 수향을 찾아	風水生	수필/기행	
1	5~7		魔の女〈58〉 마의 여인	大平野虹	소설/일본	회수 오류
면수 불명	1~3		箱崎文庫(第七十七席)〈77〉 하코자키분코(제77석)	松林伯知講	고단	회수 오류

1915년 08월 22일 (일) 5651호 경북판

| 면수
불명 | 6 | 慶北文苑 | 悩み
고민 | 忘れ草 | 시가/자유시 | |
| 면수
불명 | 5~6 | | ★下宿屋の夜
하숙집의 하룻밤 | | 수필/일상 | |

1915년 08월 23일 (월) 5652호

1	4		搭影社吟句/天の川〔1〕 도에이샤 음구/은하수	愚佛	시가/하이쿠	
1	4		搭影社吟句/天の川〔1〕 도에이샤 음구/은하수	耳洗	시가/하이쿠	
1	4		搭影社吟句/天の川〔1〕 도에이샤 음구/은하수	一白	시가/하이쿠	
1	4		搭影社吟句/天の川〔1〕 도에이샤 음구/은하수	碧雲	시가/하이쿠	
1	4		搭影社吟句/天の川〔1〕 도에이샤 음구/은하수	岳水	시가/하이쿠	
1	4		搭影社吟句/天の川〔1〕 도에이샤 음구/은하수	やさ男	시가/하이쿠	
1	4		搭影社吟句/天の川〔1〕 도에이샤 음구/은하수	素江	시가/하이쿠	
1	4		搭影社吟句/天の川〔1〕 도에이샤 음구/은하수	巢鳥寵	시가/하이쿠	

지면	단수	기획	기사제목 〈회수〉〔곡수〕	필자/저자(역자)	분류	비고
1	4		搭影社吟句/天の川〔1〕 도에이샤 음구/은하수	秋風嶺	시가/하이쿠	
1	4		搭影社吟句/蜩〔1〕 도에이샤 음구/쓰르라미	景雪	시가/하이쿠	
1	4		搭影社吟句/蜩〔1〕 도에이샤 음구/쓰르라미	耳洗	시가/하이쿠	
1	4		搭影社吟句/蜩〔1〕 도에이샤 음구/쓰르라미	やさ男	시가/하이쿠	
1	4		搭影社吟句/蜩〔1〕 도에이샤 음구/쓰르라미	岳水	시가/하이쿠	
1	4		搭影社吟句/蜩〔1〕 도에이샤 음구/쓰르라미	素江	시가/하이쿠	
1	4		搭影社吟句/蜩〔1〕 도에이샤 음구/쓰르라미	一白	시가/하이쿠	
1	4		搭影社吟句/蜩〔1〕 도에이샤 음구/쓰르라미	醉郎	시가/하이쿠	
1	4		搭影社吟句/蜩〔1〕 도에이샤 음구/쓰르라미	碧雲	시가/하이쿠	
1	4		搭影社吟句/蜩〔1〕 도에이샤 음구/쓰르라미	秋風嶺	시가/하이쿠	
1	4~6		魔の女 〈59〉 마의 여인	大平野虹	소설/일본	회수 오류
면수 불명	1~2		日本アルプス/飛驒山中にて(其の六) 〈6〉 일본알프스/히다 산중에서(그 여섯 번째)	野人	수필/기행	

1915년 08월 24일 (화) 5653호

지면	단수	기획	기사제목 〈회수〉〔곡수〕	필자/저자(역자)	분류	비고
1	3~4		日本アルプス/飛驒山中にて(其の七) 〈7〉 일본알프스/히다 산중에서(그 일곱 번째)	野人	수필/기행	
1	4		搭影社吟句/花火〔1〕 도에이샤 음구/불꽃	愚佛	시가/하이쿠	
1	4		搭影社吟句/花火〔1〕 도에이샤 음구/불꽃	碧雲	시가/하이쿠	
1	4		搭影社吟句/花火〔1〕 도에이샤 음구/불꽃	整岳	시가/하이쿠	
1	4		搭影社吟句/花火〔1〕 도에이샤 음구/불꽃	素江	시가/하이쿠	
1	4		搭影社吟句/花火〔1〕 도에이샤 음구/불꽃	一華	시가/하이쿠	
1	4		搭影社吟句/花火〔1〕 도에이샤 음구/불꽃	一白	시가/하이쿠	
1	4		搭影社吟句/花火〔1〕 도에이샤 음구/불꽃	景雪	시가/하이쿠	
1	4		搭影社吟句/花火〔1〕 도에이샤 음구/불꽃	秋風嶺	시가/하이쿠	
1	4		搭影社吟句/蜻蛉〔1〕 도에이샤 음구/잠자리	岳水	시가/하이쿠	
1	4		搭影社吟句/蜻蛉〔1〕 도에이샤 음구/잠자리	景雪	시가/하이쿠	
1	4		搭影社吟句/蜻蛉〔1〕 도에이샤 음구/잠자리	碧雲	시가/하이쿠	
1	4		搭影社吟句/蜻蛉〔1〕 도에이샤 음구/잠자리	一白	시가/하이쿠	

지면	단수	기획	기사제목 〈회수〉〔곡수〕	필자/저자(역자)	분류	비고
1	4		搭影社吟句/蜻蛉〔1〕 도에이샤 음구/잠자리	竹臥	시가/하이쿠	
1	4		搭影社吟句/蜻蛉〔1〕 도에이샤 음구/잠자리	耳洗	시가/하이쿠	
1	4		搭影社吟句/蜻蛉〔1〕 도에이샤 음구/잠자리	整岳	시가/하이쿠	
1	4		搭影社吟句/蜻蛉〔1〕 도에이샤 음구/잠자리	一華	시가/하이쿠	
1	4		搭影社吟句/蜻蛉〔1〕 도에이샤 음구/잠자리	愚佛	시가/하이쿠	
1	4		搭影社吟句/蜻蛉〔1〕 도에이샤 음구/잠자리	やさ男	시가/하이쿠	
1	4		搭影社吟句/蜻蛉〔1〕 도에이샤 음구/잠자리	素江	시가/하이쿠	
1	4		搭影社吟句/蜻蛉〔1〕 도에이샤 음구/잠자리	秋風嶺	시가/하이쿠	
1	4~6		魔の女〈60〉 마의 여인	大平野虹	소설/일본	회수 오류
면수 불명	7		俚謡正調〔4〕 이요 정조	辨天町 とも子	시가/도도이 쓰	
면수 불명	1~3		箱崎文庫(第七十八席)〈78〉 하코자키분코(제78석)	松林伯知講	고단	회수 오류

1915년 08월 24일 (화) 5653호 경북판

지면	단수	기획	기사제목 〈회수〉〔곡수〕	필자/저자(역자)	분류	비고
면수 불명	4~5		明石/君香 아카시/기미카		수필/평판기	
면수 불명	4~5		★下宿屋の夜 하숙집의 하룻밤		수필/일상	
면수 불명	6	慶北文苑	病中〔5〕 병중	孤峰	시가/단카	

1915년 08월 25일 (수) 5654호

지면	단수	기획	기사제목 〈회수〉〔곡수〕	필자/저자(역자)	분류	비고
1	3~4		日本アルプス/木曾福島にて(其の八)〈8〉 일본알프스/기소 후쿠시마에서(그 여덟 번째)	野人	수필/기행	
1	5	讀者文藝	☆輕い誇り 가벼운 자랑	雅子	수필/일상	
1	5		弄月吟社句集-東京 熊倉唐麓先生選〔1〕 로게쓰긴샤 구집-도쿄 구마쿠라 도로쿠 선생 선	瓢	시가/하이쿠	
1	5		弄月吟社句集-東京 熊倉唐麓先生選〔2〕 로게쓰긴샤 구집-도쿄 구마쿠라 도로쿠 선생 선	夢柳	시가/하이쿠	
1	5		弄月吟社句集-東京 熊倉唐麓先生選〔1〕 로게쓰긴샤 구집-도쿄 구마쿠라 도로쿠 선생 선	可秀	시가/하이쿠	
1	5		弄月吟社句集-東京 熊倉唐麓先生選〔1〕 로게쓰긴샤 구집-도쿄 구마쿠라 도로쿠 선생 선	夢柳	시가/하이쿠	
1	5		弄月吟社句集-東京 熊倉唐麓先生選〔1〕 로게쓰긴샤 구집-도쿄 구마쿠라 도로쿠 선생 선	瓢	시가/하이쿠	
1	5		弄月吟社句集-東京 熊倉唐麓先生選〔1〕 로게쓰긴샤 구집-도쿄 구마쿠라 도로쿠 선생 선	雅童	시가/하이쿠	
1	5		弄月吟社句集-東京 熊倉唐麓先生選〔2〕 로게쓰긴샤 구집-도쿄 구마쿠라 도로쿠 선생 선	瓢	시가/하이쿠	
1	5		弄月吟社句集-東京 熊倉唐麓先生選〔1〕 로게쓰긴샤 구집-도쿄 구마쿠라 도로쿠 선생 선	可秀	시가/하이쿠	

지면	단수	기획	기사제목 〈회수〉〔곡수〕	필자/저자(역자)	분류	비고
1	5		弄月吟社句集-東京 熊倉唐麓先生選〔1〕 로게쓰긴샤 구집-도쿄 구마쿠라 도로쿠 선생 선	春浦	시가/하이쿠	
1	5		弄月吟社句集-東京 熊倉唐麓先生選〔1〕 로게쓰긴샤 구집-도쿄 구마쿠라 도로쿠 선생 선	夢里	시가/하이쿠	
1	5		弄月吟社句集-東京 熊倉唐麓先生選〔1〕 로게쓰긴샤 구집-도쿄 구마쿠라 도로쿠 선생 선	夢柳	시가/하이쿠	
1	5		弄月吟社句集-東京 熊倉唐麓先生選〔1〕 로게쓰긴샤 구집-도쿄 구마쿠라 도로쿠 선생 선	可秀	시가/하이쿠	
1	5		弄月吟社句集-東京 熊倉唐麓先生選/三光逆位〔1〕 로게쓰긴샤 구집-도쿄 구마쿠라 도로쿠 선생 선/삼광역위	春浦	시가/하이쿠	
1	5		弄月吟社句集-東京 熊倉唐麓先生選/三光逆位〔1〕 로게쓰긴샤 구집-도쿄 구마쿠라 도로쿠 선생 선/삼광역위	夢柳	시가/하이쿠	
1	5		弄月吟社句集-東京 熊倉唐麓先生選/三光逆位〔1〕 로게쓰긴샤 구집-도쿄 구마쿠라 도로쿠 선생 선/삼광역위	春浦	시가/하이쿠	
1	5		弄月吟社句集-東京 熊倉唐麓先生選/選者吟〔1〕 로게쓰긴샤 구집-도쿄 구마쿠라 도로쿠 선생 선/선자음	熊倉唐麓	시가/하이쿠	
1	5~7		魔の女〈61〉 마의 여인	大平野虹	소설/일본	회수 오류
면수 불명	1~3		箱崎文庫(第七十九席)〈79〉 하코자키분코(제79석)	松林伯知講	고단	회수 오류

1915년 08월 25일 (수) 5654호 경북판

면수 불명	5~6		大和/すみれ 야마토/스미레		수필/평판기	
면수 불명	6	慶北文苑	★月淸き夜〔5〕 달 맑은 밤	草女	시가/단카	
면수 불명	3~4		★下宿屋の夜 하숙집의 하룻밤		수필/일상	

1915년 08월 26일 (목) 5655호

1	4	讀者文藝	浮世の風〔1〕 뜬세상의 바람	かな子	시가/신체시	
1	5~7		魔の女〈62〉 마의 여인	大平野虹	소설/일본	회수 오류
면수 불명	2		(제목없음)	田士英	시가/하이쿠	
면수 불명	1~3		箱崎文庫(第八十席)〈80〉 하코자키분코(제80석)	松林伯知講	고단	회수 오류

1915년 08월 26일 (목) 5655호 경북판

면수 불명	4~5		第二千芳/お富 다니이치호/오토미		수필/평판기	
면수 불명	6	慶北文苑	沈黙の生 침묵의 생	哀集	시가/자유시	
면수 불명	4~5		★下宿屋の夜 하숙집의 하룻밤		수필/일상	

1915년 08월 27일 (금) 5656호

1	3~4		日本アルプス/松本市にて(其の九)〈9〉 일본알프스/마쓰모토 시에서(그 아홉 번째)	野人	수필/기행	
1	4	漢詩	偶賦〔1〕 우부	左染山 西田竹堂	시가/한시	

지면	단수	기획	기사제목 〈회수〉〔곡수〕	필자/저자(역자)	분류	비고
1	4	漢詩	次韵〔1〕 차운	左染山 北森松城	시가/한시	
1	4~7		魔の女〈63〉 마의 여인	大平野虹	소설/일본	회수 오류
면수 불명	1~3		箱崎文庫(第八十一席)〈81〉 하코자키분코(제81석)	松林伯知講	고단	회수 오류

1915년 08월 27일 (금) 5656호 경북판

면수 불명	4~5		ひさご/お富 히사고/오토미		수필/평판기	
면수 불명	6	慶北文苑	愁いの人に 근심하는 사람에게	夢坊	시가/자유시	
면수 불명	3~4		★下宿屋の夜 하숙집의 하룻밤		수필/일상	

1915년 08월 28일 (토) 5657호

1	4		日本アルプス/松本市にて(其の十)〈10〉 일본알프스/마쓰모토 시에서(그 열 번째)	野人	수필/기행	
1	5		弄月吟社句集-京都 江西白牛先生選/佳句〔1〕 로게쓰긴샤 구집-교토 에니시 하쿠규 선생 선/가구	てる女	시가/하이쿠	
1	5		弄月吟社句集-京都 江西白牛先生選/佳句〔1〕 로게쓰긴샤 구집-교토 에니시 하쿠규 선생 선/가구	夢里	시가/하이쿠	
1	5		弄月吟社句集-京都 江西白牛先生選/佳句〔1〕 로게쓰긴샤 구집-교토 에니시 하쿠규 선생 선/가구	起蝶	시가/하이쿠	
1	5		弄月吟社句集-京都 江西白牛先生選/佳句〔1〕 로게쓰긴샤 구집-교토 에니시 하쿠규 선생 선/가구	夢里	시가/하이쿠	
1	5		弄月吟社句集-京都 江西白牛先生選/佳句〔1〕 로게쓰긴샤 구집-교토 에니시 하쿠규 선생 선/가구	夢柳	시가/하이쿠	
1	5		弄月吟社句集-京都 江西白牛先生選/佳句〔4〕 로게쓰긴샤 구집-교토 에니시 하쿠규 선생 선/가구	てる女	시가/하이쿠	
1	5		弄月吟社句集-京都 江西白牛先生選/三光逆位〔1〕 로게쓰긴샤 구집-교토 에니시 하쿠규 선생 선/삼광역위	雅童	시가/하이쿠	
1	5		弄月吟社句集-京都 江西白牛先生選/三光逆位〔1〕 로게쓰긴샤 구집-교토 에니시 하쿠규 선생 선/삼광역위	月川	시가/하이쿠	
1	5		弄月吟社句集-京都 江西白牛先生選/三光逆位〔1〕 로게쓰긴샤 구집-교토 에니시 하쿠규 선생 선/삼광역위	夢里	시가/하이쿠	
1	5		弄月吟社句集-京都 江西白牛先生選/追吟〔5〕 로게쓰긴샤 구집-교토 에니시 하쿠규 선생 선/추음	白牛	시가/하이쿠	
	5~7		魔の女〈64〉 마의 여인	大平野虹	소설/일본	회수 오류
면수 불명	1~3		箱崎文庫(第八十一席)〈81〉 하코자키분코(제81석)	松林伯知講	고단	회수 오류

1915년 08월 28일 (토) 5657호 경북판

면수 불명	4~5		千芳/團州 지호/단슈		수필/평판기	
면수 불명	6	慶北文苑	黒き領土樹〔9〕 검은 영토수	靑艾	시가/단카	

1915년 08월 29일 (일) 5658호

| 1 | 3~4 | | 日本アルプス/飛驒山中にて(其の十一)〈11〉
일본알프스/히다 산중에서(그 열한 번째) | 野人 | 수필/기행 | |

지면	단수	기획	기사제목 〈회수〉 [곡수]	필자/저자(역자)	분류	비고
1	4	讀者文藝	偲び草 [5] 추억거리	芳枝	시가/단카	
1	4		弄月吟社句集-京都 江西白牛先生選 [1] 로게쓰긴샤 구집-교토 에니시 하쿠규 선생 선	てる女	시가/하이쿠	
1	4		弄月吟社句集-京都 江西白牛先生選 [1] 로게쓰긴샤 구집-교토 에니시 하쿠규 선생 선	夢柳	시가/하이쿠	
1	4		弄月吟社句集-京都 江西白牛先生選 [1] 로게쓰긴샤 구집-교토 에니시 하쿠규 선생 선	夢里	시가/하이쿠	
1	4		弄月吟社句集-京都 江西白牛先生選 [1] 로게쓰긴샤 구집-교토 에니시 하쿠규 선생 선	夢柳	시가/하이쿠	
1	4		弄月吟社句集-京都 江西白牛先生選 [1] 로게쓰긴샤 구집-교토 에니시 하쿠규 선생 선	てる女	시가/하이쿠	
1	4		弄月吟社句集-京都 江西白牛先生選 [1] 로게쓰긴샤 구집-교토 에니시 하쿠규 선생 선	夢里	시가/하이쿠	
1	4		弄月吟社句集-京都 江西白牛先生選 [1] 로게쓰긴샤 구집-교토 에니시 하쿠규 선생 선	てる女	시가/하이쿠	
1	4		弄月吟社句集-京都 江西白牛先生選 [1] 로게쓰긴샤 구집-교토 에니시 하쿠규 선생 선	春浦	시가/하이쿠	
1	4~6		魔の女 〈65〉 마의 여인	大平野虹	소설/일본	회수 오류
면수 불명	1~3		箱崎文庫(第八十四席) 〈84〉 하코자키분코(제84석)	松林伯知講	고단	회수 오류

1915년 08월 29일 (일) 5658호 경북판

면수 불명	5		吾妻/浪子 아즈마/나미코		수필/평판기	
면수 불명	6	慶北文苑	大邱の詩人へ [9] 대구의 시인에게	紫花	시가/단카	

1915년 08월 30일 (월) 5659호

1	3~4		日本アルプス(其の十二) 〈12〉 일본알프스(그 열두 번째)	野人	수필/기행	
1	4~5	讀者文藝	花散の朝 [1] 꽃 지는 아침	寺沼生	시가/자유시	
1	5	漢詩	送安田巴城之青林三首 [3] 송안전파성지청림삼수	横田天風	시가/한시	
1	5~7		魔の女 〈65〉 마의 여인	大平野虹	소설/일본	회수 오류

1915년 08월 31일 (화) 5660호

1	3~4		日本アルプス(其の十三) 〈13〉 일본알프스(그 열세 번째)	野人	수필/기행	
1	5	讀者文藝	窓の竹 [7] 창의 대나무	美泥子	시가/단카	
1	5~7		魔の女 〈66〉 마의 여인	大平野虹	소설/일본	회수 오류
면수 불명	1~3		箱崎文庫(第八十五席) 〈85〉 하코자키분코(제85석)	松林伯知講	고단	회수 오류

1915년 08월 31일 (화) 5660호 경북판

면수 불명	5~6		今上の御製 금상의 어제(御製)		수필/비평	

지면	단수	기획	기사제목 〈회수〉〔곡수〕	필자/저자(역자)	분류	비고
면수 불명	5~6		今上の御製/松上鶴(明治三十三年) 〔1〕 금상의 어제(御製)/소나무 위의 학(메이지 33년)		시가/단카	
면수 불명	5~6		今上の御製/雪中の(同三十四年) 〔1〕 금상의 어제(御製)/눈 속의(메이지 34년)		시가/단카	
면수 불명	5~6		今上の御製/新年梅(同三十五年) 〔1〕 금상의 어제(御製)/신년의 매화(메이지 35년)		시가/단카	
면수 불명	5~6		今上の御製/新年梅(同三十六年) 〔1〕 금상의 어제(御製)/신년의 매화(메이지 36년)		시가/단카	
면수 불명	5~6		今上の御製/巖上の松(同三十七年) 〔1〕 금상의 어제(御製)/바위 위 소나무(메이지 37년)		시가/단카	
면수 불명	5~6		今上の御製/新年山(同三十八年) 〔1〕 금상의 어제(御製)/신년의 산(메이지 38년)		시가/단카	
면수 불명	5~6		今上の御製/新年の河(同三十九年) 〔1〕 금상의 어제(御製)/신년의 강(메이지 39년)		시가/단카	
면수 불명	5~6		今上の御製/新年の松(同三四十年) 〔1〕 금상의 어제(御製)/신년의 소나무(메이지 40년)		시가/단카	
면수 불명	5~6		今上の御製/社頭松(同四十一年) 〔1〕 금상의 어제(御製)/신사 앞 소나무(메이지 41년)		시가/단카	
면수 불명	5~6		今上の御製/雪中松(同四十二年) 〔1〕 금상의 어제(御製)/눈 속의 소나무(메이지 42년)		시가/단카	
면수 불명	5~6		今上の御製/新年雪(同四十三年) 〔1〕 금상의 어제(御製)/신년의 눈(메이지 43년)		시가/단카	
면수 불명	5~6		今上の御製/寒月照梅花(同四十四年) 〔1〕 금상의 어제(御製)/한월(寒月)이 매화를 비추다(메이지 44년)		시가/단카	
면수 불명	5~6		今上の御製/松上鶴(同四十五年) 〔1〕 금상의 어제(御製)/소나무 위의 학(메이지 45년)		시가/단카	
면수 불명	6		祝天長節 〔6〕 축 천장절		시가/하이쿠	
면수 불명	3~4		鬱島から 울도에서	漁史	수필/기행	
면수 불명	4~5		千芳/しげる 지호/시게루		수필/평판기	
면수 불명	5	慶北文苑	林檎林 〔1〕 사과 숲	松龍	시가/자유시	

1915년 09월 02일 (목) 5661호

지면	단수	기획	기사제목 〈회수〉〔곡수〕	필자/저자(역자)	분류	비고
1	4~5		日本アルプス(其の十四) 〈14〉 일본알프스(그 열네 번째)	野人	수필/기행	
1	5		祝句/祝朝鮮時報發展 〔7〕 축구/축 조선시보 발전	本町 楓葉生	시가/하이쿠	
1	5		塔影社句稿/稻妻(八月廿七日夜) 〔1〕 도에이샤 구고/번개(8월 27일 밤)	素江	시가/하이쿠	
1	5		塔影社句稿/稻妻(八月廿七日夜) 〔1〕 도에이샤 구고/번개(8월 27일 밤)	整岳	시가/하이쿠	
1	5		塔影社句稿/稻妻(八月廿七日夜) 〔1〕 도에이샤 구고/번개(8월 27일 밤)	一華	시가/하이쿠	
1	5		塔影社句稿/稻妻(八月廿七日夜) 〔1〕 도에이샤 구고/번개(8월 27일 밤)	愚佛	시가/하이쿠	
1	5		塔影社句稿/稻妻(八月廿七日夜) 〔1〕 도에이샤 구고/번개(8월 27일 밤)	一白	시가/하이쿠	
1	5		塔影社句稿/稻妻(八月廿七日夜) 〔1〕 도에이샤 구고/번개(8월 27일 밤)	耳洗	시가/하이쿠	

지면	단수	기획	기사제목 〈회수〉〔곡수〕	필자/저자(역자)	분류	비고
1	5		塔影社句稿/稲妻(八月廿七日夜)〔1〕 도에이샤 구고/번개(8월 27일 밤)	岳水	시가/하이쿠	
1	5		塔影社句稿/稲妻(八月廿七日夜)〔1〕 도에이샤 구고/번개(8월 27일 밤)	松亭	시가/하이쿠	
1	5		塔影社句稿/稲妻(八月廿七日夜)〔1〕 도에이샤 구고/번개(8월 27일 밤)	斗花女	시가/하이쿠	
1	5		塔影社句稿/稲妻(八月廿七日夜)〔1〕 도에이샤 구고/번개(8월 27일 밤)	秋風嶺	시가/하이쿠	
1	5		塔影社句稿/燈籠〔1〕 도에이샤 구고/등롱	一華	시가/하이쿠	
1	5		塔影社句稿/燈籠〔1〕 도에이샤 구고/등롱	整岳	시가/하이쿠	
1	5		塔影社句稿/燈籠〔1〕 도에이샤 구고/등롱	素江	시가/하이쿠	
1	5		塔影社句稿/燈籠〔1〕 도에이샤 구고/등롱	愚佛	시가/하이쿠	
1	5		塔影社句稿/燈籠〔1〕 도에이샤 구고/등롱	一白	시가/하이쿠	
1	5		塔影社句稿/燈籠〔1〕 도에이샤 구고/등롱	耳洗	시가/하이쿠	
1	5		塔影社句稿/燈籠〔1〕 도에이샤 구고/등롱	岳水	시가/하이쿠	
1	5		塔影社句稿/燈籠〔1〕 도에이샤 구고/등롱	竹け	시가/하이쿠	
1	5		塔影社句稿/燈籠〔1〕 도에이샤 구고/등롱	松亭	시가/하이쿠	
1	5	漢詩	夏夕〔2〕 여름밤	玄道	시가/한시	
1	5~7		魔の女 〈67〉 마의 여인	大平野虹	소설/일본	회수 오류
면수 불명	1~3		箱崎文庫(第八十六席) 〈86〉 하코자키분코(제86석)	松林伯知講	고단	회수 오류

1915년 09월 02일 (목) 5661호 경북판

지면	단수	기획	기사제목 〈회수〉〔곡수〕	필자/저자(역자)	분류	비고
면수 불명	4~5		明石/濱吉 아카시/하마키치		수필/평판기	

1915년 09월 03일 (금) 5662호

지면	단수	기획	기사제목 〈회수〉〔곡수〕	필자/저자(역자)	분류	비고
1	4~5		日本アルプス(其の十五) 〈15〉 일본알프스(그 열다섯 번째)	野人	수필/기행	
1	6	讀者文藝	俳句〔1〕 하이쿠	愚佛	시가/하이쿠	
1	6	讀者文藝	俳句〔1〕 하이쿠	素江	시가/하이쿠	
1	6	讀者文藝	俳句〔1〕 하이쿠	一白	시가/하이쿠	
1	6	讀者文藝	俳句〔1〕 하이쿠	一華	시가/하이쿠	
1	6	讀者文藝	俳句〔1〕 하이쿠	松亭	시가/하이쿠	
1	6	讀者文藝	俳句〔1〕 하이쿠	岳水	시가/하이쿠	

지면	단수	기획	기사제목 〈회수〉 [곡수]	필자/저자(역자)	분류	비고
1	6	讀者文藝	俳句 [1] 하이쿠	秋風嶺	시가/하이쿠	
1	6	讀者文藝	俳句 [1] 하이쿠	斗花女	시가/하이쿠	
1	6	讀者文藝	俳句 [1] 하이쿠	秋風嶺	시가/하이쿠	
1	6	讀者文藝	俳句 [1] 하이쿠	松亭	시가/하이쿠	
1	6	讀者文藝	俳句 [1] 하이쿠	岳水	시가/하이쿠	
1	6	讀者文藝	俳句 [1] 하이쿠	一白	시가/하이쿠	
1	6	讀者文藝	俳句 [1] 하이쿠	素江	시가/하이쿠	
1	6	讀者文藝	俳句 [1] 하이쿠	整岳	시가/하이쿠	
1	6	讀者文藝	俳句 [1] 하이쿠	耳洗	시가/하이쿠	
1	6	讀者文藝	俳句 [1] 하이쿠	一華	시가/하이쿠	
1	6	讀者文藝	俳句 [1] 하이쿠	秋風嶺	시가/하이쿠	
1	6~9		魔の女 〈68〉 마의 여인	大平野虹	소설/일본	회수 오류
1	1~3		箱崎文庫(第八十六席) 〈86〉 하코자키분코(제86석)	松林伯知講	고단	회수 오류

1915년 09월 03일 (금) 5662호 경북판

지면	단수	기획	기사제목 〈회수〉 [곡수]	필자/저자(역자)	분류	비고
면수 불명	4~5		大和/玉次 야마토/다마지		수필/평판기	
면수 불명	7	慶北文苑	漂浪 [7] 표랑	孤舟	시가/단카	

1915년 09월 04일 (토) 5663호

지면	단수	기획	기사제목 〈회수〉 [곡수]	필자/저자(역자)	분류	비고
1	5	漢詩	經馬關遊釜山 [1] 경마관유부산	河原翠園	시가/한시	
1	5	漢詩	觀福田向陽園 [1] 관복전향양원	河原翠園	시가/한시	
1	5	漢詩	宿龍頭山下 [1] 숙용두산하	河原翠園	시가/한시	
1	5	俳句	桐一葉 [10] 오동잎 하나	蕉雨漁史	시가/하이쿠	
1	6~9		魔の女 〈69〉 마의 여인	大平野虹	소설/일본	회수 오류

1915년 09월 04일 (토) 5663호 경북판

지면	단수	기획	기사제목 〈회수〉 [곡수]	필자/저자(역자)	분류	비고
면수 불명	4~5		千芳/初音 지호/하쓰네		수필/평판기	
면수 불명	6	慶北文苑	愛の感謝 [1] 경북문원/사랑의 감사	朱樂	시가/자유시	
면수 불명	6	慶北文苑	(제목없음) [1]	蕉石	시가/자유시	

지면	단수	기획	기사제목 〈회수〉〔곡수〕	필자/저자(역자)	분류	비고
면수 불명	1~3		箱崎文庫(第八十八席) 〈88〉 하코자키분코(제88석)	松林伯知講	고단	회수 오류

1915년 09월 05일 (일) 5664호

지면	단수	기획	기사제목 〈회수〉〔곡수〕	필자/저자(역자)	분류	비고
1	4~5	讀者文藝	とり〆〥〔8〕 각양각색	月見草	시가/단카	
1	5~7		魔の女 〈70〉 마의 여인	大平野虹	소설/일본	회수 오류
1	5		濟南府より 지난부(濟南府)에서	鐵槌生	수필/기행	
면수 불명	4~5		剪燈淸話 전등청화	吉田隴公	수필/기타	
면수 불명	5		女學生の見た秋/夜の秋 여학생이 본 가을/밤의 가을	高等女學四年生	수필/일상	
면수 불명	5		女學生の見た秋/初秋 여학생이 본 가을/초가을	高等女學校二年生	수필/일상	
면수 불명	1		(제목없음)	碧梧桐	시가/하이쿠	
면수 불명	1~3		箱崎文庫(第八十九席) 〈89〉 하코자키분코(제89석)	松林伯知講	고단	회수 오류

1915년 09월 05일 (일) 5663호 경북판   호수 오류

지면	단수	기획	기사제목 〈회수〉〔곡수〕	필자/저자(역자)	분류	비고
면수 불명	4~5		千芳/咲子 지호/사키코		수필/평판기	
면수 불명	6	慶北文苑	藻の花〔8〕 수초의 꽃	殘月	시가/단카	

1915년 09월 06일 (월) 5665호

지면	단수	기획	기사제목 〈회수〉〔곡수〕	필자/저자(역자)	분류	비고
1	5	讀者文藝	男心〔2〕 남자의 마음	嶺葉生	시가/단카	
1	5	讀者文藝	紅燈巷〔2〕 홍등가	嶺葉生	시가/단카	
1	5	讀者文藝	(제목없음)〔2〕	嶺葉生	시가/단카	
1	5	讀者文藝	(제목없음)〔2〕	嶺葉生	시가/단카	
1	5		蒼海道珠/山中偶得〔1〕 창해도주/산중우득	竹村湘雲	시가/한시	
1	5		蒼海道珠/月前獨酌〔1〕 창해도주/월전독작	土屋竹雨	시가/한시	
1	5		蒼海道珠/無題〔1〕 창해도주/무제	村松春水	시가/한시	
1	5~7		魔の女「第七十一席」 〈71〉 마의 여인「제71석」	大平野虹	소설/일본	
면수 불명	1~2		(제목없음)		시가/하이쿠	

1915년 09월 06일 (월) 5665호 경북판

지면	단수	기획	기사제목 〈회수〉〔곡수〕	필자/저자(역자)	분류	비고
면수 불명	3~4		千芳/咲子 지호/사키코		수필/평판기	
면수 불명	5	慶北文苑	霧の夕ぐれ〔9〕 안개 낀 해질녘	月船	시가/단카	

지면	단수	기획	기사제목 〈회수〉〔곡수〕	필자/저자(역자)	분류	비고

1915년 09월 07일 (화) 5666호

지면	단수	기획	기사제목 〈회수〉〔곡수〕	필자/저자(역자)	분류	비고
1	5		塔影社句稿(九月三日夜)/秋の水〔1〕 도에이샤 구고(9월 3일 밤)/가을의 물	松亭	시가/하이쿠	
1	5		塔影社句稿(九月三日夜)/秋の水〔1〕 도에이샤 구고(9월 3일 밤)/가을의 물	素江	시가/하이쿠	
1	5		塔影社句稿(九月三日夜)/秋の水/天〔1〕 도에이샤 구고(9월 3일 밤)/가을의 물/천	一白	시가/하이쿠	
1	5		塔影社句稿(九月三日夜)/秋の水〔1〕 도에이샤 구고(9월 3일 밤)/가을의 물	一華	시가/하이쿠	
1	5		塔影社句稿(九月三日夜)/秋の水/地〔1〕 도에이샤 구고(9월 3일 밤)/가을의 물/지	愚佛	시가/하이쿠	
1	5		塔影社句稿(九月三日夜)/秋の水〔1〕 도에이샤 구고(9월 3일 밤)/가을의 물	景雪	시가/하이쿠	
1	5		塔影社句稿(九月三日夜)/秋の水〔1〕 도에이샤 구고(9월 3일 밤)/가을의 물	やさ男	시가/하이쿠	
1	5		塔影社句稿(九月三日夜)/秋の水〔1〕 도에이샤 구고(9월 3일 밤)/가을의 물	岳水	시가/하이쿠	
1	5		塔影社句稿(九月三日夜)/秋の水〔1〕 도에이샤 구고(9월 3일 밤)/가을의 물	秋風嶺	시가/하이쿠	
1	5		塔影社句稿(九月三日夜)/葉鷄頭〔1〕 도에이샤 구고(9월 3일 밤)/색비름	松亭	시가/하이쿠	
1	5		塔影社句稿(九月三日夜)/葉鷄頭/人〔1〕 도에이샤 구고(9월 3일 밤)/색비름/인	素江	시가/하이쿠	
1	5		塔影社句稿(九月三日夜)/葉鷄頭〔1〕 도에이샤 구고(9월 3일 밤)/색비름	竹臥	시가/하이쿠	
1	5		塔影社句稿(九月三日夜)/葉鷄頭〔1〕 도에이샤 구고(9월 3일 밤)/색비름	整岳	시가/하이쿠	
1	5		塔影社句稿(九月三日夜)/葉鷄頭〔1〕 도에이샤 구고(9월 3일 밤)/색비름	愚佛	시가/하이쿠	
1	5		塔影社句稿(九月三日夜)/葉鷄頭〔1〕 도에이샤 구고(9월 3일 밤)/색비름	一白	시가/하이쿠	
1	5		塔影社句稿(九月三日夜)/葉鷄頭〔1〕 도에이샤 구고(9월 3일 밤)/색비름	一華	시가/하이쿠	
1	5		塔影社句稿(九月三日夜)/葉鷄頭〔1〕 도에이샤 구고(9월 3일 밤)/색비름	景雪	시가/하이쿠	
1	5		塔影社句稿(九月三日夜)/葉鷄頭〔1〕 도에이샤 구고(9월 3일 밤)/색비름	やさ男	시가/하이쿠	
1	5		塔影社句稿(九月三日夜)/葉鷄頭〔1〕 도에이샤 구고(9월 3일 밤)/색비름	岳水	시가/하이쿠	
1	5		塔影社句稿(九月三日夜)/葉鷄頭〔1〕 도에이샤 구고(9월 3일 밤)/색비름	耳洗	시가/하이쿠	
1	5		塔影社句稿(九月三日夜)/葉鷄頭〔1〕 도에이샤 구고(9월 3일 밤)/색비름	斗花女	시가/하이쿠	
1	5		塔影社句稿(九月三日夜)/葉鷄頭〔1〕 도에이샤 구고(9월 3일 밤)/색비름	秋風嶺	시가/하이쿠	
1	5~8		魔の女〈72〉 마의 여인	大平野虹	소설/일본	회수 오류
면수 불명	2~3		日本アルプス(其の十六)/雨の穂高登攀〈16〉 일본알프스(그 열여섯 번째)/비 내리는 호타카 등반		수필/기행	
면수 불명	4~5		剪燈淸話 전등청화	吉田隴公	수필/기타	

지면	단수	기획	기사제목 〈회수〉〔곡수〕	필자/저자(역자)	분류	비고
면수 불명	1~3		箱崎文庫(第八十九席) 〈89〉 하코자키분코(제89석)	松林伯知講	고단	회수 오류

1915년 09월 08일 (수) 5667호

지면	단수	기획	기사제목 〈회수〉〔곡수〕	필자/저자(역자)	분류	비고
1	6	讀者文藝	(제목없음) 〔3〕	愁江	시가/단카	
1	6~9		魔の女 〈73〉 마의 여인	大平野虹	소설/일본	회수 오류
면수 불명	1~3		箱崎文庫(第九十席) 〈90〉 하코자키분코(제90석)	松林伯知講	고단	회수 오류

1915년 09월 08일 (수) 5667호 경북판

지면	단수	기획	기사제목 〈회수〉〔곡수〕	필자/저자(역자)	분류	비고
면수 불명	4~5		千芳/金龍 지호/긴류		수필/평판기	

1915년 09월 09일 (목) 5668호

지면	단수	기획	기사제목 〈회수〉〔곡수〕	필자/저자(역자)	분류	비고
1	4		釜山の俳壇(上) 〈1〉 부산의 하이단(상)		수필/평론	
1	5		不倒會月並俳句/題 鳴子、蜻蛉、穗芒/二百十日/二十內-松峰先生 〔1〕 후도카이 쓰키나미 하이쿠/주제 나루코, 잠자리, 이삭 팬 억새/이백십일/이십 내-마쓰미네 선생	都村	시가/하이쿠	
1	5		☆不倒會月並俳句/題 鳴子、蜻蛉、穗芒/二百十日/二十內-松峰先生 〔3〕 후도카이 쓰키나미 하이쿠/주제 나루코, 잠자리, 이삭 팬 억새/이백십일/이십 내-마쓰미네 선생	樹村	시가/하이쿠	
1	5		★不倒會月並俳句/題 鳴子、蜻蛉、穗芒/二百十日/二十內-松峰先生 〔1〕 후도카이 쓰키나미 하이쿠/주제 나루코, 잠자리, 이삭 팬 억새/이백십일/이십 내-마쓰미네 선생	都村	시가/하이쿠	
1	5		☆不倒會月並俳句/題 鳴子、蜻蛉、穗芒/二百十日/二十內-松峰先生 〔2〕 후도카이 쓰키나미 하이쿠/주제 나루코, 잠자리, 이삭 팬 억새/이백십일/이십 내-마쓰미네 선생	樹村	시가/하이쿠	
1	5		☆不倒會月並俳句/題 鳴子、蜻蛉、穗芒/二百十日/二十內-松峰先生 〔2〕 후도카이 쓰키나미 하이쿠/주제 나루코, 잠자리, 이삭 팬 억새/이백십일/이십 내-마쓰미네 선생	天外	시가/하이쿠	
1	5		不倒會月並俳句/題 鳴子、蜻蛉、穗芒/二百十日/二十內-松峰先生 〔1〕 후도카이 쓰키나미 하이쿠/주제 나루코, 잠자리, 이삭 팬 억새/이백십일/이십 내-마쓰미네 선생	呂水	시가/하이쿠	
1	5		不倒會月並俳句/題 鳴子、蜻蛉、穗芒/二百十日/十內 〔2〕 후도카이 쓰키나미 하이쿠/주제 나루코, 잠자리, 이삭 팬 억새/이백십일/십내	呂水	시가/하이쿠	
1	5		不倒會月並俳句/題 鳴子、蜻蛉、穗芒/二百十日/十內 〔1〕 후도카이 쓰키나미 하이쿠/주제 나루코, 잠자리, 이삭 팬 억새/이백십일/십내	樹村	시가/하이쿠	
1	6		不倒會月並俳句/題 鳴子、蜻蛉、穗芒/二百十日/十內 〔1〕 후도카이 쓰키나미 하이쿠/주제 나루코, 잠자리, 이삭 팬 억새/이백십일/십내	呂水	시가/하이쿠	
1	6		不倒會月並俳句/題 鳴子、蜻蛉、穗芒/二百十日/十內 〔1〕 후도카이 쓰키나미 하이쿠/주제 나루코, 잠자리, 이삭 팬 억새/이백십일/십내	天外	시가/하이쿠	
1	6		不倒會月並俳句/題 鳴子、蜻蛉、穗芒/二百十日/十內 〔1〕 후도카이 쓰키나미 하이쿠/주제 나루코, 잠자리, 이삭 팬 억새/이백십일/십내	都村	시가/하이쿠	
1	6		不倒會月並俳句/題 鳴子、蜻蛉、穗芒/二百十日/十內 〔1〕 후도카이 쓰키나미 하이쿠/주제 나루코, 잠자리, 이삭 팬 억새/이백십일/십내	樹村	시가/하이쿠	
1	6		★不倒會月並俳句/題 鳴子、蜻蛉、穗芒/二百十日/三光/天 〔1〕 후도카이 쓰키나미 하이쿠/주제 나루코, 잠자리, 이삭 팬 억새/이백십일/삼광/천	呂水	시가/하이쿠	
1	6		★不倒會月並俳句/題 鳴子、蜻蛉、穗芒/二百十日/三光/地 〔1〕 후도카이 쓰키나미 하이쿠/주제 나루코, 잠자리, 이삭 팬 억새/이백십일/삼광/지	呂水	시가/하이쿠	

지면	단수	기획	기사제목 〈회수〉〔곡수〕	필자/저자(역자)	분류	비고
1	6		★不倒會月並俳句/題 鳴子、蜻蛉、穗芒/二百十日/三光/人 〔1〕 후도카이 쓰키나미 하이쿠/주제 나루코, 잠자리, 이삭 팬 억새/이백십일/삼광/인	天外	시가/하이쿠	
1	6		不倒會月並俳句/題 鳴子、蜻蛉、穗芒/二百十日/追加 〔2〕 후도카이 쓰키나미 하이쿠/주제 나루코, 잠자리, 이삭 팬 억새/이백십일/추가	選者	시가/하이쿠	
1	6~9		魔の女 〈74〉 마의 여인	大平野虹	소설/일본	회수 오류
면수 불명	2~3		剪燈淸話 전등청화	吉田隴公	수필/기타	
면수 불명	3~5		日本アルプス(其の十七) 〈17〉 일본알프스(그 열일곱 번째)	野人	수필/기행	
면수 불명	1~3		箱崎文庫(第九十一席) 〈91〉 하코자키분코(제91석)	松林伯知講	고단	회수 오류

1915년 09월 09일 (목) 5668호 경북판

| 면수
불명 | 4~5 | | 明石/かなめ
아카시/가나메 | | 수필/평판기 | |

1915년 09월 10일 (금) 5669호

1	5	讀者文藝	秋いろへ 〔8〕 가을 이것저것	紫藤生	시가/단카	
1	5~6		釜山の俳壇(下) 〈2〉 부산의 하이단(하)		수필/평론	
1	6~9		魔の女 〈75〉 마의 여인	大平野虹	소설/일본	회수 오류
면수 불명	1~3		箱崎文庫(第九十二席) 〈92〉 하코자키분코(제92석)	松林伯知講	고단	회수 오류

1915년 09월 10일 (금) 5669호 경북판

| 면수
불명 | 4~5 | | 大和/千代吉
야마토/지요키치 | | 수필/평판기 | |
| 면수
불명 | 5 | 慶北文苑 | 立秋 〔5〕
입추 | 月堂 | 시가/단카 | |

1915년 09월 11일 (토) 5670호

1	5~6		祝句/祝始政五年記念共進會開會 〔12〕 축구/축 시정 5년 기념 공진회 개회	桂濱漁郎	시가/하이쿠	
1	6~9		魔の女 〈76〉 마의 여인	大平野虹	소설/일본	
면수 불명	8		靑州府より 칭저우부(靑州府)에서	鐵槌生	수필/기행	
면수 불명	1~3		箱崎文庫(第九十三席) 〈93〉 하코자키분코(제93석)	松林伯知講	고단	회수 오류

1915년 09월 11일 (토) 5670호 경북판

| 면수
불명 | 3~4 | | 千芳/みの子
지호/미노코 | | 수필/평판기 | |

1915년 09월 12일 (일) 5671호

| 1 | 4 | | 博山にて/九月七日
보산(博山)에서/9월 7일 | 鐵槌生 | 수필/기행 | |
| 1 | 5 | | 弄月吟社句集-齋藤#小# 選 〔1〕
로게쓰긴샤 구집-사이토 ### 선 | 夢柳 | 시가/하이쿠 | |

지면	단수	기획	기사제목 〈회수〉〔곡수〕	필자/저자(역자)	분류	비고
1	5		弄月吟社句集-齋藤#小# 選〔1〕 로게쓰긴샤 구집-사이토 ### 선	秋汀	시가/하이쿠	
1	5		弄月吟社句集-齋藤#小# 選〔2〕 로게쓰긴샤 구집-사이토 ### 선	夢柳	시가/하이쿠	
1	5		弄月吟社句集-齋藤#小# 選〔1〕 로게쓰긴샤 구집-사이토 ### 선	雅童	시가/하이쿠	
1	5		弄月吟社句集-齋藤#小# 選/三光逆列〔1〕 로게쓰긴샤 구집-사이토 ### 선/삼광역렬	夢里	시가/하이쿠	
1	5		弄月吟社句集-齋藤#小# 選/三光逆列〔1〕 로게쓰긴샤 구집-사이토 ### 선/삼광역렬	可秀	시가/하이쿠	
1	5		弄月吟社句集-齋藤#小# 選/三光逆列〔1〕 로게쓰긴샤 구집-사이토 ### 선/삼광역렬	春浦	시가/하이쿠	
1	5		弄月吟社句集-齋藤#小# 選/選者吟〔1〕 로게쓰긴샤 구집-사이토 ### 선/선자음	齋藤#小#	시가/하이쿠	
1	5~7		魔の女〈77〉 마의 여인	大平野虹	시가/소설	
면수 불명	2~3		剪燈淸話 전등청화	吉田隴公	수필/기타	
면수 불명	1~2		(제목없음)〔1〕		시가/하이쿠	
면수 불명	1~3		箱崎文庫(第九十三席)〈93〉 하코자키분코(제93석)	松林伯知講	고단	회수 오류

1915년 09월 13일 (월) 5672호

지면	단수	기획	기사제목 〈회수〉〔곡수〕	필자/저자(역자)	분류	비고
1	5~6		日本アルプス(其の十九)〈19〉 일본알프스(그 열아홉 번째)	野人	수필/기행	
1	7		弄月吟社句集-香樹園耕雨宗匠選〔1〕 로게쓰긴샤 구집-고주엔 고우 소쇼 선	可秀	시가/하이쿠	
1	7		弄月吟社句集-香樹園耕雨宗匠選〔1〕 로게쓰긴샤 구집-고주엔 고우 소쇼 선	夢里	시가/하이쿠	
1	7		弄月吟社句集-香樹園耕雨宗匠選〔1〕 로게쓰긴샤 구집-고주엔 고우 소쇼 선	春浦	시가/하이쿠	
1	7		弄月吟社句集-香樹園耕雨宗匠選〔1〕 로게쓰긴샤 구집-고주엔 고우 소쇼 선	夢柳	시가/하이쿠	
1	7		弄月吟社句集-香樹園耕雨宗匠選〔1〕 로게쓰긴샤 구집-고주엔 고우 소쇼 선	夢里	시가/하이쿠	
1	7		弄月吟社句集-香樹園耕雨宗匠選〔1〕 로게쓰긴샤 구집-고주엔 고우 소쇼 선	一草	시가/하이쿠	
1	7		弄月吟社句集-香樹園耕雨宗匠選〔1〕 로게쓰긴샤 구집-고주엔 고우 소쇼 선	可秀	시가/하이쿠	
1	7		弄月吟社句集-香樹園耕雨宗匠選〔2〕 로게쓰긴샤 구집-고주엔 고우 소쇼 선	春浦	시가/하이쿠	
1	7		弄月吟社句集-香樹園耕雨宗匠選〔1〕 로게쓰긴샤 구집-고주엔 고우 소쇼 선	秋汀	시가/하이쿠	
1	7	弄月吟社 句集	弄月吟社句集-香樹園耕雨宗匠選/三光/人〔1〕 로게쓰긴샤 구집-고주엔 고우 소쇼 선/삼광/인	夢里	시가/하이쿠	
1	7	弄月吟社 句集	弄月吟社句集-香樹園耕雨宗匠選/三光/地〔1〕 로게쓰긴샤 구집-고주엔 고우 소쇼 선/삼광/지	秋汀	시가/하이쿠	
1	7	弄月吟社 句集	弄月吟社句集-香樹園耕雨宗匠選/三光/天〔1〕 로게쓰긴샤 구집-고주엔 고우 소쇼 선/삼광/천	雅童	시가/하이쿠	
1	7	弄月吟社 句集	弄月吟社句集-香樹園耕雨宗匠選/選者吟/微恙〔1〕 로게쓰긴샤 구집-고주엔 고우 소쇼 선/선자음/미양	香樹園耕雨	시가/하이쿠	

지면	단수	기획	기사제목 〈회수〉 〔곡수〕	필자/저자(역자)	분류	비고
1	7~9		魔の女〈78〉 마의 여인	大平野虹	소설/일본	

1915년 09월 14일 (화) 5673호

지면	단수	기획	기사제목 〈회수〉 〔곡수〕	필자/저자(역자)	분류	비고
1	5		龜甲會第四十九回例會-省花堂宗匠選/題　朝顔、盆の月、鰯引、きり〃〵す、折イワシ/二十内〔1〕 깃코카이 제49회 예회-쇼카도 소쇼 선/주제 나팔꽃, 백중날의 달, 정어리 잡이, 귀뚜라미, 제철 정어리/이십내	花童	시가/하이쿠	
1	5		龜甲會第四十九回例會-省花堂宗匠選/題　朝顔、盆の月、鰯引、きり〃〵す、折イワシ/二十内〔1〕 깃코카이 제49회 예회-쇼카도 소쇼 선/주제 나팔꽃, 백중날의 달, 정어리 잡이, 귀뚜라미, 제철 정어리/이십내	蒙古	시가/하이쿠	
1	5		龜甲會第四十九回例會-省花堂宗匠選/題　朝顔、盆の月、鰯引、きり〃〵す、折イワシ/二十内〔1〕 깃코카이 제49회 예회-쇼카도 소쇼 선/주제 나팔꽃, 백중날의 달, 정어리 잡이, 귀뚜라미, 제철 정어리/이십내	芦角	시가/하이쿠	
1	5		龜甲會第四十九回例會-省花堂宗匠選/題　朝顔、盆の月、鰯引、きり〃〵す、折イワシ/二十内〔1〕 깃코카이 제49회 예회-쇼카도 소쇼 선/주제 나팔꽃, 백중날의 달, 정어리 잡이, 귀뚜라미, 제철 정어리/이십내	仙岩	시가/하이쿠	
1	5		龜甲會第四十九回例會-省花堂宗匠選/題　朝顔、盆の月、鰯引、きり〃〵す、折イワシ/二十内〔1〕 깃코카이 제49회 예회-쇼카도 소쇼 선/주제 나팔꽃, 백중날의 달, 정어리 잡이, 귀뚜라미, 제철 정어리/이십내	芦角	시가/하이쿠	
1	5		龜甲會第四十九回例會-省花堂宗匠選/題　朝顔、盆の月、鰯引、きり〃〵す、折イワシ/二十内〔1〕 깃코카이 제49회 예회-쇼카도 소쇼 선/주제 나팔꽃, 백중날의 달, 정어리 잡이, 귀뚜라미, 제철 정어리/이십내	花童	시가/하이쿠	
1	5		龜甲會第四十九回例會-省花堂宗匠選/題　朝顔、盆の月、鰯引、きり〃〵す、折イワシ/二十内〔1〕 깃코카이 제49회 예회-쇼카도 소쇼 선/주제 나팔꽃, 백중날의 달, 정어리 잡이, 귀뚜라미, 제철 정어리/이십내	梅香	시가/하이쿠	
1	5		龜甲會第四十九回例會-省花堂宗匠選/題　朝顔、盆の月、鰯引、きり〃〵す、折イワシ/二十内〔1〕 깃코카이 제49회 예회-쇼카도 소쇼 선/주제 나팔꽃, 백중날의 달, 정어리 잡이, 귀뚜라미, 제철 정어리/이십내	花童	시가/하이쿠	
1	5		龜甲會第四十九回例會-省花堂宗匠選/題　朝顔、盆の月、鰯引、きり〃〵す、折イワシ/二十内〔3〕 깃코카이 제49회 예회-쇼카도 소쇼 선/주제 나팔꽃, 백중날의 달, 정어리 잡이, 귀뚜라미, 제철 정어리/이십내	蒙古	시가/하이쿠	
1	5		龜甲會第四十九回例會-省花堂宗匠選/題　朝顔、盆の月、鰯引、きり〃〵す、折イワシ/二十内〔1〕 깃코카이 제49회 예회-쇼카도 소쇼 선/주제 나팔꽃, 백중날의 달, 정어리 잡이, 귀뚜라미, 제철 정어리/이십내	芦角	시가/하이쿠	
1	5		龜甲會第四十九回例會-省花堂宗匠選/題　朝顔、盆の月、鰯引、きり〃〵す、折イワシ/二十内〔1〕 깃코카이 제49회 예회-쇼카도 소쇼 선/주제 나팔꽃, 백중날의 달, 정어리 잡이, 귀뚜라미, 제철 정어리/이십내	跛牛	시가/하이쿠	
1	5		龜甲會第四十九回例會-省花堂宗匠選/題　朝顔、盆の月、鰯引、きり〃〵す、折イワシ/二十内〔2〕 깃코카이 제49회 예회-쇼카도 소쇼 선/주제 나팔꽃, 백중날의 달, 정어리 잡이, 귀뚜라미, 제철 정어리/이십내	芦角	시가/하이쿠	
1	5		龜甲會第四十九回例會-省花堂宗匠選/題　朝顔、盆の月、鰯引、きり〃〵す、折イワシ/二十内〔1〕 깃코카이 제49회 예회-쇼카도 소쇼 선/주제 나팔꽃, 백중날의 달, 정어리 잡이, 귀뚜라미, 제철 정어리/이십내	花童	시가/하이쿠	

지면	단수	기획	기사제목 〈회수〉〔곡수〕	필자/저자(역자)	분류	비고
1	5		龜甲會第四十九回例會-省花堂宗匠選/題　朝顔、盆の月、鰯引、きり〆\す、折イワシ/二十內〔1〕 깃코카이 제49회 예회-쇼카도 소쇼 선/주제 나팔꽃, 백중날의 달, 정어리 잡이, 귀뚜라미, 제철 정어리/이십내	芦角	시가/하이쿠	
1	5		龜甲會第四十九回例會-省花堂宗匠選/題　朝顔、盆の月、鰯引、きり〆\す、折イワシ/人〔1〕 깃코카이 제49회 예회-쇼카도 소쇼 선/주제 나팔꽃, 백중날의 달, 정어리 잡이, 귀뚜라미, 제철 정어리/인	蒙古	시가/하이쿠	
1	5		龜甲會第四十九回例會-省花堂宗匠選/題　朝顔、盆の月、鰯引、きり〆\す、折イワシ/地〔1〕 깃코카이 제49회 예회-쇼카도 소쇼 선/주제 나팔꽃, 백중날의 달, 정어리 잡이, 귀뚜라미, 제철 정어리/지	跛牛	시가/하이쿠	
1	5		龜甲會第四十九回例會-省花堂宗匠選/題　朝顔、盆の月、鰯引、きり〆\す、折イワシ/天〔1〕 깃코카이 제49회 예회-쇼카도 소쇼 선/주제 나팔꽃, 백중날의 달, 정어리 잡이, 귀뚜라미, 제철 정어리/천	跛牛	시가/하이쿠	
1	5		龜甲會第四十九回例會-省花堂宗匠選/題　朝顔、盆の月、鰯引、きり〆\す、折イワシ/追加〔3〕 깃코카이 제49회 예회-쇼카도 소쇼 선/주제 나팔꽃, 백중날의 달, 정어리 잡이, 귀뚜라미, 제철 정어리/추가	選者	시가/하이쿠	
1	5~7		魔の女〈79〉 마의 여인	大平野虹	소설/일본	
면수 불명	1~3		箱崎文庫(第九十三席)〈93〉 하코자키분코(제93석)	松林伯知講	고단	회수 오류

1915년 09월 14일 (화) 5673호 경북판

지면	단수	기획	기사제목 〈회수〉〔곡수〕	필자/저자(역자)	분류	비고
면수 불명	4~5		千芳/一八 지호/잇파치		수필/평판기	

1915년 09월 15일 (수) 5674호

지면	단수	기획	기사제목 〈회수〉〔곡수〕	필자/저자(역자)	분류	비고
1	5		蒼海道珠/秋夜讀書〔1〕 창해유주/추야독서	本間東岱	시가/한시	
1	5		蒼海道珠/歸省〔1〕 창해유주/귀성	寺田香雪	시가/한시	
1	5		蒼海道珠/秋夜〔1〕 창해유주/추야	阪田松聲	시가/한시	
1	5		蒼海道珠/秋雨〔1〕 창해유주/추우	明石鶯村	시가/한시	
1	5		蒼海道珠/秋日書感〔1〕 창해유주/추일서감	定井香厓	시가/한시	
1	5~7		魔の女〈80〉 마의 여인	大平野虹	소설/일본	
면수 불명	1~3		箱崎文庫(第九十四席)〈94〉 하코자키분코(제94석)	松林伯知講	고단	회수 오류

1915년 09월 16일 (목) 5675호

지면	단수	기획	기사제목 〈회수〉〔곡수〕	필자/저자(역자)	분류	비고
1	5~7		魔の女〈80〉 마의 여인	大平野虹	소설/일본	회수 오류
면수 불명	1~3		箱崎文庫(第九十四席)〈94〉 하코자키분코(제94석)	松林伯知講	고단	회수 오류

1915년 09월 17일 (금) 5676호

지면	단수	기획	기사제목 〈회수〉〔곡수〕	필자/저자(역자)	분류	비고
1	5		超塵會秋季七題/吉野左衛門先生選〔1〕 조진카이 추계 칠제-요시노사에몬 선생 선	俠雨	시가/하이쿠	

지면	단수	기획	기사제목 〈회수〉〔곡수〕	필자/저자(역자)	분류	비고
1	5		超塵會秋季七題/吉野左衛門先生選〔1〕 조진카이 추계 칠제-요시노사에몬 선생 선	夢柳	시가/하이쿠	
1	5		超塵會秋季七題/吉野左衛門先生選〔1〕 조진카이 추계 칠제-요시노사에몬 선생 선	秋汀	시가/하이쿠	
1	5		★超塵會秋季七題/吉野左衛門先生選〔1〕 조진카이 추계 칠제-요시노사에몬 선생 선	夢里	시가/하이쿠	
1	5		超塵會秋季七題/吉野左衛門先生選〔1〕 조진카이 추계 칠제-요시노사에몬 선생 선	雨意	시가/하이쿠	
1	5		超塵會秋季七題/吉野左衛門先生選〔1〕 조진카이 추계 칠제-요시노사에몬 선생 선	秋汀	시가/하이쿠	
1	5		超塵會秋季七題/吉野左衛門先生選〔1〕 조진카이 추계 칠제-요시노사에몬 선생 선	夢柳	시가/하이쿠	
1	5		超塵會秋季七題/吉野左衛門先生選〔1〕 조진카이 추계 칠제-요시노사에몬 선생 선	雨意	시가/하이쿠	
1	5		★超塵會秋季七題/吉野左衛門先生選〔1〕 조진카이 추계 칠제-요시노사에몬 선생 선	夢里	시가/하이쿠	
1	5		超塵會秋季七題/吉野左衛門先生選〔1〕 조진카이 추계 칠제-요시노사에몬 선생 선	秋汀	시가/하이쿠	
1	5		超塵會秋季七題/吉野左衛門先生選〔1〕 조진카이 추계 칠제-요시노사에몬 선생 선	雨意	시가/하이쿠	
1	5		超塵會秋季七題/吉野左衛門先生選〔1〕 조진카이 추계 칠제-요시노사에몬 선생 선	秋汀	시가/하이쿠	
1	5		超塵會秋季七題/吉野左衛門先生選〔1〕 조진카이 추계 칠제-요시노사에몬 선생 선	夢柳	시가/하이쿠	
1	5		超塵會秋季七題/吉野左衛門先生選〔1〕 조진카이 추계 칠제-요시노사에몬 선생 선	夢里	시가/하이쿠	
1	5		超塵會秋季七題/吉野左衛門先生選〔1〕 조진카이 추계 칠제-요시노사에몬 선생 선	秋汀	시가/하이쿠	
1	5		超塵會秋季七題/吉野左衛門先生選〔1〕 조진카이 추계 칠제-요시노사에몬 선생 선	可秀	시가/하이쿠	
1	5		超塵會秋季七題/吉野左衛門先生選〔1〕 조진카이 추계 칠제-요시노사에몬 선생 선	秋汀	시가/하이쿠	
1	5		超塵會秋季七題/吉野左衛門先生選〔1〕 조진카이 추계 칠제-요시노사에몬 선생 선	雨意	시가/하이쿠	
1	5		超塵會秋季七題/吉野左衛門先生選〔2〕 조진카이 추계 칠제-요시노사에몬 선생 선	寶水	시가/하이쿠	
1	5		超塵會秋季七題/吉野左衛門先生選〔1〕 조진카이 추계 칠제-요시노사에몬 선생 선	夢里	시가/하이쿠	
1	5		★超塵會秋季七題/吉野左衛門先生選〔1〕 조진카이 추계 칠제-요시노사에몬 선생 선	可秀	시가/하이쿠	
1	5		★超塵會秋季七題/吉野左衛門先生選〔1〕 조진카이 추계 칠제-요시노사에몬 선생 선	寶水	시가/하이쿠	
1	5		超塵會秋季七題/吉野左衛門先生選〔1〕 조진카이 추계 칠제-요시노사에몬 선생 선	夢柳	시가/하이쿠	
1	5		隨鷗吟社例會聯句〔1〕 즈이오긴샤 예회 연구		시가/한시	
1	5~7		魔の女〈82〉 마의 여인	大平野虹	소설/일본	
면수 불명	1~2		箱崎文庫(第九十五席)〈95〉 하코자키분코(제95석)	松林伯知講	고단	회수 오류
면수 불명	1		(제목없음)〔1〕		시가/하이쿠	

지면	단수	기획	기사제목 〈회수〉〔곡수〕	필자/저자(역자)	분류	비고
			1915년 09월 17일 (금) 5676호 경북판			
면수 불명	6	慶北文苑	丘〔1〕 언덕	殘月	시가/자유시	
			1915년 09월 18일 (토) 5677호			
1	5		超塵會秋季七題/吉野左衛門先生選〔1〕 조진카이 추계 칠제-요시노 사에몬 선생 선	可秀	시가/하이쿠	
1	5		超塵會秋季七題/吉野左衛門先生選〔1〕 조진카이 추계 칠제-요시노 사에몬 선생 선	夢里	시가/하이쿠	
1	5		超塵會秋季七題/吉野左衛門先生選〔1〕 조진카이 추계 칠제-요시노 사에몬 선생 선	可秀	시가/하이쿠	
1	5		超塵會秋季七題/吉野左衛門先生選〔1〕 조진카이 추계 칠제-요시노 사에몬 선생 선	雨意	시가/하이쿠	
1	5		超塵會秋季七題/吉野左衛門先生選〔1〕 조진카이 추계 칠제-요시노 사에몬 선생 선	俠雨	시가/하이쿠	
1	5		超塵會秋季七題/吉野左衛門先生選〔2〕 조진카이 추계 칠제-요시노 사에몬 선생 선	秋汀	시가/하이쿠	
1	5		超塵會秋季七題/吉野左衛門先生選〔1〕 조진카이 추계 칠제-요시노 사에몬 선생 선	雨意	시가/하이쿠	
1	5		超塵會秋季七題/吉野左衛門先生選〔2〕 조진카이 추계 칠제-요시노 사에몬 선생 선	可秀	시가/하이쿠	
1	5		超塵會秋季七題/吉野左衛門先生選〔1〕 조진카이 추계 칠제-요시노 사에몬 선생 선	俠雨	시가/하이쿠	
1	5		超塵會秋季七題/吉野左衛門先生選/秀〔1〕 조진카이 추계 칠제-요시노 사에몬 선생 선/수	夢柳	시가/하이쿠	
1	5		超塵會秋季七題/吉野左衛門先生選/秀〔1〕 조진카이 추계 칠제-요시노 사에몬 선생 선/수	可秀	시가/하이쿠	
1	5		超塵會秋季七題/吉野左衛門先生選/秀〔1〕 조진카이 추계 칠제-요시노 사에몬 선생 선/수	夢柳	시가/하이쿠	
1	5		超塵會秋季七題/吉野左衛門先生選/秀〔1〕 조진카이 추계 칠제-요시노 사에몬 선생 선/수	雨意	시가/하이쿠	
1	5		超塵會秋季七題/吉野左衛門先生選/秀〔1〕 조진카이 추계 칠제-요시노 사에몬 선생 선/수	夢里	시가/하이쿠	
1	5		超塵會秋季七題/吉野左衛門先生選/人〔2〕 조진카이 추계 칠제-요시노 사에몬 선생 선/인	雨意	시가/하이쿠	
1	5		超塵會秋季七題/吉野左衛門先生選/人〔1〕 조진카이 추계 칠제-요시노 사에몬 선생 선/인	夢里	시가/하이쿠	
1	5		超塵會秋季七題/吉野左衛門先生選/地〔1〕 조진카이 추계 칠제-요시노 사에몬 선생 선/지	俠雨	시가/하이쿠	
1	5		超塵會秋季七題/吉野左衛門先生選/地〔1〕 조진카이 추계 칠제-요시노 사에몬 선생 선/지	夢柳	시가/하이쿠	
1	5		超塵會秋季七題/吉野左衛門先生選/天〔1〕 조진카이 추계 칠제-요시노 사에몬 선생 선/천	雨意	시가/하이쿠	
1	5		超塵會秋季七題/吉野左衛門先生選/追〔5〕 조진카이 추계 칠제-요시노 사에몬 선생 선/추	選者	시가/하이쿠	
1	5~7		魔の女〈83〉 마의 여인	大平野虹	소설/일본	
면수 불명	6~7		釜山下女日記 부산 하녀 일기		수필/일기	
면수 불명	1		(제목없음)		시가/하이쿠	

지면	단수	기획	기사제목 〈회수〉〔곡수〕	필자/저자(역자)	분류	비고
면수 불명	1~3		箱崎文庫(第九十五席) 〈95〉 하코자키분코(제95석)	松林伯知講	고단	회수 오류

1915년 09월 18일 (토) 5677호 경북판

지면	단수	기획	기사제목	필자/저자(역자)	분류	비고
면수 불명	5	慶北文苑	若きうらみ〔4〕 어린 원한	炎花	시가/단카	
면수 불명	5	慶北文苑	(제목없음)〔3〕	月見草	시가/단카	

1915년 09월 19일 (일) 5678호

지면	단수	기획	기사제목	필자/저자(역자)	분류	비고
1	5~6		超塵會秋季七題/選句の後に 조진카이 추계 칠제/선구 후에	東京 左衛門	수필/비평	
1	6~9		魔の女 〈84〉〔3〕 마의 여인	大平野虹	소설/일본	
면수 불명	1		(제목없음)〔1〕	內藏助	시가/하이쿠	
면수 불명	6		三面文藝〔3〕 삼면문예	絃花生	시가/도도이 쓰	
면수 불명	1~3		箱崎文庫(第九十#席) 〈?〉 하코자키분코(제9#석)	松林伯知講	고단	

1915년 09월 20일 (월) 5679호

지면	단수	기획	기사제목	필자/저자(역자)	분류	비고
1	5		平便使羽 평편사우	於平壤 阿部秀太郎	수필/일상	
1	5~7		魔の女 〈85〉 마의 여인	大平野虹	소설/일본	
면수 불명	6		三面文藝〔4〕 삼면문예	△○△生	시가/도도이 쓰	
면수 불명	6		三面文藝〔2〕 삼면문예	むらさき	시가/도도이 쓰	

1915년 09월 21일 (화) 5680호

지면	단수	기획	기사제목	필자/저자(역자)	분류	비고
1	5		塔影社吟句/梨〔2〕 도에이샤 음구/배	萩香女	시가/하이쿠	
1	5		塔影社吟句/梨〔2〕 도에이샤 음구/배	やさ男	시가/하이쿠	
1	5		塔影社吟句/秋風〔1〕 도에이샤 음구/가을바람	斗花女	시가/하이쿠	
1	5		塔影社吟句/秋風〔1〕 도에이샤 음구/가을바람	耳洗	시가/하이쿠	
1	5		塔影社吟句/秋風〔1〕 도에이샤 음구/가을바람	一白	시가/하이쿠	
1	5		塔影社吟句/秋風〔1〕 도에이샤 음구/가을바람	竹臥	시가/하이쿠	
1	5		塔影社吟句/秋風〔1〕 도에이샤 음구/가을바람	景雪	시가/하이쿠	
1	5		塔影社吟句/秋風〔1〕 도에이샤 음구/가을바람	一華	시가/하이쿠	
1	5		塔影社吟句/秋風〔2〕 도에이샤 음구/가을바람	素江	시가/하이쿠	
1	5~6		塔影社吟句/秋風〔2〕 도에이샤 음구/가을바람	寸九	시가/하이쿠	

지면	단수	기획	기사제목 〈회수〉 〔곡수〕	필자/저자(역자)	분류	비고
1	6		塔影社吟句/秋風〔1〕 도에이샤 음구/가을바람	巢鳥寵	시가/하이쿠	
1	6		塔影社吟句/秋風〔1〕 도에이샤 음구/가을바람	秋風嶺	시가/하이쿠	
1	6		超塵會秋季七題/選句の後に 조진카이 추계 칠제/선구 후에	東京 左衛門	수필/비평	
면수 불명	6		三面文藝〔3〕 삼면문예	愁江生	시가/단카	
면수 불명	6		三面文藝〔2〕 삼면문예	愁江生	시가/단카	
면수 불명	1~3		箱崎文庫(第白〇一席)〈101〉 하코자키분코(제101석)	松林伯知講	고단	
면수 불명	1~3		魔の女〈88〉 마의 여인	大平野虹	소설/일본	회수 오류

1915년 09월 21일 (화) 5680호 경북판

면수 불명	5	慶北文苑	夜のしじま〔1〕 밤의 침묵	秋果	시가/신체시	

1915년 09월 22일 (수) 5681호

1	5		不倒會月並俳句/題 新米、初雁、紅葉、栗、秋の山-雲洲庵 遠舟先生選/十客〔1〕 후도카이 쓰키나미 하이쿠/주제 햅쌀, 첫 기러기, 단풍, 밤, 가을 산-운슈안 엔슈 선생 선/십객	呂水	시가/하이쿠	
1	5		不倒會月並俳句/題 新米、初雁、紅葉、栗、秋の山-雲洲庵 遠舟先生選/十客〔2〕 후도카이 쓰키나미 하이쿠/주제 햅쌀, 첫 기러기, 단풍, 밤, 가을 산-운슈안 엔슈 선생 선/십객	樹村	시가/하이쿠	
1	5		不倒會月並俳句/題 新米、初雁、紅葉、栗、秋の山-雲洲庵 遠舟先生選/十客〔1〕 후도카이 쓰키나미 하이쿠/주제 햅쌀, 첫 기러기, 단풍, 밤, 가을 산-운슈안 엔슈 선생 선/십객	天外	시가/하이쿠	
1	5		不倒會月並俳句/題 新米、初雁、紅葉、栗、秋の山-雲洲庵 遠舟先生選/十客〔2〕 후도카이 쓰키나미 하이쿠/주제 햅쌀, 첫 기러기, 단풍, 밤, 가을 산-운슈안 엔슈 선생 선/십객	呂水	시가/하이쿠	
1	5		不倒會月並俳句/題 新米、初雁、紅葉、栗、秋の山-雲洲庵 遠舟先生選/十客〔1〕 후도카이 쓰키나미 하이쿠/주제 햅쌀, 첫 기러기, 단풍, 밤, 가을 산-운슈안 엔슈 선생 선/십객	樹村	시가/하이쿠	
1	5		不倒會月並俳句/題 新米、初雁、紅葉、栗、秋の山-雲洲庵 遠舟先生選/十客〔1〕 후도카이 쓰키나미 하이쿠/주제 햅쌀, 첫 기러기, 단풍, 밤, 가을 산-운슈안 엔슈 선생 선/십객	都村	시가/하이쿠	
1	5		不倒會月並俳句/題 新米、初雁、紅葉、栗、秋の山-雲洲庵 遠舟先生選/十客〔1〕 후도카이 쓰키나미 하이쿠/주제 햅쌀, 첫 기러기, 단풍, 밤, 가을 산-운슈안 엔슈 선생 선/십객	樹村	시가/하이쿠	
1	5		不倒會月並俳句/題 新米、初雁、紅葉、栗、秋の山-雲洲庵 遠舟先生選/十客〔1〕 후도카이 쓰키나미 하이쿠/주제 햅쌀, 첫 기러기, 단풍, 밤, 가을 산-운슈안 엔슈 선생 선/십객	呂水	시가/하이쿠	

지면	단수	기획	기사제목 〈회수〉〔곡수〕	필자/저자(역자)	분류	비고
1	5		不倒會月並俳句/題 新米、初雁、紅葉、栗、秋の山-雲洲庵 遠舟先生選/五客〔1〕 후도카이 쓰키나미 하이쿠/주제 햅쌀, 첫 기러기, 단풍, 밤, 가을 산-운슈안 엔슈 선생 선/오객	都村	시가/하이쿠	
1	5		不倒會月並俳句/題 新米、初雁、紅葉、栗、秋の山-雲洲庵 遠舟先生選/五客〔4〕 후도카이 쓰키나미 하이쿠/주제 햅쌀, 첫 기러기, 단풍, 밤, 가을 산-운슈안 엔슈 선생 선/오객	樹村	시가/하이쿠	
1	5		不倒會月並俳句/題 新米、初雁、紅葉、栗、秋の山-雲洲庵 遠舟先生選/三光〔1〕 후도카이 쓰키나미 하이쿠/주제 햅쌀, 첫 기러기, 단풍, 밤, 가을 산-운슈안 엔슈 선생 선/삼광	都村	시가/하이쿠	
1	5		不倒會月並俳句/題 新米、初雁、紅葉、栗、秋の山-雲洲庵 遠舟先生選/三光〔1〕 후도카이 쓰키나미 하이쿠/주제 햅쌀, 첫 기러기, 단풍, 밤, 가을 산-운슈안 엔슈 선생 선/삼광	樹村	시가/하이쿠	
1	5		不倒會月並俳句/題 新米、初雁、紅葉、栗、秋の山-雲洲庵 遠舟先生選/三光〔1〕 후도카이 쓰키나미 하이쿠/주제 햅쌀, 첫 기러기, 단풍, 밤, 가을 산-운슈안 엔슈 선생 선/삼광	呂水	시가/하이쿠	
1	5		不倒會月並俳句/題 新米、初雁、紅葉、栗、秋の山-雲洲庵 遠舟先生選/追加〔2〕 후도카이 쓰키나미 하이쿠/주제 햅쌀, 첫 기러기, 단풍, 밤, 가을 산-운슈안 엔슈 선생 선/추가	選者	시가/하이쿠	
1	6~9		魔の女 〈89〉 마의 여인	大平野虹	소설/일본	회수 오류
면수 불명	1~3		箱崎文庫(第白〇二席) 〈102〉 하코자키분코(제102석)	松林伯知講	고단	

1915년 09월 23일 (목) 5682호

지면	단수	기획	기사제목 〈회수〉〔곡수〕	필자/저자(역자)	분류	비고
1	5~7		魔の女 〈89〉 마의 여인	大平野虹	소설/일본	회수 오류
면수 불명	1~3		箱崎文庫(第白〇三席) 〈103〉 하코자키분코(제103석)	松林伯知講	고단	

1915년 09월 23일 (목) 5682호 경북판

지면	단수	기획	기사제목 〈회수〉〔곡수〕	필자/저자(역자)	분류	비고
면수 불명	6	慶北文苑	旅よりかへりて〔5〕 여행에서 돌아와서	紫鳶	시가/단카	

1915년 09월 24일 (금) 5683호

지면	단수	기획	기사제목 〈회수〉〔곡수〕	필자/저자(역자)	분류	비고
1	5		超塵會俳句-森無黃先生選〔1〕 조진카이 하이쿠-모리 무코 선생 선	夢柳	시가/하이쿠	
1	5		超塵會俳句-森無黃先生選〔1〕 조진카이 하이쿠-모리 무코 선생 선	秋汀	시가/하이쿠	
1	5		超塵會俳句-森無黃先生選〔1〕 조진카이 하이쿠-모리 무코 선생 선	可秀	시가/하이쿠	
1	5		超塵會俳句-森無黃先生選〔1〕 조진카이 하이쿠-모리 무코 선생 선	寶水	시가/하이쿠	
1	5		超塵會俳句-森無黃先生選〔1〕 조진카이 하이쿠-모리 무코 선생 선	夢里	시가/하이쿠	
1	5		超塵會俳句-森無黃先生選/人〔1〕 조진카이 하이쿠-모리 무코 선생 선/인	可秀	시가/하이쿠	
1	5		超塵會俳句-森無黃先生選/地〔1〕 조진카이 하이쿠-모리 무코 선생 선/지	雨意	시가/하이쿠	

지면	단수	기획	기사제목 〈회수〉〔곡수〕	필자/저자(역자)	분류	비고
1	5		超塵會俳句-森無黃先生選/天〔1〕 조진카이 하이쿠-모리 무코 선생 선/천	秋江	시가/하이쿠	
1	5		超塵會俳句-森無黃先生選/追〔1〕 조진카이 하이쿠-모리 무코 선생 선/추	選者	시가/하이쿠	
1	5~7		魔の女〈91〉 마의 여인	大平野虹	소설/일본	회수 오류
면수 불명	1~3		箱崎文庫(第白〇三席)〈103〉 하코자키분코(제103석)	松林伯知講演	고단	회수 오류
면수 불명	1		(제목없음)〔1〕		시가/하이쿠	
면수 불명	6		高麗會看月句會 고마카이 달맞이 구회		광고/모임 안내	

1915년 09월 26일 (일) 5684호

지면	단수	기획	기사제목 〈회수〉〔곡수〕	필자/저자(역자)	분류	비고
1	5	俳句	★遠舟庵觀月席上俳句-省花堂茶遊選/秋季混題〔1〕 엔슈안 관월 석상 하이쿠-쇼카도 사유 선/추계 혼제	一擧	시가/하이쿠	
1	5	俳句	★遠舟庵觀月席上俳句-省花堂茶遊選/秋季混題〔1〕 엔슈안 관월 석상 하이쿠-쇼카도 사유 선/추계 혼제	一笑	시가/하이쿠	
1	5	俳句	遠舟庵觀月席上俳句-省花堂茶遊選/秋季混題〔1〕 엔슈안 관월 석상 하이쿠-쇼카도 사유 선/추계 혼제	只介	시가/하이쿠	
1	5	俳句	遠舟庵觀月席上俳句-省花堂茶遊選/秋季混題〔1〕 엔슈안 관월 석상 하이쿠-쇼카도 사유 선/추계 혼제	遠舟	시가/하이쿠	
1	5	俳句	遠舟庵觀月席上俳句-省花堂茶遊選/秋季混題〔1〕 엔슈안 관월 석상 하이쿠-쇼카도 사유 선/추계 혼제	長生	시가/하이쿠	
1	5	俳句	★遠舟庵觀月席上俳句-省花堂茶遊選/秋季混題〔1〕 엔슈안 관월 석상 하이쿠-쇼카도 사유 선/추계 혼제	山霞	시가/하이쿠	
1	5	俳句	遠舟庵觀月席上俳句-一擧宗匠選/秋季混題〔2〕 엔슈안 관월 석상 하이쿠-잇쿄 소쇼 선/추계 혼제	山霞	시가/하이쿠	
1	5	俳句	遠舟庵觀月席上俳句-一擧宗匠選/秋季混題〔1〕 엔슈안 관월 석상 하이쿠-잇쿄 소쇼 선/추계 혼제	一笑	시가/하이쿠	
1	5	俳句	★遠舟庵觀月席上俳句-一擧宗匠選/秋季混題〔1〕 엔슈안 관월 석상 하이쿠-잇쿄 소쇼 선/추계 혼제	利水	시가/하이쿠	
1	5	俳句	遠舟庵觀月席上俳句-一擧宗匠選/秋季混題〔1〕 엔슈안 관월 석상 하이쿠-잇쿄 소쇼 선/추계 혼제	遠舟	시가/하이쿠	
1	5	俳句	遠舟庵觀月席上俳句-一擧宗匠選/秋季混題〔2〕 엔슈안 관월 석상 하이쿠-잇쿄 소쇼 선/추계 혼제	利水	시가/하이쿠	
1	5	俳句	遠舟庵觀月席上俳句-一擧宗匠選/秋季混題〔1〕 엔슈안 관월 석상 하이쿠-잇쿄 소쇼 선/추계 혼제	一笑	시가/하이쿠	
1	5	俳句	遠舟庵觀月席上俳句-一擧宗匠選/秋季混題〔1〕 엔슈안 관월 석상 하이쿠-잇쿄 소쇼 선/추계 혼제	遠舟	시가/하이쿠	
1	5	俳句	遠舟庵觀月席上俳句-一擧宗匠選/秋季混題/三光/人〔1〕 엔슈안 관월 석상 하이쿠-잇쿄 소쇼 선/추계 혼제/삼광/인	遠舟	시가/하이쿠	
1	5	俳句	遠舟庵觀月席上俳句-一擧宗匠選/秋季混題/三光/地〔1〕 엔슈안 관월 석상 하이쿠-잇쿄 소쇼 선/추계 혼제/삼광/지	只介	시가/하이쿠	
1	5	俳句	遠舟庵觀月席上俳句-一擧宗匠選/秋季混題/三光/天〔1〕 엔슈안 관월 석상 하이쿠-잇쿄 소쇼 선/추계 혼제/삼광/천	一笑	시가/하이쿠	
1	5	俳句	遠舟庵觀月席上俳句-一擧宗匠選/秋季混題/追加〔1〕 엔슈안 관월 석상 하이쿠-잇쿄 소쇼 선/추계 혼제/추가	選者	시가/하이쿠	
1	5~7		魔の女〈92〉 마의 여인	大平野虹	소설/일본	회수 오류
면수 불명	1~3		箱崎文庫(第白〇四席)〈104〉 하코자키분코(제104석)	松林伯知講	고단	회수 오류

지면	단수	기획	기사제목 〈회수〉〔곡수〕	필자/저자(역자)	분류	비고
1915년 09월 26일 (일) 5684호 경북판						
면수 불명	7	慶北文苑	俯けば〔5〕 고개를 수그리면	蔦江	시가/단카	
1915년 09월 27일 (월) 5685호						
1	5		弄月吟社句集-東京 熊倉唐麓先生選〔1〕 로게쓰긴샤 구집-도쿄 구마쿠라 도로쿠 선생 선	瓢	시가/하이쿠	
1	6		弄月吟社句集-東京 熊倉唐麓先生選〔1〕 로게쓰긴샤 구집-도쿄 구마쿠라 도로쿠 선생 선	春浦	시가/하이쿠	
1	6		弄月吟社句集-東京 熊倉唐麓先生選〔1〕 로게쓰긴샤 구집-도쿄 구마쿠라 도로쿠 선생 선	夢柳	시가/하이쿠	
1	6		弄月吟社句集-東京 熊倉唐麓先生選〔1〕 로게쓰긴샤 구집-도쿄 구마쿠라 도로쿠 선생 선	春浦	시가/하이쿠	
1	6		弄月吟社句集-東京 熊倉唐麓先生選〔1〕 로게쓰긴샤 구집-도쿄 구마쿠라 도로쿠 선생 선	可秀	시가/하이쿠	
1	6		弄月吟社句集-東京 熊倉唐麓先生選〔1〕 로게쓰긴샤 구집-도쿄 구마쿠라 도로쿠 선생 선	春浦	시가/하이쿠	
1	6		弄月吟社句集-東京 熊倉唐麓先生選〔1〕 로게쓰긴샤 구집-도쿄 구마쿠라 도로쿠 선생 선	可秀	시가/하이쿠	
1	6		弄月吟社句集-東京 熊倉唐麓先生選〔2〕 로게쓰긴샤 구집-도쿄 구마쿠라 도로쿠 선생 선	夢柳	시가/하이쿠	
1	6		弄月吟社句集-東京 熊倉唐麓先生選〔1〕 로게쓰긴샤 구집-도쿄 구마쿠라 도로쿠 선생 선	春浦	시가/하이쿠	
1	6		弄月吟社句集-東京 熊倉唐麓先生選〔1〕 로게쓰긴샤 구집-도쿄 구마쿠라 도로쿠 선생 선	照女	시가/하이쿠	
1	6		弄月吟社句集-東京 熊倉唐麓先生選〔2〕 로게쓰긴샤 구집-도쿄 구마쿠라 도로쿠 선생 선	瓢	시가/하이쿠	
1	6		弄月吟社句集-東京 熊倉唐麓先生選〔1〕 로게쓰긴샤 구집-도쿄 구마쿠라 도로쿠 선생 선	秋汀	시가/하이쿠	
1	6		弄月吟社句集-東京 熊倉唐麓先生選/人〔1〕 로게쓰긴샤 구집-도쿄 구마쿠라 도로쿠 선생 선/인	雅童	시가/하이쿠	
1	6		弄月吟社句集-東京 熊倉唐麓先生選/地〔1〕 로게쓰긴샤 구집-도쿄 구마쿠라 도로쿠 선생 선/지	春浦	시가/하이쿠	
1	6		弄月吟社句集-東京 熊倉唐麓先生選/天〔1〕 로게쓰긴샤 구집-도쿄 구마쿠라 도로쿠 선생 선/천	雅童	시가/하이쿠	
1	6		弄月吟社句集-東京 熊倉唐麓先生選/追吟〔1〕 로게쓰긴샤 구집-도쿄 구마쿠라 도로쿠 선생 선/추음	唐麓	시가/하이쿠	
1	6~8		魔の女〈93〉 마의 여인	大平野虹	소설/일본	회수 오류
면수 불명	6		讀者文苑〔9〕 독자문원	萩花生	시가/단카	
1915년 09월 28일 (화) 5686호						
1	6~9		魔の女〈94〉 마의 여인	大平野虹	소설/일본	회수 오류
면수 불명	1~3		箱崎文庫(第白〇五席)〈105〉 하코자키분코(제105석)	松林伯知講	고단	회수 오류
1915년 09월 29일 (수) 5687호						
1	5~7		魔の女〈95〉 마의 여인	大平野虹	소설/일본	회수 오류

지면	단수	기획	기사제목 〈회수〉〔곡수〕	필자/저자(역자)	분류	비고
면수 불명	1~3		箱崎文庫(第白○七席) 〈107〉 하코자키분코(제107석)	松林伯知講	고단	

1915년 09월 30일 (목) 5688호

지면	단수	기획	기사제목 〈회수〉〔곡수〕	필자/저자(역자)	분류	비고
1	5		弄月吟社句集-江西白牛先生選〔1〕 로게쓰긴샤 구집-에니시 하쿠규 선생 선	秋汀	시가/하이쿠	
1	5		弄月吟社句集-江西白牛先生選〔1〕 로게쓰긴샤 구집-에니시 하쿠규 선생 선	春浦	시가/하이쿠	
1	5		弄月吟社句集-江西白牛先生選〔2〕 로게쓰긴샤 구집-에니시 하쿠규 선생 선	夢柳	시가/하이쿠	
1	5		弄月吟社句集-江西白牛先生選〔1〕 로게쓰긴샤 구집-에니시 하쿠규 선생 선	月用	시가/하이쿠	
1	5		弄月吟社句集-江西白牛先生選/三才〔1〕 로게쓰긴샤 구집-에니시 하쿠규 선생 선/삼재	春浦	시가/하이쿠	
1	5		弄月吟社句集-江西白牛先生選/三才〔1〕 로게쓰긴샤 구집-에니시 하쿠규 선생 선/삼재	夢柳	시가/하이쿠	
1	5		弄月吟社句集-江西白牛先生選/三才〔1〕 로게쓰긴샤 구집-에니시 하쿠규 선생 선/삼재	月川	시가/하이쿠	
1	5		弄月吟社句集-江西白牛先生選/選者吟〔1〕 로게쓰긴샤 구집-에니시 하쿠규 선생 선/선자음	江西白牛	시가/하이쿠	
1	5		弄月吟社句集-江西白牛先生選/選者吟〔1〕 로게쓰긴샤 구집-에니시 하쿠규 선생 선/선자음	江西白牛	시가/하이쿠	
1	5		弄月吟社句集-江西白牛先生選/選者吟〔1〕 로게쓰긴샤 구집-에니시 하쿠규 선생 선/선자음	江西白牛	시가/하이쿠	
1	5~7		魔の女 〈96〉 마의 여인	大平野虹	소설/일본	회수 오류
면수 불명	1~3		箱崎文庫(第白○七席) 〈107〉 하코자키분코(제107석)	松林伯知講	고단	회수 오류

1915년 09월 30일 (목) 5688호 경북판

지면	단수	기획	기사제목 〈회수〉〔곡수〕	필자/저자(역자)	분류	비고
면수 불명	5		月の夜〔5〕 달밤	春夢	시가/단카	

1916년 07월 01일 (토) 5947호

지면	단수	기획	기사제목 〈회수〉〔곡수〕	필자/저자(역자)	분류	비고
1	6		弄月吟社句集-東京森無黃先生選〔2〕 로게쓰긴샤 구집-도쿄 모리 무코 선생 선	可秀	시가/하이쿠	
1	6		弄月吟社句集-東京森無黃先生選〔1〕 로게쓰긴샤 구집-도쿄 모리 무코 선생 선	春浦	시가/하이쿠	
1	6		弄月吟社句集-東京森無黃先生選〔1〕 로게쓰긴샤 구집-도쿄 모리 무코 선생 선	可秀	시가/하이쿠	
1	6		弄月吟社句集-東京森無黃先生選〔2〕 로게쓰긴샤 구집-도쿄 모리 무코 선생 선	夢柳	시가/하이쿠	
1	6		弄月吟社句集-東京森無黃先生選/人〔1〕 로게쓰긴샤 구집-도쿄 모리 무코 선생 선/인	春浦	시가/하이쿠	
1	6		弄月吟社句集-東京森無黃先生選/地〔1〕 로게쓰긴샤 구집-도쿄 모리 무코 선생 선/지	てる女	시가/하이쿠	
1	6		弄月吟社句集-東京森無黃先生選/天〔1〕 로게쓰긴샤 구집-도쿄 모리 무코 선생 선/천	てる女	시가/하이쿠	
1	6		弄月吟社句集-東京森無黃先生選/選者吟〔1〕 로게쓰긴샤 구집-도쿄 모리 무코 선생 선/선자음	無黃	시가/하이쿠	
면수 불명	5		俚謠〔7〕 이요	蝶々	시가/도도이 쓰	

지면	단수	기획	기사제목 〈회수〉 [곡수]	필자/저자(역자)	분류	비고
면수 불명	2~5		俠客國定忠次(第百五十三席) 〈153〉 협객 구니사다 주지(제153석)	眞龍齋貞水講	고단	
면수 불명	1~3		歷史小說 眞田幸村 〈20〉 역사소설 사나다 유키무라	鶯里山人	소설/일본 고전	

1916년 07월 02일 (일) 5948호

지면	단수	기획	기사제목 〈회수〉 [곡수]	필자/저자(역자)	분류	비고
면수 불명	3~5		俠客國定忠次(第百五十四席) 〈154〉 협객 구니사다 주지(제154석)	眞龍齋貞水講	고단	
면수 불명	1~3		歷史小說 眞田幸村 〈21〉 역사소설 사나다 유키무라	鶯里山人	소설/일본 고전	

1916년 07월 03일 (월) 5949호

지면	단수	기획	기사제목 〈회수〉 [곡수]	필자/저자(역자)	분류	비고
1	5~6		歷史小說 眞田幸村 〈22〉 역사소설 사나다 유키무라	鶯里山人	소설/일본 고전	
면수 불명	2		俚謠 [4] 이요	蝶々	시가/도도이 쓰	

1916년 07월 04일 (화) 5950호

지면	단수	기획	기사제목 〈회수〉 [곡수]	필자/저자(역자)	분류	비고
면수 불명	2		俚謠 [6] 이요	蝶々	시가/도도이 쓰	
면수 불명	1~3		歷史小說 眞田幸村 〈23〉 역사소설 사나다 유키무라	鶯里山人	소설/일본 고전	
면수 불명	2~4		俠客國定忠次(第百五十四席) 〈154〉 협객 구니사다 주지(제154석)	眞龍齋貞水講	고단	회수 오류

1916년 07월 05일 (수) 5951호

지면	단수	기획	기사제목 〈회수〉 [곡수]	필자/저자(역자)	분류	비고
1	6		弄月吟社句集-東京 熊倉唐麓先生選 [2] 로게쓰긴샤 구집-도쿄 구마쿠라 도로쿠 선생 선	春浦	시가/하이쿠	
1	6		弄月吟社句集-東京 熊倉唐麓先生選 [1] 로게쓰긴샤 구집-도쿄 구마쿠라 도로쿠 선생 선	比佐古	시가/하이쿠	
1	6		弄月吟社句集-東京 熊倉唐麓先生選 [1] 로게쓰긴샤 구집-도쿄 구마쿠라 도로쿠 선생 선	可秀	시가/하이쿠	
1	6		弄月吟社句集-東京 熊倉唐麓先生選 [1] 로게쓰긴샤 구집-도쿄 구마쿠라 도로쿠 선생 선	夢柳	시가/하이쿠	
1	6		弄月吟社句集-東京 熊倉唐麓先生選 [1] 로게쓰긴샤 구집-도쿄 구마쿠라 도로쿠 선생 선	可秀	시가/하이쿠	
1	6		弄月吟社句集-東京 熊倉唐麓先生選 [1] 로게쓰긴샤 구집-도쿄 구마쿠라 도로쿠 선생 선	てる女	시가/하이쿠	
1	6		弄月吟社句集-東京 熊倉唐麓先生選 [1] 로게쓰긴샤 구집-도쿄 구마쿠라 도로쿠 선생 선	可秀	시가/하이쿠	
1	6		弄月吟社句集-東京 熊倉唐麓先生選 [2] 로게쓰긴샤 구집-도쿄 구마쿠라 도로쿠 선생 선	てる女	시가/하이쿠	
1	6		弄月吟社句集-東京 熊倉唐麓先生選 [1] 로게쓰긴샤 구집-도쿄 구마쿠라 도로쿠 선생 선	春浦	시가/하이쿠	
1	6		弄月吟社句集-東京 熊倉唐麓先生選 [1] 로게쓰긴샤 구집-도쿄 구마쿠라 도로쿠 선생 선	夢柳	시가/하이쿠	
1	6		弄月吟社句集-東京 熊倉唐麓先生選 [1] 로게쓰긴샤 구집-도쿄 구마쿠라 도로쿠 선생 선	春浦	시가/하이쿠	
1	6		弄月吟社句集-東京 熊倉唐麓先生選 [1] 로게쓰긴샤 구집-도쿄 구마쿠라 도로쿠 선생 선	比佐古	시가/하이쿠	
1	6		弄月吟社句集-東京 熊倉唐麓先生選 [1] 로게쓰긴샤 구집-도쿄 구마쿠라 도로쿠 선생 선	春浦	시가/하이쿠	

지면	단수	기획	기사제목 〈회수〉〔곡수〕	필자/저자(역자)	분류	비고
1	6		弄月吟社句集-東京 熊倉唐麓先生選/三才逆列 〔1〕 로게쓰긴샤 구집-도쿄 구마쿠라 도로쿠 선생 선/삼재역렬	てる女	시가/하이쿠	
1	6		弄月吟社句集-東京 熊倉唐麓先生選/三才逆列 〔1〕 로게쓰긴샤 구집-도쿄 구마쿠라 도로쿠 선생 선/삼재역렬	可秀	시가/하이쿠	
1	6		弄月吟社句集-東京 熊倉唐麓先生選/三才逆列 〔1〕 로게쓰긴샤 구집-도쿄 구마쿠라 도로쿠 선생 선/삼재역렬	てる女	시가/하이쿠	
1	6		弄月吟社句集-東京 熊倉唐麓先生選/追吟 〔2〕 로게쓰긴샤 구집-도쿄 구마쿠라 도로쿠 선생 선/추음	唐麓	시가/하이쿠	
면수 불명	1~3		俠客國定忠次(第百五十六席) 〈156〉 협객 구니사다 주지(제156석)	眞龍齋貞水講	고단	
면수 불명	1~3		歷史小說 眞田幸村 〈24〉 역사소설 사나다 유키무라	鶯里山人	소설/일본 고전	

1916년 07월 06일 (목) 5952호

| 면수
불명 | 1~3 | | 俠客國定忠次(第百五十七席) 〈157〉
협객 구니사다 주지(제157석) | 眞龍齋貞水講 | 고단 | |
| 면수
불명 | 1~4 | | 歷史小說 眞田幸村 〈25〉
역사소설 사나다 유키무라 | 鶯里山人 | 소설/일본
고전 | |

1916년 07월 07일 (금) 5953호

면수 불명	1~3		歷史小說 眞田幸村 〈26〉 역사소설 사나다 유키무라	鶯里山人	소설/일본 고전	
면수 불명	5		俚謠 〔6〕 이요	草人	시가/도도이 쓰	
면수 불명	1~3		俠客國定忠次(第百五十八席) 〈158〉 협객 구니사다 주지(제158석)	眞龍齋貞水講	고단	

1916년 07월 08일 (토) 5954호

면수 불명	7		俚謠 〔6〕 이요	草人	시가/도도이 쓰	
면수 불명	1~3		俠客國定忠次(第百五十九席) 〈159〉 협객 구니사다 주지(제159석)	眞龍齋貞水講	고단	
면수 불명	1~3		歷史小說 眞田幸村 〈27〉 역사소설 사나다 유키무라	鶯里山人	소설/일본 고전	

1916년 07월 09일 (일) 5955호

1	6	俳句	耳洗居偶會(六月廿九日夜)/胡瓜 〔3〕 지센쿄 구카이(6월 29일 밤)/오이	耳洗	시가/하이쿠	
1	6	俳句	耳洗居偶會(六月廿九日夜)/胡瓜 〔3〕 지센쿄 구카이(6월 29일 밤)/오이	秋風嶺	시가/하이쿠	
면수 불명	1~3		俠客國定忠次(第百六十席) 〈160〉 협객 구니사다 주지(제160석)	眞龍齋貞水講	고단	
면수 불명	1~3		歷史小說 眞田幸村 〈28〉 역사소설 사나다 유키무라	鶯里山人	소설/일본 고전	

1916년 07월 10일 (월) 5956호

| 1 | 5~6 | | 歷史小說 眞田幸村 〈20〉
역사소설 사나다 유키무라 | 鶯里山人 | 소설/일본
고전 | 회수 오류 |
| 면수
불명 | 6 | | 俚謠 〔5〕
이요 | 草人 | 시가/도도이
쓰 | |

1916년 07월 11일 (화) 5957호

지면	단수	기획	기사제목 〈회수〉〔곡수〕	필자/저자(역자)	분류	비고
1	6	文苑	山羊を牧して〈1〉 산양을 기르며	川島水月	수필/일기	
1	6	文苑	弄月吟社句集/課題 夏季結 目、耳、鼻、手、足-東京森無黃先生選〔1〕 로게쓰긴샤 구집/과제 하계결 눈, 귀, 코, 손, 발-도쿄 모리 무코 선생 선	春浦	시가/하이쿠	
1	6	文苑	弄月吟社句集/課題 夏季結 目、耳、鼻、手、足-東京森無黃先生選〔1〕 로게쓰긴샤 구집/과제 하계결 눈, 귀, 코, 손, 발-도쿄 모리 무코 선생 선	比佐右	시가/하이쿠	
1	6	文苑	弄月吟社句集/課題 夏季結 目、耳、鼻、手、足-東京森無黃先生選〔1〕 로게쓰긴샤 구집/과제 하계결 눈, 귀, 코, 손, 발-도쿄 모리 무코 선생 선	春浦	시가/하이쿠	
1	6	文苑	弄月吟社句集/課題 夏季結 目、耳、鼻、手、足-東京森無黃先生選〔1〕 로게쓰긴샤 구집/과제 하계결 눈, 귀, 코, 손, 발-도쿄 모리 무코 선생 선	てる女	시가/하이쿠	
1	6	文苑	弄月吟社句集/課題 夏季結 目、耳、鼻、手、足-東京森無黃先生選〔1〕 로게쓰긴샤 구집/과제 하계결 눈, 귀, 코, 손, 발-도쿄 모리 무코 선생 선	春浦	시가/하이쿠	
1	6	文苑	弄月吟社句集/課題 夏季結 目、耳、鼻、手、足-東京森無黃先生選〔1〕 로게쓰긴샤 구집/과제 하계결 눈, 귀, 코, 손, 발-도쿄 모리 무코 선생 선	可秀	시가/하이쿠	
1	6	文苑	弄月吟社句集/課題 夏季結 目、耳、鼻、手、足-東京森無黃先生選〔1〕 로게쓰긴샤 구집/과제 하계결 눈, 귀, 코, 손, 발-도쿄 모리 무코 선생 선	比佐右	시가/하이쿠	
1	6	文苑	弄月吟社句集/課題 夏季結 目、耳、鼻、手、足-東京森無黃先生選〔1〕 로게쓰긴샤 구집/과제 하계결 눈, 귀, 코, 손, 발-도쿄 모리 무코 선생 선	春浦	시가/하이쿠	
1	6	文苑	弄月吟社句集/課題 夏季結 目、耳、鼻、手、足-東京森無黃先生選〔1〕 로게쓰긴샤 구집/과제 하계결 눈, 귀, 코, 손, 발-도쿄 모리 무코 선생 선	てる女	시가/하이쿠	
1	6	文苑	弄月吟社句集/課題 夏季結 目、耳、鼻、手、足-東京森無黃先生選〔1〕 로게쓰긴샤 구집/과제 하계결 눈, 귀, 코, 손, 발-도쿄 모리 무코 선생 선	比佐右	시가/하이쿠	
1	6	文苑	弄月吟社句集/課題 夏季結 目、耳、鼻、手、足-東京森無黃先生選〔1〕 로게쓰긴샤 구집/과제 하계결 눈, 귀, 코, 손, 발-도쿄 모리 무코 선생 선	春浦	시가/하이쿠	
1	6	文苑	弄月吟社句集/課題 夏季結 目、耳、鼻、手、足-東京森無黃先生選〔2〕 로게쓰긴샤 구집/과제 하계결 눈, 귀, 코, 손, 발-도쿄 모리 무코 선생 선	夢柳	시가/하이쿠	
1	6	文苑	弄月吟社句集/課題 夏季結 目、耳、鼻、手、足-東京森無黃先生選〔1〕 로게쓰긴샤 구집/과제 하계결 눈, 귀, 코, 손, 발-도쿄 모리 무코 선생 선	比佐右	시가/하이쿠	
면수 불명	5		俚謠〔6〕 이요	草人	시가/도도이쓰	
면수 불명	1~2		歷史小說 眞田幸村〈21〉 역사소설 사나다 유키무라	鶯里山人	소설/일본고전	회수 오류

1916년 07월 12일 (수) 5958호

지면	단수	기획	기사제목 〈회수〉〔곡수〕	필자/저자(역자)	분류	비고
1	6	文苑	山羊を牧して〈2〉 산양을 기르며	川島水月	수필/일기	
면수 불명	2		俚謠〔4〕 이요	俠雨	시가/도도이쓰	
면수 불명	1~3		俠客國定忠次(第百六十二席)〈162〉 협객 구니사다 주지(제162석)	眞龍齋貞水講	고단	

지면	단수	기획	기사제목 〈회수〉〔곡수〕	필자/저자(역자)	분류	비고
면수 불명	1~3		歷史小說 眞田幸村 〈21〉 역사소설 사나다 유키무라	鶯里山人	소설/일본 고전	회수 오류

1916년 07월 12일 (수) 5958호 경북판

지면	단수	기획	기사제목 〈회수〉〔곡수〕	필자/저자(역자)	분류	비고
면수 불명	5		塔影社句集 〔1〕 도에이샤 구집	可秀	시가/하이쿠	
면수 불명	5		塔影社句集 〔1〕 도에이샤 구집	てる女	시가/하이쿠	
면수 불명	5		塔影社句集 〔1〕 도에이샤 구집	比佐右	시가/하이쿠	
면수 불명	5		塔影社句集 〔1〕 도에이샤 구집	てる女	시가/하이쿠	
면수 불명	5		塔影社句集 〔2〕 도에이샤 구집	春浦	시가/하이쿠	
면수 불명	5		塔影社句集/秀逸 〔1〕 도에이샤 구집/수일	春浦	시가/하이쿠	
면수 불명	5		塔影社句集/秀逸 〔1〕 도에이샤 구집/수일	てる女	시가/하이쿠	
면수 불명	5		塔影社句集/秀逸 〔3〕 도에이샤 구집/수일	比佐右	시가/하이쿠	
면수 불명	5		塔影社句集/三光逆列 〔1〕 도에이샤 구집/삼광역렬	可秀	시가/하이쿠	
면수 불명	5		塔影社句集/三光逆列 〔1〕 도에이샤 구집/삼광역렬	てる女	시가/하이쿠	
면수 불명	5		塔影社句集/三光逆列 〔1〕 도에이샤 구집/삼광역렬	春浦	시가/하이쿠	
면수 불명	5		塔影社句集/選者吟 〔1〕 도에이샤 구집/선자음	無黃	시가/하이쿠	

1916년 07월 13일 (목) 5959호

지면	단수	기획	기사제목 〈회수〉〔곡수〕	필자/저자(역자)	분류	비고
면수 불명	6		俚謠 〔5〕 이요	俠雨	시가/도도이 쓰	
면수 불명	1~3		俠客國定忠次(第百六十三席) 〈163〉 협객 구니사다 주지(제163석)	眞龍齋貞水講	고단	
면수 불명	1~3		歷史小說 眞田幸村 〈22〉 역사소설 사나다 유키무라	鶯里山人	소설/일본 고전	회수 오류

1916년 07월 14일 (금) 5960호

지면	단수	기획	기사제목 〈회수〉〔곡수〕	필자/저자(역자)	분류	비고
면수 불명	1~2		俠客國定忠次(第百七十五席) 〈175〉 협객 구니사다 주지(제175석)	眞龍齋貞水講	고단	회수 오류
면수 불명	1~3		歷史小說 眞田幸村 〈33〉 역사소설 사나다 유키무라	鶯里山人	소설/일본 고전	

1916년 07월 15일 (토) 5961호

지면	단수	기획	기사제목 〈회수〉〔곡수〕	필자/저자(역자)	분류	비고
1	6		塔影社句集(統營) 〔1〕 도에이샤 구집(통영)	やさ男	시가/하이쿠	
1	6		★塔影社句集(統營) 〔1〕 도에이샤 구집(통영)	秋風嶺	시가/하이쿠	
1	6		★塔影社句集(統營) 〔1〕 도에이샤 구집(통영)	整岳	시가/하이쿠	
1	6		塔影社句集(統營) 〔1〕 도에이샤 구집(통영)	やさ男	시가/하이쿠	

지면	단수	기획	기사제목 〈회수〉〔곡수〕	필자/저자(역자)	분류	비고
1	6		塔影社句集(統營)〔1〕 도에이샤 구집(통영)	禾刀	시가/하이쿠	
1	6		塔影社句集(統營)〔2〕 도에이샤 구집(통영)	斗花女	시가/하이쿠	
1	6		塔影社句集(統營)〔1〕 도에이샤 구집(통영)	耳洗	시가/하이쿠	
면수 불명	1~3		俠客國定忠次(第百七十六席)〈176〉 협객 구니사다 주지(제176석)	眞龍齋貞水講	고단	
면수 불명	1~2		歷史小說 眞田幸村 〈34〉 역사소설 사나다 유키무라	鶯里山人	소설/일본 고전	

1916년 07월 16일 (일) 5962호

지면	단수	기획	기사제목 〈회수〉〔곡수〕	필자/저자(역자)	분류	비고
1	5~6		歷史小說 眞田幸村 〈35〉 역사소설 사나다 유키무라	鶯里山人	소설/일본 고전	
면수 불명	3~5		海雲臺に遊ぶ〈2〉 해운대에 노닐다	浮鷗生	수필/기행	

1916년 07월 17일 (월) 5963호

지면	단수	기획	기사제목 〈회수〉〔곡수〕	필자/저자(역자)	분류	비고
1	5~6		歷史小說 眞田幸村 〈36〉 역사소설 사나다 유키무라	鶯里山人	소설/일본 고전	
면수 불명	2		俚謠 〔7〕 이요	夢迺家	시가/도도이 쓰	
면수 불명	3~5		海雲臺に遊ぶ〈3〉 해운대에 노닐다	浮鷗生	수필/기행	

1916년 07월 18일 (화) 5964호

지면	단수	기획	기사제목 〈회수〉〔곡수〕	필자/저자(역자)	분류	비고
1	6	漢詩	漢詩/觀撫順炭坑〔1〕 한시/관무순탄갱	龜浦 國光生	시가/한시	
1	6	漢詩	漢詩/奉天所見〔1〕 한시/봉천소견	龜浦 國光生	시가/한시	
1	6	漢詩	漢詩/隔簾聞歌〔1〕 한시/격렴문가	龜浦 國光生	시가/한시	
1	6	漢詩	漢詩/洛東江岸#螢〔1〕 한시/낙동강안#형	龜浦 國光生	시가/한시	
1	6	文苑	(제목없음)〔6〕	雲峯生	시가/단카	
1	6		塔影社句集〔1〕 도에이샤 구집	やさ男	시가/하이쿠	
1	6		塔影社句集〔1〕 도에이샤 구집	秋風嶺	시가/하이쿠	
1	6		塔影社句集〔1〕 도에이샤 구집	整岳	시가/하이쿠	
1	6		塔影社句集〔1〕 도에이샤 구집	岳水	시가/하이쿠	
1	6		塔影社句集〔1〕 도에이샤 구집	耳洗	시가/하이쿠	
면수 불명	2		俚謠 〔6〕 이요	夢迺家	시가/도도이 쓰	
면수 불명	1~3		俠客國定忠次(第百七十八席)〈178〉 협객 구니사다 주지(제178석)	眞龍齋貞水講	고단	
면수 불명	1~2		歷史小說 眞田幸村 〈37〉 역사소설 사나다 유키무라	鶯里山人	소설/일본 고전	

지면	단수	기획	기사제목 〈회수〉〔곡수〕	필자/저자(역자)	분류	비고

1916년 07월 19일 (수) 5965호

지면	단수	기획	기사제목 〈회수〉〔곡수〕	필자/저자(역자)	분류	비고
1	6		塔影社(統營) 도에이샤(통영)		기타/모임 안내	
1	6		塔影社(統營)〔1〕 도에이샤(통영)	やさ男	시가/하이쿠	
1	6		塔影社(統營)〔1〕 도에이샤(통영)	斗花女	시가/하이쿠	
1	6		塔影社(統營)〔2〕 도에이샤(통영)	秋風嶺	시가/하이쿠	
1	6		塔影社(統營)〔1〕 도에이샤(통영)	岳水	시가/하이쿠	
1	6		塔影社(統營)〔1〕 도에이샤(통영)	草央	시가/하이쿠	
1	6		塔影社(統營)〔1〕 도에이샤(통영)	富久男	시가/하이쿠	
면수 불명	3~5		海雲臺に遊ぶ〈4〉 해운대에 노닐다	浮鷗生	수필/기행	
면수 불명	4		俚謠〔5〕 이요	俠雨	시가/도도이 쓰	
면수 불명	1~3		俠客國定忠次(第百七十九席)〈179〉 협객 구니사다 주지(제179석)	眞龍齋貞水講	고단	
면수 불명	1~2		歷史小說 眞田幸村〈38〉 역사소설 사나다 유키무라	鶯里山人	소설/일본 고전	

1916년 07월 20일 (목) 5966호

지면	단수	기획	기사제목 〈회수〉〔곡수〕	필자/저자(역자)	분류	비고
면수 불명	4		俚謠〔6〕 이요	夢酒家	시가/도도이 쓰	
면수 불명	1~3		俠客國定忠次(第百八十席)〈180〉 협객 구니사다 주지(제180석)	眞龍齋貞水講	고단	
면수 불명	1~3		歷史小說 眞田幸村〈39〉 역사소설 사나다 유키무라	鶯里山人	소설/일본 고전	

1916년 07월 21일 (금) 5967호

지면	단수	기획	기사제목 〈회수〉〔곡수〕	필자/저자(역자)	분류	비고
1	6		塔影社句集〔1〕 도에이샤 구집	斗花女	시가/하이쿠	
1	6		塔影社句集〔1〕 도에이샤 구집	秋風嶺	시가/하이쿠	
1	6		塔影社句集〔1〕 도에이샤 구집	竹臥	시가/하이쿠	
1	6		塔影社句集〔1〕 도에이샤 구집	英	시가/하이쿠	
1	6		塔影社句集〔1〕 도에이샤 구집	やさ男	시가/하이쿠	
면수 불명	1~3		俠客國定忠次(第百八十一席)〈181〉 협객 구니사다 주지(제181석)	眞龍齋貞水講	고단	
면수 불명	1~3		歷史小說 眞田幸村〈40〉 역사소설 사나다 유키무라	鶯里山人	소설/일본 고전	

1916년 07월 22일 (토) 5968호

지면	단수	기획	기사제목 〈회수〉〔곡수〕	필자/저자(역자)	분류	비고
1	5~6		★活劇「名金」/幸館の上場 世界的探偵劇〈1〉 활극「명금」/사이와이칸(幸館) 상영 세계적 탐정극		소설/번역	

지면	단수	기획	기사제목 〈회수〉〔곡수〕	필자/저자(역자)	분류	비고
면수 불명	5		俚謠〔6〕 이요	夢酒家	시가/도도이 쓰	
면수 불명	1~3		俠客國定忠次(第百八十二席)〈182〉 협객 구니사다 주지(제182석)	眞龍齋貞水講	고단	
면수 불명	1~2		歷史小說 眞田幸村〈41〉 역사소설 사나다 유키무라	鶯里山人	소설/일본 고전	

1916년 07월 23일 (일) 5969호

지면	단수	기획	기사제목 〈회수〉〔곡수〕	필자/저자(역자)	분류	비고
1	4~6		★幸舘の上場/活劇 名金/世界的探偵劇〈2〉 사이와이칸(幸舘) 상영/활극 명금/세계적 탐정극		소설/번역	
1	6		塔影社(統營)/蚊〔3〕 도에이샤(통영)/모기	耳洗	시가/하이쿠	
1	6		塔影社(統營)/蚊〔2〕 도에이샤(통영)/모기	一白	시가/하이쿠	
1	6		塔影社(統營)/蚊〔3〕 도에이샤(통영)/모기	岳水	시가/하이쿠	
1	6		塔影社(統營)/蚊〔2〕 도에이샤(통영)/모기	富久男	시가/하이쿠	
1	6		塔影社(統營)/蚊〔3〕 도에이샤(통영)/모기	やさ男	시가/하이쿠	
1	6		塔影社(統營)/蚊〔3〕 도에이샤(통영)/모기	草央	시가/하이쿠	
1	6		塔影社(統營)/蚊〔3〕 도에이샤(통영)/모기	斗花女	시가/하이쿠	
1	6		塔影社(統營)/蚊〔1〕 도에이샤(통영)/모기	整岳	시가/하이쿠	
1	6		塔影社(統營)/蚊〔3〕 도에이샤(통영)/모기	禾刀	시가/하이쿠	
1	6		塔影社(統營)/蚊〔1〕 도에이샤(통영)/모기	秋風嶺	시가/하이쿠	
면수 불명	5		俚謠〔7〕 이요	夢酒家	시가/도도이 쓰	
면수 불명	7		春雨庵小集俳句(互選)/平野其痴氏歡迎筵 슌우안 소모임 하이쿠(호선)/히라노 기치 씨 환영회		기타/모임 안내	
면수 불명	7		春雨庵小集俳句(互選)/題 富子詣 茄子〔3〕 슌우안 소모임 하이쿠(호선)/주제 후지산 참배, 가지	其痴	시가/하이쿠	子-士 오기
면수 불명	7		春雨庵小集俳句(互選)/題 富子詣 茄子〔3〕 슌우안 소모임 하이쿠(호선)/주제 후지산 참배, 가지	靑雨	시가/하이쿠	子-士 오기
면수 불명	7		春雨庵小集俳句(互選)/題 富子詣 茄子〔3〕 슌우안 소모임 하이쿠(호선)/주제 후지산 참배, 가지	綠骨	시가/하이쿠	子-士 오기
면수 불명	7		春雨庵小集俳句(互選)/題 富子詣 茄子〔3〕 슌우안 소모임 하이쿠(호선)/주제 후지산 참배, 가지	尋蟻	시가/하이쿠	子-士 오기
면수 불명	7		春雨庵小集俳句(互選)/題 富子詣 茄子〔3〕 슌우안 소모임 하이쿠(호선)/주제 후지산 참배, 가지	麥鳴子	시가/하이쿠	子-士 오기
면수 불명	7		春雨庵小集俳句(互選)/題 富子詣 茄子〔3〕 슌우안 소모임 하이쿠(호선)/주제 후지산 참배, 가지	浦生	시가/하이쿠	子-士 오기
면수 불명	7		春雨庵小集俳句(互選)/題 富子詣 茄子〔1〕 슌우안 소모임 하이쿠(호선)/주제 후지산 참배, 가지	笑尊	시가/하이쿠	子-士 오기
면수 불명	7		春雨庵小集俳句(互選)/題 富子詣 茄子〔2〕 슌우안 소모임 하이쿠(호선)/주제 후지산 참배, 가지	三四	시가/하이쿠	子-士 오기
면수 불명	1~3		俠客國定忠次(第百八十三席)〈183〉 협객 구니사다 주지(제183석)	眞龍齋貞水講	고단	

지면	단수	기획	기사제목 〈회수〉〔곡수〕	필자/저자(역자)	분류	비고
면수 불명	1~3		歷史小說 眞田幸村 〈42〉 역사소설 사나다 유키무라	鶯里山人	소설/일본 고전	

<table>
<tr><td colspan="7">1916년 07월 24일 (월) 5970호</td></tr>
</table>

지면	단수	기획	기사제목 〈회수〉〔곡수〕	필자/저자(역자)	분류	비고
1	4~5		★幸舘の上場/活劇 名金/世界的探偵劇 〈3〉 사이와이칸(幸館) 상영/활극 명금/세계적 탐정극		소설/번역	
1	5		春雨庵小集俳句(互選)/平野其痴氏歡迎筵/茄子〔3〕 슌우안 소모임 하이쿠(호선)/히라노 기치 씨 환영회/가지	笑尊	시가/하이쿠	
1	5		春雨庵小集俳句(互選)/平野其痴氏歡迎筵/茄子〔2〕 슌우안 소모임 하이쿠(호선)/히라노 기치 씨 환영회/가지	三四搜	시가/하이쿠	
1	5		春雨庵小集俳句(互選)/平野其痴氏歡迎筵/茄子〔2〕 슌우안 소모임 하이쿠(호선)/히라노 기치 씨 환영회/가지	白火窓	시가/하이쿠	
1	5		春雨庵小集俳句(互選)/平野其痴氏歡迎筵/茄子〔2〕 슌우안 소모임 하이쿠(호선)/히라노 기치 씨 환영회/가지	麥鳴子	시가/하이쿠	
1	5		春雨庵小集俳句(互選)/平野其痴氏歡迎筵/茄子〔2〕 슌우안 소모임 하이쿠(호선)/히라노 기치 씨 환영회/가지	靑雨	시가/하이쿠	
1	5		春雨庵小集俳句(互選)/平野其痴氏歡迎筵/茄子〔3〕 슌우안 소모임 하이쿠(호선)/히라노 기치 씨 환영회/가지	尋蟻	시가/하이쿠	
1	5		春雨庵小集俳句(互選)/平野其痴氏歡迎筵/茄子〔2〕 슌우안 소모임 하이쿠(호선)/히라노 기치 씨 환영회/가지	其痴	시가/하이쿠	
1	5		春雨庵小集俳句(互選)/平野其痴氏歡迎筵/茄子〔2〕 슌우안 소모임 하이쿠(호선)/히라노 기치 씨 환영회/가지	浦生	시가/하이쿠	
1	5		春雨庵小集俳句(互選)/平野其痴氏歡迎筵/茄子〔3〕 슌우안 소모임 하이쿠(호선)/히라노 기치 씨 환영회/가지	綠骨	시가/하이쿠	
면수 불명	2		俚謠〔6〕 이요	蒼龍庵	시가/도도이 쓰	
면수 불명	1~3		歷史小說 眞田幸村 〈43〉 역사소설 사나다 유키무라	鶯里山人	소설/일본 고전	

<table>
<tr><td colspan="7">1916년 07월 25일 (화) 5971호</td></tr>
</table>

지면	단수	기획	기사제목 〈회수〉〔곡수〕	필자/저자(역자)	분류	비고
1	5~6		★幸舘の上場/活劇 名金/世界的探偵劇 〈4〉 사이와이칸(幸館) 상영/활극 명금/세계적 탐정극		소설/번역	
면수 불명	1~3		俠客國定忠次(第百八十四席) 〈184〉 협객 구니사다 주지(제184석)	眞龍齋貞水講	고단	
면수 불명	1~3		歷史小說 眞田幸村 〈44〉 역사소설 사나다 유키무라	鶯里山人	소설/일본 고전	

<table>
<tr><td colspan="7">1916년 07월 26일 (수) 5972호</td></tr>
</table>

지면	단수	기획	기사제목 〈회수〉〔곡수〕	필자/저자(역자)	분류	비고
1	4~6		★幸舘の上場/活劇 名金/世界的探偵劇 〈5〉 사이와이칸(幸館) 상영/활극 명금/세계적 탐정극		소설/번역	
면수 불명	1~3		俠客國定忠次(第百八十五席) 〈185〉 협객 구니사다 주지(제185석)	眞龍齋貞水講	고단	
면수 불명	3		塔影社(統營)〔1〕 도에이샤(통영)	やさ男	시가/하이쿠	
면수 불명	3		塔影社(統營)〔1〕 도에이샤(통영)	一白	시가/하이쿠	
면수 불명	3		塔影社(統營)〔1〕 도에이샤(통영)	やさ男	시가/하이쿠	
면수 불명	3		塔影社(統營)〔1〕 도에이샤(통영)	秋風嶺	시가/하이쿠	
면수 불명	3		塔影社(統營)〔1〕 도에이샤(통영)	耳洗	시가/하이쿠	

지면	단수	기획	기사제목 〈회수〉〔곡수〕	필자/저자(역자)	분류	비고
면수 불명	3		塔影社(統營) 〔1〕 도에이샤(통영)	秋風嶺	시가/하이쿠	
면수 불명	1~2		歷史小說 眞田幸村 〈44〉 역사소설 사나다 유키무라	鶯里山人	소설/일본 고전	회수 오류

1916년 07월 27일 (목) 5973호

지면	단수	기획	기사제목 〈회수〉〔곡수〕	필자/저자(역자)	분류	비고
1	4~6		★幸舘の上場/活劇 名金/世界的探偵劇 〈6〉 사이와이칸(幸館) 상영/활극 명금/세계적 탐정극		소설/번역	
1	5~6		東都旅行記/下關より/第一信 〈1〉 도토 여행기/시모노세키에서/제1신	菅桂生	수필/기행	
1	6		塔影社句集/炎天 〔2〕 도에이샤 구집/염천	斗花女	시가/하이쿠	
1	6		塔影社句集/炎天 〔2〕 도에이샤 구집/염천	富久男	시가/하이쿠	
1	6		塔影社句集/炎天 〔3〕 도에이샤 구집/염천	やさ男	시가/하이쿠	
1	6		塔影社句集/炎天 〔4〕 도에이샤 구집/염천	耳洗	시가/하이쿠	
1	6		塔影社句集/炎天 〔1〕 도에이샤 구집/염천	竹臥	시가/하이쿠	
1	6		塔影社句集/炎天 〔2〕 도에이샤 구집/염천	開聞	시가/하이쿠	
면수 불명	1~3		俠客國定忠次(第百八十六席) 〈186〉 협객 구니사다 주지(제186석)	眞龍齋貞水講	고단	
면수 불명	1~3		歷史小說 眞田幸村 〈45〉 역사소설 사나다 유키무라	鶯里山人	소설/일본 고전	회수 오류

1916년 07월 28일 (금) 5974호

지면	단수	기획	기사제목 〈회수〉〔곡수〕	필자/저자(역자)	분류	비고
1	6~7		★幸舘の上場/活劇 名金/世界的探偵劇 〈8〉 사이와이칸(幸館) 상영/활극 명금/세계적 탐정극		소설/번역	회수 오류
1	7		塔影社句集/炎天 〔2〕 도에이샤 구집/염천	禾刀	시가/하이쿠	
1	7		塔影社句集/炎天 〔1〕 도에이샤 구집/염천	英	시가/하이쿠	
1	7		塔影社句集/炎天 〔3〕 도에이샤 구집/염천	秋風嶺	시가/하이쿠	
면수 불명	3		俚謠 〔7〕 이요	痴翠生	시가/도도이 쓰	
면수 불명	4		月よへ/朝鮮の童歌 〔1〕 달아 달아/조선의 동요		시가/동요	
면수 불명	1~3		俠客國定忠次(第百八十七席) 〈187〉 협객 구니사다 주지(제187석)	眞龍齋貞水講	고단	
면수 불명	1~3		歷史小說 眞田幸村 〈46〉 역사소설 사나다 유키무라	鶯里山人	소설/일본 고전	회수 오류

1916년 07월 29일 (토) 5975호

지면	단수	기획	기사제목 〈회수〉〔곡수〕	필자/저자(역자)	분류	비고
1	2~4		山陽線より 산요센에서	宮崎菅桂	수필/기행	
1	6~7		★幸舘の上場/活劇 名金/世界的探偵劇 〈8〉 사이와이칸(幸館) 상영/활극 명금/세계적 탐정극		소설/번역	
1	7		塔影社句集/炎天 〔3〕 도에이샤 구집/염천	耳洗	시가/하이쿠	

지면	단수	기획	기사제목 〈회수〉〔곡수〕	필자/저자(역자)	분류	비고
1	7		塔影社句集/炎天〔2〕 도에이샤 구집/염천	禾刀	시가/하이쿠	
면수 불명	5		俚謠〔6〕 이요	夢迺家	시가/도도이 쓰	
면수 불명	1~3		俠客國定忠次(第百八十八席)〈188〉 협객 구니사다 주지(제188석)	眞龍齋貞水講	고단	
면수 불명	1~3		歷史小說 眞田幸村〈47〉 역사소설 사나다 유키무라	鶯里山人	소설/일본 고전	회수 오류

1916년 07월 30일 (일) 5976호

지면	단수	기획	기사제목 〈회수〉〔곡수〕	필자/저자(역자)	분류	비고
1	3~4		山陽線より 산요센에서	宮崎菅桂	수필/기행	
1	5~6		★幸舘の上場/活劇 名金/世界的探偵劇〈9〉 사이와이칸(幸館) 상영/활극 명금/세계적 탐정극		소설/번역	
면수 불명	6		俚謠〔7〕 이요	夢迺家	시가/도도이 쓰	
면수 불명	1~3		俠客國定忠次(第百八十九席)〈189〉 협객 구니사다 주지(제189석)	眞龍齋貞水講	고단	
면수 불명	1~2		歷史小說 眞田幸村〈47〉 역사소설 사나다 유키무라	鶯里山人	소설/일본 고전	회수 오류

1916년 08월 01일 (화) 5977호

지면	단수	기획	기사제목 〈회수〉〔곡수〕	필자/저자(역자)	분류	비고
1	5~6		★幸舘の上場/活劇 名金/世界的探偵劇〈10〉 사이와이칸(幸館) 상영/활극 명금/세계적 탐정극		소설/번역	
면수 불명	1~3		俠客國定忠次(第百九十席)〈190〉 협객 구니사다 주지(제190석)	眞龍齋貞水講	고단	
면수 불명	1~3		歷史小說 眞田幸村〈48〉 역사소설 사나다 유키무라	鶯里山人	소설/일본 고전	회수 오류

1916년 08월 02일 (수) 5978호

지면	단수	기획	기사제목 〈회수〉〔곡수〕	필자/저자(역자)	분류	비고
1	6		塔影社句集〔3〕 도에이샤 구집	開聞	시가/하이쿠	
1	6		塔影社句集〔2〕 도에이샤 구집	英	시가/하이쿠	
면수 불명	1~2		★幸舘の上場/活劇 名金/世界的探偵劇〈11〉 사이와이칸(幸館) 상영/활극 명금/세계적 탐정극		소설/번역	
면수 불명	1~2		歷史小說 眞田幸村〈49〉 역사소설 사나다 유키무라	鶯里山人	소설/일본 고전	회수 오류

1916년 08월 03일 (목) 5979호

지면	단수	기획	기사제목 〈회수〉〔곡수〕	필자/저자(역자)	분류	비고
1	6		塔影社句集/煎子(一)〔2〕 도에이샤 구집/말린 멸치(1)	竹臥	시가/하이쿠	
1	6		塔影社句集/煎子(一)〔7〕 도에이샤 구집/말린 멸치(1)	やさ男	시가/하이쿠	
1	6		塔影社句集/煎子(一)〔4〕 도에이샤 구집/말린 멸치(1)	岳水	시가/하이쿠	
1	6		塔影社句集/煎子(一)〔4〕 도에이샤 구집/말린 멸치(1)	禾刀	시가/하이쿠	
1	6		塔影社句集/煎子(一)〔2〕 도에이샤 구집/말린 멸치(1)	一白	시가/하이쿠	
면수 불명	5		俚謠〔6〕 이요	幽泉	시가/도도이 쓰	

지면	단수	기획	기사제목 〈회수〉〔곡수〕	필자/저자(역자)	분류	비고
면수 불명	1~3		歷史小說 眞田幸村 〈50〉 역사소설 사나다 유키무라	鶯里山人	소설/일본 고전	회수 오류

1916년 08월 04일 (금) 5980호

지면	단수	기획	기사제목 〈회수〉〔곡수〕	필자/저자(역자)	분류	비고
면수 불명	5		俚謠 〔6〕 이요	あや女	시가/도도이 쓰	
면수 불명	1~2		★幸舘の上場/活劇 名金/世界的探偵劇 〈13〉 사이와이칸(幸舘) 상영/활극 명금/세계적 탐정극		소설/번역	
면수 불명	1~3		歷史小說 眞田幸村 〈53〉 역사소설 사나다 유키무라	鶯里山人	소설/일본 고전	

1916년 08월 05일 (토) 5981호

지면	단수	기획	기사제목 〈회수〉〔곡수〕	필자/저자(역자)	분류	비고
1	5~6		★幸舘の上場/活劇 名金/世界的探偵劇 〈14〉 사이와이칸(幸舘) 상영/활극 명금/세계적 탐정극		소설/번역	
면수 불명	2		塔影社句集/煎子 〔3〕 도에이샤 구집/말린 멸치	斗花女	시가/하이쿠	
면수 불명	2		塔影社句集/煎子 〔3〕 도에이샤 구집/말린 멸치	耳洗	시가/하이쿠	
면수 불명	2		塔影社句集/煎子 〔5〕 도에이샤 구집/말린 멸치	富久男	시가/하이쿠	
면수 불명	2		塔影社句集/煎子 〔4〕 도에이샤 구집/말린 멸치	秋風嶺	시가/하이쿠	
면수 불명	1~3		歷史小說 眞田幸村 〈54〉 역사소설 사나다 유키무라	鶯里山人	소설/일본 고전	

1916년 08월 06일 (일) 5982호

지면	단수	기획	기사제목 〈회수〉〔곡수〕	필자/저자(역자)	분류	비고
1	5~7		★幸舘の上場/活劇 名金/世界的探偵劇 〈15〉 사이와이칸(幸舘) 상영/활극 명금/세계적 탐정극		소설/번역	
1	7	俳句	選者 省花堂茶遊宗匠 〔1〕 선자 쇼카도 사유 소쇼	如石	시가/하이쿠	
1	7	俳句	選者 省花堂茶遊宗匠 〔1〕 선자 쇼카도 사유 소쇼	仙岩	시가/하이쿠	
1	7	俳句	選者 省花堂茶遊宗匠 〔3〕 선자 쇼카도 사유 소쇼	梅香	시가/하이쿠	
1	7	俳句	選者 省花堂茶遊宗匠 〔1〕 선자 쇼카도 사유 소쇼	馬山花童	시가/하이쿠	
1	7	俳句	選者 省花堂茶遊宗匠 〔1〕 선자 쇼카도 사유 소쇼	キ木芦角	시가/하이쿠	
1	7	俳句	選者 省花堂茶遊宗匠 〔1〕 선자 쇼카도 사유 소쇼	跛牛	시가/하이쿠	
1	7	俳句	選者 省花堂茶遊宗匠 〔1〕 선자 쇼카도 사유 소쇼	崖水	시가/하이쿠	
1	7	俳句	選者 省花堂茶遊宗匠 〔1〕 선자 쇼카도 사유 소쇼	仙岩	시가/하이쿠	
1	7	俳句	選者 省花堂茶遊宗匠 〔1〕 선자 쇼카도 사유 소쇼	花童	시가/하이쿠	
1	7	俳句	選者 省花堂茶遊宗匠 〔1〕 선자 쇼카도 사유 소쇼	芦角	시가/하이쿠	
1	7	俳句	選者 省花堂茶遊宗匠 〔1〕 선자 쇼카도 사유 소쇼	楓堂	시가/하이쿠	
1	7	俳句	選者 省花堂茶遊宗匠 〔1〕 선자 쇼카도 사유 소쇼	花童	시가/하이쿠	

지면	단수	기획	기사제목 〈회수〉〔곡수〕	필자/저자(역자)	분류	비고
1	7	俳句	選者 省花堂茶遊宗匠〔1〕 선자 쇼카도 사유 소쇼	如石	시가/하이쿠	
1	7	俳句	選者 省花堂茶遊宗匠〔1〕 선자 쇼카도 사유 소쇼	芦角	시가/하이쿠	
1	7	俳句	選者 省花堂茶遊宗匠〔1〕 선자 쇼카도 사유 소쇼	豊水	시가/하이쿠	
1	7	俳句	三光〔1〕 삼광	馬山花童	시가/하이쿠	
1	7	俳句	三光〔1〕 삼광	龜浦如石	시가/하이쿠	
1	7	俳句	三光〔1〕 삼광	龜浦仙岩	시가/하이쿠	
1	7	俳句	追加〔2〕 추가	茶遊	시가/하이쿠	
면수 불명	1~3		歷史小說 眞田幸村〈55〉 역사소설 사나다 유키무라	鶯里山人	소설/일본 고전	

1916년 08월 07일 (월) 5983호

면수	단수	기획	기사제목	필자/저자(역자)	분류	비고
1	3~6		★幸舘の上場/活劇 名金/世界的探偵劇〈16〉 사이와이칸(幸舘) 상영/활극 명금/세계적 탐정극		소설/번역	
1	5~7		歷史小說 眞田幸村〈56〉 역사소설 사나다 유키무라	鶯里山人	소설/일본 고전	
면수 불명	4		俚謠〔7〕 이요	あや女	시가/도도이 쓰	

1916년 08월 07일 (월) 5983호 경북판

면수	단수	기획	기사제목	필자/저자(역자)	분류	비고
면수 불명	2		通水式祝歌(イヨ節)〔5〕 통수식 축가(이요부시)		시가/기타	

1916년 08월 08일 (화) 5984호

면수	단수	기획	기사제목	필자/저자(역자)	분류	비고
1	6~7		★幸舘の上場/活劇 名金/世界的探偵劇〈17〉 사이와이칸(幸舘) 상영/활극 명금/세계적 탐정극		소설/번역	
면수 불명	1~2		歷史小說 眞田幸村〈57〉 역사소설 사나다 유키무라	鶯里山人	소설/일본 고전	

1916년 08월 09일 (수) 5985호

면수	단수	기획	기사제목	필자/저자(역자)	분류	비고
1	6	時報詩壇	悼岐山先生〔1〕 기잔 선생을 추도	春雨 安水#	시가/한시	
1	6	時報詩壇	悼岐山先生〔1〕 기잔 선생을 추도	史軒 水野嚴	시가/한시	
1	6	時報詩壇	悼岐山先生〔1〕 기잔 선생을 추도	好庵 淺#源	시가/한시	
1	6	時報詩壇	悼岐山先生/二〔1〕 기잔 선생을 추도/2	好庵 淺#源	시가/한시	
1	6~7		★幸舘の上場/活劇 名金/世界的探偵劇〈18〉 사이와이칸(幸舘) 상영/활극 명금/세계적 탐정극		소설/번역	
면수 불명	6		俚謠〔7〕 이요	眞津子	시가/도도이 쓰	
면수 불명	1~3		歷史小說 眞田幸村〈58〉 역사소설 사나다 유키무라	鶯里山人	소설/일본 고전	

1916년 08월 10일 (목) 5986호

지면	단수	기획	기사제목 〈회수〉〔곡수〕	필자/저자(역자)	분류	비고
1	6	時報詩壇	岐山翁追善詩會席上##〔1〕 기잔 옹 추선 시회 석상 ##	靑雨 吉田孝	시가/한시	
1	6	時報詩壇	席上更題〔1〕 석상갱제	靑雨 吉田孝	시가/한시	
1	6	時報詩壇	悼岐山先生〔1〕 기잔 선생을 추도	半溪 伊藤祐	시가/한시	
1	6	時報詩壇	悼岐山先生〔1〕 기잔 선생을 추도	天鳳 橫田眞	시가/한시	
1	6~7		★幸館の上場/活劇 名金/世界的探偵劇〈19〉 사이와이칸(幸館) 상영/활극 명금/세계적 탐정극		소설/번역	
면수 불명	1~3		歷史小說 眞田幸村〈59〉 역사소설 사나다 유키무라	鶯里山人	소설/일본 고전	

1916년 08월 11일 (금) 5987호

지면	단수	기획	기사제목 〈회수〉〔곡수〕	필자/저자(역자)	분류	비고
1	6~7		★幸館の上場/活劇 名金/世界的探偵劇〈20〉 사이와이칸(幸館) 상영/활극 명금/세계적 탐정극		소설/번역	
면수 불명	5		別府より啓上 벳푸에서 드립니다	ワイ生	수필/서간	

1916년 08월 12일 (토) 5988호

지면	단수	기획	기사제목 〈회수〉〔곡수〕	필자/저자(역자)	분류	비고
1	5~7		★幸館の上場/活劇 名金/世界的探偵劇〈21〉 사이와이칸(幸館) 상영/활극 명금/세계적 탐정극		소설/번역	
면수 불명	3~6		富士登山みやげ〈1〉 후지 등산 기념	石躍重之氏談	수필/기행	
면수 불명	1~3		歷史小說 眞田幸村〈60〉 역사소설 사나다 유키무라	鶯里山人	소설/일본 고전	

1916년 08월 13일 (일) 5989호

지면	단수	기획	기사제목 〈회수〉〔곡수〕	필자/저자(역자)	분류	비고
1	5~6		★幸館の上場/活劇 名金/世界的探偵劇〈22〉 사이와이칸(幸館) 상영/활극 명금/세계적 탐정극		소설/번역	
면수 불명	3~5		富士登山みやげ〈2〉 후지 등산 기념	石躍重之氏談	수필/기행	
면수 불명	4		俚謠〔6〕 이요	夢酒家	시가/도도이 쓰	

1916년 08월 14일 (월) 5990호

지면	단수	기획	기사제목 〈회수〉〔곡수〕	필자/저자(역자)	분류	비고
1	5~6		★幸館の上場/活劇 名金/世界的探偵劇〈23〉 사이와이칸(幸館) 상영/활극 명금/세계적 탐정극		소설/번역	
면수 불명	2		俚謠〔7〕 이요	まつ子	시가/도도이 쓰	
면수 불명	3~5		富士登山みやげ〈3〉 후지 등산 기념	石躍重之氏談	수필/기행	

1916년 08월 15일 (화) 5991호

지면	단수	기획	기사제목 〈회수〉〔곡수〕	필자/저자(역자)	분류	비고
1	3~4		★睡蓮と詩歌〈1〉 수련과 시가	湖月生	수필/기타	
1	6~7		★幸館の上場/活劇 名金/世界的探偵劇〈24〉 사이와이칸(幸館) 상영/활극 명금/세계적 탐정극		소설/번역	
면수 불명	5~6		小說怪魔=一名X形—近日の紙上より連載— 소설괴마—일명X형—근일 지상에서 연재—		광고/연재 예고	

1916년 08월 16일 (수) 5992호

지면	단수	기획	기사제목 〈회수〉〔곡수〕	필자/저자(역자)	분류	비고
1	2~3		★睡蓮と詩歌 〈2〉 수련과 시가	湖月生	수필/기타	
1	6~7		★幸館の上場/活劇 名金/世界的探偵劇 〈25〉 사이와이칸(幸館) 상영/활극 명금/세계적 탐정극		소설/번역	
면수 불명	3		俚謠正調 〔5〕 이요 정조	本社內印度子	시가/도도이 쓰	

1916년 08월 17일 (목) 5993호

지면	단수	기획	기사제목 〈회수〉〔곡수〕	필자/저자(역자)	분류	비고
1	3~4		★睡蓮と詩歌 〈3〉 수련과 시가		수필/기타	
1	5~7		★幸館の上場/活劇 名金/世界的探偵劇 〈26〉 사이와이칸(幸館) 상영/활극 명금/세계적 탐정극		소설/번역	

1916년 08월 18일 (금) 5994호

지면	단수	기획	기사제목 〈회수〉〔곡수〕	필자/저자(역자)	분류	비고
1	6~7		★幸館の上場/活劇 名金/世界的探偵劇 〈27〉 사이와이칸(幸館) 상영/활극 명금/세계적 탐정극		소설/번역	
면수 불명	1~2		睡蓮と詩歌 〈4〉 수련과 시가		수필/기타	

1916년 08월 19일 (토) 5995호

지면	단수	기획	기사제목 〈회수〉〔곡수〕	필자/저자(역자)	분류	비고
1	6	文苑	登南山 〔1〕 등남산	龜浦 國光生	시가/한시	
1	6	文苑	七月二十八日ハルビン附け/近伸禎助君の墓に詣て 〔2〕 7월 28일 하얼빈에서/지카노부 데이스케 군의 묘를 참배하고		시가/단카	
1	6~7		★幸館の上場/活劇 名金/世界的探偵劇 〈28〉 사이와이칸(幸館) 상영/활극 명금/세계적 탐정극		소설/번역	
면수 불명	1~2		(제목없음) 〔1〕		시가/하이쿠	
면수 불명	4		俚謠 〔7〕 이요	小照	시가/도도이 쓰	

1916년 08월 20일 (일) 5996호

지면	단수	기획	기사제목 〈회수〉〔곡수〕	필자/저자(역자)	분류	비고
1	5~6		富士山より一筆 후지산에서 일필	宮崎桂次郎	수필/서간	
1	6~7		★幸館の上場/活劇 名金/世界的探偵劇 〈29〉 사이와이칸(幸館) 상영/활극 명금/세계적 탐정극		소설/번역	

1916년 08월 21일 (월) 5997호

지면	단수	기획	기사제목 〈회수〉〔곡수〕	필자/저자(역자)	분류	비고
1	5~6		★幸館の上場/活劇 名金/世界的探偵劇 〈30〉 사이와이칸(幸館) 상영/활극 명금/세계적 탐정극		소설/번역	

1916년 08월 23일 (수) 5999호

지면	단수	기획	기사제목 〈회수〉〔곡수〕	필자/저자(역자)	분류	비고
1	5	時報詩壇	秋鴻唱和 〔1〕 추홍창화	毛利坌月	시가/한시	
1	5	時報詩壇	次韵 〔1〕 차운	相場金峰	시가/한시	
1	6	時報詩壇	題自畵 〔1〕 제자화	坌月	시가/한시	
1	6	時報詩壇	次韵 〔1〕 차운	金峰	시가/한시	
1	6	時報詩壇	賦得夜不眠 〔1〕 부득야불면	坌月	시가/한시	

지면	단수	기획	기사제목 〈회수〉〔곡수〕	필자/저자(역자)	분류	비고
1	6	時報詩壇	次韵 〔1〕 차운	金峰	시가/한시	
1	6	時報詩壇	淸畫彈絃 〔1〕 청주탄현	袋月	시가/한시	
1	6~7		★幸館の上場/活劇 名金/世界的探偵劇 〈32〉 사이와이칸(幸館) 상영/활극 명금/세계적 탐정극		소설/번역	
면수 불명	1~3		歷史小說 眞田幸村 〈62〉 역사소설 사나다 유키무라	鶯里山人	소설/일본 고전	

1916년 08월 24일 (목) 6000호

지면	단수	기획	기사제목 〈회수〉〔곡수〕	필자/저자(역자)	분류	비고
1	5~6		★幸館の上場/活劇 名金/世界的探偵劇 〈33〉 사이와이칸(幸館) 상영/활극 명금/세계적 탐정극		소설/번역	
면수 불명	2~3		歷史小說 眞田幸村 〈62〉 역사소설 사나다 유키무라	鶯里山人	소설/일본 고전	회수 오류
면수 불명	6		俚謠 〔6〕 이요	夢の家	시가/도도이 쓰	

1916년 08월 24일 (목) 6000호 부록

지면	단수	기획	기사제목 〈회수〉〔곡수〕	필자/저자(역자)	분류	비고
면수 불명	6	俳句	(제목없음) 〔1〕	握月	시가/하이쿠	
면수 불명	6	俳句	(제목없음) 〔1〕	九秋	시가/하이쿠	
면수 불명	6	俳句	(제목없음) 〔1〕	金振子	시가/하이쿠	
면수 불명	6	俳句	(제목없음) 〔1〕	寒山	시가/하이쿠	
면수 불명	6	俳句	(제목없음) 〔1〕	靑々	시가/하이쿠	
면수 불명	6	俳句	(제목없음) 〔1〕	握月	시가/하이쿠	
면수 불명	6	俳句	(제목없음) 〔1〕	辛夷	시가/하이쿠	
면수 불명	6	俳句	(제목없음) 〔1〕	不夜城	시가/하이쿠	
면수 불명	6	俳句	(제목없음) 〔5〕	兎史	시가/하이쿠	
면수 불명	6	俳句	(제목없음) 〔1〕	靈人	시가/하이쿠	
면수 불명	6	俳句	(제목없음) 〔1〕	觀魚	시가/하이쿠	
면수 불명	6	俳句	(제목없음) 〔2〕	師竹	시가/하이쿠	
면수 불명	6	俳句	(제목없음) 〔3〕	靑々	시가/하이쿠	
면수 불명	6	俳句	(제목없음) 〔1〕	翠竹	시가/하이쿠	
면수 불명	6	俳句	(제목없음) 〔1〕	喜泉	시가/하이쿠	

1916년 08월 25일 (금) 6001호

지면	단수	기획	기사제목 〈회수〉〔곡수〕	필자/저자(역자)	분류	비고
1	5	時報詩壇	次韵 〔1〕 차운	金奉	시가/한시	

지면	단수	기획	기사제목 〈회수〉〔곡수〕	필자/저자(역자)	분류	비고
1	5	時報詩壇	代評〔1〕 대평	靑雨生	시가/한시	
1	5~6		★幸舘の上場/活劇 名金/世界的探偵劇〈34〉 사이와이칸(幸館) 상영/활극 명금/세계적 탐정극		소설/번역	
면수 불명	1~3		歷史小說 眞田幸村〈64〉 역사소설 사나다 유키무라	鶯里山人	소설/일본 고전	

1916년 08월 26일 (토) 6002호

지면	단수	기획	기사제목	필자/저자(역자)	분류	비고
1	5		俳句二十吟〔20〕 하이쿠 이십음		시가/하이쿠	
1	5~6		★幸舘の上場/活劇 名金/世界的探偵劇〈35〉 사이와이칸(幸館) 상영/활극 명금/세계적 탐정극		소설/번역	
면수 불명	1~3		歷史小說 眞田幸村〈65〉 역사소설 사나다 유키무라	鶯里山人	소설/일본 고전	

1916년 08월 27일 (일) 6003호

지면	단수	기획	기사제목	필자/저자(역자)	분류	비고
1	5		塔影社俳句〔1〕 도에이샤 하이쿠	富久男	시가/하이쿠	
1	5		塔影社俳句〔3〕 도에이샤 하이쿠	開聞	시가/하이쿠	
1	5		塔影社俳句〔4〕 도에이샤 하이쿠	一白	시가/하이쿠	
1	5		塔影社俳句〔4〕 도에이샤 하이쿠	禾刀	시가/하이쿠	
1	5~6		★幸舘の上場/活劇 名金/世界的探偵劇〈36〉 사이와이칸(幸館) 상영/활극 명금/세계적 탐정극		소설/번역	
면수 불명	1~3		歷史小說 眞田幸村〈66〉 역사소설 사나다 유키무라	鶯里山人	소설/일본 고전	

1916년 08월 28일 (월) 6004호

지면	단수	기획	기사제목	필자/저자(역자)	분류	비고
1	5~6		★幸舘の上場/活劇 名金/世界的探偵劇〈37〉 사이와이칸(幸館) 상영/활극 명금/세계적 탐정극		소설/번역	
면수 불명	2		俚謠〔6〕 이요	萩露生	시가/도도이 쓰	

1916년 08월 29일 (화) 6005호

지면	단수	기획	기사제목	필자/저자(역자)	분류	비고
1	5		塔影社俳句〔4〕 도에이샤 하이쿠	整岳	시가/하이쿠	
1	5		塔影社俳句〔6〕 도에이샤 하이쿠	岳水	시가/하이쿠	
1	5		塔影社俳句〔3〕 도에이샤 하이쿠	耳洗	시가/하이쿠	
1	5~6		★幸舘の上場/活劇 名金/世界的探偵劇〈38〉 사이와이칸(幸館) 상영/활극 명금/세계적 탐정극		소설/번역	
면수 불명	1~2		(제목없음)〔1〕		시가/하이쿠	
면수 불명	3~5		富士登山記〈1〉 후지 등산기	宮崎菅桂	수필/기행	
면수 불명	6		俚謠〔5〕 이요	夢廼家	시가/도도이 쓰	
면수 불명	1~3		歷史小說 眞田幸村〈67〉 역사소설 사나다 유키무라	鶯里山人	소설/일본 고전	

지면	단수	기획	기사제목 〈회수〉 〔곡수〕	필자/저자(역자)	분류	비고
			1916년 08월 30일 (수) 6006호			
1	5		塔影社俳句 〔5〕 도에이샤 하이쿠	耳洗	시가/하이쿠	
1	5~6		★幸館の上場/活劇 名金/世界的探偵劇 〈39〉 사이와이칸(幸館) 상영/활극 명금/세계적 탐정극		소설/번역	
면수 불명	2		俚謠 〔8〕 이요	夢廼家	시가/민요	
면수 불명	3~5		富士登山記 〈2〉 후지 등산기	宮崎菅桂	수필/기행	
면수 불명	4		俳句/桐一葉 〔14〕 하이쿠/오동잎 하나	土州生	시가/하이쿠	
면수 불명	1~3		歷史小說 眞田幸村 〈68〉 역사소설 사나다 유키무라	鶯里山人	소설/일본 고전	
			1916년 08월 31일 (목) 6007호			
1	5~6		★幸館の上場/活劇 名金/世界的探偵劇 〈40〉 사이와이칸(幸館) 상영/활극 명금/세계적 탐정극		소설/번역	
면수 불명	4~6		富士登山記 〈3〉 후지 등산기	宮崎菅桂	수필/기행	
			1917년 07월 01일 (일) 6293호			
면수 불명	1~4		碑文谷辰之助(第七十五席) 〈75〉 히몬야 다쓰노스케(제75석)	東京 松林伯知口演	고단	
면수 불명	1~3		かわかぬ袖/惡巧(七) 〈46〉 마르지 않는 소매/간계(7)	篠原嶺葉作	소설/일본	
			1917년 07월 02일 (월) 6294호			
1	5		一傳句 〔5〕 일전구	突念坊	시가/센류	
면수 불명	1~3		かわかぬ袖/惡巧(八) 〈47〉 마르지 않는 소매/간계(8)	篠原嶺葉作	소설/일본	
			1917년 07월 03일 (화) 6295호			
면수 불명	1~4		碑文谷辰之助(第七十六席) 〈76〉 히몬야 다쓰노스케(제76석)	東京 松林伯知口演	고단	
면수 불명	5		俚謠 〔7〕 이요		시가/도도이 쓰	
면수 불명	1~3		かわかぬ袖/惡巧(九) 〈48〉 마르지 않는 소매/간계(9)	篠原嶺葉作	소설/일본	
			1917년 07월 04일 (수) 6296호			
1	5		一傳句 〔10〕 일전구	突念坊	시가/센류	
1	5		一傳句/寺內首相を質問責 〔1〕 일전구/데라우치 수상을 질문 공격	突念坊	시가/센류	
면수 불명	1~2		(제목없음) 〔1〕	啓喜櫻	시가/하이쿠	
면수 불명	1~4		碑文谷辰之助(第七十七席) 〈77〉 히몬야 다쓰노스케(제77석)	東京 松林伯知口演	고단	
면수 불명	1~3		かわかぬ袖/感謝(二) 〈49〉 마르지 않는 소매/감사(2)	篠原嶺葉作	소설/일본	

지면	단수	기획	기사제목 〈회수〉 [곡수]	필자/저자(역자)	분류	비고
1917년 07월 05일 (목) 6297호						
1	5		一轉句 [9] 일전구	竹坊	시가/센류	
면수 불명	1~4		碑文谷辰之助(第七十八席) 〈78〉 히몬야 다쓰노스케(제78석)	東京 松林伯知口演	고단	
면수 불명	1~3		かわかぬ袖(五十)/感謝(三) 〈50〉 마르지 않는 소매(50)/감사(3)	篠原嶺葉作	소설/일본	
1917년 07월 06일 (금) 6298호						
1	5		一轉句 [4] 일전구	窓念坊	시가/센류	
면수 불명	1~4		碑文谷辰之助(第七十九席) 〈79〉 히몬야 다쓰노스케(제79석)	東京 松林伯知口演	고단	
면수 불명	1~3		かわかぬ袖/非常手段(一) 〈51〉 마르지 않는 소매/비상수단(1)	篠原嶺葉作	소설/일본	
1917년 07월 07일 (토) 6299호						
1	5		龜浦龜甲會句集-撰者省花堂茶遊宗匠/題稻妻、案山子、虫、新米、秋の水 [1] 구포 깃코카이 구집-찬자 쇼카도 사유 소쇼/주제 번개, 허수아비, 벌레, 햅쌀, 가을의 물	跛牛	시가/하이쿠	
1	5		龜浦龜甲會句集-撰者省花堂茶遊宗匠/題稻妻、案山子、虫、新米、秋の水 [1] 구포 깃코카이 구집-찬자 쇼카도 사유 소쇼/주제 번개, 허수아비, 벌레, 햅쌀, 가을의 물	花堂	시가/하이쿠	
1	5		龜浦龜甲會句集-撰者省花堂茶遊宗匠/題稻妻、案山子、虫、新米、秋の水 [1] 구포 깃코카이 구집-찬자 쇼카도 사유 소쇼/주제 번개, 허수아비, 벌레, 햅쌀, 가을의 물	崖水	시가/하이쿠	
1	5		★龜浦龜甲會句集-撰者省花堂茶遊宗匠/題稻妻、案山子、虫、新米、秋の水 [1] 구포 깃코카이 구집-찬자 쇼카도 사유 소쇼/주제 번개, 허수아비, 벌레, 햅쌀, 가을의 물	楓堂	시가/하이쿠	
1	5		龜浦龜甲會句集-撰者省花堂茶遊宗匠/題稻妻、案山子、虫、新米、秋の水 [1] 구포 깃코카이 구집-찬자 쇼카도 사유 소쇼/주제 번개, 허수아비, 벌레, 햅쌀, 가을의 물	仙岩	시가/하이쿠	
1	5		龜浦龜甲會句集-撰者省花堂茶遊宗匠/題稻妻、案山子、虫、新米、秋の水 [1] 구포 깃코카이 구집-찬자 쇼카도 사유 소쇼/주제 번개, 허수아비, 벌레, 햅쌀, 가을의 물	楓堂	시가/하이쿠	
1	5		★龜浦龜甲會句集-撰者省花堂茶遊宗匠/題稻妻、案山子、虫、新米、秋の水 [1] 구포 깃코카이 구집-찬자 쇼카도 사유 소쇼/주제 번개, 허수아비, 벌레, 햅쌀, 가을의 물	如石	시가/하이쿠	
1	5		龜浦龜甲會句集-撰者省花堂茶遊宗匠/題稻妻、案山子、虫、新米、秋の水 [1] 구포 깃코카이 구집-찬자 쇼카도 사유 소쇼/주제 번개, 허수아비, 벌레, 햅쌀, 가을의 물	仙岩	시가/하이쿠	
1	5		龜浦龜甲會句集-撰者省花堂茶遊宗匠/題稻妻、案山子、虫、新米、秋の水 [1] 구포 깃코카이 구집-찬자 쇼카도 사유 소쇼/주제 번개, 허수아비, 벌레, 햅쌀, 가을의 물	楓堂	시가/하이쿠	

지면	단수	기획	기사제목 〈회수〉〔곡수〕	필자/저자(역자)	분류	비고
1	5		★龜浦龜甲會句集-撰者省花堂茶遊宗匠/題稻妻、案山子、虫、新米、秋の水〔1〕 구포 깃코카이 구집-찬자 쇼카도 사유 소쇼/주제 번개, 허수아비, 벌레, 햅쌀, 가을의 물	花堂	시가/하이쿠	
1	5		龜浦龜甲會句集-撰者省花堂茶遊宗匠/題稻妻、案山子、虫、新米、秋の水〔1〕 구포 깃코카이 구집-찬자 쇼카도 사유 소쇼/주제 번개, 허수아비, 벌레, 햅쌀, 가을의 물	跛牛	시가/하이쿠	
1	5		龜浦龜甲會句集-撰者省花堂茶遊宗匠/題稻妻、案山子、虫、新米、秋の水〔1〕 구포 깃코카이 구집-찬자 쇼카도 사유 소쇼/주제 번개, 허수아비, 벌레, 햅쌀, 가을의 물	仙岩	시가/하이쿠	
1	5		★龜浦龜甲會句集-撰者省花堂茶遊宗匠/題稻妻、案山子、虫、新米、秋の水〔1〕 구포 깃코카이 구집-찬자 쇼카도 사유 소쇼/주제 번개, 허수아비, 벌레, 햅쌀, 가을의 물	海山	시가/하이쿠	
면수 불명	1~2		碑文谷辰之助(第八十席)〈80〉 히몬야 다쓰노스케(제80석)	東京 松林伯知口演	고단	
면수 불명	1~3		かわかぬ袖/非常手段(二)〈52〉 마르지 않는 소매/비상수단(2)	篠原嶺葉作	소설/일본	

1917년 07월 08일 (일) 6300호

지면	단수	기획	기사제목 〈회수〉〔곡수〕	필자/저자(역자)	분류	비고
면수 불명	1~3		かわかぬ袖/快諾(一)〈53〉 마르지 않는 소매/쾌락(1)	篠原嶺葉作	소설/일본	
면수 불명	1~4		碑文谷辰之助(第八十一席)〈81〉 히몬야 다쓰노스케(제81석)	東京 松林伯知口演	고단	

1917년 07월 09일 (월) 6301호

지면	단수	기획	기사제목 〈회수〉〔곡수〕	필자/저자(역자)	분류	비고
1	6		龜浦龜甲會句集〈2〉 구포 깃코카이 하이쿠	跛牛	시가/하이쿠	
1	6		龜浦龜甲會句集〈1〉 구포 깃코카이 하이쿠	芦角	시가/하이쿠	
1	6		龜浦龜甲會句集〈2〉 구포 깃코카이 하이쿠	仙岩	시가/하이쿠	
1	6		龜浦龜甲會句集〈1〉 구포 깃코카이 하이쿠	花堂	시가/하이쿠	
1	6		龜浦龜甲會句集〈1〉 구포 깃코카이 하이쿠	握水	시가/하이쿠	
1	6		龜浦龜甲會句集〈1〉 구포 깃코카이 하이쿠	仙岩	시가/하이쿠	
1	6		龜浦龜甲會句集〈1〉 구포 깃코카이 하이쿠	芦角	시가/하이쿠	
1	6		龜浦龜甲會句集〈1〉 구포 깃코카이 하이쿠	海山	시가/하이쿠	
1	6		龜浦龜甲會句集〈1〉 구포 깃코카이 하이쿠	蒙古	시가/하이쿠	
면수 불명	1~2		(제목없음)〈1〉		시가/하이쿠	
면수 불명	1~3		かわかぬ袖/快諾(二)〈54〉 마르지 않는 소매/쾌락(2)	篠原嶺葉作	소설/일본	

1917년 07월 10일 (화) 6302호

지면	단수	기획	기사제목 〈회수〉〔곡수〕	필자/저자(역자)	분류	비고
1	6		俳行脚/大邱達城公園にて〔1〕 하이쿠 행각/대구 달성공원에서	香洲生	시가/하이쿠	
1	6		俳行脚/京釜線水原を過ぐ〔1〕 하이쿠 행각/경부선 수원을 지나다	香洲生	시가/하이쿠	
1	6		俳行脚/京城にて偶 ?〔1〕 하이쿠 행각/경성에서 우연?	香洲生	시가/하이쿠	
1	6		俳行脚/鐵道故障に天安驛〔1〕 하이쿠 행각/철도 고장으로 천안역	香洲生	시가/하이쿠	
1	6		俳行脚/溫陽溫泉行の#崩る〔1〕 하이쿠 행각/온양온천 행 # 무너지다	香洲生	시가/하이쿠	
1	6		俳行脚/仁川驛の今是〔1〕 하이쿠 행각/인천역의 지금	香洲生	시가/하이쿠	
1	6		龜浦龜甲會句集〔1〕 구포 깃코카이 하이쿠	跛牛	시가/하이쿠	
1	6		★龜浦龜甲會句集〔1〕 구포 깃코카이 하이쿠	芦角	시가/하이쿠	
1	6		龜浦龜甲會句集〔1〕 구포 깃코카이 하이쿠	仙岩	시가/하이쿠	
1	6		★龜浦龜甲會句集〔1〕 구포 깃코카이 하이쿠	跛牛	시가/하이쿠	
1	6		龜浦龜甲會句集〔1〕 구포 깃코카이 하이쿠	仙岩	시가/하이쿠	
1	6		龜浦龜甲會句集〔1〕 구포 깃코카이 하이쿠	蘆角	시가/하이쿠	
1	6		龜浦龜甲會句集〔1〕 구포 깃코카이 하이쿠	花堂	시가/하이쿠	
1	6		★龜浦龜甲會句集〔1〕 구포 깃코카이 하이쿠	蘆角	시가/하이쿠	
1	6		龜浦龜甲會句集〔1〕 구포 깃코카이 하이쿠	跛牛	시가/하이쿠	
1	6		龜浦龜甲會句集〔1〕 구포 깃코카이 하이쿠	崖水	시가/하이쿠	
1	6		龜浦龜甲會句集〔1〕 구포 깃코카이 하이쿠	仙岩	시가/하이쿠	
1	6		★龜浦龜甲會句集〔1〕 구포 깃코카이 하이쿠	花堂	시가/하이쿠	
1	6		龜浦龜甲會句集〔2〕 구포 깃코카이 하이쿠	蒙古	시가/하이쿠	
1	6		龜浦龜甲會句集〔1〕 구포 깃코카이 하이쿠	海山	시가/하이쿠	
1	6		龜浦龜甲會句集/追加〔1〕 구포 깃코카이 하이쿠/추가	撰者	시가/하이쿠	
1	6		一轉句〔7〕 일전구	茶々坊	시가/센류	
면수 불명	1~4		碑文谷辰之助(第八十二席)〈82〉 히몬야 다쓰노스케(제82석)	東京 松林伯知口演	고단	
면수 불명	5		俚謠〔7〕 이요		시가/도도이 쓰	
면수 불명	1~3		かわかぬ袖/歡喜(一)〈55〉 마르지 않는 소매/환희(1)	篠原嶺葉作	소설/일본	

1917년 07월 11일 (수) 6303호

지면	단수	기획	기사제목 〈회수〉〔곡수〕	필자/저자(역자)	분류	비고
면수 불명	1~3		かわかぬ袖/歡喜(二) 〈56〉 마르지 않는 소매/환희(2)	篠原嶺葉作	소설/일본	
면수 불명	1~4		碑文谷辰之助(第八十三席) 〈83〉 히몬야 다쓰노스케(제83석)	東京 松林伯知口演	고단	

1917년 07월 12일 (목) 6304호

지면	단수	기획	기사제목 〈회수〉〔곡수〕	필자/저자(역자)	분류	비고
1	6		夏季雜詠 〔10〕 하계-잡영	鳴峰	시가/하이쿠	
1	6		一轉句 〔7〕 일전구	茶々坊	시가/센류	
면수 불명	1~2		(제목없음) 〔1〕		시가/하이쿠	
면수 불명	6~7		綠蔭杜鵑之候 녹음두견지후	苫舟より	수필/서간	
면수 불명	1~2		碑文谷辰之助(第八十四席) 〈84〉 히몬야 다쓰노스케(제84석)	東京 松林伯知口演	고단	
면수 불명	1~3		かわかぬ袖/歡喜(三) 〈57〉 마르지 않는 소매/환희(3)	篠原嶺葉作	소설/일본	

1917년 07월 13일 (금) 6305호

지면	단수	기획	기사제목 〈회수〉〔곡수〕	필자/저자(역자)	분류	비고
1	6	漢詩	調黃衣畫師 〔1〕 조황의주사	疎梅翳史	시가/한시	
1	6	漢詩	題目作水水畫 〔1〕 제목작수수화	疎梅翳史	시가/한시	
1	6	漢詩	讀石#初尙畵 〔1〕 독석#초상화	疎梅翳史	시가/한시	
1	6		三人の兒 〔5〕 세 명의 아이	金海 坂口よし香	시가/단카	
1	6		一轉句 〔7〕 일전구	茶々坊	시가/센류	
면수 불명	1~4		碑文谷辰之助(第八十五席) 〈85〉 히몬야 다쓰노스케(제85석)	東京 松林伯知口演	고단	
면수 불명	1~3		かわかぬ袖/無名の書面(一) 〈58〉 마르지 않는 소매/이름 없는편지(1)	篠原嶺葉作	소설/일본	

1917년 07월 14일 (토) 6306호

지면	단수	기획	기사제목 〈회수〉〔곡수〕	필자/저자(역자)	분류	비고
1	6		南風 〔13〕 남풍	花囚	시가/하이쿠	
1	6		一轉句 〔11〕 일전구	茶々坊	시가/센류	
면수 불명	1~2		碑文谷辰之助(第八十六席) 〈86〉 히몬야 다쓰노스케(제86석)	東京 松林伯知口演	고단	
면수 불명	1~5		かわかぬ袖/無名の書面(二) 〈59〉 마르지 않는 소매/이름 없는편지(2)	篠原嶺葉作	소설/일본	

1917년 07월 15일 (일) 6307호

지면	단수	기획	기사제목 〈회수〉〔곡수〕	필자/저자(역자)	분류	비고
면수 불명	1~4		碑文谷辰之助(第八十七席) 〈87〉 히몬야 다쓰노스케(제87석)	東京 松林伯知口演	고단	
면수 불명	1~3		かわかぬ袖/蛇蝎(一) 〈60〉 마르지 않는 소매/뱀과 전갈(1)	篠原嶺葉作	소설/일본	

1917년 07월 16일 (월) 6308호

지면	단수	기획	기사제목 〈회수〉〔곡수〕	필자/저자(역자)	분류	비고
1	5		一轉句 〔8〕 일전구	茶々坊	시가/센류	
면수 불명	1~5		かわかぬ袖/蛇蝎(二) 〈61〉 마르지 않는 소매/뱀과 전갈(2)	篠原嶺葉作	소설/일본	

1917년 07월 17일 (화) 6309호

지면	단수	기획	기사제목 〈회수〉〔곡수〕	필자/저자(역자)	분류	비고
1	6		東萊溫泉場味 〔3〕 동래 온천장 재미	香洲	시가/하이쿠	
면수 불명	1~2		碑文谷辰之助(第八十八席) 〈88〉 히몬야 다쓰노스케(제88석)	東京 松林伯知口演	고단	
면수 불명	1~2		かわかぬ袖/蛇蝎(三) 〈62〉 마르지 않는 소매/뱀과 전갈(3)	篠原嶺葉作	소설/일본	

1917년 07월 18일 (수) 6310호

지면	단수	기획	기사제목 〈회수〉〔곡수〕	필자/저자(역자)	분류	비고
1	6		一轉句 〔6〕 일전구	茶々坊	시가/센류	
면수 불명	1~4		碑文谷辰之助(第八十九席) 〈89〉 히몬야 다쓰노스케(제89석)	東京 松林伯知口演	고단	
면수 불명	4		俚謠 〔7〕 이요		시가/도도이 쓰	
면수 불명	1~2		かわかぬ袖/龍口寺(一) 〈63〉 마르지 않는 소매/류코지(1)	篠原嶺葉作	소설/일본	

1917년 07월 19일 (목) 6311호

지면	단수	기획	기사제목 〈회수〉〔곡수〕	필자/저자(역자)	분류	비고
1	6	漢詩	夏日田家 〔3〕 하일전가	龜浦 國光生	시가/한시	
1	6	漢詩	芳野山懷古 〔1〕 요시노산 회고	龜浦 國光生	시가/한시	
1	6		一轉句 〔10〕 일전구	茶々坊	시가/센류	
1	6		一轉句/議會のワイヘ騷ぎ 〔1〕 일전구/의회의 떠들썩한 소란	茶々坊	시가/센류	
1	6		夏山 〔7〕 여름 산	南鳳	시가/하이쿠	
면수 불명	1~4		碑文谷辰之助(第九十席) 〈90〉 히몬야 다쓰노스케(제90석)	東京 松林伯知口演	고단	
면수 불명	1~3		かわかぬ袖/龍口寺(二) 〈64〉 마르지 않는 소매/류코지(2)	篠原嶺葉作	소설/일본	

1917년 07월 20일 (금) 6312호

지면	단수	기획	기사제목 〈회수〉〔곡수〕	필자/저자(역자)	분류	비고
1	6		俳十句 〔1〕 하이쿠 십구	文水	시가/하이쿠	
1	6		俳十句 〔1〕 하이쿠 십구	秋氷	시가/하이쿠	
1	6		俳十句 〔1〕 하이쿠 십구	芳水	시가/하이쿠	
1	6		俳十句 〔1〕 하이쿠 십구	凉宿	시가/하이쿠	
1	6		俳十句 〔1〕 하이쿠 십구	紅陽	시가/하이쿠	
1	6		俳十句 〔1〕 하이쿠 십구	文哉	시가/하이쿠	

지면	단수	기획	기사제목 〈회수〉〔곡수〕	필자/저자(역자)	분류	비고
1	6		俳十句 [1] 하이쿠 십구	芳香	시가/하이쿠	
1	6		俳十句 [1] 하이쿠 십구	曲水	시가/하이쿠	
1	6		俳十句 [1] 하이쿠 십구	雅水	시가/하이쿠	
1	6		俳十句 [1] 하이쿠 십구	其岳	시가/하이쿠	
면수 불명	1~4		碑文谷辰之助(第九十一席) 〈91〉 히몬야 다쓰노스케(제91석)	東京 松林伯知口演	고단	
면수 불명	1~2		(제목없음) [1]		시가/하이쿠	
면수 불명	4		俚謠 [7] 이요		시가/도도이 쓰	
면수 불명	1~3		かわかぬ袖/龍口寺(三) 〈65〉 마르지 않는 소매/류코지(3)	篠原嶺葉作	소설/일본	

1917년 07월 21일 (토) 6313호

지면	단수	기획	기사제목 〈회수〉〔곡수〕	필자/저자(역자)	분류	비고
1	6		送雨亭に暑を避く [4] 송우정에서 더위를 피하다	龜雨 國光生	시가/단카	
면수 불명	1~4		碑文谷辰之助(第九十二席) 〈92〉 히몬야 다쓰노스케(제92석)	東京 松林伯知口演	고단	
면수 불명	1~2		かわかぬ袖/龍口寺(四) 〈66〉 마르지 않는 소매/류코지(4)	篠原嶺葉作	소설/일본	

1917년 07월 22일 (일) 6314호

지면	단수	기획	기사제목 〈회수〉〔곡수〕	필자/저자(역자)	분류	비고
1	6		行水 [7] 목욕	南鳳	시가/하이쿠	
1	6		旱 [3] 가뭄	南鳳	시가/하이쿠	
면수 불명	1~3		かわかぬ袖/濡衣(二) 〈67〉 마르지 않는 소매/누명(2)	篠原嶺葉作	소설/일본	

1917년 07월 23일 (월) 6315호

지면	단수	기획	기사제목 〈회수〉〔곡수〕	필자/저자(역자)	분류	비고
1	6		一轉句 [2] 일전구	凸坊	시가/센류	
1	6		一轉句 [1] 일전구	黑主	시가/센류	
1	6		一轉句 [1] 일전구	丸一	시가/센류	
1	6		一轉句 [1] 일전구	猿市	시가/센류	
1	6		一轉句 [1] 일전구	ひーろー	시가/센류	
면수 불명	7		俚謠 [6] 이요		시가/도도이 쓰	
면수 불명	1~3		かわかぬ袖/濡衣(三) 〈68〉 마르지 않는 소매/누명(3)	篠原嶺葉作	소설/일본	
면수 불명	1~4		碑文谷辰之助(第九十三席) 〈93〉 히몬야 다쓰노스케(제93석)	東京 松林伯知口演	고단	

1917년 07월 24일 (화) 6316호

지면	단수	기획	기사제목 〈회수〉〔곡수〕	필자/저자(역자)	분류	비고
1	6		夏句〔13〕 하구	#瀨鷗舟	시가/하이쿠	
1	6		一轉句〔6〕 일전구	飴ン坊	시가/센류	
1	6		旱〔4〕 가뭄	南鳳	시가/하이쿠	
면수 불명	1~4		碑文谷辰之助(第九十四席)〈94〉 히몬야 다쓰노스케(제94석)	東京 松林伯知口演	고단	
면수 불명	1~3		かわかぬ袖/濡衣(四)〈69〉 마르지 않는 소매/누명(4)	篠原嶺葉作	소설/일본	
면수 불명	1~2		(제목없음)〔1〕		시가/하이쿠	
면수 불명	4		俚謠〔6〕 이요		시가/도도이 쓰	

1917년 07월 25일 (수) 6317호

지면	단수	기획	기사제목 〈회수〉〔곡수〕	필자/저자(역자)	분류	비고
1	5		蟬〔7〕 매미	南鳳	시가/하이쿠	
1	5		一轉句〔5〕 일전구	突食坊	시가/센류	
면수 불명	1~2		(제목없음)〔1〕		시가/하이쿠	
면수 불명	1~4		碑文谷辰之助(第九十五席)〈95〉 히몬야 다쓰노스케(제95석)	東京 松林伯知口演	고단	
면수 불명	1~3		かわかぬ袖/濡衣(五)〈70〉 마르지 않는 소매/누명(5)	篠原嶺葉作	소설/일본	

1917년 07월 26일 (목) 6318호

지면	단수	기획	기사제목 〈회수〉〔곡수〕	필자/저자(역자)	분류	비고
1	4	ところ自 慢	峨嵋山麓の仙境〈1〉 아미산 기슭의 선경	啓喜樓	수필/일상	
1	6	俳句	糸瓜の花〔5〕 수세미외 꽃	鳴峯	시가/하이쿠	
1	6	俳句	裸〔5〕 나신	鳴峯	시가/하이쿠	
1	6		一轉句〔6〕 일전구	茶々坊	시가/센류	
1	6		一轉句/雄飛號意の如くならず〔1〕 일전구/유히 호(雄飛號) 여의치 않다	茶々坊	시가/센류	
1	6	漢詩	夏夜過某水亭〔1〕 여름밤을 물가 정자에서 보내다	靑木龍潭	시가/한시	
1	6	漢詩	山寺避暑〔1〕 산사에서 더위를 피하다	幅嶋鷺洲	시가/한시	
1	6	漢詩	池亭觀荷花〔1〕 연못 정자에서 연꽃을 보다	草野鶴#	시가/한시	
면수 불명	1~4		碑文谷辰之助(第九十六席)〈96〉 히몬야 다쓰노스케(제96석)	東京 松林伯知口演	고단	
면수 불명	7		俚謠〔7〕 이요		시가/도도이 쓰	
면수 불명	1~3		かわかぬ袖/濡衣(六)〈71〉 마르지 않는 소매/누명(6)	篠原嶺葉作	소설/일본	

1917년 07월 27일 (금) 6319호

지면	단수	기획	기사제목 〈회수〉 [곡수]	필자/저자(역자)	분류	비고
1	3~4	ところ自慢	(제목없음) 〈2〉	啓喜樓	수필/일상	
1	6		夏句 [12] 하구	稻花	시가/하이쿠	
1	6		夏句/十日前の南濱海岸は澗潮にて泳ぐ事はず [1] 하구/열흘 전의 남빈 해안은 간조로 수영할 수 없었다	稻花	시가/하이쿠	
1	6		夏句/松嶋行途 [2] 하구/송도 행로	稻花	시가/하이쿠	
1	6		一轉句 [11] 일전구	唐變木	시가/센류	
1	6	漢詩	題銷夏之圖 [1] 한시/제소하지도	吉田靑雨	시가/한시	
1	6	漢詩	綠陰讀書 [1] 녹음독서	相#淸風	시가/한시	
면수 불명	5~6		ボートと金彌 보트와 금소	作一郎投	소설/	
면수 불명	1~4		碑文谷辰之助(第九十七席) 〈97〉 히몬야 다쓰노스케(제97석)	東京 松林伯知口演	고단	
면수 불명	1~3		かわかぬ袖/濡衣(七) 〈72〉 마르지 않는 소매/억울한 누명(7)	篠原嶺葉作	소설/일본	

1917년 07월 28일 (토) 6320호

지면	단수	기획	기사제목 〈회수〉 [곡수]	필자/저자(역자)	분류	비고
1	3~5	ところ自慢	深川の湯(山口縣大津郡に在り) 〈3〉 후카와노유(야마구치 현 오쓰 군 소재)		수필/일상	
1	6		一轉句 [7] 일전구	唐變木	시가/센류	
1	6	俳句	夏の影 [9] 여름 그림자	花囚	시가/하이쿠	
면수 불명	1~4		碑文谷辰之助(第九十八席) 〈98〉 히몬야 다쓰노스케(제98석)	東京 松林伯知口演	고단	
면수 불명	1~2		(제목없음) [1]		시가/하이쿠	
면수 불명	1~2		かわかぬ袖/快心(一) 〈73〉 마르지 않는 소매/유쾌한 마음(1)	篠原嶺葉作	소설/일본	

1917년 07월 29일 (일) 6321호

지면	단수	기획	기사제목 〈회수〉 [곡수]	필자/저자(역자)	분류	비고
1	3~4	ところ自慢	(제목없음) 〈4〉	南濱 漁士	수필/일상	
1	6		一轉句 [10] 일전구	唐變木	시가/센류	
1	6		水打 [5] 물 뿌리기	竹水	시가/하이쿠	

1917년 07월 29일 (일) 6321호 개설 1년 기념호 구포지국

지면	단수	기획	기사제목 〈회수〉 [곡수]	필자/저자(역자)	분류	비고
면수 불명	5		涼舟 [4] 여름 뱃놀이		시가/하이쿠	

1917년 07월 29일 (일) 6321호

지면	단수	기획	기사제목 〈회수〉 [곡수]	필자/저자(역자)	분류	비고
면수 불명	1~3		かわかぬ袖/快心(二) 〈74〉 마르지 않는 소매/유쾌한 마음(2)	篠原嶺葉作	소설/일본	

1917년 07월 30일 (월) 6322호

지면	단수	기획	기사제목 〈회수〉〔곡수〕	필자/저자(역자)	분류	비고
1	3~5	ところ自慢	川越の喜多院 〈5〉 가와고에 기타인	芋兵衛投	수필/일상	
1	7		冷麥 〔6〕 히야무기		시가/하이쿠	
면수 불명	1~3		かわかぬ袖/快心(三) 〈75〉 마르지 않는 소매/유쾌한 마음(3)	篠原嶺葉作	소설/일본	

1917년 07월 31일 (화) 6323호

지면	단수	기획	기사제목 〈회수〉〔곡수〕	필자/저자(역자)	분류	비고
1	3~4	ところ自慢	京都の夏 〈5〉 교토의 여름	金畔生投	수필/일상	회수 오류

1917년 08월 01일 (수) 6323호

호수 오류

지면	단수	기획	기사제목 〈회수〉〔곡수〕	필자/저자(역자)	분류	비고
면수 불명	1~3		かわかぬ袖/囁き(一) 〈76〉 마르지 않는 소매/속삭임(1)	篠原嶺葉作	소설/일본	

1917년 08월 02일 (목) 6324호

지면	단수	기획	기사제목 〈회수〉〔곡수〕	필자/저자(역자)	분류	비고
1	6		一轉句 〔10〕 일전구	唐變木	시가/센류	
1	6		露滋き頃 〔2〕 이슬 맺힐 무렵	金海 坂口芳香	시가/단카	
면수 불명	1~4		碑文谷辰之助(第九十九席) 〈99〉 히몬야 다쓰노스케(제99석)	東京 松林伯知口演	고단	
면수 불명	1~2		かわかぬ袖/囁き(二) 〈77〉 마르지 않는 소매/속삭임(2)	篠原嶺葉作	소설/일본	

1917년 08월 03일 (금) 6325호

지면	단수	기획	기사제목 〈회수〉〔곡수〕	필자/저자(역자)	분류	비고
1	3~4	ところ自慢	(제목없음) 〈5〉	靜石	수필/일상	회수 오류
1	7		露滋き頃 〔2〕 이슬 맺힐 무렵	金海 坂口芳香	시가/단카	
면수 불명	1~4		碑文谷辰之助(第百席) 〈100〉 히몬야 다쓰노스케(제100석)	東京 松林伯知口演	고단	

1917년 08월 04일 (토) 6326호

지면	단수	기획	기사제목 〈회수〉〔곡수〕	필자/저자(역자)	분류	비고
1	4~6	ところ自慢	新しい## 〈6〉 새로운 ##	水晶蟲	수필/일상	
1	7		一轉句 〔4〕 일전구	突念坊	시가/센류	
면수 불명	1~3		かわかぬ袖/海岸(一) 〈78〉 마르지 않는 소매/해안(1)	篠原嶺葉作	소설/일본	
면수 불명	1~4		碑文谷辰之助(第百一席) 〈101〉 히몬야 다쓰노스케(제101석)	東京 松林伯知口演	고단	

1917년 08월 05일 (일) 6327호

지면	단수	기획	기사제목 〈회수〉〔곡수〕	필자/저자(역자)	분류	비고
1	7		一轉句 〔6〕 일전구	突念坊	시가/센류	
면수 불명	3		俚謠 〔7〕 이요		시가/도도이쓰	
면수 불명	1~3		かわかぬ袖/海岸(一) 〈79〉 마르지 않는 소매/해안(1)	篠原嶺葉作	소설/일본	
면수 불명	1~4		碑文谷辰之助(第百二席) 〈102〉 히몬야 다쓰노스케(제102석)	東京 松林伯知口演	고단	

지면	단수	기획	기사제목 〈회수〉〔곡수〕	필자/저자(역자)	분류	비고
			1917년 08월 06일 (월) 6328호			
1	6		夏襯衣〔9〕 여름 속옷	白水	시가/하이쿠	
1	6		暑〔9〕 더위	花囚	시가/하이쿠	
1	6		一轉句〔12〕 일전구		시가/센류	
			1917년 08월 07일 (화) 6329호			
면수 불명	1~4		碑文谷辰之助(第百三席)〈103〉 히몬야 다쓰노스케(제103석)	東京 松林伯知口演	고단	
면수 불명	1~2		かわかぬ袖/海岸(二)〈80〉 마르지 않는 소매/해안(2)	篠原嶺葉作	소설/일본	
			1917년 08월 08일 (수) 6330호			
1	5		一轉句〔5〕 일전구	茶々坊	시가/센류	
면수 불명	1~4		碑文谷辰之助(第百四席)〈104〉 히몬야 다쓰노스케(제104석)	東京 松林伯知口演	고단	
면수 불명	1~3		かわかぬ袖/海岸(三)〈83〉 마르지 않는 소매/해안(3)	篠原嶺葉作	소설/일본	
			1917년 08월 09일 (목) 6331호			
1	5	俳句	海水浴〔7〕 해수욕	華舟	시가/하이쿠	
면수 불명	1~4		碑文谷辰之助(第百五席)〈105〉 히몬야 다쓰노스케(제105석)	東京 松林伯知口演	고단	
면수 불명	1~3		かわかぬ袖/海岸(四)〈84〉 마르지 않는 소매/해안(4)	篠原嶺葉作	소설/일본	
			1917년 08월 10일 (금) 6332호			
1	5		東北遊草〔1〕 동북유초	旭川 廣圖尾山	시가/한시	
1	5		東北遊草/二〔1〕 동북유초/2	旭川 廣圖尾山	시가/한시	
1	5		東北遊草/三〔1〕 동북유초/3	旭川 廣圖尾山	시가/한시	
면수 불명	1~4		碑文谷辰之助(第百六席)〈106〉 히몬야 다쓰노스케(제106석)	東京 松林伯知口演	고단	
			1917년 08월 11일 (토) 6333호			
1	5		東北遊草/札幌〔1〕 동북유초/삿포로	廣岡尼山	시가/한시	
1	5		東北遊草/五稜郭〔1〕 동북유초/고료카쿠	廣岡尼山	시가/한시	菱-稜 오기
1	5~6		東北遊草/函館〔1〕 동북유초/하코다테	廣岡尼山	시가/한시	
1	6		東北遊草/二〔1〕 동북유초/2	廣岡尼山	시가/한시	
1	6	文苑	あゝ、我が古き友よ〔8〕 아아, 나의 오랜 벗이여	在東京 澁川正樹	시가/단카	

지면	단수	기획	기사제목 〈회수〉〔곡수〕	필자/저자(역자)	분류	비고
면수 불명	1~4		碑文谷辰之助(第百七席) 〈107〉 히몬야 다쓰노스케(제107석)	東京 松林伯知口演	고단	
면수 불명	1~3		かわかぬ袖/海岸(五) 〈84〉 마르지 않는 소매/해안(5)	篠原嶺葉作	소설/일본	

1917년 08월 12일 (일) 6334호

지면	단수	기획	기사제목 〈회수〉〔곡수〕	필자/저자(역자)	분류	비고
1	5		一轉句 〔8〕 일전구	茶々坊	시가/센류	
면수 불명	1~3		かわかぬ袖/善後策(一) 〈84〉 마르지 않는 소매/선후책(1)	篠原嶺葉作	소설/일본	
면수 불명	1~4		碑文谷辰之助(第百七席) 〈107〉 히몬야 다쓰노스케(제107석)	東京 松林伯知口演	고단	회수 오류

1917년 08월 13일 (월) 6335호

지면	단수	기획	기사제목 〈회수〉〔곡수〕	필자/저자(역자)	분류	비고
1	5	漢詩	松島 〔1〕 송도	廣岡尾山	시가/한시	
1	5	漢詩	歸家 〔1〕 귀가	廣岡尾山	시가/한시	
1	5	漢詩	(제목없음)	田青雨拜批	수필/비평	
1	5	俳句	題 蓮。夏木立。蠅。雨乞。夕立-撰者 省花堂茶遊宗匠 〔1〕 주제 연꽃, 여름 나무숲, 파리, 기우제, 소나기-찬자 쇼카도 사유 소쇼	花堂	시가/하이쿠	
1	5	俳句	題 蓮。夏木立。蠅。雨乞。夕立-撰者 省花堂茶遊宗匠 〔1〕 주제 연꽃, 여름 나무숲, 파리, 기우제, 소나기-찬자 쇼카도 사유 소쇼	楓堂	시가/하이쿠	
1	5	俳句	題 蓮。夏木立。蠅。雨乞。夕立-撰者 省花堂茶遊宗匠 〔1〕 주제 연꽃, 여름 나무숲, 파리, 기우제, 소나기-찬자 쇼카도 사유 소쇼	花道	시가/하이쿠	
1	5	俳句	題 蓮。夏木立。蠅。雨乞。夕立-撰者 省花堂茶遊宗匠 〔1〕 주제 연꽃, 여름 나무숲, 파리, 기우제, 소나기-찬자 쇼카도 사유 소쇼	紫水	시가/하이쿠	
1	5	俳句	題 蓮。夏木立。蠅。雨乞。夕立-撰者 省花堂茶遊宗匠 〔1〕 주제 연꽃, 여름 나무숲, 파리, 기우제, 소나기-찬자 쇼카도 사유 소쇼	羊我	시가/하이쿠	
1	5	俳句	題 蓮。夏木立。蠅。雨乞。夕立-撰者 省花堂茶遊宗匠 〔1〕 주제 연꽃, 여름 나무숲, 파리, 기우제, 소나기-찬자 쇼카도 사유 소쇼	花道	시가/하이쿠	
1	5	俳句	題 蓮。夏木立。蠅。雨乞。夕立-撰者 省花堂茶遊宗匠 〔2〕 주제 연꽃, 여름 나무숲, 파리, 기우제, 소나기-찬자 쇼카도 사유 소쇼	芦角	시가/하이쿠	
1	5	俳句	題 蓮。夏木立。蠅。雨乞。夕立-撰者 省花堂茶遊宗匠 〔1〕 주제 연꽃, 여름 나무숲, 파리, 기우제, 소나기-찬자 쇼카도 사유 소쇼	花堂	시가/하이쿠	
면수 불명	1~3		かわかぬ袖/善後策(二) 〈85〉 마르지 않는 소매/선후책(2)	篠原嶺葉作	소설/일본	

1917년 08월 14일 (화) 6336호

지면	단수	기획	기사제목 〈회수〉〔곡수〕	필자/저자(역자)	분류	비고
1	5		一轉句 〔6〕 일전구	飴ン坊	시가/센류	
면수 불명	1~4		碑文谷辰之助(第百八席) 〈108〉 히몬야 다쓰노스케(제108석)	東京 松林伯知口演	고단	회수 오류
면수 불명	1~5		かわかぬ袖/善後策(三) 〈86〉 마르지 않는 소매/선후책(3)	篠原嶺葉作	소설/일본	

1917년 08월 15일 (수) 6337호

지면	단수	기획	기사제목 〈회수〉〔곡수〕	필자/저자(역자)	분류	비고
1	6	漢詩	(제목없음) 〔1〕		시가/한시	
1	6	漢詩	乞玉斧典未定稿 〔1〕 걸옥부전미정고		시가/한시	

지면	단수	기획	기사제목 〈회수〉 〔곡수〕	필자/저자(역자)	분류	비고
1	6	俳句	龜甲會句集 [1] 깃코카이 구집	羊我	시가/하이쿠	
1	6	俳句	龜甲會句集 [1] 깃코카이 구집	海山	시가/하이쿠	
1	6	俳句	龜甲會句集 [1] 깃코카이 구집	羊我	시가/하이쿠	
1	6	俳句	龜甲會句集 [1] 깃코카이 구집	蒙古	시가/하이쿠	
1	6	俳句	龜甲會句集 [1] 깃코카이 구집	仙花	시가/하이쿠	
1	6	俳句	龜甲會句集 [1] 깃코카이 구집	桐堂	시가/하이쿠	
1	6	俳句	龜甲會句集 [1] 깃코카이 구집	紫水	시가/하이쿠	
1	6	俳句	龜甲會句集 [2] 깃코카이 구집	羊我	시가/하이쿠	
1	6		一轉句 [9] 일전구	飴ン坊	시가/센류	
면수 불명	1~3		かわかぬ袖/善後策(三) 〈87〉 마르지 않는 소매/선후책(3)	篠原嶺葉作	소설/일본	

1917년 08월 16일 (목) 6338호

지면	단수	기획	기사제목 〈회수〉 〔곡수〕	필자/저자(역자)	분류	비고
1	5		雲の峯 [8] 구름 봉우리	客野山人	시가/하이쿠	
면수 불명	1~4		碑文谷辰之助(第百九席) 〈109〉 히몬야 다쓰노스케(제109석)	東京 松林伯知口演	고단	회수 오류
면수 불명	1~3		かわかぬ袖/善後策(四) 〈88〉 마르지 않는 소매/선후책(4)	篠原嶺葉作	소설/일본	

1917년 08월 17일 (금) 6339호

지면	단수	기획	기사제목 〈회수〉 〔곡수〕	필자/저자(역자)	분류	비고
1	6	俳句	羅 [8] 얇은 옷감	花因	시가/하이쿠	
면수 불명	1~4		碑文谷辰之助(第百十一席) 〈111〉 히몬야 다쓰노스케(제111석)	東京 松林伯知口演	고단	
면수 불명	1~3		かわかぬ袖/驚愕(二) 〈89〉 마르지 않는 소매/경악(2)	篠原嶺葉作	소설/일본	

1917년 08월 18일 (토) 6340호

지면	단수	기획	기사제목 〈회수〉 〔곡수〕	필자/저자(역자)	분류	비고
1	6	漢詩	納涼絶句 [1] 납량절구	寺島古松	시가/한시	
면수 불명	1~4		碑文谷辰之助(第百十二席) 〈112〉 히몬야 다쓰노스케(제112석)	東京 松林伯知口演	고단	
면수 불명	6		俚謠 [7] 이요		시가/도도이 쓰	
면수 불명	1~2		かわかぬ袖/驚愕(三) 〈90〉 마르지 않는 소매/경악(3)	篠原嶺葉作	소설/일본	

1917년 08월 19일 (일) 6341호

지면	단수	기획	기사제목 〈회수〉 〔곡수〕	필자/저자(역자)	분류	비고
1	6	漢詩	新月 [1] 초승달	松川虹村	시가/한시	
1	6	漢詩	納涼 [1] 납량	松川虹村	시가/한시	

지면	단수	기획	기사제목 〈회수〉〔곡수〕	필자/저자(역자)	분류	비고
1	6	文苑	魂送〔7〕 영혼 보내기	野客生	시가/하이쿠	
면수 불명	5		俚謠〔7〕 이요		시가/도도이 쓰	
면수 불명	1~3		かわかぬ袖/悲喜(二)〈91〉 마르지 않는 소매/희비(2)	篠原嶺葉作	소설/일본	

1917년 08월 20일 (월) 6342호

지면	단수	기획	기사제목 〈회수〉〔곡수〕	필자/저자(역자)	분류	비고
1	6	文苑	(제목없음)〔4〕	南風子	시가/하이쿠	
1	6	文苑	朝顔〔3〕 나팔꽃	金海 阪口よし香	시가/단카	
면수 불명	1~2		かわかぬ袖/悲喜(三)〈92〉 마르지 않는 소매/희비(3)	篠原嶺葉作	소설/일본	

1917년 08월 21일 (화) 6343호

지면	단수	기획	기사제목 〈회수〉〔곡수〕	필자/저자(역자)	분류	비고
면수 불명	1~3		かわかぬ袖/後難(一)〈93〉 마르지 않는 소매/후난(1)	篠原嶺葉作	소설/일본	

1917년 08월 22일 (수) 6344호

지면	단수	기획	기사제목 〈회수〉〔곡수〕	필자/저자(역자)	분류	비고
1	6	文苑	(제목없음)〔6〕	南鳳	시가/하이쿠	
면수 불명	1~3		かわかぬ袖/後難(二)〈94〉 마르지 않는 소매/후난(2)	篠原嶺葉作	소설/일본	

1917년 08월 23일 (목) 6345호

지면	단수	기획	기사제목 〈회수〉〔곡수〕	필자/저자(역자)	분류	비고
1	6		一轉句〔6〕 일전구	茶々坊	시가/센류	
면수 불명	1~3		かわかぬ袖/後難(三)〈95〉 마르지 않는 소매/후난(3)	篠原嶺葉作	소설/일본	

1917년 08월 24일 (금) 6346호

지면	단수	기획	기사제목 〈회수〉〔곡수〕	필자/저자(역자)	분류	비고
1	6		一轉句〔13〕 일전구	茶々坊	시가/센류	
면수 불명	6		俚謠〔7〕 이요		시가/도도이 쓰	
면수 불명	1~3		かわかぬ袖/後難(四)〈96〉 마르지 않는 소매/후난(4)	篠原嶺葉作	소설/일본	

1917년 08월 25일 (토) 6347호

지면	단수	기획	기사제목 〈회수〉〔곡수〕	필자/저자(역자)	분류	비고
1	5		聯合會俳句/十九日於高野山/夏の月(八點の部)〔1〕 연합회 하이쿠/19일 고야산에서/여름 달(팔점 부문)	茶遊	시가/하이쿠	
1	6		聯合會俳句/十九日於高野山/夏の月(八點の部)〔1〕 연합회 하이쿠/19일 고야산에서/여름 달(팔점 부문)	利水	시가/하이쿠	
1	6		聯合會俳句/十九日於高野山/夏の月(五點の部)〔1〕 연합회 하이쿠/19일 고야산에서/여름 달(오점 부문)	夢柳	시가/하이쿠	
1	6		聯合會俳句/十九日於高野山/夏の月(五點の部)〔1〕 연합회 하이쿠/19일 고야산에서/여름 달(오점 부문)	利水	시가/하이쿠	
1	6		聯合會俳句/十九日於高野山/夏の月(五點の部)〔1〕 연합회 하이쿠/19일 고야산에서/여름 달(오점 부문)	青美	시가/하이쿠	
1	6		聯合會俳句/十九日於高野山/夏の月(五點の部)〔1〕 연합회 하이쿠/19일 고야산에서/여름 달(오점 부문)	晩翠	시가/하이쿠	

지면	단수	기획	기사제목 〈회수〉〔곡수〕	필자/저자(역자)	분류	비고
1	6		聯合會俳句/十九日於高野山/夏の月(五點の部)〔1〕 연합회 하이쿠/19일 고야산에서/여름 달(오점 부문)	東陽	시가/하이쿠	
1	6		聯合會俳句/十九日於高野山/夏の月(五點の部)〔1〕 연합회 하이쿠/19일 고야산에서/여름 달(오점 부문)	夢柳	시가/하이쿠	
1	6		聯合會俳句/十九日於高野山/夏の月(四點の部)〔1〕 연합회 하이쿠/19일 고야산에서/여름 달(사점 부문)	春浦	시가/하이쿠	
1	6		聯合會俳句/十九日於高野山/夏の月(四點の部)〔1〕 연합회 하이쿠/19일 고야산에서/여름 달(사점 부문)	利水	시가/하이쿠	
1	6		聯合會俳句/十九日於高野山/夏の月(四點の部)〔1〕 연합회 하이쿠/19일 고야산에서/여름 달(사점 부문)	夢柳	시가/하이쿠	
1	6		聯合會俳句/十九日於高野山/夏の月(三點の部)〔1〕 연합회 하이쿠/19일 고야산에서/여름 달(삼점 부문)	柳浦	시가/하이쿠	
1	6		聯合會俳句/十九日於高野山/夏の月(三點の部)〔1〕 연합회 하이쿠/19일 고야산에서/여름 달(삼점 부문)	楓堂	시가/하이쿠	
1	6		聯合會俳句/十九日於高野山/夏の月(三點の部)〔1〕 연합회 하이쿠/19일 고야산에서/여름 달(삼점 부문)	春浦	시가/하이쿠	
1	6		聯合會俳句/十九日於高野山/夏の月(三點の部)〔1〕 연합회 하이쿠/19일 고야산에서/여름 달(삼점 부문)	靑美	시가/하이쿠	
1	6		聯合會俳句/十九日於高野山/夏の月(三點の部)〔1〕 연합회 하이쿠/19일 고야산에서/여름 달(삼점 부문)	茶袋	시가/하이쿠	
1	6		聯合會俳句/十九日於高野山/夏の月(三點の部)〔1〕 연합회 하이쿠/19일 고야산에서/여름 달(삼점 부문)	古仙	시가/하이쿠	
1	6		聯合會俳句/十九日於高野山/夏の月(三點の部)〔1〕 연합회 하이쿠/19일 고야산에서/여름 달(삼점 부문)	春浦	시가/하이쿠	
1	6		聯合會俳句/十九日於高野山/夏の月(三點の部)〔1〕 연합회 하이쿠/19일 고야산에서/여름 달(삼점 부문)	露竹	시가/하이쿠	
1	6		聯合會俳句/十九日於高野山/夏の月(三點の部)〔1〕 연합회 하이쿠/19일 고야산에서/여름 달(삼점 부문)	素水	시가/하이쿠	
1	6		聯合會俳句/十九日於高野山/夏の月(三點の部)〔1〕 연합회 하이쿠/19일 고야산에서/여름 달(삼점 부문)	遠舟	시가/하이쿠	
1	6		聯合會俳句/十九日於高野山/夏の月(三點の部)〔1〕 연합회 하이쿠/19일 고야산에서/여름 달(삼점 부문)	瓢々	시가/하이쿠	
1	6		聯合會俳句/十九日於高野山/夏の月(三點の部)〔1〕 연합회 하이쿠/19일 고야산에서/여름 달(삼점 부문)	靑雨	시가/하이쿠	
1	6		聯合會俳句/十九日於高野山/夏の月(三點の部)〔1〕 연합회 하이쿠/19일 고야산에서/여름 달(삼점 부문)	茶袋	시가/하이쿠	
1	6		聯合會俳句/十九日於高野山/夏の月(三點の部)〔1〕 연합회 하이쿠/19일 고야산에서/여름 달(삼점 부문)	古仙	시가/하이쿠	
1	6		聯合會俳句/十九日於高野山/夏の月(三點の部)〔1〕 연합회 하이쿠/19일 고야산에서/여름 달(삼점 부문)	茶遊	시가/하이쿠	
1	6		(제목없음)〔8〕	野客生	시가/하이쿠	
면수 불명	7		俚謠〔7〕 이요		시가/도도이 쓰	
면수 불명	1~4		俠客 旗本權三(第一席)〈1〉 협객 하타모토 곤조(제1석)	淡路呼潮述	고단	
면수 불명	1~3		かわかぬ袖/赤誠(一)〈97〉 마르지 않는 소매/정성(1)	篠原嶺葉作	소설/일본	

1917년 08월 26일 (일) 6348호

| 1 | 6 | | 聯合會俳句/十九日於高野山/夏の月(一點の部)〔1〕
연합회 하이쿠/19일 고야산에서/여름 달(일점 부문) | 苔石 | 시가/하이쿠 | |

지면	단수	기획	기사제목 〈회수〉〔곡수〕	필자/저자(역자)	분류	비고
1	6		聯合會俳句/十九日於高野山/夏の月(一點の部)〔1〕 연합회 하이쿠/19일 고야산에서/여름 달(일점 부문)	菊山人	시가/하이쿠	
1	6		聯合會俳句/十九日於高野山/夏の月(一點の部)〔1〕 연합회 하이쿠/19일 고야산에서/여름 달(일점 부문)	茶遊	시가/하이쿠	
1	6		聯合會俳句/十九日於高野山/夏の月(一點の部)〔1〕 연합회 하이쿠/19일 고야산에서/여름 달(일점 부문)	苔石	시가/하이쿠	
1	6		聯合會俳句/十九日於高野山/夏の月(一點の部)〔1〕 연합회 하이쿠/19일 고야산에서/여름 달(일점 부문)	露竹	시가/하이쿠	
1	6		聯合會俳句/十九日於高野山/夏の月(一點の部)〔1〕 연합회 하이쿠/19일 고야산에서/여름 달(일점 부문)	靑泉	시가/하이쿠	
1	6		聯合會俳句/十九日於高野山/夏の月(一點の部)〔1〕 연합회 하이쿠/19일 고야산에서/여름 달(일점 부문)	雅童	시가/하이쿠	
1	6		聯合會俳句/十九日於高野山/夏の月(一點の部)〔1〕 연합회 하이쿠/19일 고야산에서/여름 달(일점 부문)	菊山人	시가/하이쿠	
1	6		聯合會俳句/十九日於高野山/夏の月(一點の部)〔1〕 연합회 하이쿠/19일 고야산에서/여름 달(일점 부문)	山霞	시가/하이쿠	
1	6		聯合會俳句/十九日於高野山/夏の月(一點の部)〔1〕 연합회 하이쿠/19일 고야산에서/여름 달(일점 부문)	晚翠	시가/하이쿠	
1	6		聯合會俳句/十九日於高野山/夏の月(一點の部)〔1〕 연합회 하이쿠/19일 고야산에서/여름 달(일점 부문)	柳浦	시가/하이쿠	
1	6		聯合會俳句/十九日於高野山/夏の月(一點の部)〔1〕 연합회 하이쿠/19일 고야산에서/여름 달(일점 부문)	鼎浦	시가/하이쿠	
1	6		聯合會俳句/十九日於高野山/夏の月(一點の部)〔1〕 연합회 하이쿠/19일 고야산에서/여름 달(일점 부문)	菊山人	시가/하이쿠	
면수 불명	1~4		俠客 旗本權三(第二席)〈2〉 협객 하타모토 곤조(제2석)	淡路呼潮述	고단	
면수 불명	1~3		かわかぬ袖/赤誠(二)〈98〉 마르지 않는 소매/정성(2)	篠原嶺葉作	소설/일본	

1917년 08월 27일 (월) 6349호

지면	단수	기획	기사제목 〈회수〉〔곡수〕	필자/저자(역자)	분류	비고
1	7		聯合會俳句/十九日於高野山/竹婦人(八點の部)〔1〕 연합회 하이쿠/19일 고야산에서/죽부인(팔점 부문)	志水	시가/하이쿠	
1	7		聯合會俳句/十九日於高野山/竹婦人(八點の部)〔1〕 연합회 하이쿠/19일 고야산에서/죽부인(팔점 부문)	靑美	시가/하이쿠	
1	7		聯合會俳句/十九日於高野山/竹婦人(五點の部)〔1〕 연합회 하이쿠/19일 고야산에서/죽부인(오점 부문)	露竹	시가/하이쿠	
1	7		聯合會俳句/十九日於高野山/竹婦人(五點の部)〔1〕 연합회 하이쿠/19일 고야산에서/죽부인(오점 부문)	茶遊	시가/하이쿠	
1	7		聯合會俳句/十九日於高野山/竹婦人(五點の部)〔1〕 연합회 하이쿠/19일 고야산에서/죽부인(오점 부문)	瓢々	시가/하이쿠	
1	7		聯合會俳句/十九日於高野山/竹婦人(四點の部)〔1〕 연합회 하이쿠/19일 고야산에서/죽부인(사점 부문)	楓堂	시가/하이쿠	
1	7		聯合會俳句/十九日於高野山/竹婦人(四點の部)〔1〕 연합회 하이쿠/19일 고야산에서/죽부인(사점 부문)	雅童	시가/하이쿠	
1	7		聯合會俳句/十九日於高野山/竹婦人(四點の部)〔1〕 연합회 하이쿠/19일 고야산에서/죽부인(사점 부문)	古仙	시가/하이쿠	
면수 불명	7		俚謠〔5〕 이요		시가/도도이 쓰	
면수 불명	1~2		かわかぬ袖/赤誠(三)〈99〉 마르지 않는 소매/정성(3)	篠原嶺葉作	소설/일본	

1917년 08월 28일 (화) 6350호

지면	단수	기획	기사제목 〈회수〉〔곡수〕	필자/저자(역자)	분류	비고
면수 불명	1~4		俠客 旗本權三(第三席) 〈3〉 협객 하타모토 곤조(제3석)	淡路呼潮述	고단	
면수 불명	1~3		かわかぬ袖/號外(一) 〈100〉 마르지 않는 소매/호외(1)	篠原嶺葉作	소설/일본	

1917년 08월 29일 (수) 6351호

지면	단수	기획	기사제목 〈회수〉〔곡수〕	필자/저자(역자)	분류	비고
1	6		聯合會俳句/三點の部〔1〕 연합회 하이쿠/삼점 부문	春浦	시가/하이쿠	
1	6		聯合會俳句/三點の部〔1〕 연합회 하이쿠/삼점 부문	夢柳	시가/하이쿠	
1	6		聯合會俳句/三點の部〔1〕 연합회 하이쿠/삼점 부문	苦石	시가/하이쿠	
1	6		聯合會俳句/三點の部〔1〕 연합회 하이쿠/삼점 부문	利水	시가/하이쿠	
1	6		聯合會俳句/三點の部〔1〕 연합회 하이쿠/삼점 부문	靑美	시가/하이쿠	
1	6		聯合會俳句/三點の部〔1〕 연합회 하이쿠/삼점 부문	晩翠	시가/하이쿠	
1	6		聯合會俳句/三點の部〔1〕 연합회 하이쿠/삼점 부문	夢柳	시가/하이쿠	
1	6		聯合會俳句/三點の部〔1〕 연합회 하이쿠/삼점 부문	遠舟	시가/하이쿠	
1	6		聯合會俳句/三點の部〔1〕 연합회 하이쿠/삼점 부문	志水	시가/하이쿠	
1	6		聯合會俳句/三點の部〔1〕 연합회 하이쿠/삼점 부문		시가/하이쿠	
1	6		聯合會俳句/三點の部〔1〕 연합회 하이쿠/삼점 부문	靑美	시가/하이쿠	
1	6		聯合會俳句/二點の部〔1〕 연합회 하이쿠/이점 부문	菊山人	시가/하이쿠	
1	6		聯合會俳句/二點の部〔1〕 연합회 하이쿠/이점 부문	東陽	시가/하이쿠	
1	6		聯合會俳句/二點の部〔1〕 연합회 하이쿠/이점 부문	瓢々	시가/하이쿠	
1	6		聯合會俳句/二點の部〔1〕 연합회 하이쿠/이점 부문	菊山人	시가/하이쿠	
1	6		聯合會俳句/二點の部〔1〕 연합회 하이쿠/이점 부문	苦石	시가/하이쿠	
1	6		聯合會俳句/二點の部〔1〕 연합회 하이쿠/이점 부문	楓堂	시가/하이쿠	
1	6		聯合會俳句/二點の部〔1〕 연합회 하이쿠/이점 부문	靑雨	시가/하이쿠	
1	6		聯合會俳句/二點の部〔1〕 연합회 하이쿠/이점 부문	春浦	시가/하이쿠	
1	6		聯合會俳句/二點の部〔1〕 연합회 하이쿠/이점 부문	夢柳	시가/하이쿠	
1	6	漢詩	海雲臺〔1〕 해운대	成田魯石	시가/한시	
1	6	漢詩	海雲樓##〔1〕 해운루##	成田魯石	시가/한시	
1	6		一轉句〔7〕 일전구	茶々坊	시가/센류	

지면	단수	기획	기사제목 〈회수〉〔곡수〕	필자/저자(역자)	분류	비고
면수 불명	1~4		俠客 旗本權三(第四席) 〈4〉 협객 하타모토 곤조(제4석)	淡路呼潮述	고단	
면수 불명	1~2		かわかぬ袖/號外(二) 〈101〉 마르지 않는 소매/호외(2)	篠原嶺葉作	소설/일본	

1917년 08월 30일 (목) 6352호

지면	단수	기획	기사제목 〈회수〉〔곡수〕	필자/저자(역자)	분류	비고
1	6		聯合會俳句/一點の部 〔1〕 연합회 하이쿠/일점 부문	茶遊	시가/한시	
1	6		聯合會俳句/一點の部 〔1〕 연합회 하이쿠/일점 부문	靑雨	시가/한시	
1	6		聯合會俳句/一點の部 〔1〕 연합회 하이쿠/일점 부문	露竹	시가/한시	
1	6		聯合會俳句/一點の部 〔1〕 연합회 하이쿠/일점 부문	素水	시가/한시	
1	6		聯合會俳句/一點の部 〔1〕 연합회 하이쿠/일점 부문	遠舟	시가/한시	
1	6		聯合會俳句/一點の部 〔1〕 연합회 하이쿠/일점 부문	素水	시가/한시	
1	6		聯合會俳句/一點の部 〔1〕 연합회 하이쿠/일점 부문	山霞	시가/한시	
1	6		聯合會俳句/一點の部 〔1〕 연합회 하이쿠/일점 부문	柳浦	시가/한시	
1	6		聯合會俳句/一點の部 〔1〕 연합회 하이쿠/일점 부문	苔石	시가/한시	
1	6		聯合會俳句/一點の部 〔1〕 연합회 하이쿠/일점 부문	楓堂	시가/한시	
1	6		聯合會俳句/一點の部 〔1〕 연합회 하이쿠/일점 부문	茶遊	시가/한시	
1	6		聯合會俳句/一點の部 〔1〕 연합회 하이쿠/일점 부문	利水	시가/한시	
1	6		聯合會俳句/一點の部 〔1〕 연합회 하이쿠/일점 부문	山霞	시가/한시	
1	6		聯合會俳句/一點の部 〔1〕 연합회 하이쿠/일점 부문	柳浦	시가/한시	
면수 불명	1~4		俠客 旗本權三(第五席) 〈5〉 협객 하타모토 곤조(제5석)	淡路呼潮述	고단	
면수 불명	1~3		かわかぬ袖/天才(一) 〈102〉 마르지 않는 소매/천재(1)	篠原嶺葉作	소설/일본	

1917년 08월 31일 (금) 6353호

지면	단수	기획	기사제목 〈회수〉〔곡수〕	필자/저자(역자)	분류	비고
1	6		聯合會俳句/十九日於高野山/淸水(七點の部) 〔1〕 연합회 하이쿠/19일 고야산에서/맑은 물(칠점 부문)	靑美	시가/하이쿠	
1	6		聯合會俳句/十九日於高野山/淸水(六點の部) 〔1〕 연합회 하이쿠/19일 고야산에서/맑은 물(육점 부문)	素水	시가/하이쿠	
1	6		聯合會俳句/十九日於高野山/淸水(五點の部) 〔1〕 연합회 하이쿠/19일 고야산에서/맑은 물(오점 부문)	夢柳	시가/하이쿠	
1	6		聯合會俳句/十九日於高野山/淸水(五點の部) 〔1〕 연합회 하이쿠/19일 고야산에서/맑은 물(오점 부문)	山霞	시가/하이쿠	
1	6		聯合會俳句/十九日於高野山/淸水(五點の部) 〔1〕 연합회 하이쿠/19일 고야산에서/맑은 물(오점 부문)	飄々	시가/하이쿠	
1	6		聯合會俳句/十九日於高野山/淸水(四點の部) 〔1〕 연합회 하이쿠/19일 고야산에서/맑은 물(사점 부문)	苔石	시가/하이쿠	

지면	단수	기획	기사제목 〈회수〉〔곡수〕	필자/저자(역자)	분류	비고
1	6		聯合會俳句/十九日於高野山/淸水(四點の部)〔1〕 연합회 하이쿠/19일 고야산에서/맑은 물(사점 부문)	素水	시가/하이쿠	
1	6		聯合會俳句/十九日於高野山/淸水(四點の部)〔1〕 연합회 하이쿠/19일 고야산에서/맑은 물(사점 부문)	靑雨	시가/하이쿠	
1	6		聯合會俳句/十九日於高野山/淸水(四點の部)〔1〕 연합회 하이쿠/19일 고야산에서/맑은 물(사점 부문)	柳浦	시가/하이쿠	
1	6		聯合會俳句/十九日於高野山/淸水(四點の部)〔1〕 연합회 하이쿠/19일 고야산에서/맑은 물(사점 부문)	夢柳	시가/하이쿠	
1	6		聯合會俳句/十九日於高野山/淸水(四點の部)〔1〕 연합회 하이쿠/19일 고야산에서/맑은 물(사점 부문)	露竹	시가/하이쿠	
1	6		聯合會俳句/十九日於高野山/淸水(四點の部)〔1〕 연합회 하이쿠/19일 고야산에서/맑은 물(사점 부문)	素水	시가/하이쿠	
1	6		聯合會俳句/十九日於高野山/淸水(四點の部)〔1〕 연합회 하이쿠/19일 고야산에서/맑은 물(사점 부문)	遠舟	시가/하이쿠	
1	6		聯合會俳句/十九日於高野山/淸水(四點の部)〔1〕 연합회 하이쿠/19일 고야산에서/맑은 물(사점 부문)	苔石	시가/하이쿠	
1	6		聯合會俳句/十九日於高野山/淸水(三點の部)〔1〕 연합회 하이쿠/19일 고야산에서/맑은 물(삼점 부문)	楓堂	시가/하이쿠	
1	6		聯合會俳句/十九日於高野山/淸水(三點の部)〔1〕 연합회 하이쿠/19일 고야산에서/맑은 물(삼점 부문)	古仙	시가/하이쿠	
1	6		一轉句〔8〕 일전구	茶々坊	시가/센류	
면수 불명	1~3		かわかぬ袖/天才(二)〈103〉 마르지 않는 소매/천재(2)	篠原嶺葉作	소설/일본	

1917년 09월 02일 (일) 6354호

지면	단수	기획	기사제목 〈회수〉〔곡수〕	필자/저자(역자)	분류	비고
1	6		一轉句〔6〕 일전구	茶々坊	시가/센류	
면수 불명	1~4		俠客 旗本權三(第六席)〈6〉 협객 하타모토 곤조(제6석)	淡路呼潮述	고단	
면수 불명	1~3		かわかぬ袖/共謨者(一)〈104〉 마르지 않는 소매/공모자(1)	篠原嶺葉作	소설/일본	

1917년 09월 03일 (월) 6355호

지면	단수	기획	기사제목 〈회수〉〔곡수〕	필자/저자(역자)	분류	비고
1	5	俳句	鰻の日〔10〕 장어의 날	秋聲子	시가/하이쿠	
면수 불명	1~2		(제목없음)〔1〕		시가/하이쿠	
면수 불명	1~2		かわかぬ袖/共謨者(二)〈105〉 마르지 않는 소매/공모자(2)	篠原嶺葉作	소설/일본	

1917년 09월 04일 (화) 6356호

지면	단수	기획	기사제목 〈회수〉〔곡수〕	필자/저자(역자)	분류	비고
면수 불명	1~4		俠客 旗本權三(第七席)〈7〉 협객 하타모토 곤조(제7석)	淡路呼潮述	고단	

1917년 09월 05일 (수) 6357호

지면	단수	기획	기사제목 〈회수〉〔곡수〕	필자/저자(역자)	분류	비고
1	6		聯合會俳句/短夜、手巾、氷店(七點の部)〔2〕 연합회 하이쿠/짧은 여름밤, 수건, 얼음 가게(칠점 부문)	春浦	시가/하이쿠	
1	6		聯合會俳句/短夜、手巾、氷店(七點の部)〔1〕 연합회 하이쿠/짧은 여름밤, 수건, 얼음 가게(칠점 부문)	夢柳	시가/하이쿠	
1	6		聯合會俳句/短夜、手巾、氷店(六點の部)〔1〕 연합회 하이쿠/짧은 여름밤, 수건, 얼음 가게(육점 부문)	春浦	시가/하이쿠	

지면	단수	기획	기사제목 〈회수〉〔곡수〕	필자/저자(역자)	분류	비고
1	6		聯合會俳句/短夜、手巾、氷店(六點の部)〔1〕 연합회 하이쿠/짧은 여름밤, 수건, 얼음 가게(육점 부문)	志水	시가/하이쿠	
1	6		聯合會俳句/短夜、手巾、氷店(六點の部)〔1〕 연합회 하이쿠/짧은 여름밤, 수건, 얼음 가게(육점 부문)	菊山人	시가/하이쿠	
1	6		聯合會俳句/短夜、手巾、氷店(六點の部)〔1〕 연합회 하이쿠/짧은 여름밤, 수건, 얼음 가게(육점 부문)	靑眠子	시가/하이쿠	
1	6		聯合會俳句/短夜、手巾、氷店(六點の部)〔1〕 연합회 하이쿠/짧은 여름밤, 수건, 얼음 가게(육점 부문)	可秀	시가/하이쿠	
1	6		聯合會俳句/短夜、手巾、氷店(六點の部)〔1〕 연합회 하이쿠/짧은 여름밤, 수건, 얼음 가게(육점 부문)	靑雨	시가/하이쿠	
1	6		聯合會俳句/短夜、手巾、氷店(五點の部)〔1〕 연합회 하이쿠/짧은 여름밤, 수건, 얼음 가게(오점 부문)	東陽	시가/하이쿠	
1	6		聯合會俳句/短夜、手巾、氷店(五點の部)〔1〕 연합회 하이쿠/짧은 여름밤, 수건, 얼음 가게(오점 부문)	靑美	시가/하이쿠	
1	6		聯合會俳句/短夜、手巾、氷店(五點の部)〔1〕 연합회 하이쿠/짧은 여름밤, 수건, 얼음 가게(오점 부문)	苔石	시가/하이쿠	
1	6		聯合會俳句/短夜、手巾、氷店(五點の部)〔1〕 연합회 하이쿠/짧은 여름밤, 수건, 얼음 가게(오점 부문)	雨意	시가/하이쿠	
1	6		聯合會俳句/短夜、手巾、氷店(四點の部)〔1〕 연합회 하이쿠/짧은 여름밤, 수건, 얼음 가게(사점 부문)	雨意	시가/하이쿠	
1	6		聯合會俳句/短夜、手巾、氷店(四點の部)〔1〕 연합회 하이쿠/짧은 여름밤, 수건, 얼음 가게(사점 부문)	靑雨	시가/하이쿠	
1	6		聯合會俳句/短夜、手巾、氷店(四點の部)〔1〕 연합회 하이쿠/짧은 여름밤, 수건, 얼음 가게(사점 부문)	雨意	시가/하이쿠	
면수 불명	1~4		俠客 旗本權三(第八席)〈8〉 협객 하타모토 곤조(제8석)	淡路呼潮述	고단	
면수 불명	1~3		かわかぬ袖/文子可愛や(一)〈106〉 마르지 않는 소매/후미코 귀여워라(1)	篠原嶺葉作	소설/일본	

1917년 09월 05일 (수) 6357호 지방판

지면	단수	기획	기사제목 〈회수〉〔곡수〕	필자/저자(역자)	분류	비고
면수 불명	5~9		萬葉集に現れし歌人の生活〈1〉 만요슈에 나타난 가인의 생활	折口信夫氏述	수필/기타	

1917년 09월 06일 (목) 6358호

지면	단수	기획	기사제목 〈회수〉〔곡수〕	필자/저자(역자)	분류	비고
1	6		聯合會俳句/短夜、手巾、氷店(二點の部)〔1〕 연합회 하이쿠/짧은 여름밤, 수건, 얼음 가게(이점 부문)	春浦	시가/하이쿠	
1	6		聯合會俳句/短夜、手巾、氷店(二點の部)〔1〕 연합회 하이쿠/짧은 여름밤, 수건, 얼음 가게(이점 부문)	茶袋	시가/하이쿠	
1	6		聯合會俳句/短夜、手巾、氷店(二點の部)〔1〕 연합회 하이쿠/짧은 여름밤, 수건, 얼음 가게(이점 부문)	菊山人	시가/하이쿠	
1	6		聯合會俳句/短夜、手巾、氷店(二點の部)〔1〕 연합회 하이쿠/짧은 여름밤, 수건, 얼음 가게(이점 부문)	茶遊	시가/하이쿠	
1	6		聯合會俳句/短夜、手巾、氷店(二點の部)〔1〕 연합회 하이쿠/짧은 여름밤, 수건, 얼음 가게(이점 부문)	利水	시가/하이쿠	
1	6		聯合會俳句/短夜、手巾、氷店(二點の部)〔1〕 연합회 하이쿠/짧은 여름밤, 수건, 얼음 가게(이점 부문)	山霞	시가/하이쿠	
1	6		聯合會俳句/短夜、手巾、氷店(二點の部)〔1〕 연합회 하이쿠/짧은 여름밤, 수건, 얼음 가게(이점 부문)	遠舟	시가/하이쿠	
1	6		聯合會俳句/短夜、手巾、氷店(二點の部)〔1〕 연합회 하이쿠/짧은 여름밤, 수건, 얼음 가게(이점 부문)	茶遊	시가/하이쿠	
1	6		聯合會俳句/短夜、手巾、氷店(二點の部)〔1〕 연합회 하이쿠/짧은 여름밤, 수건, 얼음 가게(이점 부문)	柳浦	시가/하이쿠	

지면	단수	기획	기사제목 〈회수〉〔곡수〕	필자/저자(역자)	분류	비고
1	6		聯合會俳句/短夜、手巾、氷店(一點の部)〔1〕 연합회 하이쿠/짧은 여름밤, 수건, 얼음 가게(일점 부문)	東陽	시가/하이쿠	
1	6		聯合會俳句/短夜、手巾、氷店(一點の部)〔1〕 연합회 하이쿠/짧은 여름밤, 수건, 얼음 가게(일점 부문)	古仙	시가/하이쿠	
1	6		聯合會俳句/短夜、手巾、氷店(一點の部)〔1〕 연합회 하이쿠/짧은 여름밤, 수건, 얼음 가게(일점 부문)	露竹	시가/하이쿠	
1	6		聯合會俳句/短夜、手巾、氷店(一點の部)〔1〕 연합회 하이쿠/짧은 여름밤, 수건, 얼음 가게(일점 부문)	雅堂	시가/하이쿠	
1	6		聯合會俳句/短夜、手巾、氷店(一點の部)〔1〕 연합회 하이쿠/짧은 여름밤, 수건, 얼음 가게(일점 부문)	茶遊	시가/하이쿠	
1	6		聯合會俳句/短夜、手巾、氷店(一點の部)〔1〕 연합회 하이쿠/짧은 여름밤, 수건, 얼음 가게(일점 부문)	利水	시가/하이쿠	
1	6		聯合會俳句/短夜、手巾、氷店(一點の部)〔1〕 연합회 하이쿠/짧은 여름밤, 수건, 얼음 가게(일점 부문)	志水	시가/하이쿠	
1	6		聯合會俳句/短夜、手巾、氷店(一點の部)〔1〕 연합회 하이쿠/짧은 여름밤, 수건, 얼음 가게(일점 부문)	楓堂	시가/하이쿠	
1	6		聯合會俳句/短夜、手巾、氷店(一點の部)〔1〕 연합회 하이쿠/짧은 여름밤, 수건, 얼음 가게(일점 부문)	雅童	시가/하이쿠	
1	6		聯合會俳句/短夜、手巾、氷店(一點の部)〔1〕 연합회 하이쿠/짧은 여름밤, 수건, 얼음 가게(일점 부문)	菊山人	시가/하이쿠	
1	6		聯合會俳句/短夜、手巾、氷店(一點の部)〔1〕 연합회 하이쿠/짧은 여름밤, 수건, 얼음 가게(일점 부문)	晩翠	시가/하이쿠	
1	6		聯合會俳句/短夜、手巾、氷店(一點の部)〔1〕 연합회 하이쿠/짧은 여름밤, 수건, 얼음 가게(일점 부문)	瓢々	시가/하이쿠	
1	6		聯合會俳句/短夜、手巾、氷店(一點の部)〔1〕 연합회 하이쿠/짧은 여름밤, 수건, 얼음 가게(일점 부문)	靑雨	시가/하이쿠	
1	6		聯合會俳句/短夜、手巾、氷店(一點の部)〔1〕 연합회 하이쿠/짧은 여름밤, 수건, 얼음 가게(일점 부문)	春雨	시가/하이쿠	
1	6		聯合會俳句/短夜、手巾、氷店(一點の部)〔1〕 연합회 하이쿠/짧은 여름밤, 수건, 얼음 가게(일점 부문)	菊山人	시가/하이쿠	
1	6		聯合會俳句/短夜、手巾、氷店(一點の部)〔1〕 연합회 하이쿠/짧은 여름밤, 수건, 얼음 가게(일점 부문)	利水	시가/하이쿠	
1	6		聯合會俳句/短夜、手巾、氷店(一點の部)〔1〕 연합회 하이쿠/짧은 여름밤, 수건, 얼음 가게(일점 부문)	晩翠	시가/하이쿠	
1	6		聯合會俳句/短夜、手巾、氷店(一點の部)〔1〕 연합회 하이쿠/짧은 여름밤, 수건, 얼음 가게(일점 부문)	鼎浦	시가/하이쿠	
1	6		聯合會俳句/短夜、手巾、氷店/追加〔1〕 연합회 하이쿠/짧은 여름밤, 수건, 얼음 가게/추가	靑雨	시가/하이쿠	
면수 불명	1~4		俠客 旗本權三(第九席)〈9〉 협객 하타모토 곤조(제9석)	淡路呼潮述	고단	
면수 불명	1~4		かわかぬ袖/文子可愛や(一)〈107〉 마르지 않는 소매/후미코 귀여워라(1)	篠原嶺葉作	소설/일본	회수 오류

1917년 09월 06일 (목) 6358호 지방판

| 면수
불명 | 4~6 | | 萬葉集に現れし歌人の生活〈2〉
만요슈에 나타난 가인의 생활 | 折口信夫氏述 | 수필/기타 | |

1917년 09월 07일 (금) 6359호

| 1 | 6 | | 聯合會俳句〔1〕
연합회 하이쿠 | 志水 | 시가/하이쿠 | |
| 1 | 6 | | 聯合會俳句〔1〕
연합회 하이쿠 | 可秀 | 시가/하이쿠 | |

지면	단수	기획	기사제목 〈회수〉〔곡수〕	필자/저자(역자)	분류	비고
1	6		聯合會俳句 〔1〕 연합회 하이쿠	遠舟	시가/하이쿠	
1	6		聯合會俳句 〔1〕 연합회 하이쿠	可秀	시가/하이쿠	
1	6		聯合會俳句 〔1〕 연합회 하이쿠	志水	시가/하이쿠	
1	6		聯合會俳句 〔1〕 연합회 하이쿠	靑美	시가/하이쿠	
1	6		聯合會俳句 〔1〕 연합회 하이쿠	靑雨	시가/하이쿠	
1	6		聯合會俳句 〔1〕 연합회 하이쿠	雨意	시가/하이쿠	
1	6		聯合會俳句 〔1〕 연합회 하이쿠	遠舟	시가/하이쿠	
1	6		聯合會俳句 〔1〕 연합회 하이쿠	茶遊	시가/하이쿠	
1	6		聯合會俳句 〔1〕 연합회 하이쿠	靑美	시가/하이쿠	
1	6		聯合會俳句 〔1〕 연합회 하이쿠	雨意	시가/하이쿠	
1	6		聯合會俳句 〔1〕 연합회 하이쿠	苔石	시가/하이쿠	
1	6		聯合會俳句 〔1〕 연합회 하이쿠	靑雨	시가/하이쿠	
면수 불명	6		俚謠 〔5〕 이요		시가/도도이 쓰	
면수 불명	1~4		俠客 旗本權三(第十席) 〈10〉 협객 하타모토 곤조(제10석)	淡路呼潮述	고단	
면수 불명	1~3		かわかぬ袖/夏子(一) 〈108〉 마르지 않는 소매/나쓰코(1)	篠原嶺葉作	소설/일본	

1917년 09월 07일 (금) 6359호 지방판

지면	단수	기획	기사제목 〈회수〉〔곡수〕	필자/저자(역자)	분류	비고
면수 불명	5~7		萬葉集に現れし歌人の生活 〈3〉 만요슈에 나타난 가인의 생활	折口信夫氏述	수필/기타	

1917년 09월 08일 (토) 6360호

지면	단수	기획	기사제목 〈회수〉〔곡수〕	필자/저자(역자)	분류	비고
1	6	俳句	蟲 〔12〕 벌레	月斗生	시가/하이쿠	
1	6		一轉句 〔8〕 일전구	茶々坊	시가/센류	
면수 불명	1~4		俠客 旗本權三(第十一席) 〈11〉 협객 하타모토 곤조(제11석)	淡路呼潮述	고단	
면수 불명	1~3		かわかぬ袖/夏子(一) 〈109〉 마르지 않는 소매/나쓰코(1)	篠原嶺葉作	소설/일본	회수 오류

1917년 09월 08일 (토) 6360호 지방판

지면	단수	기획	기사제목 〈회수〉〔곡수〕	필자/저자(역자)	분류	비고
면수 불명	5~7		萬葉集に現れし歌人の生活 〈4〉 만요슈에 나타난 가인의 생활	折口信夫氏述	수필/기타	

1917년 09월 09일 (일) 6361호

지면	단수	기획	기사제목 〈회수〉〔곡수〕	필자/저자(역자)	분류	비고
1	6	文苑	(제목없음) 〔7〕	江南子	시가/하이쿠	

지면	단수	기획	기사제목 〈회수〉〔곡수〕	필자/저자(역자)	분류	비고
면수 불명	1~4		俠客 旗本權三(第十二席) 〈12〉 협객 하타모토 곤조(제12석)	淡路呼潮述	고단	
면수 불명	4		俚謠 〔7〕 이요		시가/도도이 쓰	
면수 불명	1~3		かわかぬ袖/夏子(二) 〈110〉 마르지 않는 소매/나쓰코(2)	篠原嶺葉作	소설/일본	

1917년 09월 10일 (월) 6362호

지면	단수	기획	기사제목 〈회수〉〔곡수〕	필자/저자(역자)	분류	비고
1	6		月夜聽笛 〔1〕 월야청적	白石秋山	시가/한시	
1	6		月夜聽笛 〔1〕 월야청적	草野鶴#	시가/한시	
1	6		月夜聽笛 〔1〕 월야청적	黑瀬篁叟	시가/한시	
1	6		月夜聽笛 〔1〕 월야청적	志水翠陰	시가/한시	
1	6		月夜聽笛 〔1〕 월야청적	池田星々	시가/한시	
1	6		月夜聽笛 〔1〕 월야청적	中島桐陰	시가/한시	
1	6		月夜聽笛 〔2〕 월야청적	江良岱南	시가/한시	
1	6		雜詠 〔5〕 잡영	藤山露萩	시가/단카	
1	6		一轉句 〔7〕 일전구	茶々坊	시가/센류	
면수 불명	1~3		かわかぬ袖/夏子(三) 〈111〉 마르지 않는 소매/나쓰코(3)	篠原嶺葉作	소설/일본	

1917년 09월 11일 (화) 6363호

지면	단수	기획	기사제목 〈회수〉〔곡수〕	필자/저자(역자)	분류	비고
1	6	俳句	蟲 〔8〕 벌레	月斗生	시가/하이쿠	
1	6		一轉句 〔9〕 일전구	茶々坊	시가/센류	
면수 불명	4		俚謠 〔7〕 이요		시가/도도이 쓰	
면수 불명	1~4		俠客 旗本權三(第十三席) 〈13〉 협객 하타모토 곤조(제13석)	淡路呼潮述	고단	
면수 불명	1~3		かわかぬ袖/夏子(四) 〈112〉 마르지 않는 소매/나쓰코(4)	篠原嶺葉作	소설/일본	

1917년 09월 12일 (수) 6364호

지면	단수	기획	기사제목 〈회수〉〔곡수〕	필자/저자(역자)	분류	비고
면수 불명	1~4		俠客 旗本權三(第十四席) 〈14〉 협객 하타모토 곤조(제14석)	淡路呼潮述	고단	
면수 불명	1~3		かわかぬ袖/夏子(五) 〈113〉 마르지 않는 소매/나쓰코(5)	篠原嶺葉作	소설/일본	

1917년 09월 13일 (목) 6365호

지면	단수	기획	기사제목 〈회수〉〔곡수〕	필자/저자(역자)	분류	비고
1	6		短歌 〔4〕 단카	秋丘生	시가/단카	
1	6		一轉句 〔4〕 일전구	突念坊	시가/센류	

지면	단수	기획	기사제목 〈회수〉 〔곡수〕	필자/저자(역자)	분류	비고
면수 불명	1~4		俠客 旗本權三(第十五席) 〈15〉 협객 하타모토 곤조(제15석)	淡路呼潮述	고단	
면수 불명	1~4		かわかぬ袖/放蕩者(一) 〈114〉 마르지 않는 소매/방탕자(1)	篠原嶺葉作	소설/일본	

1917년 09월 14일 (금) 6366호

지면	단수	기획	기사제목 〈회수〉 〔곡수〕	필자/저자(역자)	분류	비고
1	7		一轉句 〔6〕 일전구		시가/센류	
면수 불명	1~4		俠客 旗本權三(第十六席) 〈16〉 협객 하타모토 곤조(제16석)	淡路呼潮述	고단	
면수 불명	1~3		かわかぬ袖/放蕩者(二) 〈115〉 마르지 않는 소매/방탕자(2)	篠原嶺葉作	소설/일본	

1917년 09월 15일 (토) 6367호

지면	단수	기획	기사제목 〈회수〉 〔곡수〕	필자/저자(역자)	분류	비고
면수 불명	1~4		俠客 旗本權三(第十七席) 〈17〉 협객 하타모토 곤조(제17석)	淡路呼潮述	고단	
면수 불명	4		俚謠 〔7〕 이요		시가/도도이 쓰	
면수 불명	1~3		かわかぬ袖/放蕩者(三) 〈116〉 마르지 않는 소매/방탕자(3)	篠原嶺葉作	소설/일본	

1917년 09월 16일 (일) 6368호

지면	단수	기획	기사제목 〈회수〉 〔곡수〕	필자/저자(역자)	분류	비고
1	5		一轉句 〔8〕 일전구	土塊	시가/센류	
1	6	俳句	鳴子 〔6〕 나루코	竹人	시가/하이쿠	
면수 불명	1~4		俠客 旗本權三(第十八席) 〈18〉 협객 하타모토 곤조(제18석)	淡路呼潮述	고단	
면수 불명	1~2		かわかぬ袖/賣約濟(一) 〈117〉 마르지 않는 소매/판매 계약 완료(1)	篠原嶺葉作	소설/일본	

1917년 09월 17일 (월) 6369호

지면	단수	기획	기사제목 〈회수〉 〔곡수〕	필자/저자(역자)	분류	비고
면수 불명	4		俚謠 〔7〕 이요		시가/도도이 쓰	
면수 불명	1~3		かわかぬ袖/賣約濟(二) 〈118〉 마르지 않는 소매/판매 계약 완료(2)	篠原嶺葉作	소설/일본	

1917년 09월 18일 (화) 6370호

지면	단수	기획	기사제목 〈회수〉 〔곡수〕	필자/저자(역자)	분류	비고
면수 불명	5		俚謠 〔7〕 이요		시가/도도이 쓰	
면수 불명	1~4		俠客 旗本權三(第十九席) 〈19〉 협객 하타모토 곤조(제19석)	淡路呼潮述	고단	
면수 불명	1~3		かわかぬ袖/賣約濟(三) 〈119〉 마르지 않는 소매/판매 계약 완료(3)	篠原嶺葉作	소설/일본	

1917년 09월 18일 (화) 6370호 지방판

지면	단수	기획	기사제목 〈회수〉 〔곡수〕	필자/저자(역자)	분류	비고
면수 불명	4~5		道草 〈1〉 노방초	在東京 南泰	수필/일상	

1917년 09월 19일 (수) 6371호

지면	단수	기획	기사제목 〈회수〉 〔곡수〕	필자/저자(역자)	분류	비고
1	6		一轉句 〔4〕 일전구	飴ン坊	시가/센류	

지면	단수	기획	기사제목 〈회수〉〔곡수〕	필자/저자(역자)	분류	비고
1	6		餞送石田苔石君(上) 〈1〉 이시다 다이세키 군을 전송하며(상)	彩霞洞 美村生	수필/일상	
면수 불명	1~4		俠客 旗本權三(第二十席) 〈20〉 협객 하타모토 곤조(제20석)	淡路呼潮述	고단	
면수 불명	1~3		かわかぬ袖/斷腸(一) 〈120〉 마르지 않는 소매/단장(1)	篠原嶺葉作	소설/일본	

1917년 09월 19일 (수) 6371호 지방판

지면	단수	기획	기사제목 〈회수〉〔곡수〕	필자/저자(역자)	분류	비고
면수 불명	5~6		道草 〈2〉 노방초	在東京 南泰	수필/일상	

1917년 09월 20일 (목) 6372호

지면	단수	기획	기사제목 〈회수〉〔곡수〕	필자/저자(역자)	분류	비고
1	5		秋思 〔5〕 추사	金海 紫櫻	시가/단카	
1	6		餞送石田苔石君(下) 〈2〉 이시다 다이세키 군을 전송하며(하)	彩霞洞 美村生	수필/일상	
면수 불명	1~4		俠客 旗本權三(第二十一席) 〈21〉 협객 하타모토 곤조(제21석)	淡路呼潮述	고단	
면수 불명	1~3		かわかぬ袖/斷腸(二) 〈121〉 마르지 않는 소매/단장(2)	篠原嶺葉作	소설/일본	

1917년 09월 21일 (금) 6373호

지면	단수	기획	기사제목 〈회수〉〔곡수〕	필자/저자(역자)	분류	비고
1	6	文苑	(제목없음) 〔9〕	藤山露萩	시가/단카	
1	6	俳句	麥飯に鰯 〔6〕 보리밥에 정어리	啓喜樓	시가/하이쿠	
1	6		一轉句 〔12〕 일전구	竹人	시가/센류	
1	6		一轉句 〔10〕 일전구	十四公	시가/센류	
면수 불명	1~4		俠客 旗本權三(第二十二席) 〈22〉 협객 하타모토 곤조(제22석)	淡路呼潮述	고단	
면수 불명	1~3		かわかぬ袖/斷腸(三) 〈122〉 마르지 않는 소매/단장(3)	篠原嶺葉作	소설/일본	

1917년 09월 21일 (금) 6373호 지방판

지면	단수	기획	기사제목 〈회수〉〔곡수〕	필자/저자(역자)	분류	비고
면수 불명	6~7		道草 〈3〉 노방초	在東京 南泰	수필/일상	

1917년 09월 22일 (토) 6374호

지면	단수	기획	기사제목 〈회수〉〔곡수〕	필자/저자(역자)	분류	비고
면수 불명	1~4		俠客 旗本權三(第二十三席) 〈23〉 협객 하타모토 곤조(제23석)	淡路呼潮述	고단	
면수 불명	1~3		かわかぬ袖/文展の噂(一) 〈123〉 마르지 않는 소매/문전(文展)의 소문(1)	篠原嶺葉作	소설/일본	

1917년 09월 22일 (토) 6374호 지방판

지면	단수	기획	기사제목 〈회수〉〔곡수〕	필자/저자(역자)	분류	비고
면수 불명	6~7		道草 〈4〉 노방초	在東京 南泰	수필/일상	

1917년 09월 23일 (일) 6375호

지면	단수	기획	기사제목 〈회수〉〔곡수〕	필자/저자(역자)	분류	비고
1	7		一轉句 〔9〕 일전구	茶々坊	시가/센류	

지면	단수	기획	기사제목 〈회수〉〔곡수〕	필자/저자(역자)	분류	비고
면수 불명	1~4		俠客 旗本權三(第二十三席)〈24〉 협객 하타모토 곤조(제24석)	淡路呼潮述	고단	
면수 불명	1~3		かわかぬ袖/文展の噂(三)〈124〉 마르지 않는 소매/문전(文展)의 소문(3)	篠原嶺葉作	소설/일본	회수 오류

1917년 09월 23일 (일) 6375호 지방판

지면	단수	기획	기사제목 〈회수〉〔곡수〕	필자/저자(역자)	분류	비고
면수 불명	5~6		道草〈5〉 노방초	在東京 南泰	수필/일상	

1917년 09월 24일 (월) 6376호

지면	단수	기획	기사제목 〈회수〉〔곡수〕	필자/저자(역자)	분류	비고
1	6	漢詩	秋風七首(上)/(其一)〔1〕 추풍칠수(상)/(그 첫 번째)	金海 原掉月	시가/한시	
1	6	漢詩	秋風七首(上)/(其二)〔1〕 추풍칠수(상)/(그 두 번째)	金海 原掉月	시가/한시	
1	6	漢詩	秋風七首(上)/(其三)〔1〕 추풍칠수(상)/(그 세 번째)	金海 原掉月	시가/한시	
1	6		子規忌俳句 시키 기일 하이쿠		기타/모임 안내	
1	6		子規忌俳句/題「芋」〔1〕 시키 기일 하이쿠/주제「토란」	可秀	시가/하이쿠	
1	6		子規忌俳句/題「芋」〔1〕 시키 기일 하이쿠/주제「토란」	青眼子	시가/하이쿠	
1	6		子規忌俳句/題「芋」〔1〕 시키 기일 하이쿠/주제「토란」	可秀	시가/하이쿠	
1	6		子規忌俳句/題「芋」〔1〕 시키 기일 하이쿠/주제「토란」	雨意	시가/하이쿠	
1	6		子規忌俳句/題「芋」〔1〕 시키 기일 하이쿠/주제「토란」	可秀	시가/하이쿠	
1	6		子規忌俳句/題「芋」〔1〕 시키 기일 하이쿠/주제「토란」	秋汀	시가/하이쿠	
1	6		子規忌俳句/題「芋」〔1〕 시키 기일 하이쿠/주제「토란」	青眼子	시가/하이쿠	
1	6		子規忌俳句/題「芋」〔1〕 시키 기일 하이쿠/주제「토란」	雨意	시가/하이쿠	
1	6		子規忌俳句/題「芋」〔1〕 시키 기일 하이쿠/주제「토란」	秋汀	시가/하이쿠	
1	6		子規忌俳句/題「芋」〔1〕 시키 기일 하이쿠/주제「토란」	香洲	시가/하이쿠	
1	6		子規忌俳句/題「芋」〔2〕 시키 기일 하이쿠/주제「토란」	青眼子	시가/하이쿠	
1	6		子規忌俳句/題「芋」〔2〕 시키 기일 하이쿠/주제「토란」	雨意	시가/하이쿠	
1	6		子規忌俳句/追加故子規を悼みて〔2〕 시키 기일 하이쿠/추가 고 시키를 추도하며	青雨	시가/하이쿠	
1	6		一轉句〔6〕 일전구		시가/센류	
면수 불명	1~3		かわかぬ袖/祝宴(一)〈125〉 마르지 않는 소매/축연(1)	篠原嶺葉作	소설/일본	

1917년 09월 26일 (수) 6377호

지면	단수	기획	기사제목 〈회수〉〔곡수〕	필자/저자(역자)	분류	비고
1	6	漢詩	秋風七首(下)/(其四)〔1〕 추풍칠수(하)/(그 네 번째)	金海 原掉月	시가/한시	

지면	단수	기획	기사제목 〈회수〉〔곡수〕	필자/저자(역자)	분류	비고
1	6	漢詩	秋風七首(下)/(其五)〔1〕 추풍칠수(하)/(그 다섯 번째)	金海 原棹月	시가/한시	
1	6	漢詩	秋風七首(下)/(其六)〔1〕 추풍칠수(하)/(그 여섯 번째)	金海 原棹月	시가/한시	
1	6	漢詩	秋風七首(下)/(其七)〔1〕 추풍칠수(하)/(그 일곱 번째)	金海 原棹月	시가/한시	
1	6		一轉句〔14〕 일전구	飴ン坊	시가/센류	
1	6		俳句〔11〕 하이쿠	花囚	시가/하이쿠	
면수 불명	1~4		俠客 旗本權三(第二十五席)〈25〉 협객 하타모토 곤조(제25석)	淡路呼潮述	고단	
면수 불명	1~3		かわかぬ袖/祝宴(一)〈125〉 마르지 않는 소매/축연(1)	篠原嶺葉作	소설/일본	회수 오류

<table>
<tr><td colspan="7">1917년 09월 26일 (수) 6377호 지방판</td></tr>
</table>

지면	단수	기획	기사제목 〈회수〉〔곡수〕	필자/저자(역자)	분류	비고
면수 불명	6~7		道草〈6〉 노방초	在東京 南泰	수필/일상	

<table>
<tr><td colspan="7">1917년 09월 27일 (목) 6378호</td></tr>
</table>

지면	단수	기획	기사제목 〈회수〉〔곡수〕	필자/저자(역자)	분류	비고
1	6	俳句	龜甲會五十四回月次句集〔1〕 깃코카이 54회 월차 구집	崖水	시가/하이쿠	
1	6	俳句	龜甲會五十四回月次句集〔1〕 깃코카이 54회 월차 구집	楓堂	시가/하이쿠	
1	6	俳句	龜甲會五十四回月次句集〔1〕 깃코카이 54회 월차 구집	崖水	시가/하이쿠	
1	6	俳句	龜甲會五十四回月次句集〔1〕 깃코카이 54회 월차 구집	羊我	시가/하이쿠	
1	6	俳句	龜甲會五十四回月次句集〔1〕 깃코카이 54회 월차 구집	如石	시가/하이쿠	
1	6	俳句	龜甲會五十四回月次句集〔1〕 깃코카이 54회 월차 구집	花堂	시가/하이쿠	
1	6	俳句	龜甲會五十四回月次句集〔1〕 깃코카이 54회 월차 구집	蘆角	시가/하이쿠	
1	6	俳句	龜甲會五十四回月次句集〔1〕 깃코카이 54회 월차 구집	仙岩	시가/하이쿠	
1	6	俳句	龜甲會五十四回月次句集〔1〕 깃코카이 54회 월차 구집	羊我	시가/하이쿠	
1	6	俳句	龜甲會五十四回月次句集〔1〕 깃코카이 54회 월차 구집	丹峰	시가/하이쿠	
1	6	俳句	龜甲會五十四回月次句集〔1〕 깃코카이 54회 월차 구집	楓堂	시가/하이쿠	
1	6	俳句	龜甲會五十四回月次句集〔1〕 깃코카이 54회 월차 구집	芦角	시가/하이쿠	
1	6	俳句	龜甲會五十四回月次句集〔1〕 깃코카이 54회 월차 구집	仙岩	시가/하이쿠	
1	6	俳句	龜甲會五十四回月次句集〔1〕 깃코카이 54회 월차 구집	蒙古	시가/하이쿠	
1	6	俳句	龜甲會五十四回月次句集〔1〕 깃코카이 54회 월차 구집	花堂	시가/하이쿠	
1	6	俳句	龜甲會五十四回月次句集/追可〔1〕 깃코카이 54회 월차 구집/추가	茶遊宗匠	시가/하이쿠	

지면	단수	기획	기사제목 〈회수〉〔곡수〕	필자/저자(역자)	분류	비고
면수 불명	1~3		かわかぬ袖/祝宴(二) 〈127〉 마르지 않는 소매/축연(2)	篠原嶺葉作	소설/일본	

1917년 09월 28일 (금) 6379호

지면	단수	기획	기사제목 〈회수〉〔곡수〕	필자/저자(역자)	분류	비고
1	6	俳句	流星 〔8〕 유성	待春	시가/하이쿠	
1	6	俳句	盆東風 〔11〕 초가을 동풍		시가/하이쿠	
면수 불명	4		俚謠 〔7〕 이요		시가/도도이 쓰	
면수 불명	1~4		俠客 旗本權三(第二十七席) 〈27〉 협객 하타모토 곤조(제27석)	淡路呼潮述	고단	회수 오류
면수 불명	1~3		かわかぬ袖/祝宴(二) 〈127〉 마르지 않는 소매/축연(2)	篠原嶺葉作	소설/일본	회수 오류

1917년 09월 28일 (금) 6379호 지방판

지면	단수	기획	기사제목 〈회수〉〔곡수〕	필자/저자(역자)	분류	비고
면수 불명	6		噫華邦(上)/第一章 〔1〕 희화방(상)/제1장	金海 原棹月	시가/신체시	
면수 불명	6~7		噫華邦(上)/第二章 〔1〕 희화방(상)/제2장	金海 原棹月	시가/신체시	
면수 불명	7		噫華邦(上)/第三章 〔1〕 희화방(상)/제3장	金海 原棹月	시가/신체시	

1917년 09월 29일 (토) 6380호

지면	단수	기획	기사제목 〈회수〉〔곡수〕	필자/저자(역자)	분류	비고
1	5	漢詩	遊龍眠寺 〔1〕 유용면사	金海 原棹月	시가/한시	
1	5	漢詩	過洛東江 〔1〕 과낙동강	金海 原棹月	시가/한시	
1	5	漢詩	序#賦之 〔1〕 서#부지	大坪椿山	시가/한시	
1	5	漢詩	次韻却# 〔1〕 차운각#	吉田青雨	시가/한시	
1	5	漢詩	書樓題壁 〔1〕 서루제벽	椿山	시가/한시	
1	5		一轉句 〔4〕 일전구	茶々坊	시가/센류	
면수 불명	1~4		俠客 旗本權三(第二十八席) 〈28〉 협객 하타모토 곤조(제28석)	淡路呼潮述	고단	회수 오류
면수 불명	1~3		かわかぬ袖/祝宴(三) 〈128〉 마르지 않는 소매/축연(3)	篠原嶺葉作	소설/일본	

1917년 09월 30일 (일) 6381호

지면	단수	기획	기사제목 〈회수〉〔곡수〕	필자/저자(역자)	분류	비고
1	5		俳句 〔8〕 하이쿠	其水	시가/하이쿠	
1	5		一轉句 〔9〕 일전구	茶々坊	시가/센류	
면수 불명	6		俚謠 〔7〕 이요		시가/도도이 쓰	
면수 불명	1~4		俠客 旗本權三(第二十九席) 〈29〉 협객 하타모토 곤조(제29석)	淡路呼潮述	고단	회수 오류

1917년 09월 30일 (일) 6381호 지방판

지면	단수	기획	기사제목 〈회수〉〔곡수〕	필자/저자(역자)	분류	비고
면수 불명	6		道草〈7〉 노방초	在東京 南泰	수필/일상	

1917년 10월 01일 (월) 6382호

지면	단수	기획	기사제목 〈회수〉〔곡수〕	필자/저자(역자)	분류	비고
1	5		一轉句〔13〕 일전구	茶々坊	시가/센류	
면수 불명	1~3		かわかぬ袖/強請(一)〈129〉 마르지 않는 소매/생떼(1)	篠原嶺葉作	소설/일본	

1917년 10월 03일 (수) 6383호

지면	단수	기획	기사제목 〈회수〉〔곡수〕	필자/저자(역자)	분류	비고
1	5	俳句	十字架祭〔4〕 십자가제	花囚	시가/하이쿠	
면수 불명	1~4		俠客 旗本權三(第三十席)〈30〉 협객 하타모토 곤조(제30석)	淡路呼潮述	고단	회수 오류
면수 불명	1~3		かわかぬ袖/強請(二)〈130〉 마르지 않는 소매/생떼(2)	篠原嶺葉作	소설/일본	

1917년 10월 03일 (수) 6383호 지방판

지면	단수	기획	기사제목 〈회수〉〔곡수〕	필자/저자(역자)	분류	비고
면수 불명	5		噫華邦(下)/第四章〔1〕 희화방(하)/제4장	金海 原棹月	시가/신체시	
면수 불명	5		噫華邦(下)/第五章〔1〕 희화방(하)/제5장	金海 原棹月	시가/신체시	
면수 불명	5~6		噫華邦(下)/第六章〔1〕 희화방(하)/제6장	金海 原棹月	시가/신체시	
면수 불명	6		噫華邦(下)/第七章〔1〕 희화방(하)/제7장	金海 原棹月	시가/신체시	
면수 불명	6		噫華邦(下)/第八章〔1〕 희화방(하)/제8장	金海 原棹月	시가/신체시	

1917년 10월 04일 (목) 6384호

지면	단수	기획	기사제목 〈회수〉〔곡수〕	필자/저자(역자)	분류	비고
1	5	漢詩	和韻三首〔1〕 화운삼수	靑雨	시가/한시	
1	5	漢詩	和韻三首/二〔1〕 화운삼수/2	靑雨	시가/한시	
1	5	漢詩	三疊書懷似〔1〕 삼첩서회사	靑雨	시가/한시	
1	5	俳句	鳥頭〔5〕 새 머리	待春子	시가/하이쿠	
면수 불명	1~2		(제목없음)〔1〕		시가/하이쿠	
면수 불명	1~4		俠客 旗本權三(第三十一席)〈31〉 협객 하타모토 곤조(제31석)	淡路呼潮述	고단	회수 오류
면수 불명	1~3		かわかぬ袖/強請(三)〈131〉 마르지 않는 소매/생떼(3)	篠原嶺葉作	소설/일본	

1917년 10월 05일 (금) 6385호

지면	단수	기획	기사제목 〈회수〉〔곡수〕	필자/저자(역자)	분류	비고
1	5	俳句	花畠〔10〕 꽃밭	待春子	시가/하이쿠	
1	5	漢詩	展先考墓帳#賦之〔1〕 전선고묘장#부지	金海 原棹月	시가/한시	
1	5	漢詩	展先考墓帳#賦之〔1〕 전선고묘장#부지	金海 原棹月	시가/한시	

지면	단수	기획	기사제목 〈회수〉〔곡수〕	필자/저자(역자)	분류	비고
면수 불명	1~4		俠客 旗本權三(第三十二席) 〈32〉 협객 하타모토 곤조(제32석)	淡路呼潮述	고단	회수 오류
면수 불명	5~6		「白骨劇」短評 「백골극」단평	門外漢	수필/비평	
면수 불명	6		俚謠〔5〕 이요		시가/도도이 쓰	
면수 불명	1~3		かわかぬ袖/強請(四) 〈132〉 마르지 않는 소매/생떼(4)	篠原嶺葉作	소설/일본	

1917년 10월 06일 (토) 6386호

1	5	短歌	洗面場の秋 〔7〕 세면장의 가을	丹紫野渚生	시가/단카	
1	5	俳句	百舌鳥 〔9〕 지빠귀	楚雨	시가/하이쿠	
면수 불명	5		俚謠〔7〕 이요		시가/도도이 쓰	
면수 불명	1~4		俠客 旗本權三(第三十三席) 〈33〉 협객 하타모토 곤조(제33석)	淡路呼潮述	고단	회수 오류
면수 불명	1~3		かわかぬ袖/心配事(一) 〈133〉 마르지 않는 소매/걱정거리(1)	篠原嶺葉作	소설/일본	

1917년 10월 07일 (일) 6387호

1	5		梵魚寺行 〔21〕 범어사행	山崎啓喜樓	시가/하이쿠	
면수 불명	1~4		俠客 旗本權三(第三十四席) 〈34〉 협객 하타모토 곤조(제34석)	淡路呼潮述	고단	회수 오류
면수 불명	1~3		かわかぬ袖/心配事(二) 〈135〉 마르지 않는 소매/걱정거리(2)	篠原嶺葉作	소설/일본	

1917년 10월 08일 (월) 6388호

| 1 | 6 | 俳句 | (제목없음) 〔4〕 | 花囚 | 시가/하이쿠 | |
| 면수
불명 | 1~3 | | かわかぬ袖/高利貸(一) 〈136〉
마르지 않는 소매/고리대금(1) | 篠原嶺葉作 | 소설/일본 | |

1917년 10월 09일 (화) 6389호

1	5	俳句	(제목없음) 〔7〕	花囚	시가/하이쿠	
1	5	俳句	(제목없음) 〔3〕	竹人	시가/하이쿠	
면수 불명	5		俚謠〔7〕 이요		시가/도도이 쓰	
면수 불명	1~4		俠客 旗本權三(第三十五席) 〈35〉 협객 하타모토 곤조(제35석)	淡路呼潮述	고단	회수 오류
면수 불명	1~3		かわかぬ袖/高利貸(二) 〈137〉 마르지 않는 소매/고리대금(2)	篠原嶺葉作	소설/일본	

1917년 10월 10일 (수) 6390호

| 1 | 6 | 時報吟壇 | 固城七五會句集/秋の月(上)-彩霞洞選 〔1〕
고성 시치고카이 구집/가을 달(상)-채하동 선 | 春洋 | 시가/하이쿠 | |
| 1 | 6 | 時報吟壇 | 固城七五會句集/秋の月(上)-彩霞洞選 〔1〕
고성 시치고카이 구집/가을 달(상)-채하동 선 | 柳里 | 시가/하이쿠 | |

지면	단수	기획	기사제목 〈회수〉〔곡수〕	필자/저자(역자)	분류	비고
1	6	時報吟壇	固城七五會句集/秋の月(上)-彩霞洞選〔1〕 고성 시치고카이 구집/가을 달(상)-채하동 선	野菊	시가/하이쿠	
1	6	時報吟壇	固城七五會句集/秋の月(上)-彩霞洞選〔1〕 고성 시치고카이 구집/가을 달(상)-채하동 선	如水	시가/하이쿠	
1	6	時報吟壇	★固城七五會句集/秋の月(上)-彩霞洞選〔1〕 고성 시치고카이 구집/가을 달(상)-채하동 선	春芳	시가/하이쿠	
1	6	時報吟壇	固城七五會句集/秋の月(上)-彩霞洞選〔1〕 고성 시치고카이 구집/가을 달(상)-채하동 선	砥山	시가/하이쿠	
1	6	時報吟壇	固城七五會句集/秋の月(上)-彩霞洞選〔1〕 고성 시치고카이 구집/가을 달(상)-채하동 선	初音	시가/하이쿠	
1	6	時報吟壇	固城七五會句集/秋の月(上)-彩霞洞選〔1〕 고성 시치고카이 구집/가을 달(상)-채하동 선	塔仙	시가/하이쿠	
1	6	時報吟壇	★固城七五會句集/秋の月(上)-彩霞洞選〔1〕 고성 시치고카이 구집/가을 달(상)-채하동 선	桃香	시가/하이쿠	
1	6	時報吟壇	★固城七五會句集/秋の月(上)-彩霞洞選〔1〕 고성 시치고카이 구집/가을 달(상)-채하동 선	奇石	시가/하이쿠	
1	6	時報吟壇	固城七五會句集/秋の月(上)-彩霞洞選〔1〕 고성 시치고카이 구집/가을 달(상)-채하동 선	春洋	시가/하이쿠	
1	6	俳句	(제목없음)〔6〕	斗南	시가/하이쿠	
면수 불명	1~2		(제목없음)〔1〕		시가/하이쿠	
면수 불명	6		俚謠〔7〕 이요		시가/도도이 쓰	
면수 불명	1~4		俠客 旗本權三(第三十六席)〈36〉 협객 하타모토 곤조(제36석)	淡路呼潮述	고단	회수 오류

1917년 10월 11일 (목) 6391호

지면	단수	기획	기사제목 〈회수〉〔곡수〕	필자/저자(역자)	분류	비고
1	5	時報吟壇	固城七五會句集/秋の月(下)-彩霞洞選〔1〕 고성 시치고카이 구집/가을 달(하)-채하동 선	塔仙	시가/하이쿠	
1	5	時報吟壇	固城七五會句集/秋の月(下)-彩霞洞選〔1〕 고성 시치고카이 구집/가을 달(하)-채하동 선	奇石	시가/하이쿠	
1	5	時報吟壇	固城七五會句集/秋の月(下)-彩霞洞選〔1〕 고성 시치고카이 구집/가을 달(하)-채하동 선	望月	시가/하이쿠	
1	5	時報吟壇	固城七五會句集/秋の月(下)-彩霞洞選〔1〕 고성 시치고카이 구집/가을 달(하)-채하동 선	柳里	시가/하이쿠	
1	5	時報吟壇	固城七五會句集/秋の月(下)-彩霞洞選〔1〕 고성 시치고카이 구집/가을 달(하)-채하동 선	野菊	시가/하이쿠	
1	5	時報吟壇	固城七五會句集/秋の月(下)-彩霞洞選〔1〕 고성 시치고카이 구집/가을 달(하)-채하동 선	如水	시가/하이쿠	
1	5	時報吟壇	固城七五會句集/秋の月(下)-彩霞洞選〔1〕 고성 시치고카이 구집/가을 달(하)-채하동 선	春芳	시가/하이쿠	
1	5	時報吟壇	固城七五會句集/秋の月(下)-彩霞洞選〔1〕 고성 시치고카이 구집/가을 달(하)-채하동 선	未葉	시가/하이쿠	
1	5	時報吟壇	固城七五會句集/秋の月(下)-彩霞洞選〔1〕 고성 시치고카이 구집/가을 달(하)-채하동 선	砥山	시가/하이쿠	
1	5	時報吟壇	固城七五會句集/秋の月(下)-彩霞洞選〔1〕 고성 시치고카이 구집/가을 달(하)-채하동 선	初香	시가/하이쿠	
1	5	時報吟壇	固城七五會句集/秋の月(下)-彩霞洞選〔1〕 고성 시치고카이 구집/가을 달(하)-채하동 선	塔仙	시가/하이쿠	
1	5	時報吟壇	固城七五會句集/秋の月(下)-彩霞洞選〔1〕 고성 시치고카이 구집/가을 달(하)-채하동 선	桃香	시가/하이쿠	

지면	단수	기획	기사제목 〈회수〉〔곡수〕	필자/저자(역자)	분류	비고
1	5	時報吟壇	固城七五會句集/秋の月(下)-彩霞洞選 〔1〕 고성 시치고카이 구집/가을 달(하)-채하동 선	泰山	시가/하이쿠	
1	5	時報吟壇	固城七五會句集/秋の月(下)-彩霞洞選 〔1〕 고성 시치고카이 구집/가을 달(하)-채하동 선	雲水	시가/하이쿠	
1	5	時報吟壇	固城七五會句集/秋の月(下)-彩霞洞選 〔1〕 고성 시치고카이 구집/가을 달(하)-채하동 선	秋月	시가/하이쿠	
1	5	時報吟壇	固城七五會句集/秋の月(下)-彩霞洞選 〔1〕 고성 시치고카이 구집/가을 달(하)-채하동 선	翠松	시가/하이쿠	
1	5	時報吟壇	固城七五會句集/秋の月(下)-彩霞洞選 〔1〕 고성 시치고카이 구집/가을 달(하)-채하동 선	紫水	시가/하이쿠	
1	5	時報吟壇	固城七五會句集/秋の月(下)-彩霞洞選 〔1〕 고성 시치고카이 구집/가을 달(하)-채하동 선	翠松	시가/하이쿠	
1	5	時報吟壇	固城七五會句集/秋の月(下)-彩霞洞選 〔1〕 고성 시치고카이 구집/가을 달(하)-채하동 선	清秋	시가/하이쿠	
1	5	時報吟壇	固城七五會句集/秋の月(下)-彩霞洞選 〔1〕 고성 시치고카이 구집/가을 달(하)-채하동 선	泰山	시가/하이쿠	
1	5	時報吟壇	固城七五會句集/秋の月(下)-彩霞洞選 〔1〕 고성 시치고카이 구집/가을 달(하)-채하동 선	望月	시가/하이쿠	
1	5	時報吟壇	固城七五會句集/秋の月(下)-彩霞洞選 〔1〕 고성 시치고카이 구집/가을 달(하)-채하동 선	春甫	시가/하이쿠	
1	5	時報吟壇	固城七五會句集/秋の月(下)-彩霞洞選 〔1〕 고성 시치고카이 구집/가을 달(하)-채하동 선	清秋	시가/하이쿠	
1	5	時報吟壇	固城七五會句集/秋の月(下)-彩霞洞選/選後 〔1〕 고성 시치고카이 구집/가을 달(하)-채하동 선/선후		시가/하이쿠	
면수 불명	6		俚謠 〔6〕 이요		시가/도도이 쓰	
면수 불명	1~4		俠客 旗本權三(第三十七席) 〈37〉 협객 하타모토 곤조(제37석)	淡路呼潮述	고단	회수 오류
면수 불명	1~3		かわかぬ袖/高利貸(二) 〈138〉 마르지 않는 소매/고리대금(2)	篠原嶺葉作	소설/일본	회수 오류

1917년 10월 12일 (금) 6392호

지면	단수	기획	기사제목 〈회수〉〔곡수〕	필자/저자(역자)	분류	비고
면수 불명	1~2		俠客 旗本權三(第三十八席) 〈38〉 협객 하타모토 곤조(제38석)	淡路呼潮述	고단	회수 오류
면수 불명	1~3		かわかぬ袖/高利貸(三) 〈139〉 마르지 않는 소매/고리대금(3)	篠原嶺葉作	소설/일본	

1917년 10월 13일 (토) 6393호

지면	단수	기획	기사제목 〈회수〉〔곡수〕	필자/저자(역자)	분류	비고
1	5	俳句	日星 〔9〕 일성	斗南	시가/하이쿠	
1	5	俳句	百舌鳥 〔3〕 지빠귀	斗南	시가/하이쿠	
면수 불명	1~2		(제목없음) 〔1〕		시가/하이쿠	
면수 불명	3		俚謠 〔7〕 이요		시가/도도이 쓰	
면수 불명	1~4		俠客 旗本權三(第三十九席) 〈39〉 협객 하타모토 곤조(제39석)	淡路呼潮述	고단	회수 오류
면수 불명	1~3		かわかぬ袖/歸朝(一) 〈140〉 마르지 않는 소매/귀국(1)	篠原嶺葉作	소설/일본	

1917년 10월 14일 (일) 6394호

지면	단수	기획	기사제목 〈회수〉〔곡수〕	필자/저자(역자)	분류	비고
1	5		一轉句〔4〕 일전구	突念坊	시가/센류	
면수 불명	6		俚謠〔7〕 이요		시가/도도이 쓰	
면수 불명	1~4		俠客 旗本權三(第四十席)〈40〉 협객 하타모토 곤조(제40석)	淡路呼潮述	고단	회수 오류
면수 불명	1~3		かわかぬ袖/歸朝(二)〈141〉 마르지 않는 소매/귀국(2)	篠原嶺葉作	소설/일본	

1917년 10월 15일 (월) 6395호

지면	단수	기획	기사제목	필자	분류	비고
1	5	時報吟壇	秋雜〔14〕 가을-잡	花囚	시가/하이쿠	
면수 불명	1~3		かわかぬ袖/歸朝(二)〈142〉 마르지 않는 소매/귀국(2)	篠原嶺葉作	소설/일본	회수 오류

1917년 10월 16일 (화) 6396호

지면	단수	기획	기사제목	필자	분류	비고
1	5		一轉句〔10〕 일전구	飴ン坊	시가/센류	
면수 불명	1~4		俠客 旗本權三(第四十一席)〈41〉 협객 하타모토 곤조(제41석)	淡路呼潮述	고단	회수 오류
면수 불명	1~3		かわかぬ袖/歸朝(二)〈142〉 마르지 않는 소매/귀국(2)	篠原嶺葉作	소설/일본	회수 오류

1917년 10월 17일 (수) 6397호

지면	단수	기획	기사제목	필자	분류	비고
1	5	時報吟壇	固城七五會句集/雁-彩霞洞選〔1〕 고성 시치고카이 구집/기러기-채하동 선	翠松	시가/하이쿠	
1	5	時報吟壇	固城七五會句集/雁-彩霞洞選〔1〕 고성 시치고카이 구집/기러기-채하동 선	秋月	시가/하이쿠	
1	5	時報吟壇	固城七五會句集/雁-彩霞洞選〔1〕 고성 시치고카이 구집/기러기-채하동 선	翠松	시가/하이쿠	
1	5	時報吟壇	固城七五會句集/雁-彩霞洞選〔1〕 고성 시치고카이 구집/기러기-채하동 선	紫水	시가/하이쿠	
1	5	時報吟壇	固城七五會句集/雁-彩霞洞選〔1〕 고성 시치고카이 구집/기러기-채하동 선	砥山	시가/하이쿠	
1	5	時報吟壇	固城七五會句集/雁-彩霞洞選/五客〔1〕 고성 시치고카이 구집/기러기-채하동 선/오객	塔仙	시가/하이쿠	
1	5	時報吟壇	固城七五會句集/雁-彩霞洞選/五客〔1〕 고성 시치고카이 구집/기러기-채하동 선/오객	秋月	시가/하이쿠	
1	5	時報吟壇	固城七五會句集/雁-彩霞洞選/五客〔1〕 고성 시치고카이 구집/기러기-채하동 선/오객	奇石	시가/하이쿠	
1	5	時報吟壇	固城七五會句集/雁-彩霞洞選/五客〔1〕 고성 시치고카이 구집/기러기-채하동 선/오객	春芳	시가/하이쿠	
1	5	時報吟壇	固城七五會句集/雁-彩霞洞選/五客〔1〕 고성 시치고카이 구집/기러기-채하동 선/오객	初香	시가/하이쿠	
1	5	時報吟壇	固城七五會句集/雁-彩霞洞選/人〔1〕 고성 시치고카이 구집/기러기-채하동 선/인	初香	시가/하이쿠	
1	5	時報吟壇	固城七五會句集/雁-彩霞洞選/地〔1〕 고성 시치고카이 구집/기러기-채하동 선/지	如水	시가/하이쿠	
1	5	時報吟壇	固城七五會句集/雁-彩霞洞選/天〔1〕 고성 시치고카이 구집/기러기-채하동 선/천	春甫	시가/하이쿠	
1	5	時報吟壇	固城七五會句集/雁-彩霞洞選/選後〔1〕 고성 시치고카이 구집/기러기-채하동 선/선후		시가/하이쿠	

지면	단수	기획	기사제목 〈회수〉〔곡수〕	필자/저자(역자)	분류	비고
1	5		一轉句〔4〕 일전구	飴ン坊	시가/센류	
면수 불명	1~4		俠客 旗本權三(第四十二席) 〈42〉 협객 하타모토 곤조(제42석)	淡路呼潮述	고단	회수 오류
면수 불명	1~3		かわかぬ袖/歸朝(三) 〈143〉 마르지 않는 소매/귀국(3)	篠原嶺葉作	소설/일본	

1917년 10월 18일 (목) 6398호

지면	단수	기획	기사제목 〈회수〉〔곡수〕	필자/저자(역자)	분류	비고
면수 불명	1~4		俠客 旗本權三(第四十三席) 〈43〉 협객 하타모토 곤조(제43석)	淡路呼潮述	고단	회수 오류

1917년 10월 19일 (금) 6398호 　　　　　호수 오류

지면	단수	기획	기사제목 〈회수〉〔곡수〕	필자/저자(역자)	분류	비고
1	5	俳句	秋雜〔14〕 가을-잡	君仙子	시가/하이쿠	
1	5		一轉句〔7〕 일전구	飴ン坊	시가/센류	
면수 불명	1~2		(제목없음)〔1〕		시가/하이쿠	
면수 불명	1~3		かわかぬ袖/歸朝(四) 〈144〉 마르지 않는 소매/귀국(4)	篠原嶺葉作	소설/일본	

1917년 10월 20일 (토) 6399호

지면	단수	기획	기사제목 〈회수〉〔곡수〕	필자/저자(역자)	분류	비고
1	6		一轉句〔5〕 일전구	茶々坊	시가/센류	
면수 불명	1~2		(제목없음)〔1〕		시가/하이쿠	
면수 불명	1~4		俠客 旗本權三(第四十四席) 〈44〉 협객 하타모토 곤조(제44석)	淡路呼潮述	고단	회수 오류
면수 불명	1~3		かわかぬ袖/兄妹(一) 〈145〉 마르지 않는 소매/오누이(1)	篠原嶺葉作	소설/일본	

1917년 10월 21일 (일) 6400호

지면	단수	기획	기사제목 〈회수〉〔곡수〕	필자/저자(역자)	분류	비고
1	5	短歌	黃ろき花〔5〕 노란 꽃	金海 阪口芳香	시가/단카	

1917년 10월 21일 (일) 6400호 지방판

지면	단수	기획	기사제목 〈회수〉〔곡수〕	필자/저자(역자)	분류	비고
면수 불명	5~6		勅題 海邊松 칙제 해변송	文學博士 佐々木信 綱談	수필/기타	

1917년 10월 21일 (일) 6400호

지면	단수	기획	기사제목 〈회수〉〔곡수〕	필자/저자(역자)	분류	비고
면수 불명	1~4		俠客 旗本權三(第四十五席) 〈45〉 협객 하타모토 곤조(제45석)	淡路呼潮述	고단	회수 오류
면수 불명	1~3		かわかぬ袖/兄妹(二) 〈146〉 마르지 않는 소매/오누이(2)	篠原嶺葉作	소설/일본	

1917년 10월 23일 (화) 6402호

지면	단수	기획	기사제목 〈회수〉〔곡수〕	필자/저자(역자)	분류	비고
1	5	時報吟壇	美村選〔10〕 미무라 선	藤山露萩	시가/단카	
1	5		一轉句〔7〕 일전구	竹念子	시가/센류	
면수 불명	1~4		俠客 旗本權三(第四十六席) 〈46〉 협객 하타모토 곤조(제46석)	淡路呼潮述	고단	

지면	단수	기획	기사제목 〈회수〉〔곡수〕	필자/저자(역자)	분류	비고
면수 불명	1~3		かわかぬ袖/閉會の翌日(二)〈148〉 마르지 않는 소매/폐회 다음날(2)	篠原嶺葉作	소설/일본	

1917년 10월 24일 (수) 6403호

지면	단수	기획	기사제목 〈회수〉〔곡수〕	필자/저자(역자)	분류	비고
면수 불명	8		俚謠〔7〕 이요		시가/도도이 쓰	
면수 불명	1~4		俠客 旗本權三(第四十七席)〈47〉 협객 하타모토 곤조(제47석)	淡路呼潮述	고단	
면수 불명	1~3		かわかぬ袖/閉會の翌日(三)〈149〉 마르지 않는 소매/폐회 다음날(3)	篠原嶺葉作	소설/일본	

1917년 10월 25일 (목) 6404호

지면	단수	기획	기사제목 〈회수〉〔곡수〕	필자/저자(역자)	분류	비고
1	5		一轉句〔10〕 일전구	茶々坊	시가/센류	
면수 불명	1~4		俠客 旗本權三(第四十八席)〈48〉 협객 하타모토 곤조(제48석)	淡路呼潮述	고단	
면수 불명	1~3		かわかぬ袖/閉會の翌日(四)〈150〉 마르지 않는 소매/폐회 다음날(4)	篠原嶺葉作	소설/일본	
면수 불명	3		★仕方ない死に居れ 어쩔 수 없이 죽으리		수필/일상	

1917년 10월 26일 (금) 6405호

지면	단수	기획	기사제목 〈회수〉〔곡수〕	필자/저자(역자)	분류	비고
1	5	時報吟壇	(제목없음)〔8〕	待春	시가/하이쿠	
1	5		一轉句〔9〕 일전구	突念坊	시가/센류	
1	5		俳句〔6〕 하이쿠	待春	시가/하이쿠	
면수 불명	1~4		俠客 旗本權三(第四十九席)〈49〉 협객 하타모토 곤조(제49석)	淡路呼潮述	고단	
면수 불명	5		★古狸の失敗 늙은 너구리의 실패		수필/일상	
면수 불명	1~3		かわかぬ袖/閉會の翌日(五)〈151〉 마르지 않는 소매/폐회 다음날(5)	篠原嶺葉作	소설/일본	

1917년 10월 27일 (토) 6406호

지면	단수	기획	기사제목 〈회수〉〔곡수〕	필자/저자(역자)	분류	비고
면수 불명	7		松濤子の即吟 쇼토시의 즉음		수필/일상	
면수 불명	7		月に對して〔3〕 달에 대하여	松濤	시가/하이쿠	
면수 불명	1~4		俠客 旗本權三(第五十席)〈50〉 협객 하타모토 곤조(제50석)	淡路呼潮述	고단	
면수 불명	1~3		かわかぬ袖/遺産處分(一)〈152〉 마르지 않는 소매/유산 처분(1)	篠原嶺葉作	소설/일본	
면수 불명	4		★頓智の好り諧謔爺さん 돈지 좋은 해학 할아버지		수필/일상	

1917년 10월 27일 (토) 6406호 지방판

지면	단수	기획	기사제목 〈회수〉〔곡수〕	필자/저자(역자)	분류	비고
면수 불명	6~7	浮世漫筆	朝の宗敎 아침의 종교	門外漢	수필/기타	

1917년 10월 28일 (일) 6407호

지면	단수	기획	기사제목 〈회수〉〔곡수〕	필자/저자(역자)	분류	비고
1	5	漢詩	偶成/七十三叟〔1〕 우성/73수	樋口逸翁	시가/한시	
1	5	漢詩	旅寓書懷/十月廿四日時恰#古#陽〔1〕 여우서회/10월 24일 ######	樋口逸翁	시가/한시	
면수 불명	1~4		俠客 旗本權三(第五十一席)〈51〉 협객 하타모토 곤조(제51석)	淡路呼潮述	고단	
면수 불명	1~3		かわかぬ袖/遺産處分(二)〈153〉 마르지 않는 소매/유산 처분(2)	篠原嶺葉作	소설/일본	

1917년 10월 28일 (일) 6407호 지방판

지면	단수	기획	기사제목 〈회수〉〔곡수〕	필자/저자(역자)	분류	비고
면수 불명	6~7	浮世漫筆	滅茶哲學 엉망진창 철학	門外漢	수필/기타	

1917년 10월 29일 (월) 6408호

지면	단수	기획	기사제목 〈회수〉〔곡수〕	필자/저자(역자)	분류	비고
1	5	時報吟壇	(제목없음)〔8〕	藤山露萩	시가/단카	
1	5		俳句〔7〕 하이쿠	花囚	시가/하이쿠	
면수 불명	6		本紙に連載中の乾かぬ袖 上場 본지에 연재 중인 마르지 않는 소매 상연		광고/공연 광고	
면수 불명	1~3		かわかぬ袖/遺産處分(三)〈154〉 마르지 않는 소매/유산 처분(3)	篠原嶺葉作	소설/일본	

1917년 10월 30일 (화) 6409호

지면	단수	기획	기사제목 〈회수〉〔곡수〕	필자/저자(역자)	분류	비고
1	5		一轉句〔4〕 일전구	飴坊	시가/센류	
면수 불명	1~4		俠客 旗本權三(第五十二席)〈52〉 협객 하타모토 곤조(제52석)	淡路呼潮述	고단	
면수 불명	1~3		かわかぬ袖/遺産處分(四)〈155〉 마르지 않는 소매/유산 처분(4)	篠原嶺葉作	소설/일본	

1917년 10월 30일 (화) 6409호 지방판

지면	단수	기획	기사제목 〈회수〉〔곡수〕	필자/저자(역자)	분류	비고
면수 불명	3~4		七星館開館一年と本紙小説「かわかぬ袖」 시치세이칸 개관 1년과 본지 소설 「마르지 않는 소매」		광고/공연 광고	
면수 불명	4		かわかぬ袖を觀る 마르지 않는 소매를 보다		수필/비평	
면수 불명	6~7	浮世漫筆	二八靑春 이팔청춘	門外漢	수필/기타	

1917년 10월 31일 (수) 6410호

지면	단수	기획	기사제목 〈회수〉〔곡수〕	필자/저자(역자)	분류	비고
1	6		壽章十二韵恭賦〔1〕 수장 12운 공부		시가/한시	
면수 불명	1~3		かわかぬ袖/夜の話(一)〈156〉 마르지 않는 소매/밤의 이야기(1)	篠原嶺葉作	소설/일본	
면수 불명	4		菊〔4〕 국화	沙川	시가/하이쿠	
면수 불명	4		菊〔6〕 국화	靑眼子	시가/하이쿠	
면수 불명	2~4		俠客 旗本權三(第五十三席)〈53〉 협객 하타모토 곤조(제53석)	淡路呼潮述	고단	

1917년 10월 31일 (수) 6410호 其二

지면	단수	기획	기사제목 〈회수〉 [곡수]	필자/저자(역자)	분류	비고
면수 불명	4		菊 [5] 국화	秋汀	시가/하이쿠	
면수 불명	4		菊 [2] 국화	靑眼子	시가/하이쿠	

1917년 10월 31일 (수) 6410호 其三

지면	단수	기획	기사제목 〈회수〉 [곡수]	필자/저자(역자)	분류	비고
면수 불명	4		奉祝天長節 [2] 봉축 천장절	夢柳	시가/하이쿠	
면수 불명	4		奉祝天長節/菊 [5] 봉축 천장절/국화	夢柳	시가/하이쿠	
면수 불명	4		奉祝天長節/菊 [10] 봉축 천장질/국화	可秀	시가/하이쿠	
면수 불명	4		奉祝天長節/菊 [5] 봉축 천장절/국화	俠雨	시가/하이쿠	

1918년 02월 11일 (월) 6506호

지면	단수	기획	기사제목 〈회수〉 [곡수]	필자/저자(역자)	분류	비고
1	5		俳句/愚吟 [4] 하이쿠/우음	肥前 基仙	시가/하이쿠	
1	5		一轉句 [7] 일전구	茶々坊	시가/센류	
1	5~7	小說	あだなさけ/滿座の中(二) 〈45〉 부질없는 정/만좌중(2)	北島春石	소설/일본	
면수 불명	7		俚謠(投稿歡迎) [1] 이요(투고 환영)	東來 黃金鈴	시가/도도이 쓰	
면수 불명	7		俚謠(投稿歡迎) [1] 이요(투고 환영)	牧の嶋 翠果	시가/도도이 쓰	
면수 불명	7		俚謠(投稿歡迎) [1] 이요(투고 환영)	釜山 春の家	시가/도도이 쓰	
면수 불명	7		俚謠(投稿歡迎) [1] 이요(투고 환영)	守谷 光奴	시가/도도이 쓰	
면수 불명	7		俚謠(投稿歡迎) [1] 이요(투고 환영)	社內 むつむ	시가/도도이 쓰	

1918년 03월 01일 (금) 6523호

지면	단수	기획	기사제목 〈회수〉 [곡수]	필자/저자(역자)	분류	비고
면수 불명	1~3		俠客 旗本權三(百二十八席) 〈128〉 협객 하타모토 곤조(128석)	淡路呼潮述	고단	

1918년 03월 02일 (토) 6524호

지면	단수	기획	기사제목 〈회수〉 [곡수]	필자/저자(역자)	분류	비고
1	5		俳句/氷 [9] 하이쿠/얼음	石南子	시가/하이쿠	
1	5		一轉句 [4] 일전구	茶々坊	시가/센류	
1	5~7	小說	あだなさけ/誰が情(二) 〈64〉 부질없는 정/누구의 정(2)	北島春石	소설/일본	
면수 불명	1~3		俠客 旗本權三(百二十九席) 〈129〉 협객 하타모토 곤조(129석)	淡路呼潮述	고단	
면수 불명	5		俚謠(投稿歡迎) [1] 이요(투고 환영)	南濱 丹次郎	시가/도도이 쓰	
면수 불명	5		俚謠(投稿歡迎) [1] 이요(투고 환영)	綠町 戀香	시가/도도이 쓰	
면수 불명	5		俚謠(投稿歡迎) [1] 이요(투고 환영)	守谷 政奴	시가/도도이 쓰	

지면	단수	기획	기사제목 〈회수〉〔곡수〕	필자/저자(역자)	분류	비고
면수 불명	5		俚謠(投稿歡迎)〔1〕 이요(투고 환영)	辨天町 睦次	시가/도도이 쓰	
면수 불명	5		俚謠(投稿歡迎)〔1〕 이요(투고 환영)	東來 木の香	시가/도도이 쓰	

1918년 03월 03일 (일) 6525호

1	5		短歌〔5〕 단카	藤山露萩	시가/단카	
1	5~7	小說	あだなさけ/不安續(一)〈65〉 부질없는 정/계속되는 불안(1)	北島春石	소설/일본	
면수 불명	1~3		俠客 旗本權三(百三十席)〈130〉 협객 하타모토 곤조(130석)	淡路呼潮述	고단	
면수 불명	1~2		(제목없음)〔1〕		시가/하이쿠	

1918년 03월 04일 (월) 6526호

1	5		俳句/寒牡丹〔9〕 하이쿠/한모란		시가/하이쿠	
1	5~7	小說	あだなさけ/不安續(二)〈66〉 부질없는 정/계속되는 불안(2)	北島春石	소설/일본	
면수 불명	6		俚謠(投稿歡迎)〔1〕 이요(투고 환영)	南濱 丹次郎	시가/도도이 쓰	
면수 불명	6		俚謠(投稿歡迎)〔1〕 이요(투고 환영)	寶水町 千鳥	시가/도도이 쓰	
면수 불명	6		俚謠(投稿歡迎)〔1〕 이요(투고 환영)	南濱 丹次郎	시가/도도이 쓰	
면수 불명	6		俚謠(投稿歡迎)〔1〕 이요(투고 환영)	辨天町 睦次	시가/도도이 쓰	
면수 불명	6		俚謠(投稿歡迎)〔1〕 이요(투고 환영)	寶水町 千鳥	시가/도도이 쓰	

1918년 03월 05일 (화) 6527호

1	5~7	小說	あだなさけ/不安續(三)〈67〉 부질없는 정/계속되는 불안(3)	北島春石	소설/일본	
면수 불명	7		俚謠(投稿歡迎)〔2〕 이요(투고 환영)	南濱 丹次郎	시가/도도이 쓰	
면수 불명	1~2		俠客 旗本權三(百三十一席)〈131〉 협객 하타모토 곤조(131석)	淡路呼潮述	고단	

1918년 03월 06일 (수) 6528호

1	4		一轉句〔2〕 일전구		시가/센류	
1	4~6	小說	あだなさけ/花の跡(一)〈68〉 부질없는 정/꽃의 흔적(1)	北島春石	소설/일본	
면수 불명	5		俚謠(投稿歡迎)〔2〕 이요(투고 환영)	南濱 丹次郎	시가/도도이 쓰	
면수 불명	1~2		俠客 旗本權三(百三十一席)〈131〉 협객 하타모토 곤조(131석)	淡路呼潮述	고단	

1918년 03월 07일 (목) 6529호

| 1 | 5 | | 俳句〔10〕
하이쿠 | 梅史 | 시가/하이쿠 | |

지면	단수	기획	기사제목 〈회수〉〔곡수〕	필자/저자(역자)	분류	비고
1	5~7	小說	あだなさけ/花の跡(二)〈69〉 부질없는 정/꽃의 흔적(2)	北島春石	소설/일본	
면수 불명	1~3		俠客 旗本權三(百三十二席)〈132〉 협객 하타모토 곤조(132석)	淡路呼潮述	고단	
면수 불명	7		俚謠(投稿歡迎)〔2〕 이요(투고 환영)	辨天町 仁丹	시가/도도이 쓰	
면수 불명	7		俚謠(投稿歡迎)〔1〕 이요(투고 환영)	西町 木蓮	시가/도도이 쓰	
면수 불명	7		俚謠(投稿歡迎)〔1〕 이요(투고 환영)	草梁 竹紫庵	시가/도도이 쓰	
면수 불명	7		俚謠(投稿歡迎)〔1〕 이요(투고 흰영)	草塲町 龜助	시가/도도이 쓰	

1918년 03월 08일 (금) 6530호

지면	단수	기획	기사제목	필자/저자(역자)	분류	비고
1	5		一轉句〔3〕 일전구	さんた	시가/센류	
1	5~7	小說	あだなさけ/花の跡(三)〈70〉 부질없는 정/꽃의 흔적(3)	北島春石	소설/일본	
면수 불명	1~2		俠客 旗本權三(百三十三席)〈133〉 협객 하타모토 곤조(133석)	淡路呼潮述	고단	
면수 불명	1~3		俠客 旗本權三(百三十四席)〈134〉 협객 하타모토 곤조(134석)	淡路呼潮述	고단	

1918년 03월 09일 (토) 6531호

지면	단수	기획	기사제목	필자/저자(역자)	분류	비고
1	5~8	小說	仇なさけ/依賴事(一)〈71〉 부질없는 정/의뢰(1)	北島春石	소설/일본	

1918년 03월 10일 (일) 6532호

지면	단수	기획	기사제목	필자/저자(역자)	분류	비고
1	5		短歌/此頃の詩〔5〕 단카/요즘의 시	呑風	시가/단카	
1	5~7	小說	仇なさけ/依賴事(二)〈72〉 부질없는 정/의뢰(2)	北島春石	소설/일본	
면수 불명	1~3		俠客 旗本權三(百三十五席)〈135〉 협객 하타모토 곤조(135석)	淡路呼潮述	고단	
면수 불명	6		俚謠(投稿歡迎)〔2〕 이요(투고 환영)	辨天町 仁丹	시가/도도이 쓰	
면수 불명	6		俚謠(投稿歡迎)〔1〕 이요(투고 환영)	寶水町 千鳥	시가/도도이 쓰	
면수 불명	6		俚謠(投稿歡迎)〔1〕 이요(투고 환영)	辨天町 睦次	시가/도도이 쓰	

1918년 03월 11일 (월) 6533호

지면	단수	기획	기사제목	필자/저자(역자)	분류	비고
1	5		一轉句〔4〕 일전구	茶基	시가/센류	
1	5~7	小說	仇なさけ/義理ぜめ(一)〈73〉 부질없는 정/의리라는 명분의 공격(1)	北島春石	소설/일본	

1918년 03월 12일 (화) 6534호

지면	단수	기획	기사제목	필자/저자(역자)	분류	비고
1	5		短歌〔5〕 단카	來呼	시가/단카	
면수 불명	1~3		俠客 旗本權三(百三十六席)〈136〉 협객 하타모토 곤조(136석)	淡路呼潮述	고단	

지면	단수	기획	기사제목 〈회수〉〔곡수〕	필자/저자(역자)	분류	비고
면수 불명	1~3		仇なさけ/義理ぜめ(二)〈74〉 부질없는 정/의리라는 명분의 공격(2)	北島春石	소설/일본	

1918년 03월 13일 (수) 6535호

지면	단수	기획	기사제목 〈회수〉〔곡수〕	필자/저자(역자)	분류	비고
1	5		歌日記/月の巻/元旦 〈1〉〔1〕 노래 일기/달의 권/원단	東京靑山 山東泰子	시가/단카	
1	5		歌日記/月の巻/二日 〈1〉〔1〕 노래 일기/달의 권/2일	東京靑山 山東泰子	시가/단카	
1	5		歌日記/月の巻/三日 〈1〉〔1〕 노래 일기/달의 권/3일	東京靑山 山東泰子	시가/단카	
1	5		歌日記/月の巻/四日/河村浪子刀自の子女の成功を祝ひて 〈1〉〔1〕 노래 일기/달의 권/4일/가와무라 나미코 여사의 자녀의 성공을 축하하며	東京靑山 山東泰子	시가/단카	
1	5		歌日記/月の巻/五日/矯風會在京學生會#にて 〈1〉〔1〕 노래 일기/달의 권/5일/교후카이 재경 학생회 #에서	東京靑山 山東泰子	시가/단카	
1	5		歌日記/月の巻/五日/歸りて珍らしき友の訪れしとき〻て 〈1〉〔1〕 노래 일기/달의 권/5일/돌아가서 귀한 벗이 방문했음을 듣고	東京靑山 山東泰子	시가/단카	
1	5		歌日記/月の巻/六日/母のかわりなきみ姿を仰きて 〈1〉〔1〕 노래 일기/달의 권/6일/어머니의 변함없는 모습을 뵙고	東京靑山 山東泰子	시가/단카	
1	5		歌日記/月の巻/七日 〈1〉〔1〕 노래 일기/달의 권/7일	東京靑山 山東泰子	시가/단카	
면수 불명	1~3		俠客 旗本權三(百三十七席)〈137〉 협객 하타모토 곤조(137석)	淡路呼潮述	고단	
면수 불명	1~3		仇なさけ/義理ぜめ(四)〈76〉 부질없는 정/의리라는 명분의 공격(4)	北島春石	소설/일본	회수 오류

1918년 03월 14일 (목) 6536호

지면	단수	기획	기사제목 〈회수〉〔곡수〕	필자/저자(역자)	분류	비고
1	5		歌日記/睦月の巻/八日 觀兵式 〈2〉〔1〕 노래 일기/정월의 권/8일 관병식	東京靑山 山東泰子	시가/단카	
1	5		歌日記/睦月の巻/去九日某寄宿舍にて盜難にあひたる人の不注意なりとて退舍を命せられしとき〻て 〈2〉〔1〕 노래 일기/정월의 권/지난 9일 모 기숙사에서 도난을 당한 사람이 부주의로 퇴사 명령을 받은 것을 듣고	東京靑山 山東泰子	시가/단카	
1	5		歌日記/睦月の巻/十日 學校はじまる 〈2〉〔1〕 노래 일기/정월의 권/10일 학교 시작되다	東京靑山 山東泰子	시가/단카	
1	5		歌日記/睦月の巻/十一日 〈2〉〔1〕 노래 일기/정월의 권/11일	東京靑山 山東泰子	시가/단카	
1	5		歌日記/睦月の巻/十二日 奠都五十年…… 〈2〉〔2〕 노래 일기/정월의 권/12일 전도 50년……	東京靑山 山東泰子	시가/단카	
1	5		歌日記/睦月の巻/十三日 〈2〉〔1〕 노래 일기/정월의 권/13일	東京靑山 山東泰子	시가/단카	
1	5		歌日記/睦月の巻/十四日 病にて歸鄕中の春江子のかへりしを喜びて 〈2〉〔1〕 노래 일기/정월의 권/14일 병으로 귀향 중인 하루에코가 돌아온 것을 기꺼워하며	東京靑山 山東泰子	시가/단카	
1	5		歌日記/睦月の巻/十五日 筑波艦の災難を## 〈2〉〔1〕 노래 일기/정월의 권/15일 쓰쿠바 함의 재난을 ##	東京靑山 山東泰子	시가/단카	
1	5		歌日記/睦月の巻/=竹田夫人の訃接して= 〈2〉〔1〕 노래 일기/정월의 권/=다케다 부인의 부보를 접하고=	東京靑山 山東泰子	시가/단카	
1	5		歌日記/睦月の巻/十六日 和泉刀自の病氣にて來舍せられたれば 〈2〉〔1〕 노래 일기/정월의 권/16일 이즈미 여사가 병으로 찾아오시어	東京靑山 山東泰子	시가/단카	
1	5		歌日記/睦月の巻/十七日 老兄の誕生を壽て 〈2〉〔1〕 노래 일기/정월의 권/17일 노형의 탄생을 축하하여	東京靑山 山東泰子	시가/단카	

지면	단수	기획	기사제목 〈회수〉〔곡수〕	필자/저자(역자)	분류	비고
1	5		歌日記/睦月の巻/十八日 遠山の雪—〈2〉〔3〕 노래 일기/정월의 권/18일 원산의 눈—	東京靑山 山東泰子	시가/단카	
1	5		歌日記/睦月の巻/四番館にて母の會あり—〈2〉〔1〕 노래 일기/정월의 권/4번관에서 어머니회가 열리다—	東京靑山 山東泰子	시가/단카	
면수 불명	1~3		俠客 旗本權三(第百三十八席)〈138〉 협객 하타모토 곤조(제138석)	淡路呼潮述	고단	
면수 불명	1~3		發展しつゝある滿州(一)/滿鐵沿線踏破記〈1〉 발전하고 있는 만주(1)/만철 연선 답파기	特派員 海月生	수필/기행	
면수 불명	7		俚謠(投稿歡迎)〔1〕 이요(투고 환영)	綠町 時助	시가/도도이 쓰	
면수 불명	7		俚謠(投稿歡迎)〔1〕 이요(투고 환영)	草梁 小萩	시가/도도이 쓰	
면수 불명	7		俚謠(投稿歡迎)〔2〕 이요(투고 환영)	幸町 音羽	시가/도도이 쓰	
면수 불명	7		俚謠(投稿歡迎)〔1〕 이요(투고 환영)	辨天町 睦次	시가/도도이 쓰	
면수 불명	1~3		仇なさけ/兄と弟(一)〈76〉 부질없는 정/형과 동생(1)	北島春石	소설/일본	

1918년 03월 15일 (금) 6537호

지면	단수	기획	기사제목 〈회수〉〔곡수〕	필자/저자(역자)	분류	비고
1	6		歌日記/睦月の巻/十九日 御歌會始めの御歌を拜して〈3〉〔1〕 노래 일기/정월의 권/19일/우타카이하지메의 어제를 받고	東京靑山 山東泰子	시가/단카	
1	6		歌日記/睦月の巻/—撰に入りたる人々をめでゝ—〈3〉〔2〕 노래 일기/정월의 권/—입선한 사람들을 축하하며—	東京靑山 山東泰子	시가/단카	
1	6		歌日記/睦月の巻/二十日 社頭氷——〈3〉〔1〕 노래 일기/정월의 권/20일 신사 앞 얼음——	東京靑山 山東泰子	시가/단카	
1	6		歌日記/睦月の巻/廿一日 臺灣學生招待會に三人の女生徒を伴ひける皆 男生徒のみなりければ〈3〉〔2〕 노래 일기/정월의 권/21일 대만 학생 초대회에 3명의 여학생을 데리고 가다. 모두 남학생뿐이니	東京靑山 山東泰子	시가/단카	
1	6		歌日記/睦月の巻/廿二日 けふは日記の歌のとゝのはず—〈3〉〔1〕 노래 일기/정월의 권/22일 오늘은 일기의 노래를 갖추지 못하다—	東京靑山 山東泰子	시가/단카	
1	6		歌日記/睦月の巻/廿三日 折にふれて—〈3〉〔1〕 노래 일기/정월의 권/23일 마침맞게—	東京靑山 山東泰子	시가/단카	
1	6		歌日記/睦月の巻/廿四日〈3〉〔1〕 노래 일기/정월의 권/24일	東京靑山 山東泰子	시가/단카	
1	6		歌日記/睦月の巻/廿五日 姉上を訪はんとせし折に訪ひ給ひければ〈3〉 〔1〕 노래 일기/정월의 권/25일 언니를 방문하려 할 때 찾아오시니	東京靑山 山東泰子	시가/단카	
1	6		歌日記/睦月の巻/廿六日 第卅八議會昨日解散す〈3〉〔3〕 노래 일기/정월의 권/26일 제38의회 어제 해산하다	東京靑山 山東泰子	시가/단카	
1	6		歌日記/睦月の巻/廿七日 目黑の墓に詣でゝ〈3〉〔3〕 노래 일기/정월의 권/27일 메구로의 묘를 찾아,	東京靑山 山東泰子	시가/단카	
1	6		歌日記/睦月の巻/廿七日 —助川翁櫻桃園を人手にとられしときゝて… 〈3〉〔1〕 노래 일기/정월의 권/27일 —스케가와 옹 앵도원을 다른 사람에게 빼앗겼다 고 듣고…	東京靑山 山東泰子	시가/단카	翌-翁 오기
1	6		歌日記/睦月の巻/廿八日 阿部女史出産の報をきゝて……〈3〉〔1〕 노래 일기/정월의 권/28일 아베 여사 출산 소식을 듣고…	東京靑山 山東泰子	시가/단카	
면수 불명	1~3		俠客 旗本權三(百三十九席)〈139〉 협객 하타모토 곤조(139석)	淡路呼潮述	고단	
면수 불명	1~3		發展しつゝある滿州(二)/滿鐵沿線踏破記〈2〉 발전하고 있는 만주(2)/만철 연선 답파기	特派員 海月生	수필/기행	

지면	단수	기획	기사제목 〈회수〉〔곡수〕	필자/저자(역자)	분류	비고
면수 불명	1~3		仇なさけ/兄と弟(二) 〈77〉 부질없는 정/형과 동생(2)	北島春石	소설/일본	

1918년 03월 16일 (토) 6538호

지면	단수	기획	기사제목 〈회수〉〔곡수〕	필자/저자(역자)	분류	비고
1	6		歌日記/睦月の巻/廿九日 矯風會大會相談會場にて 〈4〉〔1〕 노래 일기/정월의 권/29일 교후카이 대회 상담회장에서	東京靑山 山東泰子	시가/단카	
1	6		歌日記/睦月の巻/三十日 〈4〉〔1〕 노래 일기/정월의 권/30일	東京靑山 山東泰子	시가/단카	
1	6		歌日記/睦月の巻/卅一日 生徒の誕生日を祝ひて... 〈4〉〔1〕 노래 일기/정월의 권/31일 학생의 생일을 축하하며...	東京靑山 山東泰子	시가/단카	
1	6		歌日記/衣更着の巻/泉自兩愛兒面會せられけるを 〈4〉〔1〕 노래 일기/음력 2월의 권/이즈미 여사께서 두 사랑하는 자식과 면회한 것을	東京靑山 山東泰子	시가/단카	夜更着- 衣更着 오기
1	6		歌日記/衣更着の巻/二日 助川翁禁酒の決心をされて―― 〈4〉〔1〕 노래 일기/음력 2월의 권/2일 스케가와 옹 금주를 결심하시고――	東京靑山 山東泰子	시가/단카	夜更着- 衣更着 오기
1	6		歌日記/衣更着の巻/――返し―― 〈4〉〔1〕 노래 일기/음력 2월의 권/답례	東京靑山 山東泰子	시가/단카	夜更着- 衣更着 오기
1	6		歌日記/衣更着の巻/三日/橫濱倉庫の爆發/芳賀新子刀兒の夫の死などきゝて 〈4〉〔1〕 노래 일기/음력 2월의 권/3일 요코하마 창고 폭발/하가 신코 여사의 부군 사망 소식을 듣고	東京靑山 山東泰子	시가/단카	夜更着- 衣更着 오기 兒-自
1	6		歌日記/衣更着の巻/四日 助川翁酒器を澁谷川に流されしときゝて 〈4〉〔2〕 노래 일기/음력 2월의 권/4일 스케가와 옹이 술잔을 시부야 강에 흘려보냈다고 듣고	東京靑山 山東泰子	시가/단카	夜更着- 衣更着 오기
1	6		歌日記/衣更着の巻/五日 米獨國交斷絶―― 〈4〉〔1〕 노래 일기/음력 2월의 권/5일 미독 국교 단절――	東京靑山 山東泰子	시가/단카	夜更着- 衣更着 오기
1	6		歌日記/衣更着の巻/六日 御題 野梅―― 〈4〉〔1〕 노래 일기/음력 2월의 권/6일 어제(御題) 들매화――	東京靑山 山東泰子	시가/단카	夜更着- 衣更着 오기
1	6		歌日記/衣更着の巻/六日 御題 草もに出たり―― 〈4〉〔2〕 노래 일기/음력 2월의 권/6일 어제(御題) 풀이 싹트기 시작하다――	東京靑山 山東泰子	시가/단카	夜更着- 衣更着 오기
1	6		歌日記/衣更着の巻/七日―― 〈4〉〔1〕 노래 일기/음력 2월의 권/7일――	東京靑山 山東泰子	시가/단카	夜更着- 衣更着 오기
1	6		歌日記/衣更着の巻/八日 母の許を辭さんとする時名ごりをしげに見えて、〈4〉〔1〕 노래 일기/음력 2월의 권/8일 어머니 곁을 물러나려 할 때 아쉬우신 듯 보여,	東京靑山 山東泰子	시가/단카	夜更着- 衣更着 오기
1	6		歌日記/衣更着の巻/九日 昨日契し母の待まさんとて 〈4〉〔1〕 노래 일기/음력 2월의 권/9일 어제 약속한 어머니가 기다리실 것이기에	東京靑山 山東泰子	시가/단카	夜更着- 衣更着 오기
1	6		歌日記/衣更着の巻/十日 千駄ヶ谷に大火あり―― 〈4〉〔1〕 노래 일기/음력 2월의 권/10일 센다가야에서 큰 화재가 일어났다――	東京靑山 山東泰子	시가/단카	夜更着- 衣更着 오기
1	6		歌日記/衣更着の巻/十一日 紀元節―― 〈4〉〔2〕 노래 일기/음력 2월의 권/11일 기원절――	東京靑山 山東泰子	시가/단카	夜更着- 衣更着 오기
면수 불명	1~3		俠客 旗本權三(百四十席) 〈140〉 협객 하타모토 곤조(140석)	淡路呼潮述	고단	
면수 불명	1~3		發展しつゝある滿州/滿鐵沿線踏破記(三) 〈3〉 발전하고 있는 만주/만철 연선 답파기(3)	特派員 海月生	수필/기행	

지면	단수	기획	기사제목 〈회수〉〔곡수〕	필자/저자(역자)	분류	비고
면수 불명	1~3		仇なさけ/兄と弟(三) 〈78〉 부질없는 정/형과 동생(3)	北島春石	소설/일본	

1918년 03월 17일 (일) 6539호

지면	단수	기획	기사제목 〈회수〉〔곡수〕	필자/저자(역자)	분류	비고
1	5		歌日記/衣更着の巻/十二日 〈5〉〔1〕 노래 일기/음력 2월의 권/12일	東京青山 山東泰子	시가/단카	
1	5		歌日記/衣更着の巻/十三日 母上の御誕生に 〈5〉〔1〕 노래 일기/음력 2월의 권/13일 어머님 생신에	東京青山 山東泰子	시가/단카	
1	5		歌日記/衣更着の巻/十三日 風いと烈しければ 〈5〉〔1〕 노래 일기/음력 2월의 권/13일/바람이 무척 강하여	東京青山 山東泰子	시가/단카	
1	5		歌日記/衣更着の巻/十四日 深川遊廓火を失せり 〈5〉〔2〕 노래 일기/음력 2월의 권/14일/후키가와 유곽 실화하다	東京青山 山東泰子	시가/단카	
1	5		歌日記/衣更着の巻/十五日 折にふれて 〈5〉〔1〕 노래 일기/음력 2월의 권/15일 마침맞게	東京青山 山東泰子	시가/단카	
1	5		歌日記/衣更着の巻/十六日 〈5〉〔1〕 노래 일기/음력 2월의 권/16일	東京青山 山東泰子	시가/단카	
1	5		歌日記/衣更着の巻/十七日 珍しき人の訪ひ給ひし時 〈5〉〔1〕 노래 일기/음력 2월의 권/17일 드물게 뵙는 분이 방문해 주셨을 때	東京青山 山東泰子	시가/단카	
1	5		歌日記/衣更着の巻/十八日 〈5〉〔1〕 노래 일기/음력 2월의 권/18일	東京青山 山東泰子	시가/단카	
1	5		歌日記/衣更着の巻/十九日 〈5〉〔1〕 노래 일기/음력 2월의 권/19일	東京青山 山東泰子	시가/단카	
1	6		歌日記/衣更着の巻/二十日 大阪大學病院燒失 〈5〉〔1〕 노래 일기/음력 2월의 권/20일/오사카 대학병원 소실	東京青山 山東泰子	시가/단카	
1	6		歌日記/衣更着の巻/廿一日 〈5〉〔1〕 노래 일기/음력 2월의 권/21일	東京青山 山東泰子	시가/단카	
1	6		歌日記/衣更着の巻/廿二日 めしひの幼兒に手をひかれしを 〈5〉〔1〕 노래 일기/음력 2월의 권/22일 눈이 보이지 않는 어린아이가 내 손을 잡으니	東京青山 山東泰子	시가/단카	
1	6		歌日記/衣更着の巻/廿三日 マッサージの稽古をなさんとして 〈5〉〔1〕 노래 일기/음력 2월의 권/23일 마사지 연습을 하려고 하여	東京青山 山東泰子	시가/단카	
1	6		歌日記/衣更着の巻/廿四日 白百合會音楽會にて 〈5〉〔1〕 노래 일기/음력 2월의 권/24일 흰 백합회 음악회에서	東京青山 山東泰子	시가/단카	
1	6		歌日記/衣更着の巻/廿五日 青年會館にて石川半山先生の議會に就ての講演を聽きて 〈5〉〔1〕 노래 일기/음력 2월의 권/25일 청년회관에서 이시카와 한잔 선생의 의회에 대한 강연을 듣고	東京青山 山東泰子	시가/단카	
1	6		歌日記/衣更着の巻/廿六日 〈5〉〔1〕 노래 일기/음력 2월의 권/26일	東京青山 山東泰子	시가/단카	
1	6		歌日記/衣更着の巻/廿七日 久しく待ちし雨の漸く降りければ 〈5〉〔1〕 노래 일기/음력 2월의 권/27일 오랫동안 기다린 비가 드디어 내리니	東京青山 山東泰子	시가/단카	
1	6		歌日記/衣更着の巻/廿八日 〈5〉〔1〕 노래 일기/음력 2월의 권/28일	東京青山 山東泰子	시가/단카	
면수 불명	1~3		俠客 旗本權三(百四十一席) 〈141〉 협객 하타모토 곤조(141석)	淡路呼潮述	고단	
면수 불명	1~3		發展しつゝある滿州/滿鐵沿線踏破記(四) 〈4〉 발전하고 있는 만주/만철 연선 답파기(4)	特派員 海月生	수필/기행	
면수 불명	7		俚謠(投稿歡迎) 〔1〕 이요(투고 환영)	寶水町 千鳥	시가/도도이쓰	
면수 불명	7		俚謠(投稿歡迎) 〔1〕 이요(투고 환영)	辨天町 仁丹	시가/도도이쓰	
면수 불명	7		俚謠(投稿歡迎) 〔1〕 이요(투고 환영)	綠町 時助	시가/도도이쓰	

지면	단수	기획	기사제목 〈회수〉〔곡수〕	필자/저자(역자)	분류	비고
면수 불명	7		俚謠(投稿歡迎)〔1〕 이요(투고 환영)	草梁 小萩	시가/도도이쓰	
면수 불명	7		俚謠(投稿歡迎)〔1〕 이요(투고 환영)	社內 露二	시가/도도이쓰	
면수 불명	1~3		仇なさけ/亞米利加行き(一) 〈79〉 부질없는 정/미국행(1)	北島春石	소설/일본	

1918년 03월 18일 (월) 6540호

지면	단수	기획	기사제목 〈회수〉〔곡수〕	필자/저자(역자)	분류	비고
1	5		歌日記/彌生の卷(一)/一日 〈6〉〔1〕 노래 일기/음력 3월의 권(1)/1일	東京靑山 山東泰子	시가/단카	
1	5		歌日記/彌生の卷(一)/二日 〈6〉〔1〕 노래 일기/음력 3월의 권(1)/2일	東京靑山 山東泰子	시가/단카	
1	5		歌日記/彌生の卷(一)/三日 矯風會本部の雛祭に數名の少女をつれて 〈6〉〔1〕 노래 일기/음력 3월의 권(1)/3일 교후카이 본부의 히나마쓰리에 수 명의 소녀를 데려가	東京靑山 山東泰子	시가/단카	
1	5		歌日記/彌生の卷(一)/四日 加藤いつみの姉大病とき〻て 〈6〉〔1〕 노래 일기/음력 3월의 권(1)/4일 가토 이쓰미 언니가 중병이라 듣고	東京靑山 山東泰子	시가/단카	
1	5		歌日記/彌生の卷(一)/五日 大竹女子傳道十ヶ年記念日に 〈6〉〔1〕 노래 일기/음력 3월의 권(1)/5일 오타케 여자 전도 10개년 기념일에	東京靑山 山東泰子	시가/단카	
1	5		歌日記/彌生の卷(一)/六日 〈6〉〔1〕 노래 일기/음력 3월의 권(1) 6일	東京靑山 山東泰子	시가/단카	
1	5		歌日記/彌生の卷(一)/七日 明治天皇明治二年のけふ京都を出でた〻せ給へりと承はりて 〈6〉〔1〕 노래 일기/음력 3월의 권(1)/7일 메이지 천황이 메이지 2년의 오늘 교토를 떠나셨다고 듣고	東京靑山 山東泰子	시가/단카	
1	5		歌日記/彌生の卷(一)/八日 粟屋女史渡米の日に 〈6〉〔1〕 노래 일기/음력 3월의 권(1)/8일 아와야 여사 도미일에	東京靑山 山東泰子	시가/단카	
1	5		歌日記/彌生の卷(一)/九日 〈6〉〔1〕 노래 일기/음력 3월의 권(1)/9일	東京靑山 山東泰子	시가/단카	
면수 불명	1~3		發展しつゝある滿州/滿鐵沿線踏破記(五) 〈5〉 발전하고 있는 만주/만철 연선 답파기(5)	特派員 海月生	수필/기행	
면수 불명	1~3		仇なさけ/亞米利加行き(二) 〈80〉 부질없는 정/미국행(2)	北島春石	소설/일본	

1918년 03월 19일 (화) 6541호

지면	단수	기획	기사제목 〈회수〉〔곡수〕	필자/저자(역자)	분류	비고
1	5		歌日記/彌生の卷(二)/十日/月いとあかし 〈7〉〔1〕 노래 일기/음력 3월의 권(2)/10일/달이 매우 밝다	東京靑山 山東泰子	시가/단카	
1	5		歌日記/彌生の卷(二)/十一日 〈7〉〔2〕 노래 일기/음력 3월의 권(2)/11일	東京靑山 山東泰子	시가/단카	
1	5		歌日記/彌生の卷(二)/十二日 御兼題 春河 〈7〉〔1〕 노래 일기/음력 3월의 권(2)/12일 어겸제 춘하	東京靑山 山東泰子	시가/단카	
1	5		歌日記/彌生の卷(二)/十三日 矯風會相談會場にて 〈7〉〔1〕 노래 일기/음력 3월의 권(2)/13일 교후카이 상담회장에서	東京靑山 山東泰子	시가/단카	
1	5		歌日記/彌生の卷(二)/十四日 大平秀子の試驗すみたれば 〈7〉〔1〕 노래 일기/음력 3월의 권(2)/14일 오히라 히데코의 시험이 끝나니	東京靑山 山東泰子	시가/단카	
1	5		歌日記/彌生の卷(二)/十五日 奠都博覽會開會の日 〈7〉〔2〕 노래 일기/음력 3월의 권(2)/15일 전도 박람회 개회일	東京靑山 山東泰子	시가/단카	
1	5		歌日記/彌生の卷(二)/十六日 〈7〉〔1〕 노래 일기/음력 3월의 권(2)/16일	東京靑山 山東泰子	시가/단카	
1	5		歌日記/彌生の卷(二)/十七日 〈7〉〔1〕 노래 일기/음력 3월의 권(2)/17일	東京靑山 山東泰子	시가/단카	

지면	단수	기획	기사제목 〈회수〉〔곡수〕	필자/저자(역자)	분류	비고
1	5		歌日記/彌生の巻(二)/十八日 ウェッチ氏卒業演說あり……〈7〉〔1〕 노래 일기/음력 3월의 권(2)/18일/웨치 씨의 졸업 연설이 있었다……	東京青山 山東泰子	시가/단카	
1	5		歌日記/彌生の巻(二)/十九日 卒業生送別會……〈7〉〔1〕 노래 일기/음력 3월의 권(2)/19일 졸업생 송별회……	東京青山 山東泰子	시가/단카	
1	5		歌日記/彌生の巻(二)/廿日 〈7〉〔1〕 노래 일기/음력 3월의 권(2)/20일	東京青山 山東泰子	시가/단카	
1	5		歌日記/彌生の巻(二)/廿一日 〈7〉〔1〕 노래 일기/음력 3월의 권(2)/21일	東京青山 山東泰子	시가/단카	
1	5		歌日記/彌生の巻(二)/廿二日 シカゴより歸りし人の病める友に吉報ありければ 〈7〉〔1〕 노래 일기/음력 3월의 권(2)/22일 시카고에서 돌아온 병을 앓는 친구에게 좋은 소식이 있어서	東京青山 山東泰子	시가/단카	
1	5		歌日記/彌生の巻(二)/廿三日 大平秀子の卒業をことほぎて 〈7〉〔2〕 노래 일기/음력 3월의 권(2)/23일 오히라 히데코의 졸업을 축하하며	東京青山 山東泰子	시가/단카	
면수 불명	1~3		俠客 旗本權三(百四十二席) 〈142〉 협객 하타모토 곤조(142석)	淡路呼潮述	고단	
면수 불명	1~4		發展しつゝある滿州/滿鐵沿線踏破記(六) 〈6〉 발전하고 있는 만주/만철 연선 답파기(6)	特派員 海月生	수필/기행	

1918년 03월 20일 (수) 6542호

지면	단수	기획	기사제목 〈회수〉〔곡수〕	필자/저자(역자)	분류	비고
1	4~5		農村の人々に(續) 농촌 사람들에게(계속)	在東京 南泰	수필/일기	
1	5		歌日記/彌生の巻(三)/廿四日 〈8〉〔1〕 미생의 권(3)/24일	東京青山 山東泰子	시가/단카	
1	5		歌日記/彌生の巻(三)/廿五日 〈8〉〔1〕 미생의 권(3)/25일	東京青山 山東泰子	시가/단카	
1	5		歌日記/彌生の巻(三)/大平秀子をおくる日に…… 〈8〉〔3〕 미생의 권(3)/오히라 히데코를 보내는 날에……	東京青山 山東泰子	시가/단카	
1	5		歌日記/彌生の巻(三)/廿七日 猪瀨道子を上野驛に送りて 〈8〉〔1〕 미생의 권(3)/27일 이세 미치코를 우에노 역으로 보내고	東京青山 山東泰子	시가/단카	
1	5		歌日記/彌生の巻(三)/廿八日/秀子富士の裾野よりのはかきよせにければ 〈8〉〔1〕 미생의 권(3)/28일 히데코가 후지산 기슭에서 엽서를 보내와	東京青山 山東泰子	시가/단카	
1	5		歌日記/彌生の巻(三)/廿九日 〈8〉〔1〕 미생의 권(3)/29일	東京青山 山東泰子	시가/단카	
1	5		歌日記/彌生の巻(三)/三十日 岡田式靜座に誘はれて 〈8〉〔1〕 미생의 권(3)/30일 오카다식 정좌에 초청을 받아	東京青山 山東泰子	시가/단카	
1	5		歌日記/彌生の巻(三)/卅一日 矯風會にて 〈8〉〔1〕 미생의 권(3)/31일 교후카이에서	東京青山 山東泰子	시가/단카	
면수 불명	1~3		俠客 旗本權三(百四十三席) 〈143〉 협객 하타모토 곤조(143석)	淡路呼潮述	고단	

1918년 03월 21일 (목) 6543호

지면	단수	기획	기사제목 〈회수〉〔곡수〕	필자/저자(역자)	분류	비고
면수 불명	1~3		仇なさけ/亞米利加行き(三) 〈81〉 부질없는 정/미국행(3)	北島春石	소설/일본	

1918년 03월 22일 (금) 6543호 {호수 오류}

지면	단수	기획	기사제목 〈회수〉〔곡수〕	필자/저자(역자)	분류	비고
1	5		農村の人々に(續) 농촌 사람들에게(계속)	在東京 南泰	수필/일기	

1918년 03월 23일 (토) 6544호

지면	단수	기획	기사제목 〈회수〉〔곡수〕	필자/저자(역자)	분류	비고
1	5~6		農村の人々に(續) 농촌 사람들에게(계속)	在東京 南泰	수필/일기	
1	6	短歌	(제목없음)〔5〕	藤山露萩	시가/단카	
1	6	短歌	(제목없음)〔5〕	行樂子	시가/단카	
면수 불명	1~3		俠客 旗本權三(百四十四席)〈144〉 협객 하타모토 곤조(144석)	淡路呼潮述	고단	
면수 불명	7~8		龜浦迄〈1〉 구포까지	睨潮生	수필/기행	
면수 불명	1~3		仇なさけ/亞米利加行き(四)〈82〉 부질없는 정/미국행(4)	北島春石	소설/일본	

1918년 03월 24일 (일) 6545호

지면	단수	기획	기사제목 〈회수〉〔곡수〕	필자/저자(역자)	분류	비고
1	5~6		農村の人々に(續) 농촌 사람들에게(계속)	在東京 南泰	수필/일기	
1	6	俳句	春雜〔3〕 봄-잡	覆面法師	시가/하이쿠	
면수 불명	1~3		俠客 旗本權三(百四十五席)〈145〉 협객 하타모토 곤조(145석)	淡路呼潮述	고단	
면수 불명	1~3		仇なさけ/亞米利加行き(五)〈83〉 부질없는 정/미국행(5)	北島春石	소설/일본	

1918년 03월 26일 (화) 6547호

지면	단수	기획	기사제목 〈회수〉〔곡수〕	필자/저자(역자)	분류	비고
1	5		農村の人々に(續) 농촌 사람들에게(계속)	在東京 南泰	수필/일기	
1	6	短歌	(제목없음)〔4〕	山彦子	시가/단카	
1	6	俳句	(제목없음)〔9〕		시가/하이쿠	
면수 불명	4~6		女=川柳を通じて見た=〈1〉 여성=센류를 통해서 보다=	東京お茶の水 いさを	수필·시가/ 기타·센류	
면수 불명	7~8		龜浦迄〈3〉 구포까지	睨潮生	수필/기행	회수 오류
면수 불명	1~3		仇なさけ/五月幟(二)〈85〉 부질없는 정/단오절 잉어 드림(2)	北島春石	소설/일본	

1918년 03월 27일 (수) 6548호

지면	단수	기획	기사제목 〈회수〉〔곡수〕	필자/저자(역자)	분류	비고
1	5	短歌	(제목없음)〔2〕	ともゑ	시가/단카	
면수 불명	4~6		女=川柳を通じて見た=〈2〉 여성=센류를 통해서 보다=	東京お茶の水 いさを	수필·시가/ 기타·센류	
면수 불명	8		龜浦迄〈3〉 구포까지	睨潮生	수필/기행	
면수 불명	1~3		仇なさけ/緣切り(一)〈86〉 부질없는 정/절연(1)	北島春石	소설/일본	

1918년 03월 28일 (목) 6549호

지면	단수	기획	기사제목 〈회수〉〔곡수〕	필자/저자(역자)	분류	비고
1	5	短歌	(제목없음)〔3〕	金海 廣瀬鷗舟	시가/단카	
1	5	短歌	(제목없음)〔3〕	金海 坂口紫纓	시가/단카	

지면	단수	기획	기사제목 〈회수〉〔곡수〕	필자/저자(역자)	분류	비고
1	5	短歌	(제목없음)〔5〕	右少辨	시가/단카	
면수 불명	1~3		俠客 旗本權三(百四十六席)〈146〉 협객 하타모토 곤조(146석)	淡路呼潮述	고단	
면수 불명	1~3		仇なさけ/緣切り(二)〈87〉 부질없는 정/절연(2)	北島春石	소설/일본	

1918년 03월 29일 (금) 6550호

지면	단수	기획	기사제목 〈회수〉〔곡수〕	필자/저자(역자)	분류	비고
1	5	短歌	南泰兄へ〔4〕 난타이 형에게	金海 紫纓	시가/단카	
면수 불명	1~3		俠客 旗本權三(百四十七席)〈147〉 협객 하타모토 곤조(147석)	淡路呼潮述	고단	
면수 불명	1~3		仇なさけ/喜憂一轉(一)〈88〉 부질없는 정/희우일전(1)	北島春石	소설/일본	
면수 불명	1~3		仇なさけ/喜憂一轉(二)〈89〉 부질없는 정/희우일전(2)	北島春石	소설/일본	

1918년 03월 30일 (토) 6551호

지면	단수	기획	기사제목 〈회수〉〔곡수〕	필자/저자(역자)	분류	비고
1	6	短歌	(제목없음)〔4〕	藤山露萩	시가/단카	
면수 불명	1~3		俠客 旗本權三(百四十八席)〈148〉 협객 하타모토 곤조(148석)	淡路呼潮述	고단	

1918년 03월 31일 (일) 6552호

지면	단수	기획	기사제목 〈회수〉〔곡수〕	필자/저자(역자)	분류	비고
1	6	短歌	(제목없음)〔2〕	藤山露萩	시가/단카	
면수 불명	1~3		俠客 旗本權三(百四十九席)〈149〉 협객 하타모토 곤조(149석)	淡路呼潮述	고단	
면수 불명	1~3		仇なさけ/喜憂一轉(三)〈90〉 부질없는 정/희우일전(3)	北島春石	소설/일본	

1918년 04월 01일 (월) 6553호

지면	단수	기획	기사제목 〈회수〉〔곡수〕	필자/저자(역자)	분류	비고
면수 불명	1~3		俠客 旗本權三(百五十席)〈150〉 협객 하타모토 곤조(150석)	淡路呼潮述	고단	
면수 불명	6~7		龜浦迄〈5〉 구포까지	睨潮生	수필/기행	
면수 불명	1~3		仇なさけ/喜憂一轉(一)〈91〉 부질없는 정/희우일전(1)	北島春石	소설/일본	회수 오류

1918년 04월 02일 (화) 6554호

지면	단수	기획	기사제목 〈회수〉〔곡수〕	필자/저자(역자)	분류	비고
1	6	短歌	(제목없음)〔4〕	まほろし	시가/단카	
면수 불명	1~3		仇なさけ/喜憂一轉(二)〈92〉 부질없는 정/희우일전(2)	北島春石	소설/일본	회수 오류

1918년 04월 03일 (수) 6555호

지면	단수	기획	기사제목 〈회수〉〔곡수〕	필자/저자(역자)	분류	비고
1	6		一轉句〔4〕 일전구		시가/센류	
면수 불명	1~3		俠客 旗本權三(百五十一席)〈151〉 협객 하타모토 곤조(151석)	淡路呼潮述	고단	
면수 불명	7~8		龜浦迄〈6〉 구포까지	睨潮生	수필/기행	

지면	단수	기획	기사제목 〈회수〉〔곡수〕	필자/저자(역자)	분류	비고
면수 불명	1~3		仇なさけ/喜憂一轉(三) 〈93〉 부질없는 정/희우일전(3)	北島春石	소설/일본	회수 오류

1918년 04월 05일 (금) 6556호

지면	단수	기획	기사제목 〈회수〉〔곡수〕	필자/저자(역자)	분류	비고
1	6	短歌	殘雪 〔8〕 잔설	黃葉の屋	시가/단카	
면수 불명	1~3		俠客 旗本權三(百五十二席) 〈152〉 협객 하타모토 곤조(152석)	淡路呼潮述	고단	

1918년 04월 06일 (토) 6557호

지면	단수	기획	기사제목 〈회수〉〔곡수〕	필자/저자(역자)	분류	비고
면수 불명	1~3		俠客 旗本權三(百五十三席) 〈153〉 협객 하타모토 곤조(153석)	淡路呼潮述	고단	
면수 불명	8	讀者文藝 (投稿歡迎)	旅愁 〔1〕 여수	光州慈惠院にて 紫水生	수필/일상	
면수 불명	8		俚謠(投稿歡迎) 〔1〕 이요(투고 환영)	寶水町 千鳥之助	시가/도도이쓰	
면수 불명	8		俚謠(投稿歡迎) 〔1〕 이요(투고 환영)	辨天町 睦次	시가/도도이쓰	
면수 불명	8		俚謠(投稿歡迎) 〔1〕 이요(투고 환영)	草場町 彌生	시가/도도이쓰	
면수 불명	8		俚謠(投稿歡迎) 〔1〕 이요(투고 환영)	本町 彼の子	시가/도도이쓰	
면수 불명	8		俚謠(投稿歡迎) 〔1〕 이요(투고 환영)	社內 露二	시가/도도이쓰	
면수 불명	1~3		仇なさけ/明暗(一) 〈94〉 부질없는 정/명암(1)	北島春石	소설/일본	

1918년 04월 08일 (월) 6559호

지면	단수	기획	기사제목 〈회수〉〔곡수〕	필자/저자(역자)	분류	비고
면수 불명	5		俚謠(投稿歡迎) 〔1〕 이요(투고 환영)	富平町 なつみ	시가/도도이쓰	
면수 불명	5		俚謠(投稿歡迎) 〔1〕 이요(투고 환영)	本町 梅尙	시가/도도이쓰	
면수 불명	5		俚謠(投稿歡迎) 〔1〕 이요(투고 환영)	社內 露二	시가/도도이쓰	
면수 불명	6~8		龜浦迄 〈8〉 구포까지	睨潮生	수필/기행	
면수 불명	8	讀者文藝 (投稿歡迎)	その夜 그날 밤	富平町 のぼる	소설/일본	
면수 불명	1~3		仇なさけ/深山がくれ(一) 〈96〉 부질없는 정/심산유곡(1)	北島春石	소설/일본	

1918년 04월 09일 (화) 6560호

지면	단수	기획	기사제목 〈회수〉〔곡수〕	필자/저자(역자)	분류	비고
1	6	短歌	殘雪 〔9〕 잔설		시가/단카	
면수 불명	1~3		俠客 旗本權三(百五十五席) 〈155〉 협객 하타모토 곤조(155석)	淡路呼潮述	고단	

1918년 04월 10일 (수) 6561호

지면	단수	기획	기사제목 〈회수〉〔곡수〕	필자/저자(역자)	분류	비고
1	5		殘雪 〔7〕 잔설		시가/단카	

지면	단수	기획	기사제목 〈회수〉〔곡수〕	필자/저자(역자)	분류	비고
면수 불명	1~3		俠客 旗本權三(百五十六席) 〈156〉 협객 하타모토 곤조(156석)	淡路呼潮述	고단	
면수 불명	9	讀者文藝 (投 稿 歡 迎)	春 봄	釜山 わすれな草	수필/일상	
면수 불명	1~3		仇なさけ/深川かくれ(二) 〈97〉 부질없는 정/심산유곡(2)	北島春石	소설/일본	

1918년 04월 11일 (목) 6562호

지면	단수	기획	기사제목 〈회수〉〔곡수〕	필자/저자(역자)	분류	비고
1	5	短歌	(제목없음) 〔5〕		시가/단카	
면수 불명	1~3		俠客 旗本權三(百五十七席) 〈157〉 협객 하타모토 곤조(157석)	淡路呼潮述	고단	
면수 불명	7~8		龜浦迄 〈9〉 구포까지	睨潮生	수필/기행	
면수 불명	1~3		俠客 旗本權三(百五十八席) 〈158〉 협객 하타모토 곤조(158석)	淡路呼潮述	고단	
면수 불명	1~3		仇なさけ/琵琶の瀧音(一) 〈98〉 부질없는 정/비파의 폭포 소리(1)	北島春石	소설/일본	

1918년 04월 12일 (금) 6563호

지면	단수	기획	기사제목 〈회수〉〔곡수〕	필자/저자(역자)	분류	비고
1	5	短歌	(제목없음) 〔2〕	春の花人	시가/단카	
면수 불명	1~3		仇なさけ/琵琶の瀧音(二) 〈99〉 부질없는 정/비파의 폭포 소리(2)	北島春石	소설/일본	

1918년 04월 13일 (토) 6564호

지면	단수	기획	기사제목 〈회수〉〔곡수〕	필자/저자(역자)	분류	비고
1	5	短歌	(제목없음) 〔9〕	逸名	시가/단카	
면수 불명	1~3		俠客 旗本權三(百五十九席) 〈159〉 협객 하타모토 곤조(159석)	淡路呼潮述	고단	
면수 불명	6		俚謠(投稿歡迎) 〔4〕 이요(투고 환영)	光州 紫水生	시가/도도이 쓰	
면수 불명	8	讀者文藝 (投 稿 歡 迎)	最後の別れ 마지막 이별	本町 梅尙	소설/일본	
면수 불명	1~3		仇なさけ/琵琶の瀧音(三) 〈100〉 부질없는 정/비파의 폭포 소리(3)	北島春石	소설/일본	

1918년 04월 14일 (일) 6565호

지면	단수	기획	기사제목 〈회수〉〔곡수〕	필자/저자(역자)	분류	비고
면수 불명	1~3		俠客 旗本權三(百六十席) 〈160〉 협객 하타모토 곤조(160석)	淡路呼潮述	고단	

1918년 04월 16일 (화) 6567호

지면	단수	기획	기사제목 〈회수〉〔곡수〕	필자/저자(역자)	분류	비고
1	5	俳句	(제목없음) 〔6〕		시가/하이쿠	
면수 불명	7	讀者文藝 (投 稿 歡 迎)	白山の友へ 하쿠산의 벗에게	金海 むらさき生	수필/일상	
면수 불명	1~3		俠客 旗本權三(百六十一席) 〈161〉 협객 하타모토 곤조(161석)	淡路呼潮述	고단	

지면	단수	기획	기사제목 〈회수〉〔곡수〕	필자/저자(역자)	분류	비고
			1918년 04월 17일 (수) 6568호			
1	5	俳句	(제목없음) 〔4〕	ねいは	시가/하이쿠	
면수 불명	1~3		俠客 旗本權三(百六十二席) 〈162〉 협객 하타모토 곤조(162석)	淡路呼潮述	고단	
			1918년 04월 18일 (목) 6569호			
면수 불명	7		俗謠 〔8〕 속요		시가/도도이 쓰	
면수 불명	1~3		俠客 旗本權三(百六十三席) 〈163〉 협객 하타모토 곤조(163석)	淡路呼潮述	고단	
			1918년 04월 19일 (금) 6569호			
면수 불명	1~3		俠客 旗本權三(百六十四席) 〈164〉 협객 하타모토 곤조(164석)	淡路呼潮述	고단	
면수 불명	7	讀者文藝 (投稿歡 迎)	春の月 봄의 달	本町 わすれな草	소설/일본	
			1918년 04월 20일 (토) 6571호			
면수 불명	1~3		俠客 旗本權三(百六十五席) 〈165〉 협객 하타모토 곤조(165석)	淡路呼潮述	고단	
			1918년 04월 21일 (일) 6572호			
1	5	短歌	君舞ひ玉へ 〔3〕 그대 춤추게나	金海 坂口紫縷	시가/단카	
1	5	短歌	君舞ひ玉へ 〔1〕 그대 춤추게나	金海 廣瀨鷗舟	시가/단카	
면수 불명	1~3		俠客 旗本權三(百六十六席) 〈166〉 협객 하타모토 곤조(166석)	淡路呼潮述	고단	
			1918년 04월 22일 (월) 6573호			
1	5	和歌	殘雪 〔10〕 잔설		시가/단카	
			1918년 04월 23일 (화) 6574호			
1	5	俳句	雜詠 〔11〕 잡영		시가/하이쿠	
			1918년 04월 24일 (수) 6575호			
1	5	短歌	雨の日に 〔4〕 비 내리는 날에	なかを	시가/단카	
면수 불명	1~3		俠客 旗本權三(百六十七席) 〈167〉 협객 하타모토 곤조(167석)	淡路呼潮述	고단	
면수 불명	7~8		お君さんの死 오키미 씨의 죽음	富平町 のぼる	소설/일본	
			1918년 04월 25일 (목) 6576호			
1	5		燃ゆる思ひ 〔7〕 불타는 마음	弦月生	시가/단카	

지면	단수	기획	기사제목 〈회수〉〔곡수〕	필자/저자(역자)	분류	비고
면수 불명	1~3		俠客 旗本權三(百六十八席) 〈168〉 협객 하타모토 곤조(168석)	淡路呼潮述	고단	
면수 불명	7		泗川大戰の歌〔6〕 사천대전의 노래		시가/신체시	

1918년 04월 26일 (금) 6577호

지면	단수	기획	기사제목 〈회수〉〔곡수〕	필자/저자(역자)	분류	비고
1	5	俳句	(제목없음)〔5〕	竹廼舍	시가/하이쿠	
면수 불명	1~3		俠客 旗本權三(百六十八席) 〈168〉 협객 하타모토 곤조(168석)	淡路呼潮述	고단	회수 오류

1918년 04월 27일 (토) 6578호

지면	단수	기획	기사제목 〈회수〉〔곡수〕	필자/저자(역자)	분류	비고
면수 불명	1~3		俠客 旗本權三(百六十九席) 〈169〉 협객 하타모토 곤조(169석)	淡路呼潮述	고단	회수 오류

1918년 04월 28일 (일) 6579호

지면	단수	기획	기사제목 〈회수〉〔곡수〕	필자/저자(역자)	분류	비고
면수 불명	1~3		俠客 旗本權三(百七十席) 〈170〉 협객 하타모토 곤조(170석)	淡路呼潮述	고단	회수 오류
면수 불명	6~7		新小說豫告/淚多き「同胞」/故柳川春葉氏遺稿 신작 소설 예고/눈물 많은 「동포」/야나가와 슌요 씨 유고		광고/연재 예고	
면수 불명	6~7		或る夜 어느 날 밤	本町 わすれな草	소설/일본	

1918년 04월 29일 (월) 6580호

지면	단수	기획	기사제목 〈회수〉〔곡수〕	필자/저자(역자)	분류	비고
면수 불명	1~3		同胞 〈1〉 동포	故柳川春葉	소설/일본	

1918년 08월 01일 (목) 6669호

지면	단수	기획	기사제목 〈회수〉〔곡수〕	필자/저자(역자)	분류	비고
1	5		★國光會七月當座題/若竹〔1〕 곳코카이 7월 당좌제/어린 대나무	廣明	시가/단카	
1	5		國光會七月當座題/若竹〔2〕 곳코카이 7월 당좌제/어린 대나무	禮吉	시가/단카	
1	5		國光會七月當座題/若竹〔1〕 곳코카이 7월 당좌제/어린 대나무	山霞	시가/단카	
1	5		國光會七月當座題/若竹〔1〕 곳코카이 7월 당좌제/어린 대나무	鹿次郎	시가/단카	
1	5		國光會七月當座題/若竹〔2〕 곳코카이 7월 당좌제/어린 대나무	政德	시가/단카	
1	5		☆國光會七月當座題/若竹〔2〕 곳코카이 7월 당좌제/어린 대나무	歌免於	시가/단카	
면수 불명	1~3		武道の神 鐘捲自齋(第四十九席) 〈49〉 무도의 신 가네마키 지사이(제49석)	小金井盧洲演	고단	
면수 불명	1~2		同胞 〈86〉 동포	故柳川春葉	소설/일본	

1918년 08월 02일 (금) 6670호

지면	단수	기획	기사제목 〈회수〉〔곡수〕	필자/저자(역자)	분류	비고
면수 불명	1~2		武道の神 鐘捲自齋(第五十席) 〈50〉 무도의 신 가네마키 지사이(제50석)	小金井盧洲演	고단	
면수 불명	1~3		同胞 〈87〉 동포	故柳川春葉	소설/일본	

1918년 08월 03일 (토) 6671호

지면	단수	기획	기사제목 〈회수〉〔곡수〕	필자/저자(역자)	분류	비고
면수 불명	1~3		武道の神 鐘捲自齋(第五十席) 〈50〉 무도의 신 가네마키 지사이(제50석)	小金井盧洲演	고단	회수 오류
면수 불명	4		輕鐵の都々逸 〔1〕 경편 철도 도도이쓰		시가/도도이쓰	
면수 불명	5	和歌	★暑中の裁縫 〔1〕 더위 속 재봉	進永 山永はる	시가/단카	
면수 불명	5	和歌	★洗濯 〔1〕 빨래	進永 山永はる	시가/단카	
면수 불명	5	和歌	三浪津の果樹園 〔1〕 삼랑진의 과수원	進永 山永はる	시가/단카	
면수 불명	1~3		同胞 〈88〉 동포	故柳川春葉	소설/일본	
면수 불명	1~3		同胞 〈88〉 동포	故柳川春葉	소설/일본	회수 오류

1918년 08월 04일 (일) 6672호

지면	단수	기획	기사제목 〈회수〉〔곡수〕	필자/저자(역자)	분류	비고
1	5		☆俳句雜題-社中選 〔6〕 하이쿠 잡제-사내 선		시가/하이쿠	
면수 불명	1~3		武道の神 鐘捲自齋(第五十一席) 〈51〉 무도의 신 가네마키 지사이(제51석)	小金井盧洲演	고단	회수 오류

1918년 08월 06일 (화) 6674호

지면	단수	기획	기사제목 〈회수〉〔곡수〕	필자/저자(역자)	분류	비고
면수 불명	1~3	·	武道の神 鐘捲自齋(第五十三席) 〈53〉 무도의 신 가네마키 지사이(제53석)	小金井盧洲演	고단	
면수 불명	7		休暇を迎へて 휴가를 맞아	釜山 北島綾子	수필/일상	
면수 불명	1~3		同胞 〈90〉 동포	故柳川春葉	소설/일본	

1918년 08월 07일 (수) 6675호

지면	단수	기획	기사제목 〈회수〉〔곡수〕	필자/저자(역자)	분류	비고
면수 불명	1~3		武道の神 鐘捲自齋(第五十四席) 〈54〉 무도의 신 가네마키 지사이(제54석)	小金井盧洲演	고단	
면수 불명	7		君を思ひ 〔3〕 그대를 생각하며	牧の島 くにた	시가/단카	
면수 불명	1~5		同胞 〈91〉 동포	故柳川春葉	소설/일본	

1918년 08월 08일 (목) 6676호

지면	단수	기획	기사제목 〈회수〉〔곡수〕	필자/저자(역자)	분류	비고
면수 불명	1~3		武道の神 鐘捲自齋(第五十五席) 〈55〉 무도의 신 가네마키 지사이(제55석)	小金井盧洲演	고단	
면수 불명	7~8	讀者藝文 (投稿歡迎)	靜ちゃん 시즈 짱	釜山 北嶋綾子	수필/일상	
면수 불명	1~3		同胞 〈92〉 동포	故柳川春葉	소설/일본	

1918년 08월 09일 (금) 6677호

지면	단수	기획	기사제목 〈회수〉〔곡수〕	필자/저자(역자)	분류	비고
1	5	時報詩壇	苦熱 〔1〕 고열	龜浦 國光生	시가/한시	
1	5	時報詩壇	水亭觀螢 〔1〕 수정관형	龜浦 國光生	시가/한시	

지면	단수	기획	기사제목 〈회수〉〔곡수〕	필자/저자(역자)	분류	비고
1	5	時報詩壇	江樓聞蛙〔1〕 강루문와	龜浦 國光生	시가/한시	
1	5	時報歌壇	折にふれて〔3〕 마침맞게		시가/단카	
면수 불명	1~3		武道の神 鐘捲自齋(第五十六席)〈56〉 무도의 신 가네마키 지사이(제56석)	小金井盧洲演	고단	
면수 불명	1~3		同胞〈93〉 동포	故柳川春葉	소설/일본	
면수 불명	7	讀者藝文 (投稿歡迎)	★渡鮮後滿一ケ年の其の日に 조선에 건너온 후 만 1년이 되는 그날에	釜山 靜子	수필/일상	
면수 불명	7		偶吟〔2〕 우음	釜山 夢汀	시가/단카	

1918년 08월 10일 (토) 6678호

지면	단수	기획	기사제목 〈회수〉〔곡수〕	필자/저자(역자)	분류	비고
면수 불명	1~4		武道の神 鐘捲自齋(第五十七席)〈57〉 무도의 신 가네마키 지사이(제57석)	小金井盧洲演	고단	
면수 불명	1~2		同胞〈94〉 동포	故柳川春葉	소설/일본	

1918년 08월 11일 (일) 6679호

지면	단수	기획	기사제목 〈회수〉〔곡수〕	필자/저자(역자)	분류	비고
면수 불명	7~8		麥酒の泡(上)〈1〉 맥주 거품(상)	睨潮偶筆	수필/기타	
면수 불명	1~3		武道の神 鐘捲自齋(第五十八席)〈58〉 무도의 신 가네마키 지사이(제58석)	小金井盧洲演	고단	
면수 불명	1~5		同胞〈95〉 동포	故柳川春葉	소설/일본	

1918년 08월 12일 (월) 6680호

지면	단수	기획	기사제목 〈회수〉〔곡수〕	필자/저자(역자)	분류	비고
1	5	時報歌壇	海水浴にて〔2〕 해수욕에서	夢灯	시가/단카	
면수 불명	1~2		同胞〈95〉 동포	故柳川春葉	소설/일본	회수 오류
면수 불명	7~8		出征の某氏に〔4〕 출정하는 모 씨에게	進永 山永はる	시가/단카	

1918년 08월 13일 (화) 6681호

지면	단수	기획	기사제목 〈회수〉〔곡수〕	필자/저자(역자)	분류	비고
1	5		涼し〔6〕 서늘하다	芳水	시가/단카	
면수 불명	1~3		同胞〈97〉 동포	故柳川春葉	소설/일본	

1918년 08월 14일 (수) 6682호

지면	단수	기획	기사제목 〈회수〉〔곡수〕	필자/저자(역자)	분류	비고
면수 불명	7~8		麥酒の泡(中)〈2〉 맥주 거품(중)	睨潮偶筆	수필/기타	
면수 불명	1~3		同胞〈98〉 동포	故柳川春葉	소설/일본	

1918년 08월 15일 (목) 6683호

지면	단수	기획	기사제목 〈회수〉〔곡수〕	필자/저자(역자)	분류	비고
1	5		亡父の墓を忍びて〔4〕 망부의 묘를 그리며	芳水	시가/단카	

지면	단수	기획	기사제목 〈회수〉〔곡수〕	필자/저자(역자)	분류	비고
면수 불명	7~8	讀者藝文 (投稿歡迎)	若き日の思出 젊은 날의 추억	釜山 嘉瀬春#	소설/일본	
면수 불명	8	讀者藝文 (投稿歡迎)	夏のつれ〲〔2〕 여름날의 지루함	釜山 きいち	시가/신체시	
면수 불명	8	讀者藝文 (投稿歡迎)	夏のつれ〲〔2〕 여름날의 지루함	釜山 きいち	시가/단카	
면수 불명	1~3		同胞 〈99〉 동포	故柳川春葉	소설/일본	

1918년 08월 16일 (금) 6684호

지면	단수	기획	기사제목 〈회수〉〔곡수〕	필자/저자(역자)	분류	비고
면수 불명	1~3		同胞 〈100〉 동포	故柳川春葉	소설/일본	

1918년 08월 17일 (토) 6685호

지면	단수	기획	기사제목 〈회수〉〔곡수〕	필자/저자(역자)	분류	비고
면수 불명	7~8		麥酒の泡(下) 〈3〉 맥주 거품(하)	睨潮偶筆	수필/기타	
면수 불명	1~3		同胞 〈100〉 동포	故柳川春葉	소설/일본	회수 오류

1918년 08월 18일 (일) 6686호

지면	단수	기획	기사제목 〈회수〉〔곡수〕	필자/저자(역자)	분류	비고
1	5	時報詩壇	雨中偶成〔1〕 우중우성	龜浦 國光生	시가/한시	
1	5	時報詩壇	夏日田家偶成〔1〕 하일전가우성		시가/한시	
1	5	時報詩壇	熊本城懷古〔1〕 구마모토 성 회고		시가/한시	
1	5	時報詩壇	送從軍〔1〕 송종군		시가/한시	
1	5	時報詩壇	夏夜步月〔1〕 하야보월	翠陰	시가/한시	
면수 불명	1~3		同胞 〈102〉 동포	故柳川春葉	소설/일본	

1918년 08월 19일 (월) 6687호

지면	단수	기획	기사제목 〈회수〉〔곡수〕	필자/저자(역자)	분류	비고
1	5	時報詩壇	(제목없음)〔1〕	龜浦 國光生	시가/한시	
1	5	時報詩壇	夏日田家偶成〔1〕 하일전가우성		시가/한시	
1	5	時報詩壇	熊本城懷古〔1〕 구마모토 성 회고		시가/한시	
1	5	時報詩壇	★送從軍〔1〕 종군을 전송하며		시가/한시	
1	5	時報歌壇	夏の月〔5〕 여름 달		시가/단카	
면수 불명	1~3		同胞 〈103〉 동포	故柳川春葉	소설/일본	

1918년 08월 20일 (화) 6688호

지면	단수	기획	기사제목 〈회수〉〔곡수〕	필자/저자(역자)	분류	비고
1	5	時報歌壇	(제목없음)〔6〕		시가/단카	
면수 불명	1~3		同胞〈104〉 동포	故柳川春葉	소설/일본	

1918년 08월 21일 (수) 6689호

지면	단수	기획	기사제목 〈회수〉〔곡수〕	필자/저자(역자)	분류	비고
1	5		(제목없음)〔1〕		시가/단카	
면수 불명	7	讀者藝文 (投稿歡迎)	綠の森より 푸른 숲에서	釜山 秋子	수필/일상	
면수 불명	7		國を想ふて〔5〕 나라를 생각하며	釜山 靜子	시가/단카	
면수 불명	1~3		同胞〈105〉 동포	故柳川春葉	소설/일본	

1918년 08월 22일 (목) 6690호

지면	단수	기획	기사제목 〈회수〉〔곡수〕	필자/저자(역자)	분류	비고
면수 불명	1~2		武道の神 鐘捲自齋(第五十九席)〈59〉 무도의 신 가네마키 지사이(제59석)	小金井盧洲演	고단	
면수 불명	7	和歌	亡き友の回向〔1〕 죽은 친구의 회향	進永 山永はる	시가/단카	向回-回 向 오기
면수 불명	8	和歌	不安〔1〕 불안	進永 山永はる	시가/단카	
면수 불명	8	和歌	時報にて見たる某氏の美擧〔1〕 시보에서 본 어느 분의 훌륭한 행위	進永 山永はる	시가/단카	
면수 불명	1~3		同胞〈106〉 동포	故柳川春葉	소설/일본	

1918년 08월 23일 (금) 6691호

지면	단수	기획	기사제목 〈회수〉〔곡수〕	필자/저자(역자)	분류	비고
1	5	時報歌壇	(제목없음)〔1〕	ゆふ葉子	시가/단카	
1	5	時報歌壇	故鄕月〔1〕 고향 달	紋鹿	시가/단카	
1	5	時報歌壇	(제목없음)〔1〕	芳水	시가/단카	
면수 불명	1~3		武道の神 鐘捲自齋(第六十席)〈60〉 무도의 신 가네마키 지사이(제60석)	小金井盧洲演	고단	
면수 불명	1~2		同胞〈107〉 동포	故柳川春葉	소설/일본	

1918년 08월 24일 (토) 6692호

지면	단수	기획	기사제목 〈회수〉〔곡수〕	필자/저자(역자)	분류	비고
면수 불명	1~3		武道の神 鐘捲自齋(第六十一席)〈61〉 무도의 신 가네마키 지사이(제61석)	小金井盧洲演	고단	
면수 불명	1~3		同胞〈107〉 동포	故柳川春葉	소설/일본	회수 오류

1918년 08월 25일 (일) 6693호

지면	단수	기획	기사제목 〈회수〉〔곡수〕	필자/저자(역자)	분류	비고
면수 불명	1~3		武道の神 鐘捲自齋(第六十一席)〈61〉 무도의 신 가네마키 지사이(제61석)	小金井盧洲演	고단	회수 오류
면수 불명	6~7		美代ちゃんへ 미요 짱에게	釜山 靜子	수필/서간	

지면	단수	기획	기사제목 〈회수〉〔곡수〕	필자/저자(역자)	분류	비고
면수 불명	7		(제목없음) 〔4〕	辨天町 仁丹	시가/도도이쓰	
면수 불명	7		月出づる夜 달 뜨는 밤	釜山にて 紫の雲	수필/일상	
면수 불명	7		涼み臺 더위 식히는 평상	秋子	수필/일상	

1918년 08월 27일 (화) 6695호

지면	단수	기획	기사제목 〈회수〉〔곡수〕	필자/저자(역자)	분류	비고
1	5	時報歌壇	夏の夜半 〔2〕 여름 밤중	超以智	시가/하이쿠	
1	5	時報歌壇	夏の夜半/―海濱をたどりて― 〔3〕 여름 밤중/―해변을 걸으며―	超以智	시가/하이쿠	
1	5	時報歌壇	偶吟 〔4〕 우음		시가/하이쿠	
1	5	時報歌壇	海水浴 〔5〕 해수욕		시가/단카	
1	5	時報歌壇	海水浴場にて思はず海に飛込みければ 〔1〕 해수욕장에서 무심코 바다에 뛰어드니		시가/단카	
면수 불명	7		亡き友 〔4〕 죽은 친구	金海 英子	시가/단카	
면수 불명	5~6		新小說豫告/憂き身/小栗風葉 作 石井滴水 畫 신작 소설 예고/괴로운 신세/오구리 후요 작 이시이 데키스이 삽화		광고/연재예고	
면수 불명	1~3		武道の神 鐘捲自齋(第六十三席) 〈63〉 무도의 신 가네마키 지사이(제63석)	小金井盧洲演	고단	

1918년 08월 28일 (수) 6696호

지면	단수	기획	기사제목 〈회수〉〔곡수〕	필자/저자(역자)	분류	비고
면수 불명	1~2		武道の神 鐘捲自齋(第六十六席) 〈66〉 무도의 신 가네마키 지사이(제66석)	小金井盧洲演	고단	회수 오류

1918년 08월 29일 (목) 6697호

지면	단수	기획	기사제목 〈회수〉〔곡수〕	필자/저자(역자)	분류	비고
1	5	時報歌壇	秋立つ頃 〔4〕 가을이 될 무렵	花の人	시가/단카	
면수 불명	1~3		武道の神 鐘捲自齋(第六十六席) 〈66〉 무도의 신 가네마키 지사이(제66석)	小金井盧洲演	고단	
면수 불명	7		病床雜詠 〔4〕 병상잡영	牧の島 くにた	시가/단카	
면수 불명	7		月 〔1〕 달	龜浦 國光生	시가/단카	
면수 불명	7		砧 〔1〕 다듬이		시가/단카	
면수 불명	7		折にふれて 〔1〕 마침맞게		시가/단카	
면수 불명	7		魂祭 〔1〕 제사		시가/단카	

1918년 08월 30일 (금) 6698호

지면	단수	기획	기사제목 〈회수〉〔곡수〕	필자/저자(역자)	분류	비고
1	5	時報歌壇	(제목없음) 〔5〕		시가/단카	
면수 불명	1~3		武道の神 鐘捲自齋(第六十七席) 〈67〉 무도의 신 가네마키 지사이(제67석)	小金井盧洲演	고단	

1918년 08월 31일 (토) 6699호

지면	단수	기획	기사제목 〈회수〉〔곡수〕	필자/저자(역자)	분류	비고
면수 불명	1~3		武道の神 鐘捲自齋(第六十八席) 〈68〉 무도의 신 가네마키 지사이(제68석)	小金井盧洲演	고단	
면수 불명	3~5		うき身 〈1〉 괴로운 신세	小栗風葉	소설/일본	
면수 불명	7~8		「憂き身」掲載/本紙の新小説 「괴로운 신세」 게재/본지 신작 소설		광고/연재 예고	

1918년 09월 02일 (월) 6700호 요일 오류

면수 불명	7~8		龜浦淸遊 〈1〉 구포 청유	夕の字	수필/기행	
면수 불명	1~3		憂き身 〈2〉 괴로운 신세	小栗風葉	소설/일본	

1918년 09월 03일 (화) 6701호

1	5		★悼許斐大尉 〔1〕 고노미 대위를 추도하다	龜浦 國光生	시가/한시	
1	5		悼許斐大尉 〔2〕 고노미 대위를 추도하다	龜浦 國光生	시가/단카	
1	5		悼許斐大尉/詠史 〔1〕 고노미 대위를 추도하다/영사	龜浦 國光生	시가/단카	
면수 불명	1~3		武道の神 鐘捲自齋(第六十九席) 〈69〉 무도의 신 가네마키 지사이(제69석)	小金井盧洲演	고단	
면수 불명	1~3		憂き身 〈3〉 괴로운 신세	小栗風葉	소설/일본	

1918년 09월 04일 (수) 6702호

면수 불명	8		雜詠 〔4〕 잡영	龜浦 臨川生	시가/단카	
면수 불명	7~8		龜浦淸遊 〈2〉 구포 청유	熊本ッ子	수필/기행	
면수 불명	1~2		武道の神 鐘捲自齋(第七十席) 〈70〉 무도의 신 가네마키 지사이(제70석)	小金井盧洲演	고단	
면수 불명	1~3		憂き身 〈4〉 괴로운 신세	小栗風葉	소설/일본	

1918년 09월 05일 (목) 6703호

1	5		俳句雜題-社中選 〔2〕 하이쿠 잡제-사내 선	紅山	시가/하이쿠	
1	5		俳句雜題-社中選 〔1〕 하이쿠 잡제-사내 선	寄逸	시가/하이쿠	
1	5		俳句雜題-社中選 〔1〕 하이쿠 잡제-사내 선	二升	시가/하이쿠	
1	5		俳句雜題-社中選 〔1〕 하이쿠 잡제-사내 선	杏花	시가/하이쿠	
1	5		俳句雜題-社中選 〔1〕 하이쿠 잡제-사내 선	水聲	시가/하이쿠	
1	5		俳句雜題-社中選 〔1〕 하이쿠 잡제-사내 선	鶴仙	시가/하이쿠	
1	5		俳句雜題-社中選 〔1〕 하이쿠 잡제-사내 선	巨子	시가/하이쿠	
1	5		俳句雜題-社中選 〔1〕 하이쿠 잡제-사내 선	二升	시가/하이쿠	

지면	단수	기획	기사제목 〈회수〉〔곡수〕	필자/저자(역자)	분류	비고
면수 불명	1~3		武道の神 鐘捲自齋(第七十一席) 〈71〉 무도의 신 가네마키 지사이(제71석)	小金井盧洲演	고단	
면수 불명	7~8		龜浦淸遊 〈3〉 구포 청유	墨弌生	수필/기행	
면수 불명	7	時報歌壇	月 〔3〕 달	金海 英子	시가/단카	
면수 불명	7~8	時報歌壇	妹の四十九日に 〔4〕 여동생의 49재에	金海 坂口よし香	시가/단카	
면수 불명	8	時報歌壇	偶成 〔3〕 우성	紋鹿	시가/단카	
면수 불명	1~3		憂き身 〈5〉 괴로운 신세	小栗風葉	소설/일본	

1918년 09월 06일 (금) 6704호

지면	단수	기획	기사제목 〈회수〉〔곡수〕	필자/저자(역자)	분류	비고
1	5	時報詩壇	★祝戊午之天長節 〔1〕 축무오지천장절	龜浦 國光生	시가/한시	
1	5	時報詩壇	★征露詞 〔1〕 러시아 정벌 노래	龜浦 國光生	시가/한시	
1	5	時報詩壇	遊谷汲寺 〔1〕 유곡급사	龜浦 國光生	시가/한시	
1	5	時報詩壇	偶成 〔1〕 우성	龜浦 國光生	시가/한시	
면수 불명	7		徒然集 〔6〕 쓰레즈레슈	園川夢汀	시가/단카	
면수 불명	7~8		龜浦淸遊 〈4〉 구포 청유	墨弌生	수필/기행	
면수 불명	1~3		武道の神 鐘捲自齋(第七十二席) 〈72〉 무도의 신 가네마키 지사이(제72석)	小金井盧洲演	고단	
면수 불명	1~3		憂き身 〈6〉 괴로운 신세	小栗風葉	소설/일본	
면수 불명	1~2		武道の神 鐘捲自齋(第七十三席) 〈73〉 무도의 신 가네마키 지사이(제73석)	小金井盧洲演	고단	

1918년 09월 07일 (토) 6705호

지면	단수	기획	기사제목 〈회수〉〔곡수〕	필자/저자(역자)	분류	비고
면수 불명	7	和歌	二百十日 〔2〕 이백십일	進永 山永春	시가/단카	
면수 불명	7	和歌	三浪津にて 〔1〕 삼랑진에서	進永 山永春	시가/단카	
면수 불명	7	和歌	出征の將士 〔1〕 출정하는 장사	進永 山永春	시가/단카	
면수 불명	7	和歌	産室にて 〔2〕 산실에서	進永 山永春	시가/단카	
면수 불명	1~3		憂き身 〈7〉 괴로운 신세	小栗風葉	소설/일본	

1918년 09월 08일 (일) 6706호

지면	단수	기획	기사제목 〈회수〉〔곡수〕	필자/저자(역자)	분류	비고
면수 불명	1~3		武道の神 鐘捲自齋(第七十四席) 〈74〉 무도의 신 가네마키 지사이(제74석)	小金井盧洲演	고단	
면수 불명	1~5		憂き身 〈8〉 괴로운 신세	小栗風葉	소설/일본	
면수 불명	7~8		龜浦淸遊 〈5〉 구포 청유	睍潮生	수필/기행	

지면	단수	기획	기사제목 〈회수〉〔곡수〕	필자/저자(역자)	분류	비고
			1918년 09월 09일 (월) 6707호			
1	5	時報歌壇	許斐大尉を悼む〔3〕 고노미 대위를 추모하다	金海 英子	시가/단카	
1	5		(제목없음)〔1〕	豊煙	시가/하이쿠	
1	5		(제목없음)〔1〕	草樂	시가/하이쿠	
1	5		(제목없음)〔1〕	芦川	시가/하이쿠	
면수 불명	7~8		龜浦淸遊〈6〉 구포 청유	睆潮	수필/기행	
면수 불명	1~3		憂き身〈9〉 괴로운 신세	小栗風葉	소설/일본	
			1918년 09월 10일 (화) 6708호			
1	5	時報歌壇	(제목없음)〔2〕		시가/단카	
면수 불명	7~8		泗川花柳界哀話/大吉樓文子の半生〈1〉 사천 화류계 비화/다이키치로 후미코의 반생	めがね生	수필/관찰	
면수 불명	7		夜の空〔5〕 밤하늘	靈月	시가/단카	
면수 불명	1~3		武道の神 鐘捲自齋(第七十五席)〈75〉 무도의 신 가네마키 지사이(제75석)	小金井盧洲演	고단	
면수 불명	1~3		憂き身〈10〉 괴로운 신세	小栗風葉	소설/일본	
			1918년 09월 11일 (수) 6709호			
1	5	俳句	草の花〔2〕 풀꽃	啓喜樓	시가/하이쿠	
1	5	俳句	秋野〔3〕 가을 들녘	啓喜樓	시가/하이쿠	
면수 불명	7~8		龜浦淸遊〈7〉 구포 청유	睆	수필/기행	
면수 불명	1~3		武道の神 鐘捲自齋(第七十六席)〈76〉 무도의 신 가네마키 지사이(제76석)	小金井盧洲演	고단	
면수 불명	1~3		憂き身〈11〉 괴로운 신세	小栗風葉	소설/일본	
			1918년 09월 12일 (목) 6710호			
1	5	俳句	秋の句〔5〕 가을의 구	啓喜樓	시가/하이쿠	
1	5	俳句	東萊蓬萊館にて〔2〕 동래 호라이칸에서	啓喜樓	시가/하이쿠	
면수 불명	6~7		龜浦淸遊〈8〉 구포 청유	睆潮	수필/기행	
면수 불명	1~3		武道の神 鐘捲自齋(第七十七席)〈77〉 무도의 신 가네마키 지사이(제77석)	小金井盧洲演	고단	
면수 불명	1~5		憂き身〈12〉 괴로운 신세	小栗風葉	소설/일본	
			1918년 09월 13일 (금) 6711호			

지면	단수	기획	기사제목 〈회수〉〔곡수〕	필자/저자(역자)	분류	비고
1	5	俳句	秋の句 〔4〕 가을의 구	啓喜樓	시가/하이쿠	
1	5	俳句	龍頭山にて 〔1〕 용두산에서	啓喜樓	시가/하이쿠	
1	5	俳句	港內 〔1〕 항구 안	啓喜樓	시가/하이쿠	
면수 불명	1~2		武道の神 鐘捲自齋(第七十八席) 〈78〉 무도의 신 가네마키 지사이(제78석)	小金井盧洲演	고단	
면수 불명	7		雜詠 〔3〕 잡영	金海 孤燈	시가/단카	
면수 불명	7		雜詠/虫 〔3〕 잡영/벌레	金海 孤燈	시가/하이쿠	
면수 불명	1~3		憂き身 〈13〉 괴로운 신세	小栗風葉	소설/일본	

1918년 09월 14일 (토) 6712호

지면	단수	기획	기사제목 〈회수〉〔곡수〕	필자/저자(역자)	분류	비고
1	5	俳句	秋の句 〔4〕 가을의 구	啓喜樓	시가/하이쿠	
면수 불명	1~3		武道の神 鐘捲自齋(第七十九席) 〈79〉 무도의 신 가네마키 지사이(제79석)	小金井盧洲演	고단	
면수 불명	1~3		憂き身 〈14〉 괴로운 신세	小栗風葉	소설/일본	

1918년 09월 15일 (일) 6713호

지면	단수	기획	기사제목 〈회수〉〔곡수〕	필자/저자(역자)	분류	비고
면수 불명	1~3		武道の神 鐘捲自齋(第八十席) 〈80〉 무도의 신 가네마키 지사이(제80석)	小金井盧洲講演	고단	
면수 불명	6~8		龜浦淸遊 〈9〉 구포 청유	睨潮	수필/기행	
면수 불명	1~3		憂き身 〈15〉 괴로운 신세	小栗風葉	소설/일본	

1918년 09월 16일 (월) 6714호

지면	단수	기획	기사제목 〈회수〉〔곡수〕	필자/저자(역자)	분류	비고
면수 불명	1~3		憂き身 〈16〉 괴로운 신세	小栗風葉	소설/일본	

1918년 09월 17일 (화) 6715호

지면	단수	기획	기사제목 〈회수〉〔곡수〕	필자/저자(역자)	분류	비고
1	5	歌壇	蘭の花 〔3〕 난초 꽃	奈美代	시가/단카	
면수 불명	1~2		武道の神 鐘捲自齋(第八十一席) 〈81〉 무도의 신 가네마키 지사이(제81석)	小金井盧洲講演	고단	
면수 불명	8~9		龜浦淸遊 〈10〉 구포 청유		수필/기행	
면수 불명	4		大邱の女/お品さん(上) 〈1〉 대구의 여자/오시나 씨(상)		수필/평판기	
면수 불명	1~3		憂き身 〈17〉 괴로운 신세	小栗風葉	소설/일본	

1918년 09월 18일 (수) 6716호

지면	단수	기획	기사제목 〈회수〉〔곡수〕	필자/저자(역자)	분류	비고
면수 불명	1~3		武道の神 鐘捲自齋(第八十二席) 〈82〉 무도의 신 가네마키 지사이(제82석)	小金井盧洲講演	고단	
면수 불명	1~3		憂き身 〈18〉 괴로운 신세	小栗風葉	소설/일본	

지면	단수	기획	기사제목 〈회수〉〔곡수〕	필자/저자(역자)	분류	비고
			1918년 09월 19일 (금) 6717호			요일 오류
1	5	歌壇	霧〔2〕 안개	春曉	시가/단카	
면수 불명	6		大邱の女(二)/髮結いお藤〈2〉 대구의 여자(2)/가미유이 오후지		수필/평판기	
면수 불명	1~3		武道の神 鐘捲自齋(第八十二席)〈82〉 무도의 신 가네마키 지사이(제82석)	小金井盧洲講演	고단	회수 오류
면수 불명	1~3		憂き身〈19〉 괴로운 신세	小栗風葉	소설/일본	
			1918년 09월 20일 (토) 6718호			요일 오류
1	5	詩壇	#知人之從軍〔1〕 #지인지종군	龜浦 國光生	시가/한시	
1	5	詩壇	詠那翁〔1〕 영나옹(나폴레옹을 읊다)	龜浦 國光生	시가/한시	
1	5	詩壇	中秋小飮〔1〕 중추소음	龜浦 國光生	시가/한시	
1	5	詩壇	秋日山行〔1〕 추일산행	龜浦 國光生	시가/한시	
1	5	詩壇	月夜泛舟〔1〕 월야범주	龜浦 國光生	시가/한시	
1	5	歌壇	(제목없음)〔2〕	芳水	시가/단카	
면수 불명	1~3		武道の神 鐘捲自齋(第八十四席)〈84〉 무도의 신 가네마키 지사이(제84석)	小金井盧洲講演	고단	
면수 불명	7~8		折りにふれて〔4〕 그때 그때	龜浦 國光楓堂	시가/단카	
면수 불명	1~3		憂き身〈20〉 괴로운 신세	小栗風葉	소설/일본	
			1918년 09월 21일 (토) 6719호			
면수 불명	1~3		武道の神 鐘捲自齋(第八十五席)〈85〉 무도의 신 가네마키 지사이(제85석)	小金井盧洲講演	고단	
면수 불명	3		軍國の秋/月に對して〔1〕 군국의 가을/달에 대하여	溪村生	시가/신체시	
면수 불명	3	軍國の秋	芒を課して〔1〕 억새를 지고	溪村生	시가/신체시	
면수 불명	1~3		憂き身〈21〉 괴로운 신세	小栗風葉	소설/일본	
			1918년 09월 22일 (일) 6720호			
면수 불명	4		狂句屋の月見〔7〕 교쿠야의 달맞이		수필·시가/ 일상·센류, 교카	
면수 불명	1~3		武道の神 鐘捲自齋(第八十六席)〈86〉 무도의 신 가네마키 지사이(제86석)	小金井盧洲講演	고단	
면수 불명	1~2		憂き身〈22〉 괴로운 신세	小栗風葉	소설/일본	
			1918년 09월 23일 (월) 6721호			

지면	단수	기획	기사제목 〈회수〉〔곡수〕	필자/저자(역자)	분류	비고
면수 불명	8		時事吟/ハバロフカの今の光景〔1〕 시사음/하바로프카의 지금 광경	釜山 白猿生	시가/단카	
면수 불명	8		時事吟/ハシベリアの野の鯡〔1〕 시사음/시베리아 들녘의 청어	釜山 白猿生	시가/단카	
면수 불명	8		時事吟/出征軍人の宿舍より送りて〔2〕 시사음/출정 군인을 숙소에서 보내고	釜山 白猿生	시가/단카	
면수 불명	8		時事吟/皇國の騎兵の前進を〔1〕 시사음/황국 기병의 전진을	釜山 白猿生	시가/단카	
면수 불명	8		時事吟/俳句の一節〔1〕 시사음/하이쿠 한 구절	釜山 白猿生	시가/하이쿠	
면수 불명	8		秋季〔5〕 추계	龜浦 國光生	시가/하이쿠	
면수 불명	8		秋季〔4〕 추계	南濱 秀峯	시가/하이쿠	
면수 불명	8		俚謠〔7〕 이요		시가/도도이 쓰	
면수 불명	1~3		憂き身〈23〉 괴로운 신세	小栗風葉	소설/일본	

1918년 09월 24일 (화) 6722호

면수 불명	1~3		武道の神 鐘捲自齋(第八十六席)〈86〉 무도의 신 가네마키 지사이(제86석)	小金井盧洲講演	고단	회수 오류
면수 불명	1~3		憂き身〈24〉 괴로운 신세	小栗風葉	소설/일본	

1918년 09월 26일 (목) 6723호

1	5		中秋泛舟〔1〕 중추범주	楓堂生	시가/한시	
1	5		經田〔1〕 경전	楓堂生	시가/한시	
1	5		秋夜圍碁〔1〕 추야위기	楓堂生	시가/한시	
1	5		偶成〔1〕 우성	楓堂生	시가/한시	
1	5		出征兵士を送る〔2〕 출정 병사를 보내다	釜山 夢汀	시가/단카	
면수 불명	1~2		武道の神 鐘捲自齋(第八十八席)〈88〉 무도의 신 가네마키 지사이(제88석)	小金井盧洲講演	고단	
면수 불명	7		龜浦淸遊〈11〉 구포 청유	眠潮生	수필/기행	
면수 불명	1~3		憂き身〈25〉 괴로운 신세	小栗風葉	소설/일본	

1918년 09월 27일 (금) 6724호

면수 불명	1~3		武道の神 鐘捲自齋(第八十#席)〈8#〉 무도의 신 가네마키 지사이(제8#석)	小金井盧洲講演	고단	회수 불명
면수 불명	1~2		憂き身〈26〉 괴로운 신세	小栗風葉	소설/일본	

1918년 09월 28일 (토) 6725호

면수 불명	1~3		憂き身〈27〉 괴로운 신세	小栗風葉	소설/일본	

지면	단수	기획	기사제목 〈회수〉〔곡수〕	필자/저자(역자)	분류	비고
면수 불명	1~3		武道の神 鐘捲自齋(第八十九席) 〈89〉 무도의 신 가네마키 지사이(제89석)	小金井盧洲講演	고단	

1918년 09월 29일 (일) 6726호

지면	단수	기획	기사제목	필자/저자	분류	비고
면수 불명	1~2		武道の神 鐘捲自齋(第九十席) 〈90〉 무도의 신 가네마키 지사이(제90석)	小金井盧洲講演	고단	
면수 불명	7		初秋を迎へて〔3〕 초가을을 맞이하여	釜山 夢灯生	시가/단카	
면수 불명	7		初秋を迎へて/悲愁〔3〕 초가을을 맞이하여/슬픔과 근심	釜山 夢灯生	시가/단카	
면수 불명	7		初秋を迎へて〔4〕 초가을을 맞이하여	金海 英子	시가/단카	
면수 불명	7		☆釜山にて〔2〕 부산에서	金海 秀穂	시가/단카	
면수 불명	7		★松嶋にて〔2〕 송도에서	金海 秀穂	시가/단카	
면수 불명	7		東萊溫泉にて〔1〕 동래 온천에서	金海 秀穂	시가/단카	
면수 불명	1~3		憂き身 〈28〉 괴로운 신세	小栗風葉	소설/일본	

1918년 09월 30일 (월) 6727호

지면	단수	기획	기사제목	필자/저자	분류	비고
면수 불명	1~3		憂き身 〈29〉 괴로운 신세	小栗風葉	소설/일본	

1920년 03월 01일 (월) 7214호

지면	단수	기획	기사제목	필자/저자	분류	비고
1	5		釜山山水會/椿 〈4〉〔1〕 부산 산수회/동백	東陽	시가/하이쿠	
1	5		釜山山水會/椿 〈4〉〔1〕 부산 산수회/동백	香洲	시가/하이쿠	
1	5		釜山山水會/椿 〈4〉〔2〕 부산 산수회/동백	箕水	시가/하이쿠	
1	5		釜山山水會/椿 〈4〉〔1〕 부산 산수회/동백	尋蟻	시가/하이쿠	
1	5		釜山山水會/椿 〈4〉〔2〕 부산 산수회/동백	春浦	시가/하이쿠	
1	5		釜山山水會/椿 〈4〉〔1〕 부산 산수회/동백	茶遊	시가/하이쿠	
1	5		釜山山水會/椿 〈4〉〔1〕 부산 산수회/동백	可秀	시가/하이쿠	
1	5		釜山山水會/椿 〈4〉〔1〕 부산 산수회/동백	胡月	시가/하이쿠	
1	5		釜山山水會/椿 〈4〉〔2〕 부산 산수회/동백	醉骨	시가/하이쿠	
1	5		釜山山水會/椿 〈4〉〔1〕 부산 산수회/동백	竹月	시가/하이쿠	
1	5		釜山山水會/椿 〈4〉〔1〕 부산 산수회/동백	松郎	시가/하이쿠	
1	5		釜山山水會/椿 〈4〉〔1〕 부산 산수회/동백	綠朗	시가/하이쿠	
1	5		釜山山水會/椿 〈4〉〔1〕 부산 산수회/동백	巨堂	시가/하이쿠	

지면	단수	기획	기사제목 〈회수〉〔곡수〕	필자/저자(역자)	분류	비고
1	5		釜山山水會/椿 〈4〉〔1〕 부산 산수회/동백	三岳	시가/하이쿠	
1	5	短歌	(제목없음)〔5〕	花村杏平	시가/단카	
1	5~6		途上 〈5〉 길 위	安田靑風	소설/일본	
3	10	川柳	惡い酒 〔10〕 나쁜 술	鳥石	시가/센류	
4	1~2		俠客 嵐山花五郎 〈3〉 협객 아라시야마 하나고로	眞龍齊貞山講演	고단	

1920년 03월 02일 (화) 7215호

지면	단수	기획	기사제목 〈회수〉〔곡수〕	필자/저자(역자)	분류	비고
1	5~6		途上 〈6〉 길 위	安田靑風	소설/일본	
1	6	詩范	胸の波 〔1〕 가슴의 파도	草梁 美都緖	시가/자유시	
1	6	川柳	戀敵 〈5〉〔10〕 연적	鳥石	시가/센류	
4	1~2		俠客 嵐山花五郎/二度の勤め(一) 〈4〉 협객 아라시야마 하나고로/두 번의 근무(1)	眞龍齊貞山講演	고단	

1920년 03월 03일 (수) 7216호

지면	단수	기획	기사제목 〈회수〉〔곡수〕	필자/저자(역자)	분류	비고
1	4		はて知らず 〔1〕 끝도 없이	淸水夢鳥	시가/신체시	
1	4~6		途上 〈7〉 길 위	安田靑風	소설/일본	
1	6		川柳/ぬすと猫 〔10〕 센류/도둑고양이	鳥石	시가/센류	
4	1~2		俠客 嵐山花五郎/二度の勤め(二) 〈5〉 협객 아라시야마 하나고로/두 번의 근무(2)	眞龍齊貞山講演	고단	

1920년 03월 04일 (목) 7217호　　　　　　날짜/요일/호수 오류

지면	단수	기획	기사제목 〈회수〉〔곡수〕	필자/저자(역자)	분류	비고
1	5~6		短編 其の女 〈1〉 단편 그 여자	くれがし	소설/일본	
1	5	南鮮川柳	枕ひき 〔10〕 목침 당기기 놀이	鳥石	시가/센류	
1	5~6		短編 其の女 〈2〉 단편 그 여자	くれがし	소설/일본	

1920년 03월 05일 (금) 7218호

지면	단수	기획	기사제목 〈회수〉〔곡수〕	필자/저자(역자)	분류	비고
4	1~3		俠客 嵐山花五郎/二度の勤め(三) 〈6〉 협객 아라시야마 하나고로/두 번의 근무(3)	眞龍齊貞山講演	고단	

1920년 03월 06일 (토) 7219호

지면	단수	기획	기사제목 〈회수〉〔곡수〕	필자/저자(역자)	분류	비고
1	5~6		短編 其の女 〈3〉 단편 그 여자	くれがし	소설/일본	
1	6	南鮮川柳	指角力 〔10〕 손가락 씨름		시가/센류	
4	1~2		俠客 嵐山花五郎/鯱鉾權次(一) 〈7〉 협객 아라시야마 하나고로/샤치호코 곤지(1)	眞龍齊貞山講演	고단	

1920년 03월 07일 (일) 7220호

지면	단수	기획	기사제목 〈회수〉〔곡수〕	필자/저자(역자)	분류	비고
3	4		俚謠(釜山名所)〔14〕 이요(부산 명소)	峽霞	시가/도도이 쓰	
3	8~9		俠客 嵐山花五郎/鯱鉾權次(二)〈7〉 협객 아라시야마 하나고로/샤치호코 곤지(2)	眞龍齊貞山講演	고단	회수 오류

1920년 03월 08일 (월) 7221호

1	4~5	歌壇	病中吟〔6〕 병중음	田上歌彦	시가/단카	
1	5	歌壇	春なれや〔5〕 봄이런가	田上歌彦	시가/단카	
1	5~6		短編 其の女〈4〉 단편 그 어자	くれがし	소설/일본	
4	1~2		俠客 嵐山花五郎/鯱鉾權次(二)〈9〉 협객 아라시야마 하나고로/샤치호코 곤지(2)	眞龍齊貞山講演	고단	회수 오류

1920년 03월 09일 (화) 7222호

1	5~6		短編 其の女〈5〉 단편 그 여자	くれがし	소설/일본	
3	7		釜山短歌會/詠草(一)〈1〉〔4〕 부산 단카카이/영초(1)	花村杏平	시가/단카	
3	7		釜山短歌會/詠草(一)〈1〉〔3〕 부산 단카카이/영초(1)	宮崎よしを	시가/단카	
3	7		釜山短歌會/詠草(一)〈1〉〔5〕 부산 단카카이/영초(1)	橋本火村	시가/단카	
3	7~8		釜山短歌會/詠草(一)〈1〉〔3〕 부산 단카카이/영초(1)	安田靑風	시가/단카	
3	7~8		釜山短歌會/詠草(一)〈1〉〔3〕 부산 단카카이/영초(1)	阿比留##	시가/단카	
3	8~9		安來節(三)/流行歌詞〈3〉〔2〕 야스기부시(3)/유행가사		시가/기타	
4	1~2		俠客 嵐山花五郎/鯱鉾權次(二)〈10〉 협객 아라시야마 하나고로/샤치호코 곤지(2)	眞龍齊貞山講演	고단	회수 오류

1920년 03월 10일 (수) 7223호

| 1 | 5~6 | | 短編 其の女〈5〉
단편 그 여자 | くれがし | 소설/일본 | 회수 오류 |
| 4 | 1~2 | | 俠客 嵐山花五郎/花五郎出現(一)〈11〉
협객 아라시야마 하나고로/하나고로 출현(1) | 眞龍齊貞山講演 | 고단 | |

1920년 03월 10일 (수) 7223호

2	8		☆釜山短歌會/詠草(二)〈2〉〔3〕 부산 단카카이/영초(2)	悲路死	시가/단카	
2	8		☆釜山短歌會/詠草(二)〈2〉〔3〕 부산 단카카이/영초(2)	松尾洛東	시가/단카	
2	8		釜山短歌會/詠草(二)〈2〉〔1〕 부산 단카카이/영초(2)	花村杏平	시가/단카	
2	8		釜山短歌會/詠草(二)〈2〉〔3〕 부산 단카카이/영초(2)	堺新太郎	시가/단카	

1920년 03월 11일 (목) 7224호

| 4 | 1~2 | | 俠客 嵐山花五郎〈12〉
협객 아라시야마 하나고로 | 眞龍齊貞山講演 | 고단 | |

지면	단수	기획	기사제목 〈회수〉〔곡수〕	필자/저자(역자)	분류	비고
			1920년 03월 12일 (금) 7225호			
1	5	南鮮川柳	心と腹 [10] 마음과 배	柳培庵鳥石	시가/센류	
1	5~6		短編 其の女 〈7〉 단편 그 여자	くれがし	소설/일본	
4	1~2		侠客 嵐山花五郎/花五郎出現(三) 〈13〉 협객 아라시야마 하나고로/하나고로 출현(3)	眞龍齊貞山講演	고단	
			1920년 03월 13일 (토) 7226호			
1	4~5		短歌 [1] 단카	草梁 肥路實	시가/자유시	
1	5	南鮮川柳	時と相談 [10] 때와 상담	柳培庵鳥石	시가/센류	
1	5~6		短編 其の女 〈8〉 단편 그 여자	くれがし	소설/일본	
4	1~2		侠客 嵐山花五郎/花五郎出現(三) 〈14〉 협객 아라시야마 하나고로/하나고로 출현(3)	眞龍齊貞山講演	고단	회수 오류
			1920년 03월 14일 (일) 7227호			
1	4~5	詩壇	春は來る [1] 봄은 온다	草梁 美都緒	시가/자유시	
1	5	詩壇	淺春の宵 [1] 이른 봄의 밤	秀峯	시가/자유시	
1	5	詩壇	初春晚歌 [1] 초춘만가	草梁 肥路實	시가/신체시	
1	5	詩壇	卒業前 [6] 졸업 전	秀峯生	시가/단카	
1	5	南鮮川柳	渡し舟 [10] 나룻배	柳培庵鳥石	시가/센류	
1	6		短編 其の女 〈9〉 단편 그 여자	くれがし	소설/일본	
4	1~2		侠客 嵐山花五郎/花五郎出現(五) 〈15〉 협객 아라시야마 하나고로/하나고로 출현(5)	眞龍齊貞山講演	고단	
			1920년 03월 15일 (월) 7228호			
1	5~6		雛の聲 〈1〉 병아리 소리	倉富砂邱作	소설/일본	
3	7~8		新小說 雛の聲 筋書内容 신소설 병아리 소리 줄거리 내용		소설/연재 예고	
4	1~2		侠客 嵐山花五郎/奉行と妾(一) 〈16〉 협객 아라시야마 하나고로/부교와 첩(1)	眞龍齊貞山講演	고단	
			1920년 03월 16일 (화) 7229호			
1	3	歌壇	牧之嶋 [2] 마키노시마	田上歌彥	시가/단카	
1	3	歌壇	朝 [2] 아침	田上歌彥	시가/단카	
1	4~6		短編 其の女 〈10〉 단편 그 여자	くれがし	소설/일본	
1	5~6		雛の聲 〈2〉 병아리 소리	倉富砂邱作	소설/일본	

지면	단수	기획	기사제목 〈회수〉〔곡수〕	필자/저자(역자)	분류	비고
5	1~2		俠客 嵐山花五郎/奉行と妾(二) 〈17〉 협객 아라시야마 하나고로/부교와 첩(2)	眞龍齊貞山講演	고단	

1920년 03월 17일 (수) 7230호

지면	단수	기획	기사제목 〈회수〉〔곡수〕	필자/저자(역자)	분류	비고
1	4	南鮮川柳	乃木式の妻〔10〕 노기식의 아내	柳培庵鳥石	시가/센류	
1	4	詩壇	(제목없음)〔5〕	花村杏平	시가/단카	
1	4	詩壇	泣かまほしさに〔4〕 울고 싶어서	夢鳥	시가/단카	
1	4~7		短編 其の女 〈11〉 단편 그 여자	くれがし	소설/일본	
1	6~7		雛の聲 〈3〉 병아리 소리	倉富砂邱作	소설/일본	
4	1~2		俠客 嵐山花五郎/奉行と妾(三) 〈18〉 협객 아라시야마 하나고로/부교와 첩(3)	眞龍齊貞山講演	고단	
4	8		釜山山水會(五)/同 二點の部 〈5〉〔1〕 부산 산수회(5)/동 이점 부문	一穗	시가/하이쿠	면수 오류
4	8		釜山山水會(五)/同 二點の部 〈5〉〔1〕 부산 산수회(5)/동 이점 부문	善界	시가/하이쿠	면수 오류
4	8		釜山山水會(五)/同 二點の部 〈5〉〔2〕 부산 산수회(5)/동 이점 부문	松郎	시가/하이쿠	면수 오류
4	8		釜山山水會(五)/同 二點の部 〈5〉〔1〕 부산 산수회(5)/동 이점 부문	巨堂	시가/하이쿠	면수 오류
4	8		釜山山水會(五)/同 二點の部 〈5〉〔1〕 부산 산수회(5)/동 이점 부문	南鳳	시가/하이쿠	면수 오류
4	8		釜山山水會(五)/同 二點の部 〈5〉〔1〕 부산 산수회(5)/동 이점 부문	雨意	시가/하이쿠	면수 오류
4	8		釜山山水會(五)/同 二點の部 〈5〉〔2〕 부산 산수회(5)/동 이점 부문	胡月	시가/하이쿠	면수 오류
4	8		釜山山水會(五)/同 二點の部 〈5〉〔1〕 부산 산수회(5)/동 이점 부문	春浦	시가/하이쿠	면수 오류
4	8		釜山山水會(五)/同 二點の部 〈5〉〔1〕 부산 산수회(5)/동 이점 부문	松#	시가/하이쿠	면수 오류
4	8		釜山山水會(五)/同 一點の部 〈5〉〔1〕 부산 산수회(5)/동 일점 부문	春浦	시가/하이쿠	면수 오류
4	8		釜山山水會(五)/同 一點の部 〈5〉〔1〕 부산 산수회(5)/동 일점 부문	雲城	시가/하이쿠	면수 오류
4	8		釜山山水會(五)/同 一點の部 〈5〉〔2〕 부산 산수회(5)/동 일점 부문	松#	시가/하이쿠	면수 오류
4	8		釜山山水會(五)/同 一點の部 〈5〉〔1〕 부산 산수회(5)/동 일점 부문	不濁	시가/하이쿠	면수 오류
4	8		釜山山水會(五)/同 一點の部 〈5〉〔2〕 부산 산수회(5)/동 일점 부문	雨意	시가/하이쿠	면수 오류
4	8		釜山山水會(五)/同 一點の部 〈5〉〔3〕 부산 산수회(5)/동 일점 부문	竹月	시가/하이쿠	면수 오류
4	8		釜山山水會(五)/同 一點の部 〈5〉〔1〕 부산 산수회(5)/동 일점 부문	尋蟻	시가/하이쿠	면수 오류
4	8		釜山山水會(五)/同 一點の部 〈5〉〔1〕 부산 산수회(5)/동 일점 부문	茶遊	시가/하이쿠	면수 오류
4	8		釜山山水會(五)/同 一點の部 〈5〉〔2〕 부산 산수회(5)/동 일점 부문	三岳	시가/하이쿠	면수 오류

지면	단수	기획	기사제목 〈회수〉〔곡수〕	필자/저자(역자)	분류	비고
4	8		釜山山水會(五)/同 一點の部 〈5〉〔1〕 부산 산수회(5)/동 일점 부문	松郎	시가/하이쿠	면수 오류
4	8		釜山山水會(五)/同 一點の部 〈5〉〔1〕 부산 산수회(5)/동 일점 부문	南鳳	시가/하이쿠	면수 오류
4	8		釜山山水會(五)/同 一點の部 〈5〉〔2〕 부산 산수회(5)/동 일점 부문	一穗	시가/하이쿠	면수 오류
4	8		釜山山水會(五)/同 一點の部 〈5〉〔1〕 부산 산수회(5)/동 일점 부문	香洲	시가/하이쿠	면수 오류

1920년 03월 18일 (목) 7231호

지면	단수	기획	기사제목 〈회수〉〔곡수〕	필자/저자(역자)	분류	비고
1	5~6	短歌	春となれば 〔5〕 봄이 되니	草梁 夜思子	시가/단카	
1	5~6	短歌	春となれば 〔3〕 봄이 되니	草梁 戶倉正雄	시가/단카	
1	5~6		雛の聲 〈4〉 병아리 소리	倉富砂邱作	소설/일본	
4	1~4		俠客 嵐山花五郎 〈19〉 협객 아라시야마 하나고로	眞龍齊貞山講演	고단	

1920년 03월 19일 (금) 7232호

지면	단수	기획	기사제목 〈회수〉〔곡수〕	필자/저자(역자)	분류	비고
1	3~4		短編 其の女 〈12〉 단편 그 여자	くれがし	소설/일본	
1	4~6	南鮮川柳	屋根の草 〔10〕 지붕의 풀		시가/센류	
1	5~6		雛の聲 〈5〉 병아리 소리	倉富砂邱作	소설/일본	
4	1~4		俠客 嵐山花五郎 〈20〉 협객 아라시야마 하나고로	眞龍齊貞山講演	고단	

1920년 03월 20일 (토) 7233호

지면	단수	기획	기사제목 〈회수〉〔곡수〕	필자/저자(역자)	분류	비고
1	5~6		雛の聲 〈6〉 병아리 소리	倉富砂邱作	소설/일본	
3	8~9		俠客 嵐山花五郎 〈21〉 협객 아라시야마 하나고로	眞龍齊貞山講演	고단	

1920년 03월 21일 (일) 7234호

지면	단수	기획	기사제목 〈회수〉〔곡수〕	필자/저자(역자)	분류	비고
1	4	南鮮川柳	第一 神/柳培庵鳥石選/前抜 〔2〕 제1 신/류바이안 우세키 선/전발	龍山 花石	시가/센류	
1	4	南鮮川柳	第一 神/柳培庵鳥石選/前抜 〔2〕 제1 신/류바이안 우세키 선/전발	龍山 三日坊	시가/센류	
1	4	南鮮川柳	第一 神/柳培庵鳥石選/前抜 〔2〕 제1 신/류바이안 우세키 선/전발	大邱 邱花坊	시가/센류	
1	4	南鮮川柳	第一 神/柳培庵鳥石選/前抜 〔2〕 제1 신/류바이안 우세키 선/전발	龍山 笑坊	시가/센류	
1	4	南鮮川柳	第一 神/柳培庵鳥石選/前抜 〔3〕 제1 신/류바이안 우세키 선/전발	釜山 すゑ子	시가/센류	
1	4	南鮮川柳	第一 神/柳培庵鳥石選/前抜 〔3〕 제1 신/류바이안 우세키 선/전발	大邱 初學坊	시가/센류	
1	4	南鮮川柳	第一 神/柳培庵鳥石選/前抜 〔3〕 제1 신/류바이안 우세키 선/전발	龍山 千流	시가/센류	
1	5~6		雛の聲 〈7〉 병아리 소리	倉富砂邱作	소설/일본	

지면	단수	기획	기사제목 〈회수〉〔곡수〕	필자/저자(역자)	분류	비고
4	1~2		俠客 嵐山花五郎 〈22〉 협객 아라시야마 하나고로	眞龍齊貞山講演	고단	

1920년 03월 22일 (월) 7235호

지면	단수	기획	기사제목 〈회수〉〔곡수〕	필자/저자(역자)	분류	비고
1	5~6		雛の聲 〈8〉 병아리 소리	倉富砂邱作	소설/일본	
4	1~2		俠客 嵐山花五郎 〈23〉 협객 아라시야마 하나고로	眞龍齊貞山講演	고단	

1920년 03월 24일 (수) 7236호

지면	단수	기획	기사제목 〈회수〉〔곡수〕	필자/저자(역자)	분류	비고
1	3	南鮮川柳	第二 神/柳培庵鳥石選/佳吟〔1〕 제2 신/류바이안 우세키 선/가음	釜山 すえ子	시가/센류	
1	3	南鮮川柳	第二 神/柳培庵鳥石選/佳吟〔1〕 제2 신/류바이안 우세키 선/가음	龍山 笑坊	시가/센류	
1	3	南鮮川柳	第二 神/柳培庵鳥石選/佳吟〔1〕 제2 신/류바이안 우세키 선/가음	大邱 邱花石	시가/센류	
1	3	南鮮川柳	第二 神/柳培庵鳥石選/佳吟〔1〕 제2 신/류바이안 우세키 선/가음	龍山 三日坊	시가/센류	
1	3	南鮮川柳	第二 神/柳培庵鳥石選/佳吟〔1〕 제2 신/류바이안 우세키 선/가음	龍山 花坊	시가/센류	
1	3	南鮮川柳	第二 神/柳培庵鳥石選/佳吟〔1〕 제2 신/류바이안 우세키 선/가음	大邱 初學坊	시가/센류	
1	3~4	南鮮川柳	第二 神/柳培庵鳥石選/佳吟〔2〕 제2 신/류바이안 우세키 선/가음	龍山 千流	시가/센류	
1	4	南鮮川柳	第二 神/柳培庵鳥石選/佳吟〔2〕 제2 신/류바이안 우세키 선/가음	龍山 柳外子	시가/센류	
1	4	南鮮川柳	第二 神/柳培庵鳥石選/佳吟〔2〕 제2 신/류바이안 우세키 선/가음	仁川 苦論坊	시가/센류	
1	4	南鮮川柳	第二 神/柳培庵鳥石選/佳吟〔6〕 제2 신/류바이안 우세키 선/가음	仁川 詩腕坊	시가/센류	
1	5~6		雛の聲 〈9〉 병아리 소리	倉富砂邱作	소설/일본	
4	1~2		俠客 嵐山花五郎 〈24〉 협객 아라시야마 하나고로	眞龍齊貞山講演	고단	

1920년 03월 25일 (목) 7237호

지면	단수	기획	기사제목 〈회수〉〔곡수〕	필자/저자(역자)	분류	비고
1	6~7		雛の聲 〈10〉 병아리 소리	倉富砂邱作	소설/일본	
4	1~3		俠客 嵐山花五郎 〈25〉 협객 아라시야마 하나고로	眞龍齊貞山講演	고단	

1920년 03월 26일 (금) 7238호

지면	단수	기획	기사제목 〈회수〉〔곡수〕	필자/저자(역자)	분류	비고
1	4	南鮮川柳	(제목없음) 〔6〕	龍山 柳外子	시가/센류	
1	5~6		雛の聲 〈11〉 병아리 소리	倉富砂邱作	소설/일본	

1920년 03월 28일 (일) 7239호

지면	단수	기획	기사제목 〈회수〉〔곡수〕	필자/저자(역자)	분류	비고
1	4	詩壇	書濟にて〔1〕 서제에서	草梁 肥路實	시가/자유시	
1	4	南鮮川柳	舟(第一)/柳培庵鳥石選/前拔〔1〕 배(제1)/류바이안 우세키 선/전발	初學坊	시가/센류	

지면	단수	기획	기사제목 〈회수〉 〔곡수〕	필자/저자(역자)	분류	비고
1	4	南鮮川柳	舟(第一)/柳培庵鳥石選/前抜 〔1〕 배(제1)/류바이안 우세키 선/전발	すえ子	시가/센류	
1	4	南鮮川柳	舟(第一)/柳培庵鳥石選/前抜 〔1〕 배(제1)/류바이안 우세키 선/전발	邱花坊	시가/센류	
1	4	南鮮川柳	舟(第一)/柳培庵鳥石選/前抜 〔2〕 배(제1)/류바이안 우세키 선/전발	笑坊	시가/센류	
1	4	南鮮川柳	舟(第一)/柳培庵鳥石選/前抜 〔2〕 배(제1)/류바이안 우세키 선/전발	三日坊	시가/센류	
1	4	南鮮川柳	舟(第一)/柳培庵鳥石選/前抜 〔2〕 배(제1)/류바이안 우세키 선/전발	鏡山坊	시가/센류	
1	4	南鮮川柳	舟(第一)/柳培庵鳥石選/前抜 〔2〕 배(제1)/류바이안 우세키 선/전발	喧嘩坊	시가/센류	
1	4	南鮮川柳	舟(第一)/柳培庵鳥石選/前抜 〔2〕 배(제1)/류바이안 우세키 선/전발	花石	시가/센류	
1	4	南鮮川柳	舟(第一)/柳培庵鳥石選/前抜 〔3〕 배(제1)/류바이안 우세키 선/전발	千流	시가/센류	
1	4~5	南鮮川柳	舟(第一)/柳培庵鳥石選/前抜 〔3〕 배(제1)/류바이안 우세키 선/전발	白ん坊	시가/센류	
1	5~6	南鮮川柳	舟(第一)/柳培庵鳥石選/前抜 〔4〕 배(제1)/류바이안 우세키 선/전발	柳外子	시가/센류	
1	5~6		雛の聲 〈13〉 병아리 소리	倉富砂邱作	소설/일본	
4	1~2		俠客 嵐山花五郎 〈26〉 협객 아라시야마 하나고로	眞龍齊貞山講演	고단	

1920년 03월 29일 (월) 7240호

지면	단수	기획	기사제목 〈회수〉 〔곡수〕	필자/저자(역자)	분류	비고
1	5	南鮮川柳	舟/第二/柳培庵鳥石選/佳句 〔1〕 배/제2/류바이안 우세키 선/가구	鏡山坊	시가/센류	
1	5	南鮮川柳	舟/第二/柳培庵鳥石選/佳句 〔1〕 배/제2/류바이안 우세키 선/가구	笑坊	시가/센류	
1	5	南鮮川柳	舟/第二/柳培庵鳥石選/佳句 〔1〕 배/제2/류바이안 우세키 선/가구	花石	시가/센류	
1	5	南鮮川柳	舟/第二/柳培庵鳥石選/佳句 〔1〕 배/제2/류바이안 우세키 선/가구	すえ子	시가/센류	
1	5	南鮮川柳	舟/第二/柳培庵鳥石選/佳句 〔1〕 배/제2/류바이안 우세키 선/가구	三日坊	시가/센류	
1	5	南鮮川柳	舟/第二/柳培庵鳥石選/佳句 〔2〕 배/제2/류바이안 우세키 선/가구	柳外子	시가/센류	
1	5	南鮮川柳	舟/第二/柳培庵鳥石選/佳句 〔2〕 배/제2/류바이안 우세키 선/가구	白ん坊	시가/센류	
1	5	南鮮川柳	舟/第二/柳培庵鳥石選/佳句 〔4〕 배/제2/류바이안 우세키 선/가구	詩腕坊	시가/센류	
1	5	南鮮川柳	舟/第二/柳培庵鳥石選/佳句 〔3〕 배/제2/류바이안 우세키 선/가구	鶯團子	시가/센류	
1	5	南鮮川柳	(제목없음) 〔3〕		시가/센류	
1	6~7		雛の聲 〈14〉 병아리 소리	倉富砂邱作	소설/일본	
3	7~8		都々逸大會 粹吟會主催 도도이쓰 대회 스이긴카이 주최		모임 안내/	
3	8		☆都々逸大會 粹吟會主催/三點 〔2〕 도도이쓰 대회 스이긴카이 주최/삼점	綠朗	시가/도도이 쓰	

지면	단수	기획	기사제목 〈회수〉〔곡수〕	필자/저자(역자)	분류	비고
3	8		★都々逸大會 粹吟會主催/一點〔1〕 도도이쓰 대회 스이긴카이 주최/일점	赤帽子	시가/도도이쓰	
3	8		都々逸大會 粹吟會主催/五點〔1〕 도도이쓰 대회 스이긴카이 주최/오점	精の人	시가/도도이쓰	
3	8		都々逸大會 粹吟會主催/七點〔1〕 도도이쓰 대회 스이긴카이 주최/칠점	香洲	시가/도도이쓰	
3	8		★都々逸大會 粹吟會主催/三點〔1〕 도도이쓰 대회 스이긴카이 주최/삼점	精の人	시가/도도이쓰	
3	8		☆都々逸大會 粹吟會主催/二點〔2〕 도도이쓰 대회 스이긴카이 주최/이점	赤帽子	시가/도도이쓰	
3	8		都々逸大會 粹吟會主催/一點〔1〕 도도이쓰 대회 스이긴카이 주최/일점	赤帽子	시가/도도이쓰	
3	8		都々逸大會 粹吟會主催/二點〔1〕 도도이쓰 대회 스이긴카이 주최/이점	てつ子	시가/도도이쓰	
4	1~2		俠客 嵐山花五郎 〈26〉 협객 아라시야마 하나고로	眞龍齊貞山講演	고단	회수 오류

1920년 03월 30일 (화) 7242호

지면	단수	기획	기사제목 〈회수〉〔곡수〕	필자/저자(역자)	분류	비고
1	4	南鮮川柳	舟/第三/柳培庵鳥石選/五客〔1〕 배/제3/류바이안 우세키 선/오객	龍山 笑坊	시가/센류	
1	4	南鮮川柳	舟/第三/柳培庵鳥石選/五客〔1〕 배/제3/류바이안 우세키 선/오객	龍山 千流	시가/센류	
1	4	南鮮川柳	舟/第三/柳培庵鳥石選/五客〔1〕 배/제3/류바이안 우세키 선/오객	龍山 花石	시가/센류	
1	4	南鮮川柳	舟/第三/柳培庵鳥石選/五客〔1〕 배/제3/류바이안 우세키 선/오객	永登浦 鶯團子	시가/센류	
1	4	南鮮川柳	舟/第三/柳培庵鳥石選/五客〔1〕 배/제3/류바이안 우세키 선/오객	仁川 詩腕坊	시가/센류	
1	4	南鮮川柳	舟/第三/柳培庵鳥石選/三才/人位〔1〕 배/제3/류바이안 우세키 선/삼재/인위	仁川 詩腕坊	시가/센류	
1	4	南鮮川柳	舟/第三/柳培庵鳥石選/三才/地位〔1〕 배/제3/류바이안 우세키 선/삼재/지위	大邱 喧嘩坊	시가/센류	
1	4	南鮮川柳	舟/第三/柳培庵鳥石選/三才/天位〔1〕 배/제3/류바이안 우세키 선/삼재/천위	永登浦 鶯團子	시가/센류	
1	4	南鮮川柳	舟/第三/柳培庵鳥石選/軸吟〔3〕 배/제삼/류바이안 우세키 선/축음	鳥石	시가/센류	
1	5~6		雛の聲 〈15〉 병아리 소리	倉富砂邱作	소설/일본	
4	1~2		俠客 嵐山花五郎 〈28〉 협객 아라시야마 하나고로	眞龍齊貞山講演	고단	

1920년 03월 31일 (수) 7243호

지면	단수	기획	기사제목 〈회수〉〔곡수〕	필자/저자(역자)	분류	비고
1	5~6		雛の聲 〈16〉 병아리 소리	倉富砂邱作	소설/일본	
3	7~8		下端行(上) 〈1〉 하단 행(상)	すいせめい	수필/기행	

1920년 04월 02일 (금) 7245호

지면	단수	기획	기사제목 〈회수〉〔곡수〕	필자/저자(역자)	분류	비고
1	4	詩壇	(제목없음)〔1〕	龜浦 梅林生	시가/자유시	
1	5~6		雛の聲 〈18〉 병아리 소리	倉富砂邱作	소설/일본	

지면	단수	기획	기사제목 〈회수〉〔곡수〕	필자/저자(역자)	분류	비고
4	1~2		俠客 嵐山花五郎 〈30〉 협객 아라시야마 하나고로	眞龍齊貞山講演	고단	

1920년 04월 03일 (토) 7246호

지면	단수	기획	기사제목 〈회수〉〔곡수〕	필자/저자(역자)	분류	비고
1	4	南鮮川柳	後家(第一)/柳培庵烏石選/佳句 〔1〕 홀어미(제1)/류바이안 우세키 선/가구	邱花坊	시가/센류	
1	4	南鮮川柳	後家(第一)/柳培庵烏石選/佳句 〔1〕 홀어미(제1)/류바이안 우세키 선/가구	花石	시가/센류	
1	4	南鮮川柳	後家(第一)/柳培庵烏石選/佳句 〔1〕 홀어미(제1)/류바이안 우세키 선/가구	鏡山坊	시가/센류	
1	4	南鮮川柳	後家(第一)/柳培庵烏石選/佳句 〔1〕 홀어미(제1)/류바이안 우세키 선/가구	すえ子	시가/센류	
1	4	南鮮川柳	後家(第一)/柳培庵烏石選/佳句 〔2〕 홀어미(제1)/류바이안 우세키 선/가구	三日坊	시가/센류	
1	4	南鮮川柳	後家(第一)/柳培庵烏石選/佳句 〔2〕 홀어미(제1)/류바이안 우세키 선/가구	千流	시가/센류	
1	4	南鮮川柳	後家(第一)/柳培庵烏石選/佳句 〔2〕 홀어미(제1)/류바이안 우세키 선/가구	喧嘩坊	시가/센류	
1	4	南鮮川柳	後家(第一)/柳培庵烏石選/佳句 〔2〕 홀어미(제1)/류바이안 우세키 선/가구	大邱坊	시가/센류	
1	5~6		雛の聲 〈19〉 병아리 소리	倉富砂邱作	소설/일본	
3	8~9		下端行(中) 〈2〉 하단 행(중)	すいせめい	수필/기행	

1920년 04월 05일 (월) 7247호

지면	단수	기획	기사제목 〈회수〉〔곡수〕	필자/저자(역자)	분류	비고
1	5	南鮮川柳	後家(第二)/柳培庵烏石選/佳句 〔3〕 홀어미(제2)/류바이안 우세키 선/가구	鶯團子	시가/센류	
1	5	南鮮川柳	後家(第二)/柳培庵烏石選/佳句 〔3〕 홀어미(제2)/류바이안 우세키 선/가구	笑坊	시가/센류	
1	5	南鮮川柳	後家(第二)/柳培庵烏石選/佳句 〔3〕 홀어미(제2)/류바이안 우세키 선/가구	初學坊	시가/센류	
1	5	南鮮川柳	後家(第二)/柳培庵烏石選/佳句 〔4〕 홀어미(제2)/류바이안 우세키 선/가구	柳外子	시가/센류	
1	6~7		雛の聲 〈20〉 병아리 소리	倉富砂邱作	소설/일본	
3	7		俳つぶて/福岡より 〔4〕 하이쿠 투석/후쿠오카에서	內野環星	시가/하이쿠	
3	7~8		俳つぶて/京城より 〔1〕 하이쿠 투석/경성에서	吉岡巨堂	시가/하이쿠	
3	8		俳つぶて/東京より 〔3〕 하이쿠 투석/도쿄에서	岡松濤	시가/하이쿠	

1920년 04월 06일 (화) 7248호

지면	단수	기획	기사제목 〈회수〉〔곡수〕	필자/저자(역자)	분류	비고
1	4	南鮮川柳	後家(第三)/柳培庵烏石選/五客 〔1〕 홀어미(제3)/류바이안 우세키 선/오객	大邱 邱花坊	시가/센류	
1	4	南鮮川柳	後家(第三)/柳培庵烏石選/五客 〔1〕 홀어미(제3)/류바이안 우세키 선/오객	龍山 三日坊	시가/센류	
1	4	南鮮川柳	後家(第三)/柳培庵烏石選/五客 〔1〕 홀어미(제3)/류바이안 우세키 선/오객	永登浦 鶯團子	시가/센류	
1	4	南鮮川柳	後家(第三)/柳培庵烏石選/五客 〔1〕 홀어미(제3)/류바이안 우세키 선/오객	龍山 千流	시가/센류	

지면	단수	기획	기사제목 〈회수〉〔곡수〕	필자/저자(역자)	분류	비고
1	4	南鮮川柳	後家(第三)/柳培庵鳥石選/五客〔1〕 홀어미(제3)/류바이안 우세키 선/오객	龍山 柳外子	시가/센류	
1	4	南鮮川柳	後家(第三)/柳培庵鳥石選/三才/人位〔1〕 홀어미(제3)/류바이안 우세키 선/삼재/인위	龍山 花石	시가/센류	
1	4	南鮮川柳	後家(第三)/柳培庵鳥石選/三才/地位〔1〕 홀어미(제3)/류바이안 우세키 선/삼재/지위	永登浦 鶯團子	시가/센류	
1	4	南鮮川柳	後家(第三)/柳培庵鳥石選/三才/天位〔1〕 홀어미(제3)/류바이안 우세키 선/삼재/천위	釜山 すえ子	시가/센류	
1	4	南鮮川柳	後家(第三)/柳培庵鳥石選/軸〔3〕 홀어미(제3)/류바이안 우세키 선/축	鳥石	시가/센류	
1	5~6		雛の聲〈21〉 병아리 소리	倉富砂邱作	소설/일본	
3	7~8		(제목없음)〔1〕		시가/하이쿠	

1920년 04월 07일 (수) 7249호

지면	단수	기획	기사제목 〈회수〉〔곡수〕	필자/저자(역자)	분류	비고
1	4	詩壇	(美都諸兄へ)/あゝ慈母に似たその心〔1〕 (미쓰오 형에게)/아아 자애로운 어머니와도 같은 그 마음	草梁社宅 肥路賣	시가/자유시	
1	5~6		雛の聲〈22〉 병아리 소리	倉富砂邱作	소설/일본	

1920년 04월 08일 (목) 7250호

지면	단수	기획	기사제목 〈회수〉〔곡수〕	필자/저자(역자)	분류	비고
1	4	南鮮川柳	氣(第一)/柳建寺土左衛門選/前拔〔1〕 기(제1)/류켄지시자에몬 선/전발	永登浦 呂人	시가/센류	
1	4	南鮮川柳	氣(第一)/柳建寺土左衛門選/前拔〔1〕 기(제1)/류켄지시자에몬 선/전발	龍山 鏡山坊	시가/센류	
1	4	南鮮川柳	氣(第一)/柳建寺土左衛門選/前拔〔1〕 기(제1)/류켄지시자에몬 선/전발	大邱 邱花坊	시가/센류	
1	4	南鮮川柳	氣(第一)/柳建寺土左衛門選/前拔〔1〕 기(제1)/류켄지시자에몬 선/전발	龍山 笑坊	시가/센류	
1	4	南鮮川柳	氣(第一)/柳建寺土左衛門選/前拔〔2〕 기(제1)/류켄지시자에몬 선/전발	龍山 三日坊	시가/센류	
1	4	南鮮川柳	氣(第一)/柳建寺土左衛門選/前拔〔2〕 기(제1)/류켄지시자에몬 선/전발	大邱 喧嘩坊	시가/센류	
1	4	南鮮川柳	氣(第一)/柳建寺土左衛門選/前拔〔3〕 기(제1)/류켄지시자에몬 선/전발	龍山 千流	시가/센류	
1	4	南鮮川柳	氣(第一)/柳建寺土左衛門選/前拔〔4〕 기(제1)/류켄지시자에몬 선/전발	大邱 初學坊	시가/센류	
1	5~6		雛の聲〈23〉 병아리 소리	倉富砂邱作	소설/일본	
3	5~8		花を訪ねて/釜山の春や何處—/櫻待つ間の躑躅〈1〉 꽃을 찾아서/부산의 봄은 어디에—/벚꽃을 기다리는 동안의 진달래(1)	新之助	수필/기행	

1920년 04월 09일 (목) 7251호

<table>
<tr><td colspan="7" align="right">요일 오류</td></tr>
</table>

지면	단수	기획	기사제목 〈회수〉〔곡수〕	필자/저자(역자)	분류	비고
1	5	南鮮川柳	氣(第一)/柳建寺土左衛門選/前技〔4〕 기(제1)/류켄지시자에몬 선/전발	永登浦 鶯団子	시가/센류	
1	5	南鮮川柳	氣(第一)/柳建寺土左衛門選/前技〔5〕 기(제1)/류켄지시자에몬 선/전발	龍山 美好男	시가/센류	
1	5	南鮮川柳	氣(第一)/柳建寺土左衛門選/佳吟〔1〕 기(제1)/류켄지시자에몬 선/가음	龍山 三日坊	시가/센류	
1	5	南鮮川柳	氣(第一)/柳建寺土左衛門選/佳吟〔1〕 기(제1)/류켄지시자에몬 선/가음	龍山 笑坊	시가/센류	

지면	단수	기획	기사제목 〈회수〉 〔곡수〕	필자/저자(역자)	분류	비고
1	5	南鮮川柳	氣(第一)/柳建寺土左衛門選/佳吟 〔2〕 기(제1)/류켄지시자에몬 선/가음	龍山 美好男	시가/센류	
1	5	南鮮川柳	氣(第一)/柳建寺土左衛門選/佳吟 〔2〕 기(제1)/류켄지시자에몬 선/가음	永登浦 呂人	시가/센류	
1	6~7		雛の聲〈24〉 병아리 소리	倉富砂邱作	소설/일본	
3	5~8		花を訪ねて/春姫の戀の息吹—/短册欲しい枝垂櫻〈2〉 꽃을 찾아서/봄처녀 사랑의 숨결—/단자쿠(短册)가 아쉬운 수양벚꽃	新之助	수필/기행	

1920년 04월 10일 (토) 7252호

지면	단수	기획	기사제목	필자/저자(역자)	분류	비고
1	4	童謠	西洋時計 〔1〕 서양 시계	草梁社宅 肥路實	시가/동요	
1	5~6		雛の聲〈25〉 병아리 소리	倉富砂邱作	소설/일본	

1920년 04월 11일 (일) 7253호

지면	단수	기획	기사제목	필자/저자(역자)	분류	비고
1	5	南鮮川柳	氣(第三)/柳建寺土左衛門選/佳吟 〔3〕 기(제3)/류켄지시자에몬 선/가음	龍山 千流	시가/센류	
1	5	南鮮川柳	氣(第三)/柳建寺土左衛門選/佳吟 〔3〕 기(제3)/류켄지시자에몬 선/가음	永登浦 鶯團子	시가/센류	
1	5	南鮮川柳	氣(第三)/柳建寺土左衛門選/三才/人 〔1〕 기(제3)/류켄지시자에몬 선/삼재/인	龍山 笑坊	시가/센류	
1	5	南鮮川柳	氣(第三)/柳建寺土左衛門選/三才/地 〔1〕 기(제3)/류켄지시자에몬 선/삼재/지	龍山 花石	시가/센류	
1	5	南鮮川柳	氣(第三)/柳建寺土左衛門選/三才/天 〔1〕 기(제3)/류켄지시자에몬 선/삼재/천	永登浦 鶯團子	시가/센류	
1	5	南鮮川柳	氣(第三)/柳建寺土左衛門選/## 〔4〕 기(제3)/류켄지시자에몬 선/##	鳥石	시가/센류	
1	5	南鮮川柳	氣(第三)/柳建寺土左衛門選/軸 〔4〕 기(제3)/류켄지시자에몬 선/축	柳建寺	시가/센류	
1	6~7		雛の聲〈26〉 병아리 소리	倉富砂邱作	소설/일본	
3	4~7		花を訪ねて/春姫の戀の息吹—/甘い歡樂の夢の宴〈3〉 꽃을 찾아서/봄처녀 사랑의 숨결—/달콤한 환락의 꿈속 연회	新之助	수필/기행	

1920년 04월 12일 (월) 7254호

지면	단수	기획	기사제목	필자/저자(역자)	분류	비고
1	5~6		雛の聲〈27〉 병아리 소리	倉富砂邱作	소설/일본	

1920년 04월 13일 (화) 7255호

지면	단수	기획	기사제목	필자/저자(역자)	분류	비고
1	4	南鮮川柳	神(第三)/柳培庵鳥石選/五客 〔1〕 신(제3)/류바이안 우세키 선/오객	大邱 邱花坊	시가/센류	
1	4	南鮮川柳	神(第三)/柳培庵鳥石選/五客 〔1〕 신(제3)/류바이안 우세키 선/오객	京城 千流	시가/센류	
1	4	南鮮川柳	神(第三)/柳培庵鳥石選/五客 〔1〕 신(제3)/류바이안 우세키 선/오객	京城 柳外子	시가/센류	
1	4	南鮮川柳	神(第三)/柳培庵鳥石選/五客 〔1〕 신(제3)/류바이안 우세키 선/오객	仁川 詩腕坊	시가/센류	
1	4	南鮮川柳	神(第三)/柳培庵鳥石選/五客 〔2〕 신(제3)/류바이안 우세키 선/오객	仁川 苦論坊	시가/센류	
1	4~5	南鮮川柳	神(第三)/柳培庵鳥石選/人 〔1〕 신(제3)/류바이안 우세키 선/인	仁川 苦論坊	시가/센류	

지면	단수	기획	기사제목 〈회수〉〔곡수〕	필자/저자(역자)	분류	비고
1	5	南鮮川柳	神(第三)/柳培庵鳥石選/地 [1] 신(제3)/류바이안 우세키 선/지	京城 三日坊	시가/센류	
1	5	南鮮川柳	神(第三)/柳培庵鳥石選/天 [1] 신(제3)/류바이안 우세키 선/천	仁川 詩腕坊	시가/센류	
1	5	南鮮川柳	神(第三)/柳培庵鳥石選/軸 [3] 신(제3)/류바이안 우세키 선/축	鳥石	시가/센류	
1	5~6		雛の聲 〈28〉 병아리 소리	倉富砂邱作	소설/일본	

1920년 04월 14일 (수) 7256호

지면	단수	기획	기사제목 〈회수〉〔곡수〕	필자/저자(역자)	분류	비고
1	4	歌壇	春思草 [8] 춘사소	釜山 さくら葉	시가/단카	
1	5~6		雛の聲 〈29〉 병아리 소리	倉富砂邱作	소설/일본	
3	8		山水會句集(上)/櫻五點の部 〈1〉[1] 산수회 구집(상)/벚꽃 오점 부문	東陽	시가/하이쿠	
3	8		山水會句集(上)/櫻五點の部 〈1〉[1] 산수회 구집(상)/벚꽃 오점 부문	醉骨	시가/하이쿠	
3	8		山水會句集(上)/櫻四點の部 〈1〉[2] 산수회 구집(상)/벚꽃 사점 부문	巨堂	시가/하이쿠	
3	8		山水會句集(上)/櫻四點の部 〈1〉[1] 산수회 구집(상)/벚꽃 사점 부문	尋蟻	시가/하이쿠	
3	8		山水會句集(上)/櫻三點の部 〈1〉[1] 산수회 구집(상)/벚꽃 삼점 부문	牙集	시가/하이쿠	
3	8		山水會句集(上)/櫻三點の部 〈1〉[1] 산수회 구집(상)/벚꽃 삼점 부문	茶遊	시가/하이쿠	
3	8		山水會句集(上)/櫻三點の部 〈1〉[1] 산수회 구집(상)/벚꽃 삼점 부문	過城	시가/하이쿠	
3	8		山水會句集(上)/櫻三點の部 〈1〉[1] 산수회 구집(상)/벚꽃 삼점 부문	松郎	시가/하이쿠	
3	8		山水會句集(上)/櫻三點の部 〈1〉[2] 산수회 구집(상)/벚꽃 삼점 부문	可秀	시가/하이쿠	
3	8		山水會句集(上)/櫻三點の部 〈1〉[1] 산수회 구집(상)/벚꽃 삼점 부문	秋汀	시가/하이쿠	
3	8		山水會句集(上)/櫻二點の部 〈1〉[1] 산수회 구집(상)/벚꽃 이점 부문	香洲	시가/하이쿠	
3	8		山水會句集(上)/櫻二點の部 〈1〉[1] 산수회 구집(상)/벚꽃 이점 부문	雨意	시가/하이쿠	
3	8		山水會句集(上)/櫻二點の部 〈1〉[1] 산수회 구집(상)/벚꽃 이점 부문	東陽	시가/하이쿠	
3	8		山水會句集(上)/櫻二點の部 〈1〉[1] 산수회 구집(상)/벚꽃 이점 부문	綠朗	시가/하이쿠	
3	8		山水會句集(上)/櫻二點の部 〈1〉[1] 산수회 구집(상)/벚꽃 이점 부문	茶遊	시가/하이쿠	
3	8		山水會句集(上)/櫻二點の部 〈1〉[1] 산수회 구집(상)/벚꽃 이점 부문	みつを	시가/하이쿠	
3	8		山水會句集(上)/櫻二點の部 〈1〉[2] 산수회 구집(상)/벚꽃 이점 부문	尋蟻	시가/하이쿠	
3	8		山水會句集(上)/櫻二點の部 〈1〉[1] 산수회 구집(상)/벚꽃 이점 부문	浩一郎	시가/하이쿠	
3	8		山水會句集(上)/櫻一點の部 〈1〉[1] 산수회 구집(상)/벚꽃 일점 부문	香洲	시가/하이쿠	

지면	단수	기획	기사제목 〈회수〉〔곡수〕	필자/저자(역자)	분류	비고
3	8		山水會句集(上)/櫻一點の部 〈1〉〔1〕 산수회 구집(상)/벚꽃 일점 부문	春浦	시가/하이쿠	
3	8		山水會句集(上)/櫻一點の部 〈1〉〔1〕 산수회 구집(상)/벚꽃 일점 부문	素名生	시가/하이쿠	
3	8		山水會句集(上)/櫻一點の部 〈1〉〔1〕 산수회 구집(상)/벚꽃 일점 부문	みつを	시가/하이쿠	
3	8		山水會句集(上)/櫻一點の部 〈1〉〔1〕 산수회 구집(상)/벚꽃 일점 부문	菊山人	시가/하이쿠	
3	8		山水會句集(上)/櫻一點の部 〈1〉〔1〕 산수회 구집(상)/벚꽃 일점 부문	南鳳	시가/하이쿠	
3	8		山水會句集(上)/櫻一點の部 〈1〉〔1〕 산수회 구집(상)/벚꽃 일점 부문	過雲城	시가/하이쿠	
3	8		山水會句集(上)/櫻一點の部 〈1〉〔1〕 산수회 구집(상)/벚꽃 일점 부문	醉骨	시가/하이쿠	
3	8		山水會句集(上)/櫻一點の部 〈1〉〔1〕 산수회 구집(상)/벚꽃 일점 부문	三岳	시가/하이쿠	
3	8		山水會句集(上)/櫻一點の部 〈1〉〔1〕 산수회 구집(상)/벚꽃 일점 부문	春浦	시가/하이쿠	
3	8		山水會句集(上)/櫻一點の部 〈1〉〔1〕 산수회 구집(상)/벚꽃 일점 부문	秋汀	시가/하이쿠	
3	8		山水會句集(上)/櫻一點の部 〈1〉〔1〕 산수회 구집(상)/벚꽃 일점 부문	綠朗	시가/하이쿠	
3	8		山水會句集(上)/櫻一點の部 〈1〉〔1〕 산수회 구집(상)/벚꽃 일점 부문	松郎	시가/하이쿠	
3	8		山水會句集(上)/櫻一點の部 〈1〉〔1〕 산수회 구집(상)/벚꽃 일점 부문	菊山人	시가/하이쿠	
3	8		山水會句集(上)/櫻一點の部 〈1〉〔1〕 산수회 구집(상)/벚꽃 일점 부문	靑眼子	시가/하이쿠	
3	8		山水會句集(上)/櫻一點の部 〈1〉〔1〕 산수회 구집(상)/벚꽃 일점 부문	春浦	시가/하이쿠	

1920년 04월 15일 (목) 7257호

지면	단수	기획	기사제목 〈회수〉〔곡수〕	필자/저자(역자)	분류	비고
1	5~6		雛の聲 〈30〉 병아리 소리	倉富砂邱作	소설/일본	
3	4~9		婦人論 〈1〉 부인론	安武東一郎	수필/비평	
3	5~8		花を訪ねて/春姬の戀の息吹—/滿開の春は闌けた 〈4〉 꽃을 찾아서/봄처녀 사랑의 숨결—/만개한 봄은 무르익다	新之助	수필/기행	

1920년 04월 16일 (금) 7258호

지면	단수	기획	기사제목 〈회수〉〔곡수〕	필자/저자(역자)	분류	비고
1	4	南鮮川柳	夕飯(第一)/柳培庵鳥石選/前拔 〔1〕 저녁밥(제1)/류바이안 우세키 선/전발	喧嘩坊	시가/센류	
1	4	南鮮川柳	夕飯(第一)/柳培庵鳥石選/前拔 〔1〕 저녁밥(제1)/류바이안 우세키 선/전발	花石	시가/센류	
1	4	南鮮川柳	夕飯(第一)/柳培庵鳥石選/前拔 〔1〕 저녁밥(제1)/류바이안 우세키 선/전발	鏡山坊	시가/센류	
1	4	南鮮川柳	夕飯(第一)/柳培庵鳥石選/前拔 〔1〕 저녁밥(제1)/류바이안 우세키 선/전발	邱花坊	시가/센류	
1	4	南鮮川柳	夕飯(第一)/柳培庵鳥石選/前拔 〔2〕 저녁밥(제1)/류바이안 우세키 선/전발	雲竹	시가/센류	
1	4	南鮮川柳	夕飯(第一)/柳培庵鳥石選/前拔 〔2〕 저녁밥(제1)/류바이안 우세키 선/전발	千流	시가/센류	

지면	단수	기획	기사제목 〈회수〉〔곡수〕	필자/저자(역자)	분류	비고
1	4	南鮮川柳	夕飯(第一)/柳培庵鳥石選/前抜 〔2〕 저녁밥(제1)/류바이안 우세키 선/전발	すえ子	시가/센류	
1	4	南鮮川柳	夕飯(第一)/柳培庵鳥石選/前抜 〔2〕 저녁밥(제1)/류바이안 우세키 선/전발	大邱坊	시가/센류	
1	4	南鮮川柳	夕飯(第一)/柳培庵鳥石選/前抜 〔3〕 저녁밥(제1)/류바이안 우세키 선/전발	三日坊	시가/센류	
1	4	南鮮川柳	夕飯(第一)/柳培庵鳥石選/前抜 〔3〕 저녁밥(제1)/류바이안 우세키 선/전발	初學坊	시가/센류	
1	4	南鮮川柳	夕飯(第一)/柳培庵鳥石選/前抜 〔3〕 저녁밥(제1)/류바이안 우세키 선/전발	柳外子	시가/센류	
1	4	詩壇	悲しの娘 〔1〕 슬픈 아가씨	草梁 美都緒	시가/신체시	
1	5~6		雛の聲 〈31〉 병아리 소리	倉富砂邱作	소설/일본	
3	2~7		婦人論 〈2〉 부인론	安武東一郎	수필/비평	

1920년 04월 17일 (토) 7259호

지면	단수	기획	기사제목 〈회수〉〔곡수〕	필자/저자(역자)	분류	비고
1	6~7		雛の聲 〈32〉 병아리 소리	倉富砂邱作	소설/일본	

1920년 04월 19일 (월) 7261호

지면	단수	기획	기사제목 〈회수〉〔곡수〕	필자/저자(역자)	분류	비고
1	2~3		婦人論 〈3〉 부인론	安武東一郎	수필/비평	
1	5~6		雛の聲 〈34〉 병아리 소리	倉富砂邱作	소설/일본	

1920년 04월 20일 (화) 7262호

지면	단수	기획	기사제목 〈회수〉〔곡수〕	필자/저자(역자)	분류	비고
1	4	南鮮川柳	夕飯(第三)/人位 〔1〕 저녁밥(제3)/인위	釜山 雨竹	시가/센류	
1	4	南鮮川柳	夕飯(第三)/地位 〔1〕 저녁밥(제3)/지위	京城 柳外	시가/센류	
1	4	南鮮川柳	夕飯(第三)/天位 〔1〕 저녁밥(제3)/천위	大邱 邱花坊	시가/센류	
1	4	南鮮川柳	夕飯(第三)/軸吟 〔5〕 저녁밥(제3)/축음	鳥石	시가/센류	
1	4		山水會句集(下)/#題雀の子/六點の部 〈2〉〔1〕 산수회 구집(하)/#제 참새 새끼/육점 부문	春浦	시가/하이쿠	
1	4		山水會句集(下)/#題雀の子/六點の部 〈2〉〔1〕 산수회 구집(하)/#제 참새 새끼/육점 부문	可秀	시가/하이쿠	
1	4		山水會句集(下)/#題雀の子/五點の部 〈2〉〔1〕 산수회 구집(하)/#제 참새 새끼/오점 부문	#蓮	시가/하이쿠	
1	4		山水會句集(下)/#題雀の子/五點の部 〈2〉〔1〕 산수회 구집(하)/#제 참새 새끼/오점 부문	可秀	시가/하이쿠	
1	4		山水會句集(下)/#題雀の子/五點の部 〈2〉〔1〕 산수회 구집(하)/#제 참새 새끼/오점 부문	雨意	시가/하이쿠	
1	4		山水會句集(下)/#題雀の子/四點の部 〈2〉〔1〕 산수회 구집(하)/#제 참새 새끼/사점 부문	##	시가/하이쿠	
1	4		山水會句集(下)/#題雀の子/四點の部 〈2〉〔1〕 산수회 구집(하)/#제 참새 새끼/오점 부문	醉骨	시가/하이쿠	
1	4		山水會句集(下)/#題雀の子/三點の部 〈2〉〔1〕 산수회 구집(하)/#제 참새 새끼/삼점 부문	靑眼子	시가/하이쿠	

지면	단수	기획	기사제목 〈회수〉〔곡수〕	필자/저자(역자)	분류	비고
1	4		山水會句集(下)/#題雀の子/三點の部 〈2〉〔1〕 산수회 구집(하)/#제 참새 새끼/삼점 부문	雨意	시가/하이쿠	
1	4		山水會句集(下)/#題雀の子/二點の部 〈2〉〔1〕 산수회 구집(하)/#제 참새 새끼/이점 부문	南鳳	시가/하이쿠	
1	4		山水會句集(下)/#題雀の子/二點の部 〈2〉〔2〕 산수회 구집(하)/#제 참새 새끼/이점 부문	雨意	시가/하이쿠	
1	4		山水會句集(下)/#題雀の子/二點の部 〈2〉〔1〕 산수회 구집(하)/#제 참새 새끼/이점 부문	可秀	시가/하이쿠	
1	4		山水會句集(下)/#題雀の子/二點の部 〈2〉〔1〕 산수회 구집(하)/#제 참새 새끼/이점 부문	醉骨	시가/하이쿠	
1	4		山水會句集(下)/#題雀の子/二點の部 〈2〉〔1〕 산수회 구집(하)/#제 참새 새끼/이점 부문	香洲	시가/하이쿠	
1	4		山水會句集(下)/#題雀の子/一點の部 〈2〉〔3〕 산수회 구집(하)/#제 참새 새끼/일점 부문	素名生	시가/하이쿠	
1	4		山水會句集(下)/#題雀の子/一點の部 〈2〉〔2〕 산수회 구집(하)/#제 참새 새끼/일점 부문	靑眼子	시가/하이쿠	
1	5~6		雛の聲 〈35〉 병아리 소리	倉富砂邱作	소설/일본	

1920년 04월 22일 (목) 7264호

지면	단수	기획	기사제목 〈회수〉〔곡수〕	필자/저자(역자)	분류	비고
1	3	南鮮川柳	酒(第二)/柳培庵烏石選/前抜 〔4〕 술(제2)/류바이안 우세키 선/전발	龍山 柳外子	시가/센류	
1	3~4	南鮮川柳	酒(第二)/柳培庵烏石選/前抜 〔5〕 술(제2)/류바이안 우세키 선/전발	龍山 三日坊	시가/센류	
1	4	南鮮川柳	酒(第二)/柳培庵烏石選/前抜 〔5〕 술(제2)/류바이안 우세키 선/전발	龍山 山鹿坊	시가/센류	
1	4	南鮮川柳	酒(第二)/柳培庵烏石選/佳句 〔1〕 술(제2)/류바이안 우세키 선/가구	大邱 初學坊	시가/센류	
1	4	南鮮川柳	酒(第二)/柳培庵烏石選/佳句 〔1〕 술(제2)/류바이안 우세키 선/가구	大邱 大邱坊	시가/센류	
1	4	南鮮川柳	酒(第二)/柳培庵烏石選/佳句 〔1〕 술(제2)/류바이안 우세키 선/가구	龍山 千流	시가/센류	
1	4	南鮮川柳	酒(第二)/柳培庵烏石選/佳句 〔1〕 술(제2)/류바이안 우세키 선/가구	大邱 喧嘩坊	시가/센류	
1	4	南鮮川柳	酒(第二)/柳培庵烏石選/佳句 〔1〕 술(제2)/류바이안 우세키 선/가구	大邱 邱花坊	시가/센류	
1	4	南鮮川柳	酒(第二)/柳培庵烏石選/佳句 〔1〕 술(제2)/류바이안 우세키 선/가구	龍山 山鹿坊	시가/센류	
1	4		山水會句集(上)/高野山觀櫻臨時會/春の山/七點句 〔1〕 산수회 구집(상)/고야산 꽃놀이 임시 모임/봄의 산/칠점 구	過雲城	시가/하이쿠	
1	4		山水會句集(上)/高野山觀櫻臨時會/春の山/四點の部 〔1〕 산수회 구집(상)/고야산 꽃놀이 임시 모임/봄의 산/사점 부문	一呵	시가/하이쿠	
1	4		山水會句集(上)/高野山觀櫻臨時會/春の山/四點の部 〔1〕 산수회 구집(상)/고야산 꽃놀이 임시 모임/봄의 산/사점 부문	菊山人	시가/하이쿠	
1	4		山水會句集(上)/高野山觀櫻臨時會/春の山/四點の部 〔1〕 산수회 구집(상)/고야산 꽃놀이 임시 모임/봄의 산/사점 부문	竹月	시가/하이쿠	
1	4		山水會句集(上)/高野山觀櫻臨時會/春の山/三點の部 〔1〕 산수회 구집(상)/고야산 꽃놀이 임시 모임/봄의 산/삼점 부문	雨汀	시가/하이쿠	
1	4		山水會句集(上)/高野山觀櫻臨時會/春の山/三點の部 〔2〕 산수회 구집(상)/고야산 꽃놀이 임시 모임/봄의 산/삼점 부문	萊遊	시가/하이쿠	
1	4		山水會句集(上)/高野山觀櫻臨時會/春の山/三點の部 〔1〕 산수회 구집(상)/고야산 꽃놀이 임시 모임/봄의 산/삼점 부문	三岳	시가/하이쿠	

지면	단수	기획	기사제목 〈회수〉〔곡수〕	필자/저자(역자)	분류	비고
1	4		山水會句集(上)/高野山觀櫻臨時會/春の山/三點の部 [1] 산수회 구집(상)/고야산 꽃놀이 임시 모임/봄의 산/삼점 부문	竹月	시가/하이쿠	
1	4		山水會句集(上)/高野山觀櫻臨時會/春の山/三點の部 [1] 산수회 구집(상)/고야산 꽃놀이 임시 모임/봄의 산/삼점 부문	松郎	시가/하이쿠	
1	4		山水會句集(上)/高野山觀櫻臨時會/春の山/三點の部 [1] 산수회 구집(상)/고야산 꽃놀이 임시 모임/봄의 산/삼점 부문	巨堂	시가/하이쿠	
1	4		山水會句集(上)/高野山觀櫻臨時會/春の山/二點の部 [1] 산수회 구집(상)/고야산 꽃놀이 임시 모임/봄의 산/이점 부문	可秀	시가/하이쿠	
1	4		山水會句集(上)/高野山觀櫻臨時會/春の山/二點の部 [1] 산수회 구집(상)/고야산 꽃놀이 임시 모임/봄의 산/이점 부문	醉骨	시가/하이쿠	
1	4		山水會句集(上)/高野山觀櫻臨時會/春の山/二點の部 [1] 산수회 구집(상)/고야산 꽃놀이 임시 모임/봄의 산/이점 부문	春浦	시가/하이쿠	
1	4		山水會句集(上)/高野山觀櫻臨時會/春の山/二點の部 [1] 산수회 구집(상)/고야산 꽃놀이 임시 모임/봄의 산/이점 부문	松郎	시가/하이쿠	
1	4		山水會句集(上)/高野山觀櫻臨時會/春の山/二點の部 [2] 산수회 구집(상)/고야산 꽃놀이 임시 모임/봄의 산/이점 부문	三岳	시가/하이쿠	
1	4		山水會句集(上)/高野山觀櫻臨時會/春の山/二點の部 [1] 산수회 구집(상)/고야산 꽃놀이 임시 모임/봄의 산/이점 부문	素名生	시가/하이쿠	
1	4		山水會句集(上)/高野山觀櫻臨時會/春の山/二點の部 [1] 산수회 구집(상)/고야산 꽃놀이 임시 모임/봄의 산/이점 부문	雨汀	시가/하이쿠	
1	4		山水會句集(上)/高野山觀櫻臨時會/春の山/二點の部 [3] 산수회 구집(상)/고야산 꽃놀이 임시 모임/봄의 산/이점 부문	不濁	시가/하이쿠	
1	4		山水會句集(上)/高野山觀櫻臨時會/春の山/二點の部 [1] 산수회 구집(상)/고야산 꽃놀이 임시 모임/봄의 산/이점 부문	天	시가/하이쿠	
1	4		山水會句集(上)/高野山觀櫻臨時會/春の山/二點の部 [1] 산수회 구집(상)/고야산 꽃놀이 임시 모임/봄의 산/이점 부문	智水	시가/하이쿠	
1	4		山水會句集(上)/高野山觀櫻臨時會/春の山/一點の部 [2] 산수회 구집(상)/고야산 꽃놀이 임시 모임/봄의 산/일점 부문	香洲	시가/하이쿠	
1	4		山水會句集(上)/高野山觀櫻臨時會/春の山/一點の部 [1] 산수회 구집(상)/고야산 꽃놀이 임시 모임/봄의 산/일점 부문	醉骨	시가/하이쿠	
1	4		山水會句集(上)/高野山觀櫻臨時會/春の山/一點の部 [1] 산수회 구집(상)/고야산 꽃놀이 임시 모임/봄의 산/일점 부문	一呵	시가/하이쿠	
1	4		山水會句集(上)/高野山觀櫻臨時會/春の山/一點の部 [2] 산수회 구집(상)/고야산 꽃놀이 임시 모임/봄의 산/일점 부문	浩一郎	시가/하이쿠	
1	4		山水會句集(上)/高野山觀櫻臨時會/春の山/一點の部 [1] 산수회 구집(상)/고야산 꽃놀이 임시 모임/봄의 산/일점 부문	菊山人	시가/하이쿠	
1	4		山水會句集(上)/高野山觀櫻臨時會/春の山/一點の部 [1] 산수회 구집(상)/고야산 꽃놀이 임시 모임/봄의 산/일점 부문	牛友庵	시가/하이쿠	
1	4		山水會句集(上)/高野山觀櫻臨時會/春の山/一點の部 [1] 산수회 구집(상)/고야산 꽃놀이 임시 모임/봄의 산/일점 부문	雨汀	시가/하이쿠	
1	4		山水會句集(上)/高野山觀櫻臨時會/春の山/一點の部 [2] 산수회 구집(상)/고야산 꽃놀이 임시 모임/봄의 산/일점 부문	一穗	시가/하이쿠	
1	4		山水會句集(上)/高野山觀櫻臨時會/春の山/一點の部 [1] 산수회 구집(상)/고야산 꽃놀이 임시 모임/봄의 산/일점 부문	天	시가/하이쿠	
1	4		山水會句集(上)/高野山觀櫻臨時會/春の山/一點の部 [1] 산수회 구집(상)/고야산 꽃놀이 임시 모임/봄의 산/일점 부문	可秀	시가/하이쿠	
1	4		山水會句集(上)/高野山觀櫻臨時會/春の山/一點の部 [1] 산수회 구집(상)/고야산 꽃놀이 임시 모임/봄의 산/일점 부문	素名生	시가/하이쿠	
1	4		山水會句集(上)/高野山觀櫻臨時會/春の山/一點の部 [1] 산수회 구집(상)/고야산 꽃놀이 임시 모임/봄의 산/일점 부문	松郎	시가/하이쿠	
1	4		山水會句集(上)/高野山觀櫻臨時會/春の山/一點の部 [1] 산수회 구집(상)/고야산 꽃놀이 임시 모임/봄의 산/일점 부문	竹月	시가/하이쿠	

지면	단수	기획	기사제목 〈회수〉〔곡수〕	필자/저자(역자)	분류	비고
1	4		山水會句集(上)/高野山觀櫻臨時會/春の山/一點の部 〔1〕 산수회 구집(상)/고야산 꽃놀이 임시 모임/봄의 산/일점 부문	巨堂	시가/하이쿠	
1	4		山水會句集(上)/高野山觀櫻臨時會/春の山/一點の部 〔1〕 산수회 구집(상)/고야산 꽃놀이 임시 모임/봄의 산/일점 부문	永代	시가/하이쿠	
1	4		山水會句集(上)/高野山觀櫻臨時會/春の山/一點の部 〔1〕 산수회 구집(상)/고야산 꽃놀이 임시 모임/봄의 산/일점 부문	春浦	시가/하이쿠	
1	4		山水會句集(上)/高野山觀櫻臨時會/春の山/一點の部 〔1〕 산수회 구집(상)/고야산 꽃놀이 임시 모임/봄의 산/일점 부문	徹	시가/하이쿠	
1	4		山水會句集(上)/高野山觀櫻臨時會/春の山/一點の部 〔2〕 산수회 구집(상)/고야산 꽃놀이 임시 모임/봄의 산/일점 부문	南鳳	시가/하이쿠	
1	4		山水會句集(上)/高野山觀櫻臨時會/春の山/一點の部 〔1〕 산수회 구집(상)/고야산 꽃놀이 임시 모임/봄의 산/일점 부문	橙子	시가/하이쿠	
1	5~6		雛の聲 〈37〉 병아리 소리	倉富砂邱作	소설/일본	
4	5~8		鎮海へ/第二信 〈2〉 진해로/제2신	新之助	수필/기행	
4	1~2		俠客 嵐山花五郎 〈32〉 협객 아라시야마 하나고로	眞龍齊貞山講演	고단	

1920년 04월 24일 (토) 7265호

지면	단수	기획	기사제목 〈회수〉〔곡수〕	필자/저자(역자)	분류	비고
1	5	南鮮川柳	酒(第三)/柳培庵鳥石選/佳句 〔2〕 술(제3)/류바이안 우세키 선/가구	龍山 圓ネ門	시가/센류	
1	5	南鮮川柳	酒(第三)/柳培庵鳥石選/佳句 〔2〕 술(제3)/류바이안 우세키 선/가구	龍山 柳外子	시가/센류	
1	5	南鮮川柳	酒(第三)/柳培庵鳥石選/佳句 〔3〕 술(제3)/류바이안 우세키 선/가구	龍山 三日坊	시가/센류	
1	5	南鮮川柳	酒(第三)/柳培庵鳥石選/五客 〔1〕 술(제3)/류바이안 우세키 선/오객	龍山 山鹿坊	시가/센류	
1	5	南鮮川柳	酒(第三)/柳培庵鳥石選/五客 〔1〕 술(제3)/류바이안 우세키 선/오객	龍山 柳外子	시가/센류	
1	5	南鮮川柳	酒(第三)/柳培庵鳥石選/五客 〔1〕 술(제3)/류바이안 우세키 선/오객	龍山 千流	시가/센류	
1	5	南鮮川柳	酒(第三)/柳培庵鳥石選/五客 〔1〕 술(제3)/류바이안 우세키 선/오객	龍山 三日坊	시가/센류	
1	5	南鮮川柳	酒(第三)/柳培庵鳥石選/五客 〔1〕 술(제3)/류바이안 우세키 선/오객	龍山 圓ネ門	시가/센류	
1	6~7		雛の聲 〈38〉 병아리 소리	倉富砂邱作	소설/일본	
4	1~2		俠客 嵐山花五郎 〈33〉 협객 아라시야마 하나고로	眞龍齊貞山講演	고단	

1920년 04월 25일 (일) 7266호

지면	단수	기획	기사제목 〈회수〉〔곡수〕	필자/저자(역자)	분류	비고
1	5	南鮮川柳	酒(第四)/柳培庵鳥石選/三才/人位 〔1〕 술(제4)/류바이안 우세키 선/삼재/인위	龍山 千流	시가/센류	
1	5	南鮮川柳	酒(第四)/柳培庵鳥石選/三才/地位 〔1〕 술(제4)/류바이안 우세키 선/삼재/지위	龍山 山鹿坊	시가/센류	
1	5	南鮮川柳	酒(第四)/柳培庵鳥石選/三才/天位 〔1〕 술(제4)/류바이안 우세키 선/삼재/천위	龍山 圓ネ門	시가/센류	
1	5	南鮮川柳	酒(第四)/柳培庵鳥石選/軸吟 〔3〕 술(제4)/류바이안 우세키 선/축음	鳥石	시가/센류	
1	6~7		雛の聲 〈39〉 병아리 소리	倉富砂邱作	소설/일본	

지면	단수	기획	기사제목 〈회수〉〔곡수〕	필자/저자(역자)	분류	비고
4	1~2		俠客 嵐山花五郎/郡の妻子(一) 〈34〉 협객 아라시야마 하나고로/고을의 처자(1)	眞龍齊貞山講演	고단	

1920년 04월 26일 (월) 7267호

지면	단수	기획	기사제목 〈회수〉〔곡수〕	필자/저자(역자)	분류	비고
1	4	詩壇	死なずば 〔1〕 죽지 않으면	ひろし	시가/신체시	
1	4~5	詩壇	春の芝生 〔1〕 봄 잔디	釜山 さくら葉	시가/신체시	
1	5	詩壇	草のあをめ 〔1〕 풀의 푸른 싹	こういちろう	시가/신체시	
1	6~7		雛の聲 〈40〉 병아리 소리	倉富砂邱作	소설/일본	
3	6~9		鎭海へ/第三信 〈3〉 진해로/제3신	新之助	수필/기행	
4	1~2		俠客 嵐山花五郎/郡の妻子(二) 〈35〉 협객 아라시야마 하나고로/고을의 처자(2)	眞龍齊貞山講演	고단	

1920년 04월 27일 (화) 7268호

지면	단수	기획	기사제목 〈회수〉〔곡수〕	필자/저자(역자)	분류	비고
1	6~7		雛の聲 〈41〉 병아리 소리	倉富砂邱作	소설/일본	
4	1~2		俠客 嵐山花五郎 〈36〉 협객 아라시야마 하나고로	眞龍齊貞山講演	고단	

1920년 04월 28일 (수) 7269호

지면	단수	기획	기사제목 〈회수〉〔곡수〕	필자/저자(역자)	분류	비고
5	4~5		俠客 嵐山花五郎/郡の妻子(四) 〈37〉 협객 아라시야마 하나고로/고을의 처자(4)	眞龍齊貞山講演	고단	

1920년 04월 29일 (목) 7270호

지면	단수	기획	기사제목 〈회수〉〔곡수〕	필자/저자(역자)	분류	비고
1	5	南鮮川柳	花(第一)/柳培庵鳥石選/前抜 〔1〕 꽃(제1)/류바이안 우세키 선/전발	舞昇	시가/센류	
1	5	南鮮川柳	花(第一)/柳培庵鳥石選/前抜 〔1〕 꽃(제1)/류바이안 우세키 선/전발	普作	시가/센류	
1	5	南鮮川柳	花(第一)/柳培庵鳥石選/前抜 〔1〕 꽃(제1)/류바이안 우세키 선/전발	すえ子	시가/센류	
1	5	南鮮川柳	花(第一)/柳培庵鳥石選/前抜 〔1〕 꽃(제1)/류바이안 우세키 선/전발	子#	시가/센류	
1	5	南鮮川柳	花(第一)/柳培庵鳥石選/前抜 〔1〕 꽃(제1)/류바이안 우세키 선/전발	秋#	시가/센류	
1	5	南鮮川柳	花(第一)/柳培庵鳥石選/前抜 〔1〕 꽃(제1)/류바이안 우세키 선/전발	散#	시가/센류	
1	5	南鮮川柳	花(第一)/柳培庵鳥石選/前抜 〔2〕 꽃(제1)/류바이안 우세키 선/전발	初學坊	시가/센류	
1	5	南鮮川柳	花(第一)/柳培庵鳥石選/前抜 〔2〕 꽃(제1)/류바이안 우세키 선/전발	花石	시가/센류	
1	5	南鮮川柳	花(第一)/柳培庵鳥石選/前抜 〔3〕 꽃(제1)/류바이안 우세키 선/전발	喧嘩坊	시가/센류	
1	5	南鮮川柳	花(第一)/柳培庵鳥石選/前抜 〔3〕 꽃(제1)/류바이안 우세키 선/전발	千龍	시가/센류	
1	5	南鮮川柳	花(第一)/柳培庵鳥石選/前抜 〔3〕 꽃(제1)/류바이안 우세키 선/전발	大邱坊	시가/센류	
1	5	南鮮川柳	花(第一)/柳培庵鳥石選/前抜 〔3〕 꽃(제1)/류바이안 우세키 선/전발	鶯團子	시가/센류	

지면	단수	기획	기사제목 〈회수〉 〔곡수〕	필자/저자(역자)	분류	비고
1	5	多行詩	やぶすずめ [1] 덤불 속 참새	こういちろう	시가/신체시	
1	6~7		雛の聲 〈43〉 병아리 소리	倉富砂邱作	소설/일본	
4	1~2		俠客 嵐山花五郎 〈38〉 협객 아라시야마 하나고로	眞龍齊貞山講演	고단	

1920년 04월 30일 (금) 7271호

지면	단수	기획	기사제목 〈회수〉 〔곡수〕	필자/저자(역자)	분류	비고
1	5	南鮮川柳	花(第二)/柳培庵鳥石選/前抜 〔3〕 꽃(제2)/류바이안 우세키 선/전발	圓ネ門	시가/센류	
1	5	南鮮川柳	花(第二)/柳培庵鳥石選/前抜 〔3〕 꽃(제2)/류바이안 우세키 선/전발	邱花坊	시가/센류	
1	5	南鮮川柳	花(第二)/柳培庵鳥石選/前抜 〔4〕 꽃(제2)/류바이안 우세키 선/전발	柳外子	시가/센류	
1	5	南鮮川柳	花(第二)/柳培庵鳥石選/前抜 〔4〕 꽃(제2)/류바이안 우세키 선/전발	山鹿坊	시가/센류	
1	5	南鮮川柳	花(第二)/柳培庵鳥石選/前抜 〔5〕 꽃(제2)/류바이안 우세키 선/전발	三日坊	시가/센류	
1	5	南鮮川柳	花(第二)/柳培庵鳥石選/佳句 〔1〕 꽃(제2)/류바이안 우세키 선/가구	龍山 花石	시가/센류	
1	5	南鮮川柳	花(第二)/柳培庵鳥石選/佳句 〔1〕 꽃(제2)/류바이안 우세키 선/가구	大邱 初學坊	시가/센류	
1	5	南鮮川柳	花(第二)/柳培庵鳥石選/佳句 〔1〕 꽃(제2)/류바이안 우세키 선/가구	龍山 芳蘭	시가/센류	
1	5	南鮮川柳	花(第二)/柳培庵鳥石選/佳句 〔1〕 꽃(제2)/류바이안 우세키 선/가구	釜山 すえ子	시가/센류	
1	5	南鮮川柳	花(第二)/柳培庵鳥石選/佳句 〔1〕 꽃(제2)/류바이안 우세키 선/가구	大邱 普作	시가/센류	
1	5	南鮮川柳	花(第二)/柳培庵鳥石選/佳句 〔1〕 꽃(제2)/류바이안 우세키 선/가구	釜山 舞昇	시가/센류	
1	5	南鮮川柳	花(第二)/柳培庵鳥石選/佳句 〔1〕 꽃(제2)/류바이안 우세키 선/가구	永登浦 鶯團子	시가/센류	
1	5	南鮮川柳	花(第二)/柳培庵鳥石選/佳句 〔1〕 꽃(제2)/류바이안 우세키 선/가구	大邱 邱花坊	시가/센류	
1	6~7		雛の聲 〈43〉 병아리 소리	倉富砂邱作	소설/일본	회수 오류
4	1~2		俠客 嵐山花五郎/##の卵(一) 〈39〉 협객 아라시야마 하나고로/##의 알(1)	眞龍齊貞山講演	고단	

조선일보 1905.01.~1905.04.

지면	단수	기획	기사제목 〈회수〉 〔곡수〕	필자/저자(역자)	분류	비고

1905년 01월 15일 (일) 1호

지면	단수	기획	기사제목	필자/저자(역자)	분류	비고
1	3~7		朝鮮奇談 間違い婿(上) 〈1〉 조선 기담/잘못 들인 사위(상)	美# 作/黑潮 補	민속	
3	1~3	小說	★戰勝 〈1〉 전승	黑潮	소설	

1905년 01월 15일 (일) 1호 부록

지면	단수	기획	기사제목 〈회수〉〔곡수〕	필자/저자(역자)	분류	비고
3	2	小品文	所感 소감	氷山生	수필/기타	
3	2	小品文	所感 소감	相澤生	수필/기타	
3	2	小品文	所感 소감	古山生	수필/기타	
3	2~3	小品文	本紙の發刊に際して所感を述ふ 본지 발간을 맞아 소감을 이야기하다	黑潮生	수필/기타	
3	3	小品文	本國に歸つた心持 본국에 돌아간 기분	舞三生	수필/기타	
3	3	文苑	朝鮮日報の發刊を祝いて〔1〕 조선일보의 발간을 축하하며	竹靜	시가/하이쿠	
3	3	文苑	☆春雜吟〔3〕 봄-잡음	竹靜	시가/하이쿠	
3	3	文苑	☆春雜吟〔3〕 봄-잡음	其昌	시가/하이쿠	
3	3	文苑	★春雜吟〔3〕 봄-잡음	八重女	시가/하이쿠	
3	3	文苑	★戰陣 新年〔3〕 전진 신년	黑潮	시가/하이쿠	
3	3	文苑	東京旅亭病吟〔1〕 도쿄 여정 병음	保寧山人	시가/한시	

1905년 01월 20일 (금) 2호

지면	단수	기획	기사제목 〈회수〉〔곡수〕	필자/저자(역자)	분류	비고
1	6	俳壇	年改りて浪華の津を去る時〔5〕 해가 바뀌어 나니와의 나루터를 떠날 때	香洲	시가/하이쿠	
1	6	俳壇	某地の友が失意を憐み〔4〕 모처의 벗의 실의를 가련히 여겨	香洲	시가/하이쿠	
1	6~7	飜譯小說	★佛蘭西騎兵の花〈1〉 프랑스 기병의 꽃	英國 コーナンドイル (日本梅村隱士)	소설/번역 소설	
3	1~3	小說	★戰勝〈2〉 전승	黑潮	소설	

1905년 01월 21일 (토) 3호

지면	단수	기획	기사제목 〈회수〉〔곡수〕	필자/저자(역자)	분류	비고
1	5		★朝鮮稗史 林慶業の傳〈1〉 조선 패사 임경업전	(浪#生)	소설/한국 고전	
1	5		★出征軍人の雅懷〔1〕 출정 군인의 아회	矢橋良胤	시가/하이쿠	
1	6		★出征軍人の雅懷/勅題〔1〕 출정 군인의 아회/칙제	矢橋良胤	시가/단카	
1	6		★出征軍人の雅懷/近詠〔2〕 출정 군인의 아회/근영	矢橋良胤	시가/단카	
1	6~7	飜譯小說	★佛蘭西騎兵の花〈2〉 프랑스 기병의 꽃	英國 コーナンドイル (日本梅村隱士)	소설/번역 소설	
3	1~2	小說	★戰勝〈3〉 전승	黑潮	소설	

1905년 01월 22일 (일) 4호

지면	단수	기획	기사제목 〈회수〉〔곡수〕	필자/저자(역자)	분류	비고
1	2~5		★朝鮮稗史 林慶業の傳〈2〉 조선 패사 임경업전	(浪#生)	소설/한국 고전	
1	5~7	飜譯小說	★佛蘭西騎兵の花〈3〉 프랑스 기병의 꽃	英國 コーナンドイル (日本梅村隱士)	소설/번역 소설	

지면	단수	기획	기사제목 〈회수〉〔곡수〕	필자/저자(역자)	분류	비고
3	1~2	小說	★戰勝 〈4〉 전승	黑潮	소설	
3	2	小說豫告	露探狩り 러시아 스파이 색출		기타/연재 예고	

1905년 01월 24일 (화) 5호

지면	단수	기획	기사제목 〈회수〉〔곡수〕	필자/저자(역자)	분류	비고
1	5	俳句	梅〔2〕 매화	其昌	시가/하이쿠	
1	5	俳句	梅〔2〕 매화	飛雪	시가/하이쿠	
1	5	俳句	梅〔2〕 매화	天風	시가/하이쿠	
1	5~7	飜譯小說	★佛蘭西騎兵の花 〈4〉 프랑스 기병의 꽃	英國 コーナンドイル (日本梅村隱士)	소설/번역 소설	
3	1~3	小說	露探狩り 〈1〉 러시아 스파이 색출	黑潮	소설	

1905년 01월 25일 (수) 6호

지면	단수	기획	기사제목 〈회수〉〔곡수〕	필자/저자(역자)	분류	비고
1	4~6	小品文	浪の音 파도 소리	溪村	수필/일상	
1	6~7	飜譯小說	★佛蘭西騎兵の花 〈5〉 프랑스 기병의 꽃	英國 コーナンドイル (日本梅村隱士)	소설/번역 소설	
3	1~2	小說	露探狩り 〈2〉 러시아 스파이 색출	黑潮	소설	

1905년 01월 26일 (목) 7호

지면	단수	기획	기사제목 〈회수〉〔곡수〕	필자/저자(역자)	분류	비고
1	6	詩	新年之作〔1〕 신년지작	在金海 金城生	시가/한시	
1	6	詩	夢母〔1〕 몽모	在金海 金城生	시가/한시	
1	6	詩	寄金某氏〔1〕 기김모씨	在金海 金城生	시가/한시	
1	6	俳句	(제목없음)〔4〕	香洲	시가/하이쿠	
1	6	俳句	梅〔2〕 매화	美瓢	시가/하이쿠	
1	6	俳句	梅〔2〕 매화	八重女	시가/하이쿠	
1	6	俳句	梅〔2〕 매화	黑潮	시가/하이쿠	
1	6~7	飜譯小說	★佛蘭西騎兵の花 〈6〉 프랑스 기병의 꽃	英國 コーナンドイル (日本梅村隱士)	소설/번역 소설	
3	1~2	小說	露探狩り 〈3〉 러시아 스파이 색출	黑潮	소설	
4	1~2		★朝鮮稗史 林慶業の傳 〈3〉 조선 패사 임경업전	(浪#生)	소설/한국 고전	

1905년 01월 27일 (금) 8호

지면	단수	기획	기사제목 〈회수〉〔곡수〕	필자/저자(역자)	분류	비고
1	4		★朝鮮稗史 林慶業の傳 〈4〉 조선 패사 임경업전	(浪#生)	소설/한국 고전	
1	5~6	小品文	變裝の美人 변장 미인	あい子	수필/관찰	

지면	단수	기획	기사제목 〈회수〉〔곡수〕	필자/저자(역자)	분류	비고
1	6	俳句	船(春季結) 〔2〕 배(춘계결)	八重	시가/하이쿠	
1	6	俳句	船(春季結) 〔2〕 배(춘계결)	玄童	시가/하이쿠	
1	6	俳句	船(春季結) 〔2〕 배(춘계결)	其昌	시가/하이쿠	
1	6	俳句	船(春季結) 〔2〕 배(춘계결)	飛雪	시가/하이쿠	
1	6	俳句	溪村子に贈る 〔2〕 게이손시에게 보내다	黑潮	시가/하이쿠	
1	6~7	飜譯小說	★佛蘭西騎兵の花 〈7〉 프랑스 기병의 꽃	英國 コーナンドイル (日本梅村隱士)	소설/번역 소설	
3	1~3	小說	露探狩り 〈4〉 러시아 스파이 색출	黑潮	소설	

1905년 01월 28일 (토) 9호

지면	단수	기획	기사제목 〈회수〉〔곡수〕	필자/저자(역자)	분류	비고
1	2~3		★朝鮮稗史 林慶業の傳 〈5〉 조선 패사 임경업전	(浪#生)	소설/한국 고전	
1	5~6	小品文	玄海灘 현해탄	古山生	수필/기타	
1	6	俳句	★春雜吟 〔2〕 봄-잡음	天奴	시가/하이쿠	
1	6	俳句	春雜吟 〔2〕 봄-잡음	美瓢	시가/하이쿠	
1	6	俳句	春雜吟 〔2〕 봄-잡음	其昌	시가/하이쿠	
1	6	俳句	春雜吟 〔2〕 봄-잡음	八重	시가/하이쿠	
1	6	俳句	☆春雜吟 〔2〕 봄-잡음	黑潮	시가/하이쿠	
1	6~7	飜譯小說	★佛蘭西騎兵の花 〈7〉 프랑스 기병의 꽃	英國 コーナンドイル (日本梅村隱士)	소설/번역 소설	회수 오류
3	1~3	小說	露探狩り 〈5〉 러시아 스파이 색출	黑潮	소설	

1905년 01월 29일 (일) 10호

지면	단수	기획	기사제목 〈회수〉〔곡수〕	필자/저자(역자)	분류	비고
1	6	俳句	☆春雜吟 〔2〕 봄-잡음	天奴	시가/하이쿠	
1	6	俳句	春雜吟 〔2〕 봄-잡음	竹嶺	시가/하이쿠	
1	6	俳句	☆春雜吟 〔2〕 봄-잡음	飛雪	시가/하이쿠	
1	6	俳句	春雜吟 〔2〕 봄-잡음	八重	시가/하이쿠	
1	6	俳句	☆春雜吟 〔2〕 봄-잡음	黑潮	시가/하이쿠	
1	6~7	飜譯小說	★佛蘭西騎兵の花 〈9〉 프랑스 기병의 꽃	英國 コーナンドイル (日本梅村隱士)	소설/번역 소설	
3	2~3	小說	露探狩り 〈5〉 러시아 스파이 색출	黑潮	소설	회수 오류

1905년 02월 01일 (수) 11호

지면	단수	기획	기사제목 〈회수〉〔곡수〕	필자/저자(역자)	분류	비고
1	5	俳句	春雜吟〔2〕 봄-잡음	天奴	시가/하이쿠	
1	5	俳句	春雜吟〔2〕 봄-잡음	其昌	시가/하이쿠	
1	5	俳句	春雜吟〔2〕 봄-잡음	飛雪	시가/하이쿠	
1	5	俳句	春雜吟〔2〕 봄-잡음	美瓢	시가/하이쿠	
1	5	俳句	春雜吟〔2〕 봄-잡음	八重	시가/하이쿠	
1	5	俳句	春雜吟〔2〕 봄-잡음	黑潮	시가/하이쿠	
1	6	詩	三典 歌賦呈乃木將軍〔1〕 삼전 가부정 노기 장군	周防 作馬鴻東	시가/한시	
1	6~7	飜譯小說	★佛蘭西騎兵の花〈10〉 프랑스 기병의 꽃	英國 コーナンドイル (日本梅村隱士)	소설/번역 소설	
3	1~3	小說	露探狩り〈6〉 러시아 스파이 색출	黑潮	소설	회수 오류

1905년 02월 02일 (목) 12호

지면	단수	기획	기사제목 〈회수〉〔곡수〕	필자/저자(역자)	분류	비고
1	6	俳句	春雜吟/日報の創業を祝す〔2〕 봄-잡음/일보의 창업을 축하하다	髑髏庵	시가/하이쿠	
1	6	俳句	☆春雜吟/日報の創業を祝す〔2〕 봄-잡음/일보의 창업을 축하하다	萍六	시가/하이쿠	
1	6	俳句	☆春雜吟/日報の創業を祝す〔2〕 봄-잡음/일보의 창업을 축하하다	其昌	시가/하이쿠	
1	6	俳句	春雜吟/日報の創業を祝す〔2〕 봄-잡음/일보의 창업을 축하하다	美瓢	시가/하이쿠	
1	6	俳句	春雜吟/日報の創業を祝す〔2〕 봄-잡음/일보의 창업을 축하하다	八重	시가/하이쿠	
1	6	俳句	☆春雜吟/日報の創業を祝す〔2〕 봄-잡음/일보의 창업을 축하하다	黑潮	시가/하이쿠	
1	6~7	飜譯小說	★佛蘭西騎兵の花〈11〉 프랑스 기병의 꽃	英國 コーナンドイル (日本梅村隱士)	소설/번역 소설	
3	1~2	小說	露探狩り〈7〉 러시아 스파이 색출	黑潮	소설	회수 오류

1905년 02월 03일 (금) 13호

지면	단수	기획	기사제목 〈회수〉〔곡수〕	필자/저자(역자)	분류	비고
1	4~5		讀書雜談 독서 잡담	孤岳生	수필/기타	
1	6~7	小品文	我社の三景 자사의 삼대 경치	あい子	수필/일상	
1	7	俳句	春雜吟〔2〕 봄-잡음	天奴	시가/하이쿠	
1	7	俳句	春雜吟〔2〕 봄-잡음	其昌	시가/하이쿠	
1	7	俳句	春雜吟〔2〕 봄-잡음	美瓢	시가/하이쿠	
1	7	俳句	春雜吟〔1〕 봄-잡음	凡骨	시가/하이쿠	
1	7	俳句	春雜吟〔2〕 봄-잡음	八重	시가/하이쿠	

지면	단수	기획	기사제목 〈회수〉 [곡수]	필자/저자(역자)	분류	비고
1	7	俳句	春雜吟 [1] 봄-잡음	黑潮	시가/하이쿠	
1	7	斷り	佛蘭西騎兵の花 本日休載 프랑스 기병의 꽃 본일 휴재		광고/휴재 안내	
3	1~2	小說	露探狩り 〈8〉 러시아 스파이 색출	黑潮	소설	회수 오류
3	4		(제목없음) [1]	某大尉	시가/하이쿠	

1905년 02월 04일 (토) 14호

지면	단수	기획	기사제목 〈회수〉 [곡수]	필자/저자(역자)	분류	비고
1	2~4		★朝鮮稗史 林慶業の傳 〈6〉 조선 패사 임경업전	(浪#生)	소설/한국 고전	
1	6	俳句	☆(제목없음) [2]	枯葉	시가/하이쿠	
1	6	俳句	(제목없음) [2]	其昌	시가/하이쿠	
1	6	俳句	(제목없음) [2]	美瓢	시가/하이쿠	
1	6	俳句	☆(제목없음) [2]	凡骨	시가/하이쿠	
1	6	俳句	☆(제목없음) [2]	八重	시가/하이쿠	
1	6~7	小說	★佛蘭西騎兵の花 〈12〉 프랑스 기병의 꽃	英國 コーナンドイル (日本梅村隱士)	소설/번역 소설	
3	1~2	小說	露探狩り 〈9〉 러시아 스파이 색출	黑潮	소설	회수 오류
3	3		今日ハ舊曆正月 [3] 오늘은 음력 정월		수필·시가/ 일상·하이쿠	

1905년 02월 05일 (일) 15호

지면	단수	기획	기사제목 〈회수〉 [곡수]	필자/저자(역자)	분류	비고
1	5	新體和歌	穗燈獨吟 [10] 수등독음	東京 小田野麗翠	시가/단카	
1	6	俳句	☆黑潮子に送る [5] 고쿠초시에게 보내다	金澤 紫影	시가/하이쿠	
1	6	俳句	☆紫影兒に答ふ [5] 시에이지에게 답하다	日報社 黑潮	시가/하이쿠	
1	6~7	小說	★佛蘭西騎兵の花 〈13〉 프랑스 기병의 꽃	英國 コーナンドイル (日本梅村隱士)	소설/번역 소설	
3	1~3	小說	露探狩り 〈10〉 러시아 스파이 색출	黑潮	소설	회수 오류
3	4		韓人のお正月 한인의 정월		수필/일상	

1905년 02월 07일 (화) 16호

지면	단수	기획	기사제목 〈회수〉 [곡수]	필자/저자(역자)	분류	비고
1	4~5		僕の近頃(忠淸道 #山に於て) 〈1〉 나의 근황(충청도 #산에서)	さすらひ人	수필/일상	
1	6	俳句	梅百句(其一) 〈1〉 [10] 매화-백구(그 첫 번째)	古梅村	시가/하이쿠	
1	6	和歌	★靜の舍歌集/早春霞 [1] 시즈노야 가집/이른 봄 안개	赤澤譽三	시가/단카	
1	6	和歌	靜の舍歌集/寄玉祝 [1] 시즈노야 가집/기옥축	赤澤譽三	시가/단카	

지면	단수	기획	기사제목 〈회수〉〔곡수〕	필자/저자(역자)	분류	비고
1	6	和歌	靜の舍歌集/日出山〔1〕 시즈노야 가집/일출산	赤澤譽三	시가/단카	
1	6	和歌	★靜の舍歌集/鐵道〔1〕 시즈노야 가집/철도	赤澤譽三	시가/단카	
1	6	和歌	靜の舍歌集/船〔1〕 시즈노야 가집/배	赤澤譽三	시가/단카	
1	6	和歌	靜の舍歌集/馴不逢戀〔1〕 시즈노야 가집/순부봉연	赤澤譽三	시가/단카	
1	6	和歌	靜の舍歌集/富士山〔1〕 시즈노야 가집/후지산	赤澤譽三	시가/단카	
1	6~7	小說	★佛蘭西騎兵の花〈14〉 프랑스 기병의 꽃	英國 コーナンドイル (日本梅村隱士)	소설/번역 소설	
3	1~2	小說	露探狩り〈11〉 러시아 스파이 색출	黑潮	소설	회수 오류

1905년 02월 08일 (수) 17호

지면	단수	기획	기사제목 〈회수〉〔곡수〕	필자/저자(역자)	분류	비고
1	4~5		僕の近頃(朝鮮#山岸)〈2〉 나의 근황(조선 #산 기슭)	さすらひ人	수필/일상	
1	5~6	新體詩	玄海灘〔1〕 현해탄	赤木沐薰	시가/신체시	
1	6~7	小說	★佛蘭西騎兵の花〈15〉 프랑스 기병의 꽃	英國 コーナンドイル (日本梅村隱士)	소설/번역 소설	
3	1~3	小說	露探狩り〈12〉 러시아 스파이 색출	黑潮	소설	회수 오류
3	4		梅綻ひぬ 매화가 피다		수필/일상	

1905년 02월 10일 (금) 18호

지면	단수	기획	기사제목 〈회수〉〔곡수〕	필자/저자(역자)	분류	비고
1	5~6		僕の近頃〈3〉 나의 근황	さすらい人	수필/일상	
1	6	俳句	★貴社の盛大を祝す〔2〕 귀사의 번영을 기원하다	茶遊	시가/하이쿠	
1	6	俳句	貴社の盛大を祝す〔2〕 귀사의 번영을 기원하다	枯葉	시가/하이쿠	
1	6	俳句	貴社の盛大を祝す〔2〕 귀사의 번영을 기원하다	其昌	시가/하이쿠	
1	6	俳句	貴社の盛大を祝す〔2〕 귀사의 번영을 기원하다	飛雪	시가/하이쿠	
1	6	俳句	貴社の盛大を祝す〔2〕 귀사의 번영을 기원하다	八重	시가/하이쿠	
1	6	俳句	貴社の盛大を祝す〔2〕 귀사의 번영을 기원하다	黑潮	시가/하이쿠	
1	6~7	小說	★佛蘭西騎兵の花〈16〉 프랑스 기병의 꽃	英國 コーナンドイル (日本梅村隱士)	소설/번역 소설	
3	1~2	小說	露探狩り〈13〉 러시아 스파이 색출	黑潮	소설	회수 오류

1905년 02월 11일 (토) 19호

지면	단수	기획	기사제목 〈회수〉〔곡수〕	필자/저자(역자)	분류	비고
1	6		僕の近頃〈4〉 나의 근황	さすらい人	수필/일상	
1	6~7		百梅詞〔1〕 백매사	保寧山人	시가/한시	

지면	단수	기획	기사제목 〈회수〉〔곡수〕	필자/저자(역자)	분류	비고
3	1~2	小說	露探狩り 〈14〉 러시아 스파이 색출	黑潮	소설	회수 오류

1905년 02월 11일 (토) 19호 부록

1	2~3		鄕思の記 고향 생각의 기록	あい子	수필/일상	
1	3~4	新體詩	旅順口を想ふ〔1〕 뤼순커우를 생각하다	竹露	시가/신체시	
1	4	新體詩	扶桑國を想ふ〔1〕 부상국을 생각하다	竹露	시가/신체시	
2	1~2		いろは文字略釋 〈1〉 초급 문자 약석	孤岳	기타	

1905년 02월 13일 (월) 20호

| 1 | 6~7 | | 僕の近頃 〈5〉
나의 근황 | さすらひ人 | 수필/일상 | |
| 3 | 1~2 | 小說 | 露探狩り 〈15〉
러시아 스파이 색출 | 黑潮 | 소설 | 회수 오류 |

1905년 02월 14일 (화) 21호

1	6	詩壇	懷人雜詩(錄五)〔5〕 회인잡시(다섯 수 기록)	獅子庵	시가/한시	
1	7	詩壇	吊僧惠#〔1〕 조승혜#	#堂居士	시가/한시	
1	7	小說	★佛蘭西騎兵の花 〈16〉 프랑스 기병의 꽃	英國 コーナンドイル (日本梅村隱士)	소설/번역 소설	회수 오류
3	1~2	小說	露探狩り 〈16〉 러시아 스파이 색출	黑潮	소설	회수 오류
3	4	小品文	冬の夜 겨울 밤	樂峰	수필/일상	
3	4	小品文	夜の寒月 밤의 차가운 달	樂峰	수필/일상	
3	4	小品文	我が境遇 나의 경우	樂峰	수필/일상	

1905년 02월 15일 (수) 22호

1	4	詩藻	哭副島蒼海先生#引〔1〕 곡 소에지마 소카이 선생 #인		시가/한시	
1	5	小品文	夢幻琴 몽환금	古山生	수필/일상	
1	5		穗燈獨吟(其二) 〈2〉〔7〕 호아카리 독음(그 두 번째)	東京 小野田麗翠	시가/단카	
1	5		穗燈獨吟(其二)/左の一首、古山劍風兄に 〈2〉〔1〕 호아카리 독음(그 두 번째)/이 1수, 후루야마 겐푸 형께	東京 小野田麗翠	시가/단카	
1	5		穗燈獨吟(其二)/劍風兄の妹の君にかはりて 〈2〉〔1〕 호아카리 독음(그 두 번째)/겐푸 형의 매씨를 대신하여	東京 小野田麗翠	시가/단카	
1	6~7	小說	★佛蘭西騎兵の花 〈17〉 프랑스 기병의 꽃	英國 コーナンドイル (日本梅村隱士)	소설/번역 소설	회수 오류
3	1~2	小說	露探狩り 〈18〉 러시아 스파이 색출	黑潮	소설	

1905년 02월 17일 (금) 23호

지면	단수	기획	기사제목 〈회수〉〔곡수〕	필자/저자(역자)	분류	비고
1	5	詩藻	逍遙#壁 [1] 소요#벽	獅子庵	시가/한시	
1	5	詩藻	鼎足城 [1] 정족성	獅子庵	시가/한시	
1	6	俳句	梅百句(其二)〈2〉〔10〕 매화-백구(그 두 번째)	古梅村	시가/하이쿠	
1	6	俳句	梅百句(其二)〈2〉〔4〕 매화-백구(그 두 번째)	南山	시가/하이쿠	
1	6	俳句	梅百句(其二)〈2〉〔1〕 매화-백구(그 두 번째)	黑潮	시가/하이쿠	
1	6~7	小說	★佛蘭西騎兵の花〈18〉 프랑스 기병의 꽃	英國 コーナンドイル (日本梅村隱士)	소설/번역 소설	회수 오류

1905년 02월 19일 (일) 25호

지면	단수	기획	기사제목 〈회수〉〔곡수〕	필자/저자(역자)	분류	비고
1	5	新體歌	若草 [7] 어린 풀	炭村峯子	시가/단카	
1	5	新體歌	折にふれて〈1〉〔10〕 이따금	くろしほ	시가/단카	
1	5	俳句	☆梅百句(其三)〈3〉〔10〕 매화-백구(그 세 번째)	古梅村	시가/하이쿠	
1	5~6	小品文	劍風と朧朧 겐푸와 몽롱	斗南生	수필/비평	
1	6~7	小說	★佛蘭西騎兵の花〈19〉 프랑스 기병의 꽃	英國 コーナンドイル (日本梅村隱士)	소설/번역 소설	회수 오류
3	1~2	小說	露探狩り〈20〉 러시아 스파이 색출	黑潮	소설	

1905년 02월 20일 (월) 26호

지면	단수	기획	기사제목 〈회수〉〔곡수〕	필자/저자(역자)	분류	비고
1	5	小品文	續夢幻琴 속 몽환금	古山生	수필/일상	
1	5~6	新體時	偶成 [1] 우성	竹#生	시가/신체시	
1	6~7	小說	★佛蘭西騎兵の花 프랑스 기병의 꽃	英國 コーナンドイル (日本梅村隱士)	소설/번역 소설	회수 불명
3	1~2	小說	露探狩り〈22〉 러시아 스파이 색출	黑潮	소설	회수 오류

1905년 02월 21일 (화) 27호

지면	단수	기획	기사제목 〈회수〉〔곡수〕	필자/저자(역자)	분류	비고
1	6	小品文	續夢幻琴 속 몽환금	古山生	수필/일상	
1	6	新體和歌	折にふれて [5] 이따금	くろしほ	시가/단카	
1	6	新體和歌	蔦のや雜詠 [4] 쓰타노야-잡영	蔦のや主人	시가/단카	
3	1~2	小說	新作小說 松摸樣(上)〈1〉 신작 소설 소나무 모양(상)	東京 麗翠生	소설	

1905년 02월 22일 (수) 28호

지면	단수	기획	기사제목 〈회수〉〔곡수〕	필자/저자(역자)	분류	비고
1	5~6	小品文	踏ふるに倦まず 걷기를 게을리 하지 않고	斗南生	수필/일상	
1	6	小品文	溪村君と公開狀 게이손 군과 공개장	天奴	수필/일상	

지면	단수	기획	기사제목 〈회수〉〔곡수〕	필자/저자(역자)	분류	비고
1	6	新体歌	折にふれて 〈3〉〔5〕 이따금	くろしほ	시가/단카	
1	6	俳句	春雜吟〔2〕 봄-잡음	郁女	시가/하이쿠	
1	6	俳句	春雜吟〔2〕 봄-잡음	可水	시가/하이쿠	
1	6	俳句	春雜吟〔3〕 봄-잡음	遠舟	시가/하이쿠	
3	1~2	小說	新作小說 松摸樣(中) 〈2〉 신작 소설 소나무 모양(중)	東京 麗翠生	소설	

1905년 02월 24일 (금) 29호

지면	단수	기획	기사제목 〈회수〉〔곡수〕	필자/저자(역자)	분류	비고
1	7	小品文	續々夢幻琴 속의 속 몽환금	古山生	수필/일상	
3	1~3	小說	新作小說 松摸樣(下) 〈3〉 신작 소설 소나무 모양(하)	東京 麗翠生	소설	

1905년 02월 25일 (토) 30호

지면	단수	기획	기사제목 〈회수〉〔곡수〕	필자/저자(역자)	분류	비고
1	7	新体和歌	春折りへ〔7〕 봄 그때그때	炭村峯子	시가/단카	
1	7		冬月雜詠〔5〕 겨울 달-잡영	蔦廼家主人	시가/단카	

1905년 02월 26일 (일) 31호

지면	단수	기획	기사제목 〈회수〉〔곡수〕	필자/저자(역자)	분류	비고
1	6	新体和歌	白潮集〔12〕 백조집	星雨草人	시가/단카	
1	6~7	小品文	余が詩集の一節/綠の朝 나의 시집의 한 구절/초록의 아침	古山生	수필/일상	
1	7	小品文	余が詩集の一節/暴風 나의 시집의 한 구절/폭풍	古山生	수필/일상	
1	7	小品文	余が詩集の一節/淵 나의 시집의 한 구절/연못	古山生	수필/일상	
1	7	小品文	余が詩集の一節/野の暮 나의 시집의 한 구절/들판의 해질녘	古山生	수필/일상	
1	7	小品文	余が詩集の一節/雨 나의 시집의 한 구절/비	古山生	수필/일상	
3	1~2		母國追憶 #のみどり(上) 〈1〉 모국의 추억 #의 미도리(상)	竹#	수필/일상	

1905년 02월 27일 (월) 32호

지면	단수	기획	기사제목 〈회수〉〔곡수〕	필자/저자(역자)	분류	비고
1	6	俳句	春雜詠〔1〕 봄-잡영	竹孃	시가/하이쿠	
1	6	俳句	春雜詠〔1〕 봄-잡영	風子	시가/하이쿠	
1	6	俳句	春雜詠〔2〕 봄-잡영	愛子	시가/하이쿠	
1	6	俳句	春雜詠〔3〕 봄-잡영	半人	시가/하이쿠	
1	6	俳句	春雜詠〔3〕 봄-잡영	小若	시가/하이쿠	
1	6	俳句	春雜詠〔4〕 봄-잡영	天奴	시가/하이쿠	

지면	단수	기획	기사제목 〈회수〉〔곡수〕	필자/저자(역자)	분류	비고
1	6~7	講談	仇討 武勇の譽 〈1〉 복수 무용의 명예	桃井竹林 講演/本社 員 速記	고단	
3	1~2		母國追憶 #のみどり(中) 〈2〉 모국의 추억 #의 미도리(중)	竹#	소설	

1905년 02월 28일 (화) 33호

지면	단수	기획	기사제목 〈회수〉〔곡수〕	필자/저자(역자)	분류	비고
1	6		春句集 〔5〕 봄 관련 구집	小若	시가/하이쿠	
1	6	漢詩	辞家# 〔1〕 사가#		시가/한시	
1	6	漢詩	降宿大垣驛 〔1〕 강숙 오가키 역		시가/한시	
1	6	漢詩	#走內# 〔1〕 #주내#		시가/한시	
1	6	漢詩	泊#門 〔1〕 박#문		시가/한시	
1	6		春吟 〔2〕 춘음	壽山	시가/한시	
1	6	體新詩	(제목없음) 〔1〕	やつこ	시가/신체시	體新詩- 新體詩 오기
1	6~7	講談	仇討 武勇の譽 〈2〉 복수 무용의 명예	桃井竹林 講演/本社 員 速記	고단	

1905년 03월 01일 (수) 34호

지면	단수	기획	기사제목 〈회수〉〔곡수〕	필자/저자(역자)	분류	비고
1	6	俳句	春の句 〔3〕 봄의 구	半人	시가/하이쿠	
1	6	俳句	春の句 〔3〕 봄의 구	天奴	시가/하이쿠	
1	6	俳句	春の句 〔3〕 봄의 구	小若	시가/하이쿠	
1	6~7	講談	仇討 武勇の譽 〈3〉 복수 무용의 명예	桃井竹林 講演/本社 員 速記	고단	
3	1~2		半日の汽車旅行(基の一) 〈1〉 반나절의 기차여행(그 첫 번째)		수필/기행	
3	2		## 〔1〕 ##	天廼狂奴	시가/신체시	

1905년 03월 03일 (금) 35호

지면	단수	기획	기사제목 〈회수〉〔곡수〕	필자/저자(역자)	분류	비고
1	5	小品文	むかし馴染 과거의 친숙함	天奴	수필/일상	
1	5	讀者文藝 百字文	無垢 무구	琴平 宮川 一睡	수필/일상	
1	5	讀者文藝 百字文	演藝會 연예회	西町 あい子	수필/일상	
1	6	新体和歌	★初雪 〔1〕 첫눈	蔦廼家主人	시가/단카	
1	6	新体和歌	★初雪待人 〔1〕 첫눈을 기다리는 사람	蔦廼家主人	시가/단카	
1	6	新体和歌	山雪 〔1〕 산설	蔦廼家主人	시가/단카	

지면	단수	기획	기사제목 〈회수〉〔곡수〕	필자/저자(역자)	분류	비고
1	6	新体和歌	★海邊雪 [1] 해변의 눈	蔦廼家主人	시가/단카	
1	6	俳句	謠十句(春季結)〔10〕 우타이-십구(춘계결)	黑潮	시가/하이쿠	
1	6	俳句	枕十句(春季)〔10〕 베개-십구(춘계)	黑潮	시가/하이쿠	
1	6~7	講談	仇討 武勇の譽 〈4〉 복수 무용의 명예	桃井竹林 講演/本社 員 速記	고단	
3	1~2		半日の瀟車旅行(基の二) 〈2〉 반나절의 기차여행(그 두 번째)		수필/기행	
3	2~3	川柳雜集	狂歌〔3〕 교카	年田口	시가/교카	
3	3	川柳雜集	(#)片想〔1〕 (#)짝사랑	佐須土の金次	시가/교카	
3	3	川柳雜集	(#)想〔1〕 (#)감정	靜の助	시가/교카	
3	3	川柳雜集	都々逸〔2〕 도도이쓰	まつ子	시가/도도이 쓰	
3	3	川柳雜集	都々逸〔2〕 도도이쓰	惣太	시가/도도이 쓰	
3	3	川柳雜集	都々逸〔2〕 도도이쓰	靜子	시가/도도이 쓰	
3	3	川柳雜集	都々逸〔1〕 도도이쓰	繁子	시가/도도이 쓰	

1905년 03월 04일 (토) 36호

지면	단수	기획	기사제목 〈회수〉〔곡수〕	필자/저자(역자)	분류	비고
1	4		百雜話/漢詩と今樣 〈1〉 잡다한 이야기/한시와 이마요	無染居士	수필/비평	
1	4~5		百雜話/孝子行 〈1〉〔1〕 잡다한 이야기/효자행	片淵琢	시가/한시	
1	5		百雜話/同 今樣風(韻押) 〈1〉〔1〕 잡다한 이야기/효자행 이마요 풍(운압)	高津森々	시가/기타	
1	5~6	小品文	わか#策 나의 #책	古山生	수필/일상	
1	6	讀者文藝 百字文	樂書 낙서	やつこ	수필/일상	
1	6	讀者文藝 百字文	ゼンザイ 단팥죽	##	수필/일상	
1	6	俳句	(제목없음)〔4〕	春狂生	시가/하이쿠	
1	6	俳句	(제목없음)〔4〕	天奴	시가/하이쿠	
1	6~7		仇討 武勇の譽 〈4〉 복수 무용의 명예	桃井竹林 講演/本社 員 速記	고단	회수 오류
3	3		都々逸〔1〕 도도이쓰	まさ子	시가/도도이 쓰	
3	3		都々逸〔1〕 도도이쓰	小勇	시가/도도이 쓰	
3	3		都々逸〔1〕 도도이쓰	菊鶴	시가/도도이 쓰	
3	3		都々逸〔1〕 도도이쓰	國松	시가/도도이 쓰	

지면	단수	기획	기사제목 〈회수〉〔곡수〕	필자/저자(역자)	분류	비고
3	3		★都々逸 〔1〕 도도이쓰	國八	시가/도도이 쓰	
3	3		★都々逸 〔1〕 도도이쓰	映水	시가/도도이 쓰	
3	3		都々逸 〔2〕 도도이쓰	惣太	시가/도도이 쓰	
3	3		都々逸 〔1〕 도도이쓰	大有	시가/도도이 쓰	
3	3		都々逸 〔2〕 도도이쓰	靜子	시가/도도이 쓰	

1905년 03월 05일 (일) 37호

지면	단수	기획	기사제목 〈회수〉〔곡수〕	필자/저자(역자)	분류	비고
1	6	小品文	わか#策 〈2〉 나의 #책	古山生	수필/일상	
1	6~7	講談	仇討 武勇の譽 복수 무용의 명예	桃井竹林 講演/本社 員 速記	고단	회수 불명
3	1~2		半日の滊車旅行(基の三) 〈3〉 반나절의 기차여행(그 세 번째)		수필/기행	
3	3	讀者文藝 百字文	彼を想ふ 그를 생각하다	つゆ子	수필/일상	
3	3	讀者文藝 百字文	兄さんの手紙 형의 편지	笹舟	수필/일상	
3	3	都々逸	★梅句集 〔5〕 매화 구집	萍六	시가/도도이 쓰	

1905년 03월 06일 (월) 38호

지면	단수	기획	기사제목 〈회수〉〔곡수〕	필자/저자(역자)	분류	비고
1	5	小品文	わか#策 〈3〉 나의 #책	古山生	수필/일상	
1	5	小品文	龜田鵬齊の書 가메다 호사이의 글	無染居士	수필/비평	
1	5~6	新体和歌	春の野草 〔1〕 봄의 들풀	やつこ	시가/신체시	
1	6	新体和歌	瀧の水 〔1〕 폭포수	やつこ	시가/신체시	
1	6		閑硯/#泳吉 〔1〕 한연/#박영길	尾高#鐵	시가/한시	
1	6		閑硯/旗亭題壁 〔1〕 한연/기정제벽	尾高#鐵	시가/한시	
1	6		閑硯/寄##卿 〔1〕 한연/기##경	尾高#鐵	시가/한시	
1	6		閑硯/感慨 〔1〕 한연-감개	尾高#鐵	시가/한시	
1	6	俳句	骨十句(春季) 〈1〉〔10〕 뼈-십구(춘계)	黑潮	시가/하이쿠	
1	6~7	講談	仇討 武勇の譽 복수 무용의 명예	桃井竹林 講演/本社 員 速記	고단	회수 불명
2	5~6		半日の滊車旅行(基の四) 〈4〉 반나절의 기차여행(그 네 번째)		수필/기행	
3	1~2	小說	商家のむすめ(上) 〈1〉 상인의 딸(상)	#々史	소설	
3	2		都々逸 〔4〕 도도이쓰		시가/도도이 쓰	

지면	단수	기획	기사제목 〈회수〉〔곡수〕	필자/저자(역자)	분류	비고
			1905년 03월 07일 (수) 39호			요일 오류
1	5	俳句	骨十句(春季)(基二) 〈2〉〔10〕 뼈-십구(춘계)(그 두 번째)	黑潮	시가/하이쿠	
1	5	俳句	綿十句(春季)〔10〕 솜-십구(춘계)	下關 善哉	시가/하이쿠	
1	5	漢時	船過玄海洋〔1〕 선과현해양	方外	시가/한시	
1	5	漢時	投#對洲〔1〕 투#대주	方外	시가/한시	
1	5	漢時	上陸釜山〔1〕 상륙부산	方外	시가/한시	
1	5~6	講談	仇討 武勇の譽 복수 무용의 명예	桃井竹林 講演/本社員 速記	고단	회수 불명
3	1~2	小說	商家のむすめ(下) 〈2〉 상인의 딸(하)	#々史	소설	
3	3	讀者文藝 百字文	僕の長髮 나의 장발	やつこ	수필/일상	
3	3	讀者文藝 百字文	人の裏面 사람의 이면	花水	수필/일상	
			1905년 03월 08일 (수) 40호			
1	5~6	小品文	嶺頭に立ちて 봉우리 정상에 서서	天奴	수필/일상	
1	6	俳句	菫十句〔10〕 제비꽃-십구	下關 善哉	시가/하이쿠	
1	6~7	講談	仇討 武勇の譽 복수 무용의 명예	桃井竹林 講演/本社員 速記	고단	회수 불명
3	1~2	小說	★佛蘭西騎兵の花 프랑스 기병의 꽃	英國 コーナンドイル (日本 梅村隱士)	소설/번역 소설	회수 불명
3	2~3	讀者文藝 百字文	嬉しの夢 기쁜 꿈	宮川 玄陵	수필/일상	
3	2~3	讀者文藝 百字文	#### ####	幸町 孤嶋##	수필/일상	
			1905년 03월 10일 (금) 41호			
1	5~6	新体和歌	みだれ心〔1〕 흐트러진 마음	沐#	시가/신체시	
1	6	新体和歌	みだれ心〔1〕 흐트러진 마음	白雨	시가/신체시	
1	6	新体和歌	みだれ心〔1〕 흐트러진 마음	峯子	시가/신체시	
1	6	新体和歌	みだれ心〔1〕 흐트러진 마음	芳村	시가/신체시	
1	6	新体和歌	みだれ心〔1〕 흐트러진 마음	蠻漢	시가/신체시	
1	6	俳句	骨十句(春結)〔10〕 뼈-십구(춘결)	下關 善哉	시가/하이쿠	
1	6	俳句	春雜吟〔6〕 봄-잡음	東京 五彩洞雫香	시가/하이쿠	
1	6~7	講談	仇討 武勇の譽 복수 무용의 명예	桃井竹林 講演/本社員 速記	고단	회수 불명

지면	단수	기획	기사제목 〈회수〉〔곡수〕	필자/저자(역자)	분류	비고
3	1~2	小說	★佛蘭西騎兵の花 〈21〉 프랑스 기병의 꽃	英國 コーナンドイル (日本梅村隱士)	소설/번역 소설	회수 오류
3	3	百字文	筆 붓	なにがし	수필/일상	
3	3	百字文	人間我觀 인간 자아관	秋雨	수필/일상	
3	3	百字文	マンマ事 사실 그대로	やつこ	수필/일상	
3	3~4		天狗世界 〔6〕 덴구 세계	佐須土原案內生	시가/도도이 쓰	

1905년 03월 11일 (토) 42호

지면	단수	기획	기사제목 〈회수〉〔곡수〕	필자/저자(역자)	분류	비고
1	4	俳句	謠十句(春季結) 〔10〕 우타이-십구/춘계결	下關 善哉	시가/하이쿠	
1	4~6	講談	仇討 武勇の譽 복수 무용의 명예	桃井竹林 講演/本社 員 速記	고단	회수 불명
3	3	讀者文藝 百字文	微笑 미소	孤島積翠	수필/일상	
3	3	讀者文藝 百字文	火事 화재		수필/일상	

1905년 03월 12일 (일) 43호

지면	단수	기획	기사제목 〈회수〉〔곡수〕	필자/저자(역자)	분류	비고
1	5	小品文	###の君へ 〔1〕 ###의 그대에게	天奴	시가/신체시	
1	6~7	講談	仇討 武勇の譽 〈11〉 복수 무용의 명예	桃井竹林 講演/本社 員 速記	고단	회수 오류

1905년 03월 13일 (월) 44호

지면	단수	기획	기사제목 〈회수〉〔곡수〕	필자/저자(역자)	분류	비고
1	4~5	日報文壇	いほり 〔1〕 초막	天奴	시가/신체시	
1	5	日報文壇	東西南北/東 〔1〕 동서남북/동		시가/한시	
1	5	日報文壇	東西南北/西 〔1〕 동서남북/서	#仙散士	시가/한시	
1	5	日報文壇	東西南北/南 〔1〕 동서남북/남	如雪隱士	시가/한시	
1	5	日報文壇	東西南北/北 〔1〕 동서남북/북	蠻鐵狂禪	시가/한시	
1	5~6	講談	仇討 武勇の譽 〈11〉 복수 무용의 명예	桃井竹林 講演/本社 員 速記	고단	회수 오류
3	1~2	小說	★佛蘭西騎兵の花 프랑스 기병의 꽃	英國 コーナンドイル (日本梅村隱士)	소설/번역 소설	회수 불명

1905년 03월 14일 (화) 45호

지면	단수	기획	기사제목 〈회수〉〔곡수〕	필자/저자(역자)	분류	비고
1	5	俳句	春雜吟 〔4〕 봄-잡음	安閑子	시가/하이쿠	
1	5	俳句	春雜吟 〔4〕 봄-잡음	天奴	시가/하이쿠	
1	5	俳句	春雜吟 〔2〕 봄-잡음	髥奴	시가/하이쿠	
1	5~6		仇討 武勇の譽 〈13〉 복수 무용의 명예	桃井竹林 講演/本社 員 速記	고단	회수 오류

지면	단수	기획	기사제목 〈회수〉〔곡수〕	필자/저자(역자)	분류	비고
3	1~2	小說	★佛蘭西騎兵の花 〈24〉 프랑스 기병의 꽃	英國 コーナンドイル (日本梅村隱士)	소설/번역 소설	회수 오류

1905년 03월 15일 (수) 46호

지면	단수	기획	기사제목 〈회수〉〔곡수〕	필자/저자(역자)	분류	비고
1	4~5		征行の日記 출정 일기		수필/일기	
1	6	日報文壇	★和歌/靜の舍歌集/韓國啓蒙 〈2〉〔1〕 와카/시즈노야 가집/한국 계몽	あかざは	시가/단카	
1	6	日報文壇	★和歌/靜の舍歌集/雨中花 〈2〉〔1〕 와카/시즈노야 가집/빗속의 꽃	あかざは	시가/단카	
1	6	日報文壇	和歌/靜の舍歌集/嶺上花 〈2〉〔1〕 와카/시즈노야 가집/산봉우리의 꽃	あかざは	시가/단카	
1	6	日報文壇	★和歌/靜の舍歌集/行路花 〈2〉〔1〕 와카/시즈노야 가집/길가의 꽃	あかざは	시가/단카	
1	6	日報文壇	和歌/靜の舍歌集/海邊鶴 〈2〉〔1〕 와카/시즈노야 가집/해변의 두루미	あかざは	시가/단카	
1	6	日報文壇	和歌/靜の舍歌集/偶感 〈2〉〔1〕 와카/시즈노야 가집/우감	あかざは	시가/단카	
1	6	日報文壇	俳句/春雜吟/如是我觀 〔1〕 하이쿠/봄-잡음/나는 이와 같이 보았다	安門子	시가/하이쿠	
1	6	日報文壇	★俳句/春雜吟/居留地の梅 〔1〕 하이쿠/봄-잡음/거류지의 매화	安門子	시가/하이쿠	
1	6	日報文壇	★俳句/春雜吟/寄鳴雪翁 〔1〕 하이쿠/봄-잡음/메이세쓰 옹에게 보내다	安門子	시가/하이쿠	
1	6	日報文壇	俳句/春雜吟/呈黑潮先生 〔1〕 하이쿠/봄-잡음/고쿠초 선생에게 드리다	安門子	시가/하이쿠	
1	6	日報文壇	俳句 〔3〕 하이쿠	大戱子	시가/하이쿠	
1	6	日報文壇	俳句 〔4〕 하이쿠	天奴	시가/하이쿠	
1	6	日報文壇	★俳句/故鄕の兄の書信の中に 〔1〕 하이쿠/고향에 있는 형의 서신 속에서	斗南	시가/하이쿠	
1	6	日報文壇	★俳句/その返しに 〔1〕 하이쿠/그에 대한 답신으로	斗南	시가/하이쿠	
1	6~7		仇討 武勇の譽 〈14〉 복수 무용의 명예	桃井竹林 講演/本社 員 速記	고단	회수 오류

1905년 03월 17일 (금) 47호

지면	단수	기획	기사제목 〈회수〉〔곡수〕	필자/저자(역자)	분류	비고
1	4~5		征行日記 출정 일기	誠齋	수필/일기	
1	5	新軆詩	夢の蝶 〔1〕 꿈속의 나비	天奴	시가/신체시	
1	5~6	俳句	春雜吟 〔5〕 봄-잡음	半人	시가/하이쿠	
1	6	俳句	春雜吟 〔6〕 봄-잡음	天奴	시가/하이쿠	
1	6	俳句	春雜吟 〔7〕 봄-잡음	さなへ	시가/하이쿠	
1	6~7	講談	仇討 武勇の譽 〈14〉 복수 무용의 명예	桃井竹林 講演/本社 員 速記	고단	회수 오류
3	1~3	小說	勇ちゃん 유 짱	##	소설	

지면	단수	기획	기사제목 〈회수〉〔곡수〕	필자/저자(역자)	분류	비고
			1905년 03월 18일 (토) 48호			
1	5	俳句	(제목없음)〔5〕	天奴	시가/하이쿠	
1	5~6	俳句	(제목없음)〔4〕	白駒	시가/하이쿠	
1	5~6	俳句	菫十句〔10〕 제비꽃-십구	黑潮	시가/하이쿠	
1	6~7	講談	仇討 武勇の譽 〈14〉 복수 무용의 명예	桃井竹林 講演/本社員 速記	고단	회수 오류
3	1~2	小說	新作小說 みだれ心 〈1〉 신작 소설 흐트러진 마음	東京 小野田麗翠	소설	
			1905년 03월 19일 (일) 49호			
1	6	俳句	枕十句(春季結)〔10〕 베개-십구(춘계결)	下關 善哉	시가/하이쿠	
1	6	俳句	(제목없음)〔2〕	白駒	시가/하이쿠	
1	6	俳句	(제목없음)〔2〕	天奴	시가/하이쿠	
1	6	俳句	(제목없음)〔2〕	狂公	시가/하이쿠	
1	6~7	講談	仇討 武勇の譽 〈18〉 복수 무용의 명예	桃井竹林 講演/本社員 速記	고단	
2	1~2	小說	新作小說 みだれ心 〈2〉 신작 소설 흐트러진 마음	東京 小野田麗翠	소설	
			1905년 03월 20일 (월) 50호			
1	4~5		征行日記 출정 일기	誠齋	수필/일기	
1	5	和歌	東京##會詠草〔2〕 도쿄 ##회 영초	上村華陵	시가/단카	
1	5	和歌	東京##會詠草〔1〕 도쿄 ##회 영초	佐竹はな子	시가/단카	
1	5	和歌	東京##會詠草〔2〕 도쿄 ##회 영초	井上絹水	시가/단카	
1	5	和歌	東京##會詠草〔2〕 도쿄 ##회 영초	山本水子	시가/단카	
1	5		(제목없음)〔2〕	半人	시가/하이쿠	
1	5		(제목없음)〔2〕	天奴	시가/하이쿠	
1	5		(제목없음)〔2〕	天狂	시가/하이쿠	
1	5~6	講談	仇討 武勇の譽 〈18〉 복수 무용의 명예	桃井竹林 講演/本社員 速記	고단	회수 오류
3	1		新作小說 みだれ心 〈3〉 신작 소설 흐트러진 마음	東京 小野田麗翠	소설	
			1905년 03월 21일 (화) 51호			
1	5		征行日記 출정 일기	誠齋	수필/일기	

지면	단수	기획	기사제목 〈회수〉〔곡수〕	필자/저자(역자)	분류	비고
1	5	和歌	東京##會詠草〔7〕 도쿄 ##회 영초	龍居枯山	시가/단카	
1	5~6	俳句	(제목없음)〔4〕	天奴	시가/하이쿠	
1	6	俳句	(제목없음)〔4〕	哭天	시가/하이쿠	
1	6	俳句	鬼十句(春季)〔10〕 오니-십구(춘계)	黑潮	시가/하이쿠	
1	6~7	講談	仇討 武勇の譽〈19〉 복수 무용의 명예	桃井竹林 講演/本社 員 速記	고단	회수 오류
3	1~2	小說	新作小說 みだれ心〈4〉 신작 소설 흐트러신 마음	東京 小野田麗翠	소설	

1905년 03월 24일 (금) 52호						
1	4~5	和歌	####〔6〕 ####	##	시가/단카	
1	5	俳句	春雨〔1〕 봄비	哭天	시가/하이쿠	
1	5	俳句	春雨〔1〕 봄비	みどり	시가/하이쿠	
1	5	俳句	春雨〔1〕 봄비	半人	시가/하이쿠	
1	5	俳句	春雨〔1〕 봄비	小若	시가/하이쿠	
1	5	俳句	春雨〔1〕 봄비	#女	시가/하이쿠	
1	5	俳句	春雨〔1〕 봄비	海淵	시가/하이쿠	
1	5	俳句	春雨〔1〕 봄비	狂公	시가/하이쿠	
1	5	俳句	春雨〔1〕 봄비	天奴	시가/하이쿠	
1	5	俳句	春の海〔1〕 봄 바다	##	시가/하이쿠	
1	5	俳句	春の海〔1〕 봄 바다	小若	시가/하이쿠	
1	5	俳句	春の海〔1〕 봄 바다	海淵	시가/하이쿠	
1	5	俳句	春の海〔1〕 봄 바다	ふみ子	시가/하이쿠	
1	5	俳句	春の海〔1〕 봄 바다	#女	시가/하이쿠	
1	5	俳句	春の海〔1〕 봄 바다	孤#	시가/하이쿠	
1	5	俳句	春の海〔1〕 봄 바다	みどり	시가/하이쿠	
1	5	俳句	春の海〔1〕 봄 바다	狂公	시가/하이쿠	
1	5	俳句	春の海〔1〕 봄 바다	#水	시가/하이쿠	
1	5	俳句	春の海〔1〕 봄 바다	半人	시가/하이쿠	

지면	단수	기획	기사제목 〈회수〉〔곡수〕	필자/저자(역자)	분류	비고
1	5	俳句	春の海〔1〕 봄 바다	天奴	시가/하이쿠	
1	5	俳句	春の海〔1〕 봄 바다	哭天	시가/하이쿠	
1	5	俳句	春雨十句〔10〕 봄비-십구	黑潮	시가/하이쿠	
1	5~7	講談	仇討 武勇の譽〈19〉 복수 무용의 명예	桃井竹林 講演/本社 員 速記	고단	회수 오류
3	1~2	小說	新作小說 みだれ心〈5〉 신작 소설 흐트러진 마음	東京 小野田麗翠	소설	
3	4	百字文	暗から暗 어둠에서 어둠	宮川一睡	수필/일상	
3	4	百字文	是非ネー 꼭이야-	やつこ	수필/일상	

1905년 03월 25일 (토) 53호

지면	단수	기획	기사제목 〈회수〉〔곡수〕	필자/저자(역자)	분류	비고
1	5~6		征行日記 출정 일기	誠齋	수필/일기	
1	6	俳句	★春雜吟/漣會〔1〕 봄-잡음/사자나미카이	笛人	시가/하이쿠	
1	6	俳句	春雜吟/漣會〔1〕 봄-잡음/사자나미카이	みどり	시가/하이쿠	
1	6	俳句	☆春雜吟/漣會〔3〕 봄-잡음/사자나미카이	孤鷗	시가/하이쿠	
1	6	俳句	春雜吟/漣會〔1〕 봄-잡음/사자나미카이	小若	시가/하이쿠	
1	6	俳句	☆春雜吟/漣會〔2〕 봄-잡음/사자나미카이	狂公	시가/하이쿠	
1	6	俳句	☆春雜吟/漣會〔2〕 봄-잡음/사자나미카이	天奴	시가/하이쿠	
1	6	俳句	春雜吟/漣會〔1〕 봄-잡음/사자나미카이	哭天	시가/하이쿠	
1	6	俳句	綿十句(春季)〔10〕 솜-십구(춘계)	黑潮	시가/하이쿠	
1	6~7	講談	仇討 武勇の譽〈19〉 복수 무용의 명예	桃井竹林 講演/本社 員 速記	고단	회수 오류
3	1~2	小說	★佛蘭西騎兵の花〈25〉 프랑스 기병의 꽃	英國 コーナンドイル (日本梅村隱士)	소설/번역 소설	회수 오류

1905년 03월 26일 (일) 54호

지면	단수	기획	기사제목 〈회수〉〔곡수〕	필자/저자(역자)	분류	비고
1	6	和歌	椿村〔1〕 쓰바키무라	八重女	시가/신체시	
1	6~7	講談	仇討 武勇の譽〈19〉 복수 무용의 명예	桃井竹林 講演/本社 員 速記	고단	회수 오류
3	1~2	小說	★佛蘭西騎兵の花〈26〉 프랑스 기병의 꽃	英國 コーナンドイル (日本梅村隱士)	소설/번역 소설	

1905년 03월 27일 (월) 56호

지면	단수	기획	기사제목 〈회수〉〔곡수〕	필자/저자(역자)	분류	비고
1	5	小品文	雷鳴哲# 우렛소리 철#	古子	수필/일상	
1	5~7	講談	仇討 武勇の譽〈19〉 복수 무용의 명예	桃井竹林 講演/本社 員 速記	고단	회수 오류

지면	단수	기획	기사제목 〈회수〉〔곡수〕	필자/저자(역자)	분류	비고
3	1~2	小說	★佛蘭西騎兵の花 〈27〉 프랑스 기병의 꽃	英國 コーナンドイル (日本梅村隱士)	소설/번역 소설	
3	3		ヘョツトコ吟 못난 놈 노래		시가/센류	

1905년 03월 28일 (화) 57호

지면	단수	기획	기사제목 〈회수〉〔곡수〕	필자/저자(역자)	분류	비고
1	4~5	小品文	玄海灘 현해탄	孤岳生	수필/기행	
1	5	文苑	#梅 〔4〕 #매		시가/한시	
1	5	文苑	#十句(春季結) 〔10〕 #-십구(춘계결)	八重	시가/하이쿠	
1	5~7	講談	仇討 武勇の譽 복수 무용의 명예	桃井竹林 講演/本社 員 速記	고단	회수 불명
2	1~2	小說	仮寢(上) 〈1〉 선잠(상)	天奴	소설	면수 오류

1905년 03월 29일 (수) 58호

지면	단수	기획	기사제목 〈회수〉〔곡수〕	필자/저자(역자)	분류	비고
2	5	小品文	熱耳冷眠 열이냉면	劍風生	수필/일상	면수 오류
2	5	文苑	春日有作 〔1〕 춘일유작	孤岳	시가/한시	면수 오류
2	5	文苑	偶成 〔1〕 우성	孤岳	시가/한시	면수 오류
2	5	文苑	送友人 〔1〕 송우인	孤岳	시가/한시	면수 오류
2	5	文苑	山燒 〔1〕 초봄 산의 마른 풀 태우기	皐天	시가/하이쿠	면수 오류
2	6	文苑	山燒 〔1〕 초봄 산의 마른 풀 태우기	芳哉園	시가/하이쿠	면수 오류
2	6	文苑	山燒 〔1〕 초봄 산의 마른 풀 태우기	默安	시가/하이쿠	면수 오류
2	6	文苑	山燒 〔1〕 초봄 산의 마른 풀 태우기	鬼門	시가/하이쿠	면수 오류
2	6	文苑	山燒 〔1〕 초봄 산의 마른 풀 태우기	斗南	시가/하이쿠	면수 오류
2	6	文苑	山燒 〔1〕 초봄 산의 마른 풀 태우기	皐天	시가/하이쿠	면수 오류
2	6	文苑	山燒 〔1〕 초봄 산의 마른 풀 태우기	柚樹	시가/하이쿠	면수 오류
2	6	文苑	山燒 〔1〕 초봄 산의 마른 풀 태우기	爛紅	시가/하이쿠	면수 오류
2	6	文苑	山燒 〔1〕 초봄 산의 마른 풀 태우기	柚樹	시가/하이쿠	면수 오류
2	6	文苑	山燒 〔1〕 초봄 산의 마른 풀 태우기	默安	시가/하이쿠	면수 오류
2	6	文苑	山燒 〔1〕 초봄 산의 마른 풀 태우기	爛紅	시가/하이쿠	면수 오류
2	6	文苑	山燒 〔1〕 초봄 산의 마른 풀 태우기	斗南	시가/하이쿠	면수 오류
2	6	文苑	山燒 〔1〕 초봄 산의 마른 풀 태우기	芳哉園	시가/하이쿠	면수 오류

지면	단수	기획	기사제목 〈회수〉〔곡수〕	필자/저자(역자)	분류	비고
2	6	文苑	山燒 〔1〕 초봄 산의 마른 풀 태우기	鬼門	시가/하이쿠	면수 오류
2	6~7	講談	仇討 武勇の譽 〈21〉 복수 무용의 명예	桃井竹林 講演/本社 員 速記	고단	면수 오류, 회수 오류
2	1~2	小說	仮寢(下)〈2〉 선잠(하)	天奴	소설	면수 오류

1905년 03월 31일 (금) 59호

지면	단수	기획	기사제목 〈회수〉〔곡수〕	필자/저자(역자)	분류	비고
1	5	小品文	滄々浪々錄 〈1〉 창창랑랑록	古山劍風	수필/일상	
1	5	文苑	宿尾高蠻鐵君家。/尾高蠻鐵君 〔1〕 오타카 반테쓰 군 집에 묵다./오타카 반테쓰 군	藤田劍南	시가/한시	
1	5~6	文苑	角力 〔1〕 각력	老#漁長	시가/한시	
1	6	文苑	松花江 〔1〕 쑹화 강	蓬城生	시가/신체시	
1	6~7	講談	仇討 武勇の譽 〈21〉 복수 무용의 명예	桃井竹林 講演/本社 員 速記	고단	회수 오류
3	3		征露都々逸 〔4〕 러시아 정벌 도도이쓰		시가/도도이 쓰	

1905년 04월 01일 (토) 60호

지면	단수	기획	기사제목 〈회수〉〔곡수〕	필자/저자(역자)	분류	비고
1	6	文苑	牛 〔1〕 소	海#漁長	시가/한시	
1	6	文苑	櫻# 〔1〕 ##	海#漁長	시가/한시	
1	6	文苑	春窓雜詠 〔5〕 봄의 창문-잡영	炭村峯子	시가/단카	
1	6	文苑	うらゝか 〔1〕 화창함	白雨	시가/하이쿠	
1	6	文苑	うらゝか 〔1〕 화창함	沐#	시가/하이쿠	
1	6	文苑	うらゝか 〔1〕 화창함	芳村	시가/하이쿠	
1	6	文苑	うらゝか 〔1〕 화창함	蠻兒	시가/하이쿠	
1	6	文苑	うらゝか 〔1〕 화창함	ゝ魔	시가/하이쿠	
1	6	文苑	うらゝか 〔1〕 화창함	峯子	시가/하이쿠	
1	6	文苑	うらゝか 〔1〕 화창함	薰樹	시가/하이쿠	
1	6~7	講談	仇討 武勇の譽 〈21〉 복수 무용의 명예	桃井竹林 講演/本社 員 速記	고단	회수 오류
3	1~2	短篇小說	別れの淚 이별의 눈물	##生	소설	

1905년 04월 02일 (일) 61호

지면	단수	기획	기사제목 〈회수〉〔곡수〕	필자/저자(역자)	분류	비고
1	4~5		征行日記 출정 일기	誠齋	수필/일기	
1	5		滄々浪々錄 〈2〉 창창랑랑록	古山劍風	수필/일상	

지면	단수	기획	기사제목 〈회수〉〔곡수〕	필자/저자(역자)	분류	비고
1	5	文苑	★春雑吟/漣會〔1〕 봄-잡음/사자나미카이	孤鷗	시가/하이쿠	
1	5	文苑	春雑吟/漣會〔1〕 봄-잡음/사자나미카이	哭天	시가/하이쿠	
1	5	文苑	春雑吟/漣會〔1〕 봄-잡음/사자나미카이	子養	시가/하이쿠	
1	5	文苑	★春雑吟/漣會〔1〕 봄-잡음/사자나미카이	孤鷗	시가/하이쿠	
1	5	文苑	★春雑吟/漣會〔1〕 봄-잡음/사자나미카이	哭天	시가/하이쿠	
1	5	文苑	春雑吟/漣會〔1〕 봄-잡음/사자나미카이	子養	시가/하이쿠	
1	5	文苑	★春雑吟/漣會〔1〕 봄-잡음/사자나미카이	孤鷗	시가/하이쿠	
1	5	文苑	★春雑吟/漣會〔1〕 봄-잡음/사자나미카이	哭天	시가/하이쿠	
1	5	文苑	一々會詠草/草若集〔1〕 일일회 영초/구사와카슈	爛紅	시가/하이쿠	
1	5	文苑	一々會詠草/草若集〔1〕 일일회 영초/구사와카슈	鬼門	시가/하이쿠	
1	5	文苑	一々會詠草/草若集〔1〕 일일회 영초/구사와카슈	芳哉園	시가/하이쿠	
1	5	文苑	一々會詠草/草若集〔1〕 일일회 영초/구사와카슈	爛紅	시가/하이쿠	
1	5	文苑	★一々會詠草/草若集〔1〕 일일회 영초/구사와카슈	默安	시가/하이쿠	
1	5	文苑	★一々會詠草/草若集〔1〕 일일회 영초/구사와카슈	袖樹	시가/하이쿠	
1	5	文苑	一々會詠草/草若集〔1〕 일일회 영초/구사와카슈	皐天	시가/하이쿠	
1	5	文苑	一々會詠草/草若集〔1〕 일일회 영초/구사와카슈	默安	시가/하이쿠	
1	5	文苑	★一々會詠草/草若集〔1〕 일일회 영초/구사와카슈	爛紅	시가/하이쿠	
1	5	文苑	一々會詠草/草若集/人〔1〕 일일회 영초/구사와카슈/인	芳哉園	시가/하이쿠	
1	5	文苑	一々會詠草/草若集/地〔1〕 일일회 영초/구사와카슈/지	鬼門	시가/하이쿠	
1	5	文苑	一々會詠草/草若集/天〔1〕 일일회 영초/구사와카슈/천	爛紅	시가/하이쿠	
1	5~6	文苑	惡十句(春季)〔10〕 악-십구(춘계)	黑潮	시가/하이쿠	
1	6~7	講談	仇討 武勇の譽〈21〉 복수 무용의 명예	桃井竹林 講演/本社 員 速記	고단	회수 오류

			1905년 04월 03일 (월) 62호			
1	4~5		征行日記 출정 일기	誠齋	수필/일기	垣-界 오기
1	5~6		★日本文垣に與ふるの書〈1〉 일본 문학계에 드리는 글	古山劍風	수필/비평	
1	6		東京穗燈會詠草〔9〕 도쿄 호아카리카이 영초	小野田麗翠	시가/단카	

지면	단수	기획	기사제목 〈회수〉〔곡수〕	필자/저자(역자)	분류	비고
1	6~7	講談	仇討 武勇の譽〈21〉 복수 무용의 명예	桃井竹林 講演/本社 員 速記	고단	회수 오류
3	1~3	小說	賽下の曲 새하곡	天奴	소설	
3	3		下女の戀〔12〕 하녀의 사랑	鬼門大臣	시가/하이쿠	

1905년 04월 05일 (수) 62호　　　　　　　　　　　　　　　　　호수 오류

지면	단수	기획	기사제목	필자/저자(역자)	분류	비고
1	4~5		★日本文界に與ふるの書〈2〉 일본 문학계에 드리는 글	古山劍風	수필/비평	
1	5		劍風兄に與ふ 겐푸 형에게 드리다	良去	수필/비평	
1	5	文苑	目## ###	岡人	시가/한시	
1	6	文苑	椿村〈2〉〔1〕 쓰바키무라		시가/신체시	
1	6	文苑	金十句(春季結)〔10〕 금-십구(춘계결)	黑潮	시가/하이쿠	
1	6~7	講談	仇討 武勇の譽〈28〉 복수 무용의 명예	桃井竹林 講演/本社 員 速記	고단	회수 오류

1905년 04월 07일 (금) 64호

지면	단수	기획	기사제목	필자/저자(역자)	분류	비고
1	5~6		★日本文界に與ふるの書〈3〉 일본 문학계에 드리는 글	在韓 古山劍風	수필/비평	
1	6~7	講談	仇討 武勇の譽〈29〉 복수 무용의 명예	桃井竹林 講演/本社 員 速記	고단	회수 오류
3	1~2		理想と寫實(續)〈2〉 이상과 사실(계속)	キモム	수필/비평	

1905년 04월 08일 (토) 65호

지면	단수	기획	기사제목	필자/저자(역자)	분류	비고
1	3~4		理想と寫實〈3〉 이상과 사실	キモム	수필/비평	
1	4~5		★日本文界に與ふるの書〈4〉 일본 문학계에 드리는 글	在韓 古山劍風	수필/비평	
1	5~6		滄々浪々錄〈3〉 창창랑랑록	劍風	수필/일상	
1	6	文苑	椿村〔1〕 쓰바키무라	黑潮	시가/신체시	
1	6~7	講談	仇討 武勇の譽〈29〉 복수 무용의 명예	桃井竹林 講演/本社 員 速記	고단	회수 오류
3	1~2	小說	#別の曲 #별의 곡	雨葉散人	소설	

1905년 04월 09일 (일) 66호

지면	단수	기획	기사제목	필자/저자(역자)	분류	비고
1	3~4		★日本文界に與ふるの書〈5〉 일본 문학계에 드리는 글	在韓 古山劍風	수필/비평	
1	4~5		滄々浪々錄〈4〉 창창랑랑록	劍風	수필/일상	
1	6~7	講談	仇討 武勇の譽〈29〉 복수 무용의 명예	桃井竹林 講演/本社 員 速記	고단	회수 오류

1905년 04월 10일 (월) 67호

지면	단수	기획	기사제목 〈회수〉 〔곡수〕	필자/저자(역자)	분류	비고
1	4~5	家庭	悔悟錄の一節 후회록의 한 구절	賤の女	수필/일상	
1	5~6	文苑	はかなき戀 〔5〕 덧없는 사랑	不如意	시가/신체시	
1	6~7	講談	仇討 武勇の譽 〈29〉 복수 무용의 명예	桃井竹林 講演/本社 員 速記	고단	회수 오류

1905년 04월 11일 (화) 68호

지면	단수	기획	기사제목 〈회수〉 〔곡수〕	필자/저자(역자)	분류	비고
1	4~5		★日本文界に與ふるの書 〈6〉 일본 문학계에 드리는 글	在韓 古山劍風	수필/비평	
1	6	文苑	雜春吟/漣會 〔6〕 봄-잡음/사자나미카이	半人	시가/하이쿠	雜春吟- 春雜吟 오기
1	6	文苑	雜春吟/漣會 〔6〕 봄-잡음/사자나미카이	天奴	시가/하이쿠	雜春吟- 春雜吟 오기
1	6~7	講談	仇討 武勇の譽 〈29〉 복수 무용의 명예	桃井竹林 講演/本社 員 速記	고단	회수 오류
2	4~5		「キモム」に與ふ 〈1〉 「기모무」에게 드리다	門外漢	수필/비평	
3	1		回遊列車 회유열차	斗南生	수필/기행	

1905년 04월 12일 (수) 69호

지면	단수	기획	기사제목 〈회수〉 〔곡수〕	필자/저자(역자)	분류	비고
1	3~4		「キモム」に與ふ 〈2〉 「기모무」에게 드리다	門外漢	수필/비평	
1	4~5		★日本文界に與ふるの書 〈7〉 일본 문학계에 드리는 글	在韓 古山劍風	수필/비평	
1	5~6		滄々浪々錄 〈7〉 창창랑랑록	劍風	수필/일상	회수 오류
1	6	文苑	春-回池亭菊文宗匠撰 〔1〕 봄-가이치테이 기쿠분 종장 찬	郁女	시가/하이쿠	
1	6	文苑	春-回池亭菊文宗匠撰 〔1〕 봄-가이치테이 기쿠분 종장 찬	長女	시가/하이쿠	
1	6	文苑	春-回池亭菊文宗匠撰 〔1〕 봄-가이치테이 기쿠분 종장 찬	遠舟	시가/하이쿠	
1	6	文苑	春-回池亭菊文宗匠撰 〔1〕 봄-가이치테이 기쿠분 종장 찬	郁女	시가/하이쿠	
1	6	文苑	春-回池亭菊文宗匠撰 〔1〕 봄-가이치테이 기쿠분 종장 찬	長生	시가/하이쿠	
1	6	文苑	春-回池亭菊文宗匠撰 〔3〕 봄-가이치테이 기쿠분 종장 찬	可水	시가/하이쿠	
1	6	文苑	春-回池亭菊文宗匠撰 〔2〕 봄-가이치테이 기쿠분 종장 찬	遠舟	시가/하이쿠	
1	6	文苑	春-回池亭菊文宗匠撰 〔1〕 봄-가이치테이 기쿠분 종장 찬	長生	시가/하이쿠	
1	6	文苑	春-回池亭菊文宗匠撰 〔2〕 봄-가이치테이 기쿠분 종장 찬	遠舟	시가/하이쿠	
1	6	文苑	春-回池亭菊文宗匠撰 〔1〕 봄-가이치테이 기쿠분 종장 찬	可水	시가/하이쿠	
1	6	文苑	春-回池亭菊文宗匠撰 〔1〕 봄-가이치테이 기쿠분 종장 찬	郁女	시가/하이쿠	

지면	단수	기획	기사제목 〈회수〉〔곡수〕	필자/저자(역자)	분류	비고
1	6	文苑	春-回池亭菊文宗匠撰〔1〕 봄-가이치테이 기쿠분 종장 찬	遠舟	시가/하이쿠	
1	6	文苑	春-回池亭菊文宗匠撰〔1〕 봄-가이치테이 기쿠분 종장 찬	長生	시가/하이쿠	
1	6	文苑	春-回池亭菊文宗匠撰〔1〕 봄-가이치테이 기쿠분 종장 찬	可水	시가/하이쿠	
1	6	文苑	春-回池亭菊文宗匠撰〔1〕 봄-가이치테이 기쿠분 종장 찬	長生	시가/하이쿠	
1	6	文苑	春-回池亭菊文宗匠撰〔1〕 봄-가이치테이 기쿠분 종장 찬	可水	시가/하이쿠	
1	6	文苑	春-回池亭菊文宗匠撰〔3〕 봄-가이치테이 기쿠분 종장 찬	遠舟	시가/하이쿠	
1	6	文苑	春-回池亭菊文宗匠撰/人〔1〕 봄-가이치테이 기쿠분 종장 찬/인	長生	시가/하이쿠	
1	6	文苑	春-回池亭菊文宗匠撰/地〔1〕 봄-가이치테이 기쿠분 종장 찬/지	郁女	시가/하이쿠	
1	6	文苑	春-回池亭菊文宗匠撰/天〔1〕 봄-가이치테이 기쿠분 종장 찬/천	遠舟	시가/하이쿠	
1	6	文苑	春-回池亭菊文宗匠撰/追加〔1〕 봄-가이치테이 기쿠분 종장 찬/추가	菊文	시가/하이쿠	
1	6~7	講談	仇討 武勇の譽〈31〉 복수 무용의 명예	桃井竹林 講演/本社員 速記	고단	회수 오류
3	1~2		回遊列車 회유열차	斗南生	수필/기행	

1905년 04월 14일 (금) 70호

지면	단수	기획	기사제목 〈회수〉〔곡수〕	필자/저자(역자)	분류	비고
1	3~5		「キモム」に與ふ〈3〉 「기모무」에게 드리다	門外漢	수필/비평	
1	5~6		滄々浪々錄〈8〉 창창랑랑록		수필/일상	회수 오류
1	6~7	講談	仇討 武勇の譽〈32〉 복수 무용의 명예	桃井竹林 講演/本社員 速記	고단	회수 오류

1905년 04월 15일 (토) 71호

지면	단수	기획	기사제목 〈회수〉〔곡수〕	필자/저자(역자)	분류	비고
1	4~5		滄々浪々錄〈9〉 창창랑랑록		수필/일상	
1	5~6	講談	仇討 武勇の譽〈33〉 복수 무용의 명예	桃井竹林 講演/本社員 速記	고단	회수 오류

1905년 04월 19일 (화) 75호

지면	단수	기획	기사제목 〈회수〉〔곡수〕	필자/저자(역자)	분류	비고
1	3~4		滄々浪々錄〈12〉 창창랑랑록	劍風	수필/일상	
1	5	俳句	春雨五句〔5〕 봄비-오구	斗南	시가/하이쿠	
1	5	俳句	春雨五句〔5〕 봄비-오구	つる子	시가/하이쿠	
1	5	俳句	春雨五句〔5〕 봄비-오구	天奴	시가/하이쿠	
1	6~7	講談	仇討 武勇の譽〈37〉 복수 무용의 명예	桃井竹林 講演/本社員 速記	고단	회수 오류
3	2		雨夜の釜山 비 오는 밤의 부산	鬼公	수필/일상	

부산일보 1914.12.~1915.12.

지면	단수	기획	기사제목 〈회수〉〔곡수〕	필자/저자(역자)	분류	비고
1914년 12월 01일 (화) 2644호						
면수 불명	1~3		堀の小萬 〈98〉 호리노 고만	松林伯知	고단	
1914년 12월 03일 (목) 2646호						
1	6	文苑	別れ 〔7〕 이별	西町 山崎君枝	시가/단카	
1914년 12월 03일 (목) 2646호 경북일간						
3	5~6		若夫婦の氣焰(上) 〈1〉 젊은 부부의 기염(상)		수필/일상	
1914년 12월 03일 (목) 2646호						
4	1~3		堀の小萬 〈100〉 호리노 고만	松林伯知	고단	
4	4		新講談豫告 신 고단 예고		광고/연재 예고	
1914년 12월 04일 (금) 2647호						
1	5		歸省の途上より 귀성길 위에서	あきら	수필/기행	
1	6	文苑	甲寅初冬與安永春雨橫田天風訪富澤雲堂少飮後四人相携登小西城趾有作 〔1〕 갑인년 초겨울 야스나가 슌우, 요코타 덴푸와 함께 도미자와 운도를 방문하여 약간 마신 후 네 사람이 함께 고니시 성터에 올라 지은 시	西田竹堂	시가/한시	
1	6	文苑	僞なくも 〔6〕 거짓 없어도	こう れい	시가/단카	
1914년 12월 04일 (금) 2647호 경북일간						
3	3		水泡 〔1〕 물거품	義喬生	시가/단카	
3	5		若夫婦の氣焰(下) 〈2〉 젊은 부부의 기염(하)		수필/일상	
1914년 12월 04일 (금) 2647호						
4	1~3		薄田隼人正 第一席 〈1〉 스스키다 하야토노쇼 제1석	阪本富岳 講演	고단	
4	3~5		謠曲素人話(八)/(七)役々の心得(續) 〈8〉 요쿄쿠 초심자 이야기(8)/(7)배역의 이해(계속)	橫好翁	기타/기타	
1914년 12월 05일 (토) 2648호						
1	6	文苑	讀實錄仙臺萩 〔5〕 『실록 센다이하기』를 읽고	夢村	시가/하이쿠	
1	6	文苑	寒月 〔3〕 겨울 달	三浪津 綠也	시가/하이쿠	
4	1~3		薄田隼人正 第二席 〈2〉 스스키다 하야토노쇼 제2석	阪本富岳 講演	고단	
1914년 12월 06일 (일) 2649호						

지면	단수	기획	기사제목 〈회수〉〔곡수〕	필자/저자(역자)	분류	비고
1	6	文苑	營庭から〔5〕 영정에서	在熊本 小坂新夫	시가/단카	

1914년 12월 06일 (일) 2649호 경북일간

지면	단수	기획	기사제목 〈회수〉〔곡수〕	필자/저자(역자)	분류	비고
3	3		失題〔1〕 실제	失名氏	시가/한시	

1914년 12월 06일 (일) 2649호

지면	단수	기획	기사제목 〈회수〉〔곡수〕	필자/저자(역자)	분류	비고
4	1~3		薄田隼人正 第三席 〈3〉 스스키다 하야토노쇼 제3석	阪本富岳 講演	고단	
4	4~5		謠曲素人話(九)/(八)謠の流儀 〈9〉 요쿄쿠 초심자 이야기(9)/(8)우타이의 유파	橫好翁	기타/기타	
4	5		鄕里より 고향에서	あきら	수필/일상	

1914년 12월 08일 (화) 2650호

지면	단수	기획	기사제목 〈회수〉〔곡수〕	필자/저자(역자)	분류	비고
4	1~3		薄田隼人正 第四席 〈4〉 스스키다 하야토노쇼 제4석	阪本富岳 講演	고단	
4	5		謠曲素人話(十)/(九)柔吟と剛吟 〈10〉 요쿄쿠 초심자 이야기(10)/(9)요와긴과 쓰요긴	橫好翁	기타/기타	

1914년 12월 09일 (수) 2651호

지면	단수	기획	기사제목 〈회수〉〔곡수〕	필자/저자(역자)	분류	비고
1	6	文苑	西田竹堂宅値橫田天風安永春雨戲賦一絶〔1〕 니시다 지쿠도 자택에서 요코타 덴푸와 야스나가 슌우와 만나 장난 삼아 지은 한 구절	江原如水	시가/한시	
1	6	文苑	かゝること〔4〕 이러한 것	こうれい	시가/단카	

1914년 12월 10일 (목) 2652호

지면	단수	기획	기사제목 〈회수〉〔곡수〕	필자/저자(역자)	분류	비고
1	6		靑嶋より 칭다오에서	芥川毅	수필/서간	
1	6	文苑	落葉〔4〕 낙엽		시가/하이쿠	

1914년 12월 10일 (목) 2652호 경북일간

지면	단수	기획	기사제목 〈회수〉〔곡수〕	필자/저자(역자)	분류	비고
3	4~5		浦項行き 〈2〉 포항행	沼田靑雲	수필/기행	

1914년 12월 10일 (목) 2652호

지면	단수	기획	기사제목 〈회수〉〔곡수〕	필자/저자(역자)	분류	비고
4	1~3		薄田隼人正 第六席 〈6〉 스스키다 하야토노쇼 제6석	阪本富岳 講演	고단	
4	3		新年文藝募集 신년 문예 모집	釜山日報編輯局	광고/모집 광고	

1914년 12월 11일 (금) 2653호

지면	단수	기획	기사제목 〈회수〉〔곡수〕	필자/저자(역자)	분류	비고
1	6	文苑	白き夕暮〔6〕 하얀 해질녘	中田白夜	시가/단카	
1	6	文苑	春蒔〔3〕 봄철 파종	夢村	시가/하이쿠	

1914년 12월 11일 (금) 2653호 경북일간

지면	단수	기획	기사제목 〈회수〉〔곡수〕	필자/저자(역자)	분류	비고
3	3		浦項行き 〈3〉 포항행	靑雲生	수필/기행	

1914년 12월 11일 (금) 2653호

4	1~3		薄田隼人正 第七席 〈7〉 스스키다 하야토노쇼 제7석	阪本富岳 講演	고단	
4	5		謠曲素人話(十二)/(十一)謠の音階 〈12〉 요쿄쿠 초심자 이야기(12)/(11)우타이의 음계	橫好翁	기타/기타	
5	4		新年文藝募集 신년 문예 모집	釜山日報編輯局	광고/모집 광고	

1914년 12월 12일 (토) 2654호

1	6	文苑	(제목없음) 〔1〕	橫田天風	수필·시가/ 일상·한시	

1914년 12월 12일 (토) 2654호 경북일간

3	4		浦項行き 〈4〉 포항행	沼田靑雲生	수필/기행	

1914년 12월 12일 (토) 2654호

4	1~3		薄田隼人正 第八席 〈8〉 스스키다 하야토노쇼 제8석	阪本富岳 講演	고단	
4	4~5		謠曲素人話(十三)/(十二)流儀の事 〈13〉 요쿄쿠 초심자 이야기(13)/(12)유파에 대하여	橫好翁	기타/기타	
5	4		新年文藝募集 신년 문예 모집	釜山日報編輯局	광고/모집 광고	

1914년 12월 13일 (일) 2655호

1	6	文苑	憶諸亡父 〔1〕 억제망부	畠中素堂	시가/한시	
1	6	文苑	禪居閑詠 〔1〕 선거한영	畠中素堂	시가/한시	
1	6	文苑	旅窓有感 〔1〕 여창유감	畠中素堂	시가/한시	
1	6	文苑	日記の中より 〔10〕 일기속에서	竹亭	시가/하이쿠	

1914년 12월 13일 (일) 2655호 경북일간

3	4~5		浦項行き 〈5〉 포항행	沼田靑雲生	수필/기행	

1914년 12월 13일 (일) 2655호

4	1~3		薄田隼人正 第九席 〈9〉 스스키다 하야토노쇼 제9석	阪本富岳 講演	고단	
4	3~5		謠曲素人話(十四)/(十三)詞の事 〈14〉 요쿄쿠 초심자 이야기(14)/(13)대사에 대하여	橫好翁	기타/기타	
4	4		新年文藝募集 신년 문예 모집	釜山日報編輯局	광고/모집 광고	

1914년 12월 15일 (화) 2656호

1	6	文苑	尋蟻居句莚 〈1〉 진기 거처 구연(句莚)		기타/모임 안내	

지면	단수	기획	기사제목 〈회수〉〔곡수〕	필자/저자(역자)	분류	비고
1	6	文苑	犠牲 〔4〕 희생	つゆか	시가/단카	

1914년 12월 15일 (화) 2656호 경북일간

지면	단수	기획	기사제목 〈회수〉〔곡수〕	필자/저자(역자)	분류	비고
3	4~5		浦項行き 〈6〉 포항행	沼田靑雲生	수필/기행	

1914년 12월 15일 (화) 2656호

지면	단수	기획	기사제목 〈회수〉〔곡수〕	필자/저자(역자)	분류	비고
4	1~3		薄田隼人正 第十席 〈10〉 스스키다 하야토노쇼 제10석	阪本富岳 講演	고단	
4	5		謠曲素人話(十五)/(十四)謠曲の組立 〈15〉 요쿄쿠 초심자 이야기(15)/(14)요쿄쿠의 구조	横好翁	기타/기타	

1914년 12월 16일 (수) 2657호

지면	단수	기획	기사제목 〈회수〉〔곡수〕	필자/저자(역자)	분류	비고
1	6	文苑	★尋蟻居句莚/柚味噌/五點 〈2〉〔1〕 진기 거처 구연(句莚)/유자 된장/오점	靑雨	시가/하이쿠	
1	6	文苑	尋蟻居句莚/柚味噌/四點 〈2〉〔1〕 진기 거처 구연(句莚)/유자 된장/사점	尋蟻	시가/하이쿠	
1	6	文苑	★尋蟻居句莚/柚味噌/三點 〈2〉〔1〕 진기 거처 구연(句莚)/유자 된장/삼점	夢村	시가/하이쿠	
1	6	文苑	尋蟻居句莚/柚味噌/三點 〈2〉〔1〕 진기 거처 구연(句莚)/유자 된장/삼점	天南	시가/하이쿠	
1	6	文苑	★尋蟻居句莚/柚味噌/三點 〈2〉〔1〕 진기 거처 구연(句莚)/유자 된장/삼점	雨意	시가/하이쿠	
1	6	文苑	尋蟻居句莚/柚味噌/三點 〈2〉〔1〕 진기 거처 구연(句莚)/유자 된장/삼점	右左坊	시가/하이쿠	
1	6	文苑	尋蟻居句莚/柚味噌/三點 〈2〉〔1〕 진기 거처 구연(句莚)/유자 된장/삼점	天南	시가/하이쿠	
1	6	文苑	尋蟻居句莚/柚味噌/二點 〈2〉〔1〕 진기 거처 구연(句莚)/유자 된장/이점	香洲	시가/하이쿠	
1	6	文苑	尋蟻居句莚/柚味噌/二點 〈2〉〔1〕 진기 거처 구연(句莚)/유자 된장/이점	夢柳	시가/하이쿠	
1	6	文苑	尋蟻居句莚/柚味噌/二點 〈2〉〔1〕 진기 거처 구연(句莚)/유자 된장/이점	靑雨	시가/하이쿠	
1	6	文苑	尋蟻居句莚/柚味噌/二點 〈2〉〔1〕 진기 거처 구연(句莚)/유자 된장/이점	柳塘	시가/하이쿠	
1	6	文苑	尋蟻居句莚/柚味噌/二點 〈2〉〔1〕 진기 거처 구연(句莚)/유자 된장/이점	雨意	시가/하이쿠	
1	6	文苑	★尋蟻居句莚/柚味噌/二點 〈2〉〔1〕 진기 거처 구연(句莚)/유자 된장/이점	一簑	시가/하이쿠	
1	6	文苑	尋蟻居句莚/柚味噌/二點 〈2〉〔1〕 진기 거처 구연(句莚)/유자 된장/이점	春南	시가/하이쿠	

1914년 12월 16일 (수) 2657호 경북일간

지면	단수	기획	기사제목 〈회수〉〔곡수〕	필자/저자(역자)	분류	비고
3	2		浦項行き 〈7〉 포항행	沼田靑雲生	수필/기행	
3	6	日刊文林 (投書歡迎)	團欒 단란	皆骨生	수필/일상	
3	6	日刊文林 (投書歡迎)	初雪の夜 첫눈이 내린 밤	磯波	수필/일상	

1914년 12월 16일 (수) 2657호

지면	단수	기획	기사제목 〈회수〉 〔곡수〕	필자/저자(역자)	분류	비고
4	1~3		薄田隼人正 第十一席 〈11〉 스스키다 하야토노쇼 제11석	阪本富岳 講演	고단	
4	3~5		謠曲素人話(十六)/(十五)各部分の謠ひ方 〈15〉 요쿄쿠 초심자 이야기(16)/(15)각 부분을 노래하는 방법	横好翁	기타/기타	

1914년 12월 17일 (목) 2658호

지면	단수	기획	기사제목 〈회수〉 〔곡수〕	필자/저자(역자)	분류	비고
1	6	文苑	題詠草後 〔1〕 시를 지은 후	畠中素堂	시가/한시	
1	6	文苑	雜感三首 〔1〕 잡감-삼수	畠中素堂	시가/한시	
1	6	文苑	雜感三首/其二 〔1〕 잡감 삼수/그 두 번째	畠中素堂	시가/한시	
1	6	文苑	雜感三首/其三 〔1〕 잡감-삼수/그 세 번째	畠中素堂	시가/한시	
1	6	文苑	尋蟻居句筵/柚味噌(互選句の續)/一點 〈3〉〔1〕 진기 거처 구연(句筵)/유자 된장(호선구 계속)/일점	古仙	시가/하이쿠	
1	6	文苑	尋蟻居句筵/柚味噌(互選句の續)/一點 〈3〉〔1〕 진기 거처 구연(句筵)/유자 된장(호선구 계속)/일점	綠骨	시가/하이쿠	
1	6	文苑	尋蟻居句筵/柚味噌(互選句の續)/一點 〈3〉〔1〕 진기 거처 구연(句筵)/유자 된장(호선구 계속)/일점	右左坊	시가/하이쿠	
1	6	文苑	尋蟻居句筵/柚味噌(互選句の續)/一點 〈3〉〔1〕 진기 거처 구연(句筵)/유자 된장(호선구 계속)/일점	苦露	시가/하이쿠	
1	6	文苑	尋蟻居句筵/柚味噌(互選句の續)/一點 〈3〉〔1〕 진기 거처 구연(句筵)/유자 된장(호선구 계속)/일점	櫻亭	시가/하이쿠	
1	6	文苑	尋蟻居句筵/柚味噌(互選句の續)/一點 〈3〉〔1〕 진기 거처 구연(句筵)/유자 된장(호선구 계속)/일점	春浦	시가/하이쿠	
1	6	文苑	尋蟻居句筵/柚味噌(互選句の續)/一點 〈3〉〔1〕 진기 거처 구연(句筵)/유자 된장(호선구 계속)/일점	竹亭	시가/하이쿠	
1	6	文苑	尋蟻居句筵/柚味噌(互選句の續)/一點 〈3〉〔1〕 진기 거처 구연(句筵)/유자 된장(호선구 계속)/일점	苦露	시가/하이쿠	
1	6	文苑	尋蟻居句筵/柚味噌(互選句の續)/一點 〈3〉〔2〕 진기 거처 구연(句筵)/유자 된장(호선구 계속)/일점	夢柳	시가/하이쿠	
1	6	文苑	尋蟻居句筵/柚味噌(互選句の續)/一點 〈3〉〔1〕 진기 거처 구연(句筵)/유자 된장(호선구 계속)/일점	美村	시가/하이쿠	
1	6	文苑	尋蟻居句筵/柚味噌(互選句の續)/一點 〈3〉〔1〕 진기 거처 구연(句筵)/유자 된장(호선구 계속)/일점	茶遊	시가/하이쿠	
1	6	文苑	尋蟻居句筵/柚味噌(互選句の續)/一點 〈3〉〔1〕 진기 거처 구연(句筵)/유자 된장(호선구 계속)/일점	苦露	시가/하이쿠	
1	6	文苑	尋蟻居句筵/柚味噌(互選句の續)/一點 〈3〉〔1〕 진기 거처 구연(句筵)/유자 된장(호선구 계속)/일점	天南	시가/하이쿠	
1	6	文苑	尋蟻居句筵/柚味噌(互選句の續)/一點 〈3〉〔1〕 진기 거처 구연(句筵)/유자 된장(호선구 계속)/일점	櫻亭	시가/하이쿠	
1	6	文苑	尋蟻居句筵/柚味噌(互選句の續)/一點 〈3〉〔1〕 진기 거처 구연(句筵)/유자 된장(호선구 계속)/일점	竹亭	시가/하이쿠	
1	6	文苑	十二日の夜 〔8〕 12일의 밤	竹亭	수필·시가/ 일상·하이쿠	

1914년 12월 17일 (목) 2658호 경북일간

지면	단수	기획	기사제목 〈회수〉 〔곡수〕	필자/저자(역자)	분류	비고
3	3~4		浦項雜觀 〈8〉 포항 잡관	沼田靑雲生	수필/기행	제목 변경

1914년 12월 17일 (목) 2658호

지면	단수	기획	기사제목 〈회수〉〔곡수〕	필자/저자(역자)	분류	비고
4	1~3		薄田隼人正 第十二席 〈12〉 스스키다 하야토노쇼 제12석	阪本富岳 講演	고단	
4	3~5		謠曲素人話(十七)/(十六)各部分の謠ひ方(二) 〈17〉 요쿄쿠 초심자 이야기(17)/(16)각 부분을 노래하는 방법(2)	橫好翁	기타/기타	
5	4		新年文藝募集 신년 문예 모집	釜山日報編輯局	광고/모집 광고	

1914년 12월 18일 (금) 2659호

지면	단수	기획	기사제목 〈회수〉〔곡수〕	필자/저자(역자)	분류	비고
1	4~5		★釜山の俳句 부산의 하이쿠	京城 廢人生 投	수필/비평	
1	6	文苑	秋盡口占 〔1〕 가을이 다하여 즉흥시를 읊다	畠中素堂	시가/한시	
1	6	文苑	濚車中口古 〔1〕 기차 안에서 즉흥시를 읊다	畠中素堂	시가/한시	
1	6	文苑	秋江放舟 〔1〕 가을 강에 배를 띄우다	畠中素堂	시가/한시	
1	6	文苑	讀離騷作 〔1〕 「이소(離騷)」를 읽고 짓다	畠中素堂	시가/한시	
1	6	文苑	題畫 〔1〕 그림에 쓰다	畠中素堂	시가/한시	
1	6	文苑	尋蟻居句筵/柚味噌(互選漏れ) 〈4〉〔1〕 진기 거처 구연(句筵)/유자 된장(호선 외)	綠骨	시가/하이쿠	
1	6	文苑	尋蟻居句筵/柚味噌(互選漏れ) 〈4〉〔1〕 진기 거처 구연(句筵)/유자 된장(호선 외)	茶遊	시가/하이쿠	
1	6	文苑	尋蟻居句筵/柚味噌(互選漏れ) 〈4〉〔1〕 진기 거처 구연(句筵)/유자 된장(호선 외)	松濤	시가/하이쿠	
1	6	文苑	尋蟻居句筵/柚味噌(互選漏れ) 〈4〉〔1〕 진기 거처 구연(句筵)/유자 된장(호선 외)	美村	시가/하이쿠	
1	6	文苑	尋蟻居句筵/柚味噌(互選漏れ) 〈4〉〔1〕 진기 거처 구연(句筵)/유자 된장(호선 외)	夢村	시가/하이쿠	
1	6	文苑	尋蟻居句筵/柚味噌(互選漏れ) 〈4〉〔1〕 진기 거처 구연(句筵)/유자 된장(호선 외)	茶遊	시가/하이쿠	
1	6	文苑	尋蟻居句筵/柚味噌(互選漏れ) 〈4〉〔1〕 진기 거처 구연(句筵)/유자 된장(호선 외)	夢村	시가/하이쿠	
1	6	文苑	尋蟻居句筵/柚味噌(互選漏れ) 〈4〉〔2〕 진기 거처 구연(句筵)/유자 된장(호선 외)	柳塘	시가/하이쿠	
1	6	文苑	尋蟻居句筵/柚味噌(互選漏れ) 〈4〉〔1〕 진기 거처 구연(句筵)/유자 된장(호선 외)	綠骨	시가/하이쿠	
1	6	文苑	尋蟻居句筵/柚味噌(互選漏れ) 〈4〉〔1〕 진기 거처 구연(句筵)/유자 된장(호선 외)	柳塘	시가/하이쿠	

1914년 12월 18일 (금) 2659호 경북일간

지면	단수	기획	기사제목 〈회수〉〔곡수〕	필자/저자(역자)	분류	비고
3	2~3		浦項行き 〈9〉 포항행	沼田靑雲生	수필/기행	
3면	4~5		安東訪問記 〈1〉 안동 방문기	中島生	수필/기행	
3	6	日刊文林 (投書歡迎)	雅懷 〔3〕 아회	服部 大佐	시가/하이쿠	
3	6	日刊文林 (投書歡迎)	關所守る人今は何處に 〔1〕 관문을 지키던 사람 지금은 어디에	三雲 中尉	시가/하이쿠	
3	6	日刊文林 (投書歡迎)	關所守る人今は何處に 〔1〕 관문을 지키던 사람 지금은 어디에	遠藤 主計	시가/하이쿠	

지면	단수	기획	기사제목 〈회수〉〔곡수〕	필자/저자(역자)	분류	비고
3	6	日刊文林 (投書歡迎)	關所守る人今は何處に〔1〕 관문을 지키던 사람 지금은 어디에	出倉 曹長	시가/하이쿠	
3	6	日刊文林 (投書歡迎)	關所守る人今は何處に〔1〕 관문을 지키던 사람 지금은 어디에	香坂 郡書記	시가/단카	

1914년 12월 18일 (금) 2659호

지면	단수	기획	기사제목 〈회수〉〔곡수〕	필자/저자(역자)	분류	비고
4	1~3		薄田隼人正 第十三席〈13〉 스스키다 하야토노쇼 제13석	阪本富岳 講演	고단	
4	4~5		謠曲素人話(十八)/(十六)各部分の謠ひ方(續)〈18〉 요쿄쿠 초심자 이야기(18)/(16)각 부분을 노래하는 방법(계속)	横好翁	기타/기타	

1914년 12월 19일 (토) 2660호

지면	단수	기획	기사제목 〈회수〉〔곡수〕	필자/저자(역자)	분류	비고
1	6	文苑	尋蟻居句莚/柚味噌(互選漏れの續)〈5〉〔1〕 진기 거처 구연(句莚)/유자 된장(호선 외 계속)	茶舟	시가/하이쿠	
1	6	文苑	尋蟻居句莚/柚味噌(互選漏れの續)〈5〉〔1〕 진기 거처 구연(句莚)/유자 된장(호선 외 계속)	雨意	시가/하이쿠	
1	6	文苑	尋蟻居句莚/柚味噌(互選漏れの續)〈5〉〔2〕 진기 거처 구연(句莚)/유자 된장(호선 외 계속)	古仙	시가/하이쿠	
1	6	文苑	尋蟻居句莚/柚味噌(互選漏れの續)〈5〉〔1〕 진기 거처 구연(句莚)/유자 된장(호선 외 계속)	尋蟻	시가/하이쿠	
1	6	文苑	尋蟻居句莚/柚味噌(互選漏れの續)〈5〉〔1〕 진기 거처 구연(句莚)/유자 된장(호선 외 계속)	失名	시가/하이쿠	
1	6	文苑	尋蟻居句莚/柚味噌(互選漏れの續)〈5〉〔1〕 진기 거처 구연(句莚)/유자 된장(호선 외 계속)	綠骨	시가/하이쿠	
1	6	文苑	尋蟻居句莚/柚味噌(互選漏れの續)〈5〉〔1〕 진기 거처 구연(句莚)/유자 된장(호선 외 계속)	美村	시가/하이쿠	
1	6	文苑	尋蟻居句莚/柚味噌(互選漏れの續)〈5〉〔1〕 진기 거처 구연(句莚)/유자 된장(호선 외 계속)	露村	시가/하이쿠	
1	6	文苑	尋蟻居句莚/柚味噌(互選漏れの續)〈5〉〔2〕 진기 거처 구연(句莚)/유자 된장(호선 외 계속)	松濤	시가/하이쿠	
1	6	文苑	尋蟻居句莚/柚味噌(互選漏れの續)〈5〉〔1〕 진기 거처 구연(句莚)/유자 된장(호선 외 계속)	竹堂	시가/하이쿠	
1	6	文苑	尋蟻居句莚/柚味噌(互選漏れの續)〈5〉〔1〕 진기 거처 구연(句莚)/유자 된장(호선 외 계속)	香洲	시가/하이쿠	
1	6	文苑	尋蟻居句莚/柚味噌(互選漏れの續)〈5〉〔1〕 진기 거처 구연(句莚)/유자 된장(호선 외 계속)	春浦	시가/하이쿠	
1	6	文苑	尋蟻居句莚/柚味噌(互選漏れの續)〈5〉〔1〕 진기 거처 구연(句莚)/유자 된장(호선 외 계속)	一簑	시가/하이쿠	
1	6	文苑	尋蟻居句莚/柚味噌(互選漏れの續)〈5〉〔1〕 진기 거처 구연(句莚)/유자 된장(호선 외 계속)	竹堂	시가/하이쿠	
1	6	文苑	尋蟻居句莚/柚味噌(互選漏れの續)〈5〉〔1〕 진기 거처 구연(句莚)/유자 된장(호선 외 계속)	茶遊	시가/하이쿠	
1	6	文苑	尋蟻居句莚/柚味噌(互選漏れの續)〈5〉〔1〕 진기 거처 구연(句莚)/유자 된장(호선 외 계속)	櫻亭	시가/하이쿠	
1	6	文苑	尋蟻居句莚/柚味噌(互選漏れの續)〈5〉〔1〕 진기 거처 구연(句莚)/유자 된장(호선 외 계속)	一簑	시가/하이쿠	
1	6	文苑	尋蟻居句莚/柚味噌(互選漏れの續)〈5〉〔1〕 진기 거처 구연(句莚)/유자 된장(호선 외 계속)	香洲	시가/하이쿠	
1	6	文苑	尋蟻居句莚/柚味噌(互選漏れの續)〈5〉〔1〕 진기 거처 구연(句莚)/유자 된장(호선 외 계속)	竹亭	시가/하이쿠	
1	6	文苑	尋蟻居句莚/柚味噌(互選漏れの續)〈5〉〔1〕 진기 거처 구연(句莚)/유자 된장(호선 외 계속)	茶舟	시가/하이쿠	

지면	단수	기획	기사제목 〈회수〉〔곡수〕	필자/저자(역자)	분류	비고
1	6	文苑	尋蟻居句莚/柚味噌(互選漏れの續)〈5〉〔1〕 진기 거처 구연(句莚)/유자 된장(호선 외 계속)	尋蟻	시가/하이쿠	
1	6		新年文藝募集 신년 문예 모집	釜山日報編輯局	광고/모집 광고	
1	6		『釜山の俳句』に就ての投書家に謝す 『부산의 하이쿠』에 대하여 투고자께 감사한다	西田竹堂	수필/비평	
4	1~3		薄田隼人正 第十四席〈14〉 스스키다 하야토노쇼 제14석	阪本富岳 講演	고단	
4	4~5		謠曲素人話(十九)/(十七)各部分の謠ひ方(續)〈19〉 요쿄쿠 초심자 이야기(19)/(17)각 부분을 노래하는 방법(계속)	橫好翁	기타/기타	

1914년 12월 20일 (일) 2661호

지면	단수	기획	기사제목 〈회수〉〔곡수〕	필자/저자(역자)	분류	비고
1	4		新年文藝募集 신년 문예 모집	釜山日報編輯局	광고/모집 광고	
1	6	文苑	尋蟻居句莚/冬木立(互選)/四點〈6〉〔1〕 진기 거처 구연(句莚)/겨울나무(호선)/사점	竹亭	시가/하이쿠	
1	6	文苑	★尋蟻居句莚/冬木立(互選)/三點〈6〉〔1〕 진기 거처 구연(句莚)/겨울나무(호선)/삼점	春浦	시가/하이쿠	
1	6	文苑	★尋蟻居句莚/冬木立(互選)/三點〈6〉〔1〕 진기 거처 구연(句莚)/겨울나무(호선)/삼점	天南	시가/하이쿠	
1	6	文苑	★尋蟻居句莚/冬木立(互選)/三點〈6〉〔1〕 진기 거처 구연(句莚)/겨울나무(호선)/삼점	右左坊	시가/하이쿠	
1	6	文苑	尋蟻居句莚/冬木立(互選)/三點〈6〉〔1〕 진기 거처 구연(句莚)/겨울나무(호선)/삼점	香洲	시가/하이쿠	
1	6	文苑	尋蟻居句莚/冬木立(互選)/三點〈6〉〔1〕 진기 거처 구연(句莚)/겨울나무(호선)/삼점	夢柳	시가/하이쿠	
1	6	文苑	★尋蟻居句莚/冬木立(互選)/二點〈6〉〔1〕 진기 거처 구연(句莚)/겨울나무(호선)/이점	春浦	시가/하이쿠	
1	6	文苑	尋蟻居句莚/冬木立(互選)/二點〈6〉 진기 거처 구연(句莚)/겨울나무(호선)/이점	松塘	시가/하이쿠	
1	6	文苑	尋蟻居句莚/冬木立(互選)/二點〈6〉 진기 거처 구연(句莚)/겨울나무(호선)/이점	櫻亭	시가/하이쿠	
1	6	文苑	尋蟻居句莚/冬木立(互選)/二點〈6〉 진기 거처 구연(句莚)/겨울나무(호선)/이점	茶遊	시가/하이쿠	
1	6	文苑	★尋蟻居句莚/冬木立(互選)/二點〈6〉 진기 거처 구연(句莚)/겨울나무(호선)/이점	尋蟻	시가/하이쿠	
1	6	文苑	尋蟻居句莚/冬木立(互選)/二點〈6〉 진기 거처 구연(句莚)/겨울나무(호선)/이점	香洲	시가/하이쿠	
1	6	文苑	尋蟻居句莚/冬木立(互選)/二點〈6〉 진기 거처 구연(句莚)/겨울나무(호선)/이점	天南	시가/하이쿠	

1914년 12월 20일 (일) 2661호 경북일간

지면	단수	기획	기사제목 〈회수〉〔곡수〕	필자/저자(역자)	분류	비고
3	4~5		浦項行き〈10〉 포항행	沼田靑雲生	수필/기행	
3	5		龍山より 용산에서	末光弔川	수필/서간	龍-龍 오기
3	6		★大邱の俳句界〈1〉 대구의 하이쿠계	靑雲生	수필/비평	

1914년 12월 20일 (일) 2661호

지면	단수	기획	기사제목 〈회수〉〔곡수〕	필자/저자(역자)	분류	비고
4	1~4		薄田隼人正 第十五席〈15〉 스스키다 하야토노쇼 제15석	阪本富岳 講演	고단	

지면	단수	기획	기사제목 〈회수〉 〔곡수〕	필자/저자(역자)	분류	비고
4	3~5		謠曲素人話(二十)/(十七)各部分の謠ひ方(續) 〈20〉 요쿄쿠 초심자 이야기(20)/(17)각 부분을 노래하는 방법(계속)	橫好翁	기타/기타	

1914년 12월 22일 (화) 2662호

지면	단수	기획	기사제목 〈회수〉 〔곡수〕	필자/저자(역자)	분류	비고
1	6	文苑	尋蟻居句莚/一點 〈6〉〔1〕 진기 거처 구연(句莚)/일점	苦露	시가/하이쿠	회수 오류
1	6	文苑	尋蟻居句莚/一點 〈6〉〔1〕 진기 거처 구연(句莚)/일점	失名	시가/하이쿠	회수 오류
1	6	文苑	尋蟻居句莚/一點 〈6〉〔1〕 진기 거처 구연(句莚)/일점	雨意	시가/하이쿠	회수 오류
1	6	文苑	尋蟻居句莚/一點 〈6〉〔1〕 진기 거처 구연(句莚)/일점	竹堂	시가/하이쿠	회수 오류
1	6	文苑	尋蟻居句莚/一點 〈6〉〔1〕 진기 거처 구연(句莚)/일점	美村	시가/하이쿠	회수 오류
1	6	文苑	尋蟻居句莚/一點 〈6〉〔1〕 진기 거처 구연(句莚)/일점	夢柳	시가/하이쿠	회수 오류
1	6	文苑	尋蟻居句莚/一點 〈6〉〔1〕 진기 거처 구연(句莚)/일점	夢村	시가/하이쿠	회수 오류
1	6	文苑	尋蟻居句莚/一點 〈6〉〔1〕 진기 거처 구연(句莚)/일점	古仙	시가/하이쿠	회수 오류
1	6	文苑	尋蟻居句莚/一點 〈6〉〔1〕 진기 거처 구연(句莚)/일점	松濤	시가/하이쿠	회수 오류
1	6	文苑	尋蟻居句莚/一點 〈6〉〔1〕 진기 거처 구연(句莚)/일점	一簑	시가/하이쿠	회수 오류
1	6	文苑	尋蟻居句莚/一點 〈6〉〔1〕 진기 거처 구연(句莚)/일점	櫻亭	시가/하이쿠	회수 오류
1	6	文苑	尋蟻居句莚/一點 〈6〉〔1〕 진기 거처 구연(句莚)/일점	綠骨	시가/하이쿠	회수 오류
1	6	文苑	尋蟻居句莚/一點 〈6〉〔1〕 진기 거처 구연(句莚)/일점	一簑	시가/하이쿠	회수 오류
1	6	文苑	尋蟻居句莚/一點 〈6〉〔1〕 진기 거처 구연(句莚)/일점	雨意	시가/하이쿠	회수 오류
1	6	文苑	尋蟻居句莚/一點 〈6〉〔1〕 진기 거처 구연(句莚)/일점	苦露	시가/하이쿠	회수 오류
1	6	文苑	尋蟻居句莚/一點 〈6〉〔1〕 진기 거처 구연(句莚)/일점	櫻亭	시가/하이쿠	회수 오류
1	6	文苑	尋蟻居句莚/一點 〈6〉〔1〕 진기 거처 구연(句莚)/일점	竹亭	시가/하이쿠	회수 오류
1	6	文苑	尋蟻居句莚/一點 〈6〉〔1〕 진기 거처 구연(句莚)/일점	雨意	시가/하이쿠	회수 오류
1	6	文苑	尋蟻居句莚/一點 〈6〉〔1〕 진기 거처 구연(句莚)/일점	竹堂	시가/하이쿠	회수 오류
1	6	文苑	尋蟻居句莚/一點 〈6〉〔1〕 진기 거처 구연(句莚)/일점	古仙	시가/하이쿠	회수 오류
1	6	文苑	尋蟻居句莚/一點 〈6〉〔1〕 진기 거처 구연(句莚)/일점	右左坊	시가/하이쿠	회수 오류

1914년 12월 22일 (화) 2662호 경북일간

지면	단수	기획	기사제목 〈회수〉 〔곡수〕	필자/저자(역자)	분류	비고
3	4~5		浦項行き 〈11〉 포항행	沼田靑雲生	수필/기행	
3	5~6		★大邱の俳句界 〈2〉 대구의 하이쿠계	靑雲生	수필/비평	

지면	단수	기획	기사제목 〈회수〉〔곡수〕	필자/저자(역자)	분류	비고
3	6	日刊文林 (投書歡迎)	余が現在 나의 현재	金泉 仙骨生	수필/일상	
3	6	日刊文林 (投書歡迎)	文成らず 글이 나오지 않는다	氷川	수필/일상	

1914년 12월 22일 (화) 2662호

지면	단수	기획	기사제목 〈회수〉〔곡수〕	필자/저자(역자)	분류	비고
4	1~3		薄田隼人正 第十六席 〈16〉 스스키다 하야토노쇼 제16석	阪本富岳 講演	고단	
4	3~4		謠曲素人話(二十一)/(十八)各部分の謠ひ方(續) 〈21〉 요쿄쿠 초심자 이야기(21)/(18)각 부분을 노래하는 방법(계속)	橫好翁	기타/기타	

1914년 12월 23일 (수) 2663호

지면	단수	기획	기사제목 〈회수〉〔곡수〕	필자/저자(역자)	분류	비고
1	5~6		西田竹堂君に答ふ 니시다 지쿠도 군께 답하다	今田夢村	기타/비평	
1	6	文苑	尋蟻居句筵/柚味噌(互選々外) 〈7〉〔1〕 진기 거처 구연(句筵)/유자 된장(호선 선외)	天南	시가/하이쿠	
1	6	文苑	尋蟻居句筵/柚味噌(互選々外) 〈7〉〔1〕 진기 거처 구연(句筵)/유자 된장(호선 선외)	柳塘	시가/하이쿠	
1	6	文苑	尋蟻居句筵/柚味噌(互選々外) 〈7〉〔1〕 진기 거처 구연(句筵)/유자 된장(호선 선외)	古仙	시가/하이쿠	
1	6	文苑	尋蟻居句筵/柚味噌(互選々外) 〈7〉〔1〕 진기 거처 구연(句筵)/유자 된장(호선 선외)	一簑	시가/하이쿠	
1	6	文苑	尋蟻居句筵/柚味噌(互選々外) 〈7〉〔1〕 진기 거처 구연(句筵)/유자 된장(호선 선외)	綠骨	시가/하이쿠	
1	6	文苑	尋蟻居句筵/柚味噌(互選々外) 〈7〉〔1〕 진기 거처 구연(句筵)/유자 된장(호선 선외)	一簑	시가/하이쿠	
1	6	文苑	尋蟻居句筵/柚味噌(互選々外) 〈7〉〔1〕 진기 거처 구연(句筵)/유자 된장(호선 선외)	右左坊	시가/하이쿠	
1	6	文苑	尋蟻居句筵/柚味噌(互選々外) 〈7〉〔1〕 진기 거처 구연(句筵)/유자 된장(호선 선외)	美村	시가/하이쿠	
1	6	文苑	尋蟻居句筵/柚味噌(互選々外) 〈7〉〔1〕 진기 거처 구연(句筵)/유자 된장(호선 선외)	靑雨	시가/하이쿠	
1	6	文苑	尋蟻居句筵/柚味噌(互選々外) 〈7〉〔1〕 진기 거처 구연(句筵)/유자 된장(호선 선외)	一簑	시가/하이쿠	
1	6	文苑	尋蟻居句筵/柚味噌(互選々外) 〈7〉〔1〕 진기 거처 구연(句筵)/유자 된장(호선 선외)	靑雨	시가/하이쿠	
1	6	文苑	尋蟻居句筵/柚味噌(互選々外) 〈7〉〔1〕 진기 거처 구연(句筵)/유자 된장(호선 선외)	春浦	시가/하이쿠	
1	6	文苑	尋蟻居句筵/柚味噌(互選々外) 〈7〉〔1〕 진기 거처 구연(句筵)/유자 된장(호선 선외)	松濤	시가/하이쿠	
1	6	文苑	尋蟻居句筵/柚味噌(互選々外) 〈7〉〔1〕 진기 거처 구연(句筵)/유자 된장(호선 선외)	靑雨	시가/하이쿠	

1914년 12월 23일 (수) 2663호 경북일간

지면	단수	기획	기사제목 〈회수〉〔곡수〕	필자/저자(역자)	분류	비고
3	4		新年文藝募集 신년 문예 모집	釜山日報社大邱支社	광고/모집 광고	
4	1~3		薄田隼人正 第十七席 〈17〉 스스키다 하야토노쇼 제17석	阪本富岳 講演	고단	
4	5~6		謠曲素人話(二十二)/(十九)各部分の謠ひ方(續) 〈22〉 요쿄쿠 초심자 이야기(22)/(19)각 부분을 노래하는 방법(계속)	橫好翁	기타/기타	
5	5		忘年淨瑠璃會(上) 〈1〉 망년회 조루리 모임(상)		수필/일상	

지면	단수	기획	기사제목 〈회수〉〔곡수〕	필자/저자(역자)	분류	비고
\multicolumn{7}{l}{**1914년 12월 24일 (목) 2664호**}

지면	단수	기획	기사제목 〈회수〉〔곡수〕	필자/저자(역자)	분류	비고
1914년 12월 24일 (목) 2664호						
1	5~6		大阪天王寺より 오사카 덴노지에서	澤井醉骨	수필/비평	
1	6		岐阜より 기후에서	右左坊	수필/비평	
1914년 12월 24일 (목) 2664호 경북일간						
3	4~5		浦項行き 〈12〉 포항행	沼田靑雲生	수필/기행	
3	5		新年文藝募集 신년 문예 모집	釜山日報社大邱支社	광고/모집 광고	
1914년 12월 24일 (목) 2664호						
4	1~3		薄田隼人正 第十八席 〈18〉 스스키다 하야토노쇼 제18석	阪本富岳 講演	고단	
4	3~4		謠曲素人話(二十三)/(十七)各部分の謠ひ方(續) 〈23〉 요쿄쿠 초심자 이야기(23)/(17)각 부분을 노래하는 방법(계속)	橫好翁	기타/기타	회수 오류
5	4~5		忘年淨瑠璃會(下) 〈2〉 망년회 조루리 모임(하)		수필/일상	
1914년 12월 25일 (금) 2665호						
1	6	文苑	尋蟻居句莚/柚味噌(互選々外) 〈8〉〔1〕 진기 거처 구연(句莚)/유자 된장(호선 선외)	竹亭	시가/하이쿠	
1	6	文苑	尋蟻居句莚/柚味噌(互選々外) 〈8〉〔1〕 진기 거처 구연(句莚)/유자 된장(호선 선외)	夢村	시가/하이쿠	
1	6	文苑	尋蟻居句莚/柚味噌(互選々外) 〈8〉〔1〕 진기 거처 구연(句莚)/유자 된장(호선 선외)	茶遊	시가/하이쿠	
1	6	文苑	尋蟻居句莚/柚味噌(互選々外) 〈8〉〔1〕 진기 거처 구연(句莚)/유자 된장(호선 선외)	夢村	시가/하이쿠	
1	6	文苑	尋蟻居句莚/柚味噌(互選々外) 〈8〉〔1〕 진기 거처 구연(句莚)/유자 된장(호선 선외)	竹堂	시가/하이쿠	
1	6	文苑	尋蟻居句莚/柚味噌(互選々外) 〈8〉〔2〕 진기 거처 구연(句莚)/유자 된장(호선 선외)	茶舟	시가/하이쿠	
1	6	文苑	尋蟻居句莚/柚味噌(互選々外) 〈8〉〔1〕 진기 거처 구연(句莚)/유자 된장(호선 선외)	松濤	시가/하이쿠	
1	6	文苑	尋蟻居句莚/柚味噌(互選々外) 〈8〉〔1〕 진기 거처 구연(句莚)/유자 된장(호선 선외)	尋蟻	시가/하이쿠	
1	6	文苑	尋蟻居句莚/柚味噌(互選々外) 〈8〉〔1〕 진기 거처 구연(句莚)/유자 된장(호선 선외)	苦露	시가/하이쿠	
1	6	文苑	尋蟻居句莚/柚味噌(互選々外) 〈8〉〔1〕 진기 거처 구연(句莚)/유자 된장(호선 선외)	香洲	시가/하이쿠	
1	6	文苑	尋蟻居句莚/柚味噌(互選々外) 〈8〉〔1〕 진기 거처 구연(句莚)/유자 된장(호선 선외)	雨意	시가/하이쿠	
1	6	文苑	尋蟻居句莚/柚味噌(互選々外) 〈8〉〔1〕 진기 거처 구연(句莚)/유자 된장(호선 선외)	竹堂	시가/하이쿠	
1	6	文苑	尋蟻居句莚/柚味噌(互選々外) 〈8〉〔1〕 진기 거처 구연(句莚)/유자 된장(호선 선외)	柳塘	시가/하이쿠	
1	6	文苑	尋蟻居句莚/柚味噌(互選々外) 〈8〉〔1〕 진기 거처 구연(句莚)/유자 된장(호선 선외)	美村	시가/하이쿠	
1	6	文苑	尋蟻居句莚/柚味噌(互選々外) 〈8〉〔1〕 진기 거처 구연(句莚)/유자 된장(호선 선외)	夢柳	시가/하이쿠	

지면	단수	기획	기사제목 〈회수〉〔곡수〕	필자/저자(역자)	분류	비고
1	6	文苑	尋蟻居句莚/柚味噌(互選々外) 〈8〉[1] 진기 거처 구연(句莚)/유자 된장(호선 선외)	茶遊	시가/하이쿠	
1	6	文苑	尋蟻居句莚/柚味噌(互選々外) 〈8〉[1] 진기 거처 구연(句莚)/유자 된장(호선 선외)	美村	시가/하이쿠	
1	6	文苑	尋蟻居句莚/柚味噌(互選々外) 〈8〉[1] 진기 거처 구연(句莚)/유자 된장(호선 선외)	苦露	시가/하이쿠	
4	1~3		薄田隼人正 第十九席 〈19〉 스스키다 하야토노쇼 제19석	阪本富岳 講演	고단	
2	1		こころ [4] 마음	萉	시가/단카	

1915년 01월 01일 (금) 2668호

지면	단수	기획	기사제목 〈회수〉〔곡수〕	필자/저자(역자)	분류	비고
면수 불명	2		(제목없음) [2]	櫻亭	시가/하이쿠	
면수 불명	2	文苑	(제목없음) [17]	大邱 中田邱聲	시가/하이쿠	
면수 불명	2	文苑	新年雜吟 [10] 신년-잡음	晉州 上野蛸夢	시가/하이쿠	
면수 불명	2	文苑	梅 [30] 매화	釜山 尋蟻	시가/하이쿠	
면수 불명	2	文苑	(제목없음) [5]	永同 岡村董水	시가/하이쿠	
면수 불명	2	文苑	(제목없음) [5]	永同 岡村董水	시가/하이쿠	
면수 불명	1		年頭の所感 정초의 소감	永同 渡邊華蟹	수필/일상	
면수 불명	1		新年に就て 신년에 대하여	金泉 愛読者	수필/일상	
면수 불명	1		新年雜吟 [28] 신년-잡음	大邱 邱聲	시가/하이쿠	
면수 불명	3		(제목없음) [1]		시가/단카	
면수 불명	4~5		乙卯元旦 [1] 을묘년 정월 초하루	鐵城 逸人	시가/한시	
면수 불명	4~5		乙卯新年 [1] 을묘 신년	古劍 寒士	시가/한시	

1915년 01월 01일 (금) 2668호 第二

지면	단수	기획	기사제목 〈회수〉〔곡수〕	필자/저자(역자)	분류	비고
면수 불명	4		乙卯元旦 [1] 을묘년 정월 초하루	伊豆 安田素石	시가/한시	
면수 불명	4		乙卯元旦 [1] 을묘년 정월 초하루	伊豆 安田素石	시가/한시	
면수 불명	4		(제목없음) [14]	伊豆 安田素石	시가/센류	

1915년 01월 01일 (금) 2668호 第三

지면	단수	기획	기사제목 〈회수〉〔곡수〕	필자/저자(역자)	분류	비고
면수 불명	1~5	小說	印度に於ける歷山大王 인도에서의 알렉산드로스 대왕	苦露	소설	
면수 불명	5		貧家の正月 [3] 가난한 집의 정월	伊豆 安田素石	시가/단카	
면수 불명	5		新年の雪 [1] 신년의 눈	伊豆 安田素石	시가/단카	

지면	단수	기획	기사제목 〈회수〉〔곡수〕	필자/저자(역자)	분류	비고
면수 불명	5		初霞 〔1〕 신춘의 봄 안개	伊豆 安田素石	시가/단카	
면수 불명	5		初鴉 〔1〕 정월 초하루 우는 새	伊豆 安田素石	시가/단카	
면수 불명	5		初鷄 〔8〕 정월 첫닭	在釜山 古閑鶴水	시가/하이쿠	

1915년 01월 01일 (금) 2668호 第五

지면	단수	기획	기사제목 〈회수〉〔곡수〕	필자/저자(역자)	분류	비고
면수 불명	4		☆祝釜山日報社新年號發行 〔10〕 축 부산일보사 신년호 발행	在釜山 古閑鶴水	시가/단카	
면수 불명	4		偶感 〔2〕 우감	島田玉翠	시가/단카	
면수 불명	1~3		笑 웃음	古味生	수필/일상	
면수 불명	3		海に寄する祝 〔1〕 바다에 가탁하는 축수	金海 万波八束	시가/단카	

1915년 01월 01일 (금) 2668호 第六

지면	단수	기획	기사제목 〈회수〉〔곡수〕	필자/저자(역자)	분류	비고
면수 불명	4	文苑	讀書偶感 〔1〕 독서우감	畠中素堂	시가/한시	
면수 불명	4	文苑	秋曉田園 〔1〕 추효전원	畠中素堂	시가/한시	
면수 불명	4	文苑	山居晩秋 〔1〕 산거만추	畠中素堂	시가/한시	
면수 불명	4	文苑	答人 〔1〕 답인	畠中素堂	시가/한시	
면수 불명	4	文苑	隱栖書懷 〔1〕 은서서회	畠中素堂	시가/한시	
면수 불명	4	文苑	新年雜吟 〔6〕 신년-잡음	長崎 桃靜庵雲外	시가/하이쿠	
면수 불명	4	文苑	新年雜吟 〔11〕 신년-잡음	在釜山 古閑鶴水	시가/하이쿠	
면수 불명	1~2		白兎の傳說と白兎神社及び地名 흰토끼 전설과 하쿠토 신사 및 지명	あきら	수필/기타	

1915년 01월 01일 (금) 2668호 第七

지면	단수	기획	기사제목 〈회수〉〔곡수〕	필자/저자(역자)	분류	비고
면수 불명	2		除夜即事 〔1〕 제야즉사	畠中素堂	시가/한시	
면수 불명	2		乙卯新年作 二首 〔1〕 을묘신년작-이수	畠中素堂	시가/한시	
면수 불명	2		乙卯新年作/其二 〔1〕 을묘신년작/그 두 번째	畠中素堂	시가/한시	
면수 불명	2		新年偶感 〔1〕 신년우감	畠中素堂	시가/한시	
면수 불명	2		乙卯新年 〔1〕 을묘신년	釜山 小畑雲外	시가/한시	
면수 불명	2		新年韻 〔1〕 신년운	絶影島 金容瑾	시가/한시	
면수 불명	3		(제목없음) 〔5〕	在釜山 古閑鶴水	시가/하이쿠	
면수 불명	3		新年募集句 〔17〕 신년모집구	大邱 中田邱聲	시가/하이쿠	

지면	단수	기획	기사제목 〈회수〉〔곡수〕	필자/저자(역자)	분류	비고
면수 불명	3		(제목없음)〔5〕	在草染 黃雲	시가/하이쿠	
면수 불명	3		(제목없음)〔3〕	安重 長生	시가/하이쿠	
면수 불명	3		(제목없음)〔3〕	瓢々	시가/하이쿠	
면수 불명	3		(제목없음)〔8〕	中田邱聲	시가/하이쿠	
면수 불명	3		(제목없음)〔17〕	三浪津 西村綠也	시가/하이쿠	
면수 불명	3		(제목없음)〔12〕	三浪津 西村綠也	시가/하이쿠	

1915년 01월 01일 (금) 2668호 第八/울산판

지면	단수	기획	기사제목	필자/저자(역자)	분류	비고
면수 불명	3~4		艶反古 쓰야호고	蝸生	수필	
면수 불명	4		夜に入れば〔3〕 밤에 들어서면	つゆか	시가/단카	

1915년 01월 01일 (금) 2668호 第九/마산판

지면	단수	기획	기사제목	필자/저자(역자)	분류	비고
면수 불명	1~4		僕が三個の仮想を記す 나의 세 가지 가상을 기록하다	馬山 城野獅子庵	수필/관찰	

1915년 01월 01일 (금) 2668호 第十/진주판

지면	단수	기획	기사제목	필자/저자(역자)	분류	비고
면수 불명	5		(제목없음)〔16〕	晴清	시가/하이쿠	

1915년 01월 01일 (금) 2668호 경북일간/안동판

지면	단수	기획	기사제목	필자/저자(역자)	분류	비고
면수 불명	2		私の理想 나의 이상	峨眉山 秋野錦子	수필/일상	

1915년 01월 01일 (금) 2668호 第十一/경북일간/김천판

지면	단수	기획	기사제목	필자/저자(역자)	분류	비고
면수 불명	3		(제목없음)〔5〕	吉田秀子	시가/하이쿠	

1915년 01월 01일 (금) 2668호 第十二

지면	단수	기획	기사제목	필자/저자(역자)	분류	비고
면수 불명	2~3		迎日歷史物語 영일 역사 이야기		수필/기타	
면수 불명	3~5		浦項の思ひ出 포항의 추억	對紫樓主人	수필/일상	

1915년 01월 01일 (금) 2668호 통영판

지면	단수	기획	기사제목	필자/저자(역자)	분류	비고
면수 불명	1~2		元旦と大晦日 설날과 섣달그믐	馬山 宕山老史	수필/일상	
면수 불명	2		改めざる可らず 개선해야 한다	禿翁	수필/기타	

1915년 01월 01일 (금) 2668호 第十三/경북일간/상주판

지면	단수	기획	기사제목	필자/저자(역자)	분류	비고
면수 불명	1~4		此心、此生活 이 마음, 이 생활	堯雨	수필·시가/ 일상·자유시	
면수 불명	4	文苑	新玉〔8〕 새해	尙州 靑雲	시가/하이쿠	

지면	단수	기획	기사제목 〈회수〉〔곡수〕	필자/저자(역자)	분류	비고
면수 불명	4	文苑	道路開通〔1〕 도로 개통	尙州 デグ坊	시가/하이쿠	
면수 불명	4	文苑	庶務主任決定〔1〕 서무주임 결정	尙州 デグ坊	시가/하이쿠	
면수 불명	4	文苑	納税未だし〔1〕 납세 시기상조	尙州 デグ坊	시가/하이쿠	
면수 불명	4	文苑	警務部長の巡回〔1〕 경무부장의 순회	尙州 デグ坊	시가/하이쿠	
면수 불명	4	文苑	北の海〔5〕 북쪽 바다	中田白夜	시가/단카	
면수 불명	1~2		龜浦から密陽まで 구포에서 밀양까지	△△生	수필/기행	
면수 불명	2		思ひ出〔5〕 추억	中田白夜	시가/단카	
면수 불명	2		年頭雜吟〔6〕 연초-잡음	在釜山 古閑鶴水	시가/하이쿠	

1915년 01월 01일 (금) 2668호 第十四/경북일간

지면	단수	기획	기사제목 〈회수〉〔곡수〕	필자/저자(역자)	분류	비고
면수 불명	1~3		釜山短歌界の五才媛〔1〕 부산 단카계의 다섯 재원	小供の黑主	수필/비평	
면수 불명	1		★千鳥〔2〕 지도리		시가/단카	
면수 불명	1		☆露香〔2〕 로코		시가/단카	
면수 불명	1		★美代治〔2〕 미요지		시가/단카	
면수 불명	1		★夕なみ〔2〕 유나미		시가/단카	
면수 불명	1		☆花びら〔2〕 하나비라		시가/단카	
면수 불명	3		されどまた〔1〕 그러나 다시	小供の黑主	시가/단카	
면수 불명	3~4		春待つ心/過去の思い出より〔2〕 봄을 기다리는 마음/과거의 추억으로부터	茈	수필·시가/ 일상·단카	
면수 불명	4		死ねよとて〔3〕 죽으라 하여	花子	시가/단카	
면수 불명	4		新春〔16〕 신춘	伊豆 安田素石	시가/하이쿠	

1915년 01월 01일 (금) 2668호 第十五/경북일간

지면	단수	기획	기사제목 〈회수〉〔곡수〕	필자/저자(역자)	분류	비고
면수 불명	5	文苑	年首〔1〕 신년	安東 義喬	시가/단카	

1915년 01월 01일 (금) 2668호 삼천포판

지면	단수	기획	기사제목 〈회수〉〔곡수〕	필자/저자(역자)	분류	비고
면수 불명	3		(제목없음)〔6〕	伊豆 安田素石	시가/단카	

1915년 01월 01일 (금) 2668호

지면	단수	기획	기사제목 〈회수〉〔곡수〕	필자/저자(역자)	분류	비고
면수 불명	1~2		年頭雜筆 신년 잡필	苦露	수필/기타	
면수 불명	2~3		春の一夜 봄의 하룻밤	金泉 梅香花子	수필/일상	

지면	단수	기획	기사제목 〈회수〉〔곡수〕	필자/저자(역자)	분류	비고
면수 불명	3		(제목없음)〔4〕	在釜山 古閑鶴水	시가/하이쿠	
면수 불명	4		年新一題一句〔8〕 신년 일제 일구	幸町 古味生	시가/하이쿠	
면수 불명	3		初日の出〔12〕 설날 해돋이	在釜山 古閑鶴水	시가/하이쿠	
면수 불명	3~5		朝鮮語の變遷 조선어의 변천	內田默軒生	수필/관찰	
면수 불명	6	文苑	乙卯元旦〔1〕 을묘 정월 초하루	奥村佛宗	시가/한시	

1915년 01월 01일 (금) 2668호 金海版

지면	단수	기획	기사제목 〈회수〉〔곡수〕	필자/저자(역자)	분류	비고
면수 불명	3~4		★朝鮮語と國語 조선어와 국어	金海普通學校長井 上嘉六氏談	수필/비평	
면수 불명	5	文苑	新年偶感四首/其一〔1〕 신년우감-사수/그 첫 번째	畠中素堂	시가/한시	
면수 불명	5	文苑	新年偶感四首/其二〔1〕 신년우감-사수/그 두 번째	畠中素堂	시가/한시	
면수 불명	5	文苑	新年偶感四首/其三〔1〕 신년우감-사수/그 세 번째	畠中素堂	시가/한시	
면수 불명	5	文苑	新年偶感四首/其四〔1〕 신년우감-사수/그 네 번째	畠中素堂	시가/한시	

1915년 01월 01일 (금) 2668호

지면	단수	기획	기사제목 〈회수〉〔곡수〕	필자/저자(역자)	분류	비고
면수 불명	2		人の一生 인간의 일생	木村生	수필/일상	
면수 불명	1		人の一生 인간의 일생	木村生	수필/일상	
면수 불명	1		こゝろ〔3〕 마음	茄	시가/단카	

1915년 01월 01일 (금) 2668호 第十七

지면	단수	기획	기사제목 〈회수〉〔곡수〕	필자/저자(역자)	분류	비고
면수 불명	3~4		ひとむかし 과거	櫻亭生	수필/일상	

1915년 01월 01일 (금) 2668호

지면	단수	기획	기사제목 〈회수〉〔곡수〕	필자/저자(역자)	분류	비고
면수 불명	4	文苑	我人よ〔1〕 그대여	三浪津 夢香	시가/자유시	
면수 불명	4	文苑	新年雜吟〔5〕 신년-잡음	大邱 邱聲	시가/하이쿠	
면수 불명	1~3		安東牛車行の記〈3〉 안동 소달구지행 기록	三輪如鐵氏談	수필/기행	
면수 불명	3~4		或る一夜 어느 하룻밤	うめか	수필/일상	
면수 불명	4		軍國の新年〔3〕 군국의 신년	草染 劉生	시가/단카	
면수 불명	4		年改まりて〔1〕 새해가 되어	佐々木利一	시가/단카	
면수 불명	4		年改まりて〔1〕 새해가 되어	金泉 梅香	시가/단카	
면수 불명	4		正月三句〔3〕 정월-3구	武田百草	시가/하이쿠	

지면	단수	기획	기사제목 〈회수〉〔곡수〕	필자/저자(역자)	분류	비고
면수 불명	4		歳旦 〔1〕 정월 초하루 아침	佐々木利一	시가/하이쿠	
면수 불명	2		屠蘇 〔5〕 도소	草染 劉生	시가/하이쿠	

1915년 01월 05일 (화) 2669호

지면	단수	기획	기사제목 〈회수〉〔곡수〕	필자/저자(역자)	분류	비고
1	6	文苑	諒闇の新年 〔5〕 양암의 신년	うき子	시가/하이쿠	
4	1~3		薄田隼人正 第二十四席 〈24〉 스스키다 하야토노쇼 제24석		고단	
4	3~4		謠曲素人話(二八)/(十九)素謠の席次 〈28〉 요쿄쿠 초심자 이야기(28)/(19)스우타이의 석차	橫好翁	기타/기타	

1915년 01월 07일 (목) 2670호

지면	단수	기획	기사제목 〈회수〉〔곡수〕	필자/저자(역자)	분류	비고
1	6	文苑	句の集ひ 하이쿠 모임		기타/모임	안내
1	6	文苑	句の集ひ/古仙師選 〔1〕 하이쿠 모임/고센시 선	發揮	시가/하이쿠	
1	6	文苑	句の集ひ/古仙師選 〔2〕 하이쿠 모임/고센시 선	史好	시가/하이쿠	
1	6	文苑	句の集ひ/古仙師選 〔1〕 하이쿠 모임/고센시 선	甲露	시가/하이쿠	
1	6	文苑	句の集ひ/古仙師選 〔1〕 하이쿠 모임/고센시 선	發揮	시가/하이쿠	
1	6	文苑	句の集ひ/古仙師選/秀逸 〔1〕 하이쿠 모임/고센시 선/수일	雅堂	시가/하이쿠	
1	6	文苑	句の集ひ/古仙師選/秀逸 〔1〕 하이쿠 모임/고센시 선/수일	紅子	시가/하이쿠	
1	6	文苑	句の集ひ/古仙師選/秀逸 〔1〕 하이쿠 모임/고센시 선/수일	雅堂	시가/하이쿠	
1	6	文苑	句の集ひ/古仙師選/追加 〔1〕 하이쿠 모임/고센시 선/추가	古仙	시가/하이쿠	
1	6	文苑	句の集ひ/一擧師選 〔1〕 하이쿠 모임/잇쿄시 선	雅堂	시가/하이쿠	
1	6	文苑	句の集ひ/一擧師選 〔1〕 하이쿠 모임/잇쿄시 선	甲露	시가/하이쿠	
1	6	文苑	句の集ひ/一擧師選 〔1〕 하이쿠 모임/잇쿄시 선	雅堂	시가/하이쿠	
1	6	文苑	句の集ひ/一擧師選 〔1〕 하이쿠 모임/잇쿄시 선	吏好	시가/하이쿠	
1	6	文苑	句の集ひ/一擧師選 〔1〕 하이쿠 모임/잇쿄시 선	雲峯	시가/하이쿠	
1	6	文苑	句の集ひ/一擧師選/秀逸 〔1〕 하이쿠 모임/잇쿄시 선/수일	吏好	시가/하이쿠	
1	6	文苑	句の集ひ/一擧師選/秀逸 〔1〕 하이쿠 모임/잇쿄시 선/수일	露竹	시가/하이쿠	
1	6	文苑	句の集ひ/一擧師選/秀逸 〔1〕 하이쿠 모임/잇쿄시 선/수일	甲露	시가/하이쿠	
1	6	文苑	句の集ひ/一擧師選/追加 〔2〕 하이쿠 모임/잇쿄시 선/추가	一擧	시가/하이쿠	

1915년 01월 07일 (목) 2670호 경북일간

지면	단수	기획	기사제목 〈회수〉〔곡수〕	필자/저자(역자)	분류	비고
3	5~6		★澤庵和尚と柳生十兵衛 〈1〉 다쿠안 스님과 야규 주베에	石山寬八郎氏談	고단	

1915년 01월 07일 (목) 2670호

지면	단수	기획	기사제목 〈회수〉〔곡수〕	필자/저자(역자)	분류	비고
4	1~3		薄田隼人正 第二十五席 〈25〉 스스키다 하야토노쇼 제25석		고단	
4	3~5		謠曲素人話(二九)/(二〇)地謠の心得(上) 〈29〉 요쿄쿠 초심자 이야기(29)/(20)지우타이의 이해(상)	橫好翁	기타/기타	
5	5~6		釜山座の芝居 부산좌 연극		수필/비평	

1915년 01월 08일 (금) 2671호

지면	단수	기획	기사제목 〈회수〉〔곡수〕	필자/저자(역자)	분류	비고
1	6	文苑	乙卯新年 〔1〕 을묘신년	古劍寒士	시가/한시	

1915년 01월 08일 (금) 2671호 경북일간

지면	단수	기획	기사제목 〈회수〉〔곡수〕	필자/저자(역자)	분류	비고
3	4	日刊文林 (投書歡迎)	失題 실제	大邱 中川生	수필/일상	
3	4	日刊文林 (投書歡迎)	煩悶 번민	高靈 肥水	수필/일상	
3	4	日刊文林 (投書歡迎)	植民地の女教師 식민지의 여교사	慶尙河東郡双溪寺 戶張眞輔	수필/일상	

1915년 01월 08일 (금) 2671호

지면	단수	기획	기사제목 〈회수〉〔곡수〕	필자/저자(역자)	분류	비고
4	1~3		薄田隼人正 第二十六席 〈26〉 스스키다 하야토노쇼 제26석		고단	
4	5~6		謠曲素人話(三〇)/(二〇)地謠の心得(下) 〈30〉 요쿄쿠 초심자 이야기(30)/(20)지우타이의 이해(하)	橫好翁	기타/기타	

1915년 01월 09일 (토) 2672호

지면	단수	기획	기사제목 〈회수〉〔곡수〕	필자/저자(역자)	분류	비고
1	6	文苑	歲晏感懷五首/其一 〔1〕 세안감회-오수/그 첫 번째	古劍 寒士	시가/한시	
1	6	文苑	歲晏感懷五首/其二 〔1〕 세안감회-오수/그 두 번째	古劍 寒士	시가/한시	
1	6	文苑	歲晏感懷五首/其三 〔1〕 세안감회-오수/그 세 번째	古劍 寒士	시가/한시	
1	6	文苑	歲晏感懷五首/其四 〔1〕 세안감회-오수/그 네 번째	古劍 寒士	시가/한시	
1	6	文苑	歲晏感懷五首/其五 〔1〕 세안감회-오수/그 다섯 번째	古劍 寒士	시가/한시	
1	6	文苑	釜山浦 〔1〕 부산포	橋本栗溪	시가/한시	
1	6	文苑	句初め 〔5〕 첫 구	夢村	시가/하이쿠	

1915년 01월 09일 (토) 2672호 경북일간

지면	단수	기획	기사제목 〈회수〉〔곡수〕	필자/저자(역자)	분류	비고
3	5	日刊文林 (投書歡迎)	年始狀 연하장	S生	수필/일상	
3	5	日刊文林 (投書歡迎)	僕の妻 나의 아내	某生	수필/일상	
3	5~6		★澤庵和尚と柳生十兵衛 〈2〉 다쿠안 스님과 야규 주베에	石山寬八郎氏談	고단	

지면	단수	기획	기사제목 〈회수〉〔곡수〕	필자/저자(역자)	분류	비고
1915년 01월 09일 (토) 2672호						
4	1~3		薄田隼人正 第二十七席〈27〉 스스키다 하야토노쇼 제27석		고단	
4	4~5		謠曲素人話(三一)/(二一)謠の格〈31〉 요쿄쿠 초심자 이야기(31)/(21)우타이의 격	橫好翁	기타/기타	
1915년 01월 10일 (일) 2673호						
1	6	文苑	苦露子送別句筵〈1〉 구로시 송별 구정		기타/모임 안내	
1	6	文苑	苦露子送別句筵/送別句〈1〉〔1〕 구로시 송별 구정/송별구	夢柳	시가/하이쿠	
1	6	文苑	苦露子送別句筵/送別句〈1〉〔1〕 구로시 송별 구정/송별구	尋蟻	시가/하이쿠	
1	6	文苑	苦露子送別句筵/送別句〈1〉〔1〕 구로시 송별 구정/송별구	夢村	시가/하이쿠	
1	6	文苑	苦露子送別句筵/送別句〈1〉〔1〕 구로시 송별 구정/송별구	紀乙	시가/하이쿠	
1	6	文苑	苦露子送別句筵/送別句〈1〉〔1〕 구로시 송별 구정/송별구	可秀	시가/하이쿠	
1	6	文苑	苦露子送別句筵/送別句〈1〉〔1〕 구로시 송별 구정/송별구	雨意	시가/하이쿠	
1	6	文苑	苦露子送別句筵/送別句〈1〉〔1〕 구로시 송별 구정/송별구	柳塘	시가/하이쿠	
1	6	文苑	苦露子送別句筵/送別句〈1〉〔1〕 구로시 송별 구정/송별구	梢雨	시가/하이쿠	
1	6	文苑	苦露子送別句筵/送別句〈1〉〔1〕 구로시 송별 구정/송별구	竹堂	시가/하이쿠	
1	6	文苑	苦露子送別句筵/送別句〈1〉〔1〕 구로시 송별 구정/송별구	古仙	시가/하이쿠	
1	6	文苑	苦露子送別句筵/送別句〈1〉〔1〕 구로시 송별 구정/송별구	綠骨	시가/하이쿠	
1	6	文苑	苦露子送別句筵/送別句〈1〉〔1〕 구로시 송별 구정/송별구	美村	시가/하이쿠	
1	6	文苑	苦露子送別句筵/送別句〈1〉〔1〕 구로시 송별 구정/송별구	靑雨	시가/하이쿠	
1	6	文苑	苦露子送別句筵/送別句〈1〉〔1〕 구로시 송별 구정/송별구	松壽	시가/하이쿠	
1	6	文苑	苦露子送別句筵/送別句〈1〉〔1〕 구로시 송별 구정/송별구	苦石	시가/하이쿠	
1	6	文苑	苦露子送別句筵/送別句〈1〉〔1〕 구로시 송별 구정/송별구	春浦	시가/하이쿠	
1	6	文苑	苦露子送別句筵/送別句〈1〉〔1〕 구로시 송별 구정/송별구	奠南	시가/하이쿠	
1	6	文苑	苦露子送別句筵/送別句〈1〉〔1〕 구로시 송별 구정/송별구	茶遊	시가/하이쿠	
1	6	文苑	苦露子送別句筵/送別句〈1〉〔1〕 구로시 송별 구정/송별구	一簑	시가/하이쿠	
1	6	文苑	苦露子送別句筵/送別句〈1〉〔1〕 구로시 송별 구정/송별구	櫻亭	시가/하이쿠	
1	6	文苑	苦露子送別句筵/外に電報投吟〈1〉〔1〕 구로시 송별 구정/외부 전보투음	綠骨	시가/하이쿠	

지면	단수	기획	기사제목 〈회수〉 〔곡수〕	필자/저자(역자)	분류	비고
1	6	文苑	苦露子送別句筵/外に電報投吟 〈1〉 〔1〕 구로시 송별 구정/외부 전보투음	安宅	시가/하이쿠	
1	6	文苑	苦露子送別句筵/留別 〈1〉 〔1〕 구로시 송별 구정/유별	苦露	시가/하이쿠	

1915년 01월 10일 (일) 2673호 경북일간

지면	단수	기획	기사제목	필자/저자(역자)	분류	비고
3	6	日刊文林 (投書歡迎)	妹よりの手紙 여동생에게서 온 편지	大邱 中川生(投)	수필/일상	

1915년 01월 10일 (일) 2673호

지면	단수	기획	기사제목	필자/저자(역자)	분류	비고
4	1~3		薄田隼人正 第二十八席 〈28〉 스스키다 하야토노쇼 제28석		고단	
4	3~4		謠曲素人話(三二)/(二二)謠の位(上) 〈32〉 요쿄쿠 초심자 이야기(32)/(22)우타이의 위계(상)	橫好翁	기타/기타	
5	6		寶來館の落語 호라이칸의 라쿠고	一記者	수필/비평	

1915년 01월 12일 (화) 2674호

지면	단수	기획	기사제목	필자/저자(역자)	분류	비고
1	6	文苑	新年詞 〔1〕 신년사	畠中素堂	시가/한시	
1	6	文苑	新年詞/期二 〔1〕 신년사/그 두 번째	畠中素堂	시가/한시	
1	6	文苑	新年詞/期三 〔1〕 신년사/그 세 번째	畠中素堂	시가/한시	
1	6	文苑	新年詞/期四 〔1〕 신년사/그 네 번째	畠中素堂	시가/한시	

1915년 01월 12일 (화) 2674호 경북일간

지면	단수	기획	기사제목	필자/저자(역자)	분류	비고
3	6	日刊文林 (投書歡迎)	公園の景 공원의 풍경	失名氏	수필/일상	
3	6	日刊文林 (投書歡迎)	花吉姐さん 하나요시 누나	凸坊	수필/일상	
3	6~7		人の一生(續) 〈2〉 사람의 일생(계속)	木村生	수필/일상	

1915년 01월 12일 (화) 2674호

지면	단수	기획	기사제목	필자/저자(역자)	분류	비고
4	1~3		薄田隼人正 第二十九席 〈29〉 스스키다 하야토노쇼 제29석		고단	
4	4~5		謠曲素人話(三三)/(二二)謠の位(下) 〈33〉 요쿄쿠 초심자 이야기(33)/(22)우타이의 위계(하)	橫好翁	기타/기타	

1915년 01월 13일 (수) 2675호

지면	단수	기획	기사제목	필자/저자(역자)	분류	비고
1	6	文苑	苦露子送別句筵/探題互選 〈2〉 〔1〕 구로시 송별 구정/탐제 호선	雨意	시가/하이쿠	
1	6	文苑	苦露子送別句筵/探題互選 〈2〉 〔1〕 구로시 송별 구정/탐제 호선	靑雨	시가/하이쿠	
1	6	文苑	苦露子送別句筵/探題互選 〈2〉 〔1〕 구로시 송별 구정/탐제 호선	苔石	시가/하이쿠	
1	6	文苑	苦露子送別句筵/探題互選 〈2〉 〔1〕 구로시 송별 구정/탐제 호선	柳溏	시가/하이쿠	
1	6	文苑	苦露子送別句筵/探題互選 〈2〉 〔1〕 구로시 송별 구정/탐제 호선	春浦	시가/하이쿠	

지면	단수	기획	기사제목 〈회수〉 [곡수]	필자/저자(역자)	분류	비고
1	6	文苑	苦露子送別句筵/探題互選 〈2〉 [1] 구로시 송별 구정/탐제 호선	可秀	시가/하이쿠	
1	6	文苑	苦露子送別句筵/探題互選 〈2〉 [1] 구로시 송별 구정/탐제 호선	綠骨	시가/하이쿠	
1	6	文苑	苦露子送別句筵/探題互選 〈2〉 [1] 구로시 송별 구정/탐제 호선	櫻亭	시가/하이쿠	
1	6	文苑	苦露子送別句筵/探題互選 〈2〉 [1] 구로시 송별 구정/탐제 호선	苦露	시가/하이쿠	
1	6	文苑	苦露子送別句筵/探題互選 〈2〉 [1] 구로시 송별 구정/탐제 호선	松壽	시가/하이쿠	
1	6	文苑	苦露子送別句筵/探題互選 〈2〉 [1] 구로시 송별 구정/탐제 호선	夢村	시가/하이쿠	
1	6	文苑	苦露子送別句筵/探題互選 〈2〉 [1] 구로시 송별 구정/탐제 호선	美村	시가/하이쿠	
1	6	文苑	苦露子送別句筵/探題互選 〈2〉 [1] 구로시 송별 구정/탐제 호선	尋蟻	시가/하이쿠	
1	6	文苑	苦露子送別句筵/探題互選 〈2〉 [1] 구로시 송별 구정/탐제 호선	古仙	시가/하이쿠	
1	6	文苑	冬籠り [5] 겨울나기	北#より 孤獨	시가/하이쿠	

1915년 01월 13일 (수) 2675호 경북일간

지면	단수	기획	기사제목 〈회수〉 [곡수]	필자/저자(역자)	분류	비고
3	4	日刊文林 (投書歡迎)	記者樣に 기자 분께	紅花	수필/일상	
3	4	日刊文林 (投書歡迎)	雪 눈	大邱尋常二年 渡邊 マサ	수필/일상	
3	5~6		人の一生(三) 〈3〉 사람의 일생(3)	木村生	수필/일상	

1915년 01월 13일 (수) 2675호

지면	단수	기획	기사제목 〈회수〉 [곡수]	필자/저자(역자)	분류	비고
4	1~3		薄田隼人正 第三十席 〈30〉 스스키다 하야토노쇼 제30석		고단	
5	5~6		大邱の三時間(上) 〈1〉 대구의 3시간(상)	蝸生	수필/기행	

1915년 01월 15일 (금) 2677호

지면	단수	기획	기사제목 〈회수〉 [곡수]	필자/저자(역자)	분류	비고
1	6	文苑	新年詞(承前)/期五 [1] 신년사(앞에서 이어)/그 다섯 번째	畠中素堂	시가/한시	
1	6	文苑	新年詞(承前)/期六 [1] 신년사(앞에서 이어)/그 여섯 번째	畠中素堂	시가/한시	
1	6	文苑	新年詞(承前)/期七 [1] 신년사(앞에서 이어)/그 일곱 번째	畠中素堂	시가/한시	
1	6	文苑	新年詞(承前)/期八 [1] 신년사(앞에서 이어)/그 여덟 번째	畠中素堂	시가/한시	
1	6	文苑	新年詞(承前)/期九 [1] 신년사(앞에서 이어)/그 아홉 번째	畠中素堂	시가/한시	
1	6	文苑	寒さ [1] 추위	蘇川	시가/하이쿠	
1	6	文苑	雪 [1] 눈	夢村	시가/하이쿠	
1	6	文苑	河豚汁 [1] 복국	夢村	시가/하이쿠	

지면	단수	기획	기사제목 〈회수〉〔곡수〕	필자/저자(역자)	분류	비고

1915년 01월 15일 (금) 2677호 경북일간

| 3 | 5 | 日刊文林
(投書歡迎) | 寒い日
추운 날 | 大邱 中川生 | 수필/일상 | |

1915년 01월 15일 (금) 2677호

| 4 | 1~3 | | 薄田隼人正 第三十二席 〈32〉
스스키다 하야토노쇼 제32석 | | 고단 | |
| 4 | 3~5 | | 謠曲素人話(三五)/(二四)子方 〈35〉
요쿄쿠 초심자 이야기(35)/(24)아역 | 橫好翁 | 기타/기타 | |

1915년 01월 16일 (토) 2678호

1	6	文苑	旅へ行く子 〔4〕 여행을 떠나는 아이	山田篠華	시가/단카	
1	6	文苑	新年雜吟 〔4〕 신년-잡음	長崎 古閑滿惠	시가/하이쿠	
1	6	文苑	水仙 〔2〕 수선	靈州 豆島生	시가/하이쿠	

1915년 01월 16일 (토) 2678호 경북일간

| 3 | 5 | 日刊文林
(投書歡迎) | 零落
영락 | 慶北 皆骨生 | 수필/일상 | |
| 3 | 5 | 日刊文林
(投書歡迎) | 漢江
한강 | 京城 蚯蚓生 | 수필/일상 | |

1915년 01월 16일 (토) 2678호

| 4 | 1~3 | | 薄田隼人正 第三十三席 〈33〉
스스키다 하야토노쇼 제33석 | | 고단 | |

1915년 01월 17일 (일) 2679호

| 1 | 6 | 文苑 | なげき 〔6〕
비탄 | 中田白夜 | 시가/단카 | |

1915년 01월 17일 (일) 2679호 경북일간

3	5	日刊文林 (投書歡迎)	玉枝さん 다마에 씨	大邱 天籟生	수필/일상	
3	5	日刊文林 (投書歡迎)	頓馬男 멍청한 남자	大邱 某驛夫	수필/일상	
3	5	日刊文林 (投書歡迎)	蜜柑賣 밀감 판매	龍山 綠山生	수필/일상	
3	5~6		藝者二葉の歸國 게이샤 후타바의 귀국		수필/기타	

1915년 01월 17일 (일) 2679호

| 4 | 1~3 | | 薄田隼人正 第三十四席 〈34〉
스스키다 하야토노쇼 제34석 | | 고단 | |
| 4 | 5 | | 謠曲素人話(三六)/(二五)聲の練習 〈36〉
요쿄쿠 초심자 이야기(36)/(25)소리 연습 | 橫好翁 | 기타/기타 | |

1915년 01월 19일 (화) 2680호

| 1 | 6 | 文苑 | 笹鳴會(大邱)
사사나키카이(대구) | | 기타/모임
안내 | |

지면	단수	기획	기사제목 〈회수〉〔곡수〕	필자/저자(역자)	분류	비고
1	6	文苑	笹鳴會(大邱)/雪〔1〕 사사나키카이(대구)/눈	秋風嶺	시가/하이쿠	
1	6	文苑	★笹鳴會(大邱)/雪〔1〕 사사나키카이(대구)/눈	邱聲	시가/하이쿠	
1	6	文苑	笹鳴會(大邱)/雪〔1〕 사사나키카이(대구)/눈	秋風嶺	시가/하이쿠	
1	6	文苑	★笹鳴會(大邱)/雪〔1〕 사사나키카이(대구)/눈	安宅	시가/하이쿠	
1	6	文苑	笹鳴會(大邱)/雪〔1〕 사사나키카이(대구)/눈	邱聲	시가/하이쿠	
1	6	文苑	笹鳴會(大邱)/雪〔1〕 사사나키카이(대구)/눈	松翠	시가/하이쿠	
1	6	文苑	笹鳴會(大邱)/雪〔1〕 사사나키카이(대구)/눈	嵩村	시가/하이쿠	
1	6	文苑	笹鳴會(大邱)/雪〔1〕 사사나키카이(대구)/눈	安宅	시가/하이쿠	
1	6	文苑	笹鳴會(大邱)/雪〔1〕 사사나키카이(대구)/눈	松翠	시가/하이쿠	
1	6	文苑	笹鳴會(大邱)/雪〔1〕 사사나키카이(대구)/눈	士栗	시가/하이쿠	
1	6	文苑	笹鳴會(大邱)/雪〔1〕 사사나키카이(대구)/눈	隈川	시가/하이쿠	
1	6	文苑	笹鳴會(大邱)/雪〔1〕 사사나키카이(대구)/눈	獨笑	시가/하이쿠	
1	6	文苑	★笹鳴會(大邱)/雪〔1〕 사사나키카이(대구)/눈	邱聲	시가/하이쿠	
1	6	文苑	笹鳴會(大邱)/雪〔1〕 사사나키카이(대구)/눈	秋風嶺	시가/하이쿠	
1	6	文苑	笹鳴會(大邱)/雪〔1〕 사사나키카이(대구)/눈	獨笑	시가/하이쿠	
1	6	文苑	★笹鳴會(大邱)/雪〔1〕 사사나키카이(대구)/눈	秋風嶺	시가/하이쿠	
1	6	文苑	笹鳴會(大邱)/鯨〔1〕 사사나키카이(대구)/고래	安宅	시가/하이쿠	
1	6	文苑	笹鳴會(大邱)/鯨〔1〕 사사나키카이(대구)/고래	秋風嶺	시가/하이쿠	
1	6	文苑	笹鳴會(大邱)/鯨〔1〕 사사나키카이(대구)/고래	獨笑	시가/하이쿠	
1	6	文苑	笹鳴會(大邱)/鯨〔1〕 사사나키카이(대구)/고래	隈川	시가/하이쿠	
1	6	文苑	笹鳴會(大邱)/鯨〔1〕 사사나키카이(대구)/고래	雨村	시가/하이쿠	
1	6	文苑	★笹鳴會(大邱)/鯨〔1〕 사사나키카이(대구)/고래	嵩村	시가/하이쿠	
1	6	文苑	笹鳴會(大邱)/鯨〔1〕 사사나키카이(대구)/고래	邱聲	시가/하이쿠	
1	6	文苑	笹鳴會(大邱)/鯨〔1〕 사사나키카이(대구)/고래	士栗	시가/하이쿠	
1	6	文苑	笹鳴會(大邱)/鯨〔1〕 사사나키카이(대구)/고래	獨笑	시가/하이쿠	
1	6	文苑	笹鳴會(大邱)/鯨〔1〕 사사나키카이(대구)/고래	安宅	시가/하이쿠	

지면	단수	기획	기사제목 〈회수〉〔곡수〕	필자/저자(역자)	분류	비고
1	6	文苑	笹鳴會(大邱)/鯨〔1〕 사사나키카이(대구)/고래	嵩村	시가/하이쿠	
1	6	文苑	笹鳴會(大邱)/鯨〔1〕 사사나키카이(대구)/고래	秋風嶺	시가/하이쿠	
1	6	文苑	笹鳴會(大邱)/笹鳴〔1〕 사사나키카이(대구)/겨울 휘파람새 우는 소리	安宅	시가/하이쿠	
1	6	文苑	笹鳴會(大邱)/笹鳴〔2〕 사사나키카이(대구)/겨울 휘파람새 우는 소리	獨笑	시가/하이쿠	
1	6	文苑	笹鳴會(大邱)/笹鳴〔1〕 사사나키카이(대구)/겨울 휘파람새 우는 소리	秋風嶺	시가/하이쿠	
1	6	文苑	笹鳴會(大邱)/笹鳴〔1〕 사사나키카이(대구)/겨울 휘파람새 우는 소리	隈川	시가/하이쿠	
1	6	文苑	★笹鳴會(大邱)/笹鳴〔1〕 사사나키카이(대구)/겨울 휘파람새 우는 소리	嵩村	시가/하이쿠	
1	6	文苑	笹鳴會(大邱)/笹鳴〔1〕 사사나키카이(대구)/겨울 휘파람새 우는 소리	士栗	시가/하이쿠	
1	6	文苑	★笹鳴會(大邱)/笹鳴〔1〕 사사나키카이(대구)/겨울 휘파람새 우는 소리	隈川	시가/하이쿠	
1	6	文苑	笹鳴會(大邱)/笹鳴〔1〕 사사나키카이(대구)/겨울 휘파람새 우는 소리	松翠	시가/하이쿠	
1	6	文苑	笹鳴會(大邱)/笹鳴〔1〕 사사나키카이(대구)/겨울 휘파람새 우는 소리	邱聲	시가/하이쿠	
1	6	文苑	★笹鳴會(大邱)/笹鳴〔1〕 사사나키카이(대구)/겨울 휘파람새 우는 소리	松翠	시가/하이쿠	
1	6	文苑	笹鳴會(大邱)/笹鳴〔1〕 사사나키카이(대구)/겨울 휘파람새 우는 소리	秋風嶺	시가/하이쿠	

1915년 01월 19일 (화) 2680호 경북일간

지면	단수	기획	기사제목 〈회수〉〔곡수〕	필자/저자(역자)	분류	비고
3	5	日刊文林 (投書歡迎)	虛榮 허영	大邱 禪泡生	수필/일상	
3	5	日刊文林 (投書歡迎)	下宿屋 하숙집	大邱 東門生	수필/일상	
3	5		大邱笹鳴會 대구 사사나키카이		기타/모임 안내	
3	6	文苑	雪〔22〕 눈	大邱 邱聲	시가/하이쿠	

1915년 01월 19일 (화) 2680호

지면	단수	기획	기사제목 〈회수〉〔곡수〕	필자/저자(역자)	분류	비고
4	1~3		薄田隼人正 第三十五席 〈35〉 스스키다 하야토노쇼 제35석		고단	

1915년 01월 20일 (수) 2681호 경북일간

지면	단수	기획	기사제목 〈회수〉〔곡수〕	필자/저자(역자)	분류	비고
3	6	日刊文林 (投書歡迎)	人の子！ 사람의 자식!	大邱 逸名	수필/일상	

1915년 01월 20일 (수) 2681호

지면	단수	기획	기사제목 〈회수〉〔곡수〕	필자/저자(역자)	분류	비고
4	1~3		薄田隼人正 第三十六席 〈36〉 스스키다 하야토노쇼 제36석		고단	
4	6		謠曲素人話(三七)/(26)聲の養生 〈37〉 요쿄쿠 초심자 이야기(37)/(26)소리의 양생	横好翁	기타/기타	

1915년 01월 21일 (목) 2682호

지면	단수	기획	기사제목 〈회수〉〔곡수〕	필자/저자(역자)	분류	비고
1	6	文苑	新年閒題三首〔1〕 신년한제-삼수	畠中素堂	시가/한시	
1	6	文苑	新年閒題三首/其二〔1〕 신년한제-삼수/그 두 번째	畠中素堂	시가/한시	
1	6	文苑	新年閒題三首/其三〔1〕 신년한제-삼수/그 세 번째	畠中素堂	시가/한시	
1	6	文苑	若木〔2〕 어린 나무	夢村	시가/하이쿠	
1	6	文苑	鶯〔3〕 휘파람새	紅六	시가/하이쿠	
1	6	文苑	梅六句〔6〕 매회-육구		시가/하이쿠	
4	1~3		薄田隼人正 第三十七席 〈37〉 스스키다 하야토노쇼 제37석		고단	
4	4~5		謠曲素人話(三八)/(二七)謠と飮食物 〈38〉 요쿄쿠 초심자 이야기(38)/(27)우타이와 음식물	橫好翁	기타/기타	

1915년 01월 22일 (금) 2683호

지면	단수	기획	기사제목 〈회수〉〔곡수〕	필자/저자(역자)	분류	비고
1	6	文苑	短歌/白夜撰〔1〕 단카/하쿠야 찬	橋本月華	시가/단카	
1	6	文苑	短歌/白夜撰〔1〕 단카/하쿠야 찬	古閑滿惠	시가/단카	
1	6	文苑	短歌/白夜撰〔1〕 단카/하쿠야 찬	安左衛門	시가/단카	
1	6	文苑	短歌/白夜撰〔1〕 단카/하쿠야 찬	歌比古	시가/단카	
1	6	文苑	短歌/白夜撰〔1〕 단카/하쿠야 찬	千鳥	시가/단카	
1	6	文苑	短歌/白夜撰〔1〕 단카/하쿠야 찬	白夜	시가/단카	

1915년 01월 22일 (금) 2683호 경북일간

지면	단수	기획	기사제목 〈회수〉〔곡수〕	필자/저자(역자)	분류	비고
3	6	日刊文林 (投書歡迎)	彼の女 그 여자	釜山 天光	수필/일상	
3	6	日刊文林 (投書歡迎)	友を壽す〔3〕 벗을 축복하다	金泉 不言庵主人	수필·시가/ 일상·하이쿠	
3	6	日刊文林 (投書歡迎)	友を壽す/茶番追加〔1〕 벗을 축복하다/장난 추가	金泉 不言庵主人	시가/하이쿠	

1915년 01월 22일 (금) 2683호

지면	단수	기획	기사제목 〈회수〉〔곡수〕	필자/저자(역자)	분류	비고
4	1~3		薄田隼人正 第三十八席 〈38〉 스스키다 하야토노쇼 제38석		고단	

1915년 01월 23일 (토) 2684호

지면	단수	기획	기사제목 〈회수〉〔곡수〕	필자/저자(역자)	분류	비고
1	3~5		「新しい女」に就て 〈1〉 「새로운 여자」에 대해서	山崎於紅	수필/비평	
1	5~6		密陽遊記 〈1〉 밀양 유기	楓山人	수필/기행	
1	6	文苑	短歌/白夜撰〔1〕 단카/하쿠야 찬	千鳥	시가/단카	
1	6	文苑	短歌/白夜撰〔1〕 단카/하쿠야 찬	古閑滿惠	시가/단카	

지면	단수	기획	기사제목 〈회수〉〔곡수〕	필자/저자(역자)	분류	비고
1	6	文苑	短歌/白夜撰〔1〕 단카/하쿠야 찬	歌比古	시가/단카	
1	6	文苑	短歌/白夜撰〔1〕 단카/하쿠야 찬	安左衛門	시가/단카	
1	6	文苑	短歌/白夜撰〔1〕 단카/하쿠야 찬	白夜	시가/단카	
1	6	文苑	十七日の曉〔2〕 17일 새벽	竹亭	시가/하이쿠	
1	6	文苑	春のこころみ〔4〕 봄의 시도	竹亭	시가/하이쿠	
4	1~3		薄田隼人正 第三十九席〈39〉 스스키다 하야토노쇼 제39석		고단	
4	3~5		謠曲素人話(三九)/(二七)色々の癖〈39〉 요쿄쿠 초심자 이야기(39)/(27)다양한 버릇	橫好翁	기타/기타	

1915년 01월 24일 (일) 2685호

지면	단수	기획	기사제목 〈회수〉〔곡수〕	필자/저자(역자)	분류	비고
1	4~5		「新しい女」に就て〈2〉 「새로운 여성」에 대하여	山崎於紅	수필/비평	
1	6	文苑	短歌/白夜撰〔1〕 단카/하쿠야 찬	千鳥	시가/단카	
1	6	文苑	短歌/白夜撰〔1〕 단카/하쿠야 찬	歌比古	시가/단카	
1	6	文苑	短歌/白夜撰〔1〕 단카/하쿠야 찬	橋本月華	시가/단카	
1	6	文苑	短歌/白夜撰〔1〕 단카/하쿠야 찬	古閑滿惠	시가/단카	
1	6	文苑	短歌/白夜撰〔1〕 단카/하쿠야 찬	安左衛門	시가/단카	
1	6	文苑	短歌/白夜撰〔1〕 단카/하쿠야 찬	白夜	시가/단카	
1	6	文苑	春雜吟〔5〕 봄-잡음	夢村	시가/하이쿠	

1915년 01월 24일 (일) 2685호 경북일간

지면	단수	기획	기사제목 〈회수〉〔곡수〕	필자/저자(역자)	분류	비고
3	4	日刊文林 (投書歡迎)	素人の藝 초심자의 예	大邱 中川生	수필/일상	
3	4	日刊文林 (投書歡迎)	獨身者 독신자	○○生	수필/일상	
3	4	日刊文林 (投書歡迎)	金泉俚調〔1〕 김천리조	南山町 絶子	시가/기타	
3	4	日刊文林 (投書歡迎)	金泉俚調〔1〕 김천리조	開心の目#	시가/기타	
3	4	日刊文林 (投書歡迎)	金泉俚調〔1〕 김천리조	島六三代治	시가/기타	
3	4	日刊文林 (投書歡迎)	金泉俚調〔1〕 김천리조	開心の玉子	시가/기타	
3	4	日刊文林 (投書歡迎)	金泉俚調〔2〕 김천리조	花月百合子	시가/기타	

1915년 01월 24일 (일) 2685호

지면	단수	기획	기사제목 〈회수〉〔곡수〕	필자/저자(역자)	분류	비고
4	1~3		薄田隼人正 第四十席〈40〉 스스키다 하야토노쇼 제40석		고단	

지면	단수	기획	기사제목 〈회수〉〔곡수〕	필자/저자(역자)	분류	비고
4	3~4		密陽遊記 〈2〉 밀양 유기	楓山人	수필/기행	
4	4		謠曲素人話(四〇)/(二八)謠の三病 〈40〉 요쿄쿠 초심자 이야기(40)/(28)우타이의 3대 병폐	橫好翁	기타/기타	

1915년 01월 26일 (화) 2686호

지면	단수	기획	기사제목 〈회수〉〔곡수〕	필자/저자(역자)	분류	비고
1	2~3		「新しい女」に就て 〈3〉 「새로운 여성」에 대하여	山崎於紅	수필/비평	
1	6	文苑	春雜吟 〔6〕 봄-잡음	竹亭	시가/하이쿠	

1915년 01월 26일 (화) 2686호 경북일간

지면	단수	기획	기사제목 〈회수〉〔곡수〕	필자/저자(역자)	분류	비고
3	5	日刊文林 (投書歡迎)	人生の味！ 인생의 맛!	於釜山 古閑鶴水	수필/일상	
3	5		俳句/春の雪 〔1〕 하이쿠/봄의 눈	花歌	시가/하이쿠	
3	5		俳句/春の雪 〔1〕 하이쿠/봄의 눈	想里	시가/하이쿠	
3	5		俳句/春の雪 〔1〕 하이쿠/봄의 눈	滿惠	시가/하이쿠	
3	5		俳句/春の雪 〔1〕 하이쿠/봄의 눈	龜樂堂	시가/하이쿠	
3	5		俳句/春の雪 〔1〕 하이쿠/봄의 눈	秀容	시가/하이쿠	
3	6		俳句/春の雪 〔1〕 하이쿠/봄의 눈	一郎	시가/하이쿠	
3	6		俳句/春の雪 〔1〕 하이쿠/봄의 눈	桃靜庵	시가/하이쿠	
3	6		俳句/春の雪 〔1〕 하이쿠/봄의 눈	鶴水	시가/하이쿠	
3	6		俳句/梅 〔1〕 하이쿠/매화	滿惠	시가/하이쿠	
3	6		俳句/梅 〔1〕 하이쿠/매화	龜樂堂	시가/하이쿠	
3	6		俳句/梅 〔1〕 하이쿠/매화	花歌	시가/하이쿠	
3	6		俳句/梅 〔1〕 하이쿠/매화	想里	시가/하이쿠	
3	6		俳句/梅 〔1〕 하이쿠/매화	秀容	시가/하이쿠	
3	6		俳句/梅 〔1〕 하이쿠/매화	一郎	시가/하이쿠	
3	6		俳句/梅 〔1〕 하이쿠/매화	桃靜庵	시가/하이쿠	
3	6		俳句/梅 〔1〕 하이쿠/매화	鶴水	시가/하이쿠	

1915년 01월 26일 (화) 2686호

지면	단수	기획	기사제목 〈회수〉〔곡수〕	필자/저자(역자)	분류	비고
4	1~3		薄田隼人正 第四十一席 〈41〉 스스키다 하야토노쇼 제41석		고단	
4	3~4		密陽遊記 〈3〉 밀양 유기	楓山人	수필/기행	

지면	단수	기획	기사제목 〈회수〉〔곡수〕	필자/저자(역자)	분류	비고
			1915년 01월 27일 (수) 2687호			
1	3~4		「新しい女」に就て〈4〉 「새로운 여성」에 대하여	山崎於紅	수필/비평	
1	6	文苑	觀早梅 二首〔1〕 관조매-이수		시가/한시	
1	6	文苑	觀早梅/其二〔1〕 관조매/그 두 번째		시가/한시	
1	6	文苑	夜雨不眠〔1〕 야우불면		시가/한시	
1	6	文苑	歲晚書懷〔1〕 세만서회		시가/한시	
1	6	文苑	(제목없음)〔1〕	鶴水	시가/하이쿠	
1	6	文苑	(제목없음)〔1〕	貞雄	시가/하이쿠	
1	6	文苑	(제목없음)〔1〕	さだを	시가/하이쿠	
			1915년 01월 27일 (수) 2687호 경북일간			
3	4~5	日刊文林 (投書歡迎)	愚筆〔5〕 우필	在釜山 コミ生	수필·시가/ 일상·하이쿠	
			1915년 01월 27일 (수) 2687호			
4	1~3		薄田隼人正 第四十二席〈42〉 스스키다 하야토노쇼 제42석		고단	
			1915년 01월 28일 (목) 2688호			
1	5~6		「新しい女」に就て〈5〉 「새로운 여성」에 대하여	山崎於紅	수필/비평	
1	6	文苑	短歌〔1〕 단카	朱雀うつろ	시가/단카	
1	6	文苑	短歌〔1〕 단카	內野環星	시가/단카	
1	6	文苑	短歌〔1〕 단카	山田篠華	시가/단카	
1	6	文苑	短歌〔1〕 단카	永松孤舟	시가/단카	
1	6	文苑	短歌〔1〕 단카	日良歌比古	시가/단카	
			1915년 01월 28일 (목) 2688호 경북일간			
3	4		東雲會句稿/松の內〔2〕 시노노메 구고/마쓰노우치	玉水	시가/하이쿠	
3	4		東雲會句稿/松の內〔2〕 시노노메 구고/마쓰노우치	雲峯	시가/하이쿠	
3	4		東雲會句稿/松の內〔2〕 시노노메 구고/마쓰노우치	山東	시가/하이쿠	
3	4		東雲會句稿/松の內〔2〕 시노노메 구고/마쓰노우치	琴川	시가/하이쿠	
3	5		東雲會句稿/松の內〔3〕 시노노메 구고/마쓰노우치	松翠	시가/하이쿠	

지면	단수	기획	기사제목 〈회수〉〔곡수〕	필자/저자(역자)	분류	비고
3	5		東雲會句稿/松の內〔4〕 시노노메 구고/마쓰노우치	邱聲	시가/하이쿠	
3	5		東雲會句稿/松の內〔1〕 시노노메 구고/마쓰노우치	秋風嶺	시가/하이쿠	
3	6	日刊文林 (投書歡迎)	過激な浮世 과격한 뜬세상	於釜山 鶴水	수필/일상	

1915년 01월 28일 (목) 2688호

지면	단수	기획	기사제목 〈회수〉〔곡수〕	필자/저자(역자)	분류	비고
4	1~3		薄田隼人正 第四十三席 〈43〉 스스키다 하야토노쇼 제43석		고단	

1915년 01월 29일 (금) 2689호

지면	단수	기획	기사제목 〈회수〉〔곡수〕	필자/저자(역자)	분류	비고
1	4~5		「新しい女」に就て〈6〉 「새로운 여성」에 대하여	山崎於紅	수필/비평	
1	6	文苑	短歌〔1〕 단카	朱雀うつろ	시가/단카	
1	6	文苑	短歌〔1〕 단카	永松孤舟	시가/단카	
1	6	文苑	短歌〔1〕 단카	內野環星	시가/단카	
1	6	文苑	短歌〔1〕 단카	山田篠華	시가/단카	
1	6	文苑	短歌〔1〕 단카	日良歌比古	시가/단카	
1	6	文苑	短歌〔1〕 단카	玉兎女史	시가/단카	
1	6	文苑	短歌〔1〕 단카	山本六幹	시가/단카	
1	6	文苑	短歌〔1〕 단카	中田白夜	시가/단카	
1	6	文苑	短歌〔1〕 단카	玉兎女史	시가/단카	
1	6	文苑	短歌〔1〕 단카	山本六幹	시가/단카	
1	6	文苑	短歌〔1〕 단카	中田白夜	시가/단카	

1915년 01월 29일 (금) 2689호 경북일간

지면	단수	기획	기사제목 〈회수〉〔곡수〕	필자/저자(역자)	분류	비고
3	6	文苑	雪〔3〕 눈	桃靜庵	시가/하이쿠	
3	6	文苑	雪〔3〕 눈	滿惠	시가/하이쿠	
3	6	文苑	雪〔3〕 눈	龜樂堂	시가/하이쿠	
3	6	文苑	雪〔3〕 눈	鶴水	시가/하이쿠	

1915년 01월 29일 (금) 2689호

지면	단수	기획	기사제목 〈회수〉〔곡수〕	필자/저자(역자)	분류	비고
4	1~3		薄田隼人正 第四十四席 〈44〉 스스키다 하야토노쇼 제44석		고단	
4	3		春の南沿岸/馬山より麗水迄 〈1〉 봄의 남쪽 연안/마산에서 여수까지	楓山人	수필/기행	

지면	단수	기획	기사제목 〈회수〉〔곡수〕	필자/저자(역자)	분류	비고
			1915년 01월 30일 (토) 2690호			
1	5	文苑	短歌〔1〕 단카	千鳥	시가/단카	
1	5	文苑	短歌〔1〕 단카	歌比古	시가/단카	
1	5~6	文苑	短歌〔1〕 단카	橋本月華	시가/단카	
1	6	文苑	短歌〔1〕 단카	古閑滿惠	시가/단카	
			1915년 01월 30일 (토) 2690호 경북일간			
3	4~5	日刊文林 (投書歡迎)	小さい心 작은 마음	在釜山 古閑滿惠	수필/일상	
3	5~6	日刊文林 (投書歡迎)	勝利 승리	釜山 みどり	수필/일상	
			1915년 01월 30일 (토) 2690호			
4	1~3		薄田隼人正 第四十五席 〈45〉 스스키다 하야토노쇼 제45석		고단	
			1915년 01월 31일 (일) 2691호			
1	6	文苑	わが心は/……古き男へ……〔6〕 나의 마음은/……옛 남자에게……	カクスイ	시가/단카	
			1915년 01월 31일 (일) 2691호 경북일간			
3	6		白梅の散る〔6〕 흰 매화가 지다	古閑貞雄	시가/하이쿠	
3	6		老翁の筆〔6〕 노옹의 붓	古閑貞雄	시가/하이쿠	
			1915년 01월 31일 (일) 2691호			
4	1~3		薄田隼人正 第四十六席 〈46〉 스스키다 하야토노쇼 제46석		고단	
			1915년 02월 02일 (화) 2692호			
1	4~6		「新しい女」に就てを讀みて 〈1〉 「새로운 여성」에 대하여 기사를 읽고	長水通り 古き女の しげる	수필/비평	
1	6		梅〔6〕 매화	京城 古閑貞雄	시가/하이쿠	
			1915년 02월 02일 (화) 2692호 경북일간			
3	4~5	和歌	面影の君〔7〕 기억 속의 그대	京城 古閑鶴水	시가/단카	
			1915년 02월 02일 (화) 2692호			
4	1~3		薄田隼人正 第四十七席 〈47〉 스스키다 하야토노쇼 제47석		고단	
5	2		連絡船にて 연락선에서	山崎於紅	수필/일상	
			1915년 02월 03일 (수) 2693호			

지면	단수	기획	기사제목 〈회수〉 [곡수]	필자/저자(역자)	분류	비고
1	4~6		「新しい女」に就てを讀みて(續) 〈2〉 「새로운 여성」에 대하여 기사를 읽고(속)	長水通り 古き女の しげる	수필/비평	
1	6	文苑	海(オリオン社にて) [3] 바다(오리온 사에서)	朱雀うつろ	시가/단카	
1	6	文苑	海(オリオン社にて) [4] 바다(오리온 사에서)	永松孤舟	시가/단카	
1	6	文苑	海(オリオン社にて) [3] 바다(오리온 사에서)	山田篠華	시가/단카	
1	6	文苑	海(オリオン社にて) [1] 바다(오리온 사에서)	目良歌比古	시가/단카	
1	6	文苑	海(オリオン社にて) [2] 바다(오리온 사에서)	山本六幹	시가/단카	
1	6	文苑	海(オリオン社にて) [1] 바다(오리온 사에서)	內野環星	시가/단카	

1915년 02월 03일 (수) 2693호 경북일간

지면	단수	기획	기사제목 〈회수〉 [곡수]	필자/저자(역자)	분류	비고
3	6	日刊文林 (投書歡迎)	娘のなげき 소녀의 탄식	於京城 古閑貞雄	시가/자유시	

1915년 02월 03일 (수) 2693호

지면	단수	기획	기사제목 〈회수〉 [곡수]	필자/저자(역자)	분류	비고
4	1~3		薄田隼人正 第四十八席 〈48〉 스스키다 하야토노쇼 제48석		고단	
4	3~4		春の南沿岸 〈2〉 봄의 남쪽 연안	楓山人	수필/기행	
5	2		★大倉翁の歌/釜山浦を祝して [1] 오쿠라 옹의 노래/부산포를 축복하며		시가/단카	
5	2		★大倉翁の歌/若松君をことほぎて [1] 오쿠라 옹의 노래/와카마쓰 군을 축복하며		시가/단카	

1915년 02월 04일 (목) 2694호

지면	단수	기획	기사제목 〈회수〉 [곡수]	필자/저자(역자)	분류	비고
1	5~6		春の南沿岸 〈3〉 봄의 남쪽 연안	楓山人	수필/기행	
1	6	文苑	彼の女(オリオン社にて) [10] 그 여자(오리온 사에서)	山本六幹	시가/단카	

1915년 02월 04일 (목) 2694호 경북일간

지면	단수	기획	기사제목 〈회수〉 [곡수]	필자/저자(역자)	분류	비고
3	5		新派俗謠/戰爭の思ひ出 [6] 신파 속요/전쟁의 추억	釜山 古閑鶴水	시가/도도이 쓰	

1915년 02월 04일 (목) 2694호

지면	단수	기획	기사제목 〈회수〉 [곡수]	필자/저자(역자)	분류	비고
4	1~3		薄田隼人正 第四十九席 〈49〉 스스키다 하야토노쇼 제49석		고단	

1915년 02월 05일 (금) 2695호

지면	단수	기획	기사제목 〈회수〉 [곡수]	필자/저자(역자)	분류	비고
1	6	文苑	大日輪(オリオン社にて) [10] 대일륜(오리온 사에서)	朱雀うつろ	시가/단카	

1915년 02월 05일 (금) 2695호 경북일간

지면	단수	기획	기사제목 〈회수〉 [곡수]	필자/저자(역자)	분류	비고
3	5	日刊文林 (投書歡迎)	溫突の中から 온돌 안에서	在蔚山 在蔚生	수필/서간	

1915년 02월 05일 (금) 2695호

지면	단수	기획	기사제목 〈회수〉〔곡수〕	필자/저자(역자)	분류	비고
4	1~2		薄田隼人正 第五十席 〈50〉 스스키다 하야토노쇼 제50석		고단	

1915년 02월 06일 (토) 2696호

지면	단수	기획	기사제목 〈회수〉〔곡수〕	필자/저자(역자)	분류	비고
1	4~6		しげる樣へ(上) 〈1〉 시게루 님께(상)	袋川	수필/비평	
1	6	文苑	野良犬(オリオン社にて) 〔5〕 들개(오리온 사에서)	山田篠華	시가/단카	
1	6	文苑	冬晴れ(オリオン社にて) 〔5〕 맑은 겨울날(오리온 사에서)	內野冷水道	시가/하이쿠	

1915년 02월 06일 (토) 2696호 경북일간

지면	단수	기획	기사제목 〈회수〉〔곡수〕	필자/저자(역자)	분류	비고
3	5	日刊文林 (投書歡迎)	淪落の女 윤락녀	古閑鶴水	수필/관찰	

1915년 02월 06일 (토) 2696호

지면	단수	기획	기사제목 〈회수〉〔곡수〕	필자/저자(역자)	분류	비고
4	1~3		薄田隼人正 第五十一席 〈51〉 스스키다 하야토노쇼 제51석		고단	
4	3~5		春の南沿岸/櫓の音高き統營/馬山の將來 〈4〉 봄의 남쪽 연안	楓山人	수필/기행	

1915년 02월 07일 (일) 2697호

지면	단수	기획	기사제목 〈회수〉〔곡수〕	필자/저자(역자)	분류	비고
1	5~6		しげる樣へ(下) 〈2〉 시게루 님께(하)	袋川	수필/비평	
1	6	文苑	汝を戀つつ(オリオン社にて) 〔6〕 그대를 사랑하며(오리온 사에서)	永松孤舟	시가/단카	
4	1~3		薄田隼人正 第五十二席 〈52〉 스스키다 하야토노쇼 제52석		고단	
4	4		二月十四日の日蝕に就て 2월 14일 일식에 대하여	秋月生投	수필/관찰	

1915년 02월 09일 (화) 2698호

지면	단수	기획	기사제목 〈회수〉〔곡수〕	필자/저자(역자)	분류	비고
1	6	文苑	(제목없음) 〔6〕		시가/단카	
4	1~3		薄田隼人正 第五十三席 〈53〉 스스키다 하야토노쇼 제53석		고단	

1915년 02월 10일 (수) 2699호

지면	단수	기획	기사제목 〈회수〉〔곡수〕	필자/저자(역자)	분류	비고
1	6	文苑	謎の合鍵(オリオン社にて)=愛兒赤痢に罹る 〔13〕 수수께끼의 여벌 열쇠(오리온 사에서)=사랑하는 자식이 이질을 앓다	內野環星	시가/단카	

1915년 02월 10일 (수) 2699호 경북일간

지면	단수	기획	기사제목 〈회수〉〔곡수〕	필자/저자(역자)	분류	비고
3	5	日刊文林 (投書歡迎)	たそがれ 해질녘	釜山 天光	수필/일상	

1915년 02월 10일 (수) 2699호

지면	단수	기획	기사제목 〈회수〉〔곡수〕	필자/저자(역자)	분류	비고
4	1~3		薄田隼人正 第五十四席 〈54〉 스스키다 하야토노쇼 제54석		고단	

1915년 02월 11일 (목) 2700호

지면	단수	기획	기사제목 〈회수〉〔곡수〕	필자/저자(역자)	분류	비고
1	6	文苑	悼亡友 〔1〕 세상을 떠난 벗을 추도하다	畠中素堂	시가/한시	

지면	단수	기획	기사제목 〈회수〉〔곡수〕	필자/저자(역자)	분류	비고
1	6	文苑	雪中即事二首〔1〕 설중즉사-이수	畠中素堂	시가/한시	
1	6	文苑	雪中即事/其二〔1〕 설중즉사/그 두 번째	畠中素堂	시가/한시	
1	6	文苑	訪山寺〔1〕 산사를 찾다	畠中素堂	시가/한시	
1	6	文苑	題詠草券首〔1〕 제영초권수	畠中素堂	시가/한시	
1	6	文苑	晋陽吟社句集/讚岐 栖鶴亭宗匠選〔2〕 진양음사 구집/사누키 세이카쿠테이 종장 선	蛸夢	시가/하이쿠	
1	6	文苑	晋陽吟社句集/讚岐 栖鶴亭宗匠選〔1〕 진양음사 구집/사누키 세이카쿠테이 종장 선	竹風	시가/하이쿠	
1	6	文苑	晋陽吟社句集/讚岐 栖鶴亭宗匠選〔4〕 진양음사 구집/사누키 세이카쿠테이 종장 선	蛸夢	시가/하이쿠	
1	6	文苑	晋陽吟社句集/讚岐 栖鶴亭宗匠選〔1〕 진양음사 구집/사누키 세이카쿠테이 종장 선	竹風	시가/하이쿠	
1	6	文苑	晋陽吟社句集/讚岐 栖鶴亭宗匠選〔1〕 진양음사 구집/사누키 세이카쿠테이 종장 선	卓城	시가/하이쿠	
1	6	文苑	晋陽吟社句集/讚岐 栖鶴亭宗匠選〔1〕 진양음사 구집/사누키 세이카쿠테이 종장 선	湖城	시가/하이쿠	
1	6	文苑	晋陽吟社句集/讚岐 栖鶴亭宗匠選/三光〔1〕 진양음사 구집/사누키 세이카쿠테이 종장 선/삼광	卓城	시가/하이쿠	
1	6	文苑	晋陽吟社句集/讚岐 栖鶴亭宗匠選/三光〔1〕 진양음사 구집/사누키 세이카쿠테이 종장 선/삼광	盥海	시가/하이쿠	
1	6	文苑	晋陽吟社句集/讚岐 栖鶴亭宗匠選/三光〔1〕 진양음사 구집/사누키 세이카쿠테이 종장 선/삼광	竹風	시가/하이쿠	

1915년 02월 11일 (목) 2700호 경북일간

지면	단수	기획	기사제목 〈회수〉〔곡수〕	필자/저자(역자)	분류	비고
3	4	日刊文林 (投書歡迎)	夜の釜山 밤의 부산	鶴水坊	수필/일상	
3	4	日刊文林 (投書歡迎)	俳句〔17〕 하이쿠	古閑貞雄	시가/하이쿠	

1915년 02월 11일 (목) 2700호

지면	단수	기획	기사제목 〈회수〉〔곡수〕	필자/저자(역자)	분류	비고
4	1~3		薄田隼人正 第五十五席〈55〉 스스키다 하야토노쇼 제55석		고단	

1915년 02월 13일 (토) 2701호

지면	단수	기획	기사제목 〈회수〉〔곡수〕	필자/저자(역자)	분류	비고
1	6	文苑	人日口占〔1〕 인일구점	畠中素堂	시가/한시	
1	6	文苑	春日郊行〔1〕 춘일교행	畠中素堂	시가/한시	
1	6	文苑	夜坐觀海〔1〕 야좌관해	畠中素堂	시가/한시	
1	6	文苑	贈徘詩人〔1〕 증배시인	畠中素堂	시가/한시	
1	6	文苑	贈某居士〔1〕 증모거사	畠中素堂	시가/한시	
1	6	文苑	冬初夜坐〔1〕 동초야좌	畠中素堂	시가/한시	
1	6	文苑	春日偶詠〔1〕 춘일우영	畠中素堂	시가/한시	

지면	단수	기획	기사제목 〈회수〉〔곡수〕	필자/저자(역자)	분류	비고
1915년 02월 13일 (토) 2701호 경북일간						
3	3~4		新派俗謠/戰爭の思ひ出〔10〕 신파 속요/전쟁의 추억	於釜山 古閑鶴水	시가/도도이 쓰	
3	4~5		村田劇を見て 무라타 극을 보고	朝寢坊	수필/비평	
1915년 02월 13일 (토) 2701호						
4	1~3		薄田隼人正 第五十六席 〈56〉 스스키다 하야토노쇼 제56석		고단	
1915년 02월 14일 (일) 2702호						
1	6	文苑	雪解〔5〕 눈이 녹다	大邱 一夢	시가/하이쿠	
1	6	文苑	春の夜〔5〕 봄밤	大邱 一夢	시가/하이쿠	
1915년 02월 14일 (일) 2702호 경북일간						
3	4	日刊文林 (投書歡迎)	雲月と花蝶〔4〕 운월과 화접	釜山 古閑鶴水	시가/단카	
3	4	日刊文林 (投書歡迎)	(제목없음)〔5〕	釜山 古閑鶴水	시가/단카	
1915년 02월 14일 (일) 2702호						
4	1~3		薄田隼人正 第五十七席 〈57〉 스스키다 하야토노쇼 제57석		고단	
1915년 02월 16일 (화) 2703호						
1	6	文苑	夜の鏡〔6〕 밤의 거울	古閑貞雄	시가/단카	
1915년 02월 16일 (화) 2703호 경북일간						
3	4		慶州柳樽 〈1〉〔16〕 경주 야나기다루	瘦法師	시가/센류	
1915년 02월 16일 (화) 2703호						
4	1~3		薄田隼人正 第五十八席 〈58〉 스스키다 하야토노쇼 제58석		고단	
1915년 02월 17일 (수) 2704호						
1	6	文苑	白色〔5〕 백색	山田篠華	시가/단카	
1915년 02월 17일 (수) 2704호 경북일간						
3	4		慶州柳樽 〈2〉〔17〕 경주 야나기다루	瘦法師	시가/센류	
1915년 02월 17일 (수) 2704호						
4	1~3		薄田隼人正 第五十九席 〈59〉 스스키다 하야토노쇼 제59석		고단	
4	4~5		はやり唄の變遷/明治から大正まで 유행가의 변천/메이지부터 다이쇼까지		수필/비평	

지면	단수	기획	기사제목 〈회수〉〔곡수〕	필자/저자(역자)	분류	비고
			1915년 02월 18일 (목) 2705호			
1	6	文苑	春雨〔5〕 봄비	大邱 一夢	시가/하이쿠	
1	6	文苑	東風〔5〕 동풍	大邱 一夢	시가/하이쿠	
1	6	文苑	鶯〔5〕 휘파람새	大邱 一夢	시가/하이쿠	
1	6	文苑	浦公英〔5〕 민들레	大邱 一夢	시가/하이쿠	
			1915년 02월 18일 (목) 2705호 경북일간			
3	5	俳句	題冬〔11〕 주제-겨울	松甫庵	시가/하이쿠	
			1915년 02월 18일 (목) 2705호			
4	1~3		薄田隼人正 第六十席〈60〉 스스키다 하야토노쇼 제60석		고단	
			1915년 02월 19일 (금) 2706호			
1	6	文苑	(제목없음)〔3〕	夢村	시가/하이쿠	
1	6	文苑	★釜山に来て〔1〕 부산에 와서	古閑貞雄	시가/단카	
1	6	文苑	★(제목없음)〔1〕	古閑貞雄	시가/단카	
4	1~3		薄田隼人正 第六十一席〈61〉 스스키다 하야토노쇼 제61석		고단	
			1915년 02월 20일 (토) 2707호			
1	5		沿岸めぐり 연안 순례	奇堂	수필/기행	
1	6	文苑	☆黑葉會詠草/友の釜山行を送りて〔5〕 구로바카이 영초/벗의 부산행을 배웅하며	在福岡 富川松洋	시가/단카	
1	6	文苑	(제목없음)〔1〕	內野環星	시가/단카	
1	6	文苑	(제목없음)〔6〕	山本六幹	시가/단카	
1	6	文苑	(제목없음)〔1〕	在福岡 永芳天羊	시가/단카	
			1915년 02월 20일 (토) 2707호 경북일간			
3	3		慶州柳樽〈4〉〔18〕 경주 야나기다루	瘦法師	시가/센류	
3	6		笹鳴會(二月十七日於獨笑居)/春寒〔2〕 사사나키카이(2월 17일 도쿠소 거처에서)/봄추위	獨笑	시가/하이쿠	
3	6		笹鳴會(二月十七日於獨笑居)/春寒〔2〕 사사나키카이(2월 17일 도쿠소 거처에서)/봄추위	安宅	시가/하이쿠	
3	6		笹鳴會(二月十七日於獨笑居)/春寒〔2〕 사사나키카이(2월 17일 도쿠소 거처에서)/봄추위	邱聲	시가/하이쿠	
3	6		笹鳴會(二月十七日於獨笑居)/春寒〔2〕 사사나키카이(2월 17일 도쿠소 거처에서)/봄추위	雨村	시가/하이쿠	

지면	단수	기획	기사제목 〈회수〉〔곡수〕	필자/저자(역자)	분류	비고
3	6		笹鳴會(二月十七日於獨笑居)/春寒〔2〕 사사나키카이(2월 17일 도쿠소 거처에서)/봄추위	秋風嶺	시가/하이쿠	
3	6		笹鳴會(二月十七日於獨笑居)/二日灸〔2〕 사사나키카이(2월 17일 도쿠소 거처에서)/2일 뜸 뜨기	獨笑	시가/하이쿠	
3	6		笹鳴會(二月十七日於獨笑居)/二日灸〔2〕 사사나키카이(2월 17일 도쿠소 거처에서)/2일 뜸 뜨기	邱聲	시가/하이쿠	
3	6		笹鳴會(二月十七日於獨笑居)/二日灸〔2〕 사사나키카이(2월 17일 도쿠소 거처에서)/2일 뜸 뜨기	安宅	시가/하이쿠	
3	6		笹鳴會(二月十七日於獨笑居)/二日灸〔2〕 사사나키카이(2월 17일 도쿠소 거처에서)/2일 뜸 뜨기	雨村	시가/하이쿠	
3	6		笹鳴會(二月十七日於獨笑居)/二日灸〔2〕 사사나키카이(2월 17일 도쿠소 거처에서)/2일 뜸 뜨기	秋風嶺	시가/하이쿠	
3	6		笹鳴會(二月十七日於獨笑居)/摘草〔3〕 사사나키카이(2월 17일 도쿠소 거처에서)/나물 캐기	獨笑	시가/하이쿠	
3	6		笹鳴會(二月十七日於獨笑居)/摘草〔2〕 사사나키카이(2월 17일 도쿠소 거처에서)/나물 캐기	邱聲	시가/하이쿠	
3	6		笹鳴會(二月十七日於獨笑居)/摘草〔2〕 사사나키카이(2월 17일 도쿠소 거처에서)/나물 캐기	雨村	시가/하이쿠	
3	6		笹鳴會(二月十七日於獨笑居)/摘草〔2〕 사사나키카이(2월 17일 도쿠소 거처에서)/나물 캐기	秋風嶺	시가/하이쿠	

1915년 02월 20일 (토) 2707호

지면	단수	기획	기사제목 〈회수〉〔곡수〕	필자/저자(역자)	분류	비고
4	1~3		薄田隼人正 第六十二席 〈62〉 스스키다 하야토노쇼 제62석		고단	

1915년 02월 21일 (일) 2708호

지면	단수	기획	기사제목 〈회수〉〔곡수〕	필자/저자(역자)	분류	비고
1	6	文苑	悼漁父〔1〕 도어부	小艇揚波	시가/한시	
1	6	文苑	聞鶯有感〔1〕 문앵유감	小艇揚波	시가/한시	
1	6	文苑	偶成二首〔1〕 우성-이수	小艇揚波	시가/한시	
1	6	文苑	其二〔1〕 그 두 번째	小艇揚波	시가/한시	
1	6	文苑	夜起所見〔1〕 야기소견	小艇揚波	시가/한시	
1	6	文苑	冬夕〔1〕 동석	小艇揚波	시가/한시	
4	1~3		薄田隼人正 第六十三席 〈63〉 스스키다 하야토노쇼 제63석		고단	

1915년 02월 23일 (화) 2709호

지면	단수	기획	기사제목 〈회수〉〔곡수〕	필자/저자(역자)	분류	비고
1	6	文苑	黑葉會詠草〔4〕 구로바카이 영초	在福岡 富川松洋	시가/단카	
1	6	文苑	黑葉會詠草〔3〕 구로바카이 영초	永芳天羊	시가/단카	
1	6	文苑	黑葉會詠草〔3〕 구로바카이 영초	山本六幹	시가/단카	

1915년 02월 23일 (화) 2709호 경북일간

지면	단수	기획	기사제목 〈회수〉〔곡수〕	필자/저자(역자)	분류	비고
3	4		慶州柳樽 〈5〉〔19〕 경주 야나기다루	痩法師	시가/센류	

지면	단수	기획	기사제목 〈회수〉〔곡수〕	필자/저자(역자)	분류	비고
1915년 02월 23일 (화) 2709호						
4	1~3		薄田隼人正 第六十四席 〈64〉 스스키다 하야토노쇼 제64석		고단	
1915년 02월 24일 (수) 2710호 경북일간						
3	3		慶州柳樽 〈6〉〔18〕 경주 야나기다루	瘦法師	시가/센류	
1915년 02월 24일 (수) 2710호						
4	1~3		薄田隼人正 第六十五席 〈65〉 스스키다 하야토노쇼 제65석		고단	
4	5		春の旅/平民旅行/二等食堂 〈1〉 봄 여행/평민 여행/이등 식당	赤毛布生	수필/기행	
1915년 02월 25일 (목) 2711호						
1	5		沿岸めぐり 연안 순례	奇堂	수필/기행	
1	6	文苑	黑葉會詠草 〔4〕 구로바카이 영초	在福岡 永芳天羊	시가/단카	
1	6	文苑	黑葉會詠草 〔3〕 구로바카이 영초	山本六幹	시가/단카	
1	6	文苑	黑葉會詠草 〔3〕 구로바카이 영초	在福岡 松川松洋	시가/단카	
1915년 02월 26일 (금) 2712호						
1	6	文苑	大正四年乙卯二月廿日。(以下略) 다이쇼 4년 을묘 2월 20일. (이하 생략)		기타/기타	
1	6	文苑	(제목없음) 〔1〕	西田竹堂	시가/한시	
1	6	文苑	次韻 〔1〕 차운	安水春雨	시가/한시	
1	6	文苑	次韻 〔1〕 차운	橫田天風	시가/한시	
1	6	文苑	恭賦祭 〔1〕 공부제	橫田天風	시가/한시	
1	6	文苑	次韻 〔1〕 차운	安水春雨	시가/한시	
1915년 02월 26일 (금) 2712호 경북일간						
3	4~5		初めて見た大邱 처음 본 대구	呑氣坊(投)	수필/일상	
1915년 02월 26일 (금) 2712호						
4	1~3		薄田隼人正 第六十七席 〈67〉 스스키다 하야토노쇼 제67석		고단	
1915년 02월 27일 (토) 2713호						
1	6	文苑	似漫遊生 〔1〕 사만유생	畠中素堂	시가/한시	
1	6	文苑	病間雜題三首 〔1〕 병간잡제-삼수	畠中素堂	시가/한시	

지면	단수	기획	기사제목 〈회수〉〔곡수〕	필자/저자(역자)	분류	비고
1	6	文苑	其二〔1〕 그 두 번째	畠中素堂	시가/한시	
1	6	文苑	其三〔1〕 그 세 번째	畠中素堂	시가/한시	
1	6	文苑	(제목없음)〔2〕	古閑貞雄	시가/단카	
1	6	文苑	(제목없음)〔2〕	安左衛門	시가/단카	

1915년 02월 27일 (토) 2713호 경북일간

지면	단수	기획	기사제목 〈회수〉〔곡수〕	필자/저자(역자)	분류	비고
3	4~5		お役所生活〈1〉 관청 생활	腰辨生(投)	수필/일상	
3	5	日刊文林 (投書歡迎)	英子の手紙 에이코의 편지	於釜山 古閑鶴水	수필/일상	

1915년 02월 27일 (토) 2713호

지면	단수	기획	기사제목 〈회수〉〔곡수〕	필자/저자(역자)	분류	비고
4	1~3		薄田隼人正 第六十八席〈68〉 스스키다 하야토노쇼 제68석		고단	
4	5		春の旅/中央停留場〈2〉 봄 여행/중앙 정류장	赤毛布生	수필/기행	

1915년 02월 28일 (일) 2714호

지면	단수	기획	기사제목 〈회수〉〔곡수〕	필자/저자(역자)	분류	비고
1	6	文苑	はるさめの宵〔9〕 봄비 내리는 밤	むつき	시가/단카	

1915년 02월 28일 (일) 2714호 경북일간

지면	단수	기획	기사제목 〈회수〉〔곡수〕	필자/저자(역자)	분류	비고
3	4~5		初めて見た大邱〈2〉 처음 본 대구	呑氣坊(投)	수필/일상	

1915년 02월 28일 (일) 2714호

지면	단수	기획	기사제목 〈회수〉〔곡수〕	필자/저자(역자)	분류	비고
4	1~3		薄田隼人正 第六十九席〈69〉 스스키다 하야토노쇼 제69석		고단	
4	5~6		春の旅/各地の電車(上)〈2〉 봄 여행/각지의 전차(상)	赤毛布生	수필/기행	회수 오류

1915년 03월 02일 (화) 2715호

지면	단수	기획	기사제목 〈회수〉〔곡수〕	필자/저자(역자)	분류	비고
1	6	文苑	黑葉會詠草/傳染病院に弟を訪へる〔6〕 구로바카이 영초/전염병원에 있는 동생을 방문하다	むつき	시가/단카	

1915년 03월 03일 (수) 2716호

지면	단수	기획	기사제목 〈회수〉〔곡수〕	필자/저자(역자)	분류	비고
1	6	文苑	(제목없음)〔2〕	安左衛門	시가/단카	
1	6	文苑	雛〔3〕 히나 인형	柳雨子	시가/하이쿠	

1915년 03월 03일 (수) 2716호 경북일간

지면	단수	기획	기사제목 〈회수〉〔곡수〕	필자/저자(역자)	분류	비고
3	2		安東塔映會俳句/餘寒(即吟)〈2〉〔1〕 안동 도에이카이 하이쿠/여한(즉음)	志水	시가/하이쿠	
3	2		☆安東塔映會俳句/餘寒(即吟)〈2〉〔2〕 안동 도에이카이 하이쿠/여한(즉음)	砂村	시가/하이쿠	
3	2		☆安東塔映會俳句/餘寒(即吟)〈2〉〔3〕 안동 도에이카이 하이쿠/여한(즉음)	黑狸	시가/하이쿠	

지면	단수	기획	기사제목 〈회수〉〔곡수〕	필자/저자(역자)	분류	비고
3	2		☆安東塔映會俳句/餘寒(即吟) 〈2〉 [3] 안동 도에이카이 하이쿠/여한(즉음)	曉雨	시가/하이쿠	
3	2		安東塔映會俳句/餘寒(即吟) 〈2〉 [3] 안동 도에이카이 하이쿠/여한(즉음)	泉#	시가/하이쿠	
3	2		☆安東塔映會俳句/椿(即吟) 〈2〉 [4] 안동 도에이카이 하이쿠/동백(즉음)	黑狸	시가/하이쿠	
3	2		安東塔映會俳句/椿(即吟) 〈2〉 [5] 안동 도에이카이 하이쿠/동백(즉음)	曉雨	시가/하이쿠	
3	2		☆安東塔映會俳句/椿(即吟) 〈2〉 [3] 안동 도에이카이 하이쿠/동백(즉음)	泉#	시가/하이쿠	
3	2~3		お役所生活 〈2〉 관청 생활	腰辨生(投)	수필/일상	

1915년 03월 03일 (수) 2716호

지면	단수	기획	기사제목 〈회수〉〔곡수〕	필자/저자(역자)	분류	비고
4	1~3		薄田隼人正 第七十一席 〈71〉 스스키다 하야토노쇼 제71석		고단	
4	3~4		春の旅/各地の電車(下) 〈4〉 봄 여행/각지의 전차(하)	赤毛布生	수필/기행	

1915년 03월 04일 (목) 2717호

지면	단수	기획	기사제목 〈회수〉〔곡수〕	필자/저자(역자)	분류	비고
1	6	文苑	春は来れり [4] 봄은 왔노라	幹六	시가/단카	

1915년 03월 04일 (목) 2717호 경북일간

지면	단수	기획	기사제목 〈회수〉〔곡수〕	필자/저자(역자)	분류	비고
3	4		安東塔映會俳句/初午(即吟) 〈3〉 [4] 안동 도에이카이 하이쿠/2월 첫 오일(즉음)	黑狸	시가/하이쿠	
3	4		安東塔映會俳句/初午(即吟) 〈3〉 [4] 안동 도에이카이 하이쿠/2월 첫 오일(즉음)	曉雨	시가/하이쿠	
3	4		安東塔映會俳句/初午(即吟) 〈3〉 [3] 안동 도에이카이 하이쿠/2월 첫 오일(즉음)	泉#	시가/하이쿠	
3	4		安東塔映會俳句/芦の角(即吟) 〈3〉 [3] 안동 도에이카이 하이쿠/갈대 순(즉음)	志水	시가/하이쿠	
3	4		安東塔映會俳句/芦の角(即吟) 〈3〉 [1] 안동 도에이카이 하이쿠/갈대 순(즉음)	昌夫	시가/하이쿠	
3	4		安東塔映會俳句/芦の角(即吟) 〈3〉 [4] 안동 도에이카이 하이쿠/갈대 순(즉음)	黑狸	시가/하이쿠	
3	4		安東塔映會俳句/芦の角(即吟) 〈3〉 [3] 안동 도에이카이 하이쿠/갈대 순(즉음)	曉雨	시가/하이쿠	
3	4		安東塔映會俳句/芦の角(即吟) 〈3〉 [3] 안동 도에이카이 하이쿠/갈대 순(즉음)	泉#	시가/하이쿠	

1915년 03월 04일 (목) 2717호

지면	단수	기획	기사제목 〈회수〉〔곡수〕	필자/저자(역자)	분류	비고
4	1~3		薄田隼人正 第七十二席 〈72〉 스스키다 하야토노쇼 제72석		고단	
4	5~6		春の旅/娛樂機關 〈5〉 봄 여행/오락 기관	赤毛布生	수필/기행	

1915년 03월 05일 (금) 2718호

지면	단수	기획	기사제목 〈회수〉〔곡수〕	필자/저자(역자)	분류	비고
1	6	文苑	少女の日記帳より [4] 소녀의 일기장에서	むつき	시가/단카	
4	1~3		薄田隼人正 第七十三席 〈73〉 스스키다 하야토노쇼 제73석		고단	

지면	단수	기획	기사제목 〈회수〉 〔곡수〕	필자/저자(역자)	분류	비고
4	5		春の旅/活動寫眞 〈6〉 봄 여행/활동사진	赤毛布生	수필/기행	

1915년 03월 06일 (토) 2719호

지면	단수	기획	기사제목 〈회수〉 〔곡수〕	필자/저자(역자)	분류	비고
1	6	文苑	靑き旅の一日 〔5〕 푸른 여행의 하루	古閑貞雄	시가/단카	
4	1~3		薄田隼人正 第七十四席 〈74〉 스스키다 하야토노쇼 제74석		고단	
4	4~5		春の旅/帝國劇場(上) 〈7〉 봄 여행/제국 극장(상)	赤毛布生	수필/기행	

1915년 03월 07일 (일) 2720호 경북일간

지면	단수	기획	기사제목 〈회수〉 〔곡수〕	필자/저자(역자)	분류	비고
3	6		安東塔映會俳句/二月(即吟) 〈4〉〔2〕 안동 도에이카이 하이쿠/2월(즉음)	昌夫	시가/하이쿠	
3	6		安東塔映會俳句/二月(即吟) 〔4〕 안동 도에이카이 하이쿠/2월(즉음)	黑狸	시가/하이쿠	
3	6		安東塔映會俳句/二月(即吟) 〔4〕 안동 도에이카이 하이쿠/2월(즉음)	晴雨	시가/하이쿠	
3	6		安東塔映會俳句/二月(即吟) 〔4〕 안동 도에이카이 하이쿠/2월(즉음)	泉#	시가/하이쿠	
3	6		安東塔映會俳句/水溫む(即吟) 〔4〕 안동 도에이카이 하이쿠/물에 온기가 깃들다(즉음)	砂村	시가/하이쿠	
3	6		安東塔映會俳句/水溫む(即吟) 〔5〕 안동 도에이카이 하이쿠/물에 온기가 깃들다(즉음)	曉雨	시가/하이쿠	
3	6		安東塔映會俳句/水溫む(即吟) 〔1〕 안동 도에이카이 하이쿠/물에 온기가 깃들다(즉음)	泉#	시가/하이쿠	

1915년 03월 07일 (일) 2720호

지면	단수	기획	기사제목 〈회수〉 〔곡수〕	필자/저자(역자)	분류	비고
4	1~3		薄田隼人正 第七十五席 〈75〉 스스키다 하야토노쇼 제75석		고단	
4	5~6		春の旅/帝國劇場(中) 〈8〉 봄 여행/제국 극장(중)	赤毛布生	수필/기행	

1915년 03월 09일 (화) 2721호

지면	단수	기획	기사제목 〈회수〉 〔곡수〕	필자/저자(역자)	분류	비고
1	5	文苑	少女の日記帳より 〔5〕 소녀의 일기장에서	むつき	시가/단카	

1915년 03월 09일 (화) 2721호 경북일간

지면	단수	기획	기사제목 〈회수〉 〔곡수〕	필자/저자(역자)	분류	비고
3	5	日刊文林 (投書歡迎)	春季雜吟 〔9〕 춘계-잡음	邱聲	시가/하이쿠	

1915년 03월 09일 (화) 2721호

지면	단수	기획	기사제목 〈회수〉 〔곡수〕	필자/저자(역자)	분류	비고
4	1~2		薄田隼人正 第七十六席 〈76〉 스스키다 하야토노쇼 제76석		고단	

1915년 03월 10일 (수) 2722호

지면	단수	기획	기사제목 〈회수〉 〔곡수〕	필자/저자(역자)	분류	비고
1	6	文苑	遣瀨なき心抱きて/病院の思出 〔4〕 안타까운 마음을 품고/병원의 추억	古閑貞雄	시가/단카	
4	1~3		薄田隼人正 第七十七席 〈77〉 스스키다 하야토노쇼 제77석		고단	
4	5~6		春の旅/帝國劇場(下) 〈9〉 봄 여행/제국 극장(하)	赤毛布生	수필/기행	

지면	단수	기획	기사제목 〈회수〉〔곡수〕	필자/저자(역자)	분류	비고
			1915년 03월 13일 (토) 2724호			
1	6	文苑	曉起觀梅 [1] 효기관매	畠中素堂	시가/한시	
1	6	文苑	小集席上 [1] 소집석상	畠中素堂	시가/한시	
1	6	文苑	親枕簞 [1] 친침단	畠中素堂	시가/한시	
1	6	文苑	春日感懷 [1] 춘일감회	畠中素堂	시가/한시	
1	6	文苑	雪のリード [5] 눈의 리드	東萊 澁川紅夢	시가/단카	
1	6	文苑	春季雜吟 [1] 춘계-잡음	かつ女	시가/하이쿠	
1	6	文苑	春季雜吟 [1] 춘계-잡음	とみ女	시가/하이쿠	
1	6	文苑	春季雜吟 [1] 춘계-잡음	しづ女	시가/하이쿠	
1	6	文苑	春季雜吟 [1] 춘계-잡음	よし女	시가/하이쿠	
1	6	文苑	春季雜吟 [1] 춘계-잡음	たね女	시가/하이쿠	
4	1~3		薄田隼人正 第七十九席 〈79〉 스스키다 하야토노쇼 제79석		고단	
			1915년 03월 14일 (일) 2725호			
1	5	文苑	春の雪 [1] 봄눈	かつ女	시가/하이쿠	
1	5	文苑	春の雪 [1] 봄눈	さく女	시가/하이쿠	
1	5	文苑	春の雪 [1] 봄눈	しづ女	시가/하이쿠	
1	5	文苑	春の雪 [1] 봄눈	とみ女	시가/하이쿠	
1	5	文苑	春の雪 [1] 봄눈	なを女	시가/하이쿠	
4	1~3		薄田隼人正 第八十席 〈80〉 스스키다 하야토노쇼 제80석		고단	
			1915년 03월 16일 (화) 2726호			
1	5~6		南沿岸視察記 〈1〉 남연안 시찰기	楓山人	수필/기행	
1	6	文苑	贈漫遊生二首 [1] 증만유생-이수	畠中素堂	시가/한시	
1	6	文苑	其二 [1] 그 두 번째	畠中素堂	시가/한시	
			1915년 03월 16일 (화) 2726호 경북일간			
3	4		安東塔映會俳句/『陽炎』(即吟) 〈4〉[2] 안동 도에이카이 하이쿠/『아지랑이』(즉음)	砂村	시가/하이쿠	
3	4		安東塔映會俳句/『陽炎』(即吟) 〈4〉[4] 안동 도에이카이 하이쿠/『아지랑이』(즉음)	曉雨	시가/하이쿠	

지면	단수	기획	기사제목 〈회수〉〔곡수〕	필자/저자(역자)	분류	비고
3	4		安東塔映會俳句/『陽炎』(即吟) 〈4〉〔4〕 안동 도에이카이 하이쿠/『아지랑이』(즉음)	泉#	시가/하이쿠	
3	4		安東塔映會俳句/『楼木』(即吟) 〈4〉〔2〕 안동 도에이카이 하이쿠/『접목』(즉음)	砂村	시가/하이쿠	
3	4		安東塔映會俳句/『楼木』(即吟) 〈4〉〔3〕 안동 도에이카이 하이쿠/『접목』(즉음)	曉雨	시가/하이쿠	
3	4		安東塔映會俳句/『楼木』(即吟) 〈4〉〔4〕 안동 도에이카이 하이쿠/『접목』(즉음)	泉#	시가/하이쿠	
4	1~3		薄田隼人正 第八十一席 〈81〉 스스키다 하야토노쇼 제81석		고단	
4	5		春の旅/三越吳服店(上) 〈11〉 봄 여행/미쓰코시 포목점(상)	赤毛布生	수필/기행	

1915년 03월 17일 (수) 2727호

지면	단수	기획	기사제목 〈회수〉〔곡수〕	필자/저자(역자)	분류	비고
1	4~6		南沿岸視察記 〈2〉 남연안 시찰기	楓山人	수필/기행	
1	6	文苑	見張小屋から 〔3〕 망루에서	安左衛門	시가/단카	

1915년 03월 17일 (수) 2727호 경북일간

지면	단수	기획	기사제목 〈회수〉〔곡수〕	필자/저자(역자)	분류	비고
3	5	日刊文林 (投書歡迎)	吾等の誇り(是は此のごろ大邱小學兒童の節おもしろく歌ってゐる唱歌である 우리들의 자랑(이것은 최근 대구 소학교 아동들이 재미있는 곡조로 부르고 있는 창가이다)		시가/기타	

1915년 03월 17일 (수) 2727호

지면	단수	기획	기사제목 〈회수〉〔곡수〕	필자/저자(역자)	분류	비고
4	1~3		薄田隼人正 第八十二席 〈82〉 스스키다 하야토노쇼 제82석		고단	
4	5~6		春の旅/三越吳服店(中) 〈12〉 봄 여행/미쓰코시 포목점(중)	赤毛布生	수필/기행	

1915년 03월 18일 (목) 2728호

지면	단수	기획	기사제목 〈회수〉〔곡수〕	필자/저자(역자)	분류	비고
1	3~5		南沿岸視察記 〈4〉 남연안 시찰기	楓山人	수필/기행	회수 오류
1	6	文苑	春宵即事 〔1〕 춘소즉사	畠中素堂	시가/한시	
1	6	文苑	其二 〔1〕 그 두 번째	畠中素堂	시가/한시	
1	6	文苑	春曉所見 〔1〕 춘효소견	畠中素堂	시가/한시	
1	6	文苑	春日放吟 〔1〕 춘일방음	畠中素堂	시가/한시	
1	6	文苑	贈某醫學士 〔1〕 증모의학사	畠中素堂	시가/한시	
1	6	文苑	幽栖偶題 〔1〕 유서우제	畠中素堂	시가/한시	
1	6	文苑	東京より 〔10〕 도쿄에서	橋本尋蟻	시가/하이쿠	
1	6	文苑	忰の手術に立會ひて 〔1〕 아들의 수술에 입회하여	橋本尋蟻	시가/하이쿠	

1915년 03월 18일 (목) 2728호 경북일간

지면	단수	기획	기사제목 〈회수〉〔곡수〕	필자/저자(역자)	분류	비고
3	3		安東塔映會近作集/都々逸『朧月』〔3〕 안동 도에이카이 근작집/도도이쓰『으스름달』	狸	시가/도도이쓰	
3	3		安東塔映會近作集/都々逸『朧月』〔4〕 안동 도에이카이 근작집/도도이쓰『으스름달』	泉	시가/도도이쓰	
3	3		安東塔映會近作集/都々逸『朧月』〔3〕 안동 도에이카이 근작집/도도이쓰『으스름달』	砂	시가/도도이쓰	
3	3		安東塔映會近作集/都々逸『朧月』〔1〕 안동 도에이카이 근작집/도도이쓰『으스름달』	曉	시가/도도이쓰	
3	5	日刊文林 (投書歡迎)	鶴の首(端唄)〔1〕 학의 머리(하우타)	古閑鶴水	시가/기타	

1915년 03월 18일 (목) 2728호

지면	단수	기획	기사제목 〈회수〉〔곡수〕	필자/저자(역자)	분류	비고
4	1~3		薄田隼人正 第八十三席 〈83〉 스스키다 하야토노쇼 제83석		고단	
4	5		春の旅/三越吳服店(下) 〈13〉 봄 여행/미쓰코시 포목점(하)	赤毛布生	수필/기행	

1915년 03월 19일 (금) 2729호

지면	단수	기획	기사제목 〈회수〉〔곡수〕	필자/저자(역자)	분류	비고
1	6	文苑	春雜吟/東京にて〔9〕 봄-잡음/도쿄에서	橋本尋蟻	시가/하이쿠	
1	6	文苑	汽車中の不二〔1〕 기차 안의 후지	橋本尋蟻	시가/하이쿠	
4	1~3		薄田隼人正 第八十四席 〈84〉 스스키다 하야토노쇼 제84석		고단	
4	5		春の旅/常設醜業婦展覽會(上) 〈14〉 봄 여행/상설 추업부 전람회(상)	赤毛布生	수필/기행	

1915년 03월 20일 (토) 2730호

지면	단수	기획	기사제목 〈회수〉〔곡수〕	필자/저자(역자)	분류	비고
1	4~5		南沿岸視察記 〈5〉 남연안 시찰기	楓山人	수필/기행	회수 오류
1	6	文苑	銀杏俳句會 〈1〉 긴난 하이쿠카이	花汀	기타/모임 소개	
1	6	文苑	銀杏俳句會/燕 〈1〉〔7〕 긴난 하이쿠카이/제비	花汀	시가/하이쿠	
1	6	文苑	銀杏俳句會/燕 〈1〉〔5〕 긴난 하이쿠카이/제비	天漏	시가/하이쿠	
1	6	文苑	銀杏俳句會/燕 〈1〉〔2〕 긴난 하이쿠카이/제비	乃步月	시가/하이쿠	
1	6	文苑	銀杏俳句會/燕 〈1〉〔2〕 긴난 하이쿠카이/제비	活面	시가/하이쿠	
1	6	文苑	銀杏俳句會/燕 〈1〉〔1〕 긴난 하이쿠카이/제비	靑山	시가/하이쿠	
1	6	文苑	銀杏俳句會/燕 〈1〉〔1〕 긴난 하이쿠카이/제비	云以知	시가/하이쿠	
4	1~3		薄田隼人正 第八十五席 〈85〉 스스키다 하야토노쇼 제85석		고단	
4	5~6		春の旅/常設醜業婦展覽會(中) 〈15〉 봄 여행/상설 추업부 전람회(중)	赤毛布生	수필/기행	

1915년 03월 21일 (일) 2731호

지면	단수	기획	기사제목 〈회수〉〔곡수〕	필자/저자(역자)	분류	비고
1	5~6		南沿岸視察記 〈5〉 남연안 시찰기	楓山人	수필/기행	

지면	단수	기획	기사제목 〈회수〉〔곡수〕	필자/저자(역자)	분류	비고
1	6	文苑	銀杏俳句會/菜の花(即吟) 〈2〉〔2〕 긴난 하이쿠카이/유채꽃(즉음)	靑山	시가/하이쿠	
1	6	文苑	銀杏俳句會/菜の花(即吟) 〈2〉〔2〕 긴난 하이쿠카이/유채꽃(즉음)	云以知	시가/하이쿠	
1	6	文苑	銀杏俳句會/菜の花(即吟) 〈2〉〔3〕 긴난 하이쿠카이/유채꽃(즉음)	天漏	시가/하이쿠	
1	6	文苑	銀杏俳句會/菜の花(即吟) 〈2〉〔3〕 긴난 하이쿠카이/유채꽃(즉음)	活面	시가/하이쿠	
4	1~3		薄田隼人正 第八十六席 〈86〉 스스키다 하야토노쇼 제86석		고단	
4	6		春の旅/常設醜業婦展覽會(下) 〈16〉 봄 여행/상설 추업부 전람회(하)	赤毛布生	수필/기행	

1915년 03월 24일 (수) 2732호

지면	단수	기획	기사제목 〈회수〉〔곡수〕	필자/저자(역자)	분류	비고
1	5~6		南沿岸視察記 〈6〉 남연안 시찰기	楓山人	수필/기행	
1	6	文苑	銀杏俳句會/菜の花(即吟) 〈3〉〔4〕 긴난 하이쿠카이/유채꽃(즉음)	乃步月	시가/하이쿠	
1	6	文苑	銀杏俳句會/菜の花(即吟) 〈3〉〔6〕 긴난 하이쿠카이/유채꽃(즉음)	花汀	시가/하이쿠	
4	1~2		薄田隼人正 第八十七席 〈87〉 스스키다 하야토노쇼 제87석		고단	
4	5~6		春の旅/東京辯(上) 〈17〉 봄 여행/도쿄 사투리(상)	赤毛布生	수필/기행	

1915년 03월 25일 (목) 2733호

지면	단수	기획	기사제목 〈회수〉〔곡수〕	필자/저자(역자)	분류	비고
1	5~6		南沿岸視察記 〈7〉 남연안 시찰기	楓山人	수필/기행	
1	6	文苑	弄月吟社句集/永春庵其桃宗匠選 〔1〕 로게쓰긴샤 구집/에이슌안 기토 종장 선	てる女	시가/하이쿠	
1	6	文苑	弄月吟社句集/永春庵其桃宗匠選 〔1〕 로게쓰긴샤 구집/에이슌안 기토 종장 선	夢柳	시가/하이쿠	
1	6	文苑	弄月吟社句集/永春庵其桃宗匠選 〔1〕 로게쓰긴샤 구집/에이슌안 기토 종장 선	只山	시가/하이쿠	
1	6	文苑	弄月吟社句集/永春庵其桃宗匠選 〔1〕 로게쓰긴샤 구집/에이슌안 기토 종장 선	てる女	시가/하이쿠	
1	6	文苑	弄月吟社句集/永春庵其桃宗匠選 〔1〕 로게쓰긴샤 구집/에이슌안 기토 종장 선	夢柳	시가/하이쿠	
1	6	文苑	弄月吟社句集/永春庵其桃宗匠選 〔1〕 로게쓰긴샤 구집/에이슌안 기토 종장 선	起蝶	시가/하이쿠	
1	6	文苑	弄月吟社句集/永春庵其桃宗匠選 〔1〕 로게쓰긴샤 구집/에이슌안 기토 종장 선	夢柳	시가/하이쿠	
1	6	文苑	弄月吟社句集/永春庵其桃宗匠選 〔1〕 로게쓰긴샤 구집/에이슌안 기토 종장 선	春浦	시가/하이쿠	
1	6	文苑	弄月吟社句集/永春庵其桃宗匠選 〔1〕 로게쓰긴샤 구집/에이슌안 기토 종장 선	一草	시가/하이쿠	
1	6	文苑	弄月吟社句集/永春庵其桃宗匠選 〔1〕 로게쓰긴샤 구집/에이슌안 기토 종장 선	春浦	시가/하이쿠	
1	6	文苑	弄月吟社句集/永春庵其桃宗匠選 〔1〕 로게쓰긴샤 구집/에이슌안 기토 종장 선	綠也	시가/하이쿠	
1	6	文苑	弄月吟社句集/永春庵其桃宗匠選 〔2〕 로게쓰긴샤 구집/에이슌안 기토 종장 선	可秀	시가/하이쿠	

지면	단수	기획	기사제목 〈회수〉〔곡수〕	필자/저자(역자)	분류	비고
1	6	文苑	弄月吟社句集/永春庵其桃宗匠選〔1〕 로게쓰긴샤 구집/에이슌안 기토 종장 선	てる女	시가/하이쿠	
1	6	文苑	弄月吟社句集/永春庵其桃宗匠選〔4〕 로게쓰긴샤 구집/에이슌안 기토 종장 선	夢柳	시가/하이쿠	
1	6	文苑	弄月吟社句集/永春庵其桃宗匠選/三光〔1〕 로게쓰긴샤 구집/에이슌안 기토 종장 선/삼광	春浦	시가/하이쿠	
1	6	文苑	弄月吟社句集/永春庵其桃宗匠選/三光〔1〕 로게쓰긴샤 구집/에이슌안 기토 종장 선/삼광	綠也	시가/하이쿠	
1	6	文苑	弄月吟社句集/永春庵其桃宗匠選/三光〔1〕 로게쓰긴샤 구집/에이슌안 기토 종장 선/삼광	一草	시가/하이쿠	
1	6	文苑	弄月吟社句集/永春庵其桃宗匠選/追加〔1〕 로게쓰긴샤 구집/에이슌안 기투 종장 선/추가	其桃	시가/하이쿠	
4	1~2		薄田隼人正 第八十八席〈88〉 스스키다 하야토노쇼 제88석		고단	
4	5~6		春の旅/東京辯(中)〈18〉 봄 여행/도쿄 사투리(중)	赤毛布生	수필/기행	

1915년 03월 26일 (금) 2734호

지면	단수	기획	기사제목 〈회수〉〔곡수〕	필자/저자(역자)	분류	비고
1	5~6		南沿岸視察記〈8〉 남연안 시찰기	楓山人	수필/기행	
1	6	文苑	弄月吟社句集/花笠庵翠葉先生選/五客〔1〕 로게쓰긴샤 구집/하나가사안 스이요 선생 선/오객	夢柳	시가/하이쿠	
1	6	文苑	弄月吟社句集/花笠庵翠葉先生選/五客〔1〕 로게쓰긴샤 구집/하나가사안 스이요 선생 선/오객	てる女	시가/하이쿠	
1	6	文苑	弄月吟社句集/花笠庵翠葉先生選/五客〔1〕 로게쓰긴샤 구집/하나가사안 스이요 선생 선/오객	春浦	시가/하이쿠	
1	6	文苑	弄月吟社句集/花笠庵翠葉先生選/五客〔1〕 로게쓰긴샤 구집/하나가사안 스이요 선생 선/오객	一草	시가/하이쿠	
1	6	文苑	弄月吟社句集/花笠庵翠葉先生選/五客〔1〕 로게쓰긴샤 구집/하나가사안 스이요 선생 선/오객	てる女	시가/하이쿠	

1915년 03월 26일 (금) 2734호 경북일간

지면	단수	기획	기사제목 〈회수〉〔곡수〕	필자/저자(역자)	분류	비고
3	6		安東塔映會俳句/海苔〔4〕 안동 도에이카이 하이쿠/김	黑狸	시가/하이쿠	
3	6		安東塔映會俳句/海苔〔11〕 안동 도에이카이 하이쿠/김	泉#	시가/하이쿠	
3	6		安東塔映會俳句/若鮎〔2〕 안동 도에이카이 하이쿠/새끼 은어	志水	시가/하이쿠	
3	6		安東塔映會俳句/若鮎〔3〕 안동 도에이카이 하이쿠/새끼 은어	砂村	시가/하이쿠	
3	6		安東塔映會俳句/若鮎〔3〕 안동 도에이카이 하이쿠/새끼 은어	黑狸	시가/하이쿠	
3	6		安東塔映會俳句/若鮎〔4〕 안동 도에이카이 하이쿠/새끼 은어	晴雨	시가/하이쿠	
3	6		安東塔映會俳句/若鮎〔2〕 안동 도에이카이 하이쿠/새끼 은어	泉#	시가/하이쿠	

1915년 03월 26일 (금) 2734호

지면	단수	기획	기사제목 〈회수〉〔곡수〕	필자/저자(역자)	분류	비고
4	1~2		薄田隼人正 第八十九席〈89〉 스스키다 하야토노쇼 제89석		고단	
4	5~6		春の旅/東京辯(下)〈19〉 봄 여행/도쿄 사투리(하)	赤毛布生	수필/기행	

지면	단수	기획	기사제목 〈회수〉〔곡수〕	필자/저자(역자)	분류	비고
			1915년 03월 27일 (토) 2735호			
1	5~6		南沿岸視察記 〈9〉 남연안 시찰기	楓山人	수필/기행	
1	6	文苑	弄月吟社句集/花笠庵翠葉先生選(續)/三光 〔1〕 로게쓰긴샤 구집/하나가사안 스이요 선생 선(계속)/삼광	てる女	시가/하이쿠	
1	6	文苑	弄月吟社句集/花笠庵翠葉先生選(續)/三光 〔1〕 로게쓰긴샤 구집/하나가사안 스이요 선생 선(계속)/삼광	夢柳	시가/하이쿠	
1	6	文苑	弄月吟社句集/花笠庵翠葉先生選(續)/三光 〔1〕 로게쓰긴샤 구집/하나가사안 스이요 선생 선(계속)/삼광	春浦	시가/하이쿠	
1	6	文苑	弄月吟社句集/花笠庵翠葉先生選(續)/追加 〔1〕 로게쓰긴샤 구집/하나가사안 스이요 선생 선(계속)/추가	翠葉	시가/하이쿠	
			1915년 03월 27일 (토) 2735호 경북일간			
3	3		須磨の浦より 第一信 〈1〉 스마의 바닷가에서 제1신	海坊生	수필/서간	
3	5		安東塔映會俳句/日永(即吟) 〔3〕 안동 도에이카이 하이쿠/긴 낮(즉음)	砂村	시가/하이쿠	
3	5		安東塔映會俳句/日永(即吟) 〔2〕 안동 도에이카이 하이쿠/긴 낮(즉음)	黑狸	시가/하이쿠	
3	5		安東塔映會俳句/日永(即吟) 〔4〕 안동 도에이카이 하이쿠/긴 낮(즉음)	晴雨	시가/하이쿠	
3	5		安東塔映會俳句/日永(即吟) 〔3〕 안동 도에이카이 하이쿠/긴 낮(즉음)	泉#	시가/하이쿠	
3	5		安東塔映會俳句/長閑(即吟) 〔4〕 안동 도에이카이 하이쿠/화창함(즉음)	黑狸	시가/하이쿠	
3	5		安東塔映會俳句/長閑(即吟) 〔3〕 안동 도에이카이 하이쿠/화창함(즉음)	砂村	시가/하이쿠	
3	5		安東塔映會俳句/長閑(即吟) 〔2〕 안동 도에이카이 하이쿠/화창함(즉음)	志水	시가/하이쿠	
3	5		安東塔映會俳句/長閑(即吟) 〔1〕 안동 도에이카이 하이쿠/화창함(즉음)	泉#	시가/하이쿠	
3	5		安東塔映會俳句/長閑(即吟) 〔1〕 안동 도에이카이 하이쿠/화창함(즉음)	志水	시가/하이쿠	
3	5		安東塔映會俳句/長閑(即吟) 〔2〕 안동 도에이카이 하이쿠/화창함(즉음)	晴雨	시가/하이쿠	
3	5		安東塔映會俳句/長閑(即吟) 〔2〕 안동 도에이카이 하이쿠/화창함(즉음)	泉#	시가/하이쿠	
			1915년 03월 27일 (토) 2735호			
4	1~2		薄田隼人正 第九十席 〈90〉 스스키다 하야토노쇼 제90석		고단	
			1915년 03월 28일 (일) 2736호			
1	5~6		南沿岸視察記 〈10〉 남연안 시찰기	楓山人	수필/기행	
1	6	文苑	弄月吟社句集/森無黃先生選 〔1〕 로게쓰긴샤 구집/모리 무코 선생 선	綠也	시가/하이쿠	
1	6	文苑	弄月吟社句集/森無黃先生選 〔2〕 로게쓰긴샤 구집/모리 무코 선생 선	春浦	시가/하이쿠	
1	6	文苑	弄月吟社句集/森無黃先生選 〔1〕 로게쓰긴샤 구집/모리 무코 선생 선	一草	시가/하이쿠	

지면	단수	기획	기사제목 〈회수〉〔곡수〕	필자/저자(역자)	분류	비고
1	6	文苑	弄月吟社句集/森無黃先生選〔1〕 로게쓰긴샤 구집/모리 무코 선생 선	可秀	시가/하이쿠	
1	6	文苑	弄月吟社句集/森無黃先生選/三才逆順〔1〕 로게쓰긴샤 구집/모리 무코 선생 선/삼재 역순	可秀	시가/하이쿠	
1	6	文苑	弄月吟社句集/森無黃先生選/三才逆順〔2〕 로게쓰긴샤 구집/모리 무코 선생 선/삼재 역순	てる女	시가/하이쿠	
1	6	文苑	弄月吟社句集/森無黃先生選/選者吟〔1〕 로게쓰긴샤 구집/모리 무코 선생 선/선자음	無黃	시가/하이쿠	

1915년 03월 28일 (일) 2736호 경북일간

지면	단수	기획	기사제목 〈회수〉〔곡수〕	필자/저자(역자)	분류	비고
3	5		安東塔映會俳句/涅槃(即吟)〔3〕 안동 도에이카이 히이쿠/열반(즉읍)	黑狸	시가/하이쿠	
3	5		安東塔映會俳句/涅槃(即吟)〔3〕 안동 도에이카이 하이쿠/열반(즉음)	砂村	시가/하이쿠	
3	5		安東塔映會俳句/涅槃(即吟)〔3〕 안동 도에이카이 하이쿠/열반(즉음)	曉雨	시가/하이쿠	
3	5		安東塔映會俳句/涅槃(即吟)〔3〕 안동 도에이카이 하이쿠/열반(즉음)	泉#	시가/하이쿠	
3	5		安東塔映會俳句/獨活(即吟)〔3〕 안동 도에이카이 하이쿠/땅두릅(즉음)	砂村	시가/하이쿠	
3	5		安東塔映會俳句/獨活(即吟)〔3〕 안동 도에이카이 하이쿠/땅두릅(즉음)	黑狸	시가/하이쿠	
3	5		安東塔映會俳句/獨活(即吟)〔5〕 안동 도에이카이 하이쿠/땅두릅(즉음)	曉雨	시가/하이쿠	
3	5		安東塔映會俳句/獨活(即吟)〔4〕 안동 도에이카이 하이쿠/땅두릅(즉음)	泉#	시가/하이쿠	

1915년 03월 28일 (일) 2736호

지면	단수	기획	기사제목 〈회수〉〔곡수〕	필자/저자(역자)	분류	비고
4	1~2		薄田隼人正 第九十一席 〈91〉 스스키다 하야토노쇼 제91석		고단	

1915년 03월 30일 (화) 2737호

지면	단수	기획	기사제목 〈회수〉〔곡수〕	필자/저자(역자)	분류	비고
1	5~6		南沿岸視察記 〈11〉 남연안 시찰기	楓山人	수필/기행	
1	6	文苑	猫の戀〔4〕 고양이의 사랑	曉花	시가/하이쿠	

1915년 03월 30일 (화) 2737호 경북일간

지면	단수	기획	기사제목 〈회수〉〔곡수〕	필자/저자(역자)	분류	비고
3	3		須磨の浦より 第二信 〈2〉 스마의 바닷가에서 제2신	海坊生	수필/서간	
3	5	日刊文林 (投書歡迎)	圖書館 도서관	古閑貞雄	수필/일상	
3	6		安東塔映會俳句/蜆(即吟)〔1〕 안동 도에이카이 하이쿠/바지락(즉음)	玄海	시가/하이쿠	
3	6		安東塔映會俳句/蜆(即吟)〔1〕 안동 도에이카이 하이쿠/바지락(즉음)	志水	시가/하이쿠	
3	6		安東塔映會俳句/蜆(即吟)〔1〕 안동 도에이카이 하이쿠/바지락(즉음)	秋陽	시가/하이쿠	
3	6		安東塔映會俳句/蜆(即吟)〔1〕 안동 도에이카이 하이쿠/바지락(즉음)	昌夫	시가/하이쿠	
3	6		安東塔映會俳句/蜆(即吟)〔1〕 안동 도에이카이 하이쿠/바지락(즉음)	泉#	시가/하이쿠	

지면	단수	기획	기사제목 〈회수〉〔곡수〕	필자/저자(역자)	분류	비고
3	6		安東塔映會俳句/凧(即吟)〔1〕 안동 도에이카이 하이쿠/연(즉음)	志水	시가/하이쿠	
3	6		安東塔映會俳句/凧(即吟)〔1〕 안동 도에이카이 하이쿠/연(즉음)	玄海	시가/하이쿠	
3	6		安東塔映會俳句/凧(即吟)〔1〕 안동 도에이카이 하이쿠/연(즉음)	秋陽	시가/하이쿠	
3	6		安東塔映會俳句/凧(即吟)〔1〕 안동 도에이카이 하이쿠/연(즉음)	昌夫	시가/하이쿠	
3	6		安東塔映會俳句/凧(即吟)〔1〕 안동 도에이카이 하이쿠/연(즉음)	泉#	시가/하이쿠	
3	6		安東塔映會俳句/二日灸(即吟)〔4〕 안동 도에이카이 하이쿠/2일 뜸 뜨기(즉음)	砂村	시가/하이쿠	
3	6		安東塔映會俳句/二日灸(即吟)〔4〕 안동 도에이카이 하이쿠/2일 뜸 뜨기(즉음)	曉雨	시가/하이쿠	
3	6		安東塔映會俳句/二日灸(即吟)〔4〕 안동 도에이카이 하이쿠/2일 뜸 뜨기(즉음)	泉#	시가/하이쿠	

1915년 03월 30일 (화) 2737호

지면	단수	기획	기사제목 〈회수〉〔곡수〕	필자/저자(역자)	분류	비고
4	1~3		薄田隼人正 第九十二席〈92〉 스스키다 하야토노쇼 제92석		고단	

1915년 04월 01일 (목) 2739호

지면	단수	기획	기사제목 〈회수〉〔곡수〕	필자/저자(역자)	분류	비고
1	6	文苑	獨坐口占〔1〕 독좌구점	畠中素堂	시가/한시	
1	6	文苑	憶友人〔1〕 억우인	畠中素堂	시가/한시	
1	6	文苑	即事〔1〕 즉사	畠中素堂	시가/한시	
1	6	文苑	閑中謾題〔1〕 한중만제	畠中素堂	시가/한시	
1	6	文苑	春曉〔1〕 춘효	畠中素堂	시가/한시	
1	6	文苑	春季雜吟〔6〕 춘계-잡음	永同 岡村董水	시가/하이쿠	

1915년 04월 01일 (목) 2739호 경북일간

지면	단수	기획	기사제목 〈회수〉〔곡수〕	필자/저자(역자)	분류	비고
3	6	日刊文林 (投書歡迎)	滿惠の夢だ 미쓰에의 꿈이다	古閑貞雄	수필/일상	

1915년 04월 01일 (목) 2739호

지면	단수	기획	기사제목 〈회수〉〔곡수〕	필자/저자(역자)	분류	비고
4	1~3		薄田隼人正 第九十四席〈94〉 스스키다 하야토노쇼 제94석		고단	

1915년 04월 02일 (금) 2740호

지면	단수	기획	기사제목 〈회수〉〔곡수〕	필자/저자(역자)	분류	비고
1	5~6		巨濟島廻り〈1〉 거제도 일주	楓山人	수필/기행	
1	6	文苑	樓上曬目〔1〕 누상촉목	畠中素堂	시가/한시	
1	6	文苑	春日午睡〔1〕 춘일오수	畠中素堂	시가/한시	
1	6	文苑	送別席上〔1〕 송별석상	畠中素堂	시가/한시	

지면	단수	기획	기사제목 〈회수〉〔곡수〕	필자/저자(역자)	분류	비고
1	6	文苑	大池氏の代議士當選を祝して〔1〕 오이케 씨의 대의사 당선을 축하하며	釜山 大石柳塘	시가/하이쿠	
1	6	文苑	迫間夫人の訃を悼みて〔1〕 하사마 부인의 부고를 애도하며	釜山 大石柳塘	시가/하이쿠	
1	6	文苑	春季雜吟〔8〕 춘계-잡음	永同 岡村董水	시가/하이쿠	

1915년 04월 02일 (금) 2740호 경북일간

지면	단수	기획	기사제목 〈회수〉〔곡수〕	필자/저자(역자)	분류	비고
3	2		東上の途より 第四信〈4〉 상경하는 길에서 제4신	海坊生	수필/서간	
3	5	日刊文林 (投書歡迎)	鳴戸の一夜 나루토의 하룻밤	古閑鶴水	수필/일상	

1915년 04월 02일 (금) 2740호

지면	단수	기획	기사제목 〈회수〉〔곡수〕	필자/저자(역자)	분류	비고
4	1~2		薄田隼人正 第九十五席〈95〉 스스키다 하야토노쇼 제95석		고단	

1915년 04월 03일 (토) 2741호

지면	단수	기획	기사제목 〈회수〉〔곡수〕	필자/저자(역자)	분류	비고
1	7		祝釜山日報五周年謹呈芥川詞兄〔1〕 축 부산일보 5주년 근정 아쿠타가와 사형	在京城 熊谷鐵城	시가/한시	
1	7		祝吟〔8〕 축음	漂浪	시가/하이쿠	
1	7		祝〔10〕 축	松卜	시가/하이쿠	
1	7~8		祝句〔9〕 축구	中尾花汀	시가/하이쿠	
1	8		短歌〔2〕 단카	山本六幹	시가/단카	
1	8		短歌〔3〕 단카	廣#厚雄	시가/단카	
1	8		短歌〔4〕 단카	室金桃花	시가/단카	

1915년 04월 03일 (토) 2741호 第二/발전 5주년 기념호

지면	단수	기획	기사제목 〈회수〉〔곡수〕	필자/저자(역자)	분류	비고
면수 불명	4		祝詞〔1〕 축사	在#南浦 西崎樂堂	시가/한시	

1915년 04월 03일 (토) 2741호

지면	단수	기획	기사제목 〈회수〉〔곡수〕	필자/저자(역자)	분류	비고
면수 불명	4		奉迎神武天皇二千五百年祭 謹修祭儀聊賦小詩〔1〕 봉영 진무 천황 2500년제 근수제의료부소시	千葉縣 滑川町 畠中 素堂	시가/한시	
면수 불명	4		奉迎神武天皇二千五百年祭 謹修祭儀聊賦小詩/其二〔1〕 봉영 진무 천황 2500년제 근수제의료부소시/그 두 번째	千葉縣 滑川町 畠中 素堂	시가/한시	
면수 불명	4		祝釜山日報發展五年〔1〕 축 부산일보 발전 5년	千葉縣 畠中素堂	시가/한시	
면수 불명	4		祝釜山日報發展五年/其二〔1〕 축 부산일보 발전 5년/그 두 번째	千葉縣 畠中素堂	시가/한시	
면수 불명	4		祝釜山日報發展五年記念號〔12〕 축 부산일보 발전 5년 기념호	永同 岡村董水	시가/하이쿠	
면수 불명	4		釜山日報五周年記念號發行〔13〕 부산일보 5주년 기념호 발행	古閑貞雄	시가/하이쿠	
면수 불명	4		雜吟〔10〕 잡음	三千浦 告天子	시가/하이쿠	

지면	단수	기획	기사제목 〈회수〉〔곡수〕	필자/저자(역자)	분류	비고
면수 불명	4		欲窮千里目更登一層樓 욕궁천리목 경등일층루	於京城 苦露	기타/기타	

1915년 04월 03일 (토) 2741호 第三/발전 5주년 기념호

지면	단수	기획	기사제목 〈회수〉〔곡수〕	필자/저자(역자)	분류	비고
면수 불명	4		祝釜山日報社移轉五周年記念〔1〕 축 부산일보사 이전 5주년 기념	慶尙北道參與官 申 錫麟	시가/한시	
면수 불명	4		祝發展〔3〕 축 발전	蘇江	시가/하이쿠	

1915년 04월 03일 (토) 2741호 第五/발전 5주년 기념호

지면	단수	기획	기사제목 〈회수〉〔곡수〕	필자/저자(역자)	분류	비고
면수 불명	4		春雜吟〔10〕 봄-잡음	三千浦 告天子	시가/하이쿠	

1915년 04월 03일 (토) 2741호

지면	단수	기획	기사제목 〈회수〉〔곡수〕	필자/저자(역자)	분류	비고
면수 불명	4		春雜吟〔7〕 봄-잡음	幸町 コミ生	시가/하이쿠	
면수 불명	4		春雜吟〔5〕 봄-잡음	夢村	시가/하이쿠	

1915년 04월 03일 (토) 2741호 第八/발전 5주년 기념호

지면	단수	기획	기사제목 〈회수〉〔곡수〕	필자/저자(역자)	분류	비고
면수 불명	4		俳諧 花信〔3〕 하이카이 꽃 소식	浪花 醉骨	시가/단카	

1915년 04월 03일 (토) 2741호

지면	단수	기획	기사제목 〈회수〉〔곡수〕	필자/저자(역자)	분류	비고
면수 불명	1~3		薄田隼人正 第九十六席〈96〉 스스키다 하야토노쇼 제96석		고단	
면수 불명	3		春の旅/お能拜見(一)〈20〉 봄 여행/노 관극(1)	赤毛布生	수필/기행	
면수 불명	4		(제목없음)〔1〕	子規	시가/하이쿠	
면수 불명	4		(제목없음)〔1〕	虛子	시가/하이쿠	
면수 불명	4		(제목없음)〔1〕	碧梧桐	시가/하이쿠	
면수 불명	3		春日午睡〔1〕 춘일오수	畠中素堂	시가/한시	
면수 불명	3		梅林聞鶯〔1〕 매림문앵	畠中素堂	시가/한시	
면수 불명	3		書窓閑題〔1〕 서창한제	畠中素堂	시가/한시	
면수 불명	3		早春所見〔1〕 조춘소견	畠中素堂	시가/한시	
면수 불명	3		客中春日〔1〕 객중춘일	畠中素堂	시가/한시	
면수 불명	3		春江泛舟〔1〕 춘강범주	畠中素堂	시가/한시	
면수 불명	3		幽居〔1〕 유거	畠中素堂	시가/한시	
면수 불명	3		山寺小飮〔1〕 산사소음	畠中素堂	시가/한시	

지면	단수	기획	기사제목 〈회수〉〔곡수〕	필자/저자(역자)	분류	비고
면수 불명	3		春日述懷〔1〕 춘일술회	畠中素堂	시가/한시	
면수 불명	3		詠紅梅〔1〕 영홍매	畠中素堂	시가/한시	

1915년 04월 06일 (화) 2742호

지면	단수	기획	기사제목 〈회수〉〔곡수〕	필자/저자(역자)	분류	비고
1	6		春雜吟〔5〕 봄-잡음	曉花	시가/하이쿠	

1915년 04월 06일 (화) 2742호 경북일간

지면	단수	기획	기사제목 〈회수〉〔곡수〕	필자/저자(역자)	분류	비고
3	3		東上の途より 第五信〈5〉 상경하는 길에서 제5신	海坊生	수필/서간	

1915년 04월 06일 (화) 2742호

지면	단수	기획	기사제목 〈회수〉〔곡수〕	필자/저자(역자)	분류	비고
면수 불명	1~2		薄田隼人正 第九十七席〈97〉 스스키다 하야토노쇼 제97석		고단	

1915년 04월 06일 (화) 2742호 第十/경북일간 발전 3년 기념호

지면	단수	기획	기사제목 〈회수〉〔곡수〕	필자/저자(역자)	분류	비고
면수 불명	5		釜山日報の發展を壽きて〔1〕 부산일보의 발전을 기원하며	東拓大邱出張所長 安東義喬	시가/단카	
면수 불명	5		慶北日刊の發展を祝して〔3〕 경북일간의 발전을 축하하며	軒東	시가/하이쿠	
면수 불명	5		慶北日刊の發展を祝して〔2〕 경북일간의 발전을 축하하며	默佛	시가/하이쿠	
면수 불명	5		慶北日刊の發展を祝して〔3〕 경북일간의 발전을 축하하며	耕友	시가/하이쿠	
면수 불명	5		慶北日刊の發展を祝して〔2〕 경북일간의 발전을 축하하며	龍泉	시가/하이쿠	
면수 불명	5		時事俳句/當選議員〔1〕 시사 하이쿠/당선 의원		시가/하이쿠	
면수 불명	5		時事俳句/落選議員〔1〕 시사 하이쿠/낙선 의원		시가/하이쿠	
면수 불명	5		時事俳句/日支談判〔1〕 시사 하이쿠/일지 담판		시가/하이쿠	
면수 불명	5		時事俳句/日置公史〔1〕 시사 하이쿠/히오키 공사		시가/하이쿠	

1915년 04월 06일 (화) 2742호

지면	단수	기획	기사제목 〈회수〉〔곡수〕	필자/저자(역자)	분류	비고
면수 불명	2		慶州紀行〈1〉 경주 기행	弔川生	수필/기행	

1915년 04월 07일 (수) 2743호

지면	단수	기획	기사제목 〈회수〉〔곡수〕	필자/저자(역자)	분류	비고
1	6	文苑	春日偶成〔1〕 춘일우성	中島茂一	시가/한시	
1	6	文苑	送別〔1〕 송별	中島茂一	시가/한시	
1	6	文苑	江上春望 三首〔1〕 강상춘망-삼수	畠中素堂	시가/한시	
1	6	文苑	江上春望/其二〔1〕 강상춘망/그 두 번째	畠中素堂	시가/한시	
1	6	文苑	江上春望/其三〔1〕 강상춘망/그 세 번째	畠中素堂	시가/한시	

지면	단수	기획	기사제목 〈회수〉〔곡수〕	필자/저자(역자)	분류	비고
1	6	文苑	雉子〔3〕 꿩	曉花	시가/하이쿠	

1915년 04월 07일 (수) 2743호 경북일간

지면	단수	기획	기사제목 〈회수〉〔곡수〕	필자/저자(역자)	분류	비고
3	4~5		慶州紀行 〈2〉 경주 기행	弔川生	수필/기행	

1915년 04월 07일 (수) 2743호

지면	단수	기획	기사제목 〈회수〉〔곡수〕	필자/저자(역자)	분류	비고
4	1~3		薄田隼人正 第九十八席 〈98〉 스스키다 하야토노쇼 제98석		고단	
4	5~6		春の旅/お能拜見(二) 〈21〉 봄 여행/노 관극(2)	赤毛布生	수필/기행	

1915년 04월 07일 (수) 2743호 第十一/경북일간 발전 3년 기념호

지면	단수	기획	기사제목 〈회수〉〔곡수〕	필자/저자(역자)	분류	비고
면수 불명	2		川柳/當選五吟〔5〕 당선-오음		시가/센류	
면수 불명	2	文苑	落選五吟〔5〕 낙선-오음		시가/센류	

1915년 04월 08일 (목) 2744호

지면	단수	기획	기사제목 〈회수〉〔곡수〕	필자/저자(역자)	분류	비고
1	5~6		巨濟島廻り 〈2〉 거제도 일주	楓山人	수필/기행	
1	6	文苑	短歌〔3〕 단카	山本六幹	시가/단카	

1915년 04월 07일 (수) 2743호 경북일간

날짜/호수 오류 표시가 있다.

지면	단수	기획	기사제목 〈회수〉〔곡수〕	필자/저자(역자)	분류	비고
3	4		江戸にて 第六信 〈6〉 에도에서 제6신	海坊生	수필/서간	

1915년 04월 08일 (목) 2744호

지면	단수	기획	기사제목 〈회수〉〔곡수〕	필자/저자(역자)	분류	비고
4	1~2		薄田隼人正 第九十九席 〈99〉 스스키다 하야토노쇼 제99석		고단	
4	5		春の旅/お能拜見(三) 〈22〉 봄 여행/노 관극(3)	赤毛布生	수필/기행	

1915년 04월 08일 (목) 2744호 第十二/경북일간 발전 3년 기념호

지면	단수	기획	기사제목 〈회수〉〔곡수〕	필자/저자(역자)	분류	비고
면수 불명	4		思出の大邱 추억의 대구	靑雲生	수필/일상	

1915년 04월 09일 (금) 2745호

지면	단수	기획	기사제목 〈회수〉〔곡수〕	필자/저자(역자)	분류	비고
1	3~5		巨濟島廻り 〈3〉 거제도 일주	楓山人	수필/기행	
1	6	文苑	探梅〔1〕 탐매	兒島俊二	시가/한시	
1	6	文苑	曉鶯〔1〕 효앵	兒島俊二	시가/한시	
1	6	文苑	春季雜吟〔5〕 춘계-잡음	曉花	시가/하이쿠	

1915년 04월 09일 (금) 2745호 경북일간

지면	단수	기획	기사제목 〈회수〉〔곡수〕	필자/저자(역자)	분류	비고
3	4~5		慶州紀行 〈3〉 경주 기행	弔川生	수필/기행	

지면	단수	기획	기사제목 〈회수〉〔곡수〕	필자/저자(역자)	분류	비고
| 1915년 04월 09일 (금) 2745호						
4	1~3		薄田隼人正 第百席 〈100〉 스스키다 하야토노쇼 제100석		고단	
| 1915년 04월 09일 (금) 2745호 第十參/발전 5년 기념호						
면수 불명	3		白き # 〔5〕 흰 #	海老名#黍	시가/단카	
면수 불명	3		春季雜吟 〔6〕 춘계-잡음	曉花	시가/하이쿠	
면수 불명	3		櫻 〔5〕 벚꽃	曉花	시가/하이쿠	
| 1915년 04월 10일 (토) 2746호						
1	5~6		巨濟島廻り 〈4〉 거제도 일주	楓山人	수필/기행	
1	6	文苑	山吹 〔5〕 황매화	夢村	시가/하이쿠	
4	1~2		薄田隼人正 第百一席 〈101〉 스스키다 하야토노쇼 제101석		고단	
4	5~6		春の旅/お能拜見(四) 〈23〉 봄 여행/노 관극(4)	赤毛布生	수필/기행	
| 1915년 04월 10일 (토) 2746호 第十四/발전 5년 기념호						
면수 불명	1~2		宵の統營 밤의 통영	もみじ	수필/기타	
면수 불명	2	文苑	日永 〔4〕 긴 낮	曉花	시가/하이쿠	
| 1915년 04월 11일 (일) 2747호						
1	6	文苑	春雜吟 〔6〕 봄-잡음	巨濟島 金丸岳堂	시가/하이쿠	
1	6	文苑	俳日誌より 〔4〕 하이쿠 일지에서	佐野一波	시가/하이쿠	
| 1915년 04월 11일 (일) 2747호 경북일간						
3	2~3		思ひ出の大邱 〈2〉 추억의 대구	靑雲生	수필/일상	
3	4~5		慶州紀行 〈4〉 경주 기행	弔川生	수필/기행	
| 1915년 04월 11일 (일) 2747호						
4	1~3		薄田隼人正 第百二席 〈102〉 스스키다 하야토노쇼 제102석		고단	
| 1915년 04월 11일 (일) 2747호 第十五/경북일간 발전 3년 기념호						
면수 불명	4		ダ峽砲擊 〔1〕 다르다넬스 해협 포격		시가/하이쿠	
면수 불명	4		君府危機 〔1〕 군부 위기		시가/하이쿠	
면수 불명	4		歐州大戰 〔1〕 구주 대전		시가/하이쿠	

지면	단수	기획	기사제목 〈회수〉〔곡수〕	필자/저자(역자)	분류	비고
면수 불명	2		時事狂詠〔4〕 시사 교카		시가/교카	
면수 불명	2		川柳〔6〕 센류		시가·기타/ 센류·비평	

1915년 04월 13일 (화) 2748호

지면	단수	기획	기사제목 〈회수〉〔곡수〕	필자/저자(역자)	분류	비고
1	6	文苑	和歌〔4〕 와카	中島茂一	시가/단카	

1915년 04월 13일 (화) 2748호 경북일간

지면	단수	기획	기사제목 〈회수〉〔곡수〕	필자/저자(역자)	분류	비고
3	4		思ひ出の大邱〈3〉 추억의 대구	熊本にて 靑雲生	수필/일상	

1915년 04월 13일 (화) 2748호

지면	단수	기획	기사제목 〈회수〉〔곡수〕	필자/저자(역자)	분류	비고
4	1~2		薄田隼人正 第百三席〈103〉 스스키다 하야토노쇼 제103석		고단	
4	5		下關より 시모노세키에서	十一日朝 石泉	수필/서간	
4	5~6		春の旅/お能拜見(五)〈24〉 봄 여행/노 관극(5)	赤毛布生	수필/기행	

1915년 04월 13일 (화) 2747호 第十六/발전 5년 기념호   호수 오류

지면	단수	기획	기사제목 〈회수〉〔곡수〕	필자/저자(역자)	분류	비고
면수 불명	3	小品文	弟妹があるならば 남동생이나 여동생이 있다면	楚石	수필/일상	

1915년 04월 14일 (수) 2749호

지면	단수	기획	기사제목 〈회수〉〔곡수〕	필자/저자(역자)	분류	비고
1	6	文苑	寄富澤雲堂兄〔1〕 도미자와 운도 형에게	畠中素堂	시가/한시	
1	6	文苑	★釜山港を去るの歌〔1〕 부산항을 떠나며 부르는 노래	川島唯二郎	시가/신체시	

1915년 04월 15일 (목) 2750호

지면	단수	기획	기사제목 〈회수〉〔곡수〕	필자/저자(역자)	분류	비고
1	6	文苑	述懷〔1〕 술회	畠中素堂	시가/한시	
1	6	文苑	春日閑居〔1〕 춘일한거	畠中素堂	시가/한시	
1	6	文苑	春雨〔3〕 봄비	夢村	시가/하이쿠	
4	1~3		薄田隼人正 第百五席〈105〉 스스키다 하야토노쇼 제105석		고단	
4	5~6		春の旅/お能拜見(七)〈26〉 봄 여행/노 관극(7)	赤毛布生	수필/기행	

1915년 04월 15일 (목) 2750호 第十八/발전 5년 기념호

지면	단수	기획	기사제목 〈회수〉〔곡수〕	필자/저자(역자)	분류	비고
면수 불명	2	文苑	春江泛舟〔1〕 춘강범주	畠中素堂	시가/한시	
면수 불명	2	文苑	山中馬上吟〔1〕 산중마상음	畠中素堂	시가/한시	

1915년 04월 16일 (금) 2751호

지면	단수	기획	기사제목 〈회수〉〔곡수〕	필자/저자(역자)	분류	비고
1	6	文苑	殘梅〔1〕 잔매	畠中素堂	시가/한시	

지면	단수	기획	기사제목 〈회수〉 〔곡수〕	필자/저자(역자)	분류	비고
1	6	文苑	病間讀書 〔1〕 병간독서	畠中素堂	시가/한시	
1	6	文苑	訪山寺 〔1〕 방산사	畠中素堂	시가/한시	
1	6	文苑	對酒作 〔1〕 대주작	畠中素堂	시가/한시	
1	6	文苑	其二 〔1〕 그 두 번째	畠中素堂	시가/한시	
1	6	文苑	春雜吟 〔5〕 봄-잡음	岳堂	시가/하이쿠	

1915년 04월 16일 (금) 2751호 경북일간

지면	단수	기획	기사제목 〈회수〉 〔곡수〕	필자/저자(역자)	분류	비고
3	4~5		慶州紀行 〈6〉 경주 기행	弔川生	수필/기행	

1915년 04월 16일 (금) 2751호

지면	단수	기획	기사제목 〈회수〉 〔곡수〕	필자/저자(역자)	분류	비고
4	1~2		薄田隼人正 第百六席 〈106〉 스스키다 하야토노쇼 제106석		고단	
4	5~6		春の旅/お能拜見(八) 〈27〉 봄 여행/노 관극(8)	赤毛布生	수필/기행	

1915년 04월 17일 (토) 2752호

지면	단수	기획	기사제목 〈회수〉 〔곡수〕	필자/저자(역자)	분류	비고
1	5~6		春の旅/お能拜見(九) 〈28〉 봄 여행/노 관극(9)	赤毛布生	수필/기행	
1	6	文苑	春蘭 〔6〕 늦봄	夢村	시가/하이쿠	

1915년 04월 17일 (토) 2752호 경북일간

지면	단수	기획	기사제목 〈회수〉 〔곡수〕	필자/저자(역자)	분류	비고
3	4~5		慶州紀行 〈7〉 경주 기행	弔川生	수필/기행	

1915년 04월 17일 (토) 2752호

지면	단수	기획	기사제목 〈회수〉 〔곡수〕	필자/저자(역자)	분류	비고
8	1~2		薄田隼人正 第百七席 〈107〉 스스키다 하야토노쇼 제107석		고단	

1915년 04월 18일 (일) 2753호

지면	단수	기획	기사제목 〈회수〉 〔곡수〕	필자/저자(역자)	분류	비고
1	3		福岡より 후쿠오카에서	山野秀一	수필/서간	
1	4~5		春の旅/お能拜見(十) 〈29〉 봄 여행/노 관극(10)	赤毛布生	수필/기행	
1	6	文苑	春日道中馬上 〔1〕 춘일도중마상	畠中素堂	시가/한시	
1	6	文苑	隱棲偶作 〔1〕 은서우작	畠中素堂	시가/한시	
1	6	文苑	閑中煮茶 〔1〕 한중자다	畠中素堂	시가/한시	
1	6	文苑	春日午睡 〔1〕 춘일오수	畠中素堂	시가/한시	
1	6	文苑	寄友人 〔1〕 기우인	畠中素堂	시가/한시	
1	6	文苑	一吟集 〔1〕 일음집	天漏	시가/하이쿠	

지면	단수	기획	기사제목 〈회수〉〔곡수〕	필자/저자(역자)	분류	비고
1	6	文苑	一吟集 [1] 일음집	乃步月	시가/하이쿠	
1	6	文苑	一吟集 [1] 일음집	花汀	시가/하이쿠	
1	6	文苑	一吟集 [1] 일음집	天漏	시가/하이쿠	
1	6	文苑	一吟集 [1] 일음집	乃步月	시가/하이쿠	
1	6	文苑	一吟集 [1] 일음집	花汀	시가/하이쿠	

1915년 04월 18일 (일) 2753호 경북일간

지면	단수	기획	기사제목	필자/저자(역자)	분류	비고
3	3~4		慶州紀行 〈8〉 경주 기행	弔川生	수필/기행	
3	4~6		春を何處へ 봄을 어디에		수필/일상	

1915년 04월 18일 (일) 2753호 마진일간

지면	단수	기획	기사제목	필자/저자(역자)	분류	비고
4	4		春江晚眺 [1] 춘강만조	釜山 室金桃花	시가/한시	
4	4		春日江村 [1] 춘일강촌	釜山 室金桃花	시가/한시	
4	4		治春絕句 [1] 치춘절구	釜山 室金桃花	시가/한시	
4	4		俳日誌より [4] 하이쿠 일지에서	佐野一波	시가/하이쿠	

1915년 04월 18일 (일) 2753호

지면	단수	기획	기사제목	필자/저자(역자)	분류	비고
5	1~2		薄田隼人正 第百八席 〈108〉 스스키다 하야토노쇼 제108석			고단

1915년 04월 18일 (일) 2753호 第廿一/발전 5년 기념호

지면	단수	기획	기사제목	필자/저자(역자)	분류	비고
면수 불명	4~6		通度寺紀行 통도사 기행	頓狂生	수필/기행	
면수 불명	1		通度寺紀行 통도사 기행	頓狂生	수필/기행	

1915년 04월 20일 (화) 2754호

지면	단수	기획	기사제목	필자/저자(역자)	분류	비고
1	6	文苑	旅 [3] 여행	釜山 コミ生	시가/단카	
8	1~3		薄田隼人正 第百九席 〈109〉 스스키다 하야토노쇼 제109석			고단

1915년 04월 20일 (화) 2754호 第廿二/경북일간 발전 3년 기념호

지면	단수	기획	기사제목	필자/저자(역자)	분류	비고
면수 불명	3~4		奈賀川日記 〈2〉 나카가와 일기	しろし田しるす	수필·시가/ 기행·한시· 신체시·단카 ·하이쿠	

1915년 04월 21일 (수) 2755호

지면	단수	기획	기사제목	필자/저자(역자)	분류	비고
1	6	文苑	折にふれて [2] 때마침	安左衛門	시가/단카	

지면	단수	기획	기사제목 〈회수〉〔곡수〕	필자/저자(역자)	분류	비고
1915년 04월 21일 (수) 2755호 마진일간						
4	4~5	出沒	京橋の五分間〈1〉 교바시의 5분간		수필/관찰	
1915년 04월 21일 (수) 2755호						
6	1~3		薄田隼人正 第百十席〈110〉 스스키다 하야토노쇼 제110석		고단	
1915년 04월 22일 (목) 2756호						
1	6	文苑	憧〔7〕 동경	夢村	시가/하이쿠	
1915년 04월 22일 (목) 2756호 경북일간						
3	2~3		尙州 演藝會前景氣 상주 연예회전경기		수필/기타	
3	4~5		慶州紀行〈9〉 경주 기행	弔川生	수필/기행	
1915년 04월 22일 (목) 2756호 마진일간						
4	4	出沒	警察署門前五分間〈2〉 경찰서 문 앞 5분간		수필/관찰	
1915년 04월 22일 (목) 2756호						
5	4~5		淨瑠璃當選論 조루리당선론		수필/비평	
6	1~2		薄田隼人正 第百十一席〈111〉 스스키다 하야토노쇼 제111석		고단	
면수 불명	1		奈賀川日記〈3〉 나카가와 일기	しろし田しるす	수필·시가/ 기행·하이쿠 ·단카	
1915년 04월 24일 (토) 2757호						
1	4~5		春の旅/笊碁〈30〉 봄 여행/줄바둑	赤毛布生	수필/기행	
1	6	文苑	折にふれて〔7〕 때마침	草梁 劉生	시가/단카	
1	6	文苑	尊き日の出〔7〕 존엄한 일출	夢村	시가/하이쿠	
1915년 04월 24일 (토) 2757호 경북일간						
3	4		慶州紀行〈10〉 경주 기행	弔川生	수필/기행	
1915년 04월 24일 (토) 2757호 마진일간						
4	4	出沒	馬山病院の五分間〈3〉 마산 병원의 5분간		수필/관찰	
1915년 04월 24일 (토) 2757호						
6	1~3		薄田隼人正 第百十二席〈112〉 스스키다 하야토노쇼 제112석		고단	

지면	단수	기획	기사제목 〈회수〉〔곡수〕	필자/저자(역자)	분류	비고
1915년 04월 25일 (일) 2758호						
1	6	文苑	★送長男遊學京都〔1〕 교토로 유학 가는 장남을 전송하며	松江笙洲	시가/한시	
1	6	文苑	春雜吟/熊本縣日奈久溫泉大正旅館にて〔8〕 봄-잡음/구마모토 현 히나구 온천 다이쇼 료칸에서	林駒生	시가/하이쿠	
1915년 04월 25일 (일) 2758호 경북일간						
3	4~5		慶州紀行 〈11〉 경주 기행	弔川生	수필/기행	
1915년 04월 25일 (일) 2758호 마진일간						
4	3~4	出沒	都町四辻の五分間 〈4〉 도정 십자로의 5분간		수필/일상	
1915년 04월 25일 (일) 2758호						
6	1~3		薄田隼人正 第百十三席 〈113〉 스스키다 하야토노쇼 제113석		고단	
1915년 04월 27일 (화) 2759호						
1	6	文苑	溫泉雜吟/熊本縣日奈久溫泉大正旅館にて〔9〕 온천-잡음/구마모토 현 히나구 온천 다이쇼 료칸에서	林駒生	시가/하이쿠	
1	6	文苑	春季雜吟〔7〕 춘계-잡음	永同 岡村菫水	시가/하이쿠	
1	6	文苑	岐阜の春(緣兄に)〔8〕 기후의 봄(에니시 형에게)	右左坊	시가/하이쿠	
1915년 04월 27일 (화) 2759호 마진일간						
4	5	出沒	支社前の五分間 〈5〉 지사 앞의 5분간		수필/관찰	
6	1~3		薄田隼人正 第百十四席 〈114〉 스스키다 하야토노쇼 제114석		고단	
1915년 04월 28일 (수) 2760호						
1	6	文苑	溫泉雜吟/熊本縣日奈久溫泉大正旅館にて〔4〕 온천-잡음/구마모토 현 히나구 온천 다이쇼 료칸에서	林駒生	시가/하이쿠	
1915년 04월 28일 (수) 2760호 마진일간						
4	4	出沒	警察署の五分間 〈6〉 경찰서의 5분간		수필/관찰	
1915년 04월 28일 (수) 2760호						
6	1~2		薄田隼人正 第百十五席 〈115〉 스스키다 하야토노쇼 제115석		고단	
1915년 04월 29일 (목) 2761호						
1	6	文苑	壹岐丸甲板より〔7〕 이키마루 갑판에서	告天子	시가/하이쿠	
1	6	文苑	壹岐丸甲板より〔5〕 이키마루 갑판에서	北水	시가/하이쿠	
1915년 04월 29일 (목) 2761호 경북일간						

지면	단수	기획	기사제목 〈회수〉〔곡수〕	필자/저자(역자)	분류	비고
3	5	日刊文林 (投書歡迎)	『春の歌』中より〈其一〉〔8〕 『봄의 노래』 중에서(그 첫 번째)	大邱 ふよう	시가/단카	

1915년 04월 29일 (목) 2761호 마진일간

지면	단수	기획	기사제목 〈회수〉〔곡수〕	필자/저자(역자)	분류	비고
4	5	出沒	本町海岸の五分間〈6〉 본정 해안의 5분간		수필/관찰	

1915년 04월 29일 (목) 2761호

지면	단수	기획	기사제목 〈회수〉〔곡수〕	필자/저자(역자)	분류	비고
5	4		素人浄瑠璃素人評 아마추어 조루리 아마추어평	玉坊	수필/일상	
6	1~3		薄田隼人正 第百十六席〈116〉 스스키다 하야토노쇼 제116석		고단	

1915년 04월 30일 (금) 2762호

지면	단수	기획	기사제목 〈회수〉〔곡수〕	필자/저자(역자)	분류	비고
1	6	文苑	春季雜吟〔2〕 춘계-잡음	金海 叩月	시가/하이쿠	
1	6	文苑	春季雜吟〔2〕 춘계-잡음	永同 董水	시가/하이쿠	
1	6	文苑	春季雜吟〔5〕 춘계-잡음	釜山 佐野一波	시가/하이쿠	

1915년 04월 30일 (금) 2762호 마진일간

지면	단수	기획	기사제목 〈회수〉〔곡수〕	필자/저자(역자)	분류	비고
4	4	出沒	埋立地の五分間〈6〉 매립지의 5분간		수필/관찰	

1915년 04월 30일 (금) 2762호

지면	단수	기획	기사제목 〈회수〉〔곡수〕	필자/저자(역자)	분류	비고
6	1~2		薄田隼人正 第百十七席〈117〉 스스키다 하야토노쇼 제117석		고단	

1915년 05월 01일 (토) 2763호

지면	단수	기획	기사제목 〈회수〉〔곡수〕	필자/저자(역자)	분류	비고
1	6	文苑	西田竹堂氏送別集毫〈1〉〔1〕 니시다 지쿠도 씨 송별집호	田青雨	시가/한시	
1	6	文苑	西田竹堂氏送別集毫〈1〉〔1〕 니시다 지쿠도 씨 송별집호	松園兼	시가/한시	
1	6	文苑	西田竹堂氏送別集毫〈1〉〔1〕 니시다 지쿠도 씨 송별집호	横田天風	시가/한시	
1	6	文苑	西田竹堂氏送別集毫〈1〉〔1〕 니시다 지쿠도 씨 송별집호	半渓漁夫	시가/한시	
1	6	文苑	西田竹堂氏送別集毫〈1〉〔1〕 니시다 지쿠도 씨 송별집호	好庵主人	시가/한시	

1915년 05월 01일 (토) 2763호 경북일간

지면	단수	기획	기사제목 〈회수〉〔곡수〕	필자/저자(역자)	분류	비고
3	5	日刊文林 (投書歡迎)	『春の歌』中より〈其二〉〔7〕 『봄의 노래』 중에서(그 두 번째)	大邱 ふよう	시가/단카	

1915년 05월 01일 (토) 2763호

지면	단수	기획	기사제목 〈회수〉〔곡수〕	필자/저자(역자)	분류	비고
6	1~3		薄田隼人正 第百十八席〈118〉 스스키다 하야토노쇼 제118석		고단	

1915년 05월 02일 (일) 2764호

지면	단수	기획	기사제목 〈회수〉〔곡수〕	필자/저자(역자)	분류	비고
1	4	文苑	西田竹堂氏送別集毫〈2〉〔1〕 니시다 지쿠도 씨 송별집호	城峰	시가/한시	

지면	단수	기획	기사제목 〈회수〉〔곡수〕	필자/저자(역자)	분류	비고
1	4	文苑	西田竹堂氏送別集毫 〈2〉〔1〕 니시다 지쿠도 씨 송별집호	福山	시가/한시	
1	4	文苑	西田竹堂氏送別集毫 〈2〉〔1〕 니시다 지쿠도 씨 송별집호	雲外	시가/한시	
1	5	文苑	西田竹堂氏送別集毫 〈2〉〔1〕 니시다 지쿠도 씨 송별집호	春雨	시가/한시	
1	5	文苑	西田竹堂氏送別集毫 〈2〉〔1〕 니시다 지쿠도 씨 송별집호	不斐庵	시가/한시	
1	5	文苑	西田竹堂氏送別集毫 〈2〉〔1〕 니시다 지쿠도 씨 송별집호	小林拍相	시가/한시	
1	5	文苑	縮柳 〈2〉〔1〕 관류	松濤	시가/하이쿠	
1	5	文苑	縮柳 〈2〉〔1〕 관류	尋蟻	시가/하이쿠	
1	5	文苑	縮柳 〈2〉〔1〕 관류	古仙	시가/하이쿠	
1	5	文苑	縮柳 〈2〉〔1〕 관류	錄骨	시가/하이쿠	
1	5	文苑	縮柳 〈2〉〔1〕 관류	春浦	시가/하이쿠	
1	5	文苑	縮柳 〈2〉〔1〕 관류	苔石	시가/하이쿠	
1	5	文苑	縮柳 〈2〉〔1〕 관류	香潤	시가/하이쿠	
1	5	文苑	縮柳 〈2〉〔1〕 관류	雨意	시가/하이쿠	
2	7		梁山より〔1〕 양산에서	竹堂	수필·시가/ 기행·하이쿠	

1915년 05월 02일 (일) 2764호 경북일간

지면	단수	기획	기사제목 〈회수〉〔곡수〕	필자/저자(역자)	분류	비고
3	3~4		尙州演藝會評/初日藝題『雨後の月』 상주 연예회 평/첫날 예제『비 내린 후의 달』	虎峰生	수필/비평	

1915년 05월 02일 (일) 2764호

지면	단수	기획	기사제목 〈회수〉〔곡수〕	필자/저자(역자)	분류	비고
6	1~2		薄田隼人正 第百十九席 〈119〉 스스키다 하야토노쇼 제119석		고단	

1915년 05월 04일 (화) 2765호

지면	단수	기획	기사제목 〈회수〉〔곡수〕	필자/저자(역자)	분류	비고
1	6	文苑	送西田竹堂之梁山〔1〕 니시다 지쿠도를 양산에서 보내며	橫田天風	시가/한시	
1	6	文苑	送西田竹堂之梁山〔1〕 니시다 지쿠도를 양산에서 보내며	橫田天風	시가/한시	

1915년 05월 04일 (화) 2765호 경북일간

지면	단수	기획	기사제목 〈회수〉〔곡수〕	필자/저자(역자)	분류	비고
3	5	日刊文林 (投書歡迎)	京町の火災を見て〔6〕 경정의 화재를 보고	大邱 ふよう	시가/단카	

1915년 05월 04일 (화) 2765호 마진일간

지면	단수	기획	기사제목 〈회수〉〔곡수〕	필자/저자(역자)	분류	비고
4	1	一週一筆	八方美人 〈1〉 팔방미인	馬山 宕山	수필/기타	
4	4~5	出沒	艀船の五分間 〈7〉 거룻배의 5분간		수필/기타	

지면	단수	기획	기사제목 〈회수〉 〔곡수〕	필자/저자(역자)	분류	비고
			1915년 05월 04일 (화) 2765호			
6	1~3		薄田隼人正 第百二十席 〈120〉 스스키다 하야토노쇼 제120석		고단	
			1915년 05월 05일 (수) 2766호			
1	5~6		双磎寺だより 쌍계사 소식	戸張生	수필/관찰	
1	6	文苑	春季雜吟 〔3〕 춘계-잡음	北水	시가/하이쿠	
1	6	文苑	春季雜吟 〔7〕 춘계-잡음	告天子	시가/하이쿠	
			1915년 05월 05일 (수) 2766호 경북일간			
3	4~5	日刊文林 (投書歡迎)	五月三日の夜 〔8〕 5월 3일 밤	大邱 ふよう	수필/기타	
			1915년 05월 05일 (수) 2766호			
6	1~2		薄田隼人正 第百廿一席 〈121〉 스스키다 하야토노쇼 제121석		고단	
			1915년 05월 06일 (목) 2767호			
1	6	文苑	夜坐偶成 〔1〕 야좌우성	畠中素堂	시가/한시	
1	6	文苑	贈友人之于江原道福溪驛 〔1〕 강원도 복계역에서 친구에게 보내다	畠中素堂	시가/한시	
1	6	文苑	春季雜吟 〔5〕 춘계-잡음	土佐聯隊 北村五角	시가/하이쿠	
			1915년 05월 06일 (목) 2767호 경북일간			
3	4	日刊文林 (投書歡迎)	追憶の中より 추억 속에서	大邱 ふよう	시가/자유시	
			1915년 05월 06일 (목) 2767호 마진일간			
4	4~5	出沒	馬山驛の五分間 〈8〉 마산역의 5분간		수필/관찰	
			1915년 05월 06일 (목) 2767호			
6	1~3		薄田隼人正 第百廿二席 〈122〉 스스키다 하야토노쇼 제122석		고단	
			1915년 05월 07일 (금) 2768호			
1	6	文苑	矛盾せる心 〔3〕 모순된 마음	安左衛門	시가/단카	
			1915년 05월 07일 (금) 2768호 마진일간			
4	4	出沒	分遣所廐の五分間 〈9〉 분견소 마구간의 5분간		수필/관찰	
			1915년 05월 07일 (금) 2768호			
6	1~2		薄田隼人正 第百廿三席 〈123〉 스스키다 하야토노쇼 제123석		고단	

지면	단수	기획	기사제목 〈회수〉〔곡수〕	필자/저자(역자)	분류	비고
1915년 05월 07일 (금) 2768호 안동호						
면수불명	2		春日 [1] 춘일	釜山 兒島俊二	시가/한시	
면수불명	2		春日江村 [1] 춘일강촌	釜山 兒島俊二	시가/한시	
면수불명	2		春初出遊 [1] 춘초출유	釜山 兒島俊二	시가/한시	
면수불명	2		松島夜泊 [1] 송도야박	釜山 兒島俊二	시가/한시	
면수불명	2		春江送人 [1] 춘강송인	釜山 兒島俊二	시가/한시	
면수불명	2		雪朝 [1] 설조	釜山 兒島俊二	시가/한시	
1915년 05월 08일 (토) 2769호						
1	6	文苑	矛盾せる心 [3] 모순된 마음	安左衛門	시가/단카	
1915년 05월 08일 (토) 2769호 마진일간						
4	4	出沒	火事場の五分間 〈10〉 화재 현장의 5분간		수필/관찰	
1915년 05월 08일 (토) 2769호						
6	1~2		薄田隼人正 第百廿四席 〈124〉 스스키다 하야토노쇼 제124석		고단	
1915년 05월 09일 (일) 2770호						
1	5	文苑	春季雜吟 [3] 춘계-잡음	北水	시가/하이쿠	
1	5	文苑	春季雜吟 [2] 춘계-잡음	告天子	시가/하이쿠	
1915년 05월 09일 (일) 2770호 마진일간						
4	4	出沒	學校下の五分間 학교 아래 5분간		수필/관찰	회수 누락
1915년 05월 09일 (일) 2770호						
6	1~2		薄田隼人正 第百廿五席 〈125〉 스스키다 하야토노쇼 제125석		고단	
1915년 05월 11일 (화) 2771호						
6	1~2		薄田隼人正 第百廿六席 〈126〉 스스키다 하야토노쇼 제126석		고단	
1915년 05월 12일 (수) 2772호						
1	6	文苑	春季雜吟 [3] 춘계-잡음	高知聯隊 北村五角	시가/하이쿠	
2	5		海印寺より 해인사에서	飯田勝正	수필/기행	
1915년 05월 12일 (수) 2772호 경북일간						

지면	단수	기획	기사제목 〈회수〉〔곡수〕	필자/저자(역자)	분류	비고
3	5		東萊溫泉行き〔8〕 동래 온천 행	ふよう	수필/단카	

1915년 05월 12일 (수) 2772호

지면	단수	기획	기사제목 〈회수〉〔곡수〕	필자/저자(역자)	분류	비고
6	1~2		薄田隼人正 第百廿七席 〈127〉 스스키다 하야토노쇼 제127석		고단	

1915년 05월 13일 (목) 2773호

지면	단수	기획	기사제목 〈회수〉〔곡수〕	필자/저자(역자)	분류	비고
1	6	文苑	春季雜吟〔5〕 춘계-잡음	告天子	시가/하이쿠	
6	1~2		薄田隼人正 第百廿八席 〈128〉 스스키다 히야토노쇼 제128석		고단	

1915년 05월 14일 (금) 2774호

지면	단수	기획	기사제목 〈회수〉〔곡수〕	필자/저자(역자)	분류	비고
1	5		寄懷芥川蕃淵並祝釜山日報記念號公刊三首〔3〕 기회 아쿠타가와 한엔 및 축 부산일보 기념호 공간 삼수	在安東縣 成田定	시가/한시	

1915년 05월 14일 (금) 2774호 마진일간

지면	단수	기획	기사제목 〈회수〉〔곡수〕	필자/저자(역자)	분류	비고
3	1	一週一筆	障子一重 〈2〉 장지 한 겹	馬山 宕山	수필/기타	
3	4	出沒	演習地の五分間 연습지의 5분간		수필/관찰	회수 누락

1915년 05월 14일 (금) 2774호

지면	단수	기획	기사제목 〈회수〉〔곡수〕	필자/저자(역자)	분류	비고
6	1~2		薄田隼人正 第百廿九席 〈129〉 스스키다 하야토노쇼 제129석		고단	

1915년 05월 15일 (토) 2775호 마진일간

지면	단수	기획	기사제목 〈회수〉〔곡수〕	필자/저자(역자)	분류	비고
3	3~4		飛鳳里埠頭の五分間 비봉리 부두의 5분간		수필/관찰	회수 누락

1915년 05월 15일 (토) 2775호 경북일간

지면	단수	기획	기사제목 〈회수〉〔곡수〕	필자/저자(역자)	분류	비고
4	4	日刊文林 (投書歡迎)	春酣けて〔4〕 봄이 한창이라	大邱 ふよう	시가/단카	
4	4	日刊文林 (投書歡迎)	我知れるワイ子に〔1〕 내가 아는 와이코에게	大邱 ふよう	시가/단카	

1915년 05월 15일 (토) 2775호

지면	단수	기획	기사제목 〈회수〉〔곡수〕	필자/저자(역자)	분류	비고
6	1~2		薄田隼人正 第百三十席 〈130〉 스스키다 하야토노쇼 제130석		고단	

1915년 05월 16일 (일) 2776호

지면	단수	기획	기사제목 〈회수〉〔곡수〕	필자/저자(역자)	분류	비고
1	6	文苑	折にふれて〔2〕 때마침	安左衛門	시가/단카	
6	1~2		薄田隼人正 第百卅一席 〈131〉 스스키다 하야토노쇼 제131석		고단	

1915년 05월 18일 (화) 2777호

지면	단수	기획	기사제목 〈회수〉〔곡수〕	필자/저자(역자)	분류	비고
6	1~2		薄田隼人正 第百卅二席 〈132〉 스스키다 하야토노쇼 제132석		고단	

1915년 05월 19일 (수) 2778호

지면	단수	기획	기사제목 〈회수〉〔곡수〕	필자/저자(역자)	분류	비고
1	5		巨濟丸より〔2〕 거제마루에서	北水生	수필·시가/ 기행·하이쿠	
1	6	文苑	退院偶作〔1〕 퇴원우작	畠中素堂	시가/한시	
1	6	文苑	再登山寺〔1〕 재등산사	畠中素堂	시가/한시	
1	6	文苑	客中春曉〔1〕 객중춘효	畠中素堂	시가/한시	
1	6	文苑	梵魚寺詣で〔5〕 범어사 참배	蘭香	시가/하이쿠	
6	1~2		薄田隼人正 第百卅三席〈133〉 스스키다 하야토노쇼 제133석		고단	

1915년 05월 20일 (목) 2779호						
1	6	文苑	初夏雜吟〔5〕 초여름-잡음	よし女	시가/하이쿠	
2	4		東萊溫溫泉より 동래 온천에서	ばの字	수필/기행	
5	2		皷村歡迎句會 고손 환영 구회		기타/모임 안내	
5	2		皷村歡迎句會/靑梅/皷村選〔1〕 고손 환영 구회/청매/고손 선	草汀	시가/하이쿠	
5	2		皷村歡迎句會/靑梅/皷村選〔1〕 고손 환영 구회/청매/고손 선	春浦	시가/하이쿠	
5	2		皷村歡迎句會/靑梅/皷村選〔1〕 고손 환영 구회/청매/고손 선	夢柳	시가/하이쿠	
5	2		皷村歡迎句會/靑梅/皷村選〔1〕 고손 환영 구회/청매/고손 선	綠骨	시가/하이쿠	
5	2		皷村歡迎句會/靑梅/皷村選〔1〕 고손 환영 구회/청매/고손 선	古仙	시가/하이쿠	
5	2		皷村歡迎句會/靑梅/皷村選〔1〕 고손 환영 구회/청매/고손 선	綠骨	시가/하이쿠	
5	2		皷村歡迎句會/靑梅/皷村選〔1〕 고손 환영 구회/청매/고손 선	草汀	시가/하이쿠	
5	2		皷村歡迎句會/靑梅/皷村選〔1〕 고손 환영 구회/청매/고손 선	紀乙	시가/하이쿠	
5	2		皷村歡迎句會/靑梅/皷村選〔1〕 고손 환영 구회/청매/고손 선	松濤	시가/하이쿠	
5	2		皷村歡迎句會/靑梅/皷村選〔1〕 고손 환영 구회/청매/고손 선	柳塘	시가/하이쿠	
5	2		皷村歡迎句會/新茶(互選)〔1〕 고손 환영 구회/햇차(호선)	尋蟻	시가/하이쿠	
5	2		皷村歡迎句會/新茶(互選)〔1〕 고손 환영 구회/햇차(호선)	夢村	시가/하이쿠	
5	2		皷村歡迎句會/新茶(互選)〔1〕 고손 환영 구회/햇차(호선)	春浦	시가/하이쿠	
5	2		皷村歡迎句會/新茶(互選)〔1〕 고손 환영 구회/햇차(호선)	草汀	시가/하이쿠	
5	2		皷村歡迎句會/新茶(互選)〔1〕 고손 환영 구회/햇차(호선)	紀乙	시가/하이쿠	
5	2		皷村歡迎句會/新茶(互選)〔1〕 고손 환영 구회/햇차(호선)	綠骨	시가/하이쿠	

지면	단수	기획	기사제목 〈회수〉〔곡수〕	필자/저자(역자)	분류	비고
5	2		皷村歡迎句會/新茶(互選) 〔1〕 고손 환영 구회/햇차(호선)	夢柳	시가/하이쿠	
5	2		皷村歡迎句會/新茶(互選) 〔1〕 고손 환영 구회/햇차(호선)	柳塘	시가/하이쿠	
5	2		皷村歡迎句會/新茶(互選) 〔1〕 고손 환영 구회/햇차(호선)	香州	시가/하이쿠	
5	2		皷村歡迎句會/新茶(互選) 〔1〕 고손 환영 구회/햇차(호선)	松濤	시가/하이쿠	
5	2		皷村歡迎句會/新茶(互選) 〔1〕 고손 환영 구회/햇차(호선)	古仙	시가/하이쿠	
5	2		皷村歡迎句會/新茶(互選) 〔1〕 고손 환영 구회/햇차(호신)	鼓村	시가/하이쿠	
5	2		皷村歡迎句會/新綠(互選) 〔1〕 고손 환영 구회/신록(호선)	草汀	시가/하이쿠	
5	2		皷村歡迎句會/新綠(互選) 〔1〕 고손 환영 구회/신록(호선)	春浦	시가/하이쿠	
5	2		皷村歡迎句會/新綠(互選) 〔1〕 고손 환영 구회/신록(호선)	紀乙	시가/하이쿠	
5	2		皷村歡迎句會/新綠(互選) 〔1〕 고손 환영 구회/신록(호선)	夢村	시가/하이쿠	
5	3		皷村歡迎句會/新綠(互選) 〔1〕 고손 환영 구회/신록(호선)	松濤	시가/하이쿠	
5	3		皷村歡迎句會/新綠(互選) 〔1〕 고손 환영 구회/신록(호선)	綠骨	시가/하이쿠	
5	3		皷村歡迎句會/新綠(互選) 〔1〕 고손 환영 구회/신록(호선)	柳塘	시가/하이쿠	
5	3		皷村歡迎句會/新綠(互選) 〔1〕 고손 환영 구회/신록(호선)	夢柳	시가/하이쿠	
5	3		皷村歡迎句會/新綠(互選) 〔1〕 고손 환영 구회/신록(호선)	尋蟻	시가/하이쿠	
5	3		皷村歡迎句會/新綠(互選) 〔1〕 고손 환영 구회/신록(호선)	皷村	시가/하이쿠	
5	3		皷村歡迎句會/時事吟(互選) 〔2〕 고손 환영 구회/시사음(호선)	松濤	시가/하이쿠	
5	3		皷村歡迎句會/時事吟(互選) 〔1〕 고손 환영 구회/시사음(호선)	綠骨	시가/하이쿠	
5	3		皷村歡迎句會/時事吟(互選) 〔1〕 고손 환영 구회/시사음(호선)	尋蟻	시가/하이쿠	
5	3		皷村歡迎句會/時事吟(互選) 〔1〕 고손 환영 구회/시사음(호선)	紀乙	시가/하이쿠	
5	3		皷村歡迎句會/時事吟(互選) 〔1〕 고손 환영 구회/시사음(호선)	香州	시가/하이쿠	
5	3		皷村歡迎句會/時事吟(互選) 〔1〕 고손 환영 구회/시사음(호선)	春浦	시가/하이쿠	
5	3		皷村歡迎句會/時事吟(互選) 〔1〕 고손 환영 구회/시사음(호선)	夢柳	시가/하이쿠	
5	3		皷村歡迎句會/時事吟(互選) 〔1〕 고손 환영 구회/시사음(호선)	夢村	시가/하이쿠	
5	3		皷村歡迎句會/時事吟(互選) 〔1〕 고손 환영 구회/시사음(호선)	皷村	시가/하이쿠	
5	3		皷村歡迎句會/釣床(互選) 〔1〕 고손 환영 구회/해먹(호선)	古仙	시가/하이쿠	

지면	단수	기획	기사제목 〈회수〉〔곡수〕	필자/저자(역자)	분류	비고
5	3		皷村歡迎句會/釣床(互選) 〔1〕 고손 환영 구회/해먹(호선)	草汀	시가/하이쿠	
5	3		皷村歡迎句會/釣床(互選) 〔1〕 고손 환영 구회/해먹(호선)	春浦	시가/하이쿠	
5	3		皷村歡迎句會/釣床(互選) 〔1〕 고손 환영 구회/해먹(호선)	紀乙	시가/하이쿠	
5	3		皷村歡迎句會/釣床(互選) 〔1〕 고손 환영 구회/해먹(호선)	夢村	시가/하이쿠	
5	3		皷村歡迎句會/釣床(互選) 〔1〕 고손 환영 구회/해먹(호선)	香州	시가/하이쿠	
5	3		皷村歡迎句會/釣床(互選) 〔1〕 고손 환영 구회/해먹(호선)	夢柳	시가/하이쿠	
5	3		皷村歡迎句會/釣床(互選) 〔1〕 고손 환영 구회/해먹(호선)	松濤	시가/하이쿠	
5	3		皷村歡迎句會/釣床(互選) 〔1〕 고손 환영 구회/해먹(호선)	綠骨	시가/하이쿠	
5	3		皷村歡迎句會/釣床(互選) 〔1〕 고손 환영 구회/해먹(호선)	皷村	시가/하이쿠	
6	1~3		薄田隼人正 第百卅四席 〈134〉 스스키다 하야토노쇼 제134석		고단	

1915년 05월 21일 (금) 2780호

지면	단수	기획	기사제목 〈회수〉〔곡수〕	필자/저자(역자)	분류	비고
6	1~3		薄田隼人正 第百卅五席 〈135〉 스스키다 하야토노쇼 제135석		고단	

1915년 05월 22일 (토) 2781호

지면	단수	기획	기사제목 〈회수〉〔곡수〕	필자/저자(역자)	분류	비고
6	1~2		薄田隼人正 第百卅六席 〈136〉 스스키다 하야토노쇼 제136석		고단	

1915년 05월 23일 (일) 2782호

지면	단수	기획	기사제목 〈회수〉〔곡수〕	필자/저자(역자)	분류	비고
1	6	文苑	雜吟 〔5〕 잡음	中尾花汀	시가/하이쿠	

1915년 05월 23일 (일) 2782호 마진일간

지면	단수	기획	기사제목 〈회수〉〔곡수〕	필자/저자(역자)	분류	비고
3	1	一週一筆	法螺 〈3〉 허풍	馬山 宕山	수필/기타	

1915년 05월 23일 (일) 2782호

지면	단수	기획	기사제목 〈회수〉〔곡수〕	필자/저자(역자)	분류	비고
6	1~3		薄田隼人正 第百卅七席 〈137〉 스스키다 하야토노쇼 제137석		고단	

1915년 05월 25일 (화) 2783호

지면	단수	기획	기사제목 〈회수〉〔곡수〕	필자/저자(역자)	분류	비고
1	6	文苑	超塵會句集/題 若竹、蛙、薰風/五點 〔1〕 조진카이 구집/주제 어린 대나무, 개구리, 훈풍/오점	秋汀	시가/하이쿠	
1	6	文苑	超塵會句集/題 若竹、蛙、薰風/四點 〔1〕 조진카이 구집/주제 어린 대나무, 개구리, 훈풍/사점	夢里	시가/하이쿠	
1	6	文苑	超塵會句集/題 若竹、蛙、薰風/三點 〔1〕 조진카이 구집/주제 어린 대나무, 개구리, 훈풍/삼점	可秀	시가/하이쿠	
1	6	文苑	超塵會句集/題 若竹、蛙、薰風/二點 〔1〕 조진카이 구집/주제 어린 대나무, 개구리, 훈풍/이점	俠雨	시가/하이쿠	
1	6	文苑	超塵會句集/題 若竹、蛙、薰風/二點 〔2〕 조진카이 구집/주제 어린 대나무, 개구리, 훈풍/이점	可秀	시가/하이쿠	

지면	단수	기획	기사제목 〈회수〉〔곡수〕	필자/저자(역자)	분류	비고
1	6	文苑	超塵會句集/題 若竹、蛙、薰風/二點〔1〕 조진카이 구집/주제 어린 대나무, 개구리, 훈풍/이점	秋汀	시가/하이쿠	
1	6	文苑	超塵會句集/題 若竹、蛙、薰風/二點〔1〕 조진카이 구집/주제 어린 대나무, 개구리, 훈풍/이점	夢里	시가/하이쿠	
1	6	文苑	超塵會句集/題 若竹、蛙、薰風/二點〔1〕 조진카이 구집/주제 어린 대나무, 개구리, 훈풍/이점	可秀	시가/하이쿠	
1	6	文苑	超塵會句集/題 若竹、蛙、薰風/二點〔1〕 조진카이 구집/주제 어린 대나무, 개구리, 훈풍/이점	秋汀	시가/하이쿠	
1	6	文苑	超塵會句集/題 若竹、蛙、薰風/二點〔1〕 조진카이 구집/주제 어린 대나무, 개구리, 훈풍/이점	夢里	시가/하이쿠	
1	6	文苑	超塵會句集/題 若竹、蛙、薰風/二點〔1〕 조진카이 구집/주제 어린 대나무, 개구리, 훈풍/이점	可秀	시가/하이쿠	
1	6	文苑	超塵會句集/題 若竹、蛙、薰風/一點〔1〕 조진카이 구집/주제 어린 대나무, 개구리, 훈풍/일점	夢里	시가/하이쿠	
1	6	文苑	超塵會句集/題 若竹、蛙、薰風/一點〔1〕 조진카이 구집/주제 어린 대나무, 개구리, 훈풍/일점	秋汀	시가/하이쿠	
1	6	文苑	超塵會句集/題 若竹、蛙、薰風/一點〔1〕 조진카이 구집/주제 어린 대나무, 개구리, 훈풍/일점	可秀	시가/하이쿠	
1	6	文苑	超塵會句集/題 若竹、蛙、薰風/一點〔2〕 조진카이 구집/주제 어린 대나무, 개구리, 훈풍/일점	俠雨	시가/하이쿠	
1	6	文苑	超塵會句集/題 若竹、蛙、薰風/一點〔1〕 조진카이 구집/주제 어린 대나무, 개구리, 훈풍/일점	秋汀	시가/하이쿠	
1	6	文苑	超塵會句集/題 若竹、蛙、薰風/一點〔1〕 조진카이 구집/주제 어린 대나무, 개구리, 훈풍/일점	俠雨	시가/하이쿠	
1	6	文苑	超塵會句集/題 若竹、蛙、薰風/一點〔1〕 조진카이 구집/주제 어린 대나무, 개구리, 훈풍/일점	可秀	시가/하이쿠	
1	6	文苑	超塵會句集/題 若竹、蛙、薰風/一點〔1〕 조진카이 구집/주제 어린 대나무, 개구리, 훈풍/일점	夢里	시가/하이쿠	
1	6	文苑	超塵會句集/題 若竹、蛙、薰風/一點〔1〕 조진카이 구집/주제 어린 대나무, 개구리, 훈풍/일점	俠雨	시가/하이쿠	
1	6	文苑	超塵會句集/題 若竹、蛙、薰風/一點〔1〕 조진카이 구집/주제 어린 대나무, 개구리, 훈풍/일점	秋汀	시가/하이쿠	
1	6	文苑	超塵會句集/題 若竹、蛙、薰風/一點〔1〕 조진카이 구집/주제 어린 대나무, 개구리, 훈풍/일점	夢里	시가/하이쿠	

1915년 05월 25일 (화) 2783호 마진일간

| 3 | 2 | | 初夏の鎭東〈1〉
초여름의 진동 | 楓舟 | 수필/관찰 | |
| 3 | 4 | | 淪落の女/…深みに沈む戀の淵〈1〉
윤락녀/…깊이 가라앉은 사랑의 늪 | | 수필/기타 | |

1915년 05월 25일 (화) 2783호

| 6 | 1~3 | | 薄田隼人正 第百卅八席〈138〉
스스키다 하야토노쇼 제138석 | | 고단 | |

1915년 05월 26일 (수) 2784호 마진일간

| 3 | 2 | | 初夏の鎭東〈2〉
초여름의 진동 | 楓舟 | 수필/관찰 | |
| 3 | 4 | | 淪落の女/…慘風非雨の悲劇〈2〉
윤락녀/…비참한 비극 | | 수필/기타 | |

1915년 05월 26일 (수) 2784호

지면	단수	기획	기사제목 〈회수〉〔곡수〕	필자/저자(역자)	분류	비고
6	1~2		薄田隼人正 第百卅九席 〈139〉 스스키다 하야토노쇼 제139석			고단

1915년 05월 27일 (목) 2785호

지면	단수	기획	기사제목 〈회수〉〔곡수〕	필자/저자(역자)	분류	비고
1	6	文苑	題舊友遺稿 〔1〕 제구우유고	畠中素堂	시가/한시	
1	6	文苑	隱褸句號三首 〔1〕 은처구호-삼수	畠中素堂	시가/한시	
1	6	文苑	隱褸句號二首其二 〔1〕 은처구호-이수 그 두 번째	畠中素堂	시가/한시	
1	6	文苑	其三 〔1〕 그 세 번째	畠中素堂	시가/한시	

1915년 05월 27일 (목) 2785호 마진일간

지면	단수	기획	기사제목 〈회수〉〔곡수〕	필자/저자(역자)	분류	비고
3	2		初夏の鎭東 〈3〉 초여름의 진동	楓舟	수필/관찰	

1915년 05월 27일 (목) 2785호 경북일간

지면	단수	기획	기사제목 〈회수〉〔곡수〕	필자/저자(역자)	분류	비고
4	4	寄書	予が日曜の回顧 〈1〉 나의 일요일의 회고	大邱 湯原芳齊	수필/일상	

1915년 05월 27일 (목) 2785호

지면	단수	기획	기사제목 〈회수〉〔곡수〕	필자/저자(역자)	분류	비고
6	1~2		薄田隼人正 第百四十席 〈140〉 스스키다 하야토노쇼 제140석			고단

1915년 05월 28일 (금) 2786호

지면	단수	기획	기사제목 〈회수〉〔곡수〕	필자/저자(역자)	분류	비고
1	6	文苑	竹林所見 〔1〕 죽림소견	畠中素堂	시가/한시	
1	6	文苑	山寺投宿 〔1〕 산사투숙	畠中素堂	시가/한시	
1	6	文苑	書懷 〔1〕 서회	畠中素堂	시가/한시	
1	6	文苑	暮春 〔1〕 모춘	畠中素堂	시가/한시	
1	6	文苑	曉起聽杜鵑 〔1〕 효기청두견	畠中素堂	시가/한시	

1915년 05월 28일 (금) 2786호 마진일간

지면	단수	기획	기사제목 〈회수〉〔곡수〕	필자/저자(역자)	분류	비고
3	2		初夏の鎭東 〈4〉 초여름의 진동	楓舟	수필/관찰	
3	4		淪落の女/...色魔鐵尾の親切が仇 〈3〉 윤락녀/...색마 데쓰오의 배신		수필/기타	

1915년 05월 28일 (금) 2786호 경북일간

지면	단수	기획	기사제목 〈회수〉〔곡수〕	필자/저자(역자)	분류	비고
4	5	日刊文林	逝く春 〔9〕 가는 봄	大邱 白芙蓉	시가/단카	
4	5~6	寄書	予が日曜の回顧 〈2〉 나의 일요일의 회고	大邱 湯原芳齊	수필/일상	

1915년 05월 28일 (금) 2786호

지면	단수	기획	기사제목 〈회수〉〔곡수〕	필자/저자(역자)	분류	비고
6	1~2		薄田隼人正 第百四十一席 〈141〉 스스키다 하야토노쇼 제141석			고단

지면	단수	기획	기사제목 〈회수〉〔곡수〕	필자/저자(역자)	분류	비고
			1915년 05월 29일 (토) 2787호 경북일간			
4	4~5		薊の花 〈1〉 엉겅퀴 꽃		수필/기타	
			1915년 05월 29일 (토) 2787호			
6	1~2		薄田隼人正 第百四十二席 〈142〉 스스키다 하야토노쇼 제142석		고단	
			1915년 05월 30일 (일) 2788호			
1	6	文苑	#夏村園 〔1〕 #하촌원	畠中素堂	시가/한시	
1	6	文苑	感詩事 〔1〕 감시사	畠中素堂	시가/한시	
			1915년 05월 30일 (일) 2788호 마진일간			
3	4		淪落の女/...虎口を逃れて京城へ 〈4〉 윤락녀/...위기에서 벗어나 경성으로		수필/기타	
			1915년 05월 30일 (일) 2788호 경북일간			
4	3~4	寄書	予が日曜の回顧 〈3〉 나의 일요일의 회고	大邱 湯原芳齊	수필/일상	
4	4~5		薊の花 〈2〉 엉겅퀴 꽃		수필/기타	
			1915년 05월 30일 (일) 2788호			
6	1~2		薄田隼人正 第百四十三席 〈143〉 스스키다 하야토노쇼 제143석		고단	
			1915년 06월 01일 (화) 2789호			
1	5	文苑	超塵會第二回句集(上)/題 △夏の月△更衣△金魚△藻の花萍△日傘/七點 〈1〉〔1〕 조진카이 제2회 하이쿠 구집(상)/주제 △여름 달△계절 옷 바꾸기△금붕어△담수초 꽃 개구리밥△양산/칠점	可秀	시가/하이쿠	
1	5	文苑	超塵會第二回句集(上)/題 △夏の月△更衣△金魚△藻の花萍△日傘/七點 〈1〉〔2〕 조진카이 제2회 하이쿠 구집(상)/주제 △여름 달△계절 옷 바꾸기△금붕어△담수초 꽃 개구리밥△양산/칠점	秋汀	시가/하이쿠	
1	5	文苑	超塵會第二回句集(上)/題 △夏の月△更衣△金魚△藻の花萍△日傘/五點 〈1〉〔1〕 조진카이 제2회 하이쿠 구집(상)/주제 △여름 달△계절 옷 바꾸기△금붕어△담수초 꽃 개구리밥△양산/오점	秋汀	시가/하이쿠	
1	5	文苑	超塵會第二回句集(上)/題 △夏の月△更衣△金魚△藻の花萍△日傘/五點 〈1〉〔1〕 조진카이 제2회 하이쿠 구집(상)/주제 △여름 달△계절 옷 바꾸기△금붕어△담수초 꽃 개구리밥△양산/오점	可秀	시가/하이쿠	
1	5	文苑	超塵會第二回句集(上)/題 △夏の月△更衣△金魚△藻の花萍△日傘/五點 〈1〉〔1〕 조진카이 제2회 하이쿠 구집(상)/주제 △여름 달△계절 옷 바꾸기△금붕어△담수초 꽃 개구리밥△양산/오점	秋汀	시가/하이쿠	
1	5	文苑	超塵會第二回句集(上)/題 △夏の月△更衣△金魚△藻の花萍△日傘/五點 〈1〉〔1〕 조진카이 제2회 하이쿠 구집(상)/주제 △여름 달△계절 옷 바꾸기△금붕어△담수초 꽃 개구리밥△양산/오점	可秀	시가/하이쿠	

지면	단수	기획	기사제목 〈회수〉〔곡수〕	필자/저자(역자)	분류	비고
1	5	文苑	超塵會第二回句集(上)/題 △夏の月△更衣△金魚△藻の花萍△日傘/五點 〈1〉〔1〕 조진카이 제2회 하이쿠 구집(상)/주제 △여름 달△계절 옷 바꾸기△금붕어△담수초 꽃 개구리밥△양산/오점	秋汀	시가/하이쿠	
1	5	文苑	超塵會第二回句集(上)/題 △夏の月△更衣△金魚△藻の花萍△日傘/五點 〈1〉〔2〕 조진카이 제2회 하이쿠 구집(상)/주제 △여름 달△계절 옷 바꾸기△금붕어△담수초 꽃 개구리밥△양산/오점	夢里	시가/하이쿠	
1	5	文苑	超塵會第二回句集(上)/題 △夏の月△更衣△金魚△藻の花萍△日傘/五點 〈1〉〔1〕 조진카이 제2회 하이쿠 구집(상)/주제 △여름 달△계절 옷 바꾸기△금붕어△담수초 꽃 개구리밥△양산/오점	實水	시가/하이쿠	

1915년 06월 01일 (화) 2789호 경북일간

지면	단수	기획	기사제목 〈회수〉〔곡수〕	필자/저자(역자)	분류	비고
4	5~6	寄書	予が日曜の回顧(四) 〈4〉 나의 일요일의 회고(4)	大邱 湯原芳齊	수필/일상	

1915년 06월 01일 (화) 2789호

지면	단수	기획	기사제목 〈회수〉〔곡수〕	필자/저자(역자)	분류	비고
6	1~2		薄田隼人正 第百四十四席 〈144〉 스스키다 하야토노쇼 제144석		고단	

1915년 06월 02일 (수) 2790호

지면	단수	기획	기사제목 〈회수〉〔곡수〕	필자/저자(역자)	분류	비고
1	6	文苑	超塵會第二回句集(下)/題 △夏の月△更衣△金魚△藻の花萍△日傘/三點 〈2〉〔1〕 조진카이 제2회 하이쿠 구집(하)/주제△여름 달△계절 옷 바꾸기△금붕어△담수초 꽃 개구리밥△양산/삼점	可秀	시가/하이쿠	
1	6	文苑	超塵會第二回句集(下)/題 △夏の月△更衣△金魚△藻の花萍△日傘/三點 〈2〉〔1〕 조진카이 제2회 하이쿠 구집(하)/주제△여름 달△계절 옷 바꾸기△금붕어△담수초 꽃 개구리밥△양산/삼점	夢里	시가/하이쿠	
1	6	文苑	超塵會第二回句集(下)/題 △夏の月△更衣△金魚△藻の花萍△日傘/三點 〈2〉〔1〕 조진카이 제2회 하이쿠 구집(하)/주제△여름 달△계절 옷 바꾸기△금붕어△담수초 꽃 개구리밥△양산/삼점	俠雨	시가/하이쿠	
1	6	文苑	超塵會第二回句集(下)/題 △夏の月△更衣△金魚△藻の花萍△日傘/三點 〈2〉〔1〕 조진카이 제2회 하이쿠 구집(하)/주제△여름 달△계절 옷 바꾸기△금붕어△담수초 꽃 개구리밥△양산/삼점	可秀	시가/하이쿠	
1	6	文苑	超塵會第二回句集(下)/題 △夏の月△更衣△金魚△藻の花萍△日傘/三點 〈2〉〔1〕 조진카이 제2회 하이쿠 구집(하)/주제△여름 달△계절 옷 바꾸기△금붕어△담수초 꽃 개구리밥△양산/삼점	實水	시가/하이쿠	
1	6	文苑	超塵會第二回句集(下)/題 △夏の月△更衣△金魚△藻の花萍△日傘/三點 〈2〉〔2〕 조진카이 제2회 하이쿠 구집(하)/주제△여름 달△계절 옷 바꾸기△금붕어△담수초 꽃 개구리밥△양산/삼점	夢里	시가/하이쿠	
1	6	文苑	超塵會第二回句集(下)/題 △夏の月△更衣△金魚△藻の花萍△日傘/三點 〈2〉〔1〕 조진카이 제2회 하이쿠 구집(하)/주제△여름 달△계절 옷 바꾸기△금붕어△담수초 꽃 개구리밥△양산/삼점	實水	시가/하이쿠	
1	6	文苑	超塵會第二回句集(下)/題 △夏の月△更衣△金魚△藻の花萍△日傘/三點 〈2〉〔1〕 조진카이 제2회 하이쿠 구집(하)/주제△여름 달△계절 옷 바꾸기△금붕어△담수초 꽃 개구리밥△양산/삼점	俠雨	시가/하이쿠	

지면	단수	기획	기사제목 〈회수〉〔곡수〕	필자/저자(역자)	분류	비고
1	6	文苑	超塵會第二回句集(下)/題 △夏の月△更衣△金魚△藻の花萍△日傘/三點 〈2〉〔1〕 조진카이 제2회 하이쿠 구집(하)/주제△여름 달△계절 옷 바꾸기△금붕어△담수초 꽃 개구리밥△양산△삼점	夢里	시가/하이쿠	
1	6	文苑	超塵會第二回句集(下)/題 △夏の月△更衣△金魚△藻の花萍△日傘/三點 〈2〉〔1〕 조진카이 제2회 하이쿠 구집(하)/주제△여름 달△계절 옷 바꾸기△금붕어△담수초 꽃 개구리밥△양산△삼점	秋汀	시가/하이쿠	
1	6	文苑	超塵會第二回句集(下)/題 △夏の月△更衣△金魚△藻の花萍△日傘/三點 〈2〉〔2〕 조진카이 제2회 하이쿠 구집(하)/주제△여름 달△계절 옷 바꾸기△금붕어△담수초 꽃 개구리밥△양산△삼점	可秀	시가/하이쿠	
1	6	文苑	超塵會第二回句集(下)/題 △夏の月△更衣△金魚△藻の花萍△日傘/三點 〈2〉〔1〕 조진카이 제2회 하이쿠 구집(하)/주제△여름 달△계절 옷 바꾸기△금붕어△담수초 꽃 개구리밥△양산△삼점	俠雨	시기/하이쿠	
1	6	文苑	超塵會第二回句集(下)/題 △夏の月△更衣△金魚△藻の花萍△日傘/三點 〈2〉〔1〕 조진카이 제2회 하이쿠 구집(하)/주제△여름 달△계절 옷 바꾸기△금붕어△담수초 꽃 개구리밥△양산△삼점	夢里	시가/하이쿠	
1	6	文苑	超塵會第二回句集(下)/題 △夏の月△更衣△金魚△藻の花萍△日傘/三點 〈2〉〔1〕 조진카이 제2회 하이쿠 구집(하)/주제△여름 달△계절 옷 바꾸기△금붕어△담수초 꽃 개구리밥△양산△삼점	俠雨	시가/하이쿠	
1	6	文苑	超塵會第二回句集(下)/題 △夏の月△更衣△金魚△藻の花萍△日傘/三點 〈2〉〔1〕 조진카이 제2회 하이쿠 구집(하)/주제△여름 달△계절 옷 바꾸기△금붕어△담수초 꽃 개구리밥△양산△삼점	夢里	시가/하이쿠	
1	6	文苑	超塵會第二回句集(下)/題 △夏の月△更衣△金魚△藻の花萍△日傘/三點 〈2〉〔1〕 조진카이 제2회 하이쿠 구집(하)/주제△여름 달△계절 옷 바꾸기△금붕어△담수초 꽃 개구리밥△양산△삼점	秋汀	시가/하이쿠	
1	6	文苑	超塵會第二回句集(下)/題 △夏の月△更衣△金魚△藻の花萍△日傘/三點 〈2〉〔1〕 조진카이 제2회 하이쿠 구집(하)/주제△여름 달△계절 옷 바꾸기△금붕어△담수초 꽃 개구리밥△양산△삼점	俠雨	시가/하이쿠	
1	6	文苑	超塵會第二回句集(下)/題 △夏の月△更衣△金魚△藻の花萍△日傘/三點 〈2〉〔1〕 조진카이 제2회 하이쿠 구집(하)/주제△여름 달△계절 옷 바꾸기△금붕어△담수초 꽃 개구리밥△양산△삼점	夢里	시가/하이쿠	
1	6	文苑	超塵會第二回句集(下)/題 △夏の月△更衣△金魚△藻の花萍△日傘/三點 〈2〉〔1〕 조진카이 제2회 하이쿠 구집(하)/주제△여름 달△계절 옷 바꾸기△금붕어△담수초 꽃 개구리밥△양산△삼점	秋汀	시가/하이쿠	
2	2~4		★文化史より觀たる日鮮關係(一) 〈1〉 문화사로 본 일본과 조선의 관계(1)	黑板文學博士 講演	수필/비평	
4	4		予が日曜の回顧(五) 〈5〉 나의 일요일의 회고(5)	大邱 湯原芳齊	수필/일상	
6	1~2		薄田隼人正 第百四十五席 〈145〉 스스키다 하야토노쇼 제145석		고단	

1915년 06월 03일 (목) 2791호

지면	단수	기획	기사제목 〈회수〉〔곡수〕	필자/저자(역자)	분류	비고
1	2~4		★文化史より觀たる日鮮關係(二) 〈2〉 문화사로 본 일본과 조선의 관계(2)	黑板文學博士 講演	수필/비평	
1	6	文苑	(제목없음) 〔7〕	安左衛門	시가/단카	

지면	단수	기획	기사제목 〈회수〉〔곡수〕	필자/저자(역자)	분류	비고
			1915년 06월 03일 (목) 2791호 경북일간			
4	3~4	寄書	予が日曜の回顧(六) 〈6〉 나의 일요일의 회고(6)	大邱 湯原芳齊	수필/일상	
4	4~5		薊の花 〈3〉 엉겅퀴 꽃		수필/기타	
4	5~6	日刊文林	病床より 〔10〕 병상에서	大邱 春秋生	시가/단카	
			1915년 06월 03일 (목) 2791호			
6	1~2		薄田隼人正 第百四十六席 〈146〉 스스키다 하야토노쇼 제146석		고단	
			1915년 06월 04일 (금) 2792호			
1	2~5		★文化史より觀たる日鮮關係(三) 〈3〉 문화사로 본 일본과 조선의 관계(3)	黑板文學博士 講演	수필/비평	
1	6	文苑	題 畵 〔1〕 제 그림	畠中素堂	시가/한시	
1	6	文苑	題 富嶽圖 〔1〕 제 부악도(후지산 봉우리를 그린 그림)	畠中素堂	시가/한시	
1	6	文苑	觀廢寺爲農家慨然爲賊 〔1〕 관폐사위농가개연위적	畠中素堂	시가/한시	
			1915년 06월 04일 (금) 2792호 경북일간			
4	5~6		薊の花 〈4〉 엉겅퀴 꽃		수필/기타	
			1915년 06월 04일 (금) 2792호			
6	1~2		薄田隼人正 第百四十七席 〈147〉 스스키다 하야토노쇼 제147석		고단	
			1915년 06월 05일 (토) 2793호			
1	2~5		★文化史より觀たる日鮮關係(四) 〈4〉 문화사로 본 일본과 조선의 관계(4)	黑板文學博士 講演	수필/비평	
1	6	文苑	歸山偶作 〔1〕 귀산우작		시가/한시	
1	6	文苑	憶亡友 〔1〕 죽은 친구를 추억하며		시가/한시	
1	6	文苑	題自照二首 〔1〕 제자조-이수		시가/한시	
1	6	文苑	其二 〔1〕 그 두 번째		시가/한시	
			1915년 06월 05일 (토) 2793호 경북일간			
3	5~6	寄書	予が日曜の回顧(七) 〈7〉 나의 일요일의 회고(7)	大邱 湯原芳齊	수필/일상	
			1915년 06월 05일 (토) 2793호			
6	1~2		薄田隼人正 第百四十八席 〈148〉 스스키다 하야토노쇼 제148석		고단	
			1915년 06월 06일 (일) 2794호			

지면	단수	기획	기사제목 〈회수〉〔곡수〕	필자/저자(역자)	분류	비고
1	2~4		★文化史より觀たる日鮮關係(五) 〈5〉 문화사로 본 일본과 조선의 관계(5)	黑板文學博士 講演	수필/비평	
1	6		新講談豫告/「明烏夢泡雪」 신 고단 예고/「아케가라스 유메노 아와유키」		광고/연재 예고	
1	6	文苑	短歌 〔5〕 단카	野薔薇	시가/단카	

1915년 06월 06일 (일) 2794호 경북일간

지면	단수	기획	기사제목 〈회수〉〔곡수〕	필자/저자(역자)	분류	비고
3	4~5		薊の花 〈5〉 엉겅퀴 꽃		수필/기타	

1915년 06월 06일 (일) 2794호

지면	단수	기획	기사제목 〈회수〉〔곡수〕	필자/저자(역자)	분류	비고
6	1~2		薄田隼人正 第百四十九席 〈149〉 스스키다 하야토노쇼 제149석		고단	

1915년 06월 08일 (화) 2795호

지면	단수	기획	기사제목 〈회수〉〔곡수〕	필자/저자(역자)	분류	비고
1	6	文苑	午睡不成 〔1〕 오수불성	畠中素堂	시가/한시	
1	6	文苑	無聊沽酒 〔1〕 무료첨주	畠中素堂	시가/한시	
1	6	文苑	題某溪上 〔1〕 제모계상	畠中素堂	시가/한시	
1	6	文苑	晚春郊外 〔1〕 만춘교외	畠中素堂	시가/한시	
1	6	文苑	煮新茶 〔1〕 자신차	畠中素堂	시가/한시	
6	1~2		薄田隼人正 第百五十席 〈150〉 스스키다 하야토노쇼 제150석		고단	

1915년 06월 09일 (수) 2796호

지면	단수	기획	기사제목 〈회수〉〔곡수〕	필자/저자(역자)	분류	비고
1	2~5		★文化史より觀たる日鮮關係(六) 〈6〉 문화사로 본 일본과 조선의 관계(6)	黑板文學博士 講演	수필/비평	
1	6	文苑	初夏偶吟 〔5〕 초여름 우음	滄浪	시가/하이쿠	

1915년 06월 09일 (수) 2796호 경북일간

지면	단수	기획	기사제목 〈회수〉〔곡수〕	필자/저자(역자)	분류	비고
3	5~6		薊の花 〈6〉 엉겅퀴 꽃		수필/기타	

1915년 06월 09일 (수) 2796호

지면	단수	기획	기사제목 〈회수〉〔곡수〕	필자/저자(역자)	분류	비고
6	1~3		實說 明烏 〈1〉 실설 아케가라스	寶井琴窓	고단	

1915년 06월 10일 (목) 2797호

지면	단수	기획	기사제목 〈회수〉〔곡수〕	필자/저자(역자)	분류	비고
1	2~5		哈爾賓瞥見記 하얼빈 별견기	梅田生	수필/기행	

1915년 06월 10일 (목) 2797호 경북일간

지면	단수	기획	기사제목 〈회수〉〔곡수〕	필자/저자(역자)	분류	비고
3	5~6		薊の花 〈7〉 엉겅퀴 꽃		수필/기타	

1915년 06월 10일 (목) 2797호

지면	단수	기획	기사제목 〈회수〉〔곡수〕	필자/저자(역자)	분류	비고
5	4~5		若葉の薫り/女生徒より 어린잎의 향기/여학생으로부터	八尋たつ	수필/서간	
6	1~3		實說 明烏 〈2〉 실설 아케가라스	寶井琴窓	고단	

1915년 06월 11일 (금) 2798호

지면	단수	기획	기사제목 〈회수〉〔곡수〕	필자/저자(역자)	분류	비고
1	6	文苑	初夏雜吟〔9〕 초여름 잡음	滄浪	시가/하이쿠	

1915년 06월 11일 (금) 2798호 경북일간

지면	단수	기획	기사제목 〈회수〉〔곡수〕	필자/저자(역자)	분류	비고
3	4~5		薊の花 〈8〉 엉겅퀴 꽃		수필/기타	

1915년 06월 11일 (금) 2798호

지면	단수	기획	기사제목 〈회수〉〔곡수〕	필자/저자(역자)	분류	비고
6	1~3		實說 明烏 〈3〉 실설 아케가라스	寶井琴窓	고단	

1915년 06월 12일 (토) 2799호

지면	단수	기획	기사제목 〈회수〉〔곡수〕	필자/저자(역자)	분류	비고
1	6		靑嶋より 칭다오에서	山崎生	수필/서간	

1915년 06월 13일 (일) 2800호

지면	단수	기획	기사제목 〈회수〉〔곡수〕	필자/저자(역자)	분류	비고
1	6	文苑	五月雨〔2〕 여름 장마	不来江	시가/단카	
6	1~3		實說 明烏 〈5〉 실설 아케가라스	寶井琴窓	고단	

1915년 06월 15일 (화) 2801호

지면	단수	기획	기사제목 〈회수〉〔곡수〕	필자/저자(역자)	분류	비고
1	6	文苑	賦得客中春日〔1〕 부득객중춘일	畠中素堂	시가/한시	
1	6	文苑	春日謾吟〔1〕 춘일만음	畠中素堂	시가/한시	
1	6	文苑	暮春即事〔1〕 모춘즉사	畠中素堂	시가/한시	
1	6	文苑	題舊友遺稿卷尾〔1〕 제구우유고권미	畠中素堂	시가/한시	
1	6	文苑	野薔薇を見て〔4〕 들장미를 보고	白潮	시가/단카	
6	1~3		實說 明烏 〈6〉 실설 아케가라스	寶井琴窓	고단	

1915년 06월 16일 (수) 2802호

지면	단수	기획	기사제목 〈회수〉〔곡수〕	필자/저자(역자)	분류	비고
1	6	文苑	夏日禪居〔1〕 하일선거	畠中素堂	시가/한시	
1	6	文苑	聽杜鵑有感〔1〕 청두견유감	畠中素堂	시가/한시	
1	6	文苑	幽居放吟〔1〕 유거방음	畠中素堂	시가/한시	
1	6	文苑	江亭觀螢〔1〕 강정관형	畠中素堂	시가/한시	
1	6	文苑	吾と妻〔4〕 나와 아내	森金一	시가/단카	

지면	단수	기획	기사제목 〈회수〉〔곡수〕	필자/저자(역자)	분류	비고
6	1~3		實說 明烏 〈7〉 실설 아케가라스	寶井琴窓	고단	

1915년 06월 17일 (목) 2803호

지면	단수	기획	기사제목 〈회수〉〔곡수〕	필자/저자(역자)	분류	비고
1	5	文苑	自遺老 〔1〕 자유로	畠中素堂	시가/한시	
1	5	文苑	夏日即興 〔1〕 하일즉흥	畠中素堂	시가/한시	
1	5	文苑	片々 〔4〕 조각조각	未酉女人	시가/단카	
6	1~3		實說 明烏 〈8〉 실설 이케기리스	寶井琴窓	고단	

1915년 06월 18일 (금) 2804호

지면	단수	기획	기사제목 〈회수〉〔곡수〕	필자/저자(역자)	분류	비고
1	6	文苑	罌粟の花 〔2〕 개양귀비 꽃	不來江	시가/단카	
1	6	文苑	五月雨 〔5〕 여름 장마	よね子	시가/하이쿠	瞿-罌 오기
6	1~3		實說 明烏 〈9〉 실설 아케가라스	寶井琴窓	고단	

1915년 06월 19일 (토) 2805호

지면	단수	기획	기사제목 〈회수〉〔곡수〕	필자/저자(역자)	분류	비고
1	3~5	寄書	細野幽林氏の最近演奏を聽きて 〈1〉 호소노 유린 씨의 최근 연주를 듣고	北鄕綠堂	수필/비평	
1	6	文苑	時に觸れて 〔5〕 때마침	白潮	시가/단카	
6	1~3		實說 明烏 〈10〉 실설 아케가라스	寶井琴窓	고단	

1915년 06월 20일 (일) 2806호

지면	단수	기획	기사제목 〈회수〉〔곡수〕	필자/저자(역자)	분류	비고
1	4~5	寄書	細野幽林氏の最近演奏を聽きて(承前) 〈2〉 호소노 유린 씨의 최근 연주를 듣고(앞에 이어)	北鄕綠堂	수필/비평	
1	6	文苑	さ霧のうちより 〔6〕 안개 속에서	未酉女人	시가/단카	
6	1~3		實說 明烏 〈11〉 실설 아케가라스	寶井琴窓	고단	

1915년 06월 22일 (화) 2807호

지면	단수	기획	기사제목 〈회수〉〔곡수〕	필자/저자(역자)	분류	비고
6	1~3		實說 明烏 〈12〉 실설 아케가라스	寶井琴窓	고단	

1915년 06월 23일 (수) 2808호

지면	단수	기획	기사제목 〈회수〉〔곡수〕	필자/저자(역자)	분류	비고
1	6	文苑	夏の海 〔3〕 여름 바다	曼陀羅華	시가/단카	
6	1~3		實說 明烏 〈13〉 실설 아케가라스	寶井琴窓	고단	

1915년 06월 24일 (목) 2809호

지면	단수	기획	기사제목 〈회수〉〔곡수〕	필자/저자(역자)	분류	비고
1	6	文苑	晋州上野蛸夢還曆祝句-華の家枝秋宗匠選/五客 〔1〕 진주 우에노 쇼무 환갑 축하구-하나노야 기슈 종장 선/오객	周防 南#	시가/하이쿠	
1	6	文苑	晋州上野蛸夢還曆祝句-華の家枝秋宗匠選/五客 〔1〕 진주 우에노 쇼무 환갑 축하구-하나노야 기슈 종장 선/오객	晋州 天然寺	시가/하이쿠	

지면	단수	기획	기사제목 〈회수〉〔곡수〕	필자/저자(역자)	분류	비고
1	6	文苑	晋州上野蛸夢還曆祝句-華の家枝秋宗匠選/五客 〔1〕 진주 우에노 쇼무 환갑 축하구-하나노야 기슈 종장 선/오객	山只 面樂	시가/하이쿠	
1	6	文苑	晋州上野蛸夢還曆祝句-華の家枝秋宗匠選/五客 〔1〕 진주 우에노 쇼무 환갑 축하구-하나노야 기슈 종장 선/오객	靜岡 好月	시가/하이쿠	
1	6	文苑	晋州上野蛸夢還曆祝句-華の家枝秋宗匠選/五客 〔1〕 진주 우에노 쇼무 환갑 축하구-하나노야 기슈 종장 선/오객	靜岡 樂山	시가/하이쿠	
1	6	文苑	晋州上野蛸夢還曆祝句-華の家枝秋宗匠選/三光 〔1〕 진주 우에노 쇼무 환갑 축하구-하나노야 기슈 종장 선/삼광	讚岐 知石	시가/하이쿠	
1	6	文苑	晋州上野蛸夢還曆祝句-華の家枝秋宗匠選/三光 〔1〕 진주 우에노 쇼무 환갑 축하구-하나노야 기슈 종장 선/삼광	晋州 天然寺	시가/하이쿠	
1	6	文苑	晋州上野蛸夢還曆祝句-華の家枝秋宗匠選/三光 〔1〕 진주 우에노 쇼무 환갑 축하구-하나노야 기슈 종장 선/삼광	阿波 煙外	시가/하이쿠	
6	1~3		實說 明烏 〈14〉 실설 아케가라스	寶井琴窓	고단	

1915년 06월 25일 (금) 2810호

지면	단수	기획	기사제목 〈회수〉〔곡수〕	필자/저자(역자)	분류	비고
1	5	文苑	晋州上野蛸夢翁還曆句集(續き)-巖谷小波先生選/五客 〔1〕 진주 우에노 쇼무 옹 환갑 구집(계속)-이와야 사자나미 선생 선/오객	晋州 竹風	시가/하이쿠	
1	5	文苑	晋州上野蛸夢翁還曆句集(續き)-巖谷小波先生選/五客 〔1〕 진주 우에노 쇼무 옹 환갑 구집(계속)-이와야 사자나미 선생 선/오객	釜山 梅雨	시가/하이쿠	
1	5	文苑	晋州上野蛸夢翁還曆句集(續き)-巖谷小波先生選/五客 〔1〕 진주 우에노 쇼무 옹 환갑 구집(계속)-이와야 사자나미 선생 선/오객	晋州 天然寺	시가/하이쿠	
1	5	文苑	晋州上野蛸夢翁還曆句集(續き)-巖谷小波先生選/五客 〔1〕 진주 우에노 쇼무 옹 환갑 구집(계속)-이와야 사자나미 선생 선/오객	大邱 一夢	시가/하이쿠	
1	5	文苑	晋州上野蛸夢翁還曆句集(續き)-巖谷小波先生選/五客 〔1〕 진주 우에노 쇼무 옹 환갑 구집(계속)-이와야 사자나미 선생 선/오객	阿波 正敎	시가/하이쿠	
1	5	文苑	晋州上野蛸夢翁還曆句集(續き)-巖谷小波先生選/三光 〔1〕 진주 우에노 쇼무 옹 환갑 구집(계속)-이와야 사자나미 선생 선/삼광	阿波 煙外	시가/하이쿠	
1	5	文苑	晋州上野蛸夢翁還曆句集(續き)-巖谷小波先生選/三光 〔1〕 진주 우에노 쇼무 옹 환갑 구집(계속)-이와야 사자나미 선생 선/삼광	三河 天岳	시가/하이쿠	
1	5	文苑	晋州上野蛸夢翁還曆句集(續き)-巖谷小波先生選/三光 〔1〕 진주 우에노 쇼무 옹 환갑 구집(계속)-이와야 사자나미 선생 선/삼광	群山 左人	시가/하이쿠	
1	5	文苑	超塵會吟句(釜山)-森無黃先生選 〔1〕 조진카이 음구(부산)-모리 무코 선생 선	秋汀	시가/하이쿠	
1	5	文苑	超塵會吟句(釜山)-森無黃先生選 〔1〕 조진카이 음구(부산)-모리 무코 선생 선	俠雨	시가/하이쿠	
1	5	文苑	超塵會吟句(釜山)-森無黃先生選 〔1〕 조진카이 음구(부산)-모리 무코 선생 선	寶水	시가/하이쿠	
1	5	文苑	超塵會吟句(釜山)-森無黃先生選 〔1〕 조진카이 음구(부산)-모리 무코 선생 선	秋汀	시가/하이쿠	
1	5	文苑	超塵會吟句(釜山)-森無黃先生選 〔1〕 조진카이 음구(부산)-모리 무코 선생 선	可秀	시가/하이쿠	
1	5	文苑	超塵會吟句(釜山)-森無黃先生選 〔1〕 조진카이 음구(부산)-모리 무코 선생 선	秋汀	시가/하이쿠	
1	5	文苑	超塵會吟句(釜山)-森無黃先生選 〔1〕 조진카이 음구(부산)-모리 무코 선생 선	可秀	시가/하이쿠	
1	5	文苑	超塵會吟句(釜山)-森無黃先生選/三光逆列 〔2〕 조진카이 음구(부산)-모리 무코 선생 선/삼광 역순	夢里	시가/하이쿠	
1	5	文苑	超塵會吟句(釜山)-森無黃先生選/三光逆列 〔1〕 조진카이 음구(부산)-모리 무코 선생 선/삼광 역순	秋汀	시가/하이쿠	
1	5	文苑	杜鵑 〔5〕 두견	夢柳	시가/하이쿠	

지면	단수	기획	기사제목 〈회수〉〔곡수〕	필자/저자(역자)	분류	비고
6	1~3		實說 明烏 〈15〉 실설 아케가라스	寶井琴窓	고단	

1915년 06월 26일 (토) 2811호

지면	단수	기획	기사제목 〈회수〉〔곡수〕	필자/저자(역자)	분류	비고
1	5	文苑	晋州上野蛸夢翁還暦句集(續)-花笠庵翠葉宗匠選/五客〔1〕 진주 우에노 쇼무 옹 환갑 구집(계속)-하나가사안 스이요 종장 선/오객	晋州 弦月	시가/하이쿠	
1	5	文苑	晋州上野蛸夢翁還暦句集(續)-花笠庵翠葉宗匠選/五客〔1〕 진주 우에노 쇼무 옹 환갑 구집(계속)-하나가사안 스이요 종장 선/오객	阿波 巴心	시가/하이쿠	
1	5	文苑	晋州上野蛸夢翁還暦句集(續)-花笠庵翠葉宗匠選/五客〔1〕 진주 우에노 쇼무 옹 환갑 구집(계속)-하나가사안 스이요 종장 선/오객	阿波 煙外	시가/하이쿠	
1	5	文苑	晋州上野蛸夢翁還暦句集(續)-花笠庵翠葉宗匠選/五客〔1〕 진주 우에노 쇼무 옹 환갑 구집(계속)-하나가사안 스이요 종장 선/오객	靜岡 柳枝	시가/하이쿠	
1	5	文苑	晋州上野蛸夢翁還暦句集(續)-花笠庵翠葉宗匠選/五客〔1〕 진주 우에노 쇼무 옹 환갑 구집(계속)-하나가사안 스이요 종장 선/오객	大阪 花山	시가/하이쿠	
1	5	文苑	晋州上野蛸夢翁還暦句集(續)-花笠庵翠葉宗匠選/三光〔1〕 진주 우에노 쇼무 옹 환갑 구집(계속)-하나가사안 스이요 종장 선/삼광	水原 五曉	시가/하이쿠	
1	5	文苑	晋州上野蛸夢翁還暦句集(續)-花笠庵翠葉宗匠選/三光〔1〕 진주 우에노 쇼무 옹 환갑 구집(계속)-하나가사안 스이요 종장 선/삼광	靜岡 樂山	시가/하이쿠	
1	5	文苑	晋州上野蛸夢翁還暦句集(續)-花笠庵翠葉宗匠選/三光〔1〕 진주 우에노 쇼무 옹 환갑 구집(계속)-하나가사안 스이요 종장 선/삼광	咸興 豆村	시가/하이쿠	
1	5	文苑	避暑〔5〕 피서	夢里	시가/하이쿠	

1915년 06월 27일 (일) 2812호

지면	단수	기획	기사제목 〈회수〉〔곡수〕	필자/저자(역자)	분류	비고
1	6	文苑	晋州上野蛸夢翁還暦句集(續)-晋州夏月庵蛸夢翁選/五客〔1〕 진주 우에노 쇼무 옹 환갑 구집(계속)-진주 가게쓰안 쇼무 옹 선/오객	新溪 巨岳	시가/하이쿠	
1	6	文苑	晋州上野蛸夢翁還暦句集(續)-晋州夏月庵蛸夢翁選/五客〔1〕 진주 우에노 쇼무 옹 환갑 구집(계속)-진주 가게쓰안 쇼무 옹 선/오객	越後 狂堂	시가/하이쿠	
1	6	文苑	晋州上野蛸夢翁還暦句集(續)-晋州夏月庵蛸夢翁選/五客〔1〕 진주 우에노 쇼무 옹 환갑 구집(계속)-진주 가게쓰안 쇼무 옹 선/오객	釜山 一擧	시가/하이쿠	
1	6	文苑	晋州上野蛸夢翁還暦句集(續)-晋州夏月庵蛸夢翁選/五客〔1〕 진주 우에노 쇼무 옹 환갑 구집(계속)-진주 가게쓰안 쇼무 옹 선/오객	遠江 白露	시가/하이쿠	
1	6	文苑	晋州上野蛸夢翁還暦句集(續)-晋州夏月庵蛸夢翁選/五客〔1〕 진주 우에노 쇼무 옹 환갑 구집(계속)-진주 가게쓰안 쇼무 옹 선/오객	周防 松濤	시가/하이쿠	
1	6	文苑	晋州上野蛸夢翁還暦句集(續)-晋州夏月庵蛸夢翁選/三光〔1〕 진주 우에노 쇼무 옹 환갑 구집(계속)-진주 가게쓰안 쇼무 옹 선/삼광	晋州 天然寺	시가/하이쿠	
1	6	文苑	晋州上野蛸夢翁還暦句集(續)-晋州夏月庵蛸夢翁選/三光〔1〕 진주 우에노 쇼무 옹 환갑 구집(계속)-진주 가게쓰안 쇼무 옹 선/삼광	讚岐 知石	시가/하이쿠	
1	6	文苑	晋州上野蛸夢翁還暦句集(續)-晋州夏月庵蛸夢翁選/三光〔1〕 진주 우에노 쇼무 옹 환갑 구집(계속)-진주 가게쓰안 쇼무 옹 선/삼광	長門 雄峰	시가/하이쿠	
1	6	文苑	晋州上野蛸夢翁還暦句集(續)-晋州夏月庵蛸夢翁選/加章〔1〕 진주 우에노 쇼무 옹 환갑 구집(계속)-진주 가게쓰안 쇼무 옹 선/추가	選者	시가/하이쿠	

1915년 06월 27일 (일) 2812호 경북일간

지면	단수	기획	기사제목 〈회수〉〔곡수〕	필자/저자(역자)	분류	비고
3	5~6	日刊文林	日記の中より 〈2〉 일기 속에서	鄕里にて 春秋生	수필/일기	

1915년 06월 27일 (일) 2812호

지면	단수	기획	기사제목 〈회수〉〔곡수〕	필자/저자(역자)	분류	비고
6	1~3		實說 明烏 〈17〉 실설 아케가라스	寶井琴窓	고단	

1915년 06월 29일 (화) 2813호

지면	단수	기획	기사제목 〈회수〉〔곡수〕	필자/저자(역자)	분류	비고
6	1~3		實說 明烏 〈18〉 실설 아케가라스	寶井琴窓	고단	

1915년 06월 30일 (수) 2814호

지면	단수	기획	기사제목 〈회수〉〔곡수〕	필자/저자(역자)	분류	비고
1	6	文苑	晋州上野蛸夢翁還曆句集(續)-長門永春庵基桃宗匠選/五客〔1〕 진주 우에노 쇼무 옹 환갑 구집(계속)-나가토 에이슌안 기토 종장 선/오객	阿波 煙外	시가/하이쿠	
1	6	文苑	晋州上野蛸夢翁還曆句集(續)-長門永春庵基桃宗匠選/五客〔1〕 진주 우에노 쇼무 옹 환갑 구집(계속)-나가토 에이슌안 기토 종장 선/오객	周防 梅村	시가/하이쿠	
1	6	文苑	晋州上野蛸夢翁還曆句集(續)-長門永春庵基桃宗匠選/五客〔1〕 진주 우에노 쇼무 옹 환갑 구집(계속)-나가토 에이슌안 기토 종장 선/오객	相摸 春外	시가/하이쿠	
1	6	文苑	晋州上野蛸夢翁還曆句集(續)-長門永春庵基桃宗匠選/五客〔1〕 진주 우에노 쇼무 옹 환갑 구집(계속)-나가토 에이슌안 기토 종장 선/오객	朝鮮 皷村	시가/하이쿠	
1	6	文苑	晋州上野蛸夢翁還曆句集(續)-長門永春庵基桃宗匠選/五客〔1〕 진주 우에노 쇼무 옹 환갑 구집(계속)-나가토 에이슌안 기토 종장 선/오객	阿波 煙外	시가/하이쿠	
1	6	文苑	晋州上野蛸夢翁還曆句集(續)-長門永春庵基桃宗匠選/人〔1〕 진주 우에노 쇼무 옹 환갑 구집(계속)-나가토 에이슌안 기토 종장 선/인	周防 松濤	시가/하이쿠	
1	6	文苑	晋州上野蛸夢翁還曆句集(續)-長門永春庵基桃宗匠選/地〔1〕 진주 우에노 쇼무 옹 환갑 구집(계속)-나가토 에이슌안 기토 종장 선/지	周防 松濤	시가/하이쿠	
1	6	文苑	晋州上野蛸夢翁還曆句集(續)-長門永春庵基桃宗匠選/天〔2〕 진주 우에노 쇼무 옹 환갑 구집(계속)-나가토 에이슌안 기토 종장 선/천	尾張 卯月	시가/하이쿠	
1	6	文苑	晋州上野蛸夢翁還曆句集(續)-長門永春庵基桃宗匠選/加章〔1〕 진주 우에노 쇼무 옹 환갑 구집(계속)-나가토 에이슌안 기토 종장 선/추가	選者	시가/하이쿠	
1	6	文苑	閑古鳥〔6〕 뻐꾸기	夢里	시가/하이쿠	
1	6	文苑	杜鵑〔5〕 두견	夢柳	시가/하이쿠	

1915년 06월 30일 (수) 2814호 경북일간

지면	단수	기획	기사제목 〈회수〉〔곡수〕	필자/저자(역자)	분류	비고
3	3~4		予が大邱觀 〈2〉 나의 대구관	新來生	수필/비평	
3	4	日刊文林	予が銷夏法 내가 더위를 이기는 방법	大邱 天籟生	수필/일상	

1915년 06월 30일 (수) 2814호

지면	단수	기획	기사제목 〈회수〉〔곡수〕	필자/저자(역자)	분류	비고
7	3		旅日記 여행 일기		수필/기행	
8	1~3		實說 明烏 〈19〉 실설 아케가라스	寶井琴窓	고단	

1915년 07월 01일 (목) 2815호 경북일간

지면	단수	기획	기사제목 〈회수〉〔곡수〕	필자/저자(역자)	분류	비고
3	3~5		予が大邱觀 〈3〉 나의 대구관	新來生	수필/비평	

1915년 07월 01일 (목) 2815호

지면	단수	기획	기사제목 〈회수〉〔곡수〕	필자/저자(역자)	분류	비고
6	1~3		實說 明烏 〈20〉 실설 아케가라스	寶井琴窓	고단	

1915년 07월 02일 (금) 2816호

지면	단수	기획	기사제목 〈회수〉〔곡수〕	필자/저자(역자)	분류	비고
1	5	文苑	喫茶〔1〕 끽다	畠中素堂	시가/한시	
1	5	文苑	首夏訪友人山莊〔1〕 수하방우인산장	畠中素堂	시가/한시	

지면	단수	기획	기사제목 〈회수〉〔곡수〕	필자/저자(역자)	분류	비고
1	5	文苑	晋州上野蛸夢翁還暦句集(續)-晋州夏月庵蛸夢翁選/五客〔1〕 진주 우에노 쇼무 옹 환갑 구집(계속)-진주 가게쓰안 쇼무 옹 선/오객	尾張 卯月	시가/하이쿠	
1	5	文苑	晋州上野蛸夢翁還暦句集(續)-晋州夏月庵蛸夢翁選/五客〔1〕 진주 우에노 쇼무 옹 환갑 구집(계속)-진주 가게쓰안 쇼무 옹 선/오객	武藏 茶丸	시가/하이쿠	
1	5	文苑	晋州上野蛸夢翁還暦句集(續)-晋州夏月庵蛸夢翁選/五客〔1〕 진주 우에노 쇼무 옹 환갑 구집(계속)-진주 가게쓰안 쇼무 옹 선/오객	讚岐 霞城	시가/하이쿠	
1	5	文苑	晋州上野蛸夢翁還暦句集(續)-晋州夏月庵蛸夢翁選/五客〔1〕 진주 우에노 쇼무 옹 환갑 구집(계속)-진주 가게쓰안 쇼무 옹 선/오객	阿波 向岳	시가/하이쿠	
1	5	文苑	晋州上野蛸夢翁還暦句集(續)-晋州夏月庵蛸夢翁選/五客〔1〕 진주 우에노 쇼무 옹 환갑 구집(계속)-진주 가게쓰안 쇼무 옹 선/오객	阿波 筧音	시가/하이쿠	
1	5	文苑	晋州上野蛸夢翁還暦句集(續)-晋州夏月庵蛸夢翁選/三光〔1〕 진주 우에노 쇼무 옹 환갑 구집(계속)-진주 가게쓰안 쇼무 옹 선/삼광	晋州 靜湖	시가/하이쿠	
1	5	文苑	晋州上野蛸夢翁還暦句集(續)-晋州夏月庵蛸夢翁選/三光〔1〕 진주 우에노 쇼무 옹 환갑 구집(계속)-진주 가게쓰안 쇼무 옹 선/삼광	晋州 向陽	시가/하이쿠	
1	5	文苑	晋州上野蛸夢翁還暦句集(續)-晋州夏月庵蛸夢翁選/三光〔1〕 진주 우에노 쇼무 옹 환갑 구집(계속)-진주 가게쓰안 쇼무 옹 선/삼광	晋州 湖柳	시가/하이쿠	
1	5	文苑	晋州上野蛸夢翁還暦句集(續)-晋州夏月庵蛸夢翁選/加章〔2〕 진주 우에노 쇼무 옹 환갑 구집(계속)-진주 가게쓰안 쇼무 옹 선/추가	選者	시가/하이쿠	
1	5	文苑	夏雜吟〔6〕 여름-잡음	長# 岡崎三江	시가/하이쿠	
6	1~3		實說 明烏〈21〉 실설 아케가라스	寶井琴窓	고단	

1915년 07월 03일 (토) 2817호

지면	단수	기획	기사제목 〈회수〉〔곡수〕	필자/저자(역자)	분류	비고
1	6	文苑	江上觀螢〔1〕 강상관형	畠中素堂	시가/한시	
1	6	文苑	湖上晚眺〔1〕 호상만조	畠中素堂	시가/한시	
1	6	文苑	雜感二首〔1〕 잡감-이수	畠中素堂	시가/한시	
1	6	文苑	其二〔1〕 그 두 번째	畠中素堂	시가/한시	
1	6	文苑	山園初夏〔1〕 산원초하	畠中素堂	시가/한시	
1	6	文苑	晋州上野蛸夢翁還暦句集(續)-東京內藤鳴雪翁選/五客〔1〕 진주 우에노 쇼무 옹 환갑 구집(계속)-도쿄 나이토 메이세쓰 옹 선/오객	周防 喜遊	시가/하이쿠	
1	6	文苑	晋州上野蛸夢翁還暦句集(續)-東京內藤鳴雪翁選/五客〔1〕 진주 우에노 쇼무 옹 환갑 구집(계속)-도쿄 나이토 메이세쓰 옹 선/오객	釜山 山霞	시가/하이쿠	
1	6	文苑	晋州上野蛸夢翁還暦句集(續)-東京內藤鳴雪翁選/五客〔1〕 진주 우에노 쇼무 옹 환갑 구집(계속)-도쿄 나이토 메이세쓰 옹 선/오객	釜山 淸輝	시가/하이쿠	
1	6	文苑	晋州上野蛸夢翁還暦句集(續)-東京內藤鳴雪翁選/五客〔1〕 진주 우에노 쇼무 옹 환갑 구집(계속)-도쿄 나이토 메이세쓰 옹 선/오객	相摸 春水	시가/하이쿠	
1	6	文苑	晋州上野蛸夢翁還暦句集(續)-東京內藤鳴雪翁選/五客〔1〕 진주 우에노 쇼무 옹 환갑 구집(계속)-도쿄 나이토 메이세쓰 옹 선/오객	釜山 長生	시가/하이쿠	
1	6	文苑	晋州上野蛸夢翁還暦句集(續)-東京內藤鳴雪翁選/三光/人〔1〕 진주 우에노 쇼무 옹 환갑 구집(계속)-도쿄 나이토 메이세쓰 옹 선/삼광/인	晋州 靜湖	시가/하이쿠	
1	6	文苑	晋州上野蛸夢翁還暦句集(續)-東京內藤鳴雪翁選/三光/地〔1〕 진주 우에노 쇼무 옹 환갑 구집(계속)-도쿄 나이토 메이세쓰 옹 선/삼광/지	山口 芳香	시가/하이쿠	
1	6	文苑	晋州上野蛸夢翁還暦句集(續)-東京內藤鳴雪翁選/三光/天〔1〕 진주 우에노 쇼무 옹 환갑 구집(계속)-도쿄 나이토 메이세쓰 옹 선/삼광/천	尾張 卯月	시가/하이쿠	

1915년 07월 03일 (토) 2817호 경북일간

지면	단수	기획	기사제목 〈회수〉 [곡수]	필자/저자(역자)	분류	비고
3	2		故鄕より啓上 고향에서 삼가 올립니다	四尺坊	수필/서간	
3	4		予が大邱觀〈5〉 나의 대구관	新來生	수필/비평	

1915년 07월 03일 (토) 2817호 마진일간

지면	단수	기획	기사제목 〈회수〉 [곡수]	필자/저자(역자)	분류	비고
4	3~4		夏の馬山 여름의 마산		수필/일상	

1915년 07월 03일 (토) 2817호

지면	단수	기획	기사제목 〈회수〉 [곡수]	필자/저자(역자)	분류	비고
6	1~3		實說 明烏〈22〉 실설 아케가라스	寶井琴窓	고단	

1915년 07월 04일 (일) 2818호

지면	단수	기획	기사제목 〈회수〉 [곡수]	필자/저자(역자)	분류	비고
1	6	文苑	晋州上野蛸夢翁還曆句集(續)-東京其角堂機一宗匠選/五客 [1] 진주 우에노 쇼무 옹 환갑 구집(계속)-도쿄 기카쿠도 기이치 종장 선/오객	釜山 一擧	시가/하이쿠	
1	6	文苑	晋州上野蛸夢翁還曆句集(續)-東京其角堂機一宗匠選/五客 [1] 진주 우에노 쇼무 옹 환갑 구집(계속)-도쿄 기카쿠도 기이치 종장 선/오객	大邱 一夢	시가/하이쿠	
1	6	文苑	晋州上野蛸夢翁還曆句集(續)-東京其角堂機一宗匠選/五客 [1] 진주 우에노 쇼무 옹 환갑 구집(계속)-도쿄 기카쿠도 기이치 종장 선/오객	山口 而樂	시가/하이쿠	
1	6	文苑	晋州上野蛸夢翁還曆句集(續)-東京其角堂機一宗匠選/五客 [1] 진주 우에노 쇼무 옹 환갑 구집(계속)-도쿄 기카쿠도 기이치 종장 선/오객	晋州 向陽	시가/하이쿠	
1	6	文苑	晋州上野蛸夢翁還曆句集(續)-東京其角堂機一宗匠選/五客 [1] 진주 우에노 쇼무 옹 환갑 구집(계속)-도쿄 기카쿠도 기이치 종장 선/오객	大阪 花山	시가/하이쿠	
1	6	文苑	晋州上野蛸夢翁還曆句集(續)-東京其角堂機一宗匠選/三光/人 [1] 진주 우에노 쇼무 옹 환갑 구집(계속)-도쿄 기카쿠도 기이치 종장 선/삼광/인	晋州 卓城	시가/하이쿠	
1	6	文苑	晋州上野蛸夢翁還曆句集(續)-東京其角堂機一宗匠選/三光/地 [1] 진주 우에노 쇼무 옹 환갑 구집(계속)-도쿄 기카쿠도 기이치 종장 선/삼광/인	讚岐 知石	시가/하이쿠	
1	6	文苑	晋州上野蛸夢翁還曆句集(續)-東京其角堂機一宗匠選/三光/天 [1] 진주 우에노 쇼무 옹 환갑 구집(계속)-도쿄 기카쿠도 기이치 종장 선/삼광/인	武藏 茶丸	시가/하이쿠	
6	1~3		實說 明烏〈23〉 실설 아케가라스	寶井琴窓	고단	

1915년 07월 06일 (화) 2819호

지면	단수	기획	기사제목 〈회수〉 [곡수]	필자/저자(역자)	분류	비고
1	5	文苑	短歌 [2] 단카	藻美枝	시가/단카	
1	5	文苑	短歌 [2] 단카	みどり	시가/단카	

1915년 07월 06일 (화) 2819호 경북일간

지면	단수	기획	기사제목 〈회수〉 [곡수]	필자/저자(역자)	분류	비고
3	5		予が大邱觀〈6〉 나의 대구관	新來生	수필/비평	

1915년 07월 06일 (화) 2819호

지면	단수	기획	기사제목 〈회수〉 [곡수]	필자/저자(역자)	분류	비고
6	1~3		實說 明烏〈24〉 실설 아케가라스	寶井琴窓	고단	

1915년 07월 07일 (수) 2820호

지면	단수	기획	기사제목 〈회수〉 [곡수]	필자/저자(역자)	분류	비고
1	6	文苑	晋陽吟社句集-東京其角堂機一宗匠選/五客 [1] 진양음사 구집-도쿄 기카쿠도 기이치 종장 선/오객	默禪	시가/하이쿠	
1	6	文苑	晋陽吟社句集-東京其角堂機一宗匠選/五客 [1] 진양음사 구집-도쿄 기카쿠도 기이치 종장 선/오객	蛸夢	시가/하이쿠	

지면	단수	기획	기사제목 〈회수〉〔곡수〕	필자/저자(역자)	분류	비고
1	6	文苑	晋陽吟社句集-東京其角堂機一宗匠選/五客 〔1〕 진양음사 구집-도쿄 기카쿠도 기이치 종장 선/오객	湖柳	시가/하이쿠	
1	6	文苑	晋陽吟社句集-東京其角堂機一宗匠選/五客 〔1〕 진양음사 구집-도쿄 기카쿠도 기이치 종장 선/오객	天然寺	시가/하이쿠	
1	6	文苑	晋陽吟社句集-東京其角堂機一宗匠選/五客 〔1〕 진양음사 구집-도쿄 기카쿠도 기이치 종장 선/오객	湖柳	시가/하이쿠	
1	6	文苑	晋陽吟社句集-東京其角堂機一宗匠選/三光 〔1〕 진양음사 구집-도쿄 기카쿠도 기이치 종장 선/삼광	雲水	시가/하이쿠	
1	6	文苑	晋陽吟社句集-東京其角堂機一宗匠選/三光 〔2〕 진양음사 구집-도쿄 기카쿠도 기이치 종장 선/삼광	湖柳	시가/하이쿠	
1	6	文苑	晋陽吟社句集-東京其角堂機一宗匠選/加 〔1〕 진양음사 구집-도쿄 기카쿠도 기이치 종장 선/추가	磯一	시가/하이쿠	
6	1~3		實說 明烏 〈25〉 실설 아케가라스	寶井琴窓	고단	

1915년 07월 08일 (목) 2821호

지면	단수	기획	기사제목 〈회수〉〔곡수〕	필자/저자(역자)	분류	비고
1	6	文苑	雜感三首 〔1〕 잡감-삼수	畠中素堂	시가/한시	
1	6	文苑	其二 〔1〕 그 두 번째	畠中素堂	시가/한시	
1	6	文苑	其三 〔1〕 그 세 번째	畠中素堂	시가/한시	
1	6	文苑	雨中聽杜鵑 〔1〕 우중청두견	畠中素堂	시가/한시	
1	6	文苑	參禪拈一詩 〔1〕 참선념일시	畠中素堂	시가/한시	
1	6	文苑	釜山超塵會吟句-森無黃先生選/秀逸 〔2〕 부산 조진카이 음구-모리 무코 선생 선/수일	可秀	시가/하이쿠	
1	6	文苑	釜山超塵會吟句-森無黃先生選/秀逸 〔2〕 부산 조진카이 음구-모리 무코 선생 선/수일	夢里	시가/하이쿠	
1	6	文苑	釜山超塵會吟句-森無黃先生選/秀逸 〔1〕 부산 조진카이 음구-모리 무코 선생 선/수일	寶水	시가/하이쿠	
1	6	文苑	釜山超塵會吟句-森無黃先生選/人 〔1〕 부산 조진카이 음구-모리 무코 선생 선/인	雨意	시가/하이쿠	
1	6	文苑	釜山超塵會吟句-森無黃先生選/地 〔1〕 부산 조진카이 음구-모리 무코 선생 선/지	可秀	시가/하이쿠	
1	6	文苑	釜山超塵會吟句-森無黃先生選/天 〔1〕 부산 조진카이 음구-모리 무코 선생 선/천	苔石	시가/하이쿠	
1	6	文苑	釜山超塵會吟句-森無黃先生選/選者吟 〔1〕 부산 조진카이 음구-모리 무코 선생 선/선자음	選者	시가/하이쿠	

1915년 07월 08일 (목) 2821호 경북일간

지면	단수	기획	기사제목 〈회수〉〔곡수〕	필자/저자(역자)	분류	비고
3	5		予が大邱觀 〈7〉 나의 대구관	新來生	수필/비평	

1915년 07월 08일 (목) 2821호

지면	단수	기획	기사제목 〈회수〉〔곡수〕	필자/저자(역자)	분류	비고
6	1~3		實說 明烏 〈26〉 실설 아케가라스	寶井琴窓	고단	

1915년 07월 09일 (금) 2822호

지면	단수	기획	기사제목 〈회수〉〔곡수〕	필자/저자(역자)	분류	비고
1	6	文苑	短歌 〔2〕 단카	安左衛門	시가/단카	

지면	단수	기획	기사제목 〈회수〉〔곡수〕	필자/저자(역자)	분류	비고
1	6	文苑	短歌〔2〕 단카	曼陀羅華	시가/단카	
1	6	文苑	短歌〔2〕 단카	森金一	시가/단카	
6	1~3		實說 明烏〈27〉 실설 아케가라스	寶井琴窓	고단	
면수 불명	2	文苑	閑居口占〔1〕 한거구점	畠中素堂	시가/한시	
면수 불명	2	文苑	湖邊眺望〔1〕 호변조망	畠中素堂	시가/한시	

1915년 07월 10일 (토) 2823호

지면	단수	기획	기사제목 〈회수〉〔곡수〕	필자/저자(역자)	분류	비고
1	6	文苑	短歌〔2〕 단카	水月牧夫	시가/단카	
1	6~7	文苑	短歌〔2〕 단카	森金一	시가/단카	
6	1~3		實說 明烏〈28〉 실설 아케가라스	寶井琴窓	고단	

1915년 07월 11일 (일) 2824호

지면	단수	기획	기사제목 〈회수〉〔곡수〕	필자/저자(역자)	분류	비고
1	6	文苑	對酒謾吟〔1〕 대주만음	畠中素堂	시가/한시	
1	6	文苑	漁父吟〔1〕 어부음	畠中素堂	시가/한시	
1	6	文苑	觀古城有感〔1〕 관고성유감	畠中素堂	시가/한시	
1	6	文苑	短歌〔2〕 단카	のゆり	시가/단카	
1	6	文苑	短歌〔2〕 단카	みどり	시가/단카	
1	6	文苑	短歌〔2〕 단카	藻美枝	시가/단카	
1	6	文苑	短歌〔1〕 단카	森金一	시가/단카	
1	6	文苑	短歌〔2〕 단카	曼陀羅華	시가/단카	
1	6	文苑	三千浦の北水兄へ〔14〕 삼천포의 호쿠스이 형에게	讚岐 矣哲生	시가/하이쿠	
6	1~3		實說 明烏〈29〉 실설 아케가라스	寶井琴窓	고단	

1915년 07월 13일 (화) 2825호

지면	단수	기획	기사제목 〈회수〉〔곡수〕	필자/저자(역자)	분류	비고
1	5	文苑	東萊溫泉俳莚句集(一)/持寄句互選『夏の夜』〈1〉〔1〕 동래 온천 하이쿠 모임 구집(1)/과제구 호선『여름밤』	尋蟻	시가/하이쿠	
1	5	文苑	★東萊溫泉俳莚句集(一)/持寄句互選『夏の夜』〈1〉〔1〕 동래 온천 하이쿠 모임 구집(1)/과제구 호선『여름밤』	寶水	시가/하이쿠	
1	5	文苑	東萊溫泉俳莚句集(一)/持寄句互選『夏の夜』〈1〉〔1〕 동래 온천 하이쿠 모임 구집(1)/과제구 호선『여름밤』	夢柳	시가/하이쿠	
1	5	文苑	東萊溫泉俳莚句集(一)/持寄句互選『夏の夜』〈1〉〔1〕 동래 온천 하이쿠 모임 구집(1)/과제구 호선『여름밤』	春浦	시가/하이쿠	
1	5	文苑	東萊溫泉俳莚句集(一)/持寄句互選『夏の夜』〈1〉〔1〕 동래 온천 하이쿠 모임 구집(1)/과제구 호선『여름밤』	可秀	시가/하이쿠	

지면	단수	기획	기사제목 〈회수〉〔곡수〕	필자/저자(역자)	분류	비고
1	5	文苑	★東萊溫泉俳筵句集(一)/持寄句互選『夏の夜』〈1〉[1] 동래 온천 하이쿠 모임 구집(1)/과제구 호선 『여름밤』	雨意	시가/하이쿠	
1	5	文苑	東萊溫泉俳筵句集(一)/持寄句互選『夏の夜』〈1〉[1] 동래 온천 하이쿠 모임 구집(1)/과제구 호선 『여름밤』	不及	시가/하이쿠	
1	5	文苑	★東萊溫泉俳筵句集(一)/持寄句互選『夏の夜』〈1〉[1] 동래 온천 하이쿠 모임 구집(1)/과제구 호선 『여름밤』	夢柳	시가/하이쿠	
1	6	文苑	東萊溫泉俳筵句集(一)/持寄句互選『夏の夜』〈1〉[1] 동래 온천 하이쿠 모임 구집(1)/과제구 호선 『여름밤』	櫻亭	시가/하이쿠	
1	6	文苑	東萊溫泉俳筵句集(一)/持寄句互選『夏の夜』〈1〉[1] 동래 온천 하이쿠 모임 구집(1)/과제구 호선 『여름밤』	不及	시가/하이쿠	
1	6	文苑	東萊溫泉俳筵句集(一)/持寄句互選『夏の夜』〈1〉[1] 동래 온천 하이쿠 모임 구집(1)/과제구 호선 『여름밤』	照女	시가/하이쿠	
1	6	文苑	東萊溫泉俳筵句集(一)/持寄句互選『夏の夜』〈1〉[1] 동래 온천 하이쿠 모임 구집(1)/과제구 호선 『여름밤』	夢里	시가/하이쿠	
1	6	文苑	東萊溫泉俳筵句集(一)/持寄句互選『夏の夜』〈1〉[1] 동래 온천 하이쿠 모임 구집(1)/과제구 호선 『여름밤』	尋蟻	시가/하이쿠	
1	6	文苑	東萊溫泉俳筵句集(一)/持寄句互選『夏の夜』〈1〉[1] 동래 온천 하이쿠 모임 구집(1)/과제구 호선 『여름밤』	松濤	시가/하이쿠	
1	6	文苑	東萊溫泉俳筵句集(一)/持寄句互選『夏の夜』〈1〉[1] 동래 온천 하이쿠 모임 구집(1)/과제구 호선 『여름밤』	雅童	시가/하이쿠	
1	6	文苑	東萊溫泉俳筵句集(一)/持寄句互選『夏の夜』〈1〉[1] 동래 온천 하이쿠 모임 구집(1)/과제구 호선 『여름밤』	照女	시가/하이쿠	
1	6	文苑	東萊溫泉俳筵句集(一)/持寄句互選『夏の夜』〈1〉[1] 동래 온천 하이쿠 모임 구집(1)/과제구 호선 『여름밤』	松濤	시가/하이쿠	
1	6	文苑	★東萊溫泉俳筵句集(一)/持寄句互選『夏の夜』〈1〉[1] 동래 온천 하이쿠 모임 구집(1)/과제구 호선 『여름밤』	柳塘	시가/하이쿠	
1	6	文苑	東萊溫泉俳筵句集(一)/持寄句互選『夏の夜』〈1〉[1] 동래 온천 하이쿠 모임 구집(1)/과제구 호선 『여름밤』	東陽	시가/하이쿠	
1	6	文苑	東萊溫泉俳筵句集(一)/持寄句互選『夏の夜』〈1〉[1] 동래 온천 하이쿠 모임 구집(1)/과제구 호선 『여름밤』	雅童	시가/하이쿠	
1	6	文苑	★東萊溫泉俳筵句集(一)/持寄句互選『夏の夜』〈1〉[1] 동래 온천 하이쿠 모임 구집(1)/과제구 호선 『여름밤』	寶水	시가/하이쿠	
1	6	文苑	東萊溫泉俳筵句集(一)/持寄句互選『夏の夜』〈1〉[1] 동래 온천 하이쿠 모임 구집(1)/과제구 호선 『여름밤』	香洲	시가/하이쿠	
1	6	文苑	東萊溫泉俳筵句集(一)/持寄句互選『夏の夜』〈1〉[1] 동래 온천 하이쿠 모임 구집(1)/과제구 호선 『여름밤』	雨意	시가/하이쿠	
1	6	文苑	東萊溫泉俳筵句集(一)/持寄句互選『夏の夜』〈1〉[1] 동래 온천 하이쿠 모임 구집(1)/과제구 호선 『여름밤』	可秀	시가/하이쿠	
1	6	文苑	東萊溫泉俳筵句集(一)/持寄句互選『夏の夜』〈1〉[1] 동래 온천 하이쿠 모임 구집(1)/과제구 호선 『여름밤』	茶遊	시가/하이쿠	
1	6	文苑	東萊溫泉俳筵句集(一)/持寄句互選『夏の夜』〈1〉[1] 동래 온천 하이쿠 모임 구집(1)/과제구 호선 『여름밤』	柳塘	시가/하이쿠	
1	6	文苑	★東萊溫泉俳筵句集(一)/持寄句互選『夏の夜』〈1〉[1] 동래 온천 하이쿠 모임 구집(1)/과제구 호선 『여름밤』	香洲	시가/하이쿠	
6	1~3		實說 明烏〈30〉 실설 아케가라스	寶井琴窓	고단	

1915년 07월 14일 (수) 2826호						

| 1 | 6 | 文苑 | 東萊溫泉俳筵句集(二)/持寄句互選『霍亂』〈2〉[1]
동래 온천 하이쿠 모임 구집(2)/과제구 호선 『곽란』 | 春浦 | 시가/하이쿠 | |
| 1 | 6 | 文苑 | 東萊溫泉俳筵句集(二)/持寄句互選『霍亂』〈2〉[1]
동래 온천 하이쿠 모임 구집(2)/과제구 호선 『곽란』 | 雨意 | 시가/하이쿠 | |

지면	단수	기획	기사제목 〈회수〉〔곡수〕	필자/저자(역자)	분류	비고
1	6	文苑	東萊溫泉俳莚句集(二)/持寄句互選『霍亂』〈2〉[1] 동래 온천 하이쿠 모임 구집(2)/과제구 호선『곽란』	松濤	시가/하이쿠	
1	6	文苑	東萊溫泉俳莚句集(二)/持寄句互選『霍亂』〈2〉[1] 동래 온천 하이쿠 모임 구집(2)/과제구 호선『곽란』	不及	시가/하이쿠	
1	6	文苑	東萊溫泉俳莚句集(二)/持寄句互選『霍亂』〈2〉[1] 동래 온천 하이쿠 모임 구집(2)/과제구 호선『곽란』	尋蟻	시가/하이쿠	
1	6	文苑	東萊溫泉俳莚句集(二)/持寄句互選『霍亂』〈2〉[1] 동래 온천 하이쿠 모임 구집(2)/과제구 호선『곽란』	照女	시가/하이쿠	
1	6	文苑	東萊溫泉俳莚句集(二)/持寄句互選『霍亂』〈2〉[1] 동래 온천 하이쿠 모임 구집(2)/과제구 호선『곽란』	夢里	시가/하이쿠	
1	6	文苑	東萊溫泉俳莚句集(二)/持寄句互選『霍亂』〈2〉[1] 동래 온천 하이쿠 모임 구집(2)/과제구 호선『곽란』	可秀	시가/하이쿠	
1	6	文苑	東萊溫泉俳莚句集(二)/持寄句互選『霍亂』〈2〉[1] 동래 온천 하이쿠 모임 구집(2)/과제구 호선『곽란』	櫻亭	시가/하이쿠	
1	6	文苑	東萊溫泉俳莚句集(二)/持寄句互選『霍亂』〈2〉[1] 동래 온천 하이쿠 모임 구집(2)/과제구 호선『곽란』	夢柳	시가/하이쿠	
1	6	文苑	東萊溫泉俳莚句集(二)/持寄句互選『霍亂』〈2〉[1] 동래 온천 하이쿠 모임 구집(2)/과제구 호선『곽란』	可秀	시가/하이쿠	
1	6	文苑	東萊溫泉俳莚句集(二)/持寄句互選『霍亂』〈2〉[1] 동래 온천 하이쿠 모임 구집(2)/과제구 호선『곽란』	東陽	시가/하이쿠	
1	6	文苑	東萊溫泉俳莚句集(二)/持寄句互選『霍亂』〈2〉[1] 동래 온천 하이쿠 모임 구집(2)/과제구 호선『곽란』	照女	시가/하이쿠	
1	6	文苑	東萊溫泉俳莚句集(二)/持寄句互選『霍亂』〈2〉[1] 동래 온천 하이쿠 모임 구집(2)/과제구 호선『곽란』	香洲	시가/하이쿠	
1	6	文苑	東萊溫泉俳莚句集(二)/持寄句互選『霍亂』〈2〉[1] 동래 온천 하이쿠 모임 구집(2)/과제구 호선『곽란』	尋蟻	시가/하이쿠	
1	6	文苑	東萊溫泉俳莚句集(二)/持寄句互選『霍亂』〈2〉[1] 동래 온천 하이쿠 모임 구집(2)/과제구 호선『곽란』	春浦	시가/하이쿠	
1	6	文苑	東萊溫泉俳莚句集(二)/持寄句互選『霍亂』〈2〉[1] 동래 온천 하이쿠 모임 구집(2)/과제구 호선『곽란』	寶水	시가/하이쿠	
1	6	文苑	東萊溫泉俳莚句集(二)/持寄句互選『霍亂』〈2〉[1] 동래 온천 하이쿠 모임 구집(2)/과제구 호선『곽란』	雅童	시가/하이쿠	
1	6	文苑	東萊溫泉俳莚句集(二)/持寄句互選『霍亂』〈2〉[1] 동래 온천 하이쿠 모임 구집(2)/과제구 호선『곽란』	夢里	시가/하이쿠	
1	6	文苑	東萊溫泉俳莚句集(二)/持寄句互選『霍亂』〈2〉[1] 동래 온천 하이쿠 모임 구집(2)/과제구 호선『곽란』	櫻亭	시가/하이쿠	
1	6	文苑	東萊溫泉俳莚句集(二)/持寄句互選『霍亂』〈2〉[1] 동래 온천 하이쿠 모임 구집(2)/과제구 호선『곽란』	香洲	시가/하이쿠	
1	6	文苑	東萊溫泉俳莚句集(二)/持寄句互選『霍亂』〈2〉[1] 동래 온천 하이쿠 모임 구집(2)/과제구 호선『곽란』	寶水	시가/하이쿠	
1	6	文苑	東萊溫泉俳莚句集(二)/持寄句互選『霍亂』〈2〉[1] 동래 온천 하이쿠 모임 구집(2)/과제구 호선『곽란』	柳塘	시가/하이쿠	
1	6	文苑	東萊溫泉俳莚句集(二)/持寄句互選『霍亂』〈2〉[1] 동래 온천 하이쿠 모임 구집(2)/과제구 호선『곽란』	雅童	시가/하이쿠	
1	6	文苑	東萊溫泉俳莚句集(二)/持寄句互選『霍亂』〈2〉[1] 동래 온천 하이쿠 모임 구집(2)/과제구 호선『곽란』	茶遊	시가/하이쿠	
1	6	文苑	東萊溫泉俳莚句集(二)/持寄句互選『霍亂』〈2〉[1] 동래 온천 하이쿠 모임 구집(2)/과제구 호선『곽란』	不及	시가/하이쿠	

1915년 07월 14일 (수) 2826호 경북일간

지면	단수	기획	기사제목 〈회수〉〔곡수〕	필자/저자(역자)	분류	비고
3	5		夜店ひら記〈1〉 야시장 기록	一青年	수필/관찰	

지면	단수	기획	기사제목 〈회수〉〔곡수〕	필자/저자(역자)	분류	비고

1915년 07월 14일 (수) 2826호

지면	단수	기획	기사제목 〈회수〉〔곡수〕	필자/저자(역자)	분류	비고
6	1~3		實說 明烏〈31〉 실설 아케가라스	寶井琴窓	고단	

1915년 07월 15일 (목) 2827호

지면	단수	기획	기사제목 〈회수〉〔곡수〕	필자/저자(역자)	분류	비고
1	6	文苑	東萊溫泉俳筵句集(三)/持寄句互選『河骨』〈3〉〔1〕 동래 온천 하이쿠 모임 구집(3)/과제구 호선『개연꽃』	雅童	시가/하이쿠	
1	6	文苑	東萊溫泉俳筵句集(三)/持寄句互選『河骨』〈3〉〔1〕 동래 온천 하이쿠 모임 구집(3)/과제구 호선『개연꽃』	尋蟻	시가/하이쿠	
1	6	文苑	東萊溫泉俳筵句集(三)/持寄句互選『河骨』〈3〉〔1〕 동래 온천 하이쿠 모임 구집(3)/과제구 호선『개연꽃』	柳塘	시가/하이쿠	
1	6	文苑	東萊溫泉俳筵句集(三)/持寄句互選『河骨』〈3〉〔1〕 동래 온천 하이쿠 모임 구집(3)/과제구 호선『개연꽃』	不及	시가/하이쿠	
1	6	文苑	東萊溫泉俳筵句集(三)/持寄句互選『河骨』〈3〉〔1〕 동래 온천 하이쿠 모임 구집(3)/과제구 호선『개연꽃』	雨意	시가/하이쿠	
1	6	文苑	東萊溫泉俳筵句集(三)/持寄句互選『河骨』〈3〉〔1〕 동래 온천 하이쿠 모임 구집(3)/과제구 호선『개연꽃』	尋蟻	시가/하이쿠	
1	6	文苑	東萊溫泉俳筵句集(三)/持寄句互選『河骨』〈3〉〔1〕 동래 온천 하이쿠 모임 구집(3)/과제구 호선『개연꽃』	松濤	시가/하이쿠	
1	6	文苑	東萊溫泉俳筵句集(三)/持寄句互選『河骨』〈3〉〔1〕 동래 온천 하이쿠 모임 구집(3)/과제구 호선『개연꽃』	東陽	시가/하이쿠	
1	6	文苑	東萊溫泉俳筵句集(三)/持寄句互選『河骨』〈3〉〔1〕 동래 온천 하이쿠 모임 구집(3)/과제구 호선『개연꽃』	春浦	시가/하이쿠	
1	6	文苑	東萊溫泉俳筵句集(三)/持寄句互選『河骨』〈3〉〔1〕 동래 온천 하이쿠 모임 구집(3)/과제구 호선『개연꽃』	雨意	시가/하이쿠	
1	6	文苑	東萊溫泉俳筵句集(三)/持寄句互選『河骨』〈3〉〔2〕 동래 온천 하이쿠 모임 구집(3)/과제구 호선『개연꽃』	夢柳	시가/하이쿠	
1	6	文苑	東萊溫泉俳筵句集(三)/持寄句互選『河骨』〈3〉〔1〕 동래 온천 하이쿠 모임 구집(3)/과제구 호선『개연꽃』	櫻亭	시가/하이쿠	
1	6	文苑	東萊溫泉俳筵句集(三)/持寄句互選『河骨』〈3〉〔1〕 동래 온천 하이쿠 모임 구집(3)/과제구 호선『개연꽃』	夢里	시가/하이쿠	
1	6	文苑	東萊溫泉俳筵句集(三)/持寄句互選『河骨』〈3〉〔1〕 동래 온천 하이쿠 모임 구집(3)/과제구 호선『개연꽃』	寶水	시가/하이쿠	
1	6	文苑	東萊溫泉俳筵句集(三)/持寄句互選『河骨』〈3〉〔1〕 동래 온천 하이쿠 모임 구집(3)/과제구 호선『개연꽃』	茶遊	시가/하이쿠	
1	6	文苑	東萊溫泉俳筵句集(三)/持寄句互選『河骨』〈3〉〔1〕 동래 온천 하이쿠 모임 구집(3)/과제구 호선『개연꽃』	可秀	시가/하이쿠	
1	6	文苑	東萊溫泉俳筵句集(三)/持寄句互選『河骨』〈3〉〔1〕 동래 온천 하이쿠 모임 구집(3)/과제구 호선『개연꽃』	香洲	시가/하이쿠	
1	6	文苑	東萊溫泉俳筵句集(三)/持寄句互選『河骨』〈3〉〔1〕 동래 온천 하이쿠 모임 구집(3)/과제구 호선『개연꽃』	照女	시가/하이쿠	
1	6	文苑	東萊溫泉俳筵句集(三)/持寄句互選『河骨』〈3〉〔1〕 동래 온천 하이쿠 모임 구집(3)/과제구 호선『개연꽃』	東陽	시가/하이쿠	
1	6	文苑	東萊溫泉俳筵句集(三)/持寄句互選『河骨』〈3〉〔1〕 동래 온천 하이쿠 모임 구집(3)/과제구 호선『개연꽃』	照女	시가/하이쿠	
1	6	文苑	東萊溫泉俳筵句集(三)/持寄句互選『河骨』〈3〉〔1〕 동래 온천 하이쿠 모임 구집(3)/과제구 호선『개연꽃』	不及	시가/하이쿠	
1	6	文苑	東萊溫泉俳筵句集(三)/持寄句互選『河骨』〈3〉〔1〕 동래 온천 하이쿠 모임 구집(3)/과제구 호선『개연꽃』	香洲	시가/하이쿠	
1	6	文苑	東萊溫泉俳筵句集(三)/持寄句互選『河骨』〈3〉〔1〕 동래 온천 하이쿠 모임 구집(3)/과제구 호선『개연꽃』	夢里	시가/하이쿠	

지면	단수	기획	기사제목 〈회수〉〔곡수〕	필자/저자(역자)	분류	비고
1	6	文苑	東萊溫泉俳筵句集(三)/持寄句互選『河骨』〈3〉〔1〕 동래 온천 하이쿠 모임 구집(3)/과제구 호선『개연꽃』	寶水	시가/하이쿠	
1	6	文苑	東萊溫泉俳筵句集(三)/持寄句互選『河骨』〈3〉〔1〕 동래 온천 하이쿠 모임 구집(3)/과제구 호선『개연꽃』	茶遊	시가/하이쿠	
1	6	文苑	東萊溫泉俳筵句集(三)/持寄句互選『河骨』〈3〉〔1〕 동래 온천 하이쿠 모임 구집(3)/과제구 호선『개연꽃』	松濤	시가/하이쿠	

1915년 07월 15일 (목) 2827호 경북일간

지면	단수	기획	기사제목 〈회수〉〔곡수〕	필자/저자(역자)	분류	비고
3	3~5		夜店ひら記 〈2〉 야시장 기록	一青年	수필/관찰	

1915년 07월 15일 (목) 2827호

지면	단수	기획	기사제목 〈회수〉〔곡수〕	필자/저자(역자)	분류	비고
6	1~3		實說 明烏 〈32〉 실설 아케가라스	寶井琴窓	고단	

1915년 07월 16일 (금) 2828호

지면	단수	기획	기사제목 〈회수〉〔곡수〕	필자/저자(역자)	분류	비고
1	5	文苑	東萊溫泉俳筵句集(四)/即吟互選『夕立』〈4〉〔1〕 동래 온천 하이쿠 모임 구집(4)/즉음 호선『여름 오후 소나기』	雨意	시가/하이쿠	
1	5	文苑	東萊溫泉俳筵句集(四)/即吟互選『夕立』〈4〉〔1〕 동래 온천 하이쿠 모임 구집(4)/즉음 호선『여름 오후 소나기』	寶水	시가/하이쿠	
1	5	文苑	東萊溫泉俳筵句集(四)/即吟互選『夕立』〈4〉〔1〕 동래 온천 하이쿠 모임 구집(4)/즉음 호선『여름 오후 소나기』	夢里	시가/하이쿠	
1	5	文苑	東萊溫泉俳筵句集(四)/即吟互選『夕立』〈4〉〔1〕 동래 온천 하이쿠 모임 구집(4)/즉음 호선『여름 오후 소나기』	春江	시가/하이쿠	
1	5	文苑	東萊溫泉俳筵句集(四)/即吟互選『夕立』〈4〉〔1〕 동래 온천 하이쿠 모임 구집(4)/즉음 호선『여름 오후 소나기』	柳塘	시가/하이쿠	
1	5	文苑	東萊溫泉俳筵句集(四)/即吟互選『夕立』〈4〉〔1〕 동래 온천 하이쿠 모임 구집(4)/즉음 호선『여름 오후 소나기』	寶水	시가/하이쿠	
1	5	文苑	東萊溫泉俳筵句集(四)/即吟互選『夕立』〈4〉〔2〕 동래 온천 하이쿠 모임 구집(4)/즉음 호선『여름 오후 소나기』	春浦	시가/하이쿠	
1	5	文苑	東萊溫泉俳筵句集(四)/即吟互選『夕立』〈4〉〔2〕 동래 온천 하이쿠 모임 구집(4)/즉음 호선『여름 오후 소나기』	雅童	시가/하이쿠	
1	5	文苑	東萊溫泉俳筵句集(四)/即吟互選『夕立』〈4〉〔2〕 동래 온천 하이쿠 모임 구집(4)/즉음 호선『여름 오후 소나기』	櫻亭	시가/하이쿠	
1	5	文苑	東萊溫泉俳筵句集(四)/即吟互選『夕立』〈4〉〔1〕 동래 온천 하이쿠 모임 구집(4)/즉음 호선『여름 오후 소나기』	不及	시가/하이쿠	
1	5	文苑	東萊溫泉俳筵句集(四)/即吟互選『夕立』〈4〉〔2〕 동래 온천 하이쿠 모임 구집(4)/즉음 호선『여름 오후 소나기』	茶遊	시가/하이쿠	
1	5	文苑	東萊溫泉俳筵句集(四)/即吟互選『夕立』〈4〉〔2〕 동래 온천 하이쿠 모임 구집(4)/즉음 호선『여름 오후 소나기』	夢柳	시가/하이쿠	
1	5	文苑	東萊溫泉俳筵句集(四)/即吟互選『夕立』〈4〉〔2〕 동래 온천 하이쿠 모임 구집(4)/즉음 호선『여름 오후 소나기』	可秀	시가/하이쿠	
1	5	文苑	東萊溫泉俳筵句集(四)/即吟互選『夕立』〈4〉〔1〕 동래 온천 하이쿠 모임 구집(4)/즉음 호선『여름 오후 소나기』	松濤	시가/하이쿠	

1915년 07월 16일 (금) 2828호 경북일간

지면	단수	기획	기사제목 〈회수〉〔곡수〕	필자/저자(역자)	분류	비고
3	4~5		夜店ひら記 〈3〉 야시장 기록	一青年	수필/관찰	

1915년 07월 16일 (금) 2828호

지면	단수	기획	기사제목 〈회수〉〔곡수〕	필자/저자(역자)	분류	비고
6	1~3		實說 明烏 〈33〉 실설 아케가라스	寶井琴窓	고단	

지면	단수	기획	기사제목 〈회수〉〔곡수〕	필자/저자(역자)	분류	비고
1915년 07월 17일 (토) 2829호						
1	4~5	日報俳壇	(제목없음)		기타/모임 안내	
1	5	日報俳壇	灯取虫〔6〕 불나방	負靑天	시가/하이쿠	
1	5	日報俳壇	灯取虫〔1〕 불나방	翠波	시가/하이쿠	
1	5	日報俳壇	灯取虫〔3〕 불나방	皎菡子	시가/하이쿠	
1	5	日報俳壇	灯取虫〔1〕 불나방	稻花	시가/하이쿠	
1	5	日報俳壇	灯取虫〔5〕 불나방	竹亭	시가/하이쿠	
1915년 07월 17일 (토) 2829호 경북일간						
3	4~5		夜店ひら記〈4〉 야시장 기록	一靑年	수필/관찰	
1915년 07월 17일 (토) 2829호						
6	1~3		實說 明烏〈34〉 실설 아케가라스	寶井琴窓	고단	
1915년 07월 18일 (일) 2830호						
1	5	文苑	祭〔5〕 축제	負靑天	시가/하이쿠	
1	5	文苑	祭〔4〕 축제	竹亭	시가/하이쿠	
1	5	文苑	祭〔1〕 축제	翠波	시가/하이쿠	
1	5	文苑	祭〔6〕 축제	皎菡子	시가/하이쿠	
1	5	文苑	(제목없음)〔2〕	林駒生	시가/하이쿠	
1915년 07월 18일 (일) 2830호 경북일간						
3	4~5		夜店ひら記〈5〉 야시장 기록	一靑年	수필/관찰	
1915년 07월 18일 (일) 2830호						
6	1~3		實說 明烏〈35〉 실설 아케가라스	寶井琴窓	고단	
1915년 07월 20일 (화) 2831호						
1	6	文苑	統營塔影社俳稿 (七月十日夜瀨間碧雲居に於て)/晝寐〔1〕 통영 도에이샤 하이쿠 기고(7월 10일 밤 세마 헤키운 거처에서)/낮잠	碧雲	시가/하이쿠	
1	6	文苑	統營塔影社俳稿 (七月十日夜瀨間碧雲居に於て)/晝寐〔2〕 통영 도에이샤 하이쿠 기고(7월 10일 밤 세마 헤키운 거처에서)/낮잠	やさ男	시가/하이쿠	
1	6	文苑	☆統營塔影社俳稿 (七月十日夜瀨間碧雲居に於て)/晝寐〔2〕 통영 도에이샤 하이쿠 기고(7월 10일 밤 세마 헤키운 거처에서)/낮잠	耳洗	시가/하이쿠	
1	6	文苑	統營塔影社俳稿 (七月十日夜瀨間碧雲居に於て)/晝寐〔2〕 통영 도에이샤 하이쿠 기고(7월 10일 밤 세마 헤키운 거처에서)/낮잠	竹臥	시가/하이쿠	

지면	단수	기획	기사제목 〈회수〉〔곡수〕	필자/저자(역자)	분류	비고
1	6	文苑	統營塔影社俳稿 (七月十日夜瀨間碧雲居に於て)/晝寐〔2〕 통영 도에이샤 하이쿠 기고(7월 10일 밤 세마 헤키운 거처에서)/낮잠	一華	시가/하이쿠	
1	6	文苑	☆統營塔影社俳稿 (七月十日夜瀨間碧雲居に於て)/晝寐〔2〕 통영 도에이샤 하이쿠 기고(7월 10일 밤 세마 헤키운 거처에서)/낮잠	素江	시가/하이쿠	
1	6	文苑	統營塔影社俳稿 (七月十日夜瀨間碧雲居に於て)/晝寐〔2〕 통영 도에이샤 하이쿠 기고(7월 10일 밤 세마 헤키운 거처에서)/낮잠	一白	시가/하이쿠	
1	6	文苑	統營塔影社俳稿 (七月十日夜瀨間碧雲居に於て)/晝寐〔2〕 통영 도에이샤 하이쿠 기고(7월 10일 밤 세마 헤키운 거처에서)/낮잠	秋風嶺	시가/하이쿠	
1	6	文苑	統營塔影社俳稿 (七月十日夜瀨間碧雲居に於て)/蟬〔1〕 통영 도에이샤 하이쿠 기고(7월 10일 밤 세마 헤키운 거처에서)/매미	碧雲	시가/하이쿠	
1	6	文苑	★統營塔影社俳稿 (七月十日夜瀨間碧雲居に於て)/蟬〔1〕 통영 도에이샤 하이쿠 기고(7월 10일 밤 세마 헤키운 거처에서)/매미	竹臥	시가/하이쿠	
1	6	文苑	統營塔影社俳稿 (七月十日夜瀨間碧雲居に於て)/蟬〔1〕 통영 도에이샤 하이쿠 기고(7월 10일 밤 세마 헤키운 거처에서)/매미	耳洗	시가/하이쿠	
1	6	文苑	統營塔影社俳稿 (七月十日夜瀨間碧雲居に於て)/蟬〔1〕 통영 도에이샤 하이쿠 기고(7월 10일 밤 세마 헤키운 거처에서)/매미	一華	시가/하이쿠	
1	6	文苑	★統營塔影社俳稿 (七月十日夜瀨間碧雲居に於て)/蟬〔1〕 통영 도에이샤 하이쿠 기고(7월 10일 밤 세마 헤키운 거처에서)/매미	やさ男	시가/하이쿠	
1	6	文苑	統營塔影社俳稿 (七月十日夜瀨間碧雲居に於て)/蟬〔1〕 통영 도에이샤 하이쿠 기고(7월 10일 밤 세마 헤키운 거처에서)/매미	素江	시가/하이쿠	
1	6	文苑	統營塔影社俳稿 (七月十日夜瀨間碧雲居に於て)/蟬〔1〕 통영 도에이샤 하이쿠 기고(7월 10일 밤 세마 헤키운 거처에서)/매미	一白	시가/하이쿠	
1	6	文苑	統營塔影社俳稿 (七月十日夜瀨間碧雲居に於て)/蟬〔1〕 통영 도에이샤 하이쿠 기고(7월 10일 밤 세마 헤키운 거처에서)/매미	白苞	시가/하이쿠	
1	6	文苑	統營塔影社俳稿 (七月十日夜瀨間碧雲居に於て)/蟬〔1〕 통영 도에이샤 하이쿠 기고(7월 10일 밤 세마 헤키운 거처에서)/매미	秋風嶺	시가/하이쿠	

1915년 07월 20일 (화) 2831호 경북일간

지면	단수	기획	기사제목 〈회수〉〔곡수〕	필자/저자(역자)	분류	비고
3	3~4		夜店ひらき〈6〉 야시장 기록	一靑年	수필/관찰	

1915년 07월 20일 (화) 2831호

지면	단수	기획	기사제목 〈회수〉〔곡수〕	필자/저자(역자)	분류	비고
6	1~3		實說 明烏〈36〉 실설 아케가라스	寶井琴窓	고단	

1915년 07월 21일 (수) 2832호

지면	단수	기획	기사제목 〈회수〉〔곡수〕	필자/저자(역자)	분류	비고
1	5	文苑	統營塔影社俳稿(承前)/扇〔1〕 통영 도에이샤 하이쿠 기고(앞에서 계속)/부채	やさ男	시가/하이쿠	
1	5	文苑	統營塔影社俳稿(承前)/扇〔1〕 통영 도에이샤 하이쿠 기고(앞에서 계속)/부채	耳洗	시가/하이쿠	
1	5	文苑	統營塔影社俳稿(承前)/扇〔1〕 통영 도에이샤 하이쿠 기고(앞에서 계속)/부채	碧雲	시가/하이쿠	
1	5	文苑	統營塔影社俳稿(承前)/扇〔1〕 통영 도에이샤 하이쿠 기고(앞에서 계속)/부채	竹臥	시가/하이쿠	
1	5	文苑	統營塔影社俳稿(承前)/扇〔1〕 통영 도에이샤 하이쿠 기고(앞에서 계속)/부채	一華	시가/하이쿠	
1	5	文苑	統營塔影社俳稿(承前)/扇〔1〕 통영 도에이샤 하이쿠 기고(앞에서 계속)/부채	素江	시가/하이쿠	
1	5	文苑	統營塔影社俳稿(承前)/扇〔1〕 통영 도에이샤 하이쿠 기고(앞에서 계속)/부채	一白	시가/하이쿠	
1	5	文苑	統營塔影社俳稿(承前)/扇〔2〕 통영 도에이샤 하이쿠 기고(앞에서 계속)/부채	秋風嶺	시가/하이쿠	

지면	단수	기획	기사제목 〈회수〉〔곡수〕	필자/저자(역자)	분류	비고
			1915년 07월 21일 (수) 2832호 경북일간			
3	4~5		夜店ひらき 〈7〉 야시장 기록	一靑年	수필/관찰	
			1915년 07월 21일 (수) 2832호			
6	1~3		實說 明烏 〈37〉 실설 아케가라스	寶井琴窓	고단	
			1915년 07월 22일 (목) 2833호			
1	5	文苑	統營塔影社俳稿(承前)/靑嵐 〔1〕 통영 도에이샤 히이쿠 기고(앞에서 계속)/초여름 바람	やさ男	시가/하이쿠	
1	5	文苑	統營塔影社俳稿(承前)/靑嵐 〔2〕 통영 도에이샤 하이쿠 기고(앞에서 계속)/초여름 바람	碧雲	시가/하이쿠	
1	5	文苑	統營塔影社俳稿(承前)/靑嵐 〔3〕 통영 도에이샤 하이쿠 기고(앞에서 계속)/초여름 바람	一華	시가/하이쿠	
1	5	文苑	統營塔影社俳稿(承前)/靑嵐 〔1〕 통영 도에이샤 하이쿠 기고(앞에서 계속)/초여름 바람	一白	시가/하이쿠	
1	5	文苑	統營塔影社俳稿(承前)/靑嵐 〔1〕 통영 도에이샤 하이쿠 기고(앞에서 계속)/초여름 바람	竹臥	시가/하이쿠	
1	5	文苑	統營塔影社俳稿(承前)/靑嵐 〔1〕 통영 도에이샤 하이쿠 기고(앞에서 계속)/초여름 바람	逸名	시가/하이쿠	
1	5	文苑	統營塔影社俳稿(承前)/靑嵐 〔1〕 통영 도에이샤 하이쿠 기고(앞에서 계속)/초여름 바람	耳洗	시가/하이쿠	
1	5	文苑	統營塔影社俳稿(承前)/靑嵐 〔1〕 통영 도에이샤 하이쿠 기고(앞에서 계속)/초여름 바람	白葩	시가/하이쿠	
1	5	文苑	統營塔影社俳稿(承前)/靑嵐 〔1〕 통영 도에이샤 하이쿠 기고(앞에서 계속)/초여름 바람	秋風嶺	시가/하이쿠	
6	1~3		實說 明烏 〈38〉 실설 아케가라스	寶井琴窓	고단	
			1915년 07월 23일 (금) 2834호			
1	5	文苑	★面長協議會席上賦一絶似各面長 〔1〕 면장협의회 자리에서 시 한 수를 지어 면장님들께 보이다	梁山 西田竹堂	시가/한시	
1	5	文苑	★次韻 〔1〕 앞 시에 차운하다	崔鎔健	시가/한시	
1	5	文苑	釜山超塵會吟句/東京森無黃先生選/秀逸 〔1〕 부산 조진카이 음구/도쿄 모리 무코 선생 선/수일	寶水	시가/하이쿠	
1	5	文苑	釜山超塵會吟句/東京森無黃先生選/秀逸 〔1〕 부산 조진카이 음구/도쿄 모리 무코 선생 선/수일	夢里	시가/하이쿠	
1	5	文苑	釜山超塵會吟句/東京森無黃先生選/秀逸 〔2〕 부산 조진카이 음구/도쿄 모리 무코 선생 선/수일	雨意	시가/하이쿠	
1	5	文苑	釜山超塵會吟句/東京森無黃先生選/秀逸 〔1〕 부산 조진카이 음구/도쿄 모리 무코 선생 선/수일	寶水	시가/하이쿠	
1	5	文苑	釜山超塵會吟句/三才逆列 〔2〕 부산 조진카이 음구/도쿄 모리 무코 선생 선/삼재역렬	雨意	시가/하이쿠	
1	5	文苑	釜山超塵會吟句/三才逆列 〔1〕 부산 조진카이 음구/도쿄 모리 무코 선생 선/삼재역렬	可秀	시가/하이쿠	
1	5		釜山超塵會吟句/撰者吟 〔1〕 부산 조진카이 음구/도쿄 모리 무코 선생 선/찬자음	選者	시가/하이쿠	
			1915년 07월 23일 (금) 2834호 경북일간			

지면	단수	기획	기사제목 〈회수〉〔곡수〕	필자/저자(역자)	분류	비고
3	3~5		家庭教育劇を觀て 가정교육극을 보고	弔川	수필/비평	

1915년 07월 23일 (금) 2834호

지면	단수	기획	기사제목 〈회수〉〔곡수〕	필자/저자(역자)	분류	비고
6	1~3		實說 明烏 〈39〉 실설 아케가라스	寶井琴窓	고단	

1915년 07월 24일 (토) 2835호

지면	단수	기획	기사제목 〈회수〉〔곡수〕	필자/저자(역자)	분류	비고
1	5	文苑	統營塔營社俳稿(七月十七日夜東雲樓に於て)/(一)雲の峰 〈1〉〔1〕 통영 도에이샤 하이쿠 기고(7월 17일 밤 동운루에서)/(1)구름 봉우리	竹臥	시가/하이쿠	
1	5	文苑	統營塔營社俳稿(七月十七日夜東雲樓に於て)/(一)雲の峰 〈1〉〔1〕 통영 도에이샤 하이쿠 기고(7월 17일 밤 동운루에서)/(1)구름 봉우리	耳洗	시가/하이쿠	
1	5	文苑	統營塔營社俳稿(七月十七日夜東雲樓に於て)/(一)雲の峰 〈1〉〔1〕 통영 도에이샤 하이쿠 기고(7월 17일 밤 동운루에서)/(1)구름 봉우리	一華	시가/하이쿠	
1	5	文苑	統營塔營社俳稿(七月十七日夜東雲樓に於て)/(一)雲の峰 〈1〉〔1〕 통영 도에이샤 하이쿠 기고(7월 17일 밤 동운루에서)/(1)구름 봉우리	一白	시가/하이쿠	
1	5	文苑	統營塔營社俳稿(七月十七日夜東雲樓に於て)/(一)雲の峰 〈1〉〔1〕 통영 도에이샤 하이쿠 기고(7월 17일 밤 동운루에서)/(1)구름 봉우리	素江	시가/하이쿠	
1	5	文苑	統營塔營社俳稿(七月十七日夜東雲樓に於て)/(一)雲の峰 〈1〉〔1〕 통영 도에이샤 하이쿠 기고(7월 17일 밤 동운루에서)/(1)구름 봉우리	碧雲	시가/하이쿠	
1	5	文苑	統營塔營社俳稿(七月十七日夜東雲樓に於て)/(一)雲の峰 〈1〉〔1〕 통영 도에이샤 하이쿠 기고(7월 17일 밤 동운루에서)/(1)구름 봉우리	秋風嶺	시가/하이쿠	

1915년 07월 24일 (토) 2835호 경북일간

지면	단수	기획	기사제목 〈회수〉〔곡수〕	필자/저자(역자)	분류	비고
3	4		八重垣町より 야에가키초에서	廓すずめ	수필/서간	

1915년 07월 24일 (토) 2835호

지면	단수	기획	기사제목 〈회수〉〔곡수〕	필자/저자(역자)	분류	비고
6	1~3		實說 明烏 〈40〉 실설 아케가라스	寶井琴窓	고단	

1915년 07월 25일 (일) 2836호

지면	단수	기획	기사제목 〈회수〉〔곡수〕	필자/저자(역자)	분류	비고
1	5	文苑	統營塔營社俳稿(七月十七日夜)/(二)茂り 〈2〉〔2〕 통영 도에이샤 하이쿠 기고(7월 17일 밤)/(2)무성함	碧雲	시가/하이쿠	
1	5	文苑	統營塔營社俳稿(七月十七日夜)/(二)茂り 〈2〉〔1〕 통영 도에이샤 하이쿠 기고(7월 17일 밤)/(2)무성함	耳洗	시가/하이쿠	
1	5	文苑	統營塔營社俳稿(七月十七日夜)/(二)茂り 〈2〉〔2〕 통영 도에이샤 하이쿠 기고(7월 17일 밤)/(2)무성함	素江	시가/하이쿠	
1	5	文苑	統營塔營社俳稿(七月十七日夜)/(二)茂り 〈2〉〔1〕 통영 도에이샤 하이쿠 기고(7월 17일 밤)/(2)무성함	一白	시가/하이쿠	
1	5	文苑	統營塔營社俳稿(七月十七日夜)/(二)茂り 〈2〉〔1〕 통영 도에이샤 하이쿠 기고(7월 17일 밤)/(2)무성함	一華	시가/하이쿠	
1	5	文苑	統營塔營社俳稿(七月十七日夜)/(二)茂り 〈2〉〔1〕 통영 도에이샤 하이쿠 기고(7월 17일 밤)/(2)무성함	竹臥	시가/하이쿠	
1	5	文苑	統營塔營社俳稿(七月十七日夜)/(二)茂り 〈2〉〔1〕 통영 도에이샤 하이쿠 기고(7월 17일 밤)/(2)무성함	古巖	시가/하이쿠	
1	5	文苑	統營塔營社俳稿(七月十七日夜)/(二)茂り 〈2〉〔1〕 통영 도에이샤 하이쿠 기고(7월 17일 밤)/(2)무성함	秋風嶺	시가/하이쿠	
6	1~3		實說 明烏 〈41〉 실설 아케가라스	寶井琴窓	고단	

1915년 07월 27일 (화) 2837호

지면	단수	기획	기사제목 〈회수〉〔곡수〕	필자/저자(역자)	분류	비고
1	5	文苑	次郡官西田竹堂公原韻 [1] 차군관 니시다 지쿠도 공 원운	梁山 李相#	시가/한시	
1	5	文苑	統營塔營社俳稿(七月十七日夜)/(三)打水 〈3〉[1] 통영 도에이샤 하이쿠 기고(7월 17일 밤)/(3)물 뿌리기	素江	시가/하이쿠	
1	5	文苑	統營塔營社俳稿(七月十七日夜)/(三)打水 〈3〉[2] 통영 도에이샤 하이쿠 기고(7월 17일 밤)/(4)물 뿌리기	一華	시가/하이쿠	
1	5	文苑	統營塔營社俳稿(七月十七日夜)/(三)打水 〈3〉[2] 통영 도에이샤 하이쿠 기고(7월 17일 밤)/(5)물 뿌리기	一白	시가/하이쿠	
1	5	文苑	統營塔營社俳稿(七月十七日夜)/(三)打水 〈3〉[2] 통영 도에이샤 하이쿠 기고(7월 17일 밤)/(6)물 뿌리기	竹臥	시가/하이쿠	
6	1~4		實說 明烏 〈42〉 실설 아케가라스	寶井琴窓	고단	

1915년 07월 28일 (수) 2838호

지면	단수	기획	기사제목 〈회수〉〔곡수〕	필자/저자(역자)	분류	비고
1	5	日報俳壇	花伐會二集(一) 하나이카다카이 2집(1)		기타/모임 안내	
1	5	日報俳壇	花伐會二集(一)/瓜 〈1〉[6] 하나이카다카이 2집(1)/오이	皎茄子	시가/하이쿠	
1	5	日報俳壇	花伐會二集(一)/瓜 〈1〉[4] 하나이카다카이 2집(1)/오이	負靑天	시가/하이쿠	
1	5	日報俳壇	花伐會二集(一)/瓜 〈1〉[2] 하나이카다카이 2집(1)/오이	世外	시가/하이쿠	
6	1~3		實說 明烏 〈43〉 실설 아케가라스	寶井琴窓	고단	

1915년 07월 28일 (수) 2838호 부록

지면	단수	기획	기사제목 〈회수〉〔곡수〕	필자/저자(역자)	분류	비고
면수 불명	1		間島より 간도에서	鯉毛生	수필/서간	
면수 불명	2		別府より 〈1〉 벳푸에서	仲西生	수필/서간	
면수 불명	2~3	文苑	滊車口占 [1] 기차구점	畠中素堂	시가/한시	
면수 불명	3	文苑	竹題窓 [1] 죽제창	畠中素堂	시가/한시	
면수 불명	3	文苑	山居煮茶 [1] 산거자차	畠中素堂	시가/한시	

1915년 07월 29일 (목) 2839호

지면	단수	기획	기사제목 〈회수〉〔곡수〕	필자/저자(역자)	분류	비고
1	5	日報俳壇	花筏會第二集(二)/瓜 〈2〉[2] 하나이카다카이 2집(2)/오이	稻花	시가/하이쿠	
1	5	日報俳壇	花筏會第二集(二)/瓜 〈2〉[6] 하나이카다카이 2집(2)/오이	竹亭	시가/하이쿠	
1	5	日報俳壇	花筏會第二集(二)/瓜 〈2〉[1] 하나이카다카이 2집(2)/오이	翠波	시가/하이쿠	
1	5	日報俳壇	花筏會第二集(二)/秋隣 〈2〉[3] 하나이카다카이 2집(2)/입추 전	負育天	시가/하이쿠	
1	5	日報俳壇	花筏會第二集(二)/秋隣 〈2〉[2] 하나이카다카이 2집(2)/입추 전	皎茄子	시가/하이쿠	
1	5	日報俳壇	統營塔影社俳稿(七月十七日夜)(三)/打水(つづき) 〈3〉[2] 통영 도에이샤 하이쿠 투고(7월 17일 밤)(3)/물 뿌리기(이어서)	耳洗	시가/하이쿠	
1	5	日報俳壇	統營塔影社俳稿(七月十七日夜)(三)/打水(つづき) 〈3〉[4] 통영 도에이샤 하이쿠 투고(7월 17일 밤)(3)/물 뿌리기(이어서)	景雪	시가/하이쿠	

지면	단수	기획	기사제목 〈회수〉〔곡수〕	필자/저자(역자)	분류	비고
1	5	日報俳壇	統營塔影社俳稿(七月十七日夜)(三)/打水(つづき) 〈3〉〔1〕 통영 도에이샤 하이쿠 투고(7월 17일 밤)(3)/물 뿌리기(이어서)	秋風嶺	시가/하이쿠	

1915년 07월 29일 (목) 2839호 마진일간

지면	단수	기획	기사제목 〈회수〉〔곡수〕	필자/저자(역자)	분류	비고
4	3		統營より 통영에서	△△生	수필/서간	

1915년 07월 29일 (목) 2839호

지면	단수	기획	기사제목 〈회수〉〔곡수〕	필자/저자(역자)	분류	비고
6	1~3		實話 明烏 〈44〉 실설 아케가라스	寶井琴窓	고단	

1915년 07월 30일 (금) 2840호

지면	단수	기획	기사제목 〈회수〉〔곡수〕	필자/저자(역자)	분류	비고
1	5	文苑	隱棲偶吟二首〔1〕 은처우음-이수	畠中素堂	시가/한시	
1	5	文苑	其二〔1〕 그 두 번째	畠中素堂	시가/한시	
1	5	文苑	綠陰賦詩〔1〕 녹음부시	畠中素堂	시가/한시	
1	5	文苑	花筏會第二集(三)/秋隣 〈3〉〔2〕 하나이카다카이 2집(3)/입추 전	世外	시가/하이쿠	
1	5	文苑	花筏會第二集(三)/秋隣 〈3〉〔1〕 하나이카다카이 2집(3)/입추 전	翠波	시가/하이쿠	
1	5	文苑	花筏會第二集(三)/秋隣 〈3〉〔3〕 하나이카다카이 2집(3)/입추 전	稻花	시가/하이쿠	
1	5	文苑	花筏會第二集(三)/秋隣 〈3〉〔7〕 하나이카다카이 2집(3)/입추 전	竹亭	시가/하이쿠	
1	5	文苑	花筏會第二集(三)/秋隣 〈3〉〔1〕 하나이카다카이 2집(3)/입추 전	稻花	시가/하이쿠	
1	5	文苑	東萊蓬萊館句筵秀吟-東京吉野左衛門選〔1〕 동래 봉래관 하이쿠 연회 수음-도쿄 요시노 사에몬 선	香洲	시가/하이쿠	
1	5	文苑	東萊蓬萊館句筵秀吟-東京吉野左衛門選〔1〕 동래 봉래관 하이쿠 연회 수음-도쿄 요시노 사에몬 선	尋蟻	시가/하이쿠	
1	5	文苑	東萊蓬萊館句筵秀吟-東京吉野左衛門選〔1〕 동래 봉래관 하이쿠 연회 수음-도쿄 요시노 사에몬 선	櫻亭	시가/하이쿠	
1	5	文苑	東萊蓬萊館句筵秀吟-東京吉野左衛門選〔1〕 동래 봉래관 하이쿠 연회 수음-도쿄 요시노 사에몬 선	春浦	시가/하이쿠	
1	5	文苑	東萊蓬萊館句筵秀吟-東京吉野左衛門選〔1〕 동래 봉래관 하이쿠 연회 수음-도쿄 요시노 사에몬 선	可秀	시가/하이쿠	
1	5	文苑	東萊蓬萊館句筵秀吟-東京吉野左衛門選〔1〕 동래 봉래관 하이쿠 연회 수음-도쿄 요시노 사에몬 선	尋蟻	시가/하이쿠	
1	5	文苑	東萊蓬萊館句筵秀吟-東京吉野左衛門選〔1〕 동래 봉래관 하이쿠 연회 수음-도쿄 요시노 사에몬 선	不及	시가/하이쿠	
1	5	文苑	東萊蓬萊館句筵秀吟-東京吉野左衛門選〔3〕 동래 봉래관 하이쿠 연회 수음-도쿄 요시노 사에몬 선	左衛門	시가/하이쿠	
2	7		別府より 〈2〉 벳푸에서	仲西生	수필/서간	
6	1~3		實話 明烏 〈45〉 실설 아케가라스	寶井琴窓	고단	

1915년 08월 01일 (일) 2841호

지면	단수	기획	기사제목 〈회수〉〔곡수〕	필자/저자(역자)	분류	비고
1	5	文苑	短歌〔1〕 단카	金泉 曼陀羅華	시가/단카	

지면	단수	기획	기사제목 〈회수〉〔곡수〕	필자/저자(역자)	분류	비고
1	5	文苑	短歌〔1〕 단카	釜山 森金一	시가/단카	
1	5	文苑	短歌〔1〕 단카	釜山 安左衛門	시가/단카	
1	5		統營塔影社俳稿(七月甘四日夜安藤一華居にて)/涼〔1〕 통영 도에이샤 하이쿠 투고(7월 24일 밤 안도 이치카 거처에서)/서늘함	竹臥	시가/하이쿠	
1	5		統營塔影社俳稿(七月甘四日夜安藤一華居にて)/涼〔1〕 통영 도에이샤 하이쿠 투고(7월 24일 밤 안도 이치카 거처에서)/서늘함	素江	시가/하이쿠	
1	5		統營塔影社俳稿(七月甘四日夜安藤一華居にて)/涼〔1〕 통영 도에이샤 하이쿠 투고(7월 24일 밤 안도 이치카 거처에서)/서늘함	耳洗	시가/하이쿠	
1	5		統營塔影社俳稿(七月甘四日夜安藤一華居にて)/涼〔1〕 통영 도에이샤 하이쿠 투고(7월 24일 밤 안도 이치카 거처에서)/서늘함	景雪	시가/하이쿠	
1	5		統營塔影社俳稿(七月甘四日夜安藤一華居にて)/涼〔1〕 통영 도에이샤 하이쿠 투고(7월 24일 밤 안도 이치카 거처에서)/서늘함	碧雲	시가/하이쿠	
1	5		統營塔影社俳稿(七月甘四日夜安藤一華居にて)/涼〔1〕 통영 도에이샤 하이쿠 투고(7월 24일 밤 안도 이치카 거처에서)/서늘함	一華	시가/하이쿠	
1	5		統營塔影社俳稿(七月甘四日夜安藤一華居にて)/涼〔1〕 통영 도에이샤 하이쿠 투고(7월 24일 밤 안도 이치카 거처에서)/서늘함	一白	시가/하이쿠	
1	5		統營塔影社俳稿(七月甘四日夜安藤一華居にて)/涼〔1〕 통영 도에이샤 하이쿠 투고(7월 24일 밤 안도 이치카 거처에서)/서늘함	秋風嶺	시가/하이쿠	
1	5		夏期雜吟〔4〕 하기-잡음	永同 岡村董水	시가/하이쿠	
6	1~3		實說 明烏〈46〉 실설 아케가라스	寶井琴窓	고단	

1915년 08월 02일 (월) 2842호

지면	단수	기획	기사제목 〈회수〉〔곡수〕	필자/저자(역자)	분류	비고
1	4	文苑	短歌〔1〕 단카	釜山 みどり	시가/단카	
1	4	文苑	短歌〔1〕 단카	金景 曼羅陀華	시가/단카	
1	4	文苑	短歌〔1〕 단카	釜山 安左衛門	시가/단카	
1	4	文苑	短歌〔1〕 단카	釜山 のゆり	시가/단카	
1	5	文苑	統營塔影社句稿(七月甘四日夜安藤一華居にて)〔1〕 통영 도에이샤 구고(7월 24일 밤 안도 이치카 거처에서)	景雪	시가/하이쿠	
1	5	文苑	統營塔影社句稿(七月甘四日夜安藤一華居にて)〔1〕 통영 도에이샤 구고(7월 24일 밤 안도 이치카 거처에서)	碧雲	시가/하이쿠	
1	5	文苑	統營塔影社句稿(七月甘四日夜安藤一華居にて)〔1〕 통영 도에이샤 구고(7월 24일 밤 안도 이치카 거처에서)	一華	시가/하이쿠	
1	5	文苑	統營塔影社句稿(七月甘四日夜安藤一華居にて)〔1〕 통영 도에이샤 구고(7월 24일 밤 안도 이치카 거처에서)	竹臥	시가/하이쿠	
1	5	文苑	統營塔影社句稿(七月甘四日夜安藤一華居にて)〔1〕 통영 도에이샤 구고(7월 24일 밤 안도 이치카 거처에서)	素江	시가/하이쿠	
1	5	文苑	統營塔影社句稿(七月甘四日夜安藤一華居にて)〔1〕 통영 도에이샤 구고(7월 24일 밤 안도 이치카 거처에서)	耳洗	시가/하이쿠	
1	5	文苑	統營塔影社句稿(七月甘四日夜安藤一華居にて)〔1〕 통영 도에이샤 구고(7월 24일 밤 안도 이치카 거처에서)	一白	시가/하이쿠	
1	5	文苑	統營塔影社句稿(七月甘四日夜安藤一華居にて)〔1〕 통영 도에이샤 구고(7월 24일 밤 안도 이치카 거처에서)	秋風嶺	시가/하이쿠	
1	5	文苑	統營塔影社句稿(七月甘四日夜安藤一華居にて)/夏の月〔1〕 통영 도에이샤 구고(7월 24일 밤 안도 이치카 거처에서)/여름 달	一白	시가/하이쿠	

지면	단수	기획	기사제목 〈회수〉〔곡수〕	필자/저자(역자)	분류	비고
1	5	文苑	統營塔影社句稿(七月甘四日夜安藤一華居にて)/夏の月〔1〕 통영 도에이샤 구고(7월 24일 밤 안도 이치카 거처에서)/여름 달	素江	시가/하이쿠	
1	5	文苑	統營塔影社句稿(七月甘四日夜安藤一華居にて)/夏の月〔1〕 통영 도에이샤 구고(7월 24일 밤 안도 이치카 거처에서)/여름 달	一華	시가/하이쿠	
1	5	文苑	統營塔影社句稿(七月甘四日夜安藤一華居にて)/夏の月〔1〕 통영 도에이샤 구고(7월 24일 밤 안도 이치카 거처에서)/여름 달	碧雲	시가/하이쿠	
1	5	文苑	統營塔影社句稿(七月甘四日夜安藤一華居にて)/夏の月〔1〕 통영 도에이샤 구고(7월 24일 밤 안도 이치카 거처에서)/여름 달	景雪	시가/하이쿠	
1	5	文苑	統營塔影社句稿(七月甘四日夜安藤一華居にて)/夏の月〔1〕 통영 도에이샤 구고(7월 24일 밤 안도 이치카 거처에서)/여름 달	耳洗	시가/하이쿠	
1	5	文苑	統營塔影社句稿(七月甘四日夜安藤一華居にて)/夏の月〔1〕 통영 도에이샤 구고(7월 24일 밤 안도 이치카 거처에서)/여름 달	秋風嶺	시가/하이쿠	
2	6		釜山棧橋偶吟〔1〕 부산잔교우음	蘇峰逸人	시가/한시	
4	1~3		實說 明烏 〈47〉 실설 아케가라스	寶井琴窓	고단	

1915년 08월 03일 (화) 2843호

지면	단수	기획	기사제목 〈회수〉〔곡수〕	필자/저자(역자)	분류	비고
1	5	文苑	題水亭〔1〕 제수정	畠中素堂	시가/한시	
1	5	文苑	觀螢有感〔1〕 관형유감	畠中素堂	시가/한시	
1	5	文苑	詠螢囊〔1〕 영형낭	畠中素堂	시가/한시	
1	5	文苑	夏季雜吟〔5〕 하계-잡음	永同 岡村董水	시가/하이쿠	
1	5	文苑	短歌〔1〕 단카	釜山 安左衛門	시가/단카	
1	5	文苑	短歌〔1〕 단카	釜山 のゆり	시가/단카	
1	5	文苑	短歌〔1〕 단카	釜山 森金一	시가/단카	
1	5	文苑	花伐第三集(一) 하나이카다 제3집(1)	竹亭	기타/모임 안내	
1	5	文苑	花伐第三集(一)/行水 〈1〉〔2〕 하나이카다 제3집(1)/목물	笑尊	시가/하이쿠	
1	5	文苑	花伐第三集(一)/行水 〈1〉〔2〕 하나이카다 제3집(1)/목물	負靑天	시가/하이쿠	
1	5	文苑	花伐第三集(一)/行水 〈1〉〔1〕 하나이카다 제3집(1)/목물	葩天皎	시가/하이쿠	
1	5	文苑	花伐第三集(一)/行水 〈1〉〔2〕 하나이카다 제3집(1)/목물	竹亭	시가/하이쿠	
6	1~3		實說 明烏 〈48〉 실설 아케가라스	寶井琴窓	고단	

1915년 08월 04일 (수) 2844호

지면	단수	기획	기사제목 〈회수〉〔곡수〕	필자/저자(역자)	분류	비고
2	7		小說懸賞募集 소설 현상 모집	釜山日報社	기타/모집 광고	
6	1~3		實說 明烏 〈49〉 실설 아케가라스	寶井琴窓	고단	

1915년 08월 05일 (목) 2845호

지면	단수	기획	기사제목 〈회수〉〔곡수〕	필자/저자(역자)	분류	비고
1	5	文苑	短歌〔1〕 단카	釜山 藻美枝	시가/단카	
1	5	文苑	短歌〔1〕 단카	釜山 安左衛門	시가/단카	
1	5	文苑	短歌〔1〕 단카	釜山 森金一	시가/단카	
1	5	文苑	短歌〔1〕 단카	釜山 みどり	시가/단카	
1		文苑	統營塔影社俳稿(七月盡日於瀨間碧雲居)/夕立〔1〕 통영 도에이샤 하이쿠 투고(7월 종일 세마 헤키운 거처에서)/소나기	愚佛	시가/하이쿠	
1		文苑	統營塔影社俳稿(七月盡日於瀨間碧雲居)/夕立〔1〕 통영 도에이샤 하이쿠 투고(7월 종일 세마 헤키운 거처에서)/소나기	一白	시가/하이쿠	
1		文苑	統營塔影社俳稿(七月盡日於瀨間碧雲居)/夕立〔1〕 통영 도에이샤 하이쿠 투고(7월 종일 세마 헤키운 거처에서)/소나기	碧雲	시가/하이쿠	
1		文苑	統營塔影社俳稿(七月盡日於瀨間碧雲居)/夕立〔1〕 통영 도에이샤 하이쿠 투고(7월 종일 세마 헤키운 거처에서)/소나기	耳洗	시가/하이쿠	
1		文苑	統營塔影社俳稿(七月盡日於瀨間碧雲居)/夕立〔1〕 통영 도에이샤 하이쿠 투고(7월 종일 세마 헤키운 거처에서)/소나기	素江	시가/하이쿠	
1		文苑	統營塔影社俳稿(七月盡日於瀨間碧雲居)/夕立〔1〕 통영 도에이샤 하이쿠 투고(7월 종일 세마 헤키운 거처에서)/소나기	一華	시가/하이쿠	
1		文苑	統營塔影社俳稿(七月盡日於瀨間碧雲居)/夕立〔1〕 통영 도에이샤 하이쿠 투고(7월 종일 세마 헤키운 거처에서)/소나기	竹臥	시가/하이쿠	
1		文苑	統營塔影社俳稿(七月盡日於瀨間碧雲居)/夕立〔1〕 통영 도에이샤 하이쿠 투고(7월 종일 세마 헤키운 거처에서)/소나기	秋風嶺	시가/하이쿠	
1		文苑	夏季吟/松島にて句帳を落す〔13〕 하계음/마쓰시마에서 하이쿠 수첩을 분실하다	竹亭	시가/하이쿠	
6	1~3		實說 明烏〈50〉 실설 아케가라스	寶井琴窓	고단	

1915년 08월 06일 (금) 2846호

지면	단수	기획	기사제목 〈회수〉〔곡수〕	필자/저자(역자)	분류	비고
1	5	文苑	統營塔影社俳稿(續)(七月盡日於瀨間碧雲居)/行水〔1〕 통영 도에이샤 하이쿠 투고(계속)(7월 종일 세마 헤키운 거처에서)/목물	素江	시가/하이쿠	
1	5	文苑	統營塔影社俳稿(續)(七月盡日於瀨間碧雲居)/行水〔1〕 통영 도에이샤 하이쿠 투고(계속)(7월 종일 세마 헤키운 거처에서)/목물	一華	시가/하이쿠	
1	5	文苑	統營塔影社俳稿(續)(七月盡日於瀨間碧雲居)/行水〔1〕 통영 도에이샤 하이쿠 투고(계속)(7월 종일 세마 헤키운 거처에서)/목물	竹臥	시가/하이쿠	
1	5	文苑	統營塔影社俳稿(續)(七月盡日於瀨間碧雲居)/行水〔1〕 통영 도에이샤 하이쿠 투고(계속)(7월 종일 세마 헤키운 거처에서)/목물	景雪	시가/하이쿠	
1	5	文苑	統營塔影社俳稿(續)(七月盡日於瀨間碧雲居)/行水〔1〕 통영 도에이샤 하이쿠 투고(계속)(7월 종일 세마 헤키운 거처에서)/목물	斗花	시가/하이쿠	
1	5	文苑	統營塔影社俳稿(續)(七月盡日於瀨間碧雲居)/行水〔1〕 통영 도에이샤 하이쿠 투고(계속)(7월 종일 세마 헤키운 거처에서)/목물	碧雲	시가/하이쿠	
1	5	文苑	統營塔影社俳稿(續)(七月盡日於瀨間碧雲居)/行水〔1〕 통영 도에이샤 하이쿠 투고(계속)(7월 종일 세마 헤키운 거처에서)/목물	耳洗	시가/하이쿠	
1	5	文苑	統營塔影社俳稿(續)(七月盡日於瀨間碧雲居)/行水〔1〕 통영 도에이샤 하이쿠 투고(계속)(7월 종일 세마 헤키운 거처에서)/목물	一白	시가/하이쿠	
1	5	文苑	統營塔影社俳稿(續)(七月盡日於瀨間碧雲居)/行水〔1〕 통영 도에이샤 하이쿠 투고(계속)(7월 종일 세마 헤키운 거처에서)/목물	愚佛	시가/하이쿠	
1	5	文苑	統營塔影社俳稿(續)(七月盡日於瀨間碧雲居)/行水〔1〕 통영 도에이샤 하이쿠 투고(계속)(7월 종일 세마 헤키운 거처에서)/목물	秋風嶺	시가/하이쿠	
2	6		小說懸賞募集 소설 현상 모집	釜山日報社	기타/모집 광고	

지면	단수	기획	기사제목 〈회수〉〔곡수〕	필자/저자(역자)	분류	비고
5	3~4		綠町遊廓より 미도리마치 유곽에서		수필/서간	
6	1~3		實說 明烏 〈51〉 실설 아케가라스	寶井琴窓	고단	

1915년 08월 07일 (토) 2847호

지면	단수	기획	기사제목 〈회수〉〔곡수〕	필자/저자(역자)	분류	비고
1	5	文苑	不倒會月並俳句/題 秋の風、萩、踊、角力、七夕-不倒庵呂介宗匠選/ 拾內〔2〕 후토카이 쓰키나미 하이쿠/주제 가을바람, 싸리, 춤, 씨름, 칠석-후토안 료스케 종장 선/십내	背山	시가/하이쿠	
1	5	文苑	不倒會月並俳句/題 秋の風、萩、踊、角力、七夕-不倒庵呂介宗匠選/ 拾內〔1〕 후토카이 쓰키나미 하이쿠/주제 가을바람, 싸리, 춤, 씨름, 칠석-후토안 료스케 종장 선/십내	樹村	시가/하이쿠	
1	5	文苑	不倒會月並俳句/題 秋の風、萩、踊、角力、七夕-不倒庵呂介宗匠選/ 拾內〔1〕 후토카이 쓰키나미 하이쿠/주제 가을바람, 싸리, 춤, 씨름, 칠석-후토안 료스케 종장 선/십내	背山	시가/하이쿠	
1	5	文苑	不倒會月並俳句/題 秋の風、萩、踊、角力、七夕-不倒庵呂介宗匠選/ 拾內〔1〕 후토카이 쓰키나미 하이쿠/주제 가을바람, 싸리, 춤, 씨름, 칠석-후토안 료스케 종장 선/십내	呂水	시가/하이쿠	
1	5	文苑	不倒會月並俳句/題 秋の風、萩、踊、角力、七夕-不倒庵呂介宗匠選/ 拾內〔2〕 후토카이 쓰키나미 하이쿠/주제 가을바람, 싸리, 춤, 씨름, 칠석-후토안 료스케 종장 선/십내	背山	시가/하이쿠	
1	5	文苑	不倒會月並俳句/題 秋の風、萩、踊、角力、七夕-不倒庵呂介宗匠選/ 拾內〔1〕 후토카이 쓰키나미 하이쿠/주제 가을바람, 싸리, 춤, 씨름, 칠석-후토안 료스케 종장 선/십내	天外	시가/하이쿠	
1	5	文苑	不倒會月並俳句/題 秋の風、萩、踊、角力、七夕-不倒庵呂介宗匠選/ 拾內〔2〕 후토카이 쓰키나미 하이쿠/주제 가을바람, 싸리, 춤, 씨름, 칠석-후토안 료스케 종장 선/십내	背山	시가/하이쿠	
1	5	文苑	不倒會月並俳句/題 秋の風、萩、踊、角力、七夕-不倒庵呂介宗匠選/ 五內〔1〕 후토카이 쓰키나미 하이쿠/주제 가을바람, 싸리, 춤, 씨름, 칠석-후토안 료스케 종장 선/오내	天外	시가/하이쿠	
1	5	文苑	不倒會月並俳句/題 秋の風、萩、踊、角力、七夕-不倒庵呂介宗匠選/ 五內〔2〕 후토카이 쓰키나미 하이쿠/주제 가을바람, 싸리, 춤, 씨름, 칠석-후토안 료스케 종장 선/오내	呂水	시가/하이쿠	
1	5	文苑	不倒會月並俳句/題 秋の風、萩、踊、角力、七夕-不倒庵呂介宗匠選/ 五內〔1〕 후토카이 쓰키나미 하이쿠/주제 가을바람, 싸리, 춤, 씨름, 칠석-후토안 료스케 종장 선/오내	樹村	시가/하이쿠	
1	5	文苑	不倒會月並俳句/題 秋の風、萩、踊、角力、七夕-不倒庵呂介宗匠選/ 五內〔1〕 후토카이 쓰키나미 하이쿠/주제 가을바람, 싸리, 춤, 씨름, 칠석-후토안 료스케 종장 선/오내	都村	시가/하이쿠	
1	5	文苑	不倒會月並俳句/題 秋の風、萩、踊、角力、七夕-不倒庵呂介宗匠選/ 五內〔1〕 후토카이 쓰키나미 하이쿠/주제 가을바람, 싸리, 춤, 씨름, 칠석-후토안 료스케 종장 선/오내	天外	시가/하이쿠	

지면	단수	기획	기사제목 〈회수〉〔곡수〕	필자/저자(역자)	분류	비고
1	5	文苑	不倒會月並俳句/題 秋の風、萩、踊、角力、七夕-不倒庵呂介宗匠選/三光/人 [1] 후토카이 쓰키나미 하이쿠/주제 가을바람, 싸리, 춤, 씨름, 칠석-후토안 료스케 종장 선/삼광/인	樹村	시가/하이쿠	
1	5	文苑	不倒會月並俳句/題 秋の風、萩、踊、角力、七夕-不倒庵呂介宗匠選/三光/地 [1] 후토카이 쓰키나미 하이쿠/주제 가을바람, 싸리, 춤, 씨름, 칠석-후토안 료스케 종장 선/삼광/지	樹村	시가/하이쿠	
1	5	文苑	不倒會月並俳句/題 秋の風、萩、踊、角力、七夕-不倒庵呂介宗匠選/三光/天 [1] 후토카이 쓰키나미 하이쿠/주제 가을바람, 싸리, 춤, 씨름, 칠석-후토안 료스케 종장 선/삼광/천	呂水	시가/하이쿠	
1	5	文苑	不倒會月並俳句/題 秋の風、萩、踊、角力、七夕-不倒庵呂介宗匠選/追加 [1] 후토카이 쓰키나미 하이쿠/주제 가을바람, 싸리, 춤, 씨름, 칠석-후토안 료스케 종장 선/추가	選者	시가/하이쿠	

1915년 08월 07일 (토) 2847호 경북일간

지면	단수	기획	기사제목 〈회수〉〔곡수〕	필자/저자(역자)	분류	비고
3	4~5		竹雄より島江に 다케오가 시마에에게		수필/서간	

1915년 08월 07일 (토) 2847호

지면	단수	기획	기사제목 〈회수〉〔곡수〕	필자/저자(역자)	분류	비고
6	1~3		實說 明烏 〈52〉 실설 아케가라스	寶井琴窓	고단	

1915년 08월 08일 (일) 2848호

지면	단수	기획	기사제목 〈회수〉〔곡수〕	필자/저자(역자)	분류	비고
1	5	文苑	初夏莊園 [1] 초하장원	畠中素堂	시가/한시	
1	5	文苑	題舊久某上人遺草後 [1] 제목 구구모상인유초후	畠中素堂	시가/한시	
1	5	文苑	柳陰洗馬 [1] 유음세마	畠中素堂	시가/한시	
1	5	文苑	偶作 [1] 우작	畠中素堂	시가/한시	
1	5	文苑	對鏡偶成 [1] 대경우성	畠中素堂	시가/한시	
1	5	文苑	小說懸賞募集 소설 현상 모집	釜山日報社	소설/모집 광고	
1	5	文苑	花伐會第四集/蟬 〈1〉〔5〕 하나이카다카이 제4집/매미	負靑天	시가/하이쿠	
1	5	文苑	花伐會第四集/蟬 〈1〉〔2〕 하나이카다카이 제4집/매미	䒷天皎	시가/하이쿠	
1	5	文苑	短歌 〔3〕 단카	白潮	시가/단카	

1915년 08월 08일 (일) 2848호 경북일간

지면	단수	기획	기사제목 〈회수〉〔곡수〕	필자/저자(역자)	분류	비고
3	4~5		金泉の花柳評 〈1〉 금천의 화류평		수필/비평	

1915년 08월 08일 (일) 2848호

지면	단수	기획	기사제목 〈회수〉〔곡수〕	필자/저자(역자)	분류	비고
6	1~3		實說 明烏 〈53〉 실설 아케가라스	寶井琴窓	고단	

지면	단수	기획	기사제목 〈회수〉〔곡수〕	필자/저자(역자)	분류	비고

1915년 08월 09일 (월) 2849호

지면	단수	기획	기사제목 〈회수〉〔곡수〕	필자/저자(역자)	분류	비고
1	1~3	寄書	朝顔に就て 나팔꽃에 대하여	文學士 次田潤	수필/기타	
1	5~7		實說 明烏 〈54〉 실설 아케가라스	寶井琴窓	고단	

1915년 08월 10일 (화) 2850호

지면	단수	기획	기사제목 〈회수〉〔곡수〕	필자/저자(역자)	분류	비고
1	4	文苑	夏日訪某山寺留滯三日山主費茗勸酒淸談不倦蒙歡待無不到焉余歸院 後不堪綣縫之情也呈絶十首聊感謝之云/其二〔1〕 하일방모산사류체삼일산주자명권주청담불권몽환대무불도언여귀원후불 감권견지정야정절십수료감사지운/그 두 번째	畠中素堂	시가/한시	
1	4	文苑	夏日訪某山寺留滯三日山主費茗勸酒淸談不倦蒙歡待無不到焉余歸院 後不堪綣縫之情也呈絶十首聊感謝之云/其三〔1〕 하일방모산사류체삼일산주자명권주청담불권몽환대무불도언여귀원후불 감권견지정야정절십수료감사지운/그 세 번째	畠中素堂	시가/한시	
1	4	文苑	夏日訪某山寺留滯三日山主費茗勸酒淸談不倦蒙歡待無不到焉余歸院 後不堪綣縫之情也呈絶十首聊感謝之云/其四〔1〕 하일방모산사류체삼일산주자명권주청담불권몽환대무불도언여귀원후불 감권견지정야정절십수료감사지운/그 네 번째	畠中素堂	시가/한시	
1	4	文苑	夏日訪某山寺留滯三日山主費茗勸酒淸談不倦蒙歡待無不到焉余歸院 後不堪綣縫之情也呈絶十首聊感謝之云/其五〔1〕 하일방모산사류체삼일산주자명권주청담불권몽환대무불도언여귀원후불 감권견지정야정절십수료감사지운/그 다섯 번째	畠中素堂	시가/한시	
1	5	文苑	統營搭影社句集/虫干〔1〕 통영 도에이샤 구집/거풍	一華	시가/하이쿠	
1	5	文苑	統營搭影社句集/虫干〔1〕 통영 도에이샤 구집/거풍	耳洗	시가/하이쿠	
1	5	文苑	統營搭影社句集/虫干〔1〕 통영 도에이샤 구집/거풍	一白	시가/하이쿠	
1	5	文苑	統營搭影社句集/虫干〔1〕 통영 도에이샤 구집/거풍	景雪	시가/하이쿠	
1	5	文苑	統營搭影社句集/虫干〔1〕 통영 도에이샤 구집/거풍	素江	시가/하이쿠	
1	5	文苑	統營搭影社句集/虫干〔1〕 통영 도에이샤 구집/거풍	竹臥	시가/하이쿠	
1	5	文苑	統營搭影社句集/虫干〔1〕 통영 도에이샤 구집/거풍	碧雲	시가/하이쿠	
1	5	文苑	統營搭影社句集/虫干〔1〕 통영 도에이샤 구집/거풍	秋風嶺	시가/하이쿠	
1	5	文苑	夏旅日記 여름 여행 일기	川村生	수필/일기	
1	5		小說懸賞募集 소설 현상 모집	釜山日報社	소설/모집	광고
5	5		大邱ゆき 대구행	▽△子	수필/기행	
6	1~4		實說 明烏 〈55〉 실설 아케가라스	寶井琴窓	고단	

1915년 08월 11일 (수) 2851호

지면	단수	기획	기사제목 〈회수〉〔곡수〕	필자/저자(역자)	분류	비고
1	5		小說懸賞募集 소설 현상 모집	釜山日報社	소설/모집	광고
1	5	文苑	花筵會第四集/蟬 〈2〉〔3〕 하나이카다카이 제4집/매미	葩天咬	시가/하이쿠	

지면	단수	기획	기사제목 〈회수〉〔곡수〕	필자/저자(역자)	분류	비고
1	5	文苑	花筏會第四集/蟬 〈2〉〔3〕 하나이카다카이 제4집/매미	世外	시가/하이쿠	
1	5	文苑	花筏會第四集/蟬 〈2〉〔1〕 하나이카다카이 제4집/매미	負靑天	시가/하이쿠	
1	5	文苑	花筏會第四集/蟬 〈2〉〔2〕 하나이카다카이 제4집/매미	竹亭	시가/하이쿠	
1	5	文苑	花筏會第四集/鮓 〈2〉〔3〕 하나이카다카이 제4집/초밥	負靑天	시가/하이쿠	
1	5	文苑	花筏會第四集/鮓 〈2〉〔2〕 하나이카다카이 제4집/초밥	葩天皎	시가/하이쿠	
1	5	文苑	花筏會第四集/鮓 〈2〉〔1〕 하나이카다카이 제4집/초밥	世外	시가/하이쿠	
1	5	文苑	花筏會第四集/鮓 〈2〉〔1〕 하나이카다카이 제4집/초밥	負靑天	시가/하이쿠	
1	5	文苑	花筏會第四集/鮓 〈2〉〔2〕 하나이카다카이 제4집/초밥	竹亭	시가/하이쿠	
6	1~3		實說 明烏 〈56〉 실설 아케가라스	寶井琴窓	고단	

1915년 08월 12일 (목) 2852호

지면	단수	기획	기사제목 〈회수〉〔곡수〕	필자/저자(역자)	분류	비고
1	5	文苑	夏季雜吟 〔9〕 하계-잡음	永同 岡村董水	시가/하이쿠	
1	5	文苑	統營港即興 〔1〕 통영항 즉흥	一白	시가/하이쿠	
1	5	文苑	統營港即興 〔1〕 통영항 즉흥	竹臥	시가/하이쿠	
1	5	文苑	統營港即興 〔1〕 통영항 즉흥	耳洗	시가/하이쿠	
1	5	文苑	統營港即興 〔1〕 통영항 즉흥	碧雲	시가/하이쿠	
1	5	文苑	統營港即興 〔1〕 통영항 즉흥	秋風嶺	시가/하이쿠	

1915년 08월 12일 (목) 2852호 경북일간

지면	단수	기획	기사제목 〈회수〉〔곡수〕	필자/저자(역자)	분류	비고
3	4~5		金泉の花柳評 〈2〉 금천의 화류평		수필/비평	

1915년 08월 12일 (목) 2852호 마진일간

지면	단수	기획	기사제목 〈회수〉〔곡수〕	필자/저자(역자)	분류	비고
4	2		海州丸より 가이슈마루에서	椿生	수필/기행	

1915년 08월 12일 (목) 2852호

지면	단수	기획	기사제목 〈회수〉〔곡수〕	필자/저자(역자)	분류	비고
6	1~3		實說 明烏 〈57〉 실설 아케가라스	寶井琴窓	고단	

1915년 08월 13일 (금) 2853호

지면	단수	기획	기사제목 〈회수〉〔곡수〕	필자/저자(역자)	분류	비고
1	5	文苑	花筏會第四集……八日夜負靑天居に於て……/雲の峰 〈1〉〔3〕 하나이카다카이 제4집……8일 밤 후세이텐 거처에서……/구름 봉우리	世外	시가/하이쿠	
1	5	文苑	花筏會第四集……八日夜負靑天居に於て……/雲の峰 〈1〉〔3〕 하나이카다카이 제4집……8일 밤 후세이텐 거처에서……/구름 봉우리	負靑天	시가/하이쿠	
1	5	文苑	花筏會第四集……八日夜負靑天居に於て……/雲の峰 〈1〉〔3〕 하나이카다카이 제4집……8일 밤 후세이텐 거처에서……/구름 봉우리	梢雨	시가/하이쿠	

지면	단수	기획	기사제목 〈회수〉 〔곡수〕	필자/저자(역자)	분류	비고
1	5	文苑	花筏會第四集......八日夜負靑天居に於て....../雲の峰 〈1〉〔5〕 하나이카다카이 제4집......8일 밤 후세이텐 거처에서....../구름 봉우리	蕋天皎	시가/하이쿠	
1	5	文苑	花筏會第四集......八日夜負靑天居に於て....../雲の峰 〈1〉〔1〕 하나이카다카이 제4집......8일 밤 후세이텐 거처에서....../구름 봉우리	杜鵑花	시가/하이쿠	
1	5	文苑	花筏會第四集......八日夜負靑天居に於て....../雲の峰 〈1〉〔6〕 하나이카다카이 제4집......8일 밤 후세이텐 거처에서....../구름 봉우리	竹亭	시가/하이쿠	

1915년 08월 13일 (금) 2853호 마진일간

지면	단수	기획	기사제목	필자/저자(역자)	분류	비고
4	2		東雲旅館より 〈1〉 시노노메 여관에서	椿生	수필/기행	

1915년 08월 13일 (금) 2853호

지면	단수	기획	기사제목	필자/저자(역자)	분류	비고
6	1~3		實說 明烏 〈58〉 실설 아케가라스	寶井琴窓	고단	

1915년 08월 14일 (토) 2854호

지면	단수	기획	기사제목	필자/저자(역자)	분류	비고
1	5		小說懸賞募集 소설 현상 모집	釜山日報社	소설/모집 광고	
1	5	文苑	統營塔影社俳稿 〔1〕 통영 도에이샤 하이쿠 기고	愚佛	시가/하이쿠	
1	5	文苑	統營塔影社俳稿 〔1〕 통영 도에이샤 하이쿠 기고	一白	시가/하이쿠	
1	5	文苑	統營塔影社俳稿 통영 도에이샤 하이쿠 기고	耳洗	시가/하이쿠	
1	5	文苑	統營塔影社俳稿 〔1〕 통영 도에이샤 하이쿠 기고	素江	시가/하이쿠	
1	5	文苑	統營塔影社俳稿 〔1〕 통영 도에이샤 하이쿠 기고	一華	시가/하이쿠	
1	5	文苑	統營塔影社俳稿 〔1〕 통영 도에이샤 하이쿠 기고	竹臥	시가/하이쿠	
1	5	文苑	統營塔影社俳稿 〔1〕 통영 도에이샤 하이쿠 기고	岳水	시가/하이쿠	
1	5	文苑	統營塔影社俳稿 〔1〕 통영 도에이샤 하이쿠 기고	秋風嶺	시가/하이쿠	
1	5	文苑	統營塔影社俳稿/秋近し 〔1〕 통영 도에이샤 하이쿠 기고/가을이 다가오다	竹臥	시가/하이쿠	
1	5	文苑	統營塔影社俳稿/秋近し 〔1〕 통영 도에이샤 하이쿠 기고/가을이 다가오다	耳洗	시가/하이쿠	
1	5	文苑	統營塔影社俳稿/秋近し 〔1〕 통영 도에이샤 하이쿠 기고/가을이 다가오다	素江	시가/하이쿠	
1	5	文苑	統營塔影社俳稿/秋近し 〔1〕 통영 도에이샤 하이쿠 기고/가을이 다가오다	一華	시가/하이쿠	
1	5	文苑	統營塔影社俳稿/秋近し 〔1〕 통영 도에이샤 하이쿠 기고/가을이 다가오다	一白	시가/하이쿠	
1	5	文苑	統營塔影社俳稿/秋近し 〔1〕 통영 도에이샤 하이쿠 기고/가을이 다가오다	秋風嶺	시가/하이쿠	

1915년 08월 14일 (토) 2854호 경북일간

지면	단수	기획	기사제목	필자/저자(역자)	분류	비고
3	4		金泉の花柳評 〈3〉 금천의 화류평		수필/비평	

1915년 08월 14일 (토) 2854호 마진일간

지면	단수	기획	기사제목 〈회수〉〔곡수〕	필자/저자(역자)	분류	비고
4	2		東雲旅館より〈2〉 시노노메 여관에서	椿生	수필/기행	

1915년 08월 14일 (토) 2854호

지면	단수	기획	기사제목 〈회수〉〔곡수〕	필자/저자(역자)	분류	비고
6	1~3		實說 明烏〈59〉 실설 아케가라스	寶井琴窓	고단	

1915년 08월 15일 (일) 2855호

지면	단수	기획	기사제목 〈회수〉〔곡수〕	필자/저자(역자)	분류	비고
1	5		小說懸賞募集 소설 현상 모집	釜山日報社	소설/모집 광고	
1	5	文苑	夏日七快〔7〕 여름날 일곱 가지 즐거움	在大阪 醉骨	시가/하이쿠	

1915년 08월 15일 (일) 2855호 마진일간

지면	단수	기획	기사제목 〈회수〉〔곡수〕	필자/저자(역자)	분류	비고
4	2		統營初見參記〈1〉 통영 첫 방문기	椿生	수필/기행	

1915년 08월 15일 (일) 2855호

지면	단수	기획	기사제목 〈회수〉〔곡수〕	필자/저자(역자)	분류	비고
6	1~3		實說 明烏〈60〉 실설 아케가라스	寶井琴窓	고단	

1915년 08월 16일 (월) 2856호

지면	단수	기획	기사제목 〈회수〉〔곡수〕	필자/저자(역자)	분류	비고
1	5	文苑	花筵會第四集/百合〈2〉〔6〕 하나이카다카이 제4집/백합	世外	시가/하이쿠	
1	5	文苑	花筵會第四集/百合〈2〉〔3〕 하나이카다카이 제4집/백합	負靑天	시가/하이쿠	
1	5	文苑	花筵會第四集/百合〈2〉〔3〕 하나이카다카이 제4집/백합	葩天皎	시가/하이쿠	
1	5	文苑	花筵會第四集/百合〈2〉〔1〕 하나이카다카이 제4집/백합	梢雨	시가/하이쿠	
1	5	文苑	花筵會第四集/農園〈2〉〔4〕 하나이카다카이 제4집/농원	杜鵑花	시가/하이쿠	
1	5	文苑	花筵會第四集/農園〈2〉〔4〕 하나이카다카이 제4집/농원	竹亭	시가/하이쿠	
4	1~3		實說 明烏〈61〉 실설 아케가라스	寶井琴窓	고단	

1915년 08월 17일 (화) 2857호

지면	단수	기획	기사제목 〈회수〉〔곡수〕	필자/저자(역자)	분류	비고
1	5		小說懸賞募集 소설 현상 모집	釜山日報社	소설/모집 광고	
1	5	文苑	★祝日報無休刊〔1〕 부산일보가 휴간 없이 발행됨을 축하하며	畠中素堂	시가/한시	
1	5	文苑	偶詠〔1〕 우영	畠中素堂	시가/한시	
1	5	文苑	泛舟避暑〔1〕 범주피서	畠中素堂	시가/한시	
1	5	文苑	夏季所〔5〕 하계소	竹亭	시가/하이쿠	
2	6		別府より 벳부에서	？！生	수필/일상	

1915년 08월 17일 (화) 2857호 경북일간

지면	단수	기획	기사제목 〈회수〉〔곡수〕	필자/저자(역자)	분류	비고
3	5~6		金泉の花柳評 〈4〉 금천의 화류평		수필/비평	

1915년 08월 17일 (화) 2857호

지면	단수	기획	기사제목 〈회수〉〔곡수〕	필자/저자(역자)	분류	비고
6	1~3		實說 明烏 〈62〉 실설 아케가라스	寶井琴窓	고단	

1915년 08월 18일 (수) 2858호

지면	단수	기획	기사제목 〈회수〉〔곡수〕	필자/저자(역자)	분류	비고
1	5		小說懸賞募集 소설 현상 모집	釜山日報社	소설/모집 광고	
1	5	文苑	超人會夏季雜吟(其一)-東京森無黃先生選/五點句 〈1〉〔1〕 조진카이 하계 잡음(그 첫 번째)-도쿄 모리 무코 선생 선/오점 구	夢里	시가/하이쿠	人-塵 오기
1	5	文苑	超人會夏季雜吟(其一)-東京森無黃先生選/五點句 〈1〉〔1〕 조진카이 하계 잡음(그 첫 번째)-도쿄 모리 무코 선생 선/오점 구	寶水	시가/하이쿠	人-塵 오기.
1	5	文苑	超人會夏季雜吟(其一)-東京森無黃先生選/五點句 〈1〉〔1〕 조진카이 하계 잡음(그 첫 번째)-도쿄 모리 무코 선생 선/오점 구	可秀	시가/하이쿠	人-塵 오기
1	5	文苑	超人會夏季雜吟(其一)-東京森無黃先生選/五點句 〈1〉〔1〕 조진카이 하계 잡음(그 첫 번째)-도쿄 모리 무코 선생 선/오점 구	春光	시가/하이쿠	人-塵 오기
1	5	文苑	超人會夏季雜吟(其一)-東京森無黃先生選/五點句 〈1〉〔1〕 조진카이 하계 잡음(그 첫 번째)-도쿄 모리 무코 선생 선/오점 구	寶水	시가/하이쿠	人-塵 오기
1	5	文苑	超人會夏季雜吟(其一)-東京森無黃先生選/五點句 〈1〉〔2〕 조진카이 하계 잡음(그 첫 번째)-도쿄 모리 무코 선생 선/오점 구	可秀	시가/하이쿠	人-塵 오기
1	5	文苑	超人會夏季雜吟(其一)-東京森無黃先生選/五點句 〈1〉〔1〕 조진카이 하계 잡음(그 첫 번째)-도쿄 모리 무코 선생 선/오점 구	俠雨	시가/하이쿠	人-塵 오기
1	5	文苑	超人會夏季雜吟(其一)-東京森無黃先生選/五點句 〈1〉〔1〕 조진카이 하계 잡음(그 첫 번째)-도쿄 모리 무코 선생 선/오점 구	夢里	시가/하이쿠	人-塵 오기
1	5	文苑	超人會夏季雜吟(其一)-東京森無黃先生選/五點句 〈1〉〔1〕 조진카이 하계 잡음(그 첫 번째)-도쿄 모리 무코 선생 선/오점 구	秋汀	시가/하이쿠	人-塵 오기
1	5	文苑	超人會夏季雜吟(其一)-東京森無黃先生選/五點句 〈1〉〔1〕 조진카이 하계 잡음(그 첫 번째)-도쿄 모리 무코 선생 선/오점 구	春光	시가/하이쿠	人-塵 오기
1	5	文苑	超人會夏季雜吟(其一)-東京森無黃先生選/五點句 〈1〉〔1〕 조진카이 하계 잡음(그 첫 번째)-도쿄 모리 무코 선생 선/오점 구	夢里	시가/하이쿠	人-塵 오기
1	5	文苑	超人會夏季雜吟(其一)-東京森無黃先生選/五點句 〈1〉〔1〕 조진카이 하계 잡음(그 첫 번째)-도쿄 모리 무코 선생 선/오점 구	春光	시가/하이쿠	人-塵 오기
1	5	文苑	超人會夏季雜吟(其一)-東京森無黃先生選/五點句 〈1〉〔1〕 조진카이 하계 잡음(그 첫 번째)-도쿄 모리 무코 선생 선/오점 구	寶水	시가/하이쿠	人-塵 오기
1	5	文苑	超人會夏季雜吟(其一)-東京森無黃先生選/五點句 〈1〉〔1〕 조진카이 하계 잡음(그 첫 번째)-도쿄 모리 무코 선생 선/오점 구	俠雨	시가/하이쿠	人-塵 오기

1915년 08월 18일 (수) 2858호 경북일간

지면	단수	기획	기사제목 〈회수〉〔곡수〕	필자/저자(역자)	분류	비고
3	4~5		流轉の女 〈1〉 유전의 여인		기타/기타	

1915년 08월 18일 (수) 2858호 마진일간

지면	단수	기획	기사제목 〈회수〉〔곡수〕	필자/저자(역자)	분류	비고
4	2		統營初見參記 〈2〉 통영 첫 방문기	椿生	수필/기행	

1915년 08월 18일 (수) 2858호

지면	단수	기획	기사제목 〈회수〉〔곡수〕	필자/저자(역자)	분류	비고
6	1~3		實說 明烏 〈63〉 실설 아케가라스	寶井琴窓	고단	

1915년 08월 19일 (목) 2859호

지면	단수	기획	기사제목 〈회수〉 〔곡수〕	필자/저자(역자)	분류	비고
1	4		小說懸賞募集 소설 현상 모집	釜山日報社	소설/모집 광고	
1	5	文苑	超塵會夏季雜吟(其二)-東京森無黃先生選/五點句 〈2〉〔1〕 조진카이 하계 잡음(그 두 번째)-도쿄 모리 무코 선생 선/오점 구	夢里	시가/하이쿠	
1	5	文苑	超塵會夏季雜吟(其二)-東京森無黃先生選/五點句 〈2〉〔1〕 조진카이 하계 잡음(그 두 번째)-도쿄 모리 무코 선생 선/오점 구	秋汀	시가/하이쿠	
1	5	文苑	超塵會夏季雜吟(其二)-東京森無黃先生選/五點句 〈2〉〔1〕 조진카이 하계 잡음(그 두 번째)-도쿄 모리 무코 선생 선/오점 구	夢里	시가/하이쿠	
1	5	文苑	超塵會夏季雜吟(其二)-東京森無黃先生選/五點句 〈2〉〔1〕 조진카이 하계 잡음(그 두 번째)-도쿄 모리 무코 선생 선/오점 구	俠雨	시가/하이쿠	
1	5	文苑	超塵會夏季雜吟(其二)-東京森無黃先生選/七點句 〈2〉〔1〕 조진카이 하계 잡음(그 두 번째)-도쿄 모리 무코 선생 선/칠점 구	夢里	시가/하이쿠	
1	5	文苑	超塵會夏季雜吟(其二)-東京森無黃先生選/七點句 〈2〉〔2〕 조진카이 하계 잡음(그 두 번째)-도쿄 모리 무코 선생 선/칠점 구	秋汀	시가/하이쿠	
1	5	文苑	超塵會夏季雜吟(其二)-東京森無黃先生選/七點句 〈2〉〔1〕 조진카이 하계 잡음(그 두 번째)-도쿄 모리 무코 선생 선/칠점 구	可秀	시가/하이쿠	
1	5	文苑	超塵會夏季雜吟(其二)-東京森無黃先生選/七點句 〈2〉〔1〕 조진카이 하계 잡음(그 두 번째)-도쿄 모리 무코 선생 선/칠점 구	春光	시가/하이쿠	
1	5	文苑	超塵會夏季雜吟(其二)-東京森無黃先生選/秀逸 〈2〉〔1〕 조진카이 하계 잡음(그 두 번째)-도쿄 모리 무코 선생 선/수일	俠雨	시가/하이쿠	
1	5	文苑	超塵會夏季雜吟(其二)-東京森無黃先生選/秀逸 〈2〉〔1〕 조진카이 하계 잡음(그 두 번째)-도쿄 모리 무코 선생 선/수일	寶水	시가/하이쿠	
1	5	文苑	超塵會夏季雜吟(其二)-東京森無黃先生選/秀逸 〈2〉〔2〕 조진카이 하계 잡음(그 두 번째)-도쿄 모리 무코 선생 선/수일	可秀	시가/하이쿠	
1	5	文苑	超塵會夏季雜吟(其二)-東京森無黃先生選/秀逸 〈2〉〔1〕 조진카이 하계 잡음(그 두 번째)-도쿄 모리 무코 선생 선/수일	俠雨	시가/하이쿠	
1	5	文苑	超塵會夏季雜吟(其二)-東京森無黃先生選/三光逆列 〈2〉〔1〕 조진카이 하계 잡음(그 두 번째)-도쿄 모리 무코 선생 선/삼광 역순	夢里	시가/하이쿠	
1	5	文苑	超塵會夏季雜吟(其二)-東京森無黃先生選/三光逆列 〈2〉〔2〕 조진카이 하계 잡음(그 두 번째)-도쿄 모리 무코 선생 선/삼광 역순	春光	시가/하이쿠	
1	5	文苑	超塵會夏季雜吟(其二)-東京森無黃先生選/追吟 〈2〉〔1〕 조진카이 하계 잡음(그 두 번째)-도쿄 모리 무코 선생 선/추음	選者	시가/하이쿠	
1	5	文苑	夏季吟 〔7〕 하계음	竹亭	시가/하이쿠	

1915년 08월 19일 (목) 2859호 경북일간

지면	단수	기획	기사제목 〈회수〉 〔곡수〕	필자/저자(역자)	분류	비고
3	4		流轉の女 〈2〉 유전의 여인		기타/기타	

1915년 08월 19일 (목) 2859호 마진일간

지면	단수	기획	기사제목 〈회수〉 〔곡수〕	필자/저자(역자)	분류	비고
4	2		統營初見參記 〈3〉 통영 첫 방문기	椿生	수필/기행	

1915년 08월 19일 (목) 2859호

지면	단수	기획	기사제목 〈회수〉 〔곡수〕	필자/저자(역자)	분류	비고
5	1		(제목없음) 〔3〕		시가/하이쿠	
5	1~3		子供鉢木 〈1〉 고도모 하치노키	桃川如燕	고단	
6	1~3		實說 明烏 〈64〉 실설 아케가라스	寶井琴窓	고단	

1915년 08월 20일 (금) 2860호

지면	단수	기획	기사제목 〈회수〉〔곡수〕	필자/저자(역자)	분류	비고
1	5	文苑	塔影社句稿(統營八月十三日夜)/天の川〔1〕 도에이샤 구고(통영 8월 13일 밤)/은하수	愚佛	시가/하이쿠	
1	5	文苑	塔影社句稿(統營八月十三日夜)/天の川〔1〕 도에이샤 구고(통영 8월 13일 밤)/은하수	景雲	시가/하이쿠	
1	5	文苑	塔影社句稿(統營八月十三日夜)/天の川〔1〕 도에이샤 구고(통영 8월 13일 밤)/은하수	竹臥	시가/하이쿠	
1	5	文苑	塔影社句稿(統營八月十三日夜)/天の川〔1〕 도에이샤 구고(통영 8월 13일 밤)/은하수	耳洗	시가/하이쿠	
1	5	文苑	塔影社句稿(統營八月十三日夜)/天の川〔1〕 도에이샤 구고(통영 8월 13일 밤)/은하수	碧雲	시가/하이쿠	
1	5	文苑	塔影社句稿(統營八月十三日夜)/天の川〔1〕 도에이샤 구고(통영 8월 13일 밤)/은하수	岳水	시가/하이쿠	
1	5	文苑	塔影社句稿(統營八月十三日夜)/天の川〔1〕 도에이샤 구고(통영 8월 13일 밤)/은하수	やさ男	시가/하이쿠	
1	5	文苑	塔影社句稿(統營八月十三日夜)/天の川〔1〕 도에이샤 구고(통영 8월 13일 밤)/은하수	素江	시가/하이쿠	
1	5	文苑	塔影社句稿(統營八月十三日夜)/天の川〔1〕 도에이샤 구고(통영 8월 13일 밤)/은하수	秋風嶺	시가/하이쿠	
1	5		小說懸賞募集 소설 현상 모집	釜山日報社	소설/모집 광고	

1915년 08월 20일 (금) 2860호 경북일간

지면	단수	기획	기사제목 〈회수〉〔곡수〕	필자/저자(역자)	분류	비고
3	4~5		流轉の女 〈3〉 유전의 여인		기타/기타	

1915년 08월 20일 (금) 25860호

지면	단수	기획	기사제목 〈회수〉〔곡수〕	필자/저자(역자)	분류	비고
5	1~3		子供鉢木 〈2〉 고도모 하치노키	桃川如燕	고단	
6	1~3		實說 明烏 〈65〉 실설 아케가라스	寶井琴窓	고단	

1915년 08월 21일 (토) 2861호

지면	단수	기획	기사제목 〈회수〉〔곡수〕	필자/저자(역자)	분류	비고
1	5		陸奧より(十五日發) 미치노쿠에서(15일 출발)	川村生	수필/기행	

1915년 08월 21일 (토) 2861호 경북일간

지면	단수	기획	기사제목 〈회수〉〔곡수〕	필자/저자(역자)	분류	비고
3	5~6		流轉の女 〈4〉 유전의 여인		기타/기타	

1915년 08월 21일 (토) 2861호

지면	단수	기획	기사제목 〈회수〉〔곡수〕	필자/저자(역자)	분류	비고
5	1~3		子供鉢木 〈3〉 고도모 하치노키	桃川如燕	고단	
6	1~3		實說 明烏 〈66〉 실설 아케가라스	寶井琴窓	고단	

1915년 08월 22일 (일) 2862호

지면	단수	기획	기사제목 〈회수〉〔곡수〕	필자/저자(역자)	분류	비고
1	5	文苑	龜甲會第四十八回月並句集(龜浦)-釜山 省花堂茶遊選/二十內〔1〕 깃코카이 제48회 쓰키나미 구집(구포)-부산 쇼카도 사유 선/이십내	梅香	시가/하이쿠	
1	5	文苑	龜甲會第四十八回月並句集(龜浦)-釜山 省花堂茶遊選/二十內〔1〕 깃코카이 제48회 쓰키나미 구집(구포)-부산 쇼카도 사유 선/이십내	芦角	시가/하이쿠	
1	5	文苑	龜甲會第四十八回月並句集(龜浦)-釜山 省花堂茶遊選/二十內〔1〕 깃코카이 제48회 쓰키나미 구집(구포)-부산 쇼카도 사유 선/이십내	柳舟	시가/하이쿠	

지면	단수	기획	기사제목 〈회수〉〔곡수〕	필자/저자(역자)	분류	비고
1	5	文苑	龜甲會第四十八回月並句集(龜浦)-釜山 省花堂茶遊選/二十內 〔1〕 깃코카이 제48회 쓰키나미 구집(구포)-부산 쇼카도 사유 선/이십내	蕉雨	시가/하이쿠	
1	5	文苑	龜甲會第四十八回月並句集(龜浦)-釜山 省花堂茶遊選/二十內 〔1〕 깃코카이 제48회 쓰키나미 구집(구포)-부산 쇼카도 사유 선/이십내	南倉	시가/하이쿠	
1	5	文苑	龜甲會第四十八回月並句集(龜浦)-釜山 省花堂茶遊選/二十內 〔1〕 깃코카이 제48회 쓰키나미 구집(구포)-부산 쇼카도 사유 선/이십내	楓堂	시가/하이쿠	
1	5	文苑	龜甲會第四十八回月並句集(龜浦)-釜山 省花堂茶遊選/二十內 〔1〕 깃코카이 제48회 쓰키나미 구집(구포)-부산 쇼카도 사유 선/이십내	幽月	시가/하이쿠	
1	5	文苑	龜甲會第四十八回月並句集(龜浦)-釜山 省花堂茶遊選/二十內 〔1〕 깃코카이 제48회 쓰키나미 구집(구포)-부산 쇼카도 사유 선/이십내	仙岩	시가/하이쿠	
1	5	文苑	龜甲會第四十八回月並句集(龜浦)-釜山 省花堂茶遊選/二十內 〔1〕 깃코카이 제48회 쓰키나미 구집(구포)-부산 쇼카도 사유 선/이십내	豊水	시가/하이쿠	
1	5	文苑	龜甲會第四十八回月並句集(龜浦)-釜山 省花堂茶遊選/二十內 〔1〕 깃코카이 제48회 쓰키나미 구집(구포)-부산 쇼카도 사유 선/이십내	仰天	시가/하이쿠	
1	5	文苑	龜甲會第四十八回月並句集(龜浦)-釜山 省花堂茶遊選/十內 〔2〕 깃코카이 제48회 쓰키나미 구집(구포)-부산 쇼카도 사유 선/십내	巴洲	시가/하이쿠	
1	5	文苑	龜甲會第四十八回月並句集(龜浦)-釜山 省花堂茶遊選/十內 〔1〕 깃코카이 제48회 쓰키나미 구집(구포)-부산 쇼카도 사유 선/십내	幽月	시가/하이쿠	
1	5	文苑	龜甲會第四十八回月並句集(龜浦)-釜山 省花堂茶遊選/十內 〔1〕 깃코카이 제48회 쓰키나미 구집(구포)-부산 쇼카도 사유 선/십내	蒙古	시가/하이쿠	
1	5	文苑	龜甲會第四十八回月並句集(龜浦)-釜山 省花堂茶遊選/十內 〔1〕 깃코카이 제48회 쓰키나미 구집(구포)-부산 쇼카도 사유 선/십내	芦角	시가/하이쿠	
1	5	文苑	龜甲會第四十八回月並句集(龜浦)-釜山 省花堂茶遊選/十內 〔1〕 깃코카이 제48회 쓰키나미 구집(구포)-부산 쇼카도 사유 선/십내	仰天	시가/하이쿠	
1	5	文苑	龜甲會第四十八回月並句集(龜浦)-釜山 省花堂茶遊選/三光 〔1〕 깃코카이 제48회 쓰키나미 구집(구포)-부산 쇼카도 사유 선/삼광	仰天	시가/하이쿠	
1	5	文苑	龜甲會第四十八回月並句集(龜浦)-釜山 省花堂茶遊選/三光 〔1〕 깃코카이 제48회 쓰키나미 구집(구포)-부산 쇼카도 사유 선/삼광	芦角	시가/하이쿠	
1	5	文苑	龜甲會第四十八回月並句集(龜浦)-釜山 省花堂茶遊選/三光 〔1〕 깃코카이 제49회 쓰키나미 구집(구포)-부산 쇼카도 사유 선/삼광	南倉	시가/하이쿠	
1	5	文苑	龜甲會第四十八回月並句集(龜浦)-釜山 省花堂茶遊選/追加 〔1〕 깃코카이 제48회 쓰키나미 구집(구포)-부산 쇼카도 사유 선/추가	茶遊	시가/하이쿠	

1915년 08월 22일 (일) 2862호 경북일간

지면	단수	기획	기사제목 〈회수〉〔곡수〕	필자/저자(역자)	분류	비고
3	4~5		流轉の女 〈5〉 유전의 여인		기타/기타	

1915년 08월 22일 (일) 2862호 마진일간

지면	단수	기획	기사제목 〈회수〉〔곡수〕	필자/저자(역자)	분류	비고
4	2		統營初見參記 〈4〉 통영 첫 방문기	椿生	수필/기행	

1915년 08월 22일 (일) 2862호

지면	단수	기획	기사제목 〈회수〉〔곡수〕	필자/저자(역자)	분류	비고
5	1~2		子供鉢木 〈5〉 고도모 하치노키	桃川如燕	고단	회수 오류
6	1~3		實說 明烏 〈67〉 실설 아케가라스	寶井琴窓	고단	

1915년 08월 23일 (월) 2863호

지면	단수	기획	기사제목 〈회수〉〔곡수〕	필자/저자(역자)	분류	비고
1	5		小說懸賞募集 소설 현상 모집	釜山日報社	소설/모집 광고	
1	5	文苑	塔影社句稿(統營) 〔1〕 도에이샤 구고(통영)	愚佛	시가/하이쿠	

지면	단수	기획	기사제목 〈회수〉〔곡수〕	필자/저자(역자)	분류	비고
1	5	文苑	塔影社句稿(統營) 〔1〕 도에이샤 구고(통영)	景雪	시가/하이쿠	
1	5	文苑	塔影社句稿(統營) 〔1〕 도에이샤 구고(통영)	やざ男	시가/하이쿠	
1	5	文苑	塔影社句稿(統營) 〔1〕 도에이샤 구고(통영)	耳洗	시가/하이쿠	
1	5	文苑	塔影社句稿(統營) 〔1〕 도에이샤 구고(통영)	岳水	시가/하이쿠	
1	5	文苑	塔影社句稿(統營) 〔1〕 도에이샤 구고(통영)	素江	시가/하이쿠	
1	5	文苑	塔影社句稿(統營) 〔1〕 도에이샤 구고(통영)	竹臥	시가/하이쿠	
1	5	文苑	塔影社句稿(統營) 〔1〕 도에이샤 구고(통영)	一白	시가/하이쿠	
1	5	文苑	塔影社句稿(統營) 〔1〕 도에이샤 구고(통영)	翠浪	시가/하이쿠	
1	5	文苑	塔影社句稿(統營) 〔1〕 도에이샤 구고(통영)	碧雲	시가/하이쿠	
1	5	文苑	塔影社句稿(統營) 〔1〕 도에이샤 구고(통영)	秋風嶺	시가/하이쿠	
2	5		赤切符にて 3등석 기차표로	△△生	수필/기행	
5	1~4		子供鉢木 〈5〉 고도모 하치노키	桃川如燕	고단	
6	1~3		實說 明烏 〈68〉 실설 아케가라스	寶井琴窓	고단	

1915년 08월 24일 (화) 2864호

지면	단수	기획	기사제목 〈회수〉〔곡수〕	필자/저자(역자)	분류	비고
1	5	文苑	塔影社句稿(統營) 〔1〕 도에이샤 구고(통영)	素江	시가/하이쿠	
1	5	文苑	塔影社句稿(統營) 〔1〕 도에이샤 구고(통영)	一白	시가/하이쿠	
1	5	文苑	塔影社句稿(統營) 〔1〕 도에이샤 구고(통영)	景雪	시가/하이쿠	
1	5	文苑	塔影社句稿(統營) 〔1〕 도에이샤 구고(통영)	耳洗	시가/하이쿠	
1	5	文苑	塔影社句稿(統營) 〔1〕 도에이샤 구고(통영)	岳水	시가/하이쿠	
1	5	文苑	塔影社句稿(統營) 〔1〕 도에이샤 구고(통영)	竹臥	시가/하이쿠	
1	5	文苑	塔影社句稿(統營) 〔1〕 도에이샤 구고(통영)	斗花女	시가/하이쿠	
1	5	文苑	塔影社句稿(統營) 〔1〕 도에이샤 구고(통영)	秋風嶺	시가/하이쿠	
1	5	文苑	雜吟 〔4〕 잡음	不及生	시가/하이쿠	

1915년 08월 24일 (화) 2864호 경북일간

지면	단수	기획	기사제목 〈회수〉〔곡수〕	필자/저자(역자)	분류	비고
3	4~5		流轉の女 〈6〉 유전의 여인		기타/기타	

1915년 08월 24일 (화) 2864호

지면	단수	기획	기사제목 〈회수〉 〔곡수〕	필자/저자(역자)	분류	비고
6	1~3		實說 明烏 〈69〉 실설 아케가라스	寶井琴窓	고단	

1915년 08월 25일 (수) 2865호

지면	단수	기획	기사제목	필자/저자(역자)	분류	비고
1	5	文苑	夏雜吟 〔5〕 여름-잡음	下關 天津夫	시가/하이쿠	
1	5	文苑	向日葵 〔8〕 해바라기	釜山 竹亭	시가/하이쿠	

1915년 08월 25일 (수) 2865호 경북일간

지면	단수	기획	기사제목	필자/저자(역자)	분류	비고
3	4~5		流轉の女 〈7〉 유전의 여인		기타/기타	

1915년 08월 25일 (수) 2865호

지면	단수	기획	기사제목	필자/저자(역자)	분류	비고
6	1~3		實說 明烏 〈70〉 실설 아케가라스	寶井琴窓	고단	

1915년 08월 26일 (목) 2866호

지면	단수	기획	기사제목	필자/저자(역자)	분류	비고
1	5		小說懸賞募集 소설 현상 모집	釜山日報社	소설/모집 광고	
1	5	文苑	弄月吟社句集-東京森無黃先生選 〔1〕 로게쓰긴샤 구집-도쿄 모리 무코 선생 선	てる女	시가/하이쿠	
1	5	文苑	弄月吟社句集-東京森無黃先生選 〔1〕 로게쓰긴샤 구집-도쿄 모리 무코 선생 선	春浦	시가/하이쿠	
1	5	文苑	弄月吟社句集-東京森無黃先生選 〔2〕 로게쓰긴샤 구집-도쿄 모리 무코 선생 선	てる女	시가/하이쿠	
1	5	文苑	弄月吟社句集-東京森無黃先生選 〔1〕 로게쓰긴샤 구집-도쿄 모리 무코 선생 선	瓢	시가/하이쿠	
1	5	文苑	弄月吟社句集-東京森無黃先生選/三才逆位 〔1〕 로게쓰긴샤 구집-도쿄 모리 무코 선생 선/삼재 역순	春浦	시가/하이쿠	
1	5	文苑	弄月吟社句集-東京森無黃先生選/三才逆位 〔1〕 로게쓰긴샤 구집-도쿄 모리 무코 선생 선/삼재 역순	雅庵	시가/하이쿠	
1	5	文苑	弄月吟社句集-東京森無黃先生選/三才逆位 〔1〕 로게쓰긴샤 구집-도쿄 모리 무코 선생 선/삼재 역순	瓢	시가/하이쿠	
1	5	文苑	弄月吟社句集-東京森無黃先生選/選者吟 〔1〕 로게쓰긴샤 구집-도쿄 모리 무코 선생 선/선자음	森無黃	시가/하이쿠	
2	5		懸賞小說募集延期 현상소설 모집 연기		소설/모집 광고	

1915년 08월 26일 (목) 2866호 경북일간

지면	단수	기획	기사제목	필자/저자(역자)	분류	비고
3	4~6		流轉の女 〈8〉 유전의 여인		기타/기타	

1915년 08월 26일 (목) 2866호

지면	단수	기획	기사제목	필자/저자(역자)	분류	비고
6	1~3		實說 明烏 〈71〉 실설 아케가라스	寶井琴窓	고단	

1915년 08월 27일 (금) 2867호

지면	단수	기획	기사제목	필자/저자(역자)	분류	비고
1	5		小說懸賞募集 소설 현상 모집	釜山日報社	소설/모집 광고	
1	5	文苑	次西田竹堂詞兄述懷詩 〔1〕 차 니시다 지쿠도 사형 술회시	失名	시가/한시	

지면	단수	기획	기사제목 〈회수〉〔곡수〕	필자/저자(역자)	분류	비고
1	5	文苑	夏曉即事〔1〕 하효즉사	畠中素堂	시가/한시	
1	5	文苑	午睡口占〔1〕 오수구점	畠中素堂	시가/한시	
1	5	文苑	觀蓮〔1〕 관련	畠中素堂	시가/한시	
1	5	文苑	百合〔5〕 백합	稻花	시가/하이쿠	
1	5	文苑	百合〔3〕 백합	竹亭	시가/하이쿠	

1915년 08월 27일 (금) 2867호 경북일간

지면	단수	기획	기사제목 〈회수〉〔곡수〕	필자/저자(역자)	분류	비고
3	4~5		流轉の女〈9〉 유전의 여인		기타/기타	

1915년 08월 27일 (금) 2867호

지면	단수	기획	기사제목 〈회수〉〔곡수〕	필자/저자(역자)	분류	비고
6	1~3		實說 明烏〈72〉 실설 아케가라스	寶井琴窓	고단	

1915년 08월 28일 (토) 2868호

지면	단수	기획	기사제목 〈회수〉〔곡수〕	필자/저자(역자)	분류	비고
1	5	文苑	塔影社俳稿(統營八月二十日夜)/花火〔1〕 도에이샤 하이쿠 기고(통영 8월 20일 밤)/불꽃놀이	やさ男	시가/하이쿠	
1	5	文苑	塔影社俳稿(統營八月二十日夜)/花火〔1〕 도에이샤 하이쿠 기고(통영 8월 20일 밤)/불꽃놀이	竹臥	시가/하이쿠	
1	5	文苑	塔影社俳稿(統營八月二十日夜)/花火〔1〕 도에이샤 하이쿠 기고(통영 8월 20일 밤)/불꽃놀이	素江	시가/하이쿠	
1	5	文苑	塔影社俳稿(統營八月二十日夜)/花火〔1〕 도에이샤 하이쿠 기고(통영 8월 20일 밤)/불꽃놀이	一華	시가/하이쿠	
1	5	文苑	塔影社俳稿(統營八月二十日夜)/花火〔1〕 도에이샤 하이쿠 기고(통영 8월 20일 밤)/불꽃놀이	一白	시가/하이쿠	
1	5	文苑	塔影社俳稿(統營八月二十日夜)/花火〔1〕 도에이샤 하이쿠 기고(통영 8월 20일 밤)/불꽃놀이	耳洗	시가/하이쿠	
1	5	文苑	塔影社俳稿(統營八月二十日夜)/花火〔1〕 도에이샤 하이쿠 기고(통영 8월 20일 밤)/불꽃놀이	景雪	시가/하이쿠	
1	5	文苑	塔影社俳稿(統營八月二十日夜)/花火〔1〕 도에이샤 하이쿠 기고(통영 8월 20일 밤)/불꽃놀이	岳水	시가/하이쿠	
1	5	文苑	塔影社俳稿(統營八月二十日夜)/花火〔1〕 도에이샤 하이쿠 기고(통영 8월 20일 밤)/불꽃놀이	秋風嶺	시가/하이쿠	
1	5	文苑	塔影社俳稿(統營八月二十日夜)/蜻蛉〔1〕 도에이샤 하이쿠 기고(통영 8월 20일 밤)/잠자리	岳水	시가/하이쿠	
1	5	文苑	塔影社俳稿(統營八月二十日夜)/蜻蛉〔1〕 도에이샤 하이쿠 기고(통영 8월 20일 밤)/잠자리	景雪	시가/하이쿠	
1	5	文苑	塔影社俳稿(統營八月二十日夜)/蜻蛉〔1〕 도에이샤 하이쿠 기고(통영 8월 20일 밤)/잠자리	竹臥	시가/하이쿠	
1	5	文苑	塔影社俳稿(統營八月二十日夜)/蜻蛉〔1〕 도에이샤 하이쿠 기고(통영 8월 20일 밤)/잠자리	耳洗	시가/하이쿠	
1	5	文苑	塔影社俳稿(統營八月二十日夜)/蜻蛉〔1〕 도에이샤 하이쿠 기고(통영 8월 20일 밤)/잠자리	整岳	시가/하이쿠	
1	5		塔影社俳稿(統營八月二十日夜)/蜻蛉〔1〕 도에이샤 하이쿠 기고(통영 8월 20일 밤)/잠자리	愚佛	시가/하이쿠	
1	5	文苑	塔影社俳稿(統營八月二十日夜)/蜻蛉〔1〕 도에이샤 하이쿠 기고(통영 8월 20일 밤)/잠자리	やさ男	시가/하이쿠	

지면	단수	기획	기사제목 〈회수〉 〔곡수〕	필자/저자(역자)	분류	비고
1	5	文苑	塔影社俳稿(統營八月二十日夜)/蜻蛉 〔1〕 도에이샤 하이쿠 기고(통영 8월 20일 밤)/잠자리	素江	시가/하이쿠	
1	5	文苑	塔影社俳稿(統營八月二十日夜)/蜻蛉 〔1〕 도에이샤 하이쿠 기고(통영 8월 20일 밤)/잠자리	秋風嶺	시가/하이쿠	
1	5		新講談豫告 신 고단 예고		고단연재 예고	
6	1~3		實說 明烏 〈73〉 실설 아케가라스	寶井琴窓	고단	

1915년 08월 29일 (일) 2869호

지면	단수	기획	기사제목 〈회수〉 〔곡수〕	필자/저자(역자)	분류	비고
1	6	文苑	雲の峰 〔3〕 구름 봉우리	稻花	시가/하이쿠	
1	6	文苑	雲の峰 〔3〕 구름 봉우리	竹亭	시가/하이쿠	

1915년 08월 30일 (월) 2870호

지면	단수	기획	기사제목 〈회수〉 〔곡수〕	필자/저자(역자)	분류	비고
1	6	文苑	不倒會月並俳句-不倒庵 呂介先生選/二十內 〔1〕 후토카이 쓰키나미 하이쿠-후토안 료스케 선생 선/이십내	都村	시가/하이쿠	
1	6	文苑	不倒會月並俳句-不倒庵 呂介先生選/二十內 〔1〕 후토카이 쓰키나미 하이쿠-후토안 료스케 선생 선/이십내	呂水	시가/하이쿠	
1	6	文苑	不倒會月並俳句-不倒庵 呂介先生選/二十內 〔2〕 후토카이 쓰키나미 하이쿠-후토안 료스케 선생 선/이십내	天外	시가/하이쿠	
1	6	文苑	不倒會月並俳句-不倒庵 呂介先生選/二十內 〔1〕 후토카이 쓰키나미 하이쿠-후토안 료스케 선생 선/이십내	呂水	시가/하이쿠	
1	6	文苑	不倒會月並俳句-不倒庵 呂介先生選/二十內 〔2〕 후토카이 쓰키나미 하이쿠-후토안 료스케 선생 선/이십내	天外	시가/하이쿠	
1	6	文苑	不倒會月並俳句-不倒庵 呂介先生選/二十內 〔1〕 후토카이 쓰키나미 하이쿠-후토안 료스케 선생 선/이십내	都村	시가/하이쿠	
1	6	文苑	不倒會月並俳句-不倒庵 呂介先生選/二十內 〔1〕 후토카이 쓰키나미 하이쿠-후토안 료스케 선생 선/이십내	樹村	시가/하이쿠	
1	6	文苑	不倒會月並俳句-不倒庵 呂介先生選/二十內 〔1〕 후토카이 쓰키나미 하이쿠-후토안 료스케 선생 선/이십내	天外	시가/하이쿠	
1	6	文苑	不倒會月並俳句-不倒庵 呂介先生選/十內 〔1〕 후토카이 쓰키나미 하이쿠-후토안 료스케 선생 선/십내	都村	시가/하이쿠	
1	6	文苑	不倒會月並俳句-不倒庵 呂介先生選/十內 〔1〕 후토카이 쓰키나미 하이쿠-후토안 료스케 선생 선/십내	呂水	시가/하이쿠	
1	6	文苑	不倒會月並俳句-不倒庵 呂介先生選/十內 〔1〕 후토카이 쓰키나미 하이쿠-후토안 료스케 선생 선/십내	樹村	시가/하이쿠	
1	6	文苑	不倒會月並俳句-不倒庵 呂介先生選/十內 〔1〕 후토카이 쓰키나미 하이쿠-후토안 료스케 선생 선/십내	天外	시가/하이쿠	
1		文苑	不倒會月並俳句-不倒庵 呂介先生選/十內 〔1〕 후토카이 쓰키나미 하이쿠-후토안 료스케 선생 선/십내	呂水	시가/하이쿠	
1		文苑	不倒會月並俳句-不倒庵 呂介先生選/十內 〔1〕 후토카이 쓰키나미 하이쿠-후토안 료스케 선생 선/십내	樹村	시가/하이쿠	
1		文苑	不倒會月並俳句-不倒庵 呂介先生選/十內 〔1〕 후토카이 쓰키나미 하이쿠-후토안 료스케 선생 선/십내	天外	시가/하이쿠	
1		文苑	不倒會月並俳句-不倒庵 呂介先生選/三光 〔1〕 후토카이 쓰키나미 하이쿠-후토안 료스케 선생 선/삼광	迂村	시가/하이쿠	
1		文苑	不倒會月並俳句-不倒庵 呂介先生選/三光 〔1〕 후토카이 쓰키나미 하이쿠-후토안 료스케 선생 선/삼광	天外	시가/하이쿠	
1		文苑	不倒會月並俳句-不倒庵 呂介先生選/三光 〔1〕 후토카이 쓰키나미 하이쿠-후토안 료스케 선생 선/삼광	呂水	시가/하이쿠	

지면	단수	기획	기사제목 〈회수〉〔곡수〕	필자/저자(역자)	분류	비고
1		文苑	不倒會月並俳句-不倒庵 呂介先生選/追加 〔1〕 후토카이 쓰키나미 하이쿠-후토안 로스케 선생 선/추가	選者	시가/하이쿠	
4	1~3	講談	水戸三郎丸 〈1〉 미토 사부로마루	田邊南郭 講演	고단	

1915년 08월 31일 (월) 2871호

지면	단수	기획	기사제목 〈회수〉〔곡수〕	필자/저자(역자)	분류	비고
1	6	文苑	題某院瀑布 〔1〕 제모원폭포	畠中素堂	시가/한시	
1	6	文苑	盛夏即樓 〔1〕 성하즉루	畠中素堂	시가/한시	
1	6	文苑	塔影社句稿(統營八月廿七日夜)/稻妻 도에이샤 구고(통영 8월 27일 밤)/번개	素江	시가/하이쿠	
1	6	文苑	塔影社句稿(統營八月廿七日夜)/稻妻 도에이샤 구고(통영 8월 27일 밤)/번개	整岳	시가/하이쿠	
1	6	文苑	塔影社句稿(統營八月廿七日夜)/稻妻 도에이샤 구고(통영 8월 27일 밤)/번개	一華	시가/하이쿠	
1	6	文苑	塔影社句稿(統營八月廿七日夜)/稻妻 도에이샤 구고(통영 8월 27일 밤)/번개	愚佛	시가/하이쿠	
1	6	文苑	塔影社句稿(統營八月廿七日夜)/稻妻 도에이샤 구고(통영 8월 27일 밤)/번개	耳洗	시가/하이쿠	
1	6	文苑	塔影社句稿(統營八月廿七日夜)/稻妻 도에이샤 구고(통영 8월 27일 밤)/번개	岳水	시가/하이쿠	
1	6	文苑	塔影社句稿(統營八月廿七日夜)/稻妻 도에이샤 구고(통영 8월 27일 밤)/번개	斗花女	시가/하이쿠	
1	6	文苑	塔影社句稿(統營八月廿七日夜)/稻妻 도에이샤 구고(통영 8월 27일 밤)/번개	秋風嶺	시가/하이쿠	
4	2	講談	水戸三郎丸 〈2〉 미토 사부로마루	田邊南郭 講演	고단	

1915년 09월 02일 (화) 2872호 요일 오류

지면	단수	기획	기사제목 〈회수〉〔곡수〕	필자/저자(역자)	분류	비고
1	6	文苑	塔影社句集(統營港)/燈籠 〔1〕 도에이샤 구집(통영항)/등롱	一華	시가/하이쿠	
1	6	文苑	塔影社句集(統營港)/燈籠 〔1〕 도에이샤 구집(통영항)/등롱	素江	시가/하이쿠	
1	6	文苑	塔影社句集(統營港)/燈籠 〔1〕 도에이샤 구집(통영항)/등롱	愚佛	시가/하이쿠	
1	6	文苑	塔影社句集(統營港)/燈籠 〔1〕 도에이샤 구집(통영항)/등롱	一白	시가/하이쿠	
1	6	文苑	塔影社句集(統營港)/燈籠 〔1〕 도에이샤 구집(통영항)/등롱	耳洗	시가/하이쿠	
1	6	文苑	塔影社句集(統營港)/燈籠 〔1〕 도에이샤 구집(통영항)/등롱	岳水	시가/하이쿠	
1	6	文苑	塔影社句集(統營港)/燈籠 〔1〕 도에이샤 구집(통영항)/등롱	松亭	시가/하이쿠	
1	6	文苑	塔影社句集(統營港)/燈籠 〔1〕 도에이샤 구집(통영항)/등롱	斗花女	시가/하이쿠	
1	6	文苑	塔影社句集(統營港)/燈籠 〔1〕 도에이샤 구집(통영항)/등롱	秋風嶺	시가/하이쿠	
1	6	文苑	塔影社句集(統營港)/雁 〔1〕 도에이샤 구집(통영항)/기러기	松亭	시가/하이쿠	
1	6	文苑	塔影社句集(統營港)/雁 〔1〕 도에이샤 구집(통영항)/기러기	岳水	시가/하이쿠	

지면	단수	기획	기사제목 〈회수〉〔곡수〕	필자/저자(역자)	분류	비고
1	6	文苑	塔影社句集(統營港)/雁〔1〕 도에이샤 구집(통영항)/기러기	一白	시가/하이쿠	
1	6	文苑	塔影社句集(統營港)/雁〔1〕 도에이샤 구집(통영항)/기러기	素江	시가/하이쿠	
1	6	文苑	塔影社句集(統營港)/雁〔1〕 도에이샤 구집(통영항)/기러기	耳洗	시가/하이쿠	
1	6	文苑	塔影社句集(統營港)/雁〔1〕 도에이샤 구집(통영항)/기러기	一華	시가/하이쿠	
1	6	文苑	塔影社句集(統營港)/雁〔2〕 도에이샤 구집(통영항)/기러기	秋風嶺	시가/하이쿠	
4	1~3	講談	水戸三郎丸 〈3〉 미토 사부로마루	田邊南郭 講演	고단	

1915년 09월 03일 (금) 2873호

지면	단수	기획	기사제목 〈회수〉〔곡수〕	필자/저자(역자)	분류	비고
1	5	文苑	短歌〔3〕 단카	末酉 安左衛門	시가/단카	
1	5	文苑	雜吟〔5〕 잡음	夢村	시가/하이쿠	
1	5~7	講談	水戸三郎丸 〈4〉 미토 사부로마루	田邊南郭 講演	고단	
3	1~2		★金剛山探勝譚 〈1〉 금강산 탐승담	釜山驛長 堀井儀作談	수필/기행	

1915년 09월 04일 (토) 2874호

지면	단수	기획	기사제목 〈회수〉〔곡수〕	필자/저자(역자)	분류	비고
1	6	文苑	次西田竹堂詞兄述懷詩〔1〕 차 니시다 지쿠도 사형 술회시	梁山 金九河	시가/한시	
1	6	文苑	短歌〔1〕 단카	森金一	시가/단카	
1	6	文苑	短歌〔1〕 단카	安左衛門	시가/단카	
1	6	文苑	短歌〔1〕 단카	爲霜	시가/단카	
1	6	文苑	俳句〔2〕 하이쿠	梅友	시가/하이쿠	
1	6	文苑	俳句〔2〕 하이쿠	告天子	시가/하이쿠	
1	6	文苑	俳句〔2〕 하이쿠	よし女	시가/하이쿠	
3	1~3		★金剛山探勝譚 〈2〉 금강산 탐승담	釜山驛長 堀井儀作談	수필/기행	
4	1~2	講談	水戸三郎丸 〈5〉 미토 사부로마루	田邊南郭 講演	고단	

1915년 09월 05일 (일) 2875호

지면	단수	기획	기사제목 〈회수〉〔곡수〕	필자/저자(역자)	분류	비고
1	6	文苑	秋季雜吟〔5〕 추계-잡음	三千浦 告天子	시가/하이쿠	
4	1~3	講談	水戸三郎丸 〈6〉 미토 사부로마루	田邊南郭 講演	고단	

1915년 09월 06일 (월) 2876호

지면	단수	기획	기사제목 〈회수〉〔곡수〕	필자/저자(역자)	분류	비고
1	5		小說懸賞募集 소설 현상 모집	釜山日報社	소설/모집 광고	

지면	단수	기획	기사제목 〈회수〉〔곡수〕	필자/저자(역자)	분류	비고
1	6	文苑	短歌 〔2〕 단카	森金一	시가/단카	
1	6	文苑	短歌 〔2〕 단카	曼陀羅華	시가/단카	
4	1~3	講談	水戸三郎丸 〈7〉 미토 사부로마루	田邊南郭 講演	고단	

1915년 09월 07일 (화) 2877호

지면	단수	기획	기사제목 〈회수〉〔곡수〕	필자/저자(역자)	분류	비고
1	6	文苑	題漁父圖 〔1〕 제어부도	畠中素堂	시가/한시	
1	6	文苑	慰老 〔1〕 위로	畠中素堂	시가/한시	
1	6	文苑	塔影社句集(統營港)/秋の水 〔1〕 도에이샤 구집(통영항)/가을 물	松亭	시가/하이쿠	
1	6	文苑	塔影社句集(統營港)/秋の水 〔1〕 도에이샤 구집(통영항)/가을 물	耳洗	시가/하이쿠	
1	6	文苑	塔影社句集(統營港)/秋の水 〔1〕 도에이샤 구집(통영항)/가을 물	素江	시가/하이쿠	
1	6	文苑	塔影社句集(統營港)/秋の水 〔1〕 도에이샤 구집(통영항)/가을 물	一華	시가/하이쿠	
1	6	文苑	塔影社句集(統營港)/秋の水 〔1〕 도에이샤 구집(통영항)/가을 물	愚佛	시가/하이쿠	
1	6	文苑	塔影社句集(統營港)/秋の水 〔2〕 도에이샤 구집(통영항)/가을 물	岳水	시가/하이쿠	
1	6	文苑	塔影社句集(統營港)/秋の水 〔1〕 도에이샤 구집(통영항)/가을 물	斗花女	시가/하이쿠	
1	6	文苑	塔影社句集(統營港)/秋の水 〔1〕 도에이샤 구집(통영항)/가을 물	秋風嶺	시가/하이쿠	

1915년 09월 07일 (화) 2877호 경북일간

지면	단수	기획	기사제목 〈회수〉〔곡수〕	필자/저자(역자)	분류	비고
3	4~5		病床より 〈1〉 병상에서	弔川居士	수필/일기	
3	5~6		流轉の女 〈10〉 유전의 여인		기타/기타	

1915년 09월 07일 (화) 2877호

지면	단수	기획	기사제목 〈회수〉〔곡수〕	필자/저자(역자)	분류	비고
5	3~5		天の網島/釜山座芝居の見たまま 〈1〉 덴노아미지마/부산좌 연극을 본 대로	蝎生	수필/비평	
5	5		大邱まで 대구까지	○○子	수필/기행	
6	1~2	講談	水戸三郎丸 〈8〉 미토 사부로마루	田邊南郭 講演	고단	

1915년 09월 08일 (수) 2878호

지면	단수	기획	기사제목 〈회수〉〔곡수〕	필자/저자(역자)	분류	비고
1	6	文苑	題信用團紀事卷頭 〔1〕 제신용단기사권두	畠中素堂	시가/한시	
1	6	文苑	偶詠 〔1〕 우영	畠中素堂	시가/한시	
1	6	文苑	感時事 〔1〕 감시사	畠中素堂	시가/한시	
1	6	文苑	塔影社句集(統營港)/葉鷄頭 〔1〕 도에이샤 구집(통영항)/색비름	素江	시가/하이쿠	

지면	단수	기획	기사제목 〈회수〉〔곡수〕	필자/저자(역자)	분류	비고
1	6	文苑	塔影社句集(統營港)/葉鷄頭 〔1〕 도에이샤 구집(통영항)/색비름	竹臥	시가/하이쿠	
1	6	文苑	塔影社句集(統營港)/葉鷄頭 〔1〕 도에이샤 구집(통영항)/색비름	整岳	시가/하이쿠	
1	6	文苑	塔影社句集(統營港)/葉鷄頭 〔1〕 도에이샤 구집(통영항)/색비름	愚佛	시가/하이쿠	
1	6	文苑	塔影社句集(統營港)/葉鷄頭 〔1〕 도에이샤 구집(통영항)/색비름	岳水	시가/하이쿠	
1	6	文苑	塔影社句集(統營港)/葉鷄頭 〔1〕 도에이샤 구집(통영항)/색비름	耳洗	시가/하이쿠	
1	6	文苑	塔影社句集(統營港)/葉鷄頭 〔1〕 도에이샤 구집(통영항)/색비름	斗花女	시가/하이쿠	
1	6	文苑	塔影社句集(統營港)/葉鷄頭 〔1〕 도에이샤 구집(통영항)/색비름	秋風嶺	시가/하이쿠	
1	6	文苑	塔影社句集(統營港)/鹿 〔1〕 도에이샤 구집(통영항)/사슴	竹臥	시가/하이쿠	
1	6	文苑	塔影社句集(統營港)/鹿 〔1〕 도에이샤 구집(통영항)/사슴	一華	시가/하이쿠	
1	6	文苑	塔影社句集(統營港)/鹿 〔1〕 도에이샤 구집(통영항)/사슴	愚佛	시가/하이쿠	
1	6	文苑	塔影社句集(統營港)/鹿 〔1〕 도에이샤 구집(통영항)/사슴	岳水	시가/하이쿠	
1	6	文苑	塔影社句集(統營港)/鹿 〔1〕 도에이샤 구집(통영항)/사슴	耳洗	시가/하이쿠	
1	6	文苑	塔影社句集(統營港)/鹿 〔1〕 도에이샤 구집(통영항)/사슴	整岳	시가/하이쿠	
1	6	文苑	塔影社句集(統營港)/鹿 〔1〕 도에이샤 구집(통영항)/사슴	素江	시가/하이쿠	
1	6	文苑	塔影社句集(統營港)/鹿 〔1〕 도에이샤 구집(통영항)/사슴	斗花女	시가/하이쿠	
1	6	文苑	塔影社句集(統營港)/鹿 〔1〕 도에이샤 구집(통영항)/사슴	秋風嶺	시가/하이쿠	
1	6	文苑	塔影社句集(統營港)/梨 〔1〕 도에이샤 구집(통영항)/배	岳水	시가/하이쿠	
1	6	文苑	塔影社句集(統營港)/梨 〔1〕 도에이샤 구집(통영항)/배	耳洗	시가/하이쿠	
1	6	文苑	塔影社句集(統營港)/梨 〔1〕 도에이샤 구집(통영항)/배	素江	시가/하이쿠	
1	6	文苑	塔影社句集(統營港)/梨 〔1〕 도에이샤 구집(통영항)/배	松亭	시가/하이쿠	
5	2~4		天の網島/釜山座芝居の見たまま 〈2〉 덴노아미지마/부산좌 연극을 본 대로	蝸生	수필/비평	
6	1~2	講談	水戸三郎丸 〈9〉 미토 사부로마루	田邊南郭 講演	고단	

1915년 09월 09일 (목) 2879호

지면	단수	기획	기사제목 〈회수〉〔곡수〕	필자/저자(역자)	분류	비고
1	6		小說懸賞募集 소설 현상 모집	釜山日報社	소설/모집 광고	
1	6	文苑	短歌 〔1〕 단카	森金一	시가/단카	
1	6	文苑	短歌 〔1〕 단카	藻美枝	시가/단카	

지면	단수	기획	기사제목 〈회수〉〔곡수〕	필자/저자(역자)	분류	비고
1	6	文苑	短歌〔1〕 단카	爲霜	시가/단카	
1	6	文苑	短歌〔1〕 단카	安左衛門	시가/단카	
1	6	文苑	短歌〔1〕 단카	曼陀羅華	시가/단카	
1	6	文苑	俳句〔2〕 하이쿠	蘇水	시가/하이쿠	
1	6	文苑	俳句〔2〕 하이쿠	告天子	시가/하이쿠	
1	6	文苑	俳句〔2〕 하이쿠	梅友生	시가/하이쿠	

1915년 09월 09일 (목) 2879호 경북일간

지면	단수	기획	기사제목 〈회수〉〔곡수〕	필자/저자(역자)	분류	비고
3	4~5		病床より〈2〉 병상에서	弔川居士	수필/일기	
3	5~6		流轉の女〈12〉 유전의 여인		기타/기타	

1915년 09월 09일 (목) 2879호

지면	단수	기획	기사제목 〈회수〉〔곡수〕	필자/저자(역자)	분류	비고
5	2~3		艶しい女三人=尾行の記=〈1〉 요염한 여자 3인=미행 기록=	蝎	수필/관찰	
6	1~2	講談	水戸三郎丸〈10〉 미토 사부로마루	田邊南郭 講演	고단	

1915년 09월 10일 (금) 2880호

지면	단수	기획	기사제목 〈회수〉〔곡수〕	필자/저자(역자)	분류	비고
1	3~5	漫錄	閑窓漫筆 한창만필	凡々子	수필/일상	
1	6		小說懸賞募集 소설 현상 모집	釜山日報社	소설/모집 광고	
1	6	文苑	短歌〔2〕 단카	紋鹿	시가/단카	
1	6	文苑	短歌〔1〕 단카	文孝	시가/단카	

1915년 09월 10일 (금) 2880호 경북일간

지면	단수	기획	기사제목 〈회수〉〔곡수〕	필자/저자(역자)	분류	비고
3	4~5		病床より〈3〉 병상에서	弔川居士	수필/일기	
3	5		流轉の女〈13〉 유전의 여인		기타/기타	

1915년 09월 10일 (금) 2880호

지면	단수	기획	기사제목 〈회수〉〔곡수〕	필자/저자(역자)	분류	비고
6	1~2	講談	水戸三郎丸〈11〉 미토 사부로마루	田邊南郭 講演	고단	

1915년 09월 11일 (토) 2881호

지면	단수	기획	기사제목 〈회수〉〔곡수〕	필자/저자(역자)	분류	비고
1	7	文苑	新秋夜坐〔1〕 신추야좌	畠中素堂	시가/한시	
1	7	文苑	立秋口占〔1〕 입추구점	畠中素堂	시가/한시	
1	7	文苑	不倒會月並秀句/三光〔1〕 후토카이 쓰키나미 수구/삼광	都村	시가/하이쿠	

지면	단수	기획	기사제목 〈회수〉〔곡수〕	필자/저자(역자)	분류	비고
1	7	文苑	不倒會月並秀句/三光〔1〕 후토카이 쓰키나미 수구/삼광	樹村	시가/하이쿠	
1	7	文苑	不倒會月並秀句/三光〔1〕 후토카이 쓰키나미 수구/삼광	呂水	시가/하이쿠	
1	7	文苑	不倒會月並秀句/選者追加〔3〕 후토카이 쓰키나미 수구/선자 추가	不倒庵呂介	시가/하이쿠	
5	4~5		艶しい女三人=尾行の記=〈2〉 요염한 여자 3인=미행 기록=	蝎	수필/관찰	
6	1~3		水戸三郎丸〈13〉 미토 사부로마루	田邊南郭 講演	고단	회수 오류

1915년 09월 12일 (일) 2882호

지면	단수	기획	기사제목 〈회수〉〔곡수〕	필자/저자(역자)	분류	비고
1	6		小說懸賞募集 소설 현상 모집	釜山日報社	소설/모집 광고	
1	6	文苑	秋雜吟〔4〕 가을-잡음	洛水	시가/하이쿠	
6	1~3		水戸三郎丸〈13〉 미토 사부로마루	田邊南郭 講演	고단	

1915년 09월 13일 (월) 2883호

지면	단수	기획	기사제목 〈회수〉〔곡수〕	필자/저자(역자)	분류	비고
1	5		共進會行き〈1〉 공진회행	蕃淵生	수필/기행	
1	6	文苑	次郡官西田竹堂詞兄韻〔1〕 차군관 니시다 지쿠도 사형운	梁山 鄭海樵	시가/한시	
6	1~3		水戸三郎丸〈14〉 미토 사부로마루	田邊南郭 講演	고단	

1915년 09월 14일 (화) 2884호

지면	단수	기획	기사제목 〈회수〉〔곡수〕	필자/저자(역자)	분류	비고
1	6	文苑	秋季雜吟〔5〕 추계-잡음	蘇江	시가/하이쿠	
5	3		列車の窓より 열차 창에서	〇〇子	수필/기행	
6	1~3		水戸三郎丸〈15〉 미토 사부로마루	田邊南郭 講演	고단	

1915년 09월 15일 (수) 2885호

지면	단수	기획	기사제목 〈회수〉〔곡수〕	필자/저자(역자)	분류	비고
1	5		共進會行き〈2〉 공진회행	蕃淵生	수필/기행	
1	6	文苑	晋陽吟社句集-其角堂機一宗匠選〔1〕 진양음사 구집-기카쿠도 기이치 종장 선	默禪	시가/하이쿠	機一-一 오기
1	6	文苑	晋陽吟社句集-其角堂機一宗匠選〔1〕 진양음사 구집-기카쿠도 기이치 종장 선	卓城	시가/하이쿠	機一-一 오기
1	6	文苑	晋陽吟社句集-其角堂機一宗匠選〔1〕 진양음사 구집-기카쿠도 기이치 종장 선	盥海	시가/하이쿠	機一-一 오기
1	6	文苑	晋陽吟社句集-其角堂機一宗匠選〔1〕 진양음사 구집-기카쿠도 기이치 종장 선	蛸夢	시가/하이쿠	機一-一 오기
1	6	文苑	晋陽吟社句集-其角堂機一宗匠選〔1〕 진양음사 구집-기카쿠도 기이치 종장 선	盥海	시가/하이쿠	機一-一 오기
1	6	文苑	晋陽吟社句集-其角堂機一宗匠選〔1〕 진양음사 구집-기카쿠도 기이치 종장 선	竹風	시가/하이쿠	機一-一 오기
1	6	文苑	晋陽吟社句集-其角堂機一宗匠選〔2〕 진양음사 구집-기카쿠도 기이치 종장 선	默禪	시가/하이쿠	機一-一 오기

지면	단수	기획	기사제목 〈회수〉〔곡수〕	필자/저자(역자)	분류	비고
1	6	文苑	晋陽吟社句集-其角堂機一宗匠選〔1〕 진양음사 구집-기카쿠도 기이치 종장 선	奇雲	시가/하이쿠	機一-一 오기
1	6	文苑	晋陽吟社句集-其角堂機一宗匠選/五客〔1〕 진양음사 구집-기카쿠도 기이치 종장 선/오객	竹風	시가/하이쿠	機一-一 오기
1	6	文苑	晋陽吟社句集-其角堂機一宗匠選/五客〔2〕 진양음사 구집-기카쿠도 기이치 종장 선/오객	蛸夢	시가/하이쿠	機一-一 오기
1	6	文苑	晋陽吟社句集-其角堂機一宗匠選/五客〔1〕 진양음사 구집-기카쿠도 기이치 종장 선/오객	盥海	시가/하이쿠	機一-一 오기
1	6	文苑	晋陽吟社句集-其角堂機一宗匠選/五客〔1〕 진양음사 구집-기카쿠도 기이치 종장 선/오객	竹風	시가/하이쿠	機一-一 오기
1	6	文苑	晋陽吟社句集-其角堂機一宗匠選/三光〔1〕 진양음사 구집-기카쿠도 기이치 종장 선/삼광	奇雲	시가/하이쿠	機一-一 오기
1	6	文苑	晋陽吟社句集-其角堂機一宗匠選/三光〔1〕 진양음사 구집-기카쿠도 기이치 종장 선/삼광	蛸夢	시가/하이쿠	機一-一 오기
1	6	文苑	晋陽吟社句集-其角堂機一宗匠選/三光〔1〕 진양음사 구집-기카쿠도 기이치 종장 선/삼광	盥海	시가/하이쿠	機一-一 오기
6	1~3		水戸三郎丸 〈16〉 미토 사부로마루	田邊南郭 講演	고단	

1915년 09월 16일 (목) 2886호

지면	단수	기획	기사제목 〈회수〉〔곡수〕	필자/저자(역자)	분류	비고
1	5		共進會行き 〈3〉 공진회행	蕃淵生	수필/기행	
1	6	文苑	龜田會第四十九會例會(一)-龜田古仙宗匠選/題 朝顏、盆の月、鰯引、 きりぎりす、折いわし(四季)/二十內 〈1〉〔1〕 가메다카이 제49회 예회(1)-가메다 고센 종장 선/주제 나팔꽃, 중추월, 정어리 잡이, 귀뚜라미, 제철 정어리(사계)/이십내	花童	시가/하이쿠	
1	6	文苑	龜田會第四十九會例會(一)-龜田古仙宗匠選/題 朝顏、盆の月、鰯引、 きりぎりす、折いわし(四季)/二十內 〈1〉〔1〕 가메다카이 제49회 예회(1)-가메다 고센 종장 선/주제 나팔꽃, 중추월, 정어리 잡이, 귀뚜라미, 제철 정어리(사계)/이십내	仙岩	시가/하이쿠	
1	6	文苑	龜田會第四十九會例會(一)-龜田古仙宗匠選/題 朝顏、盆の月、鰯引、 きりぎりす、折いわし(四季)/二十內 〈1〉〔1〕 가메다카이 제49회 예회(1)-가메다 고센 종장 선/주제 나팔꽃, 중추월, 정어리 잡이, 귀뚜라미, 제철 정어리(사계)/이십내	芦角	시가/하이쿠	
1	6	文苑	龜田會第四十九會例會(一)-龜田古仙宗匠選/題 朝顏、盆の月、鰯引、 きりぎりす、折いわし(四季)/二十內 〈1〉〔1〕 가메다카이 제49회 예회(1)-가메다 고센 종장 선/주제 나팔꽃, 중추월, 정어리 잡이, 귀뚜라미, 제철 정어리(사계)/이십내	仙岩	시가/하이쿠	
1	6	文苑	龜田會第四十九會例會(一)-龜田古仙宗匠選/題 朝顏、盆の月、鰯引、 きりぎりす、折いわし(四季)/二十內 〈1〉〔1〕 가메다카이 제49회 예회(1)-가메다 고센 종장 선/주제 나팔꽃, 중추월, 정어리 잡이, 귀뚜라미, 제철 정어리(사계)/이십내	梅香	시가/하이쿠	
1	6	文苑	龜田會第四十九會例會(一)-龜田古仙宗匠選/題 朝顏、盆の月、鰯引、 きりぎりす、折いわし(四季)/二十內 〈1〉〔1〕 가메다카이 제49회 예회(1)-가메다 고센 종장 선/주제 나팔꽃, 중추월, 정어리 잡이, 귀뚜라미, 제철 정어리(사계)/이십내	花童	시가/하이쿠	
1	6	文苑	龜田會第四十九會例會(一)-龜田古仙宗匠選/題 朝顏、盆の月、鰯引、 きりぎりす、折いわし(四季)/二十內 〈1〉〔1〕 가메다카이 제49회 예회(1)-가메다 고센 종장 선/주제 나팔꽃, 중추월, 정어리 잡이, 귀뚜라미, 제철 정어리(사계)/이십내	芦角	시가/하이쿠	

1915년 09월 16일 (목) 2886호 경북일간

지면	단수	기획	기사제목 〈회수〉〔곡수〕	필자/저자(역자)	분류	비고
3	5	文苑	★始政五年を祝す〔1〕 시정 5년을 축하하다	東洋拓殖會社 大邱 出張所長 安東義喬	시가/단카	

지면	단수	기획	기사제목 〈회수〉〔곡수〕	필자/저자(역자)	분류	비고
			1915년 09월 16일 (목) 2886호 마진일간			
4	4	文苑	小集即興〔1〕 소집즉흥	畠中素堂	시가/한시	
4	4	文苑	懷舊偶作〔1〕 회구우작	畠中素堂	시가/한시	
4	4	文苑	讀經〔1〕 독경	畠中素堂	시가/한시	
4	5~7		★男きんせい〈4〉 오토코 긴세이	江見水陰	소설	
			1915년 09월 16일 (목) 2886호			
6	1~3		水戸三郎丸〈17〉 미토 사부로마루	田邊南郭 講演	고난	
			1915년 09월 17일 (금) 2887호			
1	5		共進會行き〈4〉 공진회행	蕃淵生	수필/기행	
1	6	文苑	超塵會秋季七題-吉野左衛門先生選(拔)〔1〕 조진카이 추계 칠제-요시노 사에몬 선생 선(발)	俠雨	시가/하이쿠	
1	6	文苑	超塵會秋季七題-吉野左衛門先生選(拔)〔1〕 조진카이 추계 칠제-요시노 사에몬 선생 선(발)	夢柳	시가/하이쿠	
1	6	文苑	超塵會秋季七題-吉野左衛門先生選(拔)〔1〕 조진카이 추계 칠제-요시노 사에몬 선생 선(발)	秋汀	시가/하이쿠	
1	6	文苑	超塵會秋季七題-吉野左衛門先生選(拔)〔1〕 조진카이 추계 칠제-요시노 사에몬 선생 선(발)	夢里	시가/하이쿠	
1	6	文苑	超塵會秋季七題-吉野左衛門先生選(拔)〔1〕 조진카이 추계 칠제-요시노 사에몬 선생 선(발)	雨意	시가/하이쿠	
1	6	文苑	超塵會秋季七題-吉野左衛門先生選(拔)〔1〕 조진카이 추계 칠제-요시노 사에몬 선생 선(발)	秋汀	시가/하이쿠	
1	6	文苑	超塵會秋季七題-吉野左衛門先生選(拔)〔1〕 조진카이 추계 칠제-요시노 사에몬 선생 선(발)	夢柳	시가/하이쿠	
1	6	文苑	超塵會秋季七題-吉野左衛門先生選(拔)〔1〕 조진카이 추계 칠제-요시노 사에몬 선생 선(발)	雨意	시가/하이쿠	
1	6	文苑	超塵會秋季七題-吉野左衛門先生選(拔)〔1〕 조진카이 추계 칠제-요시노 사에몬 선생 선(발)	夢里	시가/하이쿠	
1	6	文苑	超塵會秋季七題-吉野左衛門先生選(拔)〔1〕 조진카이 추계 칠제-요시노 사에몬 선생 선(발)	秋汀	시가/하이쿠	
1	6	文苑	超塵會秋季七題-吉野左衛門先生選(拔)〔1〕 조진카이 추계 칠제-요시노 사에몬 선생 선(발)	雨意	시가/하이쿠	
1	6	文苑	超塵會秋季七題-吉野左衛門先生選(拔)〔1〕 조진카이 추계 칠제-요시노 사에몬 선생 선(발)	秋汀	시가/하이쿠	
1	6	文苑	超塵會秋季七題-吉野左衛門先生選(拔)〔1〕 조진카이 추계 칠제-요시노 사에몬 선생 선(발)	夢柳	시가/하이쿠	
1	6	文苑	超塵會秋季七題-吉野左衛門先生選(拔)〔1〕 조진카이 추계 칠제-요시노 사에몬 선생 선(발)	夢里	시가/하이쿠	
1	6	文苑	超塵會秋季七題-吉野左衛門先生選(拔)〔1〕 조진카이 추계 칠제-요시노 사에몬 선생 선(발)	秋汀	시가/하이쿠	
1	6	文苑	超塵會秋季七題-吉野左衛門先生選(拔)〔1〕 조진카이 추계 칠제-요시노 사에몬 선생 선(발)	可秀	시가/하이쿠	
1	6	文苑	超塵會秋季七題-吉野左衛門先生選(拔)〔1〕 조진카이 추계 칠제-요시노 사에몬 선생 선(발)	秋汀	시가/하이쿠	

지면	단수	기획	기사제목 〈회수〉〔곡수〕	필자/저자(역자)	분류	비고
1	6	文苑	超塵會秋季七題-吉野左衛門先生選(拔) 〔2〕 조진카이 추계 칠제-요시노 사에몬 선생 선(발)	寶水	시가/하이쿠	
1	6	文苑	超塵會秋季七題-吉野左衛門先生選(拔) 〔1〕 조진카이 추계 칠제-요시노 사에몬 선생 선(발)	夢里	시가/하이쿠	
1	6	文苑	超塵會秋季七題-吉野左衛門先生選(拔) 〔1〕 조진카이 추계 칠제-요시노 사에몬 선생 선(발)	可秀	시가/하이쿠	
1	6	文苑	超塵會秋季七題-吉野左衛門先生選(拔) 〔2〕 조진카이 추계 칠제-요시노 사에몬 선생 선(발)	寶水	시가/하이쿠	
1	6	文苑	超塵會秋季七題-吉野左衛門先生選(拔) 〔1〕 조진카이 추계 칠제-요시노 사에몬 선생 선(발)	夢柳	시가/하이쿠	
6	1~3		水戸三郎丸 〈18〉 미토 사부로마루	田邊南郭 講演	고단	

1915년 09월 18일 (토) 2888호

지면	단수	기획	기사제목 〈회수〉〔곡수〕	필자/저자(역자)	분류	비고
1	5		共進會行き 〈5〉 공진회행	蕃淵生	수필/기행	
1	6	文苑	龜田會第四十九會例會(二)-龜田古仙宗匠選/題 朝顔、盆の月、鰯引、 きりぎりす、折いわし(四季)/二十內 〈2〉〔1〕 가메다카이 제49회 예회(2)-가메다 고센 종장 선/주제 나팔꽃, 중추월, 정어리 잡이, 귀뚜라미, 제철 정어리(사계)/이십내	梅香	시가/하이쿠	
1	6	文苑	龜田會第四十九會例會(二)-龜田古仙宗匠選/題 朝顔、盆の月、鰯引、 きりぎりす、折いわし(四季)/二十內 〈2〉〔1〕 가메다카이 제49회 예회(2)-가메다 고센 종장 선/주제 나팔꽃, 중추월, 정어리 잡이, 귀뚜라미, 제철 정어리(사계)/이십내	花童	시가/하이쿠	
1	6	文苑	龜田會第四十九會例會(二)-龜田古仙宗匠選/題 朝顔、盆の月、鰯引、 きりぎりす、折いわし(四季)/二十內 〈2〉〔1〕 가메다카이 제49회 예회(2)-가메다 고센 종장 선/주제 나팔꽃, 중추월, 정어리 잡이, 귀뚜라미, 제철 정어리(사계)/이십내	仙岩	시가/하이쿠	
1	6	文苑	龜田會第四十九會例會(二)-龜田古仙宗匠選/題 朝顔、盆の月、鰯引、 きりぎりす、折いわし(四季)/二十內 〈2〉〔2〕 가메다카이 제49회 예회(2)-가메다 고센 종장 선/주제 나팔꽃, 중추월, 정어리 잡이, 귀뚜라미, 제철 정어리(사계)/이십내	芦角	시가/하이쿠	
1	6	文苑	龜田會第四十九會例會(二)-龜田古仙宗匠選/題 朝顔、盆の月、鰯引、 きりぎりす、折いわし(四季)/二十內 〈2〉〔1〕 가메다카이 제49회 예회(2)-가메다 고센 종장 선/주제 나팔꽃, 중추월, 정어리 잡이, 귀뚜라미, 제철 정어리(사계)/이십내	蒙古	시가/하이쿠	
1	6	文苑	龜田會第四十九會例會(二)-龜田古仙宗匠選/題 朝顔、盆の月、鰯引、 きりぎりす、折いわし(四季)/二十內 〈2〉〔2〕 가메다카이 제49회 예회(2)-가메다 고센 종장 선/주제 나팔꽃, 중추월, 정어리 잡이, 귀뚜라미, 제철 정어리(사계)/이십내	花童	시가/하이쿠	
1	6	文苑	龜田會第四十九會例會(二)-龜田古仙宗匠選/題 朝顔、盆の月、鰯引、 きりぎりす、折いわし(四季)/二十內 〈2〉〔1〕 가메다카이 제49회 예회(2)-가메다 고센 종장 선/주제 나팔꽃, 중추월, 정어리 잡이, 귀뚜라미, 제철 정어리(사계)/이십내	跛牛	시가/하이쿠	
1	6	文苑	龜田會第四十九會例會(二)-龜田古仙宗匠選/題 朝顔、盆の月、鰯引、 きりぎりす、折いわし(四季)/二十內 〈2〉〔1〕 가메다카이 제49회 예회(2)-가메다 고센 종장 선/주제 나팔꽃, 중추월, 정어리 잡이, 귀뚜라미, 제철 정어리(사계)/이십내	芦角	시가/하이쿠	
1	6	文苑	龜田會第四十九會例會(二)-龜田古仙宗匠選/題 朝顔、盆の月、鰯引、 きりぎりす、折いわし(四季)/人 〈2〉〔1〕 가메다카이 제49회 예회(2)-가메다 고센 종장 선/주제 나팔꽃, 중추월, 정어리 잡이, 귀뚜라미, 제철 정어리(사계)/인	蒙古	시가/하이쿠	
1	6	文苑	龜田會第四十九會例會(二)-龜田古仙宗匠選/題 朝顔、盆の月、鰯引、 きりぎりす、折いわし(四季)/地 〈2〉〔1〕 가메다카이 제49회 예회(2)-가메다 고센 종장 선/주제 나팔꽃, 중추월, 정어리 잡이, 귀뚜라미, 제철 정어리(사계)/지	蒙古	시가/하이쿠	

지면	단수	기획	기사제목 〈회수〉〔곡수〕	필자/저자(역자)	분류	비고
1	6	文苑	龜田會第四十九會例會(二)-龜田古仙宗匠選/題 朝顔、盆の月、鰯引、きりぎりす、折いわし(四季)/天 〈2〉〔1〕 가메다카이 제49회 예회(2)-가메다 고센 종장 선/주제 나팔꽃, 중추월, 정어리 잡이, 귀뚜라미, 제철 정어리(사계)/천	仙岩	시가/하이쿠	
1	6	文苑	龜田會第四十九會例會(二)-龜田古仙宗匠選/題 朝顔、盆の月、鰯引、きりぎりす、折いわし(四季)/追加 〈2〉〔1〕 가메다카이 제49회 예회(2)-가메다 고센 종장 선/주제 나팔꽃, 중추월, 정어리 잡이, 귀뚜라미, 제철 정어리(사계)/추가	選者	시가/하이쿠	
5	1~2		東京と大阪の小說と劇 도쿄와 오사카의 소설과 극	大阪每日記者 菊地 幽芳氏談	수필/비평	
5	3		共進會評判記 〈1〉 공진회 평판기	夕佳亭	수필/기행	
6	1~3		水戸三郞丸 〈19〉 미토 사부로마루	田邊南郭 講演	고단	

1915년 09월 19일 (일) 2889호

지면	단수	기획	기사제목 〈회수〉〔곡수〕	필자/저자(역자)	분류	비고
1	5		共進會行き 〈6〉 공진회행	蕃淵生	수필/기행	
1	6	文苑	超塵會秋季七題-吉野左衛門先生選 〈2〉〔1〕 조진카이 추계 칠제-요시노 사에몬 선생 선	可秀	시가/하이쿠	
1	6	文苑	超塵會秋季七題-吉野左衛門先生選 〈2〉〔1〕 조진카이 추계 칠제-요시노 사에몬 선생 선	夢里	시가/하이쿠	
1	6	文苑	超塵會秋季七題-吉野左衛門先生選 〈2〉〔1〕 조진카이 추계 칠제-요시노 사에몬 선생 선	可秀	시가/하이쿠	
1	6	文苑	超塵會秋季七題-吉野左衛門先生選 〈2〉〔1〕 조진카이 추계 칠제-요시노 사에몬 선생 선	雨意	시가/하이쿠	
1	6	文苑	超塵會秋季七題-吉野左衛門先生選 〈2〉〔1〕 조진카이 추계 칠제-요시노 사에몬 선생 선	俠雨	시가/하이쿠	
1	6	文苑	超塵會秋季七題-吉野左衛門先生選 〈2〉〔2〕 조진카이 추계 칠제-요시노 사에몬 선생 선	秋雨	시가/하이쿠	
1	6	文苑	超塵會秋季七題-吉野左衛門先生選 〈2〉〔1〕 조진카이 추계 칠제-요시노 사에몬 선생 선	雨意	시가/하이쿠	
1	6	文苑	超塵會秋季七題-吉野左衛門先生選 〈2〉〔2〕 조진카이 추계 칠제-요시노 사에몬 선생 선	可秀	시가/하이쿠	
1	6	文苑	超塵會秋季七題-吉野左衛門先生選 〈2〉〔1〕 조진카이 추계 칠제-요시노 사에몬 선생 선	俠雨	시가/하이쿠	
1	6	文苑	超塵會秋季七題-吉野左衛門先生選/秀 〈2〉〔1〕 조진카이 추계 칠제-요시노 사에몬 선생 선/수	夢柳	시가/하이쿠	
1	6	文苑	超塵會秋季七題-吉野左衛門先生選 〈2〉〔1〕 조진카이 추계 칠제-요시노 사에몬 선생 선	可秀	시가/하이쿠	
1	6	文苑	超塵會秋季七題-吉野左衛門先生選 〈2〉〔1〕 조진카이 추계 칠제-요시노 사에몬 선생 선	夢柳	시가/하이쿠	
1	6	文苑	超塵會秋季七題-吉野左衛門先生選 〈2〉〔1〕 조진카이 추계 칠제-요시노 사에몬 선생 선	雨意	시가/하이쿠	
1	6	文苑	超塵會秋季七題-吉野左衛門先生選 〈2〉〔1〕 조진카이 추계 칠제-요시노 사에몬 선생 선	夢里	시가/하이쿠	
5	4~6		釜山鎭から 부산진에서	○○子	수필/기행	
6	1~3		水戸三郞丸 〈20〉 미토 사부로마루	田邊南郭 講演	고단	

1915년 09월 20일 (월) 2890호

지면	단수	기획	기사제목 〈회수〉〔곡수〕	필자/저자(역자)	분류	비고
1	5		共進會行き 〈7〉 공진회행	蕃淵生	수필/기행	
1	6	文苑	超塵會秋季七題/人 〈3〉〔2〕 조진카이 추계 칠제/인	雨意	시가/하이쿠	
1	6	文苑	超塵會秋季七題/人 〈3〉〔1〕 조진카이 추계 칠제/인	夢里	시가/하이쿠	
1	6	文苑	超塵會秋季七題/地 〈3〉〔1〕 조진카이 추계 칠제/지	俠雨	시가/하이쿠	
1	6	文苑	超塵會秋季七題/地 〈3〉〔1〕 조진카이 추계 칠제/지	夢柳	시가/하이쿠	
1	6	文苑	超塵會秋季七題/天 〈3〉〔1〕 조진카이 추계 칠제/천	雨意	시가/하이쿠	
1	6	文苑	超塵會秋季七題/追 〈3〉〔5〕 조진카이 추계 칠제/추가	選者	시가/하이쿠	
2	6		共進會評判記 〈2〉 공진회 평판기	夕佳亭	수필/기행	
3	3~4		新年の勅題 신년의 칙제		기타/기타	
4	1~3		水戸三郎丸 〈21〉 미토 사부로마루	田邊南郭 講演	고단	

1915년 09월 21일 (화) 2890호

지면	단수	기획	기사제목 〈회수〉〔곡수〕	필자/저자(역자)	분류	비고
1	4		小說懸賞募集 소설 현상 모집		소설/모집 광고	
1	5		共進會行き 〈8〉 공진회행	蕃淵生	수필/기행	
1	6	文苑	塔影社句稿(九月十六日夜)/秋風 〔1〕 도에이샤 구고(9월 16일 밤)/가을 바람	耳洗	시가/하이쿠	
1	6	文苑	塔影社句稿(九月十六日夜)/秋風 〔1〕 도에이샤 구고(9월 16일 밤)/가을 바람	松亭	시가/하이쿠	
1	6	文苑	塔影社句稿(九月十六日夜)/秋風 〔1〕 도에이샤 구고(9월 16일 밤)/가을 바람	一白	시가/하이쿠	
1	6	文苑	塔影社句稿(九月十六日夜)/秋風 〔1〕 도에이샤 구고(9월 16일 밤)/가을 바람	南碧海	시가/하이쿠	
1	6	文苑	塔影社句稿(九月十六日夜)/秋風 〔1〕 도에이샤 구고(9월 16일 밤)/가을 바람	岳水	시가/하이쿠	
1	6	文苑	塔影社句稿(九月十六日夜)/秋風 〔1〕 도에이샤 구고(9월 16일 밤)/가을 바람	寸九	시가/하이쿠	
1	6	文苑	塔影社句稿(九月十六日夜)/秋風 〔1〕 도에이샤 구고(9월 16일 밤)/가을 바람	愚佛	시가/하이쿠	
1	6	文苑	塔影社句稿(九月十六日夜)/秋風 〔1〕 도에이샤 구고(9월 16일 밤)/가을 바람	巢爲籠	시가/하이쿠	
1	6	文苑	塔影社句稿(九月十六日夜)/秋風 〔1〕 도에이샤 구고(9월 16일 밤)/가을 바람	秋風嶺	시가/하이쿠	
1	6	文苑	塔影社句稿(九月十六日夜)/露 〔1〕 도에이샤 구고(9월 16일 밤)/이슬	耳洗	시가/하이쿠	
1	6 .	文苑	塔影社句稿(九月十六日夜)/露 〔1〕 도에이샤 구고(9월 16일 밤)/이슬	松亭	시가/하이쿠	
1	6	文苑	塔影社句稿(九月十六日夜)/露 〔1〕 도에이샤 구고(9월 16일 밤)/이슬	一白	시가/하이쿠	
1	6	文苑	塔影社句稿(九月十六日夜)/露 〔1〕 도에이샤 구고(9월 16일 밤)/이슬	南碧海	시가/하이쿠	

지면	단수	기획	기사제목 〈회수〉〔곡수〕	필자/저자(역자)	분류	비고
1	6	文苑	塔影社句稿(九月十六日夜)/露 〔1〕 도에이샤 구고(9월 16일 밤)/이슬	岳水	시가/하이쿠	
1	6	文苑	塔影社句稿(九月十六日夜)/露 〔1〕 도에이샤 구고(9월 16일 밤)/이슬	翠浪	시가/하이쿠	
1	6	文苑	塔影社句稿(九月十六日夜)/露 〔1〕 도에이샤 구고(9월 16일 밤)/이슬	秋風嶺	시가/하이쿠	

1915년 09월 21일 (화) 2891호 마진일간

지면	단수	기획	기사제목 〈회수〉〔곡수〕	필자/저자(역자)	분류	비고
4	5~7		★男きんせい 〈8〉 오토코 긴세이	江見水陰	소설	

1915년 09월 21일 (화) 2891호

지면	단수	기획	기사제목 〈회수〉〔곡수〕	필자/저자(역자)	분류	비고
8	1~3		水戸三郎丸 〈22〉 미토 사부로마루	田邊南郭 講演	고단	

1915년 09월 22일 (수) 2892호

지면	단수	기획	기사제목 〈회수〉〔곡수〕	필자/저자(역자)	분류	비고
1	5		共進會行き 〈9〉 공진회행	蕃淵生	수필/기행	
1	6		小說懸賞募集 소설 현상 모집		소설/모집 광고	
1	6	文苑	訪山寺賦再遊 〔1〕 방산사부재유	畠中素堂	시가/한시	
1	6	文苑	辭職後作 〔1〕 사직후작	畠中素堂	시가/한시	
1	6	文苑	樓上偶作 〔1〕 누상우작	畠中素堂	시가/한시	
1	6	文苑	題書燈 〔1〕 제서등	畠中素堂	시가/한시	
1	6	文苑	禪楊煮茶 〔1〕 선양자차	畠中素堂	시가/한시	
1	6	文苑	不倒會月並俳句/題 新米、初雁、紅葉、栗、秋の山-一擧先生選/十客 〔1〕 후토카이 쓰키나미 하이쿠/주제 햅쌀, 첫 기러기, 단풍, 밤, 가을 산-잇쿄 선생 선/십객	呂水	시가/하이쿠	例-倒 오기
1	6	文苑	不倒會月並俳句/題 新米、初雁、紅葉、栗、秋の山-一擧先生選/十客 〔2〕 후토카이 쓰키나미 하이쿠/주제 햅쌀, 첫 기러기, 단풍, 밤, 가을 산-잇쿄 선생 선/십객	樹村	시가/하이쿠	例-倒 오기
1	6	文苑	不倒會月並俳句/題 新米、初雁、紅葉、栗、秋の山-一擧先生選/十客 〔1〕 후토카이 쓰키나미 하이쿠/주제 햅쌀, 첫 기러기, 단풍, 밤, 가을 산-잇쿄 선생 선/십객	天外	시가/하이쿠	例-倒 오기
1	6	文苑	不倒會月並俳句/題 新米、初雁、紅葉、栗、秋の山-一擧先生選/十客 〔1〕 후토카이 쓰키나미 하이쿠/주제 햅쌀, 첫 기러기, 단풍, 밤, 가을 산-잇쿄 선생 선/십객	呂水	시가/하이쿠	例-倒 오기
1	6	文苑	不倒會月並俳句/題 新米、初雁、紅葉、栗、秋の山-一擧先生選/十客 〔2〕 후토카이 쓰키나미 하이쿠/주제 햅쌀, 첫 기러기, 단풍, 밤, 가을 산-잇쿄 선생 선/십객	樹村	시가/하이쿠	例-倒 오기
1	6	文苑	不倒會月並俳句/題 新米、初雁、紅葉、栗、秋の山-一擧先生選/三光/人 〔1〕 후토카이 쓰키나미 하이쿠/주제 햅쌀, 첫 기러기, 단풍, 밤, 가을 산-잇쿄 선생 선/삼광/인	樹村	시가/하이쿠	例-倒 오기

지면	단수	기획	기사제목 〈회수〉〔곡수〕	필자/저자(역자)	분류	비고
1	6	文苑	不倒會月並俳句/題 新米、初雁、紅葉、栗、秋の山-一擧先生選/三光/天〔1〕 후토카이 쓰키나미 하이쿠/주제 햅쌀, 첫 기러기, 단풍, 밤, 가을 산-잇쿄 선생 선/삼광/천	呂水	시가/하이쿠	例-倒오기
1	6	文苑	不倒會月並俳句/題 新米、初雁、紅葉、栗、秋の山-一擧先生選/三光/地〔1〕 후토카이 쓰키나미 하이쿠/주제 햅쌀, 첫 기러기, 단풍, 밤, 가을 산-잇쿄 선생 선/삼광/지	風骨	시가/하이쿠	例-倒오기
1	6	文苑	不倒會月並俳句/題 新米、初雁、紅葉、栗、秋の山-一擧先生選/追加〔1〕 후토카이 쓰키나미 하이쿠/주제 햅쌀, 첫 기러기, 단풍, 밤, 가을 산-잇쿄 선생 선/추가	選者	시가/하이쿠	例-倒오기

1915년 09월 22일 (수) 2892호 마진일간

지면	단수	기획	기사제목 〈회수〉〔곡수〕	필자/저자(역자)	분류	비고
4	5~7		★男きんせい〈9〉 오토코 긴세이	江見水陰	소설	

1915년 09월 22일 (수) 2892호

지면	단수	기획	기사제목 〈회수〉〔곡수〕	필자/저자(역자)	분류	비고
6	1~3		水戸三郎丸〈23〉 미토 사부로마루	田邊南郭 講演	고단	

1915년 09월 23일 (목) 2893호 마진일간

지면	단수	기획	기사제목 〈회수〉〔곡수〕	필자/저자(역자)	분류	비고
4	4~6		★男きんせい〈10〉 오토코 긴세이	江見水陰	소설	

1915년 09월 23일 (목) 2893호

지면	단수	기획	기사제목 〈회수〉〔곡수〕	필자/저자(역자)	분류	비고
6	1~3		水戸三郎丸〈24〉 미토 사부로마루	田邊南郭 講演	고단	

1915년 09월 24일 (금) 2894호

지면	단수	기획	기사제목 〈회수〉〔곡수〕	필자/저자(역자)	분류	비고
1	6	文苑	槎舟會句稿〔1〕 이카다부네카이 구고	草石	시가/하이쿠	
1	6	文苑	槎舟會句稿〔1〕 이카다부네카이 구고	天漏	시가/하이쿠	
1	6	文苑	槎舟會句稿〔1〕 이카다부네카이 구고	花汀	시가/하이쿠	
1	6	文苑	槎舟會句稿〔1〕 이카다부네카이 구고	乃步	시가/하이쿠	
1	6	文苑	槎舟會句稿〔1〕 이카다부네카이 구고	孤羊	시가/하이쿠	
1	6	文苑	槎舟會句稿〔1〕 이카다부네카이 구고	靜波	시가/하이쿠	
1	6	文苑	槎舟會句稿〔1〕 이카다부네카이 구고	靑史	시가/하이쿠	
1	6	文苑	★塔影社句稿/砧〔1〕 도에이샤 구고/다듬이질	寸九	시가/하이쿠	
1	6	文苑	★塔影社句稿/砧〔1〕 도에이샤 구고/다듬이질	斗花女	시가/하이쿠	
1	6	文苑	★塔影社句稿/砧〔1〕 도에이샤 구고/다듬이질	一白	시가/하이쿠	
1	6	文苑	塔影社句稿/砧〔1〕 도에이샤 구고/다듬이질	景雪	시가/하이쿠	

지면	단수	기획	기사제목 〈회수〉〔곡수〕	필자/저자(역자)	분류	비고
1	6	文苑	塔影社句稿/砧 〔1〕 도에이샤 구고/다듬이질	雨聲	시가/하이쿠	
1	6	文苑	★塔影社句稿/砧 〔1〕 도에이샤 구고/다듬이질	秋風嶺	시가/하이쿠	
1	7~8		水戸三郎丸 〈25〉 미토 사부로마루	田邊南郭 講演	고단	
2	5		共進會評判記 〈3〉 공진회 평판기	夕佳亭	수필/기행	

1915년 09월 24일 (금) 2894호 마진일간

지면	단수	기획	기사제목 〈회수〉〔곡수〕	필자/저자(역자)	분류	비고
4	5~7		★男きんせい 〈11〉 오토코 긴세이	江見水陰	소설	

1915년 09월 26일 (일) 2895호

지면	단수	기획	기사제목 〈회수〉〔곡수〕	필자/저자(역자)	분류	비고
1	6	文苑	超塵會吟句-森無黃先生選/秀 〔1〕 조진카이 음구-모리 무코 선생 선/수	夢柳	시가/하이쿠	
1	6	文苑	超塵會吟句-森無黃先生選/秀 〔1〕 조진카이 음구-모리 무코 선생 선/수	秋汀	시가/하이쿠	
1	6	文苑	超塵會吟句-森無黃先生選/秀 〔1〕 조진카이 음구-모리 무코 선생 선/수	可秀	시가/하이쿠	
1	6	文苑	超塵會吟句-森無黃先生選/秀 〔1〕 조진카이 음구-모리 무코 선생 선/수	寶水	시가/하이쿠	
1	6	文苑	超塵會吟句-森無黃先生選/秀 〔1〕 조진카이 음구-모리 무코 선생 선/수	夢里	시가/하이쿠	
1	6	文苑	超塵會吟句-森無黃先生選/人 〔1〕 조진카이 음구-모리 무코 선생 선/인	可秀	시가/하이쿠	
1	6	文苑	超塵會吟句-森無黃先生選/地 〔1〕 조진카이 음구-모리 무코 선생 선/지	雨意	시가/하이쿠	
1	6	文苑	超塵會吟句-森無黃先生選/天 조진카이 음구-모리 무코 선생 선/천	秋汀	시가/하이쿠	
1	6	文苑	超塵會吟句-森無黃先生選/追 조진카이 음구-모리 무코 선생 선/추가	選者	시가/하이쿠	
2	4		共進會評判記 〈5〉 공진회 평판기	夕佳亭	수필/기행	

1915년 09월 26일 (일) 2895호 경북일간

지면	단수	기획	기사제목 〈회수〉〔곡수〕	필자/저자(역자)	분류	비고
3	5	日刊文林	秋の賦 〔1〕 가을의 부	熊本五高 春秋生	시가/신체시	

1915년 09월 26일 (일) 2895호 마진일간

지면	단수	기획	기사제목 〈회수〉〔곡수〕	필자/저자(역자)	분류	비고
4	4~6		★男きんせい 〈12〉 오토코 긴세이	江見水陰	소설	

1915년 09월 26일 (일) 2895호

지면	단수	기획	기사제목 〈회수〉〔곡수〕	필자/저자(역자)	분류	비고
6	1~3		水戸三郎丸 〈26〉 미토 사부로마루	田邊南郭 講演	고단	

1915년 09월 27일 (월) 2896호

지면	단수	기획	기사제목 〈회수〉〔곡수〕	필자/저자(역자)	분류	비고
1	6	文苑	御大典獻上の明鮑勤製の爲め全羅南道濟州島西歸浦へ出張し連日の降雨に腦まさるゝに就き 〔1〕 어대전에 헌상할 명포 근제를 위하여 전라남도, 제주도 서귀포에 출장을 가 연일 계속되는 비에 고민하며	全南技# 林駒生	시가/단카	

지면	단수	기획	기사제목 〈회수〉〔곡수〕	필자/저자(역자)	분류	비고
2	5		共進會評判記 〈6〉 공진회 평판기	夕佳亭	수필/기행	
4	1~3		水戸三郎丸 〈27〉 미토 사부로마루	田邊南郭 講演	고단	

1915년 09월 28일 (화) 2897호

| 1 | 6 | 文苑 | 濟州島西歸浦御大典獻上明鮑製造所にて〔13〕
제주도 서귀포 어대전 헌상 명포 제조소에서 | 林駒生 | 시가/하이쿠 | |

1915년 09월 28일 (화) 2897호 경북일간

| 3 | 5~6 | | 秋は來れり
가을은 왔다 | 大邱 峰幽生 | 수필/일상 | |

1915년 09월 28일 (화) 2897호 마진일간

| 4 | 4~6 | | ★男きんせい 〈13〉
오토코 긴세이 | 江見水陰 | 소설 | |

1915년 09월 28일 (화) 2897호

| 6 | 1~3 | | 水戸三郎丸 〈28〉
미토 사부로마루 | 田邊南郭 講演 | 고단 | |

1915년 09월 29일 (수) 2898호

1	6	文苑	新秋感懷〔1〕 신추감회	畠中素當	시가/한시	
1	6	文苑	新秋夜飲〔1〕 신추야음	畠中素當	시가/한시	
1	6	文苑	讀某集有感〔1〕 독모집유감	畠中素當	시가/한시	
1	6	文苑	僧院午睡〔1〕 승원오수	畠中素當	시가/한시	

1915년 09월 29일 (수) 2898호 경북일간

| 3 | 5~6 | 日刊文林 | 西大寺にて
사이다이지에서 | くわよふ | 시가/자유시 | |

1915년 09월 29일 (수) 2898호

| 6 | 1~3 | | 水戸三郎丸 〈29〉
미토 사부로마루 | 田邊南郭 講演 | 고단 | |

1915년 09월 30일 (목) 2899호

| 1 | 6 | | 共進會評判記 〈7〉
공진회 평판기 | 夕佳亭 | 수필/기행 | |
| 1 | 6 | 文苑 | 京城俳屑〔9〕
경성 하이쿠 | 綠骨 | 시가/하이쿠 | |

1915년 09월 30일 (목) 2899호 마진일간

| 4 | 3 | | 鎮海回顧談
진해 회고담 | 鎮海一有力者 | 수필/일상 | |
| 4 | 4~6 | | ★男きんせい 〈14〉
오토코 긴세이 | 江見水陰 | 소설 | |

1915년 09월 30일 (목) 2899호

지면	단수	기획	기사제목 〈회수〉〔곡수〕	필자/저자(역자)	분류	비고
5	3~4		神代ながらの宮造り 〔1〕 가미요(神代) 시대의 궁궐 조영		기타·시가/ 기타·신체시	
6	1~3		水戸三郎丸 〈30〉 미토 사부로마루		고단	

1915년 10월 01일 (금) 2900호

지면	단수	기획	기사제목 〈회수〉〔곡수〕	필자/저자(역자)	분류	비고
1	6	文苑	沃川月並會俳句-釜山不二庵一笑宗匠撰(上) 〈1〉〔1〕 옥천 쓰키나미카이 하이쿠-부산 후지안 잇소 종장 찬(상)	脩甫	시가/하이쿠	
1	6	文苑	★沃川月並會俳句-釜山不二庵一笑宗匠撰(上) 〈1〉〔1〕 옥천 쓰키나미카이 하이쿠-부산 후지안 잇소 종장 찬(상)	一洋	시가/하이쿠	
1	6	文苑	沃川月並會俳句-釜山不二庵一笑宗匠撰(上) 〈1〉〔3〕 옥천 쓰키나미카이 하이쿠-부산 후지안 잇소 종장 찬(상)	澗聲	시가/하이쿠	
1	6	文苑	★沃川月並會俳句-釜山不二庵一笑宗匠撰(上) 〈1〉〔1〕 옥천 쓰키나미카이 하이쿠-부산 후지안 잇소 종장 찬(상)	蕃相	시가/하이쿠	
1	6	文苑	沃川月並會俳句-釜山不二庵一笑宗匠撰(上) 〈1〉〔1〕 옥천 쓰키나미카이 하이쿠-부산 후지안 잇소 종장 찬(상)	白#	시가/하이쿠	
1	6	文苑	沃川月並會俳句-釜山不二庵一笑宗匠撰(上) 〈1〉〔1〕 옥천 쓰키나미카이 하이쿠-부산 후지안 잇소 종장 찬(상)	脩甫	시가/하이쿠	
1	6	文苑	沃川月並會俳句-釜山不二庵一笑宗匠撰(上) 〈1〉〔1〕 옥천 쓰키나미카이 하이쿠-부산 후지안 잇소 종장 찬(상)	霞庵	시가/하이쿠	
1	6	文苑	沃川月並會俳句-釜山不二庵一笑宗匠撰(上) 〈1〉〔1〕 옥천 쓰키나미카이 하이쿠-부산 후지안 잇소 종장 찬(상)		시가/하이쿠	
1	6	文苑	沃川月並會俳句-釜山不二庵一笑宗匠撰(上) 〈1〉〔1〕 옥천 쓰키나미카이 하이쿠-부산 후지안 잇소 종장 찬(상)	蕃相	시가/하이쿠	
1	6	文苑	沃川月並會俳句-釜山不二庵一笑宗匠撰(上) 〈1〉〔1〕 옥천 쓰키나미카이 하이쿠-부산 후지안 잇소 종장 찬(상)	澗聲	시가/하이쿠	
1	6	文苑	沃川月並會俳句-釜山不二庵一笑宗匠撰(上) 〈1〉〔1〕 옥천 쓰키나미카이 하이쿠-부산 후지안 잇소 종장 찬(상)	早苗	시가/하이쿠	

1915년 10월 01일 (금) 2900호 마진일간

지면	단수	기획	기사제목 〈회수〉〔곡수〕	필자/저자(역자)	분류	비고
4	5~7		★男きんせい 〈15〉 오토코 긴세이	江見水陰	소설	

1915년 10월 01일 (금) 2900호

지면	단수	기획	기사제목 〈회수〉〔곡수〕	필자/저자(역자)	분류	비고
6	1~3		水戸三郎丸 〈31〉 미토 사부로마루	田邊南郭 講演	고단	

1915년 10월 03일 (일) 2901호

지면	단수	기획	기사제목 〈회수〉〔곡수〕	필자/저자(역자)	분류	비고
1	6	文苑	偶感 二首 〔1〕 우감-이수	畠中素堂	시가/한시	
1	6	文苑	其二 〔1〕 그 두 번째	畠中素堂	시가/한시	
1	6	文苑	閱舊詩稿 〔1〕 열구시고	畠中素堂	시가/한시	
1	6	文苑	沃川月並會俳句-釜山不二庵一笑宗匠撰(下) 〈2〉〔1〕 옥천 쓰키나미카이 하이쿠-부산 후지안 잇소 종장 찬(하)	神風	시가/하이쿠	
1	6	文苑	沃川月並會俳句-釜山不二庵一笑宗匠撰(下) 〈2〉〔1〕 옥천 쓰키나미카이 하이쿠-부산 후지안 잇소 종장 찬(하)	沼水	시가/하이쿠	
1	6	文苑	沃川月並會俳句-釜山不二庵一笑宗匠撰(下) 〈2〉〔1〕 옥천 쓰키나미카이 하이쿠-부산 후지안 잇소 종장 찬(하)	一洋	시가/하이쿠	
1	6	文苑	沃川月並會俳句-釜山不二庵一笑宗匠撰(下) 〈2〉〔1〕 옥천 쓰키나미카이 하이쿠-부산 후지안 잇소 종장 찬(하)	澗聲	시가/하이쿠	

지면	단수	기획	기사제목 〈회수〉〔곡수〕	필자/저자(역자)	분류	비고
1	6	文苑	沃川月並會俳句-釜山不二庵一笑宗匠撰(下) 〈2〉〔1〕 옥천 쓰키나미카이 하이쿠-부산 후지안 잇소 종장 찬(하)	山石	시가/하이쿠	
1	6	文苑	沃川月並會俳句-釜山不二庵一笑宗匠撰(下) 〈2〉〔2〕 옥천 쓰키나미카이 하이쿠-부산 후지안 잇소 종장 찬(하)	神風	시가/하이쿠	
1	6	文苑	沃川月並會俳句-釜山不二庵一笑宗匠撰(下) 〈2〉〔1〕 옥천 쓰키나미카이 하이쿠-부산 후지안 잇소 종장 찬(하)	脩甫	시가/하이쿠	
1	6	文苑	沃川月並會俳句-釜山不二庵一笑宗匠撰(下) 〈2〉〔1〕 옥천 쓰키나미카이 하이쿠-부산 후지안 잇소 종장 찬(하)	一洋	시가/하이쿠	
1	6	文苑	沃川月並會俳句-釜山不二庵一笑宗匠撰(下) 〈2〉〔1〕 옥천 쓰키나미카이 하이쿠-부산 후지안 잇소 종장 찬(하)	龍水	시가/하이쿠	
1	6	文苑	沃川月並會俳句-釜山不二庵一笑宗匠撰(下)/軸 〈2〉〔1〕 옥천 쓰키나미카이 하이쿠-부산 후지안 잇소 종장 찬(하)/축	一洋	시가/하이쿠	
1	6	文苑	沃川月並會俳句-釜山不二庵一笑宗匠撰(下)/卷頭 〈2〉〔1〕 옥천 쓰키나미카이 하이쿠/부산 후지안 잇소 종장 선/권두	芝蘭	시가/하이쿠	

1915년 10월 03일 (일) 2901호 경북일간

지면	단수	기획	기사제목 〈회수〉〔곡수〕	필자/저자(역자)	분류	비고
3	4~5		あの男 〈1〉 그 남자		소설	
3	5~6	日刊文林	笹鳴會句集 사사나키카이 구집	邱聲	기타/모임	안내
3	6	日刊文林	笹鳴會句集/題 糸瓜忌 〔3〕 사사나키카이 구집/주제 시키 기일	蒼苔	시가/하이쿠	
3	6	日刊文林	笹鳴會句集/題 糸瓜忌 〔1〕 사사나키카이 구집/주제 시키 기일	獨笑	시가/하이쿠	
3	6	日刊文林	笹鳴會句集/題 糸瓜忌 〔1〕 사사나키카이 구집/주제 시키 기일	吐人	시가/하이쿠	
3	6	日刊文林	笹鳴會句集/題 糸瓜忌 〔1〕 사사나키카이 구집/주제 시키 기일	雨村	시가/하이쿠	
3	6	日刊文林	笹鳴會句集/題 糸瓜忌 〔1〕 사사나키카이 구집/주제 시키 기일	南川	시가/하이쿠	
3	6	日刊文林	笹鳴會句集/題 糸瓜忌 〔1〕 사사나키카이 구집/주제 시키 기일	松翠	시가/하이쿠	
3	6	日刊文林	笹鳴會句集/題 糸瓜忌 〔1〕 사사나키카이 구집/주제 시키 기일	菱圃	시가/하이쿠	
3	6	日刊文林	笹鳴會句集/題 糸瓜忌 〔3〕 사사나키카이 구집/주제 시키 기일	邱聲	시가/하이쿠	
3	6	日刊文林	笹鳴會句集/題 糸瓜忌 〔1〕 사사나키카이 구집/주제 시키 기일	秋風嶺	시가/하이쿠	

1915년 10월 03일 (일) 2901호 마진일간 통영주보

지면	단수	기획	기사제목 〈회수〉〔곡수〕	필자/저자(역자)	분류	비고
4	6~8		★男きんせい 〈16〉 오토코 긴세이	江見水陰	소설	

1915년 10월 03일 (일) 2901호

지면	단수	기획	기사제목 〈회수〉〔곡수〕	필자/저자(역자)	분류	비고
6	1~3		水戸三郎丸 〈32〉 미토 사부로마루	田邊南郭 講演	고단	

1915년 10월 04일 (월) 2902호

지면	단수	기획	기사제목 〈회수〉〔곡수〕	필자/저자(역자)	분류	비고
1	3~5		京城より 경성에서	蕃淵生	수필/기행	
1	5	文苑	早秋夜坐 〔1〕 조추야좌	畠中素堂	시가/한시	

지면	단수	기획	기사제목 〈회수〉〔곡수〕	필자/저자(역자)	분류	비고
1	6~7		水戸三郎丸〈33〉 미토 사부로마루	田邊南郭 講演	고단	

1915년 10월 05일 (화) 2903호

지면	단수	기획	기사제목 〈회수〉〔곡수〕	필자/저자(역자)	분류	비고
1	6	文苑	花筏會第五集/其一 하나이카다카이 제5집/그 첫 번째	負靑天	기타/모임 안내	
1	6	文苑	花筏會第五集/其一/秋雨〔3〕 하나이카다카이 제5집/그 첫 번째/가을비	竹亭	시가/하이쿠	
1	6	文苑	花筏會第五集/其一/秋雨〔2〕 하나이카다카이 제5집/그 첫 번째/가을비	浦生	시가/하이쿠	
1	6	文苑	花筏會第五集/其一/秋雨〔2〕 하나이카다카이 제5집/그 첫 번째/가을비	稻花	시가/하이쿠	
1	6	文苑	花筏會第五集/其一/秋雨〔1〕 하나이카다카이 제5집/그 첫 번째/가을비	笑尊	시가/하이쿠	
1	6	文苑	花筏會第五集/其一/秋雨〔2〕 하나이카다카이 제5집/그 첫 번째/가을비	眉靑矢	시가/하이쿠	
1	6	文苑	花筏會第五集/其一/秋雜吟〔1〕 하나이카다카이 제5집/그 첫 번째/가을-잡음	枕水	시가/하이쿠	
1	6	文苑	花筏會第五集/其一/秋雜吟〔1〕 하나이카다카이 제5집/그 첫 번째/가을-잡음	蘇人	시가/하이쿠	
1	6	文苑	花筏會第五集/其一/秋雜吟〔1〕 하나이카다카이 제5집/그 첫 번째/가을-잡음	羈子	시가/하이쿠	
1	6	文苑	花筏會第五集/其一/秋雜吟〔1〕 하나이카다카이 제5집/그 첫 번째/가을-잡음	孤堂	시가/하이쿠	
1	6	文苑	花筏會第五集/其一/秋雜吟〔1〕 하나이카다카이 제5집/그 첫 번째/가을-잡음	汶山	시가/하이쿠	

1915년 10월 05일 (화) 2903호 경북일간

지면	단수	기획	기사제목 〈회수〉〔곡수〕	필자/저자(역자)	분류	비고
3	5~6		あの男〈2〉 그 남자		소설	
3	6	日刊文林	笹鳴會句集/葉鷄頭〈2〉〔1〕 사사나키카이 구집/색비름	蒼苔	시가/하이쿠	
3	6	日刊文林	笹鳴會句集/葉鷄頭〈2〉〔1〕 사사나키카이 구집/색비름	獨笑	시가/하이쿠	
3	6	日刊文林	笹鳴會句集/葉鷄頭〈2〉〔1〕 사사나키카이 구집/색비름	南川	시가/하이쿠	
3	6	日刊文林	笹鳴會句集/葉鷄頭〈2〉〔1〕 사사나키카이 구집/색비름	雨村	시가/하이쿠	
3	6	日刊文林	笹鳴會句集/葉鷄頭〈2〉〔2〕 사사나키카이 구집/색비름	吐人	시가/하이쿠	
3	6	日刊文林	笹鳴會句集/葉鷄頭〈2〉〔2〕 사사나키카이 구집/색비름	松翠	시가/하이쿠	
3	6	日刊文林	笹鳴會句集/葉鷄頭〈2〉〔2〕 사사나키카이 구집/색비름	邱聲	시가/하이쿠	
3	6	日刊文林	笹鳴會句集/葉鷄頭〈2〉〔2〕 사사나키카이 구집/색비름	秋風嶺	시가/하이쿠	
3	6	日刊文林	笹鳴會句集/秋晴〈2〉〔2〕 사사나키카이 구집/맑게 갠 가을날	蒼苔	시가/하이쿠	
3	6	日刊文林	笹鳴會句集/秋晴〈2〉〔1〕 사사나키카이 구집/맑게 갠 가을날	獨笑	시가/하이쿠	
3	6	日刊文林	笹鳴會句集/秋晴〈2〉〔2〕 사사나키카이 구집/맑게 갠 가을날	南川	시가/하이쿠	

지면	단수	기획	기사제목 〈회수〉〔곡수〕	필자/저자(역자)	분류	비고
3	6	日刊文林	笹鳴會句集/秋晴 〈2〉〔1〕 사사나키카이 구집/맑게 갠 가을날	雨水	시가/하이쿠	
3	6	日刊文林	笹鳴會句集/秋晴 〈2〉〔2〕 사사나키카이 구집/맑게 갠 가을날	松翠	시가/하이쿠	
3	6	日刊文林	笹鳴會句集/秋晴 〈2〉〔2〕 사사나키카이 구집/맑게 갠 가을날	邱聲	시가/하이쿠	
3	6	日刊文林	笹鳴會句集/秋晴 〈2〉〔2〕 사사나키카이 구집/맑게 갠 가을날	秋風嶺	시가/하이쿠	

1915년 10월 05일 (화) 2903호 마진일간

지면	단수	기획	기사제목 〈회수〉〔곡수〕	필자/저자(역자)	분류	비고
4	5~7		★男きんせい 〈17〉 오토코 긴세이	江見水陰	소설	

1915년 10월 05일 (화) 2903호

지면	단수	기획	기사제목 〈회수〉〔곡수〕	필자/저자(역자)	분류	비고
6	1~3		水戶三郎丸 〈24〉 미토 사부로마루	田邊南郭 講演	고단	회수 오류

1915년 10월 06일 (수) 2904호

지면	단수	기획	기사제목 〈회수〉〔곡수〕	필자/저자(역자)	분류	비고
1	5	文苑	花筏會句集/其ノ二/砧 〈2〉〔1〕 하나이카다카이 구집/그 두 번째/다듬이질	麥鳴子	시가/하이쿠	
1	5	文苑	花筏會句集/砧 〈2〉〔3〕 하나이카다카이 구집/다듬이질	浦生	시가/하이쿠	
1	5	文苑	花筏會句集/砧 〈2〉〔3〕 하나이카다카이 구집/다듬이질	竹亭	시가/하이쿠	
1	5	文苑	花筏會句集/砧 〈2〉〔2〕 하나이카다카이 구집/다듬이질	稻花	시가/하이쿠	
1	5	文苑	花筏會句集/砧 〈2〉〔1〕 하나이카다카이 구집/다듬이질	笑尊	시가/하이쿠	
1	5	文苑	花筏會句集/砧 〈2〉〔2〕 하나이카다카이 구집/다듬이질	負靑天	시가/하이쿠	
1	5	文苑	花筏會句集/其の三/酸漿 〈2〉〔3〕 하나이카다카이 구집/그 세 번째/꽈리	竹亭	시가/하이쿠	
1	6~7		水戶三郎丸 〈25〉 미토 사부로마루	田邊南郭 講演	고단	회수 오류

1915년 10월 06일 (수) 2904호 경북일간

지면	단수	기획	기사제목 〈회수〉〔곡수〕	필자/저자(역자)	분류	비고
3	6		あの男 〔3〕 그 남자		소설	
3	6	日刊文林	笹鳴會句集を讀みて 사사나키카이 구집을 읽고	觀風生	수필/비평	
3	6	日刊文林	笹鳴會句集を讀みて/糸瓜忌 〔2〕 사사나키카이 구집을 읽고/시키 기일	觀風生	시가/하이쿠	
3	6	日刊文林	笹鳴會句集を讀みて/葉鷄頭 〔2〕 사사나키카이 구집을 읽고/색비름	觀風生	시가/하이쿠	
3	6	日刊文林	笹鳴會句集を讀みて/秋晴 〔2〕 사사나키카이 구집을 읽고/맑게 갠 가을날	觀風生	시가/하이쿠	

1915년 10월 06일 (수) 2904호 마진일간

지면	단수	기획	기사제목 〈회수〉〔곡수〕	필자/저자(역자)	분류	비고
4	5~7		★男きんせい 〈18〉 오토코 긴세이	江見水陰	소설	

1915년 10월 07일 (목) 2905호

지면	단수	기획	기사제목 〈회수〉〔곡수〕	필자/저자(역자)	분류	비고
1	6	文苑	花筵會句集/其の三/酸漿 〈3〉[1] 하나이카다카이 구집/그 세 번째/꽈리	稻花	시가/하이쿠	
1	6	文苑	花筵會句集/其の三/酸漿 〈3〉[2] 하나이카다카이 구집/그 세 번째/꽈리	藻美#	시가/하이쿠	
1	6	文苑	花筵會句集/其の三/酸漿 〈3〉[1] 하나이카다카이 구집/그 세 번째/꽈리	浦生	시가/하이쿠	
1	6	文苑	花筵會句集/其の三/酸漿 〈3〉[1] 하나이카다카이 구집/그 세 번째/꽈리	麥鳴子	시가/하이쿠	
1	6	文苑	花筵會句集/其の三/酸漿 〈3〉[1] 하나이카다카이 구집/그 세 번째/꽈리	笑尊	시가/하이쿠	
1	6	文苑	花筵會句集/其の三/酸漿 〈3〉[1] 하나이카다카이 구집/그 세 번째/꽈리	靑天	시가/하이쿠	
1	6	文苑	和 畠中素堂 詞伯 新秋感懷尤韻 [1] 화 하타나카 스도 사백 신추감회우운	滯釜 樋口逸翁	시가/한시	
1	6	文苑	仝和早秋夜座庚韻 [1] 동화조추야좌경운	滯釜 樋口逸翁	시가/한시	
1	6	文苑	旅中書懷 [1] 여중서회	滯釜 樋口逸翁	시가/한시	

1915년 10월 07일 (목) 2905호 경북일간

지면	단수	기획	기사제목 〈회수〉〔곡수〕	필자/저자(역자)	분류	비고
3	6	日刊文林	大邱笹鳴會(十月三日雨村居に催す)/朝寒、夜寒、百舌鳥 [1] 대구 사사나키카이(10월 3일 우손 거처에서 개최하다)/늦가을 아침 추위, 늦가을 밤 추위, 때까치	邱聲	시가/하이쿠	
3	6	日刊文林	大邱笹鳴會(十月三日雨村居に催す)/朝寒、夜寒、百舌鳥 [1] 대구 사사나키카이(10월 3일 우손 거처에서 개최하다)/늦가을 아침 추위, 늦가을 밤 추위, 때까치	獨笑	시가/하이쿠	
3	6	日刊文林	大邱笹鳴會(十月三日雨村居に催す)/朝寒、夜寒、百舌鳥 [2] 대구 사사나키카이(10월 3일 우손 거처에서 개최하다)/늦가을 아침 추위, 늦가을 밤 추위, 때까치	邱聲	시가/하이쿠	
3	6	日刊文林	大邱笹鳴會(十月三日雨村居に催す)/朝寒、夜寒、百舌鳥 [1] 대구 사사나키카이(10월 3일 우손 거처에서 개최하다)/늦가을 아침 추위, 늦가을 밤 추위, 때까치	吐人	시가/하이쿠	
3	6	日刊文林	大邱笹鳴會(十月三日雨村居に催す)/朝寒、夜寒、百舌鳥 [1] 대구 사사나키카이(10월 3일 우손 거처에서 개최하다)/늦가을 아침 추위, 늦가을 밤 추위, 때까치	綾浦	시가/하이쿠	
3	6	日刊文林	大邱笹鳴會(十月三日雨村居に催す)/朝寒、夜寒、百舌鳥 [1] 대구 사사나키카이(10월 3일 우손 거처에서 개최하다)/늦가을 아침 추위, 늦가을 밤 추위, 때까치	吐人	시가/하이쿠	
3	6	日刊文林	大邱笹鳴會(十月三日雨村居に催す)/朝寒、夜寒、百舌鳥 [1] 대구 사사나키카이(10월 3일 우손 거처에서 개최하다)/늦가을 아침 추위, 늦가을 밤 추위, 때까치	綾浦	시가/하이쿠	
3	6	日刊文林	大邱笹鳴會(十月三日雨村居に催す)/朝寒、夜寒、百舌鳥 [2] 대구 사사나키카이(10월 3일 우손 거처에서 개최하다)/늦가을 아침 추위, 늦가을 밤 추위, 때까치	獨笑	시가/하이쿠	
3	6	日刊文林	大邱笹鳴會(十月三日雨村居に催す)/朝寒、夜寒、百舌鳥 [3] 대구 사사나키카이(10월 3일 우손 거처에서 개최하다)/늦가을 아침 추위, 늦가을 밤 추위, 때까치	吐人	시가/하이쿠	
3	6	日刊文林	大邱笹鳴會(十月三日雨村居に催す)/朝寒、夜寒、百舌鳥 [2] 대구 사사나키카이(10월 3일 우손 거처에서 개최하다)/늦가을 아침 추위, 늦가을 밤 추위, 때까치	常葉	시가/하이쿠	
3	6	日刊文林	大邱笹鳴會(十月三日雨村居に催す)/朝寒、夜寒、百舌鳥 [1] 대구 사사나키카이(10월 3일 우손 거처에서 개최하다)/늦가을 아침 추위, 늦가을 밤 추위, 때까치	邱聲	시가/하이쿠	

지면	단수	기획	기사제목 〈회수〉〔곡수〕	필자/저자(역자)	분류	비고
3	6	日刊文林	大邱笹鳴會(十月三日雨村居に催す)/朝寒、夜寒、百舌鳥〔1〕 대구 사사나키카이(10월 3일 우손 거처에서 개최하다)/늦가을 아침 추위, 늦가을 밤 추위, 때까치	獨笑	시가/하이쿠	
3	6	日刊文林	大邱笹鳴會(十月三日雨村居に催す)/朝寒、夜寒、百舌鳥〔1〕 대구 사사나키카이(10월 3일 우손 거처에서 개최하다)/늦가을 아침 추위, 늦가을 밤 추위, 때까치	邱聲	시가/하이쿠	
3	6	日刊文林	大邱笹鳴會(十月三日雨村居に催す)/朝寒、夜寒、百舌鳥〔1〕 대구 사사나키카이(10월 3일 우손 거처에서 개최하다)/늦가을 아침 추위, 늦가을 밤 추위, 때까치	麥圃	시가/하이쿠	
3	6	日刊文林	大邱笹鳴會(十月三日雨村居に催す)/朝寒、夜寒、百舌鳥〔2〕 대구 사사나키카이(10월 3일 우손 거처에서 개최하다)/늦가을 아침 추위, 늦가을 밤 추위, 때까치	獨笑	시가/하이쿠	
3	6	日刊文林	大邱笹鳴會(十月三日雨村居に催す)/朝寒、夜寒、百舌鳥〔1〕 대구 사사나키카이(10월 3일 우손 거처에서 개최하다)/늦가을 아침 추위, 늦가을 밤 추위, 때까치	春陽	시가/하이쿠	
3	6	日刊文林	大邱笹鳴會(十月三日雨村居に催す)/朝寒、夜寒、百舌鳥〔1〕 대구 사사나키카이(10월 3일 우손 거처에서 개최하다)/늦가을 아침 추위, 늦가을 밤 추위, 때까치	獨笑	시가/하이쿠	
3	6	日刊文林	大邱笹鳴會(十月三日雨村居に催す)/朝寒、夜寒、百舌鳥〔2〕 대구 사사나키카이(10월 3일 우손 거처에서 개최하다)/늦가을 아침 추위, 늦가을 밤 추위, 때까치	常葉	시가/하이쿠	
3	6	日刊文林	大邱笹鳴會(十月三日雨村居に催す)/朝寒、夜寒、百舌鳥〔1〕 대구 사사나키카이(10월 3일 우손 거처에서 개최하다)/늦가을 아침 추위, 늦가을 밤 추위, 때까치	春陽	시가/하이쿠	
3	6	日刊文林	大邱笹鳴會(十月三日雨村居に催す)/朝寒、夜寒、百舌鳥〔1〕 대구 사사나키카이(10월 3일 우손 거처에서 개최하다)/늦가을 아침 추위, 늦가을 밤 추위, 때까치	麥圃	시가/하이쿠	
3	6	日刊文林	大邱笹鳴會(十月三日雨村居に催す)/朝寒、夜寒、百舌鳥〔1〕 대구 사사나키카이(10월 3일 우손 거처에서 개최하다)/늦가을 아침 추위, 늦가을 밤 추위, 때까치	獨笑	시가/하이쿠	
3	6	日刊文林	大邱笹鳴會(十月三日雨村居に催す)/朝寒、夜寒、百舌鳥〔2〕 대구 사사나키카이(10월 3일 우손 거처에서 개최하다)/늦가을 아침 추위, 늦가을 밤 추위, 때까치	春陽	시가/하이쿠	
3	6	日刊文林	大邱笹鳴會(十月三日雨村居に催す)/朝寒、夜寒、百舌鳥〔3〕 대구 사사나키카이(10월 3일 우손 거처에서 개최하다)/늦가을 아침 추위, 늦가을 밤 추위, 때까치	邱聲	시가/하이쿠	
3	6	日刊文林	大邱笹鳴會(十月三日雨村居に催す)/朝寒、夜寒、百舌鳥〔5〕 대구 사사나키카이(10월 3일 우손 거처에서 개최하다)/늦가을 아침 추위, 늦가을 밤 추위, 때까치	松翠	시가/하이쿠	

1915년 10월 07일 (목) 2905호 마진일간

| 4 | 4~7 | | ★男きんせい〈19〉
오토코 긴세이 | 江見水陰 | 수필 | |

1915년 10월 07일 (목) 2905호

| 6 | 1~2 | | 水戸三郎丸〈26〉
미토 사부로마루 | 田邊南郭 講演 | 고단 | 회수 오류 |

1915년 10월 08일 (금) 2906호

| 1 | 6 | 文苑 | 曉起觀山〔1〕
효기관산 | 畠中素堂 | 시가/한시 | |
| 1 | 6 | 文苑 | 禪居偶作〔1〕
선거우작 | 畠中素堂 | 시가/한시 | |

지면	단수	기획	기사제목 〈회수〉〔곡수〕	필자/저자(역자)	분류	비고
1	6	文苑	遇會 우회	三千浦 北水庵	기타/모임 안내	
1	6	文苑	遇會/案山子〔3〕 우회/허수아비	北水	시가/하이쿠	
1	6	文苑	遇會/案山子〔2〕 우회/허수아비	自然	시가/하이쿠	
1	6	文苑	遇會/案山子〔1〕 우회/허수아비	梨村	시가/하이쿠	
1	6	文苑	遇會/萩〔3〕 우회/싸리	北水	시가/하이쿠	
1	6	文苑	遇會/萩〔3〕 우회/싸리	自然	시가/하이쿠	
1	6	文苑	遇會/萩〔2〕 우회/싸리	梨村	시가/하이쿠	

1915년 10월 08일 (금) 2906호 경북일간

지면	단수	기획	기사제목 〈회수〉〔곡수〕	필자/저자(역자)	분류	비고
3	5	日刊文林	笹鳴會句集/新酒〔1〕 사사나키카이 구집/햇술	綾浦	시가/하이쿠	
3	5	日刊文林	笹鳴會句集/新酒〔1〕 사사나키카이 구집/햇술	雨水	시가/하이쿠	
3	5	日刊文林	笹鳴會句集/新酒〔1〕 사사나키카이 구집/햇술	吐人	시가/하이쿠	
3	5	日刊文林	笹鳴會句集/新酒〔1〕 사사나키카이 구집/햇술	春陽	시가/하이쿠	
3	5	日刊文林	笹鳴會句集/新酒〔1〕 사사나키카이 구집/햇술	常葉	시가/하이쿠	
3	5	日刊文林	笹鳴會句集/新酒〔1〕 사사나키카이 구집/햇술	吐人	시가/하이쿠	
3	5	日刊文林	笹鳴會句集/新酒〔1〕 사사나키카이 구집/햇술	邱聲	시가/하이쿠	
3	5	日刊文林	笹鳴會句集/新酒〔1〕 사사나키카이 구집/햇술	常葉	시가/하이쿠	
3	5	日刊文林	笹鳴會句集/新酒〔1〕 사사나키카이 구집/햇술	雨村	시가/하이쿠	
3	5	日刊文林	笹鳴會句集/新酒〔1〕 사사나키카이 구집/햇술	邱聲	시가/하이쿠	
3	5	日刊文林	笹鳴會句集/新酒〔1〕 사사나키카이 구집/햇술	吐人	시가/하이쿠	
3	5	日刊文林	笹鳴會句集/新酒〔1〕 사사나키카이 구집/햇술	綾浦	시가/하이쿠	
3	5	日刊文林	笹鳴會句集/新酒〔1〕 사사나키카이 구집/햇술	獨笑	시가/하이쿠	
3	5	日刊文林	笹鳴會句集/新酒〔1〕 사사나키카이 구집/햇술	麥圃	시가/하이쿠	
3	5	日刊文林	笹鳴會句集/新酒〔2〕 사사나키카이 구집/햇술	薊坡	시가/하이쿠	
3	5	日刊文林	笹鳴會句集/新酒〔1〕 사사나키카이 구집/햇술	松翠	시가/하이쿠	
3	5	日刊文林	笹鳴會句集/新酒〔1〕 사사나키카이 구집/햇술	常葉	시가/하이쿠	
3	5	日刊文林	笹鳴會句集/新酒〔1〕 사사나키카이 구집/햇술	雨村	시가/하이쿠	

지면	단수	기획	기사제목 〈회수〉〔곡수〕	필자/저자(역자)	분류	비고
3	5	日刊文林	笹鳴會句集/新酒 〔1〕 사사나키카이 구집/햇술	邱聲	시가/하이쿠	
3	5	日刊文林	笹鳴會句集/新酒 〔1〕 사사나키카이 구집/햇술	吐人	시가/하이쿠	
3	5	日刊文林	笹鳴會句集/新酒 〔1〕 사사나키카이 구집/햇술	獨笑	시가/하이쿠	
3	5	日刊文林	笹鳴會句集/新酒 〔1〕 사사나키카이 구집/햇술	麥圃	시가/하이쿠	
3	5	日刊文林	笹鳴會句集/新酒 〔2〕 사사나키카이 구집/햇술	吐坡	시가/하이쿠	
3	5	日刊文林	笹鳴會句集/新酒 〔1〕 사사나키카이 구집/햇술	松翠	시가/하이쿠	
3	5	日刊文林	笹鳴會句集/新酒 〔1〕 사사나키카이 구집/햇술	春陽	시가/하이쿠	

1915년 10월 08일 (금) 2906호 마진일간

지면	단수	기획	기사제목 〈회수〉〔곡수〕	필자/저자(역자)	분류	비고
4	4~6		★男きんせい 〈20〉 오토코 긴세이	江見水陰	소설	

1915년 10월 08일 (금) 2906호

지면	단수	기획	기사제목 〈회수〉〔곡수〕	필자/저자(역자)	분류	비고
6	1~3		水戸三郎丸 〈27〉 미토 사부로마루	田邊南郭 講演	고단	회수 오류

1915년 10월 09일 (토) 2907호

지면	단수	기획	기사제목 〈회수〉〔곡수〕	필자/저자(역자)	분류	비고
1	6	文苑	塔影社句稿(統營港)/落穗 〔1〕 도에이샤 구고(통영항)/떨어진 이삭	耳洗	시가/하이쿠	
1	6	文苑	塔影社句稿(統營港)/落穗 〔1〕 도에이샤 구고(통영항)/떨어진 이삭	松亭	시가/하이쿠	
1	6	文苑	塔影社句稿(統營港)/落穗 〔1〕 도에이샤 구고(통영항)/떨어진 이삭	梨坪	시가/하이쿠	
1	6	文苑	塔影社句稿(統營港)/落穗 〔1〕 도에이샤 구고(통영항)/떨어진 이삭	岳水	시가/하이쿠	
1	6	文苑	塔影社句稿(統營港)/落穗 〔1〕 도에이샤 구고(통영항)/떨어진 이삭	一白	시가/하이쿠	
1	6	文苑	塔影社句稿(統營港)/落穗 〔1〕 도에이샤 구고(통영항)/떨어진 이삭	景雪	시가/하이쿠	
1	6	文苑	塔影社句稿(統營港)/落穗 〔1〕 도에이샤 구고(통영항)/떨어진 이삭	寸九	시가/하이쿠	
1	6	文苑	塔影社句稿(統營港)/落穗 〔1〕 도에이샤 구고(통영항)/떨어진 이삭	碧雲	시가/하이쿠	
1	6	文苑	塔影社句稿(統營港)/落穗 〔1〕 도에이샤 구고(통영항)/떨어진 이삭	秋風嶺	시가/하이쿠	

1915년 10월 09일 (토) 2907호 마진일간

지면	단수	기획	기사제목 〈회수〉〔곡수〕	필자/저자(역자)	분류	비고
4	4~6		★男きんせい 〈21〉 오토코 긴세이	江見水陰	소설	

1915년 10월 09일 (토) 2907호

지면	단수	기획	기사제목 〈회수〉〔곡수〕	필자/저자(역자)	분류	비고
6	1~3		水戸三郎丸 〈28〉 미토 사부로마루	田邊南郭 講演	고단	회수 오류

1915년 10월 10일 (일) 2908호

지면	단수	기획	기사제목 〈회수〉〔곡수〕	필자/저자(역자)	분류	비고
1	6	文苑	塔影社句稿/菊〔1〕 도에이샤 구고/국화	やさ男	시가/하이쿠	
1	6	文苑	塔影社句稿/菊〔1〕 도에이샤 구고/국화	景雪	시가/하이쿠	
1	6	文苑	塔影社句稿/菊〔1〕 도에이샤 구고/국화	一句	시가/하이쿠	
1	6	文苑	塔影社句稿/菊〔1〕 도에이샤 구고/국화	寸九	시가/하이쿠	
1	6	文苑	塔影社句稿/菊〔1〕 도에이샤 구고/국화	竹臥	시가/하이쿠	
1	6	文苑	塔影社句稿/菊〔1〕 도에이샤 구고/국화	一華	시가/하이쿠	
1	6	文苑	塔影社句稿/菊〔1〕 도에이샤 구고/국화	岳水	시가/하이쿠	
1	6	文苑	塔影社句稿/菊〔1〕 도에이샤 구고/국화	耳洗	시가/하이쿠	
1	6	文苑	塔影社句稿/菊〔1〕 도에이샤 구고/국화	松亭	시가/하이쿠	
1	6	文苑	塔影社句稿/菊〔1〕 도에이샤 구고/국화	秋風嶺	시가/하이쿠	
1	6	文苑	塔影社句稿/鯊〔1〕 도에이샤 구고/망둑어	竹臥	시가/하이쿠	
1	6	文苑	塔影社句稿/鯊〔1〕 도에이샤 구고/망둑어	耳洗	시가/하이쿠	
1	6	文苑	塔影社句稿/鯊〔1〕 도에이샤 구고/망둑어	梨坪	시가/하이쿠	
1	6	文苑	塔影社句稿/鯊〔1〕 도에이샤 구고/망둑어	やさ男	시가/하이쿠	
1	6	文苑	塔影社句稿/鯊〔1〕 도에이샤 구고/망둑어	寸九	시가/하이쿠	
1	6	文苑	塔影社句稿/鯊〔1〕 도에이샤 구고/망둑어	秋風嶺	시가/하이쿠	

1915년 10월 10일 (일) 2908호 경북일간

지면	단수	기획	기사제목 〈회수〉〔곡수〕	필자/저자(역자)	분류	비고
3	5	日刊文林	笹鳴會の俳句を讀みて/新酒〔2〕 사사나키카이 하이쿠를 읽고/햇술	弔川	시가/하이쿠	
3	5	日刊文林	笹鳴會の俳句を讀みて/新酒〔2〕 사사나키카이 하이쿠를 읽고/햇술	觀風	시가/하이쿠	
3	5	日刊文林	笹鳴會の俳句を讀みて/百舌鳥〔2〕 사사나키카이 하이쿠를 읽고/때까치	弔川	시가/하이쿠	
3	5	日刊文林	笹鳴會の俳句を讀みて/百舌鳥〔2〕 사사나키카이 하이쿠를 읽고/때까치	觀風	시가/하이쿠	
3	5	日刊文林	笹鳴會の俳句を讀みて/朝寒〔2〕 사사나키카이 하이쿠를 읽고/늦가을 아침 추위	弔川	시가/하이쿠	
3	6	日刊文林	笹鳴會の俳句を讀みて/朝寒〔2〕 사사나키카이 하이쿠를 읽고/늦가을 아침 추위	觀風	시가/하이쿠	
3	6	日刊文林	笹鳴會の俳句を讀みて/夜寒〔2〕 사사나키카이 하이쿠를 읽고/늦가을 밤 추위	弔川	시가/하이쿠	
3	6	日刊文林	笹鳴會の俳句を讀みて/夜寒〔2〕 사사나키카이 하이쿠를 읽고/늦가을 밤 추위	觀風	시가/하이쿠	

1915년 10월 10일 (일) 2908호 마진일간

지면	단수	기획	기사제목 〈회수〉〔곡수〕	필자/저자(역자)	분류	비고
4	4~6		★男きんせい 〈22〉 오토코 긴세이	江見水陰	소설	

1915년 10월 10일 (일) 2908호

지면	단수	기획	기사제목 〈회수〉〔곡수〕	필자/저자(역자)	분류	비고
6	1~3		水戸三郎丸 〈29〉 미토 사부로마루	田邊南郭 講演	고단	회수 오류

1915년 10월 11일 (월) 2909호

지면	단수	기획	기사제목 〈회수〉〔곡수〕	필자/저자(역자)	분류	비고
1	4	文苑	送青山蛛川入西鮮日報 〔1〕 송청산주천입서선일보	辱知 吉田靑雨	시가/한시	
1	4~6		★男きんせい 〈23〉 오토코 긴세이	江見水陰	수필	
4	1~2		水戸三郎丸 〈30〉 미토 사부로마루	田邊南郭 講演	고단	회수 오류

1915년 10월 12일 (화) 2910호

지면	단수	기획	기사제목 〈회수〉〔곡수〕	필자/저자(역자)	분류	비고
1	6	文苑	塔影社句稿/月 〔2〕 도에이샤 구고/달	耳洗	시가/하이쿠	
1	6	文苑	塔影社句稿/月 〔1〕 도에이샤 구고/달	一白	시가/하이쿠	
1	6	文苑	塔影社句稿/月 〔2〕 도에이샤 구고/달	松亭	시가/하이쿠	
1	6	文苑	塔影社句稿/月 〔1〕 도에이샤 구고/달	寸九	시가/하이쿠	
1	6	文苑	塔影社句稿/月 〔1〕 도에이샤 구고/달	やさ男	시가/하이쿠	
1	6	文苑	塔影社句稿/月 〔1〕 도에이샤 구고/달	一華	시가/하이쿠	
1	6	文苑	塔影社句稿/月 〔1〕 도에이샤 구고/달	秋風嶺	시가/하이쿠	
1	6	文苑	塔影社句稿/芒 〔1〕 도에이샤 구고/참억새	耳洗	시가/하이쿠	
1	6	文苑	塔影社句稿/芒 〔2〕 도에이샤 구고/참억새	秋風嶺	시가/하이쿠	
1	6	文苑	塔影社句稿/崩簗 〔1〕 도에이샤 구고/망가진 통발	耳洗	시가/하이쿠	
1	6	文苑	塔影社句稿/崩簗 〔1〕 도에이샤 구고/망가진 통발	松亭	시가/하이쿠	
1	6	文苑	塔影社句稿/崩簗 〔1〕 도에이샤 구고/망가진 통발	梨坪	시가/하이쿠	
1	6	文苑	塔影社句稿/崩簗 〔1〕 도에이샤 구고/망가진 통발	岳水	시가/하이쿠	
1	6	文苑	塔影社句稿/崩簗 〔1〕 도에이샤 구고/망가진 통발	景雪	시가/하이쿠	
1	6	文苑	塔影社句稿/崩簗 〔1〕 도에이샤 구고/망가진 통발	一白	시가/하이쿠	
1	6	文苑	塔影社句稿/崩簗 〔1〕 도에이샤 구고/망가진 통발	碧雲	시가/하이쿠	
1	6	文苑	塔影社句稿/崩簗 〔1〕 도에이샤 구고/망가진 통발	秋風嶺	시가/하이쿠	
1	6	文苑	車窓漫吟 〔5〕 차창만음	南北子	시가/하이쿠	

지면	단수	기획	기사제목 〈회수〉〔곡수〕	필자/저자(역자)	분류	비고

1915년 10월 12일 (화) 2910호 경북일간

지면	단수	기획	기사제목 〈회수〉〔곡수〕	필자/저자(역자)	분류	비고
3	5~6		別れるまで〈1〉 헤어질 때까지	弔川	소설	

1915년 10월 12일 (화) 2910호 마진일간

지면	단수	기획	기사제목 〈회수〉〔곡수〕	필자/저자(역자)	분류	비고
4	1~2	寄書	南鮮紙の『茶前酒後』を讀みて 남선지의 『차전주후』를 읽고	馬山 公平生	수필/비평	
4	5~7		★男きんせい〈24〉 오토코 긴세이	江見水陰	소설	

1915년 10월 12일 (화) 2910호

지면	단수	기획	기사제목 〈회수〉〔곡수〕	필자/저자(역자)	분류	비고
5	5		碧子歡迎句會 헤키시 환영 구회		기타/모임 안내	
5	5		☆碧子歡迎句會/芒〔3〕 헤키시 환영 구회/참억새	雨意	시가/하이쿠	
5	5		☆碧子歡迎句會/芒〔2〕 헤키시 환영 구회/참억새	夢柳	시가/하이쿠	
5	5		碧子歡迎句會/芒〔1〕 헤키시 환영 구회/참억새	東洋	시가/하이쿠	
5	5		碧子歡迎句會/芒〔3〕 헤키시 환영 구회/참억새	香州	시가/하이쿠	
5	5		碧子歡迎句會/芒〔2〕 헤키시 환영 구회/참억새	麥鳴子	시가/하이쿠	
5	5		碧子歡迎句會/芒〔3〕 헤키시 환영 구회/참억새	負靑天	시가/하이쿠	
5	5		碧子歡迎句會/芒〔2〕 헤키시 환영 구회/참억새	碧梧桐	시가/하이쿠	
5	5		碧子歡迎句會/芒-碧梧桐選〔3〕 헤키시 환영 구회/참억새-헤키고토 선	負靑天	시가/하이쿠	
5	5		碧子歡迎句會/芒-碧梧桐選〔1〕 헤키시 환영 구회/참억새-헤키고토 선	麥鳴子	시가/하이쿠	
5	5		碧子歡迎句會/芒-碧梧桐選〔1〕 헤키시 환영 구회/참억새-헤키고토 선	香州	시가/하이쿠	
6	1~3		水戶三郎丸〈41〉 미토 사부로마루	田邊南郭 講演	고단	

1915년 10월 13일 (수) 2911호

지면	단수	기획	기사제목 〈회수〉〔곡수〕	필자/저자(역자)	분류	비고
1	6	文苑	塔影社句稿(統營港)/紅葉〔1〕 도에이샤 구고(통영항)/단풍	碧雲	시가/하이쿠	
1	6	文苑	塔影社句稿(統營港)/紅葉〔1〕 도에이샤 구고(통영항)/단풍	岳水	시가/하이쿠	
1	6	文苑	塔影社句稿(統營港)/紅葉〔1〕 도에이샤 구고(통영항)/단풍	寸九	시가/하이쿠	
1	6	文苑	塔影社句稿(統營港)/紅葉〔1〕 도에이샤 구고(통영항)/단풍	一白	시가/하이쿠	
1	6	文苑	塔影社句稿(統營港)/紅葉〔1〕 도에이샤 구고(통영항)/단풍	耳洗	시가/하이쿠	
1	6	文苑	塔影社句稿(統營港)/紅葉〔1〕 도에이샤 구고(통영항)/단풍	秋風嶺	시가/하이쿠	
1	6	文苑	塔影社句稿(統營港)/夜長〔1〕 도에이샤 구고(통영항)/기나긴 가을밤	碧雲	시가/하이쿠	

지면	단수	기획	기사제목 〈회수〉〔곡수〕	필자/저자(역자)	분류	비고
1	6	文苑	塔影社句稿(統營港)/夜長 〔1〕 도에이샤 구고(통영항)/기나긴 가을밤	松亭	시가/하이쿠	
1	6	文苑	塔影社句稿(統營港)/夜長 〔1〕 도에이샤 구고(통영항)/기나긴 가을밤	耳洗	시가/하이쿠	
1	6	文苑	塔影社句稿(統營港)/夜長 〔1〕 도에이샤 구고(통영항)/기나긴 가을밤	岳水	시가/하이쿠	
1	6	文苑	塔影社句稿(統營港)/夜長 〔1〕 도에이샤 구고(통영항)/기나긴 가을밤	寸九	시가/하이쿠	
1	6	文苑	塔影社句稿(統營港)/夜長 〔1〕 도에이샤 구고(통영항)/기나긴 가을밤	一白	시가/하이쿠	
1	6	文苑	塔影社句稿(統營港)/夜長 〔1〕 도에이샤 구고(통영항)/기나긴 가을밤	秋風嶺	시가/하이쿠	
1	6	文苑	塔影社句稿(統營港)/散柳 〔1〕 도에이샤 구고(통영항)/지는 버들잎	寸九	시가/하이쿠	
1	6	文苑	塔影社句稿(統營港)/散柳 〔1〕 도에이샤 구고(통영항)/지는 버들잎	松亭	시가/하이쿠	
1	6	文苑	塔影社句稿(統營港)/散柳 〔1〕 도에이샤 구고(통영항)/지는 버들잎	岳水	시가/하이쿠	
1	6	文苑	塔影社句稿(統營港)/散柳 〔1〕 도에이샤 구고(통영항)/지는 버들잎	一白	시가/하이쿠	
1	6	文苑	塔影社句稿(統營港)/散柳 〔1〕 도에이샤 구고(통영항)/지는 버들잎	耳洗	시가/하이쿠	
1	6	文苑	塔影社句稿(統營港)/散柳 〔1〕 도에이샤 구고(통영항)/지는 버들잎	碧雲	시가/하이쿠	
1	6	文苑	塔影社句稿(統營港)/散柳 〔1〕 도에이샤 구고(통영항)/지는 버들잎	秋風嶺	시가/하이쿠	

1915년 10월 13일 (수) 2911호 경북일간

지면	단수	기획	기사제목 〈회수〉〔곡수〕	필자/저자(역자)	분류	비고
3	4~5		別れるまで 〈2〉 헤어질 때까지	弓川	소설	

1915년 10월 13일 (수) 2911호 마진일간

지면	단수	기획	기사제목 〈회수〉〔곡수〕	필자/저자(역자)	분류	비고
4	5~7		★男きんせい 〈25〉 오토코 긴세이	江見水陰	소설	

1915년 10월 13일 (수) 2911호

지면	단수	기획	기사제목 〈회수〉〔곡수〕	필자/저자(역자)	분류	비고
6	1~3		水戸三郎丸 〈42〉 미토 사부로마루	田邊南郭 講演	고단	

1915년 10월 14일 (목) 2912호

지면	단수	기획	기사제목 〈회수〉〔곡수〕	필자/저자(역자)	분류	비고
1	6		碧師歡迎句筵/花筏會 헤키시 환영 구연/하나이카다카이		기타/모임	안내
1	6		碧師歡迎句筵/花筏會/月 〔1〕 헤키시 환영 구연/하나이카다카이/달	葩天咬	시가/하이쿠	
1	6		碧師歡迎句筵/花筏會/月 〔6〕 헤키시 환영 구연/하나이카다카이/달	浦生	시가/하이쿠	
1	6		碧師歡迎句筵/花筏會/月 〔2〕 헤키시 환영 구연/하나이카다카이/달	稻花	시가/하이쿠	
1	6		碧師歡迎句筵/花筏會/月 〔2〕 헤키시 환영 구연/하나이카다카이/달	麥鳴子	시가/하이쿠	
1	6		碧師歡迎句筵/花筏會/月 〔1〕 헤키시 환영 구연/하나이카다카이/달	竹亭	시가/하이쿠	

지면	단수	기획	기사제목 〈회수〉〔곡수〕	필자/저자(역자)	분류	비고
1	6		碧師歡迎句筵/花筏會/月〔1〕 헤키시 환영 구연/하나이카다카이/달		시가/하이쿠	
1	6		碧師歡迎句筵/花筏會/白舌鳥〔1〕 헤키시 환영 구연/하나이카다카이/때까치	碧梧桐	시가/하이쿠	
1	6		碧師歡迎句筵/花筏會/白舌鳥〔3〕 헤키시 환영 구연/하나이카다카이/때까치	浦生	시가/하이쿠	
1	6		碧師歡迎句筵/花筏會/白舌鳥〔3〕 헤키시 환영 구연/하나이카다카이/때까치	稻花	시가/하이쿠	
1	6		碧師歡迎句筵/花筏會/白舌鳥〔2〕 헤키시 환영 구연/하나이카다카이/때까치	麥鳴子	시가/하이쿠	
1	6		碧師歡迎句筵/花筏會/白舌鳥〔1〕 헤키시 환영 구연/하나이카다카이/때까치	翠波	시가/하이쿠	
1	6		碧師歡迎句筵/花筏會/白舌鳥〔1〕 헤키시 환영 구연/하나이카다카이/때까치	負靑天	시가/하이쿠	
1	6		碧師歡迎句筵/花筏會/白舌鳥〔2〕 헤키시 환영 구연/하나이카다카이/때까치	竹亭	시가/하이쿠	
1	6		碧師歡迎句筵/花筏會/白舌鳥〔3〕 헤키시 환영 구연/하나이카다카이/때까치		시가/하이쿠	

1915년 10월 14일 (목) 2912호 경북일간

지면	단수	기획	기사제목 〈회수〉〔곡수〕	필자/저자(역자)	분류	비고
3	4~5		別れるまで〈3〉 헤어질 때까지	弔川	소설	

1915년 10월 14일 (목) 2912호 마진일간

지면	단수	기획	기사제목 〈회수〉〔곡수〕	필자/저자(역자)	분류	비고
4	5~7		★男きんせい〈26〉 오토코 긴세이	江見水陰	소설	

1915년 10월 14일 (목) 2912호

지면	단수	기획	기사제목 〈회수〉〔곡수〕	필자/저자(역자)	분류	비고
6	1~3		水戸三郎丸〈43〉 미토 사부로마루	田邊南郭 講演	고단	

1915년 10월 15일 (금) 2913호

지면	단수	기획	기사제목 〈회수〉〔곡수〕	필자/저자(역자)	분류	비고
1	6	文苑	碧師歡迎句筵(續)/花筏會-碧師選〔1〕 헤키시 환영 구연(속)/하나이카다카이-헤키시 선	稻花	시가/하이쿠	
1	6	文苑	碧師歡迎句筵(續)/花筏會-碧師選〔1〕 헤키시 환영 구연(속)/하나이카다카이-헤키시 선	葩天咬	시가/하이쿠	
1	6	文苑	碧師歡迎句筵(續)/花筏會-碧師選〔2〕 헤키시 환영 구연(속)/하나이카다카이-헤키시 선	負靑天	시가/하이쿠	
1	6	文苑	碧師歡迎句筵(續)/花筏會-碧師選〔2〕 헤키시 환영 구연(속)/하나이카다카이-헤키시 선	竹亭	시가/하이쿠	
1	6	文苑	碧師歡迎句筵(續)/花筏會-碧師選〔2〕 헤키시 환영 구연(속)/하나이카다카이-헤키시 선		시가/하이쿠	
1	6	文苑	秋季七題/超塵會-吉野左衛門先生選〔1〕 추계 칠제/조진카이-요시노 사에몬 선생 선	夢里	시가/하이쿠	替-會 오기
1	6	文苑	秋季七題/超塵會-吉野左衛門先生選〔1〕 추계 칠제/조진카이-요시노 사에몬 선생 선	秋汀	시가/하이쿠	
1	6	文苑	秋季七題/超塵會-吉野左衛門先生選〔1〕 추계 칠제/조진카이-요시노 사에몬 선생 선	夢柳	시가/하이쿠	
1	6	文苑	秋季七題/超塵會-吉野左衛門先生選〔1〕 추계 칠제/조진카이-요시노 사에몬 선생 선	可秀	시가/하이쿠	
1	6	文苑	秋季七題/超塵會-吉野左衛門先生選〔2〕 추계 칠제/조진카이-요시노 사에몬 선생 선	雨意	시가/하이쿠	

지면	단수	기획	기사제목 〈회수〉〔곡수〕	필자/저자(역자)	분류	비고
1	6	文苑	秋季七題/超塵會-吉野左衛門先生選〔1〕 추계 칠제/조진카이-요시노 사에몬 선생 선	夢里	시가/하이쿠	
1	6	文苑	秋季七題/超塵會-吉野左衛門先生選〔1〕 추계 칠제/조진카이-요시노 사에몬 선생 선	秋汀	시가/하이쿠	
1	6	文苑	秋季七題/超塵會-吉野左衛門先生選〔1〕 추계 칠제/조진카이-요시노 사에몬 선생 선	可秀	시가/하이쿠	
1	6	文苑	秋季七題/超塵會-吉野左衛門先生選〔2〕 추계 칠제/조진카이-요시노 사에몬 선생 선	秋汀	시가/하이쿠	
1	6	文苑	秋季七題/超塵會-吉野左衛門先生選〔1〕 추계 칠제/조진카이-요시노 사에몬 선생 선	夢里	시가/하이쿠	
1	6	文苑	秋季七題/超塵會-吉野左衛門先生選〔1〕 추계 칠제/조진카이-요시노 사에몬 선생 선	夢柳	시가/하이쿠	
1	6	文苑	秋季七題/超塵會-吉野左衛門先生選〔1〕 추계 칠제/조진카이-요시노 사에몬 선생 선	雨意	시가/하이쿠	
1	6	文苑	秋季七題/超塵會-吉野左衛門先生選〔1〕 추계 칠제/조진카이-요시노 사에몬 선생 선	夢里	시가/하이쿠	
1	6	文苑	秋季七題/超塵會-吉野左衛門先生選〔1〕 추계 칠제/조진카이-요시노 사에몬 선생 선	苔石	시가/하이쿠	
1	6	文苑	秋季七題/超塵會-吉野左衛門先生選〔1〕 추계 칠제/조진카이-요시노 사에몬 선생 선	雨意	시가/하이쿠	
1	6	文苑	秋季七題/超塵會-吉野左衛門先生選〔1〕 추계 칠제/조진카이-요시노 사에몬 선생 선	可秀	시가/하이쿠	
1	6	文苑	秋季七題/超塵會-吉野左衛門先生選〔1〕 추계 칠제/조진카이-요시노 사에몬 선생 선	苔石	시가/하이쿠	
1	6	文苑	秋季七題/超塵會-吉野左衛門先生選〔1〕 추계 칠제/조진카이-요시노 사에몬 선생 선	夢柳	시가/하이쿠	
1	6	文苑	秋季七題/超塵會-吉野左衛門先生選〔1〕 추계 칠제/조진카이-요시노 사에몬 선생 선	夢里	시가/하이쿠	
1	6	文苑	秋季七題/超塵會-吉野左衛門先生選〔1〕 추계 칠제/조진카이-요시노 사에몬 선생 선	苔石	시가/하이쿠	
1	6	文苑	秋季七題/超塵會-吉野左衛門先生選〔1〕 추계 칠제/조진카이-요시노 사에몬 선생 선	秋汀	시가/하이쿠	
1	6	文苑	秋季七題/超塵會-吉野左衛門先生選〔2〕 추계 칠제/조진카이-요시노 사에몬 선생 선	苔石	시가/하이쿠	
1	6	文苑	秋季七題/超塵會-吉野左衛門先生選〔1〕 추계 칠제/조진카이-요시노 사에몬 선생 선	夢柳	시가/하이쿠	
1	6	文苑	秋季七題/超塵會-吉野左衛門先生選〔6〕 추계 칠제/조진카이-요시노 사에몬 선생 선	選者	시가/하이쿠	
2	4		湖南線のぞき 호남선 탐방		수필/기행	

1915년 10월 15일 (금) 2913호 경북일간

| 3 | 5~6 | | 別れるまで〈4〉
헤어질 때까지 | 弔川 | 소설 | |

1915년 10월 15일 (금) 2913호 마진일간

| 4 | 5~7 | | ★男きんせい〈27〉
오토코 긴세이 | 江見水陰 | 소설 | |

1915년 10월 15일 (금) 2913호

| 6 | 1~3 | | 水戸三郎丸〈44〉
미토 사부로마루 | 田邊南郭 講演 | 고단 | |

지면	단수	기획	기사제목 〈회수〉〔곡수〕	필자/저자(역자)	분류	비고
			1915년 10월 16일 (토) 2914호			
1	6	文苑	超塵會秋季七題-森無黃先生選/秀逸 〔1〕 조진카이 추계 칠제-모리 무코 선생 선/수일	苔石	시가/하이쿠	
1	6	文苑	超塵會秋季七題-森無黃先生選/秀逸 〔2〕 조진카이 추계 칠제-모리 무코 선생 선/수일	俠雨	시가/하이쿠	
1	6	文苑	超塵會秋季七題-森無黃先生選/秀逸 〔1〕 조진카이 추계 칠제-모리 무코 선생 선/수일	寶水	시가/하이쿠	
1	6	文苑	超塵會秋季七題-森無黃先生選/秀逸 〔1〕 조진카이 추계 칠제-모리 무코 선생 선/수일	夢里	시가/하이쿠	
1	6	文苑	超塵會秋季七題-森無黃先生選/秀逸 〔1〕 조진카이 추계 칠제-모리 무코 선생 선/수일	可秀	시가/하이쿠	
1	6	文苑	超塵會秋季七題-森無黃先生選/秀逸 〔1〕 조진카이 추계 칠제-모리 무코 선생 선/수일	苔石	시가/하이쿠	
1	6	文苑	超塵會秋季七題-森無黃先生選/秀逸 〔1〕 조진카이 추계 칠제-모리 무코 선생 선/수일	雨意	시가/하이쿠	
1	6	文苑	超塵會秋季七題-森無黃先生選/秀逸 〔1〕 조진카이 추계 칠제-모리 무코 선생 선/수일	夢里	시가/하이쿠	
1	6	文苑	超塵會秋季七題-森無黃先生選/三光逆列 〔1〕 조진카이 추계 칠제-모리 무코 선생 선/삼광 역순	可秀	시가/하이쿠	
1	6	文苑	超塵會秋季七題-森無黃先生選/三光逆列 〔1〕 조진카이 추계 칠제-모리 무코 선생 선/삼광 역순	寶水	시가/하이쿠	
1	6	文苑	超塵會秋季七題-森無黃先生選/三光逆列 〔1〕 조진카이 추계 칠제-모리 무코 선생 선/삼광 역순	可秀	시가/하이쿠	
1	6	文苑	超塵會秋季七題-森無黃先生選/選者吟 조진카이 추계 칠제-모리 무코 선생 선/선자음	無黃	시가/하이쿠	
			1915년 10월 16일 (토) 2914호 마진일간			
3	5~7		★男きんせい 〈28〉 오토코 긴세이	江見水陰	소설	
			1915년 10월 16일 (토) 2914호 경북일간			
4	5~6		別れるまで 〈5〉 헤어질 때까지	弔川	소설	
4	6	日刊文林	雨の日 〔10〕 비 내리는 날	白芙蓉	시가/단카	
			1915년 10월 16일 (토) 2914호			
6	1~2		水戸三郎丸 〈45〉 미토 사부로마루	田邊南郭 講演	고단	
			1915년 10월 17일 (일) 2915호			
1	6	文苑	新秋夜座 〔1〕 신추야좌	畠中素堂	시가/한시	
1	6	文苑	月下聞蟲 〔1〕 월하문충	畠中素堂	시가/한시	
1	6	文苑	偶作 〔1〕 우작	畠中素堂	시가/한시	
1	6	文苑	秋季雜吟 〔5〕 추계-잡음	白牛庵主	시가/하이쿠	
			1915년 10월 17일 (일) 2915호 마진일간			

지면	단수	기획	기사제목 〈회수〉〔곡수〕	필자/저자(역자)	분류	비고
3	4~6		★男きんせい 〈29〉 오토코 긴세이	江見水陰	소설	

1915년 10월 17일 (일) 2915호 경북일간

지면	단수	기획	기사제목 〈회수〉〔곡수〕	필자/저자(역자)	분류	비고
4	5~6		別れるまで 〈6〉 헤어질 때까지	弓川	소설	

1915년 10월 17일 (일) 2915호

지면	단수	기획	기사제목 〈회수〉〔곡수〕	필자/저자(역자)	분류	비고
6	1~3		水戸三郎丸 〈46〉 미토 사부로마루	田邊南郭 講演	고단	

1915년 10월 19일 (화) 2916호

지면	단수	기획	기사제목 〈회수〉〔곡수〕	필자/저자(역자)	분류	비고
1	6	文苑	★述懷 〔1〕 술회	畠中素堂	시가/한시	
1	6	文苑	秋初小集席上 〔1〕 추초소집석상	畠中素堂	시가/한시	
1	6	文苑	長崎病院より 〔7〕 나가사키 병원에서	天漏	시가/하이쿠	

1915년 10월 19일 (화) 2916호 마진일간

지면	단수	기획	기사제목 〈회수〉〔곡수〕	필자/저자(역자)	분류	비고
3	5~7		★男きんせい 〈30〉 오토코 긴세이	江見水陰	소설	

1915년 10월 19일 (화) 2916호

지면	단수	기획	기사제목 〈회수〉〔곡수〕	필자/저자(역자)	분류	비고
6	1~3		水戸三郎丸 〈47〉 미토 사부로마루	田邊南郭 講演	고단	

1915년 10월 20일 (수) 2917호

지면	단수	기획	기사제목 〈회수〉〔곡수〕	필자/저자(역자)	분류	비고
1	6	文苑	短歌 〔1〕 단카	それがし	시가/단카	
1	6	文苑	短歌 〔1〕 단카	棹郎	시가/단카	
1	6	文苑	短歌 〔1〕 단카	安左衛門	시가/단카	

1915년 10월 20일 (수) 2917호 마진일간

지면	단수	기획	기사제목 〈회수〉〔곡수〕	필자/저자(역자)	분류	비고
3	4~6		★男きんせい 〈31〉 오토코 긴세이	江見水陰	소설	

1915년 10월 20일 (수) 2917호 경북일간

지면	단수	기획	기사제목 〈회수〉〔곡수〕	필자/저자(역자)	분류	비고
4	6	日刊文林	秋季雜吟 〔6〕 추계-잡음	秋聲	시가/하이쿠	

1915년 10월 20일 (수) 2917호

지면	단수	기획	기사제목 〈회수〉〔곡수〕	필자/저자(역자)	분류	비고
6	1~3		水戸三郎丸 〈48〉 미토 사부로마루	田邊南郭 講演	고단	

1915년 10월 21일 (목) 2918호

지면	단수	기획	기사제목 〈회수〉〔곡수〕	필자/저자(역자)	분류	비고
1	6	文苑	次某居士韻却寄二首 〔1〕 차모거사운각기이수	畠中素堂	시가/한시	
1	6	文苑	其二 〔1〕 그 두 번째	畠中素堂	시가/한시	

지면	단수	기획	기사제목 〈회수〉〔곡수〕	필자/저자(역자)	분류	비고
1	6	文苑	床頭偶吟〔1〕 상두우음	畠中素堂	시가/한시	

1915년 10월 21일 (목) 2918호 경북일간

지면	단수	기획	기사제목 〈회수〉〔곡수〕	필자/저자(역자)	분류	비고
3	7		別れるまで〈7〉 헤어질 때까지	弔川	소설	

1915년 10월 21일 (목) 2918호 마진일간

지면	단수	기획	기사제목 〈회수〉〔곡수〕	필자/저자(역자)	분류	비고
4	4~6		★男きんせい〈32〉 오토코 긴세이	江見水陰	소설	

1915년 10월 21일 (목) 2918호

지면	단수	기획	기사제목 〈회수〉〔곡수〕	필자/저자(역자)	분류	비고
6	1~3		水戸三郎丸〈49〉 미토 사부로마루	田邊南郭 講演	고단	

1915년 10월 22일 (금) 2919호 경북일간

지면	단수	기획	기사제목 〈회수〉〔곡수〕	필자/저자(역자)	분류	비고
3	6	日刊文林	笹鳴會例會(十七日綾浦宅にて)〔1〕 사사나키카이 예회(17일 아야우라 댁에서)	獨笑	시가/하이쿠	
3	6	日刊文林	笹鳴會例會(十七日綾浦宅にて)〔1〕 사사나키카이 예회(17일 아야우라 댁에서)	綾浦	시가/하이쿠	
3	6	日刊文林	笹鳴會例會(十七日綾浦宅にて)〔1〕 사사나키카이 예회(17일 아야우라 댁에서)	獨笑	시가/하이쿠	
3	6	日刊文林	笹鳴會例會(十七日綾浦宅にて)〔1〕 사사나키카이 예회(17일 아야우라 댁에서)	雨村	시가/하이쿠	
3	6	日刊文林	笹鳴會例會(十七日綾浦宅にて)〔1〕 사사나키카이 예회(17일 아야우라 댁에서)	綾浦	시가/하이쿠	
3	6	日刊文林	笹鳴會例會(十七日綾浦宅にて)〔1〕 사사나키카이 예회(17일 아야우라 댁에서)	雨村	시가/하이쿠	
3	6	日刊文林	笹鳴會例會(十七日綾浦宅にて)〔1〕 사사나키카이 예회(17일 아야우라 댁에서)	獨笑	시가/하이쿠	
3	6	日刊文林	笹鳴會例會(十七日綾浦宅にて)〔1〕 사사나키카이 예회(17일 아야우라 댁에서)	邱聲	시가/하이쿠	
3	6	日刊文林	笹鳴會例會(十七日綾浦宅にて)〔1〕 사사나키카이 예회(17일 아야우라 댁에서)	雨村	시가/하이쿠	
3	6	日刊文林	笹鳴會例會(十七日綾浦宅にて)〔1〕 사사나키카이 예회(17일 아야우라 댁에서)	邱聲	시가/하이쿠	
3	6	日刊文林	笹鳴會例會(十七日綾浦宅にて)〔1〕 사사나키카이 예회(17일 아야우라 댁에서)	雨村	시가/하이쿠	
3	6	日刊文林	笹鳴會例會(十七日綾浦宅にて)〔2〕 사사나키카이 예회(17일 아야우라 댁에서)	南山	시가/하이쿠	
3	6	日刊文林	笹鳴會例會(十七日綾浦宅にて)〔2〕 사사나키카이 예회(17일 아야우라 댁에서)	雨村	시가/하이쿠	
3	6	日刊文林	笹鳴會例會(十七日綾浦宅にて)〔1〕 사사나키카이 예회(17일 아야우라 댁에서)	綾浦	시가/하이쿠	
3	6	日刊文林	笹鳴會例會(十七日綾浦宅にて)〔1〕 사사나키카이 예회(17일 아야우라 댁에서)	獨笑	시가/하이쿠	
3	6	日刊文林	笹鳴會例會(十七日綾浦宅にて)〔2〕 사사나키카이 예회(17일 아야우라 댁에서)	邱聲	시가/하이쿠	
3	6	日刊文林	笹鳴會例會(十七日綾浦宅にて)〔1〕 사사나키카이 예회(17일 아야우라 댁에서)	獨笑	시가/하이쿠	
3	6	日刊文林	笹鳴會例會(十七日綾浦宅にて)〔1〕 사사나키카이 예회(17일 아야우라 댁에서)	雨村	시가/하이쿠	

지면	단수	기획	기사제목 〈회수〉〔곡수〕	필자/저자(역자)	분류	비고
3	6	日刊文林	笹鳴會例會(十七日綾浦宅にて)〔2〕 사사나키카이 예회(17일 아야우라 댁에서)	南山	시가/하이쿠	
3	6	日刊文林	笹鳴會例會/即吟集〔1〕 사사나키카이 예회/즉음집	南山	시가/하이쿠	
3	6	日刊文林	笹鳴會例會/即吟集〔1〕 사사나키카이 예회/즉음집	綾浦	시가/하이쿠	
3	6	日刊文林	笹鳴會例會/即吟集〔1〕 사사나키카이 예회/즉음집	獨笑	시가/하이쿠	
3	6	日刊文林	笹鳴會例會/即吟集〔2〕 사사나키카이 예회/즉음집	常葉	시가/하이쿠	
3	6	日刊文林	笹鳴會例會/即吟集〔1〕 사사나키카이 예회/즉음집	邱聲	시가/하이쿠	
3	6	日刊文林	笹鳴會例會/即吟集〔1〕 사사나키카이 예회/즉음집	南山	시가/하이쿠	
3	6	日刊文林	笹鳴會例會/即吟集〔1〕 사사나키카이 예회/즉음집	獨笑	시가/하이쿠	
3	6	日刊文林	笹鳴會例會/即吟集〔1〕 사사나키카이 예회/즉음집	常葉	시가/하이쿠	
3	6	日刊文林	笹鳴會例會/即吟集〔1〕 사사나키카이 예회/즉음집	綾浦	시가/하이쿠	
3	6	日刊文林	笹鳴會例會/即吟集〔1〕 사사나키카이 예회/즉음집	雨村	시가/하이쿠	
3	6	日刊文林	笹鳴會例會/即吟集〔1〕 사사나키카이 예회/즉음집	南山	시가/하이쿠	
3	6	日刊文林	笹鳴會例會/即吟集〔2〕 사사나키카이 예회/즉음집	邱聲	시가/하이쿠	
3	6	日刊文林	笹鳴會例會/即吟集〔1〕 사사나키카이 예회/즉음집	獨笑	시가/하이쿠	

1915년 10월 22일 (금) 2919호 마진일간

지면	단수	기획	기사제목 〈회수〉〔곡수〕	필자/저자(역자)	분류	비고
4	4~6		★男きんせい〈33〉 오토코 긴세이	江見水陰	소설	

1915년 10월 22일 (금) 2919호

지면	단수	기획	기사제목 〈회수〉〔곡수〕	필자/저자(역자)	분류	비고
6	1~3		水戸三郎丸〈50〉 미토 사부로마루	田邊南郭 講演	고단	

1915년 10월 23일 (토) 2920호

지면	단수	기획	기사제목 〈회수〉〔곡수〕	필자/저자(역자)	분류	비고
1	6	文苑	塔影社句稿(統營港十月十五日夜)/栗〔1〕 도에이샤 구고(통영항 10월 15일 밤)/밤	寸九	시가/하이쿠	
1	6	文苑	塔影社句稿(統營港十月十五日夜)/栗〔1〕 도에이샤 구고(통영항 10월 16일 밤)/밤	耳洗	시가/하이쿠	
1	6	文苑	塔影社句稿(統營港十月十五日夜)/栗〔1〕 도에이샤 구고(통영항 10월 17일 밤)/밤	一白	시가/하이쿠	
1	6	文苑	塔影社句稿(統營港十月十五日夜)/栗〔1〕 도에이샤 구고(통영항 10월 18일 밤)/밤	秋風嶺	시가/하이쿠	
1	6	文苑	塔影社句稿(統營港十月十五日夜)/夜寒〔1〕 도에이샤 구고(통영항 10월 18일 밤)/가을밤 추위	一白	시가/하이쿠	夢-夜 오기
1	6	文苑	塔影社句稿(統營港十月十五日夜)/夜寒〔1〕 도에이샤 구고(통영항 10월 19일 밤)/가을밤 추위	梨坪	시가/하이쿠	
1	6	文苑	塔影社句稿(統營港十月十五日夜)/夜寒〔1〕 도에이샤 구고(통영항 10월 20일 밤)/가을밤 추위	耳洗	시가/하이쿠	

지면	단수	기획	기사제목 〈회수〉〔곡수〕	필자/저자(역자)	분류	비고
1	6	文苑	塔影社句稿(統營港十月十五日夜)/夜寒〔1〕 도에이샤 구고(통영항 10월 21일 밤)/가을밤 추위	秋風嶺	시가/하이쿠	
1	6	文苑	塔影社句稿(統營港十月十五日夜)/行秋〔1〕 도에이샤 구고(통영항 10월 18일 밤)/가는 가을	景雪	시가/하이쿠	
1	6	文苑	塔影社句稿(統營港十月十五日夜)/行秋〔1〕 도에이샤 구고(통영항 10월 19일 밤)/가는 가을	梨坪	시가/하이쿠	
1	6	文苑	塔影社句稿(統營港十月十五日夜)/行秋〔1〕 도에이샤 구고(통영항 10월 20일 밤)/가는 가을	寸九	시가/하이쿠	
1	6	文苑	塔影社句稿(統營港十月十五日夜)/行秋〔1〕 도에이샤 구고(통영항 10월 21일 밤)/가는 가을	秋風嶺	시가/하이쿠	
1	6	文苑	故重陽賦菊花〔1〕 고중양부국화	畠中素堂	시가/한시	
1	6	文苑	山寺聞蟲〔1〕 산사문충	畠中素堂	시가/한시	
1	6	文苑	迎故乃木將軍三周忌淸酌庶羞謹賦短詩二首呈靈前〔1〕 영 고 노기 장군 삼주기 청작서수근부단시이수정영전	畠中素堂	시가/한시	
1	6	文苑	其二〔1〕 그 두 번째	畠中素堂	시가/한시	

1915년 10월 23일 (토) 2920호 마진일간

지면	단수	기획	기사제목 〈회수〉〔곡수〕	필자/저자(역자)	분류	비고
3	5~7		★男きんせい〈34〉 오토코 긴세이	江見水陰	소설	

1915년 10월 23일 (토) 2920호 경북일간

지면	단수	기획	기사제목 〈회수〉〔곡수〕	필자/저자(역자)	분류	비고
4	5~6		別れるまで〈8〉 헤어질 때까지	弔川	소설	

1915년 10월 23일 (토) 2920호

지면	단수	기획	기사제목 〈회수〉〔곡수〕	필자/저자(역자)	분류	비고
6	1~3		水戸三郎丸〈51〉 미토 사부로마루	田邊南郭 講演	고단	

1915년 10월 24일 (일) 2921호

지면	단수	기획	기사제목 〈회수〉〔곡수〕	필자/저자(역자)	분류	비고
1	6	文苑	★不倒會俳句/霜、山茶花、頭巾、河豚、燒芋-不倒庵呂介選〔2〕 후토카이 하이쿠/서리, 산다화, 두건, 복어, 군고구마-후토안 료스케 선	都村	시가/하이쿠	
1	6	文苑	不倒會俳句/霜、山茶花、頭巾、河豚、燒芋-不倒庵呂介選〔2〕 후토카이 하이쿠/서리, 산다화, 두건, 복어, 군고구마-후토안 료스케 선	呂水	시가/하이쿠	
1	6	文苑	不倒會俳句/霜、山茶花、頭巾、河豚、燒芋-不倒庵呂介選〔2〕 후토카이 하이쿠/서리, 산다화, 두건, 복어, 군고구마-후토안 료스케 선	都村	시가/하이쿠	
1	6	文苑	不倒會俳句/霜、山茶花、頭巾、河豚、燒芋-不倒庵呂介選〔1〕 후토카이 하이쿠/서리, 산다화, 두건, 복어, 군고구마-후토안 료스케 선	天外	시가/하이쿠	
1	6	文苑	★不倒會俳句/霜、山茶花、頭巾、河豚、燒芋-不倒庵呂介選〔1〕 후토카이 하이쿠/서리, 산다화, 두건, 복어, 군고구마-후토안 료스케 선	呂水	시가/하이쿠	
1	6	文苑	不倒會俳句/霜、山茶花、頭巾、河豚、燒芋-不倒庵呂介選〔1〕 후토카이 하이쿠/서리, 산다화, 두건, 복어, 군고구마-후토안 료스케 선	都村	시가/하이쿠	
1	6	文苑	不倒會俳句/霜、山茶花、頭巾、河豚、燒芋-不倒庵呂介選〔2〕 후토카이 하이쿠/서리, 산다화, 두건, 복어, 군고구마-후토안 료스케 선	佛骨	시가/하이쿠	
1	6	文苑	☆不倒會俳句/霜、山茶花、頭巾、河豚、燒芋-不倒庵呂介選〔4〕 후토카이 하이쿠/서리, 산다화, 두건, 복어, 군고구마-후토안 료스케 선	都村	시가/하이쿠	
1	6	文苑	不倒會俳句/霜、山茶花、頭巾、河豚、燒芋-不倒庵呂介選〔1〕 후토카이 하이쿠/서리, 산다화, 두건, 복어, 군고구마-후토안 료스케 선	呂水	시가/하이쿠	
1	6	文苑	不倒會俳句/霜、山茶花、頭巾、河豚、燒芋-不倒庵呂介選〔3〕 후토카이 하이쿠/서리, 산다화, 두건, 복어, 군고구마-후토안 료스케 선	佛骨	시가/하이쿠	

지면	단수	기획	기사제목 〈회수〉 [곡수]	필자/저자(역자)	분류	비고
1	6	文苑	不倒會俳句/霜、山茶花、頭巾、河豚、燒芋-不倒庵呂介選/追加 [1] 후토카이 하이쿠/서리, 산다화, 두건, 복어, 군고구마-후토안 로스케 선/추가	選者	시가/하이쿠	

1915년 10월 24일 (일) 2921호 마진일간

지면	단수	기획	기사제목 〈회수〉 [곡수]	필자/저자(역자)	분류	비고
3	1~3		★男きんせい 〈35〉 오토코 긴세이	江見水陰	소설	

1915년 10월 24일 (일) 2921호

지면	단수	기획	기사제목 〈회수〉 [곡수]	필자/저자(역자)	분류	비고
6	1~3		水戸三郎丸 〈52〉 미토 사부로마루	田邊南郭 講演	고단	

1915년 10월 25일 (월) 2922호

지면	단수	기획	기사제목 〈회수〉 [곡수]	필자/저자(역자)	분류	비고
1	4	文苑	醉中吟五題 [1] 취중음오제	畠中素堂	시가/한시	
1	4	文苑	其二 [1] 그 두 번째	畠中素堂	시가/한시	
1	4	文苑	其三 [1] 그 세 번째	畠中素堂	시가/한시	
1	4	文苑	其四 [1] 그 네 번째	畠中素堂	시가/한시	
1	4	文苑	其五 [1] 그 다섯 번째	畠中素堂	시가/한시	
1	4~6		★男きんせい 〈36〉 오토코 긴세이	江見水陰	소설	
4	1~3		水戸三郎丸 〈53〉 미토 사부로마루	田邊南郭 講演	고단	

1915년 10월 26일 (화) 2923호

지면	단수	기획	기사제목 〈회수〉 [곡수]	필자/저자(역자)	분류	비고
1	5		文藝投稿歡迎 문예 투고 환영		광고/모집	광고
1	6	文苑	秋曉所見 [1] 추효소견	畠中素堂	시가/한시	
1	6	文苑	聞蟲有感 [1] 문충유감	畠中素堂	시가/한시	
1	6	文苑	秋六句 [6] 가을-육구	麗水 河野紅六	시가/하이쿠	

1915년 10월 26일 (화) 2923호 마진일간

지면	단수	기획	기사제목 〈회수〉 [곡수]	필자/저자(역자)	분류	비고
3	6~8		★男きんせい 〈37〉 오토코 긴세이	江見水陰	소설	

1915년 10월 26일 (화) 2923호 경북일간

지면	단수	기획	기사제목 〈회수〉 [곡수]	필자/저자(역자)	분류	비고
4	4~5		別れるまで 〈9〉 헤어질 때까지	弔川	소설	

1915년 10월 26일 (화) 2923호

지면	단수	기획	기사제목 〈회수〉 [곡수]	필자/저자(역자)	분류	비고
6	1~3		水戸三郎丸 〈54〉 미토 사부로마루	田邊南郭 講演	고단	

1915년 10월 27일 (수) 2924호

지면	단수	기획	기사제목 〈회수〉 [곡수]	필자/저자(역자)	분류	비고
1	6	文苑	沃川金龜會句集-釜山不二庵一笑選/十章 [1] 옥천 긴키카이 구집-부산 후지안 잇소 선/십장	南山	시가/하이쿠	

지면	단수	기획	기사제목 〈회수〉〔곡수〕	필자/저자(역자)	분류	비고
1	6	文苑	沃川金龜會句集-釜山不二庵一笑選/十章〔2〕 옥천 긴키카이 구집-부산 후지안 잇소 선/십장	早苗	시가/하이쿠	
1	6	文苑	沃川金龜會句集-釜山不二庵一笑選/十章〔1〕 옥천 긴키카이 구집-부산 후지안 잇소 선/십장	芝蘭	시가/하이쿠	
1	6	文苑	沃川金龜會句集-釜山不二庵一笑選/十章〔1〕 옥천 긴키카이 구집-부산 후지안 잇소 선/십장	暮相	시가/하이쿠	
1	6	文苑	沃川金龜會句集-釜山不二庵一笑選/十章〔2〕 옥천 긴키카이 구집-부산 후지안 잇소 선/십장	芝蘭	시가/하이쿠	
1	6	文苑	沃川金龜會句集-釜山不二庵一笑選/十章〔1〕 옥천 긴키카이 구집-부산 후지안 잇소 선/십장	文蝶	시가/하이쿠	
1	6	文苑	沃川金龜會句集-釜山不二庵一笑選/十章〔1〕 옥천 긴키카이 구집-부산 후지안 잇소 선/십장	鶴嶺	시가/하이쿠	
1	6	文苑	沃川金龜會句集-釜山不二庵一笑選/十章〔1〕 옥천 긴키카이 구집-부산 후지안 잇소 선/십장	澗聲	시가/하이쿠	
1	6	文苑	沃川金龜會句集-釜山不二庵一笑選/追加〔1〕 옥천 긴키카이 구집-부산 후지안 잇소 선/추가	選者	시가/하이쿠	

1915년 10월 27일 (수) 2924호 마진일간

지면	단수	기획	기사제목 〈회수〉〔곡수〕	필자/저자(역자)	분류	비고
3	5~7		★男きんせい 〈38〉 오토코 긴세이	江見水陰	소설	

1915년 10월 27일 (수) 2924호 경북일간

지면	단수	기획	기사제목 〈회수〉〔곡수〕	필자/저자(역자)	분류	비고
4	5~6		別れるまで 〈10〉 헤어질 때까지	弓川	소설	

1915년 10월 27일 (수) 2924호

지면	단수	기획	기사제목 〈회수〉〔곡수〕	필자/저자(역자)	분류	비고
6	1~3		水戸三郎丸 〈55〉 미토 사부로마루	田邊南郭 講演	고단	

1915년 10월 28일 (목) 2925호

지면	단수	기획	기사제목 〈회수〉〔곡수〕	필자/저자(역자)	분류	비고
1	6		文藝投稿歡迎 문예 투고 환영		광고/모집 광고	
1	6	文苑	不倒會俳句-不倒庵呂介先生選/落葉、時雨、蒲團、初雪、水仙花〔1〕 후토카이 하이쿠-후토안 료스케 선생 선/낙엽, 늦가을 비, 이불, 첫눈, 수선화	佛骨	시가/하이쿠	
1	6	文苑	不倒會俳句-不倒庵呂介先生選/落葉、時雨、蒲團、初雪、水仙花〔1〕 후토카이 하이쿠-후토안 료스케 선생 선/낙엽, 늦가을 비, 이불, 첫눈, 수선화	樹村	시가/하이쿠	
1	6	文苑	不倒會俳句-不倒庵呂介先生選/落葉、時雨、蒲團、初雪、水仙花〔2〕 후토카이 하이쿠-후토안 료스케 선생 선/낙엽, 늦가을 비, 이불, 첫눈, 수선화	呂水	시가/하이쿠	
1	6	文苑	不倒會俳句-不倒庵呂介先生選/落葉、時雨、蒲團、初雪、水仙花〔1〕 후토카이 하이쿠-후토안 료스케 선생 선/낙엽, 늦가을 비, 이불, 첫눈, 수선화	樹村	시가/하이쿠	
1	6	文苑	不倒會俳句-不倒庵呂介先生選/落葉、時雨、蒲團、初雪、水仙花〔1〕 후토카이 하이쿠-후토안 료스케 선생 선/낙엽, 늦가을 비, 이불, 첫눈, 수선화	佛骨	시가/하이쿠	
1	6	文苑	不倒會俳句-不倒庵呂介先生選/落葉、時雨、蒲團、初雪、水仙花〔1〕 후토카이 하이쿠-후토안 료스케 선생 선/낙엽, 늦가을 비, 이불, 첫눈, 수선화	樹村	시가/하이쿠	
1	6	文苑	不倒會俳句-不倒庵呂介先生選/落葉、時雨、蒲團、初雪、水仙花〔1〕 후토카이 하이쿠-후토안 료스케 선생 선/낙엽, 늦가을 비, 이불, 첫눈, 수선화	呂水	시가/하이쿠	
1	6	文苑	不倒會俳句-不倒庵呂介先生選/落葉、時雨、蒲團、初雪、水仙花〔3〕 후토카이 하이쿠-후토안 료스케 선생 선/낙엽, 늦가을 비, 이불, 첫눈, 수선화	樹村	시가/하이쿠	
1	6	文苑	不倒會俳句-不倒庵呂介先生選/落葉、時雨、蒲團、初雪、水仙花〔2〕 후토카이 하이쿠-후토안 료스케 선생 선/낙엽, 늦가을 비, 이불, 첫눈, 수선화	佛骨	시가/하이쿠	
1	6	文苑	不倒會俳句-不倒庵呂介先生選/落葉、時雨、蒲團、初雪、水仙花〔1〕 후토카이 하이쿠-후토안 료스케 선생 선/낙엽, 늦가을 비, 이불, 첫눈, 수선화	呂水	시가/하이쿠	

지면	단수	기획	기사제목 〈회수〉〔곡수〕	필자/저자(역자)	분류	비고
1	6	文苑	不倒會俳句-不倒庵呂介先生選/落葉、時雨、蒲團、初雪、水仙花〔1〕 후토카이 하이쿠-후토안 로스케 선생 선/낙엽, 늦가을 비, 이불, 첫눈, 수선화	樹村	시가/하이쿠	
1	6	文苑	不倒會俳句-不倒庵呂介先生選/落葉、時雨、蒲團、初雪、水仙花〔1〕 후토카이 하이쿠-후토안 로스케 선생 선/낙엽, 늦가을 비, 이불, 첫눈, 수선화	呂水	시가/하이쿠	
1	6	文苑	不倒會俳句-不倒庵呂介先生選/落葉、時雨、蒲團、初雪、水仙花〔1〕 후토카이 하이쿠-후토안 로스케 선생 선/낙엽, 늦가을 비, 이불, 첫눈, 수선화	佛骨	시가/하이쿠	
1	6	文苑	不倒會俳句-不倒庵呂介先生選/落葉、時雨、蒲團、初雪、水仙花/天〔1〕 후토카이 하이쿠-후토안 로스케 선생 선/낙엽, 늦가을 비, 이불, 첫눈, 수선화/천	樹村	시가/하이쿠	
1	6	文苑	不倒會俳句-不倒庵呂介先生選/落葉、時雨、蒲團、初雪、水仙花/地〔1〕 후토카이 하이쿠-후토안 로스케 선생 선/낙엽, 늦가을 비, 이불, 첫눈, 수선화/지	呂水	시가/하이쿠	
1	6	文苑	不倒會俳句-不倒庵呂介先生選/落葉、時雨、蒲團、初雪、水仙花/地〔1〕 후토카이 하이쿠-후토안 로스케 선생 선/낙엽, 늦가을 비, 이불, 첫눈, 수선화/지	佛骨	시가/하이쿠	
1	6	文苑	不倒會俳句-不倒庵呂介先生選/落葉、時雨、蒲團、初雪、水仙花/人〔1〕 후토카이 하이쿠-후토안 로스케 선생 선/낙엽, 늦가을 비, 이불, 첫눈, 수선화/인	佛骨	시가/하이쿠	
1	6	文苑	不倒會俳句-不倒庵呂介先生選/落葉、時雨、蒲團、初雪、水仙花/追加〔2〕 후토카이 하이쿠-후토안 로스케 선생 선/낙엽, 늦가을 비, 이불, 첫눈, 수선화/추가	選者	시가/하이쿠	

1915년 10월 28일 (목) 2925호 마진일간

지면	단수	기획	기사제목 〈회수〉〔곡수〕	필자/저자(역자)	분류	비고
3	5~7		★男きんせい〈39〉 오토코 긴세이	江見水陰	소설	

1915년 10월 28일 (목) 2925호 경북일간

지면	단수	기획	기사제목 〈회수〉〔곡수〕	필자/저자(역자)	분류	비고
4	5~6		別れるまで〈11〉 헤어질 때까지	弔川	소설	

1915년 10월 28일 (목) 2925호

지면	단수	기획	기사제목 〈회수〉〔곡수〕	필자/저자(역자)	분류	비고
6	1~3		水戶三郎丸〈56〉 미토 사부로마루	田邊南郭 講演	고단	

1915년 10월 29일 (금) 2926호

지면	단수	기획	기사제목 〈회수〉〔곡수〕	필자/저자(역자)	분류	비고
1	5		文藝投稿歡迎 문예 투고 환영		광고/모집 광고	
1	6	文苑	塔影社句稿(統營)/初冬〔2〕 도에이샤 구고(통영)/초겨울	寸九	시가/하이쿠	
1	6	文苑	塔影社句稿(統營)/初冬〔1〕 도에이샤 구고(통영)/초겨울	梨坪	시가/하이쿠	
1	6	文苑	塔影社句稿(統營)/初冬〔1〕 도에이샤 구고(통영)/초겨울	一白	시가/하이쿠	
1	6	文苑	塔影社句稿(統營)/初冬〔1〕 도에이샤 구고(통영)/초겨울	松亭	시가/하이쿠	
1	6	文苑	塔影社句稿(統營)/初冬〔1〕 도에이샤 구고(통영)/초겨울	耳洗	시가/하이쿠	
1	6	文苑	塔影社句稿(統營)/初冬〔1〕 도에이샤 구고(통영)/초겨울	竹臥	시가/하이쿠	

지면	단수	기획	기사제목 〈회수〉〔곡수〕	필자/저자(역자)	분류	비고
1	6	文苑	塔影社句稿(統營)/初冬〔1〕 도에이샤 구고(통영)/초겨울	景雪	시가/하이쿠	
1	6	文苑	塔影社句稿(統營)/初冬〔1〕 도에이샤 구고(통영)/초겨울	整岳	시가/하이쿠	
1	6	文苑	塔影社句稿(統營)/初冬〔2〕 도에이샤 구고(통영)/초겨울	秋風嶺	시가/하이쿠	
1	6	文苑	塔影社句稿(統營)/歸り花〔2〕 도에이샤 구고(통영)/제철 아닌 꽃	梨坪	시가/하이쿠	
1	6	文苑	塔影社句稿(統營)/歸り花〔1〕 도에이샤 구고(통영)/제철 아닌 꽃	寸九	시가/하이쿠	
1	6	文苑	塔影社句稿(統營)/歸り花〔1〕 도에이샤 구고(통영)/제철 아닌 꽃	一白	시가/하이쿠	
1	6	文苑	塔影社句稿(統營)/歸り花〔1〕 도에이샤 구고(통영)/제철 아닌 꽃	竹臥	시가/하이쿠	
1	6	文苑	塔影社句稿(統營)/歸り花〔1〕 도에이샤 구고(통영)/제철 아닌 꽃	景雪	시가/하이쿠	
1	6	文苑	塔影社句稿(統營)/歸り花〔2〕 도에이샤 구고(통영)/제철 아닌 꽃	耳洗	시가/하이쿠	
1	6	文苑	塔影社句稿(統營)/歸り花〔1〕 도에이샤 구고(통영)/제철 아닌 꽃	松亭	시가/하이쿠	
1	6	文苑	塔影社句稿(統營)/歸り花〔2〕 도에이샤 구고(통영)/제철 아닌 꽃	秋風嶺	시가/하이쿠	

1915년 10월 29일 (금) 2926호 마진일간

지면	단수	기획	기사제목 〈회수〉〔곡수〕	필자/저자(역자)	분류	비고
3	5~6		★男きんせい〈40〉 오토코 긴세이	江見水陰	소설	

1915년 10월 29일 (금) 2926호 경북일간

지면	단수	기획	기사제목 〈회수〉〔곡수〕	필자/저자(역자)	분류	비고
4	6~7		別れるまで〈12〉 헤어질 때까지	弔川	소설	

1915년 10월 29일 (금) 2926호

지면	단수	기획	기사제목 〈회수〉〔곡수〕	필자/저자(역자)	분류	비고
6	1~3		水戸三郎丸〈57〉 미토 사부로마루	田邊南郭 講演	고단	

1915년 10월 30일 (토) 2927호

지면	단수	기획	기사제목 〈회수〉〔곡수〕	필자/저자(역자)	분류	비고
1	6		文藝投稿歡迎 문예 투고 환영		광고/모집	광고
1	6	文苑	秋雨〔1〕 추우	釜山 尋羊學人	시가/한시	
1	6	文苑	雨後對月〔1〕 우후대월	釜山 尋羊學人	시가/한시	
1	6	文苑	短歌〔1〕 단카	枝葉	시가/단카	
1	6	文苑	短歌〔1〕 단카	樟郎	시가/단카	
1	6	文苑	短歌〔1〕 단카	安左衛門	시가/단카	

1915년 10월 30일 (토) 2927호 마진일간

지면	단수	기획	기사제목 〈회수〉〔곡수〕	필자/저자(역자)	분류	비고
3	5~7		★男きんせい〈41〉 오토코 긴세이	江見水陰	소설	

지면	단수	기획	기사제목 〈회수〉〔곡수〕	필자/저자(역자)	분류	비고
			1915년 10월 30일 (토) 2927호			
6	1~3		水戸三郎丸 〈58〉 미토 사부로마루	田邊南郭 講演	고단	
			1915년 10월 31일 (일) 2927호			
1	7		文藝投稿歡迎 문예 투고 환영		광고/모집 광고	
1	7	文苑	菊五句 〔5〕 국화-오구	風翁	시가/하이쿠	
1	8~9		水戸三郎丸 〈59〉 미토 사부로마루	田邊南郭 講演	고단	
			1915년 10월 31일 (일) 2927호 마진일간			
3	6~8		★男きんせい 〈42〉 오토코 긴세이	江見水陰	소설	
			1915년 11월 02일 (화) 2929호			
1	6	文苑	菊五句 〔5〕 국화-오구	よね女	시가/하이쿠	
6	1~3		水戸三郎丸 〈60〉 미토 사부로마루	田邊南郭 講演	고단	
			1915년 11월 03일 (수) 2930호			
1	5	文苑	花筵會第七集 하나이카다카이 제7집		기타/모임 안내	
1	5	文苑	花筵會第七集/雁來紅 〈1〉〔2〕 하나이카다카이 제7집/색비름	稻花	시가/하이쿠	
1	5	文苑	花筵會第七集/雁來紅 〈1〉〔2〕 하나이카다카이 제8집/색비름	葩天皎	시가/하이쿠	
1	5	文苑	花筵會第七集/雁來紅 〈1〉〔1〕 하나이카다카이 제9집/색비름	浦生	시가/하이쿠	
1	5	文苑	花筵會第七集/知人の訃 〈1〉〔1〕 하나이카다카이 제7집/지인의 부고	麥鳴子	시가/하이쿠	
			1915년 11월 03일 (수) 2930호 마진일간			
3	4		滑稽 結婚物語 〈1〉 골계 결혼이야기		수필/관찰	
3	5~7		★男きんせい 〈44〉 오토코 긴세이	江見水陰	소설	
			1915년 11월 03일 (수) 2930호			
6	1~2		水戸三郎丸 〈61〉 미토 사부로마루	田邊南郭 講演	고단	
			1915년 11월 04일 (목) 2931호			
1	6		花筵會第七集(續)/雁來紅 〈2〉〔4〕 하나이카다카이 제7집(계속)/색비름	竹亭	시가/하이쿠	
1	6		花筵會第七集(續)/冬隣 〈2〉〔1〕 하나이카다카이 제7집(계속)/겨울 언저리	稻花	시가/하이쿠	
			花筵會第七集(續)/冬隣 〈2〉〔3〕 하나이카다카이 제7집(계속)/겨울 언저리	葩天皎	시가/하이쿠	

지면	단수	기획	기사제목 〈회수〉〔곡수〕	필자/저자(역자)	분류	비고
			花筏會第七集(續)/冬隣 〈2〉〔1〕 하나이카다카이 제7집(계속)/겨울 언저리	浦生	시가/하이쿠	
			花筏會第七集(續)/冬隣 〈2〉〔2〕 하나이카다카이 제7집(계속)/겨울 언저리	竹亭	시가/하이쿠	

1915년 11월 04일 (목) 2931호 마진일간

지면	단수	기획	기사제목 〈회수〉〔곡수〕	필자/저자(역자)	분류	비고
3	4~5		滑稽 結婚物語 〈2〉 골계 결혼이야기		수필/관찰	
3	5~7		★男きんせい 〈45〉 오토코 긴세이	江見水陰	소설	

1915년 11월 04일 (목) 2931호

지면	단수	기획	기사제목 〈회수〉〔곡수〕	필자/저자(역자)	분류	비고
6	1~3		水戸三郎丸 〈62〉 미토 사부로마루	田邊南郭 講演	고단	

1915년 11월 05일 (금) 2932호

지면	단수	기획	기사제목 〈회수〉〔곡수〕	필자/저자(역자)	분류	비고
1	6	文苑	聞絡緯有感 〔1〕 문락위유감	畠中素堂	시가/한시	
1	6	文苑	其二 〔1〕 그 두 번째	畠中素堂	시가/한시	
1	6	文苑	其三 〔1〕 그 세 번째	畠中素堂	시가/한시	

1915년 11월 05일 (금) 2932호 마진일간

지면	단수	기획	기사제목 〈회수〉〔곡수〕	필자/저자(역자)	분류	비고
3	4		滑稽 結婚物語 〈3〉 골계 결혼이야기		수필/관찰	
3	5~7		★男きんせい 〈46〉 오토코 긴세이	江見水陰	소설	

1915년 11월 05일 (금) 2932호

지면	단수	기획	기사제목 〈회수〉〔곡수〕	필자/저자(역자)	분류	비고
6	1~2		水戸三郎丸 〈63〉 미토 사부로마루	田邊南郭 講演	고단	

1915년 11월 06일 (토) 2933호

지면	단수	기획	기사제목 〈회수〉〔곡수〕	필자/저자(역자)	분류	비고
1	6	文苑	偶詠 〔3〕 우영	白骨生	시가/교카	
1	6	文苑	晋州俳壇-神戸硯光庵樣儔宗匠選 〈1〉〔1〕 진주 하이단-고베 겐코안 바이센 종장 선	盥海	시가/하이쿠	
1	6	文苑	晋州俳壇-神戸硯光庵樣儔宗匠選 〈1〉〔1〕 진주 하이단-고베 겐코안 바이센 종장 선	竹風	시가/하이쿠	
1	6	文苑	晋州俳壇-神戸硯光庵樣儔宗匠選 〈1〉〔1〕 진주 하이단-고베 겐코안 바이센 종장 선	李溪	시가/하이쿠	
1	6	文苑	晋州俳壇-神戸硯光庵樣儔宗匠選 〈1〉〔1〕 진주 하이단-고베 겐코안 바이센 종장 선	默禪	시가/하이쿠	
1	6	文苑	晋州俳壇-神戸硯光庵樣儔宗匠選 〈1〉〔1〕 진주 하이단-고베 겐코안 바이센 종장 선	淇竹	시가/하이쿠	
1	6	文苑	晋州俳壇-神戸硯光庵樣儔宗匠選 〈1〉〔1〕 진주 하이단-고베 겐코안 바이센 종장 선	李溪	시가/하이쿠	
1	6	文苑	晋州俳壇-神戸硯光庵樣儔宗匠選 〈1〉〔1〕 진주 하이단-고베 겐코안 바이센 종장 선	向陽	시가/하이쿠	
1	6	文苑	晋州俳壇-神戸硯光庵樣儔宗匠選 〈1〉〔1〕 진주 하이단-고베 겐코안 바이센 종장 선	竹風	시가/하이쿠	

지면	단수	기획	기사제목 〈회수〉〔곡수〕	필자/저자(역자)	분류	비고
1	6	文苑	晋州俳壇-神戸硯光庵樣儔宗匠選 〈1〉〔1〕 진주 하이단-고베 겐코안 바이센 종장 선	水月	시가/하이쿠	
1	6	文苑	晋州俳壇-神戸硯光庵樣儔宗匠選 〈1〉〔1〕 진주 하이단-고베 겐코안 바이센 종장 선	竹風	시가/하이쿠	
1	6	文苑	晋州俳壇-神戸硯光庵樣儔宗匠選 〈1〉〔2〕 진주 하이단-고베 겐코안 바이센 종장 선	李溪	시가/하이쿠	
1	6	文苑	晋州俳壇-神戸硯光庵樣儔宗匠選/五客 〈1〉〔1〕 진주 하이단-고베 겐코안 바이센 종장 선/오객	盥海	시가/하이쿠	
1	6	文苑	晋州俳壇-神戸硯光庵樣儔宗匠選/五客 〈1〉〔1〕 진주 하이단-고베 겐코안 바이센 종장 선/오객	天然寺	시가/하이쿠	
1	6	文苑	晋州俳壇-神戸硯光庵樣儔宗匠選/五客 〈1〉〔2〕 진주 하이단-고베 겐코안 바이센 종장 선/오객	水月	시가/하이쿠	
1	6	文苑	晋州俳壇-神戸硯光庵樣儔宗匠選/三光 〈1〉〔1〕 진주 하이단-고베 겐코안 바이센 종장 선/삼광	天然寺	시가/하이쿠	
1	6	文苑	晋州俳壇-神戸硯光庵樣儔宗匠選/三光 〈1〉〔1〕 진주 하이단-고베 겐코안 바이센 종장 선/삼광	竹風	시가/하이쿠	
1	6	文苑	晋州俳壇-神戸硯光庵樣儔宗匠選/三光 〈1〉〔1〕 진주 하이단-고베 겐코안 바이센 종장 선/삼광	盥海	시가/하이쿠	

1915년 11월 06일 (토) 2933호 마진일간

지면	단수	기획	기사제목 〈회수〉〔곡수〕	필자/저자(역자)	분류	비고
3	4~5		滑稽 結婚物語 〈4〉 골계 결혼이야기		수필/관찰	
3	5~7		★男きんせい 〈47〉 오토코 긴세이	江見水陰	소설	

1915년 11월 06일 (토) 2933호

지면	단수	기획	기사제목 〈회수〉〔곡수〕	필자/저자(역자)	분류	비고
6	1~3		水戸三郎丸 〈64〉 미토 사부로마루	田邊南郭 講演	고단	

1915년 11월 07일 (일) 2934호

지면	단수	기획	기사제목 〈회수〉〔곡수〕	필자/저자(역자)	분류	비고
1	6	文苑	晋州俳壇-其角堂機一宗匠選 〈2〉〔1〕 진주 하이단-기카쿠도 기이치 종장 선	向陽	시가/하이쿠	
1	6	文苑	晋州俳壇-其角堂機一宗匠選 〈2〉〔1〕 진주 하이단-기카쿠도 기이치 종장 선	李溪	시가/하이쿠	
1	6	文苑	晋州俳壇-其角堂機一宗匠選 〈2〉〔1〕 진주 하이단-기카쿠도 기이치 종장 선	竹風	시가/하이쿠	
1	6	文苑	晋州俳壇-其角堂機一宗匠選 〈2〉〔1〕 진주 하이단-기카쿠도 기이치 종장 선	天然寺	시가/하이쿠	
1	6	文苑	晋州俳壇-其角堂機一宗匠選 〈2〉〔1〕 진주 하이단-기카쿠도 기이치 종장 선	向陽	시가/하이쿠	
1	6	文苑	晋州俳壇-其角堂機一宗匠選 〈2〉〔1〕 진주 하이단-기카쿠도 기이치 종장 선	天然寺	시가/하이쿠	
1	6	文苑	晋州俳壇-其角堂機一宗匠選 〈2〉〔2〕 진주 하이단-기카쿠도 기이치 종장 선	竹風	시가/하이쿠	
1	6	文苑	晋州俳壇-其角堂機一宗匠選 〈2〉〔1〕 진주 하이단-기카쿠도 기이치 종장 선	淇竹	시가/하이쿠	
1	6	文苑	晋州俳壇-其角堂機一宗匠選 〈2〉〔1〕 진주 하이단-기카쿠도 기이치 종장 선	天然寺	시가/하이쿠	
1	6	文苑	晋州俳壇-其角堂機一宗匠選/五客 〈2〉〔1〕 진주 하이단-기카쿠도 기이치 종장 선/오객	默禪	시가/하이쿠	
1	6	文苑	晋州俳壇-其角堂機一宗匠選/五客 〈2〉〔1〕 진주 하이단-기카쿠도 기이치 종장 선/오객	李溪	시가/하이쿠	

지면	단수	기획	기사제목 〈회수〉〔곡수〕	필자/저자(역자)	분류	비고
1	6	文苑	晋州俳壇-其角堂機一宗匠選/五客 〈2〉〔1〕 진주 하이단-기카쿠도 기이치 종장 선/오객	竹風	시가/하이쿠	
1	6	文苑	晋州俳壇-其角堂機一宗匠選/五客 〈2〉〔1〕 진주 하이단-기카쿠도 기이치 종장 선/오객	盥海	시가/하이쿠	
1	6	文苑	晋州俳壇-其角堂機一宗匠選/五客 〈2〉〔1〕 진주 하이단-기카쿠도 기이치 종장 선/오객	竹風	시가/하이쿠	
1	6	文苑	晋州俳壇-其角堂機一宗匠選/三光(人) 〈2〉〔1〕 진주 하이단-기카쿠도 기이치 종장 선/삼광(인)	竹風	시가/하이쿠	
1	6	文苑	晋州俳壇-其角堂機一宗匠選/三光(地) 〈2〉〔1〕 진주 하이단-기카쿠도 기이치 종장 선/삼광(지)	向陽	시가/하이쿠	
1	6	文苑	晋州俳壇-其角堂機一宗匠選/三光(天) 〈2〉〔1〕 진주 하이단-기카쿠도 기이치 종장 선/삼광(천)	向陽	시가/하이쿠	

1915년 11월 07일 (일) 2934호 마진일간

지면	단수	기획	기사제목 〈회수〉〔곡수〕	필자/저자(역자)	분류	비고
3	4~5		滑稽 結婚物語 〈5〉 골계 결혼이야기		수필/관찰	
3	5~7		★男きんせい 〈48〉 오토코 긴세이	江見水陰	소설	

1915년 11월 07일 (일) 2934호 경북일간

지면	단수	기획	기사제목 〈회수〉〔곡수〕	필자/저자(역자)	분류	비고
4	4	日刊文林	笹鳴會句集/落穗(十一月四日於獨笑庵) 〔3〕 사사나키카이 구집/떨어진 이삭(11월 4일 도쿠쇼안에서)	麥圃	시가/하이쿠	
4	4	日刊文林	笹鳴會句集/落穗(十一月四日於獨笑庵) 〔3〕 사사나키카이 구집/떨어진 이삭(11월 4일 도쿠쇼안에서)	獨笑	시가/하이쿠	
4	4~5	日刊文林	笹鳴會句集/落穗(十一月四日於獨笑庵) 〔3〕 사사나키카이 구집/떨어진 이삭(11월 4일 도쿠쇼안에서)	薊坡	시가/하이쿠	
4	5	日刊文林	笹鳴會句集/落穗(十一月四日於獨笑庵) 〔2〕 사사나키카이 구집/떨어진 이삭(11월 4일 도쿠쇼안에서)	春陽	시가/하이쿠	
4	5	日刊文林	笹鳴會句集/落穗(十一月四日於獨笑庵) 〔3〕 사사나키카이 구집/떨어진 이삭(11월 4일 도쿠쇼안에서)	邱聲	시가/하이쿠	
4	5	日刊文林	笹鳴會句集/落穗(十一月四日於獨笑庵) 〔1〕 사사나키카이 구집/떨어진 이삭(11월 4일 도쿠쇼안에서)	雨村	시가/하이쿠	
4	5	日刊文林	笹鳴會句集/渡り鳥 〔6〕 사사나키카이 구집/철새	邱聲	시가/하이쿠	
4	5	日刊文林	笹鳴會句集/渡り鳥 〔5〕 사사나키카이 구집/철새	蘇坡	시가/하이쿠	
4	5	日刊文林	笹鳴會句集/渡り鳥 〔2〕 사사나키카이 구집/철새	春陽	시가/하이쿠	
4	5	日刊文林	笹鳴會句集/渡り鳥 〔2〕 사사나키카이 구집/철새	獨笑	시가/하이쿠	
4	5	日刊文林	笹鳴會句集/渡り鳥 〔1〕 사사나키카이 구집/철새	麥圃	시가/하이쿠	
4	5	日刊文林	笹鳴會句集/行秋 〔8〕 사사나키카이 구집/가는 가을	獨笑	시가/하이쿠	
4	5	日刊文林	笹鳴會句集/行秋 〔2〕 사사나키카이 구집/가는 가을	邱聲	시가/하이쿠	
4	5	日刊文林	笹鳴會句集/行秋 〔2〕 사사나키카이 구집/가는 가을	麥圃	시가/하이쿠	
4	5	日刊文林	笹鳴會句集/行秋 〔2〕 사사나키카이 구집/가는 가을	雨村	시가/하이쿠	

1915년 11월 07일 (일) 2934호

지면	단수	기획	기사제목 〈회수〉〔곡수〕	필자/저자(역자)	분류	비고
6	1~3		水戸三郎丸 〈65〉 미토 사부로마루	田邊南郭 講演	고단	

1915년 11월 08일 (월) 2935호

지면	단수	기획	기사제목 〈회수〉〔곡수〕	필자/저자(역자)	분류	비고
1	6	文苑	塔影社俳稿(統營)/十夜〔1〕 도에이샤 하이쿠 기고(통영)/십야	禾刀	시가/하이쿠	
1	6	文苑	塔影社俳稿(統營)/十夜〔1〕 도에이샤 하이쿠 기고(통영)/십야	一白	시가/하이쿠	
1	6	文苑	塔影社俳稿(統營)/十夜〔1〕 도에이샤 하이쿠 기고(통영)/십야	寸九	시가/하이쿠	
1	6	文苑	塔影社俳稿(統營)/十夜〔2〕 도에이샤 하이쿠 기고(통영)/십야	秋風嶺	시가/하이쿠	
1	6	文苑	塔影社俳稿(統營)/水鳥〔1〕 도에이샤 하이쿠 기고(통영)/물새	耳洗	시가/하이쿠	
1	6	文苑	塔影社俳稿(統營)/水鳥〔1〕 도에이샤 하이쿠 기고(통영)/물새	松亭	시가/하이쿠	
1	6	文苑	塔影社俳稿(統營)/水鳥〔1〕 도에이샤 하이쿠 기고(통영)/물새	禾刀	시가/하이쿠	
1	6	文苑	塔影社俳稿(統營)/水鳥〔1〕 도에이샤 하이쿠 기고(통영)/물새	竹臥	시가/하이쿠	
1	6	文苑	塔影社俳稿(統營)/水鳥〔1〕 도에이샤 하이쿠 기고(통영)/물새	一白	시가/하이쿠	
1	6	文苑	塔影社俳稿(統營)/水鳥〔1〕 도에이샤 하이쿠 기고(통영)/물새	寸九	시가/하이쿠	
1	6	文苑	塔影社俳稿(統營)/水鳥〔1〕 도에이샤 하이쿠 기고(통영)/물새	萩香	시가/하이쿠	
1	6	文苑	塔影社俳稿(統營)/水鳥〔2〕 도에이샤 하이쿠 기고(통영)/물새	秋風嶺	시가/하이쿠	
1	6	文苑	塔影社俳稿(統營)/葱〔1〕 도에이샤 하이쿠 기고(통영)/파	耳洗	시가/하이쿠	
1	6	文苑	塔影社俳稿(統營)/葱〔1〕 도에이샤 하이쿠 기고(통영)/파	松亭	시가/하이쿠	
1	6	文苑	塔影社俳稿(統營)/葱〔1〕 도에이샤 하이쿠 기고(통영)/파	禾刀	시가/하이쿠	
1	6	文苑	塔影社俳稿(統營)/葱〔1〕 도에이샤 하이쿠 기고(통영)/파	竹臥	시가/하이쿠	
1	6	文苑	塔影社俳稿(統營)/葱〔1〕 도에이샤 하이쿠 기고(통영)/파	一白	시가/하이쿠	
1	6	文苑	塔影社俳稿(統營)/葱〔1〕 도에이샤 하이쿠 기고(통영)/파	寸九	시가/하이쿠	
1	6	文苑	塔影社俳稿(統營)/葱〔2〕 도에이샤 하이쿠 기고(통영)/파	秋風嶺	시가/하이쿠	
1	6	文苑	塔影社俳稿(統營)/火鉢〔1〕 도에이샤 하이쿠 기고(통영)/화로	竹臥	시가/하이쿠	
1	6	文苑	塔影社俳稿(統營)/火鉢〔1〕 도에이샤 하이쿠 기고(통영)/화로	碧雲	시가/하이쿠	
1	6	文苑	塔影社俳稿(統營)/火鉢〔1〕 도에이샤 하이쿠 기고(통영)/화로	岳水	시가/하이쿠	
1	6	文苑	塔影社俳稿(統營)/火鉢〔1〕 도에이샤 하이쿠 기고(통영)/화로	寸九	시가/하이쿠	
1	6	文苑	塔影社俳稿(統營)/火鉢〔1〕 도에이샤 하이쿠 기고(통영)/화로	斗花	시가/하이쿠	

지면	단수	기획	기사제목 〈회수〉〔곡수〕	필자/저자(역자)	분류	비고
1	6	文苑	塔影社俳稿(統營)/火鉢〔1〕 도에이샤 하이쿠 기고(통영)/화로	一白	시가/하이쿠	
1	6	文苑	塔影社俳稿(統營)/火鉢〔1〕 도에이샤 하이쿠 기고(통영)/화로	整岳	시가/하이쿠	
1	6	文苑	塔影社俳稿(統營)/火鉢〔1〕 도에이샤 하이쿠 기고(통영)/화로	耳洗	시가/하이쿠	
1	6	文苑	塔影社俳稿(統營)/火鉢〔1〕 도에이샤 하이쿠 기고(통영)/화로	秋風嶺	시가/하이쿠	
6	1~2		水戸三郎丸〈66〉 미토 사부로마루	田邊南郭 講演	고단	

1915년 11월 09일 (화) 2936호

지면	단수	기획	기사제목 〈회수〉〔곡수〕	필자/저자(역자)	분류	비고
1	6	文苑	花筏第八集 하나이카다 제8집		기디/모임	안내
1	6	文苑	花筏第八集/霜〔2〕 하나이카다 제8집/서리	麥鳴子	시가/하이쿠	
1	6	文苑	花筏第八集/霜〔2〕 하나이카다 제8집/서리	負靑天	시가/하이쿠	
1	6	文苑	花筏第八集/霜〔9〕 하나이카다 제8집/서리	葩天皎	시가/하이쿠	
1	6	文苑	花筏第八集/霜〔4〕 하나이카다 제8집/서리	浦生	시가/하이쿠	
1	6	文苑	花筏第八集/霜〔2〕 하나이카다 제8집/서리	竹亭	시가/하이쿠	
1	6	文苑	花筏第八集/霜〔4〕 하나이카다 제8집/서리	葩天皎	시가/하이쿠	
1	6	文苑	花筏第八集/霜〔3〕 하나이카다 제8집/서리	負靑天	시가/하이쿠	
1	6	文苑	花筏第八集/霜〔1〕 하나이카다 제8집/서리	麥鳴子	시가/하이쿠	
1	6	文苑	花筏第八集/霜〔5〕 하나이카다 제8집/서리	竹亭	시가/하이쿠	

1915년 11월 09일 (화) 2936호 마진일간

지면	단수	기획	기사제목 〈회수〉〔곡수〕	필자/저자(역자)	분류	비고
3	2		南海遊記〈1〉 남해유기	垂綠生	수필/기행	
3	5		滑稽 結婚物語〈6〉 골계 결혼이야기		수필/관찰	
3	6~8		★男きんせい〈49〉 오토코 긴세이	江見水陰	소설	

1915년 11월 09일 (화) 2936호

지면	단수	기획	기사제목 〈회수〉〔곡수〕	필자/저자(역자)	분류	비고
6	1~2		水戸三郎丸〈67〉 미토 사부로마루	田邊南郭 講演	고단	

1915년 11월 10일 (수) 2937호

지면	단수	기획	기사제목 〈회수〉〔곡수〕	필자/저자(역자)	분류	비고
면수 불명	5		御大典奉祝唱歌〔1〕 어대전봉축창가		시가/기타	
면수 불명	3~5		★男きんせい〈50〉 오토코 긴세이	江見水陰	소설	
면수 불명	4	文苑	秋日感時事〔1〕 추일감시사		시가/한시	

지면	단수	기획	기사제목 〈회수〉〔곡수〕	필자/저자(역자)	분류	비고
면수 불명	4	文苑	參禪口占 〔1〕 참선구점		시가/한시	
면수 불명	4	文苑	論詩 〔1〕 논시		시가/한시	
면수 불명	2~5		聖恩無窮 〈1〉 성은무궁	紫軒小史	소설	
면수 불명	2	文苑	御大典 〔2〕 어대전	草梁 成田南鳳	시가/하이쿠	

1915년 11월 10일 (수) 2937호 第二

지면	단수	기획	기사제목 〈회수〉〔곡수〕	필자/저자(역자)	분류	비고
면수 불명	3		謹奉賀御即位大典 〔1〕 근봉하어즉위대전	畠中素堂	시가/한시	
면수 불명	3		同其二 〔1〕 상동 그 두 번째	畠中素堂	시가/한시	
면수 불명	3		超塵會奉祝句 〔5〕 조진카이 봉축구	黑田秋汀	시가/하이쿠	
면수 불명	4		超塵會奉祝句 〔5〕 조진카이 봉축구	川崎池鴻	시가/하이쿠	
면수 불명	4		超塵會奉祝句 〔5〕 조진카이 봉축구	久保田可秀	시가/하이쿠	
면수 불명	4		超塵會奉祝句 〔5〕 조진카이 봉축구	米內夢柳	시가/하이쿠	
면수 불명	4		超塵會奉祝句 〔7〕 조진카이 봉축구	竹內夢里	시가/하이쿠	
면수 불명	5		恭奉壽即位大典 〔1〕 공봉수즉위대전	釜山 奧村佛宗	시가/한시	
면수 불명	5		謹吟 〔5〕 근음	釜山 古味悅三郎	시가/하이쿠	
면수 불명	5		奉祝の一夜 〔3〕 봉축의 하룻밤	海の子	시가/단카	

1915년 11월 10일 (수) 2937호 第參

지면	단수	기획	기사제목 〈회수〉〔곡수〕	필자/저자(역자)	분류	비고
면수 불명	3	文苑	閑中三昧 〔1〕 한중삼매	畠中素堂	시가/한시	
면수 불명	3	文苑	隱栖偶筆 〔1〕 은서우필	畠中素堂	시가/한시	

1915년 11월 10일 (수) 2937호

지면	단수	기획	기사제목 〈회수〉〔곡수〕	필자/저자(역자)	분류	비고
면수 불명	2~5		聖恩無窮 〈2〉 성은무궁	紫軒小史	소설	
면수 불명	4	文苑	古寺秋夕 〈1〉 고사추석		시가/한시	
면수 불명	4	文苑	仲秋望月有感 〈1〉 중추망월유감		시가/한시	

1915년 11월 10일 (수) 2937호 第五

지면	단수	기획	기사제목 〈회수〉〔곡수〕	필자/저자(역자)	분류	비고
면수 불명	5	文苑	御大典奉祝俳句 〔8〕 어대전 봉축 하이쿠	永同 岡村董水	시가/하이쿠	

1915년 11월 10일 (수) 2937호 第六

지면	단수	기획	기사제목 〈회수〉〔곡수〕	필자/저자(역자)	분류	비고
면수 불명	1~3		お伽噺し 二口の短刀（上） 옛날이야기 두 자루의 단도	袋川	소설/동화	

지면	단수	기획	기사제목 〈회수〉〔곡수〕	필자/저자(역자)	분류	비고
면수 불명	3~4		お伽噺し 二口の短刀 〈下〉 옛날이야기 두 자루의 단도	袋川	소설/동화	

1915년 11월 10일 (수) 2937호 第七

지면	단수	기획	기사제목 〈회수〉〔곡수〕	필자/저자(역자)	분류	비고
면수 불명	4		奉祝御大典 〔15〕 봉축어대전	橋本秀平	시가/하이쿠	

1915년 11월 10일 (수) 2937호

지면	단수	기획	기사제목 〈회수〉〔곡수〕	필자/저자(역자)	분류	비고
면수 불명	1~2		水戸三郎丸 〈67〉 미토 사부로마루	田邊南郭 講演	고단	회수 오류

1915년 11월 12일 (금) 2938호

지면	단수	기획	기사제목 〈회수〉〔곡수〕	필자/저자(역자)	분류	비고
1	6	文苑	尊き日の菊 〔2〕 존엄한 날의 국화	與謝野藻美枝	시가/단카	
면수 불명	5~8		水戸三郎丸 〈69〉 미토 사부로마루	田邊南郭 講演	고단	

1915년 11월 12일 (금) 2938호 마산선호

지면	단수	기획	기사제목 〈회수〉〔곡수〕	필자/저자(역자)	분류	비고
면수 불명	3	文苑	#日訪友入山莊 〔1〕 #일방우입산장	畠中素堂	시가/한시	
면수 불명	3	文苑	詠懷 〔1〕 영회	畠中素堂	시가/한시	
면수 불명	3	文苑	秋夜泛舟作 〔1〕 추야범주작	畠中素堂	시가/한시	
면수 불명	3	文苑	其二 〔1〕 그 두 번째	畠中素堂	시가/한시	
면수 불명	3	文苑	郊外聞蟲 〔1〕 교외문충	畠中素堂	시가/한시	

1915년 11월 12일 (금) 2939호 삼천포판 〔호수 오류〕

지면	단수	기획	기사제목 〈회수〉〔곡수〕	필자/저자(역자)	분류	비고
면수 불명	4	文苑	奉祝 〔3〕 봉축	釜山 雅子	시가/하이쿠	

1915년 11월 12일 (금) 2939호 〔호수 오류〕

지면	단수	기획	기사제목 〈회수〉〔곡수〕	필자/저자(역자)	분류	비고
면수 불명	1	文苑	奉祝句 〔3〕 봉축구	大邱 中田邱聲	시가/하이쿠	

1915년 11월 13일 (토) 2939호

지면	단수	기획	기사제목 〈회수〉〔곡수〕	필자/저자(역자)	분류	비고
1	6	文苑	菊三句 〔3〕 국화-삼구	蘇翁	시가/하이쿠	
면수 불명	2		奉祝 御即位大典 〔1〕 봉축 어즉위대전	朝鮮總督府參與官 臣 申錫麟	시가/한시	
면수 불명	3	文苑	奉祝十首 〔10〕 봉축-십수	大邱 其月	시가/하이쿠	
면수 불명	3	文苑	奉祝句 〔9〕 봉축구	大邱 邱聲	시가/하이쿠	
면수 불명	3~4	文苑	水戸三郎丸 〈70〉 미토 사부로마루	田邊南郭 講演	고단	

1915년 11월 14일 (일) 2940호

지면	단수	기획	기사제목 〈회수〉〔곡수〕	필자/저자(역자)	분류	비고
1	6	文苑	奉祝 〔3〕 봉축	蒼生	시가/하이쿠	

지면	단수	기획	기사제목 〈회수〉〔곡수〕	필자/저자(역자)	분류	비고
면수 불명	3~4		水戸三郎丸 〈70〉 미토 사부로마루	田邊南郭 講演	고단	회수 오류

1915년 11월 16일 (화) 2941호

지면	단수	기획	기사제목 〈회수〉〔곡수〕	필자/저자(역자)	분류	비고
6	3~4		水戸三郎丸 〈72〉 미토 사부로마루	田邊南郭 講演	고단	

1915년 11월 16일 (화) 2941호 第十三

지면	단수	기획	기사제목 〈회수〉〔곡수〕	필자/저자(역자)	분류	비고
면수 불명	3	文苑	御大典奉祝和歌 〔1〕 어대전 봉축 와카	馬山 ト一	시가/단카	
면수 불명	3	文苑	御大典奉祝和歌 〔1〕 어대전 봉축 와카	馬山	시가/단카	
면수 불명	3	文苑	御大典奉祝和歌 〔1〕 어대전 봉축 와카	統營 きみ子	시가/단카	
면수 불명	3	文苑	御大典奉祝和歌 〔1〕 어대전 봉축 와카	統營 有樂	시가/단카	

1915년 11월 16일 (화) 2941호

지면	단수	기획	기사제목 〈회수〉〔곡수〕	필자/저자(역자)	분류	비고
면수 불명	3	文苑	娘姿 〔3〕 소녀의 모습	篠子	시가/단카	

1915년 11월 18일 (목) 2942호

지면	단수	기획	기사제목 〈회수〉〔곡수〕	필자/저자(역자)	분류	비고
1	6	文苑	友人神崎君の御大典吉辰に結婚せるを祝す 〔2〕 벗 가미자키 군이 어대전 길일에 결혼하는 것을 축하하다	櫻亭	시가/하이쿠	
6	2~4		水戸三郎丸 〈73〉 미토 사부로마루	田邊南郭 講演	고단	

1915년 11월 19일 (금) 2943호

지면	단수	기획	기사제목 〈회수〉〔곡수〕	필자/저자(역자)	분류	비고
5	1		風俗歌と大歌=大饗第一日の舞樂/悠紀地方/年魚市潟 〔1〕 후조쿠우타와 오우타=즉위식 향연 제1일의 무악/유키 지방/아유치가타		시가/단카	
5	1		風俗歌と大歌=大饗第一日の舞樂/悠紀地方/二村山 〔1〕 후조쿠우타와 오우타=즉위식 향연 제1일의 무악/유키 지방/후타무라야마		시가/단카	
5	1		風俗歌と大歌=大饗第一日の舞樂/悠紀地方/五十良兒島 〔1〕 후조쿠우타와 오우타=즉위식 향연 제1일의 무악/유키 지방/이소치코시마		시가/단카	
5	1		風俗歌と大歌=大饗第一日の舞樂/悠紀地方/高師山 〔1〕 후조쿠우타와 오우타=즉위식 향연 제1일의 무악/유키 지방/다카시야마		시가/단카	
5	1		風俗歌と大歌=大饗第一日の舞樂/主基地方/小豆島 〔1〕 후조쿠우타와 오우타=즉위식 향연 제1일의 무악/스키 지방/쇼즈시마		시가/단카	
5	1		風俗歌と大歌=大饗第一日の舞樂/主基地方/萩原 〔1〕 후조쿠우타와 오우타=즉위식 향연 제1일의 무악/스키 지방/하기와라		시가/단카	
5	1		風俗歌と大歌=大饗第一日の舞樂/主基地方/松山鄕 〔1〕 후조쿠우타와 오우타=즉위식 향연 제1일의 무악/스키 지방/마쓰야마사토		시가/단카	
5	1		風俗歌と大歌=大饗第一日の舞樂/主基地方/玉の浦 〔1〕 후조쿠우타와 오우타=즉위식 향연 제1일의 무악/스키 지방/다마노우라		시가/단카	
5	1		風俗歌と大歌=大饗第一日の舞樂/大歌 〔2〕 후조쿠우타와 오우타=즉위식 향연 제1일의 무악/오우타		시가/단카	
5	2		御屛風風俗歌=大饗御宴場に於る/悠紀地方/春 櫻田 霞 鶴 〔1〕 어병풍 후조쿠우타=즉위식 향연 회장에서/유키 지방/봄-사쿠라다 봄 안개, 학		시가/단카	
5	2		御屛風風俗歌=大饗御宴場に於る/悠紀地方/夏 衣浦 新樹 波 〔1〕 어병풍 후조쿠우타=즉위식 향연 회장에서/유키 지방/여름-기누우라 신록, 파도		시가/단카	

지면	단수	기획	기사제목 〈회수〉〔곡수〕	필자/저자(역자)	분류	비고
5	2		御屏風風俗歌=大饗御宴場に於る/悠紀地方/秋 龜崎 月 〔1〕 어병풍 후조쿠우타=즉위식 향연 회장에서/유키 지방/가을-가메자키 달		시가/단카	
5	2		御屏風風俗歌=大饗御宴場に於る/悠紀地方/冬 矢作川 千鳥 〔1〕 어병풍 후조쿠우타=즉위식 향연 회장에서/유키 지방/겨울-야하기가와 물떼새		시가/단카	
5	2		御屏風風俗歌=大饗御宴場に於る/主基地方/春 九十九山 朝日 霞 〔1〕 어병풍 후조쿠우타=즉위식 향연 회장에서/스키 지방/봄-쓰쿠모야마 아침해, 봄 안개		시가/단카	
5	2		御屏風風俗歌=大饗御宴場に於る/主基地方/夏 琴平山 夕立 〔1〕 어병풍 후조쿠우타=즉위식 향연 회장에서/스키 지방/여름-고토히라야마 오후 소나기		시가/단카	
5	2		御屏風風俗歌=大饗御宴場に於る/主基地方/秋 財田 稻刈 〔1〕 어병풍 후조쿠우타=즉위식 향연 회장에서/스키 지방/가을-사이타 벼 수확		시가/단카	
5	2		御屏風風俗歌=大饗御宴場に於る/主基地方/冬 天霧山 雪 〔1〕 어병풍 후조쿠우타=즉위식 향연 회장에서/스키 지방/겨울-아마기리야마 눈		시가/단카	
6	3~4		水戸三郎丸 〈74〉 미토 사부로마루	田邊南郭 講演	고단	
면수 불명	3	文苑	御大典祝句/晋陽吟社 〔2〕 어대전축구/진양음사	松阿彌默禪	시가/하이쿠	
면수 불명	3	文苑	御大典祝句/晋陽吟社 〔2〕 어대전축구/진양음사	小松一笑	시가/하이쿠	
면수 불명	3	文苑	御大典祝句/晋陽吟社 〔2〕 어대전축구/진양음사	竹中竹風	시가/하이쿠	
면수 불명	3	文苑	御大典祝句/晋陽吟社 〔2〕 어대전축구/진양음사	羽田簑笠台	시가/하이쿠	
면수 불명	3	文苑	御大典祝句/晋陽吟社 〔2〕 어대전축구/진양음사	妹背李溪	시가/하이쿠	
면수 불명	3	文苑	御大典祝句/晋陽吟社 〔2〕 어대전축구/진양음사	原田向陽	시가/하이쿠	
면수 불명	3	文苑	御大典祝句/晋陽吟社 〔2〕 어대전축구/진양음사	上原蜻夢	시가/하이쿠	
면수 불명	3	文苑	御大典祝句/晋陽吟社 〔2〕 어대전축구/진양음사	森島奇雲	시가/하이쿠	
면수 불명	3	文苑	御大典祝句/晋陽吟社 〔2〕 어대전축구/진양음사	外波淇竹	시가/하이쿠	
면수 불명	3	文苑	御大典祝句/晋陽吟社 〔2〕 어대전축구/진양음사	井上園子	시가/하이쿠	
면수 불명	3	文苑	御大典祝句/晋陽吟社 〔2〕 어대전축구/진양음사	新野弦月	시가/하이쿠	
면수 불명	3	文苑	御大典祝句/晋陽吟社 〔2〕 어대전축구/진양음사	磯村鹽海	시가/하이쿠	

1915년 11월 20일 (목) 2944호   요일 오류

지면	단수	기획	기사제목 〈회수〉〔곡수〕	필자/저자(역자)	분류	비고
1	6	文苑	奉祝 〔2〕 봉축	筏橋 副島筏水	시가/단카	
1	6	文苑	同 〔2〕 상동	釜山 林鹿次郞	시가/단카	

1915년 11월 20일 (목) 2944호 마진일간   요일 오류

지면	단수	기획	기사제목 〈회수〉〔곡수〕	필자/저자(역자)	분류	비고
3	5~7		★男きんせい 〈51〉 오토코 긴세이	江見水陰	소설	

지면	단수	기획	기사제목 〈회수〉〔곡수〕	필자/저자(역자)	분류	비고
1915년 11월 20일 (목) 2944호						요일 오류
6	1~2		水戸三郎丸 〈75〉 미토 사부로마루	田邊南郭 講演	고단	
1915년 11월 21일 (일) 2945호						
1	5	文苑	御大典奉祝/花筏會 〔1〕 어대전봉축/하나이카다카이	稻花	시가/하이쿠	
1	5	文苑	御大典奉祝/花筏會 〔1〕 어대전봉축/하나이카다카이	浦生	시가/하이쿠	
1	5	文苑	御大典奉祝/花筏會 〔1〕 어대전봉축/하나이카다카이	麥鳴子	시가/하이쿠	
1	5	文苑	御大典奉祝/花筏會 〔1〕 어대전봉축/하나이카다카이	梢雨	시가/하이쿠	
1	5	文苑	御大典奉祝/花筏會 〔1〕 어대전봉축/하나이카다카이	葩天咬	시가/하이쿠	
1	5	文苑	御大典奉祝/花筏會 〔1〕 어대전봉축/하나이카다카이	負靑天	시가/하이쿠	
1	5	文苑	御大典奉祝/花筏會 〔1〕 어대전봉축/하나이카다카이	竹亭	시가/하이쿠	
1915년 11월 21일 (일) 2945호 마진일간						
3	5~7		★男きんせい 〈52〉 오토코 긴세이	江見水陰	소설	
1915년 11월 21일 (일) 2945호						
6	1~2		水戸三郎丸 〈76〉 미토 사부로마루	田邊南郭 講演	고단	
1915년 11월 22일 (월) 2946호						
1	6		記念植樹句筵 ▲聖智谷の『朝寒二句會』〔1〕 기념식수 구연 ▲세이치코쿠의『늦가을 아침 추위 이구회』	美村	시가/하이쿠	
1	6		記念植樹句筵 ▲聖智谷の『朝寒二句會』〔1〕 기념식수 구연 ▲세이치코쿠의『늦가을 아침 추위 이구회』	夢柳	시가/하이쿠	
1	6		記念植樹句筵 ▲聖智谷の『朝寒二句會』〔1〕 기념식수 구연 ▲세이치코쿠의『늦가을 아침 추위 이구회』	雨意	시가/하이쿠	
1	6		記念植樹句筵 ▲聖智谷の『朝寒二句會』〔1〕 기념식수 구연 ▲세이치코쿠의『늦가을 아침 추위 이구회』	苔石	시가/하이쿠	
1	6		記念植樹句筵 ▲聖智谷の『朝寒二句會』〔1〕 기념식수 구연 ▲세이치코쿠의『늦가을 아침 추위 이구회』	迂良	시가/하이쿠	
1	6		記念植樹句筵 ▲聖智谷の『朝寒二句會』〔2〕 기념식수 구연 ▲세이치코쿠의『늦가을 아침 추위 이구회』	松濤	시가/하이쿠	
1	6		記念植樹句筵 ▲聖智谷の『朝寒二句會』〔1〕 기념식수 구연 ▲세이치코쿠의『늦가을 아침 추위 이구회』	香洲	시가/하이쿠	
1	6		記念植樹句筵 ▲聖智谷の『朝寒二句會』〔1〕 기념식수 구연 ▲세이치코쿠의『늦가을 아침 추위 이구회』	可秀	시가/하이쿠	
1	6		記念植樹句筵 ▲聖智谷の『朝寒二句會』〔1〕 기념식수 구연 ▲세이치코쿠의『늦가을 아침 추위 이구회』	夢里	시가/하이쿠	
1	6		記念植樹句筵 ▲聖智谷の『朝寒二句會』〔1〕 기념식수 구연 ▲세이치코쿠의『늦가을 아침 추위 이구회』	呂介	시가/하이쿠	
1	6		記念植樹句筵 ▲聖智谷の『朝寒二句會』〔1〕 기념식수 구연 ▲세이치코쿠의『늦가을 아침 추위 이구회』	寶水	시가/하이쿠	

지면	단수	기획	기사제목 〈회수〉〔곡수〕	필자/저자(역자)	분류	비고
1	6		記念植樹句筵 ▲聖智谷の『朝寒二句會』〔1〕 기념식수 구연 ▲세이치코쿠의 『늦가을 아침 추위 이구회』	綠骨	시가/하이쿠	
1	6		記念植樹句筵 ▲聖智谷の『朝寒二句會』〔1〕 기념식수 구연 ▲세이치코쿠의 『늦가을 아침 추위 이구회』	呂介	시가/하이쿠	
1	6		記念植樹句筵 ▲聖智谷の『朝寒二句會』〔1〕 기념식수 구연 ▲세이치코쿠의 『늦가을 아침 추위 이구회』	美村	시가/하이쿠	
1	6		記念植樹句筵 ▲聖智谷の『朝寒二句會』〔1〕 기념식수 구연 ▲세이치코쿠의 『늦가을 아침 추위 이구회』	夢柳	시가/하이쿠	
1	6		記念植樹句筵 ▲聖智谷の『朝寒二句會』〔1〕 기념식수 구연 ▲세이치코쿠의 『늦가을 아침 추위 이구회』	雨意	시가/하이쿠	
1	6		記念植樹句筵 ▲聖智谷の『朝寒二句會』〔1〕 기념식수 구연 ▲세이치코쿠의 『늦가을 아침 추위 이구회』	苔石	시가/하이쿠	
1	6		記念植樹句筵 ▲聖智谷の『朝寒二句會』〔1〕 기념식수 구연 ▲세이치코쿠의 『늦가을 아침 추위 이구회』	迂良	시가/하이쿠	
1	6		記念植樹句筵 ▲聖智谷の『朝寒二句會』〔2〕 기념식수 구연 ▲세이치코쿠의 『늦가을 아침 추위 이구회』	松濤	시가/하이쿠	
1	6		記念植樹句筵 ▲聖智谷の『朝寒二句會』〔1〕 기념식수 구연 ▲세이치코쿠의 『늦가을 아침 추위 이구회』	香洲	시가/하이쿠	
1	6		記念植樹句筵 ▲聖智谷の『朝寒二句會』〔1〕 기념식수 구연 ▲세이치코쿠의 『늦가을 아침 추위 이구회』	可秀	시가/하이쿠	
1	6		記念植樹句筵 ▲聖智谷の『朝寒二句會』〔1〕 기념식수 구연 ▲세이치코쿠의 『늦가을 아침 추위 이구회』	夢里	시가/하이쿠	
1	6		記念植樹句筵 ▲聖智谷の『朝寒二句會』〔1〕 기념식수 구연 ▲세이치코쿠의 『늦가을 아침 추위 이구회』	春江	시가/하이쿠	
1	6		記念植樹句筵 ▲聖智谷の『朝寒二句會』〔1〕 기념식수 구연 ▲세이치코쿠의 『늦가을 아침 추위 이구회』	呂介	시가/하이쿠	
1	6		記念植樹句筵 ▲聖智谷の『朝寒二句會』〔1〕 기념식수 구연 ▲세이치코쿠의 『늦가을 아침 추위 이구회』	寶水	시가/하이쿠	
1	6		記念植樹句筵 ▲聖智谷の『朝寒二句會』〔1〕 기념식수 구연 ▲세이치코쿠의 『늦가을 아침 추위 이구회』	呂介	시가/하이쿠	
1	6		記念植樹句筵 ▲聖智谷の『朝寒二句會』〔1〕 기념식수 구연 ▲세이치코쿠의 『늦가을 아침 추위 이구회』	春江	시가/하이쿠	
1	6		記念植樹句筵 ▲聖智谷の『朝寒二句會』〔1〕 기념식수 구연 ▲세이치코쿠의 『늦가을 아침 추위 이구회』	綠骨	시가/하이쿠	
4	1~2		水戸三郎丸〈77〉 미토 사부로마루	田邊南郭 講演	고단	

1915년 11월 23일 (화) 2947호

지면	단수	기획	기사제목 〈회수〉〔곡수〕	필자/저자(역자)	분류	비고
1	6	文苑	花筵會第九集 하나이카다카이 제9집		기타/모임 안내	
1	6	文苑	花筵會第九集/茶の花〔3〕 하나이카다카이 제9집/차 꽃	稻花	시가/하이쿠	
1	6	文苑	花筵會第九集/茶の花〔4〕 하나이카다카이 제9집/차 꽃	梢雨	시가/하이쿠	
1	6	文苑	花筵會第九集/茶の花〔3〕 하나이카다카이 제9집/차 꽃	麥鳴子	시가/하이쿠	
1	6	文苑	花筵會第九集/茶の花〔4〕 하나이카다카이 제9집/차 꽃	負靑天	시가/하이쿠	

1915년 11월 23일 (화) 2947호 마진일간

지면	단수	기획	기사제목 〈회수〉〔곡수〕	필자/저자(역자)	분류	비고
3	6~8		★男きんせい〈53〉 오토코 긴세이	江見水陰	소설	

지면	단수	기획	기사제목 〈회수〉〔곡수〕	필자/저자(역자)	분류	비고

1915년 11월 23일 (화) 2947호

지면	단수	기획	기사제목 〈회수〉〔곡수〕	필자/저자(역자)	분류	비고
6	1~5		水戸三郎丸 〈78〉 미토 사부로마루	田邊南郭 講演	고단	

1915년 11월 24일 (수) 2948호

지면	단수	기획	기사제목 〈회수〉〔곡수〕	필자/저자(역자)	분류	비고
1	6	文苑	花筵會第九集(續)/茶の花 〔4〕 하나이카다카이 제9집(계속)/차 꽃	葩天晈	시가/하이쿠	
1	6	文苑	花筵會第九集(續)/茶の花 〔2〕 하나이카다카이 제9집(계속)/차 꽃	笑尊	시가/하이쿠	
1	6	文苑	花筵會第九集(續)/茶の花 〔1〕 하나이카다카이 제9집(계속)/차 꽃	翠波	시가/하이쿠	
1	6	文苑	花筵會第九集(續)/茶の花 〔7〕 하나이카다카이 제9집(계속)/차 꽃	竹亭	시가/하이쿠	
1	6	文苑	花筵會第九集(續)/笹啼 〔8〕 하나이카다카이 제9집(계속)/겨울 휘파람새 울음소리	麥鳴子	시가/하이쿠	

1915년 11월 24일 (수) 2948호 마진일간

지면	단수	기획	기사제목 〈회수〉〔곡수〕	필자/저자(역자)	분류	비고
3	5~7		★男きんせい 〈54〉 오토코 긴세이	江見水陰	소설	

1915년 11월 24일 (수) 2948호

지면	단수	기획	기사제목 〈회수〉〔곡수〕	필자/저자(역자)	분류	비고
6	1~2		水戸三郎丸 〈79〉 미토 사부로마루	田邊南郭 講演	고단하이쿠	

1915년 11월 25일 (목) 2949호

지면	단수	기획	기사제목 〈회수〉〔곡수〕	필자/저자(역자)	분류	비고
1	6	文苑	花筵會第九集(續)/笹啼 〔5〕 하나이카다카이 제9집(계속)/겨울 휘파람새 울음소리	葩天晈	시가/하이쿠	
1	6	文苑	花筵會第九集(續)/笹啼 〔1〕 하나이카다카이 제9집(계속)/겨울 휘파람새 울음소리	麥鳴子	시가/하이쿠	
1	6	文苑	花筵會第九集(續)/笹啼 〔2〕 하나이카다카이 제9집(계속)/겨울 휘파람새 울음소리	笑尊	시가/하이쿠	
1	6	文苑	花筵會第九集(續)/笹啼 〔2〕 하나이카다카이 제9집(계속)/겨울 휘파람새 울음소리	翠波	시가/하이쿠	
1	6	文苑	花筵會第九集(續)/笹啼 〔1〕 하나이카다카이 제9집(계속)/겨울 휘파람새 울음소리	負靑天	시가/하이쿠	
1	6	文苑	花筵會第九集(續)/笹啼 〔2〕 하나이카다카이 제9집(계속)/겨울 휘파람새 울음소리	竹亭	시가/하이쿠	
1	6	文苑	花筵會第九集(續)/時雨 〔6〕 하나이카다카이 제9집(속)/늦가을 비	梢雨	시가/하이쿠	
3	5~7		★男きんせい 〈55〉 오토코 긴세이	江見水陰	소설	
6	1~2		水戸三郎丸 〈78〉 미토 사부로마루	田邊南郭 講演	고단	회수 오류

1915년 11월 26일 (금) 2950호

지면	단수	기획	기사제목 〈회수〉〔곡수〕	필자/저자(역자)	분류	비고
1	8~9		小猫の歌 〔1〕 새끼 고양이의 노래	さすらひ人	시가/자유시	

1915년 11월 26일 (금) 2950호 마진일간

지면	단수	기획	기사제목 〈회수〉〔곡수〕	필자/저자(역자)	분류	비고
3	6~7		男きんせい 〈56〉 오토코 긴세이	江見水陰	소설	

지면	단수	기획	기사제목 〈회수〉〔곡수〕	필자/저자(역자)	분류	비고
			1915년 11월 26일 (금) 2960호 경북일간			
4	4~5		滑稽 深夜の悲劇 골계 심야의 비극		수필/일상	
			1915년 11월 26일 (금) 2960호			
면수 불명	1~2		水戸三郞丸〈81〉 미토 사부로마루	田邊南郭 講演	고단	
			1915년 12월 12일 (월) 2951호			
1	5~6		不動明王〔1〕 부동명왕	烏	시가/자유시	
1	6	文苑	回祿〔1〕 회록	林駒生	시가/하이쿠	
1	6	文苑	火事〔1〕 화재	神崎憲一	시가/하이쿠	
1	6	文苑	火事〔3〕 화재	夢柳	시가/하이쿠	
1	6	文苑	火事〔2〕 화재	秋汀	시가/하이쿠	
1	6	文苑	火事〔2〕 화재	夢里	시가/하이쿠	
1	6	文苑	火事〔2〕 화재	寶水	시가/하이쿠	
1	6	文苑	火事〔2〕 화재	可秀	시가/하이쿠	
1	6	文苑	火事〔2〕 화재	苔石	시가/하이쿠	
1	6	文苑	火事〔2〕 화재	雨意	시가/하이쿠	
1	6	文苑	火事〔1〕 화재	俠雨	시가/하이쿠	
1	6	文苑	火事〔2〕 화재	迂良	시가/하이쿠	
1	6	文苑	火事〔12〕 화재	筧水	시가/하이쿠	
			1915년 12월 22일 (수) 2952호			
1	6	文苑	十一月二十六日拂#釜山日報社罹于祝融之災蕩然#烏有不堪痛悼焉聊賦小詩吊之〔1〕 11월 26일 불#부산일보사리우축융지재탕연#오유불감통도언료부소시적지	畠中素堂	시가/한시	
1	6	文苑	歲暮感懷 二首〔2〕 세모감회-이수	畠中素堂	시가/한시	
4	1~2		水戸三郞丸〈82〉 미토 사부로마루	田邊南郭 講演	고단	
			1915년 12월 23일 (목) 2953호			
1	6	文苑	棟上の夜〔5〕 용마루 위의 밤	烏	시가/단카	
4	1~2	講談	水戸三郞丸〈83〉 미토 사부로마루	田邊南郭 講演	고단	

지면	단수	기획	기사제목 〈회수〉〔곡수〕	필자/저자(역자)	분류	비고
			1915년 12월 24일 (금) 2954호			
1	5	文苑	暮れの街 〔1〕 해질녘 거리	烏	시가/신체시	
1	5	文苑	冬 〔1〕 겨울	畠中素堂	시가/한시	
4	1~2	講談	水戸三郎丸 〈84〉 미토 사부로마루	田邊南郭 講演	고단	
			1915년 12월 25일 (금) 2955호			요일 오류
1	5	文苑	五色の幣旗 〔3〕 신께 바치는 오색 깃발	白骨生	시가/단카	
4	1~2	講談	水戸三郎丸 〈85〉 미토 사부로마루	田邊南郭 講演	고단	
			1915년 12월 26일 (금) 2956호			요일 오류
1	5	文苑	落日 〔1〕 지는 해	小坂新夫	시가/자유시	
1	5	文苑	夕陽する頃 〔4〕 석양이 내릴 무렵	小坂新夫	시가/단카	
4	1~2		★男きんせい 〈57〉 오토코 긴세이	江見水陰	소설	
6	1~2	講談	水戸三郎丸 〈86〉 미토 사부로마루	田邊南郭 講演	고단	
			1915년 12월 27일 (월) 2957호			
1	6	文苑	沃川金龜會第三回句集 〔1〕 옥천 긴키카이 제3회 구집	三國	시가/하이쿠	
1	6	文苑	沃川金龜會第三回句集 〔1〕 옥천 긴키카이 제3회 구집	潤聲	시가/하이쿠	
1	6	文苑	沃川金龜會第三回句集 〔1〕 옥천 긴키카이 제3회 구집	三國	시가/하이쿠	
1	6	文苑	沃川金龜會第三回句集 〔1〕 옥천 긴키카이 제3회 구집	南山	시가/하이쿠	
1	6	文苑	沃川金龜會第三回句集 〔1〕 옥천 긴키카이 제3회 구집	菊露	시가/하이쿠	
1	6	文苑	沃川金龜會第三回句集 〔1〕 옥천 긴키카이 제3회 구집	修甫	시가/하이쿠	
1	6	文苑	沃川金龜會第三回句集 〔1〕 옥천 긴키카이 제3회 구집	南山	시가/하이쿠	
1	6	文苑	沃川金龜會第三回句集 〔1〕 옥천 긴키카이 제3회 구집	蕃相	시가/하이쿠	
1	6	文苑	沃川金龜會第三回句集 〔1〕 옥천 긴키카이 제3회 구집	撫松	시가/하이쿠	
1	6	文苑	沃川金龜會第三回句集 〔1〕 옥천 긴키카이 제3회 구집	文蝶	시가/하이쿠	
1	6	文苑	沃川金龜會第三回句集 〔1〕 옥천 긴키카이 제3회 구집	早苗	시가/하이쿠	
1	6	文苑	沃川金龜會第三回句集 〔1〕 옥천 긴키카이 제3회 구집	潤聲	시가/하이쿠	
1	6	文苑	沃川金龜會第三回句集 〔1〕 옥천 긴키카이 제3회 구집	南山	시가/하이쿠	

지면	단수	기획	기사제목 〈회수〉〔곡수〕	필자/저자(역자)	분류	비고
1	6	文苑	沃川金龜會第三回句集 〔1〕 옥천 긴키카이 제3회 구집	撫松	시가/하이쿠	
1	6	文苑	沃川金龜會第三回句集/人 〔1〕 옥천 긴키카이 제3회 구집/인	文蝶	시가/하이쿠	
1	6	文苑	沃川金龜會第三回句集/地 〔1〕 옥천 긴키카이 제3회 구집/지	澗聲	시가/하이쿠	
1	6	文苑	沃川金龜會第三回句集/天 〔1〕 옥천 긴키카이 제3회 구집/천	澗聲	시가/하이쿠	
4	1~2		★男きんせい 〈58〉 오토코 긴세이	江見水陰	소설	
6	1~2	講談	水戸三郎丸 〈87〉 미토 사부로마루	田邊南郭 講演	고단	

1915년 12월 28일 (화) 2958호

지면	단수	기획	기사제목 〈회수〉〔곡수〕	필자/저자(역자)	분류	비고
1	6	文苑	歳暮書懷 〔1〕 세모서회	畠中素堂	시가/한시	
1	6	文苑	石切る音 〔1〕 돌 깨는 소리	鳥	시가/신체시	
4	1~2	講談	★男きんせい 〈59〉 오토코 긴세이	江見水陰	소설	
6	1~2	講談	水戸三郎丸 〈88〉 미토 사부로마루	田邊南郭 講演	고단	

1915년 12월 29일 (수) 2959호

지면	단수	기획	기사제목 〈회수〉〔곡수〕	필자/저자(역자)	분류	비고
4	1~2	講談	水戸三郎丸 〈89〉 미토 사부로마루	田邊南郭 講演	고단	

1915년 12월 30일 (목) 2930호

지면	단수	기획	기사제목 〈회수〉〔곡수〕	필자/저자(역자)	분류	비고
1	6	文苑	沃川金龜會第四回句集 〔1〕 옥천 긴키카이 제4회 구집	澗聲	시가/하이쿠	
1	6	文苑	沃川金龜會第四回句集 〔1〕 옥천 긴키카이 제4회 구집	文蝶	시가/하이쿠	
1	6	文苑	沃川金龜會第四回句集 〔1〕 옥천 긴키카이 제4회 구집	修甫	시가/하이쿠	
1	6	文苑	沃川金龜會第四回句集 〔1〕 옥천 긴키카이 제4회 구집	一聲	시가/하이쿠	
1	6	文苑	沃川金龜會第四回句集 〔1〕 옥천 긴키카이 제4회 구집	舞豊	시가/하이쿠	
1	6	文苑	沃川金龜會第四回句集 〔1〕 옥천 긴키카이 제4회 구집	修甫	시가/하이쿠	
1	6	文苑	沃川金龜會第四回句集 〔1〕 옥천 긴키카이 제4회 구집	南山	시가/하이쿠	
1	6	文苑	沃川金龜會第四回句集 〔1〕 옥천 긴키카이 제4회 구집	鶴嶺	시가/하이쿠	
1	6	文苑	沃川金龜會第四回句集 〔1〕 옥천 긴키카이 제4회 구집	三國	시가/하이쿠	
1	6	文苑	沃川金龜會第四回句集 〔1〕 옥천 긴키카이 제4회 구집	鶴嶺	시가/하이쿠	
1	6	文苑	沃川金龜會第四回句集 〔1〕 옥천 긴키카이 제4회 구집	文蝶	시가/하이쿠	
1	6	文苑	沃川金龜會第四回句集 〔1〕 옥천 긴키카이 제4회 구집	早苗	시가/하이쿠	

지면	단수	기획	기사제목 〈회수〉〔곡수〕	필자/저자(역자)	분류	비고
1	6	文苑	沃川金龜會第四回句集〔1〕 옥천 긴키카이 제4회 구집	同硝	시가/하이쿠	
1	6	文苑	沃川金龜會第四回句集〔2〕 옥천 긴키카이 제4회 구집	修甫	시가/하이쿠	
1	6	文苑	沃川金龜會第四回句集〔2〕 옥천 긴키카이 제4회 구집	澗聲	시가/하이쿠	
1	6	文苑	沃川金龜會第四回句集/人〔1〕 옥천 긴키카이 제4회 구집/인	三國	시가/하이쿠	
1	6	文苑	沃川金龜會第四回句集/地〔1〕 옥천 긴키카이 제4회 구집/지	三國	시가/하이쿠	
1	6	文苑	沃川金龜會第四回句集/天〔1〕 옥천 긴키카이 제4회 구집/천	澗聲	시가/하이쿠	
4	1~2	講談	水戸三郎丸〈90〉 미토 사부로마루	田邊南郭 講演	고단	

부산일보 1916.01.~1916.12.

지면	단수	기획	기사제목 〈회수〉〔곡수〕	필자/저자(역자)	분류	비고
1916년 01월 01일 (목) 2961호						요일 오류
1	8	文苑	迎新年作 二首〔1〕 영신년작-이수	畠中素堂	시가/한시	
1	6	文苑	其の二〔1〕 그 두 번째	畠中素堂	시가/한시	
1	6	文苑	寄國祝〔1〕 기국축	橋本秀平	시가/단카	
1	6	文苑	★埠頭の新年〔1〕 부두의 새해	烏	시가/신체시	
1	6	文苑	初日の出〔7〕 새해 첫 일출	靑眼子	시가/하이쿠	
3	1~2		(제목없음)〔1〕	尋蟻	시가/하이쿠	
4	1~2	講談	水戸三郎丸〈91〉〔2〕 미토 사부로마루	田邊南郭 講演	고단	
1916년 01월 03일 (월) 2962호						
1	1~2		昭和天皇御製〔2〕 쇼와 천황 어제	昭和天皇	시가/단카	
1	6	文苑	晋陽吟社〔2〕 진양음사	奇雲	시가/하이쿠	
1	6	文苑	晋陽吟社〔2〕 진양음사	靜湖	시가/하이쿠	
1	6	文苑	晋陽吟社〔2〕 진양음사	一笑	시가/하이쿠	
1	7	文苑	晋陽吟社〔2〕 진양음사	默禪	시가/하이쿠	
1	7	文苑	晋陽吟社〔2〕 진양음사	泉令	시가/하이쿠	
1	7	文苑	晋陽吟社〔2〕 진양음사	盥水	시가/하이쿠	

지면	단수	기획	기사제목 〈회수〉〔곡수〕	필자/저자(역자)	분류	비고
1	7	文苑	晋陽吟社〔2〕 진양음사	竹風	시가/하이쿠	
1	7	文苑	晋陽吟社〔2〕 진양음사	天然寺	시가/하이쿠	
1	7	文苑	晋陽吟社〔2〕 진양음사	蛸夢	시가/하이쿠	
1	7	文苑	晋陽吟社〔2〕 진양음사	湖城	시가/하이쿠	
1	7~8	小說	龍の落し子 용이 뿌린 씨	三石烏	소설	
4	1~2	講談	水戸三郎丸〈92〉 미토 사부로마루	田邊南郭 講演	고단	
면수 불명	1~3	小說	★男きんせい〈60〉 오토코 긴세이	江見水陰	소설	

1916년 01월 05일 (수) 2963호

지면	단수	기획	기사제목 〈회수〉〔곡수〕	필자/저자(역자)	분류	비고
1	6	文苑	新年雜感〔3〕 신년 잡감	靑眼子	시가/하이쿠	
1	6	文苑	暮に長子を得て〔1〕 해질녘에 장자를 얻고	靑眼子	시가/하이쿠	
1	6	文苑	師走〔3〕 섣달	泡水	시가/하이쿠	
1	6	文苑	初夢〔1〕 새해 첫 꿈	辰子	시가/단카	
4	1~2	講談	水戸三郎丸〈93〉 미토 사부로마루	田邊南郭 講演	고단	

1916년 01월 07일 (금) 2964호

지면	단수	기획	기사제목 〈회수〉〔곡수〕	필자/저자(역자)	분류	비고
1	6	文苑	寄國祝〔1〕 기국축	平戸 江上富三郎	시가/단카	
1	6	文苑	師走の町〔3〕 섣달의 거리	白骨生	시가/단카	
1	6	文苑	師走の町〔3〕 섣달의 거리	辰子	시가/단카	
4	1~2	講談	水戸三郎丸〈94〉 미토 사부로마루	田邊南郭 講演	고단	

1916년 01월 08일 (토) 2965호

지면	단수	기획	기사제목 〈회수〉〔곡수〕	필자/저자(역자)	분류	비고
1	6	文苑	ほろ酔ひ〔1〕 가벼운 취기	野田大塊	시가/하이쿠	
1	6	文苑	新年の吟〔8〕 신년을 읊다	△△生	시가/하이쿠	
4	1~2	小說	★男きんせい〈61〉 오토코 긴세이	江見水陰	소설	
6	1~2	講談	水戸三郎丸〈95〉 미토 사부로마루	田邊南郭 講演	고단	

1916년 01월 09일 (일) 2966호

지면	단수	기획	기사제목 〈회수〉〔곡수〕	필자/저자(역자)	분류	비고
1	6	文苑	寄國祝〔1〕 기국축	安永三四郎	시가/단카	
1	6	文苑	牢獄〔1〕 감옥	烏	시가/자유시	

지면	단수	기획	기사제목 〈회수〉〔곡수〕	필자/저자(역자)	분류	비고
4	1~2	小說	★男きんせい 〈62〉 오토코 긴세이	江見水陰	소설	
6	1~2	講談	水戸三郎丸 〈95〉 미토 사부로마루	田邊南郭 講演	고단	회수 오류

1916년 01월 10일 (월) 2967호

지면	단수	기획	기사제목	필자/저자(역자)	분류	비고
6	1~2	講談	水戸三郎丸 〈97〉 미토 사부로마루	田邊南郭 講演	고단	

1916년 01월 11일 (화) 2968호

지면	단수	기획	기사제목	필자/저자(역자)	분류	비고
1	5~6	新刊雜誌 より	歴史上に現はれた戀愛と嫉妬 역사에 등장하는 연애와 질투		수필/기타	
1	6	文苑	雨の夜 〔4〕 비오는 밤	辰子	시가/단카	
1	6	文苑	雜題 〔8〕 잡제	△△生	시가/하이쿠	
4	1~2	小說	★男きんせい 〈63〉 오토코 긴세이	江見水陰	소설	
6	1~4	講談	水戸三郎丸 〈98〉 미토 사부로마루	田邊南郭 講演	고단	

1916년 01월 13일 (수) 2970호   요일 오류

지면	단수	기획	기사제목	필자/저자(역자)	분류	비고
4	1~2	小說	★男きんせい 〈64〉 오토코 긴세이	江見水陰	소설	
6	1~2	講談	水戸三郎丸 〈100〉 미토 사부로마루	田邊南郭 講演	고단	

1916년 01월 14일 (목) 2971호

지면	단수	기획	기사제목	필자/저자(역자)	분류	비고
1	6	文苑	超塵會句集-左衛門先生選/木枯 〈1〉〔1〕 조진카이 구집-사에몬 선생 선/초겨울 찬바람	夢柳	시가/하이쿠	
1	6	文苑	超塵會句集-左衛門先生選/木枯 〈1〉〔1〕 조진카이 구집-사에몬 선생 선/초겨울 찬바람	靑眼子	시가/하이쿠	
1	6	文苑	超塵會句集-左衛門先生選/木枯 〈1〉〔1〕 조진카이 구집-사에몬 선생 선/초겨울 찬바람	夢柳	시가/하이쿠	
1	6	文苑	超塵會句集-左衛門先生選/木枯 〈1〉〔1〕 조진카이 구집-사에몬 선생 선/초겨울 찬바람	可秀	시가/하이쿠	
1	6	文苑	超塵會句集-左衛門先生選/木枯 〈1〉〔1〕 조진카이 구집-사에몬 선생 선/초겨울 찬바람	雨意	시가/하이쿠	
1	6	文苑	超塵會句集-左衛門先生選/木枯 〈1〉〔1〕 조진카이 구집-사에몬 선생 선/초겨울 찬바람	秋汀	시가/하이쿠	
1	6	文苑	超塵會句集-左衛門先生選/榾 〈1〉〔1〕 조진카이 구집-사에몬 선생 선/장작개비	可秀	시가/하이쿠	
1	6	文苑	超塵會句集-左衛門先生選/榾 〈1〉〔1〕 조진카이 구집-사에몬 선생 선/장작개비	靑眼子	시가/하이쿠	
1	6	文苑	超塵會句集-左衛門先生選/榾 〈1〉〔1〕 조진카이 구집-사에몬 선생 선/장작개비	夢柳	시가/하이쿠	
1	6	文苑	超塵會句集-左衛門先生選/榾 〈1〉〔1〕 조진카이 구집-사에몬 선생 선/장작개비	靑眼子	시가/하이쿠	
1	6	文苑	超塵會句集-左衛門先生選/榾 〈1〉〔1〕 조진카이 구집-사에몬 선생 선/장작개비	雨意	시가/하이쿠	
1	6	文苑	超塵會句集-左衛門先生選/榾 〈1〉〔1〕 조진카이 구집-사에몬 선생 선/장작개비	夢柳	시가/하이쿠	

지면	단수	기획	기사제목 〈회수〉〔곡수〕	필자/저자(역자)	분류	비고
1	6	文苑	超塵會句集-左衛門先生選/榾 〈1〉[1] 조진카이 구집-사에몬 선생 선/장작개비	可秀	시가/하이쿠	
1	6	文苑	超塵會句集-左衛門先生選/榾 〈1〉[1] 조진카이 구집-사에몬 선생 선/장작개비	靑眼子	시가/하이쿠	
1	6	文苑	超塵會句集-左衛門先生選/榾 〈1〉[1] 조진카이 구집-사에몬 선생 선/장작개비	可秀	시가/하이쿠	
1	6	文苑	超塵會句集-左衛門先生選/榾 〈1〉[1] 조진카이 구집-사에몬 선생 선/장작개비	雨意	시가/하이쿠	
1	6	文苑	超塵會句集-左衛門先生選/榾 〈1〉[1] 조진카이 구집-사에몬 선생 선/장작개비	可秀	시가/하이쿠	
1	6	文苑	超塵會句集-左衛門先生選/榾 〈1〉[1] 조진카이 구집-사에몬 선생 선/장작개비	靑眼子	시가/하이쿠	
1	6	文苑	超塵會句集-左衛門先生選/榾 〈1〉[1] 조진카이 구집-사에몬 선생 선/장작개비	夢柳	시가/하이쿠	
1	6	文苑	超塵會句集-左衛門先生選/榾 〈1〉[1] 조진카이 구집-사에몬 선생 선/장작개비	秋汀	시가/하이쿠	
1	6	文苑	超塵會句集-左衛門先生選/榾 〈1〉[1] 조진카이 구집-사에몬 선생 선/장작개비	雨意	시가/하이쿠	
1	6	文苑	超塵會句集-左衛門先生選/蕪菁 〈1〉[1] 조진카이 구집-사에몬 선생 선/순무	可秀	시가/하이쿠	
1	6	文苑	超塵會句集-左衛門先生選/蕪菁 〈1〉[2] 조진카이 구집-사에몬 선생 선/순무	雨意	시가/하이쿠	
1	6	文苑	超塵會句集-左衛門先生選/蕪菁 〈1〉[3] 조진카이 구집-사에몬 선생 선/순무	秋汀	시가/하이쿠	
1	6	文苑	超塵會句集-左衛門先生選/蕪菁 〈1〉[1] 조진카이 구집-사에몬 선생 선/순무	雨意	시가/하이쿠	
1	6	文苑	超塵會句集-左衛門先生選/選者吟 〈1〉[3] 조진카이 구집-사에몬 선생 선/선자음	左衛門	시가/하이쿠	
4	1~2	小說	★男きんせい 〈65〉 오토코 긴세이	江見水陰	소설	
6	1~2	講談	水戸三郞丸 〈101〉 미토 사부로마루	田邊南郭 講演	고단	

1916년 01월 15일 (토) 2972호

지면	단수	기획	기사제목 〈회수〉〔곡수〕	필자/저자(역자)	분류	비고
1	6	文苑	超塵會句集-左衛門先生選/霜 〈2〉[1] 조진카이 구집-사에몬 선생 선/서리	秋汀	시가/하이쿠	
1	6	文苑	超塵會句集-左衛門先生選/霜 〈2〉[1] 조진카이 구집-사에몬 선생 선/서리	夢柳	시가/하이쿠	
1	6	文苑	超塵會句集-左衛門先生選/霜 〈2〉[1] 조진카이 구집-사에몬 선생 선/서리	可秀	시가/하이쿠	
1	6	文苑	超塵會句集-左衛門先生選/霜 〈2〉[1] 조진카이 구집-사에몬 선생 선/서리	靑眼子	시가/하이쿠	
1	6	文苑	超塵會句集-左衛門先生選/時雨 〈2〉[1] 조진카이 구집-사에몬 선생 선/늦가을 비	秋汀	시가/하이쿠	
1	6	文苑	超塵會句集-左衛門先生選/時雨 〈2〉[1] 조진카이 구집-사에몬 선생 선/늦가을 비	不及	시가/하이쿠	
1	6	文苑	超塵會句集-左衛門先生選/時雨 〈2〉[1] 조진카이 구집-사에몬 선생 선/늦가을 비	夢柳	시가/하이쿠	
1	6	文苑	超塵會句集-左衛門先生選/時雨 〈2〉[1] 조진카이 구집-사에몬 선생 선/늦가을 비	靑眼子	시가/하이쿠	
1	6	文苑	超塵會句集-左衛門先生選/小春 〈2〉[1] 조진카이 구집-사에몬 선생 선/음력 10월	不及	시가/하이쿠	

지면	단수	기획	기사제목 〈회수〉〔곡수〕	필자/저자(역자)	분류	비고
1	6	文苑	超塵會句集-左衛門先生選/小春〈2〉〔1〕 조진카이 구집-사에몬 선생 선/음력 10월	俠雨	시가/하이쿠	
1	6	文苑	超塵會句集-左衛門先生選/小春〈2〉〔1〕 조진카이 구집-사에몬 선생 선/음력 10월	秋汀	시가/하이쿠	
1	6	文苑	超塵會句集-左衛門先生選/小春〈2〉〔1〕 조진카이 구집-사에몬 선생 선/음력 10월	雨意	시가/하이쿠	
1	6	文苑	超塵會句集-左衛門先生選/小春〈2〉〔1〕 조진카이 구집-사에몬 선생 선/음력 10월	夢柳	시가/하이쿠	
1	6	文苑	超塵會句集-左衛門先生選/十夜〈2〉〔2〕 조진카이 구집-사에몬 선생 선/십야	可秀	시가/하이쿠	
1	6	文苑	超塵會句集-左衛門先生選/十夜〈2〉〔1〕 조진카이 구집-사에몬 선생 선/십야	雨意	시가/하이쿠	
1	6	文苑	超塵會句集-左衛門先生選/十夜〈2〉〔1〕 조진카이 구집-사에몬 선생 선/십야	夢柳	시가/하이쿠	
1	6	文苑	超塵會句集-左衛門先生選/火鉢〈2〉〔1〕 조진카이 구집-사에몬 선생 선/화로	不及	시가/하이쿠	
1	6	文苑	超塵會句集-左衛門先生選/火鉢〈2〉〔1〕 조진카이 구집-사에몬 선생 선/화로	靑眼子	시가/하이쿠	
1	6	文苑	超塵會句集-左衛門先生選/火鉢〈2〉〔1〕 조진카이 구집-사에몬 선생 선/화로	夢柳	시가/하이쿠	
1	6	文苑	超塵會句集-左衛門先生選/火鉢〈2〉〔1〕 조진카이 구집-사에몬 선생 선/화로	可秀	시가/하이쿠	
1	6	文苑	超塵會句集-左衛門先生選/狼〈2〉〔1〕 조진카이 구집-사에몬 선생 선/이리	秋斤	시가/하이쿠	
1	6	文苑	超塵會句集-左衛門先生選/狼〈2〉〔1〕 조진카이 구집-사에몬 선생 선/이리	雨意	시가/하이쿠	
1	6	文苑	超塵會句集-左衛門先生選/狼〈2〉〔1〕 조진카이 구집-사에몬 선생 선/이리	夢柳	시가/하이쿠	
1	6	文苑	超塵會句集-左衛門先生選/狼〈2〉〔1〕 조진카이 구집-사에몬 선생 선/이리	可秀	시가/하이쿠	
1	6	文苑	超塵會句集-左衛門先生選/落葉〈2〉〔1〕 조진카이 구집-사에몬 선생 선/낙엽	秋汀	시가/하이쿠	
1	6	文苑	超塵會句集-左衛門先生選/落葉〈2〉〔1〕 조진카이 구집-사에몬 선생 선/낙엽	靑眼子	시가/하이쿠	
1	6	文苑	超塵會句集-左衛門先生選/落葉〈2〉〔1〕 조진카이 구집-사에몬 선생 선/낙엽	可秀	시가/하이쿠	
1	6	文苑	超塵會句集-左衛門先生選/落葉〈2〉〔1〕 조진카이 구집-사에몬 선생 선/낙엽	秋斤	시가/하이쿠	
1	6	文苑	超塵會句集-左衛門先生選/落葉〈2〉〔1〕 조진카이 구집-사에몬 선생 선/낙엽	靑眼子	시가/하이쿠	
1	6	文苑	超塵會句集-左衛門先生選/選者吟〈2〉〔6〕 조진카이 구집-사에몬 선생 선/선자음	左衛門	시가/하이쿠	
4	1~3	小說	★男きんせい〈66〉 오토코 긴세이	江見水陰	소설	
6	1~2	講談	水戸三郎丸〈102〉 미토 사부로마루	田邊南郭 講演	고단	

1916년 01월 16일 (일) 2973호

지면	단수	기획	기사제목 〈회수〉〔곡수〕	필자/저자(역자)	분류	비고
1	6	文苑	三浪津公立小學敎五六年生句作/題梅〔1〕 삼랑진공립소학교 5, 6학년생 구작/주제 매화	野村	시가/하이쿠	
1	6	文苑	三浪津公立小學敎五六年生句作/題梅〔1〕 삼랑진공립소학교 5, 6학년생 구작/주제 매화	湊	시가/하이쿠	

지면	단수	기획	기사제목 〈회수〉 〔곡수〕	필자/저자(역자)	분류	비고
1	6	文苑	★三浪津公立小學敎五六年生句作/題梅 〔1〕 삼랑진공립소학교 5, 6학년생 구작/주제 매화	林田	시가/하이쿠	
1	6	文苑	三浪津公立小學敎五六年生句作/題梅 〔1〕 삼랑진공립소학교 5, 6학년생 구작/주제 매화	船田	시가/하이쿠	
1	6	文苑	三浪津公立小學敎五六年生句作/題梅 〔1〕 삼랑진공립소학교 5, 6학년생 구작/주제 매화	林田	시가/하이쿠	
1	6	文苑	三浪津公立小學敎五六年生句作/題梅 〔1〕 삼랑진공립소학교 5, 6학년생 구작/주제 매화	今井	시가/하이쿠	
1	6	文苑	三浪津公立小學敎五六年生句作/題梅 〔1〕 삼랑진공립소학교 5, 6학년생 구작/주제 매화	甲斐田	시가/하이쿠	
1	6	文苑	★三浪津公立小學敎五六年生句作/題梅 〔1〕 삼랑진공립소학교 5, 6학년생 구작/주제 매화	能見	시가/하이쿠	
1	6	文苑	三浪津公立小學敎五六年生句作/題梅 〔1〕 삼랑진공립소학교 5, 6학년생 구작/주제 매화	西川	시가/하이쿠	
1	6	文苑	三浪津公立小學敎五六年生句作/題梅 〔1〕 삼랑진공립소학교 5, 6학년생 구작/주제 매화	守安	시가/하이쿠	
1	6	文苑	三浪津公立小學敎五六年生句作/題梅 〔1〕 삼랑진공립소학교 5, 6학년생 구작/주제 매화	吉田	시가/하이쿠	
1	6	文苑	三浪津公立小學敎五六年生句作/題梅 〔1〕 삼랑진공립소학교 5, 6학년생 구작/주제 매화	藤川	시가/하이쿠	
1	6	文苑	★三浪津公立小學敎五六年生句作/題梅 〔1〕 삼랑진공립소학교 5, 6학년생 구작/주제 매화	庄野	시가/하이쿠	
1	6	文苑	三浪津公立小學敎五六年生句作/題梅 〔1〕 삼랑진공립소학교 5, 6학년생 구작/주제 매화	有光	시가/하이쿠	
1	6	文苑	三浪津公立小學敎五六年生句作/題梅 〔1〕 삼랑진공립소학교 5, 6학년생 구작/주제 매화	金親	시가/하이쿠	
1	6	文苑	三浪津公立小學敎五六年生句作/題梅 〔1〕 삼랑진공립소학교 5, 6학년생 구작/주제 매화	野村	시가/하이쿠	
1	6	文苑	三浪津公立小學敎五六年生句作/題梅 〔1〕 삼랑진공립소학교 5, 6학년생 구작/주제 매화	今井	시가/하이쿠	
1	6	文苑	三浪津公立小學敎五六年生句作/題梅 〔1〕 삼랑진공립소학교 5, 6학년생 구작/주제 매화	船田	시가/하이쿠	
1	6	文苑	三浪津公立小學敎五六年生句作/題梅 〔1〕 삼랑진공립소학교 5, 6학년생 구작/주제 매화	稻田	시가/하이쿠	
1	6	文苑	三浪津公立小學敎五六年生句作/題梅 〔1〕 삼랑진공립소학교 5, 6학년생 구작/주제 매화	守安	시가/하이쿠	
1	6	文苑	三浪津公立小學敎五六年生句作/題梅 〔1〕 삼랑진공립소학교 5, 6학년생 구작/주제 매화	井田	시가/하이쿠	
1	6	文苑	★三浪津公立小學敎五六年生句作/題梅 〔1〕 삼랑진공립소학교 5, 6학년생 구작/주제 매화	添	시가/하이쿠	
4	1~3	小說	★男きんせい 〈67〉 오토코 긴세이	江見水陰	소설	
5	1~2		(제목없음) 〔1〕		시가/하이쿠	
6	1~2	講談	水戸三郎丸 〈103〉 미토 사부로마루	田邊南郭 講演	고단	

			1916년 01월 17일 (월) 2974호			
1	6	文苑	★古城のほとり 〔1〕 고성 근처	曉霧生	시가/신체시	
4	1~2	講談	水戸三郎丸 〈104〉 미토 사부로마루	田邊南郭 講演	고단	

지면	단수	기획	기사제목 〈회수〉〔곡수〕	필자/저자(역자)	분류	비고
			1916년 01월 18일 (화) 2975호			
1	6	文苑	晋陽吟社新年句會(上)/題 歲旦 〈1〉〔2〕 진양음사 신년 구회(상)/주제 새해 아침	奇雲	시가/하이쿠	
1	6	文苑	晋陽吟社新年句會(上)/題 歲旦 〈1〉〔2〕 진양음사 신년 구회(상)/주제 새해 아침	默禪	시가/하이쿠	
1	6	文苑	晋陽吟社新年句會(上)/題 歲旦 〈1〉〔2〕 진양음사 신년 구회(상)/주제 새해 아침	泉舍	시가/하이쿠	
1	6	文苑	晋陽吟社新年句會(上)/題 歲旦 〈1〉〔1〕 진양음사 신년 구회(상)/주제 새해 아침	蛸夢	시가/하이쿠	
4	1~2	小說	★男きんせい 〈68〉 오토코 긴세이	江見水陰	소설	
6	1~2	講談	水戶三郞丸 〈105〉 미토 사부로마루	田邊南郭 講演	고단	
			1916년 01월 19일 (수) 2976호			
1	6	文苑	晋陽吟社新年句會(下)/題 歲旦 〈2〉〔1〕 진양음사 신년 구회(하)/주제 새해 아침	同	시가/하이쿠	작자 표기 오류
1	6	文苑	晋陽吟社新年句會(下)/題 歲旦 〈2〉〔2〕 진양음사 신년 구회(하)/주제 새해 아침	竹風	시가/하이쿠	
1	6	文苑	晋陽吟社新年句會(下)/題 歲旦 〈2〉〔2〕 진양음사 신년 구회(하)/주제 새해 아침	盥海	시가/하이쿠	
1	6	文苑	晋陽吟社新年句會(下)/題 歲旦 〈2〉〔2〕 진양음사 신년 구회(하)/주제 새해 아침	李溪	시가/하이쿠	
1	6	文苑	晋陽吟社新年句會(下)/題 歲旦 〈2〉〔2〕 진양음사 신년 구회(하)/주제 새해 아침	湖城	시가/하이쿠	
4	1~2	小說	★男きんせい 〈69〉 오토코 긴세이	江見水陰	소설	
6	1~2	講談	水戶三郞丸 〈106〉 미토 사부로마루	田邊南郭 講演	고단	
			1916년 01월 20일 (목) 2977호			
1	6	文苑	超塵會句集-左衛門先生選 〔1〕 조진카이 구집-사에몬 선생 선	可秀	시가/하이쿠	趨-超 오기
1	6	文苑	超塵會句集-左衛門先生選 〔3〕 조진카이 구집-사에몬 선생 선	秋汀	시가/하이쿠	
1	6	文苑	超塵會句集-左衛門先生選 〔2〕 조진카이 구집-사에몬 선생 선	靑眼子	시가/하이쿠	
1	6	文苑	超塵會句集-左衛門先生選 〔1〕 조진카이 구집-사에몬 선생 선	夢柳	시가/하이쿠	
1	6	文苑	超塵會句集-左衛門先生選 〔1〕 조진카이 구집-사에몬 선생 선	靑眼子	시가/하이쿠	
1	6	文苑	超塵會句集-左衛門先生選 〔1〕 조진카이 구집-사에몬 선생 선	雨意	시가/하이쿠	
1	6	文苑	超塵會句集-左衛門先生選 〔2〕 조진카이 구집-사에몬 선생 선	靑眼子	시가/하이쿠	
1	6	文苑	超塵會句集-左衛門先生選 〔1〕 조진카이 구집-사에몬 선생 선	雨意	시가/하이쿠	
1	6	文苑	超塵會句集-左衛門先生選 〔2〕 조진카이 구집-사에몬 선생 선	靑眼子	시가/하이쿠	
1	6	文苑	超塵會句集-左衛門先生選 〔1〕 조진카이 구집-사에몬 선생 선	雨意	시가/하이쿠	

지면	단수	기획	기사제목 〈회수〉〔곡수〕	필자/저자(역자)	분류	비고
1	6	文苑	超塵會句集-左衛門先生選 〔1〕 조진카이 구집-사에몬 선생 선	靑眼子	시가/하이쿠	
1	6	文苑	超塵會句集-左衛門先生選/選者吟 〔7〕 조진카이 구집-사에몬 선생 선/선자음	左衛門	시가/하이쿠	
4	1~3	小說	★男きんせい 〈70〉 오토코 긴세이	江見水陰	소설	
6	1~2	講談	水戶三郎丸 〈107〉 미토 사부로마루	田邊南郭 講演	고단	

1916년 01월 21일 (금) 2979호   호수 오류

지면	단수	기획	기사제목 〈회수〉〔곡수〕	필자/저자(역자)	분류	비고
4	1~3	小說	★男きんせい 〈71〉 오토코 긴세이	江見水陰	소설	
6	1~5	講談	水戶三郎丸 〈108〉 미토 사부로마루	田邊南郭 講演	고단	

1916년 01월 22일 (토) 2980호   호수 오류

지면	단수	기획	기사제목 〈회수〉〔곡수〕	필자/저자(역자)	분류	비고
1	6	文苑	雜題 〔5〕 잡제	泡水	시가/단카	
4	1~3	小說	★男きんせい 〈72〉 오토코 긴세이	江見水陰	소설	
6	1~2	講談	水戶三郎丸 〈109〉 미토 사부로마루	田邊南郭 講演	고단	

1916년 01월 23일 (일) 2981호   호수 오류

지면	단수	기획	기사제목 〈회수〉〔곡수〕	필자/저자(역자)	분류	비고
1	6	文苑	次韻郡官西田竹堂公嘗新穀詩 〔1〕 차운 군관 니시다 지쿠도 공 상신곡시	梁山郡參事 金敎鵬	시가/한시	
1	6	文苑	淸道松甫庵句集/題 梅 〔9〕 청도 쇼후안 구집/주제 매화	松甫庵	시가/하이쿠	
4	1~3	小說	★男きんせい 〈73〉 오토코 긴세이	江見水陰	소설	
6	1~2	講談	水戶三郎丸 〈110〉 미토 사부로마루	田邊南郭 講演	고단	

1916년 01월 24일 (월) 2982호   호수 오류

지면	단수	기획	기사제목 〈회수〉〔곡수〕	필자/저자(역자)	분류	비고
1	6	文苑	次韻西田竹堂公述懷詩 〔1〕 차운 니시다 지쿠도 공 술회시	梁山郡參事 金敎鵬	시가/한시	
1	6	文苑	(제목없음) 〔7〕	門脇春男	시가/단카	
4	1~2	講談	水戶三郎丸 〈111〉 미토 사부로마루	田邊南郭 講演	고단	

1916년 01월 25일 (화) 2983호   호수 오류

지면	단수	기획	기사제목 〈회수〉〔곡수〕	필자/저자(역자)	분류	비고
1	6	文苑	短歌 〔8〕 단카	泡水	시가/단카	

1916년 01월 25일 (화) 2983호 마진일간   호수 오류

지면	단수	기획	기사제목 〈회수〉〔곡수〕	필자/저자(역자)	분류	비고
4	3~5	小說	★男きんせい 〈74〉 오토코 긴세이	江見水陰	소설	

1916년 01월 25일 (화) 2983호   호수 오류

지면	단수	기획	기사제목 〈회수〉〔곡수〕	필자/저자(역자)	분류	비고
6	1~2	講談	水戶三郎丸 〈112〉 미토 사부로마루	田邊南郭 講演	고단	

지면	단수	기획	기사제목 〈회수〉〔곡수〕	필자/저자(역자)	분류	비고
1916년 01월 26일 (수) 2983호						
6	1~2	講談	水戸三郎丸 〈113〉 미토 사부로마루	田邊南郭 講演	고단	
1916년 01월 27일 (목) 2984호						
1	6	文苑	元旦 〔2〕 원단	平讓 田實馬鄉	시가/한시	
1	6	文苑	野梅 〔1〕 야매	平讓 田實馬鄉	시가/한시	
1	6	文苑	白髮詞 〔1〕 백발사	平讓 田實馬鄉	시가/한시	
1	6	文苑	酒興 〔1〕 주흥	平讓 田實馬鄉	시가/한시	
1	6	文苑	讀史 〔1〕 독사	平讓 田實馬鄉	시가/한시	
1916년 01월 27일 (목) 2984호 마진일간						
4	3~5	小說	★男きんせい 〈76〉 오토코 긴세이	江見水陰	소설	
1916년 01월 27일 (목) 2984호						
6	1~3	講談	水戸三郎丸 〈114〉 미토 사부로마루	田邊南郭 講演	고단	
1916년 01월 28일 (금) 2985호						
1	6	文苑	☆釜山に雪降れる朝 〔10〕 부산에 눈 내린 아침	尋蟻	시가/하이쿠	
1916년 01월 28일 (금) 2985호 마진일간						
4	4~5	小說	★男きんせい 〈77〉 오토코 긴세이	江見水陰	소설	
1916년 01월 28일 (금) 2985호						
6	1~2	講談	水戸三郎丸 〈115〉 미토 사부로마루	田邊南郭 講演	고단	
1916년 01월 29일 (토) 2986호						
1	6	文苑	病床詠 〔4〕 병상영	袋川	시가/단카	
1916년 01월 29일 (토) 2986호 마진일간						
4	4~6	小說	★男きんせい 〈78〉 오토코 긴세이	江見水陰	소설	
1916년 01월 29일 (토) 2986호						
6	1~2	講談	水戸三郎丸 〈116〉 미토 사부로마루	田邊南郭 講演	고단	
1916년 01월 30일 (일) 2987호						
1	6	文苑	短歌四首 〔4〕 단카 4수	千鳥	시가/단카	

지면	단수	기획	기사제목 〈회수〉〔곡수〕	필자/저자(역자)	분류	비고

1916년 01월 30일 (일) 2987호 마진일간

지면	단수	기획	기사제목 〈회수〉〔곡수〕	필자/저자(역자)	분류	비고
4	4~5	小說	★男きんせい 〈79〉 오토코 긴세이	江見水陰	소설	

1916년 01월 30일 (일) 2987호

지면	단수	기획	기사제목 〈회수〉〔곡수〕	필자/저자(역자)	분류	비고
6	1~2	講談	水戸三郎丸 〈117〉 미토 사부로마루	田邊南郭 講演	고단	

1916년 01월 31일 (월) 2988호

지면	단수	기획	기사제목 〈회수〉〔곡수〕	필자/저자(역자)	분류	비고
1	6	文苑	見青年 〔1〕 견청년	平讓 田實馬鄉	시가/한시	
1	6	文苑	偶成 〔2〕 우성	平讓 田實馬鄉	시가/한시	
1	6	文苑	梅 〔3〕 매화	平讓 田實馬鄉	시가/한시	
1	6	文苑	初雪 〔10〕 첫눈	合歡白骨	시가/하이쿠	
4	1~2	講談	水戸三郎丸 〈118〉 미토 사부로마루	田邊南郭 講演	고단	

1916년 02월 01일 (화) 2989호

지면	단수	기획	기사제목 〈회수〉〔곡수〕	필자/저자(역자)	분류	비고
1	6	文苑	西田竹堂著先師山田奠南先生哀悼詩集を見て 〔1〕 니시다 지쿠도 저 선사 야마다 덴난 선생 애도 시집을 보고	靜岡 金原加茂平	시가/단카	
1	6	文苑	竹堂西田詞宗岫巖石印材三種小惠謝之 〔1〕 니시다 지쿠도 사종수엄석인재삼종소혜사지	三重 渥美鐵石	시가/한시	
1	6	文苑	雜題 〔8〕 잡제	泡水	시가/하이쿠	

1916년 02월 01일 (화) 2989호 마진일간

지면	단수	기획	기사제목 〈회수〉〔곡수〕	필자/저자(역자)	분류	비고
4	4~6	小說	★男きんせい 〈78〉 오토코 긴세이	江見水陰	소설	회수 오류

1916년 02월 01일 (화) 2989호

지면	단수	기획	기사제목 〈회수〉〔곡수〕	필자/저자(역자)	분류	비고
6	1~2	講談	水戸三郎丸 〈119〉 미토 사부로마루	田邊南郭 講演	고단	

1916년 02월 02일 (수) 2990호

지면	단수	기획	기사제목 〈회수〉〔곡수〕	필자/저자(역자)	분류	비고
1	6	文苑	短歌 〔7〕 단카	泡水	시가/단카	

1916년 02월 02일 (수) 2990호 마진일간

지면	단수	기획	기사제목 〈회수〉〔곡수〕	필자/저자(역자)	분류	비고
4	3~5	小說	★男きんせい 〈81〉 오토코 긴세이	江見水陰	소설	

1916년 02월 02일 (수) 2990호

지면	단수	기획	기사제목 〈회수〉〔곡수〕	필자/저자(역자)	분류	비고
6	1~2	講談	水戸三郎丸 〈120〉 미토 사부로마루	田邊南郭 講演	고단	

1916년 02월 03일 (목) 2991호

지면	단수	기획	기사제목 〈회수〉〔곡수〕	필자/저자(역자)	분류	비고
1	6	文苑	次韻郡官西田竹堂公嘗新穀詩 〔1〕 차운 군관 니시다 지쿠도 공 상신곡시	梁山 金翔熙	시가/한시	

지면	단수	기획	기사제목 〈회수〉 〔곡수〕	필자/저자(역자)	분류	비고
1	6	文苑	短歌 〔4〕 단카	白骨生	시가/단카	

1916년 02월 03일 (목) 2991호 마진일간

지면	단수	기획	기사제목	필자/저자(역자)	분류	비고
4	3~5	小說	★男きんせい 〈82〉 오토코 긴세이	江見水陰	소설	

1916년 02월 03일 (목) 2991호

지면	단수	기획	기사제목	필자/저자(역자)	분류	비고
6	1~4	講談	水戸三郎丸 〈121〉 미토 사부로마루	田邊南郭 講演	고단	

1916년 02월 04일 (금) 2992호

지면	단수	기획	기사제목	필자/저자(역자)	분류	비고
1	6	文苑	短歌 〔5〕 단카	とよ子	시가/단카	
1	6	文苑	俳句/餘寒 〔4〕 하이쿠/여한	青眼子	시가/하이쿠	
1	6	文苑	俳句/木の芽 〔3〕 하이쿠/나무 새싹	青眼子	시가/하이쿠	
1	6	文苑	俳句/雪解 〔4〕 하이쿠/눈이 녹다	青眼子	시가/하이쿠	

1916년 02월 04일 (금) 2992호 마진일간

지면	단수	기획	기사제목	필자/저자(역자)	분류	비고
4	3~5	小說	★男きんせい 〈83〉 오토코 긴세이	江見水陰	소설	

1916년 02월 04일 (금) 2992호

지면	단수	기획	기사제목	필자/저자(역자)	분류	비고
6	1~2	講談	水戸三郎丸 〈122〉 미토 사부로마루	水戸三郎丸	고단	

1916년 02월 05일 (토) 2993호

지면	단수	기획	기사제목	필자/저자(역자)	분류	비고
1	6	文苑	超塵會句集 조진카이 구집	秋汀	기타/모임	안내
1	6	文苑	超塵會句集 〔1〕 조진카이 구집	俠雨	시가/하이쿠	
1	6	文苑	超塵會句集 〔4〕 조진카이 구집	可秀	시가/하이쿠	
1	6	文苑	超塵會句集 〔5〕 조진카이 구집	青眼子	시가/하이쿠	
1	6	文苑	超塵會句集 〔5〕 조진카이 구집	秋汀	시가/하이쿠	
1	6	文苑	雜題 〔5〕 잡제	大邱 其月	시가/하이쿠	

1916년 02월 05일 (토) 2993호 마진일간

지면	단수	기획	기사제목	필자/저자(역자)	분류	비고
4	4~6	小說	★男きんせい 〈84〉 오토코 긴세이	江見水陰	소설	

1916년 02월 05일 (토) 2993호

지면	단수	기획	기사제목	필자/저자(역자)	분류	비고
6	1~2	講談	水戸三郎丸 〈123〉 미토 사부로마루	田邊南郭 講演	고단	

1916년 02월 06일 (일) 2994호

지면	단수	기획	기사제목 〈회수〉〔곡수〕	필자/저자(역자)	분류	비고
1	6	文苑	電話交換室 〔1〕 전화 교환실	△△生	시가/자유시	

1916년 02월 06일 (일) 2994호 마진일간

지면	단수	기획	기사제목	필자/저자(역자)	분류	비고
4	4~6	小說	★男きんせい 〈85〉 오토코 긴세이	江見水陰	소설	

1916년 02월 06일 (일) 2994호

지면	단수	기획	기사제목	필자/저자(역자)	분류	비고
6	1~2	講談	水戸三郎丸 〈124〉 미토 사부로마루	田邊南郭 講演	고단	

1916년 02월 07일 (월) 2995호

지면	단수	기획	기사제목	필자/저자(역자)	분류	비고
1	6	文苑	短歌 〔8〕 단카	泡水	시가/단카	
1	6	文苑	水 〔3〕 물	佐枝	시가/단카	
1	6	文苑	さすらひ 〔2〕 방랑	おちば	시가/단카	
1	6	文苑	★玄海を 〔1〕 현해탄을	鳥の子	시가/신체시	
3	1~2		(제목없음) 〔1〕		시가/단카	
4	1~2	講談	水戸三郎丸 〈125〉 미토 사부로마루	田邊南郭 講演	고단	

1916년 02월 08일 (화) 2996호

지면	단수	기획	기사제목	필자/저자(역자)	분류	비고
1	6	文苑	川柳/自炊 〔8〕 센류/자취	藏六	시가/센류	

1916년 02월 08일 (화) 2996호 마진일간

지면	단수	기획	기사제목	필자/저자(역자)	분류	비고
4	4~6	小說	★男きんせい 〈86〉 오토코 긴세이	江見水陰	소설	

1916년 02월 08일 (화) 2996호

지면	단수	기획	기사제목	필자/저자(역자)	분류	비고
6	1~2	講談	水戸三郎丸 〈126〉 미토 사부로마루	田邊南郭 講演	고단	

1916년 02월 09일 (수) 2997호

지면	단수	기획	기사제목	필자/저자(역자)	분류	비고
1	6	文苑	(제목없음)	秋汀	기타/모임 안내	
1	6	文苑	水温む 〔5〕 물에 한기가 가시다	秋汀	시가/하이쿠	
1	6	文苑	水温む 〔5〕 물에 한기가 가시다	靑眼子	시가/하이쿠	
1	6	文苑	畑打 〔5〕 밭갈이	秋汀	시가/하이쿠	
1	6	文苑	畑打 〔5〕 밭갈이	靑眼子	시가/하이쿠	
1	6	文苑	柳 〔5〕 버들	秋汀	시가/하이쿠	
1	6	文苑	柳 〔5〕 버들	靑眼子	시가/하이쿠	

지면	단수	기획	기사제목 〈회수〉〔곡수〕	필자/저자(역자)	분류	비고
1916년 02월 09일 (수) 2997호 마진일간						
3	3~5	小說	★男きんせい〈87〉 오토코 긴세이	江見水陰	시가/하이쿠	
1916년 02월 09일 (수) 2997호						
6	1~2	講談	水戸三郎丸〈127〉 미토 사부로마루	田邊南郭 講演	고단	
1916년 02월 10일 (목) 2998호						
1	6	文苑	冬季雜題〔19〕 동계잡제	永同 董水	시가/하이쿠	
1916년 02월 10일 (목) 2998호 마진일간						
3	4~6	小說	★男きんせい〈88〉 오토코 긴세이	江見水陰	소설	
1916년 02월 10일 (목) 2998호						
6	1~2	講談	水戸三郎丸〈128〉 미토 사부로마루	田邊南郭 講演	고단	
1916년 02월 11일 (금) 2999호						
1	6	文苑	短歌〔9〕 단카	まさはる	시가/단카	
6	1~4	講談	水戸三郎丸〈129〉 미토 사부로마루	田邊南郭 講演	고단	
1916년 02월 13일 (일) 3000호						
1	6	文苑	★三千號〔1〕 삼천 호	#生	시가/자유시	
1916년 02월 13일 (일) 3000호 마진일간						
3	4~6	小說	★男きんせい〈90〉 오토코 긴세이	江見水陰	소설	
1916년 02월 13일 (일) 3000호						
6	1~2	講談	水戸三郎丸〈130〉 미토 사부로마루	田邊南郭 講演	고단	
1916년 02월 14일 (월) 3001호						
1	6	文苑	短歌〔6〕 단카	はるを	시가/단카	
3	4		講談豫告 고단 예고		광고/연재 예고	
4	1~3	講談	水戸三郎丸〈131〉 미토 사부로마루	田邊南郭 講演	고단	
1916년 02월 15일 (화) 3002호						
1	6	文苑	丙辰新年〔1〕 병진신년	鎭海 駒田偶齋	시가/한시	
1	6	文苑	春曉即事〔1〕 춘효즉사	鎭海 駒田偶齋	시가/한시	

지면	단수	기획	기사제목 〈회수〉〔곡수〕	필자/저자(역자)	분류	비고
1	6	文苑	春寒 〔1〕 춘한	鎭海 駒田偶齋	시가/한시	
1	6	文苑	春雨 〔5〕 봄비	秋汀	시가/하이쿠	
1	6	文苑	春雨 〔5〕 봄비	靑眼子	시가/하이쿠	

1916년 02월 15일 (화) 3002호 마진일간

지면	단수	기획	기사제목 〈회수〉〔곡수〕	필자/저자(역자)	분류	비고
3	4~6	小說	★男きんせい 〈91〉 오토코 긴세이	江見水陰	소설	

1916년 02월 15일 (화) 3002호

지면	단수	기획	기사제목 〈회수〉〔곡수〕	필자/저자(역자)	분류	비고
5	1~2		(제목없음) 〔1〕		시가/단카	
6	1~3	講談	快傑忠輔 〈1〉 쾌걸 주스케	伊東燕尾 講演	고단	

1916년 02월 16일 (수) 3003호 경북일간

지면	단수	기획	기사제목 〈회수〉〔곡수〕	필자/저자(역자)	분류	비고
3	6~8	小說	★男きんせい 〈92〉 오토코 긴세이	江見水陰	소설	

1916년 02월 16일 (수) 3003호

지면	단수	기획	기사제목 〈회수〉〔곡수〕	필자/저자(역자)	분류	비고
5	1~2		(제목없음) 〔1〕		시가/단카	
6	1~3	講談	快傑忠輔 〈2〉 쾌걸 주스케	伊東燕尾 講演	고단	

1916년 02월 17일 (목) 3004호

지면	단수	기획	기사제목 〈회수〉〔곡수〕	필자/저자(역자)	분류	비고
1	6	文苑	弄月吟社句集-東京熊倉唐麓先生選 〔1〕 로게쓰긴샤 구집-도쿄 구마쿠라 도로쿠 선생 선	可秀	시가/하이쿠	
1	6	文苑	弄月吟社句集-東京熊倉唐麓先生選 〔2〕 로게쓰긴샤 구집-도쿄 구마쿠라 도로쿠 선생 선	靑眼子	시가/하이쿠	
1	6	文苑	弄月吟社句集-東京熊倉唐麓先生選 〔1〕 로게쓰긴샤 구집-도쿄 구마쿠라 도로쿠 선생 선	瓢	시가/하이쿠	
1	6	文苑	弄月吟社句集-東京熊倉唐麓先生選 〔1〕 로게쓰긴샤 구집-도쿄 구마쿠라 도로쿠 선생 선	春浦	시가/하이쿠	
1	6	文苑	弄月吟社句集-東京熊倉唐麓先生選 〔1〕 로게쓰긴샤 구집-도쿄 구마쿠라 도로쿠 선생 선	秋汀	시가/하이쿠	
1	6	文苑	弄月吟社句集-東京熊倉唐麓先生選 〔1〕 로게쓰긴샤 구집-도쿄 구마쿠라 도로쿠 선생 선	一草	시가/하이쿠	
1	6	文苑	弄月吟社句集-東京熊倉唐麓先生選 〔1〕 로게쓰긴샤 구집-도쿄 구마쿠라 도로쿠 선생 선	春浦	시가/하이쿠	
1	6	文苑	弄月吟社句集-東京熊倉唐麓先生選 〔1〕 로게쓰긴샤 구집-도쿄 구마쿠라 도로쿠 선생 선	てる女	시가/하이쿠	
1	6	文苑	弄月吟社句集-東京熊倉唐麓先生選 〔1〕 로게쓰긴샤 구집-도쿄 구마쿠라 도로쿠 선생 선	夢柳	시가/하이쿠	
1	6	文苑	弄月吟社句集-東京熊倉唐麓先生選 〔1〕 로게쓰긴샤 구집-도쿄 구마쿠라 도로쿠 선생 선	瓢	시가/하이쿠	
1	6	文苑	弄月吟社句集-東京熊倉唐麓先生選 〔1〕 로게쓰긴샤 구집-도쿄 구마쿠라 도로쿠 선생 선	春浦	시가/하이쿠	
1	6	文苑	弄月吟社句集-東京熊倉唐麓先生選 〔1〕 로게쓰긴샤 구집-도쿄 구마쿠라 도로쿠 선생 선	可秀	시가/하이쿠	

지면	단수	기획	기사제목〈회수〉〔곡수〕	필자/저자(역자)	분류	비고
1	6	文苑	弄月吟社句集-東京熊倉唐麓先生選〔1〕 로게쓰긴샤 구집-도쿄 구마쿠라 도로쿠 선생 선	春浦	시가/하이쿠	
1	6	文苑	弄月吟社句集-東京熊倉唐麓先生選〔1〕 로게쓰긴샤 구집-도쿄 구마쿠라 도로쿠 선생 선	てる女	시가/하이쿠	
1	6	文苑	弄月吟社句集-東京熊倉唐麓先生選/人〔1〕 로게쓰긴샤 구집-도쿄 구마쿠라 도로쿠 선생 선/인	春浦	시가/하이쿠	
1	6	文苑	弄月吟社句集-東京熊倉唐麓先生選/地〔1〕 로게쓰긴샤 구집-도쿄 구마쿠라 도로쿠 선생 선/지	靑眼子	시가/하이쿠	
1	6	文苑	弄月吟社句集-東京熊倉唐麓先生選/天〔1〕 로게쓰긴샤 구집-도쿄 구마쿠라 도로쿠 선생 선/천	秋汀	시가/하이쿠	
1	6	文苑	弄月吟社句集-東京熊倉唐麓先生選/選者吟〔2〕 로게쓰긴샤 구집-도쿄 구마쿠라 도로쿠 선생 선/선자음	熊倉唐麓	시가/하이쿠	
2	7		溫突より(上)〈1〉 온돌에서(상)	素生	수필/기행	

1916년 02월 17일 (목) 3004호 마진일간

지면	단수	기획	기사제목〈회수〉〔곡수〕	필자/저자(역자)	분류	비고
3	4~5	小說	★男きんせい〈93〉 오토코 긴세이	江見水陰	소설	

1916년 02월 17일 (목) 3004호

지면	단수	기획	기사제목〈회수〉〔곡수〕	필자/저자(역자)	분류	비고
5	1~2		(제목없음)〔1〕		시가/단카	
6	1~3	講談	快傑忠輔〈3〉 쾌걸 주스케	伊東燕尾 講演	고단	

1916년 02월 18일 (금) 3005호

지면	단수	기획	기사제목〈회수〉〔곡수〕	필자/저자(역자)	분류	비고
1	5	文苑	短歌〔9〕 단카	泡水	시가/단카	
1	6	文苑	短歌〔6〕 단카	はるを	시가/단카	

1916년 02월 18일 (금) 3005호 경북일간

지면	단수	기획	기사제목〈회수〉〔곡수〕	필자/저자(역자)	분류	비고
3	6	日刊文林	笹鳴會例會即吟集/如月〈1〉〔1〕 사사나키카이 예회 즉음집/음력 2월	南山	시가/하이쿠	
3	6	日刊文林	笹鳴會例會即吟集/如月〈1〉〔1〕 사사나키카이 예회 즉음집/음력 2월	松翠	시가/하이쿠	
3	6	日刊文林	笹鳴會例會即吟集/如月〈1〉〔1〕 사사나키카이 예회 즉음집/음력 2월	獨笑	시가/하이쿠	
3	6	日刊文林	笹鳴會例會即吟集/如月〈1〉〔1〕 사사나키카이 예회 즉음집/음력 2월	觀風	시가/하이쿠	
3	6	日刊文林	笹鳴會例會即吟集/畑打〈1〉〔1〕 사사나키카이 예회 즉음집/밭갈이	光樹	시가/하이쿠	
3	6	日刊文林	笹鳴會例會即吟集/畑打〈1〉〔1〕 사사나키카이 예회 즉음집/밭갈이	緩浦	시가/하이쿠	
3	6	日刊文林	笹鳴會例會即吟集/畑打〈1〉〔1〕 사사나키카이 예회 즉음집/밭갈이	獨笑	시가/하이쿠	
3	6	日刊文林	笹鳴會例會即吟集/畑打〈1〉〔1〕 사사나키카이 예회 즉음집/밭갈이	松翠	시가/하이쿠	
3	6	日刊文林	笹鳴會例會即吟集/畑打〈1〉〔1〕 사사나키카이 예회 즉음집/밭갈이	南山	시가/하이쿠	
3	6	日刊文林	笹鳴會例會即吟集/畑打〈1〉〔1〕 사사나키카이 예회 즉음집/밭갈이	子也	시가/하이쿠	

지면	단수	기획	기사제목 〈회수〉〔곡수〕	필자/저자(역자)	분류	비고
3	6	日刊文林	笹鳴會例會即吟集/畑打〈1〉〔1〕 사사나키카이 예회 즉음집/밭갈이	觀風	시가/하이쿠	
3	6	日刊文林	笹鳴會例會即吟集/蕗の臺〈1〉〔1〕 사사나키카이 예회 즉음집/머위 꽃대	光樹	시가/하이쿠	
3	6	日刊文林	笹鳴會例會即吟集/蕗の臺〈1〉〔1〕 사사나키카이 예회 즉음집/머위 꽃대	獨笑	시가/하이쿠	
3	6	日刊文林	笹鳴會例會即吟集/蕗の臺〈1〉〔1〕 사사나키카이 예회 즉음집/머위 꽃대	麥圃	시가/하이쿠	
3	6	日刊文林	笹鳴會例會即吟集/蕗の臺〈1〉〔1〕 사사나키카이 예회 즉음집/머위 꽃대	南山	시가/하이쿠	
3	6	日刊文林	笹鳴會例會即吟集/蕗の臺〈1〉〔1〕 사사나키카이 예회 즉음집/머위 꽃대	觀風	시가/하이쿠	
3	6	日刊文林	笹鳴會例會即吟集/霞〈1〉〔1〕 사사나키카이 예회 즉음집/봄 안개	獨笑	시가/하이쿠	
3	6	日刊文林	笹鳴會例會即吟集/霞〈1〉〔1〕 사사나키카이 예회 즉음집/봄 안개	麥圃	시가/하이쿠	
3	6	日刊文林	笹鳴會例會即吟集/霞〈1〉〔1〕 사사나키카이 예회 즉음집/봄 안개	南山	시가/하이쿠	
3	6	日刊文林	笹鳴會例會即吟集/霞〈1〉〔1〕 사사나키카이 예회 즉음집/봄 안개	光樹	시가/하이쿠	
3	6	日刊文林	笹鳴會例會即吟集/霞〈1〉〔1〕 사사나키카이 예회 즉음집/봄 안개	子也	시가/하이쿠	
3	6	日刊文林	笹鳴會例會即吟集/霞〈1〉〔1〕 사사나키카이 예회 즉음집/봄 안개	觀風	시가/하이쿠	
3	6	日刊文林	笹鳴會例會即吟集/紅梅〈1〉〔1〕 사사나키카이 예회 즉음집/홍매	松翠	시가/하이쿠	
3	6	日刊文林	笹鳴會例會即吟集/紅梅〈1〉〔1〕 사사나키카이 예회 즉음집/홍매	光樹	시가/하이쿠	
3	6	日刊文林	笹鳴會例會即吟集/紅梅〈1〉〔1〕 사사나키카이 예회 즉음집/홍매	南山	시가/하이쿠	
3	6	日刊文林	笹鳴會例會即吟集/紅梅〈1〉〔1〕 사사나키카이 예회 즉음집/홍매	子也	시가/하이쿠	
3	6	日刊文林	笹鳴會例會即吟集/紅梅〈1〉〔1〕 사사나키카이 예회 즉음집/홍매	邱聲	시가/하이쿠	
3	6	日刊文林	笹鳴會例會即吟集/紅梅〈1〉〔1〕 사사나키카이 예회 즉음집/홍매	觀風	시가/하이쿠	
3	6	日刊文林	笹鳴會例會即吟集/別れ霜〈1〉〔1〕 사사나키카이 예회 즉음집/마지막 서리	邱聲	시가/하이쿠	
3	6	日刊文林	笹鳴會例會即吟集/別れ霜〈1〉〔1〕 사사나키카이 예회 즉음집/마지막 서리	麥圃	시가/하이쿠	
3	6	日刊文林	笹鳴會例會即吟集/別れ霜〈1〉〔1〕 사사나키카이 예회 즉음집/마지막 서리	綾浦	시가/하이쿠	
3	6	日刊文林	笹鳴會例會即吟集/別れ霜〈1〉〔1〕 사사나키카이 예회 즉음집/마지막 서리	獨笑	시가/하이쿠	
3	6	日刊文林	笹鳴會例會即吟集/別れ霜〈1〉〔1〕 사사나키카이 예회 즉음집/마지막 서리	子也	시가/하이쿠	
3	6	日刊文林	笹鳴會例會即吟集/別れ霜〈1〉〔1〕 사사나키카이 예회 즉음집/마지막 서리	觀風	시가/하이쿠	
3	6	日刊文林	笹鳴會例會即吟集/立春〈1〉〔1〕 사사나키카이 예회 즉음집/입춘	邱聲	시가/하이쿠	
3	6	日刊文林	笹鳴會例會即吟集/立春〈1〉〔1〕 사사나키카이 예회 즉음집/입춘	子也	시가/하이쿠	

지면	단수	기획	기사제목 〈회수〉〔곡수〕	필자/저자(역자)	분류	비고
3	6	日刊文林	笹鳴會例會即吟集/立春 〈1〉〔1〕 사사나키카이 예회 즉음집/입춘	麥圃	시가/하이쿠	
3	6	日刊文林	笹鳴會例會即吟集/立春 〈1〉〔1〕 사사나키카이 예회 즉음집/입춘	松翠	시가/하이쿠	
3	6	日刊文林	笹鳴會例會即吟集/立春 〈1〉〔1〕 사사나키카이 예회 즉음집/입춘	獨笑	시가/하이쿠	
3	6	日刊文林	笹鳴會例會即吟集/立春 〈1〉〔1〕 사사나키카이 예회 즉음집/입춘	觀風	시가/하이쿠	

1916년 02월 18일 (금) 3005호 마진일간

지면	단수	기획	기사제목 〈회수〉〔곡수〕	필자/저자(역자)	분류	비고
3	4~6	小說	★男きんせい 〈94〉 오토코 긴세이	江見水陰	소설	

1916년 02월 18일 (금) 3005호

지면	단수	기획	기사제목 〈회수〉〔곡수〕	필자/저자(역자)	분류	비고
5	1~2		(제목없음)〔1〕		시가/단카	
6	1~3	講談	快傑忠輔 〈4〉 쾌걸 주스케	伊東燕尾 講演	고단	

1916년 02월 19일 (토) 3006호

지면	단수	기획	기사제목 〈회수〉〔곡수〕	필자/저자(역자)	분류	비고
1	6	文苑	春季雜題〔10〕 춘계잡제	馬山 崖水	시가/하이쿠	

1916년 02월 19일 (토) 3006호 마진일간

지면	단수	기획	기사제목 〈회수〉〔곡수〕	필자/저자(역자)	분류	비고
3	3~5	小說	★男きんせい 〈95〉 오토코 긴세이	江見水陰	소설	

1916년 02월 19일 (토) 3006호

지면	단수	기획	기사제목 〈회수〉〔곡수〕	필자/저자(역자)	분류	비고
6	1~3	講談	快傑忠輔 〈5〉 쾌걸 주스케	伊東燕尾 講演	고단	

1916년 02월 20일 (일) 3007호

지면	단수	기획	기사제목 〈회수〉〔곡수〕	필자/저자(역자)	분류	비고
1	6	文苑	短歌〔10〕 단카	まさはる	시가/단카	
2	6		溫突より(中) 〈2〉 온돌에서(중)	素生	수필/기행	

1916년 02월 20일 (일) 3007호 경북일간

지면	단수	기획	기사제목 〈회수〉〔곡수〕	필자/저자(역자)	분류	비고
3	5	日刊文林	笹鳴會例會即吟集/春淺し 〈2〉〔1〕 사사나키카이 예회 즉음집/이른봄	不也	시가/하이쿠	
3	5	日刊文林	笹鳴會例會即吟集/春淺し 〈2〉〔1〕 사사나키카이 예회 즉음집/이른봄	南山	시가/하이쿠	
3	5	日刊文林	笹鳴會例會即吟集/春淺し 〈2〉〔1〕 사사나키카이 예회 즉음집/이른봄	光樹	시가/하이쿠	
3	5	日刊文林	笹鳴會例會即吟集/春淺し 〈2〉〔1〕 사사나키카이 예회 즉음집/이른봄	緩浦	시가/하이쿠	
3	5	日刊文林	笹鳴會例會即吟集/春淺し 〈2〉〔1〕 사사나키카이 예회 즉음집/이른봄	麥圃	시가/하이쿠	
3	5	日刊文林	笹鳴會例會即吟集/春淺し 〈2〉〔1〕 사사나키카이 예회 즉음집/이른봄	印聲	시가/하이쿠	
3	5	日刊文林	笹鳴會例會即吟集/春淺し 〈2〉〔1〕 사사나키카이 예회 즉음집/이른봄	觀風	시가/하이쿠	

지면	단수	기획	기사제목 〈회수〉〔곡수〕	필자/저자(역자)	분류	비고
3	5	日刊文林	笹鳴會例會即吟集/釋奠 〈2〉〔1〕 사사나키카이 예회 즉음집/석전	獨笑	시가/하이쿠	
3	5	日刊文林	笹鳴會例會即吟集/釋奠 〈2〉〔1〕 사사나키카이 예회 즉음집/석전	印聲	시가/하이쿠	
3	5	日刊文林	笹鳴會例會即吟集/釋奠 〈2〉〔1〕 사사나키카이 예회 즉음집/석전	麥圃	시가/하이쿠	
3	5	日刊文林	笹鳴會例會即吟集/釋奠 〈2〉〔1〕 사사나키카이 예회 즉음집/석전	獨笑	시가/하이쿠	
3	5	日刊文林	笹鳴會例會即吟集/釋奠 〈2〉〔1〕 사사나키카이 예회 즉음집/석전	子也	시가/하이쿠	
3	5	日刊文林	笹鳴會例會即吟集/釋奠 〈2〉〔1〕 사사나키카이 예회 즉음집/석전	邱聲	시가/하이쿠	
3	5	日刊文林	笹鳴會例會即吟集/釋奠 〈2〉〔1〕 사사나키카이 예회 즉음집/석전	光樹	시가/하이쿠	
3	5	日刊文林	笹鳴會例會即吟集/釋奠 〈2〉〔1〕 사사나키카이 예회 즉음집/석전	觀風	시가/하이쿠	
3	5	日刊文林	笹鳴會例會即吟集/猫の戀 〈2〉〔1〕 사사나키카이 예회 즉음집/고양이의 사랑	綾浦	시가/하이쿠	
3	5	日刊文林	笹鳴會例會即吟集/猫の戀 〈2〉〔1〕 사사나키카이 예회 즉음집/고양이의 사랑	邱聲	시가/하이쿠	
3	5	日刊文林	笹鳴會例會即吟集/猫の戀 〈2〉〔1〕 사사나키카이 예회 즉음집/고양이의 사랑	南山	시가/하이쿠	
3	5	日刊文林	笹鳴會例會即吟集/猫の戀 〈2〉〔1〕 사사나키카이 예회 즉음집/고양이의 사랑	獨笑	시가/하이쿠	
3	5	日刊文林	笹鳴會例會即吟集/猫の戀 〈2〉〔1〕 사사나키카이 예회 즉음집/고양이의 사랑	麥圃	시가/하이쿠	
3	5	日刊文林	笹鳴會例會即吟集/猫の戀 〈2〉〔1〕 사사나키카이 예회 즉음집/고양이의 사랑	獨笑	시가/하이쿠	
3	5	日刊文林	笹鳴會例會即吟集/猫の戀 〈2〉〔1〕 사사나키카이 예회 즉음집/고양이의 사랑	麥圃	시가/하이쿠	
3	5	日刊文林	笹鳴會例會即吟集/猫の戀 〈2〉〔2〕 사사나키카이 예회 즉음집/고양이의 사랑	光樹	시가/하이쿠	
3	5	日刊文林	笹鳴會例會即吟集/猫の戀 〈2〉〔1〕 사사나키카이 예회 즉음집/고양이의 사랑	麥圃	시가/하이쿠	
3	5	日刊文林	笹鳴會例會即吟集/猫の戀 〈2〉〔2〕 사사나키카이 예회 즉음집/고양이의 사랑	觀風	시가/하이쿠	
3	5~7	小說	★男きんせい 〈96〉 오토코 긴세이	江見水陰	소설	

1916년 02월 20일 (일) 3007호

지면	단수	기획	기사제목 〈회수〉〔곡수〕	필자/저자(역자)	분류	비고
6	1~3	講談	快傑忠輔 〈6〉 쾌걸 주스케	伊東燕尾 講演	고단	

1916년 02월 21일 (월) 3008호

지면	단수	기획	기사제목 〈회수〉〔곡수〕	필자/저자(역자)	분류	비고
1	6	文苑	櫻亭吼天兩氏送別句會 〈1〉 오테이, 고덴 두 사람 송별구회		기타/모임 안내	
1	6	文苑	櫻亭吼天兩氏送別句會/送別句 〈1〉〔1〕 오테이, 고덴 두 사람 송별구회/송별구	香陽	시가/하이쿠	
1	6	文苑	櫻亭吼天兩氏送別句會/送別句 〈1〉〔1〕 오테이, 고덴 두 사람 송별구회/송별구	とんむ	시가/하이쿠	
1	6	文苑	櫻亭吼天兩氏送別句會/送別句 〈1〉〔1〕 오테이, 고덴 두 사람 송별구회/송별구	綠骨	시가/하이쿠	

지면	단수	기획	기사제목 〈회수〉〔곡수〕	필자/저자(역자)	분류	비고
1	6	文苑	櫻亭吼天兩氏送別句會/送別句 〈1〉〔1〕 오테이, 고덴 두 사람 송별구회/송별구	草汀	시가/하이쿠	
1	6	文苑	櫻亭吼天兩氏送別句會/送別句 〈1〉〔1〕 오테이, 고덴 두 사람 송별구회/송별구	竹亭	시가/하이쿠	
1	6	文苑	櫻亭吼天兩氏送別句會/送別句 〈1〉〔1〕 오테이, 고덴 두 사람 송별구회/송별구	凡々子	시가/하이쿠	
1	6	文苑	櫻亭吼天兩氏送別句會/送別句 〈1〉〔1〕 오테이, 고덴 두 사람 송별구회/송별구	袋川	시가/하이쿠	
1	6	文苑	櫻亭吼天兩氏送別句會/送別句 〈1〉〔1〕 오테이, 고덴 두 사람 송별구회/송별구	雲山	시가/하이쿠	
1	6	文苑	櫻亭吼天兩氏送別句會/送別句 〈1〉〔1〕 오테이, 고덴 두 사람 송별구회/송별구	松濤	시가/하이쿠	
1	6	文苑	櫻亭吼天兩氏送別句會/送別句 〈1〉〔2〕 오테이, 고덴 두 사람 송별구회/송별구	呂介	시가/하이쿠	
1	6	文苑	櫻亭吼天兩氏送別句會/送別句 〈1〉〔1〕 오테이, 고덴 두 사람 송별구회/송별구	蝸牛	시가/하이쿠	
1	6	文苑	櫻亭吼天兩氏送別句會/送別句 〈1〉〔1〕 오테이, 고덴 두 사람 송별구회/송별구	茶遊	시가/하이쿠	
1	6	文苑	櫻亭吼天兩氏送別句會/送別句 〈1〉〔1〕 오테이, 고덴 두 사람 송별구회/송별구	靑雨	시가/하이쿠	
1	6	文苑	櫻亭吼天兩氏送別句會/送別句 〈1〉〔1〕 오테이, 고덴 두 사람 송별구회/송별구	綠骨	시가/하이쿠	
1	6	文苑	櫻亭吼天兩氏送別句會/送別句 〈1〉〔1〕 오테이, 고덴 두 사람 송별구회/송별구	東陽	시가/하이쿠	
1	6	文苑	櫻亭吼天兩氏送別句會/送別句 〈1〉〔2〕 오테이, 고덴 두 사람 송별구회/송별구	夢柳	시가/하이쿠	
1	6	文苑	櫻亭吼天兩氏送別句會/送別句 〈1〉〔1〕 오테이, 고덴 두 사람 송별구회/송별구	柳塘	시가/하이쿠	
1	6	文苑	櫻亭吼天兩氏送別句會/送別句 〈1〉〔1〕 오테이, 고덴 두 사람 송별구회/송별구	金峯	시가/하이쿠	
1	6	文苑	櫻亭吼天兩氏送別句會/送別句 〈1〉〔1〕 오테이, 고덴 두 사람 송별구회/송별구	秋汀	시가/하이쿠	
1	6	文苑	櫻亭吼天兩氏送別句會/送別句 〈1〉〔1〕 오테이, 고덴 두 사람 송별구회/송별구	可秀	시가/하이쿠	
1	6	文苑	櫻亭吼天兩氏送別句會/送別句 〈1〉〔1〕 오테이, 고덴 두 사람 송별구회/송별구	茶遊	시가/하이쿠	
1	6	文苑	櫻亭吼天兩氏送別句會/送別句 〈1〉〔1〕 오테이, 고덴 두 사람 송별구회/송별구	靑雨	시가/하이쿠	
1	6	文苑	櫻亭吼天兩氏送別句會/送別句 〈1〉〔1〕 오테이, 고덴 두 사람 송별구회/송별구	春浦	시가/하이쿠	
1	6	文苑	櫻亭吼天兩氏送別句會/送別句 〈1〉〔1〕 오테이, 고덴 두 사람 송별구회/송별구	烏	시가/하이쿠	
1	6	文苑	櫻亭吼天兩氏送別句會/送別句 〈1〉〔1〕 오테이, 고덴 두 사람 송별구회/송별구	靑眼子	시가/하이쿠	
1	6	文苑	櫻亭吼天兩氏送別句會/送別句 〈1〉〔1〕 오테이, 고덴 두 사람 송별구회/송별구	古仙	시가/하이쿠	
1	6	文苑	櫻亭吼天兩氏送別句會/送別句 〈1〉〔1〕 오테이, 고덴 두 사람 송별구회/송별구	苔石	시가/하이쿠	
1	6	文苑	櫻亭吼天兩氏送別句會/送別句 〈1〉〔1〕 오테이, 고덴 두 사람 송별구회/송별구	石泉	시가/하이쿠	
4	1~5	講談	快傑忠輔 〈7〉 쾌걸 주스케	伊東燕尾 講演	고단	

지면	단수	기획	기사제목 〈회수〉〔곡수〕	필자/저자(역자)	분류	비고
			1916년 02월 22일 (화) 3009호			
1	6	文苑	櫻亭叺天兩氏送別句會 〈2〉〔1〕 오테이, 고덴 두 사람 송별구회	方水	시가/하이쿠	
1	6	文苑	櫻亭叺天兩氏送別句會 〈2〉〔1〕 오테이, 고덴 두 사람 송별구회	乃步月	시가/하이쿠	
1	6	文苑	櫻亭叺天兩氏送別句會 〈2〉〔1〕 오테이, 고덴 두 사람 송별구회	朔守	시가/하이쿠	
1	6	文苑	櫻亭叺天兩氏送別句會 〈2〉〔1〕 오테이, 고덴 두 사람 송별구회	柳塘	시가/하이쿠	
1	6	文苑	櫻亭叺天兩氏送別句會 〈2〉〔1〕 오테이, 고덴 두 사람 송별구회	香洲	시가/하이쿠	
1	6	文苑	櫻亭叺天兩氏送別句會 〈2〉〔1〕 오테이, 고덴 두 사람 송별구회	花汀	시가/하이구	
1	6	文苑	櫻亭叺天兩氏送別句會 〈2〉〔1〕 오테이, 고덴 두 사람 송별구회	香浦	시가/하이쿠	
1	6	文苑	櫻亭叺天兩氏送別句會 〈2〉〔1〕 오테이, 고덴 두 사람 송별구회	草石	시가/하이쿠	
1	6	文苑	櫻亭叺天兩氏送別句會 〈2〉〔1〕 오테이, 고덴 두 사람 송별구회	玉藻	시가/하이쿠	
1	6	文苑	櫻亭叺天兩氏送別句會 〈2〉〔2〕 오테이, 고덴 두 사람 송별구회	尋蟻	시가/하이쿠	
1	6	文苑	櫻亭叺天兩氏送別句會 〈2〉〔1〕 오테이, 고덴 두 사람 송별구회	叺天	시가/하이쿠	
1	6	文苑	櫻亭叺天兩氏送別句會 〈2〉〔1〕 오테이, 고덴 두 사람 송별구회	櫻亭	시가/하이쿠	
			1916년 02월 22일 (화) 3009호 마진일간			
3	4~6	小說	★男きんせい 〈97〉 오토코 긴세이	江見水陰	소설	
			1916년 02월 22일 (화) 3009호			
6	1~3	講談	快傑忠輔 〈8〉 쾌걸 주스케	伊東燕尾 講演	고단	
			1916년 02월 23일 (수) 3010호			
1	5	文苑	若き靈に 〈1〉〔4〕 나어린 영혼에게	白骨	시가/단카	
1	5	文苑	若き靈に 〈1〉〔1〕 나어린 영혼에게	左馬	시가/단카	
1	5	文苑	若き靈に 〈1〉〔3〕 나어린 영혼에게	新夫	시가/단카	
1	5	文苑	若き靈に 〈1〉〔2〕 나어린 영혼에게	鳥の子	시가/단카	
4	1~3	講談	快傑忠輔 〈9〉 쾌걸 주스케	伊東燕尾 講演	고단	
			1916년 02월 24일 (목) 3011호			
1	6	文苑	若き靈に(續) 〈2〉〔1〕 나어린 영혼에게(계속)	石泉	시가/하이쿠	
1	6	文苑	若き靈に(續) 〈2〉〔3〕 나어린 영혼에게(계속)	白骨	시가/하이쿠	

지면	단수	기획	기사제목 〈회수〉〔곡수〕	필자/저자(역자)	분류	비고
1	6	文苑	若き靈に(續)〈2〉〔1〕 나어린 영혼에게(계속)	袋川	시가/하이쿠	
1	6	文苑	若き靈に(續)〈2〉〔2〕 나어린 영혼에게(계속)	小僧	시가/하이쿠	
1	6	文苑	若き靈に(續)〈2〉〔2〕 나어린 영혼에게(계속)	かつ子	시가/하이쿠	
1	6	文苑	若き靈に(續)〈2〉〔2〕 나어린 영혼에게(계속)	左馬	시가/하이쿠	
1	6	文苑	若き靈に(續)〈2〉〔1〕 나어린 영혼에게(계속)	重二	시가/하이쿠	
1	6	文苑	若き靈に(續)〈2〉〔2〕 나어린 영혼에게(계속)	香洲	시가/하이쿠	
1	6	文苑	(제목없음)〔5〕	しづ子	시가/단카	
1	6	文苑	(제목없음)〔5〕	華子	시가/단카	

1916년 02월 24일 (목) 3011호 마진일간

지면	단수	기획	기사제목	필자/저자(역자)	분류	비고
3	4~6	小說	★男きんせい〈98〉 오토코 긴세이	江見水陰	소설	

1916년 02월 24일 (목) 3011호

지면	단수	기획	기사제목	필자/저자(역자)	분류	비고
6	1~3	講談	快傑忠輔〈10〉 쾌걸 주스케	伊東燕尾 講演	고단	

1916년 02월 25일 (금) 3012호

지면	단수	기획	기사제목	필자/저자(역자)	분류	비고
1	6	文苑	(제목없음)〔5〕	白蓮子	시가/단카	
1	6	文苑	(제목없음)〔5〕	千とせ子	시가/단카	

1916년 02월 25일 (금) 3012호 마진일간

지면	단수	기획	기사제목	필자/저자(역자)	분류	비고
3	3~5	小說	★男きんせい〈99〉 오토코 긴세이	江見水陰	소설	
6	1~3	講談	快傑忠輔〈11〉 쾌걸 주스케	伊東燕尾 講演	고단	

1916년 02월 26일 (토) 3013호

지면	단수	기획	기사제목	필자/저자(역자)	분류	비고
1	6	文苑	囀〔5〕 지저귀다	靑眼子	시가/하이쿠	
1	6	文苑	囀〔5〕 지저귀다	秋汀	시가/하이쿠	

1916년 02월 26일 (토) 3013호 마진일간

지면	단수	기획	기사제목	필자/저자(역자)	분류	비고
3	4~6	小說	★男きんせい〈100〉 오토코 긴세이	江見水陰	소설	

1916년 02월 26일 (토) 3013호

지면	단수	기획	기사제목	필자/저자(역자)	분류	비고
5	2~3		尋高校の校歌〔1〕 심상고등소학교의 교가		기타·시가/ 기타·기타	
6	1~3	講談	快傑忠輔〈12〉 쾌걸 주스케	伊東燕尾 講演	고단	

지면	단수	기획	기사제목 〈회수〉〔곡수〕	필자/저자(역자)	분류	비고
			1916년 02월 27일 (일) 3014호			
1	6	文苑	暖 〔5〕 따스함	靑眼子	시가/하이쿠	
1	6	文苑	暖 〔5〕 따스함	秋汀	시가/하이쿠	
1	6	文苑	靑麥 〔5〕 청보리	靑眼子	시가/하이쿠	
1	6	文苑	靑麥 〔5〕 청보리	秋汀	시가/하이쿠	
6	1~2	講談	快傑忠輔 〈13〉 쾌걸 주스케	伊東燕尾 講演	고단	
			1916년 02월 28일 (월) 3015호			
1	6	文苑	春雷 〔5〕 봄철의 우뢰	靑眼子	시가/하이쿠	
1	6	文苑	春雷 〔5〕 봄철의 우뢰	秋汀	시가/하이쿠	
1	6	文苑	燕 〔5〕 제비	靑眼子	시가/하이쿠	
1	6	文苑	燕 〔5〕 제비	秋汀	시가/하이쿠	
4	1~4	講談	快傑忠輔 〈14〉 쾌걸 주스케	伊東燕尾 講演	고단	
			1916년 02월 29일 (화) 3016호			
1	6	文苑	春愁篇 〔7〕 춘수편	新夫	시가/단카	
1	6	文苑	春愁篇 〔2〕 춘수편	ゑだは	시가/단카	
			1916년 02월 29일 (화) 3016호 마진일간			
3	3~5	講談	快傑忠輔 〈15〉 쾌걸 주스케	伊東燕尾 講演	고단	
			1916년 04월 01일 (토) 3047호			
1	5	文苑	春はかなしや 〔5〕 봄은 서글프다	すゞらん	시가/단카	
1	5	文苑	春はかなしや 〔2〕 봄은 서글프다	泉樓	시가/단카	
1	5~6	小說	結婚まで 〈25〉 결혼까지	三石烏	소설	
			1916년 04월 01일 (토) 3047호 경북일간			
3	5	日刊文林	花召させ 〔1〕 꽃의 부름	白芙蓉	시가/신체시	
			1916년 04월 01일 (토) 3047호 마진일간			
4	3~5	小說	思ふなか 〈12〉 생각 중에	和田天華	소설	
			1916년 04월 01일 (토) 3047호			

지면	단수	기획	기사제목 〈회수〉〔곡수〕	필자/저자(역자)	분류	비고
6	1~3	講談	快傑忠輔〈45〉 쾌걸 주스케	伊東燕尾 講演	고단	

1916년 04월 02일 (일) 3048호

지면	단수	기획	기사제목 〈회수〉〔곡수〕	필자/저자(역자)	분류	비고
1	5	文苑	(제목없음)〔8〕	しかの子	시가/단카	
1	5~6	小說	結婚まで〈26〉 결혼까지	三石鳥	소설	

1916년 04월 02일 (일) 3048호 마진일간

지면	단수	기획	기사제목 〈회수〉〔곡수〕	필자/저자(역자)	분류	비고
4	3~5	小說	思ふなか〈13〉 생각 중에	和田天華	소설	

1916년 04월 02일 (일) 3048호

지면	단수	기획	기사제목 〈회수〉〔곡수〕	필자/저자(역자)	분류	비고
5	4~6		朝鮮料理を食ふの記 조선 요리를 먹다	凡々子	수필/일상	
6	1~3	講談	快傑忠輔〈46〉 쾌걸 주스케	伊東燕尾 講演	고단	

1916년 04월 03일 (월) 3049호

지면	단수	기획	기사제목 〈회수〉〔곡수〕	필자/저자(역자)	분류	비고
1	6	文苑	別れ來て〔5〕 헤어지고 와서	翠波	시가/단카	
3	4~6		妓生をヒヤかすの記 기생을 희롱하다	凡々子	수필/일상	
4	1~3	講談	快傑忠輔〈47〉 쾌걸 주스케	伊東燕尾 講演	고단	

1916년 04월 05일 (수) 3050호

지면	단수	기획	기사제목 〈회수〉〔곡수〕	필자/저자(역자)	분류	비고
1	6	文苑	弄月吟社句集-東京森無黃先生選〔1〕 로게쓰긴샤 구집-도쿄 모리 무코 선생 선	夢柳	시가/하이쿠	
1	6	文苑	弄月吟社句集-東京森無黃先生選〔2〕 로게쓰긴샤 구집-도쿄 모리 무코 선생 선	春浦	시가/하이쿠	
1	6	文苑	弄月吟社句集-東京森無黃先生選〔1〕 로게쓰긴샤 구집-도쿄 모리 무코 선생 선	夢柳	시가/하이쿠	
1	6	文苑	弄月吟社句集-東京森無黃先生選〔1〕 로게쓰긴샤 구집-도쿄 모리 무코 선생 선	秋汀	시가/하이쿠	
1	6	文苑	弄月吟社句集-東京森無黃先生選/三光逆列〔1〕 로게쓰긴샤 구집-도쿄 모리 무코 선생 선/삼광 역순	可秀	시가/하이쿠	
1	6	文苑	弄月吟社句集-東京森無黃先生選/三光逆列〔1〕 로게쓰긴샤 구집-도쿄 모리 무코 선생 선/삼광 역순	てる女	시가/하이쿠	
1	6	文苑	弄月吟社句集-東京森無黃先生選/三光逆列〔1〕 로게쓰긴샤 구집-도쿄 모리 무코 선생 선/삼광 역순	秋汀	시가/하이쿠	
1	6	文苑	弄月吟社句集-東京森無黃先生選/選者吟〔1〕 로게쓰긴샤 구집-도쿄 모리 무코 선생 선/선자음	無黃	시가/하이쿠	

1916년 04월 05일 (수) 3050호 마진일간

지면	단수	기획	기사제목 〈회수〉〔곡수〕	필자/저자(역자)	분류	비고
4	3~5	小說	思ふなか〈14〉 생각 중에	和田天華	소설	

1916년 04월 05일 (수) 3050호

지면	단수	기획	기사제목 〈회수〉〔곡수〕	필자/저자(역자)	분류	비고
5	4~6		一生懸命に走るの記 힘껏 달리다	凡々子	수필/일상	

지면	단수	기획	기사제목 〈회수〉〔곡수〕	필자/저자(역자)	분류	비고
6	1~3	講談	快傑忠輔 〈48〉 쾌걸 주스케	伊東燕尾 講演	고단	

1916년 04월 06일 (목) 3051호

지면	단수	기획	기사제목 〈회수〉〔곡수〕	필자/저자(역자)	분류	비고
1	6	文苑	(제목없음) 〔3〕	いはを	시가/단카	
1	6	文苑	弄月吟社句集-熊倉唐麓先生選 〔1〕 로게쓰긴샤 구집-구마쿠라 도로쿠 선생 선	比佑古	시가/하이쿠	
1	6	文苑	弄月吟社句集-熊倉唐麓先生選 〔2〕 로게쓰긴샤 구집-구마쿠라 도로쿠 선생 선	秋汀	시가/하이쿠	
1	6	文苑	弄月吟社句集-熊倉唐麓先生選 〔1〕 로게쓰긴샤 구집-구마쿠라 도로쿠 선생 선	春海	시가/하이쿠	
1	6	文苑	弄月吟社句集-熊倉唐麓先生選 〔1〕 로게쓰긴샤 구집-구마쿠라 도로쿠 선생 선	夢柳	시가/하이쿠	
1	6	文苑	弄月吟社句集-熊倉唐麓先生選 〔1〕 로게쓰긴샤 구집-구마쿠라 도로쿠 선생 선	靑眼子	시가/하이쿠	
1	6	文苑	弄月吟社句集-熊倉唐麓先生選 〔1〕 로게쓰긴샤 구집-구마쿠라 도로쿠 선생 선	てる女	시가/하이쿠	
1	6	文苑	弄月吟社句集-熊倉唐麓先生選 〔1〕 로게쓰긴샤 구집-구마쿠라 도로쿠 선생 선	春海	시가/하이쿠	
1	6	文苑	弄月吟社句集-熊倉唐麓先生選 〔1〕 로게쓰긴샤 구집-구마쿠라 도로쿠 선생 선	秋汀	시가/하이쿠	
1	6	文苑	弄月吟社句集-熊倉唐麓先生選 〔1〕 로게쓰긴샤 구집-구마쿠라 도로쿠 선생 선	靑眼子	시가/하이쿠	
1	6	文苑	弄月吟社句集-熊倉唐麓先生選 〔1〕 로게쓰긴샤 구집-구마쿠라 도로쿠 선생 선	夢柳	시가/하이쿠	
1	6	文苑	弄月吟社句集-熊倉唐麓先生選 〔1〕 로게쓰긴샤 구집-구마쿠라 도로쿠 선생 선	春海	시가/하이쿠	
1	6	文苑	弄月吟社句集-熊倉唐麓先生選 〔1〕 로게쓰긴샤 구집-구마쿠라 도로쿠 선생 선	比佑古	시가/하이쿠	
1	6	文苑	弄月吟社句集-熊倉唐麓先生選/三光逆序 〔2〕 로게쓰긴샤 구집-구마쿠라 도로쿠 선생 선/삼광 역순	秋汀	시가/하이쿠	
1	6	文苑	弄月吟社句集-熊倉唐麓先生選/三光逆序 〔1〕 로게쓰긴샤 구집-구마쿠라 도로쿠 선생 선/삼광 역순	靑昭子	시가/하이쿠	
1	6	文苑	弄月吟社句集-熊倉唐麓先生選/追吟 〔3〕 로게쓰긴샤 구집-구마쿠라 도로쿠 선생 선/추음	唐麓	시가/하이쿠	
2	7		東京驛より(卅一日發) 도쿄역에서(31일 발신)	蝸牛	수필/기행	

1916년 04월 06일 (목) 3051호 마진일간

지면	단수	기획	기사제목 〈회수〉〔곡수〕	필자/저자(역자)	분류	비고
4	4~6	小說	思ふなか 〈15〉 생각 중에	和田天華	소설	

1916년 04월 06일 (목) 3051호

지면	단수	기획	기사제목 〈회수〉〔곡수〕	필자/저자(역자)	분류	비고
5	1~2		(제목없음) 〔1〕		시가/단카	
6	1~3	講談	快傑忠輔 〈49〉 쾌걸 주스케	伊東燕尾 講演	고단	

1916년 04월 07일 (금) 3052호

지면	단수	기획	기사제목 〈회수〉〔곡수〕	필자/저자(역자)	분류	비고
1	6	文苑	超塵會冬季雜詠/春隣 〔1〕 조진카이 동계-잡영/봄이 가까워지다	風外	시가/하이쿠	

지면	단수	기획	기사제목 〈회수〉〔곡수〕	필자/저자(역자)	분류	비고
1	6	文苑	超塵會冬季雜詠/春隣 〔1〕 조진카이 동계-잡영/봄이 가까워지다	雨意	시가/하이쿠	
1	6	文苑	超塵會冬季雜詠/春隣 〔2〕 조진카이 동계-잡영/봄이 가까워지다	靑眼子	시가/하이쿠	
1	6	文苑	超塵會冬季雜詠/春隣 〔2〕 조진카이 동계-잡영/봄이 가까워지다	可秀	시가/하이쿠	
1	6	文苑	超塵會冬季雜詠/風邪 〔1〕 조진카이 동계-잡영/감기	風外	시가/하이쿠	
1	6	文苑	超塵會冬季雜詠/風邪 〔1〕 조진카이 동계-잡영/감기	苔石	시가/하이쿠	
1	6	文苑	超塵會冬季雜詠/風邪 〔1〕 조진카이 동계-잡영/감기	雨意	시가/하이쿠	
1	6	文苑	超塵會冬季雜詠/風邪 〔4〕 조진카이 동계-잡영/감기	秋汀	시가/하이쿠	
1	6	文苑	超塵會冬季雜詠/風邪 〔1〕 조진카이 동계-잡영/감기	靑眼子	시가/하이쿠	
1	6	文苑	超塵會冬季雜詠/風邪 〔1〕 조진카이 동계-잡영/감기	可秀	시가/하이쿠	
1	6	文苑	超塵會冬季雜詠/海鼠 〔1〕 조진카이 동계-잡영/해삼	秋汀	시가/하이쿠	
1	6	文苑	超塵會冬季雜詠/海鼠 〔1〕 조진카이 동계-잡영/해삼	靑眼子	시가/하이쿠	
1	6	文苑	超塵會冬季雜詠/海鼠 〔1〕 조진카이 동계-잡영/해삼	可秀	시가/하이쿠	

1916년 04월 07일 (금) 3052호 마진일간

지면	단수	기획	기사제목 〈회수〉〔곡수〕	필자/저자(역자)	분류	비고
4	3~6	小說	思ふなか 〈16〉 생각 중에	和田天華	소설	

1916년 04월 07일 (금) 3052호

지면	단수	기획	기사제목 〈회수〉〔곡수〕	필자/저자(역자)	분류	비고
6	1~4	講談	快傑忠輔 〈50〉 쾌걸 주스케	伊東燕尾 講演	고단	

1916년 04월 08일 (토) 3053호

지면	단수	기획	기사제목 〈회수〉〔곡수〕	필자/저자(역자)	분류	비고
1	5		鄕里より(二日發) 고향에서(2일 발신)	蝸牛生	수필/기행	
1	6	文苑	芥川市子の君の逝かれしを悲みて 〔1〕 아쿠타가와 이치코 님의 죽음을 슬퍼하며	在伯耆米子 鳩谷兼次	시가/단카	
1	6	文苑	芥川市子の君の遺言せせし新聞の記事を讀みて 〔1〕 아쿠타가와 이치코 님의 유언이 실린 신문 기사를 보고	在熊本 小山貞敬	시가/단카	
1	6	文苑	逝きし市子のきみの寫眞を見てよめる 〔1〕 타계한 이치코 님의 사진을 보고 읊다	在熊本 小山貞敬	시가/단카	
1	6	文苑	超塵會冬季雜詠/霰 〔1〕 조진카이 동계-잡영/싸라기눈	可秀	시가/하이쿠	
1	6	文苑	超塵會冬季雜詠/霰 〔1〕 조진카이 동계-잡영/싸라기눈	風外	시가/하이쿠	
1	6	文苑	超塵會冬季雜詠/霰 〔1〕 조진카이 동계-잡영/싸라기눈	東陽	시가/하이쿠	
1	6	文苑	超塵會冬季雜詠/霰 〔1〕 조진카이 동계-잡영/싸라기눈	風外	시가/하이쿠	
1	6	文苑	超塵會冬季雜詠/霰 〔1〕 조진카이 동계-잡영/싸라기눈	雨意	시가/하이쿠	

지면	단수	기획	기사제목 〈회수〉〔곡수〕	필자/저자(역자)	분류	비고
1	6	文苑	超塵會冬季雜詠/霰〔1〕 조진카이 동계-잡영/싸라기눈	靑眼子	시가/하이쿠	
1	6	文苑	超塵會冬季雜詠/霰〔1〕 조진카이 동계-잡영/싸라기눈	風外	시가/하이쿠	
1	6	文苑	超塵會冬季雜詠/霰〔1〕 조진카이 동계-잡영/싸라기눈	靑眼子	시가/하이쿠	
1	6	文苑	超塵會冬季雜詠/霰〔1〕 조진카이 동계-잡영/싸라기눈	風外	시가/하이쿠	
1	6	文苑	超塵會冬季雜詠/霰〔1〕 조진카이 동계-잡영/싸라기눈	秋汀	시가/하이쿠	
1	6	文苑	超塵會冬季雜詠/炬燵〔1〕 조진카이 동계-잡영/고타쓰	靑眼子	시가/하이쿠	
1	6	文苑	超塵會冬季雜詠/炬燵〔1〕 조진카이 동계-잡영/고타쓰	可秀	시가/하이쿠	
1	6	文苑	超塵會冬季雜詠/炬燵〔3〕 조진카이 동계-잡영/고타쓰	雨意	시가/하이쿠	
1	6	文苑	超塵會冬季雜詠/炬燵〔1〕 조진카이 동계-잡영/고타쓰	苔石	시가/하이쿠	
1	6	文苑	超塵會冬季雜詠/炬燵〔1〕 조진카이 동계-잡영/고타쓰	可秀	시가/하이쿠	

1916년 04월 08일 (토) 3053호 마진일간

| 4 | 3~5 | 小說 | 思ふなか〈17〉
생각 중에 | 和田天華 | 소설 | |

1916년 04월 08일 (토) 3053호

| 6 | 1~3 | 講談 | 快傑忠輔〈51〉
쾌걸 주스케 | 伊東燕尾 講演 | 고단 | |

1916년 04월 09일 (일) 3054호

1	6	文苑	留別〔1〕 유별	橋瓜松園	시가/한시	
1	6	文苑	又〔2〕 다시	橋瓜松園	시가/한시	
1	6	文苑	送松園詞兄之感興〔1〕 송 마쓰조노 사형지감흥	安永春雨	시가/한시	
1	6	文苑	送松園詞兄之感興〔1〕 송 마쓰조노 사형지감흥	水野史軒	시가/한시	
1	6	文苑	送松園詞兄之感興〔2〕 송 마쓰조노 사형지감흥	橫田天風	시가/한시	
1	6	文苑	超塵會雜詠/鴨〔2〕 조진카이 잡영/오리	靑眼子	시가/하이쿠	
1	6	文苑	超塵會雜詠/鴨〔1〕 조진카이 잡영/오리	雨意	시가/하이쿠	
1	6	文苑	超塵會雜詠/鴨〔1〕 조진카이 잡영/오리	秋汀	시가/하이쿠	
1	6	文苑	超塵會雜詠/鴨〔2〕 조진카이 잡영/오리	苔石	시가/하이쿠	
1	6	文苑	超塵會雜詠/鴨〔1〕 조진카이 잡영/오리	可秀	시가/하이쿠	
1	6	文苑	超塵會雜詠/鴨〔1〕 조진카이 잡영/오리	雨意	시가/하이쿠	

지면	단수	기획	기사제목 〈회수〉〔곡수〕	필자/저자(역자)	분류	비고
1	6	文苑	超塵會雜詠/鴨〔1〕 조진카이 잡영/오리	苔石	시가/하이쿠	
1	6	文苑	超塵會雜詠/鴨〔1〕 조진카이 잡영/오리	雨意	시가/하이쿠	
1	6	文苑	超塵會雜詠/鴨〔2〕 조진카이 잡영/오리	秋汀	시가/하이쿠	
1	6	文苑	超塵會雜詠/鴨〔1〕 조진카이 잡영/오리	苔石	시가/하이쿠	
1	6	文苑	超塵會雜詠/鴨〔1〕 조진카이 잡영/오리	風外	시가/하이쿠	
1	6	文苑	超塵會雜詠/鴨〔1〕 조진카이 잡영/오리	靑眼子	시가/하이쿠	

1916년 04월 09일 (일) 3054호 경북일간

지면	단수	기획	기사제목 〈회수〉〔곡수〕	필자/저자(역자)	분류	비고
3	4	日刊文林	笹鳴會句稿/汐干〔1〕 사사나키카이 구고/간조	綾浦	시가/하이쿠	
3	4	日刊文林	笹鳴會句稿/汐干〔1〕 사사나키카이 구고/간조	獨笑	시가/하이쿠	
3	4	日刊文林	笹鳴會句稿/汐干〔1〕 사사나키카이 구고/간조	光樹	시가/하이쿠	
3	4	日刊文林	笹鳴會句稿/汐干〔1〕 사사나키카이 구고/간조	獨笑	시가/하이쿠	
3	4	日刊文林	笹鳴會句稿/汐干〔1〕 사사나키카이 구고/간조	綾浦	시가/하이쿠	
3	4	日刊文林	笹鳴會句稿/汐干〔1〕 사사나키카이 구고/간조	獨笑	시가/하이쿠	
3	4	日刊文林	笹鳴會句稿/汐干〔1〕 사사나키카이 구고/간조	光樹	시가/하이쿠	
3	4	日刊文林	笹鳴會句稿/汐干〔1〕 사사나키카이 구고/간조	金連花	시가/하이쿠	
3	4	日刊文林	笹鳴會句稿/柳〔1〕 사사나키카이 구고/버들	獨笑	시가/하이쿠	
3	4	日刊文林	笹鳴會句稿/柳〔1〕 사사나키카이 구고/버들	光樹	시가/하이쿠	
3	4	日刊文林	笹鳴會句稿/柳〔1〕 사사나키카이 구고/버들	獨笑	시가/하이쿠	
3	4	日刊文林	笹鳴會句稿/柳〔1〕 사사나키카이 구고/버들	綾浦	시가/하이쿠	
3	4	日刊文林	笹鳴會句稿/柳〔1〕 사사나키카이 구고/버들	獨笑	시가/하이쿠	
3	4	日刊文林	笹鳴會句稿/柳〔1〕 사사나키카이 구고/버들	金連花	시가/하이쿠	
3	4	日刊文林	笹鳴會句稿/柳〔1〕 사사나키카이 구고/버들	光樹	시가/하이쿠	
3	4	日刊文林	笹鳴會句稿/柳〔1〕 사사나키카이 구고/버들	獨笑	시가/하이쿠	
3	4~5		政子慕しや 마사코가 그리워라	いの子	수필/서간	

1916년 04월 09일 (일) 3054호 마진일간

지면	단수	기획	기사제목 〈회수〉〔곡수〕	필자/저자(역자)	분류	비고
4	3~5	小說	思ふなか〈18〉 생각 중에	和田天華	소설	

지면	단수	기획	기사제목 〈회수〉〔곡수〕	필자/저자(역자)	분류	비고
1916년 04월 09일 (일) 3054호						
6	1~3	講談	快傑忠輔 〈52〉 쾌걸 주스케	伊東燕尾 講演	고단	
1916년 04월 10일 (월) 3055호						
1	3		京の思ひ出/松井先生を訪ふ 〈1〉 도쿄의 추억/마쓰이 선생을 방문하다	毅生	수필/일상	
1	5	文苑	超塵會冬季雜詠/初空 〔2〕 조진카이 동계-잡영/정월 초하루 아침 하늘	秋汀	시가/하이쿠	
1	5	文苑	超塵會冬季雜詠/初空 〔1〕 조진카이 동계-잡영/정월 초하루 아침 하늘	東陽	시가/하이쿠	
1	5	文苑	超塵會冬季雜詠/初空 〔1〕 조진카이 동계-잡영/정월 초하루 아침 하늘	夢柳	시가/하이쿠	
1	5	文苑	超塵會冬季雜詠/初空 〔3〕 조진카이 동계-잡영/정월 초하루 아침 하늘	靑眼子	시가/하이쿠	
1	5	文苑	超塵會冬季雜詠/初空 〔1〕 조진카이 동계-잡영/정월 초하루 아침 하늘	可秀	시가/하이쿠	
1	5	文苑	超塵會冬季雜詠/初空 〔2〕 조진카이 동계-잡영/정월 초하루 아침 하늘	雨意	시가/하이쿠	
1	5	文苑	超塵會冬季雜詠/初空 〔1〕 조진카이 동계-잡영/정월 초하루 아침 하늘	風外	시가/하이쿠	
1	5	文苑	超塵會冬季雜詠/冬籠 〔2〕 조진카이 동계-잡영/겨울나기	秋汀	시가/하이쿠	
1	5	文苑	超塵會冬季雜詠/冬籠 〔1〕 조진카이 동계-잡영/겨울나기	東陽	시가/하이쿠	
1	5	文苑	超塵會冬季雜詠/冬籠 〔1〕 조진카이 동계-잡영/겨울나기	夢柳	시가/하이쿠	
1	5	文苑	超塵會冬季雜詠/冬籠 〔2〕 조진카이 동계-잡영/겨울나기	靑眼子	시가/하이쿠	
1	5	文苑	超塵會冬季雜詠/冬籠 〔2〕 조진카이 동계-잡영/겨울나기	可秀	시가/하이쿠	
1	5	文苑	超塵會冬季雜詠/冬籠 〔1〕 조진카이 동계-잡영/겨울나기	雨意	시가/하이쿠	
1	5	文苑	超塵會冬季雜詠/冬籠 〔2〕 조진카이 동계-잡영/겨울나기	風外	시가/하이쿠	
1	5	文苑	超塵會冬季雜詠/冬木 〔3〕 조진카이 동계-잡영/겨울나무	秋汀	시가/하이쿠	
1	5	文苑	超塵會冬季雜詠/冬木 〔1〕 조진카이 동계-잡영/겨울나무	東陽	시가/하이쿠	
1	5	文苑	超塵會冬季雜詠/冬木 〔1〕 조진카이 동계-잡영/겨울나무	夢柳	시가/하이쿠	
1	5	文苑	超塵會冬季雜詠/冬木 〔1〕 조진카이 동계-잡영/겨울나무	靑眼子	시가/하이쿠	
1	5	文苑	超塵會冬季雜詠/冬木 〔2〕 조진카이 동계-잡영/겨울나무	可秀	시가/하이쿠	
1	5	文苑	超塵會冬季雜詠/冬木 〔1〕 조진카이 동계-잡영/겨울나무	風外	시가/하이쿠	
1	5	文苑	超塵會冬季雜詠/冬木 〔2〕 조진카이 동계-잡영/겨울나무	雨意	시가/하이쿠	
4	1~3	講談	快傑忠輔 〈53〉 쾌걸 주스케	伊東燕尾 講演	고단	

지면	단수	기획	기사제목 〈회수〉〔곡수〕	필자/저자(역자)	분류	비고
1916년 04월 11일 (화) 3056호						
1	5		京の思ひ出/山縣天民を懷ふ 〈2〉 도쿄의 추억/야마가타 덴민을 그리다	毅生	수필/일상	
1	6	文苑	(제목없음) 〔5〕	かほる	시가/단카	
1916년 04월 11일 (화) 3056호 마진일간						
4	4~6	小說	思ふなか 〈19〉 생각 중에	和田天華	소설	
1916년 04월 11일 (화) 3056호						
6	1~3	講談	快傑忠輔 〈54〉 쾌걸 주스케	伊東燕尾 講演	고단	
1916년 04월 12일 (수) 3057호						
1	6	文苑	(제목없음) 〔5〕	椿花	시가/단카	
1	6	文苑	(제목없음) 〔5〕	白楊	시가/단카	
1916년 04월 12일 (수) 3057호 경북일간						
3	4~5		罪あれば慈悲の佛あり/辭世の句 〔6〕 죄가 있으니 자비로운 부처도 있다/사세구		기타·시가/ 기타·단카	
1916년 04월 12일 (수) 3057호 마진일간						
4	3~5	小說	思ふなか 〈20〉 생각 중에	和田天華	소설	
1916년 04월 12일 (수) 3057호						
5	1~3		(제목없음) 〔1〕		시가/단카	
6	1~3	講談	快傑忠輔 〈55〉 쾌걸 주스케	伊東燕尾 講演	고단	
1916년 04월 13일 (목) 3058호						
1	6	文苑	酒 〔6〕 술	すゞらん	시가/단카	
1	6	文苑	盲目のなげき 〔6〕 맹인의 한탄	池田石水	시가/단카	
1916년 04월 13일 (목) 3058호 마진일간						
4	4~6	小說	思ふなか 〈21〉 생각 중에	和田天華	소설	
1916년 04월 13일 (목) 3058호						
6	1~3	講談	快傑忠輔 〈56〉 쾌걸 주스케	伊東燕尾 講演	고단	
1916년 04월 14일 (금) 3059호						
1	5		三千號記念號投稿募集 삼천호 기념호 투고 모집	釜山日報編輯局	광고/모집 광고	

지면	단수	기획	기사제목 〈회수〉〔곡수〕	필자/저자(역자)	분류	비고
1	6	文苑	(제목없음) 〔5〕	若葉	시가/단카	

1916년 04월 14일 (금) 3059호 마진일간

지면	단수	기획	기사제목 〈회수〉〔곡수〕	필자/저자(역자)	분류	비고
4	3~6	小說	思ふなか 〈22〉 생각 중에	和田天華	소설	

1916년 04월 14일 (금) 3059호

지면	단수	기획	기사제목 〈회수〉〔곡수〕	필자/저자(역자)	분류	비고
5	1~2		(제목없음) 〔1〕		시가/단카	
6	1~3	講談	快傑忠輔 〈57〉 쾌걸 주스케	伊東燕尾 講演	고단	

1916년 04월 15일 (토) 3060호

지면	단수	기획	기사제목 〈회수〉〔곡수〕	필자/저자(역자)	분류	비고
1	6	文苑	(제목없음) 〔4〕	むらさき	시가/단카	

1916년 04월 15일 (토) 3060호 경북일간

지면	단수	기획	기사제목 〈회수〉〔곡수〕	필자/저자(역자)	분류	비고
3	4	日刊文林	悼句/二男芳男病死に際し句友諸彦より悼句の寄贈を辱ふす茲に揚げ共御厚意を拜謝す 추모의 구/차남 요시오가 병사한 것에 대하여 하이쿠 동호회 여러분께서 추모의 구를 보내 주셨기에 여기에 실어 모두의 후의에 사례하다	邱聲	기타/모임 안내	
3	4	日刊文林	悼句/二男芳男病死に際し句友諸彦より悼句の寄贈を辱ふす茲に揚げ共御厚意を拜謝す 〔1〕 추모의 구/차남 요시오가 병사한 것에 대하여 하이쿠 동호회 여러분께서 추모의 구를 보내 주셨기에 여기에 실어 모두의 후의에 사례하다	南山	시가/하이쿠	
3	4	日刊文林	悼句/二男芳男病死に際し句友諸彦より悼句の寄贈を辱ふす茲に揚げ共御厚意を拜謝す 〔2〕 추모의 구/차남 요시오가 병사한 것에 대하여 하이쿠 동호회 여러분께서 추모의 구를 보내 주셨기에 여기에 실어 모두의 후의에 사례하다	光樹	시가/하이쿠	
3	4	日刊文林	悼句/二男芳男病死に際し句友諸彦より悼句の寄贈を辱ふす茲に揚げ共御厚意を拜謝す 〔1〕 추모의 구/차남 요시오가 병사한 것에 대하여 하이쿠 동호회 여러분께서 추모의 구를 보내 주셨기에 여기에 실어 모두의 후의에 사례하다	野圍地	시가/하이쿠	
3	4	日刊文林	悼句/二男芳男病死に際し句友諸彦より悼句の寄贈を辱ふす茲に揚げ共御厚意を拜謝す 〔1〕 추모의 구/차남 요시오가 병사한 것에 대하여 하이쿠 동호회 여러분께서 추모의 구를 보내 주셨기에 여기에 실어 모두의 후의에 사례하다	圍水	시가/하이쿠	
3	4	日刊文林	悼句/二男芳男病死に際し句友諸彦より悼句の寄贈を辱ふす茲に揚げ共御厚意を拜謝す/訃を聞きて 〔2〕 추모의 구/차남 요시오가 병사한 것에 대하여 하이쿠 동호회 여러분께서 추모의 구를 보내 주셨기에 여기에 실어 모두의 후의에 사례하다/부고를 듣고	秋風嶺	시가/하이쿠	
3	4	日刊文林	悼句/二男芳男病死に際し句友諸彦より悼句の寄贈を辱ふす茲に揚げ共御厚意を拜謝す/訃を聞きて 〔3〕 추모의 구/차남 요시오가 병사한 것에 대하여 하이쿠 동호회 여러분께서 추모의 구를 보내 주셨기에 여기에 실어 모두의 후의에 사례하다/부고를 듣고	獨笑	시가/하이쿠	
3	4	日刊文林	悼句/二男芳男病死に際し句友諸彦より悼句の寄贈を辱ふす茲に揚げ共御厚意を拜謝す/訃を聞きて 〔1〕 추모의 구/차남 요시오가 병사한 것에 대하여 하이쿠 동호회 여러분께서 추모의 구를 보내 주셨기에 여기에 실어 모두의 후의에 사례하다/부고를 듣고	觀風	시가/하이쿠	

지면	단수	기획	기사제목 〈회수〉〔곡수〕	필자/저자(역자)	분류	비고
3	4	日刊文林	悼句/二男芳男病死に際し句友諸彦より悼句の寄贈を辱ふす茲に揚げ共御厚意を拜謝す/亡兒を悼みて〔7〕 추모의 구/차남 요시오가 병사한 것에 대하여 하이쿠 동호회 여러분께서 추모의 구를 보내 주셨기에 여기에 실어 모두의 후의에 사례하다/떠난 자식을 애도하며	邱聲	시가/하이쿠	

1916년 04월 15일 (토) 3060호 마진일간

| 4 | 4~6 | 小說 | 思ふなか〈23〉
생각 중에 | 和田天華 | 소설 | |

1916년 04월 15일 (토) 3060호

| 5 | 1~2 | | (제목없음)〔1〕 | 鳥 | 시가/단카 | |
| 6 | 1~3 | 講談 | 快傑忠輔〈58〉
쾌걸 주스케 | 伊東燕尾 講演 | 고단 | |

1916년 04월 16일 (일) 3061호

1	5		三千號記念號投稿募集 삼천호 기념호 투고 모집	釜山日報編輯局	광고/모집 광고	
1	6	文苑	草芽ぐむ日〔8〕 초목이 싹트는 날	はるを	시가/단카	
1	6	文苑	短歌〔4〕 단카	千鳥	시가/단카	
6	1~3	講談	快傑忠輔〈59〉 쾌걸 주스케	伊東燕尾 講演	고단	

1916년 04월 17일 (월) 3062호

1	5		三千號記念號投稿募集 삼천호 기념호 투고 모집	釜山日報編輯局	광고/모집 광고	
1	6	文苑	(제목없음)〔5〕	紫苑	시가/단카	
4	1~3	講談	快傑忠輔〈96〉 쾌걸 주스케	伊東燕尾 講演	고단	회수 오류

1916년 04월 18일 (화) 3063호

| 1 | 6 | | 三千號記念號投稿募集
삼천호 기념호 투고 모집 | 釜山日報編輯局 | 광고/모집
광고 | |
| 1 | 6 | 文苑 | (제목없음)〔5〕 | 鈴蘭 | 시가/단카 | |

1916년 04월 18일 (화) 3063호 마진일간

| 4 | 4~6 | 小說 | 思ふなか〈25〉
생각 중에 | 和田天華 | 소설 | |

1916년 04월 18일 (화) 3063호

| 5 | 1~2 | | (제목없음)〔1〕 | | 시가/단카 | |
| 6 | 1~3 | 講談 | 快傑忠輔〈61〉
쾌걸 주스케 | 伊東燕尾 講演 | 고단 | |

1916년 04월 19일 (수) 3064호

지면	단수	기획	기사제목 〈회수〉〔곡수〕	필자/저자(역자)	분류	비고
1	5		三千號記念號投稿募集 삼천호 기념호 투고 모집	釜山日報編輯局	광고/모집 광고	
1	6	文苑	(제목없음)〔10〕	佳花	시가/단카	
1	6	文苑	(제목없음)〔3〕	鈴蘭	시가/단카	
5	1~2		(제목없음)〔1〕		시가/단카	
6	1~3	講談	快傑忠輔〈62〉 쾌걸 주스케	伊東燕尾 講演	고단	

1916년 04월 20일 (목) 3065호

지면	단수	기획	기사제목 〈회수〉〔곡수〕	필자/저자(역자)	분류	비고
1	6	文苑	(제목없음)〔2〕	草石	시가/하이쿠	
1	6	文苑	(제목없음)〔2〕	乃步月	시가/하이쿠	
1	6	文苑	(제목없음)〔2〕	夢村	시가/하이쿠	

1916년 04월 20일 (목) 3065호 마진일간

지면	단수	기획	기사제목 〈회수〉〔곡수〕	필자/저자(역자)	분류	비고
4	3~5	小說	思ふなか〈27〉 생각 중에	和田天華	소설	

1916년 04월 20일 (목) 3065호

지면	단수	기획	기사제목 〈회수〉〔곡수〕	필자/저자(역자)	분류	비고
5	1~2		(제목없음)	烏	수필/일상	
6	1~4	講談	快傑忠輔〈63〉 쾌걸 주스케	伊東燕尾 講演	고단	

1916년 04월 21일 (금) 3066호

지면	단수	기획	기사제목 〈회수〉〔곡수〕	필자/저자(역자)	분류	비고
1	6		三千號記念號投稿募集 삼천호 기념호 투고 모집	釜山日報編輯局	광고/모집 광고	
1	6	文苑	(제목없음)〔10〕	白楊	시가/단카	

1916년 04월 21일 (금) 3066호 마진일간

지면	단수	기획	기사제목 〈회수〉〔곡수〕	필자/저자(역자)	분류	비고
4	4~6	小說	思ふなか〈28〉 생각 중에	和田天華	소설	
5	1~2		(제목없음)〔1〕		시가/단카	
6	1~3	講談	快傑忠輔〈63〉 쾌걸 주스케	伊東燕尾 講演	고단	회수 오류

1916년 04월 22일 (토) 3067호

지면	단수	기획	기사제목 〈회수〉〔곡수〕	필자/저자(역자)	분류	비고
1	6	文苑	(제목없음)〔10〕	若葉	시가/단카	

1916년 04월 22일 (토) 3067호 경북일간

지면	단수	기획	기사제목 〈회수〉〔곡수〕	필자/저자(역자)	분류	비고
3	4		悲しき訃音に接す〔3〕 슬픈 부음을 접하다	觀風	수필·시가/ 일상·하이쿠	
3	5	日刊文林	呈李前慶北長官〔1〕 정이전경북장관	邱東野史	시가/한시	

지면	단수	기획	기사제목 〈회수〉〔곡수〕	필자/저자(역자)	분류	비고
3	5	日刊文林	送李長官赴任全北〔1〕 송이장관부임전북	邱東野史	시가/한시	
3	5	日刊文林	★暇日達城公園看花〔1〕 휴일을 맞아 달성공원에서 꽃을 보며	申錫麟	시가/한시	

1916년 04월 22일 (토) 3067호 마진일간

지면	단수	기획	기사제목 〈회수〉〔곡수〕	필자/저자(역자)	분류	비고
4	3~6	小說	思ふなか〈29〉 생각 중에	和田天華	소설	

1916년 04월 22일 (토) 3067호

지면	단수	기획	기사제목 〈회수〉〔곡수〕	필자/저자(역자)	분류	비고
6	1~3	講談	快傑忠輔〈65〉 쾌걸 주스케	伊東燕尾 講演	고단	

1916년 04월 24일 (월) 3068호

지면	단수	기획	기사제목 〈회수〉〔곡수〕	필자/저자(역자)	분류	비고
1	5		三千號記念號投稿募集 삼천호 기념호 투고 모집	釜山日報編輯局	광고/모집 광고	
1	5	文苑	超塵會句集-原石鼎先生選/春の宵〈1〉〔1〕 조진카이 구집-하라 세키테이 선생 선/봄날 저녁	東陽	시가/하이쿠	
1	5	文苑	超塵會句集-原石鼎先生選/春の宵〈1〉〔1〕 조진카이 구집-하라 세키테이 선생 선/봄날 저녁	秋汀	시가/하이쿠	
1	5	文苑	超塵會句集-原石鼎先生選/春の宵〈1〉〔3〕 조진카이 구집-하라 세키테이 선생 선/봄날 저녁	青眼子	시가/하이쿠	
1	5	文苑	超塵會句集-原石鼎先生選/春の宵〈1〉〔1〕 조진카이 구집-하라 세키테이 선생 선/봄날 저녁	雨意	시가/하이쿠	
1	5	文苑	超塵會句集-原石鼎先生選/梅〈1〉〔1〕 조진카이 구집-하라 세키테이 선생 선/매화	秋汀	시가/하이쿠	
1	5	文苑	超塵會句集-原石鼎先生選/梅〈1〉〔3〕 조진카이 구집-하라 세키테이 선생 선/매화	青眼子	시가/하이쿠	
1	5	文苑	超塵會句集-原石鼎先生選/梅〈1〉〔2〕 조진카이 구집-하라 세키테이 선생 선/매화	雨意	시가/하이쿠	
1	5	文苑	超塵會句集-原石鼎先生選/梅〈1〉〔1〕 조진카이 구집-하라 세키테이 선생 선/매화	夢柳	시가/하이쿠	
4	1~2	講談	快傑忠輔〈66〉 쾌걸 주스케	伊東燕尾 講演	고단	

1916년 04월 25일 (화) 3069호

지면	단수	기획	기사제목 〈회수〉〔곡수〕	필자/저자(역자)	분류	비고
1	1		臺北より〈1〉 타이베이에서	水野南軒	수필/기행	
1	5		三千號記念號投稿募集 삼천호 기념호 투고 모집	釜山日報編輯局	광고/모집 광고	
1	5	文苑	萬壑松濤圖〔1〕 만학송도도	鎭海 駒田侗齋	시가/한시	
1	5	文苑	落花〔1〕 낙화	鎭海 駒田侗齋	시가/한시	
1	5	文苑	雨中惜春〔1〕 우중석춘	鎭海 駒田侗齋	시가/한시	
1	5	文苑	霞〔6〕 봄 안개	松甫庵	시가/하이쿠	
1	5	文苑	超塵會句集/摘草〈2〉〔1〕 조진카이 구집/봄나물 뜯기	青眼子	시가/하이쿠	
1	5	文苑	超塵會句集/摘草〈2〉〔1〕 조진카이 구집/봄나물 뜯기	東陽	시가/하이쿠	

지면	단수	기획	기사제목 〈회수〉〔곡수〕	필자/저자(역자)	분류	비고
1	5	文苑	超塵會句集/摘草 〈2〉〔2〕 조진카이 구집/봄나물 뜯기	秋汀	시가/하이쿠	
1	5	文苑	超塵會句集/摘草 〈2〉〔1〕 조진카이 구집/봄나물 뜯기	可秀	시가/하이쿠	
1	5	文苑	超塵會句集/摘草 〈2〉〔1〕 조진카이 구집/봄나물 뜯기	雨意	시가/하이쿠	

1916년 04월 25일 (화) 3069호 마진일간

| 4 | 3~5 | 小說 | 思ふなか 〈30〉
생각 중에 | 和田天華 | 소설 | |

1916년 04월 25일 (화) 3069호

| 5 | 1~2 | | (제목없음)〔1〕 | | 시가/단카 | |
| 6 | 1~3 | 講談 | 快傑忠輔 〈67〉
쾌걸 주스케 | 伊東燕尾 講演 | 고단 | |

1916년 04월 26일 (수) 3070호

1	5	文苑	寄懷洛東居士葉室詞兄〔1〕 기회 낙동거사 하무로 사형	在旅順 梧堂	시가/한시	
1	5	文苑	又〔1〕 다시	在旅順 梧堂	시가/한시	
1	5	文苑	又〔1〕 다시	在旅順 梧堂	시가/한시	
1	5	文苑	瀧車中櫻花吟〔14〕 기차 안에서 벚꽃을 읊다	香洲	시가/하이쿠	

1916년 04월 26일 (수) 3070호 경북일간

| 3 | 4 | 日刊文林 | 春の歌の中より〔4〕
봄노래 속에서 | 大邱 白芙容 | 시가/단카 | |

1916년 04월 26일 (수) 3070호 마진일간

| 4 | 4~6 | 小說 | 思ふなか 〈31〉
생각 중에 | 和田天華 | 소설 | |

1916년 04월 26일 (수) 3070호

5	1~2		(제목없음)〔1〕		시가/단카	
5	5~6		町內評判記 〈1〉 거리 평판기		수필/관찰	
6	1~3	講談	快傑忠輔 〈68〉 쾌걸 주스케	伊東燕尾 講演	고단	

1916년 04월 27일 (목) 3071호

1	5	文苑	(제목없음)〔3〕	椿花	시가/단카	
1	5	文苑	晋陽吟社默禪追悼句集 진양음사 모쿠젠 추도 구집		기타/모임 안내	
1	5	文苑	晋陽吟社默禪追悼句集〔1〕 진양음사 모쿠젠 추도 구집	盥海	시가/하이쿠	
1	5	文苑	晋陽吟社默禪追悼句集〔1〕 진양음사 모쿠젠 추도 구집	一笑	시가/하이쿠	

지면	단수	기획	기사제목 〈회수〉〔곡수〕	필자/저자(역자)	분류	비고
1	5	文苑	晋陽吟社默禪追悼句集 〔1〕 진양음사 모쿠젠 추도 구집	弦月	시가/하이쿠	
1	5	文苑	晋陽吟社默禪追悼句集 〔1〕 진양음사 모쿠젠 추도 구집	麥城	시가/하이쿠	
1	5	文苑	晋陽吟社默禪追悼句集 〔1〕 진양음사 모쿠젠 추도 구집	向陽	시가/하이쿠	
1	5	文苑	晋陽吟社默禪追悼句集 〔1〕 진양음사 모쿠젠 추도 구집	自然	시가/하이쿠	
1	5	文苑	晋陽吟社默禪追悼句集 〔1〕 진양음사 모쿠젠 추도 구집	竹經	시가/하이쿠	
1	5	文苑	晋陽吟社默禪追悼句集 〔1〕 진양음사 모쿠젠 추도 구집	李浚	시가/하이쿠	
1	5	文苑	晋陽吟社默禪追悼句集 〔1〕 진양음사 모쿠젠 추도 구집	遠山	시가/하이쿠	
1	5	文苑	晋陽吟社默禪追悼句集 〔1〕 진양음사 모쿠젠 추도 구집	竹風	시가/하이쿠	
1	5	文苑	晋陽吟社默禪追悼句集 〔1〕 진양음사 모쿠젠 추도 구집	蛸夢	시가/하이쿠	
1	5	文苑	晋陽吟社默禪追悼句集 〔1〕 진양음사 모쿠젠 추도 구집	奇雲	시가/하이쿠	
1	5	文苑	晋陽吟社默禪追悼句集 〔1〕 진양음사 모쿠젠 추도 구집	湖城	시가/하이쿠	
1	5	文苑	晋陽吟社默禪追悼句集 〔1〕 진양음사 모쿠젠 추도 구집	華水女	시가/단카	
1	5	文苑	晋陽吟社默禪追悼句集 〔1〕 진양음사 모쿠젠 추도 구집	淇水	시가/하이쿠	
1	5	文苑	晋陽吟社默禪追悼句集/默禪遺句中書始の句 〔1〕 진양음사 모쿠젠 추도 구집/모쿠젠이 남긴 구 중 신년 첫 구	默禪	시가/하이쿠	

1916년 04월 27일 (목) 3071호 마진일간

지면	단수	기획	기사제목 〈회수〉〔곡수〕	필자/저자(역자)	분류	비고
4	4~6	小說	思ふなか 〈32〉 생각 중에	和田天華	소설	

1916년 04월 27일 (목) 3071호

지면	단수	기획	기사제목 〈회수〉〔곡수〕	필자/저자(역자)	분류	비고
5	1~2		(제목없음) 〔1〕		시가/단카	
5	3~5		町內評判記 〈2〉 마을 내 평판기		수필/관찰	
6	1~3	講談	快傑忠輔 〈69〉 쾌걸 주스케	伊東燕尾 講演	고단	

1916년 04월 28일 (금) 3072호

지면	단수	기획	기사제목 〈회수〉〔곡수〕	필자/저자(역자)	분류	비고
1	6	文苑	(제목없음) 〔5〕	白楊	시가/단카	
1	6	文苑	春惜む 〔5〕 봄을 아쉬워하다	香洲生	시가/하이쿠	

1916년 04월 28일 (금) 3072호 마진일간

지면	단수	기획	기사제목 〈회수〉〔곡수〕	필자/저자(역자)	분류	비고
4	3	日刊文林	鎭東雷雲會即吟/若鮎 〔1〕 진동 라이운카이 즉음/새끼 은어	素泉	시가/하이쿠	
4	3	日刊文林	鎭東雷雲會即吟/若鮎 〔1〕 진동 라이운카이 즉음/어린 은어	景山	시가/하이쿠	

지면	단수	기획	기사제목 〈회수〉〔곡수〕	필자/저자(역자)	분류	비고
4	3	日刊文林	鎭東雷雲會即吟/若鮎〔1〕 진동 라이운카이 즉음/어린 은어	豊計	시가/하이쿠	
4	3	日刊文林	鎭東雷雲會即吟/若鮎〔1〕 진동 라이운카이 즉음/어린 은어	交天	시가/하이쿠	
4	3	日刊文林	鎭東雷雲會即吟/若鮎〔1〕 진동 라이운카이 즉음/어린 은어	喃鶯	시가/하이쿠	
4	3	日刊文林	鎭東雷雲會即吟/若鮎〔1〕 진동 라이운카이 즉음/어린 은어	柳圃	시가/하이쿠	
4	3	日刊文林	鎭東雷雲會即吟/若鮎〔1〕 진동 라이운카이 즉음/어린 은어	愛山	시가/하이쿠	
4	3	日刊文林	鎭東雷雲會即吟/茶摘み〔1〕 진동 라이운카이 즉음/찻잎 따기	交天	시가/하이쿠	
4	3	日刊文林	鎭東雷雲會即吟/茶摘み〔1〕 진동 라이운카이 즉음/찻잎 따기	柳圃	시가/하이쿠	
4	3	日刊文林	鎭東雷雲會即吟/茶摘み〔1〕 진동 라이운카이 즉음/찻잎 따기	豊計	시가/하이쿠	
4	3	日刊文林	鎭東雷雲會即吟/茶摘み〔1〕 진동 라이운카이 즉음/찻잎 따기	喃鶯	시가/하이쿠	
4	3	日刊文林	鎭東雷雲會即吟/茶摘み〔1〕 진동 라이운카이 즉음/찻잎 따기	素泉	시가/하이쿠	
4	3	日刊文林	鎭東雷雲會即吟/藤の花〔1〕 진동 라이운카이 즉음/등나무 꽃	柳圃	시가/하이쿠	
4	3	日刊文林	鎭東雷雲會即吟/藤の花〔1〕 진동 라이운카이 즉음/등나무 꽃	豊計	시가/하이쿠	
4	3	日刊文林	鎭東雷雲會即吟/藤の花〔1〕 진동 라이운카이 즉음/등나무 꽃	愛山	시가/하이쿠	
4	3	日刊文林	鎭東雷雲會即吟/藤の花〔1〕 진동 라이운카이 즉음/등나무 꽃	素泉	시가/하이쿠	
4	3	日刊文林	鎭東雷雲會即吟/藤の花〔1〕 진동 라이운카이 즉음/등나무 꽃	松旭	시가/하이쿠	
4	3	日刊文林	鎭東雷雲會即吟/藤の花〔1〕 진동 라이운카이 즉음/등나무 꽃	交天	시가/하이쿠	
4	3	日刊文林	鎭東雷雲會即吟/藤の花〔1〕 진동 라이운카이 즉음/등나무 꽃	喃鶯	시가/하이쿠	
4	3	日刊文林	鎭東雷雲會即吟/蜘蛛〔1〕 진동 라이운카이 즉음/거미	喃鶯	시가/하이쿠	
4	3	日刊文林	鎭東雷雲會即吟/蜘蛛〔1〕 진동 라이운카이 즉음/거미	柳圃	시가/하이쿠	
4	3	日刊文林	鎭東雷雲會即吟/蜘蛛〔1〕 진동 라이운카이 즉음/거미	豊計	시가/하이쿠	
4	3	日刊文林	鎭東雷雲會即吟/蜘蛛〔1〕 진동 라이운카이 즉음/거미	景山	시가/하이쿠	
4	3	日刊文林	鎭東雷雲會即吟/蜘蛛〔1〕 진동 라이운카이 즉음/거미	愛山	시가/하이쿠	
4	3	日刊文林	鎭東雷雲會即吟/蜘蛛〔1〕 진동 라이운카이 즉음/거미	素天	시가/하이쿠	
4	3	日刊文林	鎭東雷雲會即吟/葉櫻〔1〕 진동 라이운카이 즉음/어린잎 돋은 벚나무	愛山	시가/하이쿠	
4	3	日刊文林	鎭東雷雲會即吟/葉櫻〔1〕 진동 라이운카이 즉음/어린잎 돋은 벚나무	柳圃	시가/하이쿠	
4	4	日刊文林	鎭東雷雲會即吟/葉櫻〔1〕 진동 라이운카이 즉음/어린잎 돋은 벚나무	松旭	시가/하이쿠	

지면	단수	기획	기사제목 〈회수〉〔곡수〕	필자/저자(역자)	분류	비고
4	4	日刊文林	鎭東雷雲會即吟/葉櫻 〔1〕 진동 라이운카이 즉음/어린잎 돋은 벚나무	喃鶯	시가/하이쿠	
4	4	日刊文林	鎭東雷雲會即吟/葉櫻 〔1〕 진동 라이운카이 즉음/어린잎 돋은 벚나무	豊計	시가/하이쿠	
4	4	日刊文林	鎭東雷雲會即吟/葉櫻 〔1〕 진동 라이운카이 즉음/어린잎 돋은 벚나무	素泉	시가/하이쿠	
4	4~6	小說	思ふなか 〈33〉 생각 중에	和田天華	소설	

1916년 04월 28일 (금) 3072호

지면	단수	기획	기사제목 〈회수〉〔곡수〕	필자/저자(역자)	분류	비고
6	1~3	講談	快傑忠輔 〈70〉 쾌걸 주스케	伊東燕尾 講演	고단	

1916년 04월 29일 (토) 3073호

지면	단수	기획	기사제목 〈회수〉〔곡수〕	필자/저자(역자)	분류	비고
1	6	文苑	(제목없음) 〔9〕	佳花	시가/단카	

1916년 04월 29일 (토) 3073호 마진일간

지면	단수	기획	기사제목 〈회수〉〔곡수〕	필자/저자(역자)	분류	비고
4	3~5	小說	思ふなか 〈34〉 생각 중에	和田天華	소설	

1916년 04월 29일 (토) 3073호

지면	단수	기획	기사제목 〈회수〉〔곡수〕	필자/저자(역자)	분류	비고
5	3~5		町內評判記 〈3〉 마을 내 평판기		수필/관찰	
6	1~2	講談	快傑忠輔 〈71〉 쾌걸 주스케	伊東燕尾 講演	고단	

1916년 04월 30일 (일) 3074호

지면	단수	기획	기사제목 〈회수〉〔곡수〕	필자/저자(역자)	분류	비고
1	6	文苑	熊谷曉宇氏送別席上句 구마가이 교우 씨 송별석상구		기타/모임	안내
1	6	文苑	熊谷曉宇氏送別席上句/行春 〔1〕 구마가이 교우 씨 송별석상구/가는 봄	六人	시가/하이쿠	
1	6	文苑	熊谷曉宇氏送別席上句/行春 〔2〕 구마가이 교우 씨 송별석상구/가는 봄	二蠻	시가/하이쿠	
1	6	文苑	☆熊谷曉宇氏送別席上句/行春 〔2〕 구마가이 교우 씨 송별석상구/가는 봄	砂村	시가/하이쿠	
1	6	文苑	熊谷曉宇氏送別席上句/行春 〔1〕 구마가이 교우 씨 송별석상구/가는 봄	曉宇	시가/하이쿠	
1	6	文苑	☆熊谷曉宇氏送別席上句/苗代 〔2〕 구마가이 교우 씨 송별석상구/못자리	六人	시가/하이쿠	
1	6	文苑	熊谷曉宇氏送別席上句/苗代 〔2〕 구마가이 교우 씨 송별석상구/못자리	二蠻	시가/하이쿠	
1	6	文苑	熊谷曉宇氏送別席上句/苗代 〔2〕 구마가이 교우 씨 송별석상구/못자리	砂村	시가/하이쿠	
1	6	文苑	熊谷曉宇氏送別席上句/苗代 〔1〕 구마가이 교우 씨 송별석상구/못자리	曉宇	시가/하이쿠	
1	6	文苑	熊谷曉宇氏送別席上句/蠶 〔2〕 구마가이 교우 씨 송별석상구/누에	六人	시가/하이쿠	
1	6	文苑	熊谷曉宇氏送別席上句/蠶 〔2〕 구마가이 교우 씨 송별석상구/누에	二蠻	시가/하이쿠	
1	6	文苑	★熊谷曉宇氏送別席上句/蠶 〔1〕 구마가이 교우 씨 송별석상구/누에	砂村	시가/하이쿠	

지면	단수	기획	기사제목 〈회수〉〔곡수〕	필자/저자(역자)	분류	비고
			1916년 04월 30일 (일) 3074호 마진일간			
4	3~5	小說	思ふなか 〈35〉 생각 중에	和田天華	소설	
			1916년 04월 30일 (일) 3074호			
6	1~3	講談	快傑忠輔 〈72〉 쾌걸 주스케	伊東燕尾 講演	고단	
			1916년 06월 01일 (목) 3105호			
1	6	文苑	超塵會雜詠(上)-原石鼎先生選/梅雨 〈1〉〔2〕 조진카이 잡영(상)-하라 세키테이 선생 선/장마	東陽	시가/하이쿠	
1	6	文苑	超塵會雜詠(上)-原石鼎先生選/梅雨 〈1〉〔2〕 조진카이 잡영(상)-하라 세키테이 선생 선/장마	風外	시가/하이쿠	
1	6	文苑	超塵會雜詠(上)-原石鼎先生選/梅雨 〈1〉〔1〕 조진카이 잡영(상)-하라 세키테이 선생 선/장마	雨意	시가/하이쿠	
1	6	文苑	超塵會雜詠(上)-原石鼎先生選/梅雨 〈1〉〔2〕 조진카이 잡영(상)-하라 세키테이 선생 선/장마	可秀	시가/하이쿠	
1	6	文苑	超塵會雜詠(上)-原石鼎先生選/梅雨 〈1〉〔6〕 조진카이 잡영(상)-하라 세키테이 선생 선/장마	靑眼子	시가/하이쿠	
1	6	文苑	超塵會雜詠(上)-原石鼎先生選/梅雨 〈1〉〔5〕 조진카이 잡영(상)-하라 세키테이 선생 선/장마	秋汀	시가/하이쿠	
1	6	文苑	超塵會雜詠(上)-原石鼎先生選/幟 〈1〉〔2〕 조진카이 잡영(상)-하라 세키테이 선생 선/단오절 깃발	東陽	시가/하이쿠	
1	6	文苑	超塵會雜詠(上)-原石鼎先生選/幟 〈1〉〔2〕 조진카이 잡영(상)-하라 세키테이 선생 선/단오절 깃발	風外	시가/하이쿠	
1	6	文苑	超塵會雜詠(上)-原石鼎先生選/幟 〈1〉〔1〕 조진카이 잡영(상)-하라 세키테이 선생 선/단오절 깃발	雨意	시가/하이쿠	
1	6	文苑	超塵會雜詠(上)-原石鼎先生選/幟 〈1〉〔4〕 조진카이 잡영(상)-하라 세키테이 선생 선/단오절 깃발	可秀	시가/하이쿠	
1	6	文苑	超塵會雜詠(上)-原石鼎先生選/幟 〈1〉〔1〕 조진카이 잡영(상)-하라 세키테이 선생 선/단오절 깃발	靑眼子	시가/하이쿠	
6	1~3	講談	快傑忠輔 〈103〉 쾌걸 주스케	伊東燕尾 講演	고단	
			1916년 06월 02일 (금) 3106호			
1	6	文苑	超塵會雜詠(下)-原石鼎先生選/幟 〈2〉〔8〕 조진카이 잡영(하)-하라 세키테이 선생 선/단오절 깃발	靑眼子	시가/하이쿠	
1	6	文苑	超塵會雜詠(下)-原石鼎先生選/幟 〈2〉〔2〕 조진카이 잡영(하)-하라 세키테이 선생 선/단오절 깃발	秋汀	시가/하이쿠	
1	6	文苑	超塵會雜詠(下)-原石鼎先生選/若葉 〈2〉〔2〕 조진카이 잡영(하)-하라 세키테이 선생 선/어린잎	東陽	시가/하이쿠	
1	6	文苑	超塵會雜詠(下)-原石鼎先生選/若葉 〈2〉〔1〕 조진카이 잡영(하)-하라 세키테이 선생 선/어린잎	風外	시가/하이쿠	
1	6	文苑	超塵會雜詠(下)-原石鼎先生選/若葉 〈2〉〔2〕 조진카이 잡영(하)-하라 세키테이 선생 선/어린잎	雨意	시가/하이쿠	
1	6	文苑	超塵會雜詠(下)-原石鼎先生選/若葉 〈2〉〔4〕 조진카이 잡영(하)-하라 세키테이 선생 선/어린잎	可秀	시가/하이쿠	
1	6	文苑	超塵會雜詠(下)-原石鼎先生選/若葉 〈2〉〔2〕 조진카이 잡영(하)-하라 세키테이 선생 선/어린잎	靑眼子	시가/하이쿠	
1	6	文苑	超塵會雜詠(下)-原石鼎先生選/若葉 〈2〉〔3〕 조진카이 잡영(하)-하라 세키테이 선생 선/어린잎	秋汀	시가/하이쿠	

지면	단수	기획	기사제목 〈회수〉〔곡수〕	필자/저자(역자)	분류	비고
3	1~3	小說	思ふなか 〈64〉 생각 중에	和田天華	소설	

1916년 06월 02일 (금) 3106호 경북일간

지면	단수	기획	기사제목 〈회수〉〔곡수〕	필자/저자(역자)	분류	비고
4	5~6		酒に別るるの記 술과 이별하다	浦項 尾山生	수필/일상	

1916년 06월 02일 (금) 3106호

지면	단수	기획	기사제목 〈회수〉〔곡수〕	필자/저자(역자)	분류	비고
6	1~3	講談	快傑忠輔 〈104〉 쾌걸 주스케	伊東燕尾 講演	고단	

1916년 06월 03일 (토) 3107호

지면	단수	기획	기사제목 〈회수〉〔곡수〕	필자/저자(역자)	분류	비고
1	6	文苑	(제목없음) 〔8〕	小梅	시가/단카	
3	1~3	小說	思ふなか 〈65〉 생각 중에	和田天華	소설	

1916년 06월 03일 (토) 3107호 경북일간

지면	단수	기획	기사제목 〈회수〉〔곡수〕	필자/저자(역자)	분류	비고
4	2~4		愛の陶醉(詩聖タゴール氏へ) 사랑의 도취(시성 타고르 씨에게)	名村黃黎	수필/비평	

1916년 06월 03일 (토) 3107호

지면	단수	기획	기사제목 〈회수〉〔곡수〕	필자/저자(역자)	분류	비고
6	1~3	講談	快傑忠輔 〈105〉 쾌걸 주스케	伊東燕尾 講演	고단	

1916년 06월 04일 (일) 3108호

지면	단수	기획	기사제목 〈회수〉〔곡수〕	필자/저자(역자)	분류	비고
1	6	文苑	螢狩 合作 〔6〕 반딧불이잡이 합작	獨樂庵虛堂/山崎一夫	시가/하이쿠	
1	6	文苑	(제목없음) 〔4〕	高橋碧堂	시가/하이쿠	
1	6	文苑	本事螢狩の豫告を見て 〔1〕 본사 반딧불이잡이 예고를 보고	高橋碧堂	시가/하이쿠	
6	1~3	講談	快傑忠輔 〈106〉 쾌걸 주스케	伊東燕尾 講演	고단	

1916년 06월 05일 (월) 3109호

지면	단수	기획	기사제목 〈회수〉〔곡수〕	필자/저자(역자)	분류	비고
1	6	文苑	送中村海軍大佐榮遷千歲艦長 〔1〕 송 나카무라 해군대좌 영천 지토세 함장	旅順 梧堂	시가/한시	
1	6	文苑	又 〔1〕 다시	旅順 梧堂	시가/한시	
1	6	文苑	送中村海軍大佐恭次其留別連環吟詩韻 〔1〕 송 나카무라 해군대좌 공차기류별연환음시운	旅順 梧堂	시가/한시	
4	1~3	講談	快傑忠輔 〈107〉 쾌걸 주스케	伊東燕尾 講演	고단	

1916년 06월 06일 (화) 3110호

지면	단수	기획	기사제목 〈회수〉〔곡수〕	필자/저자(역자)	분류	비고
1	6	文苑	追悼句 추도구		기타/모임	안내
1	6	文苑	追悼句 〔1〕 추도구	林市藏	시가/하이쿠	
1	6	文苑	追悼句 〔1〕 추도구	山口皐天	시가/하이쿠	

지면	단수	기획	기사제목 〈회수〉〔곡수〕	필자/저자(역자)	분류	비고
1	6	文苑	追悼句〔1〕 추도구	牧山玄海	시가/하이쿠	
1	6	文苑	追悼句〔1〕 추도구	此經一經	시가/하이쿠	
1	6	文苑	追悼句〔1〕 추도구	一ノ瀨武內	시가/하이쿠	
1	6	文苑	追悼句〔1〕 추도구	中野有光	시가/하이쿠	
1	6	文苑	追悼句〔2〕 추도구	村田俊彦	시가/하이쿠	
1	6	文苑	短歌〔7〕 단카	萩原めいせつ	시가/단카	
3	1~3	小說	思ふなか〈67〉 생각 중에	和田天華	소설	

1916년 06월 06일 (화) 3110호 경북일간

지면	단수	기획	기사제목 〈회수〉〔곡수〕	필자/저자(역자)	분류	비고
4	5	日刊文林	笹鳴會例會/蚊帳〔1〕 사사나키카이 예회/모기장	麥圃	시가/하이쿠	
4	5	日刊文林	笹鳴會例會/蚊帳〔1〕 사사나키카이 예회/모기장	獨笑	시가/하이쿠	
4		日刊文林	笹鳴會例會/蚊帳〔1〕 사사나키카이 예회/모기장	金蓮花	시가/하이쿠	
4	5	日刊文林	笹鳴會例會/蚊帳〔1〕 사사나키카이 예회/모기장	獨笑	시가/하이쿠	
4	5	日刊文林	笹鳴會例會/蚊帳〔1〕 사사나키카이 예회/모기장	光樹	시가/하이쿠	
4	5	日刊文林	笹鳴會例會/蚊帳〔1〕 사사나키카이 예회/모기장	麥圃	시가/하이쿠	
4	5	日刊文林	笹鳴會例會/蚊帳〔1〕 사사나키카이 예회/모기장	獨笑	시가/하이쿠	
4	5	日刊文林	笹鳴會例會/蚊帳〔1〕 사사나키카이 예회/모기장	光樹	시가/하이쿠	
4	5	日刊文林	笹鳴會例會/蚊帳〔1〕 사사나키카이 예회/모기장	金蓮花	시가/하이쿠	
4	5	日刊文林	笹鳴會例會/蚊帳〔1〕 사사나키카이 예회/모기장	獨笑	시가/하이쿠	
4	5	日刊文林	笹鳴會例會/蚊帳〔1〕 사사나키카이 예회/모기장	麥圃	시가/하이쿠	
4	5	日刊文林	笹鳴會例會/蚊帳〔2〕 사사나키카이 예회/모기장	金蓮花	시가/하이쿠	
4	5	日刊文林	笹鳴會例會/靑梅〔1〕 사사나키카이 예회/청매	金蓮花	시가/하이쿠	
4	5	日刊文林	笹鳴會例會/靑梅〔1〕 사사나키카이 예회/청매	光樹	시가/하이쿠	
4	5	日刊文林	笹鳴會例會/靑梅〔1〕 사사나키카이 예회/청매	金蓮花	시가/하이쿠	
4	5	日刊文林	笹鳴會例會/靑梅〔1〕 사사나키카이 예회/청매	麥圃	시가/하이쿠	
4	5	日刊文林	笹鳴會例會/靑梅〔1〕 사사나키카이 예회/청매	獨笑	시가/하이쿠	
4	5	日刊文林	笹鳴會例會/靑梅〔1〕 사사나키카이 예회/청매	光樹	시가/하이쿠	

지면	단수	기획	기사제목 〈회수〉〔곡수〕	필자/저자(역자)	분류	비고
4	5	日刊文林	笹鳴會例會/靑梅 [1] 사사나키카이 예회/청매	麥圃	시가/하이쿠	
4	5	日刊文林	笹鳴會例會/靑梅 [1] 사사나키카이 예회/청매	光樹	시가/하이쿠	
4	5	日刊文林	笹鳴會例會/靑梅 [1] 사사나키카이 예회/청매	金蓮花	시가/하이쿠	
4	5	日刊文林	笹鳴會例會/靑梅 [1] 사사나키카이 예회/청매	光樹	시가/하이쿠	
4	5	日刊文林	笹鳴會例會/靑梅 [1] 사사나키카이 예회/청매	金蓮花	시가/하이쿠	
4	5	日刊文林	笹鳴會例會/靑梅 [1] 사사나키카이 예회/청매	獨笑	시가/하이쿠	
4	5	日刊文林	笹鳴會例會/靑梅 [1] 사사나키카이 예회/청매	麥圃	시가/하이쿠	
4	5	日刊文林	笹鳴會例會/靑梅 [1] 사사나키카이 예회/청매	獨笑	시가/하이쿠	
4	5	日刊文林	笹鳴會例會/靑梅 [1] 사사나키카이 예회/청매	麥圃	시가/하이쿠	
4	5	日刊文林	笹鳴會例會/靑梅 [1] 사사나키카이 예회/청매	光樹	시가/하이쿠	
4	5	日刊文林	笹鳴會例會/靑梅 [1] 사사나키카이 예회/청매	麥圃	시가/하이쿠	
4	5	日刊文林	笹鳴會例會/栗の花 [1] 사사나키카이 예회/밤꽃	光樹	시가/하이쿠	
4	5	日刊文林	笹鳴會例會/栗の花 [1] 사사나키카이 예회/밤꽃	金蓮花	시가/하이쿠	
4	5	日刊文林	笹鳴會例會/栗の花 [1] 사사나키카이 예회/밤꽃	獨笑	시가/하이쿠	
4	5	日刊文林	笹鳴會例會/栗の花 [1] 사사나키카이 예회/밤꽃	光樹	시가/하이쿠	
4	5	日刊文林	笹鳴會例會/栗の花 [1] 사사나키카이 예회/밤꽃	獨笑	시가/하이쿠	
4	5	日刊文林	笹鳴會例會/栗の花 [1] 사사나키카이 예회/밤꽃	麥圃	시가/하이쿠	
4	5	日刊文林	笹鳴會例會/栗の花 [1] 사사나키카이 예회/밤꽃	光樹	시가/하이쿠	
4	5	日刊文林	笹鳴會例會/栗の花 [1] 사사나키카이 예회/밤꽃	獨笑	시가/하이쿠	
4	5	日刊文林	笹鳴會例會/笹 [1] 사사나키카이 예회/조릿대	麥圃	시가/하이쿠	
4	5	日刊文林	笹鳴會例會/笹 [1] 사사나키카이 예회/조릿대	獨笑	시가/하이쿠	
4	5	日刊文林	笹鳴會例會/笹 [1] 사사나키카이 예회/조릿대	光樹	시가/하이쿠	
4	5	日刊文林	笹鳴會例會/笹 [1] 사사나키카이 예회/조릿대	麥圃	시가/하이쿠	
4	5	日刊文林	笹鳴會例會/笹 [1] 사사나키카이 예회/조릿대	獨笑	시가/하이쿠	

1916년 06월 06일 (화) 3110호

지면	단수	기획	기사제목 〈회수〉〔곡수〕	필자/저자(역자)	분류	비고
6	1~3	講談	快傑忠輔 〈108〉 쾌걸 주스케	伊東燕尾 講演	고단	

지면	단수	기획	기사제목 〈회수〉 〔곡수〕	필자/저자(역자)	분류	비고

1916년 06월 07일 (수) 3111호

지면	단수	기획	기사제목 〈회수〉 〔곡수〕	필자/저자(역자)	분류	비고
1	6	文苑	短歌 〔3〕 단카	萩原めいせつ	시가/단카	
3	1~2	小說	思ふなか 〈68〉 생각 중에	和田天華	소설	

1916년 06월 07일 (수) 3111호 경북일간

지면	단수	기획	기사제목 〈회수〉 〔곡수〕	필자/저자(역자)	분류	비고
4	5~6		麻三斤兄の慶北俳壇を讀む(上) 〈1〉 마산긴 형의 경북 하이단을 읽다(상)	牛骨生 投	수필/비평	

1916년 06월 07일 (수) 3111호

지면	단수	기획	기사제목 〈회수〉 〔곡수〕	필자/저자(역자)	분류	비고
8	1~3	講談	快傑忠輔 〈109〉 쾌걸 주스케	伊東燕尾 講演	고단	

1916년 06월 08일 (목) 3112호

지면	단수	기획	기사제목 〈회수〉 〔곡수〕	필자/저자(역자)	분류	비고
1	6		(제목없음) 〔10〕	小梅	시가/단카	

1916년 06월 08일 (목) 3112호 경북일간

지면	단수	기획	기사제목 〈회수〉 〔곡수〕	필자/저자(역자)	분류	비고
4	5		麻三斤兄の慶北俳壇を讀む(下) 〈2〉 마산긴 형의 경북 하이단을 읽다(하)	牛骨生 投	수필/비평	

1916년 06월 08일 (목) 3112호 마진일간

지면	단수	기획	기사제목 〈회수〉 〔곡수〕	필자/저자(역자)	분류	비고
5	3~5	小說	思ふなか 〈69〉 생각 중에	和田天華	소설	

1916년 06월 08일 (목) 3112호

지면	단수	기획	기사제목 〈회수〉 〔곡수〕	필자/저자(역자)	분류	비고
8	1~3	講談	快傑忠輔 〈110〉 쾌걸 주스케	伊東燕尾 講演	고단	

1916년 06월 09일 (금) 3113호

지면	단수	기획	기사제목 〈회수〉 〔곡수〕	필자/저자(역자)	분류	비고
1	6	文苑	哀春篇 〔11〕 애춘편	しんふ生	시가/단카	
6	1~3	講談	快傑忠輔 〈111〉 쾌걸 주스케	伊東燕尾 講演	고단	

1916년 06월 10일 (토) 3114호

지면	단수	기획	기사제목 〈회수〉 〔곡수〕	필자/저자(역자)	분류	비고
1	6	文苑	雜詠/玉卷芭蕉 〔5〕 잡영/파초 어린잎	秋汀	시가/하이쿠	
1	6	文苑	雜詠/玉卷芭蕉 〔5〕 잡영/파초 어린잎	靑眼子	시가/하이쿠	
1	6	文苑	雜詠/金魚 〔5〕 잡영/금붕어	靑眼子	시가/하이쿠	
1	6	文苑	雜詠/金魚 〔5〕 잡영/금붕어	秋汀	시가/하이쿠	
6	1~3	小說	思ふなか 〈71〉 생각 중에	和田天華	소설	
8	1~3	講談	快傑忠輔 〈112〉 쾌걸 주스케	伊東燕尾 講演	고단	

1916년 06월 11일 (일) 3115호

지면	단수	기획	기사제목 〈회수〉〔곡수〕	필자/저자(역자)	분류	비고
1	6	文苑	青葉かげ〔10〕 푸른 잎 그림자	小梅	시가/단카	

1916년 06월 11일 (일) 3115호 마진일간

지면	단수	기획	기사제목 〈회수〉〔곡수〕	필자/저자(역자)	분류	비고
3	3~5	小說	思ふなか〈72〉 생각 중에	和田天華	소설	

1916년 06월 11일 (일) 3115호

지면	단수	기획	기사제목 〈회수〉〔곡수〕	필자/저자(역자)	분류	비고
5	1~2		(제목없음)〔1〕		시가/단카	
6	1~3	講談	快傑忠輔〈113〉 쾌걸 주스케	伊東燕尾 講演	고단	

1916년 06월 12일 (월) 3116호

지면	단수	기획	기사제목 〈회수〉〔곡수〕	필자/저자(역자)	분류	비고
1	3~5		金海遊記〈4〉 김해유기	雲山生	수필/기행	
1	6	文苑	波と春と思と(惜春餘錄)〔6〕 파도와 봄과 생각과(석춘여록)	こうれい	시가/단카	
4	1~3	講談	快傑忠輔〈114〉 쾌걸 주스케	伊東燕尾 講演	고단	

1916년 06월 13일 (화) 3117호

지면	단수	기획	기사제목 〈회수〉〔곡수〕	필자/저자(역자)	분류	비고
1	6	文苑	波と春と思と(惜春餘錄)〈2〉〔8〕 파도와 봄과 생각과(석춘여록)	こうれい	시가/단카	

1916년 06월 13일 (화) 3117호 마진일간

지면	단수	기획	기사제목 〈회수〉〔곡수〕	필자/저자(역자)	분류	비고
3	3~5	小說	思ふなか〈73〉 생각 중에	和田天華	소설	

1916년 06월 13일 (화) 3117호

지면	단수	기획	기사제목 〈회수〉〔곡수〕	필자/저자(역자)	분류	비고
6	1~3	講談	快傑忠輔〈115〉 쾌걸 주스케	伊東燕尾 講演	고단	

1916년 06월 14일 (수) 3118호

지면	단수	기획	기사제목 〈회수〉〔곡수〕	필자/저자(역자)	분류	비고
1	6	文苑	曇れる黄昏の吐息〔1〕 우울한 황혼의 한숨	こうれい	시가/자유시	

1916년 06월 14일 (수) 3118호 경북일간

지면	단수	기획	기사제목 〈회수〉〔곡수〕	필자/저자(역자)	분류	비고
4	5~7	小說	思ふなか〈74〉 생각 중에	和田天華	소설	

1916년 06월 14일 (수) 3118호

지면	단수	기획	기사제목 〈회수〉〔곡수〕	필자/저자(역자)	분류	비고
6	1~3	講談	快傑忠輔〈116〉 쾌걸 주스케	伊東燕尾 講演	고단	

1916년 06월 15일 (목) 3119호

지면	단수	기획	기사제목 〈회수〉〔곡수〕	필자/저자(역자)	분류	비고
1	6	文苑	長崎より/三七三座〈1〉〔1〕 나가사키에서/미나미자	酸骨	시가/하이쿠	
1	6	文苑	長崎より/田上〈1〉〔1〕 나가사키에서/다가미	酸骨	시가/하이쿠	
1	6	文苑	長崎より/茂木〈1〉〔3〕 나가사키에서/모기	酸骨	시가/하이쿠	

지면	단수	기획	기사제목 〈회수〉〔곡수〕	필자/저자(역자)	분류	비고
			1916년 06월 15일 (목) 3119호 마진일간			
3	3~5	小說	思ふなか 〈75〉 생각 중에	和田天華	소설	
			1916년 06월 15일 (목) 3119호			
6	1~3	講談	快傑忠輔 〈117〉 쾌걸 주스케	伊東燕尾 講演	고단	
			1916년 06월 16일 (금) 3120호			
1	6	文苑	長崎より/汐見崎 〈2〉〔1〕 나가사키에서/시오미자키	酸骨	시가/하이쿠	
1	6	文苑	長崎より/道の尾 〈2〉〔2〕 나가사키에서/미치노오	酸骨	시가/하이쿠	
1	6	文苑	長崎より/諫早驛 〈2〉〔1〕 나가사키에서/이사하야 역	酸骨	시가/하이쿠	
1	6	文苑	長崎より/愛野村より 〈2〉〔1〕 나가사키에서/아이노무라에서	酸骨	시가/하이쿠	
1	6	文苑	長崎より/小濱柳川屋 〈2〉〔1〕 나가사키에서/오바마 야나가와야	酸骨	시가/하이쿠	
1	6	文苑	長崎より/温泉缶 〈2〉〔1〕 나가사키에서/온천#	酸骨	시가/하이쿠	
1	6	文苑	長崎より/途上絶勝 〈2〉〔1〕 나가사키에서/노상의 절경	酸骨	시가/하이쿠	
1	6	文苑	長崎より/地獄巡り 〈2〉〔1〕 나가사키에서/지옥 순례	酸骨	시가/하이쿠	
1	6	文苑	長崎より/山上一泊 〈2〉〔1〕 나가사키에서/산 정상에서 일박	酸骨	시가/하이쿠	
			1916년 06월 16일 (금) 3120호 마진일간			
3	3~5	小說	思ふなか 〈76〉 생각 중에	和田天華	소설	
			1916년 06월 16일 (금) 3120호			
6	1~3	講談	快傑忠輔 〈118〉 쾌걸 주스케	伊東燕尾 講演	고단	
			1916년 06월 17일 (토) 3121호			
1	6	文苑	長崎より/下山 〈3〉〔3〕 나가사키에서/하산	酸骨	시가/하이쿠	
1	6	文苑	長崎より/空池原 〈3〉〔2〕 나가사키에서/가라이케바라	酸骨	시가/하이쿠	
1	6	文苑	長崎より/深江 〈3〉〔1〕 나가사키에서/후카에	酸骨	시가/하이쿠	
1	6	文苑	長崎より/島原 〈3〉〔1〕 나가사키에서/시마바라	酸骨	시가/하이쿠	
1	6	文苑	長崎より/出立 〈3〉〔1〕 나가사키에서/출발	酸骨	시가/하이쿠	
			1916년 06월 17일 (토) 3121호 마진일간			
3	3~6	小說	思ふなか 〈77〉 생각 중에	和田天華	소설	

지면	단수	기획	기사제목 〈회수〉〔곡수〕	필자/저자(역자)	분류	비고
			1916년 06월 17일 (토) 3121호 경북일간			
4	4~5		漂泊/上の一 〈1〉 표박/상 1	白芙蓉	수필/일상	
			1916년 06월 17일 (토) 3121호			
6	1~3	講談	快傑忠輔 〈119〉 쾌걸 주스케	伊東燕尾 講演	고단	
			1916년 06월 18일 (일) 3122호			
1	6	文苑	正しき者の甦る日 올바른 사람이 되살아나는 날	こうれい	시가/자유시	
			1916년 06월 18일 (일) 3122호 마진일간			
3	3~5	小說	思ふなか 〈78〉 생각 중에	和田天華	소설	
			1916년 06월 18일 (일) 3122호			
6	1~3	講談	快傑忠輔 〈120〉 쾌걸 주스케	伊東燕尾 講演	고단	
			1916년 06월 19일 (월) 3123호			
1	5	文苑	ジムの酒汲む夕べ 〔1〕 짐 술을 따르던 저녁	こうれい	시가/자유시	
1	5	文苑	少女子よ 〔1〕 소녀여	こうれい	시가/자유시	
1	6~7	小說	思ふなか 〈79〉 생각 중에	和田天華	소설	
4	1~3	講談	快傑忠輔 〈121〉 쾌걸 주스케	伊東燕尾 講演	고단	
			1916년 06월 20일 (화) 3124호			
1	6	文苑	秋風嶺居偶會(六月十二日夜)/打水 〔3〕 추풍령 교구카이(6월 12일 밤)/물 뿌리기	秋風嶺	시가/하이쿠	
1	6	文苑	秋風嶺居偶會(六月十二日夜)/打水 〔2〕 추풍령 교구카이(6월 12일 밤)/물 뿌리기	耳洗	시가/하이쿠	
1	6	文苑	秋風嶺居偶會(六月十二日夜)/打水 〔2〕 추풍령 교구카이(6월 12일 밤)/물 뿌리기	斗花女	시가/하이쿠	
1	6	文苑	秋風嶺居偶會(六月十二日夜)/打水 〔2〕 추풍령 교구카이(6월 12일 밤)/물 뿌리기	一白	시가/하이쿠	
			1916년 06월 20일 (화) 3124호 마진일간			
3	3~5	小說	思ふなか 〈80〉 생각 중에	和田天華	소설	
			1916년 06월 20일 (화) 3124호			
6	1~3	講談	快傑忠輔 〈122〉 쾌걸 주스케	伊東燕尾 講演	고단	
			1916년 06월 21일 (수) 3125호			
1	6	文苑	短歌 〔5〕 단카	穗仙	시가/단카	

지면	단수	기획	기사제목 〈회수〉〔곡수〕	필자/저자(역자)	분류	비고
1916년 06월 21일 (수) 3125호 마진일간						
3	3~5	小說	思ふなか〈81〉 생각 중에	和田天華	소설	
1916년 06월 21일 (수) 3125호 경북일간						
4	5		漂泊/上の二〈2〉 표박	白芙蓉	수필/일상	
1916년 06월 21일 (수) 3125호						
5	1~2		(제목없음)〔1〕		시가/단카	
6	1~2	講談	快傑忠輔〈123〉 쾌걸 주스케	伊東燕尾 講演	고단	
1916년 06월 22일 (목) 3126호						
1	6	文苑	あるひとに 어떤 이에게	伊藤千鳥	수필/일상	
1916년 06월 22일 (목) 3126호 마진일간						
3	3~5	小說	思ふなか〈82〉 생각 중에	和田天華	소설	
1916년 06월 22일 (목) 3126호						
5	1~2		(제목없음)〔1〕		시가/단카	
6	1~2	講談	快傑忠輔〈124〉 쾌걸 주스케	伊東燕尾 講演	고단	
1916년 06월 23일 (금) 3127호						
1	6	文苑	(제목없음)〔12〕	赤帽子	시가/하이쿠	
1916년 06월 23일 (금) 3127호 마진일간						
3	3~5	小說	思ふなか〈83〉 생각 중에	和田天華	소설	
1916년 06월 23일 (금) 3127호 경북일간						
4	5	日刊文林	發醴泉到榮州〔1〕 발예천도영주	大邱 吉田愛山	시가/한시	
4	5	日刊文林	宿聞慶〔1〕 숙문경	大邱 吉田愛山	시가/한시	
4	5	日刊文林	過鎭南關〔1〕 과진남관	大邱 吉田愛山	시가/한시	
4	5	日刊文林	幽谷里〔1〕 유곡리	大邱 吉田愛山	시가/한시	
4	5	日刊文林	過洛東江〔1〕 과낙동강	大邱 吉田愛山	시가/한시	活-洛 오기
1916년 06월 23일 (금) 3127호						
6	1~2	講談	快傑忠輔〈125〉 쾌걸 주스케	伊東燕尾 講演	고단	

지면	단수	기획	기사제목 〈회수〉〔곡수〕	필자/저자(역자)	분류	비고
			1916년 06월 24일 (토) 3128호			
1	6	文苑	(제목없음)〔9〕	野菊	시가/단카	
			1916년 06월 24일 (토) 3128호 마진일간			
3	3~5	小說	思ふなか 〈84〉 생각 중에	和田天華	소설	
			1916년 06월 24일 (토) 3128호 경북일간			
4	4	日刊文林	★大正歲次丙辰夏五月 府尹郡守島司會同開小宴席上客贈時〔1〕 대정세차병진하오월 부윤군수도사회동개소연석상객증시	慶尙北道長官 鈴木隆	시가/한시	
4	4	日刊文林	大正歲次丙辰夏五月 府尹郡守島司會同開小宴席上客贈時〔1〕 대정세차병진하오월 부윤군수도사회동개소연석상객증시	慶尙北道參與官 申錫麟	시가/한시	
4	4	日刊文林	★大正歲次丙辰夏五月 府尹郡守島司會同開小宴席上客贈時〔1〕 대정세차병진하오월 부윤군수도사회동개소연석상객증시	慶尙北道事務官 吉田格之進	시가/한시	
4	5	日刊文林	大正歲次丙辰夏五月 府尹郡守島司會同開小宴席上客贈時〔1〕 대정세차병진하오월 부윤군수도사회동개소연석상객증시	星州郡守 朴海齡	시가/한시	
4	5	日刊文林	大正歲次丙辰夏五月 府尹郡守島司會同開小宴席上客贈時〔1〕 대정세차병진하오월 부윤군수도사회동개소연석상객증시	慶州郡守 染弘默	시가/한시	
4	5	日刊文林	大正歲次丙辰夏五月 府尹郡守島司會同開小宴席上客贈時〔1〕 대정세차병진하오월 부윤군수도사회동개소연석상객증시	慶山郡守 孫之鉉	시가/한시	
4	5	日刊文林	大正歲次丙辰夏五月 府尹郡守島司會同開小宴席上客贈時〔1〕 대정세차병진하오월 부윤군수도사회동개소연석상객증시	義城郡守 權丙宣	시가/한시	
4	5	日刊文林	大正歲次丙辰夏五月 府尹郡守島司會同開小宴席上客贈時〔1〕 대정세차병진하오월 부윤군수도사회동개소연석상객증시	尙州郡守 沈皖鎭	시가/한시	
4	5	日刊文林	大正歲次丙辰夏五月 府尹郡守島司會同開小宴席上客贈時〔1〕 대정세차병진하오월 부윤군수도사회동개소연석상객증시	達城郡守 李容漢	시가/한시	
4	5	日刊文林	大正歲次丙辰夏五月 府尹郡守島司會同開小宴席上客贈時〔1〕 대정세차병진하오월 부윤군수도사회동개소연석상객증시	聞慶郡守 朴英鎭	시가/한시	
4	5	日刊文林	大正歲次丙辰夏五月 府尹郡守島司會同開小宴席上客贈時〔1〕 대정세차병진하오월 부윤군수도사회동개소연석상객증시	榮州郡守 張潤圭	시가/한시	
4	5	日刊文林	大正歲次丙辰夏五月 府尹郡守島司會同開小宴席上客贈時〔1〕 대정세차병진하오월 부윤군수도사회동개소연석상객증시	淸道郡守 金鳳鎭	시가/한시	
4	5	日刊文林	大正歲次丙辰夏五月 府尹郡守島司會同開小宴席上客贈時〔1〕 대정세차병진하오월 부윤군수도사회동개소연석상객증시	安東郡守 李宣鎬	시가/한시	
4	5	日刊文林	大正歲次丙辰夏五月 府尹郡守島司會同開小宴席上客贈時〔1〕 대정세차병진하오월 부윤군수도사회동개소연석상객증시	靑松郡守 權泰泳	시가/한시	
4	5	日刊文林	大正歲次丙辰夏五月 府尹郡守島司會同開小宴席上客贈時〔1〕 대정세차병진하오월 부윤군수도사회동개소연석상객증시	迎日郡守 李鍾國	시가/한시	
4	5	日刊文林	大正歲次丙辰夏五月 府尹郡守島司會同開小宴席上客贈時〔1〕 대정세차병진하오월 부윤군수도사회동개소연석상객증시	盈德郡守 李命源	시가/한시	
4	5	日刊文林	大正歲次丙辰夏五月 府尹郡守島司會同開小宴席上客贈時〔1〕 대정세차병진하오월 부윤군수도사회동개소연석상객증시	高靈郡守 朴光烈	시가/한시	
4	5	日刊文林	大正歲次丙辰夏五月 府尹郡守島司會同開小宴席上客贈時〔1〕 대정세차병진하오월 부윤군수도사회동개소연석상객증시	醴泉郡守 李範益	시가/한시	
4	5	日刊文林	大正歲次丙辰夏五月 府尹郡守島司會同開小宴席上客贈時〔1〕 대정세차병진하오월 부윤군수도사회동개소연석상객증시	善山郡守 洪義植	시가/한시	
4	5	日刊文林	大正歲次丙辰夏五月 府尹郡守島司會同開小宴席上客贈時〔1〕 대정세차병진하오월 부윤군수도사회동개소연석상객증시	英陽郡守 孫海震	시가/한시	
4	5	日刊文林	大正歲次丙辰夏五月 府尹郡守島司會同開小宴席上客贈時〔1〕 대정세차병진하오월 부윤군수도사회동개소연석상객증시	軍威郡守 朱載榮	시가/한시	

지면	단수	기획	기사제목 〈회수〉〔곡수〕	필자/저자(역자)	분류	비고
4	5	日刊文林	大正歲次丙辰夏五月 府尹郡守島司會同開小宴席上客贈時 [1] 대정세차병진하오월 부윤군수도사회동개소연석상객증시	永川郡守 南泌祐	시가/한시	

1916년 06월 24일 (토) 3128호

지면	단수	기획	기사제목 〈회수〉〔곡수〕	필자/저자(역자)	분류	비고
6	1~2	講談	快傑忠輔 〈126〉 쾌걸 주스케	伊東燕尾 講演	고단	

1916년 06월 25일 (일) 3129호

지면	단수	기획	기사제목 〈회수〉〔곡수〕	필자/저자(역자)	분류	비고
1	6	文苑	(제목없음) 〔8〕	むらさき	시가/단카	

1916년 06월 25일 (일) 3129호 마진일간

지면	단수	기획	기사제목 〈회수〉〔곡수〕	필자/저자(역자)	분류	비고
3	3~5	小說	思ふなか 〈85〉 생각 중에	和田天華	소설	

1916년 06월 25일 (일) 3129호

지면	단수	기획	기사제목 〈회수〉〔곡수〕	필자/저자(역자)	분류	비고
6	1~2	講談	快傑忠輔 〈127〉 쾌걸 주스케	伊東燕尾 講演	고단	

1916년 06월 26일 (월) 3130호

지면	단수	기획	기사제목 〈회수〉〔곡수〕	필자/저자(역자)	분류	비고
1	4	文苑	(제목없음) 〔5〕	若葉	시가/단카	
1	5~6	小說	思ふなか 〈86〉 생각 중에	和田天華	소설	
4	1~2	講談	快傑忠輔 〈128〉 쾌걸 주스케	伊東燕尾 講演	고단	

1916년 06월 27일 (화) 3131호 마진일간

지면	단수	기획	기사제목 〈회수〉〔곡수〕	필자/저자(역자)	분류	비고
1	6	文苑	岬頭桃花頌 〔9〕 갑두도화송	なぎさの子	시가/단카	
3	1~3	小說	思ふなか 〈87〉 생각 중에	和田天華	소설	

1916년 06월 27일 (화) 3131호 경북일간

지면	단수	기획	기사제목 〈회수〉〔곡수〕	필자/저자(역자)	분류	비고
4	6	日刊文林	梅雨日誌/六月二十一日 [1] 매우일지/6월 21일	吉田愛山	시가/한시	
4	6	日刊文林	梅雨日誌/六月二十二日 [1] 매우일지/6월 22일	吉田愛山	시가/한시	
4	6	日刊文林	梅雨日誌/六月二十三日 [1] 매우일지/6월 23일	吉田愛山	시가/한시	
4	6~8	講談	快傑忠輔 〈129〉 쾌걸 주스케	伊東燕尾 講演	고단	

1916년 06월 28일 (수) 3132호

지면	단수	기획	기사제목 〈회수〉〔곡수〕	필자/저자(역자)	분류	비고
1	6	文苑	(제목없음) 〔1〕	靑眼子	시가/하이쿠	
1	6	文苑	(제목없음) 〔1〕	可秀	시가/하이쿠	
1	6	文苑	(제목없음) 〔1〕	秋汀	시가/하이쿠	
1	6	文苑	(제목없음) 〔1〕	夢柳	시가/하이쿠	

지면	단수	기획	기사제목 〈회수〉〔곡수〕	필자/저자(역자)	분류	비고
1	6	文苑	(제목없음)〔1〕	俠雨	시가/하이쿠	
1	6	文苑	(제목없음)〔1〕	風外	시가/하이쿠	
1	6	文苑	(제목없음)〔1〕	默笑	시가/하이쿠	
1	6	文苑	(제목없음)〔1〕	寶水	시가/하이쿠	
1	6	文苑	(제목없음)〔1〕	靑眼子	시가/하이쿠	
1	6	文苑	(제목없음)〔1〕	俠雨	시가/하이쿠	
1	6	文苑	(제목없음)〔1〕	秋汀	시가/하이쿠	
1	6	文苑	(제목없음)〔1〕	可秀	시가/하이쿠	
1	6	文苑	(제목없음)〔1〕	夢柳	시가/하이쿠	
1	6	文苑	(제목없음)〔1〕	寶水	시가/하이쿠	
1	6	文苑	(제목없음)〔1〕	默笑	시가/하이쿠	
1	6	文苑	(제목없음)〔1〕	雨意	시가/하이쿠	
1	6	文苑	(제목없음)〔1〕	風外	시가/하이쿠	
1	6	文苑	(제목없음)〔1〕	俠雨	시가/하이쿠	
1	6	文苑	(제목없음)〔1〕	靑眼子	시가/하이쿠	

1916년 06월 28일 (수) 3132호 마진일간

지면	단수	기획	기사제목 〈회수〉〔곡수〕	필자/저자(역자)	분류	비고
3	3~5	小說	思ふなか〈88〉 생각 중에	和田天華	소설	

1916년 06월 28일 (수) 3132호

지면	단수	기획	기사제목 〈회수〉〔곡수〕	필자/저자(역자)	분류	비고
6	1~2	講談	快傑忠輔〈130〉 쾌걸 주스케	伊東燕尾 講演	고단	

1916년 06월 29일 (목) 3133호 마진일간

지면	단수	기획	기사제목 〈회수〉〔곡수〕	필자/저자(역자)	분류	비고
3	3~5	小說	思ふなか〈89〉 생각 중에	和田天華	소설	

1916년 06월 29일 (목) 3133호

지면	단수	기획	기사제목 〈회수〉〔곡수〕	필자/저자(역자)	분류	비고
6	1~3	講談	快傑忠輔〈131〉 쾌걸 주스케	伊東燕尾 講演	고단	

1916년 06월 30일 (금) 3134호

지면	단수	기획	기사제목 〈회수〉〔곡수〕	필자/저자(역자)	분류	비고
1	5	文苑	(제목없음)〔1〕	秋汀	시가/하이쿠	
1	5	文苑	(제목없음)〔1〕	可秀	시가/하이쿠	

지면	단수	기획	기사제목 〈회수〉〔곡수〕	필자/저자(역자)	분류	비고
1	5	文苑	(제목없음)〔1〕	夢柳	시가/하이쿠	
1	5	文苑	(제목없음)〔1〕	默笑	시가/하이쿠	
1	5	文苑	(제목없음)〔1〕	寶水	시가/하이쿠	
1	5	文苑	(제목없음)〔1〕	風外	시가/하이쿠	
1	5	文苑	(제목없음)〔1〕	俠雨	시가/하이쿠	
1	5	文苑	(제목없음)〔1〕	靑眼子	시가/하이쿠	
1	5	文苑	(제목없음)〔1〕	秋汀	시가/하이쿠	
1	5	文苑	(제목없음)〔1〕	夢柳	시가/하이쿠	
1	5	文苑	(제목없음)〔1〕	俠雨	시가/하이쿠	
1	5	文苑	(제목없음)〔1〕	靑眼子	시가/하이쿠	
1	5	文苑	(제목없음)〔1〕	可秀	시가/하이쿠	
1	5	文苑	(제목없음)〔1〕	默笑	시가/하이쿠	
1	6	文苑	(제목없음)〔1〕	寶水	시가/하이쿠	
1	6	文苑	(제목없음)〔1〕	風外	시가/하이쿠	
1	6	文苑	(제목없음)〔1〕	秋汀	시가/하이쿠	
1	6	文苑	(제목없음)〔1〕	東陽	시가/하이쿠	
1	6	文苑	(제목없음)〔1〕	靑眼子	시가/하이쿠	

1916년 06월 30일 (금) 3134호 마진일간

| 3 | 3~5 | 小說 | 思ふなか 〈90〉
생각 중에 | 和田天華 | 소설 | |

1916년 06월 30일 (금) 3134호 경북일간

4	6	日刊文林	梅雨日誌/六月二十四日 〔1〕 매우일지/6월 21일	吉田愛山	시가/한시	
4	6	日刊文林	梅雨日誌/六月二十五日 〔1〕 매우일지/6월 22일	吉田愛山	시가/한시	
4	6	日刊文林	梅雨日誌/六月二十六日 〔1〕 매우일지/6월 23일	吉田愛山	시가/한시	

1916년 06월 30일 (금) 3134호

| 6 | 1~2 | 講談 | 快傑忠輔 〈32〉
쾌걸 주스케 | 伊東燕尾 講演 | 고단 | 회수 오류 |

1916년 07월 01일 (토) 3135호

지면	단수	기획	기사제목 〈회수〉〔곡수〕	필자/저자(역자)	분류	비고
1	5	文苑	在臺灣臺中/獨吟 〔1〕 재대만대중/독음	水谷利章	시가/한시	
1	5	文苑	在臺灣臺中/偶感 〔1〕 재대만대중/우감	水谷利章	시가/한시	
1	6	文苑	(제목없음) 〔1〕	靑眼子	시가/하이쿠	
1	6	文苑	(제목없음) 〔1〕	可秀	시가/하이쿠	
1	6	文苑	(제목없음) 〔1〕	靑眼子	시가/하이쿠	
1	6	文苑	(제목없음) 〔1〕	俠雨	시가/하이쿠	
1	6	文苑	(제목없음) 〔1〕	秋汀	시가/하이쿠	
1	6	文苑	(제목없음) 〔1〕	可秀	시가/하이쿠	
1	6	文苑	(제목없음) 〔1〕	賓水	시가/하이쿠	
1	6	文苑	(제목없음) 〔1〕	風外	시가/하이쿠	
1	6	文苑	(제목없음) 〔1〕	俠雨	시가/하이쿠	
1	6	文苑	(제목없음) 〔1〕	可秀	시가/하이쿠	
1	6	文苑	(제목없음) 〔1〕	秋汀	시가/하이쿠	
1	6	文苑	(제목없음) 〔1〕	夢柳	시가/하이쿠	
1	6	文苑	(제목없음) 〔1〕	秋汀	시가/하이쿠	
1	6	文苑	(제목없음) 〔1〕	松子	시가/하이쿠	
1	6	文苑	(제목없음) 〔1〕	俠雨	시가/하이쿠	
1	6	文苑	(제목없음) 〔1〕	默笑	시가/하이쿠	
1	6	文苑	龜浦の出水地より 〔5〕 구포의 홍수 지역에서	橋本尋蟻	시가/하이쿠	
6	1~2	講談	快傑忠輔 〈33〉 쾌걸 주스케	伊東燕尾 講演	고단	회수 오류

1916년 07월 02일 (일) 3136호

지면	단수	기획	기사제목 〈회수〉〔곡수〕	필자/저자(역자)	분류	비고
1	6	文苑	客愁歌 〔5〕 객수가	渚の子	시가/단카	

1916년 07월 02일 (일) 3136호 경북일간

지면	단수	기획	기사제목 〈회수〉〔곡수〕	필자/저자(역자)	분류	비고
4	5	日刊文林	梅雨日誌/六月二十七日 〔1〕 매우일지/6월 27일	吉田愛山	시가/한시	
4	5	日刊文林	梅雨日誌/六月二十八日 〔1〕 매우일지/6월 28일	吉田愛山	시가/한시	
4	5	日刊文林	梅雨日誌/六月二十九日 〔1〕 매우일지/6월 29일	吉田愛山	시가/한시	

지면	단수	기획	기사제목 〈회수〉〔곡수〕	필자/저자(역자)	분류	비고
1916년 07월 02일 (일) 3136호						
6	1~3	講談	快傑忠輔 〈134〉 쾌걸 주스케	伊東燕尾 講演	고단	
1916년 07월 03일 (월) 3137호						
1	5	小說	物臭集 〔19〕 게으름 모음	えんや生	시가/하이쿠	
1	5~7	小說	思ふなか 〈91〉 생각 중에	和田天華	소설	
3	3		川柳 〔7〕 센류	赤帽子	시가/센류	
3	3		俚謠 〔4〕 이요	野村卯月	시가/도도이 쓰	
3	6		新講談豫告 신 고단 예고		광고/연재 예고	
4	1~2	講談	快傑忠輔 〈135〉 쾌걸 주스케	伊東燕尾 講演	고단	
1916년 07월 04일 (화) 3138호						
1	5~6	文苑	(제목없음) 〔6〕	刀花子	시가/단카	
1	6	文苑	(제목없음) 〔4〕	みやこ	시가/단카	
1	6	文苑	(제목없음) 〔5〕	のぎく	시가/단카	
1	6	文苑	(제목없음) 〔6〕	あきら	시가/기타	
1916년 07월 04일 (화) 3138호 마진일간						
3	2~4	小說	思ふなか 〈92〉 생각 중에	和田天華	소설	
1916년 07월 04일 (화) 3138호						
5	1~2		(제목없음) 〔1〕		시가/단카	
6	1~2	講談	快傑忠輔 大團圓 〈136〉 쾌걸 주스케 대단원	伊東燕尾 講演	고단	
1916년 07월 05일 (수) 3139호						
1	6	文苑	超塵會雜詠(上)-原石鼎先生選/青嵐 〔3〕 조진카이 잡영(상)-하라 세키테이 선생 선/신록의 바람	風外	시가/하이쿠	
1	6	文苑	超塵會雜詠(上)-原石鼎先生選/青嵐 〔4〕 조진카이 잡영(상)-하라 세키테이 선생 선/신록의 바람	秋汀	시가/하이쿠	
1	6	文苑	超塵會雜詠(上)-原石鼎先生選/青嵐 〔1〕 조진카이 잡영(상)-하라 세키테이 선생 선/신록의 바람	雨意	시가/하이쿠	
1	6	文苑	超塵會雜詠(上)-原石鼎先生選/青嵐 〔3〕 조진카이 잡영(상)-하라 세키테이 선생 선/신록의 바람	靑眼子	시가/하이쿠	
1	6	文苑	超塵會雜詠(上)-原石鼎先生選/青嵐 〔3〕 조진카이 잡영(상)-하라 세키테이 선생 선/신록의 바람	東陽	시가/하이쿠	
1	6	文苑	超塵會雜詠(上)-原石鼎先生選/青嵐 〔3〕 조진카이 잡영(상)-하라 세키테이 선생 선/신록의 바람	可秀	시가/하이쿠	

지면	단수	기획	기사제목 〈회수〉〔곡수〕	필자/저자(역자)	분류	비고
			1916년 07월 05일 (수) 3139호 마진일간			
3	3~5	小說	思ふなか 〈93〉 생각 중에	和田天華	소설	
			1916년 07월 05일 (수) 3139호			
6	1~3	講談	女太閤 〈1〉 여자 다이코	柴田旭南 講演	고단	
			1916년 07월 06일 (목) 3140호			
1	6	文苑	超塵會雜詠(下)-原石鼎先生選/袷 〔1〕 조진카이 잡영(하)-하라 세키테이 선생 선/겹옷	東陽	시가/하이쿠	
1	6	文苑	超塵會雜詠(下)-原石鼎先生選/袷 〔3〕 조진카이 잡영(하)-하라 세키테이 선생 선/겹옷	秋汀	시가/하이쿠	
1	6	文苑	超塵會雜詠(下)-原石鼎先生選/袷 〔2〕 조진카이 잡영(하)-하라 세키테이 선생 선/겹옷	雨意	시가/하이쿠	
1	6	文苑	超塵會雜詠(下)-原石鼎先生選/袷 〔3〕 조진카이 잡영(하)-하라 세키테이 선생 선/겹옷	靑眼子	시가/하이쿠	
1	6	文苑	超塵會雜詠(下)-原石鼎先生選/苺 〔1〕 조진카이 잡영(하)-하라 세키테이 선생 선/딸기	風外	시가/하이쿠	
1	6	文苑	超塵會雜詠(下)-原石鼎先生選/苺 〔2〕 조진카이 잡영(하)-하라 세키테이 선생 선/딸기	東陽	시가/하이쿠	
1	6	文苑	超塵會雜詠(下)-原石鼎先生選/苺 〔3〕 조진카이 잡영(하)-하라 세키테이 선생 선/딸기	秋汀	시가/하이쿠	
1	6	文苑	超塵會雜詠(下)-原石鼎先生選/苺 〔3〕 조진카이 잡영(하)-하라 세키테이 선생 선/딸기	雨意	시가/하이쿠	
1	6	文苑	超塵會雜詠(下)-原石鼎先生選/苺 〔2〕 조진카이 잡영(하)-하라 세키테이 선생 선/딸기	靑眼子	시가/하이쿠	
1	6	文苑	超塵會雜詠(下)-原石鼎先生選/苺 〔1〕 조진카이 잡영(하)-하라 세키테이 선생 선/딸기	可秀	시가/하이쿠	
			1916년 07월 06일 (목) 3140호 마진일간			
3	3		多情多恨の女 〈1〉 다정다한의 여자		수필/관찰	
3	3~5	小說	思ふなか 〈94〉 생각 중에	和田天華	소설	
			1916년 07월 06일 (목) 3140호			
6	1~3	講談	女太閤 〈2〉 여자 다이코	柴田旭南 講演	고단	
			1916년 07월 07일 (금) 3141호			
1	6	文苑	窓前螢 〔1〕 창 앞의 반딧불이	肥前平戶 峯野佐久馬	시가/단카	
1	6	文苑	水邊螢 〔1〕 물가의 반딧불이	肥前平戶 峯野佐久馬	시가/단카	
1	6	文苑	曉鷄 〔2〕 새벽녘 닭 울음소리	肥前平戶 峯野佐久馬	시가/단카	
			1916년 07월 07일 (금) 3141호 마진일간			
3	2		多情多恨の女 〈2〉 다정다한의 여자		수필/관찰	

지면	단수	기획	기사제목 〈회수〉〔곡수〕	필자/저자(역자)	분류	비고
3	3~5	小說	思ふなか 〈95〉 생각 중에	和田天華	소설	

1916년 07월 07일 (금) 3141호 경북일간

지면	단수	기획	기사제목 〈회수〉〔곡수〕	필자/저자(역자)	분류	비고
4	3~5		大邱瞥見記 〈1〉 대구 별견기	尙州 洛東生	수필/기행	
4	5	日刊文林	梅雨日誌/六月三十日 〔1〕 매우일지/6월 30일	吉田愛山	시가/한시	
4	5	日刊文林	梅雨日誌/七月一日 〔1〕 매우일지/7월 1일	吉田愛山	시가/한시	
4	5	日刊文林	梅雨日誌/七月二日 〔1〕 매우일지/7월 2일	吉田愛山	시가/한시	

1916년 07월 07일 (금) 3141호

지면	단수	기획	기사제목 〈회수〉〔곡수〕	필자/저자(역자)	분류	비고
6	1~3	講談	女太閤 〈3〉 여자 다이코	柴田旭南 講演	고단	

1916년 07월 08일 (토) 3142호

지면	단수	기획	기사제목 〈회수〉〔곡수〕	필자/저자(역자)	분류	비고
1	6	文苑	梅雨晴 〔1〕 장마가 개다	肥前平戶 峯野佐久馬	시가/단카	
1	6	文苑	六月大祓 〔2〕 6월 액막이	肥前平戶 峯野佐久馬	시가/단카	
1	6	文苑	夏瀧 〔1〕 여름 폭포	肥前平戶 峯野佐久馬	시가/단카	
1	6	文苑	勤學 〔1〕 근학	肥前平戶 峯野佐久馬	시가/단카	
1	6	文苑	酒 〔2〕 술	肥前平戶 峯野佐久馬	시가/단카	

1916년 07월 08일 (토) 3142호 마진일간

지면	단수	기획	기사제목 〈회수〉〔곡수〕	필자/저자(역자)	분류	비고
3	2~3		多情多恨の女 〈3〉 다정다한의 여자		수필/관찰	
3	3~5	小說	思ふなか 〈96〉 생각 중에	和田天華	소설	

1916년 07월 08일 (토) 3142호 경북일간

지면	단수	기획	기사제목 〈회수〉〔곡수〕	필자/저자(역자)	분류	비고
4	3~5		大邱瞥見記 〈2〉 대구 별견기	尙州 洛東生	수필/기행	

1916년 07월 08일 (토) 3142호

지면	단수	기획	기사제목 〈회수〉〔곡수〕	필자/저자(역자)	분류	비고
6	1~3	講談	女太閤 〈4〉 여자 다이코	柴田旭南 講演	고단	

1916년 07월 09일 (일) 3143호

지면	단수	기획	기사제목 〈회수〉〔곡수〕	필자/저자(역자)	분류	비고
1	6	文苑	衣 〔2〕 옷	肥前平戶 峯野佐久馬	시가/단카	
1	6	文苑	旅中戀 〔2〕 여행 중의 사랑	肥前平戶 峯野佐久馬	시가/단카	
1	6	文苑	(제목없음) 〔2〕	ふかし	시가/단카	

1916년 07월 09일 (일) 3143호 마진일간

지면	단수	기획	기사제목 〈회수〉〔곡수〕	필자/저자(역자)	분류	비고
3	2~3		多情多恨の女 〈4〉 다정다한의 여자		수필/관찰	
3	3~5	小說	思ふなか 〈97〉 생각 중에	和田天華	소설	

1916년 07월 09일 (일) 3143호 경북일간

지면	단수	기획	기사제목 〈회수〉〔곡수〕	필자/저자(역자)	분류	비고
4	4~6		大邱瞥見記 〈3〉 대구 별견기	尙州 洛東生	수필/기행	

1916년 07월 09일 (일) 3143호

지면	단수	기획	기사제목 〈회수〉〔곡수〕	필자/저자(역자)	분류	비고
6	1~3	講談	女太閤 〈5〉 여자 다이코	柴田旭南 講演	고단	

1916년 07월 10일 (월) 3144호

지면	단수	기획	기사제목 〈회수〉〔곡수〕	필자/저자(역자)	분류	비고
1	5	文苑	超塵會雜詠-原石鼎先生選/瀧 〈1〉〔1〕 조진카이 잡영-하라 세키테이 선생 선/폭포	風外	시가/하이쿠	
1	5	文苑	超塵會雜詠-原石鼎先生選/瀧 〈1〉〔6〕 조진카이 잡영-하라 세키테이 선생 선/폭포	靑眼子	시가/하이쿠	
1	5	文苑	超塵會雜詠-原石鼎先生選/瀧 〈1〉〔2〕 조진카이 잡영-하라 세키테이 선생 선/폭포	可秀	시가/하이쿠	
1	5	文苑	超塵會雜詠-原石鼎先生選/瀧 〈1〉〔4〕 조진카이 잡영-하라 세키테이 선생 선/폭포	秋汀	시가/하이쿠	
1	5~7	小說	思ふなか 〈98〉 생각 중에	和田天華	소설	
3	1		俚謠 〔3〕 이요	小舟	시가/도도이 쓰	
3	1		俚謠 〔4〕 이요	富可志	시가/도도이 쓰	
4	1~3	講談	女太閤 〈6〉 여자 다이코	柴田旭南 講演	고단	

1916년 07월 11일 (화) 3145호

지면	단수	기획	기사제목 〈회수〉〔곡수〕	필자/저자(역자)	분류	비고
1	6	文苑	超塵會雜詠-原石鼎先生選/祭 〈2〉〔2〕 조진카이 잡영-하라 세키테이 선생 선/축제	雨意	시가/하이쿠	
1	6	文苑	超塵會雜詠-原石鼎先生選/祭 〈2〉〔4〕 조진카이 잡영-하라 세키테이 선생 선/축제	可秀	시가/하이쿠	
1	6	文苑	超塵會雜詠-原石鼎先生選/祭 〈2〉〔3〕 조진카이 잡영-하라 세키테이 선생 선/축제	秋汀	시가/하이쿠	
1	6	文苑	超塵會雜詠-原石鼎先生選/祭 〈2〉〔7〕 조진카이 잡영-하라 세키테이 선생 선/축제	靑眼子	시가/하이쿠	

1916년 07월 11일 (화) 3145호 마진일간

지면	단수	기획	기사제목 〈회수〉〔곡수〕	필자/저자(역자)	분류	비고
3	2~3		多情多恨の女 〈5〉 다정다한의 여자		수필/관찰	
3	3~5	小說	思ふなか 〈99〉 생각 중에	和田天華	소설	

1916년 07월 11일 (화) 3145호 경북일간

지면	단수	기획	기사제목 〈회수〉〔곡수〕	필자/저자(역자)	분류	비고
4	4~6		大邱瞥見記 〈4〉 대구 별견기	尙州 洛東生	수필/기행	

1916년 07월 11일 (화) 3145호

지면	단수	기획	기사제목 〈회수〉 〔곡수〕	필자/저자(역자)	분류	비고
6	1~3	講談	女太閤 〈7〉 여자 다이코	柴田旭南 講演	고단	

1916년 07월 12일 (수) 3146호

지면	단수	기획	기사제목 〈회수〉 〔곡수〕	필자/저자(역자)	분류	비고
1	6	文苑	超塵會句集-原石鼎先生選/鮎 〈3〉 〔1〕 조진카이 구집-하라 세키테이 선생 선/은어	風外	시가/하이쿠	
1	6	文苑	超塵會句集-原石鼎先生選/鮎 〈3〉 〔3〕 조진카이 구집-하라 세키테이 선생 선/은어	雨意	시가/하이쿠	
1	6	文苑	超塵會句集-原石鼎先生選/鮎 〈3〉 〔4〕 조진카이 구집-하라 세키테이 선생 선/은어	可秀	시가/하이쿠	
1	6	文苑	超塵會句集-原石鼎先生選/鮎 〈3〉 〔6〕 조진카이 구집-하라 세키테이 선생 선/은어	靑眺子	시가/하이쿠	
1	6	文苑	超塵會句集-原石鼎先生選/鮎 〈3〉 〔4〕 조진카이 구집-하라 세키테이 선생 선/은어	秋汀	시가/하이쿠	

1916년 07월 12일 (수) 3146호 마진일간

지면	단수	기획	기사제목 〈회수〉 〔곡수〕	필자/저자(역자)	분류	비고
3	3~5	小說	思ふなか 〈100〉 생각 중에	和田天華	소설	

1916년 07월 12일 (수) 3146호 경북일간

지면	단수	기획	기사제목 〈회수〉 〔곡수〕	필자/저자(역자)	분류	비고
4	3~5		大邱瞥見記 〈5〉 대구 별견기	尙州 洛東生	수필/기행	
4	5	日刊文林	梅雨日誌/七月三日 〔1〕 매우일지/7월 3일	吉田愛山	시가/한시	
4	5	日刊文林	梅雨日誌/七月四日 〔1〕 매우일지/7월 4일	吉田愛山	시가/한시	
4	5	日刊文林	梅雨日誌/七月五日 〔1〕 매우일지/7월 5일	吉田愛山	시가/한시	

1916년 07월 12일 (수) 3146호

지면	단수	기획	기사제목 〈회수〉 〔곡수〕	필자/저자(역자)	분류	비고
6	1~3	講談	女太閤 〈8〉 여자 다이코	柴田旭南 講演	고단	

1916년 07월 13일 (목) 3147호

지면	단수	기획	기사제목 〈회수〉 〔곡수〕	필자/저자(역자)	분류	비고
1	6	文苑	(제목없음) 〔1〕	雨意	시가/하이쿠	
1	6	文苑	(제목없음) 〔1〕	俠雨	시가/하이쿠	
1	6	文苑	(제목없음) 〔1〕	靑眼子	시가/하이쿠	
1	6	文苑	(제목없음) 〔1〕	可秀	시가/하이쿠	
1	6	文苑	(제목없음) 〔1〕	秋汀	시가/하이쿠	
1	6	文苑	(제목없음) 〔1〕	夢柳	시가/하이쿠	
1	6	文苑	(제목없음) 〔1〕	靑眼子	시가/하이쿠	
1	6	文苑	(제목없음) 〔1〕	寶水	시가/하이쿠	
1	6	文苑	(제목없음) 〔1〕	夢柳	시가/하이쿠	

지면	단수	기획	기사제목 〈회수〉〔곡수〕	필자/저자(역자)	분류	비고
1	6	文苑	(제목없음)〔1〕	秋汀	시가/하이쿠	
1	6	文苑	(제목없음)〔1〕	俠雨	시가/하이쿠	
1	6	文苑	(제목없음)〔1〕	靑眼子	시가/하이쿠	
1	6	文苑	(제목없음)〔1〕	秋汀	시가/하이쿠	
1	6	文苑	(제목없음)〔1〕	可秀	시가/하이쿠	
1	6	文苑	(제목없음)〔1〕	默笑	시가/하이쿠	
1	6	文苑	(제목없음)〔1〕	雨意	시가/하이쿠	
1	6	文苑	(제목없음)〔1〕	靑眼子	시가/하이쿠	
1	6	文苑	(제목없음)〔1〕	秋汀	시가/하이쿠	
1	6	文苑	(제목없음)〔1〕	夢柳	시가/하이쿠	

1916년 07월 13일 (목) 3147호 마진일간

| 3 | 3~5 | 小說 | 思ふなか 〈101〉
생각 중에 | 和田天華 | 소설 | |

1916년 07월 13일 (목) 3147호 경북일간

| 4 | 5~6 | | 大邱瞥見記 〈6〉
대구 별견기 | 尙州 洛東生 | 수필/기행 | |

1916년 07월 13일 (목) 3147호

| 6 | 1~3 | 講談 | 女太閤 〈9〉
여자 다이코 | 柴田旭南 講演 | 고단 | |

1916년 07월 14일 (금) 3148호

1	6	文苑	(제목없음)〔1〕	可秀	시가/하이쿠	
1	6	文苑	(제목없음)〔1〕	俠雨	시가/하이쿠	
1	6	文苑	(제목없음)〔1〕	秋汀	시가/하이쿠	
1	6	文苑	(제목없음)〔1〕	俠雨	시가/하이쿠	
1	6	文苑	(제목없음)〔1〕	默笑	시가/하이쿠	
1	6	文苑	(제목없음)〔1〕	可秀	시가/하이쿠	
1	6	文苑	(제목없음)〔1〕	靑眼子	시가/하이쿠	
1	6	文苑	(제목없음)〔1〕	默笑	시가/하이쿠	
1	6	文苑	(제목없음)〔1〕	靑眼子	시가/하이쿠	

지면	단수	기획	기사제목 〈회수〉 〔곡수〕	필자/저자(역자)	분류	비고
1	6	文苑	(제목없음) 〔1〕	夢柳	시가/하이쿠	
1	6	文苑	(제목없음) 〔1〕	秋汀	시가/하이쿠	
1	6	文苑	(제목없음) 〔1〕	雨意	시가/하이쿠	
1	6	文苑	(제목없음) 〔1〕	可秀	시가/하이쿠	
1	6	文苑	(제목없음) 〔1〕	俠雨	시가/하이쿠	
1	6	文苑	(제목없음) 〔1〕	可秀	시가/하이쿠	
1	6	文苑	(제목없음) 〔1〕	靑眼子	시가/하이쿠	
1	6	文苑	(제목없음) 〔1〕	寶水	시가/하이쿠	
1	6	文苑	(제목없음) 〔1〕	雨意	시가/하이쿠	
1	6	文苑	(제목없음) 〔1〕	秋汀	시가/하이쿠	
1	6	文苑	(제목없음) 〔1〕	雨意	시가/하이쿠	

1916년 07월 14일 (금) 3148호 마진일간

| 3 | 3~5 | 小說 | 思ふなか 〈102〉
생각 중에 | 和田天華 | 소설 | |

1916년 07월 14일 (금) 3148호 경북일간

4	3~5		大邱瞥見記 〈7〉 대구 별견기	尙州 洛東生	수필/기행	
4	5	日刊文林	梅雨日誌/七月六日 〔1〕 매우일지/7월 6일	吉田愛山	시가/한시	
4	5	日刊文林	梅雨日誌/七月七日 〔1〕 매우일지/7월 7일	吉田愛山	시가/한시	
4	5~6	日刊文林	梅雨日誌/七月八日 〔1〕 매우일지/7월 8일	吉田愛山	시가/한시	

1916년 07월 14일 (금) 3148호

| 6 | 1~3 | 講談 | 女太閤 〈10〉
여자 다이코 | 柴田旭南 講演 | 고단 | |

1916년 07월 15일 (토) 3149호

| 1 | 6 | 文苑 | スケツチ
스케치 | 山口葉吉 | 수필/평론 | |

1916년 07월 15일 (토) 3149호 마진일간

| 3 | 3~5 | 小說 | 思ふなか 〈103〉
생각 중에 | 和田天華 | 소설 | |

1916년 07월 15일 (토) 3149호 경북일간

| 4 | 4~6 | | 大邱瞥見記 〈8〉
대구 별견기 | 尙州 洛東生 | 수필/기행 | |

지면	단수	기획	기사제목 〈회수〉〔곡수〕	필자/저자(역자)	분류	비고
1916년 07월 15일 (토) 3149호						
6	1~3	講談	女太閤 〈11〉 여자 다이코	柴田旭南 講演	고단	
1916년 07월 16일 (일) 3150호						
1	6	文苑	破戒の日 〔5〕 파계의 날	渚の子	시가/단카	
1	6	文苑	(제목없음) 〔1〕	靑眼子	시가/하이쿠	
1	6	文苑	(제목없음) 〔1〕	秋汀	시가/하이쿠	
1	6	文苑	(제목없음) 〔1〕	夢柳	시가/하이쿠	
1	6	文苑	(제목없음) 〔1〕	俠雨	시가/하이쿠	
1	6	文苑	(제목없음) 〔1〕	靑眼子	시가/하이쿠	
1	6	文苑	(제목없음) 〔2〕	可秀	시가/하이쿠	
1	6	文苑	(제목없음) 〔1〕	俠雨	시가/하이쿠	
1	6	文苑	(제목없음) 〔1〕	秋汀	시가/하이쿠	
1916년 07월 16일 (일) 3150호 마진일간						
3	3~5	小說	思ふなか 〈104〉 생각 중에	和田天華	소설	
1916년 07월 16일 (일) 3150호 경북일간						
4	4	日刊文林	梅雨日誌/七月九日 〔1〕 매우일지/7월 9일	吉田愛山	시가/한시	
4	4	日刊文林	梅雨日誌/七月十日 〔1〕 매우일지/7월 10일	吉田愛山	시가/한시	
4	4	日刊文林	梅雨日誌/七月十一日 〔1〕 매우일지/7월 11일	吉田愛山	시가/한시	
4	4~5		大邱瞥見記 〈9〉 대구 별견기	尙州 洛東生	수필/기행	
1916년 07월 16일 (일) 3150호						
6	1~3	講談	女太閤 〈12〉 여자 다이코	柴田旭南 講演	고단	
1916년 07월 17일 (월) 3151호						
1	5	文苑	超塵會雜詠(上)-原石鼎先生選/日傘 〈1〉〔2〕 조진카이 잡영(상)/하라 세키테이 선생/양산	雨意	시가/하이쿠	
1	5	文苑	超塵會雜詠(上)-原石鼎先生選/日傘 〈1〉〔2〕 조진카이 잡영(상)/하라 세키테이 선생/양산	靑眼子	시가/하이쿠	
1	5	文苑	超塵會雜詠(上)-原石鼎先生選/日傘 〈1〉〔2〕 조진카이 잡영(상)/하라 세키테이 선생/양산	秋汀	시가/하이쿠	
1	5	文苑	超塵會雜詠(上)-原石鼎先生選/螢 〈1〉〔2〕 조진카이 잡영(상)/하라 세키테이 선생/반딧불이	雨意	시가/하이쿠	

지면	단수	기획	기사제목 〈회수〉〔곡수〕	필자/저자(역자)	분류	비고
1	5	文苑	超塵會雜詠(上)-原石鼎先生選/螢 〈1〉〔5〕 조진카이 잡영(상)-하라 세키테이 선생/반딧불이	靑眼子	시가/하이쿠	
1	5~7	小說	思ふなか 〈105〉 생각 중에	和田天華	소설	
3	2		俚謠 〔10〕 이요	小舟	시가/도도이쓰	
4	1~3	講談	女太閤 〈13〉 여자 다이코	柴田旭南 講演	고단	

1916년 07월 18일 (화) 3152호

지면	단수	기획	기사제목 〈회수〉〔곡수〕	필자/저자(역자)	분류	비고
1	6	文苑	超塵會句集(下)-原石鼎先生選/病院にて 〈2〉〔5〕 조진카이 구집(하)-하라 세키테이 선생 선/병원에서	秋汀	시가/하이쿠	
1	6	文苑	超塵會句集(下)-原石鼎先生選/麥秋 〈2〉〔2〕 조진카이 구집(하)-하라 세키테이 선생 선/보릿가을	雨意	시가/하이쿠	
1	6	文苑	超塵會句集(下)-原石鼎先生選/麥秋 〈2〉〔2〕 조진카이 구집(하)-하라 세키테이 선생 선/보릿가을	靑眼子	시가/하이쿠	
1	6	文苑	超塵會句集(下)-原石鼎先生選/麥秋 〈2〉〔4〕 조진카이 구집(하)-하라 세키테이 선생 선/보릿가을	秋汀	시가/하이쿠	

1916년 07월 18일 (화) 3152호 마진일간

지면	단수	기획	기사제목 〈회수〉〔곡수〕	필자/저자(역자)	분류	비고
3	3~5	小說	思ふなか 〈106〉 생각 중에	和田天華	소설	

1916년 07월 18일 (화) 3152호

지면	단수	기획	기사제목 〈회수〉〔곡수〕	필자/저자(역자)	분류	비고
6	1~3	講談	女太閤 〈14〉 여자 다이코	柴田旭南 講演	고단	

1916년 07월 19일 (수) 3153호

지면	단수	기획	기사제목 〈회수〉〔곡수〕	필자/저자(역자)	분류	비고
1	6	文苑	童貞の國 〔5〕 동정의 나라	渚の子	시가/단카	

1916년 07월 19일 (수) 3153호 마진일간

지면	단수	기획	기사제목 〈회수〉〔곡수〕	필자/저자(역자)	분류	비고
3	2~3		悲しき我が友 서글픈 나의 벗	吉岡鹿藏	수필/일상	
3	3~5	小說	思ふなか 〈107〉 생각 중에	和田天華	소설	

1916년 07월 19일 (수) 3153호

지면	단수	기획	기사제목 〈회수〉〔곡수〕	필자/저자(역자)	분류	비고
6	1~3	講談	女太閤 〈15〉 여자 다이코	柴田旭南 講演	고단	

1916년 07월 20일 (목) 3154호

지면	단수	기획	기사제목 〈회수〉〔곡수〕	필자/저자(역자)	분류	비고
1	5~6		哈爾賓奇談 〈1〉 하얼빈 기담	在哈市 稻江生	수필/관찰	
1	6	文苑	悲しきなやみ 〔1〕 서글픈 고민	泡香	시가/자유시	

1916년 07월 20일 (목) 3154호 마진일간

지면	단수	기획	기사제목 〈회수〉〔곡수〕	필자/저자(역자)	분류	비고
3	4~6	小說	思ふなか 〈108〉 생각 중에	和田天華	소설	

1916년 07월 20일 (목) 3154호

지면	단수	기획	기사제목 〈회수〉〔곡수〕	필자/저자(역자)	분류	비고
6	1~3	講談	女太閤 〈16〉 여자 다이코	柴田旭南 講演	고단	

1916년 07월 21일 (금) 3155호

| 1 | 5~6 | | 哈爾賓奇談 〈2〉
하얼빈 기담 | 在哈市 稻江生 | 수필/관찰 | |
| 1 | 6 | 文苑 | 短歌 〔5〕
단카 | 穗仙 | 시가/단카 | |

1916년 07월 21일 (금) 3155호 마진일간

| 3 | 3~5 | 小說 | 思ふなか 〈109〉
생각 중에 | 和田天華 | 소설 | |

1916년 07월 21일 (금) 3155호

| 6 | 1~3 | 講談 | 女太閤 〈17〉
여자 다이코 | 柴田旭南 講演 | 고단 | |

1916년 07월 22일 (토) 3156호

| 1 | 5~6 | | 哈爾賓奇談 〈3〉
하얼빈 기담 | 在哈市 稻江生 | 수필/관찰 | |
| 1 | 6 | 文苑 | (제목없음) 〔7〕 | 盈德 霧東村 | 시가/하이쿠 | |

1916년 07월 22일 (토) 3156호 마진일간

| 3 | 3~5 | 小說 | 思ふなか 〈110〉
생각 중에 | 和田天華 | 소설 | |

1916년 07월 22일 (토) 3156호

| 6 | 1~3 | 講談 | 女太閤 〈18〉
여자 다이코 | 柴田旭南 講演 | 고단 | |

1916년 07월 23일 (일) 3157호

| 1 | 5~6 | | 哈爾賓奇談 〈4〉
하얼빈 기담 | 在哈市 稻江生 | 수필/관찰 | |

1916년 07월 23일 (일) 3157호 마진일간

| 3 | 3~5 | 小說 | 思ふなか 〈111〉
생각 중에 | 和田天華 | 소설 | |

1916년 07월 23일 (일) 3157호

| 6 | 1~3 | 講談 | 女太閤 〈19〉
여자 다이코 | 柴田旭南 講演 | 고단 | |

1916년 07월 24일 (월) 3158호

1	3~4		哈爾賓奇談 〈5〉 하얼빈 기담	在哈市 稻江生	수필/관찰	
1	5~7	小說	思ふなか 〈112〉 생각 중에	和田天華	소설	
3	6		俚謠 〔3〕 이요	松の舍	시가/도도이쓰	
3	6		俚謠 〔4〕 이요	金海 叩月	시가/도도이쓰	

지면	단수	기획	기사제목 〈회수〉〔곡수〕	필자/저자(역자)	분류	비고
4	1~3	講談	女太閤 〈20〉 여자 다이코	柴田旭南 講演	고단	

1916년 07월 25일 (화) 3159호

1	5~6		哈爾賓奇談 〈6〉 하얼빈 기담	在哈市 稻江生	수필/관찰	
1	6	文苑	馬車馬 〔2〕 마차를 끄는 말	靑朗	시가/단카	

1916년 07월 25일 (화) 3159호 마진일간

3	2~5	小說	思ふなか 〈113〉 생각 중에	和田天華	소설	

1916년 07월 25일 (화) 3159호

6	1~3	講談	女太閤 〈21〉 여자 다이코	柴田旭南 講演	고단	

1916년 07월 26일 (수) 3160호

1	5~6		哈爾賓奇談 〈7〉 하얼빈 기담	在哈市 稻江生	수필/관찰	

1916년 07월 26일 (수) 3160호 마진일간

3	3~5	小說	思ふなか 〈114〉 생각 중에	和田天華	소설	

1916년 07월 26일 (수) 3160호

6	1~3	講談	女太閤 〈22〉 여자 다이코	柴田旭南 講演	고단	

1916년 07월 27일 (목) 3161호

1	5~6		哈爾賓奇談 〈8〉 하얼빈 기담	在哈市 稻江生	수필/관찰	
1	6	文苑	その日の窓 〔3〕 그날의 창	渚の子	시가/단카	

1916년 07월 27일 (목) 3161호 마진일간

3	4~6	小說	思ふなか 〈115〉 생각 중에	和田天華	소설	

1916년 07월 27일 (목) 3161호 경북일간

4	4	日刊文林	梅雨日誌/七月十二日 〔1〕 매우일지/7월 12일	吉田愛山	시가/한시	
4	4	日刊文林	梅雨日誌/七月十三日 〔1〕 매우일지/7월 13일	吉田愛山	시가/한시	
4	4	日刊文林	梅雨日誌/題梅雨誌之後 〔1〕 매우일지/제매우지지후	吉田愛山	시가/한시	

1916년 07월 27일 (목) 3161호

6	1~3	講談	女太閤 〈23〉 여자 다이코	柴田旭南 講演	고단	

1916년 07월 28일 (금) 3162호

지면	단수	기획	기사제목 〈회수〉〔곡수〕	필자/저자(역자)	분류	비고
1	5~6		哈爾賓奇談 〈9〉 하얼빈 기담	在哈市 稻江生	수필/관찰	

1916년 07월 28일 (금) 3162호 마진일간

지면	단수	기획	기사제목 〈회수〉〔곡수〕	필자/저자(역자)	분류	비고
3	3~5	小說	思ふなか 〈116〉 생각 중에	和田天華	소설	

1916년 07월 28일 (금) 3162호

지면	단수	기획	기사제목 〈회수〉〔곡수〕	필자/저자(역자)	분류	비고
6	1~3	講談	女太閤 〈24〉 여자 다이코	柴田旭南 講演	고단	

1916년 07월 29일 (토) 3163호

지면	단수	기획	기사제목 〈회수〉〔곡수〕	필자/저자(역자)	분류	비고
1	5~6		哈爾賓奇談 〈10〉 하얼빈 기담	在哈市 稻江生	수필/관찰	
1	6	文苑	青寂 〔1〕 청적	ともむら	시가/자유시	
1	6	文苑	青綠 〔1〕 청록	ほうとふ	시가/자유시	

1916년 07월 29일 (토) 3163호 마진일간

지면	단수	기획	기사제목 〈회수〉〔곡수〕	필자/저자(역자)	분류	비고
3	3~5	小說	思ふなか 〈117〉 생각 중에	和田天華	소설	

1916년 07월 29일 (토) 3164호 경북일간

지면	단수	기획	기사제목 〈회수〉〔곡수〕	필자/저자(역자)	분류	비고
4	4	日刊文林	官遊雜詠 관유잡영		시가/한시	
4	4	日刊文林	七月十六日午前發金泉向尙州 〔1〕 7월 16일 오전 금천을 출발하여 상주로 향하다		시가/한시	
4	4	日刊文林	七月十六日午後發咸昌向醴泉途次於龍宮看蓮花滿開 〔1〕 7월 16일 오후 함창을 출발하여 예천으로 향하는 길에 용궁에서 연꽃이 만개한 것을 보다		시가/한시	

1916년 07월 29일 (토) 3164호

지면	단수	기획	기사제목 〈회수〉〔곡수〕	필자/저자(역자)	분류	비고
6	1~3	講談	女太閤 〈25〉 여자 다이코	柴田旭南 講演	고단	

1916년 07월 30일 (일) 3165호

지면	단수	기획	기사제목 〈회수〉〔곡수〕	필자/저자(역자)	분류	비고
1	5~6		哈爾賓奇談 〈11〉 하얼빈 기담	在哈市 稻江生	수필/관찰	

1916년 07월 30일 (일) 3165호 마진일간

지면	단수	기획	기사제목 〈회수〉〔곡수〕	필자/저자(역자)	분류	비고
3	2~4	小說	思ふなか 〈118〉 생각 중에	和田天華	소설	

1916년 07월 30일 (일) 3165호

지면	단수	기획	기사제목 〈회수〉〔곡수〕	필자/저자(역자)	분류	비고
6	1~3	講談	女太閤 〈26〉 여자 다이코	柴田旭南 講演	고단	

1916년 09월 02일 (토) 3196호 상황판

지면	단수	기획	기사제목 〈회수〉〔곡수〕	필자/저자(역자)	분류	비고
3	5~8	小說	思ふなか 〈150〉 생각 중에	和田天華	소설	

지면	단수	기획	기사제목 〈회수〉〔곡수〕	필자/저자(역자)	분류	비고
1916년 09월 02일 (토) 3196호 경북일간						
4	2		石窟庵登山の記 〈9〉 석굴암 등산 기록	觀風生	수필/기행	
1916년 09월 02일 (토) 3196호						
6	1~3	講談	女太閤 〈58〉 여자 다이코	柴田旭南 講演	고단	
1916년 09월 03일 (일) 3197호 상황판						
3	4~6	小說	思ふなか 〈151〉 생각 중에	和田天華	소설	
1916년 09월 03일 (일) 3197호 경북일간						
4	2		石窟庵登山の記 〈10〉 석굴암 등산 기록	觀風生	수필/기행	
1916년 09월 03일 (일) 3197호						
6	1~3	講談	女太閤 〈59〉 여자 다이코	柴田旭南 講演	고단	
1916년 09월 04일 (월) 3198호						
1	4~5		哈爾賓奇談 〈30〉 하얼빈 기담	在哈市 稻江生	수필/관찰	
1	6~7	小說	思ふなか 〈152〉 생각 중에	和田天華	소설	
4	1~3	講談	女太閤 〈60〉 여자 다이코	柴田旭南 講演	고단	
1916년 09월 05일 (화) 3199호						
1	6	文苑	月 〔4〕 달	金海 叩月	시가/하이쿠	
1916년 09월 05일 (화) 3199호 상황판						
3	4~6	小說	思ふなか 〈153〉 생각 중에	和田天華	소설	
1916년 09월 05일 (화) 3199호						
6	1~3	講談	女太閤 〈61〉 여자 다이코	柴田旭南 講演	고단	
1916년 09월 06일 (수) 3200호						
1	6	文苑	喝鞭歡迎句會(上) 〈1〉 가쓰벤 환영 구회(상)	靑眼子	기타/모임 안내	
1	6	文苑	喝鞭歡迎句會(上)/殘暑、芋 〈1〉〔1〕 가쓰벤 환영 구회(상)/잔서, 토란	喝鞭	시가/하이쿠	
1	6	文苑	喝鞭歡迎句會(上)/殘暑、芋 〈1〉〔3〕 가쓰벤 환영 구회(상)/잔서, 토란	靑眼子	시가/하이쿠	
1	6	文苑	喝鞭歡迎句會(上)/殘暑、芋 〈1〉〔4〕 가쓰벤 환영 구회(상)/잔서, 토란	喝鞭	시가/하이쿠	
1	6	文苑	喝鞭歡迎句會(上)/殘暑、芋 〈1〉〔3〕 가쓰벤 환영 구회(상)/잔서, 토란	秋汀	시가/하이쿠	

지면	단수	기획	기사제목 〈회수〉〔곡수〕	필자/저자(역자)	분류	비고
1	6	文苑	喝鞭歡迎句會(上)/殘暑、芋〈1〉[2] 가쓰벤 환영 구회(상)/잔서, 토란	可秀	시가/하이쿠	
1	6	文苑	喝鞭歡迎句會(上)/殘暑、芋〈1〉[4] 가쓰벤 환영 구회(상)/잔서, 토란	雨意	시가/하이쿠	
1	6	文苑	喝鞭歡迎句會(上)/殘暑、芋〈1〉[1] 가쓰벤 환영 구회(상)/잔서, 토란	喝鞭	시가/하이쿠	

1916년 09월 06일 (수) 3200호 상황판

지면	단수	기획	기사제목 〈회수〉〔곡수〕	필자/저자(역자)	분류	비고
3	5~7	小說	思ふなか〈154〉 생각 중에	和田天華	소설	

1916년 09월 06일 (수) 3200호

지면	단수	기획	기사제목 〈회수〉〔곡수〕	필자/저자(역자)	분류	비고
5	4~6		慘劇ロマンス/老刑事の回顧談(上)〈1〉 참극 로맨스/노형사의 회고담(상)	弓人	수필/관찰	
6	1~3	講談	女太閤〈62〉 여자 다이코	柴田旭南 講演	고단	

1916년 09월 07일 (목) 3201호

지면	단수	기획	기사제목 〈회수〉〔곡수〕	필자/저자(역자)	분류	비고
1	6	文苑	喝鞭歡迎句會(下)/朝鮮〈2〉[1] 가쓰벤 환영 구회(하)/조선	喝鞭	시가/하이쿠	
1	6	文苑	喝鞭歡迎句會(下)/朝鮮〈2〉[1] 가쓰벤 환영 구회(하)/조선	風外	시가/하이쿠	
1	6	文苑	喝鞭歡迎句會(下)/朝鮮〈2〉[1] 가쓰벤 환영 구회(하)/조선	東陽	시가/하이쿠	
1	6	文苑	喝鞭歡迎句會(下)/朝鮮〈2〉[1] 가쓰벤 환영 구회(하)/조선	靑眼子	시가/하이쿠	
1	6	文苑	喝鞭歡迎句會(下)/喝鞭君に〈2〉[4] 가쓰벤 환영 구회(하)/가쓰벤 군에게	靑眼子	시가/하이쿠	
1	6	文苑	喝鞭歡迎句會(下)/喝鞭君に〈2〉[4] 가쓰벤 환영 구회(하)/가쓰벤 군에게	俠雨	시가/하이쿠	
1	6	文苑	喝鞭歡迎句會(下)/喝鞭君に〈2〉[6] 가쓰벤 환영 구회(하)/가쓰벤 군에게	秋汀	시가/하이쿠	
1	6	文苑	喝鞭歡迎句會(下)/喝鞭君に〈2〉[6] 가쓰벤 환영 구회(하)/가쓰벤 군에게	可秀	시가/하이쿠	

1916년 09월 07일 (목) 3201호 상황판

지면	단수	기획	기사제목 〈회수〉〔곡수〕	필자/저자(역자)	분류	비고
3	4~6	小說	思ふなか〈155〉 생각 중에	和田天華	소설	

1916년 09월 07일 (목) 3201호

지면	단수	기획	기사제목 〈회수〉〔곡수〕	필자/저자(역자)	분류	비고
6	1~3	講談	女太閤〈63〉 여자 다이코	柴田旭南 講演	고단	

1916년 09월 08일 (금) 3202호 상황판

지면	단수	기획	기사제목 〈회수〉〔곡수〕	필자/저자(역자)	분류	비고
3	5~7	小說	思ふなか〈156〉 생각 중에	和田天華	소설	

1916년 09월 08일 (금) 3202호

지면	단수	기획	기사제목 〈회수〉〔곡수〕	필자/저자(역자)	분류	비고
6	1~2	講談	女太閤〈64〉 여자 다이코	柴田旭南 講演	고단	

1916년 09월 09일 (토) 3203호 상황판

지면	단수	기획	기사제목 〈회수〉〔곡수〕	필자/저자(역자)	분류	비고
3	4~6	小說	思ふなか 〈157〉 생각 중에	和田天華	소설	

1916년 09월 09일 (토) 3203호

지면	단수	기획	기사제목 〈회수〉〔곡수〕	필자/저자(역자)	분류	비고
5	4~6		慘劇ロマンス/老刑事の回顧談(下) 〈2〉 참극 로맨스/노형사의 회고담(하)	弓人	수필/관찰	
5	5~7		日韓樓の遊女-靜枝の怨事(上) 〈1〉 일한루의 유녀-시즈에의 원한(상)		수필/기타	
6	1~3	講談	女太閤 〈65〉 여자 다이코	柴田旭南 講演	고단	

1916년 09월 10일 (일) 3204호 상황판

지면	단수	기획	기사제목 〈회수〉〔곡수〕	필자/저자(역자)	분류	비고
3	4~6	小說	思ふなか 〈158〉 생각 중에	和田天華	소설	

1916년 09월 10일 (일) 3204호

지면	단수	기획	기사제목 〈회수〉〔곡수〕	필자/저자(역자)	분류	비고
6	1~3	講談	女太閤 〈66〉 여자 다이코	柴田旭南 講演	고단	

1916년 09월 11일 (월) 3205호

지면	단수	기획	기사제목 〈회수〉〔곡수〕	필자/저자(역자)	분류	비고
1	5	文苑	咸安巴陵會秋雜題 〔3〕 함안 파릉회 가을-잡제	柿實	시가/하이쿠	
1	5	文苑	咸安巴陵會秋雜題 〔2〕 함안 파릉회 가을-잡제	未醉	시가/하이쿠	
1	5	文苑	咸安巴陵會秋雜題 〔2〕 함안 파릉회 가을-잡제	愛妍	시가/하이쿠	
1	5~7	小說	思ふなか 〈159〉 생각 중에	和田天華	소설	
3	4~5		日韓樓の遊女-靜枝の怨事(中) 〈2〉 일한루의 유녀-시즈에의 원한(중)	落籍生	수필/기타	
4	1~3	講談	女太閤 〈67〉 여자 다이코	柴田旭南 講演	고단	

1916년 09월 12일 (화) 3206호

지면	단수	기획	기사제목 〈회수〉〔곡수〕	필자/저자(역자)	분류	비고
1	6	文苑	踊二十句 〔20〕 춤-이십구	靑眼子	시가/하이쿠	

1916년 09월 12일 (화) 3206호 상황판

지면	단수	기획	기사제목 〈회수〉〔곡수〕	필자/저자(역자)	분류	비고
3	4~7	小說	思ふなか 〈160〉 생각 중에	和田天華	소설	

1916년 09월 12일 (화) 3206호

지면	단수	기획	기사제목 〈회수〉〔곡수〕	필자/저자(역자)	분류	비고
5	4~6		日韓樓の遊女-靜枝の怨事(下) 〈3〉 일한루의 유녀-시즈에의 원한(하)		수필/기타	
6	1~3	講談	女太閤 〈68〉 여자 다이코	柴田旭南 講演	고단	

1916년 09월 13일 (수) 3207호 상황판

지면	단수	기획	기사제목 〈회수〉〔곡수〕	필자/저자(역자)	분류	비고
3	4~6	小說	思ふなか 〈161〉 생각 중에	和田天華	소설	

1916년 09월 13일 (수) 3207호

지면	단수	기획	기사제목 〈회수〉〔곡수〕	필자/저자(역자)	분류	비고
6	1~3	講談	女太閤 〈69〉 여자 다이코	柴田旭南 講演	고단	

1916년 09월 14일 (목) 3208호 상황판

지면	단수	기획	기사제목 〈회수〉〔곡수〕	필자/저자(역자)	분류	비고
3	4~7	小說	思ふなか 〈162〉 생각 중에	和田天華	소설	

1916년 09월 14일 (목) 3208호

지면	단수	기획	기사제목 〈회수〉〔곡수〕	필자/저자(역자)	분류	비고
5	5		花太郎の顔 하나타로의 얼굴		수필/평판기	
6	1~3	講談	女太閤 〈67〉 여자 다이코	柴田旭南 講演	고단	회수 오류

1916년 09월 15일 (금) 3209호

지면	단수	기획	기사제목 〈회수〉〔곡수〕	필자/저자(역자)	분류	비고
4	1~3	講談	女太閤 〈71〉 여자 다이코	柴田旭南 講演	고단	

1916년 09월 16일 (토) 3210호

지면	단수	기획	기사제목 〈회수〉〔곡수〕	필자/저자(역자)	분류	비고
1	6	文苑	秋雜 〔9〕 가을-잡	筏橋 五大瓏	시가/하이쿠	
3	5~7	小說	思ふなか 〈163〉 생각 중에	和田天華	소설	
4	1~3	講談	女太閤 〈72〉 여자 다이코	柴田旭南 講演	고단	

1916년 09월 17일 (일) 3211호

지면	단수	기획	기사제목 〈회수〉〔곡수〕	필자/저자(역자)	분류	비고
3	6		小說 思ふなか 本日休載 소설 생각 중에 오늘 휴재	釜山日報社 文藝部	기타	
4	1~3	講談	女太閤 〈73〉 여자 다이코	柴田旭南 講演	고단	

1916년 09월 18일 (월) 3212호

지면	단수	기획	기사제목 〈회수〉〔곡수〕	필자/저자(역자)	분류	비고
1	5	文苑	晋陽吟社觀月句集 〔1〕 진양음사 달맞이 구집	友月	시가/하이쿠	
1	5	文苑	晋陽吟社觀月句集 〔1〕 진양음사 달맞이 구집	吟月	시가/하이쿠	
1	5	文苑	晋陽吟社觀月句集 〔1〕 진양음사 달맞이 구집	蛸夢	시가/하이쿠	
1	5	文苑	晋陽吟社觀月句集 〔1〕 진양음사 달맞이 구집	奇雲	시가/하이쿠	
1	5	文苑	晋陽吟社觀月句集 〔1〕 진양음사 달맞이 구집	盥海	시가/하이쿠	
1	5	文苑	晋陽吟社觀月句集 〔1〕 진양음사 달맞이 구집	向陽	시가/하이쿠	
1	5	文苑	晋陽吟社觀月句集 〔1〕 진양음사 달맞이 구집	李溪	시가/하이쿠	
1	5	文苑	晋陽吟社觀月句集 〔1〕 진양음사 달맞이 구집	湖城	시가/하이쿠	
1	5	文苑	晋陽吟社觀月句集 〔1〕 진양음사 달맞이 구집	李溪	시가/하이쿠	
1	5	文苑	晋陽吟社觀月句集 〔1〕 진양음사 달맞이 구집	竹風	시가/하이쿠	

지면	단수	기획	기사제목 〈회수〉〔곡수〕	필자/저자(역자)	분류	비고
1	5	文苑	晋陽吟社觀月句集〔1〕 진양음사 달맞이 구집	自然	시가/하이쿠	
1	5	文苑	晋陽吟社觀月句集〔1〕 진양음사 달맞이 구집	湖城	시가/하이쿠	
1	5~7	小說	思ふなか 〈164〉 생각 중에	和田天華	소설	

1916년 09월 19일 (화) 3213호

지면	단수	기획	기사제목 〈회수〉〔곡수〕	필자/저자(역자)	분류	비고
1	6	文苑	(제목없음)〔6〕	徒步留	시가/하이쿠	

1916년 09월 19일 (화) 3213호 상황판

지면	단수	기획	기사제목 〈회수〉〔곡수〕	필자/저자(역자)	분류	비고
3	4~6	小說	思ふなか 〈165〉 생각 중에	和田天華	소설	

1916년 09월 19일 (화) 3213호

지면	단수	기획	기사제목 〈회수〉〔곡수〕	필자/저자(역자)	분류	비고
6	1~2	講談	女太閤 〈74〉 여자 다이코	柴田旭南 講演	고단	

1916년 09월 20일 (수) 3214호 남선시사

지면	단수	기획	기사제목 〈회수〉〔곡수〕	필자/저자(역자)	분류	비고
4	5~7	小說	思ふなか 〈166〉 생각 중에	和田天華	소설	

1916년 09월 20일 (수) 3214호

지면	단수	기획	기사제목 〈회수〉〔곡수〕	필자/저자(역자)	분류	비고
6	1~3	講談	女太閤 〈75〉 여자 다이코	柴田旭南 講演	고단	

1916년 09월 21일 (목) 3215호

지면	단수	기획	기사제목 〈회수〉〔곡수〕	필자/저자(역자)	분류	비고
1	5	文苑	超塵會雜詠/夕立〔1〕 조진카이 잡영/여름 소나기	雨意	시가/하이쿠	
1	5	文苑	超塵會雜詠/夕立〔4〕 조진카이 잡영/여름 소나기	可秀	시가/하이쿠	
1	5	文苑	超塵會雜詠/夕立〔4〕 조진카이 잡영/여름 소나기	靑眼子	시가/하이쿠	
1	5	文苑	超塵會雜詠/夕立〔5〕 조진카이 잡영/여름 소나기	秋汀	시가/하이쿠	
6	1~3	講談	女太閤 〈76〉 여자 다이코	柴田旭南 講演	고단	

1916년 09월 22일 (금) 3216호

지면	단수	기획	기사제목 〈회수〉〔곡수〕	필자/저자(역자)	분류	비고
1	7	文苑	超塵會雜詠/裸〔2〕 조진카이 잡영/벌거숭이	雨意	시가/하이쿠	
1	7	文苑	超塵會雜詠/裸〔3〕 조진카이 잡영/벌거숭이	可秀	시가/하이쿠	
1	7	文苑	超塵會雜詠/裸〔3〕 조진카이 잡영/벌거숭이	靑眼子	시가/하이쿠	
1	7	文苑	超塵會雜詠/裸〔2〕 조진카이 잡영/벌거숭이	秋汀	시가/하이쿠	
1	7	文苑	超塵會雜詠/蟬〔1〕 조진카이 잡영/매미	風外	시가/하이쿠	
1	7	文苑	超塵會雜詠/蟬〔1〕 조진카이 잡영/매미	雨意	시가/하이쿠	

지면	단수	기획	기사제목 〈회수〉〔곡수〕	필자/저자(역자)	분류	비고
1	7	文苑	超塵會雜詠/蟬〔1〕 조진카이 잡영/매미	可秀	시가/하이쿠	
1	7	文苑	超塵會雜詠/蟬〔7〕 조진카이 잡영/매미	靑眼子	시가/하이쿠	
1	7	文苑	超塵會雜詠/蟬〔4〕 조진카이 잡영/매미	秋汀	시가/하이쿠	
3	3	文苑	白牛菴雜詠〔1〕 백우암잡영	仁科白牛	시가/한시	
3	3	文苑	濂溪周子贊〔1〕 염계주자찬	仁科白牛	시가/한시	
3	3	文苑	程伯子贊〔1〕 정백자찬	仁科白牛	시가/한시	
3	3	文苑	孤りの歡び〔2〕 홀로 있는 기쁨	竹亭	시가/기타	
3	3	文苑	去年を思出で〔4〕 지난해를 떠올리며	竹亭	시가/기타	
3	3	文苑	十六夜〔8〕 십육야	竹亭	시가/기타	
3	3	文苑	龍頭山〔2〕 용두산	竹亭	시가/기타	

1916년 09월 22일 (금) 3216호 남선시사

지면	단수	기획	기사제목 〈회수〉〔곡수〕	필자/저자(역자)	분류	비고
4	5~7	小說	思ふなか 〈166〉 생각 중에	和田天華	소설	회수 오류

1916년 09월 22일 (금) 3216호

지면	단수	기획	기사제목 〈회수〉〔곡수〕	필자/저자(역자)	분류	비고
8	1~3	講談	女太閣 〈77〉 여자 다이코	柴田旭南 講演	고단	

1916년 09월 23일 (토) 3217호

지면	단수	기획	기사제목 〈회수〉〔곡수〕	필자/저자(역자)	분류	비고
1	7	文苑	超塵會雜詠/浴衣〔2〕 조진카이 잡영/유카타	雨意	시가/하이쿠	
1	7	文苑	超塵會雜詠/浴衣〔4〕 조진카이 잡영/유카타	可秀	시가/하이쿠	
1	7	文苑	超塵會雜詠/浴衣〔3〕 조진카이 잡영/유카타	靑眼子	시가/하이쿠	
1	7	文苑	超塵會雜詠/浴衣〔2〕 조진카이 잡영/유카타	秋汀	시가/하이쿠	
1	7	文苑	超塵會雜詠/薔薇〔1〕 조진카이 잡영/장미	雨意	시가/하이쿠	
1	7	文苑	超塵會雜詠/薔薇〔1〕 조진카이 잡영/장미	可秀	시가/하이쿠	
1	7	文苑	超塵會雜詠/薔薇〔5〕 조진카이 잡영/장미	靑眼子	시가/하이쿠	
1	7	文苑	超塵會雜詠/薔薇〔2〕 조진카이 잡영/장미	秋汀	시가/하이쿠	
3	3	文苑	白牛菴雜詠〔1〕 백우암잡영	仁科白牛	시가/한시	

1916년 09월 23일 (토) 3217호 남선시사

지면	단수	기획	기사제목 〈회수〉〔곡수〕	필자/저자(역자)	분류	비고
4	6~8	小說	思ふなか 〈169〉 생각 중에	和田天華	소설	회수 오류

지면	단수	기획	기사제목 〈회수〉〔곡수〕	필자/저자(역자)	분류	비고
			1916년 09월 23일 (토) 3217호			
7	2		新小說豫告/義理の柵 신 소설 예고/의리의 굴레		광고/연재 예고	
8	1~3	講談	女太閤 〈78〉 여자 다이코	柴田旭南 講演	고단	
			1916년 09월 25일 (월) 3218호			
1	7	文苑	超塵會雜詠/靑田 〔2〕 조진카이 잡영/푸른 논	雨意	시가/하이쿠	
1	7	文苑	超塵會雜詠/靑田 〔1〕 조진카이 잡영/푸른 논	可秀	시가/하이쿠	
1	7	文苑	超塵會雜詠/靑田 〔3〕 조진카이 잡영/푸른 논	靑眼子	시가/하이쿠	
1	7	文苑	超塵會雜詠/靑田 〔2〕 조진카이 잡영/푸른 논	秋汀	시가/하이쿠	
5	6		新小說豫告/義理の柵 신 소설 예고/의리의 굴레		광고/연재 예고	
6	1~3	講談	女太閤 〈79〉 여자 다이코	柴田旭南 講演	고단	
			1916년 09월 26일 (화) 3219호			
1	5	文苑	哀秋二篇/こひこゝろ 〔1〕 애추이편/연모	新夫生	시가/신체시	
1	5	文苑	哀秋二篇/うらぶれ 〔1〕 애추이편/낙심	新夫生	시가/신체시	
3	3		靑燈漫語 청등만어	石泉	수필/기타	
3	3	文苑	孤りの歡び/洛東江岸に立ち 〔2〕 홀로 있는 기쁨	竹享	시가/기타	
3	3	文苑	洛東江岸に立ち 〔5〕 낙동강 기슭에 서서	竹享	시가/기타	
			1916년 09월 26일 (화) 3219호 남선시사			
4	6~8	小說	思ふなか 〈170〉 생각 중에	和田天華	소설	회수 오류
			1916년 09월 26일 (화) 3219호			
8	1~3	講談	女太閤 〈80〉 여자 다이코	柴田旭南 講演	고단	
			1916년 09월 27일 (수) 3220호			
1	5	文苑	五題百句集 其一/天の川 〈1〉〔20〕 오제백구집 그 첫 번째/은하수	靑眼子	시가/하이쿠	
3	3	文苑	鰯雲と帆 〈1〉〔5〕 조개구름과 돛	渚の子	시가/단카	
			1916년 09월 27일 (수) 3220호 남선시사			
4	5~8	小說	義理の柵 〈1〉 의리의 굴레	篠原嶺葉	소설	
			1916년 09월 27일 (수) 3220호			

지면	단수	기획	기사제목 〈회수〉〔곡수〕	필자/저자(역자)	분류	비고
8	1~3	講談	女太閤 〈81〉 여자 다이코	柴田旭南 講演	고단	

1916년 09월 28일 (목) 3221호

지면	단수	기획	기사제목 〈회수〉〔곡수〕	필자/저자(역자)	분류	비고
1	5	文苑	五題百句集 其二/七夕 〈2〉〔20〕 오제백구집 그 두 번째/칠석	靑眼子	시가/하이쿠	
1	5	文苑	(제목없음)〔4〕	金海 叩月	시가/하이쿠	

1916년 09월 28일 (목) 3221호 남선시사

지면	단수	기획	기사제목 〈회수〉〔곡수〕	필자/저자(역자)	분류	비고
4	6~8	小說	義理の柵 〈2〉 의리의 굴레	篠原嶺葉	소설	

1916년 09월 28일 (목) 3221호

지면	단수	기획	기사제목 〈회수〉〔곡수〕	필자/저자(역자)	분류	비고
8	1~3	講談	女太閤 〈82〉 여자 다이코	柴田旭南 講演	고단	

1916년 09월 29일 (금) 3222호

지면	단수	기획	기사제목 〈회수〉〔곡수〕	필자/저자(역자)	분류	비고
3	2		白牛菴雜詠〔1〕 백우암잡영	仁科白牛	시가/한시	
3	2		程叔子贊〔1〕 정숙자찬	仁科白牛	시가/한시	
3	2		康節邵子贊〔1〕 강절소자찬	仁科白牛	시가/한시	
3	2		感懷〔1〕 감회	仁科白牛	시가/한시	
3	2		咸安巴陵吟社句集/露〔1〕 함안 파릉음사 구집/이슬	子赫	시가/하이쿠	
3	2		咸安巴陵吟社句集/露〔1〕 함안 파릉음사 구집/이슬	末醉	시가/하이쿠	
3	2		咸安巴陵吟社句集/露〔1〕 함안 파릉음사 구집/이슬	孤月	시가/하이쿠	
3	2		咸安巴陵吟社句集/露〔2〕 함안 파릉음사 구집/이슬	柿實	시가/하이쿠	
3	2		咸安巴陵吟社句集/露〔1〕 함안 파릉음사 구집/이슬	重延	시가/하이쿠	
3	2		咸安巴陵吟社句集/蛇穴に入る〔2〕 함안 파릉음사 구집/뱀이 동면에 들다	柿實	시가/하이쿠	
3	2		咸安巴陵吟社句集/蛇穴に入る〔1〕 함안 파릉음사 구집/뱀이 동면에 들다	末醉	시가/하이쿠	
3	2		咸安巴陵吟社句集/蛇穴に入る〔2〕 함안 파릉음사 구집/뱀이 동면에 들다	愛妍	시가/하이쿠	
3	2		咸安巴陵吟社句集/蛇穴に入る〔1〕 함안 파릉음사 구집/뱀이 동면에 들다	孤月	시가/하이쿠	
3	2		咸安巴陵吟社句集/蛇穴に入る〔1〕 함안 파릉음사 구집/뱀이 동면에 들다	重延	시가/하이쿠	

1916년 09월 29일 (금) 3222호 남선시사

지면	단수	기획	기사제목 〈회수〉〔곡수〕	필자/저자(역자)	분류	비고
4	6~8	小說	義理の柵 〈3〉 의리의 굴레	篠原嶺葉	소설	

1916년 09월 29일 (금) 3222호

지면	단수	기획	기사제목 〈회수〉〔곡수〕	필자/저자(역자)	분류	비고
8	1~3	講談	女太閤 〈83〉 여자 다이코	柴田旭南 講演	고단	

1916년 09월 30일 (토) 3223호

지면	단수	기획	기사제목	필자	분류	비고
1	5	文苑	五題百句集/霧 〈3〉〔20〕 오제백구집/안개	靑眼子	시가/하이쿠	

1916년 09월 30일 (토) 3223호 남선시사

4	6~8	小說	義理の柵 〈4〉 의리의 굴레	篠原嶺葉	소설	

1916년 09월 30일 (토) 3223호

8	1~3	講談	女太閤 〈84〉 여자 다이코	柴田旭南 講演	고단	

1916년 10월 01일 (일) 3224호

3	4	文苑	都夜詩 〔3〕 도성 밤의 시	天安	시가/단카	
3	4	文苑	鰯雲と帆(其の二) 〈2〉〔2〕 조개구름과 돛(그 두 번째)	渚の子	시가/단카	
3	4	文苑	(제목없음) 〔4〕	奇笑	시가/하이쿠	

1916년 10월 01일 (일) 3224호 남선시사

4	5~7	小說	義理の柵 〈5〉 의리의 굴레	篠原嶺葉	소설	

1916년 10월 01일 (일) 3224호

8	1~3	講談	女太閤 〈84〉 여자 다이코	柴田旭南 講演	고단	회수 오류

1916년 10월 03일 (화) 3225호

1	5	文苑	五題百句集 其四/秋扇 〈4〉〔20〕 오제백구집 그 네 번째/추선	靑眼子	시가/하이쿠	
3	3	文苑	客中感懷 〔2〕 객중감회	釜山 九田如竹	시가/한시	
3	3	文苑	鰯雲と帆(其三) 〈3〉〔5〕 조개구름과 돛(그 세 번째)	渚の子	시가/단카	
3	3	文苑	秋三句 〔3〕 가을-삼구	甘浦 半月	시가/단카	

1916년 10월 03일 (화) 3225호 남선시사

4	6~8	小說	義理の柵 〈6〉 의리의 굴레	篠原嶺葉	소설	

1916년 10월 03일 (화) 3225호

8	1~3	講談	女太閤 〈86〉 여자 다이코	柴田旭南 講演	고단	

1916년 10월 04일 (수) 3226호

3	3	文苑	秋十題 〔10〕 가을-십제	淸道 松甫庵	시가/하이쿠	

지면	단수	기획	기사제목 〈회수〉〔곡수〕	필자/저자(역자)	분류	비고
1916년 10월 04일 (수) 3226호 남선시사						
4	6~8	小說	義理の柵 〈7〉 의리의 굴레	篠原嶺葉	소설	
1916년 10월 04일 (수) 3226호						
8	1~3	講談	女太閤 〈87〉 여자 다이코	柴田旭南 講演	고단	
1916년 10월 05일 (목) 3227호 남선시사						
4	5~7	小說	義理の柵 〈8〉 의리의 굴레	篠原嶺葉	소설	
1916년 10월 05일 (목) 3227호						
8	1~3	講談	女太閤 〈88〉 여자 다이코	柴田旭南 講演	고단	
1916년 10월 06일 (금) 3228호						
3	4	文苑	白牛菴雜詠二首〔2〕 백우암잡영-이수	仁科白牛	시가/한시	
3	4	文苑	象山陸子贊〔1〕 상산육자찬	仁科白牛	시가/한시	
3	4	文苑	晦庵朱子贊〔1〕 회암주자찬	仁科白牛	시가/한시	
3	4	文苑	孤りの歡び〔3〕 홀로 있는 기쁨	竹亭	시가/기타	
3	4	文苑	丁さんの死〔7〕 정 씨의 죽음	竹亭	시가/기타	
3	4	文苑	孤りの歡び〔11〕 홀로 있는 기쁨	竹亭	시가/기타	
1916년 10월 06일 (금) 3228호 남선시사						
4	5~7	小說	義理の柵 〈9〉 의리의 굴레	篠原嶺葉	소설	
1916년 10월 06일 (금) 3228호						
8	1~3	講談	女太閤 〈89〉 여자 다이코	柴田旭南 講演	고단	
1916년 10월 07일 (토) 3229호 남선시사						
4	5~7	小說	義理の柵 〈10〉 의리의 굴레	篠原嶺葉	소설	
1916년 10월 07일 (토) 3229호						
8	1~3	講談	女太閤 〈90〉 여자 다이코	柴田旭南 講演	고단	
1916년 10월 08일 (일) 3230호						
1	5	文苑	超塵會偶會 조진카이 구회	靑眼子	기타/모임 안내	
1	5	文苑	超塵會偶會〔1〕 조진카이 구회	雨意	시가/하이쿠	

지면	단수	기획	기사제목 〈회수〉〔곡수〕	필자/저자(역자)	분류	비고
1	5	文苑	超塵會偶會〔4〕 조진카이 구회	靑眼子	시가/하이쿠	
1	5	文苑	超塵會偶會〔2〕 조진카이 구회	義朗	시가/하이쿠	
1	5	文苑	超塵會偶會〔2〕 조진카이 구회	可秀	시가/하이쿠	
1	5	文苑	超塵會偶會〔2〕 조진카이 구회	風外	시가/하이쿠	
1	5	文苑	超塵會偶會〔3〕 조진카이 구회	秋汀	시가/하이쿠	
1	5	文苑	超塵會偶會〔4〕 조진카이 구회	雨意	시가/하이쿠	
1	5	文苑	超塵會偶會〔1〕 조진카이 구회	夢柳	시가/하이쿠	
1	5	文苑	超塵會偶會〔2〕 조진카이 구회	靑眼子	시가/하이쿠	
1	5	文苑	超塵會偶會〔1〕 조진카이 구회	東陽	시가/하이쿠	
1	5	文苑	超塵會偶會/選外〔2〕 조진카이 구회/선외	信女	시가/하이쿠	
3	4	文苑	孤りの歡び〈1〉〔4〕 홀로 있는 기쁨	竹亭	시가/기타	

1916년 10월 08일 (일) 3230호 남선시사

지면	단수	기획	기사제목 〈회수〉〔곡수〕	필자/저자(역자)	분류	비고
4	5~7	小說	義理の柵〈11〉 의리의 굴레	篠原嶺葉	소설	

1916년 10월 08일 (일) 3230호

지면	단수	기획	기사제목 〈회수〉〔곡수〕	필자/저자(역자)	분류	비고
6	4		孤りの歡び〈2〉〔7〕 홀로 있는 기쁨	竹亭	시가/기타	
8	1~3	講談	女太閤〈91〉 여자 다이코	柴田旭南 講演	고단	

1916년 10월 09일 (월) 3231호

지면	단수	기획	기사제목 〈회수〉〔곡수〕	필자/저자(역자)	분류	비고
1	5	文苑	五題百句集 其五(完)/野分〈5〉〔20〕 오제백구집 그 다섯 번째(완결)/초가을 태풍	靑眼子	시가/하이쿠	
3	4		靑登漫語 청등만어	石泉	수필/기타	
6	1~3	講談	女太閤〈92〉 여자 다이코	柴田旭南 講演	고단	

1916년 10월 10일 (화) 3232호

지면	단수	기획	기사제목 〈회수〉〔곡수〕	필자/저자(역자)	분류	비고
1	5	文苑	超塵會句稿/天の川〈1〉〔13〕 조진카이 구고/은하수		시가/하이쿠	
3	1~3	小說	義理の柵〈12〉 의리의 굴레	篠原嶺葉	소설	
8	1~3	講談	女太閤〈93〉 여자 다이코	柴田旭南 講演	고단	

1916년 10월 11일 (수) 3233호

지면	단수	기획	기사제목 〈회수〉〔곡수〕	필자/저자(역자)	분류	비고
7	2		立太子禮奉祝唱歌〔1〕 태자 책립례 봉축 창가		시가/창가	

지면	단수	기획	기사제목 〈회수〉〔곡수〕	필자/저자(역자)	분류	비고
8	1~3	講談	女太閤 〈94〉 여자 다이코	柴田旭南 講演	고단	

1916년 10월 12일 (목) 3234호

지면	단수	기획	기사제목 〈회수〉〔곡수〕	필자/저자(역자)	분류	비고
1	4		南沿岸遊記 〈1〉 남연안유기	たけし生	수필/기행	
1	5	文苑	超塵會句稿/天の川 〈2〉〔7〕 조진카이 구고/은하수	秋汀	시가/하이쿠	
1	5	文苑	超塵會句稿/霧 〈2〉〔6〕 조진카이 구고/안개	秋汀	시가/하이쿠	

1916년 10월 12일 (목) 3234호 축 윤전기 설치 기념호

지면	단수	기획	기사제목 〈회수〉〔곡수〕	필자/저자(역자)	분류	비고
3	2~4	小說	義理の柵 〈13〉 의리의 굴레	篠原嶺葉	소설	

1916년 10월 12일 (목) 3234호

지면	단수	기획	기사제목 〈회수〉〔곡수〕	필자/저자(역자)	분류	비고
6	3		咸安巴陵吟社/霧 〔2〕 함안 파릉음사/안개	愛妍	시가/하이쿠	
6	3		咸安巴陵吟社/霧 〔2〕 함안 파릉음사/안개	柳影	시가/하이쿠	
6	3		咸安巴陵吟社/金剛山にて 〔1〕 함안 파릉음사/금강산에서	交天	시가/하이쿠	
6	3		咸安巴陵吟社/濁酒 〔1〕 함안 파릉음사/탁주	愛妍	시가/하이쿠	
6	3		咸安巴陵吟社/濁酒 〔1〕 함안 파릉음사/탁주	柳影	시가/하이쿠	

1916년 10월 13일 (금) 3235호

지면	단수	기획	기사제목 〈회수〉〔곡수〕	필자/저자(역자)	분류	비고
1	3~4		南沿岸遊記 〈2〉 남연안유기	たけし生	수필/기행	
1	5	文苑	超塵會句稿/霧 〈3〉〔14〕 조진카이 구고/안개	秋汀	시가/하이쿠	

1916년 10월 13일 (금) 3235호 남선시사

지면	단수	기획	기사제목 〈회수〉〔곡수〕	필자/저자(역자)	분류	비고
4	7~9	小說	義理の柵 〈14〉 의리의 굴레	篠原嶺葉	소설	

1916년 10월 13일 (금) 3235호

지면	단수	기획	기사제목 〈회수〉〔곡수〕	필자/저자(역자)	분류	비고
8	1~3	講談	女太閤 〈95〉 여자 다이코	柴田旭南 講演	고단	

1916년 10월 14일 (토) 3236호

지면	단수	기획	기사제목 〈회수〉〔곡수〕	필자/저자(역자)	분류	비고
1	4~5		南沿岸遊記 〈3〉 남연안유기	たけし生	수필/기행	
1	5	文苑	コスモス一輪卓上の水さしに咲いて事務室の空氣明るし五句 〔5〕 탁상 위 물병에 코스모스 한 송이가 피어 사무실 분위기가 밝다-오구	靑眼子	시가/하이쿠	
1	5	文苑	祝釜山日報社發展 〔1〕 축 부산일보사 발전	江景 寒灘子	시가/하이쿠	

1916년 10월 14일 (토) 3236호 남선시사

지면	단수	기획	기사제목 〈회수〉〔곡수〕	필자/저자(역자)	분류	비고
4	6~8	小說	義理の柵 〈15〉 의리의 굴레	篠原嶺葉	소설	

지면	단수	기획	기사제목 〈회수〉〔곡수〕	필자/저자(역자)	분류	비고
1916년 10월 14일 (토) 3236호						
8	1~3	講談	女太閤 〈96〉 여자 다이코	柴田旭南 講演	고단	
1916년 10월 15일 (일) 3237호						
1	4~5		南沿岸遊記 〈4〉 남연안유기	たけし生	수필/기행	
1916년 10월 15일 (일) 3237호 남선시사						
4	5~8	小說	義理の柵 〈16〉 의리의 굴레	篠原嶺葉	소설	
1916년 10월 15일 (일) 3237호						
6	2	文苑	(제목없음) 〔5〕	麗水 上田靑雲	시가/단카	
6	2	文苑	霧 〔7〕 안개	淸道 杉甫庵	시가/하이쿠	
6	2	文苑	月 〔1〕 달	西町 文友	시가/단카	
8	1~3	講談	女太閤 〈97〉 여자 다이코	柴田旭南 講演	고단	
1916년 10월 16일 (월) 3238호						
1	4		南沿岸遊記 〈5〉 남연안유기	たけし生	수필/기행	
1	5	文苑	秋季雜吟 〔11〕 추계-잡음	春川 義朗	시가/하이쿠	
1	5	文苑	江陵四句 〔4〕 강릉-사구	春川 義朗	시가/하이쿠	
1	5	文苑	俳人山田信子に與ふ 〔1〕 하이진 야마다 노부코에게 바치다	春川 義朗	시가/하이쿠	
3	3		立太子禮奉祝歌 〔1〕 태자 책립례 봉축가		시가/창가	
3	6		秋冷と小兒の入浴 가을 찬 기운과 어린아이의 입욕		기타	
4	1~3	講談	女太閤 〈98〉 여자 다이코	柴田旭南 講演	고단	
1916년 10월 17일 (화) 3239호 남선시사						
4	6~8	小說	義理の柵 〈17〉 의리의 굴레	篠原嶺葉	소설	
1916년 10월 17일 (화) 3239호						
6	1~3	講談	女太閤 〈99〉 여자 다이코	柴田旭南 講演	고단	
1916년 10월 19일 (목) 3240호						
1	3~5		南沿岸遊記 〈6〉 남연안유기	たけし生	수필/기행	
1916년 10월 19일 (목) 3240호 남선시사						

지면	단수	기획	기사제목 〈회수〉〔곡수〕	필자/저자(역자)	분류	비고
4	7~9	小說	義理の柵 〈18〉 의리의 굴레	篠原嶺葉	소설	

1916년 10월 19일 (목) 3240호

지면	단수	기획	기사제목 〈회수〉〔곡수〕	필자/저자(역자)	분류	비고
6	1~2	講談	女太閤 〈100〉 여자 다이코	柴田旭南 講演	고단	

1916년 10월 20일 (금) 3241호

지면	단수	기획	기사제목 〈회수〉〔곡수〕	필자/저자(역자)	분류	비고
1	5	文苑	超塵會雜詠-原石鼎先生選/秋風 〔1〕 조진카이 잡영-하라 세키테이 선생 선/추풍	俠雨	시가/하이쿠	
		文苑	超塵會雜詠-原石鼎先生選/秋風 〔3〕 조진카이 잡영-하라 세키테이 선생 선/추풍	雨意	시가/하이쿠	
		文苑	超塵會雜詠-原石鼎先生選/秋風 〔4〕 조진카이 잡영-하라 세키테이 선생 선/추풍	可秀	시가/하이쿠	
		文苑	超塵會雜詠-原石鼎先生選/秋風 〔4〕 조진카이 잡영-하라 세키테이 선생 선/추풍	靑眼子	시가/하이쿠	
		文苑	超塵會雜詠-原石鼎先生選/秋風 〔1〕 조진카이 잡영-하라 세키테이 선생 선/추풍	秋汀	시가/하이쿠	
		文苑	超塵會雜詠-原石鼎先生選/通度寺 〔1〕 조진카이 잡영-하라 세키테이 선생 선/통도사	秋汀	시가/하이쿠	
		文苑	超塵會雜詠-原石鼎先生選/感あり 〔1〕 조진카이 잡영-하라 세키테이 선생 선/감개	秋汀	시가/하이쿠	

1916년 10월 20일 (금) 3241호 남선시사

지면	단수	기획	기사제목 〈회수〉〔곡수〕	필자/저자(역자)	분류	비고
4	6~8	小說	義理の柵 〈19〉 의리의 굴레	篠原嶺葉	소설	

1916년 10월 20일 (금) 3241호

지면	단수	기획	기사제목 〈회수〉〔곡수〕	필자/저자(역자)	분류	비고
6	1~3	講談	女太閤 〈101〉 여자 다이코	柴田旭南 講演	고단	

1916년 10월 21일 (토) 3242호

지면	단수	기획	기사제목 〈회수〉〔곡수〕	필자/저자(역자)	분류	비고
1	5	文苑	超塵會雜詠/燈籠 〔2〕 조진카이 잡영/등롱	俠雨	시가/하이쿠	
1	5	文苑	超塵會雜詠/燈籠 〔4〕 조진카이 잡영/등롱	雨意	시가/하이쿠	
1	5	文苑	超塵會雜詠/燈籠 〔4〕 조진카이 잡영/등롱	可秀	시가/하이쿠	
1	5	文苑	超塵會雜詠/東陽氏一愛子を喪ふ 〔1〕 조진카이 잡영/도요 씨 사랑하는 자식을 잃다	可秀	시가/하이쿠	
1	5	文苑	超塵會雜詠/東陽氏一愛子を喪ふ 〔2〕 조진카이 잡영/도요 씨 사랑하는 자식을 잃다	靑眼子	시가/하이쿠	

1916년 10월 21일 (토) 3242호 남선시사

지면	단수	기획	기사제목 〈회수〉〔곡수〕	필자/저자(역자)	분류	비고
4	7~9	小說	義理の柵 〈20〉 의리의 굴레	篠原嶺葉	소설	

1916년 10월 21일 (토) 3242호

지면	단수	기획	기사제목 〈회수〉〔곡수〕	필자/저자(역자)	분류	비고
6	1~3	講談	女太閤 〈102〉 여자 다이코	柴田旭南 講演	고단	

1916년 10월 22일 (일) 3243호

지면	단수	기획	기사제목 〈회수〉〔곡수〕	필자/저자(역자)	분류	비고
1	5	文苑	秋思〔1〕 추사	慶北 洛東居士	시가/한시	
1	5	文苑	次韻〔1〕 차운	旅順 梧堂	시가/한시	
1	5	文苑	超塵會雜詠/妻子暫く鄕里へやりて〔5〕 조진카이 잡영/잠시 처자를 고향으로 보내고	靑眼子	시가/하이쿠	
1	5	文苑	超塵會雜詠/妻子暫く鄕里へやりて〔5〕 조진카이 잡영/잠시 처자를 고향으로 보내고	秋汀	시가/하이쿠	
1	5	文苑	超塵會雜詠/蜻蛉〔1〕 조진카이 잡영/잠자리	俠雨	시가/하이쿠	
1	5	文苑	超塵會雜詠/蜻蛉〔3〕 조진카이 잡영/잠자리	雨意	시가/하이쿠	
1	5	文苑	超塵會雜詠/蜻蛉〔4〕 조진카이 잡영/잠자리	可秀	시가/하이쿠	
1	5	文苑	超塵會雜詠/蜻蛉〔4〕 조진카이 잡영/잠자리	靑眼子	시가/하이쿠	
1	5	文苑	超塵會雜詠/蜻蛉〔4〕 조진카이 잡영/잠자리	秋汀	시가/하이쿠	

1916년 10월 22일 (일) 3243호 남선시사

지면	단수	기획	기사제목 〈회수〉〔곡수〕	필자/저자(역자)	분류	비고
4	6~8	小說	義理の柵〈20〉 의리의 굴레	篠原嶺葉	소설	회수 오류

1916년 10월 22일 (일) 3243호

지면	단수	기획	기사제목 〈회수〉〔곡수〕	필자/저자(역자)	분류	비고
8	1~2	講談	女太閤〈103〉 여자 다이코	柴田旭南 講演	고단	

1916년 10월 23일 (월) 3244호

지면	단수	기획	기사제목 〈회수〉〔곡수〕	필자/저자(역자)	분류	비고
1	5	文苑	春川義明兄近信(靑眼子報)/秋雜〔8〕 춘천 요시아키 형 최근 소식(세이간시 소식)/가을-잡	義朗	시가/하이쿠	明-朗 오기
1	5	文苑	春川義明兄近信/追二句〔2〕 춘천 요시아키 형 최근 소식/추가-이구	靑眼子	시가/하이쿠	
1	5	文苑	晩夏小景〔3〕 늦여름 소경	渚の子	시가/단카	
4	1~3	講談	女太閤〈104〉 여자 다이코	柴田旭南 講演	고단	

1916년 10월 24일 (화) 3245호

지면	단수	기획	기사제목 〈회수〉〔곡수〕	필자/저자(역자)	분류	비고
3	3	文苑	塔影社句集〈1〉〔1〕 도에이샤 구집	秋風嶺	시가/하이쿠	
3	3	文苑	塔影社句集〈1〉〔2〕 도에이샤 구집	耳洗	시가/하이쿠	
3	3	文苑	塔影社句集〈1〉〔1〕 도에이샤 구집	草央	시가/하이쿠	
3	3	文苑	塔影社句集〈1〉〔1〕 도에이샤 구집	秋風嶺	시가/하이쿠	
3	3	文苑	塔影社句集〈1〉〔1〕 도에이샤 구집	耳洗	시가/하이쿠	
3	3	文苑	塔影社句集〈1〉〔1〕 도에이샤 구집	やさ男	시가/하이쿠	
3	3	文苑	塔影社句集〈1〉〔1〕 도에이샤 구집	耳洗	시가/하이쿠	

지면	단수	기획	기사제목 〈회수〉〔곡수〕	필자/저자(역자)	분류	비고
3	3	文苑	塔影社句集 〈1〉〔1〕 도에이샤 구집	やさ男	시가/하이쿠	
3	3	文苑	塔影社句集 〈1〉〔1〕 도에이샤 구집	草央	시가/하이쿠	
3	3	文苑	塔影社句集 〈1〉〔1〕 도에이샤 구집	やさ男	시가/하이쿠	
3	3	文苑	塔影社句集 〈1〉〔1〕 도에이샤 구집	秋風嶺	시가/하이쿠	
3	3	文苑	塔影社句集 〈1〉〔1〕 도에이샤 구집	岳水	시가/하이쿠	
3	3	文苑	塔影社句集 〈1〉〔1〕 도에이샤 구집	禾刀	시가/하이쿠	
3	3	文苑	塔影社句集 〈1〉〔1〕 도에이샤 구집	岳水	시가/하이쿠	
3	3	文苑	塔影社句集 〈1〉〔1〕 도에이샤 구집	秋風嶺	시가/하이쿠	
3	3	文苑	塔影社句集 〈1〉〔1〕 도에이샤 구집	岳水	시가/하이쿠	
3	3	文苑	塔影社句集 〈1〉〔1〕 도에이샤 구집	秋風嶺	시가/하이쿠	
3	3	文苑	塔影社句集 〈1〉〔1〕 도에이샤 구집	竹臥	시가/하이쿠	
3	3	文苑	塔影社句集 〈1〉〔1〕 도에이샤 구집	岳水	시가/하이쿠	
3	3	文苑	塔影社句集/漸寒 〈1〉〔1〕 도에이샤 구집/늦가을 추위	草秋女	시가/하이쿠	
3	3	文苑	塔影社句集/漸寒 〈1〉〔2〕 도에이샤 구집/늦가을 추위	禾刀	시가/하이쿠	
3	3	文苑	塔影社句集/漸寒 〈1〉〔2〕 도에이샤 구집/늦가을 추위	耳洗	시가/하이쿠	
3	3	文苑	塔影社句集/漸寒 〈1〉〔1〕 도에이샤 구집/늦가을 추위	十草	시가/하이쿠	
3	3	文苑	塔影社句集/漸寒 〈1〉〔1〕 도에이샤 구집/늦가을 추위	竹臥	시가/하이쿠	
3	3	文苑	塔影社句集/漸寒 〈1〉〔2〕 도에이샤 구집/늦가을 추위	やさ男	시가/하이쿠	
6	2~4	小說	義理の柵 〈22〉 의리의 굴레	篠原嶺葉	소설	
8	1~3	講談	女太閤 〈105〉 여자 다이코	柴田旭南 講演	고단	

1916년 10월 25일 (수) 3246호

지면	단수	기획	기사제목 〈회수〉〔곡수〕	필자/저자(역자)	분류	비고
1	5	文苑	(제목없음) 〔4〕	こもよし	시가/교카	
6	2~4	小說	義理の柵 〈23〉 의리의 굴레	篠原嶺葉	소설	
8	1~3	講談	女太閤 〈106〉 여자 다이코	柴田旭南 講演	고단	

1916년 10월 26일 (목) 3247호 남선시사

지면	단수	기획	기사제목 〈회수〉〔곡수〕	필자/저자(역자)	분류	비고
4	6~8	小說	義理の柵 〈24〉 의리의 굴레	篠原嶺葉	소설	

지면	단수	기획	기사제목 〈회수〉〔곡수〕	필자/저자(역자)	분류	비고
6	3	文苑	塔影社句集/漸寒 〈2〉〔1〕 도에이샤 구집/늦가을 추위	一白	시가/하이쿠	
6	3	文苑	塔影社句集/漸寒 〈2〉〔2〕 도에이샤 구집/늦가을 추위	草央	시가/하이쿠	
6	3	文苑	塔影社句集/漸寒 〈2〉〔3〕 도에이샤 구집/늦가을 추위	不苦男	시가/하이쿠	
6	3	文苑	塔影社句集/漸寒 〈2〉〔2〕 도에이샤 구집/늦가을 추위	秋風嶺	시가/하이쿠	
6	3	文苑	塔影社句集/夜長 〈2〉〔2〕 도에이샤 구집/기나긴 가을밤	十草	시가/하이쿠	
8	1~3	講談	女太閤 〈107〉 여자 다이코	柴田旭南 講演	고단	

1916년 10월 27일 (금) 3248호

지면	단수	기획	기사제목 〈회수〉〔곡수〕	필자/저자(역자)	분류	비고
1	5	文苑	咸安巴陵吟社句集/枯野〔1〕 함안 파릉음사 구집/마른 들판	柳影	시가/하이쿠	
1	5	文苑	咸安巴陵吟社句集/枯野〔1〕 함안 파릉음사 구집/마른 들판	凉亭	시가/하이쿠	
1	5	文苑	咸安巴陵吟社句集/枯野〔1〕 함안 파릉음사 구집/마른 들판	重延	시가/하이쿠	
1	5	文苑	咸安巴陵吟社句集/枯野〔1〕 함안 파릉음사 구집/마른 들판	咄々	시가/하이쿠	
1	5	文苑	咸安巴陵吟社句集/枯野〔1〕 함안 파릉음사 구집/마른 들판	孤月	시가/하이쿠	
1	5	文苑	咸安巴陵吟社句集/枯野〔1〕 함안 파릉음사 구집/마른 들판	夢醒	시가/하이쿠	
1	5	文苑	咸安巴陵吟社句集/枯野〔1〕 함안 파릉음사 구집/마른 들판	未醉	시가/하이쿠	

1916년 10월 27일 (금) 3248호 남선시사

지면	단수	기획	기사제목 〈회수〉〔곡수〕	필자/저자(역자)	분류	비고
4	6~9	小說	義理の柵 〈25〉 의리의 굴레	篠原嶺葉	소설	

1916년 10월 27일 (금) 3248호

지면	단수	기획	기사제목 〈회수〉〔곡수〕	필자/저자(역자)	분류	비고
6	1~3	講談	女太閤 〈108〉 여자 다이코	柴田旭南 講演	고단	

1916년 10월 28일 (토) 3249호

지면	단수	기획	기사제목 〈회수〉〔곡수〕	필자/저자(역자)	분류	비고
1	5	文苑	超塵會雜詠/新凉〔4〕 조진카이 잡영/초가을의 서늘함	雨意	시가/하이쿠	
1	5	文苑	超塵會雜詠/新凉〔5〕 조진카이 잡영/초가을의 서늘함	可秀	시가/하이쿠	
1	5	文苑	超塵會雜詠/新凉〔5〕 조진카이 잡영/초가을의 서늘함	青眼子	시가/하이쿠	
1	5	文苑	超塵會雜詠/新凉〔1〕 조진카이 잡영/초가을의 서늘함	秋汀	시가/하이쿠	

1916년 10월 28일 (토) 3249호 남선시사

지면	단수	기획	기사제목 〈회수〉〔곡수〕	필자/저자(역자)	분류	비고
4	6~8	小說	義理の柵 〈26〉 의리의 굴레	篠原嶺葉	소설	

1916년 10월 28일 (토) 3249호

지면	단수	기획	기사제목 〈회수〉 〔곡수〕	필자/저자(역자)	분류	비고
6	1~3	講談	女太閤 〈109〉 여자 다이코	柴田旭南 講演	고단	

1916년 10월 29일 (일) 3250호

지면	단수	기획	기사제목 〈회수〉 〔곡수〕	필자/저자(역자)	분류	비고
1	5	文苑	超塵會雜詠/龍頭山公園改築工事 〔2〕 조진카이 잡영/용두산공원개축공사	秋汀	시가/하이쿠	
1	5	文苑	超塵會雜詠/蟲 〔3〕 조진카이 잡영/벌레	雨意	시가/하이쿠	
1	5	文苑	超塵會雜詠/蟲 〔1〕 조진카이 잡영/벌레	可秀	시가/하이쿠	
1	5	文苑	超塵會雜詠/蟲 〔6〕 조진카이 잡영/벌레	靑眼子	시가/하이쿠	
1	5	文苑	超塵會雜詠/蟲 〔4〕 조진카이 잡영/벌레	秋汀	시가/하이쿠	

1916년 10월 29일 (일) 3250호 남선시사

지면	단수	기획	기사제목 〈회수〉 〔곡수〕	필자/저자(역자)	분류	비고
4	6~8	小說	義理の柵 〈27〉 의리의 굴레	篠原嶺葉	소설	

1916년 10월 29일 (일) 3250호

지면	단수	기획	기사제목 〈회수〉 〔곡수〕	필자/저자(역자)	분류	비고
6	1~3	講談	女太閤 〈110〉 여자 다이코	柴田旭南 講演	고단	

1916년 10월 30일 (월) 3251호

지면	단수	기획	기사제목 〈회수〉 〔곡수〕	필자/저자(역자)	분류	비고
1	5	文苑	超塵會雜詠/芒 〔2〕 조진카이 잡영/억새	雨意	시가/하이쿠	
1	5	文苑	超塵會雜詠/芒 〔1〕 조진카이 잡영/억새	可秀	시가/하이쿠	
1	5	文苑	超塵會雜詠/芒 〔4〕 조진카이 잡영/억새	靑眼子	시가/하이쿠	
1	5	文苑	超塵會雜詠/芒 〔4〕 조진카이 잡영/억새	秋汀	시가/하이쿠	
4	1~3	講談	女太閤 〈111〉 여자 다이코	柴田旭南 講演	고단	

1916년 10월 31일 (화) 3252호

지면	단수	기획	기사제목 〈회수〉 〔곡수〕	필자/저자(역자)	분류	비고
1	9	文苑	菊(奉祝天長節) 〔9〕 국화(봉축 천장절)		시가/단카	
1	9	文苑	超塵會謹詠/菊 〔5〕 조진카이 근영/국화	靑眼子	시가/하이쿠	
1	9	文苑	超塵會謹詠/菊 〔5〕 조진카이 근영/국화	俠雨	시가/하이쿠	
3	3	文苑	塔影社句集/雜題 〔1〕 도에이샤 구집/잡제	竹臥	시가/하이쿠	
3	3	文苑	塔影社句集/雜題 〔1〕 도에이샤 구집/잡제	岳水	시가/하이쿠	
3	3	文苑	塔影社句集/雜題 〔1〕 도에이샤 구집/잡제	耳洗	시가/하이쿠	
3	3	文苑	塔影社句集/雜題 〔1〕 도에이샤 구집/잡제	竹臥	시가/하이쿠	
3	3	文苑	塔影社句集/雜題 〔1〕 도에이샤 구집/잡제	一白	시가/하이쿠	

지면	단수	기획	기사제목 〈회수〉〔곡수〕	필자/저자(역자)	분류	비고
3	3	文苑	塔影社句集/雜題〔1〕 도에이샤 구집/잡제	米刀	시가/하이쿠	
3	3	文苑	塔影社句集/雜題〔1〕 도에이샤 구집/잡제	やさ男	시가/하이쿠	
3	3	文苑	塔影社句集/雜題〔1〕 도에이샤 구집/잡제	草央	시가/하이쿠	
3	3	文苑	塔影社句集/雜題〔1〕 도에이샤 구집/잡제	一白	시가/하이쿠	
3	3	文苑	塔影社句集/雜題〔1〕 도에이샤 구집/잡제	やさ男	시가/하이쿠	
3	3	文苑	塔影社句集/雜題〔1〕 도에이샤 구집/잡제	草央	시가/하이쿠	
3	3	文苑	塔影社句集/雜題〔1〕 도에이샤 구집/잡제	一白	시가/하이쿠	
3	3	文苑	塔影社句集/雜題〔1〕 도에이샤 구집/잡제	やさ男	시가/하이쿠	
3	3	文苑	塔影社句集/雜題〔1〕 도에이샤 구집/잡제	草央	시가/하이쿠	
3	3	文苑	塔影社句集/雜題〔1〕 도에이샤 구집/잡제	岳水	시가/하이쿠	
3	3	文苑	塔影社句集/雜題〔1〕 도에이샤 구집/잡제	やさ男	시가/하이쿠	
3	3	文苑	塔影社句集/雜題〔2〕 도에이샤 구집/잡제	竹臥	시가/하이쿠	
3	3	文苑	塔影社句集/雜題〔1〕 도에이샤 구집/잡제	草央	시가/하이쿠	
3	3	文苑	塔影社句集/雜題〔1〕 도에이샤 구집/잡제	岳水	시가/하이쿠	
3	3	文苑	塔影社句集/雜題〔1〕 도에이샤 구집/잡제	竹臥	시가/하이쿠	
3	3	文苑	塔影社句集/雜題〔2〕 도에이샤 구집/잡제	耳洗	시가/하이쿠	
3	3	文苑	塔影社句集/雜題〔1〕 도에이샤 구집/잡제	岳水	시가/하이쿠	
3	3	文苑	塔影社句集/雜題〔1〕 도에이샤 구집/잡제	一白	시가/하이쿠	
3	3	文苑	塔影社句集/雜題〔1〕 도에이샤 구집/잡제	竹臥	시가/하이쿠	
3	3	文苑	塔影社句集/雜題〔1〕 도에이샤 구집/잡제	やさ男	시가/하이쿠	
3	3	文苑	塔影社句集/雜題〔1〕 도에이샤 구집/잡제	岳水	시가/하이쿠	
3	3	文苑	塔影社句集/雜題〔1〕 도에이샤 구집/잡제	一白	시가/하이쿠	
3	3	文苑	塔影社句集/雜題〔2〕 도에이샤 구집/잡제	草秋女	시가/하이쿠	
3	3	文苑	塔影社句集/雜題〔1〕 도에이샤 구집/잡제	十草	시가/하이쿠	
3	3	文苑	塔影社句集/雜題〔2〕 도에이샤 구집/잡제	一白	시가/하이쿠	
3	3	文苑	塔影社句集/雜題〔3〕 도에이샤 구집/잡제	耳洗	시가/하이쿠	

지면	단수	기획	기사제목 〈회수〉〔곡수〕	필자/저자(역자)	분류	비고
3	3	文苑	塔影社句集/雜題〔2〕 도에이샤 구집/잡제	草央	시가/하이쿠	
3	3	文苑	塔影社句集/雜題〔2〕 도에이샤 구집/잡제	竹臥	시가/하이쿠	
3	3	文苑	塔影社句集/雜題〔2〕 도에이샤 구집/잡제	不苦男	시가/하이쿠	
3	3	文苑	塔影社句集/雜題〔3〕 도에이샤 구집/잡제	やさ男	시가/하이쿠	
3	3	文苑	塔影社句集/雜題〔2〕 도에이샤 구집/잡제	禾刀	시가/하이쿠	
3	3	文苑	塔影社句集/雜題〔3〕 도에이샤 구집/잡제	秋風嶺	시가/하이쿠	

1916년 10월 31일 (화) 3252호 남선시사

지면	단수	기획	기사제목 〈회수〉〔곡수〕	필자/저자(역자)	분류	비고
4	5~8	小說	義理の柵 〈28〉 의리의 굴레	篠原嶺葉	소설	

1916년 10월 31일 (화) 3252호

지면	단수	기획	기사제목 〈회수〉〔곡수〕	필자/저자(역자)	분류	비고
7	1~3		(제목없음)〔1〕		시가/단카	
8	1~3	講談	女太閤 〈112〉 여자 다이코	柴田旭南 講演	고단	

1916년 12월 01일 (금) 3280호

지면	단수	기획	기사제목 〈회수〉〔곡수〕	필자/저자(역자)	분류	비고
1	4	文苑	咸安巴陵吟社/炬燵〔1〕 함안 파릉음사/고타쓰	柿實	시가/하이쿠	
1	4	文苑	咸安巴陵吟社/炬燵〔1〕 함안 파릉음사/고타쓰	凉亭	시가/하이쿠	
1	4	文苑	咸安巴陵吟社/炬燵〔1〕 함안 파릉음사/고타쓰	子赫	시가/하이쿠	
1	4	文苑	咸安巴陵吟社/霜月〔1〕 함안 파릉음사/동짓달	孤月	시가/하이쿠	
1	4	文苑	咸安巴陵吟社/霜月〔1〕 함안 파릉음사/동짓달	秋水	시가/하이쿠	
1	4	文苑	咸安巴陵吟社/霜月〔1〕 함안 파릉음사/동짓달	凉亭	시가/하이쿠	

1916년 12월 01일 (금) 3280호 남선시사

지면	단수	기획	기사제목 〈회수〉〔곡수〕	필자/저자(역자)	분류	비고
4	6~8	小說	義理の柵 〈52〉 의리의 굴레	篠原嶺葉	소설	

1916년 12월 01일 (금) 3280호

지면	단수	기획	기사제목 〈회수〉〔곡수〕	필자/저자(역자)	분류	비고
6	1~3		豪傑 粂の平內 〈3〉 호걸 구메노 헤이나이	放牛舍英山 口演	고단	

1916년 12월 02일 (토) 3281호 남선시사

지면	단수	기획	기사제목 〈회수〉〔곡수〕	필자/저자(역자)	분류	비고
4	5~7	小說	義理の柵 〈53〉 의리의 굴레	篠原嶺葉	소설	

1916년 12월 02일 (토) 3281호

지면	단수	기획	기사제목 〈회수〉〔곡수〕	필자/저자(역자)	분류	비고
6	1~3		豪傑 粂の平內 〈4〉 호걸 구메노 헤이나이	放牛舍英山 口演	고단	

지면	단수	기획	기사제목 〈회수〉〔곡수〕	필자/저자(역자)	분류	비고

1916년 12월 03일 (일) 3282호

지면	단수	기획	기사제목 〈회수〉〔곡수〕	필자/저자(역자)	분류	비고
1	5	文苑	故島田民長碑建設に就て〔2〕 고 시마다 다미나가 비 건설에 대하여		시가/단카	
1	5	文苑	霜夜〔1〕 서리 내리는 밤		시가/단카	
1	5	文苑	あさがほの種〔2〕 나팔꽃 씨		시가/단카	

1916년 12월 03일 (일) 3282호 남선시사

지면	단수	기획	기사제목 〈회수〉〔곡수〕	필자/저자(역자)	분류	비고
4	6~8	小說	義理の柵〈54〉 의리의 굴레	篠原嶺葉	소설	

1916년 12월 03일 (일) 3282호

지면	단수	기획	기사제목 〈회수〉〔곡수〕	필자/저자(역자)	분류	비고
6	1~3		豪傑 粂の平內〈5〉 호걸 구메노 헤이나이	放牛舍英山 口演	고단	

1916년 12월 04일 (월) 3283호

지면	단수	기획	기사제목 〈회수〉〔곡수〕	필자/저자(역자)	분류	비고
1	5	文苑	秋夜〔1〕 가을밤	島の賤女	시가/단카	
1	5	文苑	行秋〔1〕 저무는 가을	島の賤女	시가/단카	
1	5	文苑	汀遊〔1〕 물놀이	島の賤女	시가/단카	
1	5	文苑	塵〔1〕 티끌	島の賤女	시가/단카	
1	5	文苑	秋庭〔1〕 가을 정원	島の賤女	시가/단카	
1	5	文苑	松寄戀〔1〕 소나무에 부치는 연심	島の賤女	시가/단카	
3	5~7	小說	義理の柵〈55〉 의리의 굴레	篠原嶺葉	소설	
4	1~3		豪傑 粂の平內〈6〉 호걸 구메노 헤이나이	放牛舍英山 口演	고단	

1916년 12월 05일 (화) 3284호

지면	단수	기획	기사제목 〈회수〉〔곡수〕	필자/저자(역자)	분류	비고
6	1~3		豪傑 粂の平內〈7〉 호걸 구메노 헤이나이	放牛舍英山 口演	고단	

1916년 12월 06일 (수) 3285호

지면	단수	기획	기사제목 〈회수〉〔곡수〕	필자/저자(역자)	분류	비고
1	5		新年文藝募集 신년 문예 모집	釜山日報社 文藝部	광고/모집 광고	

1916년 12월 06일 (수) 3285호 남선시사

지면	단수	기획	기사제목 〈회수〉〔곡수〕	필자/저자(역자)	분류	비고
4	5~8	小說	義理の柵〈56〉 의리의 굴레	篠原嶺葉	소설	

1916년 12월 06일 (수) 3285호

지면	단수	기획	기사제목 〈회수〉〔곡수〕	필자/저자(역자)	분류	비고
6	1~3		豪傑 粂の平內〈8〉 호걸 구메노 헤이나이	放牛舍英山 口演	고단	

1916년 12월 07일 (목) 3286호

지면	단수	기획	기사제목 〈회수〉〔곡수〕	필자/저자(역자)	분류	비고
1	5		新年文藝募集 신년 문예 모집	釜山日報社 文藝部	광고/모집 광고	

1916년 12월 07일 (목) 3286호 남선시사

지면	단수	기획	기사제목 〈회수〉〔곡수〕	필자/저자(역자)	분류	비고
4	6~8	小說	義理の柵 〈57〉 의리의 굴레	篠原嶺葉	소설	

1916년 12월 07일 (목) 3286호

지면	단수	기획	기사제목 〈회수〉〔곡수〕	필자/저자(역자)	분류	비고
6	1~3		豪傑 粂の平內 〈9〉 호걸 구메노 헤이나이	放牛舍英山 口演	고단	

1916년 12월 08일 (금) 3287호

지면	단수	기획	기사제목 〈회수〉〔곡수〕	필자/저자(역자)	분류	비고
1	5		新年文藝募集 신년 문예 모집	釜山日報社 文藝部	광고/모집 광고	

1916년 12월 08일 (금) 3287호 남선시사

지면	단수	기획	기사제목 〈회수〉〔곡수〕	필자/저자(역자)	분류	비고
4	6~8	小說	義理の柵 〈58〉 의리의 굴레	篠原嶺葉	소설	

1916년 12월 08일 (금) 3287호

지면	단수	기획	기사제목 〈회수〉〔곡수〕	필자/저자(역자)	분류	비고
6	1~3		豪傑 粂の平內 〈10〉 호걸 구메노 헤이나이	放牛舍英山 口演	고단	

1916년 12월 09일 (토) 3288호 남선시사

지면	단수	기획	기사제목 〈회수〉〔곡수〕	필자/저자(역자)	분류	비고
4	5~7	小說	義理の柵 〈59〉 의리의 굴레	篠原嶺葉	소설	

1916년 12월 09일 (토) 3288호

지면	단수	기획	기사제목 〈회수〉〔곡수〕	필자/저자(역자)	분류	비고
6	1~3		豪傑 粂の平內 〈11〉 호걸 구메노 헤이나이	放牛舍英山 口演	고단	

1916년 12월 10일 (일) 3289호 남선시사

지면	단수	기획	기사제목 〈회수〉〔곡수〕	필자/저자(역자)	분류	비고
4	5~7	小說	義理の柵 〈60〉 의리의 굴레	篠原嶺葉	소설	

1916년 12월 10일 (일) 3289호

지면	단수	기획	기사제목 〈회수〉〔곡수〕	필자/저자(역자)	분류	비고
6	1~3		豪傑 粂の平內 〈12〉 호걸 구메노 헤이나이	放牛舍英山 口演	고단	

1916년 12월 11일 (월) 3290호

지면	단수	기획	기사제목 〈회수〉〔곡수〕	필자/저자(역자)	분류	비고
4	1~3		豪傑 粂の平內 〈13〉 호걸 구메노 헤이나이	放牛舍英山 口演	고단	

1916년 12월 12일 (화) 3291호

지면	단수	기획	기사제목 〈회수〉〔곡수〕	필자/저자(역자)	분류	비고
1	5		新年文藝募集 신년 문예 모집	釜山日報社 文藝部	광고/모집 광고	

1916년 12월 12일 (화) 3291호 남선시사

지면	단수	기획	기사제목 〈회수〉〔곡수〕	필자/저자(역자)	분류	비고
4	6~8	小說	義理の柵 〈61〉 의리의 굴레	篠原嶺葉	소설	

1916년 12월 12일 (화) 3291호

지면	단수	기획	기사제목 〈회수〉 〔곡수〕	필자/저자(역자)	분류	비고
6	1~3		豪傑 粂の平内 〈14〉 호걸 구메노 헤이나이	放牛舍英山 口演	고단	

1916년 12월 13일 (수) 3292호

지면	단수	기획	기사제목 〈회수〉 〔곡수〕	필자/저자(역자)	분류	비고
1	5	文苑	東萊途中 〔1〕 동래도중	池上素堂	시가/한시	
1	5	文苑	溫泉橋 〔1〕 온천교	池上素堂	시가/한시	
1	5	文苑	浴後 〔1〕 욕후	池上素堂	시가/한시	
1	5	文苑	曉浴 〔1〕 효욕	池上素堂	시가/한시	

1916년 12월 13일 (수) 3292호 남선시사

지면	단수	기획	기사제목 〈회수〉 〔곡수〕	필자/저자(역자)	분류	비고
4	6~8	小說	義理の柵 〈62〉 의리의 굴레	篠原嶺葉	소설	

1916년 12월 13일 (수) 3292호

지면	단수	기획	기사제목 〈회수〉 〔곡수〕	필자/저자(역자)	분류	비고
5	7		新年文藝募集 신년 문예 모집	釜山日報社 文藝部	광고/모집 광고	
6	1~3		豪傑 粂の平内 〈15〉 호걸 구메노 헤이나이	放牛舍英山 口演	고단	

1916년 12월 14일 (목) 3293호

지면	단수	기획	기사제목 〈회수〉 〔곡수〕	필자/저자(역자)	분류	비고
3	1~3	小說	義理の柵 〈63〉 의리의 굴레	篠原嶺葉	소설	
7	7		新年文藝募集 신년 문예 모집	釜山日報社 文藝部	광고/모집 광고	
8	1~3		豪傑 粂の平内 〈16〉 호걸 구메노 헤이나이	放牛舍英山 口演	고단	

1916년 12월 15일 (금) 3294호

지면	단수	기획	기사제목 〈회수〉 〔곡수〕	필자/저자(역자)	분류	비고
1	5		新年文藝募集 신년 문예 모집	釜山日報社 文藝部	광고/모집 광고	

1916년 12월 15일 (금) 3294호 남선시사

지면	단수	기획	기사제목 〈회수〉 〔곡수〕	필자/저자(역자)	분류	비고
4	6~8	小說	義理の柵 〈64〉 의리의 굴레	篠原嶺葉	소설	

1916년 12월 15일 (금) 3294호

지면	단수	기획	기사제목 〈회수〉 〔곡수〕	필자/저자(역자)	분류	비고
6	1~3		豪傑 粂の平内 〈17〉 호걸 구메노 헤이나이	放牛舍英山 口演	고단	

1916년 12월 16일 (토) 3295호 남선시사

지면	단수	기획	기사제목 〈회수〉 〔곡수〕	필자/저자(역자)	분류	비고
4	5~7	小說	義理の柵 〈66〉 의리의 굴레	篠原嶺葉	소설	회수 오류

1916년 12월 16일 (토) 3295호

지면	단수	기획	기사제목 〈회수〉 〔곡수〕	필자/저자(역자)	분류	비고
5	6		新年文藝募集 신년 문예 모집	釜山日報社 文藝部	광고/모집 광고	
6	1~3		豪傑 粂の平内 〈18〉 호걸 구메노 헤이나이	放牛舍英山 口演	고단	

지면	단수	기획	기사제목 〈회수〉〔곡수〕	필자/저자(역자)	분류	비고

1916년 12월 17일 (일) 3296호 남선시사

지면	단수	기획	기사제목 〈회수〉〔곡수〕	필자/저자(역자)	분류	비고
4	6~8	小說	義理の柵 〈67〉 의리의 굴레	篠原嶺葉	소설	회수 오류

1916년 12월 17일 (일) 3296호

지면	단수	기획	기사제목 〈회수〉〔곡수〕	필자/저자(역자)	분류	비고
6	1~3		豪傑 粂の平內 〈19〉 호걸 구메노 헤이나이	放牛舍英山 口演	고단	

1916년 12월 18일 (월) 3297호

지면	단수	기획	기사제목 〈회수〉〔곡수〕	필자/저자(역자)	분류	비고
3	5~7		照山と再會の記 〈1〉 쇼잔과의 재회에 대한 기록	雲山生	수필/일상	
4	1~3		豪傑 粂の平內 〈20〉 호걸 구메노 헤이나이	放牛舍英山 口演	고단	

1916년 12월 19일 (화) 3298호 남선시사

지면	단수	기획	기사제목 〈회수〉〔곡수〕	필자/저자(역자)	분류	비고
4	5~7	小說	義理の柵 〈67〉 의리의 굴레	篠原嶺葉	소설	

1916년 12월 19일 (화) 3298호

지면	단수	기획	기사제목 〈회수〉〔곡수〕	필자/저자(역자)	분류	비고
5	4~6		照山と再會の記 〈2〉 쇼잔과의 재회에 대한 기록	雲山生	수필/일상	
6	1~3		豪傑 粂の平內 〈21〉 호걸 구메노 헤이나이	放牛舍英山 口演	고단	

1916년 12월 20일 (수) 3299호

지면	단수	기획	기사제목 〈회수〉〔곡수〕	필자/저자(역자)	분류	비고
1	5	文苑	讀書有感/其一 〔1〕 독서유감/그 첫 번째	池上素堂	시가/한시	
1	5	文苑	讀書有感/其二 〔1〕 독서유감/그 두 번째	池上素堂	시가/한시	
1	5	文苑	讀書有感/其三 〔1〕 독서유감/그 세 번째	池上素堂	시가/한시	
3	1~3	小說	義理の柵 〈68〉 의리의 굴레	篠原嶺葉	소설	
7	6~7		照山と再會の記 〈3〉 쇼잔과의 재회에 대한 기록	雲山生	수필/일상	
8	1~3		豪傑 粂の平內 〈22〉 호걸 구메노 헤이나이	放牛舍英山 口演	고단	

1916년 12월 21일 (목) 3300호 남선시사

지면	단수	기획	기사제목 〈회수〉〔곡수〕	필자/저자(역자)	분류	비고
4	6~8	小說	義理の柵 〈69〉 의리의 굴레	篠原嶺葉	소설	

1916년 12월 21일 (목) 3300호

지면	단수	기획	기사제목 〈회수〉〔곡수〕	필자/저자(역자)	분류	비고
5	6~8		照山と再會の記 〈4〉 쇼잔과의 재회에 대한 기록	雲山生	수필/일상	
6	1~3		豪傑 粂の平內 〈23〉 호걸 구메노 헤이나이	放牛舍英山 口演	고단	

1916년 12월 22일 (금) 3301호 남선시사

지면	단수	기획	기사제목 〈회수〉〔곡수〕	필자/저자(역자)	분류	비고
4	5~8	小說	義理の柵 〈70〉 의리의 굴레	篠原嶺葉	소설	

지면	단수	기획	기사제목 〈회수〉〔곡수〕	필자/저자(역자)	분류	비고
			1916년 12월 22일 (금) 3301호			
6	1~3		豪傑 粂の平内〈24〉 호걸 구메노 헤이나이	放牛舍英山 口演	소설	
			1916년 12월 23일 (토) 3302호 남선시사			
4	6~8	小說	義理の柵〈71〉 의리의 굴레	篠原嶺葉	소설	
			1916년 12월 23일 (토) 3302호			
6	1~3		豪傑 粂の平内〈25〉 호걸 구메노 헤이나이	放牛舍英山 口演	고단	
			1916년 12월 24일 (일) 3303호 남선시사			
4	4~7	小說	義理の柵〈72〉 의리의 굴레	篠原嶺葉	소설	
			1916년 12월 24일 (일) 3303호			
6	1~5		豪傑 粂の平内〈26〉 호걸 구메노 헤이나이	放牛舍英山 口演	고단	
			1916년 12월 25일 (월) 3304호			
3	5		歲晩の長手通 연말의 나가테거리		수필/일상	
4	1~3		豪傑 粂の平内〈27〉 호걸 구메노 헤이나이	放牛舍英山 口演	고단	
			1916년 12월 26일 (화) 3305호			
6	1~3		豪傑 粂の平内〈28〉 호걸 구메노 헤이나이	放牛舍英山 口演	고단	
			1916년 12월 27일 (수) 3306호 남선시사			
4	6~8	小說	義理の柵〈73〉 의리의 굴레	篠原嶺葉	소설	
			1916년 12월 27일 (수) 3306호			
5	2		勅題「遠山の雪」〔1〕 칙제「먼 산의 눈」	菅谷秋水/橘旭翁	시가/기타	
6	1~3		豪傑 粂の平内〈29〉 호걸 구메노 헤이나이	放牛舍英山 口演	고단	
			1916년 12월 28일 (목) 3307호			
4	1~3	文苑	豪傑 粂の平内〈30〉 호걸 구메노 헤이나이	放牛舍英山 口演	고단	
			1916년 12월 29일 (금) 3308호			
3	5~7	小說	義理の柵〈74〉 의리의 굴레	篠原嶺葉	소설	
4	1~3	文苑	豪傑 粂の平内〈31〉 호걸 구메노 헤이나이	放牛舍英山 口演	고단	
			1916년 12월 30일 (토) 3308호			

지면	단수	기획	기사제목 〈회수〉〔곡수〕	필자/저자(역자)	분류	비고
3	6~8	小說	義理の柵 〈75〉 의리의 굴레	篠原嶺葉	소설	
4	1~3	文苑	豪傑 粂の平內 〈32〉 호걸 구메노 헤이나이	放牛舍英山 口演	고단	

부산일보 1917.02.~1918.12.

지면	단수	기획	기사제목 〈회수〉〔곡수〕	필자/저자(역자)	분류	비고
1917년 02월 02일 (금) 3340호						
1	6	文苑	冬季句稿/火桶 〈10〉〔10〕 동계 구고/화로	靑眼子	시가/하이쿠	
1917년 02월 02일 (금) 3340호 남선시사						
4	6~9	小說	義理の柵 〈123〉 의리의 굴레	篠原嶺葉	소설	
1917년 02월 02일 (금) 3340호						
6	1~3		豪傑 粂の平內 〈62〉 호걸 구메노 헤이나이	放牛舍英山 口演	고단	
1917년 02월 03일 (토) 3341호						
1	5	文苑	冬季雜題 〔5〕 동계-잡제	綠也	시가/하이쿠	
1	5	文苑	冬季雜題 〔5〕 동계-잡제	鷄六	시가/하이쿠	
1	5	文苑	冬季雜題 〔2〕 동계-잡제	俠雨	시가/하이쿠	
1	5	文苑	冬季雜題 〔1〕 동계-잡제	沙川	시가/하이쿠	
1	5	文苑	冬季雜題 〔1〕 동계-잡제	紫川	시가/하이쿠	
1	5	文苑	冬季雜題 〔1〕 동계-잡제	硯水	시가/하이쿠	
1	5	文苑	冬季雜題 〔3〕 동계-잡제	靑眼子	시가/하이쿠	
1	5	文苑	春の句を募る 봄 관련 하이쿠를 모집한다	本社文苑係	광고/모집	광고
1917년 02월 03일 (토) 3341호 남선시사						
4	6~9	小說	義理の柵 〈123〉 의리의 굴레	篠原嶺葉	소설	
1917년 02월 03일 (토) 3341호						
6	1~3		豪傑 粂の平內 〈63〉 호걸 구메노 헤이나이	放牛舍英山 口演	고단	
1917년 02월 04일 (일) 3342호 남선시사						
4	6~8	小說	義理の柵 〈124〉 의리의 굴레	篠原嶺葉	소설	

지면	단수	기획	기사제목 〈회수〉〔곡수〕	필자/저자(역자)	분류	비고
			1917년 02월 04일 (일) 3342호			
6	1~3		豪傑 粂の平内 〈64〉 호걸 구메노 헤이나이	放牛舍英山 口演	고단	
			1917년 02월 05일 (월) 3343호			
1	5	文苑	宣化堂小集(晋州)/春寒〔1〕 선화당 소집(진주)/봄추위	禪や	시가/하이쿠	
1	5	文苑	宣化堂小集(晋州)/春寒〔2〕 선화당 소집(진주)/봄추위	可秀	시가/하이쿠	
1	5	文苑	宣化堂小集(晋州)/春寒〔1〕 선화당 소집(진주)/봄추위	靜水	시가/하이쿠	
1	5	文苑	宣化堂小集(晋州)/春寒〔1〕 선화당 소집(진주)/봄추위	可村	시가/하이쿠	
1	5	文苑	宣化堂小集(晋州)/春寒〔2〕 선화당 소집(진주)/봄추위	禪や	시가/하이쿠	
1	5	文苑	宣化堂小集(晋州)/春寒〔1〕 선화당 소집(진주)/봄추위	糸瓜	시가/하이쿠	
1	5	文苑	宣化堂小集(晋州)/凧〔1〕 선화당 소집(진주)/연	糸瓜	시가/하이쿠	
1	5	文苑	宣化堂小集(晋州)/凧〔1〕 선화당 소집(진주)/연	禪や	시가/하이쿠	
1	5	文苑	宣化堂小集(晋州)/凧〔1〕 선화당 소집(진주)/연	可秀	시가/하이쿠	
1	5	文苑	宣化堂小集(晋州)/凧〔1〕 선화당 소집(진주)/연	靜水	시가/하이쿠	
1	5	文苑	宣化堂小集(晋州)/凧〔1〕 선화당 소집(진주)/연	可村	시가/하이쿠	
1	5	文苑	宣化堂小集(晋州)/凧〔1〕 선화당 소집(진주)/연	靑嵐	시가/하이쿠	
3	4~7	小說	義理の柵 〈125〉 의리의 굴레	篠原嶺葉	소설	
4	1~3		豪傑 粂の平内 〈65〉 호걸 구메노 헤이나이	放牛舍英山 口演	고단	
			1917년 02월 06일 (화) 3344호 남선시사			
4	6~8	小說	義理の柵 〈126〉 의리의 굴레	篠原嶺葉	소설	
			1917년 02월 06일 (화) 3344호			
7	7		東萊溫泉より 동래온천에서	右左坊	기타/모임 안내	
7	7		東萊溫泉より/新しき東萊に遊びて〔1〕 동래온천에서/새로운 동래를 즐기며	遲々坊	시가/하이쿠	
7	7		★東萊溫泉より/新しき東萊に遊びて〔1〕 동래온천에서/새로운 동래를 즐기며	右左坊	시가/하이쿠	
7	7		★東萊溫泉より/新しき東萊に遊びて〔1〕 동래온천에서/새로운 동래를 즐기며	遲々坊	시가/하이쿠	
7	7		★東萊溫泉より/新しき東萊に遊びて〔1〕 동래온천에서/새로운 동래를 즐기며	右左坊	시가/하이쿠	
7	7		東萊溫泉より/新しき東萊に遊びて〔1〕 동래온천에서/새로운 동래를 즐기며	遲々坊	시가/하이쿠	

지면	단수	기획	기사제목 〈회수〉〔곡수〕	필자/저자(역자)	분류	비고
7	7		★東萊溫泉より/新しき東萊に遊びて〔1〕 동래온천에서/새로운 동래를 즐기며	右左坊	시가/하이쿠	
7	7		東萊溫泉より/新しき東萊に遊びて〔1〕 동래온천에서/새로운 동래를 즐기며	遲々坊	시가/하이쿠	
7	7		東萊溫泉より/新しき東萊に遊びて〔1〕 동래온천에서/새로운 동래를 즐기며	右左坊	시가/하이쿠	
7	7		東萊溫泉より/新しき東萊に遊びて〔1〕 동래온천에서/새로운 동래를 즐기며	遲々坊	시가/하이쿠	
7	7		東萊溫泉より/新しき東萊に遊びて〔1〕 동래온천에서/새로운 동래를 즐기며	右左坊	시가/하이쿠	
7	7		★東萊溫泉より/新しき東萊に遊びて〔1〕 동래온천에서/새로운 동래를 즐기며	遲々坊	시가/하이쿠	
7	7		東萊溫泉より/新しき東萊に遊びて〔1〕 동래온천에서/새로운 동래를 즐기며	右左坊	시가/하이쿠	
7	7		東萊溫泉より/都々逸〔1〕 동래온천에서/도도이쓰	春渚	시가/도도이쓰	
7	7		東萊溫泉より/都々逸〔1〕 동래온천에서/도도이쓰	右左坊	시가/도도이쓰	
7	7		東萊溫泉より/都々逸〔1〕 동래온천에서/도도이쓰	東萊行	시가/도도이쓰	
7	7		東萊溫泉より/都々逸〔1〕 동래온천에서/도도이쓰	東萊去	시가/도도이쓰	
8	1~3		豪傑 粂の平内〈66〉 호걸 구메노 헤이나이	放牛舍英山 口演	고단	

1917년 02월 07일 (수) 3345호 남선시사

지면	단수	기획	기사제목 〈회수〉〔곡수〕	필자/저자(역자)	분류	비고
4	6~8	小說	義理の柵〈127〉 의리의 굴레	篠原嶺葉	소설	

1917년 02월 07일 (수) 3345호

지면	단수	기획	기사제목 〈회수〉〔곡수〕	필자/저자(역자)	분류	비고
8	1~3		豪傑 粂の平内〈67〉 호걸 구메노 헤이나이	放牛舍英山 口演	고단	

1917년 02월 08일 (목) 3346호 남선시사

지면	단수	기획	기사제목 〈회수〉〔곡수〕	필자/저자(역자)	분류	비고
4	7~9	小說	義理の柵〈128〉 의리의 굴레	篠原嶺葉	소설	

1917년 02월 08일 (목) 3346호 부인 페이지

지면	단수	기획	기사제목 〈회수〉〔곡수〕	필자/저자(역자)	분류	비고
5	6~8		婦人界漫言-藝者論- 부인계 만언—게이샤론—	凡々道人	수필/비평	

1917년 02월 08일 (목) 3346호

지면	단수	기획	기사제목 〈회수〉〔곡수〕	필자/저자(역자)	분류	비고
7	4		小說豫告 소설 예고		광고/연재 예고	
8	1~3		豪傑 粂の平内〈68〉 호걸 구메노 헤이나이	放牛舍英山 口演	고단	

1917년 02월 09일 (금) 3347호 남선시사

지면	단수	기획	기사제목 〈회수〉〔곡수〕	필자/저자(역자)	분류	비고
4	7~9	小說	義理の柵〈129〉 의리의 굴레	篠原嶺葉	소설	

1917년 02월 09일 (금) 3347호 어린이 페이지

지면	단수	기획	기사제목 〈회수〉〔곡수〕	필자/저자(역자)	분류	비고
5	3~4		幼稚園から 유치원에서	あきちゃん	수필/일상	
5	4		學校の綴方/でんしゃあそび 학교 작문/기차놀이	釜山第三公立尋常 小學校 第二學年 龜 川鐵一	수필/일상	
5	4~5		學校の綴方/父へのへんじ 학교 작문/아버지께 보내는 답장	釜山第五公立尋常 小學校 第三學年 坂 本リウ	수필/일상	
5	5~6		學校の綴方/來住さん 학교 작문/기시 씨	釜山第三公立尋常 小學校 第四學年 萩 田篤子	수필/일상	
5	6		學校の綴方/お土産 학교 작문/선물	釜山第五公立尋常 小學校 第五學年 加 川静江	수필/일상	
5	7	お伽噺	獅子と兎 사자와 토끼		소설/동화	

1917년 02월 09일 (금) 3347호

지면	단수	기획	기사제목 〈회수〉〔곡수〕	필자/저자(역자)	분류	비고
7	6		小說豫告 소설 예고		광고/연재 예고	
8	1~3		豪傑 粂の平内〈69〉 호걸 구메노 헤이나이	放牛舍英山 口演	고단	

1917년 02월 10일 (토) 3348호

지면	단수	기획	기사제목 〈회수〉〔곡수〕	필자/저자(역자)	분류	비고
1	5	文苑	弱冠述懷〔2〕 약관술회	荊山	시가/한시	

1917년 02월 10일 (토) 3348호 남선시사

지면	단수	기획	기사제목 〈회수〉〔곡수〕	필자/저자(역자)	분류	비고
4	6~8	小說	義理の柵〈123〉 의리의 굴레	篠原嶺葉	소설	회수 오류

1917년 02월 10일 (토) 3348호 가정 페이지

지면	단수	기획	기사제목 〈회수〉〔곡수〕	필자/저자(역자)	분류	비고
5	5~7	獨切講談	★お富伊三郎 오토미 이사부로		고단	

1917년 02월 10일 (토) 3348호

지면	단수	기획	기사제목 〈회수〉〔곡수〕	필자/저자(역자)	분류	비고
8	1~3		豪傑 粂の平内〈70〉 호걸 구메노 헤이나이	放牛舍英山 口演	고단	

1917년 02월 11일 (일) 3349호 남선시사

지면	단수	기획	기사제목 〈회수〉〔곡수〕	필자/저자(역자)	분류	비고
4	7~9	小說	戀の渦卷〈1〉 사랑의 소용돌이	本田美禪	소설	

1917년 02월 11일 (일) 3349호 반도문학 第二號

지면	단수	기획	기사제목 〈회수〉〔곡수〕	필자/저자(역자)	분류	비고
5	1~2		情緒 이모션	淡泉花人	소설	
5	2~4		愁影 근심의 그림자	枯秋	소설	
5	4~6		亡き妻を追ふて 세상을 떠난 부인을 따라	草梁 正哉	수필/서간	
5	6		友への一節 벗에게 보내는 한 구절	金海 南泰生	수필/서간	

지면	단수	기획	기사제목 〈회수〉〔곡수〕	필자/저자(역자)	분류	비고
1917년 02월 11일 (일) 3349호						
8	1~3		豪傑 桑の平內 〈71〉 호걸 구메노 헤이나이	放牛舍英山 口演	고단	
1917년 02월 13일 (화) 3350호 남선시사						
4	6~8	小說	戀の渦巻 〈2〉 사랑의 소용돌이	本田美禪	소설	
1917년 02월 13일 (화) 3350호 상황판						
6	3~6		豪傑 桑の平內 〈72〉 호걸 구메노 헤이나이	放牛舍英山 口演	고단	
1917년 02월 14일 (수) 3351호 남선시사						
4	7~9	小說	戀の渦巻 〈3〉 사랑의 소용돌이	本田美禪	소설	
1917년 02월 14일 (수) 3351호						
8	1~3		豪傑 桑の平內 〈73〉 호걸 구메노 헤이나이	放牛舍英山 口演	고단	
1917년 02월 15일 (목) 3352호						
1	5		下の關より(十三日朝) 시모노세키에서(13일 아침)	蕃淵生	수필/기행	
1	5	文苑	送別小集 송별 소집	靑眼子	기타/모임 안내	
1	5	文苑	送別小集/春寒 〔2〕 송별 소집/봄추위	麗笑	시가/하이쿠	
1	5	文苑	送別小集/春寒 〔2〕 송별 소집/봄추위	夢柳	시가/하이쿠	
1	5	文苑	送別小集/春寒 〔2〕 송별 소집/봄추위	苔石	시가/하이쿠	
1	5	文苑	送別小集/春寒 〔2〕 송별 소집/봄추위	東陽	시가/하이쿠	
1	5	文苑	送別小集/春寒 〔2〕 송별 소집/봄추위	雨意	시가/하이쿠	
1	5	文苑	送別小集/春寒 〔2〕 송별 소집/봄추위	靑眼子	시가/하이쿠	
1	5	文苑	送別小集/送別句 〔1〕 송별 소집/송별구	苔石	시가/하이쿠	
1	5	文苑	送別小集/送別句 〔1〕 송별 소집/송별구	東陽	시가/하이쿠	
1	5	文苑	送別小集/送別句 〔1〕 송별 소집/송별구	雨意	시가/하이쿠	
1	5	文苑	送別小集/送別句 〔1〕 송별 소집/송별구	夢柳	시가/하이쿠	
1	5	文苑	送別小集/送別句 〔1〕 송별 소집/송별구	靑眼子	시가/하이쿠	
1917년 02월 15일 (목) 3352호 남선시사						
4	6~8	小說	戀の渦巻 〈4〉 사랑의 소용돌이	本田美禪	소설	

지면	단수	기획	기사제목 〈회수〉〔곡수〕	필자/저자(역자)	분류	비고

1917년 02월 15일 (목) 3352호 가정 페이지

지면	단수	기획	기사제목 〈회수〉〔곡수〕	필자/저자(역자)	분류	비고
5	5~7	讀切講談	★新善光寺棟木の由來 신젠코지 용마루의 유래		고단	

1917년 02월 15일 (목) 3352호

지면	단수	기획	기사제목 〈회수〉〔곡수〕	필자/저자(역자)	분류	비고
8	1~3		豪傑 粂の平內 〈74〉 호걸 구메노 헤이나이	放牛舍英山 口演	고단	

1917년 02월 16일 (금) 3353호

지면	단수	기획	기사제목 〈회수〉〔곡수〕	필자/저자(역자)	분류	비고
1	5		雪の山陽線より(十二日夕) 눈 내리는 산요센에서(12일 저녁)	蕃淵生	수필/기행	

1917년 02월 16일 (금) 3353호 남선시사

지면	단수	기획	기사제목 〈회수〉〔곡수〕	필자/저자(역자)	분류	비고
4	5~8	小說	戀の渦卷 〈5〉 사랑의 소용돌이	本田美禪	소설	

1917년 02월 16일 (금) 3353호 어린이 페이지

지면	단수	기획	기사제목 〈회수〉〔곡수〕	필자/저자(역자)	분류	비고
5	1~6	お伽小說	お堂の女王 법당의 여왕	袋川	소설/동화	
5	7		學校の綴方/右と左 학교 작문/오른쪽과 왼쪽	釜山第一公立尋常小學校 第二學年 庄野伸雄	수필/일상	
5	7		學校の綴方/うちのばん 학교 작문/우리 반	釜山第二公立尋常小學校 第二學年 金山花義	수필/일상	
5	7~8		學校の綴方/目がないなら 학교 작문/눈이 없다면	釜山第三公立尋常小學校 第三學年 岡田俊雄	수필/일상	
5	8		學校の綴方/さむいばん 학교 작문/추운 밤	釜山第二公立尋常小學校 第一學年 遊磨啓介	수필/일상	
5	8~9		學校の綴方/我が家 학교 작문/우리 집	釜山第五公立尋常小學校 第六學年 石塚正行	수필/일상	

1917년 02월 16일 (금) 3353호

지면	단수	기획	기사제목 〈회수〉〔곡수〕	필자/저자(역자)	분류	비고
8	1~3		豪傑 粂の平內 〈75〉 호걸 구메노 헤이나이	放牛舍英山 口演	고단	

1917년 02월 17일 (토) 3354호

지면	단수	기획	기사제목 〈회수〉〔곡수〕	필자/저자(역자)	분류	비고
2	8		東海線より(十四日) 도카이센에서(14일)	蕃淵生	수필/기행	

1917년 02월 17일 (토) 3354호 남선시사

지면	단수	기획	기사제목 〈회수〉〔곡수〕	필자/저자(역자)	분류	비고
4	6~8	小說	戀の渦卷 〈6〉 사랑의 소용돌이	本田美禪	소설	

1917년 02월 17일 (토) 3354호

지면	단수	기획	기사제목 〈회수〉〔곡수〕	필자/저자(역자)	분류	비고
8	1~3		豪傑 粂の平內 〈76〉 호걸 구메노 헤이나이	放牛舍英山 口演	고단	

1917년 02월 18일 (일) 3355호 남선시사

지면	단수	기획	기사제목 〈회수〉〔곡수〕	필자/저자(역자)	분류	비고
4	6~8	小說	戀の渦巻 〈7〉 사랑의 소용돌이	本田美禪	소설	

1917년 02월 18일 (일) 3355호

지면	단수	기획	기사제목	필자/저자(역자)	분류	비고
8	1~3		豪傑 粂の平內 〈77〉 호걸 구메노 헤이나이	放牛舍英山 口演	고단	

1917년 02월 19일 (월) 3356호

지면	단수	기획	기사제목	필자/저자(역자)	분류	비고
4	1~3		豪傑 粂の平內 〈78〉 호걸 구메노 헤이나이	放牛舍英山 口演	고단	

1917년 02월 20일 (화) 3357호 남선시사

지면	단수	기획	기사제목	필자/저자(역자)	분류	비고
4	6~8	小說	戀の渦巻 〈8〉 사랑의 소용돌이	本田美禪	소설	

1917년 02월 20일 (화) 3357호

지면	단수	기획	기사제목	필자/저자(역자)	분류	비고
8	1~3		豪傑 粂の平內 〈79〉 호걸 구메노 헤이나이	放牛舍英山 口演	고단	

1917년 02월 21일 (수) 3358호

지면	단수	기획	기사제목	필자/저자(역자)	분류	비고
1	5		淚痕記—亡妻市子の靈に— 〈1〉 눈물자죽의 기록—세상을 떠난 아내 이치코의 영혼에게—	たけし生	수필/일상	
1	6		故芥川市子夫人の一週忌を迎へまつりて 〔2〕 고 아쿠타가와 이치코 부인 1주기를 맞이하여	釜山 高橋恕	시가/단카	
1	6		故芥川市子夫人の一週忌を迎へまつりて 〔2〕 고 아쿠타가와 이치코 부인 1주기를 맞이하여	平戶 玉川光倫	시가/단카	
1	6		故芥川市子夫人の一週忌を迎へまつりて 〔1〕 고 아쿠타가와 이치코 부인 1주기를 맞이하여	平戶 江上淸風	시가/단카	
1	6		故芥川市子夫人の一週忌を迎へまつりて 〔2〕 고 아쿠타가와 이치코 부인 1주기를 맞이하여	熊本 小山貞敬	시가/단카	

1917년 02월 21일 (수) 3358호 남선시사

지면	단수	기획	기사제목	필자/저자(역자)	분류	비고
4	5~8	小說	戀の渦巻 〈9〉 사랑의 소용돌이	本田美禪	소설	

1917년 02월 21일 (수) 3358호 반도문학

지면	단수	기획	기사제목	필자/저자(역자)	분류	비고
5	1~4		戀愛 科學 연애 과학	袋川	수필/비평	
5	2		妄評一聯 망평일련	武燎原	수필/비평	
5	3		亡國戀衣 〔1〕 망국연의	巨文嶋 香泪	시가/자유시	
5	3~4		片輪者の喜び 불완전한 이의 기쁨	汗逸生	수필/일상	
5	4		おりへの歌 〔13〕 문득 떠오른 노래	武燎原	시가/단카	
5	4~5		月あかり 〔11〕 달빛	武燎原	시가/단카	
5	5~6		浮世を他に 무상한 세상을 뒤로하고	北村淸六	수필/일상	
5	6		破れた戀 〔9〕 깨어진 사랑	釜山 翠葉	시가/신체시	

지면	단수	기획	기사제목 〈회수〉〔곡수〕	필자/저자(역자)	분류	비고
5	6		晝の女の顔〔7〕 낮의 여자 얼굴	竹亭	시가/기타	
5	6		男ぐらし〔1〕 남자의 생활	竹亭	시가/기타	
5	6		聯珠會にて〔2〕 연주회에서	竹亭	시가/기타	
5	7		投稿注意 투고 주의		광고/모집 광고	

1917년 02월 21일 (수) 3358호

지면	단수	기획	기사제목 〈회수〉〔곡수〕	필자/저자(역자)	분류	비고
7	1~2		(제목없음)〔1〕	よし子	시가/단카	
8	1~3		豪傑 粂の平内 〈80〉 호걸 구메노 헤이나이	放牛舍英山 口演	고단	

1917년 02월 22일 (목) 3359호

지면	단수	기획	기사제목 〈회수〉〔곡수〕	필자/저자(역자)	분류	비고
1	3~5		淚痕記—靑島從軍—〈2〉 눈물자욱의 기록—칭다오 종군—	たけし生	수필/일상	
1	6		いち子の君のむかわりに捧ぐ〔1〕 이치코 님의 1주기에 바치다	釜山 稻垣眞義	시가/하이쿠	
1	6		いち子の君のむかわりに捧ぐ〔4〕 이치코 님의 1주기에 바치다	釜山 今西保井	시가/하이쿠	
1	6		いち子の君のむかわりに捧く〔1〕 이치코 님의 1주기에 바치다	岐阜 小澤右左坊	시가/하이쿠	
1	6		いち子の君のむかわりに捧く〔1〕 이치코 님의 1주기에 바치다	熊本 壺園	시가/하이쿠	
1	6		いち子の君のむかわりに捧く〔1〕 이치코 님의 1주기에 바치다	熊本 苔石	시가/하이쿠	
1	6		いち子の君のむかわりに捧く〔1〕 이치코 님의 1주기에 바치다	熊本 多賀	시가/하이쿠	
1	6		いち子の君のむかわりに捧く〔1〕 이치코 님의 1주기에 바치다	熊本 實松	시가/하이쿠	
1	6		いち子の君のむかわりに捧く〔5〕 이치코 님의 1주기에 바치다	東都にて綠骨	시가/하이쿠	

1917년 02월 22일 (목) 3359호 남선시사

지면	단수	기획	기사제목 〈회수〉〔곡수〕	필자/저자(역자)	분류	비고
4	6~9	小說	戀の渦巻 〈10〉 사랑의 소용돌이	本田美禪	소설	

1917년 02월 22일 (목) 3359호

지면	단수	기획	기사제목 〈회수〉〔곡수〕	필자/저자(역자)	분류	비고
8	1~3		豪傑 粂の平内 〈81〉 호걸 구메노 헤이나이	放牛舍英山 口演	고단	

1917년 02월 23일 (금) 3360호

지면	단수	기획	기사제목 〈회수〉〔곡수〕	필자/저자(역자)	분류	비고
1	3~6		淚痕記—凱旋、お前の絶筆—〈3〉 눈물자욱의 기록—개선, 너의 절필—	たけし生	수필/일상	
1	6		故芥川市子夫人の一週忌に當りてよめる/法然上人の春をよみたまへる〔1〕 고 아쿠타가와 이치코 부인 1주기를 맞이하여 읊다/호넨 상인께서 봄을 읊조리다	釜山 稻垣眞我	시가/단카	
1	6		故芥川市子夫人の一週忌に當りてよめる〔1〕 고 아쿠타가와 이치코 부인 1주기를 맞이하여 읊다	釜山 高山廉	시가/단카	

지면	단수	기획	기사제목 〈회수〉〔곡수〕	필자/저자(역자)	분류	비고
1	6		故芥川市子夫人の一週忌に當りてよめる〔1〕 고 아쿠타가와 이치코 부인 1주기를 맞이하여 읊다	熊本 熊友	시가/단카	
1	6		故芥川市子夫人の一週忌に當りてよめる〔1〕 고 아쿠타가와 이치코 부인 1주기를 맞이하여 읊다	熊本 稚章	시가/단카	
1	6		故芥川市子夫人の一週忌に當りてよめる〔1〕 고 아쿠타가와 이치코 부인 1주기를 맞이하여 읊다	釜山 通義	시가/단카	
1	6		故芥川市子夫人の一週忌に當りてよめる〔1〕 고 아쿠타가와 이치코 부인 1주기를 맞이하여 읊다	大村 和田駒弌	시가/단카	
1	6		故芥川市子夫人の一週忌に當りてよめる〔2〕 고 아쿠타가와 이치코 부인 1주기를 맞이하여 읊다	京都 神崎憲一	시가/단카	

1917년 02월 23일 (금) 3360호 남선시사

지면	단수	기획	기사제목 〈회수〉〔곡수〕	필자/저자(역자)	분류	비고
4	6~8	小說	戀の渦巻〈11〉 사랑의 소용돌이	本田美禪	소설	

1917년 02월 23일 (금) 3360호 김천판

지면	단수	기획	기사제목 〈회수〉〔곡수〕	필자/저자(역자)	분류	비고
5	6		加藤多一君の死を悼む 가토 다이치 군의 죽음을 애도하다	金泉尋常六學年 西本朝子	수필/일상	
5	6~7	金泉文藝	春の雪 五句〔5〕 봄눈 오구	潮香生	시가/하이쿠	
5	7	金泉文藝	柳 五句〔5〕 버들 오구	潮香生	시가/하이쿠	
5	7	金泉文藝	歲旦〔1〕 설날 아침	潮香生	시가/하이쿠	
5	7	金泉文藝	聖恩民を潤ほす〔1〕 성은이 백성을 보살피다	潮香生	시가/하이쿠	
5	7	金泉文藝	八幡太郎義家〔1〕 하치만타로 요시이에	土居渭北	시가/하이쿠	
5	7	金泉文藝	鶯爲友〔1〕 휘파람새를 동무로 삼다	通章	시가/단카	

1917년 02월 23일 (금) 3360호

지면	단수	기획	기사제목 〈회수〉〔곡수〕	필자/저자(역자)	분류	비고
8	1~3		豪傑 粂の平內〈82〉 호걸 구메노 헤이나이	放牛舍英山 口演	고단	

1917년 02월 24일 (토) 3361호

지면	단수	기획	기사제목 〈회수〉〔곡수〕	필자/저자(역자)	분류	비고
1	4~6		淚痕記―大正四年よ！―〈4〉 눈물자욱의 기록―다이쇼 4년이여!―	たけし生	수필/일상	
1	6		故芥川市子夫人の一周忌に〔1〕 고 아쿠타가와 이치코 부인 1주기에	釜山 池上京子	시가/단카	
1	6		故芥川市子夫人の一周忌に〔1〕 고 아쿠타가와 이치코 부인 1주기에	長崎 神田勇太郎	시가/단카	
1	6		故芥川市子夫人の一周忌に〔1〕 고 아쿠타가와 이치코 부인 1주기에	長崎 浦博泰	시가/단카	
1	6		故芥川市子夫人の一周忌に〔2〕 고 아쿠타가와 이치코 부인 1주기에	釜山 粟飯原瓊子	시가/단카	

1917년 02월 24일 (토) 3361호 남선시사

지면	단수	기획	기사제목 〈회수〉〔곡수〕	필자/저자(역자)	분류	비고
4	6~8	小說	戀の渦巻〈12〉 사랑의 소용돌이	本田美禪	소설	

1917년 02월 24일 (토) 3361호 대구판

지면	단수	기획	기사제목 〈회수〉〔곡수〕	필자/저자(역자)	분류	비고
5	3~5		漁場巡り 어장 순회	浦項 千山生	수필/기행	
5	6~7		壽昌學校綴方─成績頗る良好─/卒業の事を舊師に報ずる手紙 수창학교 작문─성적 매우 양호─/졸업에 대하여 옛 스승께 전하는 편지	壽昌公立普通學校 第四學年 金圭泰	수필/일상	
5	7		壽昌學校綴方─成績頗る良好─/貯金 수창학교 작문─성적 매우 양호─/저금	壽昌公立普通學校 第二學年 片茂祚	수필/일상	
5	7~8		壽昌學校綴方─成績頗る良好─/雪 수창학교 작문─성적 매우 양호─/눈	壽昌公立普通學校 第三學年 李起賢	수필/일상	
5	8		壽昌學校綴方─成績頗る良好─/私の學校へ入ってからのこと 수창학교 작문─성적 매우 양호─/내가 학교에 입학한 이후의 일	壽昌公立普通學校 第一年生 金順錫	수필/일상	

1917년 02월 24일 (토) 3361호

지면	단수	기획	기사제목 〈회수〉〔곡수〕	필자/저자(역자)	분류	비고
8	1~3		豪傑 粂の平內 〈83〉 호걸 구메노 헤이나이	放牛舍英山 口演	고단	

1917년 02월 25일 (일) 3362호

지면	단수	기획	기사제목 〈회수〉〔곡수〕	필자/저자(역자)	분류	비고
1	3~6		淚痕記─新聞社と社宅の火災─ 〈5〉 눈물자욱의 기록─신문사와 사택의 화재─	たけし生	수필/일상	
1	6		芥川君令夫人の一週忌に增上寺を背景にして 〈10〉 아쿠타가와 군 영부인 1주기에 조조지를 배경으로	右左坊	시가/하이쿠	

1917년 02월 25일 (일) 3362호 남선시사

지면	단수	기획	기사제목 〈회수〉〔곡수〕	필자/저자(역자)	분류	비고
4	6~9	小說	戀の渦卷 〈13〉 사랑의 소용돌이	本田美禪	소설	

1917년 02월 25일 (일) 3362호 어린이 페이지

지면	단수	기획	기사제목 〈회수〉〔곡수〕	필자/저자(역자)	분류	비고
5	1~2		お伽月姬樣(上) 〈1〉 전래동화 쓰키히메 님(상)	袋川	소설/동화	
5	2~4		お伽月姬樣(中) 〈2〉 전래동화 쓰키히메 님(중)	袋川	소설/동화	
5	4~5		お伽月姬樣(下) 〈3〉 전래동화 쓰키히메 님(하)	袋川	소설/동화	
5	1		イソツプ物語/樵夫と樫 이솝 이야기/나무꾼과 떡갈나무		소설/동화	
5	1~2		イソツプ物語/親蟹と子蟹 이솝 이야기/어미 게와 새끼 게		소설/동화	
5	2~3		イソツプ物語/蚊と牛 이솝 이야기/모기와 소		소설/동화	
5	3		イソツプ物語/犬と牛の皮 이솝 이야기/개와 소의 가죽		소설/동화	
5	6		綴方/御見舞 작문/문병	釜山公立尋常小學 校 第三學年 裵永敎	수필/일상	
5	6		綴方/私ノウチ 작문/우리 집	釜山第三公立尋常 小學校 第二學年 山 本エミヨ	수필/일상	
5	7		綴方/さむいばん 작문/추운 밤	釜山第二公立尋常 小學校 第二學年 國 安健藏	수필/일상	
5	7		綴方/夏が來た 작문/여름이 왔다	釜山第一公立尋常 小學校 第五學年 西 村サダ	수필/일상	

지면	단수	기획	기사제목 〈회수〉〔곡수〕	필자/저자(역자)	분류	비고
5	7		綴方/今日の雨 작문/오늘 내린 비	釜山第三公立尋常 小學校 第六學年 高 藤國太郎	수필/일상	
5	7~8		綴方/今頃の雨 작문/최근의 비	釜山第一公立尋常 小學校 第六學年 高 木俊子	수필/일상	
5	8		綴方/梅雨 작문/장마	釜山第一公立尋常 小學校 第四學年 橋 本秀	수필/일상	

1917년 02월 25일 (일) 3362호

지면	단수	기획	기사제목 〈회수〉〔곡수〕	필자/저자(역자)	분류	비고
8	1~3		豪傑 粂の平內 〈84〉 호걸 구메노 헤이나이	放牛舍英山 口演	고단	

1917년 02월 26일 (월) 3363호

지면	단수	기획	기사제목 〈회수〉〔곡수〕	필자/저자(역자)	분류	비고
3	5		檢事局の風韻 검사국의 풍운	栗山	시가/단카	
3	5		檢事局の風韻 검사국의 풍운	江幡	시가/단카	
3	7~9	小說	戀の渦卷 〈14〉 사랑의 소용돌이	本田美禪	소설	
4	1~3		豪傑 粂の平內 〈85〉 호걸 구메노 헤이나이	放牛舍英山 口演	고단	

1917년 02월 27일 (화) 3364호

지면	단수	기획	기사제목 〈회수〉〔곡수〕	필자/저자(역자)	분류	비고
1	4~6		淚痕記—言ひ知れぬ悲哀— 〈6〉 눈물자욱의 기록—형언할 수 없는 비애—	たけし生	수필/일상	

1917년 02월 27일 (화) 3364호 남선시사

지면	단수	기획	기사제목 〈회수〉〔곡수〕	필자/저자(역자)	분류	비고
4	6~8	小說	戀の渦卷 〈14〉 사랑의 소용돌이	本田美禪	소설	회수 오류

1917년 02월 27일 (화) 3364호

지면	단수	기획	기사제목 〈회수〉〔곡수〕	필자/저자(역자)	분류	비고
8	1~3		豪傑 粂の平內 〈86〉 호걸 구메노 헤이나이	放牛舍英山 口演	고단	

1917년 02월 28일 (수) 3365호

지면	단수	기획	기사제목 〈회수〉〔곡수〕	필자/저자(역자)	분류	비고
1	4~6		淚痕記—永久の眠— 〈7〉 눈물자욱의 기록—영면—	たけし生	수필/일상	

1917년 02월 28일 (수) 3365호 남선시사

지면	단수	기획	기사제목 〈회수〉〔곡수〕	필자/저자(역자)	분류	비고
4	6~9	小說	戀の渦卷 〈16〉 사랑의 소용돌이	本田美禪	소설	

1917년 02월 28일 (수) 3365호 반도문학

지면	단수	기획	기사제목 〈회수〉〔곡수〕	필자/저자(역자)	분류	비고
5	1~3		出奔 출분	統營港 宮崎吉男	소설	
5	2		萬年筆 만년필	H生	수필/비평	
5	3		わが戀 〔4〕 내 사랑	山茶花	시가/단카	

지면	단수	기획	기사제목 〈회수〉〔곡수〕	필자/저자(역자)	분류	비고
5	3~4		地下室の聲 〔1〕 지하실의 목소리	無聲	소설·시가/ 소설·신체시	
5	4		亡き妻 〔1〕 세상을 떠난 아내	草梁 正哉	시가/신체시	
5	4		八ツの瞳 〔4〕 여덟 눈동자	まこと	시가/교카	
5	4		咸安巴陵吟社偶會/(題)畑打 〔4〕 함안 파릉음사 우회/(제)밭갈이	月舟	시가/하이쿠	
5	4		咸安巴陵吟社偶會/(題)畑打 〔3〕 함안 파릉음사 우회/(제)밭갈이	子赫	시가/하이쿠	
5	4		咸安巴陵吟社偶會/(題)畑打 〔5〕 함안 파릉음사 우회/(제)밭갈이	柳影	시가/하이쿠	
5	4~5		咸安巴陵吟社偶會/(題)畑打 〔5〕 함안 파릉음사 우회/(제)밭갈이	凉汀	시가/하이쿠	
5	5		咸安巴陵吟社偶會/(題)畑打 〔5〕 함안 파릉음사 우회/(제)밭갈이	柿寶	시가/하이쿠	
5	5		咸安巴陵吟社偶會/(題)畑打 〔5〕 함안 파릉음사 우회/(제)밭갈이	重延	시가/하이쿠	
5	5		咸安巴陵吟社偶會/(題)畑打 〔2〕 함안 파릉음사 우회/(제)밭갈이	夢醒	시가/하이쿠	
5	5		春雜句 〔9〕 봄-잡구	大邱 八雲町 笑抱子	시가/하이쿠	
5	5		春六題/新年雪 〔1〕 봄-육제/신년설	肥前平戸 峯野佐久馬	시가/단카	
5	5		春六題/新年梅 〔1〕 봄-육제/신년매	肥前平戸 峯野佐久馬	시가/단카	
5	5		春六題/新年霞 〔1〕 봄-육제/신년하	肥前平戸 峯野佐久馬	시가/단카	
5	5		春六題/雪消田地 〔1〕 봄-육제/설소전지	肥前平戸 峯野佐久馬	시가/단카	
5	5		春六題/閑居早春 〔1〕 봄-육제/한거조춘	肥前平戸 峯野佐久馬	시가/단카	
5	5		春六題/紀元節 〔1〕 봄-육제/기원절	肥前平戸 峯野佐久馬	시가/단카	
5	6		投稿注意 투고 주의		광고/모집 광고	

1917년 02월 28일 (수) 3365호

지면	단수	기획	기사제목 〈회수〉〔곡수〕	필자/저자(역자)	분류	비고
8	1~3		豪傑 粂の平内 〈87〉 호걸 구메노 헤이나이	放牛舍英山 口演	고단	

1917년 04월 02일 (월) 3397호

지면	단수	기획	기사제목 〈회수〉〔곡수〕	필자/저자(역자)	분류	비고
1	5	文苑	陽春雜詠(其三) 〈3〉 〔19〕 양춘-잡영(그 세 번째)	靑眼子	시가/하이쿠	
4	1~3		豪傑 粂の平内 〈119〉 호걸 구메노 헤이나이	放牛舍英山 口演	고단	

1917년 04월 03일 (화) 3398호 남선시사

지면	단수	기획	기사제목 〈회수〉〔곡수〕	필자/저자(역자)	분류	비고
4	5~8	小說	戀の渦巻 〈48〉 사랑의 소용돌이	本田美禪	소설	

1917년 04월 03일 (화) 3398호

지면	단수	기획	기사제목 〈회수〉〔곡수〕	필자/저자(역자)	분류	비고
8	1~3		豪傑 粂の平内 〈120〉 호걸 구메노 헤이나이	放牛舍英山 口演	고단	

1917년 04월 05일 (목) 3399호

지면	단수	기획	기사제목	필자/저자(역자)	분류	비고
1	6	文苑	寄記念號雜吟 〔14〕 기념호에 부쳐-잡음	靑眼子	시가/하이쿠	
1	6	文苑	寄記念號雜吟/大池公園 〔1〕 기념호에 부쳐-잡음/오이케 공원	靑眼子	시가/하이쿠	

1917년 04월 05일 (목) 3399호 남선시사

지면	단수	기획	기사제목	필자/저자(역자)	분류	비고
4	6~8	小說	戀の渦卷 〈49〉 사랑의 소용돌이	本田美禪	소설	

1917년 04월 05일 (목) 3399호

지면	단수	기획	기사제목	필자/저자(역자)	분류	비고
5	5		祝賀會にて 〔7〕 축하회에서	釜山 翠葉	시가/단카	
5	5	文苑	改題十週年を壽ぎて 〔1〕 개제 10주년을 축하하며	金海 萬波民次	시가/단카	
5	5	文苑	改題十週年を壽ぎて 〔1〕 개제 10주년을 축하하며	金海 坂口よし	시가/단카	
5	5	文苑	☆祝釜山日報十週年記念 〔10〕 축 부산일보 10주년 기념	江景 牛草魚人	시가/도도이 쓰	
8	1~3		豪傑 粂の平内 〈121〉 호걸 구메노 헤이나이	放牛舍英山 口演	고단	

1917년 04월 06일 (금) 3400호

지면	단수	기획	기사제목	필자/저자(역자)	분류	비고
1	5~6		渡鮮日誌 〈6〉 도선일지	高橋遲々坊	수필/기행	
1	7	文苑	寄記念號雜吟 〔15〕 기기념호잡음	秋汀	시가/하이쿠	

1917년 04월 06일 (금) 3400호 남선시사

지면	단수	기획	기사제목	필자/저자(역자)	분류	비고
4	6~9	小說	戀の渦卷 〈50〉 사랑의 소용돌이	本田美禪	소설	

1917년 04월 06일 (금) 3400호

지면	단수	기획	기사제목	필자/저자(역자)	분류	비고
5	3	文苑	祝十週年 〔3〕 축 10주년	馬山 梅香	시가/하이쿠	
5	3	日報俳句	(제목없음) 〔2〕	夢村	시가/하이쿠	
5	3	日報俳句	(제목없음) 〔2〕	草石	시가/하이쿠	
5	3	日報俳句	(제목없음) 〔2〕	乃步月	시가/하이쿠	
5	3	日報俳句	(제목없음) 〔2〕	竹亭	시가/하이쿠	
5	3	日報俳句	(제목없음) 〔2〕	萜天皎	시가/하이쿠	
8	1~3		豪傑 粂の平内 〈122〉 호걸 구메노 헤이나이	放牛舍英山 口演	고단	

1917년 04월 07일 (토) 3401호

지면	단수	기획	기사제목 〈회수〉〔곡수〕	필자/저자(역자)	분류	비고
1	6		渡鮮日誌 〈7〉 도선일지	高橋遲々坊	수필/기행	
1	7	文苑	陽春雜詠(其四) 〈4〉〔20〕 양춘-잡영(그 네 번째)	靑眼子	시가/하이쿠	

1917년 04월 07일 (토) 3401호 남선시사

지면	단수	기획	기사제목 〈회수〉〔곡수〕	필자/저자(역자)	분류	비고
4	5~8	小說	戀の渦巻 〈51〉 사랑의 소용돌이	本田美禪	소설	

1917년 04월 07일 (토) 3401호

지면	단수	기획	기사제목 〈회수〉〔곡수〕	필자/저자(역자)	분류	비고
5	4	文苑	(제목없음) 〔5〕	方魚津 夢人生	시가/하이쿠	
8	1~3		豪傑 粂の平內 〈123〉 호걸 구메노 헤이나이	放牛舍英山 口演	고단	

1917년 04월 08일 (일) 3402호 남선시사

지면	단수	기획	기사제목 〈회수〉〔곡수〕	필자/저자(역자)	분류	비고
4	6~9	小說	戀の渦巻 〈52〉 사랑의 소용돌이	本田美禪	소설	

1917년 04월 08일 (일) 3402호

지면	단수	기획	기사제목 〈회수〉〔곡수〕	필자/저자(역자)	분류	비고
8	1~3		豪傑 粂の平內 〈124〉 호걸 구메노 헤이나이	放牛舍英山 口演	고단	

1917년 04월 10일 (화) 3403호 남선시사

지면	단수	기획	기사제목 〈회수〉〔곡수〕	필자/저자(역자)	분류	비고
4	5~9	小說	戀の渦巻 〈53〉 사랑의 소용돌이	本田美禪	소설	

1917년 04월 10일 (화) 3403호

지면	단수	기획	기사제목 〈회수〉〔곡수〕	필자/저자(역자)	분류	비고
8	1~3		豪傑 粂の平內 〈125〉 호걸 구메노 헤이나이	放牛舍英山 口演	고단	

1917년 04월 11일 (수) 3404호

지면	단수	기획	기사제목 〈회수〉〔곡수〕	필자/저자(역자)	분류	비고
1	6	文苑	陽春雜詠(其五) 〈5〉〔20〕 양춘-잡영(그 다섯 번째)	靑眼子	시가/하이쿠	

1917년 04월 11일 (수) 3404호 남선시사

지면	단수	기획	기사제목 〈회수〉〔곡수〕	필자/저자(역자)	분류	비고
4	4~7	小說	戀の渦巻 〈54〉 사랑의 소용돌이	本田美禪	소설	

1917년 04월 11일 (수) 3404호

지면	단수	기획	기사제목 〈회수〉〔곡수〕	필자/저자(역자)	분류	비고
8	1~3		豪傑 粂の平內 〈126〉 호걸 구메노 헤이나이	放牛舍英山 口演	고단	

1917년 04월 12일 (목) 3405호

지면	단수	기획	기사제목 〈회수〉〔곡수〕	필자/저자(역자)	분류	비고
1	4~5		渡鮮日誌 〈8〉 도선일지	高橋遲々坊	수필/기행	

1917년 04월 12일 (목) 3405호 남선시사

지면	단수	기획	기사제목 〈회수〉〔곡수〕	필자/저자(역자)	분류	비고
4	4~7	小說	戀の渦巻 〈55〉 사랑의 소용돌이	本田美禪	소설	

1917년 04월 12일 (목) 3405호

지면	단수	기획	기사제목 〈회수〉 [곡수]	필자/저자(역자)	분류	비고
5	3		花のたより 꽃 소식	東京 長谷川時雨	수필/일상	
5	3	文苑	祝貴紙十週年 [8] 축 부산일보 10주년	大邱八雲町 船津笑 抱子	시가/하이쿠	
5	3	文苑	春雑題 [7] 봄-잡제	草梁 加賀野白山花	시가/하이쿠	
5	3		半島文學 반도문학	雲山生	광고/휴간 안내	
8	1~3		豪傑 粂の平內 〈127〉 호걸 구메노 헤이나이	放牛舍英山 口演	고단	

1917년 04월 13일 (금) 3406호

지면	단수	기획	기사제목 〈회수〉 [곡수]	필자/저자(역자)	분류	비고
1	5	文苑	入江靜軒詞兄。來叩敵廬。不盡歡而去。惜別賦此呈。 [1] 이리에 세이켄 사형. 내고창로. 부진탄이거. 석별부차정.	七十八叟 高橋如雲	시가/한시	
1	5	文苑	買劍 [1] 매검	七十八叟 高橋如雲	시가/한시	
1	5	文苑	愛梅 [1] 애매	七十八叟 高橋如雲	시가/한시	
1	5	文苑	西行 [1] 서행	七十八叟 高橋如雲	시가/한시	
1	5	文苑	岳飛 [1] 악비	七十八叟 高橋如雲	시가/한시	

1917년 04월 13일 (금) 3406호 남선시사

지면	단수	기획	기사제목 〈회수〉 [곡수]	필자/저자(역자)	분류	비고
4	4~7	小說	戀の渦卷 〈55〉 사랑의 소용돌이	本田美禪	소설	회수 오류

1917년 04월 13일 (금) 3406호

지면	단수	기획	기사제목 〈회수〉 [곡수]	필자/저자(역자)	분류	비고
5	4		御記念を祝ひて [1] 기념을 축하하여	東京 歌澤芝金	시가/하이쿠	
8	1~3		豪傑 粂の平內 〈128〉 호걸 구메노 헤이나이	放牛舍英山 口演	고단	

1917년 04월 14일 (토) 3407호

지면	단수	기획	기사제목 〈회수〉 [곡수]	필자/저자(역자)	분류	비고
1	5		渡鮮日誌 〈9〉 도선일지	高橋遲々坊	수필/기행	

1917년 04월 14일 (토) 3407호 남선시사

지면	단수	기획	기사제목 〈회수〉 [곡수]	필자/저자(역자)	분류	비고
4	4~7	小說	戀の渦卷 〈57〉 사랑의 소용돌이	本田美禪	소설	

1917년 04월 14일 (토) 3407호

지면	단수	기획	기사제목 〈회수〉 [곡수]	필자/저자(역자)	분류	비고
5	3		櫻 [7] 벚꽃	白蓮女史	시가/단카	
8	1~3		豪傑 粂の平內 〈129〉 호걸 구메노 헤이나이	放牛舍英山 口演	고단	

1917년 04월 15일 (일) 3408호

지면	단수	기획	기사제목 〈회수〉 [곡수]	필자/저자(역자)	분류	비고
1	6		渡鮮日誌 〈10〉 도선일지	高橋遲々坊	수필/기행	

1917년 04월 15일 (일) 3408호 남선시사

지면	단수	기획	기사제목 〈회수〉 [곡수]	필자/저자(역자)	분류	비고
4	4~7	小說	戀の渦卷 〈58〉 사랑의 소용돌이	本田美禪	소설	

1917년 04월 15일 (일) 3408호

지면	단수	기획	기사제목 〈회수〉 [곡수]	필자/저자(역자)	분류	비고
5	3		小笹の雪 [10] 키 작은 조릿대에 내린 눈	大阪 矢澤孝子	시가/단카	
7	1~3		櫻咲けり 벚꽃피다		시가/단카	
8	1~3		豪傑 粂の平內 〈130〉 호걸 구메노 헤이나이	放牛舍英山 口演	고단	

1917년 04월 16일 (월) 3409호

지면	단수	기획	기사제목 〈회수〉 [곡수]	필자/저자(역자)	분류	비고
1	5	文苑	題前池花菖蒲 [1] 제전지화창포	七十八叟 高橋如雲	시가/한시	
1	5	文苑	夏夜步月 [1] 하야보월	七十八叟 高橋如雲	시가/한시	
1	5	文苑	晚秋寄僧 [1] 만추기승	七十八叟 高橋如雲	시가/한시	
1	5	文苑	祝堀翁喜壽 [1] 축 호리 옹 희수	七十八叟 高橋如雲	시가/한시	
4	1~3		豪傑 粂の平內 〈131〉 호걸 구메노 헤이나이	放牛舍英山 口演	고단	

1917년 04월 17일 (화) 3410호

지면	단수	기획	기사제목 〈회수〉 [곡수]	필자/저자(역자)	분류	비고
1	5	文苑	法院の韻事/汐干狩 [1] 법원의 운사/갯벌에서의 조개잡이	照山流水	시가/단카	
1	5	文苑	法院の韻事/汐干狩 [1] 법원의 운사/갯벌에서의 조개잡이	橋本竹村	시가/단카	
1	5	文苑	法院の韻事/春雨/天 [1] 법원의 운사/봄비/천	田尻曲川	시가/단카	
1	5	文苑	法院の韻事/春雨/地 [1] 법원의 운사/봄비/지	芋川香竹	시가/단카	
1	5	文苑	法院の韻事/春雨/人 [1] 법원의 운사/봄비/인	東洋山人	시가/단카	

1917년 04월 17일 (화) 3410호 남선시사

지면	단수	기획	기사제목 〈회수〉 [곡수]	필자/저자(역자)	분류	비고
4	5~9	小說	戀の渦卷 〈58〉 사랑의 소용돌이	本田美禪	소설	회수 오류

1917년 04월 17일 (화) 3410호

지면	단수	기획	기사제목 〈회수〉 [곡수]	필자/저자(역자)	분류	비고
5	4		あらし [6] 폭풍	東京 山田邦子	시가/단카	
5	4		櫻咲きぬ [2] 벚꽃이 피었네	東京 望月れい子	시가/단카	
8	1~3		豪傑 粂の平內 〈132〉 호걸 구메노 헤이나이	放牛舍英山 口演	고단	

1917년 04월 18일 (수) 3411호

지면	단수	기획	기사제목 〈회수〉 [곡수]	필자/저자(역자)	분류	비고
1	4~5		渡鮮日誌 〈11〉 도선일지	高橋遲々坊	수필/기행	

1917년 04월 18일 (수) 3411호 남선시사

지면	단수	기획	기사제목 〈회수〉〔곡수〕	필자/저자(역자)	분류	비고
4	4~7	小說	戀の渦巻 〈60〉 사랑의 소용돌이	本田美禪	소설	

1917년 04월 18일 (수) 3411호

지면	단수	기획	기사제목	필자/저자(역자)	분류	비고
5	3		つかれ 〔5〕 피로	東京 鈴木秋子	시가/단카	
5	3	文苑	春雜句 〔10〕 봄-잡구	耕雲堂播瓢	시가/하이쿠	
8	1~4		豪傑 粂の平內 〈133〉 호걸 구메노 헤이나이	放牛舍英山 口演	고단	

1917년 04월 19일 (목) 3412호

지면	단수	기획	기사제목	필자/저자(역자)	분류	비고
1	5	文苑	寄懷梧堂詞兄在旅順 〔1〕 여순에 있는 그리운 고도 사형에게 부쳐	龍岩浦 聚軒	시가/한시	
1	5	文苑	次韻 〔1〕 차운	旅順 梧堂	시가/한시	

1917년 04월 19일 (목) 3412호 남선시사

지면	단수	기획	기사제목	필자/저자(역자)	분류	비고
4	6~8	小說	戀の渦巻 〈61〉 사랑의 소용돌이	本田美禪	소설	

1917년 04월 19일 (목) 3412호

지면	단수	기획	기사제목	필자/저자(역자)	분류	비고
8	1~3		豪傑 粂の平內 〈134〉 호걸 구메노 헤이나이	放牛舍英山 口演	고단	

1917년 04월 20일 (금) 3413호

지면	단수	기획	기사제목	필자/저자(역자)	분류	비고
1	4		通度寺詣で 〈1〉 통도사 참배	綠骨	수필/기행	
1	5		渡鮮日誌 〈12〉 도선일지	高橋遲々坊	수필/기행	

1917년 04월 20일 (금) 3413호 남선시사

지면	단수	기획	기사제목	필자/저자(역자)	분류	비고
4	4~7	小說	戀の渦巻 〈62〉 사랑의 소용돌이	本田美禪	소설	

1917년 04월 20일 (금) 3413호

지면	단수	기획	기사제목	필자/저자(역자)	분류	비고
5	1~4	創作	或る夜 〈1〉 어느 밤	東京 加藤みどり	소설	
8	1~3		豪傑 粂の平內 〈135〉 호걸 구메노 헤이나이	放牛舍英山 口演	고단	

1917년 04월 21일 (토) 3414호

지면	단수	기획	기사제목	필자/저자(역자)	분류	비고
1	5		渡鮮日誌 〈13〉 도선일지	高橋遲々坊	수필/기행	
1	5		通度寺詣で 〈2〉 통도사 참배	綠骨	수필/기행	

1917년 04월 21일 (토) 3414호 남선시사

지면	단수	기획	기사제목	필자/저자(역자)	분류	비고
4	5~8	小說	戀の渦巻 〈63〉 사랑의 소용돌이	本田美禪	소설	

1917년 04월 21일 (토) 3414호

지면	단수	기획	기사제목 〈회수〉〔곡수〕	필자/저자(역자)	분류	비고
5	1~3	創作	或る夜 〈2〉 어느 밤	東京 加藤みどり	소설	
5	3	文苑	題墨竹〔1〕 제묵죽	蔚山 成田孤舟	시가/한시	
5	3	文苑	釜山日報に〔8〕 부산일보에	笑尊	시가/하이쿠	
8	1~3		豪傑 粂の平內 〈136〉 호걸 구메노 헤이나이	放牛舍英山 口演	고단	

1917년 04월 22일 (일) 3415호

| 1 | 4 | | 通度寺詣で 〈3〉
통도사 참배 | 綠骨 | 수필/기행 | |
| 1 | 5 | | 渡鮮日誌 〈14〉
도선일지 | 高橋遲々坊 | 수필/기행 | |

1917년 04월 22일 (일) 3415호 울산호

| 4 | 5 | 文苑 | 日報俳句〔5〕
일보 하이쿠 | 長崎 布七 | 시가/하이쿠 | 면수 오류 |

1917년 04월 22일 (일) 3415호 남선시사

| 면수
불명 | 4~7 | 小說 | 戀の渦卷 〈64〉
사랑의 소용돌이 | 本田美禪 | 소설 | |

1917년 04월 22일 (일) 3415호 기장호

5	3~5	創作	或る夜 〈3〉 어느 밤	東京 加藤みどり	소설	
5	5	文苑	十週年を祝して〔1〕 10주년을 축하하며	蔚山 安成智世	시가/단카	
5	5	文苑	南岳兄に寄せて〔1〕 난가쿠 형에게 부쳐	蔚山 安成智世	시가/단카	
5	5	文苑	蔚山新聞欄の賑ふを喜ひて〔1〕 울산신문란의 번창을 기꺼워하며	蔚山 安成智世	시가/단카	
5	5	文苑	春雜句〔5〕 봄-잡구	金海 山本洗涯	시가/하이쿠	

1917년 04월 22일 (일) 3415호

| 8 | 1~3 | | 豪傑 粂の平內 〈137〉
호걸 구메노 헤이나이 | 放牛舍英山 口演 | 고단 | |

1917년 04월 24일 (화) 3417호 남선시사

| 4 | 5~8 | 小說 | 戀の渦卷 〈65〉
사랑의 소용돌이 | 本田美禪 | 소설 | |

1917년 04월 24일 (화) 3417호

5	1~3	創作	或る夜 〈4〉 어느 밤	東京 加藤みどり	소설	
5	3		柳〔10〕 버드나무	東京 三ヶ島葭子	시가/단카	
8	1~3		豪傑 粂の平內 〈138〉 호걸 구메노 헤이나이	放牛舍英山 口演	고단	

1917년 04월 25일 (수) 3418호

지면	단수	기획	기사제목 〈회수〉〔곡수〕	필자/저자(역자)	분류	비고
1	5	文苑	前田四谷君送別句集 마에다 요쓰야 군 송별 구집		기타/모임 안내	
1	5	文苑	前田四谷君送別句集/送別句〔1〕 마에다 요쓰야 군 송별 구집/송별구	梓南	시가/하이쿠	
1	5	文苑	前田四谷君送別句集/送別句〔1〕 마에다 요쓰야 군 송별 구집/송별구	冬木	시가/하이쿠	
1	5	文苑	前田四谷君送別句集/送別句〔1〕 마에다 요쓰야 군 송별 구집/송별구	英峯	시가/하이쿠	
1	5	文苑	前田四谷君送別句集/送別句〔1〕 마에다 요쓰야 군 송별 구집/송별구	藤木	시가/하이쿠	
1	5	文苑	前田四谷君送別句集/送別句〔1〕 마에다 요쓰야 군 송별 구집/송별구	甲木	시가/하이쿠	
1	5	文苑	前田四谷君送別句集/送別句〔1〕 마에다 요쓰야 군 송별 구집/송별구	淺南	시가/하이쿠	
1	5	文苑	前田四谷君送別句集/送別句〔1〕 마에다 요쓰야 군 송별 구집/송별구	白木	시가/하이쿠	
1	5	文苑	前田四谷君送別句集/送別句〔1〕 마에다 요쓰야 군 송별 구집/송별구	拙木	시가/하이쿠	
1	5	文苑	前田四谷君送別句集/送別句〔1〕 마에다 요쓰야 군 송별 구집/송별구	#木	시가/하이쿠	
1	5	文苑	前田四谷君送別句集/送別句〔1〕 마에다 요쓰야 군 송별 구집/송별구	雨木	시가/하이쿠	
1	5	文苑	前田四谷君送別句集/送別句〔1〕 마에다 요쓰야 군 송별 구집/송별구	其痴	시가/하이쿠	
1	5	文苑	前田四谷君送別句集/留別〔1〕 마에다 요쓰야 군 송별 구집/유별	四谷	시가/하이쿠	
2	6		內院庵詣で 내원암 참배	綠骨	수필/기행	

1917년 04월 25일 (수) 3418호 남선시사

지면	단수	기획	기사제목 〈회수〉〔곡수〕	필자/저자(역자)	분류	비고
4	5~8	小說	戀の渦巻〈66〉 사랑의 소용돌이	本田美禪	소설	

1917년 04월 25일 (수) 3418호

지면	단수	기획	기사제목 〈회수〉〔곡수〕	필자/저자(역자)	분류	비고
5	1~3	創作	或る夜〈5〉 어느 밤	東京 加藤みどり	소설	
5	3		肌のぬくみ〔10〕 피부의 온기	東京 原阿佐緒	시가/단카	
5	3		貴紙十週年を祝して/熊川 鶯吟社同人(順序不同)〔2〕 귀 신문사 10주년을 축하하며/웅천 오긴샤 동인(순서 부동)	柳雨	시가/하이쿠	
5	3		貴紙十週年を祝して/熊川 鶯吟社同人(順序不同)〔2〕 귀 신문사 10주년을 축하하며/웅천 오긴샤 동인(순서 부동)	耕山	시가/하이쿠	
5	3		貴紙十週年を祝して/熊川 鶯吟社同人(順序不同)〔1〕 귀 신문사 10주년을 축하하며/웅천 오긴샤 동인(순서 부동)	聽水	시가/하이쿠	
5	3		貴紙十週年を祝して/熊川 鶯吟社同人(順序不同)〔2〕 귀 신문사 10주년을 축하하며/웅천 오긴샤 동인(순서 부동)	蘇水	시가/하이쿠	
5	3		貴紙十週年を祝して/熊川 鶯吟社同人(順序不同)〔1〕 귀 신문사 10주년을 축하하며/웅천 오긴샤 동인(순서 부동)	樂水	시가/하이쿠	
5	3		貴紙十週年を祝して/熊川 鶯吟社同人(順序不同)〔1〕 귀 신문사 10주년을 축하하며/웅천 오긴샤 동인(순서 부동)	耕山	시가/하이쿠	
5	3		貴紙十週年を祝して/熊川 鶯吟社同人(順序不同)〔1〕 귀 신문사 10주년을 축하하며/웅천 오긴샤 동인(순서 부동)	聽水	시가/하이쿠	

지면	단수	기획	기사제목 〈회수〉〔곡수〕	필자/저자(역자)	분류	비고
5	3		貴紙十週年を祝して/熊川 鶯吟社同人(順序不同)〔2〕 귀 신문사 10주년을 축하하며/웅천 오긴샤 동인(순서 부동)	梅月	시가/하이쿠	
5	3		貴紙十週年を祝して/熊川 鶯吟社同人(順序不同)〔1〕 귀 신문사 10주년을 축하하며/웅천 오긴샤 동인(순서 부동)	樂水	시가/하이쿠	
5	3		貴紙十週年を祝して/熊川 鶯吟社同人(順序不同)〔2〕 귀 신문사 10주년을 축하하며/웅천 오긴샤 동인(순서 부동)	梅月	시가/하이쿠	
5	3		貴紙十週年を祝して/熊川 鶯吟社同人(順序不同)〔2〕 귀 신문사 10주년을 축하하며/웅천 오긴샤 동인(순서 부동)	庭月	시가/하이쿠	
8	1~3		豪傑 粂の平內 〈139〉 호걸 구메노 헤이나이	放牛舍英山 口演	고단	

1917년 04월 26일 (목) 3419호

지면	단수	기획	기사제목 〈회수〉〔곡수〕	필자/저자(역자)	분류	비고
1	5		渡鮮日誌 〈15〉 도선일지	高橋遲々坊	수필/기행	

1917년 04월 26일 (목) 3419호 남선시사

지면	단수	기획	기사제목 〈회수〉〔곡수〕	필자/저자(역자)	분류	비고
4	4~8	小說	戀の渦卷 〈67〉 사랑의 소용돌이	本田美禪	소설	

1917년 04월 26일 (목) 3419호

지면	단수	기획	기사제목 〈회수〉〔곡수〕	필자/저자(역자)	분류	비고
8	1~3		豪傑 粂の平內 〈140〉 호걸 구메노 헤이나이	放牛舍英山 口演	고단	

1917년 04월 27일 (금) 3420호

지면	단수	기획	기사제목 〈회수〉〔곡수〕	필자/저자(역자)	분류	비고
1	5		渡鮮日誌 〈16〉 도선일지	高橋遲々坊	수필/기행	

1917년 04월 27일 (금) 3420호 남선시사

지면	단수	기획	기사제목 〈회수〉〔곡수〕	필자/저자(역자)	분류	비고
4	5~8	小說	戀の渦卷 〈68〉 사랑의 소용돌이	本田美禪	소설	

1917년 04월 27일 (금) 3420호

지면	단수	기획	기사제목 〈회수〉〔곡수〕	필자/저자(역자)	분류	비고
8	1~3		豪傑 粂の平內 〈141〉 호걸 구메노 헤이나이	放牛舍英山 口演	고단	

1917년 04월 28일 (토) 3421호

지면	단수	기획	기사제목 〈회수〉〔곡수〕	필자/저자(역자)	분류	비고
1	4~5		渡鮮日誌 〈17〉 도선일지	高橋遲々坊	수필/기행	

1917년 04월 28일 (토) 3421호 남선시사

지면	단수	기획	기사제목 〈회수〉〔곡수〕	필자/저자(역자)	분류	비고
4	4~7	小說	戀の渦卷 〈69〉 사랑의 소용돌이	本田美禪	소설	

1917년 04월 28일 (토) 3421호

지면	단수	기획	기사제목 〈회수〉〔곡수〕	필자/저자(역자)	분류	비고
5	1~3	創作	或る夜 〈6〉 어느 밤	東京 加藤みどり	소설	
5	4	創作	幼なき唄/(一)千鳥〔1〕 어린이를 위한 노래/(1)물떼새	東京 吉屋信子	시가/신체시	
5	4	創作	幼なき唄/(二)名も無き花〔1〕 어린이를 위한 노래/(2)이름 없는 꽃	東京 吉屋信子	시가/신체시	
5	4	創作	幼なき唄/(三)ゆうぐれ〔1〕 어린이를 위한 노래/(3)해질녘	東京 吉屋信子	시가/신체시	

지면	단수	기획	기사제목 〈회수〉〔곡수〕	필자/저자(역자)	분류	비고
8	1~3		豪傑 粂の平内 〈142〉 호걸 구메노 헤이나이	放牛舍英山 口演	고단	

1917년 04월 29일 (일) 3422호 남선시사

지면	단수	기획	기사제목 〈회수〉〔곡수〕	필자/저자(역자)	분류	비고
4	4~7	小說	戀の渦卷 〈70〉 사랑의 소용돌이	本田美禪	소설	

1917년 04월 29일 (일) 3422호

지면	단수	기획	기사제목 〈회수〉〔곡수〕	필자/저자(역자)	분류	비고
8	1~3		豪傑 粂の平内 〈143〉 호걸 구메노 헤이나이	放牛舍英山 口演	고단	

1917년 04월 30일 (월) 3423호

지면	단수	기획	기사제목 〈회수〉〔곡수〕	필자/저자(역자)	분류	비고
1	5	文苑	偶感 〔1〕 우감	七十八叟 高橋如雲	시가/한시	
1	5	文苑	春水 〔1〕 춘수	七十八叟 高橋如雲	시가/한시	
1	5	文苑	春曉聽鶯 〔1〕 춘효청앵	七十八叟 高橋如雲	시가/한시	
4	1~3		豪傑 粂の平内 〈144〉 호걸 구메노 헤이나이	放牛舍英山 口演	고단	

1917년 07월 01일 (일) 3485호

지면	단수	기획	기사제목 〈회수〉〔곡수〕	필자/저자(역자)	분류	비고
1	5	文苑	雜吟 〔5〕 잡음	寶水町 稻花生	시가/하이쿠	
1	5	文苑	梅雨 〔2〕 장마	淡水	시가/하이쿠	
1	5	文苑	梅雨ぐもり 〔3〕 장마철 흐린 날씨	川添浪月	시가/하이쿠	
5	1~3		望/艶香(五) 〈12〉 희망/쓰야카(5)	北島春石	소설	
7	1~3		豪傑 粂の平内 〈205〉 호걸 구메노 헤이나이	放牛舍英山 口演	고단	

1917년 07월 02일 (월) 3486호

지면	단수	기획	기사제목 〈회수〉〔곡수〕	필자/저자(역자)	분류	비고
4	1~3		豪傑 粂の平内 〈206〉 호걸 구메노 헤이나이	放牛舍英山 口演	고단	

1917년 07월 03일 (화) 3487호

지면	단수	기획	기사제목 〈회수〉〔곡수〕	필자/저자(역자)	분류	비고
3	6~8		釋王寺探勝記(上) 〈1〉 석왕사 탐승기(상)	月嶺散史	수필/기행	
5	1~3		望/銀行(一) 〈13〉 희망/은행(1)	北島春石	소설	
7	1~3		豪傑 粂の平内 〈207〉 호걸 구메노 헤이나이	放牛舍英山 口演	고단	

1917년 07월 04일 (수) 3488호

지면	단수	기획	기사제목 〈회수〉〔곡수〕	필자/저자(역자)	분류	비고
3	8~9		釋王寺探勝記(下) 〈2〉 석왕사 탐승기(하)	月嶺散史	수필/기행	
4	5~7		刀劍の話 〈1〉 도검 이야기	釜山双龍軒 岩永拙齊	수필/기타	
5	1~3		望/銀行(二) 〈14〉 희망/은행(2)	北島春石	소설	

지면	단수	기획	기사제목 〈회수〉〔곡수〕	필자/저자(역자)	분류	비고
7	1~3		豪傑 粂の平内 〈208〉 호걸 구메노 헤이나이	放牛舎英山 口演	고단	

1917년 07월 05일 (목) 3489호

지면	단수	기획	기사제목 〈회수〉〔곡수〕	필자/저자(역자)	분류	비고
1	5	文苑	雑句〔6〕 잡구	奥村小舟	시가/하이쿠	
4	5~7		刀剣の話 〈2〉 도검 이야기	釜山双龍軒 岩永拙齊	수필/기타	
5	1~3		望/銀行(三) 〈15〉 희망/은행(3)	北島春石	소설	
7	1~3		豪傑 粂の平内 〈209〉 호걸 구메노 헤이나이	放牛舎英山 口演	고단	

1917년 07월 06일 (금) 3490호

지면	단수	기획	기사제목 〈회수〉〔곡수〕	필자/저자(역자)	분류	비고
4	5~7		刀剣の話 〈3〉 도검 이야기	釜山双龍軒 岩永拙齊	수필/기타	
5	1~3		望/貧民窟(一) 〈16〉 희망/빈민굴(1)	北島春石	소설	
7	1~3		豪傑 粂の平内 〈210〉 호걸 구메노 헤이나이	放牛舎英山 口演	고단	

1917년 07월 07일 (토) 3491호

지면	단수	기획	기사제목 〈회수〉〔곡수〕	필자/저자(역자)	분류	비고
1	5		全義驛より 전의역에서	津原香州	수필/기행	
4	5~7		刀剣の話 〈4〉 도검 이야기	釜山双龍軒 岩永拙齊	수필/기타	
5	1~3		望/貧民窟(二) 〈17〉 희망/빈민굴(2)	北島春石	소설	
7	1~3		豪傑 粂の平内 〈211〉 호걸 구메노 헤이나이	放牛舎英山 口演	고단	

1917년 07월 08일 (일) 3492호

지면	단수	기획	기사제목 〈회수〉〔곡수〕	필자/저자(역자)	분류	비고
4	4~6		刀剣の話 〈5〉 도검 이야기	釜山双龍軒 岩永拙齊	수필/기타	
5	1~3		望/貧民窟(三) 〈18〉 희망/빈민굴(3)	北島春石	소설	
7	1~3		豪傑 粂の平内 〈212〉 호걸 구메노 헤이나이	放牛舎英山 口演	고단	

1917년 07월 09일 (월) 3493호

지면	단수	기획	기사제목 〈회수〉〔곡수〕	필자/저자(역자)	분류	비고
3	5~7		刀剣の話 〈6〉 도검 이야기	釜山双龍軒 岩永拙齊	수필/기타	
4	1~3		豪傑 粂の平内 〈213〉 호걸 구메노 헤이나이	放牛舎英山 口演	고단	

1917년 07월 10일 (화) 3494호

지면	단수	기획	기사제목 〈회수〉〔곡수〕	필자/저자(역자)	분류	비고
4	5~7		刀剣の話 〈7〉 도검 이야기	釜山双龍軒 岩永拙齊	수필/기타	
5	1~3		望/二人の母 〈19〉 희망/두 명의 어머니	北島春石	소설	
7	1~3		豪傑 粂の平内 〈214〉 호걸 구메노 헤이나이	放牛舎英山 口演	고단	

지면	단수	기획	기사제목 〈회수〉〔곡수〕	필자/저자(역자)	분류	비고
			1917년 07월 11일 (수) 3495호			
1	5	文苑	咸安巴陵吟社句集/蠅〔1〕 함안 파릉음사 구집/파리	重延	시가/하이쿠	
1	5	文苑	咸安巴陵吟社句集/蠅〔4〕 함안 파릉음사 구집/파리	凉亭	시가/하이쿠	
1	5	文苑	咸安巴陵吟社句集/蠅〔1〕 함안 파릉음사 구집/파리	未醉	시가/하이쿠	
1	5	文苑	咸安巴陵吟社句集/蠅〔5〕 함안 파릉음사 구집/파리	柿實	시가/하이쿠	
1	5	文苑	咸安巴陵吟社句集/蠅〔4〕 함안 파릉음사 구집/파리	白雲	시가/하이쿠	
1	5	文苑	咸安巴陵吟社句集/蠅〔4〕 함안 파릉음사 구집/파리	子赫	시가/하이쿠	
1	5	文苑	咸安巴陵吟社句集/蠅〔3〕 함안 파릉음사 구집/파리	月舟	시가/하이쿠	
4	5~7		刀劍の話 〈8〉 도검 이야기	釜山双龍軒 岩永拙齊	수필/기타	
5	1~3		望/二人の母 〈20〉 희망/두 명의 어머니	北島春石	소설	
7	1~3		豪傑 粂の平內 〈215〉 호걸 구메노 헤이나이	放牛舍英山 口演	고단	
			1917년 07월 12일 (목) 3496호			
1	5	文苑	咸安巴陵吟社句集/短夜〔1〕 함안 파릉음사 구집/짧은 여름밤	月舟	시가/하이쿠	
1	5	文苑	咸安巴陵吟社句集/短夜〔5〕 함안 파릉음사 구집/짧은 여름밤	未醉	시가/하이쿠	
1	5	文苑	咸安巴陵吟社句集/短夜〔2〕 함안 파릉음사 구집/짧은 여름밤	子赫	시가/하이쿠	
1	5	文苑	咸安巴陵吟社句集/短夜〔2〕 함안 파릉음사 구집/짧은 여름밤	凉亭	시가/하이쿠	
1	5	文苑	咸安巴陵吟社句集/短夜〔4〕 함안 파릉음사 구집/짧은 여름밤	白雲	시가/하이쿠	
1	5	文苑	咸安巴陵吟社句集/短夜〔2〕 함안 파릉음사 구집/짧은 여름밤	柿實	시가/하이쿠	
1	5	文苑	咸安巴陵吟社句集/短夜〔3〕 함안 파릉음사 구집/짧은 여름밤	重延	시가/하이쿠	
4	5~7		刀劍の話 〈9〉 도검 이야기	釜山双龍軒 岩永拙齊	수필/기타	
4	6		海雲臺から(十日)〔3〕 해운대에서(10일)	津原香州	수필·시가/ 일상·하이쿠	
5	1~3		望/追從口(一) 〈21〉 희망/아첨(1)	北島春石	소설	
7	1~3		豪傑 粂の平內 〈216〉 호걸 구메노 헤이나이	放牛舍英山 口演	고단	
			1917년 07월 13일 (금) 3497호			
4	4~6		刀劍の話 〈10〉 도검 이야기	釜山双龍軒 岩永拙齊	수필/기타	
5	1~3		望/追從口(二) 〈22〉 희망/아첨(2)	北島春石	소설	

지면	단수	기획	기사제목 〈회수〉〔곡수〕	필자/저자(역자)	분류	비고
7	1~5		豪傑 粂の平内 〈217〉 호걸 구메노 헤이나이	放牛舍英山 口演	고단	

1917년 07월 14일 (토) 3498호

지면	단수	기획	기사제목 〈회수〉〔곡수〕	필자/저자(역자)	분류	비고
4	6		講談豫告 고단 예고		광고/연재 예고	
5	1~3		望/惡因緣(一) 〈23〉 희망/악연(1)	北島春石	소설	
5	4~5		全南仙鄕探勝記/筏橋眼鏡橋 〈1〉 전남 선향 탐승기/벌교 메가네바시		수필/기행	
7	1~3		豪傑 粂の平内 〈218〉 호걸 구메노 헤이나이	放牛舍英山 口演	고단	

1917년 07월 15일 (일) 3499호

지면	단수	기획	기사제목 〈회수〉〔곡수〕	필자/저자(역자)	분류	비고
1	4		海雲臺の海雲樓に於て 해운대 해운루에서	津原香州	수필/기행	
1	4		釜山日報を讀む/忙裏閑 〔1〕 부산일보를 읽다/망중한	津原香州	시가/하이쿠	
1	4		釜山日報を讀む/社說 〔1〕 부산일보를 읽다/사설	津原香州	시가/하이쿠	
1	4		釜山日報を讀む/昨年も病み今年も 〔2〕 부산일보를 읽다/작년도 병 올해도 병	津原香州	시가/하이쿠	
4	4~6		刀劍の話 〈11〉 도검 이야기	釜山双龍軒 岩永拙齊	수필/기타	
5	1~3		望/惡因緣(二) 〈24〉 희망/악연(2)	北島春石	소설	
7	1~3		豪傑 粂の平内 〈219〉 호걸 구메노 헤이나이	放牛舍英山 口演	고단	

1917년 07월 16일 (월) 3500호

지면	단수	기획	기사제목 〈회수〉〔곡수〕	필자/저자(역자)	분류	비고
1	5		湖南線に入る/大田驛に於て 호남선으로 진입하다/대전역에서	香洲生	수필/기행	
1	5		湖南線に入る/中村再造君の謙遜 〔1〕 호남선으로 진입하다/나카무라 사이조 군의 겸손	香洲生	시가/하이쿠	
1	5		湖南線に入る/途次夕立にも高熱にも 〔3〕 호남선으로 진입하다/도중 소나기와 무더위를 만나고	香洲生	시가/하이쿠	
1	5		湖南線に入る/眞繼雲山君の尺八 〔1〕 호남선으로 진입하다/마쓰기 운잔 군의 샤쿠하치	香洲生	시가/하이쿠	
3	4		鴨綠江節 〔1〕 압록강 타령		시가/기타	
3	5~7		刀劍の話 〈12〉 도검 이야기	釜山双龍軒 岩永拙齊	수필/기타	
4	1~3		望/惡因緣(三) 〈25〉 희망/악연(3)	北島春石	소설	

1917년 07월 17일 (화) 3501호

지면	단수	기획	기사제목 〈회수〉〔곡수〕	필자/저자(역자)	분류	비고
1	5	文苑	河東まで/馬山より啓上 〔5〕 하동까지/마산에서 계상	霜葉紅	수필·시가/ 기행·하이쿠	
1	5	文苑	河東まで/新露梁より啓上 〔2〕 하동까지/신노량에서 계상	霜葉紅	수필·시가/ 기행·하이쿠	
5	1~3		望/惡因緣(四) 〈26〉 희망/악연(4)	北島春石	소설	

지면	단수	기획	기사제목 〈회수〉〔곡수〕	필자/저자(역자)	분류	비고
5	4~5		全南仙鄕探勝記/汝自島の避暑 〈2〉 전남 선향 탐승기/여자도의 피서		수필/기행	
7	1~3		兒雷也 〈1〉 지라이야	黑頭巾 講演	고단	

1917년 07월 18일 (수) 3502호

지면	단수	기획	기사제목 〈회수〉〔곡수〕	필자/저자(역자)	분류	비고
4	5~7		刀劍の話 〈13〉 도검 이야기	釜山双龍軒 岩永拙齊	수필/기타	
4	6		光州にて 〔1〕 광주에서	香洲生	수필·시가/ 기행·하이쿠	
4	6		光州にて/滊車中の四方山 〔5〕 광주에서/기차 안의 사방산	香洲生	시가/하이쿠	
5	1~3		望/朝顔(一) 〈27〉 희망/나팔꽃(1)	北島春石	소설	
5	3		全南仙鄕探勝記/同福の赤壁江 〈3〉 전남 선향 탐승기/동복의 적벽강		수필/기행	
7	1~3		兒雷也 〈2〉 지라이야	黑頭巾 講演	고단	

1917년 07월 19일 (목) 3503호

지면	단수	기획	기사제목 〈회수〉〔곡수〕	필자/저자(역자)	분류	비고
1	5		河東まで(十五日發) 〔3〕 하동까지(15일 출발)	霜葉紅	수필·시가/ 기행·하이쿠	
4	4~6		刀劍の話 〈14〉 도검 이야기	釜山双龍軒 岩永拙齊	수필/기타	
5	9		全南仙鄕探勝記/仙巖寺 〈4〉 전남 선향 탐승기/선암사		수필/기행	
7	1~3		兒雷也 〈3〉 지라이야	黑頭巾 講演	고단	

1917년 07월 20일 (금) 3504호

지면	단수	기획	기사제목 〈회수〉〔곡수〕	필자/저자(역자)	분류	비고
1	5		河東まで 〔1〕 하동까지	霜葉紅	수필·시가/ 기행·단카	
4	5~7		刀劍の話 〈15〉 도검 이야기	釜山双龍軒 岩永拙齊	수필/기타	
5	1~3		望/朝顔(三) 〈29〉 희망/나팔꽃(3)	北島春石	소설	
5	3~5		全南仙鄕探勝記/智異山踏破 〈5〉 전남 선향 탐승기/지리산 답파		수필/기행	
7	1~3		兒雷也 〈4〉 지라이야	黑頭巾 講演	고단	

1917년 07월 21일 (토) 3505호

지면	단수	기획	기사제목 〈회수〉〔곡수〕	필자/저자(역자)	분류	비고
1	5	文苑	金魚 〔5〕 금붕어	俠雨	시가/하이쿠	
1	5	文苑	夕立 〔5〕 여름 오후 소나기	俠雨	시가/하이쿠	
4	4~6		刀劍の話 〈16〉 도검 이야기	釜山双龍軒 岩永拙齊	수필/기타	
5	1~3		望/胸一つ(一) 〈30〉 희망/가슴 하나(1)	北島春石	소설	
5	3~4		全南仙鄕探勝記/巨刹曹溪山 〈6〉 전남 선향 탐승기/거찰 조계산		수필/기행	

지면	단수	기획	기사제목 〈회수〉〔곡수〕	필자/저자(역자)	분류	비고
7	1~3		兒雷也 〈5〉 지라이야	黑頭巾 講演	고단	

1917년 07월 22일 (일) 3506호

지면	단수	기획	기사제목 〈회수〉〔곡수〕	필자/저자(역자)	분류	비고
1	5	文苑	(제목없음)〔3〕	奧村小舟	시가/단카	
4	4~6		刀劍の話 〈17〉 도검 이야기	釜山双龍軒 岩永拙齊	수필/기타	
5	1~3		望/胸一つ(二) 〈31〉 희망/가슴 하나(2)	北島春石	소설	
5	7		眞帆片帆〔7〕 순풍 맞는 돛과 옆바람을 타는 돛	俠雨	시가/도도이 쓰	
7	1~3		兒雷也 〈6〉 지라이야	黑頭巾 講演	고단	

1917년 07월 23일 (월) 3507호

지면	단수	기획	기사제목 〈회수〉〔곡수〕	필자/저자(역자)	분류	비고
4	1~3		兒雷也 〈7〉 지라이야	黑頭巾 講演	고단	

1917년 07월 24일 (화) 3508호

지면	단수	기획	기사제목 〈회수〉〔곡수〕	필자/저자(역자)	분류	비고
4	4~6		刀劍の話 〈17〉 도검 이야기	釜山双龍軒 岩永拙齊	수필/기타	회수 오류
5	1~3		望/胸一つ(三) 〈32〉 희망/가슴 하나(3)	北島春石	소설	
7	1~3		兒雷也 〈8〉 지라이야	黑頭巾 講演	고단	

1917년 07월 25일 (수) 3509호

지면	단수	기획	기사제목 〈회수〉〔곡수〕	필자/저자(역자)	분류	비고
4	4~6		刀劍の話 〈18〉 도검 이야기	釜山双龍軒 岩永拙齊	수필/기타	회수 오류
5	1~3		望/胸一つ(四) 〈33〉 희망/가슴 하나(4)	北島春石	소설	
7	1~3		兒雷也 〈9〉 지라이야	黑頭巾 講演	고단	

1917년 07월 26일 (목) 3510호

지면	단수	기획	기사제목 〈회수〉〔곡수〕	필자/저자(역자)	분류	비고
1	5	文苑	夕顔〔7〕 박꽃	稻花	시가/하이쿠	
4	4~6		刀劍の話 〈19〉 도검 이야기	釜山双龍軒 岩永拙齊	수필/기타	회수 오류
4	6		夏の旅(第一信) 〈1〉 여름 여행(제1신)	川村生	수필/기행	
5	1~3		望/胸一つ(五) 〈34〉 희망/가슴 하나(5)	北島春石	소설	
7	1~3		兒雷也 〈10〉 지라이야	黑頭巾 講演	고단	

1917년 07월 27일 (금) 3511호

지면	단수	기획	기사제목 〈회수〉〔곡수〕	필자/저자(역자)	분류	비고
5	1~3		望/お友達(一) 〈35〉 희망/친구(1)	北島春石	소설	
7	1~3		兒雷也 〈11〉 지라이야	黑頭巾 講演	고단	

지면	단수	기획	기사제목 〈회수〉〔곡수〕	필자/저자(역자)	분류	비고
			1917년 07월 28일 (토) 3512호			
4	4~6		刀劍の話 〈20〉 도검 이야기	釜山 双龍軒 岩永拙齊	수필/기타	회수 오류
5	1~3		望/お友達(二) 〈36〉 희망/친구(2)	北島春石	소설	
7	1~3		兒雷也 〈12〉 지라이야	黑頭巾 講演	고단	
			1917년 07월 29일 (일) 3513호			
5	1~3		望/あいそづかし(一) 〈37〉 희망/정나미가 떨어지다(1)	北島春石	소설	
5	6		地引網 〔6〕 갓후리	侠雨	시가/도도이쓰	
			1917년 09월 03일 (월) 3547호			
3	7	應募俗謠 (佳作)	都々逸 〔1〕 도도이쓰	釜山 落葉生	시가/도도이쓰	
3	7	應募俗謠 (佳作)	都々逸 〔1〕 도도이쓰	富平町 文の家	시가/도도이쓰	
3	7	應募俗謠 (佳作)	都々逸 〔1〕 도도이쓰	大廳町 雅文	시가/도도이쓰	
3	7	應募俗謠 (佳作)	都々逸 〔1〕 도도이쓰	安樂亭 八千代	시가/도도이쓰	
3	7	應募俗謠 (佳作)	都々逸 〔1〕 도도이쓰	待合亭 一樂	시가/도도이쓰	
3	7	應募俗謠 (佳作)	夕暮(替唄) 〔1〕 해질녘(가에우타)	日木樓 久吉	시가/기타	
3	7	應募俗謠 (佳作)	鎗さび 〔1〕 창의 녹	釜山 あの子	시가/기타	
4	1~3		兒雷也 〈47〉 지라이야	黑頭巾 講演	고단	
			1917년 09월 04일 (화) 3548호			
1	5	文苑	晋州晋陽吟社句集 〔1〕 진주 진양음사 구집	尙陽	시가/하이쿠	
1	5	文苑	晋州晋陽吟社句集 〔2〕 진주 진양음사 구집	蛸夢	시가/하이쿠	
1	5	文苑	晋州晋陽吟社句集 〔1〕 진주 진양음사 구집	竹風	시가/하이쿠	
1	5	文苑	晋州晋陽吟社句集 〔1〕 진주 진양음사 구집	蛸夢	시가/하이쿠	
1	5	文苑	晋州晋陽吟社句集 〔1〕 진주 진양음사 구집	向陽	시가/하이쿠	
1	5	文苑	晋州晋陽吟社句集 〔1〕 진주 진양음사 구집	竹風	시가/하이쿠	
1	5	文苑	晋州晋陽吟社句集 〔1〕 진주 진양음사 구집	衷庸	시가/하이쿠	
3	1~2		江原道跋涉記(第廿九信)/三陟より江陵へ(一) 〈29〉 강원도 편력기(제29신)/삼척에서 강릉으로(1)	特派員 坂本南岳	수필/기행	
4	7	應募俗謠 (佳作)	都々逸 〔1〕 도도이쓰	南濱 松子	시가/도도이쓰	

지면	단수	기획	기사제목 〈회수〉〔곡수〕	필자/저자(역자)	분류	비고
4	7	應募俗謠 (佳作)	都々逸〔1〕 도도이쓰	芳千閣 小千代	시가/도도이쓰	
4	7	應募俗謠 (佳作)	都々逸〔1〕 도도이쓰	大廳町 SY生	시가/도도이쓰	
4	7	應募俗謠 (佳作)	都々逸〔1〕 도도이쓰	めりけん 玉奴	시가/도도이쓰	
4	7	應募俗謠 (佳作)	都々逸〔1〕 도도이쓰	金榮樓 金八	시가/도도이쓰	
4	7	應募俗謠 (佳作)	都々逸〔3〕 도도이쓰	實水町 袈裟八	시가/도도이쓰	
4	7	應募俗謠 (佳作)	都々逸〔3〕 도도이쓰	琴平町 小舟	시가/도도이쓰	
5	1~3		望/お濠端(一) 〈66〉 희망/해자 기슭(1)	北島春石	소설	
7	1~3		兒雷也 〈48〉 지라이야	黑頭巾 講演	고단	

1917년 09월 05일 (수) 3549호

지면	단수	기획	기사제목 〈회수〉〔곡수〕	필자/저자(역자)	분류	비고
3	1~2		江原道跋涉記(第三十信)/三陟より江陵へ(二) 〈30〉 강원도 편력기(제30신)/삼척에서 강릉으로(2)	特派員 坂本南岳	수필/기행	
4	7	應募俗謠 (佳作)	都々逸〔1〕 도도이쓰	みろく亭 濱次	시가/도도이쓰	
4	7	應募俗謠 (佳作)	都々逸〔1〕 도도이쓰	本町 美枝子	시가/도도이쓰	
4	7	應募俗謠 (佳作)	都々逸〔1〕 도도이쓰	實水町 袈裟八	시가/도도이쓰	
4	7	應募俗謠 (佳作)	都々逸〔1〕 도도이쓰	めりけん 玉奴	시가/도도이쓰	
4	7	應募俗謠 (佳作)	都々逸〔1〕 도도이쓰	釜山 梅子	시가/도도이쓰	
4	7	應募俗謠 (佳作)	都々逸〔1〕 도도이쓰	南濱 きよ子	시가/도도이쓰	
4	7	應募俗謠 (佳作)	都々逸〔2〕 도도이쓰	密陽 豆子	시가/도도이쓰	
4	7	應募俗謠 (佳作)	磯節〔1〕 이소부시	釜山 梅子	시가/기타	
5	1~3		望/お濠端(二) 〈67〉 희망/해자 기슭(2)	北島春石	소설	
7	1~2		兒雷也 〈49〉 지라이야	黑頭巾 講演	고단	

1917년 09월 06일 (목) 3550호

지면	단수	기획	기사제목 〈회수〉〔곡수〕	필자/저자(역자)	분류	비고
1	4	文苑	北の海〔7〕 북쪽 바다	高嶋町 默念	시가/단카	
1	4	文苑	(제목없음)〔3〕	伴村よしさだ	시가/단카	
3	1~2		江原道跋涉記(第卅一信)/江陵邑より(一) 〈31〉 강원도 편력기(제31신)/강릉읍에서(1)	特派員 坂本南岳	수필/기행	
4	7	應募俗謠 (佳作)	都々逸〔1〕 도도이쓰	晋洲相生 小花	시가/도도이쓰	
4	7	應募俗謠 (佳作)	都々逸〔1〕 도도이쓰	富平町 文の家	시가/도도이쓰	

지면	단수	기획	기사제목 〈회수〉〔곡수〕	필자/저자(역자)	분류	비고
4	7	應募俗謠 (佳作)	都々逸 [1] 도도이쓰	實水町 芳坊	시가/도도이 쓰	
4	7	應募俗謠 (佳作)	磯節 〔1〕 이소부시	晋洲相生 小花	시가/기타	
5	1~3		望/お濠端(三) 〈68〉 희망/해자 기슭(3)	北島春石	소설	
7	1~3		兒雷也 〈50〉 지라이야	黑頭巾 講演	고단	

1917년 09월 07일 (금) 3551호

지면	단수	기획	기사제목 〈회수〉〔곡수〕	필자/저자(역자)	분류	비고
3	1~2		江原道跋涉記(第卅二信)/江陵邑より(二) 〈32〉 강원도 편력기(제32신)/강릉읍에서(2)	特派員 坂本南岳	수필/기행	
4	6	應募俗謠 (佳作)	都々逸 [1] 도도이쓰	愛月 次郎	시가/도도이 쓰	
4	6	應募俗謠 (佳作)	都々逸 [1] 도도이쓰	大廳町 蘇舟	시가/도도이 쓰	
4	6	應募俗謠 (佳作)	都々逸 [1] 도도이쓰	愛月 いし子	시가/도도이 쓰	
4	6	應募俗謠 (佳作)	都々逸 [1] 도도이쓰	密陽 豆子	시가/도도이 쓰	
4	6	應募俗謠 (佳作)	靑島節 [1] 칭다오부시	實水町 袈裟八	시가/기타	
4	6	應募俗謠 (佳作)	磯節 [1] 이소부시	安樂亭 蝶々	시가/기타	
5	1~3		望/御待合千鳥(一) 〈69〉 희망/오마치아이치도리(1)	北島春石	소설	
7	1~3		兒雷也 〈51〉 지라이야	黑頭巾 講演	고단	

1917년 09월 08일 (토) 3552호

지면	단수	기획	기사제목 〈회수〉〔곡수〕	필자/저자(역자)	분류	비고
3	1~2		江原道跋涉記(第卅三信)/江陵邑より(三) 〈33〉 강원도 편력기(제33신)/강릉읍에서(3)	特派員 坂本南岳	수필/기행	
5	1~3		望/御待合千鳥(二) 〈70〉 희망/오마치아이치도리(2)	北島春石	소설	
7	1~3		兒雷也 〈52〉 지라이야	黑頭巾 講演	고단	

1917년 09월 09일 (일) 3553호

지면	단수	기획	기사제목 〈회수〉〔곡수〕	필자/저자(역자)	분류	비고
3	1~2		江原道跋涉記(第卅四信)/江陵邑より(四) 〈34〉 강원도 편력기(제34신)/강릉읍에서(4)	特派員 坂本南岳	수필/기행	
4	7	應募俗謠 (佳作)	都々逸 [1] 도도이쓰	三浪津 文子	시가/도도이 쓰	
4	7	應募俗謠 (佳作)	都々逸 [3] 도도이쓰	密陽 豆子	시가/도도이 쓰	
5	1~3		望/密告(一) 〈71〉 희망/밀고(1)	北島春石	소설	
7	1~3		兒雷也 〈53〉 지라이야	黑頭巾 講演	고단	

1917년 09월 10일 (월) 3554호

지면	단수	기획	기사제목 〈회수〉〔곡수〕	필자/저자(역자)	분류	비고
1	5		咸安巴陵吟社句集/芙蓉 〈1〉 [5] 함안 파릉음사 구집/부용	未醉	시가/하이쿠	

지면	단수	기획	기사제목 〈회수〉〔곡수〕	필자/저자(역자)	분류	비고
1	5		咸安巴陵吟社句集/芙蓉 〈1〉 [1] 함안 파릉음사 구집/부용	天外	시가/하이쿠	
1	5		咸安巴陵吟社句集/芙蓉 〈1〉 [3] 함안 파릉음사 구집/부용	柿實	시가/하이쿠	
3	7	應募俗謠 (佳作)	都々逸 [1] 도도이쓰	統營 萬玉	시가/도도이 쓰	
3	7	應募俗謠 (佳作)	都々逸 [1] 도도이쓰	南濱 榮子	시가/도도이 쓰	
3	7	應募俗謠 (佳作)	都々逸 [1] 도도이쓰	晋洲 小久	시가/도도이 쓰	
3	7	應募俗謠 (佳作)	磯節 [1] 이소부시	釜山 呑氣庵	시가/기타	
4	1~3		兒雷也 〈54〉 지라이야	黑頭巾 講演	고단	

1917년 09월 11일 (화) 3555호

지면	단수	기획	기사제목 〈회수〉〔곡수〕	필자/저자(역자)	분류	비고
1	8	文苑	葉卷の煙 [4] 엽궐련 연기	公州 奧村小舟	시가/단카	
3	1~2		江原道跋涉記(第卅五信)/江陵邑より(五) 〈35〉 강원도 편력기(제35신)/강릉읍에서(5)	特派員 坂本南岳	수필/기행	
4	1~3		兒雷也 〈55〉 지라이야	黑頭巾 講演	고단	
5	1~3		望/密告(二) 〈72〉 희망/밀고(2)	北島春石	소설	
7	7	應募俗謠 (佳作)	都々逸 [2] 도도이쓰	晋州久の家 小久	시가/도도이 쓰	면수 오류
7	7	應募俗謠 (佳作)	磯節 [1] 이소부시	晋州相生 力花	시가/기타	면수 오류

1917년 09월 12일 (수) 3556호

지면	단수	기획	기사제목 〈회수〉〔곡수〕	필자/저자(역자)	분류	비고
1	8	文苑	咸安巴陵吟社句集 〈2〉 [1] 함안 파릉음사 구집	柿實	시가/하이쿠	
1	8	文苑	咸安巴陵吟社句集 〈2〉 [2] 함안 파릉음사 구집	子赫	시가/하이쿠	
1	8	文苑	咸安巴陵吟社句集 〈2〉 [2] 함안 파릉음사 구집	凉亭	시가/하이쿠	
1	8	文苑	咸安巴陵吟社句集 〈2〉 [3] 함안 파릉음사 구집	重延	시가/하이쿠	
1	8	文苑	咸安巴陵吟社句集 〈2〉 [6] 함안 파릉음사 구집	月舟	시가/하이쿠	
1	8	文苑	咸安巴陵吟社句集 〈2〉 [2] 함안 파릉음사 구집	夢醒	시가/하이쿠	
3	3~4		江原道跋涉記(第卅六信)/江陵邑より(六) 〈36〉 강원도 편력기(제36신)/강릉읍에서(6)	特派員 坂本南岳	수필/기행	
4	1~3		兒雷也 〈56〉 지라이야	黑頭巾 講演	고단	
5	1~3		望/密告(三) 〈73〉 희망/밀고(3)	北島春石	소설	

1917년 09월 13일 (목) 3557호

지면	단수	기획	기사제목 〈회수〉〔곡수〕	필자/저자(역자)	분류	비고
1	6	文苑	★丁己之秋將遊于支那朝鮮臨發記感 [1] 정사년 가을, 지나와 조선을 유람하려 함에 출발을 맞아 감상을 적다	琴堂 松本誠之	시가/한시	

지면	단수	기획	기사제목 〈회수〉〔곡수〕	필자/저자(역자)	분류	비고
1	6	文苑	秋の訪れ〔5〕 가을의 방문	金海 坂口芳香	시가/단카	
3	1~2		江原道跋涉記(第卅七信)/江陵邑より(七)〈37〉 강원도 편력기(제37신)/강릉읍에서(7)	特派員 坂本南岳	수필/기행	
4	1~3		兒雷也〈57〉 지라이야	黑頭巾 講演	고단	
5	1~3		望/復讐(一)〈74〉 희망/복수(1)	北島春石	소설	

1917년 09월 14일 (금) 3558호

지면	단수	기획	기사제목 〈회수〉〔곡수〕	필자/저자(역자)	분류	비고
1	5	文苑	縞たをる〔8〕 줄무늬 수건	霜葉紅	시가/단카	
3	3		飛び者つくし〔2〕 하늘을 나는 모든 것	一貫道人	수필·시가/ 기타·교카	
3	4	應募俗謠 (佳作)	都々逸〔1〕 도도이쓰	筬橋 梅吉	시가/도도이 쓰	
3	4	應募俗謠 (佳作)	都々逸〔1〕 도도이쓰	南濱 一福	시가/도도이 쓰	
3	4	應募俗謠 (佳作)	磯節〔1〕 이소부시	ほてる 次郎	시가/기타	

1917년 09월 15일 (토) 3359호

지면	단수	기획	기사제목 〈회수〉〔곡수〕	필자/저자(역자)	분류	비고
1	3~5		浦鹽より啓上(上)〈1〉 블라디보스토크에서 계상(상)	倉田熊延	수필/서간	
3	1~3		江原道跋涉記(第卅八信)/江陵邑より(八)〈38〉 강원도 편력기(제38신)/강릉읍에서(8)	特派員 坂本南岳	수필/기행	
3	3~4		江原道跋涉記(第三十九信)/江陵邑より(九)〈39〉 강원도 편력기(제39신)/강릉읍에서(9)	特派員 坂本南岳	수필/기행	
5	1~3		望/復讐(二)〈75〉 희망/복수(2)	北島春石	소설	

1917년 09월 16일 (일) 3560호

지면	단수	기획	기사제목 〈회수〉〔곡수〕	필자/저자(역자)	분류	비고
1	5~6		浦鹽より啓上(下)〈2〉 블라디보스토크에서 계상(하)	倉田熊延	수필/서간	
3	5~6		江原道跋涉記(第四十信)/江陵邑より(十)〈40〉 강원도 편력기(제40신)/강릉읍에서(10)	特派員 坂本南岳	수필/기행	
4	3		大僧正の詠草/父母の恩〔1〕 대승정 영초/부모의 은혜	九十翁貫務	수필·시가/ 일상·단카	
4	3		大僧正の詠草/阿彌陀佛の本願をあふきて〔1〕 대승정 영초/아미타불의 본원을 우러르며	九十翁貫務	수필·시가/ 일상·단카	
5	1~3		望/復讐(三)〈76〉 희망/복수(3)	北島春石	소설	
7	1~3		兒雷也〈58〉 지라이야	黑頭巾 講演	고단	

1917년 09월 17일 (월) 3561호

지면	단수	기획	기사제목 〈회수〉〔곡수〕	필자/저자(역자)	분류	비고
1	5	文苑	飛行大會感想〔5〕 비행대회 감상	釜山 一貫道人	시가/단카	
4	1~3		兒雷也〈59〉 지라이야	黑頭巾 講演	고단	

1917년 09월 18일 (화) 3562호

지면	단수	기획	기사제목 〈회수〉〔곡수〕	필자/저자(역자)	분류	비고
3	1~2		江原道跋涉記(第四十一信)/江陵邑より(十一)〈41〉 강원도 편력기(제41신)/강릉읍에서(11)	特派員 坂本南岳	수필/기행	
3	6		馬山飛行觀覽記 마산 비행 관람기	楓舟	수필/관찰	
5	1~3		望/不安(一)〈77〉 희망/불안(1)	北島春石	소설	
7	1~3		兒雷也〈60〉 지라이야	黑頭巾 講演	고단	

1917년 09월 19일 (수) 3563호

지면	단수	기획	기사제목 〈회수〉〔곡수〕	필자/저자(역자)	분류	비고
1	6	文苑	秋蠶の糞(上)〈1〉〔7〕 만잠사(상)	岐阜 高橋遲々坊	수필·시가/ 일상·하이쿠	
3	3~4		江原道跋涉記(第四十二信)/江陵邑より(十二)〈42〉 강원도 편력기(제42신)/강릉읍에서(12)	特派員 坂本南岳	수필/기행	
5	1~3		望/不安(二)〈78〉 희망/불안(2)	北島春石	소설	
7	1~3		兒雷也〈61〉 지라이야	黑頭巾 講演	고단	

1917년 09월 20일 (목) 3564호

지면	단수	기획	기사제목 〈회수〉〔곡수〕	필자/저자(역자)	분류	비고
1	5	文苑	秋蠶の糞(中)〈2〉〔18〕 만잠사(중)	岐阜 高橋遲々坊	수필·시가/ 일상·하이쿠	
3	3~5		江原道跋涉記(第四十三信)/江陵より注文津へ〈43〉 강원도 편력기(제43신)/강릉에서 주문진으로	特派員 坂本南岳	수필/기행	
5	1~3		望/不安(三)〈79〉 희망/불안(3)	北島春石	소설	
7	1~3		兒雷也〈62〉 지라이야	黑頭巾 講演	고단	

1917년 09월 21일 (금) 3565호

지면	단수	기획	기사제목 〈회수〉〔곡수〕	필자/저자(역자)	분류	비고
1	6	文苑	子規忌句會 시키 기일 구회		기타/모임 안내	
1	6	文苑	子規忌句會〈1〉〔1〕 시키 기일 구회	雨意	시가/하이쿠	
1	6	文苑	子規忌句會〈1〉〔1〕 시키 기일 구회	秋汀	시가/하이쿠	
1	6	文苑	子規忌句會〈1〉〔1〕 시키 기일 구회	靑眼子	시가/하이쿠	
1	6	文苑	子規忌句會〈1〉〔1〕 시키 기일 구회	可秀	시가/하이쿠	
1	6	文苑	子規忌句會〈1〉〔1〕 시키 기일 구회	束陽	시가/하이쿠	
1	6	文苑	子規忌句會〈1〉〔1〕 시키 기일 구회	香洲	시가/하이쿠	
3	1~2		江原道跋涉記(第四十四信)注文津より(一)〈44〉 강원도 편력기(제44신)/주문진에서(1)	特派員 坂本南岳	수필/기행	
4	6~8		深み行く秋/秋の充實と神秘 깊어 가는 가을/가을의 충실과 신비		수필/일상	
4	7		俗謠-投書歡迎〈1〉〔4〕 속요-투서 환영		시가/도도이 쓰	
5	1~3		望/人の情(一)〈80〉 희망/인정(1)	北島春石	소설	

지면	단수	기획	기사제목 〈회수〉〔곡수〕	필자/저자(역자)	분류	비고
6	7	文苑	咸安巴陵吟社句集/新米〔2〕 함안 파릉음사 구집/햅쌀	重延	시가/하이쿠	
6	7	文苑	咸安巴陵吟社句集/新米〔1〕 함안 파릉음사 구집/햅쌀	天外	시가/하이쿠	
6	7	文苑	咸安巴陵吟社句集/新米〔6〕 함안 파릉음사 구집/햅쌀	柿實	시가/하이쿠	
6	7	文苑	咸安巴陵吟社句集/新米〔2〕 함안 파릉음사 구집/햅쌀	未醉	시가/하이쿠	
6	7	文苑	咸安巴陵吟社句集/新米〔2〕 함안 파릉음사 구집/햅쌀	夢醒	시가/하이쿠	
6	7	文苑	咸安巴陵吟社句集/新米〔1〕 함안 파릉음사 구집/햅쌀	子赫	시가/하이쿠	
6	7	文苑	咸安巴陵吟社句集/新米〔1〕 함안 파릉음사 구집/햅쌀	月舟	시가/하이쿠	
6	7	文苑	咸安巴陵吟社句集/新米〔2〕 함안 파릉음사 구집/햅쌀	凉亭	시가/하이쿠	
6	7	文苑	咸安巴陵吟社句集/新米〔1〕 함안 파릉음사 구집/햅쌀	咄々	시가/하이쿠	
6	7	文苑	咸安巴陵吟社句集/天の川〔1〕 함안 파릉음사 구집/은하수	重延	시가/하이쿠	
6	7	文苑	咸安巴陵吟社句集/天の川〔1〕 함안 파릉음사 구집/은하수	凉亭	시가/하이쿠	
6	7	文苑	咸安巴陵吟社句集/天の川〔3〕 함안 파릉음사 구집/은하수	子赫	시가/하이쿠	
6	7	文苑	咸安巴陵吟社句集/天の川〔5〕 함안 파릉음사 구집/은하수	柿實	시가/하이쿠	
6	7	文苑	咸安巴陵吟社句集/天の川〔2〕 함안 파릉음사 구집/은하수	天外	시가/하이쿠	
6	7	文苑	咸安巴陵吟社句集/天の川〔1〕 함안 파릉음사 구집/은하수	未醉	시가/하이쿠	
6	7	文苑	咸安巴陵吟社句集/天の川〔1〕 함안 파릉음사 구집/은하수	咄々	시가/하이쿠	
6	7	文苑	咸安巴陵吟社句集/天の川〔2〕 함안 파릉음사 구집/은하수	月舟	시가/하이쿠	
6	7	文苑	咸安巴陵吟社句集/天の川〔1〕 함안 파릉음사 구집/은하수	夢醒	시가/하이쿠	
6	7	文苑	咸安巴陵吟社句集/鳴子〔2〕 함안 파릉음사 구집/나루코	咄々	시가/하이쿠	
6	7	文苑	咸安巴陵吟社句集/鳴子〔1〕 함안 파릉음사 구집/나루코	凉亭	시가/하이쿠	
6	7	文苑	咸安巴陵吟社句集/鳴子〔2〕 함안 파릉음사 구집/나루코	月舟	시가/하이쿠	
6	7	文苑	咸安巴陵吟社句集/鳴子〔1〕 함안 파릉음사 구집/나루코	子赫	시가/하이쿠	
6	7	文苑	咸安巴陵吟社句集/鳴子〔1〕 함안 파릉음사 구집/나루코	夢醒	시가/하이쿠	
6	7	文苑	咸安巴陵吟社句集/鳴子〔3〕 함안 파릉음사 구집/나루코	未醉	시가/하이쿠	
7	1~3		兒雷也〈63〉 지라이야	黑頭巾 講演	고단	

1917년 09월 22일 (토) 3566호

지면	단수	기획	기사제목 〈회수〉〔곡수〕	필자/저자(역자)	분류	비고
1	4	文苑	子規忌句會(續)/芋(席題互選) 〈2〉〔4〕 시키 기일 구회(계속)/토란(석제호선)	雨意	시가/하이쿠	
1	4	文苑	子規忌句會(續)/芋(席題互選) 〈2〉〔4〕 시키 기일 구회(계속)/토란(석제호선)	靑眼子	시가/하이쿠	
1	4	文苑	子規忌句會(續)/芋(席題互選) 〈2〉〔3〕 시키 기일 구회(계속)/토란(석제호선)	可秀	시가/하이쿠	
1	4	文苑	子規忌句會(續)/芋(席題互選) 〈2〉〔2〕 시키 기일 구회(계속)/토란(석제호선)	秋汀	시가/하이쿠	
1	4	文苑	子規忌句會(續)/芋(席題互選) 〈2〉〔1〕 시키 기일 구회(계속)/토란(석제호선)	香洲	시가/하이쿠	
1	4	文苑	秋蠶の糞(下) 〈3〉〔6〕 만잠사(下)	岐阜 高橋遲々坊	수필·시가/ 일상·하이쿠	
3	4~6		江原道跋涉記(第四十五信)注文津より(二) 〈45〉 강원도 편력기(제45신)/주문진에서(2)	特派員 坂本南岳	수필/기행	
4	5~7		深み行く秋/夕暮れと虫の聲 깊어 가는 가을/해질녘과 벌레 소리		수필/일상	
5	1~3		望/人の情(二) 〈81〉 희망/인정(2)	北島春石	소설	

1917년 09월 22일 (토) 3566호 注文津紹介號

지면	단수	기획	기사제목 〈회수〉〔곡수〕	필자/저자(역자)	분류	비고
6	5		晉州俳壇(連歌 梅か香の卷) 〔1〕 진주 하이단(렌가 매화 향기 권)	靜濤庵湖城/夏月庵 蛸夢/##舍竹風	시가/렌가	
6	5		あばらやの壁 〔3〕 누추한 집의 벽	月廼舍	시가/단카	

1917년 09월 22일 (토) 3566호

지면	단수	기획	기사제목 〈회수〉〔곡수〕	필자/저자(역자)	분류	비고
7	1~3		兒雷也 〈64〉 지라이야	黑頭巾 講演	고단	

1917년 09월 23일 (일) 3567호

지면	단수	기획	기사제목 〈회수〉〔곡수〕	필자/저자(역자)	분류	비고
1	5	文苑	商專俳句會句稿/夏木立 〈1〉〔1〕 쇼센하이쿠카이 구고/여름 나무숲	子秋	시가/하이쿠	
1	5	文苑	商專俳句會句稿/夏木立 〈1〉〔1〕 쇼센하이쿠카이 구고/여름 나무숲	楓江	시가/하이쿠	
1	5	文苑	商專俳句會句稿/夏木立 〈1〉〔1〕 쇼센하이쿠카이 구고/여름 나무숲	雨聲	시가/하이쿠	
1	5	文苑	商專俳句會句稿/夏木立 〈1〉〔1〕 쇼센하이쿠카이 구고/여름 나무숲	微笑子	시가/하이쿠	
1	5	文苑	商專俳句會句稿/夏木立 〈1〉〔1〕 쇼센하이쿠카이 구고/여름 나무숲	洛東	시가/하이쿠	
1	5	文苑	商專俳句會句稿/夏木立 〈1〉〔1〕 쇼센하이쿠카이 구고/여름 나무숲	呦々子	시가/하이쿠	
1	5	文苑	商專俳句會句稿/夏木立 〈1〉〔1〕 쇼센하이쿠카이 구고/여름 나무숲	雲亭	시가/하이쿠	
1	5	文苑	商專俳句會句稿/夏帽子 〈1〉〔1〕 쇼센하이쿠카이 구고/한여름 모자	晩翠	시가/하이쿠	
1	5	文苑	商專俳句會句稿/夏帽子 〈1〉〔1〕 쇼센하이쿠카이 구고/한여름 모자	微笑子	시가/하이쿠	
1	5	文苑	商專俳句會句稿/夏帽子 〈1〉〔1〕 쇼센하이쿠카이 구고/한여름 모자	雲亭	시가/하이쿠	
1	5	文苑	商專俳句會句稿/夏帽子 〈1〉〔2〕 쇼센하이쿠카이 구고/한여름 모자	子秋	시가/하이쿠	

지면	단수	기획	기사제목 〈회수〉〔곡수〕	필자/저자(역자)	분류	비고
1	5	文苑	商專俳句會句稿/夏帽子 〈1〉〔1〕 쇼센하이쿠카이 구고/한여름 모자	吟溪子	시가/하이쿠	
1	5	文苑	商專俳句會句稿/夏帽子 〈1〉〔1〕 쇼센하이쿠카이 구고/한여름 모자	雨聲	시가/하이쿠	
1	5	文苑	商專俳句會句稿/夏帽子 〈1〉〔1〕 쇼센하이쿠카이 구고/한여름 모자	洛東	시가/하이쿠	
1	5	文苑	商專俳句會句稿/夏帽子 〈1〉〔1〕 쇼센하이쿠카이 구고/한여름 모자	呦々子	시가/하이쿠	
3	4~5		江原道跋涉記(第四十六信)注文津より(三) 〈46〉 강원도 편력기(제46신)/주문진에서(3)	特派員 坂本南岳	수필/기행	
4	7		俗謠-投書歡迎 〈2〉〔5〕 속요-투서 환영	江景 漁人	시가/도도이 쓰	
5	1~3		望/人の情(三) 〈82〉 희망/인정(3)	北島春石	소설	
7	1~3		兒雷也 〈65〉 지라이야	黑頭巾 講演	고단	

1917년 09월 24일 (월) 3568호

지면	단수	기획	기사제목 〈회수〉〔곡수〕	필자/저자(역자)	분류	비고
1	5	文苑	商專俳句會句稿/蜘蛛 〈2〉〔2〕 쇼센하이쿠카이 구고/거미	洛東	시가/하이쿠	
1	5	文苑	商專俳句會句稿/蜘蛛 〈2〉〔1〕 쇼센하이쿠카이 구고/거미	微笑子	시가/하이쿠	
1	5	文苑	商專俳句會句稿/蜘蛛 〈2〉〔2〕 쇼센하이쿠카이 구고/거미	雨聲	시가/하이쿠	
1	5	文苑	商專俳句會句稿/蜘蛛 〈2〉〔1〕 쇼센하이쿠카이 구고/거미	微笑子	시가/하이쿠	
1	5	文苑	商專俳句會句稿/蜘蛛 〈2〉〔1〕 쇼센하이쿠카이 구고/거미	子秋	시가/하이쿠	
1	5	文苑	商專俳句會句稿/蜘蛛 〈2〉〔1〕 쇼센하이쿠카이 구고/거미	吟溪子	시가/하이쿠	
1	5	文苑	商專俳句會句稿/行水 〈2〉〔1〕 쇼센하이쿠카이 구고/목물	楓江	시가/하이쿠	
1	5	文苑	商專俳句會句稿/行水 〈2〉〔1〕 쇼센하이쿠카이 구고/목물	雨聲	시가/하이쿠	
1	5	文苑	商專俳句會句稿/行水 〈2〉〔2〕 쇼센하이쿠카이 구고/목물	雲亭	시가/하이쿠	
4	1~3		兒雷也 〈66〉 지라이야	黑頭巾 講演	고단	

1917년 09월 26일 (수) 3569호

지면	단수	기획	기사제목 〈회수〉〔곡수〕	필자/저자(역자)	분류	비고
1	5	文苑	滿鮮雜詠並小引/小引 〈1〉〔1〕 만선잡영 및 머리말/머리말	在近江 八年庵 塚本 源識	수필/기타	
1	5	文苑	滿鮮雜詠並小引/途上口占其一 〈1〉〔1〕 만선잡영 및 머리말/도상구점 그 첫 번째	在近江 八年庵 塚本 源識	시가/한시	
1	5	文苑	滿鮮雜詠並小引/途上口占其二 〈1〉〔1〕 만선잡영 및 머리말/도상구점 그 두 번째	在近江 八年庵 塚本 源識	시가/한시	
1	5	文苑	滿鮮雜詠並小引/玄海船中 〈1〉〔1〕 만선잡영 및 머리말/현해선중	在近江 八年庵 塚本 源識	시가/한시	
1	5	文苑	滿鮮雜詠並小引/途上即目 〈1〉〔1〕 만선잡영 및 머리말/도상즉목	在近江 八年庵 塚本 源識	시가/한시	

지면	단수	기획	기사제목 〈회수〉〔곡수〕	필자/저자(역자)	분류	비고
1	5	文苑	滿鮮雜詠並小引/訪阿部充家君不遇、乃題一詩、而去 〈1〉〔1〕 만선잡영 및 머리말/아베 미쓰루 집을 방문했으나 만나지 못하여 시 한 수를 짓고 떠나다	在近江 八年庵 塚本 源識	시가/한시	
1	5	文苑	滿鮮雜詠並小引/浮碧樓 〈1〉〔1〕 만선잡영 및 머리말/부벽루	在近江 八年庵 塚本 源識	시가/한시	
1	5	文苑	滿鮮雜詠並小引/淸流壁 〈1〉〔1〕 만선잡영 및 머리말/청류벽	在近江 八年庵 塚本 源識	시가/한시	
1	5	文苑	滿鮮雜詠並小引/乙密臺 〈1〉〔1〕 만선잡영 및 머리말/을밀대	在近江 八年庵 塚本 源識	시가/한시	
3	1~2		江原道跋涉記(第四十七信)注文津より(四) 〈47〉 강원도 편력기(제47신)/주문진에서(4)	特派員 坂本南岳	수필/기행	
4	7		俗謠-投書歡迎 〈3〉〔1〕 속요-투서 환영	一福樓 千若	시가/도도이쓰	
4	7		俗謠-投書歡迎 〈3〉〔1〕 속요-투서 환영	梅歌 要	시가/도도이쓰	
4	7		俗謠-投書歡迎 〈3〉〔2〕 속요-투서 환영	釜山 陽炎	시가/도도이쓰	
4	7		俗謠-投書歡迎 〈3〉〔1〕 속요-투서 환영	社內 芳子	시가/도도이쓰	
5	1~3		望/人の情(四) 〈83〉 희망/인정(4)	北島春石	소설	
7	1~3		兒雷也 〈67〉 지라이야	黑頭巾 講演	고단	

1917년 09월 27일 (목) 3570호

지면	단수	기획	기사제목 〈회수〉〔곡수〕	필자/저자(역자)	분류	비고
1	5	文苑	滿鮮雜詠並小引/永明寺 〈2〉〔1〕 만선잡영 및 머리말/영명사	在近江 八年庵 塚本 源	시가/한시	
1	5	文苑	滿鮮雜詠並小引/箕子陵 〈2〉〔1〕 만선잡영 및 머리말/기자릉	在近江 八年庵 塚本 源	시가/한시	
1	5	文苑	滿鮮雜詠並小引/同上所見 〈2〉〔1〕 만선잡영 및 머리말/동상소견	在近江 八年庵 塚本 源	시가/한시	
1	5	文苑	滿鮮雜詠並小引/時有張勳復辟之擧、故及 〈2〉〔1〕 만선잡영 및 머리말/시유장훈복벽지거, 고급	在近江 八年庵 塚本 源	시가/한시	
1	5	文苑	滿鮮雜詠並小引/渡鴨綠江 〈2〉〔1〕 만선잡영 및 머리말/도압록강	在近江 八年庵 塚本 源	시가/한시	
1	5	文苑	滿鮮雜詠並小引/奉天北陵 〈2〉〔1〕 만선잡영 및 머리말/펑텐 북릉	在近江 八年庵 塚本 源	시가/한시	
5	1~3		望/人の情(五) 〈84〉 희망/인정(5)	北島春石	소설	
7	1~3		兒雷也 〈68〉 지라이야	黑頭巾 講演	고단	

1917년 09월 28일 (금) 3571호

지면	단수	기획	기사제목 〈회수〉〔곡수〕	필자/저자(역자)	분류	비고
1	5	文苑	滿鮮雜詠並小引/遼陽 〈3〉〔1〕 만선잡영 및 머리말/랴오양	在近江 八年庵 塚本 源	시가/한시	
1	5	文苑	滿鮮雜詠並小引/遼陽臼塔 〈3〉〔1〕 만선잡영 및 머리말/랴오양 구탑	在近江 八年庵 塚本 源	시가/한시	
1	5	文苑	滿鮮雜詠並小引/金州城 〈3〉〔1〕 만선잡영 및 머리말/진저우 성	在近江 八年庵 塚本 源	시가/한시	
1	5	文苑	滿鮮雜詠並小引/大連港 〈3〉〔1〕 만선잡영 및 머리말/다롄 항	在近江 八年庵 塚本 源	시가/한시	

지면	단수	기획	기사제목 〈회수〉〔곡수〕	필자/저자(역자)	분류	비고
1	5	文苑	滿鮮雜詠並小引/常安寺 〈3〉〔1〕 만선잡영 및 머리말/상안사	在近江 八年庵 塚本源	시가/한시	
1	5	文苑	滿鮮雜詠並小引/星浦 〈3〉〔1〕 만선잡영 및 머리말/호시가우라	在近江 八年庵 塚本源	시가/한시	
1	5	文苑	滿鮮雜詠並小引/老虎灘 〈3〉〔1〕 만선잡영 및 머리말/라오후탄	在近江 八年庵 塚本源	시가/한시	
1	5	文苑	滿鮮雜詠並小引/旅順 〈3〉〔1〕 만선잡영 및 머리말/뤼순	在近江 八年庵 塚本源	시가/한시	
3	1~2		江原道跋涉記(第五十信)注文津より(七) 〈50〉 강원도 편력기(제50신)/주문진에서(7)	特派員 坂本南岳	수필/기행	
4	7		俗謠-投書歡迎 〈4〉〔1〕 속요-투서 환영	一福樓 千若	시가/도도이쓰	
4	7		俗謠-投書歡迎 〈4〉〔1〕 속요-투서 환영	釜山 陽炎	시가/도도이쓰	
4	7		俗謠-投書歡迎 〈4〉〔1〕 속요-투서 환영	江景 魚人	시가/도도이쓰	
4	7		俗謠-投書歡迎 〈4〉〔1〕 속요-투서 환영	朝日亭 小萬	시가/도도이쓰	
4	7		俗謠-投書歡迎 〈4〉〔1〕 속요-투서 환영	社內 芳子	시가/도도이쓰	
5	1~3		望/夕鴉(一) 〈85〉 희망/저녁 까마귀(1)	北島春石	소설	
7	1~3		兒雷也 〈69〉 지라이야	黑頭巾 講演	고단	

1917년 09월 29일 (토) 3572호

지면	단수	기획	기사제목 〈회수〉〔곡수〕	필자/저자(역자)	분류	비고
1	5	文苑	滿鮮雜詠並小引/白玉山 〈4〉〔1〕 만선잡영 및 머리말/바이위산	在近江 八年庵 塚本源	시가/한시	
1	5	文苑	滿鮮雜詠並小引/爾靈山 〈4〉〔1〕 만선잡영 및 머리말/얼링산	在近江 八年庵 塚本源	시가/한시	
1	5	文苑	滿鮮雜詠並小引/途上偶成 〈4〉〔1〕 만선잡영 및 머리말/도상우성	在近江 八年庵 塚本源	시가/한시	
1	5	文苑	滿鮮雜詠並小引/黃海船中其一 〈4〉〔1〕 만선잡영 및 머리말/황해선중기일	在近江 八年庵 塚本源	시가/한시	
1	5	文苑	滿鮮雜詠並小引/黃海船中其二 〈4〉〔1〕 만선잡영 및 머리말/황해선중기이	在近江 八年庵 塚本源	시가/한시	
1	5	文苑	滿鮮雜詠並小引/黃海船其三 〈4〉〔1〕 만선잡영 및 머리말/황해선기삼	在近江 八年庵 塚本源	시가/한시	
1	5	文苑	滿鮮雜詠並小引/訪三日月堂、懷梧竹老人 〈4〉〔1〕 만선잡영 및 머리말/방삼일월당, 회오죽노인	在近江 八年庵 塚本源	시가/한시	
1	5	文苑	滿鮮雜詠並小引/嚴島神社 〈4〉〔1〕 만선잡영 및 머리말/이쓰쿠시마 신사	在近江 八年庵 塚本源	시가/한시	
1	5	文苑	江國八景/三井晚鐘 〔1〕 강국팔경/미이 만종	在近江 八年庵 塚本源	시가/한시	
1	5	文苑	江國八景/瀨田夕照 〔1〕 강국팔경/세타 석조	在近江 八年庵 塚本源	시가/한시	
1	5	文苑	江國八景/矢走歸帆 〔1〕 강국팔경/야바세 귀황	在近江 八年庵 塚本源	시가/한시	
1	5	文苑	江國八景/唐崎夜雨 〔1〕 강국팔경/가라사키 야우	在近江 八年庵 塚本源	시가/한시	
1	5	文苑	江國八景/石山秋月 〔1〕 강국팔경/이시야마 추월	在近江 八年庵 塚本源	시가/한시	

지면	단수	기획	기사제목 〈회수〉 〔곡수〕	필자/저자(역자)	분류	비고
1	5	文苑	江國八景/比良暮雪 [1] 강국팔경/히라 모설	在近江 八年庵 塚本 源	시가/한시	
1	5	文苑	江國八景/栗津晴嵐 [1] 강국팔경/아와즈 청람	在近江 八年庵 塚本 源	시가/한시	
1	5	文苑	江國八景/堅田落雁 [1] 강국팔경/가타다 낙안	在近江 八年庵 塚本 源	시가/한시	
3	1~2		江原道跋涉記(第五十一信)注文津より(八) 〈51〉 강원도 편력기(제51신)/주문진에서(8)	特派員 坂本南岳	수필/기행	
5	1~3		望/夕鴉(二) 〈86〉 희망/저녁 까마귀(2)	北島春石	소설	
7	1~3		兒雷也 〈70〉 지라이야	黑頭巾 講演	고단	

1917년 09월 30일 (일) 3573호

지면	단수	기획	기사제목 〈회수〉 〔곡수〕	필자/저자(역자)	분류	비고
3	1~2		江原道跋涉記(第五十二信)注文津より(九) 〈52〉 강원도 편력기(제52신)/주문진에서(9)	特派員 坂本南岳	수필/기행	
4	7		俗謠-投書歡迎 〈5〉 〔2〕 속요-투서 환영	辨天町 陽炎	시가/도도이 쓰	
4	7		俗謠-投書歡迎 〈5〉 〔1〕 속요-투서 환영	綠町 春枝	시가/도도이 쓰	
4	7		俗謠-投書歡迎 〈5〉 〔1〕 속요-투서 환영	社內 芳子	시가/도도이 쓰	
5	1~3		望/夕鴉(三) 〈87〉 희망/저녁 까마귀(3)	北島春石	소설	
7	1~3		兒雷也 〈71〉 지라이야	黑頭巾 講演	고단	

1917년 10월 03일 (수) 3575호

지면	단수	기획	기사제목 〈회수〉 〔곡수〕	필자/저자(역자)	분류	비고
3	1~2		江原道跋涉記(第五十三信)/注文津より(十) 〈53〉 강원도 편력기(제53신)/주문진에서(10)	特派員 坂本南岳	수필/기행	
4	3		觀月電車 관월전차		수필/기행	
4	3		觀月電車 [1] 관월전차	綠骨	시가/하이쿠	
4	3		觀月電車 [1] 관월전차	香洲	시가/하이쿠	
4	3		觀月電車 [1] 관월전차	綠骨	시가/하이쿠	
4	3		觀月電車 [1] 관월전차	玉藻	시가/하이쿠	
4	3		觀月電車 [1] 관월전차	香洲	시가/하이쿠	
4	3		觀月電車 [1] 관월전차	綠骨	시가/하이쿠	
4	3		觀月電車 [1] 관월전차	香洲	시가/하이쿠	
4	3		觀月電車 [1] 관월전차	玉藻	시가/하이쿠	
5	1~3		望/夕鴉(四) 〈88〉 희망/저녁 까마귀(4)	北島春石	소설	
7	1~3		兒雷也 〈73〉 지라이야	黑頭巾 講演	고단	면수 오류

지면	단수	기획	기사제목 〈회수〉〔곡수〕	필자/저자(역자)	분류	비고

지면	단수	기획	기사제목 〈회수〉〔곡수〕	필자/저자(역자)	분류	비고
1	5~7		望/貞か不貞か(三)〈91〉 희망/옳은가 그른가(3)	北島春石	소설	
3	6		俗謠-投書大歡迎〔1〕 속요-투서 대환영	釜山 あの字	시가/도도이 쓰	
3	6		俗謠-投書大歡迎〔1〕 속요-투서 대환영	南濱 三四郎	시가/도도이 쓰	
3	6		俗謠-投書大歡迎〔1〕 속요-투서 대환영	釜山 小舟	시가/도도이 쓰	
3	6		俗謠-投書大歡迎〔1〕 속요-투서 대환영	江景 琴糸	시가/도도이 쓰	
3	6		俗謠-投書大歡迎〔1〕 속요-투서 대환영	社內 芳子	시가/도도이 쓰	
4	1~3		兒雷也〈76〉 지라이야	黑頭巾 講演	고단	

1917년 10월 07일 (일) 3579호

지면	단수	기획	기사제목 〈회수〉〔곡수〕	필자/저자(역자)	분류	비고
1	4~5	文苑	芦の拔穗〈2〉〔13〕 이삭 가려 뽑기	岐阜 高橋遲々坊	수필·시가/ 일상·하이쿠	
1	5~7		望/貞か不貞か(四)〈92〉 희망/옳은가 그른가(4)	北島春石	소설	
4	1~3		兒雷也〈77〉 지라이야	黑頭巾 講演	고단	

1917년 10월 08일 (월) 3580호

지면	단수	기획	기사제목 〈회수〉〔곡수〕	필자/저자(역자)	분류	비고
1	2~3		江原道跋涉記(第五十六信)/襄陽邑より(一)〈56〉 강원도 편력기(제56신)/양양읍에서(1)	特派員 坂本南岳	수필/기행	
1	4	文苑	芦の拔穗〈3〉〔15〕 이삭 가려 뽑기	岐阜 高橋遲々坊	수필·시가/ 일상·하이쿠	
3	7		俗謠〔1〕 속요	釜山 あの字	시가/도도이 쓰	
3	7		俗謠〔1〕 속요	江景 琴糸	시가/도도이 쓰	
3	7		俗謠〔1〕 속요	南濱 三四郎	시가/도도이 쓰	
3	7		俗謠〔2〕 속요	朝日亭 小萬	시가/도도이 쓰	
4	1~3		兒雷也〈78〉 지라이야	黑頭巾 講演	고단	

1917년 10월 09일 (화) 3581호

지면	단수	기획	기사제목 〈회수〉〔곡수〕	필자/저자(역자)	분류	비고
1	2~3		江原道跋涉記(第五十七信)/襄陽邑より(二)〈57〉 강원도 편력기(제57신)/양양읍에서(2)	特派員 坂本南岳	수필/기행	
1	5	文苑	海雲臺に遊びて/途中〔2〕 해운대에서 놀고/도중	俠雨	시가/하이쿠	
1	5	文苑	海雲臺に遊びて/歸途〔3〕 해운대에서 놀고/귀로	俠雨	시가/하이쿠	

1917년 10월 09일 (화) 3581호 大浦紹介號

지면	단수	기획	기사제목 〈회수〉〔곡수〕	필자/저자(역자)	분류	비고
4	4	文苑	鈴音虫の聲々〔2〕 방울벌레 소리	霜葉紅	시가/단카	
4	4	文苑	咸安巴陵吟社句集/明月〔2〕 함안 파릉음사 구집/명월	天外	시가/하이쿠	

지면	단수	기획	기사제목 〈회수〉〔곡수〕	필자/저자(역자)	분류	비고
4	4	文苑	咸安巴陵吟社句集/明月 〔3〕 함안 파릉음사 구집/명월	柿實	시가/하이쿠	
4	4	文苑	咸安巴陵吟社句集/明月 〔2〕 함안 파릉음사 구집/명월	重廷	시가/하이쿠	
4	4	文苑	咸安巴陵吟社句集/明月 〔3〕 함안 파릉음사 구집/명월	夢醒	시가/하이쿠	
4	4	文苑	咸安巴陵吟社句集/明月 〔1〕 함안 파릉음사 구집/명월	未醉	시가/하이쿠	
4	4	文苑	咸安巴陵吟社句集/明月 〔3〕 함안 파릉음사 구집/명월	月舟	시가/하이쿠	
4	4	文苑	咸安巴陵吟社句集/明月 〔3〕 함안 파릉음사 구집/명월	白雲	시가/하이쿠	
4	4	文苑	咸安巴陵吟社句集/明月 〔3〕 함안 파릉음사 구집/명월	咄々	시가/하이쿠	

1917년 10월 09일 (화) 3581호

지면	단수	기획	기사제목 〈회수〉〔곡수〕	필자/저자(역자)	분류	비고
6	1~3		兒雷也 〈79〉 지라이야	黑頭巾 講演	고단	

1917년 10월 10일 (수) 3582호

지면	단수	기획	기사제목 〈회수〉〔곡수〕	필자/저자(역자)	분류	비고
1	3~5		蔚山紀行 〈1〉 울산 기행	末光弔川生	수필/기행	
1	4		京義線より(十月六日午後) 경의선에서(10월 6일 오후)	蕃淵生	수필/기행	
3	3~4		江原道跋涉記(第五十八信)/襄陽邑より(三) 〈58〉 강원도 편력기(제58신)/양양읍에서(3)	特派員 坂本南岳	수필/기행	
4	7		俗謠 〈11〉〔2〕 속요	南濱 三四郎	시가/도도이 쓰	
4	7		俗謠 〈11〉〔1〕 속요	江蔦家 あの字	시가/도도이 쓰	
4	7		俗謠 〈11〉〔1〕 속요	江景 琴糸	시가/도도이 쓰	
4	7		俗謠 〈11〉〔1〕 속요	社內 芳子	시가/도도이 쓰	
5	1~3		望/打明話(一) 〈93〉 희망/숨김없는 이야기(1)	北島春石	소설	
7	1~3		兒雷也 〈80〉 지라이야	黑頭巾 講演	고단	

1917년 10월 11일 (목) 3583호

지면	단수	기획	기사제목 〈회수〉〔곡수〕	필자/저자(역자)	분류	비고
1	4		京義線より(十月六日宵) 〈2〉 경의선에서(10월 6일 밤)	蕃淵生	수필/기행	
3	3~4		江原道跋涉記(第五十九信)/襄陽邑より(四) 〈59〉 강원도 편력기(제59신)/양양읍에서(4)	特派員 坂本南岳	수필/기행	
4	5		俗謠 〈12〉〔1〕 속요	大邱 都天#	시가/도도이 쓰	
4	5		俗謠 〈12〉〔1〕 속요	寶水町 敏子	시가/도도이 쓰	
4	5		俗謠 〈12〉〔1〕 속요	西町 春江	시가/도도이 쓰	
4	5		俗謠 〈12〉〔1〕 속요	紅蔦家 あの字	시가/도도이 쓰	

지면	단수	기획	기사제목 〈회수〉〔곡수〕	필자/저자(역자)	분류	비고
4	5		俗謠 〈12〉〔1〕 속요	社內 芳子	시가/도도이쓰	
5	1~3		望/打明話(二)〈94〉 희망/숨김없는 이야기(2)	北島春石	소설	
7	1~3		兒雷也 〈81〉 지라이야	黑頭巾 講演	고단	

1917년 10월 12일 (금) 3584호

지면	단수	기획	기사제목 〈회수〉〔곡수〕	필자/저자(역자)	분류	비고
1	3~5		蔚山紀行 〈2〉 울산 기행	末光弔川生	수필/기행	
1	4		安東縣より(十月七日朝) 안동현에서(10월 7일 아침)	蕃淵生	수필/기행	
1	5	文苑	筏橋刀豆會例會〔1〕 벌교 나타마메카이 예회	洒石	시가/하이쿠	
1	5	文苑	筏橋刀豆會例會〔2〕 벌교 나타마메카이 예회	紫樓	시가/하이쿠	
1	5	文苑	筏橋刀豆會例會〔1〕 벌교 나타마메카이 예회	五大瓏	시가/하이쿠	
1	5	文苑	筏橋刀豆會例會〔2〕 벌교 나타마메카이 예회	露聲	시가/하이쿠	
1	5	文苑	筏橋刀豆會例會〔1〕 벌교 나타마메카이 예회	洒石	시가/하이쿠	
1	5	文苑	筏橋刀豆會例會〔1〕 벌교 나타마메카이 예회	紫樓	시가/하이쿠	
1	5	文苑	筏橋刀豆會例會〔1〕 벌교 나타마메카이 예회	紫外泉	시가/하이쿠	
1	5	文苑	筏橋刀豆會例會〔1〕 벌교 나타마메카이 예회	五大瓏	시가/하이쿠	
1	5	文苑	筏橋刀豆會例會〔1〕 벌교 나타마메카이 예회	露聲	시가/하이쿠	
3	1~2		江原道跋涉記(第六十信)/襄陽邑より(五)〈60〉 강원도 편력기(제60신)/양양읍에서(5)	特派員 坂本南岳	수필/기행	
4	7		俗謠 〈14〉〔1〕 속요	南濱 三四郎	시가/도도이쓰	
4	7		俗謠 〈14〉〔1〕 속요	江景 琴糸	시가/도도이쓰	
4	7		俗謠 〈14〉〔1〕 속요	紅蔦家 あの字	시가/도도이쓰	
4	7		俗謠 〈14〉〔1〕 속요	寶水町 敏子	시가/도도이쓰	
4	7		俗謠 〈14〉〔1〕 속요	社內 芳子	시가/도도이쓰	
5	1~3		望/打明話(三)〈95〉 희망/숨김없는 이야기(3)	北島春石	소설	
7	1~3		兒雷也 〈82〉 지라이야	黑頭巾 講演	고단	

1917년 10월 13일 (토) 3585호

지면	단수	기획	기사제목 〈회수〉〔곡수〕	필자/저자(역자)	분류	비고
1	5	文苑	淸道我樂句會/題 七夕、歸燕、木犀、花野、殘暑〔1〕 청도 가라쿠 구회/주제 칠석, 귀연, 목서, 꽃이 핀 가을 들판, 늦더위	鐵友	시가/하이쿠	
1	5	文苑	淸道我樂句會/題 七夕、歸燕、木犀、花野、殘暑〔1〕 청도 가라쿠 구회/주제 칠석, 귀연, 목서, 꽃이 핀 가을 들판, 늦더위	松甫庵	시가/하이쿠	

지면	단수	기획	기사제목 〈회수〉〔곡수〕	필자/저자(역자)	분류	비고
1	5	文苑	清道我樂句會/題 七夕、歸燕、木犀、花野、殘暑〔1〕 청도 가라쿠 구회/주제 칠석, 귀연, 목서, 꽃이 핀 가을 들판, 늦더위	如雲	시가/하이쿠	
1	5	文苑	清道我樂句會/題 七夕、歸燕、木犀、花野、殘暑〔1〕 청도 가라쿠 구회/주제 칠석, 귀연, 목서, 꽃이 핀 가을 들판, 늦더위	松甫庵	시가/하이쿠	
1	5	文苑	清道我樂句會/題 七夕、歸燕、木犀、花野、殘暑〔1〕 청도 가라쿠 구회/주제 칠석, 귀연, 목서, 꽃이 핀 가을 들판, 늦더위	耕雲	시가/하이쿠	
1	5	文苑	清道我樂句會/題 七夕、歸燕、木犀、花野、殘暑〔1〕 청도 가라쿠 구회/주제 칠석, 귀연, 목서, 꽃이 핀 가을 들판, 늦더위	華甫	시가/하이쿠	
1	5	文苑	清道我樂句會/題 七夕、歸燕、木犀、花野、殘暑〔1〕 청도 가라쿠 구회/주제 칠석, 귀연, 목서, 꽃이 핀 가을 들판, 늦더위	耕堂	시가/하이쿠	
1	5	文苑	清道我樂句會/題 七夕、歸燕、木犀、花野、殘暑〔1〕 청도 가라쿠 구회/주제 칠석, 귀연, 목서, 꽃이 핀 가을 들판, 늦더위	松甫庵	시가/하이쿠	
1	5	文苑	清道我樂句會/題 七夕、歸燕、木犀、花野、殘暑〔1〕 청도 가라쿠 구회/주제 칠석, 귀연, 목서, 꽃이 핀 가을 들판, 늦더위	鐵友	시가/하이쿠	
1	5	文苑	清道我樂句會/題 七夕、歸燕、木犀、花野、殘暑〔1〕 청도 가라쿠 구회/주제 칠석, 귀연, 목서, 꽃이 핀 가을 들판, 늦더위	耕雲	시가/하이쿠	
1	5	文苑	清道我樂句會/題 七夕、歸燕、木犀、花野、殘暑〔1〕 청도 가라쿠 구회/주제 칠석, 귀연, 목서, 꽃이 핀 가을 들판, 늦더위	華甫	시가/하이쿠	
1	5	文苑	咸安巴陵吟社句集/萩〔2〕 함안 파릉음사 구집/싸리	月舟	시가/하이쿠	
1	5	文苑	咸安巴陵吟社句集/萩〔2〕 함안 파릉음사 구집/싸리	柿實	시가/하이쿠	
1	5	文苑	咸安巴陵吟社句集/萩〔1〕 함안 파릉음사 구집/싸리	未醉	시가/하이쿠	
1	5	文苑	咸安巴陵吟社句集/萩〔1〕 함안 파릉음사 구집/싸리	涼亭	시가/하이쿠	
1	5	文苑	咸安巴陵吟社句集/萩〔1〕 함안 파릉음사 구집/싸리	天外	시가/하이쿠	
1	5	文苑	咸安巴陵吟社句集/萩〔1〕 함안 파릉음사 구집/싸리	溪月	시가/하이쿠	
1	5	文苑	咸安巴陵吟社句集/萩〔1〕 함안 파릉음사 구집/싸리	白雲	시가/하이쿠	
3	1~2		江原道跋涉記(第六十一信)/襄陽邑より大浦へ〈61〉 강원도 편력기(제61신)/양양읍에서 대포로	特派員 坂本南岳	수필/기행	
5	1~3		望/打明話(四)〈96〉 희망/숨김없는 이야기(4)	北島春石	소설	
7	1~3		兒雷也〈83〉 지라이야	黑頭巾 講演	고단	

1917년 10월 14일 (일) 3586호

지면	단수	기획	기사제목 〈회수〉〔곡수〕	필자/저자(역자)	분류	비고
1	4		安奉線より(十月七日發) 안봉선에서(10월 7일 출발)	蕃淵生	수필/기행	
1	5	文苑	靑眼子庵小集/鷄頭〔5〕 세이간시안 소모임/맨드라미	牙集	시가/하이쿠	
1	5	文苑	靑眼子庵小集/鷄頭〔5〕 세이간시안 소모임/맨드라미	秋汀	시가/하이쿠	
1	5	文苑	靑眼子庵小集/鷄頭〔5〕 세이간시안 소모임/맨드라미	沙川	시가/하이쿠	
1	5	文苑	靑眼子庵小集/鷄頭〔5〕 세이간시안 소모임/맨드라미	靑眼子	시가/하이쿠	
3	5~6		江原道跋涉記(第六十二信)/大浦港より(一)〈62〉 강원도 편력기(제62신)/대포항에서(1)	特派員 坂本南岳	수필/기행	

지면	단수	기획	기사제목 〈회수〉〔곡수〕	필자/저자(역자)	분류	비고
4	5		俗謠 〈15〉〔1〕 속요	南濱 三四郎	시가/도도이쓰	
4	5		俗謠 〈15〉〔1〕 속요	松の都 きく	시가/도도이쓰	
4	5		俗謠 〈15〉〔1〕 속요	紅蔦家 あの字	시가/도도이쓰	
4	5		俗謠 〈15〉〔1〕 속요	江景 琴糸	시가/도도이쓰	
4	5		俗謠 〈15〉〔1〕 속요	京城 浪酒屋	시가/도도이쓰	
4	5		俗謠 〈15〉〔1〕 속요	社內 芳子	시가/도도이쓰	
5	1~3		望/免職(一) 〈97〉 희망/면직(1)	北島春石	소설	
7	1~3		兒雷也 〈84〉 지라이야	黑頭巾 講演	고단	

1917년 10월 15일 (월) 3587호

지면	단수	기획	기사제목 〈회수〉〔곡수〕	필자/저자(역자)	분류	비고
1	1		秋窓漫言 추창만언	石泉	수필/기타	
1	4		奉天より(十月八日發) 펑톈에서(10월 8일 출발)	蕃淵生	수필/기행	
1	5	文苑	商專俳句會句稿/虫 〔3〕 쇼센하이쿠카이 구고/벌레	呦々子	시가/하이쿠	
1	5	文苑	商專俳句會句稿/虫 〔1〕 쇼센하이쿠카이 구고/벌레	洛東	시가/하이쿠	
1	5	文苑	商專俳句會句稿/虫 〔3〕 쇼센하이쿠카이 구고/벌레	楓江	시가/하이쿠	
1	5	文苑	商專俳句會句稿/虫 〔2〕 쇼센하이쿠카이 구고/벌레	微笑子	시가/하이쿠	
1	5	文苑	商專俳句會句稿/虫 〔1〕 쇼센하이쿠카이 구고/벌레	晚翠	시가/하이쿠	
1	5	文苑	商專俳句會句稿/虫 〔1〕 쇼센하이쿠카이 구고/벌레	子秋	시가/하이쿠	
1	5	文苑	商專俳句會句稿/虫 〔2〕 쇼센하이쿠카이 구고/벌레	雲亭	시가/하이쿠	
1	5	文苑	商專俳句會句稿/虫 〔1〕 쇼센하이쿠카이 구고/벌레	吟溪子	시가/하이쿠	
1	5	文苑	商專俳句會句稿/虫 〔2〕 쇼센하이쿠카이 구고/벌레	雨聲	시가/하이쿠	
4	7		俗謠 〈15〉〔1〕 속요	南濱 三四郎	시가/도도이쓰	회수 오류
4	7		俗謠 〈15〉〔1〕 속요	江景 琴糸	시가/도도이쓰	회수 오류
4	7		俗謠 〈15〉〔1〕 속요	寶水町 敏子	시가/도도이쓰	회수 오류
4	7		俗謠 〈15〉〔1〕 속요	紅蔦家 あの字	시가/도도이쓰	회수 오류
4	7		俗謠 〈15〉〔1〕 속요	社內 芳子	시가/도도이쓰	회수 오류
7	1~3		兒雷也 〈85〉 지라이야	黑頭巾 講演	고단	

지면	단수	기획	기사제목 〈회수〉〔곡수〕	필자/저자(역자)	분류	비고
			1917년 10월 16일 (화) 3588호			
1	4		旅順より(上)(十月九日發) 뤼순에서(상)(10월 9일 출발)	蕃淵生	수필/기행	
1	5	文苑	商專俳句會句稿/秋風〔1〕 쇼센하이쿠카이 구고/가을바람	子秋	시가/하이쿠	
1	5	文苑	商專俳句會句稿/秋風〔1〕 쇼센하이쿠카이 구고/가을바람	洛東	시가/하이쿠	
1	5	文苑	商專俳句會句稿/秋風〔1〕 쇼센하이쿠카이 구고/가을바람	楓江	시가/하이쿠	
1	5	文苑	商專俳句會句稿/秋風〔2〕 쇼센하이쿠카이 구고/가을바람	呦々子	시가/하이쿠	
1	5	文苑	商專俳句會句稿/秋風〔1〕 쇼센하이쿠카이 구고/가을바람	晩翠	시가/하이쿠	
1	5	文苑	商專俳句會句稿/秋風〔1〕 쇼센하이쿠카이 구고/가을바람	微笑子	시가/하이쿠	
1	5	文苑	商專俳句會句稿/秋風〔4〕 쇼센하이쿠카이 구고/가을바람	秋汀	시가/하이쿠	
1	5	文苑	商專俳句會句稿/秋風〔3〕 쇼센하이쿠카이 구고/가을바람	靑眼子	시가/하이쿠	
3	1~2		江原道跋涉記(第六十三信)/大浦港より(二)〈63〉 강원도 편력기(제63신)/대포항에서(2)	特派員 坂本南岳	수필/기행	
4	6		俗謠-投書歡迎〈16〉〔1〕 속요-투서 환영	西町 俠雨	시가/도도이 쓰	
4	6		俗謠-投書歡迎〈16〉〔2〕 속요-투서 환영	南濱 三四郎	시가/도도이 쓰	
4	6		俗謠-投書歡迎〈16〉〔1〕 속요-투서 환영	江景 琴糸	시가/도도이 쓰	
5	1~3		望/免職(二)〈98〉 희망/면직(2)	北島春石	소설	
			1917년 10월 17일 (수) 3589호			
1	3~5		蔚山紀行〈3〉 울산 기행	末光弔川生	수필/기행	
1	4		旅順より(下)(十月九日發) 뤼순에서(하)(10월 9일 출발)	蕃淵生	수필/기행	
1	5	文苑	咸安巴陵吟社句集/夜長(課題)〔1〕 함안 파릉음사 구집/기나긴 밤(과제)	柿實	시가/하이쿠	
1	5	文苑	咸安巴陵吟社句集/夜長(課題)〔1〕 함안 파릉음사 구집/기나긴 밤(과제)	月舟	시가/하이쿠	
1	5	文苑	咸安巴陵吟社句集/夜長(課題)〔1〕 함안 파릉음사 구집/기나긴 밤(과제)	未醉	시가/하이쿠	
1	5	文苑	咸安巴陵吟社句集/夜長(課題)〔1〕 함안 파릉음사 구집/기나긴 밤(과제)	天外	시가/하이쿠	
1	5	文苑	咸安巴陵吟社句集/夜長(課題)〔1〕 함안 파릉음사 구집/기나긴 밤(과제)	子赫	시가/하이쿠	
1	5	文苑	咸安巴陵吟社句集/夜長(課題)〔1〕 함안 파릉음사 구집/기나긴 밤(과제)	凉亭	시가/하이쿠	
1	5	文苑	咸安巴陵吟社句集/夜長(課題)〔1〕 함안 파릉음사 구집/기나긴 밤(과제)	重廷	시가/하이쿠	
1	5	文苑	咸安巴陵吟社句集/夜長(課題)〔1〕 함안 파릉음사 구집/기나긴 밤(과제)	夢醒	시가/하이쿠	

지면	단수	기획	기사제목 〈회수〉〔곡수〕	필자/저자(역자)	분류	비고
1	5	文苑	咸安巴陵吟社句集/夜長(課題)〔1〕 함안 파릉음사 구집/기나긴 밤(과제)	白雲	시가/하이쿠	
4	6		俗謠-投書歡迎〈16〉〔2〕 속요-투서 환영	西町 俠雨	시가/도도이쓰	회수 오류
4	6		俗謠-投書歡迎〈16〉〔1〕 속요-투서 환영	南濱 三四郎	시가/도도이쓰	회수 오류
4	6		俗謠-投書歡迎〈16〉〔1〕 속요-투서 환영	紅蔦家 あの字	시가/도도이쓰	회수 오류
4	6		俗謠-投書歡迎〈16〉〔1〕 속요-투서 환영	社內 芳子	시가/도도이쓰	회수 오류
5	1~3		望/免職(三)〈99〉 희망/면직(3)	北島春石	소설	회수 오류
6	1~2		江原道跋涉記(第六十四信)/大浦港より杆城へ〈64〉 강원도 편력기(제64신)/대포항에서 간성으로	特派員 坂木南岳	수필/기행	
7	1~3		兒雷也〈87〉 지라이야	黑頭巾 講演	고단	

1917년 10월 19일 (금) 3590호

지면	단수	기획	기사제목 〈회수〉〔곡수〕	필자/저자(역자)	분류	비고
1	4		大連より(十月十日發) 다렌에서(10월 10일 출발)	蕃淵生	수필/기행	
4	6		俗謠-投書歡迎〈17〉〔1〕 속요-투서 환영	西町 狂香	시가/도도이쓰	
4	6		俗謠-投書歡迎〈17〉〔1〕 속요-투서 환영	富平町 枯愁	시가/도도이쓰	
4	6		俗謠-投書歡迎〈17〉〔1〕 속요-투서 환영	富平町 正勝	시가/도도이쓰	
4	6		俗謠-投書歡迎〈17〉〔1〕 속요-투서 환영	大廳町 蘇舟	시가/도도이쓰	
5	1~3		望/挾擊(一)〈100〉 희망/협공(1)	北島春石	소설	
6	2~3		江原道跋涉記(第六十五信)/杆城邑より(一)〈65〉 강원도 편력기(제65신)/간성읍에서(1)	特派員 坂本南岳	수필/기행	
7	1~3		兒雷也〈88〉 지라이야	黑頭巾 講演	고단	

1917년 10월 20일 (토) 3591호

지면	단수	기획	기사제목 〈회수〉〔곡수〕	필자/저자(역자)	분류	비고
1	4		本谿湖より(十月十一日發) 본계호에서(10월 11일 출발)	蕃淵生	수필/기행	
1	5	文苑	晋州神社鎭座祭句集〔2〕 진주 신사 진좌제 구집	其痴	시가/하이쿠	
1	5	文苑	晋州神社鎭座祭句集〔1〕 진주 신사 진좌제 구집	兩木	시가/하이쿠	
1	5	文苑	晋州神社鎭座祭句集〔1〕 진주 신사 진좌제 구집	無俳	시가/하이쿠	
1	5	文苑	晋州神社鎭座祭句集〔1〕 진주 신사 진좌제 구집	武木	시가/하이쿠	
1	5	文苑	晋州神社鎭座祭句集〔3〕 진주 신사 진좌제 구집	甲木	시가/하이쿠	
1	5	文苑	晋州神社鎭座祭句集〔1〕 진주 신사 진좌제 구집	華峰	시가/하이쿠	
1	5	文苑	晋州神社鎭座祭句集〔1〕 진주 신사 진좌제 구집	一笑	시가/하이쿠	

지면	단수	기획	기사제목 〈회수〉〔곡수〕	필자/저자(역자)	분류	비고
1	5	文苑	晋州神社鎭座祭句集〔2〕 진주 신사 진좌제 구집	花木	시가/하이쿠	
1	5	文苑	晋州神社鎭座祭句集〔3〕 진주 신사 진좌제 구집	靜湖	시가/하이쿠	
1	5	文苑	晋州神社鎭座祭句集〔2〕 진주 신사 진좌제 구집	拙木	시가/하이쿠	
1	5	文苑	晋州神社鎭座祭句集〔1〕 진주 신사 진좌제 구집	遠山	시가/하이쿠	
1	5	文苑	晋州神社鎭座祭句集〔3〕 진주 신사 진좌제 구집	衷庸	시가/하이쿠	
1	5	文苑	晋州神社鎭座祭句集〔3〕 진주 신사 진좌제 구집	竹#	시가/하이쿠	
1	5	文苑	晋州神社鎭座祭句集〔1〕 진주 신사 진좌제 구집	一雨	시가/하이쿠	
1	5	文苑	晋州神社鎭座祭句集〔2〕 진주 신사 진좌제 구집	竹#	시가/하이쿠	
1	5	文苑	晋州神社鎭座祭句集〔1〕 진주 신사 진좌제 구집	盟海	시가/하이쿠	
1	5	文苑	晋州神社鎭座祭句集〔3〕 진주 신사 진좌제 구집	李溪	시가/하이쿠	
1	5	文苑	晋州神社鎭座祭句集/正風派第十世 靜濤庵湖誠宗匠〔4〕 진주 신사 진좌제 구집/쇼후파 제10세 세이토안 고세이 종장	湖誠宗匠	시가/하이쿠	

1917년 10월 20일 (토) 3591호 경성판

지면	단수	기획	기사제목 〈회수〉〔곡수〕	필자/저자(역자)	분류	비고
3	5~6		移轉まで〈1〉 이전까지	凡々子	수필/일상	

1917년 10월 20일 (토) 3591호

지면	단수	기획	기사제목 〈회수〉〔곡수〕	필자/저자(역자)	분류	비고
4	7		俗謠-投書歡迎〈18〉〔1〕 속요-투서 환영	大廳町 蘇舟	시가/도도이쓰	
4	7		俗謠-投書歡迎〈18〉〔1〕 속요-투서 환영	富平町 枯愁	시가/도도이쓰	
4	7		俗謠-投書歡迎〈18〉〔1〕 속요-투서 환영	西町 俠雨	시가/도도이쓰	
4	7		俗謠-投書歡迎〈18〉〔1〕 속요-투서 환영	江景 琴糸	시가/도도이쓰	
4	7		俗謠-投書歡迎〈18〉〔1〕 속요-투서 환영	西町 俠雨	시가/도도이쓰	
5	1~3		望/挾擊(二)〈101〉 희망/협공(2)	北島春石	소설	
6	2~3		江原道跋涉記(第六十六信)/杆城邑より(二)〈66〉 강원도 편력기(제66신)/간성읍에서(2)	特派員 坂本南岳	수필/기행	
7	1~3		兒雷也〈89〉 지라이야	黑頭巾 講演	고단	

1917년 10월 21일 (일) 3592호

지면	단수	기획	기사제목 〈회수〉〔곡수〕	필자/저자(역자)	분류	비고
1	5	文苑	咸安巴陵吟社句集。題。案山子〔1〕 함안 파릉음사 구집/주제. 허수아비	英峯	시가/하이쿠	
1	5	文苑	咸安巴陵吟社句集/題。案山子〔1〕 함안 파릉음사 구집/주제. 허수아비	柿實	시가/하이쿠	
1	5	文苑	咸安巴陵吟社句集/題。案山子〔1〕 함안 파릉음사 구집/주제. 허수아비	守景	시가/하이쿠	

지면	단수	기획	기사제목 〈회수〉 [곡수]	필자/저자(역자)	분류	비고
1	5	文苑	咸安巴陵吟社句集/題。案山子 [1] 함안 파릉음사 구집/주제. 허수아비	凉汀	시가/하이쿠	
1	5	文苑	咸安巴陵吟社句集/題。新酒 [1] 함안 파릉음사 구집/주제. 신주	英峯	시가/하이쿠	
1	5	文苑	咸安巴陵吟社句集/題。新酒 [1] 함안 파릉음사 구집/주제. 신주	白雲	시가/하이쿠	
1	5	文苑	咸安巴陵吟社句集/題。新酒 [1] 함안 파릉음사 구집/주제. 신주	天外	시가/하이쿠	
1	5	文苑	咸安巴陵吟社句集/題。新酒 [1] 함안 파릉음사 구집/주제. 신주	月舟	시가/하이쿠	

1917년 10월 21일 (일) 3592호 경성판

지면	단수	기획	기사제목 〈회수〉 [곡수]	필자/저자(역자)	분류	비고
3	7~8		移轉まで 〈2〉 이전까지	凡々子	수필/일상	

1917년 10월 21일 (일) 3592호

지면	단수	기획	기사제목 〈회수〉 [곡수]	필자/저자(역자)	분류	비고
4	6		俗謠-投書歡迎 〈18〉 [2] 속요-투서 환영	南濱 菊雄	시가/도도이쓰	회수 오류
4	6		俗謠-投書歡迎 〈18〉 [1] 속요-투서 환영	西町 俠雨	시가/도도이쓰	회수 오류
4	6		俗謠-投書歡迎 〈18〉 [1] 속요-투서 환영	大廳町 蘇舟	시가/도도이쓰	회수 오류
4	6		俗謠-投書歡迎 〈18〉 [1] 속요-투서 환영	社內 芳子	시가/도도이쓰	회수 오류
5	1~3		望/挟擊(三) 〈102〉 희망/협공(3)	北島春石	소설	
6	1~2		江原道跋涉記(第六十七信)/杆城邑より(三) 〈67〉 강원도 편력기(제67신)/간성읍에서(3)	特派員 坂本南岳	수필/기행	
6	1~2		梁山印象記 〈1〉 양산 인상기	齋藤生	수필/기행	
7	1~3		兒雷也 〈90〉 지라이야	黑頭巾 講演	고단	

1917년 10월 22일 (월) 3593호

지면	단수	기획	기사제목 〈회수〉 [곡수]	필자/저자(역자)	분류	비고
1	5	文苑	商專俳句會句稿/踊 [1] 쇼센하이쿠카이 구고/춤	洛東	시가/하이쿠	
1	5	文苑	商專俳句會句稿/踊 [1] 쇼센하이쿠카이 구고/춤	呦々子	시가/하이쿠	
1	5	文苑	商專俳句會句稿/踊 [1] 쇼센하이쿠카이 구고/춤	雨聲	시가/하이쿠	
1	5	文苑	商專俳句會句稿/踊 [1] 쇼센하이쿠카이 구고/춤	楓江	시가/하이쿠	
1	5	文苑	商專俳句會句稿/踊 [1] 쇼센하이쿠카이 구고/춤	雲亭	시가/하이쿠	
1	5	文苑	商專俳句會句稿/踊 [5] 쇼센하이쿠카이 구고/춤	微笑子	시가/하이쿠	
1	5	文苑	商專俳句會句稿/踊 [3] 쇼센하이쿠카이 구고/춤	秋汀	시가/하이쿠	
1	5	文苑	商專俳句會句稿/踊 [5] 쇼센하이쿠카이 구고/춤	靑眼子	시가/하이쿠	
3	4		俗謠-投書歡迎 〈20〉 [1] 속요-투서 환영	富平町 枯愁	시가/도도이쓰	

지면	단수	기획	기사제목 〈회수〉〔곡수〕	필자/저자(역자)	분류	비고
3	4		俗謠-投書歡迎 〈20〉〔1〕 속요-투서 환영	江景 琴糸	시가/도도이쓰	
3	4		俗謠-投書歡迎 〈20〉〔2〕 속요-투서 환영	紅蔦家 あの字	시가/도도이쓰	
3	4		俗謠-投書歡迎 〈20〉〔1〕 속요-투서 환영	社內 芳子	시가/도도이쓰	
4	1~3		兒雷也 〈91〉 지라이야	黑頭巾 講演	고단	

1917년 10월 23일 (화) 3594호

지면	단수	기획	기사제목 〈회수〉〔곡수〕	필자/저자(역자)	분류	비고
1	5	文苑	蘆の拔穗 〈1〉〔13〕 이삭 가려 뽑기	岐阜 高橋遲々坊	수필·시가/ 일상·하이쿠	
1	5		門司驛より(十月廿日朝發) 모지 역에서(10월 20일 아침 출발)	たゞし生	수필/기행	
4	7		俗謠-投書歡迎 〈21〉〔1〕 속요-투서 환영	西町 狂香	시가/도도이쓰	
4	7		俗謠-投書歡迎 〈21〉〔2〕 속요-투서 환영	富平町 敏子	시가/도도이쓰	
4	7		俗謠-投書歡迎 〈21〉〔1〕 속요-투서 환영	大廳町 笑月	시가/도도이쓰	
4	7		俗謠-投書歡迎 〈21〉〔1〕 속요-투서 환영	元山にて 三四郎	시가/도도이쓰	
4	7		俗謠-投書歡迎 〈21〉〔1〕 속요-투서 환영	社內 芳子	시가/도도이쓰	
5	1~3		望/おとしあな(一) 〈103〉 희망/함정(1)	北島春石	소설	
6	1~2		江原道跋涉記(第六十八信)/杆城より高城へ 〈68〉 강원도 편력기(제68신)/간성에서 고성으로	特派員 坂本南岳	수필/기행	
7	1~3		兒雷也 〈92〉 지라이야	黑頭巾 講演	고단	

1917년 10월 24일 (수) 3595호

지면	단수	기획	기사제목 〈회수〉〔곡수〕	필자/저자(역자)	분류	비고
1	4		五龍背より(十月廿二日夜發) 우룽베이에서(10월 22일 밤 출발)	蕃淵生	수필/기행	
1	5	文苑	(제목없음) 〈1〉〔12〕	岐阜 高橋遲々坊	수필·시가/ 일상·하이쿠	

1917년 10월 24일 (수) 3595호 경성판

지면	단수	기획	기사제목 〈회수〉〔곡수〕	필자/저자(역자)	분류	비고
3	6~7		移轉まで 〈3〉 이전까지	凡々子	수필/일상	

1917년 10월 24일 (수) 3595호

지면	단수	기획	기사제목 〈회수〉〔곡수〕	필자/저자(역자)	분류	비고
5	1~3		望/おとしあな(二) 〈104〉 희망/함정(2)	北島春石	소설	
6	2~3		江原道跋涉記(第六十九信)/高城より(一) 〈69〉 강원도 편력기(제69신)/고성에서(1)	特派員 坂本南岳	수필/기행	
6	6		通度寺印象記 〈1〉 통도사 인상기	齋藤生	수필/기행	
7	1~3		兒雷也 〈93〉 지라이야	黑頭巾 講演	고단	

1917년 10월 25일 (목) 3596호

지면	단수	기획	기사제목 〈회수〉〔곡수〕	필자/저자(역자)	분류	비고
1	4		京城より(十月廿四日發) 경성에서(10월 24일 출발)	蕃淵生	수필/기행	
1	5	文苑	蘆の抜穗 〈3〉〔20〕 이삭 가려 뽑기	岐阜 高橋遲々坊	수필·시가/ 일상·하이쿠	

1917년 10월 25일 (목) 3596호 경성판

지면	단수	기획	기사제목 〈회수〉〔곡수〕	필자/저자(역자)	분류	비고
3	6~7		移轉まで 〈4〉 이전까지	凡々子	수필/일상	

1917년 10월 25일 (목) 3596호

지면	단수	기획	기사제목 〈회수〉〔곡수〕	필자/저자(역자)	분류	비고
4	7		俗謠-投書歡迎 〈22〉〔1〕 속요-투서 환영	草梁 銀沙子	시가/도도이 쓰	
4	7		俗謠-投書歡迎 〈22〉〔1〕 속요-투서 환영	大廳町 蘇舟	시가/도도이 쓰	
4	7		俗謠-投書歡迎 〈22〉〔1〕 속요-투서 환영	幸町 藤吉	시가/도도이 쓰	
4	7		俗謠-投書歡迎 〈22〉〔1〕 속요-투서 환영	西町 狂香	시가/도도이 쓰	
4	7		俗謠-投書歡迎 〈22〉〔1〕 속요-투서 환영	奉天 ともゑ	시가/도도이 쓰	
4	7		俗謠-投書歡迎 〈22〉〔1〕 속요-투서 환영	辨天町 櫻尙	시가/도도이 쓰	
5	1~3		望/おとしあな(三) 〈105〉 희망/함정(3)	北島春石	소설	
6	1~2		江原道跋涉記(第七十信)/高城より(二) 〈70〉 강원도 편력기(제70신)/고성에서(2)	特派員 坂本南岳	수필/기행	
7	1~3		兒雷也 〈94〉 지라이야	黑頭巾 講演	고단	

1917년 10월 26일 (금) 3597호

지면	단수	기획	기사제목 〈회수〉〔곡수〕	필자/저자(역자)	분류	비고
1	4~5	文苑	蘆の抜穗 〈4〉〔9〕 이삭 가려 뽑기	岐阜 高橋遲々坊	수필·시가/ 일상·하이쿠	
1	4~5	文苑	韮城來釜小集(松の都に於て)〔5〕 규조 부산 방문 소모임(송도에서)	韮城	시가/하이쿠	
1	4~5	文苑	韮城來釜小集(松の都に於て)〔4〕 규조 부산 방문 소모임(송도에서)	侠雨	시가/하이쿠	
1	4~5	文苑	韮城來釜小集(松の都に於て)〔5〕 규조 부산 방문 소모임(송도에서)	雨意	시가/하이쿠	
1	4~5	文苑	韮城來釜小集(松の都に於て)〔5〕 규조 부산 방문 소모임(송도에서)	秋汀	시가/하이쿠	
1	4~5	文苑	韮城來釜小集(松の都に於て)〔5〕 규조 부산 방문 소모임(송도에서)	沙川	시가/하이쿠	
1	4~5	文苑	韮城來釜小集(松の都に於て)〔5〕 규조 부산 방문 소모임(송도에서)	靑眼子	시가/하이쿠	

1917년 10월 26일 (금) 3597호 경성판

지면	단수	기획	기사제목 〈회수〉〔곡수〕	필자/저자(역자)	분류	비고
3	5~7		移轉まで 〈5〉 이전까지	凡々子	수필/일상	

1917년 10월 26일 (금) 3597호

지면	단수	기획	기사제목 〈회수〉〔곡수〕	필자/저자(역자)	분류	비고
4	6		俗謠-投書歡迎 〈22〉〔1〕 속요-투서 환영	西町 狂香	시가/도도이 쓰	회수 오류

지면	단수	기획	기사제목 〈회수〉 〔곡수〕	필자/저재(역자)	분류	비고
4	6		俗謠-投書歡迎 〈22〉 [1] 속요-투서 환영	筏橋 いさむ	시가/도도이쓰	회수 오류
4	6		俗謠-投書歡迎 〈22〉 [1] 속요-투서 환영	紅蔦家 あの字	시가/도도이쓰	회수 오류
4	6		俗謠-投書歡迎 〈22〉 [1] 속요-투서 환영	奉天 ともゑ	시가/도도이쓰	회수 오류
4	6		俗謠-投書歡迎 〈22〉 [1] 속요-투서 환영	草場町 銀沙子	시가/도도이쓰	회수 오류
4	6		俗謠-投書歡迎 〈22〉 [1] 속요-투서 환영	社內 芳子	시가/도도이쓰	회수 오류
5	1~3		望/おとしあな(四) 〈106〉 희망/함정(4)	北島春石	소설	
6	1~2		江原道跋涉記(第七十一信)/溫井里より 〈71〉 강원도 편력기(제71신)/온정리에서	特派員 坂本南岳	수필/기행	
6	6		勿禁より 물금에서	齋藤生	수필/기행	
7	1~3		兒雷也 〈95〉 지라이야	黑頭巾 講演	고단	

1917년 10월 27일 (토) 3598호

지면	단수	기획	기사제목 〈회수〉 〔곡수〕	필자/저재(역자)	분류	비고
1	3~5		九州めぐり/武雄溫泉 〈1〉 규슈 기행/다케오 온천	たゞし生	수필/기행	
1	5	文苑	夕明り [4] 저녁 어스름	入日港一郎	시가/단카	
1	5	文苑	咸安巴陵會句集/芒 [1] 함안 파릉회 구집/억새	咄々	시가/하이쿠	
1	5	文苑	咸安巴陵會句集/芒 [1] 함안 파릉회 구집/억새	夢醒	시가/하이쿠	
1	5	文苑	咸安巴陵會句集/芒 [2] 함안 파릉회 구집/억새	白雲	시가/하이쿠	
1	5	文苑	咸安巴陵會句集/芒 [1] 함안 파릉회 구집/억새	天外	시가/하이쿠	
1	5	文苑	咸安巴陵會句集/芒 [1] 함안 파릉회 구집/억새	子赫	시가/하이쿠	

1917년 10월 27일 (토) 3598호 경성판

지면	단수	기획	기사제목 〈회수〉 〔곡수〕	필자/저재(역자)	분류	비고
3	7~8		或る時に 어느 때에	凡々子	수필/일상	

1917년 10월 27일 (토) 3598호

지면	단수	기획	기사제목 〈회수〉 〔곡수〕	필자/저재(역자)	분류	비고
4	6		俗謠-投書歡迎 〈22〉 [2] 속요-투서 환영	紅蔦家 あの字	시가/도도이쓰	회수 오류
4	6		俗謠-投書歡迎 〈22〉 [2] 속요-투서 환영	奉天 ともゑ	시가/도도이쓰	회수 오류
4	6		俗謠-投書歡迎 〈22〉 [1] 속요-투서 환영	元山にて 三四郎	시가/도도이쓰	회수 오류
4	6		俗謠-投書歡迎 〈22〉 [1] 속요-투서 환영	奉天 照葉	시가/도도이쓰	회수 오류
4	6		俗謠-投書歡迎 〈22〉 [1] 속요-투서 환영	社內 芳子	시가/도도이쓰	회수 오류
5	1~3		望/塀外(一) 〈107〉 희망/담 밖(1)	北島春石	소설	

지면	단수	기획	기사제목 〈회수〉〔곡수〕	필자/저자(역자)	분류	비고
6	1~2		江原道跋涉記(第七十二信)/金剛山より(一) 〈72〉 강원도 편력기(제72신)/금강산에서(1)	特派員 坂本南岳	수필/기행	
7	1~3		兒雷也 〈96〉 지라이야	黑頭巾 講演	고단	

1917년 10월 28일 (일) 3599호

지면	단수	기획	기사제목 〈회수〉〔곡수〕	필자/저자(역자)	분류	비고
1	1~2		秋窓漫言 추창만언	石泉生	수필/기타	
3	1~2		江原道跋涉記(第七十三信)/金剛山より(二) 〈73〉 강원도 편력기(제73신)/금강산에서(2)	特派員 坂本南岳	수필/기행	
4	6		俗謠-投書歡迎 〈24〉〔1〕 속요-투서 환영	南濱 熊雄	시가/도도이쓰	
4	6		俗謠-投書歡迎 〈24〉〔2〕 속요-투서 환영	江景 琴糸	시가/도도이쓰	
4	6		俗謠-投書歡迎 〈24〉〔1〕 속요-투서 환영	富平町 櫻秀庵	시가/도도이쓰	
4	6		俗謠-投書歡迎 〈24〉〔2〕 속요-투서 환영	奉天 照葉	시가/도도이쓰	
4	6		俗謠-投書歡迎 〈24〉〔1〕 속요-투서 환영	西町 狂香	시가/도도이쓰	
4	6		俗謠-投書歡迎 〈24〉〔1〕 속요-투서 환영	社內 芳子	시가/도도이쓰	
5	1~3		望/塀外(二) 〈108〉 희망/담 밖(2)	北島春石	소설	
7	1~3		兒雷也 〈97〉 지라이야	黑頭巾 講演	고단	

1917년 10월 29일 (월) 3600호

지면	단수	기획	기사제목 〈회수〉〔곡수〕	필자/저자(역자)	분류	비고
1	5	文苑	咸安巴陵吟社句集/冬籠 〔1〕 함안 파릉음사 구집/겨울나기	白雲	시가/하이쿠	
1	5	文苑	咸安巴陵吟社句集/冬籠 〔1〕 함안 파릉음사 구집/겨울나기	天外	시가/하이쿠	
1	5	文苑	咸安巴陵吟社句集/冬籠 〔1〕 함안 파릉음사 구집/겨울나기	柿實	시가/하이쿠	
1	5	文苑	咸安巴陵吟社句集/冬籠 〔1〕 함안 파릉음사 구집/겨울나기	端月	시가/하이쿠	
1	5	文苑	咸安巴陵吟社句集/枯野 〔1〕 함안 파릉음사 구집/마른 들판	白雲	시가/하이쿠	
1	5	文苑	咸安巴陵吟社句集/枯野 〔1〕 함안 파릉음사 구집/마른 들판	子赫	시가/하이쿠	
1	5	文苑	咸安巴陵吟社句集/枯野 〔1〕 함안 파릉음사 구집/마른 들판	柿實	시가/하이쿠	
1	5	文苑	咸安巴陵吟社句集/枯野 〔1〕 함안 파릉음사 구집/마른 들판	凉汀	시가/하이쿠	
1	5	文苑	咸安巴陵吟社句集/枯野 〔1〕 함안 파릉음사 구집/마른 들판	溪月	시가/하이쿠	
3	5		俗謠-投書歡迎 〈25〉〔1〕 속요-투서 환영	本町 梅尙	시가/도도이쓰	
3	5		俗謠-投書歡迎 〈25〉〔1〕 속요-투서 환영	大廳町 松月	시가/도도이쓰	
3	5		俗謠-投書歡迎 〈25〉〔1〕 속요-투서 환영	西町 狂香	시가/도도이쓰	

지면	단수	기획	기사제목 〈회수〉〔곡수〕	필자/저자(역자)	분류	비고
3	5		俗謠-投書歡迎 〈25〉〔2〕 속요-투서 환영	西町 俠雨	시가/도도이 쓰	
3	5		俗謠-投書歡迎 〈25〉〔1〕 속요-투서 환영	元山にて 三四郎	시가/도도이 쓰	
3	5		俗謠-投書歡迎 〈25〉〔1〕 속요-투서 환영	社內 芳子	시가/도도이 쓰	
4	1~3		兒雷也 〈98〉 지라이야	黑頭巾 講演	고단	

1917년 10월 30일 (화) 3601호

지면	단수	기획	기사제목 〈회수〉〔곡수〕	필자/저자(역자)	분류	비고
1	4~5		九州めぐり/霧島(一) 〈2〉 규슈 기행/가고시마(1)	たゞし生	수필/기행	
1	5	文苑	金海より/龍眠山に登りて 〔2〕 김해에서/용면산에 올라	廣瀬鷗舟	수필/기행	
4	1~3		望/塀外(三) 〈109〉 희망/담 밖(3)	北島春石	소설	
5	6		俗謠-投書歡迎 〈26〉〔2〕 속요-투서 환영	奉天 ともゑ	시가/도도이 쓰	
5	6		俗謠-投書歡迎 〈26〉〔1〕 속요-투서 환영	西町 俠雨	시가/도도이 쓰	
5	6		俗謠-投書歡迎 〈26〉〔1〕 속요-투서 환영	本町 梅尙	시가/도도이 쓰	
5	6		俗謠-投書歡迎 〈26〉〔1〕 속요-투서 환영	紅蔦家 あの字	시가/도도이 쓰	
5	6		俗謠-投書歡迎 〈26〉〔1〕 속요-투서 환영	富平町 櫻秀庵	시가/도도이 쓰	
6	1~3		兒雷也 〈99〉 지라이야	黑頭巾 講演	고단	

1917년 10월 31일 (수) 3602호

지면	단수	기획	기사제목 〈회수〉〔곡수〕	필자/저자(역자)	분류	비고
면수 불명	1~3		望/自暴自棄(一) 〈110〉 희망/자포자기(1)	北島春石	소설	

1917년 11월 02일 (금) 3603호

지면	단수	기획	기사제목 〈회수〉〔곡수〕	필자/저자(역자)	분류	비고
1	2~4		九州めぐり/霧島(二) 〈2〉 규슈 기행/가고시마(2)	たゞし生	수필/기행	회수 오류
1	5	文苑	深みゆく秋 〔2〕 깊어 가는 가을	鳥致院 宮內翠郎	시가/단카	
1	5	文苑	菊 〔4〕 국화	靑眼子	시가/하이쿠	
4	6		俗謠-投書歡迎 〈29〉〔2〕 속요-투서 환영	鎭南浦 三四郎	시가/도도이 쓰	
4	6		俗謠-投書歡迎 〈29〉〔1〕 속요-투서 환영	大廳町 笑月	시가/도도이 쓰	
4	6		俗謠-投書歡迎 〈29〉〔2〕 속요-투서 환영	西町 狂香	시가/도도이 쓰	
4	6		俗謠-投書歡迎 〈29〉〔1〕 속요-투서 환영	朝日亭 小萬	시가/도도이 쓰	
4	6		俗謠-投書歡迎 〈29〉〔1〕 속요-투서 환영	社內 芳子	시가/도도이 쓰	
5	1~3		望/自暴自棄(二) 〈111〉 희망/자포자기(2)	北島春石	소설	

지면	단수	기획	기사제목 〈회수〉 〔곡수〕	필자/저자(역자)	분류	비고
6	1~2		江原道跋涉記(第七十五信)/金剛山より(四) 〈75〉 강원도 편력기(제75신)/금강산에서(4)	特派員 坂本南岳	수필/기행	
7	1~3		兒雷也 〈101〉 지라이야	黑頭巾 講演	고단	

1917년 11월 03일 (토) 3604호

지면	단수	기획	기사제목 〈회수〉 〔곡수〕	필자/저자(역자)	분류	비고
4	6		俗謠-投書歡迎 〈30〉 〔1〕 속요-투서 환영	鎭南浦 三四郎	시가/도도이쓰	
4	6		俗謠-投書歡迎 〈30〉 〔2〕 속요-투서 환영	南濱 三四郎	시가/도도이쓰	
4	6		俗謠-投書歡迎 〈30〉 〔2〕 속요-투서 환영	西町 狂香	시가/도도이쓰	
4	6		俗謠-投書歡迎 〈30〉 〔1〕 속요-투서 환영	社內 芳子	시가/두두이쓰	
5	1~3		望/雪中梅(一) 〈112〉 희망/설중매(1)	北島春石	소설	
6	1~2		江原道跋涉記(第七十六信)/金剛山より(五) 〈76〉 강원도 편력기(제76신)/금강산에서(5)	特派員 坂本南岳	수필/기행	
7	1~3		兒雷也 〈102〉 지라이야	黑頭巾 講演	고단	

1917년 11월 04일 (일) 3605호

지면	단수	기획	기사제목 〈회수〉 〔곡수〕	필자/저자(역자)	분류	비고
1	3~5		九州めぐり/霧島(三) 〈4〉 규슈 기행/가고시마(3)	たゞし生	수필/기행	
1	5	文苑	南海まで 〔5〕 남해까지	岳堂	시가/하이쿠	
4	4~6		都々逸の話 〈1〉 도도이쓰 이야기		수필/기타	
4	7		俗謠-投書歡迎 〈31〉 〔1〕 속요-투서 환영	本町 鈴子	시가/도도이쓰	
4	7		俗謠-投書歡迎 〈31〉 〔1〕 속요-투서 환영	西町 狂香	시가/도도이쓰	
4	7		俗謠-投書歡迎 〈31〉 〔1〕 속요-투서 환영	南濱 三四郎	시가/도도이쓰	
4	7		俗謠-投書歡迎 〈31〉 〔1〕 속요-투서 환영	大阪 笑神	시가/도도이쓰	
4	7		俗謠-投書歡迎 〈31〉 〔1〕 속요-투서 환영	社內 芳子	시가/도도이쓰	
5	1~3		望/雪中梅(二) 〈113〉 희망/설중매(2)	北島春石	소설	
6	3~6		江原道跋涉記(第七十七信)/金剛山より(六) 〈77〉 강원도 편력기(제77신)/금강산에서(6)	特派員 坂本南岳	수필/기행	
7	1~3		兒雷也 〈103〉 지라이야	黑頭巾 講演	고단	

1917년 11월 05일 (월) 3606호

지면	단수	기획	기사제목 〈회수〉 〔곡수〕	필자/저자(역자)	분류	비고
1	5	文苑	秋のさらひ 〔6〕 가을 습작	南鳳生	시가/하이쿠	
3	1~3		望/雪中梅(三) 〈114〉 희망/설중매(3)	北島春石	소설	
4	1~3		兒雷也 〈104〉 지라이야	黑頭巾 講演	고단	

지면	단수	기획	기사제목 〈회수〉 [곡수]	필자/저자(역자)	분류	비고
			1917년 11월 06일 (화) 3607호			
1	5	文苑	鳳凰臺にて [1] 봉황대에서		시가/하이쿠	
1	5	文苑	#陵に遊ぶ [1] #릉에 노닐다		시가/하이쿠	
1	5	文苑	奧村氏より菊を貰ふ [1] 오쿠무라 씨에게서 국화를 받다		시가/하이쿠	
1	5	文苑	金海より [7] 김해에서	鷗舟	수필/기행	
3	4~6		江原道跋涉記(第七十八信)/金剛山より(七) 〈78〉 강원도 편력기(제78신)/금강산에서(7)	特派員 坂本南岳	수필/기행	
4	5~7		都々逸の話 〈2〉 도도이쓰 이야기		수필/기타	
5	1~3		望/さかねぢ(一) 〈115〉 희망/반박(1)	北島春石	소설	
5	3		晋州菊の宴句集 [1] 진주 국화 연회 구집	主人	시가/하이쿠	
5	3		晋州菊の宴句集 [1] 진주 국화 연회 구집	春痴	시가/하이쿠	
5	3		晋州菊の宴句集 [1] 진주 국화 연회 구집	華峯	시가/하이쿠	
5	3		晋州菊の宴句集 [1] 진주 국화 연회 구집	奇堂	시가/하이쿠	
5	3		晋州菊の宴句集 [1] 진주 국화 연회 구집	適遙	시가/하이쿠	
5	3		晋州菊の宴句集 [1] 진주 국화 연회 구집	甲木	시가/하이쿠	
5	3		晋州菊の宴句集 [1] 진주 국화 연회 구집	白木	시가/하이쿠	
5	3		晋州菊の宴句集 [1] 진주 국화 연회 구집	拙木	시가/하이쿠	
5	3		晋州菊の宴句集 [1] 진주 국화 연회 구집	甲木	시가/하이쿠	
5	3		晋州菊の宴句集 [3] 진주 국화 연회 구집	冬木	시가/하이쿠	
5	3		晋州菊の宴句集 [1] 진주 국화 연회 구집	洲脇老人	시가/하이쿠	
5	3		晋州菊の宴句集 [1] 진주 국화 연회 구집	園主	시가/하이쿠	
5	3		晋州菊の宴句集 [1] 진주 국화 연회 구집	、木	시가/하이쿠	
5	3		晋州菊の宴句集 [1] 진주 국화 연회 구집	甲木	시가/하이쿠	
5	3		晋州菊の宴句集 [1] 진주 국화 연회 구집	梓	시가/하이쿠	
5	3		晋州菊の宴句集 [1] 진주 국화 연회 구집	、木	시가/하이쿠	
5	3~4		晋州菊の宴句集 [3] 진주 국화 연회 구집	其痴	시가/하이쿠	
5	4		晋州菊の宴句集 [1] 진주 국화 연회 구집	英峯	시가/하이쿠	

지면	단수	기획	기사제목 〈회수〉〔곡수〕	필자/저자(역자)	분류	비고
5	4		晋州菊の宴句集 〔1〕 진주 국화 연회 구집	無俳	시가/하이쿠	
5	4		晋州菊の宴句集/夜の菊 〔1〕 진주 국화 연회 구집/밤 국화	冬木	시가/하이쿠	
5	4		晋州菊の宴句集/夜の菊 〔1〕 진주 국화 연회 구집/밤 국화	其痴	시가/하이쿠	
5	4		晋州菊の宴句集/夜の菊 〔1〕 진주 국화 연회 구집/밤 국화	甲木	시가/하이쿠	
5	4		晋州菊の宴句集/夜の菊 〔1〕 진주 국화 연회 구집/밤 국화	、木	시가/하이쿠	
5	4		晋州菊の宴句集/夜の菊 〔1〕 진주 국화 연회 구집/밤 국화	英峯	시가/하이쿠	
5	4		晋州菊の宴句集/夜の菊 〔1〕 진주 국화 연회 구집/밤 국화	華峯	시가/하이쿠	
5	4		晋州菊の宴句集/夜の菊 〔1〕 진주 국화 연회 구집/밤 국화	頂木	시가/하이쿠	
7	1~3		兒雷也 〈105〉 지라이야	黑頭巾 講演	고단	

1917년 11월 07일 (수) 3608호

지면	단수	기획	기사제목 〈회수〉〔곡수〕	필자/저자(역자)	분류	비고
1	3~5		九州めぐり/霧島(四) 〈5〉 규슈 기행/가고시마(4)	たゞし生	수필/기행	
1	5	文苑	烟 〔3〕 연기	金海 坂口莠香	시가/단카	
4	4~6		都々逸の話 〈4〉 도도이쓰 이야기		수필/기타	회수 오류
4	5		俗謠-投書歡迎 〈32〉〔3〕 속요-투서 환영	三四郎	시가/도도이 쓰	
4	5		俗謠-投書歡迎 〈32〉〔2〕 속요-투서 환영	紅蔦家 あの字	시가/도도이 쓰	
4	5		俗謠-投書歡迎 〈32〉〔1〕 속요-투서 환영	社內 芳子	시가/도도이 쓰	
5	1~3		望/さかねぢ(二) 〈116〉 희망/반박(2)	北島春石	소설	
6	1~2		江原道跋涉記(第七十九信)/金剛山より(八) 〈79〉 강원도 편력기(제79신)/금강산에서(8)	特派員 坂本南岳	수필/기행	
7	1~3		兒雷也 〈106〉 지라이야	黑頭巾 講演	고단	

1917년 11월 08일 (목) 3609호

지면	단수	기획	기사제목 〈회수〉〔곡수〕	필자/저자(역자)	분류	비고
1	2~3		秋窓漫言 추창만언	一記者	수필/기타	
1	5	文苑	商專俳句會句稿 〔3〕 쇼센하이쿠카이 구고	楓江	시가/하이쿠	
1	5	文苑	商專俳句會句稿 〔3〕 쇼센하이쿠카이 구고	呦々子	시가/하이쿠	
1	5	文苑	商專俳句會句稿 〔3〕 쇼센하이쿠카이 구고	微笑子	시가/하이쿠	
1	5	文苑	商專俳句會句稿 〔2〕 쇼센하이쿠카이 구고	子秋	시가/하이쿠	
1	5	文苑	商專俳句會句稿 〔3〕 쇼센하이쿠카이 구고	雲亭	시가/하이쿠	

지면	단수	기획	기사제목 〈회수〉〔곡수〕	필자/저자(역자)	분류	비고
1	5	文苑	商專俳句會句稿 [1] 쇼센하이쿠카이 구고	吟溪子	시가/하이쿠	
1	5	文苑	商專俳句會句稿 [2] 쇼센하이쿠카이 구고	靑眼子	시가/하이쿠	
3	6~8		江原道跋涉記(第八十信)/金剛山より(九) 〈80〉 강원도 편력기(제80신)/금강산에서(9)	特派員 坂本南岳	수필/기행	
4	5~7		都々逸の話 〈5〉 도도이쓰 이야기		수필/기타	
4	6		俗謠-投書歡迎 〈33〉[2] 속요-투서 환영	南濱 三四郎	시가/도도이 쓰	
4	6		俗謠-投書歡迎 〈33〉[1] 속요-투서 환영	馬山 魚の家	시가/도도이 쓰	
4	6		俗謠-投書歡迎 〈33〉[2] 속요-투서 환영	京城 浪酒家	시가/도도이 쓰	
4	6		俗謠-投書歡迎 〈33〉[1] 속요-투서 환영	社內 芳子	시가/도도이 쓰	
5	1~3		望/さかねぢ(三) 〈117〉 희망/반박(3)	北島春石	소설	
7	1~3		兒雷也 〈107〉 지라이야	黑頭巾 講演	고단	

1917년 11월 09일 (금) 3610호

지면	단수	기획	기사제목 〈회수〉〔곡수〕	필자/저자(역자)	분류	비고
1	3~5		秋窓漫言 추창만언	若翁	수필/기타	
1	5	文苑	擣衣-五題 [5] 도의-오제	月酒舍	시가/단카	
4	1~2		慶南警務部大井副官邸の夜菊 [1] 경남 경무부 오이(大井) 부관 저택의 밤 국화		시가/하이쿠	
4	5~7		都々逸の話 〈6〉 도도이쓰 이야기		수필/기타	
4	6		俗謠-投書歡迎 〈32〉[2] 속요-투서 환영	奉天 ともゑ	시가/도도이 쓰	회수 오류
4	6		俗謠-投書歡迎 〈32〉[1] 속요-투서 환영	富平町 千賀勇	시가/도도이 쓰	회수 오류
4	6		俗謠-投書歡迎 〈32〉[1] 속요-투서 환영	紅蔦家 あの字	시가/도도이 쓰	회수 오류
4	6		俗謠-投書歡迎 〈32〉[2] 속요-투서 환영	南濱 三四郎	시가/도도이 쓰	회수 오류
5	1~3		望/よびだし(一) 〈118〉 희망/호출(1)	北島春石	소설	
6	2~3		江原道跋涉記(第八十一信)/金剛山より(十) 〈81〉 강원도 편력기(제81신)/금강산에서(10)	特派員 坂本南岳	수필/기행	
7	1~3		兒雷也 〈108〉 지라이야	黑頭巾 講演	고단	

1917년 11월 10일 (토) 3611호

지면	단수	기획	기사제목 〈회수〉〔곡수〕	필자/저자(역자)	분류	비고
1	5	文苑	落日を浴びて [2] 석양빛을 받으며	山茶花	시가/단카	
1	5	文苑	商專俳句會句稿/紅葉 [1] 쇼센하이쿠카이 구고/단풍	吟溪子	시가/하이쿠	
1	5	文苑	商專俳句會句稿/紅葉 [1] 쇼센하이쿠카이 구고/단풍	晩翠	시가/하이쿠	

지면	단수	기획	기사제목 〈회수〉〔곡수〕	필자/저자(역자)	분류	비고
1	5	文苑	商專俳句會句稿/紅葉 〔5〕 쇼센하이쿠카이 구고/단풍	子秋	시가/하이쿠	
1	5	文苑	商專俳句會句稿/紅葉 〔4〕 쇼센하이쿠카이 구고/단풍	呦々子	시가/하이쿠	
1	5	文苑	商專俳句會句稿/紅葉 〔2〕 쇼센하이쿠카이 구고/단풍	楓江	시가/하이쿠	
1	5	文苑	商專俳句會句稿/紅葉 〔4〕 쇼센하이쿠카이 구고/단풍	微笑子	시가/하이쿠	
1	5	文苑	商專俳句會句稿/紅葉 〔1〕 쇼센하이쿠카이 구고/단풍	雲亭	시가/하이쿠	
1	5	文苑	商專俳句會句稿/紅葉 〔2〕 쇼센하이쿠카이 구고/단풍	洛東	시가/하이쿠	
1	5	文苑	商專俳句會句稿/紅葉 〔2〕 쇼센하이쿠카이 구고/단풍	雨聲	시가/하이쿠	
1	5	文苑	商專俳句會句稿/紅葉 〔4〕 쇼센하이쿠카이 구고/단풍	秋汀	시가/하이쿠	
1	5	文苑	商專俳句會句稿/紅葉 〔4〕 쇼센하이쿠카이 구고/단풍	靑眼子	시가/하이쿠	
4	6		俗謠-投書歡迎 〈34〉〔1〕 속요-투서 환영	備中 ヽ助	시가/도도이 쓰	
4	6		俗謠-投書歡迎 〈34〉〔2〕 속요-투서 환영	牧の島 金ちゃん	시가/도도이 쓰	
4	6		俗謠-投書歡迎 〈34〉〔2〕 속요-투서 환영	奉天 ともゑ	시가/도도이 쓰	
4	6		俗謠-投書歡迎 〈34〉〔1〕 속요-투서 환영	南濱 三四郎	시가/도도이 쓰	
4	6		俗謠-投書歡迎 〈34〉〔1〕 속요-투서 환영	社內 芳子	시가/도도이 쓰	
5	1~3		望/よびだし(二) 〈119〉 희망/호출(2)	北島春石	소설	
6	1~2		江原道跋涉記(第八十二信)/金剛山より(十一) 〈82〉 강원도 편력기(제82신)/금강산에서(11)	特派員 坂本南岳	수필/기행	
7	1~3		兒雷也 〈109〉 지라이야	黑頭巾 講演	고단	

1917년 11월 11일 (일) 3612호

지면	단수	기획	기사제목 〈회수〉〔곡수〕	필자/저자(역자)	분류	비고
1	5	文苑	月-一題 〔5〕 달-일제		시가/단카	
1	5	文苑	敬神-一首 〔2〕 경신-일수		시가/단카	
4	6		俗謠-投書歡迎 〈35〉〔2〕 속요-투서 환영	奉天 ともゑ	시가/도도이 쓰	
4	6		俗謠-投書歡迎 〈35〉〔1〕 속요-투서 환영	牧の島 金ちゃん	시가/도도이 쓰	
4	6		俗謠-投書歡迎 〈35〉〔1〕 속요-투서 환영	京城 浪廼家	시가/도도이 쓰	
4	6		俗謠-投書歡迎 〈35〉〔1〕 속요-투서 환영	載寧 #波	시가/도도이 쓰	
5	1~3		望/よびだし(三) 〈120〉 희망/호출(3)	北島春石	소설	
6	4~6		江原道跋涉記(第八十三信)/金剛山より(十二) 〈83〉 강원도 편력기(제83신)/금강산에서(12)	特派員 坂本南岳	수필/기행	

지면	단수	기획	기사제목 〈회수〉〔곡수〕	필자/저자(역자)	분류	비고
7	1~3		兒雷也 〈110〉 지라이야	黑頭巾 講演	고단	

1917년 11월 13일 (화) 3614호

지면	단수	기획	기사제목 〈회수〉〔곡수〕	필자/저자(역자)	분류	비고
1	4~5		國境より 국경에서	龜岡天川	수필/기행	
5	1~4		江原道跋涉記(第八十四信)/金剛山より(十三) 〈84〉 강원도 편력기(제84신)/금강산에서(13)	特派員 坂本南岳	수필/기행	면수 오류
2	6		俗謠-投書歡迎 〈38〉〔2〕 속요-투서 환영	江陵 榮	시가/도도이 쓰	면수 오류
2	6		俗謠-投書歡迎 〈38〉〔1〕 속요-투서 환영	奉天 ともゑ	시가/도도이 쓰	면수 오류
2	6		俗謠-投書歡迎 〈38〉〔1〕 속요-투서 환영	京城 浪酒家	시가/도도이 쓰	면수 오류
2	6		俗謠-投書歡迎 〈38〉〔1〕 속요-투서 환영	京城 朧小路	시가/도도이 쓰	면수 오류
2	6		俗謠-投書歡迎 〈38〉〔1〕 속요-투서 환영	社內 芳子	시가/도도이 쓰	면수 오류
5	1~3		望/初耳(二) 〈122〉 희망/금시초문(2)	北島春石	소설	
7	1~5		兒雷也 〈112〉 지라이야	黑頭巾 講演	고단	

1917년 11월 14일 (수) 3615호

지면	단수	기획	기사제목 〈회수〉〔곡수〕	필자/저자(역자)	분류	비고
1	5	文苑	蘆の拔穗 〈2〉〔8〕 이삭 가려 뽑기	岐阜 高橋遲々坊	수필·시가/ 일상·하이쿠	
4	7		大池家の慶事 〔1〕 오이케 가의 경사	鶴彦	시가/단카	
4	7		大池家の慶事 〔1〕 오이케 가의 경사	東嶺	시가/한시	
4	7		大池家の慶事 〔1〕 오이케 가의 경사	島田志良	시가/단카	
4	7		俗謠-投書歡迎 〈39〉〔1〕 속요-투서 환영	紅蔦家 あの字	시가/도도이 쓰	
4	7		俗謠-投書歡迎 〈39〉〔2〕 속요-투서 환영	西町 狂香	시가/도도이 쓰	
4	7		俗謠-投書歡迎 〈39〉〔2〕 속요-투서 환영	南濱 三四郎	시가/도도이 쓰	
4	7		俗謠-投書歡迎 〈39〉〔1〕 속요-투서 환영	京城 靑島より	시가/도도이 쓰	
5	1~3		望/初耳(三) 〈123〉 희망/금시초문(3)	北島春石	소설	
6	1~2		江原道跋涉記(第八十五信)/金剛山より(十四) 〈85〉 강원도 편력기(제85신)/금강산에서(14)	特派員 坂本南岳	수필/기행	
7	1~3		兒雷也 〈113〉 지라이야	黑頭巾 講演	고단	

1917년 11월 15일 (목) 3616호

지면	단수	기획	기사제목 〈회수〉〔곡수〕	필자/저자(역자)	분류	비고
1	3~5		平壤より 평양에서	龜岡天川	수필/기행	
5	1~3		望/見附際(一) 〈124〉 희망/발견했을 때(1)	北島春石	소설	

지면	단수	기획	기사제목 〈회수〉〔곡수〕	필자/저자(역자)	분류	비고
7	1~3		兒雷也 〈114〉 지라이야	黑頭巾 講演	고단	

1917년 11월 16일 (금) 3617호

지면	단수	기획	기사제목 〈회수〉〔곡수〕	필자/저자(역자)	분류	비고
1	5	文苑	秋汀庵小集(橙黃子来釜) 〔7〕 슈테이안 소모임(도코시 부산 방문)	橙黃子	시가/하이쿠	
1	5	文苑	秋汀庵小集(橙黃子来釜) 〔5〕 슈테이안 소모임(도코시 부산 방문)	秋汀	시가/하이쿠	
1	5	文苑	秋汀庵小集(橙黃子来釜) 〔5〕 슈테이안 소모임(도코시 부산 방문)	靑眼子	시가/하이쿠	
1	5	文苑	秋汀庵小集(橙黃子来釜) 〔3〕 슈테이안 소모임(도코시 부산 방문)	沙川	시가/하이쿠	
1	5	义苑	秋汀庵小集(橙黃子米釜) 〔2〕 슈테이안 소모임(도코시 부산 방문)	俠雨	시가/하이쿠	
1	5	文苑	秋汀庵小集(橙黃子來釜) 〔2〕 슈테이안 소모임(도코시 부산 방문)	牙集	시가/하이쿠	
4	6		俗謠-投書歡迎 〈40〉〔2〕 속요-투서 환영	西町 俠雨	시가/도도이쓰	
4	6		俗謠-投書歡迎 〈40〉〔2〕 속요-투서 환영	奉天 ともゑ	시가/도도이쓰	
4	6		俗謠-投書歡迎 〈40〉〔1〕 속요-투서 환영	京城 朧小路	시가/도도이쓰	
4	6		俗謠-投書歡迎 〈40〉〔1〕 속요-투서 환영	本町 春子	시가/도도이쓰	
4	6		俗謠-投書歡迎 〈40〉 속요-투서 환영	社內 芳子	시가/도도이쓰	
5	1~3		望/見附際(二) 〈125〉 희망/발견했을 때(2)	北島春石	소설	
6	1~2		江原道跋涉記(第八十六信)/金剛山より(十五) 〈86〉 강원도 편력기(제86신)/금강산에서(15)	特派員 坂本南岳	수필/기행	
7	1~3		兒雷也 〈115〉 지라이야	黑頭巾 講演	고단	

1917년 11월 17일 (토) 3618호

지면	단수	기획	기사제목 〈회수〉〔곡수〕	필자/저자(역자)	분류	비고
1	3~4		九州めぐり/熊本(一) 〈6〉 규슈 기행/구마모토(1)	たゞし生	수필/기행	
1	5	文苑	海雲臺 〔1〕 해운대	持地東嶺	시가/한시	
1	5	文苑	海雲樓 〔1〕 해운루	持地東嶺	시가/한시	
1	5	文苑	蘆の抜穗 〈3〉〔9〕 이삭 가려 뽑기	岐阜 高橋遲々坊	수필·시가/ 일상·하이쿠	
3	4~5		江原道跋涉記(第八十七信)/金剛山より(十六) 〈87〉 강원도 편력기(제87신)/금강산에서(16)	特派員 坂本南岳	수필/기행	
4	7		俗謠-投書歡迎 〈41〉〔2〕 속요-투서 환영	琴平町 小夜子	시가/도도이쓰	
4	7		俗謠-投書歡迎 〈41〉〔1〕 속요-투서 환영	奉天 ともゑ	시가/도도이쓰	
4	7		俗謠-投書歡迎 〈41〉〔1〕 속요-투서 환영	永同 よし子	시가/도도이쓰	
4	7		俗謠-投書歡迎 〈41〉〔2〕 속요-투서 환영	西町 俠雨	시가/도도이쓰	

지면	단수	기획	기사제목 〈회수〉〔곡수〕	필자/저자(역자)	분류	비고
4	7		俗謠-投書歡迎 〈41〉〔1〕 속요-투서 환영	京城 魚人	시가/도도이 쓰	
4	7		俗謠-投書歡迎 〈41〉〔1〕 속요-투서 환영	社內 芳子	시가/도도이 쓰	
5	1~3		望/見附際(三) 〈126〉 희망/발견했을 때(3)	北島春石	소설	
7	1~3		兒雷也 〈116〉 지라이야	黑頭巾 講演	고단	

1917년 11월 18일 (일) 3619호

지면	단수	기획	기사제목 〈회수〉〔곡수〕	필자/저자(역자)	분류	비고
1	2~4		九州めぐり/熊本(二) 〈7〉 규슈 기행/구마모토(2)	たゞし生	수필/기행	
1	5	文苑	蘆の拔穗 〈4〉〔7〕 이삭 가려 뽑기	岐阜 高橋遲々坊	수필·시가/ 일상·하이쿠	
3	1~2		江原道跋涉記(第八十八信)/金剛山より(十七) 〈88〉 강원도 편력기(제88신)/금강산에서(17)	特派員 坂本南岳	수필/기행	
4	7		俗謠-投書歡迎 〈42〉〔1〕 속요-투서 환영	浦項 狂香	시가/도도이 쓰	
4	7		俗謠-投書歡迎 〈42〉〔2〕 속요-투서 환영	奉天 ともゑ	시가/도도이 쓰	
4	7		俗謠-投書歡迎 〈42〉〔1〕 속요-투서 환영	南濱 三四郎	시가/도도이 쓰	
4	7		俗謠-投書歡迎 〈42〉〔1〕 속요-투서 환영	京城 門脇紫浪	시가/도도이 쓰	
4	7		俗謠-投書歡迎 〈42〉〔1〕 속요-투서 환영	社內 芳子	시가/도도이 쓰	
5	1~3		望/見附際(四) 〈127〉 희망/발견했을 때(4)	北島春石	소설	
7	1~3		兒雷也 〈117〉 지라이야	黑頭巾 講演	고단	

1917년 11월 19일 (월) 3620호

지면	단수	기획	기사제목 〈회수〉〔곡수〕	필자/저자(역자)	분류	비고
1	2~4		九州めぐり/熊本(三) 〈8〉 규슈 기행/구마모토(3)	たゞし生	수필/기행	
3	1~3		望/覺醒(一) 〈128〉 희망/각성(1)	北島春石	소설	
4	1~3		兒雷也 〈118〉 지라이야	黑頭巾 講演	고단	

1917년 11월 20일 (화) 3621호

지면	단수	기획	기사제목 〈회수〉〔곡수〕	필자/저자(역자)	분류	비고
1	3~5		九州めぐり/熊本(四) 〈9〉 규슈 기행/구마모토(4)	たゞし生	수필/기행	
1	5	文苑	(제목없음)〔5〕	金海 露月	시가/하이쿠	
1	5	文苑	咸安巴陵吟社句集/北風〔2〕 함안 파릉음사 구집/북풍	柿實	시가/하이쿠	
1	5	文苑	咸安巴陵吟社句集/北風〔1〕 함안 파릉음사 구집/북풍	凉汀	시가/하이쿠	
1	5	文苑	咸安巴陵吟社句集/北風〔1〕 함안 파릉음사 구집/북풍	溪月	시가/하이쿠	
1	5	文苑	咸安巴陵吟社句集/霜〔1〕 함안 파릉음사 구집/서리	子赫	시가/하이쿠	

지면	단수	기획	기사제목 〈회수〉〔곡수〕	필자/저자(역자)	분류	비고
1	5	文苑	咸安巴陵吟社句集/霜 [2] 함안 파릉음사 구집/서리	端月	시가/하이쿠	
1	5	文苑	咸安巴陵吟社句集/霜 [1] 함안 파릉음사 구집/서리	柿實	시가/하이쿠	
1	5	文苑	咸安巴陵吟社句集/霜 [1] 함안 파릉음사 구집/서리	重延	시가/하이쿠	
1	5	文苑	咸安巴陵吟社句集/霜 [1] 함안 파릉음사 구집/서리	凉汀	시가/하이쿠	
1	5	文苑	咸安巴陵吟社句集/水鳥 [1] 함안 파릉음사 구집/물새	白運	시가/하이쿠	
1	5	文苑	咸安巴陵吟社句集/水鳥 [1] 함안 파릉음사 구집/물새	子赫	시가/하이쿠	
1	5	文苑	咸安巴陵吟社句集/水鳥 [1] 함안 파릉음사 구집/물새	端月	시가/하이쿠	
1	5	文苑	咸安巴陵吟社句集/水鳥 [3] 함안 파릉음사 구집/물새	柿實	시가/하이쿠	
1	5	文苑	咸安巴陵吟社句集/水鳥 [1] 함안 파릉음사 구집/물새	溪月	시가/하이쿠	
4	5		俗謠-投書歡迎 〈42〉 [1] 속요-투서 환영	南濱 三四郎	시가/도도이 쓰	회수 오류
4	5		俗謠-投書歡迎 〈42〉 [1] 속요-투서 환영	琴平町 小夜子	시가/도도이 쓰	회수 오류
4	5		俗謠-投書歡迎 〈42〉 [1] 속요-투서 환영	南濱 三四郎	시가/도도이 쓰	회수 오류
4	5		俗謠-投書歡迎 〈42〉 [1] 속요-투서 환영	西町 俠雨	시가/도도이 쓰	회수 오류
4	5		俗謠-投書歡迎 〈42〉 [1] 속요-투서 환영	奉天 ともゑ	시가/도도이 쓰	회수 오류
4	5		俗謠-投書歡迎 〈42〉 [1] 속요-투서 환영	社內 よし子	시가/도도이 쓰	회수 오류
5	1~3		望/覺醒(二) 〈129〉 희망/각성(2)	北島春石	소설	
면수 불명	1~2		江原道跋涉記(第八十九信)/金剛山より(十八) 〈89〉 강원도 편력기(제89신)/금강산에서(18)	特派員 坂本南岳	수필/기행	
7	1~3		兒雷也 〈119〉 지라이야	黑頭巾 講演	고단	

1917년 11월 21일 (수) 3622호

지면	단수	기획	기사제목 〈회수〉〔곡수〕	필자/저자(역자)	분류	비고
1	2~5		九州めぐり/熊本(五) 〈10〉 규슈 기행/구마모토(5)	たゞし生	수필/기행	
1	4		文藝募集 문예 모집	釜山日報社	광고/모집 광고	
1	5	文苑	この頃のうた [6] 이 무렵의 노래	公州 奧村小舟	시가/단카	
1	5	文苑	日曜偶會/冬の山 [4] 일요우회/겨울 산	牙集	시가/하이쿠	
1	5	文苑	日曜偶會/冬の山 [5] 일요우회/겨울 산	靑眼子	시가/하이쿠	
1	5	文苑	日曜偶會/鮮人部落 [1] 일요우회/조선인 부락	牙集	시가/하이쿠	
6	1~2		江原道跋涉記(第九十信)/金剛山より(十九) 〈90〉 강원도 편력기(제90신)/금강산에서(19)	特派員 坂本南岳	수필/기행	

지면	단수	기획	기사제목 〈회수〉〔곡수〕	필자/저자(역자)	분류	비고
7	1~3		兒雷也 〈120〉 지라이야	黑頭巾 講演	고단	

1917년 11월 22일 (목) 3623호

지면	단수	기획	기사제목 〈회수〉〔곡수〕	필자/저자(역자)	분류	비고
1	2~4		九州めぐり/福岡(一) 〈11〉 규슈 기행/후쿠오카(1)	たゞし生	수필/기행	
1	4		文藝募集 문예 모집	釜山日報社	광고/모집 광고	
1	5	文苑	琴の響き 〔1〕 칠현금의 울림	月廼舍	시가/자유시	
4	6		俗謠-投書歡迎 〈43〉 〔1〕 속요-투서 환영	迎日 狂香	시가/도도이 쓰	
4	6		俗謠-投書歡迎 〈43〉 〔1〕 속요-투서 환영	奉天 ともゑ	시가/도도이 쓰	
4	6		俗謠-投書歡迎 〈43〉 〔2〕 속요-투서 환영	西町 俠雨	시가/도도이 쓰	
4	6		俗謠-投書歡迎 〈43〉 〔1〕 속요-투서 환영	紅蔦家 あの字	시가/도도이 쓰	
4	6		俗謠-投書歡迎 〈43〉 〔1〕 속요-투서 환영	社內 芳子	시가/도도이 쓰	
5	1~3		望/覺醒(三) 〈130〉 희망/각성(3)	北島春石	소설	
6	1~2		江原道跋涉記(第九十一信)/金剛山より(二十) 〈91〉 강원도 편력기(제91신)/금강산에서(20)	特派員 坂本南岳	수필/기행	
7	1~3		兒雷也 〈121〉 지라이야	黑頭巾 講演	고단	

1917년 11월 23일 (금) 3624호

지면	단수	기획	기사제목 〈회수〉〔곡수〕	필자/저자(역자)	분류	비고
1	2~4		九州めぐり/福岡(二) 〈12〉 규슈 기행/후쿠오카(2)	たゞし生	수필/기행	
1	5		文藝募集 문예 모집	釜山日報社	광고/모집 광고	
3	1~2		江原道跋涉記(第九十二信)/金剛山より(廿一) 〈92〉 강원도 편력기(제92신)/금강산에서(21)	特派員 坂本南岳	수필/기행	
4	5		俗謠-投書歡迎 〈44〉 〔1〕 속요-투서 환영	紅蔦家 あの字	시가/도도이 쓰	
4	5		俗謠-投書歡迎 〈44〉 〔1〕 속요-투서 환영	琴平町 小夜子	시가/도도이 쓰	
4	5		俗謠-投書歡迎 〈44〉 〔1〕 속요-투서 환영	奉天 ともゑ	시가/도도이 쓰	
4	5		俗謠-投書歡迎 〈44〉 〔1〕 속요-투서 환영	京城 久酒家	시가/도도이 쓰	
4	5		俗謠-投書歡迎 〈44〉 〔1〕 속요-투서 환영	社內 芳子	시가/도도이 쓰	
5	1~3		望/蔭ながら(一) 〈131〉 희망/그늘에서라도(1)	北島春石	소설	
5	6	文苑	晋州自動車開業祝賀會俳句 〔1〕 진주 자동차 개업 축하회 하이쿠	枠南	시가/하이쿠	
5	6	文苑	晋州自動車開業祝賀會俳句 〔2〕 진주 자동차 개업 축하회 하이쿠	冬木	시가/하이쿠	
5	6	文苑	晋州自動車開業祝賀會俳句 〔1〕 진주 자동차 개업 축하회 하이쿠	甲木	시가/하이쿠	

지면	단수	기획	기사제목 〈회수〉〔곡수〕	필자/저자(역자)	분류	비고
5	6	文苑	晋州自動車開業祝賀會俳句〔1〕 진주 자동차 개업 축하회 하이쿠	無緋	시가/하이쿠	
5	6	文苑	晋州自動車開業祝賀會俳句〔1〕 진주 자동차 개업 축하회 하이쿠	淺南	시가/하이쿠	
5	6	文苑	晋州自動車開業祝賀會俳句〔1〕 진주 자동차 개업 축하회 하이쿠	華峰	시가/하이쿠	
5	6	文苑	晋州自動車開業祝賀會俳句〔1〕 진주 자동차 개업 축하회 하이쿠	布木	시가/하이쿠	
5	6	文苑	晋州自動車開業祝賀會俳句〔1〕 진주 자동차 개업 축하회 하이쿠	物木	시가/하이쿠	
5	6	文苑	晋州自動車開業祝賀會俳句〔1〕 진주 자동차 개업 축하회 하이쿠	白木	시가/하이쿠	
5	6	文苑	晋州自動車開業祝賀會俳句〔1〕 진주 자동차 개업 축하회 하이쿠	三木	시가/하이쿠	
5	6	文苑	晋州自動車開業祝賀會俳句〔1〕 진주 자동차 개업 축하회 하이쿠	、木	시가/하이쿠	
5	6	文苑	晋州自動車開業祝賀會俳句〔1〕 진주 자동차 개업 축하회 하이쿠	其痴	시가/하이쿠	
5	6	文苑	晋州自動車開業祝賀會俳句/番外〔1〕 진주 자동차 개업 축하회 하이쿠/번외	奇堂	시가/하이쿠	
5	6	文苑	晋州自動車開業祝賀會俳句/番外〔2〕 진주 자동차 개업 축하회 하이쿠/번외	菊之助	시가/하이쿠	
7	1~3		兒雷也〈122〉 지라이야	黑頭巾 講演	고단	

1917년 11월 25일 (일) 3625호

지면	단수	기획	기사제목 〈회수〉〔곡수〕	필자/저자(역자)	분류	비고
1	5	文苑	旅日記より〔6〕 여행 일기에서	大村秋果	시가/단카	
5	1~3		望/蔭ながら(二)〈132〉 희망/그늘에서라도(2)	北島春石	소설	
면수 불명	2~4		江原道跋涉記(第九十三信)/金剛山より(廿二)〈93〉 강원도 편력기(제93신)/금강산에서(22)	特派員 坂本南岳	수필/기행	
7	1~3		兒雷也〈123〉 지라이야	黑頭巾 講演	고단	

1917년 11월 26일 (월) 3626호

지면	단수	기획	기사제목 〈회수〉〔곡수〕	필자/저자(역자)	분류	비고
1	5	文苑	商專俳句會句稿/小春〔2〕 쇼센하이쿠카이 구고/음력 시월	呦々子	시가/하이쿠	
1	5	文苑	商專俳句會句稿/小春〔2〕 쇼센하이쿠카이 구고/음력 시월	洛東	시가/하이쿠	
1	5	文苑	商專俳句會句稿/小春〔4〕 쇼센하이쿠카이 구고/음력 시월	楓江	시가/하이쿠	
1	5	文苑	商專俳句會句稿/小春〔2〕 쇼센하이쿠카이 구고/음력 시월	吟溪子	시가/하이쿠	
1	5	文苑	商專俳句會句稿/小春〔1〕 쇼센하이쿠카이 구고/음력 시월	晩翠	시가/하이쿠	
1	5	文苑	商專俳句會句稿/小春〔5〕 쇼센하이쿠카이 구고/음력 시월	子秋	시가/하이쿠	
1	5	文苑	商專俳句會句稿/小春〔5〕 쇼센하이쿠카이 구고/음력 시월	微笑子	시가/하이쿠	
1	5	文苑	商專俳句會句稿/小春〔6〕 쇼센하이쿠카이 구고/음력 시월	青眼子	시가/하이쿠	

지면	단수	기획	기사제목 〈회수〉〔곡수〕	필자/저자(역자)	분류	비고
3	6		俗謠-投書歡迎 〈44〉〔1〕 속요-투서 환영	東萊荒井旅館內 小照	시가/도도이쓰	회수 오류
3	6		俗謠-投書歡迎 〈44〉〔1〕 속요-투서 환영	渚にて 敏子	시가/도도이쓰	회수 오류
3	6		俗謠-投書歡迎 〈44〉〔2〕 속요-투서 환영	南濱 三四郎	시가/도도이쓰	회수 오류
3	6		俗謠-投書歡迎 〈44〉〔1〕 속요-투서 환영	社內 芳子	시가/도도이쓰	회수 오류
4	1~3		兒雷也 〈124〉 지라이야	黑頭巾 講演	고단	

1917년 11월 27일 (화) 3627호

지면	단수	기획	기사제목 〈회수〉〔곡수〕	필자/저자(역자)	분류	비고
3	1~2		江原道跋涉記(第九十四信)/金剛山より(廿三) 〈94〉 강원도 편력기(제94신)/금강산에서(23)	特派員 坂本南岳	수필/기행	
4	6		俗謠-投書歡迎 〈45〉〔1〕 속요-투서 환영	琴平町 小夜子	시가/도도이쓰	
4	6		俗謠-投書歡迎 〈45〉〔2〕 속요-투서 환영	密陽 豆子	시가/도도이쓰	
4	6		俗謠-投書歡迎 〈45〉〔1〕 속요-투서 환영	南濱 三四郎	시가/도도이쓰	
4	6		俗謠-投書歡迎 〈45〉〔1〕 속요-투서 환영	奉天 ともゑ	시가/도도이쓰	
7	1~3		兒雷也 〈125〉 지라이야	黑頭巾 講演	고단	

1917년 11월 28일 (수) 3628호

지면	단수	기획	기사제목 〈회수〉〔곡수〕	필자/저자(역자)	분류	비고
1	4		文藝募集 문예 모집	釜山日報社	광고/모집 광고	
1	5	文苑	白毛氈行脚 〈1〉〔4〕 백모전행각	高橋遲々坊	수필·시가/ 기행·하이쿠	
5	1~3		望/桑の弓(一) 〈133〉 희망/뽕나무 활(1)	北島春石	소설	
6	1~2		江原道跋涉記(第九十五信)/金剛山より(廿四) 〈95〉 강원도 편력기(제95신)/금강산에서(24)	特派員 坂本南岳	수필/기행	
7	1~3		兒雷也 〈126〉 지라이야	黑頭巾 講演	고단	

191811월 29일 (목) 3629호

지면	단수	기획	기사제목 〈회수〉〔곡수〕	필자/저자(역자)	분류	비고
1	4~5	文苑	白毛氈行脚 〈2〉〔10〕 백모전행각	高橋遲々坊	수필·시가/ 기행·하이쿠	
1	5		文藝募集 문예 모집	釜山日報社	광고/모집 광고	

1917년 11월 29일 (목) 3629호 경성판

지면	단수	기획	기사제목 〈회수〉〔곡수〕	필자/저자(역자)	분류	비고
3	7		京城まで 〈1〉 경성까지	墨戈汀人	수필/기행	

1917년 11월 29일 (목) 3629호

지면	단수	기획	기사제목 〈회수〉〔곡수〕	필자/저자(역자)	분류	비고
4	7		俗謠-投書歡迎 〈49〉〔1〕 속요-투서 환영	奉天 ともゑ	시가/도도이쓰	
4	7		俗謠-投書歡迎 〈49〉〔1〕 속요-투서 환영	南濱 三四郎	시가/도도이쓰	

지면	단수	기획	기사제목 〈회수〉 〔곡수〕	필자/저자(역자)	분류	비고
4	7		俗謠-投書歡迎 〈49〉 [1] 속요-투서 환영	京城 花翁	시가/도도이 쓰	
4	7		俗謠-投書歡迎 〈49〉 [1] 속요-투서 환영	大邱 せの字	시가/도도이 쓰	
5	1~3		望/桑の弓(二) 〈134〉 희망/뽕나무 활(2)	北島春石	소설	
7	1~3		兒雷也 〈127〉 지라이야	黑頭巾 講演	고단	

1917년 11월 30일 (금) 3630호 경성판

지면	단수	기획	기사제목 〈회수〉 〔곡수〕	필자/저자(역자)	분류	비고
3	6		京城まで 〈2〉 경성까지	墨戈汀人	수필/기행	

1917년 11월 30일 (금) 3630호

지면	단수	기획	기사제목 〈회수〉 〔곡수〕	필자/저자(역자)	분류	비고
4	6		俗謠-投書歡迎 〈50〉 [1] 속요-투서 환영	江景 クラブ	시가/도도이 쓰	
4	6		俗謠-投書歡迎 〈50〉 [1] 속요-투서 환영	南濱 三四郎	시가/도도이 쓰	
4	6		俗謠-投書歡迎 〈50〉 [1] 속요-투서 환영	大邱 せの字	시가/도도이 쓰	
4	6		俗謠-投書歡迎 〈50〉 [1] 속요-투서 환영	京城 浪酒家	시가/도도이 쓰	
4	6		俗謠-投書歡迎 〈50〉 [1] 속요-투서 환영	社內 芳子	시가/도도이 쓰	
5	1~3		望/桑の弓(三) 〈135〉 희망/뽕나무 활(3)	北島春石	소설	
5	7		文藝募集 문예 모집	釜山日報社	광고/모집 광고	
6	3~5		江原道跋涉記(第九十六信)/金剛山より(廿五) 〈96〉 강원도 편력기(제96신)/금강산에서(25)	特派員 坂本南岳	수필/기행	
7	1~3		兒雷也 〈128〉 지라이야	黑頭巾 講演	고단	

1917년 12월 01일 (토) 3631호

지면	단수	기획	기사제목 〈회수〉 〔곡수〕	필자/저자(역자)	분류	비고
1	5	文苑	商專俳句會句稿/時雨 [1] 쇼센하이쿠카이 구고/늦가을 비	雲亭	시가/하이쿠	
1	5	文苑	商專俳句會句稿/時雨 [1] 쇼센하이쿠카이 구고/늦가을 비	吟溪子	시가/하이쿠	
1	5	文苑	商專俳句會句稿/時雨 [2] 쇼센하이쿠카이 구고/늦가을 비	呦々子	시가/하이쿠	
1	5	文苑	商專俳句會句稿/時雨 [1] 쇼센하이쿠카이 구고/늦가을 비	楓江	시가/하이쿠	
1	5	文苑	商專俳句會句稿/時雨 [3] 쇼센하이쿠카이 구고/늦가을 비	微笑子	시가/하이쿠	
1	5	文苑	商專俳句會句稿/時雨 [3] 쇼센하이쿠카이 구고/늦가을 비	子秋	시가/하이쿠	
1	5	文苑	商專俳句會句稿/時雨 [1] 쇼센하이쿠카이 구고/늦가을 비	秋汀	시가/하이쿠	
1	5	文苑	商專俳句會句稿/時雨 [1] 쇼센하이쿠카이 구고/늦가을 비	靑眼子	시가/하이쿠	
1	5		文藝募集 문예 모집	釜山日報社	광고/모집 광고	

지면	단수	기획	기사제목 〈회수〉〔곡수〕	필자/저재(역자)	분류	비고
1917년 12월 01일 (토) 3631호 경성판						
3	6		京城まで 〈3〉 경성까지	墨戈汀人	수필/기행	
1917년 12월 01일 (토) 3631호						
5	1~3		望/服紗づつみ(一) 〈136〉 희망/비단 보자기 꾸러미(1)	北島春石	소설	
6	5~7		江原道跋渉記(第九十七信)/金剛山より(廿六) 〈97〉 강원도 편력기(제97신)/금강산에서(26)	特派員 坂本南岳	수필/기행	
7	1~3		兒雷也 〈129〉 지라이야	黑頭巾 講演	고단	
1917년 12월 02일 (일) 3632호						
1	4		青島より(十一月廿五日發) 칭다오에서(11월 25일 출발)	樂堂生	수필/기행	
1	4~5		白毛氈行脚 〈3〉〔9〕 백모전행각	高橋遲々坊	수필·시가/ 기행·하이쿠	
1	5		文藝募集 문예 모집	釜山日報社	광고/모집 광고	
5	1~3		望/服紗づつみ(二) 〈137〉 희망/비단 보자기 꾸러미(2)	北島春石	소설	
6	5~7		江原道跋渉記(第九十八信)/金剛山より(廿七) 〈98〉 강원도 편력기(제98신)/금강산에서(27)	特派員 坂本南岳	수필/기행	
7	1~3		兒雷也 〈130〉 지라이야	黑頭巾 講演	고단	
1917년 12월 03일 (월) 3633호						
1	5		文藝募集 문예 모집	釜山日報社	광고/모집 광고	
3	1~3		望/背中合せ(一) 〈138〉 희망/등을 맞대고(1)	北島春石	소설	
3	7		俗謠に就いて 속요에 관하여		광고/휴재 안내	
4	1~3		兒雷也 〈131〉 지라이야	黑頭巾 講演	고단	
1917년 12월 04일 (화) 3634호						
1	5	文苑	商專俳句會句稿/落葉 〔1〕 쇼센하이쿠카이 구고/낙엽	雲亭	시가/하이쿠	
1	5	文苑	商專俳句會句稿/落葉 〔2〕 쇼센하이쿠카이 구고/낙엽	晚翠	시가/하이쿠	
1	5	文苑	商專俳句會句稿/落葉 〔2〕 쇼센하이쿠카이 구고/낙엽	吟溪子	시가/하이쿠	
1	5	文苑	商專俳句會句稿/落葉 〔5〕 쇼센하이쿠카이 구고/낙엽	微笑子	시가/하이쿠	
1	5	文苑	商專俳句會句稿/落葉 〔5〕 쇼센하이쿠카이 구고/낙엽	子秋	시가/하이쿠	
1	5	文苑	商專俳句會句稿/落葉 〔3〕 쇼센하이쿠카이 구고/낙엽	沙川	시가/하이쿠	
1	5	文苑	商專俳句會句稿/落葉 〔3〕 쇼센하이쿠카이 구고/낙엽	秋汀	시가/하이쿠	

지면	단수	기획	기사제목 〈회수〉 〔곡수〕	필자/저자(역자)	분류	비고
1	5	文苑	商專俳句會句稿/落葉 〔3〕 쇼센하이쿠카이 구고/낙엽	靑眼子	시가/하이쿠	
1	5		文藝募集 문예 모집	釜山日報社	광고/모집 광고	
3	1~2		江原道跋涉記(第九十九信)/金剛山より(廿八) 〈99〉 강원도 편력기(제99신)/금강산에서(28)	特派員 坂本南岳	수필/기행	
3	6~7		南沿岸視察記(一)/南海郡 〈1〉 남연안 시찰기(1)/남해군	碧堂生	수필/기행	
5	1~3		望/背中合せ(二) 〈139〉 희망/등을 맞대고(2)	北島春石	소설	
6	3~4		鬱陵島視察記 〈1〉 울릉도 시찰기	特派員 坂本南岳	수필/기행	
7	1~3		兒雷也 〈132〉 지라이야	黑頭巾 講演	고단	

1917년 12월 05일 (수) 3635호

지면	단수	기획	기사제목 〈회수〉 〔곡수〕	필자/저자(역자)	분류	비고
1	4		文藝募集 문예 모집	釜山日報社	광고/모집 광고	
1	5		白毛氈行脚 〈4〉 〔9〕 백모전행각	高橋遲々坊	수필·시가/ 기행·하이쿠	
5	1~3		望/知らぬ姉(一) 〈140〉 희망/모르는 누이(1)	北島春石	소설	
6	1~2		江原道跋涉記(第百信)/金剛山より(廿九) 〈100〉 강원도 편력기(제100신)/금강산에서(29)	特派員 坂本南岳	수필/기행	
6	5~6		南沿岸視察記(二)/河東郡 〈2〉 남연안 시찰기(2)/하동군	碧堂生	수필/기행	
7	1~3		兒雷也 〈133〉 지라이야	黑頭巾 講演	고단	

1917년 12월 06일 (목) 3636호

지면	단수	기획	기사제목 〈회수〉 〔곡수〕	필자/저자(역자)	분류	비고
1	3~4		歲末觀 〈1〉 세말관	香洲生	수필/일상	
1	5	文苑	追憶 〔2〕 추억	金海 坂口蒡香	시가/단카	
1	5	文苑	結ぶ露 〔2〕 맺힌 이슬	金海 坂口蒡香	시가/단카	
1	5	文苑	逝く秋 〔1〕 가는 가을	社內 雪子	시가/단카	
5	1~3		望/知らぬ姉(二) 〈141〉 희망/모르는 누이(2)	北島春石	소설	
5	5		文藝募集 문예 모집	釜山日報社	광고/모집 광고	
6	4~6		江原道跋涉記(第百一信)/金剛山より(三十) 〈101〉 강원도 편력기(제101신)/금강산에서(30)	特派員 坂本南岳	수필/기행	
7	1~3		兒雷也 〈134〉 지라이야	黑頭巾 講演	고단	

1917년 12월 07일 (금) 3637호

지면	단수	기획	기사제목 〈회수〉 〔곡수〕	필자/저자(역자)	분류	비고
1	4~5		歲末觀 〈2〉 세말관	香洲生	수필/일상	

1917년 12월 07일 (금) 3637호 경성판

지면	단수	기획	기사제목 〈회수〉〔곡수〕	필자/저자(역자)	분류	비고
3	2~4		支那漫遊錄(上) 〈1〉 지나 만유록(상)	釋尾旭邦	수필/기행	

1917년 12월 07일 (금) 3637호

지면	단수	기획	기사제목 〈회수〉〔곡수〕	필자/저자(역자)	분류	비고
5	1~3		望/知らぬ姉(三) 〈142〉 희망/모르는 누이(3)	北島春石	소설	
6	3~5		鬱陵島視察記 〈2〉 울릉도 시찰기	特派員 坂本南岳	수필/기행	
7	1~5		兒雷也 〈135〉 지라이야	黑頭巾 講演	고단	

1917년 12월 08일 (토) 3638호

지면	단수	기획	기사제목 〈회수〉〔곡수〕	필자/저자(역자)	분류	비고
1	4~5		歲末觀 〈3〉 세말관	香洲生	수필/일상	
1	5		白毛氈行脚 〈5〉〔7〕 백모전행각	岐阜 高橋遲々坊	수필·시가/ 기행·하이쿠	

1917년 12월 08일 (토) 3638호 경성판

지면	단수	기획	기사제목 〈회수〉〔곡수〕	필자/저자(역자)	분류	비고
3	2~3		支那漫遊錄(中) 〈2〉 지나 만유록(중)	釋尾旭邦	수필/기행	

1917년 12월 08일 (토) 3638호

지면	단수	기획	기사제목 〈회수〉〔곡수〕	필자/저자(역자)	분류	비고
5	1~3		望/知らぬ姉(四) 〈143〉 희망/모르는 누이(4)	北島春石	소설	
5	5		文藝募集 문예 모집	釜山日報社	광고/모집 광고	
6	4~5		鬱陵島視察記 〈3〉 울릉도 시찰기	特派員 坂本南岳	수필/기행	
6	6		南沿岸視察記(三)/光陽郡 〈3〉 남연안 시찰기(3)/광양군	碧堂生	수필/기행	
7	1~3		兒雷也 〈136〉 지라이야	黑頭巾 講演	고단	

1917년 12월 09일 (일) 3639호

지면	단수	기획	기사제목 〈회수〉〔곡수〕	필자/저자(역자)	분류	비고
1	3~5		歲末觀 〈4〉 세말관	香洲生	수필/일상	
1	4		文藝募集 문예 모집	釜山日報社	광고/모집 광고	

1917년 12월 09일 (일) 3639호 경성판

지면	단수	기획	기사제목 〈회수〉〔곡수〕	필자/저자(역자)	분류	비고
3	2~3		支那漫遊錄(下) 〈3〉 지나 만유록(하)	釋尾旭邦	수필/기행	

1917년 12월 09일 (일) 3639호

지면	단수	기획	기사제목 〈회수〉〔곡수〕	필자/저자(역자)	분류	비고
5	1~3		望/忍び足(一) 〈144〉 희망/살금살금 걸음(1)	北島春石	소설	
6	4~5		鬱陵島視察記 〈4〉 울릉도 시찰기	特派員 坂本南岳	수필/기행	
7	1~3		兒雷也 〈137〉 지라이야	黑頭巾 講演	고단	

1917년 12월 10일 (월) 3640호

지면	단수	기획	기사제목 〈회수〉〔곡수〕	필자/저자(역자)	분류	비고
1	5		白毛氈行脚 〈6〉 〔7〕 백모전행각	岐阜 高橋遲々坊	수필·시가/ 기행·하이쿠	
3	6		文藝募集 문예 모집	釜山日報社	광고/모집 광고	
4	1~3		兒雷也 〈138〉 지라이야	黑頭巾 講演	고단	

1917년 12월 11일 (화) 3641호

지면	단수	기획	기사제목 〈회수〉〔곡수〕	필자/저자(역자)	분류	비고
1	5	文苑	溫泉にて 〔8〕 온천에서	山彦	시가/하이쿠	
5	1~3		望/忍び足(二) 〈145〉 희망/살금살금 걸음(2)	北島春石	소설	
5	6		文藝募集 문예 모집	釜山日報社	광고/모집 광고	
6	5~6		南沿岸視察記(四)/麗水郡 〈4〉 남연안 시찰기(4)/여수군	碧堂生	수필/기행	
7	1~3		兒雷也 〈139〉 지라이야	黑頭巾 講演	고단	

1917년 12월 12일 (수) 3642호

지면	단수	기획	기사제목 〈회수〉〔곡수〕	필자/저자(역자)	분류	비고
1	5		白毛氈行脚 〈7〉 〔14〕 백모전행각	岐阜 高橋遲々坊	수필·시가/ 기행·하이쿠	
2	9		文藝募集 문예 모집	釜山日報社	광고/모집 광고	
4	6	花柳界品 評	私の見た女を其のまゝに/安樂亭 八千代 내가 본 여자를 그대로/안라쿠테이 야치요	芳子	수필/평판기	
4	6~7		栗山先生を送る 구리야마 선생을 보내다	袋川 鳩谷陽	수필/일상	
5	1~3		望/忍び足(三) 〈146〉 희망/살금살금 걸음(3)	北島春石	소설	
6	3~4		鬱陵島視察記 〈5〉 울릉도 시찰기	特派員 坂本南岳	수필/기행	
6	5~6		南沿岸視察記(五)/泗川郡 〈5〉 남연안 시찰기(5)/사천군	碧堂生	수필/기행	
7	1~3		兒雷也 〈140〉 지라이야	黑頭巾 講演	고단	

1917년 12월 13일 (목) 3643호

지면	단수	기획	기사제목 〈회수〉〔곡수〕	필자/저자(역자)	분류	비고
1	4~5		吉松部長の雅懷 〔12단카〕+〔1하이쿠〕 요시마쓰 부장의 아회	朶雲生	수필·시가/ 기행·단카· 하이쿠	
4	6	花柳界品 評	私の見た女を其のまゝに/梅歌 要 내가 본 여자를 그대로/바이카 가나메	芳子	수필/평판기	
5	5~7		望/忍び足(四) 〈147〉 희망/살금살금 걸음(4)	北島春石	소설	
6	1~2		鬱陵島視察記 〈6〉 울릉도 시찰기	特派員 坂本南岳	수필/기행	
7	1~3		兒雷也 〈141〉 지라이야	黑頭巾 講演	고단	

1917년 12월 14일 (금) 3644호

지면	단수	기획	기사제목 〈회수〉〔곡수〕	필자/저자(역자)	분류	비고
1	5	文苑	馬山より〔10〕 마산에서	綠骨	시가/하이쿠	
4	6	花柳界品評	私の見た女を其のまゝに/鳴戸 一子 내가 본 여자를 그대로/나루토 이치코	芳子	수필/평판기	
5	1~3		望/忍び足(五) 〈148〉 희망/살금살금 걸음(5)	北島春石	소설	
6	3~4		鬱陵島視察記 〈7〉 울릉도 시찰기	特派員 坂本南岳	수필/기행	
7	1~3		兒雷也 〈142〉 지라이야	黑頭巾 講演	고단	

1917년 12월 15일 (토) 3645호

지면	단수	기획	기사제목 〈회수〉〔곡수〕	필자/저자(역자)	분류	비고
1	4~5		白毛氈行脚 〈9〉〔12〕 백모전행각	岐阜 高橋遲々坊	수필·시가/ 기행·하이쿠	회수 오류
4	6	花柳界品評	私の見た女を其のまゝに/朝日亭 梅奴 내가 본 여자를 그대로/아사히테이 우메얏코	芳子	수필/평판기	
5	1~3		望/ひとつ胤(一) 〈149〉 희망/한 핏줄(1)	北島春石	소설	
7	1~3		兒雷也 〈143〉 지라이야	黑頭巾 講演	고단	

1917년 12월 16일 (일) 3646호

지면	단수	기획	기사제목 〈회수〉〔곡수〕	필자/저자(역자)	분류	비고
2	9		★大倉男爵の狂歌/府尹若松君の爲に朝鮮山林政策をことほきて〔1〕 오쿠라 남작의 교카/부윤 와카마쓰 군을 위하여 조선 산림 정책을 축복하며	大倉男爵	시가/교카	
2	9		★大倉男爵の狂歌/東萊溫泉にて〔1〕 오쿠라 남작의 교카/동래 온천에서	大倉男爵	시가/교카	
2	9		★大倉男爵の狂歌/福田君の壽福をことほきて〔1〕 오쿠라 남작의 교카/후쿠다 군의 수복을 축복하며	大倉男爵	시가/교카	
5	1~3		望/ひとつ胤(二) 〈150〉 희망/한 핏줄(2)	北島春石	소설	
7	1~3		兒雷也 〈144〉 지라이야	黑頭巾 講演	고단	

1917년 12월 18일 (화) 3648호

지면	단수	기획	기사제목 〈회수〉〔곡수〕	필자/저자(역자)	분류	비고
3	1~3		鬱陵島視察記 〈8〉 울릉도 시찰기	特派員 坂本南岳	수필/기행	
3	5~6		南海岸記行(二)/統營港より(其二) 〈2〉 남해안 기행(2)/통영항에서(제2)	楓舟	수필/기행	
4	6	花柳界品評	私の見た女を其のまゝに/日韓樓 初音 내가 본 여자를 그대로/닛칸로 하쓰네	芳子	수필/평판기	
5	1~3		望/ひとつ胤(三) 〈151〉 희망/한 핏줄(3)	北島春石	소설	
7	1~3		兒雷也 〈146〉 지라이야	黑頭巾 講演	고단	

1917년 12월 19일 (수) 3649호

지면	단수	기획	기사제목 〈회수〉〔곡수〕	필자/저자(역자)	분류	비고
4	7	花柳界品評	私の見た女を其のまゝに/七福樓 お多福 내가 본 여자를 그대로/시치후쿠로 오타후쿠	芳子	수필/평판기	
5	1~3		望/ひとつ胤(四) 〈152〉 희망/한 핏줄(4)	北島春石	소설	
5	3~4		南海岸記行(三)/統營より固城へ 〈3〉 남해안 기행(3)/통영에서 고성으로	楓舟	수필/기행	

지면	단수	기획	기사제목 〈회수〉〔곡수〕	필자/저자(역자)	분류	비고
7	1~3		兒雷也 〈147〉 지라이야	黑頭巾 講演	고단	

1917년 12월 20일 (목) 3650호

지면	단수	기획	기사제목 〈회수〉〔곡수〕	필자/저자(역자)	분류	비고
1	2~3		鬱陵島視察記 〈9〉 울릉도 시찰기	特派員 坂本南岳	수필/기행	

1917년 12월 20일 (목) 3650호 경성판

지면	단수	기획	기사제목 〈회수〉〔곡수〕	필자/저자(역자)	분류	비고
3	5~6		獄中より(上)/名古屋未決監にて 〈1〉 옥중에서(상)/나고야 미결감에서	鬼倉重次郎	수필/서간	

1917년 12월 20일 (목) 3650호

지면	단수	기획	기사제목 〈회수〉〔곡수〕	필자/저자(역자)	분류	비고
4	6	花柳界品評	私の見た女を其のまゝに/見番 おさん 내가 본 여자를 그대로/권번 오산	芳子	수필/평판기	
5	1~3		望/吹雪(一) 〈153〉 희망/눈보라(1)	北島春石	소설	
5	4~6		金泉まで 〈1〉 김천까지	大邱 高瀨春堂	수필/기행	
5	6~7		南海岸記行(四)/固城より 〈4〉 남해안 기행(4)/고성에서	楓舟	수필/기행	
7	1~3		兒雷也 〈148〉 지라이야	黑頭巾 講演	고단	

1917년 12월 21일 (금) 3651호

지면	단수	기획	기사제목 〈회수〉〔곡수〕	필자/저자(역자)	분류	비고
1	2~4		鬱陵島視察記 〈10〉 울릉도 시찰기	特派員 坂本南岳	수필/기행	

1917년 12월 21일 (금) 3651호 경성판

지면	단수	기획	기사제목 〈회수〉〔곡수〕	필자/저자(역자)	분류	비고
3	4~5		獄中より(中)/名古屋未決監にて 〈2〉 옥중에서(중)/나고야 미결감에서	鬼倉重次郎	수필/서간	

1917년 12월 21일 (금) 3651호

지면	단수	기획	기사제목 〈회수〉〔곡수〕	필자/저자(역자)	분류	비고
5	1~3		望/吹雪(二) 〈154〉 희망/눈보라(2)	北島春石	소설	
5	4~5		南海岸記行(五)/統營港より 〈5〉 남해안 기행(5)/통영항에서	楓舟	수필/기행	
5	5~6		金泉まで 〈2〉 김천까지	大邱 高瀨春堂	수필/기행	
7	1~3		兒雷也 〈149〉 지라이야	黑頭巾 講演	고단	

1917년 12월 22일 (토) 3652호

지면	단수	기획	기사제목 〈회수〉〔곡수〕	필자/저자(역자)	분류	비고
3	1~2		鬱陵島視察記 〈11〉 울릉도 시찰기	特派員 坂本南岳	수필/기행	
4	3		彈初新曲/二上り 〔1〕 새해 첫 연주 신곡/니아가리		시가/기타	
4	3		彈初新曲/三下り 〔1〕 새해 첫 연주 신곡/산사가리		시가/기타	
4	5	花柳界品評	私の見た女を其のまゝに/梅歌 東 내가 본 여자를 그대로/바이카 히가시	芳子	수필/평판기	
5	1~3		望/吹雪(三) 〈155〉 희망/눈보라(3)	北島春石	소설	

지면	단수	기획	기사제목 〈회수〉〔곡수〕	필자/저자(역자)	분류	비고
7	1~3		兒雷也 〈150〉 지라이야	黑頭巾 講演	고단	

1917년 12월 24일 (월) 3654호

지면	단수	기획	기사제목 〈회수〉〔곡수〕	필자/저자(역자)	분류	비고
3	4	花柳界品評	私の見た女を其のまゝに/朝日亭 小萬 내가 본 여자를 그대로/아사히테이 고만	芳子	수필/평판기	
4	1~3		兒雷也 〈152〉 지라이야	黑頭巾 講演	고단	

1917년 12월 25일 (화) 3655호

지면	단수	기획	기사제목 〈회수〉〔곡수〕	필자/저자(역자)	분류	비고
7	1~3		兒雷也 〈153〉 지라이야	黑頭巾 講演	고단	

1917년 12월 26일 (수) 3656호

지면	단수	기획	기사제목 〈회수〉〔곡수〕	필자/저자(역자)	분류	비고
5	1~3		望/吹雪(五) 〈157〉 희망/눈보라(5)	北島春石	소설	
7	1~3		兒雷也 〈154〉 지라이야	黑頭巾 講演	고단	

1917년 12월 27일 (목) 3657호

지면	단수	기획	기사제목 〈회수〉〔곡수〕	필자/저자(역자)	분류	비고
1	4	文苑	商專俳句會忘年句會(釜山俱樂部に於て)/氷柱 〔3〕 쇼센하이쿠카이 망년구회(부산 클럽에서)/고드름	子秋	시가/하이쿠	
1	4	文苑	商專俳句會忘年句會(釜山俱樂部に於て)/氷柱 〔3〕 쇼센하이쿠카이 망년구회(부산 클럽에서)/고드름	呦々子	시가/하이쿠	
1	4	文苑	商專俳句會忘年句會(釜山俱樂部に於て)/氷柱 〔3〕 쇼센하이쿠카이 망년구회(부산 클럽에서)/고드름	沙川	시가/하이쿠	
1	4	文苑	商專俳句會忘年句會(釜山俱樂部に於て)/氷柱 〔2〕 쇼센하이쿠카이 망년구회(부산 클럽에서)/고드름	秋汀	시가/하이쿠	
1	4	文苑	商專俳句會忘年句會(釜山俱樂部に於て)/氷柱 〔1〕 쇼센하이쿠카이 망년구회(부산 클럽에서)/고드름	雲亭	시가/하이쿠	
1	4	文苑	商專俳句會忘年句會(釜山俱樂部に於て)/氷柱 〔1〕 쇼센하이쿠카이 망년구회(부산 클럽에서)/고드름	微笑子	시가/하이쿠	
1	4	文苑	商專俳句會忘年句會(釜山俱樂部に於て)/氷柱 〔1〕 쇼센하이쿠카이 망년구회(부산 클럽에서)/고드름	楓江	시가/하이쿠	
1	4	文苑	商專俳句會忘年句會(釜山俱樂部に於て)/氷柱 〔1〕 쇼센하이쿠카이 망년구회(부산 클럽에서)/고드름	靑眼子	시가/하이쿠	
3	4~7		泥棒─に入らるるの記─ 도둑─이 들었던 기록─	京城支社 凡々子	수필/일상	
5	1~3		望/まごゝろ(一) 〈158〉 희망/진심(1)	北島春石	소설	
7	1~3		兒雷也 〈155〉 지라이야	黑頭巾 講演	고단	

1917년 12월 28일 (금) 3658호

지면	단수	기획	기사제목 〈회수〉〔곡수〕	필자/저자(역자)	분류	비고
1	4~6		望/まごゝろ(二) 〈159〉 희망/진심(2)	北島春石	소설	
4	1~3		兒雷也 〈156〉 지라이야	黑頭巾 講演	고단	

1918년 01월 01일 (화) 3660호

지면	단수	기획	기사제목 〈회수〉〔곡수〕	필자/저자(역자)	분류	비고
3	2~3	馬と文藝	馬琴の著作物と馬 바킨(馬琴)의 저작물과 말	文學博士 幸田露伴	기타	

지면	단수	기획	기사제목 〈회수〉〔곡수〕	필자/저자(역자)	분류	비고
3	3	馬と文藝	馬となつた因果譚 말이 된 업보 이야기	文學博士 幸田露伴	기타	
3	3~4	馬と文藝	志那の書籍中から 지나(志那)의 서적 중에서	文學博士 幸田露伴	기타	
3	4	馬と文藝	盧傳素は喫驚仰天 노전소(盧傳素)는 기절초풍	文學博士 幸田露伴	기타	
3	4	馬と文藝	此馬の前世は人間 이 말의 전생은 인간	文學博士 幸田露伴	기타	
3	4~5	馬と文藝	地獄から畜生道へ 지옥에서 축생도로	文學博士 幸田露伴	기타	
3	5	馬と文藝	前世の償ひの爲に 전생의 보상을 위하여	文學博士 幸田露伴	기타	
3	5~6	馬と文藝	馬言に違はぬ結果 말의 이야기와 다름이 없는 결과	文學博士 幸田露伴	기타	
3	6	馬と文藝	支那の小說と佛敎 지나(志那)의 소설과 불교	文學博士 幸田露伴	기타	
3	8	募集和歌	海邊松/天〔1〕 해변송/천	釜山 朱雀瑞子	시가/단카	
3	8	募集和歌	海邊松/地〔1〕 해변송/지	金海 坂口芳子	시가/단카	
3	8	募集和歌	海邊松/地〔1〕 해변송/지	仁川 菊川泰平	시가/단카	
3	8	募集和歌	海邊松/人〔1〕 해변송/인	浦項 花川緣也	시가/단카	
3	8	募集和歌	海邊松/人〔1〕 해변송/인	釜山 井上義一	시가/단카	
3	9	募集和歌	海邊松/人〔1〕 해변송/인	晋州 西直美	시가/단카	
3	9	募集和歌	海邊松/選外佳作(其一願序不同)〈1〉〔1〕 해변송/선외가작(그 첫 번째-순서 무관)	釜山 林鹿次郎	시가/단카	
3	9	募集和歌	海邊松/選外佳作(其一願序不同)〈1〉〔1〕 해변송/선외가작(그 첫 번째-순서 무관)	江原道 奧田一浪	시가/단카	
3	9	募集和歌	海邊松/選外佳作(其一願序不同)〈1〉〔1〕 해변송/선외가작(그 첫 번째-순서 무관)	木浦 大西貴尊代	시가/단카	
3	9	募集和歌	海邊松/選外佳作(其一願序不同)〈1〉〔1〕 해변송/선외가작(그 첫 번째-순서 무관)	釜山 林修三	시가/단카	
3	9	募集和歌	海邊松/選外佳作(其一願序不同)〈1〉〔1〕 해변송/선외가작(그 첫 번째-순서 무관)	釜山 朱雀念二	시가/단카	
3	9	募集和歌	海邊松/選外佳作(其一願序不同)〈1〉〔1〕 해변송/선외가작(그 첫 번째-순서 무관)	浦項 占部喜三郎	시가/단카	
3	9	募集和歌	海邊松/選外佳作(其一願序不同)〈1〉〔1〕 해변송/선외가작(그 첫 번째-순서 무관)	河東 松下天崇	시가/단카	
3	9	募集和歌	海邊松/選外佳作(其一願序不同)〈1〉〔1〕 해변송/선외가작(그 첫 번째-순서 무관)	牧島 三輪かめを	시가/단카	
3	9	募集和歌	海邊松/選外佳作(其一願序不同)〈1〉〔1〕 해변송/선외가작(그 첫 번째-순서 무관)	金海 萬波民次	시가/단카	
3	9	募集和歌	海邊松/選外佳作(其一願序不同)〈1〉〔1〕 해변송/선외가작(그 첫 번째-순서 무관)	釜山 大泉惣太郎	시가/단카	
3	9	募集和歌	海邊松/選外佳作(其一願序不同)〈1〉〔1〕 해변송/선외가작(그 첫 번째-순서 무관)	東萊 檜垣鶴一	시가/단카	
3	9	募集和歌	海邊松/選外佳作(其一願序不同)〈1〉〔1〕 해변송/선외가작(그 첫 번째-순서 무관)	牧島 松尾雅雄	시가/단카	

지면	단수	기획	기사제목 〈회수〉〔곡수〕	필자/저자(역자)	분류	비고
3	9	募集和歌	海邊松/選外佳作(其一願序不同) 〈1〉〔1〕 해변송/선외가작(그 첫 번째-순서 무관)	木浦 長谷川四郎	시가/단카	
3	9	募集和歌	海邊松/選外佳作(其一願序不同) 〈1〉〔1〕 해변송/선외가작(그 첫 번째-순서 무관)	釜山 戸田	시가/단카	
3	9	募集和歌	海邊松/選外佳作(其一願序不同) 〈1〉〔1〕 해변송/선외가작(그 첫 번째-순서 무관)	東萊 檜垣章子	시가/단카	
3	9	募集和歌	海邊松/選外佳作(其一願序不同) 〈1〉〔1〕 해변송/선외가작(그 첫 번째-순서 무관)	木浦 大西##	시가/단카	
3	9	募集和歌	海邊松/選外佳作(其一願序不同) 〈1〉〔1〕 해변송/선외가작(그 첫 번째-순서 무관)	密陽 光友靜猛	시가/단카	
3	9	募集和歌	海邊松/選外佳作(其一願序不同) 〈1〉〔1〕 해변송/선외가작(그 첫 번째-순서 무관)	筏橋 無名氏	시가/단카	
3	9	募集和歌	海邊松/選外佳作(其一願序不同) 〈1〉〔1〕 해변송/선외가작(그 첫 번째-순서 무관)	草梁 湯川白雪	시가/단카	
3	9	募集和歌	海邊松/選外佳作(其一願序不同) 〈1〉〔1〕 해변송/선외가작(그 첫 번째-순서 무관)	馬山 雅樂多堂可笑	시가/단카	
3	9	募集和歌	海邊松/選外佳作(其一願序不同) 〈1〉〔1〕 해변송/선외가작(그 첫 번째-순서 무관)	釜山 井上淸太郎	시가/단카	
3	9	募集和歌	海邊松/選外佳作(其一願序不同) 〈1〉〔1〕 해변송/선외가작(그 첫 번째-순서 무관)	釜山 橋本作一	시가/단카	
5	3~4		皇后陛下御歌 〔1〕 황후 폐하 어가		시가/단카	
5	3~5		年頭の感 〔1〕 연초의 감상	釜山郵便局長 志賀良三郎	수필·시가/ 일상·단카	
5	9	募集小品文(選外)	放浪者の新年/賞外佳作 방랑자의 신년/상외가작	奉天 ともゑ	수필/일상	
5	9	募集小品文(選外)	春光/賞外佳作 춘광/상외가작	京城 日高鉦人	수필/일상	
6	1~9		寬永三馬術 간에이 삼마술		고단	
7	9		超塵會句稿/新年雜詠 〔5〕 조진카이 구고/신년-잡영	牙集	시가/하이쿠	
7	9		超塵會句稿/新年雜詠 〔3〕 조진카이 구고/신년-잡영	俠雨	시가/하이쿠	
7	9		超塵會句稿/新年雜詠 〔5〕 조진카이 구고/신년-잡영	秀汀	시가/하이쿠	
7	9		超塵會句稿/新年雜詠 〔5〕 조진카이 구고/신년-잡영	可秀	시가/하이쿠	
7	9		超塵會句稿/新年雜詠 〔4〕 조진카이 구고/신년-잡영	沙川	시가/하이쿠	
7	9		超塵會句稿/新年雜詠 〔5〕 조진카이 구고/신년-잡영	靑眼子	시가/하이쿠	
8	1~8		★海邊松 해변송	江見水蔭	소설	
8	8	募集小品文	正月/一等賞 정월/1등상	仁川 矢谷花翁	수필/일상	
8	8~9	募集小品文	さかやき/二等賞 사카야키/2등상	鎭海 松井拍水	수필/일상	
8	9	募集小品文	芝居歸り/三等賞 연극을 보고 돌아오는 길/3등상	金海 堀口蘆洲	수필/일상	
8	9		商專俳句會句稿/新年雜詠 〔5〕 쇼센하이쿠카이 구고/신년-잡영	微笑子	시가/하이쿠	

지면	단수	기획	기사제목 〈회수〉〔곡수〕	필자/저자(역자)	분류	비고
8	9		商專俳句會句稿/新年雜詠〔5〕 쇼센하이쿠카이 구고/신년-잡영	楓江	시가/하이쿠	
8	9		商專俳句會句稿/新年雜詠〔5〕 쇼센하이쿠카이 구고/신년-잡영	子秋	시가/하이쿠	
8	9		商專俳句會句稿/新年雜詠〔5〕 쇼센하이쿠카이 구고/신년-잡영	雲亭	시가/하이쿠	
8	9		商專俳句會句稿/新年雜詠〔3〕 쇼센하이쿠카이 구고/신년-잡영	秀汀	시가/하이쿠	
8	9		商專俳句會句稿/新年雜詠〔3〕 쇼센하이쿠카이 구고/신년-잡영	靑眼子	시가/하이쿠	
9	1~3		御製 어제		시가/단카	
9	9	募集俳句	一等〔1〕 1등	京城 福富勇市	시가/하이쿠	
9	9	募集俳句	一等〔1〕 1등	仁川 湯村白雨	시가/하이쿠	
9	9	募集俳句	二等〔1〕 2등	京城 杉田弘一	시가/하이쿠	
9	9	募集俳句	二等〔1〕 2등	晋州 金田隆次	시가/하이쿠	
9	9	募集俳句	三等〔1〕 3등	釜山 朱雀うつろ	시가/하이쿠	
9	9	募集俳句	三等〔1〕 3등	龍南 檜垣あやめ	시가/하이쿠	
9	9	募集俳句	四等〔1〕 4등	巨濟 山際三風	시가/하이쿠	
9	9	募集俳句	四等〔1〕 4등	牧島 井上淸太郎	시가/하이쿠	
9	9	募集俳句	選外佳作(其一)〈1〉〔1〕 선외가작(그 첫 번째)	晋州 隆次	시가/하이쿠	
9	9	募集俳句	選外佳作(其一)〈1〉〔1〕 선외가작(그 첫 번째)	咸安 凉汀	시가/하이쿠	
9	9	募集俳句	選外佳作(其一)〈1〉〔1〕 선외가작(그 첫 번째)	草梁 みさを	시가/하이쿠	
9	9	募集俳句	選外佳作(其一)〈1〉〔2〕 선외가작(그 첫 번째)	草梁 南鳳	시가/하이쿠	
9	9	募集俳句	選外佳作(其一)〈1〉〔1〕 선외가작(그 첫 번째)	龍南 溪月	시가/하이쿠	
9	9	募集俳句	選外佳作(其一)〈1〉〔1〕 선외가작(그 첫 번째)	釜山 山彦	시가/하이쿠	
9	9	募集俳句	選外佳作(其一)〈1〉〔1〕 선외가작(그 첫 번째)	仁川 想仙	시가/하이쿠	
9	9	募集俳句	選外佳作(其一)〈1〉〔1〕 선외가작(그 첫 번째)	木浦 可笑	시가/하이쿠	
9	9	募集俳句	選外佳作(其一)〈1〉〔2〕 선외가작(그 첫 번째)	金泉 霞松	시가/하이쿠	
9	9	募集俳句	選外佳作(其一)〈1〉〔1〕 선외가작(그 첫 번째)	金海 蘆洲	시가/하이쿠	
9	9	募集俳句	選外佳作(其一)〈1〉〔1〕 선외가작(그 첫 번째)	下關 俳念佛	시가/하이쿠	
9	9	募集俳句	選外佳作(其一)〈1〉〔1〕 선외가작(그 첫 번째)	江景 琴陵	시가/하이쿠	

지면	단수	기획	기사제목 〈회수〉〔곡수〕	필자/저자(역자)	분류	비고
9	9	募集俳句	選外佳作(其一) 〈1〉〔1〕 선외가작(그 첫 번째)	仁川 花翁	시가/하이쿠	
9	9	募集俳句	選外佳作(其一) 〈1〉〔1〕 선외가작(그 첫 번째)	鳥致院 好月	시가/하이쿠	
9	9	募集俳句	選外佳作(其一) 〈1〉〔1〕 선외가작(그 첫 번째)	大磯 浮鷗	시가/하이쿠	
9	9	募集俳句	選外佳作(其一) 〈1〉〔1〕 선외가작(그 첫 번째)	山口縣 吐月	시가/하이쿠	
9	9	募集俳句	選外佳作(其一) 〈1〉〔1〕 선외가작(그 첫 번째)	釜山 松翠	시가/하이쿠	
9	9	募集俳句	選外佳作(其一) 〈1〉〔2〕 선외가작(그 첫 번째)	釜山 あきら	시가/하이쿠	
9	9	募集俳句	選外佳作(其一) 〈1〉〔1〕 선외가작(그 첫 번째)	釜山 うつろ	시가/하이쿠	
9	9	募集俳句	選外佳作(其一) 〈1〉〔1〕 선외가작(그 첫 번째)	#山 考古	시가/하이쿠	
9	9	募集俳句	選外佳作(其一) 〈1〉〔1〕 선외가작(그 첫 번째)	馬山 菊鄕	시가/하이쿠	
9	9	募集俳句	選外佳作(其一) 〈1〉〔1〕 선외가작(그 첫 번째)	馬山 五萬歲	시가/하이쿠	
9	9	募集俳句	選外佳作(其一) 〈1〉〔1〕 선외가작(그 첫 번째)	奉天 ともゑ	시가/하이쿠	
9	9	募集俳句	選外佳作(其一) 〈1〉〔1〕 선외가작(그 첫 번째)	東萊 香#	시가/하이쿠	
9	9	募集俳句	選外佳作(其一) 〈1〉〔1〕 선외가작(그 첫 번째)	日向 #響	시가/하이쿠	
9	9	募集俳句	選外佳作(其一) 〈1〉〔1〕 선외가작(그 첫 번째)	龍南 あやめ	시가/하이쿠	
9	9	募集俳句	選外佳作(其一) 〈1〉〔1〕 선외가작(그 첫 번째)	馬山 大三郞	시가/하이쿠	
10	4~6		★大當ほり出し物(上) 횡재 뜻밖의 보물(상)		고단	
10	6~8		★大當ほり出し物(下) 횡재 뜻밖의 보물(하)		고단	
10	8	募集俗謠	一等〔1〕 1등	馬山 本町 滿口正男	시가/도도이쓰	
10	8	募集俗謠	二等〔1〕 2등	寶水町 米澤 蝶丸	시가/도도이쓰	
10	8	募集俗謠	二等〔1〕 2등	佐賀縣 水口町 千代	시가/도도이쓰	
10	8	募集俗謠	三等〔1〕 3등	平壤 竹園町 小西豊一郞	시가/도도이쓰	
10	9	募集俗謠	三等〔1〕 3등	奉天 ともゑ	시가/도도이쓰	
10	9	募集俗謠	選外佳作(其一)〔1〕 선외가작(그 첫 번째)	京城 南大門 高野久滿吉	시가/도도이쓰	
10	9	募集俗謠	選外佳作(其一)〔1〕 선외가작(그 첫 번째)	京城 一銀 大塚 村雨 夜の助	시가/도도이쓰	
10	9	募集俗謠	選外佳作(其一)〔1〕 선외가작(그 첫 번째)	埋立新町 小川三四郞 우메타테신마치 오가와 산시로	시가/도도이쓰	

지면	단수	기획	기사제목 〈회수〉〔곡수〕	필자/저자(역자)	분류	비고
10	9	募集俗謠	選外佳作(其一)〔1〕 선외가작(그 첫 번째)	寶水町 米澤 蝶丸	시가/도도이 쓰	
10	9	募集俗謠	選外佳作(其一)〔1〕 선외가작(그 첫 번째)	奉天 ともゑ	시가/도도이 쓰	
10	9	募集俗謠	選外佳作(其一)〔1〕 선외가작(그 첫 번째)	京城 南大門 高野久 滿吉	시가/도도이 쓰	
10	9	募集俗謠	選外佳作(其一)〔1〕 선외가작(그 첫 번째)	仁川 本町 矢谷花翁	시가/도도이 쓰	
10	9	募集俗謠	選外佳作(其一)〔1〕 선외가작(그 첫 번째)	平壤 竹園町 小西豊 一郎	시가/도도이 쓰	
10	9	募集俗謠	選外佳作(其一)〔1〕 선외가작(그 첫 번째)	淸風	시가/도도이 쓰	
10	9	募集俗謠	選外佳作(其一)〔1〕 선외가작(그 첫 번째)	京城 南大門 高野久 滿吉	시가/도도이 쓰	
10	9	募集俗謠	選外佳作(其一)〔1〕 선외가작(그 첫 번째)	佐賀縣 水口町 千代	시가/도도이 쓰	
10	9	募集俗謠	選外佳作(其一)〔1〕 선외가작(그 첫 번째)	寶水町 米澤 花井乙 民	시가/도도이 쓰	
10	9	募集俗謠	選外佳作(其一)〔1〕 선외가작(그 첫 번째)	寶水町 ちりちん	시가/도도이 쓰	
10	9	募集俗謠	選外佳作(其一)〔1〕 선외가작(그 첫 번째)	釜山ホテル 戶田	시가/도도이 쓰	
10	9	募集俗謠	選外佳作(其一)〔1〕 선외가작(그 첫 번째)	大廳町 山彦	시가/도도이 쓰	
10	9	募集俗謠	選外佳作(其一)〔1〕 선외가작(그 첫 번째)	晋州 岳雲	시가/도도이 쓰	
10	9	募集俗謠	選外佳作(其一)〔1〕 선외가작(그 첫 번째)	平壤 小艷	시가/도도이 쓰	
10	9	募集俗謠	選外佳作(其一)〔1〕 선외가작(그 첫 번째)	草梁 正哉	시가/도도이 쓰	
11	1	馬	(제목없음)〔1〕	森田東陽	시가/민요	
11	2	馬	吾が馬〔1〕 내 말	森田東陽	시가/민요	
11	3~4	馬	貴き馬(亞拉比亞の歌)〔1〕 고귀한 말(아라비아 노래)	森田東陽	시가/민요	
11	6	馬	明治天皇御製〔3〕 메이지 천황 어제	明治天皇	시가/단카	
11	9		馬の古歌〔1〕 말 관련 고가(古歌)	爲家卿	시가/단카	
11	9		馬の古歌〔1〕 말 관련 고가(古歌)	源仲正	시가/단카	
12	9	文苑	元旦所感〔1〕 원단 소감	申錫麟	시가/한시	
12	9	文苑	戊午元旦〔1〕 무오 원단	葛城最太郎	시가/한시	
12	9	文苑	大正第七初春〔1〕 다이쇼 제7년 초봄	增田觀風	시가/한시	
13	4	募集文藝 選外	狹霧ふる夜/賞外佳作 안개 내리는 밤/상외가작	京城 濱口晚翠	수필/일상	
13	4	募集文藝 選外	(제목없음)〔1〕	三千浦 子雀	시가/하이쿠	

지면	단수	기획	기사제목 〈회수〉〔곡수〕	필자/저자(역자)	분류	비고
13	4	募集文藝 選外	(제목없음) 〔1〕	三風	시가/하이쿠	
13	4	募集文藝 選外	(제목없음) 〔2〕	金泉 秋#	시가/하이쿠	
13	4	募集文藝 選外	(제목없음) 〔1〕	巨濟 知蘭	시가/하이쿠	
13	4	募集文藝 選外	(제목없음) 〔1〕	牧島 突百	시가/도도이쓰	
41	9		晋州穆々會俳句/海邊松 〔1〕 진주 보쿠보쿠카이 하이쿠/해변송	梓南	시가/하이쿠	
41	9		晋州穆々會俳句/海邊松 〔1〕 진주 보쿠보쿠카이 하이쿠/해변송	淺南	시가/하이쿠	
41	9		晋州穆々會俳句/海邊松 〔1〕 진주 보쿠보쿠카이 하이쿠/해변송	鬼城	시가/하이쿠	
41	9		晋州穆々會俳句/海邊松 〔1〕 진주 보쿠보쿠카이 하이쿠/해변송	甲#	시가/하이쿠	
41	9		晋州穆々會俳句/海邊松 〔1〕 진주 보쿠보쿠카이 하이쿠/해변송	拙#	시가/하이쿠	
41	9		晋州穆々會俳句/海邊松 〔1〕 진주 보쿠보쿠카이 하이쿠/해변송	武#	시가/하이쿠	
41	9		晋州穆々會俳句/海邊松 〔1〕 진주 보쿠보쿠카이 하이쿠/해변송	##	시가/하이쿠	
41	9		晋州穆々會俳句/海邊松 〔1〕 진주 보쿠보쿠카이 하이쿠/해변송	冬#	시가/하이쿠	
41	9		晋州穆々會俳句/海邊松 〔1〕 진주 보쿠보쿠카이 하이쿠/해변송	無俳	시가/하이쿠	
41	9		晋州穆々會俳句/海邊松 〔1〕 진주 보쿠보쿠카이 하이쿠/해변송	邊#	시가/하이쿠	
41	9		晋州穆々會俳句/海邊松 〔1〕 진주 보쿠보쿠카이 하이쿠/해변송	白#	시가/하이쿠	
41	9		晋州穆々會俳句/海邊松 〔1〕 진주 보쿠보쿠카이 하이쿠/해변송	華峯	시가/하이쿠	
41	9		晋州穆々會俳句/海邊松 〔1〕 진주 보쿠보쿠카이 하이쿠/해변송	雨#	시가/하이쿠	
41	9		晋州穆々會俳句/海邊松 〔1〕 진주 보쿠보쿠카이 하이쿠/해변송	其痴	시가/하이쿠	
41	9		晋州穆々會俳句/新年雜詠 〔1〕 진주 보쿠보쿠카이 하이쿠/신년-잡영	梓南	시가/하이쿠	
41	9		晋州穆々會俳句/新年雜詠 〔1〕 진주 보쿠보쿠카이 하이쿠/신년-잡영	華峰	시가/하이쿠	
41	9		晋州穆々會俳句/新年雜詠 〔1〕 진주 보쿠보쿠카이 하이쿠/신년-잡영	##	시가/하이쿠	
41	9		晋州穆々會俳句/新年雜詠 〔1〕 진주 보쿠보쿠카이 하이쿠/신년-잡영	邊#	시가/하이쿠	
41	9		晋州穆々會俳句/新年雜詠 〔1〕 진주 보쿠보쿠카이 하이쿠/신년-잡영	白#	시가/하이쿠	
41	9		晋州穆々會俳句/新年雜詠 〔1〕 진주 보쿠보쿠카이 하이쿠/신년-잡영	武#	시가/하이쿠	
41	9		晋州穆々會俳句/新年雜詠 〔1〕 진주 보쿠보쿠카이 하이쿠/신년-잡영	冬#	시가/하이쿠	
41	9		晋州穆々會俳句/新年雜詠 〔1〕 진주 보쿠보쿠카이 하이쿠/신년-잡영	甲#	시가/하이쿠	

지면	단수	기획	기사제목 〈회수〉〔곡수〕	필자/저자(역자)	분류	비고
41	9		晋州穆々會俳句/新年雜詠 〔1〕 진주 보쿠보쿠카이 하이쿠/신년-잡영	拙#	시가/하이쿠	
41	9		晋州穆々會俳句/新年雜詠 〔1〕 진주 보쿠보쿠카이 하이쿠/신년-잡영	雨#	시가/하이쿠	
41	9		晋州穆々會俳句/新年雜詠 〔1〕 진주 보쿠보쿠카이 하이쿠/신년-잡영	淺南	시가/하이쿠	
41	9		晋州穆々會俳句/新年雜詠 〔1〕 진주 보쿠보쿠카이 하이쿠/신년-잡영	鬼城	시가/하이쿠	
41	9		晋州穆々會俳句/新年雜詠 〔1〕 진주 보쿠보쿠카이 하이쿠/신년-잡영	其痴	시가/하이쿠	
41	9		晋陽吟社俳句/海邊松 〔1〕 진양 긴샤 하이쿠/해변송	衷庸	시가/하이쿠	
41	9		晋陽吟社俳句/海邊松 〔1〕 진양 긴샤 하이쿠/해변송	奇堂	시가/하이쿠	
41	9		晋陽吟社俳句/海邊松 〔1〕 진양 긴샤 하이쿠/해변송	向陽	시가/하이쿠	
41	9		晋陽吟社俳句/海邊松 〔1〕 진양 긴샤 하이쿠/해변송	一峯	시가/하이쿠	
41	9		晋陽吟社俳句/海邊松 〔1〕 진양 긴샤 하이쿠/해변송	澄水	시가/하이쿠	
41	9		晋陽吟社俳句/海邊松 〔1〕 진양 긴샤 하이쿠/해변송	貴水	시가/하이쿠	
41	9		晋陽吟社俳句/新年雜題 〔1〕 진양 긴샤 하이쿠/신년-잡제	海洋	시가/하이쿠	
41	9		晋陽吟社俳句/新年雜題 〔1〕 진양 긴샤 하이쿠/신년-잡제	奇堂	시가/하이쿠	
41	9		晋陽吟社俳句/新年雜題 〔1〕 진양 긴샤 하이쿠/신년-잡제	一峯	시가/하이쿠	

1918년 01월 03일 (목) 3661호

지면	단수	기획	기사제목 〈회수〉〔곡수〕	필자/저자(역자)	분류	비고
1	6	新年文藝 募集	選外佳作(前號の續き)/和歌 〔1〕 선외가작(전호에서 계속)/와카	奉天 ともゑ	시가/단카	
1	6	新年文藝 募集	選外佳作(前號の續き)/和歌 〔1〕 선외가작(전호에서 계속)/와카	釜山 蘇舟	시가/단카	
1	6	新年文藝 募集	選外佳作(前號の續き)/和歌 〔1〕 선외가작(전호에서 계속)/와카	浦項 後藤紫潮	시가/단카	
1	6	新年文藝 募集	選外佳作(前號の續き)/和歌 〔1〕 선외가작(전호에서 계속)/와카	咸安 柿部寬之	시가/단카	
1	6	新年文藝 募集	選外佳作(前號の續き)/和歌 〔1〕 선외가작(전호에서 계속)/와카	統營 宮崎翠	시가/단카	
1	6	新年文藝 募集	選外佳作(前號の續き)/和歌 〔1〕 선외가작(전호에서 계속)/와카	釜山 門脇はるな	시가/단카	
1	6	新年文藝 募集	選外佳作(前號の續き)/和歌 〔1〕 선외가작(전호에서 계속)/와카	海雲臺 永田八代	시가/단카	
1	6	新年文藝 募集	選外佳作(前號の續き)/和歌 〔1〕 선외가작(전호에서 계속)/와카	釜山 橋本火村	시가/단카	
1	6	新年文藝 募集	選外佳作(前號の續き)/俳句 〔1〕 선외가작(전호에서 계속)/하이쿠	海雲臺 八代	시가/하이쿠	
1	6	新年文藝 募集	選外佳作(前號の續き)/俳句 〔1〕 선외가작(전호에서 계속)/하이쿠	江原 琴糸	시가/하이쿠	
1	6	新年文藝 募集	選外佳作(前號の續き)/俳句 〔1〕 선외가작(전호에서 계속)/하이쿠	釜山 荷水	시가/하이쿠	

지면	단수	기획	기사제목 〈회수〉〔곡수〕	필자/저자(역자)	분류	비고
1	6	新年文藝 募集	選外佳作(前號の續き)/俳句〔1〕 선외가작(전호에서 계속)/하이쿠	密陽 二蝶子	시가/하이쿠	
1	6	新年文藝 募集	選外佳作(前號の續き)/俳句〔1〕 선외가작(전호에서 계속)/하이쿠	巨濟 臥人	시가/하이쿠	
1	6	新年文藝 募集	選外佳作(前號の續き)/俳句〔1〕 선외가작(전호에서 계속)/하이쿠	京城 都水	시가/하이쿠	
1	6	新年文藝 募集	選外佳作(前號の續き)/俳句〔1〕 선외가작(전호에서 계속)/하이쿠	鎭海 拍水	시가/하이쿠	
1	6	新年文藝 募集	選外佳作(前號の續き)/俳句〔1〕 선외가작(전호에서 계속)/하이쿠	慶山 魯一	시가/하이쿠	
1	6	新年文藝 募集	選外佳作(前號の續き)/俳句〔1〕 선외가작(전호에서 계속)/하이쿠	馬山 梅香	시가/하이쿠	
1	6	新年文藝 募集	選外佳作(前號の續き)/俳句〔1〕 선외가작(전호에서 계속)/하이쿠	浦項 輝北	시가/하이쿠	
1	6	新年文藝 募集	選外佳作(前號の續き)/俳句〔1〕 선외가작(전호에서 계속)/하이쿠	咸安 柿實	시가/하이쿠	
1	6	新年文藝 募集	選外佳作(前號の續き)/俳句〔1〕 선외가작(전호에서 계속)/하이쿠	咸安 端月	시가/하이쿠	
4	1~3		兒雷也 〈159〉 지라이야	黑頭巾 講演	고단	

1918년 01월 05일 (토) 3662호

지면	단수	기획	기사제목 〈회수〉〔곡수〕	필자/저자(역자)	분류	비고
2	5~6		皇后陛下御歌〔1〕 황후 폐하 어가		시가/단카	
4	4	募集文藝 入選者	一等入選者 1등 입선자		광고	
4	4	募集文藝 入選者	二等入選者 2등 입선자		광고	
4	4	募集文藝 入選者	三等入選者 3등 입선자		광고	
4	4	募集文藝 入選者	四等入選者 4등 입선자		광고	
4	5	花柳界品 評	私の見た女を其のまゝに/券番 小さん 내가 본 여자를 그대로/권번 고산	芳子	수필/평판기	
5	1~3		望/まごころ(四) 〈161〉 희망/진심(4)	北島春石	소설	
7	1~3		兒雷也 〈160〉 지라이야	黑頭巾 講演	고단	

1918년 01월 07일 (월) 3663호

지면	단수	기획	기사제목 〈회수〉〔곡수〕	필자/저자(역자)	분류	비고
1	6	文苑	新年試筆詠蘭〔1〕 신년시필영란	秋鶴道人	시가/한시	
1	6	文苑	戊午新年〔2〕 무오 신년	大連 橋瓜兼太郎	시가/한시	
1	6	文苑	戊午新年〔1〕 무오 신년	京城 大垣丈夫	시가/한시	
1	6	文苑	恭賦 海邊松〔1〕 공부(恭賦) 해변송	京城 大垣丈夫	시가/한시	
3	4~5		六花霏々 눈이 흩날리다		수필/일상	
3	5~7		人日の節 인일절	鏡山生	수필/일상	

지면	단수	기획	기사제목 〈회수〉〔곡수〕	필자/저자(역자)	분류	비고
4	1~3		兒雷也 〈161〉 지라이야	黑頭巾 講演	고단	

1918년 01월 08일 (화) 3664호

지면	단수	기획	기사제목	필자	분류	비고
1	5	文苑	海邊松てふ御題を拜して〔1〕 해변송이라는 어제를 받자와	大連 鹽崎滿彦	시가/단카	
1	5	文苑	海邊松〔1〕 해변송	京城 橋本秀平	시가/단카	
1	5	文苑	海邊松〔1〕 해변송	馬山 金子如山	시가/단카	
1	5		白眼集 백안집		수필/일상	
3	5·-7		鳥致院雜筆 조치원 잡필		수필/일상	
4	6	花柳界品評	私の見た女を其のまゝに/券番 三ツ治 내가 본 여자를 그대로/권번 미쓰지	芳子	수필/평판기	
4	7	募集俗謠	選外佳作(前號の續き)〔3〕 선외가작(전호에서 계속)	幸町 千賀勇	시가/도도이쓰	
4	7	募集俗謠	選外佳作(前號の續き)〔1〕 선외가작(전호에서 계속)	佐賀 東雲樓 千代	시가/도도이쓰	
4	7	募集俗謠	選外佳作(前號の續き)〔2〕 선외가작(전호에서 계속)	元山 #傘	시가/도도이쓰	
4	7	募集俗謠	選外佳作(前號の續き)〔1〕 선외가작(전호에서 계속)	仁川 碧天涯	시가/도도이쓰	
4	7	募集俗謠	選外佳作(前號の續き)〔1〕 선외가작(전호에서 계속)	辯天町 雪秀	시가/도도이쓰	
4	7	募集俗謠	選外佳作(前號の續き)〔1〕 선외가작(전호에서 계속)	仁川 白雨	시가/도도이쓰	
5	1~4		望/面會(一)〈162〉 희망/면회(1)	北島春石	소설	
7	1~3		兒雷也〈162〉 지라이야	黑頭巾 講演	고단	

1918년 01월 09일 (수) 3665호

지면	단수	기획	기사제목	필자	분류	비고
1	4	文苑	(제목없음)〔1〕	密陽 盲人	시가/하이쿠	
1	4	文苑	(제목없음)〔1〕	仁川 碧天涯	시가/하이쿠	
1	4	文苑	(제목없음)〔1〕	平壤 鐵人	시가/하이쿠	
1	4	文苑	(제목없음)〔1〕	長崎 鶴水	시가/하이쿠	
1	4	文苑	(제목없음)〔1〕	大阪 芳靜	시가/하이쿠	
1	4	文苑	(제목없음)〔1〕	平壤 水聲	시가/하이쿠	
1	4	文苑	(제목없음)〔1〕	牧島 突百	시가/하이쿠	
1	4	文苑	(제목없음)〔1〕	熊川 吐岳	시가/하이쿠	
1	4	文苑	(제목없음)〔1〕	熊川 梅月	시가/하이쿠	

지면	단수	기획	기사제목 〈회수〉〔곡수〕	필자/저자(역자)	분류	비고
1	4	文苑	(제목없음) 〔1〕	熊川 耕山	시가/하이쿠	
1	4	文苑	(제목없음) 〔1〕	熊川 樂水	시가/하이쿠	
1	4	文苑	(제목없음) 〔1〕	釜山 梅友	시가/하이쿠	
1	4	文苑	(제목없음) 〔1〕	釜山 善界	시가/하이쿠	
1	4	文苑	(제목없음) 〔1〕	釜山 綠也	시가/하이쿠	
1	4	文苑	(제목없음) 〔1〕	釜山 陽鳳	시가/하이쿠	
1	4	文苑	(제목없음) 〔1〕	釜山 恭次郎	시가/하이쿠	
1	4	文苑	(제목없음) 〔1〕	釜山 蘇舟	시가/하이쿠	
3	1~3		望/面會(二) 〈163〉 희망/면회(2)	北島春石	소설	
3	5	花柳界品評	私の見た女を其のまゝに/鳴戸 吉治 내가 본 여자를 그대로/나루토 기치지	芳子	수필/평판기	
4	1~3		兒雷也 〈163〉 지라이야	黒頭巾 講演	고단	

1918년 01월 10일 (목) 3666호

지면	단수	기획	기사제목 〈회수〉〔곡수〕	필자/저자(역자)	분류	비고
4	6	募集文藝賞品	十日發送す 10일 발송하다			광고
4	6	募集文藝賞品	各等賞品 각등 상품			광고
4	6	募集文藝賞品	入選者 입선자			광고
4	7	花柳界品評	私の見た女を其のまゝに/待合亭 一樂 내가 본 여자를 그대로/마치아이테이 이치라쿠	芳子	수필/평판기	
5	1~3		望/面會(三) 〈164〉 희망/면회(3)	北島春石	소설	
7	1~3		兒雷也 〈164〉 지라이야	黒頭巾 講演	고단	

1918년 01월 11일 (금) 3667호

지면	단수	기획	기사제목 〈회수〉〔곡수〕	필자/저자(역자)	분류	비고
1	2	文苑	和歌五題 〔1〕 와카-오제	晋州 岳雲	시가/단카	
1	2	文苑	和歌五題 〔1〕 와카-오제	大邱 虎次郎	시가/단카	
1	2	文苑	和歌五題 〔1〕 와카-오제	市內 曉天	시가/단카	
1	2	文苑	和歌五題 〔1〕 와카-오제	仁川 眞龍	시가/단카	
1	2	文苑	和歌五題 〔1〕 와카-오제	釜山 清太郎	시가/단카	
4	6	花柳界品評	私の見た女を其のまゝに/登茂枝 歌子 내가 본 여자를 그대로/도모에 우타코	芳子	수필/평판기	
5	1~3		望/脅迫(一) 〈165〉 희망/협박(1)	北島春石	소설	

지면	단수	기획	기사제목 〈회수〉〔곡수〕	필자/저자(역자)	분류	비고
5	4	募集俗謠	選外佳作(前號の續き)〔1〕 선외가작(전호에서 계속)	浦項 天貞子	시가/도도이 쓰	
5	4	募集俗謠	選外佳作(前號の續き)〔1〕 선외가작(전호에서 계속)	江景 琴糸	시가/도도이 쓰	
5	4	募集俗謠	選外佳作(前號の續き)〔1〕 선외가작(전호에서 계속)	大廳町 笑月	시가/도도이 쓰	
5	4	募集俗謠	選外佳作(前號の續き)〔3〕 선외가작(전호에서 계속)	大廳町 蘇舟	시가/도도이 쓰	
5	4	募集俗謠	選外佳作(前號の續き)〔3〕 선외가작(전호에서 계속)	浦項 狂香	시가/도도이 쓰	
5	4	募集俗謠	選外佳作(前號の續き)〔3〕 선외가작(전호에서 계속)	釜山 三四郎	시가/도도이 쓰	

1918년 01월 12일 (토) 3668호

지면	단수	기획	기사제목 〈회수〉〔곡수〕	필자/저자(역자)	분류	비고
4	6	花柳界品 評	私の見た女を其のまゝに/新玉樓 玉二 내가 본 여자를 그대로/신교쿠로 다마지	芳子	수필/평판기	
5	1~3		望/脅迫(二)〈166〉 희망/협박(2)	北島春石	소설	
7	1~3		兒雷也〈166〉 지라이야	黑頭巾 講演	고단	

1918년 01월 13일 (일) 3669호

지면	단수	기획	기사제목 〈회수〉〔곡수〕	필자/저자(역자)	분류	비고
1	6	文苑	俳談會(橙黃子を迎へて)/冬木〔4〕 하이단카이(도코시(橙黃子)를 맞이하여)/겨울나무	橙黃子	시가/하이쿠	
1	6	文苑	俳談會(橙黃子を迎へて)/冬木〔4〕 하이단카이(도코시(橙黃子)를 맞이하여)/겨울나무	牙集	시가/하이쿠	
1	6	文苑	俳談會(橙黃子を迎へて)/冬木〔5〕 하이단카이(도코시(橙黃子)를 맞이하여)/겨울나무	秋#	시가/하이쿠	
1	6	文苑	俳談會(橙黃子を迎へて)/冬木〔4〕 하이단카이(도코시(橙黃子)를 맞이하여)/겨울나무	靑眼子	시가/하이쿠	

1918년 01월 13일 (일) 3669호 경성판

지면	단수	기획	기사제목 〈회수〉〔곡수〕	필자/저자(역자)	분류	비고
3	6~8		年賀狀論(上)〈1〉 연하장론(상)	元旦子	수필/일상	
3	6~9		獄と人生―獄中の或る友へ―〈1〉 감옥과 인생―옥중의 어느 벗에게―	凡々子	수필/서간	

1918년 01월 13일 (일) 3669호

지면	단수	기획	기사제목 〈회수〉〔곡수〕	필자/저자(역자)	분류	비고
5	1~3		望/波止場(一)〈167〉 희망/부두(1)	北島春石	소설	
7	1~3		兒雷也〈167〉 지라이야	黑頭巾 講演	고단	

1918년 01월 14일 (월) 3670호

지면	단수	기획	기사제목 〈회수〉〔곡수〕	필자/저자(역자)	분류	비고
3	6	花柳界品 評	私の見た女を其のまゝに/安樂亭 音丸 내가 본 여자를 그대로/안라쿠테이 오토마루	芳子	수필/평판기	
4	1~3		兒雷也〈168〉 지라이야	黑頭巾 講演	고단	

1918년 01월 15일 (화) 3671호 경성판

지면	단수	기획	기사제목 〈회수〉〔곡수〕	필자/저자(역자)	분류	비고
3	4~6		年賀狀論(上)〈1〉 연하장론(상)	元旦子	수필/일상	

지면	단수	기획	기사제목 〈회수〉〔곡수〕	필자/저자(역자)	분류	비고
1918년 01월 15일 (화) 3671호						
4	3~6		浄瑠璃物語 조루리 모노가타리	月廼舍	기타	
4	7	俗謠	小品文當選所感 〔1〕 소품문 당선 소감	仁川 矢谷花翁	시가/도도이쓰	
4	7	俗謠	賞品到着 〔1〕 상품 도착	仁川 矢谷花翁	시가/도도이쓰	
4	7	俗謠	(제목없음) 〔2〕	京城 村雨夜之助	시가/도도이쓰	
4	7	俗謠	(제목없음) 〔2〕	社內 芳子	시가/도도이쓰	
5	1~3		望/波止場(二) 〈168〉 희망/부두(2)	北島春石	소설	
7	1~3		兒雷也 〈169〉 지라이야	黑頭巾 講演	고단	
1918년 01월 16일 (수) 3672호						
1	5	文苑	白毛氈行脚 〈1〉 〔12〕 백모전행각	高橋遲々坊	수필·시가/ 기행·하이쿠	
4	7	花柳界品評	私の見た女を其のまゝに/券番 三太 내가 본 여자를 그대로/권번 산타	芳子	수필/평판기	
5	1~3		望/旅館(一) 〈169〉 희망/여관(1)	北島春石	소설	
7	1~3		兒雷也 〈170〉 지라이야	黑頭巾 講演	고단	
1918년 01월 17일 (목) 3673호						
1	5	文苑	白毛氈行脚 〈2〉 〔7〕 백모전행각	高橋遲々坊	수필·시가/ 기행·하이쿠	
1918년 01월 17일 (목) 3673호 경성판						
3	4~6		朝鮮今昔觀 〈3〉 〔2〕 조선금석관	牛步散人	수필·시가/ 기행·단카	
1918년 01월 17일 (목) 3673호						
5	1~3		望/旅館(二) 〈170〉 희망/여관(2)	北島春石	소설	
7	1~3		兒雷也 〈171〉 지라이야	黑頭巾 講演	고단	
1918년 01월 18일 (금) 3674호						
4	4	花柳界品評	私の見た女を其のまゝに/田中屋 小仙 내가 본 여자를 그대로/다나카야 고센	芳子	수필/평판기	
4	7	募集俗謠	選外佳作(續き) 〔4〕 선외가작(계속)	西町 俠雨	시가/도도이쓰	
4	7	募集俗謠	選外佳作(續き) 〔1〕 선외가작(계속)	南濱 濁流	시가/도도이쓰	
4	7	募集俗謠	選外佳作(續き) 〔3〕 선외가작(계속)	奉天 ともゑ	시가/도도이쓰	
4	7	募集俗謠	選外佳作(續き) 〔2〕 선외가작(계속)	京城 夜之助	시가/도도이쓰	

지면	단수	기획	기사제목 〈회수〉〔곡수〕	필자/저자(역자)	분류	비고
4	7	募集俗謠	選外佳作(續き)〔3〕 선외가작(계속)	馬山 白菱史	시가/도도이쓰	
4	7	募集俗謠	選外佳作(續き)〔1〕 선외가작(계속)	長崎 鶴水	시가/도도이쓰	
4	7	募集俗謠	選外佳作(續き)〔1〕 선외가작(계속)	寶水町 蝶丸	시가/도도이쓰	
5	1~3		望/微光(一)〈171〉 희망/미광(1)	北島春石	소설	
7	1~3		兒雷也〈172〉 지라이야	黑頭巾 講演	고단	

1918년 01월 19일 (토) 3675호

지면	단수	기획	기사제목 〈회수〉〔곡수〕	필자/저자(역자)	분류	비고
1	4~5		樂屋の春の灯 무대 뒤 봄밤의 등불	釜山 竹亭	수필/비평	
1	5		樂屋の春の灯〔1〕 무대 뒤 봄밤의 등불	播磨 泥前	시가/기타	
1	5		樂屋の春の灯〔1〕 무대 뒤 봄밤의 등불	大阪 遊魚	시가/기타	
1	5		樂屋の春の灯〔1〕 무대 뒤 봄밤의 등불	東京 綠郎	시가/기타	
1	5		樂屋の春の灯〔1〕 무대 뒤 봄밤의 등불	酒田 後槻	시가/기타	
1	5		樂屋の春の灯〔1〕 무대 뒤 봄밤의 등불	長崎 田十英	시가/기타	
1	5		樂屋の春の灯〔1〕 무대 뒤 봄밤의 등불	岡山 我樂	시가/기타	
1	5		樂屋の春の灯〔1〕 무대 뒤 봄밤의 등불	岐阜 鵜平	시가/기타	
1	5		樂屋の春の灯〔1〕 무대 뒤 봄밤의 등불	鐵嶺 三坡	시가/기타	
1	5		樂屋の春の灯〔1〕 무대 뒤 봄밤의 등불	近江 淸三郎	시가/기타	
1	5		樂屋の春の灯〔1〕 무대 뒤 봄밤의 등불	呼坂 #介	시가/기타	
1	5		樂屋の春の灯〔1〕 무대 뒤 봄밤의 등불	廣島 いさを	시가/기타	
1	5		樂屋の春の灯〔1〕 무대 뒤 봄밤의 등불	馬山 秋湖	시가/기타	
1	5		樂屋の春の灯〔1〕 무대 뒤 봄밤의 등불	公州 麥哉	시가/기타	
1	5		樂屋の春の灯〔1〕 무대 뒤 봄밤의 등불	浦項 秋風嶺	시가/기타	
1	5		樂屋の春の灯〔1〕 무대 뒤 봄밤의 등불	吳 濤骨	시가/기타	
1	5		樂屋の春の灯〔1〕 무대 뒤 봄밤의 등불	長崎 濤華	시가/기타	
1	5		樂屋の春の灯〔1〕 무대 뒤 봄밤의 등불	備中 秋茶花	시가/기타	
1	5		樂屋の春の灯〔1〕 무대 뒤 봄밤의 등불	東京 冬城	시가/기타	
1	5		樂屋の春の灯〔1〕 무대 뒤 봄밤의 등불	東京 直得	시가/기타	

지면	단수	기획	기사제목 〈회수〉〔곡수〕	필자/저자(역자)	분류	비고
1	5		樂屋の春の灯〔1〕 무대 뒤 봄밤의 등불	淡路 愛杏子	시가/기타	
1	5		樂屋の春の灯〔1〕 무대 뒤 봄밤의 등불	東京 霞袖	시가/기타	
1	5		樂屋の春の灯〔1〕 무대 뒤 봄밤의 등불	遼陽 十步老	시가/기타	
1	5		樂屋の春の灯〔1〕 무대 뒤 봄밤의 등불	青森 十二郎	시가/기타	
1	5		樂屋の春の灯〔1〕 무대 뒤 봄밤의 등불	長崎 孫二	시가/기타	
1	5		樂屋の春の灯〔1〕 무대 뒤 봄밤의 등불	釜山 竹亭	시가/기타	
4	7	花柳界品評	私の見た女を其のまゝに/梅歌 靜 내가 본 여자를 그대로/바이카 시즈카	芳子	수필/평판기	
5	1~3		望/微光(二)〈172〉 희망/미광(2)	北島春石	소설	
7	1~3		兒雷也〈173〉 지라이야	黑頭巾 講演	고단	

1918년 01월 20일 (일) 3676호

지면	단수	기획	기사제목 〈회수〉〔곡수〕	필자/저자(역자)	분류	비고
1	2		東京特電(十八日夜着)/歌御會始 도쿄 특전(18일 밤 도착)/금년 첫 어전(御前) 와카(和歌) 발표회		기타	
1	2		勅題「海邊松」/御製〔1〕 칙제(勅題)「해변송」/어제(御製)	大正天皇	시가/단카	
1	2		勅題「海邊松」/皇后宮御歌〔1〕 칙제(勅題)「해변송」/황후께서 지으신 노래	貞明皇后	시가/단카	
1	2		勅題「海邊松」/選歌〔1〕 칙제(勅題)「해변송」/선가	神奈川縣鎌倉町官幣小社鎌倉宮々司正七位 矢野豁 上	시가/단카	
1	2		勅題「海邊松」/選歌〔1〕 칙제(勅題)「해변송」/선가	福岡縣宗像郡東鄕村東鄕 勳七等 中村保 上	시가/단카	
1	2~3		勅題「海邊松」/選歌〔1〕 칙제(勅題)「해변송」/선가	熊本縣阿蘇郡北小國村宮原兩神社社掌 上野荒雄 上	시가/단카	
1	3		勅題「海邊松」/選歌〔1〕 칙제(勅題)「해변송」/선가	福岡縣八幡市大藏六百九十六 上田三郎 上	시가/단카	
1	3		勅題「海邊松」/選歌〔1〕 칙제(勅題)「해변송」/선가	愛知縣名古屋市西區北長者町三丁目 靑木穮子 上	시가/단카	
1	3		勅題「海邊松」/選歌〔1〕 칙제(勅題)「해변송」/선가	岐阜縣大野郡大名田村字花里 平民 田島壯次郎 上	시가/단카	
1	3		勅題「海邊松」/選歌〔1〕 칙제(勅題)「해변송」/선가	福島縣安達郡杉田村 平民 遠藤二郎 上	시가/단카	
1	5		白毛氈行脚〈3〉〔8〕 백모전행각	高橋遲々坊	수필·시가/기행·하이쿠	

1918년 01월 20일 (일) 3676호 경성판

지면	단수	기획	기사제목 〈회수〉〔곡수〕	필자/저자(역자)	분류	비고
3	6~8		朝鮮今昔觀〈6〉〔1〕 조선금석관	牛步散人	수필·시가/기행·단카	

지면	단수	기획	기사제목 〈회수〉〔곡수〕	필자/저자(역자)	분류	비고
			1918년 01월 20일 (일) 3676호			
5	1~3		望/微光(三) 〈173〉 희망/미광(3)	北島春石	소설	
7	1~3		兒雷也 〈174〉 지라이야	黒頭巾 講演	고단	
			1918년 01월 21일 (월) 3677호			
3	1~3		望/相談(一) 〈174〉 희망/상담(1)	北島春石	소설	
4	1~3		兒雷也 〈175〉 지라이야	黒頭巾 講演	고단	
			1918년 01월 22일 (화) 3678호			
1	5		白毛氈行脚 〈4〉 〔10〕 백모전행각	高橋遅々坊	수필·시가/ 기행·하이쿠	
5	1~3		望/相談(二) 〈175〉 희망/상담(2)	北島春石	소설	
5	6		二日の知足庵 2일의 지족암	吾唯知足生	수필/일상	
5	6		二日の知足庵/川柳 回禮者 〔1〕 2일의 지족암/센류 정월 인사 모임	靑郊	시가/센류	
5	6		二日の知足庵/川柳 回禮者 〔1〕 2일의 지족암/센류 정월 인사 모임	鵄翔	시가/센류	
5	6		二日の知足庵/川柳 回禮者 〔1〕 2일의 지족암/센류 정월 인사 모임	知足	시가/센류	
5	6		二日の知足庵/川柳 回禮者 〔2〕 2일의 지족암/센류 정월 인사 모임	靑郊	시가/센류	
5	6		二日の知足庵/川柳 回禮者 〔1〕 2일의 지족암/센류 정월 인사 모임	龍起池	시가/센류	
5	6		二日の知足庵/初夢/(天) 〔1〕 2일의 지족암/새해 첫 꿈/(천)	鵄翔	시가/하이쿠	
5	6		二日の知足庵/初夢/(地) 〔1〕 2일의 지족암/새해 첫 꿈/(지)	龍起池	시가/하이쿠	
5	6		二日の知足庵/初夢/(人) 〔1〕 2일의 지족암/새해 첫 꿈/(인)	龍起池	시가/하이쿠	
5	6		二日の知足庵/初霞/(天) 〔1〕 3일의 지족암/신춘의 안개/(천)	靑郊	시가/하이쿠	
5	6		二日の知足庵/初霞/(地) 〔1〕 3일의 지족암/신춘의 안개/(지)	知足	시가/하이쿠	
5	6		二日の知足庵/初霞/(人) 〔1〕 3일의 지족암/신춘의 안개/(인)	靑郊	시가/하이쿠	
5	6		二日の知足庵/勅題 〔1〕 3일의 지족암/칙제	馬岳	시가/하이쿠	
5	6		二日の知足庵/勅題 〔1〕 3일의 지족암/칙제	鵄翔	시가/하이쿠	
5	6		二日の知足庵/勅題 〔2〕 3일의 지족암/칙제	靑郊	시가/하이쿠	
5	6		二日の知足庵/勅題 〔1〕 3일의 지족암/칙제	##	시가/단카	
5	6		二日の知足庵/勅題 〔1〕 3일의 지족암/칙제	知足	시가/단카	

지면	단수	기획	기사제목 〈회수〉〔곡수〕	필자/저자(역자)	분류	비고
7	1~3		兒雷也 〈176〉 지라이야	黑頭巾 講演	고단	

1918년 01월 23일 (수) 3679호

지면	단수	기획	기사제목 〈회수〉〔곡수〕	필자/저자(역자)	분류	비고
1	5	文苑	居昌木枯會句集 〔3〕 거창 고가라시카이(木枯會) 구집	靜光	시가/하이쿠	
1	5	文苑	居昌木枯會句集 〔3〕 거창 고가라시카이(木枯會) 구집	刀川	시가/하이쿠	
1	5	文苑	居昌木枯會句集 〔2〕 거창 고가라시카이(木枯會) 구집	矢心	시가/하이쿠	
1	5	文苑	居昌木枯會句集 〔2〕 거창 고가라시카이(木枯會) 구집	居昌	시가/하이쿠	
1	5	文苑	居昌木枯會句集 〔2〕 거창 고가라시카이(木枯會) 구집	淀橋	시가/하이쿠	
1	5	文苑	居昌木枯會句集 〔2〕 거창 고가라시카이(木枯會) 구집	有隣	시가/하이쿠	
1	5	文苑	居昌木枯會句集 〔1〕 거창 고가라시카이(木枯會) 구집	松月	시가/하이쿠	
1	5	文苑	居昌木枯會句集 〔2〕 거창 고가라시카이(木枯會) 구집	子々	시가/하이쿠	
1	5	文苑	居昌木枯會句集 〔1〕 거창 고가라시카이(木枯會) 구집	松月	시가/하이쿠	
1	5	文苑	居昌木枯會句集 〔1〕 거창 고가라시카이(木枯會) 구집	禿山	시가/하이쿠	
1	5	文苑	居昌木枯會句集 〔1〕 거창 고가라시카이(木枯會) 구집	靑雲	시가/하이쿠	
1	5	文苑	居昌木枯會句集 〔1〕 거창 고가라시카이(木枯會) 구집	雷兒	시가/하이쿠	
1	5	文苑	居昌木枯會句集 〔1〕 거창 고가라시카이(木枯會) 구집	三井	시가/하이쿠	
1	5	文苑	居昌木枯會句集 〔1〕 거창 고가라시카이(木枯會) 구집	鷺川	시가/하이쿠	
1	5	文苑	居昌木枯會句集 〔1〕 거창 고가라시카이(木枯會) 구집	靑邱	시가/하이쿠	
4	5	募集俗謠	(제목없음) 〔1〕	奉天 ともゑ	시가/도도이 쓰	
4	5	募集俗謠	(제목없음) 〔2〕	平壤 小艶	시가/도도이 쓰	
4	5	募集俗謠	(제목없음) 〔1〕	釜山 三四郎	시가/도도이 쓰	
4	5	募集俗謠	(제목없음) 〔1〕	京城 村雨代之助	시가/도도이 쓰	
4	5	募集俗謠	(제목없음) 〔1〕	社內 芳子	시가/도도이 쓰	
4	6	講談豫告	日蓮上人-放牛舍英山講演 니치렌 쇼닌-호규샤 에이잔 강연		광고/연재 예고	
5	1~3		望/相談(三) 〈176〉 희망/상담(3)	北島春石	소설	
7	1~3		兒雷也 〈177〉 지라이야	黑頭巾 講演	고단	

1918년 01월 24일 (목) 3680호

지면	단수	기획	기사제목 〈회수〉〔곡수〕	필자/저자(역자)	분류	비고
1	5	文苑	靑眼子庵小集句屑/懸菜(一月十一日夜)〔3〕 세이간시안 소모임 작품/시래기(1월 11일 밤)	雨意	시가/하이쿠	
1	5	文苑	靑眼子庵小集句屑/懸菜(一月十一日夜)〔2〕 세이간시안 소모임 작품/시래기(1월 11일 밤)	胡月	시가/하이쿠	
1	5	文苑	靑眼子庵小集句屑/懸菜(一月十一日夜)〔3〕 세이간시안 소모임 작품/시래기(1월 11일 밤)	秋汀	시가/하이쿠	
1	5	文苑	靑眼子庵小集句屑/懸菜(一月十一日夜)〔4〕 세이간시안 소모임 작품/시래기(1월 11일 밤)	靑眼子	시가/하이쿠	
1	5	文苑	靑眼子庵小集句屑/寒梅(一月十一日晝)〔5〕 세이간시안 소모임 작품/한매(1월 19일 낮)	秋汀	시가/하이쿠	
1	5	文苑	靑眼子庵小集句屑/寒梅(一月十一日晝)〔3〕 세이간시안 소모임 작품/한매(1월 19일 낮)	雨意	시가/하이쿠	
1	5	文苑	靑眼子庵小集句屑/寒梅(一月十一日晝)〔4〕 세이간시안 소모임 작품/한매(1월 19일 낮)	沙川	시가/하이쿠	
1	5	文苑	靑眼子庵小集句屑/寒梅(一月十一日晝)〔5〕 세이간시안 소모임 작품/한매(1월 19일 낮)	靑眼子	시가/하이쿠	
1	5	文苑	靑眼子庵小集句屑/橙黃子君消息 東京たけし庵より」〔1〕 세이간시안 소모임 작품/도코시(橙黃子) 군 소식 도쿄 다케시안으로부터	たけし	시가/하이쿠	
1	5	文苑	靑眼子庵小集句屑/橙黃子君消息 東京たけし庵より」〔1〕 세이간시안 소모임 작품/도코시(橙黃子) 군 소식 도쿄 다케시안으로부터	拐童	시가/하이쿠	
1	5	文苑	靑眼子庵小集句屑/橙黃子君消息 東京たけし庵より」〔1〕 세이간시안 소모임 작품/도코시(橙黃子) 군 소식 도쿄 다케시안으로부터	禪寺洞	시가/하이쿠	
1	5	文苑	靑眼子庵小集句屑/橙黃子君消息 東京たけし庵より」〔1〕 세이간시안 소모임 작품/도코시(橙黃子) 군 소식 도쿄 다케시안으로부터	たけし	시가/하이쿠	
1	5	文苑	靑眼子庵小集句屑/橙黃子君消息 東京たけし庵より」〔1〕 세이간시안 소모임 작품/도코시(橙黃子) 군 소식 도쿄 다케시안으로부터	拐童	시가/하이쿠	
1	5	文苑	靑眼子庵小集句屑/橙黃子君消息 東京たけし庵より」〔1〕 세이간시안 소모임 작품/도코시(橙黃子) 군 소식 도쿄 다케시안으로부터	禪寺洞	시가/하이쿠	
1	5	文苑	靑眼子庵小集句屑/橙黃子君消息 東京たけし庵より」〔1〕 세이간시안 소모임 작품/도코시(橙黃子) 군 소식 도쿄 다케시안으로부터	橙黃子	시가/하이쿠	
4	3~6		宗敎眼より見た—活動寫眞 (一)はしがき 〈1〉 종교의 시각에서 본—활동사진 (1)서문	知恩寺 稻垣眞我	수필/관찰	
4	6	花柳界品評	私の見た女を其のまゝに/朝日亭 小梅 내가 본 여자를 그대로/아사히테이 고우메	芳子	수필/평판기	
5	1~3		望/暗まぎれ(一) 〈177〉 희망/어둠에 섞여(1)	北島春石	소설	
7	1~3		兒雷也 〈178〉 지라이야	黑頭巾 講演	고단	

1918년 01월 25일 (금) 3681호

지면	단수	기획	기사제목 〈회수〉〔곡수〕	필자/저자(역자)	분류	비고
4	5~7		宗敎眼より見た—活動寫眞 (二)活動勢力 〈2〉 종교의 시각에서 본—활동사진 (2)활동 세력	知恩寺 稻垣眞我	수필/관찰	
4	7	講談豫告	日蓮上人-放牛舍英山講演 니치렌 쇼닌-호규샤 에이잔 강연		광고/연재예고	
5	5~7		望/暗まぎれ(二) 〈178〉 희망/어둠에 섞여(2)	北島春石	소설	
7	1~3		兒雷也 〈179〉 지라이야	黑頭巾 講演	고단	

1918년 01월 26일 (토) 3682호

지면	단수	기획	기사제목 〈회수〉〔곡수〕	필자/저자(역자)	분류	비고
1	5	文苑	海邊松〔4〕 해변송	月廼舍	시가/단카	

지면	단수	기획	기사제목 〈회수〉〔곡수〕	필자/저자(역자)	분류	비고
4	4~6		宗教眼より見た―活動寫眞 (三)活動と風紀 〈3〉 종교의 시각에서 본―활동사진 (3)활동과 풍기	知恩寺 稻垣眞我	수필/관찰	
4	7	花柳界品 評	私の見た女を其のまゝに/梅歌 豊 내가 본 여자를 그대로/바이카 유타카	芳子	수필/평판기	
5	1~3		望/珍事(一) 〈179〉 희망/진기한 일(1)	北島春石	소설	
7	1~3		兒雷也 〈180〉 지라이야	黑頭巾 講演	고단	

1918년 01월 27일 (일) 3683호

지면	단수	기획	기사제목 〈회수〉〔곡수〕	필자/저자(역자)	분류	비고
1	5	文苑	摘草 〔1〕 나물 캐기	月廼舍	시가/신체시	
4	5~7		宗教眼より見た―活動寫眞 (四)活動の勢力 〈4〉 종교의 시각에서 본―활동사진 (4)활동의 세력	知恩寺 稻垣眞我	수필/관찰	
4	6	花柳界品 評	私の見た女を其のまゝに/待合亭 豆樂 내가 본 여자를 그대로/마치아이테이 마메라쿠	芳子	수필/평판기	
4	7		俗謠 〔4〕 속요	おぼろ	시가/도도이 쓰	
5	1~3		望/珍事(二) 〈180〉 희망/진기한 일(2)	北島春石	소설	
7	1~3		日蓮上人 〈1〉 니치렌 쇼닌	放牛舍英山講演	고단	
7	4		新流行ラッパぶし 〔2〕 신유행 랏파부시		시가/랏파부 시	

1918년 01월 28일 (월) 3684호

지면	단수	기획	기사제목 〈회수〉〔곡수〕	필자/저자(역자)	분류	비고
1	5	文苑	冬から春に 〔5〕 겨울에서 봄으로	哲子	시가/단카	
3	1~3		望/珍事(三) 〈181〉 희망/진기한 일(3)	北島春石	소설	
3	5~7		宗教眼より見た―活動寫眞 (五)活動と教育 〈5〉 종교의 시각에서 본―활동사진 (5)활동과 교육	知恩寺 稻垣眞我	수필/관찰	
4	1~3		日蓮上人 〈2〉 니치렌 쇼닌	放牛舍英山講演	고단	

1918년 01월 29일 (화) 3685호

지면	단수	기획	기사제목 〈회수〉〔곡수〕	필자/저자(역자)	분류	비고
1	5	文苑	海邊松 〔1〕 해변송	釜山 古川淸太郎	시가/단카	
1	5	文苑	海邊松 〔1〕 해변송	全州 小西##	시가/단카	
4	5~7		宗教眼より見た―活動寫眞 (六)活動と教育 〈6〉 종교의 시각에서 본―활동사진 (6)활동과 교육	知恩寺 稻垣眞我	수필/관찰	
4	6		俗謠 〔2〕 속요	釜山 三四郎	시가/도도이 쓰	
4	6		俗謠 〔1〕 속요	西町 おぼろ	시가/도도이 쓰	
4	6		俗謠 〔1〕 속요	奉天 ともゑ	시가/도도이 쓰	
4	6		俗謠 〔1〕 속요	梅歌	시가/도도이 쓰	
4	7		超塵 商專 合同句會 조진 쇼센 합동 구회		광고/모임 안내	

지면	단수	기획	기사제목 〈회수〉〔곡수〕	필자/저자(역자)	분류	비고
5	1~3		望/內と外(一) 〈182〉 희망/안과 밖(1)	北島春石	소설	
7	1~3		日蓮上人 〈3〉 니치렌 쇼닌	放牛舍英山講演	고단	

1918년 01월 30일 (수) 3686호

지면	단수	기획	기사제목 〈회수〉〔곡수〕	필자/저자(역자)	분류	비고
1	5	文苑	超塵 商專 合同句會/冬籠(互選) 〔7〕 조진 쇼센 합동 구회/겨울나기(호선)	靑眼子	시가/하이쿠	
1	5	文苑	超塵 商專 合同句會/冬籠(互選) 〔5〕 조진 쇼센 합동 구회/겨울나기(호선)	秋汀	시가/하이쿠	
1	5	文苑	超塵 商專 合同句會/冬籠(互選) 〔4〕 조진 쇼센 합동 구회/겨울나기(호선)	微笑子	시가/하이쿠	
1	5	文苑	超塵 商專 合同句會/冬籠(互選) 〔4〕 조진 쇼센 합동 구회/겨울나기(호선)	沙川	시가/하이쿠	
1	5	文苑	超塵 商專 合同句會/冬籠(互選) 〔3〕 조진 쇼센 합동 구회/겨울나기(호선)	橙黃子	시가/하이쿠	
1	5	文苑	超塵 商專 合同句會/冬籠(互選) 〔3〕 조진 쇼센 합동 구회/겨울나기(호선)	牙集	시가/하이쿠	
1	5	文苑	超塵 商專 合同句會/冬籠(互選) 〔3〕 조진 쇼센 합동 구회/겨울나기(호선)	子秋	시가/하이쿠	
1	5	文苑	超塵 商專 合同句會/冬籠(互選) 〔3〕 조진 쇼센 합동 구회/겨울나기(호선)	雨意	시가/하이쿠	
1	5	文苑	超塵 商專 合同句會/冬籠(互選) 〔3〕 조진 쇼센 합동 구회/겨울나기(호선)	俠雨	시가/하이쿠	
1	5	文苑	超塵 商專 合同句會/冬籠(互選) 〔3〕 조진 쇼센 합동 구회/겨울나기(호선)	胡月	시가/하이쿠	
1	5	文苑	超塵 商專 合同句會/冬籠(互選) 〔2〕 조진 쇼센 합동 구회/겨울나기(호선)	菊山人	시가/하이쿠	
1	5	文苑	超塵 商專 合同句會/冬籠(互選) 〔1〕 조진 쇼센 합동 구회/겨울나기(호선)	山彦	시가/하이쿠	
4	5~7		宗敎眼より見た—活動寫眞 (七)活動と人生 〈7〉 종교의 시각에서 본—활동사진 (7)활동과 인생	知恩寺 稻垣眞我	수필/관찰	
4	6		俗謠募集 〔3〕 속요 모집	釜山 おぼろ	시가/도도이 쓰	
4	6		俗謠募集 〔1〕 속요 모집	浦項 狂香	시가/도도이 쓰	
4	6		俗謠募集 〔1〕 속요 모집	社內 芳子	시가/도도이 쓰	
5	1~3		望/內と外(二) 〈183〉 희망/안과 밖(2)	北島春石	소설	
7	1~3		日蓮上人 〈4〉 니치렌 쇼닌	放牛舍英山講演	고단	

1918년 02월 01일 (금) 3688호

지면	단수	기획	기사제목 〈회수〉〔곡수〕	필자/저자(역자)	분류	비고
4	4~6		宗敎眼より見た—「女」 (一)はしがき 〈1〉 종교의 시각에서 본—「여자」 (1)서문	知恩寺 稻垣眞我	수필/관찰	
5	1~3		望/內と外(四) 〈185〉 희망/안과 밖(4)	北島春石	소설	
7	1~3		日蓮上人 〈6〉 니치렌 쇼닌	放牛舍英山講演	고단	

1918년 02월 02일 (토) 3689호

지면	단수	기획	기사제목 〈회수〉〔곡수〕	필자/저자(역자)	분류	비고
1	4	文苑	新年雜吟〔10〕 신년-잡음	鬱陵島 靑#	시가/하이쿠	
4	4~7		宗敎眼より見た─「女」(二)女の硏究 〈2〉 종교의 시각에서 본─「여자」(2)여자의 연구	知恩寺 稻垣眞我	수필/관찰	
5	1~3		望/呪ひ火(一)〈186〉 희망/저주의 불(1)	北島春石	소설	
7	1~3		日蓮上人 〈7〉 니치렌 쇼닌	放牛舍英山講演	고단	

1918년 02월 03일 (일) 3690호

지면	단수	기획	기사제목 〈회수〉〔곡수〕	필자/저자(역자)	분류	비고
1	4	文苑	美濃門勅題俳句〔1〕 미노몬 칙제 하이쿠	美濃岐阜 宗匠 紅梅 園其馨	시가/하이쿠	
1	4	文苑	美濃門勅題俳句〔1〕 미노몬 칙제 하이쿠	美濃武儀 補佐 反吉 庵三秋	시가/하이쿠	
1	4	文苑	美濃門勅題俳句〔1〕 미노몬 칙제 하이쿠	美濃大垣 前宗匠 知 常庵靜也	시가/하이쿠	
1	4	文苑	美濃門勅題俳句〔1〕 미노몬 칙제 하이쿠	香楢	시가/하이쿠	
1	4	文苑	美濃門勅題俳句〔1〕 미노몬 칙제 하이쿠	桃畝	시가/하이쿠	
1	4	文苑	美濃門勅題俳句〔1〕 미노몬 칙제 하이쿠	雪嵒	시가/하이쿠	
1	4	文苑	美濃門勅題俳句〔1〕 미노몬 칙제 하이쿠	花外	시가/하이쿠	
1	4	文苑	美濃門勅題俳句〔1〕 미노몬 칙제 하이쿠	周防 淸處	시가/하이쿠	
1	4	文苑	美濃門勅題俳句〔1〕 미노몬 칙제 하이쿠	#眞	시가/하이쿠	
1	4	文苑	美濃門勅題俳句〔1〕 미노몬 칙제 하이쿠	周防 梵覺	시가/하이쿠	
1	4	文苑	美濃門勅題俳句〔1〕 미노몬 칙제 하이쿠	山口 玉鱗	시가/하이쿠	
1	4	文苑	美濃門勅題俳句〔1〕 미노몬 칙제 하이쿠	紫明	시가/하이쿠	
1	4	文苑	美濃門勅題俳句〔1〕 미노몬 칙제 하이쿠	周防 菊山	시가/하이쿠	
1	4	文苑	美濃門勅題俳句〔1〕 미노몬 칙제 하이쿠	錦塘	시가/하이쿠	
1	4	文苑	美濃門勅題俳句〔1〕 미노몬 칙제 하이쿠	細井	시가/하이쿠	
1	4	文苑	美濃門勅題俳句〔1〕 미노몬 칙제 하이쿠	吾柳	시가/하이쿠	
1	4	文苑	美濃門勅題俳句〔1〕 미노몬 칙제 하이쿠	東京 南谷	시가/하이쿠	
1	4	文苑	美濃門勅題俳句〔1〕 미노몬 칙제 하이쿠	睡竹	시가/하이쿠	
1	4	文苑	美濃門勅題俳句〔1〕 미노몬 칙제 하이쿠	一夕	시가/하이쿠	
4	4~7		宗敎眼より見た─「女」(三)女の勢力 〈3〉 종교의 시각에서 본─「여자」(3)여자의 세력	知恩寺 稻垣眞我	수필/관찰	
4	6		俗謠(投書歡迎)〔1〕 속요(투고 환영)	浦項 狂香	시가/도도이 쓰	

지면	단수	기획	기사제목 〈회수〉〔곡수〕	필자/저자(역자)	분류	비고
4	6		俗謠(投書歡迎)〔1〕 속요(투고 환영)	西町 おぼろ	시가/도도이 쓰	
4	6		俗謠(投書歡迎)〔2〕 속요(투고 환영)	釜山 三四郎	시가/도도이 쓰	
4	6		俗謠(投書歡迎)〔1〕 속요(투고 환영)	京城 朧小路	시가/도도이 쓰	
4	6		俗謠(投書歡迎)〔1〕 속요(투고 환영)	社內 芳子	시가/도도이 쓰	
5	1~3		望/呪ひ火(二)〈187〉 희망/저주의 불(2)	北島春石	소설	
7	1~3		日蓮上人〈8〉 니치렌 쇼닌	放牛舍英山講演	고단	

1918년 02월 04일 (월) 3691호

지면	단수	기획	기사제목 〈회수〉〔곡수〕	필자/저자(역자)	분류	비고
1	5	文苑	立春〔3〕	哲子	시가/단카	
1	5	文苑	新年三つ物俳諧(岐阜 高橋遲々坊寄)〔1〕 신년 3구 하이카이(기후 다카하시 지치보로부터)	美濃門補佐職 #加# 淸風	시가/하이쿠	
1	5	文苑	新年三つ物俳諧(岐阜 高橋遲々坊寄)〔1〕 신년 3구 하이카이(기후 다카하시 지치보로부터)	同門同職 ## 千里軒 牛步	시가/하이쿠	
1	5	文苑	新年三つ物俳諧(岐阜 高橋遲々坊寄)〔1〕 신년 3구 하이카이(기후 다카하시 지치보로부터)	同門同職 雨後庵桂 園	시가/하이쿠	
1	5	文苑	新年三つ物俳諧(岐阜 高橋遲々坊寄)〔1〕 신년 3구 하이카이(기후 다카하시 지치보로부터)	翠濤	시가/하이쿠	
1	5	文苑	新年三つ物俳諧(岐阜 高橋遲々坊寄)〔2〕 신년 3구 하이카이(기후 다카하시 지치보로부터)	北莊	시가/하이쿠	
3	4~6		宗敎眼より見た─「女」(四)女の惡用〈4〉 종교의 시각에서 본─「여자」(4)여자의 악용	知恩寺 稻垣眞我	수필/관찰	
4	1~3		日蓮上人〈9〉 니치렌 쇼닌	放牛舍英山講演	고단	

1918년 02월 05일 (화) 3692호

지면	단수	기획	기사제목 〈회수〉〔곡수〕	필자/저자(역자)	분류	비고
3	6~8		宗敎眼より見た─「女」(五)女の善用〈5〉 종교의 시각에서 본─「여자」(5)여자의 선용	知恩寺 稻垣眞我	수필/관찰	
5	1~3		望/芝參內(一)〈188〉 희망/시바산나이(1)	北島春石	소설	
7	1~3		日蓮上人〈10〉 니치렌 쇼닌	放牛舍英山講演	고단	

1918년 02월 06일 (수) 3693호

지면	단수	기획	기사제목 〈회수〉〔곡수〕	필자/저자(역자)	분류	비고
4	8		俗謠(投書歡迎)〔1〕 속요(투고 환영)	釜山 三四郎	시가/도도이 쓰	
4	8		俗謠(投書歡迎)〔1〕 속요(투고 환영)	京城 高野宵灯	시가/도도이 쓰	
4	8		俗謠(投書歡迎)〔1〕 속요(투고 환영)	京城 岡村菫水	시가/도도이 쓰	
4	8		俗謠(投書歡迎)〔1〕 속요(투고 환영)	社內 芳子	시가/도도이 쓰	
5	1~3		望/芝參內(二)〈189〉 희망/시바산나이(2)	北島春石	소설	
7	1~3		日蓮上人〈11〉 니치렌 쇼닌	放牛舍英山講演	고단	

지면	단수	기획	기사제목 〈회수〉〔곡수〕	필자/저자(역자)	분류	비고
			1918년 02월 07일 (목) 3694호			
4	4~6		宗敎眼より見た―釜山の街 (一)愛する釜山 〈1〉 종교의 시각에서 본―부산의 거리 (1)사랑하는 부산	知恩院 稻垣眞我	수필/관찰	
5	1~3		望/芝參內(三) 〈190〉 희망/시바산나이(3)	北島春石	소설	
5	4		我蛙々會小集 〔1〕 가와와카이 소집	紫泉	시가/하이쿠	
5	4		我蛙々會小集 〔1〕 가와와카이 소집	靜ゝ山	시가/하이쿠	
5	4		我蛙々會小集 〔1〕 가와와카이 소집	裸堂	시가/하이쿠	
5	4		我蛙々會小集 〔1〕 가와와카이 소집	大呵	시가/하이쿠	
5	4		我蛙々會小集 〔1〕 가와와카이 소집	砂水	시가/하이쿠	
5	4		我蛙々會小集 〔2〕 가와와카이 소집	黑龍場	시가/하이쿠	
5	4		我蛙々會小集/人 〔1〕 가와와카이 소집/인	靜ゝ山	시가/하이쿠	
5	4		我蛙々會小集/地 〔1〕 가와와카이 소집/지	星奐	시가/하이쿠	
5	4		我蛙々會小集/天 〔1〕 가와와카이 소집/천	黑龍場	시가/하이쿠	
5	4		我蛙々會小集/軸 〔5〕 가와와카이 소집/축	對山	시가/하이쿠	
6	1~2		長吼錄/馬鹿者論 장후록/바보론	龜岡天川	수필/기타	
7	1~3		日蓮上人 〈12〉 니치렌 쇼닌	放牛舍英山講演	고단	
			1918년 02월 08일 (금) 3695호			
4	5~7		宗敎眼より見た―釜山の街 (二)風俗の統一 〈2〉 종교의 시각에서 본―부산의 거리 (2)풍속의 통일	知恩院 稻垣眞我	수필/관찰	
5	1~3		望/燒跡(一) 〈191〉 희망/불탄 자취(1)	北島春石	소설	
7	1~3		日蓮上人 〈13〉 니치렌 쇼닌	放牛舍英山講演	고단	
			1918년 02월 09일 (토) 3696호			
4	4~6		宗敎眼より見た―釜山の街 (三)街頭の體裁 〈3〉 종교의 시각에서 본―부산의 거리 (3)가두의 체재	知恩院 稻垣眞我	수필/관찰	
5	1~3		望/燒跡(二) 〈191〉 희망/불탄 자취(2)	北島春石	소설	회수 오류
7	1~3		日蓮上人 〈14〉 니치렌 쇼닌	放牛舍英山講演	고단	
			1918년 02월 10일 (일) 3697호			
1	3	文苑	(제목없음) 〔1〕	慶山 原田次郎一	시가/단카	
1	3	文苑	(제목없음) 〔1〕	釜山 米耶	시가/단카	

지면	단수	기획	기사제목 〈회수〉 〔곡수〕	필자/저자(역자)	분류	비고
1	3	文苑	(제목없음) 〔1〕	釜山 笑月	시가/단카	
4	4~6		宗教眼より見た―釜山の街 (四)公人私人 〈4〉 종교의 시각에서 본―부산의 거리 (4)공인 사인	知恩院 稻垣眞我	수필/관찰	
4	6		俗謠(投書歡迎) 〔2〕 속요(투고 환영)	平壤 小艶	시가/도도이쓰	
4	6		俗謠(投書歡迎) 〔1〕 속요(투고 환영)	京城 高野宵灯	시가/도도이쓰	
4	6		俗謠(投書歡迎) 〔1〕 속요(투고 환영)	釜山 三四郎	시가/도도이쓰	
4	6		俗謠(投書歡迎) 〔1〕 속요(투고 환영)	寶水町 鏡花	시가/도도이쓰	
4	6		俗謠(投書歡迎) 〔1〕 속요(투고 환영)	社內 芳子	시가/도도이쓰	
5	1~3		望/曙樓(一) 〈193〉 희망/아케보노로(1)	北島春石	소설	
7	1~3		日蓮上人 〈15〉 니치렌 쇼닌	放牛舍英山講演	고단	

1918년 02월 13일 (수) 3699호

지면	단수	기획	기사제목 〈회수〉 〔곡수〕	필자/저자(역자)	분류	비고
4	3		華やかなる朝鮮正月 화려한 조선 정월		수필/일상	
4	4~7		宗教眼より見た―釜山の街 (六)人々の心 〈6〉 종교의 시각에서 본―부산의 거리 (6)사람들의 마음	知恩院 稻垣眞我	수필/관찰	
5	1~3		望/曙樓(二) 〈194〉 희망/아케보노로(2)	北島春石	소설	
7	1~3		日蓮上人 〈16〉 니치렌 쇼닌	放牛舍英山講演	고단	

1918년 02월 14일 (목) 3700호

지면	단수	기획	기사제목 〈회수〉 〔곡수〕	필자/저자(역자)	분류	비고
4	1~3		日蓮上人 〈17〉 니치렌 쇼닌	放牛舍英山講演	고단	

1918년 02월 15일 (금) 3701호

지면	단수	기획	기사제목 〈회수〉 〔곡수〕	필자/저자(역자)	분류	비고
4	5		第二回句會 제2회 구회		광고/모임 안내	
5	1~3		望/曙樓(三) 〈195〉 희망/아케보노로(3)	北島春石	소설	
7	1~3		日蓮上人 〈18〉 니치렌 쇼닌	放牛舍英山講演	고단	

1918년 02월 16일 (토) 3702호

지면	단수	기획	기사제목 〈회수〉 〔곡수〕	필자/저자(역자)	분류	비고
1	5	文苑	商專俳會句稿(上)/北風(橙黃子選) 〈1〉 〔4〕 쇼센하이카이 구고(상)/북풍(도코시 선)	微笑子	시가/하이쿠	
1	5	文苑	商專俳會句稿(上)/北風(橙黃子選) 〈1〉 〔4〕 쇼센하이카이 구고(상)/북풍(도코시 선)	秋汀	시가/하이쿠	
1	5	文苑	商專俳會句稿(上)/北風(橙黃子選) 〈1〉 〔2〕 쇼센하이카이 구고(상)/북풍(도코시 선)	胡月	시가/하이쿠	
1	5	文苑	商專俳會句稿(上)/北風(橙黃子選) 〈1〉 〔2〕 쇼센하이카이 구고(상)/북풍(도코시 선)	青眼子	시가/하이쿠	
1	5	文苑	商專俳會句稿(上)/北風(橙黃子選) 〈1〉 〔2〕 쇼센하이카이 구고(상)/북풍(도코시 선)	雨聲	시가/하이쿠	

지면	단수	기획	기사제목 〈회수〉〔곡수〕	필자/저자(역자)	분류	비고
1	5	文苑	商專俳會句稿(上)/北風(橙黃子選) 〈1〉〔2〕 쇼센하이카이 구고(상)/북풍(도코시 선)	子秋	시가/하이쿠	
1	5	文苑	商專俳會句稿(上)/北風(橙黃子選) 〈1〉〔1〕 쇼센하이카이 구고(상)/북풍(도코시 선)	沙川	시가/하이쿠	
4	4~6		「照魔鏡」(一)目と耳と鼻 〈1〉 「조마경」(1)눈과 귀와 코	知恩寺 稻垣眞我	수필/관찰	
5	1~3		望/悲鳴(一) 〈196〉 희망/비명(1)	北島春石	소설	
7	1~3		日蓮上人 〈19〉 니치렌 쇼닌	放牛舍英山講演	고단	

1918년 02월 17일 (일) 3703호

지면	단수	기획	기사제목 〈회수〉〔곡수〕	필자/저자(역자)	분류	비고
1	4	文苑	商專俳句會稿(下)/寒梅 〈2〉〔4〕 쇼센하이쿠카이 작품(하)/한매	微笑子	시가/하이쿠	
1	4~5	文苑	商專俳句會稿(下)/寒梅 〈2〉〔4〕 쇼센하이쿠카이 작품(하)/한매	子秋	시가/하이쿠	
1	5	文苑	商專俳句會稿(下)/寒梅 〈2〉〔3〕 쇼센하이쿠카이 작품(하)/한매	靑眼子	시가/하이쿠	
1	5	文苑	商專俳句會稿(下)/寒梅 〈2〉〔3〕 쇼센하이쿠카이 작품(하)/한매	沙川	시가/하이쿠	
1	5	文苑	商專俳句會稿(下)/寒梅 〈2〉〔1〕 쇼센하이쿠카이 작품(하)/한매	秋汀	시가/하이쿠	
1	5	文苑	商專俳句會稿(下)/寒梅 〈2〉〔1〕 쇼센하이쿠카이 작품(하)/한매	胡月	시가/하이쿠	
1	5	文苑	商專俳句會稿(下)/寒梅 〈2〉〔1〕 쇼센하이쿠카이 작품(하)/한매	雨聲	시가/하이쿠	
1	5	文苑	商專俳句會稿(下)/冬雜 〈2〉〔3〕 쇼센하이쿠카이 작품(하)/겨울-잡	靑眼子	시가/하이쿠	
1	5	文苑	商專俳句會稿(下)/冬雜 〈2〉〔2〕 쇼센하이쿠카이 작품(하)/겨울-잡	沙川	시가/하이쿠	
1	5	文苑	商專俳句會稿(下)/冬雜 〈2〉〔2〕 쇼센하이쿠카이 작품(하)/겨울-잡	微笑子	시가/하이쿠	
1	5	文苑	商專俳句會稿(下)/冬雜 〈2〉〔1〕 쇼센하이쿠카이 작품(하)/겨울-잡	秋汀	시가/하이쿠	
1	5	文苑	商專俳句會稿(下)/冬雜 〈2〉〔1〕 쇼센하이쿠카이 작품(하)/겨울-잡	子秋	시가/하이쿠	
4	4~7		「照魔鏡」(二)男と女 〈2〉 「조마경」(2)남과 여	知恩寺 稻垣眞我	수필/관찰	
4	5		梅屋敷 〔7〕 우메야시키	俠雨	시가/도도이쓰	
5	1~3		望/悲鳴(二) 〈197〉 희망/비명(2)	北島春石	소설	
5	3~5		★日曜文壇を讀む 일요문단을 읽다	楓	수필/비평	
7	1~3		日蓮上人 〈20〉 니치렌 쇼닌	放牛舍英山講演	고단	

1918년 02월 18일 (월) 3704호

지면	단수	기획	기사제목 〈회수〉〔곡수〕	필자/저자(역자)	분류	비고
1	5	文苑	ホトトギス及び曲水會句稿(上)/凧 〈1〉〔6〕 호토토기스 및 교쿠스이카이 구고(上)/연	靑眼子	시가/하이쿠	
1	5	文苑	ホトトギス及び曲水會句稿(上)/凧 〈1〉〔5〕 호토토기스 및 교쿠스이카이 구고(上)/연	子秋	시가/하이쿠	

지면	단수	기획	기사제목 〈회수〉〔곡수〕	필자/저자(역자)	분류	비고
1	5	文苑	ホトトギス及び曲水會句稿(上)/凧 〈1〉〔5〕 호토토기스 및 교쿠스이카이 구고(上)/연	山彦	시가/하이쿠	
1	5	文苑	ホトトギス及び曲水會句稿(上)/凧 〈1〉〔4〕 호토토기스 및 교쿠스이카이 구고(上)/연	秋汀	시가/하이쿠	
3	1~3		望/悲鳴(三) 〈198〉 희망/비명(3)	北島春石	소설	
3	5~7		蕃淵社長へ/(一)河豚汁會の鐵砲 (二)法曹會の大鞄 반엔 사장에게/(1)복국 모임의 복어 (2)법조회의 큰 가방	釜山浪人 香洲生	수필/서간	
4	1~3		日蓮上人 〈21〉 니치렌 쇼닌	放牛舍英山講演	고단	

1918년 02월 19일 (화) 3705호

지면	단수	기획	기사제목 〈회수〉〔곡수〕	필자/저자(역자)	분류	비고
1	4	文苑	ホトトギス及び曲水會句稿(二)/凧 〈2〉〔4〕 호토토기스 및 교쿠스이카이 구고(2)/연	沙川	시가/하이쿠	
1	4	文苑	ホトトギス及び曲水會句稿(二)/凧 〈2〉〔4〕 호토토기스 및 교쿠스이카이 구고(2)/연	呦々子	시가/하이쿠	
1	4	文苑	ホトトギス及び曲水會句稿(二)/凧 〈2〉〔3〕 호토토기스 및 교쿠스이카이 구고(2)/연	微笑子	시가/하이쿠	
1	4	文苑	ホトトギス及び曲水會句稿(二)/凧 〈2〉〔1〕 호토토기스 및 교쿠스이카이 구고(2)/연	牙集	시가/하이쿠	
4	4~7		「照魔鏡」(三)新舊思想 〈3〉 「조마경」(3)신구 사상	知恩寺 稲垣眞我	수필/관찰	
5	1~3		望/悲鳴(四) 〈199〉 희망/비명(4)	北島春石	소설	
7	1~3		日蓮上人 〈22〉 니치렌 쇼닌	放牛舍英山講演	고단	

1918년 02월 20일 (수) 3706호

지면	단수	기획	기사제목 〈회수〉〔곡수〕	필자/저자(역자)	분류	비고
1	5	文苑	ホトトギス及び曲水會句稿(三) 〈3〉〔2〕 호토토기스 및 교쿠스이카이 구고(3)	牙集	시가/하이쿠	
1	5	文苑	ホトトギス及び曲水會句稿(三) 〈3〉〔3〕 호토토기스 및 교쿠스이카이 구고(3)	あきら	시가/하이쿠	
1	5	文苑	ホトトギス及び曲水會句稿(三) 〈3〉〔2〕 호토토기스 및 교쿠스이카이 구고(3)	東大寺	시가/하이쿠	
1	5	文苑	ホトトギス及び曲水會句稿(三) 〈3〉〔2〕 호토토기스 및 교쿠스이카이 구고(3)	胡月	시가/하이쿠	
1	5	文苑	ホトトギス及び曲水會句稿(三) 〈3〉〔2〕 호토토기스 및 교쿠스이카이 구고(3)	破鏡	시가/하이쿠	
1	5	文苑	ホトトギス及び曲水會句稿(三) 〈3〉〔2〕 호토토기스 및 교쿠스이카이 구고(3)	菊山人	시가/하이쿠	
4	4~7		「照魔鏡」(四)文明病 〈4〉 「조마경」(4)문명병	知恩寺 稲垣眞我	수필/관찰	
4	7		靑鳥(投書歡迎) 〔1〕 세이초(투고 환영)	釜山 三四郎	시가/도도이쓰	
4	7		靑鳥(投書歡迎) 〔1〕 세이초(투고 환영)	京城 それがし	시가/도도이쓰	
4	7		靑鳥(投書歡迎) 〔1〕 세이초(투고 환영)	釜山 荒井内 ひさ子	시가/도도이쓰	
4	7		靑鳥(投書歡迎) 〔1〕 세이초(투고 환영)	京城にて 三四郎	시가/도도이쓰	
4	7		靑鳥(投書歡迎) 〔1〕 세이초(투고 환영)	社内 芳子	시가/도도이쓰	

지면	단수	기획	기사제목 〈회수〉〔곡수〕	필자/저자(역자)	분류	비고
5	1~3		望/鍵(一) 〈200〉 희망/열쇠(1)	北島春石	소설	
7	1~3		日蓮上人 〈23〉 니치렌 쇼닌	放牛舍英山講演	고단	

1918년 02월 21일 (목) 3707호

지면	단수	기획	기사제목 〈회수〉〔곡수〕	필자/저자(역자)	분류	비고
1	5	文苑	★國光會の發會を喜びて〔1〕 곳코카이 발회를 기뻐하며	廣明	시가/단카	
1	5	文苑	☆雪中馬(國光會一月兼題) 〔2〕 설중마(곳코카이 1월 겸제(兼題))	廣明	시가/단카	
1	5	文苑	雪中馬(國光會一月兼題) 〔2〕 설중마(곳코카이 1월 겸제(兼題))	吉仙	시가/단카	
1	5	文苑	☆雪中馬(國光會一月兼題) 〔2〕 설중마(곳코카이 1월 겸제(兼題))	芳春	시가/단카	
1	5	文苑	★雪中馬(國光會一月兼題) 〔1〕 설중마(곳코카이 1월 겸제(兼題))	輝孝	시가/단카	
1	5	文苑	★雪中馬(國光會一月兼題) 〔1〕 설중마(곳코카이 1월 겸제(兼題))	歌免於	시가/단카	
1	5	文苑	雪中馬(國光會一月兼題) 〔1〕 설중마(곳코카이 1월 겸제(兼題))	政德	시가/단카	
1	5	文苑	★雪中馬(國光會一月兼題) 〔1〕 설중마(곳코카이 1월 겸제(兼題))	仙子	시가/단카	
1	5	文苑	雪中馬(國光會一月兼題) 〔1〕 설중마(곳코카이 1월 겸제(兼題))	哲雄	시가/단카	
4	5~8		「照魔鏡」(五)虛實 〈5〉 「조마경」(5)허실	知恩寺 稻垣眞我	수필/관찰	
4	7		小倉草 〔7〕 오쿠라쿠사	俠雨	시가/도도이 쓰	
5	1~3		望/鍵(二) 〈201〉 희망/열쇠(2)	北島春石	소설	
6	5~7		長吼錄 장후록	龜岡天川	수필/기타	
7	1~3		日蓮上人 〈24〉 니치렌 쇼닌	放牛舍英山講演	고단	

1918년 02월 22일 (금) 3708호

지면	단수	기획	기사제목 〈회수〉〔곡수〕	필자/저자(역자)	분류	비고
1	5	文苑	★國光會句稿/新年松(一月兼題) 〔2〕 곳코카이 구고/신년송(1월 겸제(兼題))	廣明	시가/단카	
1	5	文苑	☆國光會句稿/新年松(一月兼題) 〔2〕 곳코카이 구고/신년송(1월 겸제(兼題))	吉仙	시가/단카	
1	5	文苑	國光會句稿/新年松(一月兼題) 〔1〕 곳코카이 구고/신년송(1월 겸제(兼題))	政德	시가/단카	
1	5	文苑	國光會句稿/新年松(一月兼題) 〔1〕 곳코카이 구고/신년송(1월 겸제(兼題))	芳春	시가/단카	
1	5	文苑	★國光會句稿/新年松(一月兼題) 〔1〕 곳코카이 구고/신년송(1월 겸제(兼題))	歌免於	시가/단카	
1	5	文苑	★國光會句稿/新年松(一月兼題) 〔1〕 곳코카이 구고/신년송(1월 겸제(兼題))	輝孝	시가/단카	
1	5	文苑	★國光會句稿/新年松(一月兼題) 〔1〕 곳코카이 구고/신년송(1월 겸제(兼題))	仙子	시가/단카	
1	5	文苑	★國光會句稿/新年松(一月兼題) 〔1〕 곳코카이 구고/신년송(1월 겸제(兼題))	哲子	시가/단카	

지면	단수	기획	기사제목 〈회수〉〔곡수〕	필자/저자(역자)	분류	비고
1	5	文苑	★國光會の組織を聞きて〔1〕 곳코카이 결성을 듣고	鹿次郎	시가/단카	
1	5	文苑	寄國光會〔1〕 곳코카이에 부쳐	輝子	시가/단카	

1918년 02월 22일 (금) 3708호 경성판

지면	단수	기획	기사제목 〈회수〉〔곡수〕	필자/저자(역자)	분류	비고
3	8		京城 店頭評判記(一)〈1〉 경성 점두 평판기(1)		수필/평판기	

1918년 02월 22일 (금) 3708호

지면	단수	기획	기사제목 〈회수〉〔곡수〕	필자/저자(역자)	분류	비고
4	4~6		「照魔鏡」(六)遠大の希望〈6〉 「조마경」(6)원대한 희망	知恩寺 稻垣眞我	수필/관찰	
4	5		靑鳥(投書歡迎)〔1〕 세이초(투고 환영)	統營 仇古	시가/도도이쓰	
4	5		靑鳥(投書歡迎)〔2〕 세이초(투고 환영)	元山 三四郎	시가/도도이쓰	
4	5		靑鳥(投書歡迎)〔1〕 세이초(투고 환영)	奉天 ともゑ	시가/도도이쓰	
4	5		靑鳥(投書歡迎)〔1〕 세이초(투고 환영)	京城 大塚久廼家	시가/도도이쓰	
4	5		靑鳥(投書歡迎)〔1〕 세이초(투고 환영)	社內 芳子	시가/도도이쓰	
4	7	花柳界品評	私の見た女を其のまゝに/梅歌 鶯 내가 본 여자를 그대로/바이카 우구이스	芳子	수필/평판기	
5	1~3		望/その淚(一)〈202〉 희망/그 눈물(1)	北島春石	소설	
5	6		全州花柳便り 전주 화류계 소식		수필/평판기	
5	7	三面文藝	お糸 실	俠雨	시가/신체시	
5	7	三面文藝	露分け衣 풀잎 이슬을 헤치는 옷자락	俠雨	시가/신체시	
6	5~7		長吼錄/情愛論 장후록/정애론	龜岡天川	수필/기타	
7	1~3		日蓮上人〈25〉 니치렌 쇼닌	放牛舍英山講演	고단	

1918년 02월 23일 (토) 3709호

지면	단수	기획	기사제목 〈회수〉〔곡수〕	필자/저자(역자)	분류	비고
1	5	文苑	水邊若葉〔2〕 물가 새싹	靜子	시가/단카	
1	5		下關より(廿一日) 시모노세키에서(21일)	側面子	수필/기행	
1	5	文苑	待花〔1〕 꽃을 기다리며	靜子	시가/단카	
1	5	文苑	早梅〔2〕 이른 매화	靜子	시가/단카	
1	5	文苑	雜〔6〕 잡	熊川 上田樂水	시가/하이쿠	
2	9		滿洲行き(一)(十五日安東縣にて)〈1〉 만주행(1)(15일 안동 현에서)	たの字	수필/기행	
4	6~7		鐵の爪 아이언 클로		수필/비평	

지면	단수	기획	기사제목 〈회수〉〔곡수〕	필자/저자(역자)	분류	비고
4	6		かもめ〔6〕 갈매기	俠雨	시가/도도이쓰	
6	4~6		長吼錄/自殺論 장후록/자살론	龜岡天川	수필/기타	
7	1~3		日蓮上人〈26〉 니치렌 쇼닌	放牛舍英山講演	고단	

1918년 02월 24일 (일) 3710호

지면	단수	기획	기사제목	필자/저자	분류	비고
2	7~9		滿洲行き(二) (十七日奉天にて)〈2〉 만주행(2) (17일 펑톈에서)	たの字	수필/기행	

1918년 02월 24일 (일) 3710호 경성판

지면	단수	기획	기사제목	필자/저자	분류	비고
3	4~7		獨り言/自殺評論 혼잣말/자살 평론	太平迂人	수필/기타	
3	7~8		京城 店頭評判記(二)〈2〉 경성 점두 평판기(2)		수필/평판기	

1918년 02월 24일 (일) 3710호

지면	단수	기획	기사제목	필자/저자	분류	비고
4	3		靑鳥(投書歡迎)〔1〕 세이초(투고 환영)	桂水	시가/도도이쓰	
4	3		靑鳥(投書歡迎)〔1〕 세이초(투고 환영)	元山にて 三四郎	시가/도도이쓰	
4	3		靑鳥(投書歡迎)〔1〕 세이초(투고 환영)	奉天 ともゑ	시가/도도이쓰	
4	3		靑鳥(投書歡迎)〔1〕 세이초(투고 환영)	社內 芳子	시가/도도이쓰	
4	5~7		「照魔鏡」(七)商業道德〈7〉 「조마경」(7)상업 도덕	知恩寺 稻垣眞我	수필/관찰	
5	1~3		望/その涙(二)〈203〉 희망/그 눈물(2)	北島春石	소설	
6	5~7		長吼錄/人間論 장후록/인간론	龜岡天川	수필/기타	
7	1~3		日蓮上人〈27〉 니치렌 쇼닌	放牛舍英山講演	고단	

1918년 02월 25일 (월) 3711호

지면	단수	기획	기사제목	필자/저자	분류	비고
1	5	文苑	(제목없음)〔4〕	釜山 あきぐさ	시가/단카	
2	6~8		滿洲行き(三) (十七日奉天にて)〈3〉 만주행(3) (17일 펑톈에서)	たの字	수필/기행	
3	1~3		望/その涙(三)〈204〉 희망/그 눈물(3)	北島春石	소설	
3	5~7		「照魔鏡」(八)經濟と儉約〈8〉 「조마경」(8)경제와 검약	知恩寺 稻垣眞我	수필/관찰	
4	1~3		日蓮上人〈28〉 니치렌 쇼닌	放牛舍英山講演	고단	

1918년 02월 26일 (화) 3712호

지면	단수	기획	기사제목	필자/저자	분류	비고
2	7~9		滿洲行き(四) (北陵にて)〈4〉 만주행(4) (베이링에서)	たの字	수필/기행	
2	9		馬關より(廿四日朝發) 바칸에서(24일 아침 출발)	蕃淵生	수필/기행	

지면	단수	기획	기사제목 〈회수〉〔곡수〕	필자/저자(역자)	분류	비고
3	5~7		長吼錄/女權論 장후록/여권론	龜岡天川	수필/기타	
4	2~3		褄とる迄 〈1〉 게이샤가 되기까지	芳子	수필/평판기	
4	4		桃節句〔6〕 모모노셋쿠	俠雨	시가/도도이 쓰	
4	7		國府津より(廿三日) 고우즈에서(23일)	側面子	수필/기행	
5	1~3		望/その涙(四) 〈205〉 희망/그 눈물(4)	北島春石	소설	
7	1~3		日蓮上人 〈29〉 니치렌 쇼닌	放牛舍英山講演	고단	

1918년 02월 27일 (수) 3713호

지면	단수	기획	기사제목 〈회수〉〔곡수〕	필자/저자(역자)	분류	비고
1	4		下之關驛より(廿四日發) 시모노세키 역에서(24일 출발)	蕃淵生	수필/기행	
2	5~7		滿洲行き(五) (十八日大連にて) 〈5〉 만주행(5) (18일 다롄에서)	たの字	수필/기행	
2	9		東京より(廿三日)/衆議院を見るの記(一) 〈1〉 도쿄에서(23일)/중의원을 본 기록(1)	側面子	수필/기행	

1918년 02월 27일 (수) 3713호 경성판

지면	단수	기획	기사제목 〈회수〉〔곡수〕	필자/저자(역자)	분류	비고
3	5~7		獨り言/人生の勘定 혼잣말/인생의 정산	太平迂人	수필/기타	
3	7~8		京城 店頭評判記(三) 〈3〉 경성 점두 평판기(3)		수필/평판기	

1918년 02월 27일 (수) 3713호

지면	단수	기획	기사제목 〈회수〉〔곡수〕	필자/저자(역자)	분류	비고
4	6~8		褄とる迄(二) 〈2〉 게이샤가 되기까지(2)	芳子	수필/평판기	
5	1~3		望/その涙(五) 〈206〉 희망/그 눈물(5)	北島春石	소설	
6	4~6		病床吟 병상음	龜岡天川	수필/일상	
7	1~3		日蓮上人 〈30〉 니치렌 쇼닌	放牛舍英山講演	고단	

1918년 02월 28일 (목) 3714호

지면	단수	기획	기사제목 〈회수〉〔곡수〕	필자/저자(역자)	분류	비고
1	4		山陽線より(廿四日) 산요센에서(24일)	蕃淵生	수필/기행	
1	5	文苑	ホトトギス及び曲水會句稿/雜(廿四日臨時小小集) 〔5〕 호토토기스 및 교쿠스이카이 구고/잡(24일 임시 소모임)	秋汀	시가/하이쿠	
1	5	文苑	ホトトギス及び曲水會句稿/雜(廿四日臨時小小集) 〔4〕 호토토기스 및 교쿠스이카이 구고/잡(24일 임시 소모임)	破鏡	시가/하이쿠	
1	5	文苑	ホトトギス及び曲水會句稿/雜(廿四日臨時小小集) 〔4〕 호토토기스 및 교쿠스이카이 구고/잡(24일 임시 소모임)	靑眼子	시가/하이쿠	
1	5	文苑	ホトトギス及び曲水會句稿/雜(廿四日臨時小小集) 〔3〕 호토토기스 및 교쿠스이카이 구고/잡(24일 임시 소모임)	子秋	시가/하이쿠	
1	5	文苑	ホトトギス及び曲水會句稿/雜(廿四日臨時小小集) 〔3〕 호토토기스 및 교쿠스이카이 구고/잡(24일 임시 소모임)	沙川	시가/하이쿠	
1	5	文苑	ホトトギス及び曲水會句稿/雜(廿四日臨時小小集) 〔3〕 호토토기스 및 교쿠스이카이 구고/잡(24일 임시 소모임)	東大寺	시가/하이쿠	

지면	단수	기획	기사제목 〈회수〉 〔곡수〕	필자/저자(역자)	분류	비고
1	5	文苑	ホトトギス及び曲水會句稿/雜(廿四日臨時小小集) 〔3〕 호토토기스 및 교쿠스이카이 구고/잡(24일 임시 소모임)	雨意	시가/하이쿠	
2	6~9		滿洲行き(六) (十九日旅順にて) 〈5〉 만주행(6) (19일 뤼순에서)	たの字	수필/기행	
2	9		東京より(廿四日)/衆議院を見るの記(二) 〈2〉 도쿄에서(24일)/중의원을 본 기록(2)	側面子	수필/기행	
5	1~3		望/銀行より(一) 〈207〉 희망/은행에서(1)	北島春石	소설	
6	4~6		長吼錄/政治家の自信 장후록/정치가의 자신	龜岡天川	수필/기타	
7	1~3		日蓮上人 〈31〉 니치렌 쇼닌	放牛舍英山講演	고단	

1918년 04월 01일 (월) 3745호

지면	단수	기획	기사제목 〈회수〉 〔곡수〕	필자/저자(역자)	분류	비고
1	3~4		釜山青毛布(六)/棧橋 〈6〉 부산청모포(6)/잔교	近眼生	수필/기행	
4	1~3		日蓮上人 〈62〉 니치렌 쇼닌	放牛舍英山講演	고단	

1918년 04월 02일 (화) 3746호

지면	단수	기획	기사제목 〈회수〉 〔곡수〕	필자/저자(역자)	분류	비고
7	1~2		日蓮上人 〈63〉 니치렌 쇼닌	放牛舍英山講演	고단	

1918년 04월 03일 (수) 3747호 경성판

지면	단수	기획	기사제목 〈회수〉 〔곡수〕	필자/저자(역자)	분류	비고
3	6		京仁スケッチ(六)―美人總まくり―/音羽屋 秀千代裙 〈6〉 경인 스케치(6)―미인 총비평―/오토하야 히데치요 군		수필/평판기	

1918년 04월 03일 (수) 3747호

지면	단수	기획	기사제목 〈회수〉 〔곡수〕	필자/저자(역자)	분류	비고
5	1~3		望/結び文(一) 〈232〉 희망/편지 쪽지(1)	北島春石	소설	
5	3	文苑	★國光會和歌詠草(七)/海上霞-三月兼題(順序不同) 〈7〉 〔1〕 곳코카이 와카 기록(7)/바다 위 안개-3월 겸제(兼題)(순서 무관)	綾威穗	시가/단카	
5	3	文苑	★國光會和歌詠草(七)/海上霞-三月兼題(順序不同) 〈7〉 〔1〕 곳코카이 와카 기록(7)/바다 위 안개-3월 겸제(兼題)(순서 무관)	山霞	시가/단카	
5	3	文苑	★國光會和歌詠草(七)/海上霞-三月兼題(順序不同) 〈7〉 〔1〕 곳코카이 와카 기록(7)/바다 위 안개-3월 겸제(兼題)(순서 무관)	竹芳	시가/단카	
5	3	文苑	★國光會和歌詠草(七)/海上霞-三月兼題(順序不同) 〈7〉 〔1〕 곳코카이 와카 기록(7)/바다 위 안개-3월 겸제(兼題)(순서 무관)	遠舟	시가/단카	
5	3	文苑	★國光會和歌詠草(七)/海上霞-三月兼題(順序不同) 〈7〉 〔1〕 곳코카이 와카 기록(7)/바다 위 안개-3월 겸제(兼題)(순서 무관)	竹條	시가/단카	
5	3	文苑	花枕 〔5〕 하나마쿠라	俠雨	시가/도도이 쓰	
6	4~6		南沿岸巡り(二)/彌助港行 〈2〉 〔1〕 남연안 순회(2)/미조항행	碧堂生	수필·시가/ 기행·하이쿠	
7	1~3		日蓮上人 〈64〉 니치렌 쇼닌	放牛舍英山講演	고단	

1918년 04월 05일 (금) 3749호

지면	단수	기획	기사제목 〈회수〉 〔곡수〕	필자/저자(역자)	분류	비고
3	7~8		南沿岸巡り(三)/彌助港 〈3〉 〔2〕 남연안 순회(3)/미조항	碧堂生	수필·시가/ 기행·하이쿠	
4	8		日蓮上人-半額券刷込み 니치렌 쇼닌-반액권 포함		광고/고단	

지면	단수	기획	기사제목 〈회수〉〔곡수〕	필자/저자(역자)	분류	비고
5	1~3		望/結び文(二)〈233〉 희망/편지 쪽지(2)	北島春石	소설	
5	3	文苑	商專俳句會-橙黃子選/燕〔5〕 쇼센 하이쿠카이-도코시 선/제비	子秋	시가/하이쿠	
5	3	文苑	商專俳句會-橙黃子選/燕〔4〕 쇼센 하이쿠카이-도코시 선/제비	靑眼子	시가/하이쿠	
5	3	文苑	商專俳句會-橙黃子選/燕〔2〕 쇼센 하이쿠카이-도코시 선/제비	胡月	시가/하이쿠	
5	3	文苑	商專俳句會-橙黃子選/燕〔2〕 쇼센 하이쿠카이-도코시 선/제비	東大寺	시가/하이쿠	
5	3	文苑	商專俳句會-橙黃子選/燕〔1〕 쇼센 하이쿠카이-도코시 선/제비	沙川	시가/하이쿠	
5	3	文苑	商專俳句會-橙黃子選/雜〔5〕 쇼센 하이쿠카이-도코시 선/잡	靑眼子	시가/하이쿠	
5	3	文苑	商專俳句會-橙黃子選/句會を戻る牧の島の東大寺に〔4〕 쇼센 하이쿠카이-도코시 선/모임에서 돌아가는 마키노시마(牧の島)의 도다이지(東大寺)에게	子秋	시가/하이쿠	
5	3	文苑	商專俳句會-橙黃子選/句會を戻る牧の島の東大寺に〔2〕 쇼센 하이쿠카이-도코시 선/모임에서 돌아가는 마키노시마(牧の島)의 도다이지(東大寺)에게	胡月	시가/하이쿠	
5	3	文苑	商專俳句會-橙黃子選/句會を戻る牧の島の東大寺に〔2〕 쇼센 하이쿠카이-도코시 선/모임에서 돌아가는 마키노시마(牧の島)의 도다이지(東大寺)에게	沙川	시가/하이쿠	
5	3	文苑	商專俳句會-橙黃子選/句會を戻る牧の島の東大寺に〔2〕 쇼센 하이쿠카이-도코시 선/모임에서 돌아가는 마키노시마(牧の島)의 도다이지(東大寺)에게	子秋	시가/하이쿠	
5	3	文苑	商專俳句會-橙黃子選/句會を戻る牧の島の東大寺に〔1〕 쇼센 하이쿠카이-도코시 선/모임에서 돌아가는 마키노시마(牧の島)의 도다이지(東大寺)에게	東大寺	시가/하이쿠	
7	1~3		日蓮上人〈65〉 니치렌 쇼닌	放牛舍英山講演	고단	

1918년 04월 06일 (토) 3750호

지면	단수	기획	기사제목 〈회수〉〔곡수〕	필자/저자(역자)	분류	비고
5	1~3		望/結び文(三)〈234〉 희망/편지 쪽지(3)	北島春石	소설	
6	6~7		南沿岸巡り(四)/麗水行〈4〉 남연안 순회(4)/여수행	碧堂生	수필/기행	
7	1~3		日蓮上人〈66〉 니치렌 쇼닌	放牛舍英山講演	고단	

1918년 04월 07일 (일) 3751호 경성판

지면	단수	기획	기사제목 〈회수〉〔곡수〕	필자/저자(역자)	분류	비고
3	8		京仁スケッチ(七)—美人總まくり—/菊水席 菊子裙〈7〉 경인 스케치(7)—미인 총비평—/기쿠스이세키 기쿠코 군		수필/평판기	

1918년 04월 07일 (일) 3751호

지면	단수	기획	기사제목 〈회수〉〔곡수〕	필자/저자(역자)	분류	비고
5	1~3		望/最期(一)〈235〉 희망/마지막(1)	北島春石	소설	
6	4		南沿岸巡り(五)/麗水行〈5〉〔2〕 남연안 순회(5)/여수행	碧堂生	수필·시가/ 기행·하이쿠	
7	1~3		日蓮上人〈67〉 니치렌 쇼닌	放牛舍英山講演	고단	

1918년 04월 08일 (월) 3752호

지면	단수	기획	기사제목 〈회수〉〔곡수〕	필자/저자(역자)	분류	비고
3	1~3		望/最期(二) 〈236〉 희망/마지막(2)	北島春石	소설	
3	5		庭前の櫻 〔3〕 뜰 앞의 벚나무	香洲生	수필·시가/ 일상·하이쿠	
4	1~3		日蓮上人 〈68〉 니치렌 쇼닌	放牛舍英山講演	고단	

1918년 04월 09일 (화) 3753호

4	5		新しがる 〔4〕 새로움을 기꺼워하다	香洲生	수필·시가/ 일상·하이쿠	
4	7	新小說豫 告	火の湖-渡邊默禪氏作 石井滴水氏畵 불의 호수-와타나베 모쿠젠 씨 작 이시이 데키스이 씨 삽화		광고/연재 예고	
6	4~5		南沿岸巡り(六)/麗水出發 〈6〉 남연안 순회(6)/여수 출발	碧堂生	수필/기행	
7	1~3		日蓮上人 〈69〉 니치렌 쇼닌	放牛舍英山講演	고단	

1918년 04월 10일 (수) 3754호

4	6	新小說豫 告	火の湖-渡邊默禪氏作 石井滴水氏畵 불의 호수-와타나베 모쿠젠 씨 작 이시이 데키스이 씨 삽화		광고/연재 예고	
6	6~8		望/最期(三) 〈237〉 희망/마지막(3)	北島春石	소설	
7	1~3		日蓮上人 〈70〉 니치렌 쇼닌	放牛舍英山講演	고단	

1918년 04월 11일 (목) 3755호

1	5	漢詩	春詞十二首/春郊 〔1〕 춘사십이수/춘교	近江 八年 塚本源	시가/한시	
1	5	漢詩	春詞十二首/春山 〔1〕 춘사십이수/춘산	近江 八年 塚本源	시가/한시	
1	5	漢詩	春詞十二首/春水 〔1〕 춘사십이수/춘수	近江 八年 塚本源	시가/한시	
1	5	漢詩	春詞十二首/春寒 〔1〕 춘사십이수/춘한	近江 八年 塚本源	시가/한시	
1	5	漢詩	春詞十二首/春雨 〔1〕 춘사십이수/춘우	近江 八年 塚本源	시가/한시	
1	5	漢詩	春詞十二首/春月 〔1〕 춘사십이수/춘월	近江 八年 塚本源	시가/한시	
1	5	漢詩	春詞十二首/春陰 〔1〕 춘사십이수/춘음	近江 八年 塚本源	시가/한시	
1	5	漢詩	春詞十二首/春晴 〔1〕 춘사십이수/춘청	近江 八年 塚本源	시가/한시	
1	5	漢詩	春詞十二首/春風 〔1〕 춘사십이수/춘풍	近江 八年 塚本源	시가/한시	
1	5	漢詩	春詞十二首/春曉 〔1〕 춘사십이수/춘효	近江 八年 塚本源	시가/한시	
1	5	漢詩	春詞十二首/春夜 〔1〕 춘사십이수/춘야	近江 八年 塚本源	시가/한시	
1	5	漢詩	春詞十二首/春夢 〔1〕 춘사십이수/춘몽	近江 八年 塚本源	시가/한시	

1918년 04월 11일 (목) 3755호 경성판

지면	단수	기획	기사제목 〈회수〉 〔곡수〕	필자/저자(역자)	분류	비고
3	8		京仁スケッチ(八)—美人總まくり—/菊水席 三福裙 〈8〉 경인 스케치(8)—미인 총비평—/기쿠스이세키 산푸쿠 군		수필/평판기	

1918년 04월 11일 (목) 3755호

지면	단수	기획	기사제목 〈회수〉 〔곡수〕	필자/저자(역자)	분류	비고
5	1~2		望/望の光(一) 〈238〉 희망/희망의 빛(1)	北島春石	소설	
7	1~3		日蓮上人 〈71〉 니치렌 쇼닌	放牛舍英山講演	고단	

1918년 04월 12일 (금) 3756호

지면	단수	기획	기사제목 〈회수〉 〔곡수〕	필자/저자(역자)	분류	비고
1	4~5		春聲賦/入社記念の試筆 〈1〉 춘성부/입사 기념 시필	都甲玄卿	수필/일상	
5	1-3		火の湖/三重子 〈1〉 불의 호수/미에코	渡邊默禪	소설	
7	1~3		日蓮上人 〈72〉 니치렌 쇼닌	放牛舍英山講演	고단	

1918년 04월 13일 (토) 3757호

지면	단수	기획	기사제목 〈회수〉 〔곡수〕	필자/저자(역자)	분류	비고
1	2~4		春聲賦/入社記念の試筆 〈2〉 춘성부/입사 기념 시필	都甲玄卿	수필/일상	
1	4~5		函館から釜山まで 〈1〉 하코다테에서 부산까지	太宰生	수필/기행	
5	1~3		火の湖/三重子 〈2〉 불의 호수/미에코	渡邊默禪	소설	
7	1~3		日蓮上人 〈73〉 니치렌 쇼닌	放牛舍英山講演	고단	

1918년 04월 15일 (월) 3759호

지면	단수	기획	기사제목 〈회수〉 〔곡수〕	필자/저자(역자)	분류	비고
1	2~3		春聲賦/入社記念の試筆 〈4〉 춘성부/입사 기념 시필	都甲玄卿	수필/일상	
1	3~5		函館から釜山まで 〈3〉 하코다테에서 부산까지	太宰生	수필/기행	
4	1~3		日蓮上人 〈75〉 니치렌 쇼닌	放牛舍英山講演	고단	

1918년 04월 16일 (화) 3760호

지면	단수	기획	기사제목 〈회수〉 〔곡수〕	필자/저자(역자)	분류	비고
1	2~3		春聲賦/入社記念の試筆 〈5〉 춘성부/입사 기념 시필	都甲玄卿	수필/일상	
1	3~5		函館から釜山まで 〈4〉 하코다테에서 부산까지	太宰生	수필/기행	
7	1~3		日蓮上人 〈76〉 니치렌 쇼닌	放牛舍英山講演	고단	

1918년 04월 17일 (수) 3761호

지면	단수	기획	기사제목 〈회수〉 〔곡수〕	필자/저자(역자)	분류	비고
1	2~3		春聲賦/入社記念の試筆 〈6〉 춘성부/입사 기념 시필	都甲玄卿	수필/일상	
1	4~5		函館から釜山まで 〈5〉 하코다테에서 부산까지	太宰生	수필/기행	

1918년 04월 17일 (수) 3761호 경성판

지면	단수	기획	기사제목 〈회수〉 〔곡수〕	필자/저자(역자)	분류	비고
3	7		京仁スケッチ(九)—美人總まくり—/菊水席 壽々丸 〈9〉 경인 스케치(9)—미인 총비평—/기쿠스이세키 스즈마루		수필/평판기	

지면	단수	기획	기사제목 〈회수〉〔곡수〕	필자/저자(역자)	분류	비고
			1918년 04월 17일 (수) 3761호			
5	1~3		火の湖/偵察隊 〈3〉 불의 호수/정찰대	渡邊默禪	소설	
5	3	文苑	時事吟/浦鹽上陸我陸戰隊 〔1〕 시사음/블라디보스토크 상륙 아군 육전대	香洲生	시가/하이쿠	
5	3	文苑	時事吟/福岡の九州共進會 〔1〕 시사음/후쿠오카의 규슈 공진회	香洲生	시가/하이쿠	
5	3	文苑	時事吟/釜山府協議員任命 〔1〕 시사음/부산부 협의원 임명	香洲生	시가/하이쿠	
5	3	文苑	商專俳句會句稿-橙黃子選/汐干 〔4〕 쇼센 하이쿠카이 구고-도코시 선/간조	秋汀	시가/하이쿠	
5	3	文苑	商專俳句會句稿-橙黃子選/汐干 〔3〕 쇼센 하이쿠카이 구고-도코시 선/간조	東大寺	시가/하이쿠	
5	3	文苑	商專俳句會句稿-橙黃子選/汐干 〔2〕 쇼센 하이쿠카이 구고-도코시 선/간조	靑眼子	시가/하이쿠	
5	3	文苑	商專俳句會句稿-橙黃子選/汐干 〔2〕 쇼센 하이쿠카이 구고-도코시 선/간조	子秋	시가/하이쿠	
5	3	文苑	商專俳句會句稿-橙黃子選/汐干 〔1〕 쇼센 하이쿠카이 구고-도코시 선/간조	胡月	시가/하이쿠	
5	3	文苑	商專俳句會句稿-橙黃子選/汐干 〔1〕 쇼센 하이쿠카이 구고-도코시 선/간조	善界	시가/하이쿠	
5	3	文苑	商專俳句會句稿-橙黃子選/柳 〔8〕 쇼센 하이쿠카이 구고-도코시 선/버드나무	子秋	시가/하이쿠	
5	3	文苑	商專俳句會句稿-橙黃子選/柳 〔4〕 쇼센 하이쿠카이 구고-도코시 선/버드나무	靑眼子	시가/하이쿠	
5	3	文苑	商專俳句會句稿-橙黃子選/柳 〔3〕 쇼센 하이쿠카이 구고-도코시 선/버드나무	東大寺	시가/하이쿠	
5	3	文苑	商專俳句會句稿-橙黃子選/柳 〔2〕 쇼센 하이쿠카이 구고-도코시 선/버드나무	秋汀	시가/하이쿠	
5	3	文苑	商專俳句會句稿-橙黃子選/柳 〔2〕 쇼센 하이쿠카이 구고-도코시 선/버드나무	沙川	시가/하이쿠	
5	3	文苑	商專俳句會句稿-橙黃子選/柳 〔2〕 쇼센 하이쿠카이 구고-도코시 선/버드나무	胡月	시가/하이쿠	
5	3	文苑	商專俳句會句稿-橙黃子選/柳 〔2〕 쇼센 하이쿠카이 구고-도코시 선/버드나무	善界	시가/하이쿠	
5	3	文苑	商專俳句會句稿-橙黃子選/春雜 〔4〕 쇼센 하이쿠카이 구고-도코시 선/봄-잡	秋汀	시가/하이쿠	
5	3	文苑	商專俳句會句稿-橙黃子選/春雜 〔4〕 쇼센 하이쿠카이 구고-도코시 선/봄-잡	子秋	시가/하이쿠	
5	3	文苑	商專俳句會句稿-橙黃子選/春雜 〔3〕 쇼센 하이쿠카이 구고-도코시 선/봄-잡	東大寺	시가/하이쿠	
7	1~3		日蓮上人 〈77〉 니치렌 쇼닌	放牛舍英山講演	고단	
			1918년 04월 18일 (목) 3762호			
1	3~4		春聲賦/入社記念の試筆 〈7〉 춘성부/입사 기념 시필	都甲玄卿	수필/일상	
1	4~5		函館から釜山まで 〈6〉 하코다테에서 부산까지	太宰生	수필/기행	
5	1~3		火の湖/疑問の燒點 〈4〉 불의 호수/의문의 초점	渡邊默禪	소설	

지면	단수	기획	기사제목 〈회수〉〔곡수〕	필자/저자(역자)	분류	비고
5	3	文苑	晋州神社春祭奉納吟-晋州穆々會〔2〕 진주 신사 봄 제례 봉납음-진주 보쿠보쿠카이	梓南	시가/하이쿠	
5	3	文苑	晋州神社春祭奉納吟-晋州穆々會〔2〕 진주 신사 봄 제례 봉납음-진주 보쿠보쿠카이	冬木	시가/하이쿠	
5	3	文苑	晋州神社春祭奉納吟-晋州穆々會〔2〕 진주 신사 봄 제례 봉납음-진주 보쿠보쿠카이	英峰	시가/하이쿠	
5	3	文苑	晋州神社春祭奉納吟-晋州穆々會〔2〕 진주 신사 봄 제례 봉납음-진주 보쿠보쿠카이	華峰	시가/하이쿠	
5	3	文苑	晋州神社春祭奉納吟-晋州穆々會〔2〕 진주 신사 봄 제례 봉납음-진주 보쿠보쿠카이	道木	시가/하이쿠	
5	3	文苑	晋州神社春祭奉納吟-晋州穆々會〔2〕 진주 신사 봄 제례 봉납음-진주 보쿠보쿠카이	里木	시가/하이쿠	
5	3	文苑	晋州神社春祭奉納吟-晋州穆々會〔2〕 진주 신사 봄 제례 봉납음-진주 보쿠보쿠카이	無俳	시가/하이쿠	
5	3	文苑	晋州神社春祭奉納吟-晋州穆々會〔2〕 진주 신사 봄 제례 봉납음-진주 보쿠보쿠카이	淺南	시가/하이쿠	
5	3	文苑	晋州神社春祭奉納吟-晋州穆々會〔2〕 진주 신사 봄 제례 봉납음-진주 보쿠보쿠카이	若峰	시가/하이쿠	
5	3	文苑	晋州神社春祭奉納吟-晋州穆々會〔2〕 진주 신사 봄 제례 봉납음-진주 보쿠보쿠카이	泡子	시가/하이쿠	
5	3	文苑	晋州神社春祭奉納吟-晋州穆々會〔2〕 진주 신사 봄 제례 봉납음-진주 보쿠보쿠카이	丶木	시가/하이쿠	
5	3	文苑	晋州神社春祭奉納吟-晋州穆々會〔2〕 진주 신사 봄 제례 봉납음-진주 보쿠보쿠카이	拙木	시가/하이쿠	
5	3	文苑	晋州神社春祭奉納吟-晋州穆々會〔2〕 진주 신사 봄 제례 봉납음-진주 보쿠보쿠카이	雨木	시가/하이쿠	
5	3	文苑	晋州神社春祭奉納吟-晋州穆々會〔2〕 진주 신사 봄 제례 봉납음-진주 보쿠보쿠카이	柚木	시가/하이쿠	
5	3	文苑	晋州神社春祭奉納吟-晋州穆々會〔2〕 진주 신사 봄 제례 봉납음-진주 보쿠보쿠카이	其痴	시가/하이쿠	
5	3	文苑	弄月吟社句集-東京 森無黃先生選〔1〕 로게쓰긴샤 구집-도쿄 모리 무코 선생 선	菊山人	시가/하이쿠	
5	3	文苑	弄月吟社句集-東京 森無黃先生選〔1〕 로게쓰긴샤 구집-도쿄 모리 무코 선생 선	夢柳	시가/하이쿠	
5	3	文苑	弄月吟社句集-東京 森無黃先生選〔1〕 로게쓰긴샤 구집-도쿄 모리 무코 선생 선	溪月	시가/하이쿠	
5	3	文苑	弄月吟社句集-東京 森無黃先生選〔1〕 로게쓰긴샤 구집-도쿄 모리 무코 선생 선	夢柳	시가/하이쿠	
5	3	文苑	弄月吟社句集-東京 森無黃先生選〔1〕 로게쓰긴샤 구집-도쿄 모리 무코 선생 선	春浦	시가/하이쿠	
5	3	文苑	弄月吟社句集-三才逆列〔1〕 로게쓰긴샤 구집-순위 역순	比左古	시가/하이쿠	
5	3	文苑	弄月吟社句集-三才逆列〔1〕 로게쓰긴샤 구집-순위 역순	てる女	시가/하이쿠	
5	3	文苑	弄月吟社句集-三才逆列〔1〕 로게쓰긴샤 구집-순위 역순	春浦	시가/하이쿠	
5	3	文苑	弄月吟社句集-選者吟〔1〕 로게쓰긴샤 구집-선자음	無黃	시가/하이쿠	
5	3	文苑	弄月吟社句集-京都 江西白牛先生選〔2〕 로게쓰긴샤 구집-교토 고세이 하쿠규 선생 선	春浦	시가/하이쿠	
5	3	文苑	弄月吟社句集-京都 江西白牛先生選〔2〕 로게쓰긴샤 구집-교토 고세이 하쿠규 선생 선	夢柳	시가/하이쿠	

지면	단수	기획	기사제목 〈회수〉〔곡수〕	필자/저자(역자)	분류	비고
5	3	文苑	弄月吟社句集-京都 江西白牛先生選 〔3〕 로게쓰긴샤 구집-교토 고세이 하쿠규 선생 선	可秀	시가/하이쿠	
7	1~3		日蓮上人 〈78〉 니치렌 쇼닌	放牛舎英山講演	고단	

1918년 04월 19일 (금) 3763호

지면	단수	기획	기사제목 〈회수〉〔곡수〕	필자/저자(역자)	분류	비고
1	2~3		春聲賦/入社記念の試筆 〈8〉 춘성부/입사 기념 시필	都甲玄卿	수필/일상	
1	3~5		函館から釜山まで 〈7〉 하코다테에서 부산까지	太宰生	수필/기행	

1918년 04월 19일 (금) 3763호 경성판

지면	단수	기획	기사제목 〈회수〉〔곡수〕	필자/저자(역자)	분류	비고
3	6		京仁スケツチ―美人總まくり―/菊水席 英也裙 〈10〉 경인 스케치(9)―미인 총비평―/기쿠스이세키 히데야 군		수필/평판기	

1918년 04월 19일 (금) 3763호

지면	단수	기획	기사제목 〈회수〉〔곡수〕	필자/저자(역자)	분류	비고
5	1~3		火の湖/血の着いた帽 〈5〉 불의 호수/피 묻은 모자	渡邊默禪	소설	
5	3	文苑	弄月吟社句集-東京 森無黃先生選 〔1〕 로게쓰긴샤 구집-도쿄 모리 무코 선생 선	可秀	시가/하이쿠	
5	3	文苑	弄月吟社句集-東京 森無黃先生選 〔1〕 로게쓰긴샤 구집-도쿄 모리 무코 선생 선	夢柳	시가/하이쿠	
5	3	文苑	弄月吟社句集-東京 森無黃先生選 〔1〕 로게쓰긴샤 구집-도쿄 모리 무코 선생 선	可秀	시가/하이쿠	
5	3	文苑	弄月吟社句集-東京 森無黃先生選 〔1〕 로게쓰긴샤 구집-도쿄 모리 무코 선생 선	春浦	시가/하이쿠	
5	3	文苑	弄月吟社句集-東京 森無黃先生選 〔1〕 로게쓰긴샤 구집-도쿄 모리 무코 선생 선	可秀	시가/하이쿠	
5	3	文苑	弄月吟社句集-三才逆列 〔2〕 로게쓰긴샤 구집-순위 역순	夢柳	시가/하이쿠	
5	3	文苑	弄月吟社句集-三才逆列 〔1〕 로게쓰긴샤 구집-순위 역순	可秀	시가/하이쿠	
5	3	文苑	弄月吟社句集-選者吟 〔1〕 로게쓰긴샤 구집-선자음	白牛	시가/하이쿠	
5	3	文苑	弄月吟社句集-京都 江西白牛先生選 〔1〕 로게쓰긴샤 구집-교토 고세이 하쿠규 선생 선	春浦	시가/하이쿠	
5	3	文苑	弄月吟社句集-京都 江西白牛先生選 〔1〕 로게쓰긴샤 구집-교토 고세이 하쿠규 선생 선	溪月	시가/하이쿠	
5	3	文苑	弄月吟社句集-京都 江西白牛先生選 〔1〕 로게쓰긴샤 구집-교토 고세이 하쿠규 선생 선	月鴻	시가/하이쿠	
5	3	文苑	弄月吟社句集-京都 江西白牛先生選 〔1〕 로게쓰긴샤 구집-교토 고세이 하쿠규 선생 선	てる女	시가/하이쿠	
5	3	文苑	弄月吟社句集-京都 江西白牛先生選 〔1〕 로게쓰긴샤 구집-교토 고세이 하쿠규 선생 선	菊山人	시가/하이쿠	
5	3	文苑	弄月吟社句集-京都 江西白牛先生選 〔2〕 로게쓰긴샤 구집-교토 고세이 하쿠규 선생 선	てる女	시가/하이쿠	
5	3	文苑	弄月吟社句集-三才逆列 〔1〕 로게쓰긴샤 구집-순위 역순	溪月	시가/하이쿠	
5	3	文苑	弄月吟社句集-三才逆列 〔2〕 로게쓰긴샤 구집-순위 역순	春浦	시가/하이쿠	
5	3	文苑	弄月吟社句集-選者吟 〔2〕 로게쓰긴샤 구집-선자음	白牛	시가/하이쿠	

지면	단수	기획	기사제목 〈회수〉〔곡수〕	필자/저자(역자)	분류	비고
5	3	文苑	龍頭山のこのごろ〔5〕 용두산의 요즈음	牙集	시가/하이쿠	
5	3	文苑	花吹雪〔1〕 꽃보라	俠雨	시가/신체시	
7	1~2		日蓮上人〈79〉 니치렌 쇼닌	放牛舍英山講演	고단	

1918년 04월 20일 (토) 3764호

지면	단수	기획	기사제목 〈회수〉〔곡수〕	필자/저자(역자)	분류	비고
1	2~3		春聲賦/入社記念の試筆〈9〉 춘성부/입사 기념 시필	都甲玄卿	수필/일상	
1	3~5		函館から釜山まで〈8〉 하코다테에서 부산까지	太宰生	수필/기행	
4	4~7		俳句と發句(上)〈1〉 하이쿠와 홋쿠(상)	澤井宗匠大に語る	수필/비평	
7	1~3		日蓮上人〈80〉 니치렌 쇼닌	放牛舍英山講演	고단	

1918년 04월 21일 (일) 3765호

지면	단수	기획	기사제목 〈회수〉〔곡수〕	필자/저자(역자)	분류	비고
1	2~4		春聲賦/入社記念の試筆〈10〉 춘성부/입사 기념 시필	都甲玄卿	수필/일상	
1	4~5		釜山印象記〈1〉 부산 인상기	太宰生	수필/일상	
4	5~8		俳句と發句(下)〈2〉 하이쿠와 홋쿠(下)	夢骨宗匠大に語る	수필/비평	
5	1~3		火の湖/女の搜索隊〈6〉 불의 호수/여자 수색대	渡邊默禪	소설	
5	3	文苑	群山我蛙我蛙會 四月例會 句集(逆順)/題 若鮎、土筆、出代、春雨、雲雀〔1〕 군산 가아가아카이 4월례회 구집(역순)/주제 새끼 은어, 뱀밥, 임기 교체, 봄비, 종다리	馬城	시가/하이쿠	
5	3	文苑	群山我蛙我蛙會 四月例會 句集(逆順)/題 若鮎、土筆、出代、春雨、雲雀〔1〕 군산 가아가아카이 4월례회 구집(역순)/주제 새끼 은어, 뱀밥, 임기 교체, 봄비, 종다리	大呵	시가/하이쿠	
5	3	文苑	群山我蛙我蛙會 四月例會 句集(逆順)/題 若鮎、土筆、出代、春雨、雲雀〔1〕 군산 가아가아카이 4월례회 구집(역순)/주제 새끼 은어, 뱀밥, 임기 교체, 봄비, 종다리	小達摩	시가/하이쿠	
5	3	文苑	群山我蛙我蛙會 四月例會 句集(逆順)/題 若鮎、土筆、出代、春雨、雲雀〔1〕 군산 가아가아카이 4월례회 구집(역순)/주제 새끼 은어, 뱀밥, 임기 교체, 봄비, 종다리	大呵	시가/하이쿠	
5	3	文苑	群山我蛙我蛙會 四月例會 句集(逆順)/題 若鮎、土筆、出代、春雨、雲雀〔1〕 군산 가아가아카이 4월례회 구집(역순)/주제 새끼 은어, 뱀밥, 임기 교체, 봄비, 종다리	淸汀	시가/하이쿠	
5	3	文苑	群山我蛙我蛙會 四月例會 句集(逆順)/題 若鮎、土筆、出代、春雨、雲雀〔1〕 군산 가아가아카이 4월례회 구집(역순)/주제 새끼 은어, 뱀밥, 임기 교체, 봄비, 종다리	鬼面	시가/하이쿠	
5	3	文苑	群山我蛙我蛙會 四月例會 句集(逆順)/題 若鮎、土筆、出代、春雨、雲雀〔1〕 군산 가아가아카이 4월례회 구집(역순)/주제 새끼 은어, 뱀밥, 임기 교체, 봄비, 종다리	秋峰	시가/하이쿠	

지면	단수	기획	기사제목 〈회수〉〔곡수〕	필자/저자(역자)	분류	비고
5	3	文苑	群山我蛙我蛙會 四月例會 句集(逆順)/題 若鮎、土筆、出代、春雨、雲雀〔1〕 군산 가아가아카이 4월례회 구집(역순)/주제 새끼 은어, 뱀밥, 임기 교체, 봄비, 종다리	仙溪	시가/하이쿠	
5	3	文苑	群山我蛙我蛙會 四月例會 句集(逆順)/題 若鮎、土筆、出代、春雨、雲雀〔1〕 군산 가아가아카이 4월례회 구집(역순)/주제 새끼 은어, 뱀밥, 임기 교체, 봄비, 종다리	砂水	시가/하이쿠	
5	3	文苑	群山我蛙我蛙會 四月例會 句集(逆順)/題 若鮎、土筆、出代、春雨、雲雀〔1〕 군산 가아가아카이 4월례회 구집(역순)/주제 새끼 은어, 뱀밥, 임기 교체, 봄비, 종다리	馬城	시가/하이쿠	
5	3	文苑	群山我蛙我蛙會 四月例會 句集(逆順)/題 若鮎、土筆、出代、春雨、雲雀〔2〕 군산 가아가아카이 4월례회 구집(역순)/주제 새끼 은어, 뱀밥, 임기 교체, 봄비, 종다리	裸堂	시가/하이쿠	
5	3	文苑	群山我蛙我蛙會 四月例會 句集(逆順)/題 若鮎、土筆、出代、春雨、雲雀〔1〕 군산 가아가아카이 4월례회 구집(역순)/주제 새끼 은어, 뱀밥, 임기 교체, 봄비, 종다리	清汀	시가/하이쿠	
5	3	文苑	群山我蛙我蛙會 四月例會 句集(逆順)/題 若鮎、土筆、出代、春雨、雲雀〔1〕 군산 가아가아카이 4월례회 구집(역순)/주제 새끼 은어, 뱀밥, 임기 교체, 봄비, 종다리	喜吟	시가/하이쿠	
5	3	文苑	群山我蛙我蛙會 四月例會 句集(逆順)/題 若鮎、土筆、出代、春雨、雲雀〔1〕 군산 가아가아카이 4월례회 구집(역순)/주제 새끼 은어, 뱀밥, 임기 교체, 봄비, 종다리	黑龍坊	시가/하이쿠	
5	3	文苑	群山我蛙我蛙會 四月例會 句集(逆順)/題 若鮎、土筆、出代、春雨、雲雀〔1〕 군산 가아가아카이 4월례회 구집(역순)/주제 새끼 은어, 뱀밥, 임기 교체, 봄비, 종다리	秋峰	시가/하이쿠	
5	3	文苑	群山我蛙我蛙會 四月例會 句集(逆順)/題 若鮎、土筆、出代、春雨、雲雀〔1〕 군산 가아가아카이 4월례회 구집(역순)/주제 새끼 은어, 뱀밥, 임기 교체, 봄비, 종다리	喜吟	시가/하이쿠	
5	3	文苑	群山我蛙我蛙會 四月例會 句集(逆順)/題 若鮎、土筆、出代、春雨、雲雀〔1〕 군산 가아가아카이 4월례회 구집(역순)/주제 새끼 은어, 뱀밥, 임기 교체, 봄비, 종다리	大呵	시가/하이쿠	
5	3	文苑	群山我蛙我蛙會 四月例會 句集(逆順)/題 若鮎、土筆、出代、春雨、雲雀〔1〕 군산 가아가아카이 4월례회 구집(역순)/주제 새끼 은어, 뱀밥, 임기 교체, 봄비, 종다리	黑龍坊	시가/하이쿠	
5	3	文苑	群山我蛙我蛙會 四月例會 句集(逆順)/題 若鮎、土筆、出代、春雨、雲雀〔1〕 군산 가아가아카이 4월례회 구집(역순)/주제 새끼 은어, 뱀밥, 임기 교체, 봄비, 종다리	裸堂	시가/하이쿠	
5	3	文苑	群山我蛙我蛙會 四月例會 句集(逆順)/題 若鮎、土筆、出代、春雨、雲雀〔1〕 군산 가아가아카이 4월례회 구집(역순)/주제 새끼 은어, 뱀밥, 임기 교체, 봄비, 종다리	清汀	시가/하이쿠	
5	3	文苑	群山我蛙我蛙會 四月例會 句集(逆順)/題 若鮎、土筆、出代、春雨、雲雀〔1〕 군산 가아가아카이 4월례회 구집(역순)/주제 새끼 은어, 뱀밥, 임기 교체, 봄비, 종다리	裸堂	시가/하이쿠	

지면	단수	기획	기사제목 〈회수〉〔곡수〕	필자/저자(역자)	분류	비고
5	3	文苑	群山我蛙我蛙會 四月例會 句集(逆順)/題 若鮎、土筆、出代、春雨、雲雀〔1〕 군산 가아가아카이 4월례회 구집(역순)/주제 새끼 은어, 뱀밥, 임기 교체, 봄비, 종다리	黑龍坊	시가/하이쿠	
5	3	文苑	群山我蛙我蛙會 四月例會 句集(逆順)/題 若鮎、土筆、出代、春雨、雲雀/佳作〔1〕 군산 가아가아카이 4월례회 구집(역순)/주제 새끼 은어, 뱀밥, 임기 교체, 봄비, 종다리/가작	潭子	시가/하이쿠	
5	3	文苑	群山我蛙我蛙會 四月例會 句集(逆順)/題 若鮎、土筆、出代、春雨、雲雀/佳作〔2〕 군산 가아가아카이 4월례회 구집(역순)/주제 새끼 은어, 뱀밥, 임기 교체, 봄비, 종다리/가작	靜丶山	시가/하이쿠	
5	3	文苑	群山我蛙我蛙會 四月例會 句集(逆順)/題 若鮎、土筆、出代、春雨、雲雀/佳作〔1〕 군산 가아가아카이 4월례회 구집(역순)/주제 새끼 은어, 뱀밥, 임기 교체, 봄비, 종다리/가작	大呵	시가/하이쿠	
5	3	文苑	群山我蛙我蛙會 四月例會 句集(逆順)/題 若鮎、土筆、出代、春雨、雲雀/佳作〔1〕 군산 가아가아카이 4월례회 구집(역순)/주제 새끼 은어, 뱀밥, 임기 교체, 봄비, 종다리/가작	清汀	시가/하이쿠	
5	3	文苑	群山我蛙我蛙會 四月例會 句集(逆順)/題 若鮎、土筆、出代、春雨、雲雀/佳作〔1〕 군산 가아가아카이 4월례회 구집(역순)/주제 새끼 은어, 뱀밥, 임기 교체, 봄비, 종다리/가작	潭子	시가/하이쿠	
5	3	文苑	群山我蛙我蛙會 四月例會 句集(逆順)/題 若鮎、土筆、出代、春雨、雲雀/入賞〔2〕 군산 가아가아카이 4월례회 구집(역순)/주제 새끼 은어, 뱀밥, 임기 교체, 봄비, 종다리/입상	仙溪	시가/하이쿠	
5	3	文苑	群山我蛙我蛙會 四月例會 句集(逆順)/題 若鮎、土筆、出代、春雨、雲雀/入賞〔1〕 군산 가아가아카이 4월례회 구집(역순)/주제 새끼 은어, 뱀밥, 임기 교체, 봄비, 종다리/입상	裸堂	시가/하이쿠	
5	3	文苑	群山我蛙我蛙會 四月例會 句集(逆順)/題 若鮎、土筆、出代、春雨、雲雀/入賞〔2〕 군산 가아가아카이 4월례회 구집(역순)/주제 새끼 은어, 뱀밥, 임기 교체, 봄비, 종다리/입상	潭子	시가/하이쿠	
5	3	文苑	群山我蛙我蛙會 四月例會 句集(逆順)/題 若鮎、土筆、出代、春雨、雲雀〔3〕 군산 가아가아카이 4월례회 구집(역순)/주제 새끼 은어, 뱀밥, 임기 교체, 봄비, 종다리/입상	砂水	시가/하이쿠	
5	3	文苑	群山我蛙我蛙會 四月例會 句集(逆順)/題 若鮎、土筆、出代、春雨、雲雀/追加〔3〕 군산 가아가아카이 4월례회 구집(역순)/주제 새끼 은어, 뱀밥, 임기 교체, 봄비, 종다리/추가	對山居	시가/하이쿠	
5	3	文苑	商專俳句會句稿-橙黃子選/春雜〔2〕 쇼센 하이쿠카이 구고-도코시 선/봄-잡	靑眼子	시가/하이쿠	
5	3	文苑	商專俳句會句稿-橙黃子選/春雜〔3〕 쇼센 하이쿠카이 구고-도코시 선/봄-잡	沙川	시가/하이쿠	
5	3	文苑	商專俳句會句稿-橙黃子選/春雜〔1〕 쇼센 하이쿠카이 구고-도코시 선/봄-잡	胡月	시가/하이쿠	
5	6~8	浦鹽近信	★黑面の怪人/怪しの旅舍〈1〉 검은 가면을 쓴 괴인/수상한 여관	(太宰生)	소설/번역	
7	1~3		日蓮上人〈81〉 니치렌 쇼닌	放牛舍英山講演	고단	

1918년 04월 22일 (월) 3766호

지면	단수	기획	기사제목 〈회수〉〔곡수〕	필자/저자(역자)	분류	비고
1	4~5		釜山印象記 〈2〉 부산 인상기	太宰生	수필/일상	
4	1~3		日蓮上人 〈82〉 니치렌 쇼닌	放牛舍英山講演	고단	

1918년 04월 24일 (수) 3767호

지면	단수	기획	기사제목 〈회수〉〔곡수〕	필자/저자(역자)	분류	비고
1	3~4		春聲賦/入社記念の試筆 〈11〉 춘성부/입사 기념 시필	都甲玄卿	수필/일상	
1	4~5		釜山印象記 〈3〉 부산 인상기	太宰生	수필/일상	
5	1~3		火の湖/女の搜索隊 〈7〉 불의 호수/여자 수색대	渡邊默禪	소설	
5	7~8	浦鹽近信	★黑面の怪人/二個の映像 〈2〉 검은 가면을 쓴 괴인/두 개의 그림자	(太宰生)	소설/번역	
7	1~3		日蓮上人 〈83〉 니치렌 쇼닌	放牛舍英山講演	고단	

1918년 04월 25일 (목) 3768호

지면	단수	기획	기사제목 〈회수〉〔곡수〕	필자/저자(역자)	분류	비고
1	2~4		釜山印象記 〈4〉 부산 인상기	太宰生	수필/일상	
5	1~3		火の湖/蘇生 〈8〉 불의 호수/소생	渡邊默禪	소설	
7	1~3		日蓮上人 〈84〉 니치렌 쇼닌	放牛舍英山講演	고단	

1918년 04월 26일 (금) 3769호

지면	단수	기획	기사제목 〈회수〉〔곡수〕	필자/저자(역자)	분류	비고
1	3~5		釜山印象記 〈5〉 부산 인상기	太宰生	수필/일상	
5	1~3		火の湖/昔の恩人 〈9〉 불의 호수/옛 은인	渡邊默禪	소설	
5	8~9	浦鹽近信	★黑面の怪人/犯罪？犯罪！ 〈3〉 검은 가면을 쓴 괴인/범죄? 범죄!	(太宰生)	소설/번역	
7	1~3		日蓮上人 〈85〉 니치렌 쇼닌	放牛舍英山講演	고단	

1918년 04월 27일 (토) 3770호

지면	단수	기획	기사제목 〈회수〉〔곡수〕	필자/저자(역자)	분류	비고
1	2~4		釜山印象記 〈6〉 부산 인상기	太宰生	수필/일상	
5	1~3		火の湖/顧問法學士 〈10〉 불의 호수/고문법학사	渡邊默禪	소설	
6	5~7		如是我觀 여시아관	龜岡天川	수필/비평	
7	1~3		日蓮上人 〈86〉 니치렌 쇼닌	放牛舍英山講演	고단	

1918년 04월 28일 (일) 3771호

지면	단수	기획	기사제목 〈회수〉〔곡수〕	필자/저자(역자)	분류	비고
1	4~5		釜山印象記 〈7〉 부산 인상기	太宰生	수필/일상	
5	1~3		火の湖/運轉手の房吉 〈11〉 불의 호수/운전수 후사키치	渡邊默禪	소설	
5	3	文苑	美濃の春(上)/舊冬來の寒さにて正月菜が一向に伸びぬ 〈1〉〔2〕 미노의 봄(상)/지난 겨울의 추위로 소송채가 전혀 자라지 않는다	高橋遲々坊	시가/하이쿠	

지면	단수	기획	기사제목 〈회수〉 [곡수]	필자/저자(역자)	분류	비고
5	3	文苑	美濃の春(上)/四圍に雪の連山を見て野は春めきたり 〈1〉[2] 미노의 봄(상)/사방의 눈 덮인 연산을 보니 들녘은 봄기운이 완연하다	高橋遲々坊	시가/하이쿠	
5	3	文苑	美濃の春(上)/二月#日 〈1〉[4] 미노의 봄(상)/2월 #일	高橋遲々坊	시가/하이쿠	
5	3	文苑	美濃の春(上)/二月十二日 舊正二日なり 木曾川橋上に萬歳に出會ふ 〈1〉[8] 미노의 봄(상)/2월 12일 구정 2일이다 기소가와 다리 위에서 만세를 맞이하다	高橋遲々坊	시가/하이쿠	
5	3	文苑	美濃の春(上)/二月十六日 〈1〉[3] 미노의 봄(상)/2월 16일	高橋遲々坊	시가/하이쿠	
5	3	文苑	美濃の春(上)/二月十八日 〈1〉[4] 미노의 봄(상)/2월 18일	高橋遲々坊	시가/하이쿠	
5	3	文苑	美濃の春(上)/二月十九日 〈1〉[3] 미노의 봄(상)/2월 19일	高橋遲々坊	시가/하이쿠	
5	3	文苑	美濃の春(上)/二月二十四日 〈1〉[3] 미노의 봄(상)/2월 24일	高橋遲々坊	시가/하이쿠	
5	3	文苑	美濃の春(上)/二月二十五日 〈1〉[2] 미노의 봄(상)/2월 25일	高橋遲々坊	시가/하이쿠	
5	3	文苑	美濃の春(上)/二月二十七日 〈1〉[1] 미노의 봄(상)/2월 27일	高橋遲々坊	시가/하이쿠	
5	3	文苑	美濃の春(上)/春風と云へ嵐いて激しく藪を騒がす音身に浸む 〈1〉[3] 미노의 봄(상)/봄바람이라 폭풍이 얼어붙을 듯 거세게 덤불을 헤집는 소리 몸에 스민다	高橋遲々坊	시가/하이쿠	
5	3	文苑	美濃の春(上)/二月二十八日 〈1〉[3] 미노의 봄(상)/2월 28일	高橋遲々坊	시가/하이쿠	
5	3	文苑	美濃の春(上)/三月二日 此程獅子門道統紅梅庵世を去られたるに手向ける 〈1〉[2] 미노의 봄(상)/3월 2일 얼마 전 시시몬(獅子門) 도통(道統) 고바이안(紅梅庵)이 세상을 떠난 것을 공양하다	高橋遲々坊	시가/하이쿠	
5	7~8	浦鹽近信	★黑面の怪人/疑問の血痕 〈4〉 검은 가면을 쓴 괴인/의문의 혈흔	(太宰生)	소설/번역	
7	1~3		日蓮上人 〈87〉 니치렌 쇼닌	放牛舍英山講演	고단	

1918년 04월 29일 (월) 3772호

지면	단수	기획	기사제목 〈회수〉 [곡수]	필자/저자(역자)	분류	비고
1	2~4		釜山印象記 〈8〉 부산 인상기	太宰生	수필/일상	
1	4~5		墨河旅寓日誌 〈1〉 모허(墨河) 여숙 일지	在哈市 稻江生	수필/기행	
3	5~7	浦鹽近信	★黑面の怪人/無慘なる屍骸 〈5〉 검은 가면을 쓴 괴인/무참히 살해당한 사람	(太宰生)	소설/번역	
4	1~3		日蓮上人 〈88〉 니치렌 쇼닌	放牛舍英山講演	고단	

1918년 04월 30일 (화) 3773호

지면	단수	기획	기사제목 〈회수〉 [곡수]	필자/저자(역자)	분류	비고
1	3~5		釜山印象記 〈9〉 부산 인상기	太宰生	수필/일상	
2	7~9		墨河旅寓日誌 〈2〉 모허(墨河) 여숙 일지	在哈市 稻江生	수필·시가/ 기행·하이쿠	
5	1~3		火の湖/發見 〈12〉 불의 호수/발견	渡邊默禪	소설	
7	1~3		日蓮上人 〈89〉 니치렌 쇼닌	放牛舍英山講演	고단	

지면	단수	기획	기사제목 〈회수〉〔곡수〕	필자/저자(역자)	분류	비고

1918년 05월 01일 (수) 3774호

지면	단수	기획	기사제목 〈회수〉〔곡수〕	필자/저자(역자)	분류	비고
1	2~3		釜山印象記 〈10〉 부산 인상기	太宰生	수필/일상	
1	3~5		墨河旅寓日誌 〈3〉 모허(墨河) 여숙 일지	在哈市 稻江生	수필/기행	

1918년 05월 01일 (수) 3774호 경성판

지면	단수	기획	기사제목 〈회수〉〔곡수〕	필자/저자(역자)	분류	비고
3	6~7		花の牛耳洞へ(上) 〈1〉 꽃의 우이동으로(상)	凡々子	수필/기행	

1918년 05월 01일 (수) 3774호

지면	단수	기획	기사제목 〈회수〉〔곡수〕	필자/저자(역자)	분류	비고
7	1~3		日蓮上人 〈90〉 니치렌 쇼닌	放牛舍英山講演	고단	

1918년 05월 02일 (목) 3775호

지면	단수	기획	기사제목 〈회수〉〔곡수〕	필자/저자(역자)	분류	비고
1	3~5		釜山印象記 〈11〉 부산 인상기	太宰生	수필/일상	
3	5~8	浦鹽近信	★黑面の怪人/署長と夫人 〈6〉 검은 가면을 쓴 괴인/서장과 부인	(太宰生)	소설/번역	
3	7~10		火の湖/待合花の井 〈13〉 불의 호수/기다리는 꽃의 우물	渡邊默禪	소설	
4	5~6		仁川 歌舞伎座覗き 인천 가부키자 들여다보기	一觀客	수필/비평	
7	1~3		日蓮上人 〈91〉 니치렌 쇼닌	放牛舍英山講演	고단	

1918년 05월 03일 (금) 3776호

지면	단수	기획	기사제목 〈회수〉〔곡수〕	필자/저자(역자)	분류	비고
1	3~5		釜山印象記 〈12〉 부산 인상기	太宰生	수필/기행	
2	7~9		墨河旅寓日誌 〈4〉 모허(墨河) 여숙 일지	在哈市 稻江生	수필/기행	
5	1~3		火の湖/玉吉と雛子 〈14〉 불의 호수/다마키치와 히나코	渡邊默禪	소설	
5	3	文苑	美濃の春(下)/三月五日四月中つ頃ならんと思ひ妻の里行きまた先きと考へたる今夜俄に産氣付きいと安々と男子を生めり月足らねども健かなるは芽出度し 〈2〉〔1〕 미노의 봄(하)/3월 5일 4월 중순 예정으로 아내가 친정으로 가서, 아직 때가 되지 않았다고 여겼는데 갑작스레 산기를 느껴 남아를 순산했다. 달이 차지 않았음에도 건강하여 다행이다	高橋遲々坊	시가/하이쿠	
5	3	文苑	美濃の春(下)/弟三月十日叔父方の祭禮に行く朝鮮あるより馳走にとて鍋鶴を送り來たりしと從て吹聽せり 〈2〉〔1〕 미노의 봄(하)/남동생이 3월10일 숙부 쪽 제례에 가다. 조선에서 선물로 흑두루미를 보내 왔다고 떠들었다	高橋遲々坊	시가/하이쿠	
5	3	文苑	美濃の春(下)/年初めて鶯を聞く 〈2〉〔1〕 미노의 봄(하)/올해 처음으로 휘파람새 소리를 듣다	高橋遲々坊	시가/하이쿠	
5	3	文苑	美濃の春(下)/三月十一日今日は愛兒の命名日なれども未だ定らず 〈2〉〔1〕 미노의 봄(하)/3월 11일 오늘은 사랑하는 자식의 명명일이나 아직 결정되지 않았다	高橋遲々坊	시가/하이쿠	
5	3	文苑	美濃の春(下)/三月十二日岐阜市の美江寺にて養蠶神の祭あり年々養蠶の發達するに連れ神も─盆々繁昌する事となれり 〈2〉〔1〕 미노의 봄(하)/3월 12일 기후 시(岐阜市)의 미에지(美江寺)에서 양잠신 제례가 있다. 해마다 양잠이 발달함에 따라 신도 더더욱 번창한다고 한다	高橋遲々坊	시가/하이쿠	

지면	단수	기획	기사제목 〈회수〉〔곡수〕	필자/저자(역자)	분류	비고
5	3	文苑	美濃の春(下)/三月十三日 〈2〉〔7〕 미노의 봄(하)/3월 13일	高橋遲々坊	시가/하이쿠	
5	3	文苑	美濃の春(下)/三月十四日 〈2〉〔1〕 미노의 봄(하)/3월 14일	高橋遲々坊	시가/하이쿠	
5	3	文苑	美濃の春(下)/唯一つの名なれども中へ氣に入る名は見付からず周易上 經に晋康侯用錫馬蕃庶晝日三接又同じく下象傳に明出地上晋君子以 自昭明德晋如摧如獨行正也とあり依て晋一と命名す 〈2〉〔1〕 미노의 봄(하)/하나밖에 없는 이름이지만 좀처럼 마음에 드는 이름이 없어 주역상경(周易上經)에 '晋康侯用錫馬蕃庶晝日三接', 또한 마찬가지로 하상 전(下象傳)에 '明出地上晋君子以自昭明德 晋如摧如獨行正也'라는 문장이 있는 것에 연유하여 신이치(晋一)라 명명하다	高橋遲々坊		
5	3	文苑	美濃の春(下)/三月十五日 〈2〉〔3〕 미노의 봄(하)/3월 15일	高橋遲々坊	시가/하이쿠	
5	3	文苑	美濃の春(下)/三月十六日 〈2〉〔3〕 미노의 봄(하)/3월 16일	高橋遲々坊	시가/하이쿠	
5	3	文苑	美濃の春(下)/三月十七日 〈2〉〔5〕 미노의 봄(하)/3월 17일	高橋遲々坊	시가/하이쿠	
5	3	文苑	美濃の春(下)/三月十九日 〈2〉〔2〕 미노의 봄(하)/3월 19일	高橋遲々坊	시가/하이쿠	
5	3	文苑	美濃の春(下)/三月二十日 〈2〉〔2〕 미노의 봄(하)/3월 20일	高橋遲々坊	시가/하이쿠	
7	1~3		日蓮上人 〈92〉 니치렌 쇼닌	放牛舍英山講演	고단	

1918년 05월 04일 (토) 3777호

지면	단수	기획	기사제목 〈회수〉〔곡수〕	필자/저자(역자)	분류	비고
1	4~5		墨河旅寓日誌 〈5〉 모허(墨河) 여숙 일지	在哈市 稻江生	수필·시가/ 기행·단카	

1918년 05월 04일 (토) 3777호 경성판

지면	단수	기획	기사제목 〈회수〉〔곡수〕	필자/저자(역자)	분류	비고
3	6~7		花の牛耳洞へ(中) 〈2〉 꽃의 우이동으로(중)	凡々子	수필/기행	

1918년 05월 04일 (토) 3777호

지면	단수	기획	기사제목 〈회수〉〔곡수〕	필자/저자(역자)	분류	비고
5	1~3		火の湖/小さな心配 〈15〉 불의 호수/작은 걱정	渡邊默禪	소설	
5	3	文苑	國光會四月兼題/深山桜 〔1〕 곳코카이 4월 겸제/깊은 산속의 벚꽃	廣明	시가/단카	
5	3	文苑	★國光會四月兼題/深山桜 〔1〕 곳코카이 4월 겸제/깊은 산속의 벚꽃	佳隆	시가/단카	
5	3	文苑	★國光會四月兼題/深山桜 〔1〕 곳코카이 4월 겸제/깊은 산속의 벚꽃	禮吉	시가/단카	
5	3	文苑	★國光會四月兼題/深山桜 〔1〕 곳코카이 4월 겸제/깊은 산속의 벚꽃	古仙	시가/단카	
5	3	文苑	國光會四月兼題/深山桜 〔1〕 곳코카이 4월 겸제/깊은 산속의 벚꽃	竹芳	시가/단카	
5	3	文苑	★國光會四月兼題/深山桜 〔1〕 곳코카이 4월 겸제/깊은 산속의 벚꽃	竹條	시가/단카	
5	3	文苑	★國光會四月兼題/深山桜 〔1〕 곳코카이 4월 겸제/깊은 산속의 벚꽃	鹿次郎	시가/단카	
5	3	文苑	國光會四月兼題/深山桜 〔1〕 곳코카이 4월 겸제/깊은 산속의 벚꽃	山霞	시가/단카	
5	3	文苑	國光會四月兼題/深山桜 〔1〕 곳코카이 4월 겸제/깊은 산속의 벚꽃	貞義	시가/단카	

지면	단수	기획	기사제목 〈회수〉 〔곡수〕	필자/저자(역자)	분류	비고
5	3	文苑	國光會四月兼題/深山桜 〔1〕 곳코카이 4월 겸제/깊은 산속의 벚꽃	知吉	시가/단카	
5	3	文苑	國光會四月兼題/深山桜 〔1〕 곳코카이 4월 겸제/깊은 산속의 벚꽃	芳春	시가/단카	
5	3	文苑	國光會四月兼題/深山桜 〔1〕 곳코카이 4월 겸제/깊은 산속의 벚꽃	政德	시가/단카	
5	3	文苑	國光會四月兼題/深山桜 〔1〕 곳코카이 4월 겸제/깊은 산속의 벚꽃	歌免於	시가/단카	
5	3	文苑	國光會四月兼題/深山桜 〔1〕 곳코카이 4월 겸제/깊은 산속의 벚꽃	一雨	시가/단카	
5	3	文苑	國光會四月兼題/深山桜 〔1〕 곳코카이 4월 겸제/깊은 산속의 벚꽃	直美	시가/단카	
5	7~8	浦鹽近信	★黑面の怪人/疑問の紳士 〈7〉 검은 가면을 쓴 괴인/의문의 신사	(太宰生)	소설/번역	
7	1~3		日蓮上人 〈93〉 니치렌 쇼닌	放牛舎英山講演	고단	

1918년 05월 05일 (일) 3778호

| 1 | 4~5 | | 墨河旅寓日誌 〈6〉
모허(墨河) 여숙 일지 | 在哈市 稻江生 | 수필/기행 | |

1918년 05월 05일 (일) 3778호 경성판

| 3 | 6~7 | | 花の牛耳洞へ(下) 〈3〉
꽃의 우이동으로(하) | 凡々子 | 수필/기행 | |

1918년 05월 05일 (일) 3778호

| 5 | 1~3 | | 火の湖/密談 〈17〉
불의 호수/밀담 | 渡邊默禪 | 소설 | 회수 오류 |
| 7 | 1~3 | | 日蓮上人 〈94〉
니치렌 쇼닌 | 放牛舎英山講演 | 고단 | |

1918년 05월 06일 (월) 3779호

| 3 | 6~7 | 浦鹽近信 | ★黑面の怪人/鋭き訊問 〈8〉
검은 가면을 쓴 괴인/예리한 심문 | (太宰生) | 소설/번역 | |
| 4 | 1~3 | | 日蓮上人 〈95〉
니치렌 쇼닌 | 放牛舎英山講演 | 고단 | |

1918년 05월 07일 (화) 3780호

5	1~3		火の湖/人影 〈17〉 불의 호수/사람 그림자	渡邊默禪	소설	
5	3	文苑	四同 ホトトギス及び曲水會句稿(四月十三日於圖書館) 〔7〕 4회 호토토기스 및 교쿠스이카이 구고(4월 13일 도서관에서)	青眼子	시가/하이쿠	
5	3	文苑	四同 ホトトギス及び曲水會句稿(四月十三日於圖書館) 〔3〕 4회 호토토기스 및 교쿠스이카이 구고(4월 13일 도서관에서)	雨意	시가/하이쿠	
5	3	文苑	四同 ホトトギス及び曲水會句稿(四月十三日於圖書館) 〔3〕 4회 호토토기스 및 교쿠스이카이 구고(4월 13일 도서관에서)	秋汀	시가/하이쿠	
5	3	文苑	四同 ホトトギス及び曲水會句稿(四月十三日於圖書館) 〔3〕 4회 호토토기스 및 교쿠스이카이 구고(4월 13일 도서관에서)	子秋	시가/하이쿠	
5	3	文苑	四同 ホトトギス及び曲水會句稿(四月十三日於圖書館) 〔3〕 4회 호토토기스 및 교쿠스이카이 구고(4월 13일 도서관에서)	沙川	시가/하이쿠	
5	3	文苑	四同 ホトトギス及び曲水會句稿(四月十三日於圖書館) 〔3〕 4회 호토토기스 및 교쿠스이카이 구고(4월 13일 도서관에서)	東大寺	시가/하이쿠	

지면	단수	기획	기사제목 〈회수〉〔곡수〕	필자/저자(역자)	분류	비고
5	3	文苑	四回 ホトトギス及び曲水會句稿(四月十三日於圖書館)〔2〕 4회 호토토기스 및 교쿠스이카이 구고(4월 13일 도서관에서)	微笑子	시가/하이쿠	
5	3	文苑	四回 ホトトギス及び曲水會句稿(四月十三日於圖書館)〔2〕 4회 호토토기스 및 교쿠스이카이 구고(4월 13일 도서관에서)	あきら	시가/하이쿠	
5	3	文苑	此頃の日記より〔10〕 최근의 일기에서	寶水町 白鷗	시가/하이쿠	
5	3	文苑	四月廿七日南濱にて〔2〕 4월 27일 남빈(南濱)에서	寶水町 白鷗	시가/하이쿠	
5	3	文苑	叔母上を悼みて〔3〕 숙모님을 애도하며	寶水町 白鷗	시가/하이쿠	
5	3	文苑	美濃の春(三)/三月二十一日〈3〉〔1〕 미노의 봄(3)/3월 21일	高橋遲々坊	시가/하이쿠	
5	3	文苑	美濃の春(三)/三月二十三日愛兒生を此世に請けて未だ半月なり泣て乳房をくいへ眠ては又泣くの外餘事なし未だ彼れには食慾の外に喜怒哀樂の表情出來す腹充てはは開眼如菩薩たり是れ眞に人生の純潔なるか〈3〉〔2〕 미노의 봄(3)/3월 23일 사랑하는 자식이 이 세상에 생을 받은 것이 아직 반 달이다. 울고 젖을 먹고 자고 또 우는 것 외에 다른 일이 없다. 그는 아직 식욕을 제외한 희로애락의 표정을 지을 수 없고, 배가 차면 어미는 보살처럼 눈을 뜬다. 이는 실로 인생의 순결이라고 할까	高橋遲々坊	시가/하이쿠	
5	8~9	浦鹽近信	★黑面の怪人/裸体の夫人〈9〉 검은 가면을 쓴 괴인/나체의 부인	(太宰生)	소설/번역	회수 누락
7	1~3		日蓮上人〈96〉 니치렌 쇼닌	放牛舍英山講演	고단	

1918년 05월 08일 (수) 3781호 경성판

지면	단수	기획	기사제목 〈회수〉〔곡수〕	필자/저자(역자)	분류	비고
3	6~8		月蝕—生存競爭に苦鬪しつゝある或る友へ— 월식—생존경쟁으로 힘들게 싸우고 있는 어느 친구에게—	凡々子	수필/서간	

1918년 05월 08일 (수) 3781호

지면	단수	기획	기사제목 〈회수〉〔곡수〕	필자/저자(역자)	분류	비고
5	1~3		火の湖/强盜〈18〉 불의 호수/강도	渡邊默禪	소설	
5	3	文苑	美濃の春(四)/三月二十五日春雨##たり〈4〉〔1〕 미노의 봄(4)/3월 25일 봄비가 ##하다	高橋遲々坊	시가/하이쿠	
5	3	文苑	美濃の春(四)/三月二十六日昨冬來の嚴寒にて正月菜も更に伸びず雜煮も甚だ淋しく食ひ殘せしに瘦せながらも花を持ちたり〈4〉〔3〕 미노의 봄(4)/3월 26일 지난 겨울에 찾아온 혹한으로 소송채도 제대로 자라지 않아 떡국도 퍽이나 조촐하게 먹고 남겨 두었는데 가냘프게나마 꽃을 피웠다	高橋遲々坊	시가/하이쿠	
5	3	文苑	美濃の春(四)/三月二十七日梅も散り初めて紅梅が燃出した五右衛門風呂に花辨が浮て居る〈4〉〔1〕 미노의 봄(4)/3월 27일 매화도 지기 시작하여 불을 넣은 목욕통에 홍매 꽃잎이 떠 있다	高橋遲々坊	시가/하이쿠	
5	3	文苑	美濃の春(四)/三月二十八日妻は愛兒の何程大くなるともまだ伸び足らぬ心地はすると云ふに〈4〉〔9〕 미노의 봄(4)/3월 28일 아내는 사랑하는 자식이 어느 정도 자랐음에도 아직 충분히 자라지 않은 듯한 기분이라고 하기에	高橋遲々坊	시가/하이쿠	
5	3	文苑	美濃の春(四)/三月二十九日〈4〉〔1〕 미노의 봄(4)/3월 29일	高橋遲々坊	시가/하이쿠	
5	3	文苑	美濃の春(四)/三月三十日〈4〉〔3〕 미노의 봄(4)/3월 30일	高橋遲々坊	시가/하이쿠	
5	3	文苑	美濃の春(四)/四月一日落花紛々〈4〉〔2〕 미노의 봄(4)/4월 1일 낙화 분분	高橋遲々坊	시가/하이쿠	

지면	단수	기획	기사제목 〈회수〉〔곡수〕	필자/저자(역자)	분류	비고
5	3	文苑	美濃の春(四)/屋後に一小桃樹あり毎年花は着くれども一果を熟せず今又紅を吐かんす 〈4〉〔4〕 미노의 봄(4)/집 뒤에 작은 복숭아 나무가 한 그루 있다. 매년 꽃은 달리지만 과실 하나 익지 않는다. 올해도 또 붉은 꽃을 피웠다	高橋遲々坊	시가/하이쿠	
5	3	文苑	美濃の春(四)/四月二日 〈4〉〔6〕 미노의 봄(4)/4월 2일	高橋遲々坊	시가/하이쿠	
5	3	文苑	美濃の春(四)/前庭を擴大せんとて高塀を取り排けに日傭方が來た二日間にて成功した今まで塀外に有つた古檜三幹眞價を發揮した一本の大和櫻が咲いた 〈4〉〔1〕 미노의 봄(4)/앞마당을 확장하고자 높은 담을 제거하기 위하여 일용직 일꾼이 방문하여 이틀 후 완료했다. 지금까지 담 밖에 있었던 늙은 세 줄기 노송나무가 진가를 발휘했다. 한 그루의 일본 벚나무가 꽃을 피웠다	高橋遲々坊	시가/하이쿠	
5	3	文苑	美濃の春(四)/四月六日忠魂碑前に招魂祭を營むべきを雨の爲め小學校內に式あり 〈4〉〔1〕 미노의 봄(4)/4월 6일 충혼비 앞에서 초혼제를 실시할 예정이었으나 우천으로 소학교 내에서 식을 거행하다	高橋遲々坊	시가/하이쿠	
5	3	文苑	美濃の春(四)/四月七日 〈4〉〔6〕 미노의 봄(4)/4월 7일	高橋遲々坊	시가/하이쿠	
5	3	文苑	美濃の春(四)/四月八日 〈4〉〔2〕 미노의 봄(4)/4월 8일	高橋遲々坊	시가/하이쿠	
5	3	文苑	美濃の春(四)/四月十二日幼兒晋一の宮詣春尚寒きとて取延へありしが今日は日も風もよしとて沐浴させけるゝ手を開き足を伸べて喜々たる樣面白し 〈4〉〔1〕 미노의 봄(4)/4월 12일 어린 자식 신이치(晋一)의 첫 신사 참배일. 봄 날씨가 여전히 싸늘하여 연기했으나 오늘은 날도 바람도 좋아 목욕을 시키다. 손을 벌리고 다리를 뻗으며 즐거워하는 모습이 재미있다	高橋遲々坊	시가/하이쿠	
5	3	文苑	美濃の春(四)/四月十四日笠松町の祭禮なり木曾堤上にある櫻の大樹の枝を交へて爛漫たる花下に家台車の今踊らんに準備せるを駐めたる事何たる罪致ぞや 〈4〉〔2〕 미노의 봄(4)/4월 14일 가사마츠초(笠松町)의 제례이다. 기소(木曾) 제방 위에 있는 커다란 벚나무 가지가 섞여 난만한 꽃 아래서 막 수레가 춤추려 준비하는 것을 제지하다니 이 무슨 죄인가	高橋遲々坊	시가/하이쿠	
5	7~8	浦鹽近信	★黑面の怪人/署長の眞意 〈10〉 검은 가면을 쓴 괴인/서장의 진심	(太宰生)	소설/번역	
7	1~3		日蓮上人 〈97〉 니치렌 쇼닌	放牛舎英山講演	고단	

1918년 05월 09일 (목) 3782호

지면	단수	기획	기사제목 〈회수〉〔곡수〕	필자/저자(역자)	분류	비고
5	1~3		火の湖/金庫の內は？ 〈19〉 불의 호수/금고 속은?	渡邊默禪	소설	
5	3	文苑	花間語 화간어	俠雨	수필/기타	
5	3	文苑	祝海雲臺小學校開校 〔2〕 축 해운대 소학교 개교	永田碧子	시가/단카	
5	3	文苑	生のめぐり 〔8〕 생의 순환	夢三	시가/하이쿠	
5	3	文苑	靑鳥 〔1〕 세이초	大廳町 あの字	시가/도도이쓰	
5	3	文苑	靑鳥 〔1〕 세이초	釜山 三四郎	시가/도도이쓰	
5	3	文苑	靑鳥 〔1〕 세이초	西町 はの字	시가/도도이쓰	
5	3	文苑	靑鳥 〔2〕 세이초	釜山 三四郎	시가/도도이쓰	

지면	단수	기획	기사제목 〈회수〉〔곡수〕	필자/저자(역자)	분류	비고
5	3	文苑	青鳥〔1〕 세이초	社內 芳子	시가/도도이쓰	
5	7~9	浦鹽近信	黑面の怪人/內心如夜叉?〈11〉 흑면의 괴인/속마음은 야차와 같다?	(太宰生)	소설/번역	
7	1~3		日蓮上人〈98〉 니치렌 쇼닌	放牛舍英山講演	고단	

1918년 05월 10일 (금) 3783호

지면	단수	기획	기사제목 〈회수〉〔곡수〕	필자/저자(역자)	분류	비고
5	1~3		火の湖/三千圓は煙〈20〉 불의 호수/3천 엔은 연기	渡邊默禪	소설	
5	7~8	浦鹽近信	黑面の怪人/疑問の金貨〈12〉 흑면의 괴인/의문의 금화	(太宰生)	소설/번역	
7	1~3		日蓮上人〈99〉 니치렌 쇼닌	放牛舍英山講演	고단	

1918년 05월 11일 (토) 3784호

지면	단수	기획	기사제목 〈회수〉〔곡수〕	필자/저자(역자)	분류	비고
1	5		墨河旅寓日誌〈7〉 모허(墨河) 여숙 일지	在哈市 稻江生	수필/기행	
7	1~3		日蓮上人〈100〉 니치렌 쇼닌	放牛舍英山講演	고단	

1918년 05월 12일 (일) 3785호

지면	단수	기획	기사제목 〈회수〉〔곡수〕	필자/저자(역자)	분류	비고
1	4~5		墨河旅寓日誌〈8〉 모허(墨河) 여숙 일지	在哈市 稻江生	수필/기행	
6	6~8		火の湖/お爲ごかし〈21〉 불의 호수/남을 위하는 척 자기 실속이 우선	渡邊默禪	소설	
7	1~3		日蓮上人〈101〉 니치렌 쇼닌	放牛舍英山講演	고단	

1918년 05월 13일 (월) 3786호

지면	단수	기획	기사제목 〈회수〉〔곡수〕	필자/저자(역자)	분류	비고
1	4~5		墨河旅寓日誌〈9〉 모허(墨河) 여숙 일지	在哈市 稻江生	수필/기행	
4	1~3		日蓮上人〈102〉 니치렌 쇼닌	放牛舍英山講演	고단	

1918년 05월 14일 (화) 3787호

지면	단수	기획	기사제목 〈회수〉〔곡수〕	필자/저자(역자)	분류	비고
3	5~7		惜春譜 석춘보	龜岡天川	수필/일상	
5	1~3		火の湖/怪しい奴〈22〉 불의 호수/수상한 녀석	渡邊默禪	소설	
5	3	文苑	商專俳句會句稿-橙黃子選/櫻〔8〕 쇼센 하이쿠카이 구고-도코시 선/벚꽃	靑眼子	시가/하이쿠	
5	3	文苑	商專俳句會句稿-橙黃子選/櫻〔3〕 쇼센 하이쿠카이 구고-도코시 선/벚꽃	沙川	시가/하이쿠	
5	3	文苑	商專俳句會句稿-橙黃子選/櫻〔3〕 쇼센 하이쿠카이 구고-도코시 선/벚꽃	子秋	시가/하이쿠	
5	3	文苑	商專俳句會句稿-橙黃子選/櫻〔2〕 쇼센 하이쿠카이 구고-도코시 선/벚꽃	微笑子	시가/하이쿠	
5	3	文苑	商專俳句會句稿-橙黃子選/櫻〔2〕 쇼센 하이쿠카이 구고-도코시 선/벚꽃	秋汀	시가/하이쿠	
5	3	文苑	商專俳句會句稿-橙黃子選/櫻〔2〕 쇼센 하이쿠카이 구고-도코시 선/벚꽃	東大寺	시가/하이쿠	

지면	단수	기획	기사제목 〈회수〉〔곡수〕	필자/저자(역자)	분류	비고
5	3	文苑	商專俳句會句稿-橙黃子選/雉子〔5〕 쇼센 하이쿠카이 구고-도코시 선/꿩	子秋	시가/하이쿠	
5	3	文苑	商專俳句會句稿-橙黃子選/雉子〔1〕 쇼센 하이쿠카이 구고-도코시 선/꿩	東大寺	시가/하이쿠	
5	3	文苑	商專俳句會句稿-橙黃子選/雜〔5〕 쇼센 하이쿠카이 구고-도코시 선/잡	秋汀	시가/하이쿠	
5	3	文苑	商專俳句會句稿-橙黃子選/雜〔4〕 쇼센 하이쿠카이 구고-도코시 선/잡	微笑子	시가/하이쿠	
5	3	文苑	商專俳句會句稿-橙黃子選/雜〔4〕 쇼센 하이쿠카이 구고-도코시 선/잡	子秋	시가/하이쿠	
5	3	文苑	商專俳句會句稿-橙黃子選/雜〔4〕 쇼센 하이쿠카이 구고-도코시 선/잡	東大寺	시가/하이쿠	
5	3	文苑	商專俳句會句稿-橙黃子選/雜〔3〕 쇼센 하이쿠카이 구고-도코시 선/잡	青眼子	시가/하이쿠	
5	3	文苑	商專俳句會句稿-橙黃子選/雜〔2〕 쇼센 하이쿠카이 구고-도코시 선/잡	沙川	시가/하이쿠	
5	3	文苑	商專俳句會句稿-橙黃子選/柳〔2〕 쇼센 하이쿠카이 구고-도코시 선/버드나무	微笑子	시가/하이쿠	
5	3	文苑	商專俳句會句稿-橙黃子選/水溫む〔2〕 쇼센 하이쿠카이 구고-도코시 선/물에 온기가 감돌다	微笑子	시가/하이쿠	
7	1~3		日蓮上人 〈103〉 니치렌 쇼닌	放牛舍英山講演	고단	

1918년 05월 15일 (수) 3788호

지면	단수	기획	기사제목 〈회수〉〔곡수〕	필자/저자(역자)	분류	비고
1	3~5		惡夢/ゴーリキーの日記 〈1〉 악몽/고리키의 일기	(羊人)	수필/번역	
5	1~3		火の湖/生さぬ仲 〈23〉 불의 호수/피가 이어지지 않은 부모 자식	渡邊默禪	소설	
5	3	文苑	美濃の春(五) 〈5〉 미노의 봄(5)	高橋遲々坊	수필/일상	
5	3	文苑	美濃の春(五) 〈5〉〔1〕 미노의 봄(5)	其水	시가/하이쿠	
5	3	文苑	美濃の春(五) 〈5〉〔1〕 미노의 봄(5)	遲々坊	시가/하이쿠	
5	3	文苑	美濃の春(五) 〈5〉〔1〕 미노의 봄(5)	其水	시가/하이쿠	
5	3	文苑	美濃の春(五) 〈5〉〔1〕 미노의 봄(5)	遲々坊	시가/하이쿠	
5	3	文苑	美濃の春(五) 〈5〉〔1〕 미노의 봄(5)	其水	시가/하이쿠	
5	3	文苑	美濃の春(五) 〈5〉〔1〕 미노의 봄(5)	遲々坊	시가/하이쿠	
5	3	文苑	美濃の春(五)/大正七年四月 〈5〉〔2〕 미노의 봄(5)/다이쇼 7년 4월	遲々坊風光	시가/하이쿠	
5	3	文苑	美濃の春(五) 〈5〉〔1〕 미노의 봄(5)	高橋遲々坊	수필·시가/ 일상·하이쿠	
5	3	文苑	美濃の春(五)/四月十七日居村の某氏の花を悼みて短冊を手向け侍る 〈5〉〔1〕 미노의 봄(5)/4월 17일 내가 사는 마을 아무개 씨의 꽃을 아쉬워하며 단자쿠(短 冊)를 공양하다	高橋遲々坊	시가/하이쿠	

지면	단수	기획	기사제목 〈회수〉〔곡수〕	필자/저자(역자)	분류	비고
5	3	文苑	美濃の春(五)/四月十八日四里計なる山麓に参社した鮎を以て有名なる長良川の堤を自転車で飛ばした片方は山である對岸も山である途上の雜感 〈5〉〔5〕 미노의 봄(5)/4월 18일 4리 정도 거리에 있는 산기슭의 신사를 참배했다. 은어로 유명한 나가라가와(長良川) 제방을 자전거로 달렸다. 한쪽은 산이다. 도중의 잡다한 감상	高橋遲々坊	시가/하이쿠	
5	3	文苑	美濃の春(五)/四月二十日 〈5〉〔3〕 미노의 봄(5)/4월 20일	高橋遲々坊	시가/하이쿠	
5	3	文苑	美濃の春(五)/四月二十二日 〈5〉〔4〕 미노의 봄(5)/4월 22일	高橋遲々坊	시가/하이쿠	
5	7~8		竹の秋 대나무의 가을		광고/모집 광고	
7	1~3		日蓮上人 〈104〉 니치렌 쇼닌	放牛舍英山講演	고단	

1918년 05월 16일 (목) 3789호

지면	단수	기획	기사제목 〈회수〉〔곡수〕	필자/저자(역자)	분류	비고
1	3~5		惡夢/露國文豪ゴーリキーの日記 〈2〉 악몽/러시아 문호 고리키의 일기	(羊人)	수필/번역	
5	1~3		火の湖/湖畔の小舍 〈24〉 불의 호수/호반의 작은 집	渡邊默禪	소설	
7	1~3		日蓮上人 〈105〉 니치렌 쇼닌	放牛舍英山講演	고단	

1918년 05월 17일 (금) 3790호

지면	단수	기획	기사제목 〈회수〉〔곡수〕	필자/저자(역자)	분류	비고
1	3~5		惡夢/露國文豪ゴーリキーの日記 〈3〉 악몽/러시아 문호 고리키의 일기	(羊人)	수필/번역	

1918년 05월 17일 (금) 3790호 경성판

지면	단수	기획	기사제목 〈회수〉〔곡수〕	필자/저자(역자)	분류	비고
3	5~7		元山紀行(上) 〈1〉 원산 기행(상)	凡々子	수필/기행	

1918년 05월 17일 (금) 3790호

지면	단수	기획	기사제목 〈회수〉〔곡수〕	필자/저자(역자)	분류	비고
7	1~3		日蓮上人 〈106〉 니치렌 쇼닌	放牛舍英山講演	고단	

1918년 05월 18일 (토) 3791호

지면	단수	기획	기사제목 〈회수〉〔곡수〕	필자/저자(역자)	분류	비고
1	3~5		惡夢/露國文豪ゴーリキーの日記 〈4〉 악몽/러시아 문호 고리키의 일기	(羊人)	수필/번역	

1918년 05월 18일 (토) 3791호 경성판

지면	단수	기획	기사제목 〈회수〉〔곡수〕	필자/저자(역자)	분류	비고
3	6~7		元山紀行(中) 〈2〉 원산 기행(중)	凡々子	수필/기행	

1918년 05월 18일 (토) 3791호

지면	단수	기획	기사제목 〈회수〉〔곡수〕	필자/저자(역자)	분류	비고
5	6~8		火の湖/新聞記事 〈25〉 불의 호수/신문 기사	渡邊默禪	소설	
7	1~3		日蓮上人 〈107〉 니치렌 쇼닌	放牛舍英山講演	고단	

1918년 05월 19일 (일) 3792호 경성판

지면	단수	기획	기사제목 〈회수〉〔곡수〕	필자/저자(역자)	분류	비고
3	5~7		有題無題 유제 무제	山法師	수필/비평	

지면	단수	기획	기사제목 〈회수〉〔곡수〕	필자/저자(역자)	분류	비고
3	7~9		元山紀行(下) 〈3〉 원산 기행(하)	凡々子	수필/기행	

1918년 05월 19일 (일) 3792호

지면	단수	기획	기사제목 〈회수〉〔곡수〕	필자/저자(역자)	분류	비고
5	1~3		火の湖/毒魔 〈26〉 불의 호수/독마	渡邊默禪	소설	
7	1~3		日蓮上人 〈108〉 니치렌 쇼닌	放牛舍英山講演	고단	

1918년 05월 20일 (월) 3793호

지면	단수	기획	기사제목 〈회수〉〔곡수〕	필자/저자(역자)	분류	비고
4	1~3		日蓮上人 〈109〉 니치렌 쇼닌	放牛舍英山講演	고단	

1918년 05월 21일 (화) 3794호

지면	단수	기획	기사제목 〈회수〉〔곡수〕	필자/저자(역자)	분류	비고
5	1~3		火の湖/暴行 〈27〉 불의 호수/폭행	渡邊默禪	소설	
5	3	文苑	群山望海吟社五月例會句集/題 陽炎、山笑ふ、燕、勝順/天 〔1〕 군산 보카이긴샤 5월례회 구집/주제 아지랑이, 신록의 산, 제비, 평가순/천	潭子	시가/하이쿠	
5	3	文苑	群山望海吟社五月例會句集/題 陽炎、山笑ふ、燕、勝順/地 〔1〕 군산 보카이긴샤 5월례회 구집/주제 아지랑이, 신록의 산, 제비, 평가순/지	大呵	시가/하이쿠	
5	3	文苑	群山望海吟社五月例會句集/題 陽炎、山笑ふ、燕、勝順/人 〔1〕 군산 보카이긴샤 5월례회 구집/주제 아지랑이, 신록의 산, 제비, 평가순/인	砂水	시가/하이쿠	
5	3	文苑	群山望海吟社五月例會句集/題 陽炎、山笑ふ、燕、勝順 〔1〕 군산 보카이긴샤 5월례회 구집/주제 아지랑이, 신록의 산, 제비, 평가순	大呵	시가/하이쿠	
5	3	文苑	群山望海吟社五月例會句集/題 陽炎、山笑ふ、燕、勝順 〔1〕 군산 보카이긴샤 5월례회 구집/주제 아지랑이, 신록의 산, 제비, 평가순	鬼面	시가/하이쿠	
5	3	文苑	群山望海吟社五月例會句集/題 陽炎、山笑ふ、燕、勝順 〔1〕 군산 보카이긴샤 5월례회 구집/주제 아지랑이, 신록의 산, 제비, 평가순	大呵	시가/하이쿠	
5	3	文苑	群山望海吟社五月例會句集/題 陽炎、山笑ふ、燕、勝順 〔1〕 군산 보카이긴샤 5월례회 구집/주제 아지랑이, 신록의 산, 제비, 평가순	仙溪	시가/하이쿠	
5	3	文苑	群山望海吟社五月例會句集/題 陽炎、山笑ふ、燕、勝順 〔1〕 군산 보카이긴샤 5월례회 구집/주제 아지랑이, 신록의 산, 제비, 평가순	喜吟	시가/하이쿠	
5	3	文苑	群山望海吟社五月例會句集/題 陽炎、山笑ふ、燕、勝順 〔1〕 군산 보카이긴샤 5월례회 구집/주제 아지랑이, 신록의 산, 제비, 평가순	淸汀	시가/하이쿠	
5	3	文苑	群山望海吟社五月例會句集/題 陽炎、山笑ふ、燕、勝順 〔1〕 군산 보카이긴샤 5월례회 구집/주제 아지랑이, 신록의 산, 제비, 평가순	喜吟	시가/하이쿠	
5	3	文苑	群山望海吟社五月例會句集/題 陽炎、山笑ふ、燕、勝順 〔1〕 군산 보카이긴샤 5월례회 구집/주제 아지랑이, 신록의 산, 제비, 평가순	黑龍坊	시가/하이쿠	
5	3	文苑	群山望海吟社五月例會句集/題 陽炎、山笑ふ、燕、勝順 〔1〕 군산 보카이긴샤 5월례회 구집/주제 아지랑이, 신록의 산, 제비, 평가순	淸汀	시가/하이쿠	
5	3	文苑	群山望海吟社五月例會句集/題 陽炎、山笑ふ、燕、勝順 〔1〕 군산 보카이긴샤 5월례회 구집/주제 아지랑이, 신록의 산, 제비, 평가순	潭子	시가/하이쿠	
5	3	文苑	群山望海吟社五月例會句集/題 陽炎、山笑ふ、燕、勝順 〔1〕 군산 보카이긴샤 5월례회 구집/주제 아지랑이, 신록의 산, 제비, 평가순	黑龍坊	시가/하이쿠	
5	3	文苑	群山望海吟社五月例會句集/題 陽炎、山笑ふ、燕、勝順 〔1〕 군산 보카이긴샤 5월례회 구집/주제 아지랑이, 신록의 산, 제비, 평가순	鬼面	시가/하이쿠	
5	3	文苑	群山望海吟社五月例會句集/題 陽炎、山笑ふ、燕、勝順 〔1〕 군산 보카이긴샤 5월례회 구집/주제 아지랑이, 신록의 산, 제비, 평가순	潭子	시가/하이쿠	
5	3	文苑	群山望海吟社五月例會句集/題 陽炎、山笑ふ、燕、勝順 〔1〕 군산 보카이긴샤 5월례회 구집/주제 아지랑이, 신록의 산, 제비, 평가순	醉月	시가/하이쿠	
5	3	文苑	群山望海吟社五月例會句集/題 陽炎、山笑ふ、燕、勝順 〔1〕 군산 보카이긴샤 5월례회 구집/주제 아지랑이, 신록의 산, 제비, 평가순	淸汀	시가/하이쿠	

5	3	文苑	群山望海吟社五月例會句集/題 陽炎、山笑ふ、燕、勝順〔1〕 군산 보카이긴샤 5월례회 구집/주제 아지랑이, 신록의 산, 제비, 평가순	靜々山	시가/하이쿠	
5	3	文苑	群山望海吟社五月例會句集/題 陽炎、山笑ふ、燕、勝順〔1〕 군산 보카이긴샤 5월례회 구집/주제 아지랑이, 신록의 산, 제비, 평가순	大呵	시가/하이쿠	
5	3	文苑	群山望海吟社五月例會句集/題 陽炎、山笑ふ、燕、勝順〔1〕 군산 보카이긴샤 5월례회 구집/주제 아지랑이, 신록의 산, 제비, 평가순	裸堂	시가/하이쿠	
5	3	文苑	群山望海吟社五月例會句集/題 陽炎、山笑ふ、燕、勝順〔1〕 군산 보카이긴샤 5월례회 구집/주제 아지랑이, 신록의 산, 제비, 평가순	鬼面	시가/하이쿠	
5	3	文苑	群山望海吟社五月例會句集/題 陽炎、山笑ふ、燕、勝順〔1〕 군산 보카이긴샤 5월례회 구집/주제 아지랑이, 신록의 산, 제비, 평가순	湛水	시가/하이쿠	
5	3	文苑	群山望海吟社五月例會句集/題 陽炎、山笑ふ、燕、勝順〔1〕 군산 보카이긴샤 5월례회 구집/주제 아지랑이, 신록의 산, 제비, 평가순	虛川	시가/하이쿠	
5	3	文苑	群山望海吟社五月例會句集/題 陽炎、山笑ふ、燕、勝順〔1〕 군산 보카이긴샤 5월례회 구집/주제 아지랑이, 신록의 산, 제비, 평가순	裸堂	시가/하이구	
5	3	文苑	群山望海吟社五月例會句集/題 陽炎、山笑ふ、燕、勝順〔1〕 군산 보카이긴샤 5월례회 구집/주제 아지랑이, 신록의 산, 제비, 평가순	小達摩	시가/하이쿠	
5	3	文苑	群山望海吟社五月例會句集/題 陽炎、山笑ふ、燕、勝順〔1〕 군산 보카이긴샤 5월례회 구집/주제 아지랑이, 신록의 산, 제비, 평가순	馬城	시가/하이쿠	
5	3	文苑	群山望海吟社五月例會句集/題 陽炎、山笑ふ、燕、勝順〔1〕 군산 보카이긴샤 5월례회 구집/주제 아지랑이, 신록의 산, 제비, 평가순	仙溪	시가/하이쿠	
5	3	文苑	群山望海吟社五月例會句集/題 陽炎、山笑ふ、燕、勝順〔1〕 군산 보카이긴샤 5월례회 구집/주제 아지랑이, 신록의 산, 제비, 평가순	小達摩	시가/하이쿠	
5	3	文苑	群山望海吟社五月例會句集/題 陽炎、山笑ふ、燕、勝順〔1〕 군산 보카이긴샤 5월례회 구집/주제 아지랑이, 신록의 산, 제비, 평가순	潭子	시가/하이쿠	
5	3	文苑	群山望海吟社五月例會句集/題 陽炎、山笑ふ、燕、勝順〔1〕 군산 보카이긴샤 5월례회 구집/주제 아지랑이, 신록의 산, 제비, 평가순	喜吟	시가/하이쿠	
5	3	文苑	群山望海吟社五月例會句集/題 陽炎、山笑ふ、燕、勝順〔1〕 군산 보카이긴샤 5월례회 구집/주제 아지랑이, 신록의 산, 제비, 평가순	裸堂	시가/하이쿠	
5	3	文苑	群山望海吟社五月例會句集/題 陽炎、山笑ふ、燕、勝順〔1〕 군산 보카이긴샤 5월례회 구집/주제 아지랑이, 신록의 산, 제비, 평가순	砂水	시가/하이쿠	
5	3	文苑	群山望海吟社五月例會句集/題 陽炎、山笑ふ、燕、勝順〔1〕 군산 보카이긴샤 5월례회 구집/주제 아지랑이, 신록의 산, 제비, 평가순	黑龍坊	시가/하이쿠	
5	3	文苑	群山望海吟社五月例會句集/題 陽炎、山笑ふ、燕、勝順〔1〕 군산 보카이긴샤 5월례회 구집/주제 아지랑이, 신록의 산, 제비, 평가순	大呵	시가/하이쿠	
5	3	文苑	群山望海吟社五月例會句集/題 陽炎、山笑ふ、燕、勝順〔1〕 군산 보카이긴샤 5월례회 구집/주제 아지랑이, 신록의 산, 제비, 평가순	浦舟	시가/하이쿠	
5	3	文苑	群山望海吟社五月例會句集/題 陽炎、山笑ふ、燕、勝順〔1〕 군산 보카이긴샤 5월례회 구집/주제 아지랑이, 신록의 산, 제비, 평가순	虛川	시가/하이쿠	
5	3	文苑	群山望海吟社五月例會句集/題 陽炎、山笑ふ、燕、勝順〔1〕 군산 보카이긴샤 5월례회 구집/주제 아지랑이, 신록의 산, 제비, 평가순	黑龍坊	시가/하이쿠	
5	3	文苑	群山望海吟社五月例會句集/題 陽炎、山笑ふ、燕、勝順〔1〕 군산 보카이긴샤 5월례회 구집/주제 아지랑이, 신록의 산, 제비, 평가순	喜吟	시가/하이쿠	
5	3	文苑	群山望海吟社五月例會句集/題 陽炎、山笑ふ、燕、勝順〔1〕 군산 보카이긴샤 5월례회 구집/주제 아지랑이, 신록의 산, 제비, 평가순	秋峯	시가/하이쿠	
5	3	文苑	群山望海吟社五月例會句集/題 陽炎、山笑ふ、燕、勝順〔1〕 군산 보카이긴샤 5월례회 구집/주제 아지랑이, 신록의 산, 제비, 평가순	砂水	시가/하이쿠	
5	3	文苑	群山望海吟社五月例會句集/題 陽炎、山笑ふ、燕、勝順〔1〕 군산 보카이긴샤 5월례회 구집/주제 아지랑이, 신록의 산, 제비, 평가순	鬼面	시가/하이쿠	
5	3	文苑	群山望海吟社五月例會句集/題 陽炎、山笑ふ、燕、勝順〔1〕 군산 보카이긴샤 5월례회 구집/주제 아지랑이, 신록의 산, 제비, 평가순	喜吟	시가/하이쿠	
5	3	文苑	群山望海吟社五月例會句集/題 陽炎、山笑ふ、燕、勝順〔1〕 군산 보카이긴샤 5월례회 구집/주제 아지랑이, 신록의 산, 제비, 평가순	鬼面	시가/하이쿠	

지면	단수	기획	기사제목 〈회수〉〔곡수〕	필자/저자(역자)	분류	비고
5	3	文苑	群山望海吟社五月例會句集/題 陽炎、山笑ふ、燕、勝順〔1〕 군산 보카이긴샤 5월례회 구집/주제 아지랑이, 신록의 산, 제비, 평가순	潭子	시가/하이쿠	
5	3	文苑	群山望海吟社五月例會句集/題 陽炎、山笑ふ、燕、勝順〔1〕 군산 보카이긴샤 5월례회 구집/주제 아지랑이, 신록의 산, 제비, 평가순	大呵	시가/하이쿠	
5	3	文苑	群山望海吟社五月例會句集/題 陽炎、山笑ふ、燕、勝順〔1〕 군산 보카이긴샤 5월례회 구집/주제 아지랑이, 신록의 산, 제비, 평가순	馬城	시가/하이쿠	
5	3	文苑	群山望海吟社五月例會句集/題 陽炎、山笑ふ、燕、勝順〔1〕 군산 보카이긴샤 5월례회 구집/주제 아지랑이, 신록의 산, 제비, 평가순	潭子	시가/하이쿠	
5	3	文苑	群山望海吟社五月例會句集/題 陽炎、山笑ふ、燕、勝順〔1〕 군산 보카이긴샤 5월례회 구집/주제 아지랑이, 신록의 산, 제비, 평가순	虛川	시가/하이쿠	
5	3	文苑	群山望海吟社五月例會句集/題 陽炎、山笑ふ、燕、勝順〔1〕 군산 보카이긴샤 5월례회 구집/주제 아지랑이, 신록의 산, 제비, 평가순	醉月	시가/하이쿠	
5	3	文苑	群山望海吟社五月例會句集/題 陽炎、山笑ふ、燕、勝順〔1〕 군산 보카이긴샤 5월례회 구집/주제 아지랑이, 신록의 산, 제비, 평가순	裸堂	시가/하이쿠	
5	3	文苑	群山望海吟社五月例會句集/題 陽炎、山笑ふ、燕、勝順〔1〕 군산 보카이긴샤 5월례회 구집/주제 아지랑이, 신록의 산, 제비, 평가순	鬼面	시가/하이쿠	
5	3	文苑	群山望海吟社五月例會句集/題 陽炎、山笑ふ、燕、勝順〔1〕 군산 보카이긴샤 5월례회 구집/주제 아지랑이, 신록의 산, 제비, 평가순	湛水	시가/하이쿠	
5	3	文苑	群山望海吟社五月例會句集/題 陽炎、山笑ふ、燕、勝順〔1〕 군산 보카이긴샤 5월례회 구집/주제 아지랑이, 신록의 산, 제비, 평가순	大呵	시가/하이쿠	
5	3	文苑	群山望海吟社五月例會句集/題 陽炎、山笑ふ、燕、勝順〔1〕 군산 보카이긴샤 5월례회 구집/주제 아지랑이, 신록의 산, 제비, 평가순	醉月	시가/하이쿠	
5	3	文苑	群山望海吟社五月例會句集/題 陽炎、山笑ふ、燕、勝順〔1〕 군산 보카이긴샤 5월례회 구집/주제 아지랑이, 신록의 산, 제비, 평가순	湛水	시가/하이쿠	
5	3	文苑	群山望海吟社五月例會句集/題 陽炎、山笑ふ、燕、勝順〔1〕 군산 보카이긴샤 5월례회 구집/주제 아지랑이, 신록의 산, 제비, 평가순	浦舟	시가/하이쿠	
7	1~3		日蓮上人 〈110〉 니치렌 쇼닌	放牛舍英山講演	고단	

1918년 05월 22일 (수) 3795호

지면	단수	기획	기사제목 〈회수〉〔곡수〕	필자/저자(역자)	분류	비고
3	8~10		火の湖/藥の魔力 〈28〉 불의 호수/약의 마력	渡邊默禪	소설	
7	1~3		日蓮上人 〈111〉 니치렌 쇼닌	放牛舍英山講演	고단	

1918년 05월 24일 (금) 3797호

지면	단수	기획	기사제목 〈회수〉〔곡수〕	필자/저자(역자)	분류	비고
5	1~3		火の湖/自動車の上 〈30〉 불의 호수/자동차 위	渡邊默禪	소설	
5	3		國光會五月兼題(順不同)/惜春 〔1〕 곳코카이 5월 겸제(순서 무관)/석춘	廣明	시가/단카	
5	3		★國光會五月兼題(順不同)/惜春 〔1〕 곳코카이 5월 겸제(순서 무관)/석춘	禮吉	시가/단카	
5	3		國光會五月兼題(順不同)/惜春 〔1〕 곳코카이 5월 겸제(순서 무관)/석춘	芳春	시가/단카	
5	3		★國光會五月兼題(順不同)/惜春 〔1〕 곳코카이 5월 겸제(순서 무관)/석춘	山霞	시가/단카	
5	3		國光會五月兼題(順不同)/惜春 〔1〕 곳코카이 5월 겸제(순서 무관)/석춘	竹芳	시가/단카	
5	3		★國光會五月兼題(順不同)/惜春 〔1〕 곳코카이 5월 겸제(순서 무관)/석춘	知吉	시가/단카	
5	3		國光會五月兼題(順不同)/惜春 〔1〕 곳코카이 5월 겸제(순서 무관)/석춘	竹條	시가/단카	

지면	단수	기획	기사제목 〈회수〉〔곡수〕	필자/저자(역자)	분류	비고
5	3		國光會五月兼題(順不同)/惜春〔1〕 곳코카이 5월 겸제(순서 무관)/석춘	古仙	시가/단카	
5	3		國光會五月兼題(順不同)/惜春〔1〕 곳코카이 5월 겸제(순서 무관)/석춘	貞義	시가/단카	
5	3		國光會五月兼題(順不同)/惜春〔1〕 곳코카이 5월 겸제(순서 무관)/석춘	#大	시가/단카	
5	3		國光會五月兼題(順不同)/惜春〔1〕 곳코카이 5월 겸제(순서 무관)/석춘	鹿次郎	시가/단카	
5	3		★國光會五月兼題(順不同)/惜春〔1〕 곳코카이 5월 겸제(순서 무관)/석춘	政德	시가/단카	
5	3		國光會五月兼題(順不同)/惜春〔1〕 곳코카이 5월 겸제(순서 무관)/석춘	歌免於	시가/단카	
5	3		國光會五月兼題(順不同)/惜春〔1〕 곳코카이 5월 겸제(순서 무관)/석춘	仙子	시가/단카	
5	6~8		五旬の旅 〈1〉 오순(五旬)의 여행	知恩寺 稻垣眞我	수필/기행	
6	6~8		琴湖まで 〈2〉 금호까지	白水生	수필/기행	
7	1~3		日蓮上人 〈113〉 니치렌 쇼닌	放牛舍英山講演	고단	

1918년 05월 25일 (토) 3798호

지면	단수	기획	기사제목 〈회수〉〔곡수〕	필자/저자(역자)	분류	비고
4	1~9		琴湖まで 〈3〉 금호까지	白水生	수필/기행	
5	1~3		火の湖/地下室の奧 〈31〉 불의 호수/지하실 깊숙이	渡邊默禪	소설	
5	3		國光會五月例會/蛙〔1〕 곳코카이 5월례회/개구리	廣明	시가/단카	
5	3		國光會五月例會/蛙〔2〕 곳코카이 5월례회/개구리	知吉	시가/단카	
5	3		國光會五月例會/蛙〔1〕 곳코카이 5월례회/개구리	山霞	시가/단카	
5	3		國光會五月例會/蛙〔1〕 곳코카이 5월례회/개구리	禮吉	시가/단카	
5	3		國光會五月例會/蛙〔1〕 곳코카이 5월례회/개구리	竹芳	시가/단카	
5	3		國光會五月例會/蛙〔1〕 곳코카이 5월례회/개구리	芳春	시가/단카	
5	3		國光會五月例會/蛙〔2〕 곳코카이 5월례회/개구리	政德	시가/단카	
5	3	文苑	美濃の春(續)/四月二十五日 〈6〉〔3〕 미노의 봄(계속)/4월 25일	高橋遲々坊	시가/하이쿠	
5	3	文苑	美濃の春(續) 〈6〉〔2〕 미노의 봄(계속)	高橋遲々坊	수필·시가/ 일상·하이쿠	
5	3	文苑	美濃の春(續)/四月二十七日 〈6〉〔5〕 미노의 봄(계속)/4월 27일	高橋遲々坊	시가/하이쿠	
5	3	文苑	美濃の春(續)/四月二十九日 〈6〉〔4〕 미노의 봄(계속)/4월 29일	高橋遲々坊	시가/하이쿠	
5	7~8		五旬の旅(下) 〈2〉 오순(五旬)의 여행(하)	知恩寺 稻垣眞我	수필/기행	
7	1~3		日蓮上人 〈114〉 니치렌 쇼닌	放牛舍英山講演	고단	

지면	단수	기획	기사제목 〈회수〉 〔곡수〕	필자/저자(역자)	분류	비고
			1918년 05월 26일 (일) 3799호			
6	5~7		火の湖/魔界 〈32〉 불의 호수/마계	渡邊默禪	소설	
7	1~3		日蓮上人 〈115〉 니치렌 쇼닌	放牛舍英山講演	고단	
			1918년 05월 27일 (월) 3800호			
4	1~3		日蓮上人 〈116〉 니치렌 쇼닌	放牛舍英山講演	고단	
			1918년 05월 28일 (화) 3801호			
7	1~3		日蓮上人 〈117〉 니치렌 쇼닌	放牛舍英山講演	고단	
			1918년 05월 29일 (수) 3802호			
5	1~3		火の湖/誓約をしろ 〈33〉 불의 호수/서약을 하라	渡邊默禪	소설	
5	3	文苑	ホトトギス及ビ曲水會五月例會句稿/落櫻 〔5〕 호토토기스 및 교쿠스이카이 5월례회 구고/지는 벚꽃	雨意	시가/하이쿠	
5	3	文苑	ホトトギス及ビ曲水會五月例會句稿/落櫻 〔5〕 호토토기스 및 교쿠스이카이 5월례회 구고/지는 벚꽃	東大寺	시가/하이쿠	
5	3	文苑	ホトトギス及ビ曲水會五月例會句稿/落櫻 〔5〕 호토토기스 및 교쿠스이카이 5월례회 구고/지는 벚꽃	秋汀	시가/하이쿠	
5	3	文苑	ホトトギス及ビ曲水會五月例會句稿/落櫻 〔5〕 호토토기스 및 교쿠스이카이 5월례회 구고/지는 벚꽃	沙川	시가/하이쿠	
5	3	文苑	ホトトギス及ビ曲水會五月例會句稿/落櫻 〔5〕 호토토기스 및 교쿠스이카이 5월례회 구고/지는 벚꽃	靑眼子	시가/하이쿠	
5	3	文苑	蛙聲錄(一)/憲政會 〈1〉〔1〕 와성록(1)/헌정회	東京 南泰	시가/하이쿠	
5	3	文苑	蛙聲錄(一)/支那の對日外交 〈1〉〔1〕 와성록(1)/지나(支那)의 대일 외교	東京 南泰	시가/하이쿠	
5	3	文苑	蛙聲錄(一)/米價暴騰 〈1〉〔1〕 와성록(1)/쌀값 폭등	東京 南泰	시가/하이쿠	
5	3	文苑	蛙聲錄(一)/獨露講和設 〈1〉〔1〕 와성록(1)/독러 강화설	東京 南泰	시가/하이쿠	
5	3	文苑	蛙聲錄(一)/外兵陸戰隊浦港上陸 〈1〉〔1〕 와성록(1)/외국군 육전대 포항 상륙	東京 南泰	시가/하이쿠	
5	3	文苑	蛙聲錄(一)/獨潛航艇 〈1〉〔1〕 와성록(1)/독일 잠항정	東京 南泰	시가/하이쿠	
5	3	文苑	蛙聲錄(一)/政治運動 〈1〉〔1〕 와성록(1)/정치 운동	東京 南泰	시가/하이쿠	
5	3	文苑	蛙聲錄(一)/代議士報告演說 〈1〉〔1〕 와성록(1)/대의사 보고 연설	東京 南泰	시가/하이쿠	
5	3	文苑	蛙聲錄(一)/判官公正 〈1〉〔1〕 와성록(1)/판관 공정	東京 南泰	시가/하이쿠	
5	3	文苑	蛙聲錄(一)/檢事辯護士相疑 〈1〉〔1〕 와성록(1)/검사 변호사 상의	東京 南泰	시가/하이쿠	
5	3	文苑	蛙聲錄(一)/有罪無罪論 〈1〉〔1〕 와성록(1)/유죄무죄론	東京 南泰	시가/하이쿠	
7	1~3		日蓮上人 〈118〉 니치렌 쇼닌	放牛舍英山講演	고단	

지면	단수	기획	기사제목 〈회수〉〔곡수〕	필자/저자(역자)	분류	비고
			1918년 05월 30일 (목) 3803호			
1	4~5		墨河旅寓日誌 〈10〉 모허(墨河) 여숙 일지	在哈市 稻江生	수필/기행	
5	8~10		火の湖/湖畔の花 〈43〉 불의 호수/호반의 꽃	渡邊默禪	소설	회수 오류
7	1~3		日蓮上人 〈119〉 니치렌 쇼닌	放牛舍英山講演	고단	
			1918년 05월 31일 (금) 3804호			
1	2~4		墨河旅寓日誌(承前) 〈11〉 모허(墨河) 여숙 일지(전회에서 계속)	在哈市 稻江生	수필/기행	
4	7~9		吉原遊廓より 요시와라 유곽에서	在東京 羊人	수필/관찰	
5	1~3		火の湖/祇園の藝者 〈35〉 불의 호수/기온의 게이샤	渡邊默禪	소설	
7	1~3		日蓮上人 〈120〉 니치렌 쇼닌	放牛舍英山講演	고단	
			1918년 09월 02일 (월) 3896호 석간			
3	1~3		人妻/芽生(三) 〈13〉 남의 아내/발아(3)	小栗風葉	소설	
4	9~10		二人葛の葉 〈65〉 후타리쿠즈노하	坂本富岳	고단	
			1918년 09월 03일 (화) 3897호			
1	5~6		怪奇實話 黒い石 〈13〉 괴기실화 검은 돌	コナンドイル (溪南生)	소설/번역	
			1918년 09월 03일 (화) 3897호 석간			
2	7~9		慶州浦項觀 附輕鐵沿線疾走記 〈25〉 경주포항관 첨부 경철연선질주기	松川溪南	수필/기행	
2	10		新作玉藻前 신작 다마모노마에	豊竹呂昇	시가/기타	
3	1~3		人妻/芽生(五) 〈14〉 남의 아내/발아(5)	小栗風葉	소설	
4	9~11		二人葛の葉 〈67〉 후타리쿠즈노하	坂本富岳	고단	
			1918년 09월 04일 (수) 3898호			
1	5~6		怪奇實話 黒い石 〈14〉 괴기실화 검은 돌	コナンドイル (溪南生)	소설/번역	
4	1~3		火の湖/一齊射擊 〈102〉 불의 호수/일제 사격	渡邊默禪	소설	
			1918년 09월 04일 (수) 3898호 석간			
2	8~10		江原道踏破の記(第四十信)/江陵より注文津へ(1) 〈40〉 강원도 답파기(제40신)/강릉에서 주문진으로(1)	特派記者 坂本南岳	수필/기행	
3	1~3		人妻/芽生(六) 〈15〉 남의 아내/발아(6)	小栗風葉	소설	
4	9~11		二人葛の葉 〈68〉 후타리쿠즈노하	坂本富岳	고단	

지면	단수	기획	기사제목 〈회수〉〔곡수〕	필자/저자(역자)	분류	비고
1918년 09월 05일 (목) 3899호						
1	4		奉天にて 펑톈에서	○○生	수필/서간	
4	1~3		火の湖/火の柱 〈103〉 불의 호수/불기둥	渡邊默禪	소설	
1918년 09월 05일 (목) 3899호 석간						
2	6~8	大邱印象記	大邱の劇壇 대구의 극단		수필/비평	
4	9~11		二人葛の葉 〈69〉 후타리쿠즈노하	坂本富岳	고단	
1918년 09월 06일 (금) 3900호						
1	4~5		怪奇實話 黑い石 〈15〉 괴기실화 검은 돌	コナンドイル (溪南生)	소설/번역	
4	1~3		火の湖/玉子は何處 〈104〉 불의 호수/다마코는 어디	渡邊默禪	소설	
1918년 09월 06일 (금) 3900호 석간						
2	8~10		江原道踏破の記(第四十二信)/注文津より(1) 〈42〉 강원도 답파기(제42신)/주문진에서(1)	特派記者 坂本南岳	수필/기행	
3	7~9		人妻/芽生(七) 〈16〉 남의 아내/발아(7)	小栗風葉	소설	
4	9~11		二人葛の葉 〈70〉 후타리쿠즈노하	坂本富岳	고단	
1918년 09월 07일 (토) 3901호						
1	5~6		怪奇實話 黑い石 〈16〉 괴기실화 검은 돌	コナンドイル (溪南生)	소설/번역	
3	7~8		大邱 夜店の秋 대구 야시장의 가을		수필/일상	
4	1~3		火の湖/意味あり氣 〈105〉 불의 호수/의미가 있는 듯	渡邊默禪	소설	
1918년 09월 07일 (토) 3901호 석간						
2	5~7		慶州浦項觀 附輕鐵沿線疾走記 〈26〉 경주포항관 첨부 경철연선질주기	松川溪南	수필/기행	
2	8~9	大邱印象記	娛樂場と活動常設館 오락장과 활동상설관		수필/관찰	
2	8~10		江原道踏破の記(第四十三信)/注文津より(2) 〈43〉 강원도 답파기(제43신)/주문진에서(2)	特派記者 坂本南岳	수필/기행	
3	1~3		人妻/芽生(八) 〈17〉 남의 아내/발아(8)	小栗風葉	소설	
3	4	俳句	風呂吹會俳句-杉山飛雨選 〔2〕 후로후키카이 하이쿠-스기야마 히우 선	蘇風	시가/하이쿠	
3	4	俳句	風呂吹會俳句-杉山飛雨選 〔3〕 후로후키카이 하이쿠-스기야마 히우 선	知足	시가/하이쿠	
3	4	俳句	風呂吹會俳句-杉山飛雨選 〔5〕 후로후키카이 하이쿠-스기야마 히우 선	聖香	시가/하이쿠	
3	4	俳句	風呂吹會俳句-杉山飛雨選 〔1〕 후로후키카이 하이쿠-스기야마 히우 선	眩月	시가/하이쿠	

지면	단수	기획	기사제목 〈회수〉 [곡수]	필자/저자(역자)	분류	비고
3	4	俳句	風呂吹會俳句-杉山飛雨選 [4] 후로후키카이 하이쿠-스기야마 히우 선	鵄翔	시가/하이쿠	
3	4	俳句	風呂吹會俳句-杉山飛雨選 [6] 후로후키카이 하이쿠-스기야마 히우 선	青郊	시가/하이쿠	
3	4	俳句	風呂吹會俳句-杉山飛雨選 [8] 후로후키카이 하이쿠-스기야마 히우 선	愛風	시가/하이쿠	
3	4	俳句	風呂吹會俳句-杉山飛雨選 [17] 후로후키카이 하이쿠-스기야마 히우 선	馬岳	시가/하이쿠	
4	9~10		二人葛の葉 〈71〉 후타리쿠즈노하	坂本富岳	고단	

1918년 09월 08일 (일) 3902호

지면	단수	기획	기사제목 〈회수〉 [곡수]	필자/저자(역자)	분류	비고
1	5~6		怪奇實話 黑い石 〈17〉 괴기실화 검은 돌	コナンドイル (溪南生)	소설/번역	
3	5		京都より 교토에서	側面子	수필/일상	
4	1~3		火の湖/古い手紙 〈109〉 불의 호수/오래된 편지	渡邊默禪	소설	회수 오류

1918년 09월 08일 (일) 3902호 석간

지면	단수	기획	기사제목 〈회수〉 [곡수]	필자/저자(역자)	분류	비고
2	3~5		慶州浦項觀 附輕鐵沿線疾走記 〈26〉 경주포항관 첨부 경철연선질주기	松川溪南	수필/기행	회수 오류
2	8~10		江原道踏破の記(第四十四信)/注文津より(2) 〈44〉 강원도 답파기(제44신)/주문진에서(2)	特派記者 坂本南岳	수필/기행	
2	9~10	大邱印象記	大邱 遊廓 대구 유곽		수필/관찰	
3	7~9		人妻/芽生(九) 〈18〉 남의 아내/발아(9)	小栗風葉	소설	
4	9~11		二人葛の葉 〈72〉 후타리쿠즈노하	坂本富岳	고단	

1918년 09월 09일 (월) 3903호

지면	단수	기획	기사제목 〈회수〉 [곡수]	필자/저자(역자)	분류	비고
4	9~11		二人葛の葉 〈73〉 후타리쿠즈노하	坂本富岳	고단	

1918년 09월 10일 (화) 3904호

지면	단수	기획	기사제목 〈회수〉 [곡수]	필자/저자(역자)	분류	비고
1	4~5		怪奇實話 黑い石 〈18〉 괴기실화 검은 돌	コナンドイル (溪南生)	소설/번역	
3	7~9		火の湖/留置所の組 〈107〉 불의 호수/유치장의 한패	渡邊默禪	소설	

1918년 09월 10일 (화) 3904호 석간

지면	단수	기획	기사제목 〈회수〉 [곡수]	필자/저자(역자)	분류	비고
2	8~10		江原道踏破の記(第四十五信)/注文津より(4) 〈45〉 강원도 답파기(제45신)/주문진에서(4)	特派記者 坂本南岳	수필/기행	
3	1~3		人妻/芽生(十) 〈19〉 남의 아내/발아(10)	小栗風葉	소설	
3	4		俳だより [4] 하이쿠 소식	香洲生	수필·시가/ 일상·하이쿠	
4	9~11		二人葛の葉 〈74〉 후타리쿠즈노하	坂本富岳	고단	

1918년 09월 11일 (수) 3905호

지면	단수	기획	기사제목 〈회수〉〔곡수〕	필자/저자(역자)	분류	비고
1	5~6		怪奇實話 黑い石 〈19〉 괴기실화 검은 돌	コナンドイル (溪南生)	소설/번역	
2	8~10		慶州浦項觀 附輕鐵沿線疾走記 〈27〉 경주포항관 첨부 경철연선질주기	松川溪南	수필/기행	
4	1~3		火の湖/目の怖い男 〈108〉 불의 호수/눈이 무서운 남자	渡邊默禪	소설	

1918년 09월 11일 (수) 3905호 석간

지면	단수	기획	기사제목 〈회수〉〔곡수〕	필자/저자(역자)	분류	비고
3	1~3		人妻/芽生(十一) 〈20〉 남의 아내/발아(11)	小栗風葉	소설	
3	4	日報歌壇	思君會詠草/七夕 〔2〕 시쿤카이 작품/칠석	重本官治	시가/단카	
3	4	日報歌壇	思君會詠草/七夕 〔2〕 시쿤카이 작품/칠석	牧野君江	시가/단카	
3	4	日報歌壇	思君會詠草/七夕 〔2〕 시쿤카이 작품/칠석	高山卷藏	시가/단카	
3	4	日報歌壇	思君會詠草/七夕 〔2〕 시쿤카이 작품/칠석	波岡茂輝	시가/단카	
3	4	日報歌壇	思君會詠草/朝顏 〔2〕 시쿤카이 작품/나팔꽃	重本官治	시가/단카	
3	4	日報歌壇	思君會詠草/朝顏 〔2〕 시쿤카이 작품/나팔꽃	高山卷藏	시가/단카	
3	4	日報歌壇	思君會詠草/朝顏 〔2〕 시쿤카이 작품/나팔꽃	牧野君江	시가/단카	
3	4	日報歌壇	思君會詠草/朝顏 〔2〕 시쿤카이 작품/나팔꽃	波岡茂輝	시가/단카	
3	4	日報歌壇	思君會詠草/立秋 〔1〕 시쿤카이 작품/입추	重本官治	시가/단카	
3	4	日報歌壇	思君會詠草/立秋 〔1〕 시쿤카이 작품/입추	高山卷藏	시가/단카	
3	4	日報歌壇	思君會詠草/立秋 〔2〕 시쿤카이 작품/입추	牧野君江	시가/단카	
3	4~5	日報歌壇	思君會詠草/立秋 〔1〕 시쿤카이 작품/입추	波岡茂輝	시가/단카	
4	9~11		二人葛の葉 〈75〉 후타리쿠즈노하	坂本富岳	고단	

1918년 09월 12일 (목) 3906호

지면	단수	기획	기사제목 〈회수〉〔곡수〕	필자/저자(역자)	분류	비고
1	5~6		歷史小說 般若姬/はしがき 역사소설 한냐히메/서문	龜岡天川	소설/일본 고전	
4	1~3		火の湖/敵の味方 〈109〉 불의 호수/적의 아군	渡邊默禪	소설	

1918년 09월 12일 (목) 3906호 석간

지면	단수	기획	기사제목 〈회수〉〔곡수〕	필자/저자(역자)	분류	비고
2	4~6		慶州浦項觀 附輕鐵沿線疾走記 〈28〉 경주포항관 첨부 경철연선질주기	松川溪南	수필/기행	
2	8~10		江原道踏破の記(第四十六信)/襄陽へ(一) 〈46〉 강원도 답파기(제46신)/양양으로(1)	特派記者 坂本南岳	수필/기행	
3	1~3		人妻/婚禮の夜まで(一) 〈21〉 남의 아내/혼례일 밤까지(1)	小栗風葉	소설	
3	3	俳句	群山望海吟社九月例會-對山居選/課題 秋の蟬、萩、煙花/逆順 〔1〕 군산 보카이긴샤 9월례회-다이산쿄 선/주제 가을 매미, 싸리, 연화/역순	大呵	시가/하이쿠	

지면	단수	기획	기사제목 〈회수〉〔곡수〕	필자/저자(역자)	분류	비고
3	3	俳句	群山望海吟社九月例會-對山居選/課題 秋の蟬、萩、煙花/逆順〔1〕 군산 보카이긴샤 9월례회-다이산쿄 선/주제 가을 매미, 싸리, 연화/역순	桃坡	시가/하이쿠	
3	3	俳句	群山望海吟社九月例會-對山居選/課題 秋の蟬、萩、煙花/逆順〔1〕 군산 보카이긴샤 9월례회-다이산쿄 선/주제 가을 매미, 싸리, 연화/역순	仙溪	시가/하이쿠	
3	3	俳句	群山望海吟社九月例會-對山居選/課題 秋の蟬、萩、煙花/逆順〔1〕 군산 보카이긴샤 9월례회-다이산쿄 선/주제 가을 매미, 싸리, 연화/역순	鬼面	시가/하이쿠	
3	3	俳句	群山望海吟社九月例會-對山居選/課題 秋の蟬、萩、煙花/逆順〔1〕 군산 보카이긴샤 9월례회-다이산쿄 선/주제 가을 매미, 싸리, 연화/역순	潭子	시가/하이쿠	
3	3	俳句	群山望海吟社九月例會-對山居選/課題 秋の蟬、萩、煙花/逆順〔1〕 군산 보카이긴샤 9월례회-다이산쿄 선/주제 가을 매미, 싸리, 연화/역순	仙溪	시가/하이쿠	
3	3	俳句	群山望海吟社九月例會-對山居選/課題 秋の蟬、萩、煙花/逆順〔2〕 군산 보카이긴샤 9월례회-다이산쿄 선/주제 가을 매미, 싸리, 연화/역순	裸堂	시가/하이쿠	
3	3	俳句	群山望海吟社九月例會-對山居選/課題 秋の蟬、萩、煙花/逆順〔1〕 군산 보카이긴샤 9월례회-다이산쿄 선/주제 가을 매미, 싸리, 연화/역순	彩露	시기/하이쿠	
3	3	俳句	群山望海吟社九月例會-對山居選/課題 秋の蟬、萩、煙花/逆順〔1〕 군산 보카이긴샤 9월례회-다이산쿄 선/주제 가을 매미, 싸리, 연화/역순	仙溪	시가/하이쿠	
3	3	俳句	群山望海吟社九月例會-對山居選/課題　秋の蟬、萩、煙花/逆順/五客〔1〕 군산 보카이긴샤 9월례회-다이산쿄 선/주제 가을 매미, 싸리, 연화/역순/오객	大呵	시가/하이쿠	
3	3	俳句	群山望海吟社九月例會-對山居選/課題　秋の蟬、萩、煙花/逆順/五客〔1〕 군산 보카이긴샤 9월례회-다이산쿄 선/주제 가을 매미, 싸리, 연화/역순/오객	迂郎	시가/하이쿠	
3	3	俳句	群山望海吟社九月例會-對山居選/課題　秋の蟬、萩、煙花/逆順/五客〔1〕 군산 보카이긴샤 9월례회-다이산쿄 선/주제 가을 매미, 싸리, 연화/역순/오객	大呵	시가/하이쿠	
3	4	俳句	群山望海吟社九月例會-對山居選/課題　秋の蟬、萩、煙花/逆順/五客〔1〕 군산 보카이긴샤 9월례회-다이산쿄 선/주제 가을 매미, 싸리, 연화/역순/오객	仙溪	시가/하이쿠	
3	4	俳句	群山望海吟社九月例會-對山居選/課題　秋の蟬、萩、煙花/逆順/五客〔1〕 군산 보카이긴샤 9월례회-다이산쿄 선/주제 가을 매미, 싸리, 연화/역순/오객	大呵	시가/하이쿠	
3	4	俳句	群山望海吟社九月例會-對山居選/課題 秋の蟬、萩、煙花/逆順/人〔1〕 군산 보카이긴샤 9월례회-다이산쿄 선/주제 가을 매미, 싸리, 연화/역순/인	淸汀	시가/하이쿠	
3	4	俳句	群山望海吟社九月例會-對山居選/課題 秋の蟬、萩、煙花/逆順/地〔1〕 군산 보카이긴샤 9월례회-다이산쿄 선/주제 가을 매미, 싸리, 연화/역순/지	裸堂	시가/하이쿠	
3	4	俳句	群山望海吟社九月例會-對山居選/課題 秋の蟬、萩、煙花/逆順/天〔1〕 군산 보카이긴샤 9월례회-다이산쿄 선/주제 가을 매미, 싸리, 연화/역순/천	淸汀	시가/하이쿠	
3	4	俳句	群山望海吟社九月例會-對山居選/即題 野分-案山子(互選)/二點〔2〕 군산 보카이긴샤 9월례회-다이산쿄 선/즉제 폭풍-가카시(호선)/이점	仙溪	시가/하이쿠	
3	4	俳句	群山望海吟社九月例會-對山居選/即題 野分-案山子(互選)/二點〔1〕 군산 보카이긴샤 9월례회-다이산쿄 선/즉제 폭풍-가카시(호선)/이점	大呵	시가/하이쿠	
3	4	俳句	群山望海吟社九月例會-對山居選/即題 野分-案山子(互選)/二點〔2〕 군산 보카이긴샤 9월례회-다이산쿄 선/즉제 폭풍-가카시(호선)/이점	裸堂	시가/하이쿠	
3	4	俳句	群山望海吟社九月例會-對山居選/即題 野分-案山子(互選)/二點〔1〕 군산 보카이긴샤 9월례회-다이산쿄 선/즉제 폭풍-가카시(호선)/이점	潭子	시가/하이쿠	
3	4	俳句	群山望海吟社九月例會-對山居選/即題 野分-案山子(互選)/二點〔1〕 군산 보카이긴샤 9월례회-다이산쿄 선/즉제 폭풍-가카시(호선)/이점	秋錦	시가/하이쿠	
3	4	俳句	群山望海吟社九月例會-對山居選/即題 野分-案山子(互選)/二點〔1〕 군산 보카이긴샤 9월례회-다이산쿄 선/즉제 폭풍-가카시(호선)/이점	浦舟	시가/하이쿠	
3	4	俳句	群山望海吟社九月例會-對山居選/即題 野分-案山子(互選)/二點〔1〕 군산 보카이긴샤 9월례회-다이산쿄 선/즉제 폭풍-가카시(호선)/이점	淸汀	시가/하이쿠	
3	4	俳句	群山望海吟社九月例會-對山居選/即題 野分-案山子(互選)/三點〔1〕 군산 보카이긴샤 9월례회-다이산쿄 선/즉제 폭풍-가카시(호선)/삼점	鬼面	시가/하이쿠	

지면	단수	기획	기사제목 〈회수〉〔곡수〕	필자/저자(역자)	분류	비고
3	4	俳句	群山望海吟社九月例會-對山居選/即題 野分-案山子(互選)/三點〔1〕 군산 보카이긴샤 9월례회-다이산쿄 선/즉제 폭풍-가카시(호선)/삼점	秋錦	시가/하이쿠	
3	4	俳句	群山望海吟社九月例會-對山居選/即題 野分-案山子(互選)/三點〔1〕 군산 보카이긴샤 9월례회-다이산쿄 선/즉제 폭풍-가카시(호선)/삼점	砂水	시가/하이쿠	
3	4	俳句	群山望海吟社九月例會-對山居選/即題 野分-案山子(互選)/三點〔1〕 군산 보카이긴샤 9월례회-다이산쿄 선/즉제 폭풍-가카시(호선)/삼점	裸堂	시가/하이쿠	
3	4	俳句	群山望海吟社九月例會-對山居選/即題 野分-案山子(互選)/五點〔1〕 군산 보카이긴샤 9월례회-다이산쿄 선/즉제 폭풍-가카시(호선)/오점	大呵	시가/하이쿠	
4	9~11		二人葛の葉〈76〉 후타리쿠즈노하	坂本富岳	고단	

1918년 09월 13일 (금) 3907호

지면	단수	기획	기사제목 〈회수〉〔곡수〕	필자/저자(역자)	분류	비고
1	5~6		歷史小說 般若姬/奧山路(1)〈1〉 역사소설 한냐히메/깊은 산길(1)	龜岡天川	소설/일본 고전	
3	1~3		人妻/婚禮の夜まで(二)〈22〉 남의 아내/혼례일 밤까지(2)	小栗風葉	소설	
4	1~3		火の湖/焔の海〈110〉 불의 호수/불꽃의 바다	渡邊默禪	소설	

1918년 09월 13일 (금) 3907호 석간

지면	단수	기획	기사제목 〈회수〉〔곡수〕	필자/저자(역자)	분류	비고
2	4~6		慶州浦項觀 附輕鐵沿線疾走記〈29〉 경주포항관 첨부 경철연선질주기	松川溪南	수필/기행	
2	8~10		江原道踏破の記(第四十七信)/襄陽より(一)〈47〉 강원도 답파기(제47신)/양양에서(1)	特派記者 坂本南岳	수필/기행	
4	9~11		二人葛の葉〈77〉 후타리쿠즈노하	坂本富岳	고단	

1918년 09월 14일 (토) 3908호

지면	단수	기획	기사제목 〈회수〉〔곡수〕	필자/저자(역자)	분류	비고
1	5~6		歷史小說 般若姬/奧山路(2)〈2〉 역사소설 한냐히메/깊은 산길(2)	龜岡天川	소설/일본 고전	
4	1~3		火の湖/馬車の內〈111〉 불의 호수/마차 안	渡邊默禪	소설	

1918년 09월 14일 (토) 3908호 석간

지면	단수	기획	기사제목 〈회수〉〔곡수〕	필자/저자(역자)	분류	비고
2	4~6		慶州浦項觀 附輕鐵沿線疾走記〈30〉 경주포항관 첨부 경철연선질주기	松川溪南	수필/기행	
2	8~10		江原道踏破の記(第四十八信)/襄陽より(二)〈48〉 강원도 답파기(제48신)/양양에서(2)	特派記者 坂本南岳	수필/기행	
3	1~3		人妻/婚禮の夜まで(三)〈23〉 남의 아내/혼례일 밤까지(3)	小栗風葉	소설	
3	4	俳句	秋汀居小集/天の川、蕎麥の花、澁取り〔6〕 슈테이쿄 소모임/은하수, 메밀꽃, 탈삽	秋汀	시가/하이쿠	
3	4	俳句	秋汀居小集/天の川、蕎麥の花、澁取り〔5〕 슈테이쿄 소모임/은하수, 메밀꽃, 탈삽	青眼子	시가/하이쿠	
3	4	俳句	秋汀居小集/天の川、蕎麥の花、澁取り〔5〕 슈테이쿄 소모임/은하수, 메밀꽃, 탈삽	沙川	시가/하이쿠	
3	4	俳句	秋汀居小集/天の川、蕎麥の花、澁取り〔3〕 슈테이쿄 소모임/은하수, 메밀꽃, 탈삽	牙集	시가/하이쿠	
3	4	俳句	秋汀居小集/天の川、蕎麥の花、澁取り〔3〕 슈테이쿄 소모임/은하수, 메밀꽃, 탈삽	胡月	시가/하이쿠	
3	4	俳句	秋汀居小集/天の川、蕎麥の花、澁取り〔2〕 슈테이쿄 소모임/은하수, 메밀꽃, 탈삽	芝郎	시가/하이쿠	

지면	단수	기획	기사제목 〈회수〉〔곡수〕	필자/저자(역자)	분류	비고
3	4	俳句	秋汀居小集/鯊 〔3〕 슈테이쿄 소모임/망둑어	胡月	시가/하이쿠	
3	4	俳句	秋汀居小集/鯊 〔3〕 슈테이쿄 소모임/망둑어	牙集	시가/하이쿠	
3	4	俳句	秋汀居小集/鯊 〔3〕 슈테이쿄 소모임/망둑어	沙川	시가/하이쿠	
3	4	俳句	秋汀居小集/鯊 〔2〕 슈테이쿄 소모임/망둑어	秋汀	시가/하이쿠	
3	4	俳句	秋汀居小集/鯊 〔1〕 슈테이쿄 소모임/망둑어	靑眼子	시가/하이쿠	
3	4	俳句	秋汀居小集/鯊 〔1〕 슈테이쿄 소모임/망둑어	芝郎	시가/하이쿠	
4	9~11		二人葛の葉 〈78〉 후타리쿠즈노하	坂本富岳	고단	

1918년 09월 15일 (일) 3909호

지면	단수	기획	기사제목 〈회수〉〔곡수〕	필자/저자(역자)	분류	비고
1	5~6		歷史小說 般若姬/長者の家(2) 〈3〉 역사소설 한냐히메/부호의 집(2)	龜岡天川	소설/일본 고전	
4	1~3		火の湖/赤い鬚 〈112〉 불의 호수/붉은 수염	渡邊默禪	소설	

1918년 09월 15일 (일) 3909호 석간

지면	단수	기획	기사제목 〈회수〉〔곡수〕	필자/저자(역자)	분류	비고
2	4~6		江原道踏破の記(第四十九信)/襄陽より(三) 〈49〉 강원도 답파기(제49신)/양양에서(3)	特派記者 坂本南岳	수필/기행	
3	1~3		人妻/婚禮の夜まで(四) 〈24〉 남의 아내/혼례일 밤까지(4)	小栗風葉	소설	
3	4	俳句	統營塔影社句稿 〔4〕 통영 도에이샤 구고	やさ男	시가/하이쿠	
3	4	俳句	統營塔影社句稿 〔4〕 통영 도에이샤 구고	整岳	시가/하이쿠	
3	4	俳句	統營塔影社句稿 〔4〕 통영 도에이샤 구고	耳洗	시가/하이쿠	
3	4	俳句	統營塔影社句稿 〔5〕 통영 도에이샤 구고	岳水	시가/하이쿠	

1918년 09월 16일 (월) 3910호 석간

지면	단수	기획	기사제목 〈회수〉〔곡수〕	필자/저자(역자)	분류	비고
4	8~10		二人葛の葉 〈80〉 후타리쿠즈노하	坂本富岳	고단	회수 오류

1918년 09월 17일 (화) 3911호

지면	단수	기획	기사제목 〈회수〉〔곡수〕	필자/저자(역자)	분류	비고
1	5~6		歷史小說 般若姬/春の野(1) 〈5〉 역사소설 한냐히메/봄 들녘(1)	龜岡天川	소설/일본 고전	
3	9~11		火の湖/疑問 〈113〉 불의 호수/의문	渡邊默禪	소설	

1918년 09월 17일 (화) 3911호 석간

지면	단수	기획	기사제목 〈회수〉〔곡수〕	필자/저자(역자)	분류	비고
2	7~9		江原道踏破の記(第五十信)/襄陽より(四) 〈50〉 강원도 답파기(제50신)/양양에서(4)	特派記者 坂本南岳	수필/기행	
2	9~11		慶州浦項觀 附輕鐵沿線疾走記 〈30〉 경주포항관 첨부 경철연선질주기	松川溪南	수필/기행	회수 오류
3	1~3		人妻/婚禮の夜まで(五) 〈25〉 남의 아내/혼례일 밤까지(5)	小栗風葉	소설	

지면	단수	기획	기사제목 〈회수〉〔곡수〕	필자/저자(역자)	분류	비고
4	9~11		二人葛の葉 〈80〉 후타리쿠즈노하	坂本富岳	고단	

1918년 09월 18일 (수) 3912호

지면	단수	기획	기사제목 〈회수〉〔곡수〕	필자/저자(역자)	분류	비고
1	5~6		歷史小說 般若姬/春の野(3) 〈6〉 역사소설 한냐히메/봄 들녘(3)	龜岡天川	소설/일본 고전	
4	1~3		火の湖/寶石商ジー 〈114〉 불의 호수/보석상 G	渡邊默禪	소설	

1918년 09월 18일 (수) 3912호 석간

지면	단수	기획	기사제목 〈회수〉〔곡수〕	필자/저자(역자)	분류	비고
2	8~10		江原道踏破の記(第五十一信)/襄陽より(五) 〈51〉 강원도 답파기(제51신)/양양에서(5)	特派記者 坂本南岳	수필/기행	
3	1~3		人妻/婚禮の夜まで(六) 〈26〉 남의 아내/혼례일 밤까지(6)	小栗風葉	소설	
4	9~11		二人葛の葉 〈82〉 후타리쿠즈노하	坂本富岳	고단	

1918년 09월 19일 (목) 3913호

지면	단수	기획	기사제목 〈회수〉〔곡수〕	필자/저자(역자)	분류	비고
1	5~6		歷史小說 般若姬/笛の主(1) 〈7〉 역사소설 한냐히메/피리의 주인(1)	龜岡天川	소설/일본 고전	
3	5~7		火の湖/無線電信機 〈115〉 불의 호수/무선전신기	渡邊默禪	소설	

1918년 09월 19일 (목) 3913호 석간

지면	단수	기획	기사제목 〈회수〉〔곡수〕	필자/저자(역자)	분류	비고
2	8~10		江原道踏破の記(第五十二信)/襄陽より大浦へ(一) 〈52〉 강원도 답파기(제52신)/양양에서 대포로(1)	特派記者 坂本南岳	수필/기행	
3	1~3		人妻/婚禮の夜まで(七) 〈27〉 남의 아내/혼례일 밤까지(7)	小栗風葉	소설	
4	9~11		二人葛の葉 〈83〉 후타리쿠즈노하	坂本富岳	고단	

1918년 09월 20일 (금) 3914호

지면	단수	기획	기사제목 〈회수〉〔곡수〕	필자/저자(역자)	분류	비고
1	4~6		歷史小說 般若姬/笛の主(2) 〈7〉 역사소설 한냐히메/피리의 주인(2)	龜岡天川	소설/일본 고전	회수 오류
3	7		仲秋の名月/今夜は旣望の月 중추의 명월/오늘 밤은 기망의 달		수필/일상	
4	1~3		火の湖/眞黑な影 〈116〉 불의 호수/새까만 그림자	渡邊默禪	소설	

1918년 09월 20일 (금) 3914호 석간

지면	단수	기획	기사제목 〈회수〉〔곡수〕	필자/저자(역자)	분류	비고
2	7~10		江原道踏破の記(第五十三信)/襄陽より大浦へ(二) 〈53〉 강원도 답파기(제53신)/양양에서 대포로(2)	特派記者 坂本南岳	수필/기행	
3	1~3		人妻/婚禮の夜まで(八) 〈28〉 남의 아내/혼례일 밤까지(8)	小栗風葉	소설	
4	9~11		二人葛の葉 〈84〉 후타리쿠즈노하	坂本富岳	고단	

1918년 09월 21일 (토) 3915호

지면	단수	기획	기사제목 〈회수〉〔곡수〕	필자/저자(역자)	분류	비고
1	4~6		歷史小說 般若姬/笛の主(3) 〈9〉 역사소설 한냐히메/피리의 주인(3)	龜岡天川	소설/일본 고전	
4	1~3		火の湖/銀行の裏手 〈117〉 불의 호수/은행의 뒤편	渡邊默禪	소설	

지면	단수	기획	기사제목 〈회수〉〔곡수〕	필자/저자(역자)	분류	비고
			1918년 09월 21일 (토) 3915호 석간			
2	7~9		江原道踏破の記(第五十三信)/大浦より(一) 〈53〉 강원도 답파기(제53신)/대포에서(1)	特派記者 坂本南岳	수필/기행	회수 오류
2	10		金剛山探勝(上) 〈1〉 금강산 탐승(상)	加藤經理課長 談	수필/기행	
2	10~11		觀月句會 관월구회	香洲生	수필/일상	
2	10~11		觀月句會 〔1〕 관월구회	香洲生	시가/하이쿠	
2	10~11		觀月句會 〔1〕 관월구회	靑眼子	시가/하이쿠	
2	10~11		觀月句會 〔1〕 관월구회	牙集	시가/하이쿠	
2	10~11		觀月句會 〔1〕 관월구회	秋汀	시가/하이쿠	
2	10~11		觀月句會 〔1〕 관월구회	雨意	시가/하이쿠	
2	10~11		觀月句會 〔1〕 관월구회	東大寺	시가/하이쿠	
2	10~11		觀月句會 〔1〕 관월구회	芝朗	시가/하이쿠	
2	10~11		觀月句會 〔1〕 관월구회	沙川	시가/하이쿠	
2	10~11		觀月句會 〔1〕 관월구회	破鐘	시가/하이쿠	
2	10~11		觀月句會 〔1〕 관월구회	胡月	시가/하이쿠	
3	1~3		人妻/婚禮の夜まで(九) 〈29〉 남의 아내/혼례일 밤까지(9)	小栗風葉	소설	
4	8~10		二人葛の葉 〈85〉 후타리쿠즈노하	坂本富岳	고단	
			1918년 09월 22일 (일) 3916호			
1	5~6		歷史小說 般若姬/緣談(1) 〈10〉 역사소설 한냐히메/연담(1)	龜岡天川	소설/일본 고전	
3	7		金剛山探勝(下) 〈2〉 금강산 탐승(하)	加藤經理課長 談	수필/기행	
4	1~2		火の湖/自動車戰 〈118〉 불의 호수/자동차전	渡邊默禪	소설	
			1918년 09월 22일 (일) 3916호 석간			
2	8~10		江原道踏破の記(第五十四信)/大浦より(二) 〈54〉 강원도 답파기(제54신)/대포에서(2)	特派記者 坂本南岳	수필/기행	
3	1~3		人妻/婚禮の夜まで(十) 〈30〉 남의 아내/혼례일 밤까지(10)	小栗風葉	소설	
4	9~11		二人葛の葉 〈86〉 후타리쿠즈노하	坂本富岳	고단	
			1918년 09월 23일 (월) 3917호			
1	5~6		歷史小說 般若姬/緣談(1) 〈10〉 역사소설 한냐히메/연담(1)	龜岡天川	소설/일본 고전	회수 오류

지면	단수	기획	기사제목 〈회수〉〔곡수〕	필자/저자(역자)	분류	비고
4	9~10		二人葛の葉 〈87〉 후타리쿠즈노하	坂本富岳	고단	

1918년 09월 24일 (화) 3918호

지면	단수	기획	기사제목 〈회수〉〔곡수〕	필자/저자(역자)	분류	비고
1	5~6		歷史小說 般若姬/緣談(3) 〈12〉 역사소설 한냐히메/연담(3)	龜岡天川	소설/일본 고전	
3	6~8		火の湖/ジーの野心 〈119〉 불의 호수/G의 야심	渡邊默禪	소설	
4	9~10		二人葛の葉 〈88〉 후타리쿠즈노하	坂本富岳	고단	

1918년 09월 24일 (화) 3918호 석간

지면	단수	기획	기사제목 〈회수〉〔곡수〕	필자/저자(역자)	분류	비고
2	7~10		江原道踏破の記(第五十五信)/大浦杆城へ(二) 〈55〉 강원도 답파기(제55신)/대포 간성으로(2)	特派記者 坂本南岳	수필/기행	
3	1~3		人妻/婚禮の夜まで(十一) 〈31〉 남의 아내/혼례일 밤까지(11)	小栗風葉	소설	
3	4	文苑	金海詠藻 〔3〕 김해영조	坂口紫纓生	시가/단카	
3	4	文苑	金海詠藻 〔3〕 김해영조	白水富美	시가/단카	
3	4	文苑	金海詠藻 〔3〕 김해영조	廣瀨鷗舟	시가/단카	
3	4	文苑	★金海詠藻 〔3〕 김해영조	白百合	시가/단카	

1918년 09월 26일 (목) 3919호

지면	단수	기획	기사제목 〈회수〉〔곡수〕	필자/저자(역자)	분류	비고
1	5~6		歷史小說 般若姬/煩悶(1) 〈13〉 역사소설 한냐히메/번민(1)	龜岡天川	소설/일본 고전	
3	5~7		火の湖/歸りたいわ 〈120〉 불의 호수/돌아가고 싶어	渡邊默禪	소설	
4	9~10		二人葛の葉 〈88〉 후타리쿠즈노하	坂本富岳	고단	회수 오류

1918년 09월 26일 (목) 3919호 석간

지면	단수	기획	기사제목 〈회수〉〔곡수〕	필자/저자(역자)	분류	비고
2	8~10		江原道踏破の記(第五十六信)/大浦杆城へ(二) 〈56〉 강원도 답파기(제56신)/대포 간성으로(2)	特派記者 坂本南岳	수필/기행	
3	1~3		人妻/婚禮の夜まで(十二) 〈32〉 남의 아내/혼례일 밤까지(12)	小栗風葉	소설	
3	4	文茫	仁川木馬吟社俳句例會(一)/題『爽やか』 〈1〉 〔3〕 인천 모쿠바긴샤 하이쿠 예회(1)/주제『상쾌』	松園	시가/하이쿠	
3	4	文茫	仁川木馬吟社俳句例會(一)/題『爽やか』 〈1〉 〔3〕 인천 모쿠바긴샤 하이쿠 예회(1)/주제『상쾌』	賣劍	시가/하이쿠	
3	4	文茫	仁川木馬吟社俳句例會(一)/題『爽やか』 〈1〉 〔2〕 인천 모쿠바긴샤 하이쿠 예회(1)/주제『상쾌』	竹窓	시가/하이쿠	
3	4	文茫	仁川木馬吟社俳句例會(一)/題『爽やか』 〈1〉 〔2〕 인천 모쿠바긴샤 하이쿠 예회(1)/주제『상쾌』	春靜	시가/하이쿠	
3	4	文茫	仁川木馬吟社俳句例會(一)/題『爽やか』 〈1〉 〔1〕 인천 모쿠바긴샤 하이쿠 예회(1)/주제『상쾌』	想仙	시가/하이쿠	
3	4	文茫	仁川木馬吟社俳句例會(一)/題『爽やか』 〈1〉 〔1〕 인천 모쿠바긴샤 하이쿠 예회(1)/주제『상쾌』	大耳	시가/하이쿠	
3	4	文茫	仁川木馬吟社俳句例會(一)/題『爽やか』 〈1〉 〔1〕 인천 모쿠바긴샤 하이쿠 예회(1)/주제『상쾌』	巍人	시가/하이쿠	

지면	단수	기획	기사제목 〈회수〉〔곡수〕	필자/저자(역자)	분류	비고
3	4	文茫	仁川木馬吟社俳句例會(一)/題『爽やか』〈1〉〔1〕 인천 모쿠바긴샤 하이쿠 예회(1)/주제『상쾌』	丁雲雅	시가/하이쿠	
3	4	文茫	仁川木馬吟社俳句例會(一)/題『爽やか』〈1〉〔1〕 인천 모쿠바긴샤 하이쿠 예회(1)/주제『상쾌』	花翁	시가/하이쿠	
3	4	文茫	仁川木馬吟社俳句例會(一)/題『爽やか』〈1〉〔2〕 인천 모쿠바긴샤 하이쿠 예회(1)/주제『상쾌』	#城	시가/하이쿠	
3	4	文茫	仁川木馬吟社俳句例會(一)/題『爽やか』〈1〉〔5〕 인천 모쿠바긴샤 하이쿠 예회(1)/주제『상쾌』	丹葉	시가/하이쿠	

1918년 09월 27일 (금) 3920호

지면	단수	기획	기사제목 〈회수〉〔곡수〕	필자/저자(역자)	분류	비고
1	5~6		歷史小說 般若姬/煩悶(1)〈13〉 역사소설 한냐히메/번민(1)	龜岡天川	소설/일본 고전	회수 오류
3	6~8		火の湖/小供の智慧〈121〉 불의 호수/아이의 지혜	渡邊默禪	소설	
4	9~10		二人葛の葉〈90〉 후타리쿠즈노하	坂本富岳	고단	

1918년 09월 27일 (금) 3920호 석간

지면	단수	기획	기사제목 〈회수〉〔곡수〕	필자/저자(역자)	분류	비고
2	7~9		江原道踏破の記(第五十七信)/大浦杆城へ(三)〈57〉 강원도 답파기(제57신)/대포 간성으로(3)	特派記者 坂本南岳	수필/기행	
3	1~2		人妻/佐十翁(一)〈33〉 남의 아내/사토 영감(1)	小栗風葉	소설	
3	4	文茫	仁川木馬吟社俳句例會(二)/題『葡萄』〈2〉〔4〕 인천 모쿠바긴샤 하이쿠 예회(2)/주제『포도』	想仙	시가/하이쿠	
3	4	文茫	仁川木馬吟社俳句例會(二)/題『葡萄』〈2〉〔2〕 인천 모쿠바긴샤 하이쿠 예회(2)/주제『포도』	賣劍	시가/하이쿠	
3	4	文茫	仁川木馬吟社俳句例會(二)/題『葡萄』〈2〉〔1〕 인천 모쿠바긴샤 하이쿠 예회(2)/주제『포도』	松園	시가/하이쿠	
3	4	文茫	仁川木馬吟社俳句例會(二)/題『葡萄』〈2〉〔1〕 인천 모쿠바긴샤 하이쿠 예회(2)/주제『포도』	丁雲雅	시가/하이쿠	
3	4	文茫	仁川木馬吟社俳句例會(二)/題『葡萄』〈2〉〔1〕 인천 모쿠바긴샤 하이쿠 예회(2)/주제『포도』	大耳	시가/하이쿠	
3	4	文茫	仁川木馬吟社俳句例會(二)/題『葡萄』〈2〉〔2〕 인천 모쿠바긴샤 하이쿠 예회(2)/주제『포도』	花翁	시가/하이쿠	
3	4	文茫	仁川木馬吟社俳句例會(二)/題『葡萄』〈2〉〔1〕 인천 모쿠바긴샤 하이쿠 예회(2)/주제『포도』	春靜	시가/하이쿠	
3	4	文茫	仁川木馬吟社俳句例會(二)/題『葡萄』〈2〉〔1〕 인천 모쿠바긴샤 하이쿠 예회(2)/주제『포도』	鷺城	시가/하이쿠	
3	4	文茫	仁川木馬吟社俳句例會(二)/題『葡萄』〈2〉〔4〕 인천 모쿠바긴샤 하이쿠 예회(2)/주제『포도』	丹葉	시가/하이쿠	
3	4	文茫	仁川木馬吟社俳句例會(二)/題『夜學』〈2〉〔5〕 인천 모쿠바긴샤 하이쿠 예회(2)/주제『야학』	賣劍	시가/하이쿠	
3	4	文茫	仁川木馬吟社俳句例會(二)/題『夜學』〈2〉〔1〕 인천 모쿠바긴샤 하이쿠 예회(2)/주제『야학』	巍人	시가/하이쿠	
3	4	文茫	仁川木馬吟社俳句例會(二)/題『夜學』〈2〉〔4〕 인천 모쿠바긴샤 하이쿠 예회(2)/주제『야학』	想仙	시가/하이쿠	
3	4	文茫	仁川木馬吟社俳句例會(二)/題『夜學』〈2〉〔1〕 인천 모쿠바긴샤 하이쿠 예회(2)/주제『야학』	大耳	시가/하이쿠	
3	4	文茫	仁川木馬吟社俳句例會(二)/題『夜學』〈2〉〔2〕 인천 모쿠바긴샤 하이쿠 예회(2)/주제『야학』	松園	시가/하이쿠	
3	4	文茫	仁川木馬吟社俳句例會(二)/題『夜學』〈2〉〔4〕 인천 모쿠바긴샤 하이쿠 예회(2)/주제『야학』	春靜	시가/하이쿠	

지면	단수	기획	기사제목 〈회수〉〔곡수〕	필자/저자(역자)	분류	비고
3	4	文茫	仁川木馬吟社俳句例會(二)/題『夜學』〈2〉〔2〕 인천 모쿠바긴샤 하이쿠 예회(2)/주제『야학』	竹窓	시가/하이쿠	
3	4	文茫	仁川木馬吟社俳句例會(二)/題『夜學』〈2〉〔2〕 인천 모쿠바긴샤 하이쿠 예회(2)/주제『야학』	花翁	시가/하이쿠	
3	4	文茫	仁川木馬吟社俳句例會(二)/題『夜學』〈2〉〔3〕 인천 모쿠바긴샤 하이쿠 예회(2)/주제『야학』	丁雲雅	시가/하이쿠	
3	4	文茫	仁川木馬吟社俳句例會(二)/題『夜學』〈2〉〔1〕 인천 모쿠바긴샤 하이쿠 예회(2)/주제『야학』	鷺城	시가/하이쿠	
3	4	文茫	仁川木馬吟社俳句例會(二)/題『夜學』〈2〉〔5〕 인천 모쿠바긴샤 하이쿠 예회(2)/주제『야학』	丹葉	시가/하이쿠	

1918년 09월 28일 (토) 3921호

지면	단수	기획	기사제목 〈회수〉〔곡수〕	필자/저자(역자)	분류	비고
7	5~7		火の湖/世界的大族〈221〉 불의 호수/세계적 대족	渡邊默禪	소설	회수 오류

1918년 09월 28일 (토) 3921호 석간

지면	단수	기획	기사제목 〈회수〉〔곡수〕	필자/저자(역자)	분류	비고
2	6~8		江原道踏破の記(第五十八信)/杆城より(三)〈58〉 강원도 답파기(제58신)/간성에서(3)	特派記者 坂本南岳	수필/기행	
3	1~3		人妻/佐十翁(二)〈34〉 남의 아내/사토 영감(2)	小栗風葉	소설	
3	4		群山望海吟社觀月會俳句(一)/課題 月-對山居選/佳作〈1〉〔1〕 군산 보카이긴샤 관월회 하이쿠(1)/과제 달-다이산쿄 선/가작	浦舟	시가/하이쿠	
3	4		群山望海吟社觀月會俳句(一)/課題 月-對山居選/佳作〈1〉〔1〕 군산 보카이긴샤 관월회 하이쿠(1)/과제 달-다이산쿄 선/가작	鬼面	시가/하이쿠	
3	4		群山望海吟社觀月會俳句(一)/課題 月-對山居選/佳作〈1〉〔1〕 군산 보카이긴샤 관월회 하이쿠(1)/과제 달-다이산쿄 선/가작	浦舟	시가/하이쿠	
3	4		群山望海吟社觀月會俳句(一)/課題 月-對山居選/佳作〈1〉〔1〕 군산 보카이긴샤 관월회 하이쿠(1)/과제 달-다이산쿄 선/가작	砂水	시가/하이쿠	
3	4		群山望海吟社觀月會俳句(一)/課題 月-對山居選/佳作〈1〉〔1〕 군산 보카이긴샤 관월회 하이쿠(1)/과제 달-다이산쿄 선/가작	鬼面	시가/하이쿠	
3	4		群山望海吟社觀月會俳句(一)/課題 月-對山居選/佳作〈1〉〔1〕 군산 보카이긴샤 관월회 하이쿠(1)/과제 달-다이산쿄 선/가작	浦舟	시가/하이쿠	
3	4		群山望海吟社觀月會俳句(一)/課題 月-對山居選/佳作〈1〉〔1〕 군산 보카이긴샤 관월회 하이쿠(1)/과제 달-다이산쿄 선/가작	旭民	시가/하이쿠	
3	4		群山望海吟社觀月會俳句(一)/課題 月-對山居選/佳作〈1〉〔1〕 군산 보카이긴샤 관월회 하이쿠(1)/과제 달-다이산쿄 선/가작	潭子	시가/하이쿠	
3	4		群山望海吟社觀月會俳句(一)/課題 月-對山居選/佳作〈1〉〔1〕 군산 보카이긴샤 관월회 하이쿠(1)/과제 달-다이산쿄 선/가작	淸汀	시가/하이쿠	
3	4		群山望海吟社觀月會俳句(一)/課題 月-對山居選/佳作〈1〉〔1〕 군산 보카이긴샤 관월회 하이쿠(1)/과제 달-다이산쿄 선/가작	麥圃	시가/하이쿠	
3	4		群山望海吟社觀月會俳句(一)/課題 月-對山居選/佳作〈1〉〔1〕 군산 보카이긴샤 관월회 하이쿠(1)/과제 달-다이산쿄 선/가작	鬼面	시가/하이쿠	
3	4		群山望海吟社觀月會俳句(一)/課題 月-對山居選/佳作〈1〉〔1〕 군산 보카이긴샤 관월회 하이쿠(1)/과제 달-다이산쿄 선/가작	大呵	시가/하이쿠	
3	4		群山望海吟社觀月會俳句(一)/課題 月-對山居選/佳作〈1〉〔1〕 군산 보카이긴샤 관월회 하이쿠(1)/과제 달-다이산쿄 선/가작	醉月	시가/하이쿠	
3	4		群山望海吟社觀月會俳句(一)/課題 月-對山居選/佳作〈1〉〔1〕 군산 보카이긴샤 관월회 하이쿠(1)/과제 달-다이산쿄 선/가작	麥圃	시가/하이쿠	
3	4		群山望海吟社觀月會俳句(一)/課題 月-對山居選/佳作〈1〉〔1〕 군산 보카이긴샤 관월회 하이쿠(1)/과제 달-다이산쿄 선/가작	潭子	시가/하이쿠	
3	4		群山望海吟社觀月會俳句(一)/課題 月-對山居選/佳作〈1〉〔1〕 군산 보카이긴샤 관월회 하이쿠(1)/과제 달-다이산쿄 선/가작	靜々山	시가/하이쿠	

지면	단수	기획	기사제목 〈회수〉〔곡수〕	필자/저자(역자)	분류	비고
3	4		群山望海吟社觀月會俳句(一)/課題 月-對山居選/佳作 〈1〉[1] 군산 보카이긴샤 관월회 하이쿠(1)/과제 달-다이산쿄 선/가작	黑龍坊	시가/하이쿠	
3	4		群山望海吟社觀月會俳句(一)/課題 月-對山居選/佳作 〈1〉[1] 군산 보카이긴샤 관월회 하이쿠(1)/과제 달-다이산쿄 선/가작	桃坡	시가/하이쿠	
3	4		群山望海吟社觀月會俳句(一)/課題 月-對山居選/佳作 〈1〉[1] 군산 보카이긴샤 관월회 하이쿠(1)/과제 달-다이산쿄 선/가작	黑龍坊	시가/하이쿠	
3	4		群山望海吟社觀月會俳句(一)/課題 月-對山居選/佳作 〈1〉[1] 군산 보카이긴샤 관월회 하이쿠(1)/과제 달-다이산쿄 선/가작	旭民	시가/하이쿠	
3	4		群山望海吟社觀月會俳句(一)/課題 月-對山居選/佳作 〈1〉[1] 군산 보카이긴샤 관월회 하이쿠(1)/과제 달-다이산쿄 선/가작	醉月	시가/하이쿠	
3	4		群山望海吟社觀月會俳句(一)/課題 月-對山居選/佳作 〈1〉[1] 군산 보카이긴샤 관월회 하이쿠(1)/과제 달-다이산쿄 선/가작	馬城	시가/하이쿠	
3	4		群山望海吟社觀月會俳句(一)/課題 月-對山居選/佳作 〈1〉[1] 군산 보카이긴샤 관월회 하이쿠(1)/과제 달-다이산쿄 선/가작	淸汀	시가/하이쿠	
3	4		群山望海吟社觀月會俳句(一)/課題 月-對山居選/佳作 〈1〉[1] 군산 보카이긴샤 관월회 하이쿠(1)/과제 달-다이산쿄 선/가작	鬼面	시가/하이쿠	
3	4		群山望海吟社觀月會俳句(一)/課題 月-對山居選/佳作 〈1〉[1] 군산 보카이긴샤 관월회 하이쿠(1)/과제 달-다이산쿄 선/가작	大呵	시가/하이쿠	
4	9~10		二人葛の葉 〈91〉 후타리쿠즈노하	坂本富岳	고단	

1918년 09월 29일 (일) 3922호

지면	단수	기획	기사제목 〈회수〉〔곡수〕	필자/저자(역자)	분류	비고
1	6~7		歷史小說 般若姬/煩悶(3) 〈15〉 역사소설 한냐히메/번민(3)	龜岡天川	소설/일본 고전	
1	7	日報俳壇	秋の調 〔14〕 가을의 가락	秋汀	시가/하이쿠	
3	3~6		火の湖/砂糖袋 〈321〉 불의 호수/설탕 봉지	渡邊默禪	소설	회수 오류

1918년 09월 29일 (일) 3922호 석간

지면	단수	기획	기사제목 〈회수〉〔곡수〕	필자/저자(역자)	분류	비고
3	1~3		人妻/佐十翁(二) 〈34〉 남의 아내/사토 영감(2)	小栗風葉	소설	회수 오류
3	4	文苑	群山望海吟社觀月會俳句(二)/課題 月-對山居選/佳作 〈2〉[1] 군산 보카이긴샤 관월회 하이쿠(2)/과제 달-다이산쿄 선/가작	喜吟	시가/하이쿠	
3	4	文苑	群山望海吟社觀月會俳句(二)/課題 月-對山居選/佳作 〈2〉[1] 군산 보카이긴샤 관월회 하이쿠(2)/과제 달-다이산쿄 선/가작	靜々山	시가/하이쿠	
3	4	文苑	群山望海吟社觀月會俳句(二)/課題 月-對山居選/佳作 〈2〉[1] 군산 보카이긴샤 관월회 하이쿠(2)/과제 달-다이산쿄 선/가작	麥圃	시가/하이쿠	
3	4	文苑	群山望海吟社觀月會俳句(二)/課題 月-對山居選/佳作 〈2〉[1] 군산 보카이긴샤 관월회 하이쿠(2)/과제 달-다이산쿄 선/가작	馬城	시가/하이쿠	
3	4	文苑	群山望海吟社觀月會俳句(二)/課題 月-對山居選/佳作 〈2〉[1] 군산 보카이긴샤 관월회 하이쿠(2)/과제 달-다이산쿄 선/가작	砂水	시가/하이쿠	
3	4	文苑	群山望海吟社觀月會俳句(二)/課題 月-對山居選/佳作 〈2〉[1] 군산 보카이긴샤 관월회 하이쿠(2)/과제 달-다이산쿄 선/가작	浦舟	시가/하이쿠	
3	4	文苑	群山望海吟社觀月會俳句(二)/課題 月-對山居選/佳作 〈2〉[1] 군산 보카이긴샤 관월회 하이쿠(2)/과제 달-다이산쿄 선/가작	醉月	시가/하이쿠	
3	4	文苑	群山望海吟社觀月會俳句(二)/課題 月-對山居選/佳作 〈2〉[1] 군산 보카이긴샤 관월회 하이쿠(2)/과제 달-다이산쿄 선/가작	黑龍坊	시가/하이쿠	
3	4	文苑	群山望海吟社觀月會俳句(二)/課題 月-對山居選/佳作 〈2〉[1] 군산 보카이긴샤 관월회 하이쿠(2)/과제 달-다이산쿄 선/가작	喜吟	시가/하이쿠	
3	4	文苑	群山望海吟社觀月會俳句(二)/課題 月-對山居選/佳作 〈2〉[1] 군산 보카이긴샤 관월회 하이쿠(2)/과제 달-다이산쿄 선/가작	醉月	시가/하이쿠	

지면	단수	기획	기사제목 〈회수〉〔곡수〕	필자/저자(역자)	분류	비고
3	4	文苑	群山望海吟社觀月會俳句(二)/課題 月-對山居選/佳作 〈2〉[1] 군산 보카이긴샤 관월회 하이쿠(2)/과제 달-다이산쿄 선/가작	桃坡	시가/하이쿠	
3	4	文苑	群山望海吟社觀月會俳句(二)/課題 月-對山居選/佳作 〈2〉[1] 군산 보카이긴샤 관월회 하이쿠(2)/과제 달-다이산쿄 선/가작	大呵	시가/하이쿠	
3	4	文苑	群山望海吟社觀月會俳句(二)/課題 月-對山居選/佳作 〈2〉[1] 군산 보카이긴샤 관월회 하이쿠(2)/과제 달-다이산쿄 선/가작	旭民	시가/하이쿠	
3	4	文苑	群山望海吟社觀月會俳句(二)/課題 月-對山居選/入賞(逆順) 〈2〉[1] 군산 보카이긴샤 관월회 하이쿠(2)/과제 달-다이산쿄 선/입상(역순)	黑龍坊	시가/하이쿠	
3	4	文苑	群山望海吟社觀月會俳句(二)/課題 月-對山居選/入賞(逆順) 〈2〉[1] 군산 보카이긴샤 관월회 하이쿠(2)/과제 달-다이산쿄 선/입상(역순)	淸汀	시가/하이쿠	
3	4	文苑	群山望海吟社觀月會俳句(二)/課題 月-對山居選/入賞(逆順) 〈2〉[1] 군산 보카이긴샤 관월회 하이쿠(2)/과제 달-다이산쿄 선/입상(역순)	桃坡	시가/하이쿠	
3	4	文苑	群山望海吟社觀月會俳句(二)/課題 月-對山居選/入賞(逆順) 〈2〉[1] 군산 보카이긴샤 관월회 하이쿠(2)/과제 달-다이산쿄 선/입상(역순)	裸堂	시가/하이쿠	
3	4	文苑	群山望海吟社觀月會俳句(二)/課題 月-對山居選/入賞(逆順) 〈2〉[1] 군산 보카이긴샤 관월회 하이쿠(2)/과제 달-다이산쿄 선/입상(역순)	黑龍坊	시가/하이쿠	
3	4	文苑	群山望海吟社觀月會俳句(二)/課題 月-對山居選/入賞(逆順) 〈2〉[1] 군산 보카이긴샤 관월회 하이쿠(2)/과제 달-다이산쿄 선/입상(역순)	裸堂	시가/하이쿠	
3	4	文苑	群山望海吟社觀月會俳句(二)/課題 月-對山居選/追加 〈2〉[2] 군산 보카이긴샤 관월회 하이쿠(2)/과제 달-다이산쿄 선/추가		시가/하이쿠	
4	8~9		二人葛の葉 〈92〉 후타리쿠즈노하	坂本富岳	고단	

1918년 09월 30일 (월) 3923호

지면	단수	기획	기사제목 〈회수〉〔곡수〕	필자/저자(역자)	분류	비고
1	5~6		故井上梧陰先生の書簡 고 이노우에 고인(井上梧陰) 선생의 서간		수필/서간	
3	6~8		火の湖/發動機艇 〈421〉 불의 호수/발동기정	渡邊默禪	소설	회수 오류

1918년 09월 30일 (월) 3923호 석간

지면	단수	기획	기사제목 〈회수〉〔곡수〕	필자/저자(역자)	분류	비고
2	6~8		江原道踏破の記(第五十九信)/杆城より(四) 〈59〉 강원도 답파기(제59신)/간성에서(4)	特派記者 坂本南岳	수필/기행	
3	1~3		人妻/佐十翁(四) 〈36〉 남의 아내/사토 영감(4)	小栗風葉	소설	
3	4		秋の歌 [6] 가을의 노래	痛	시가/단카	
3	4	文苑	群山望海吟社觀月會俳句(三)/課題 蟲-對山居選/佳作 〈3〉[1] 군산 보카이긴샤 관월회 하이쿠(3)/과제 벌레-다이산쿄 선/가작	馬城	시가/하이쿠	
3	4	文苑	群山望海吟社觀月會俳句(三)/課題 蟲-對山居選/佳作 〈3〉[1] 군산 보카이긴샤 관월회 하이쿠(3)/과제 벌레-다이산쿄 선/가작	靜々山	시가/하이쿠	
3	4	文苑	群山望海吟社觀月會俳句(三)/課題 蟲-對山居選/佳作 〈3〉[1] 군산 보카이긴샤 관월회 하이쿠(3)/과제 벌레-다이산쿄 선/가작	大呵	시가/하이쿠	
3	4	文苑	群山望海吟社觀月會俳句(三)/課題 蟲-對山居選/佳作 〈3〉[1] 군산 보카이긴샤 관월회 하이쿠(3)/과제 벌레-다이산쿄 선/가작	裸堂	시가/하이쿠	
3	4	文苑	群山望海吟社觀月會俳句(三)/課題 蟲-對山居選/佳作 〈3〉[1] 군산 보카이긴샤 관월회 하이쿠(3)/과제 벌레-다이산쿄 선/가작	醉月	시가/하이쿠	
3	4	文苑	群山望海吟社觀月會俳句(三)/課題 蟲-對山居選/佳作 〈3〉[1] 군산 보카이긴샤 관월회 하이쿠(3)/과제 벌레-다이산쿄 선/가작	裸堂	시가/하이쿠	
3	4	文苑	群山望海吟社觀月會俳句(三)/課題 蟲-對山居選/佳作 〈3〉[1] 군산 보카이긴샤 관월회 하이쿠(3)/과제 벌레-다이산쿄 선/가작	大呵	시가/하이쿠	
3	4	文苑	群山望海吟社觀月會俳句(三)/課題 蟲-對山居選/佳作 〈3〉[1] 군산 보카이긴샤 관월회 하이쿠(3)/과제 벌레-다이산쿄 선/가작	麥圃	시가/하이쿠	

지면	단수	기획	기사제목 〈회수〉〔곡수〕	필자/저자(역자)	분류	비고
3	4	文苑	群山望海吟社觀月會俳句(三)/課題 蟲-對山居選/佳作 〈3〉〔1〕 군산 보카이긴샤 관월회 하이쿠(3)/과제 벌레-다이산쿄 선/가작	喜吟	시가/하이쿠	
3	4	文苑	群山望海吟社觀月會俳句(三)/課題 蟲-對山居選/佳作 〈3〉〔1〕 군산 보카이긴샤 관월회 하이쿠(3)/과제 벌레-다이산쿄 선/가작	大呵	시가/하이쿠	
3	4	文苑	群山望海吟社觀月會俳句(三)/課題 蟲-對山居選/佳作 〈3〉〔1〕 군산 보카이긴샤 관월회 하이쿠(3)/과제 벌레-다이산쿄 선/가작	黑龍坊	시가/하이쿠	
3	4	文苑	群山望海吟社觀月會俳句(三)/課題 蟲-對山居選/佳作 〈3〉〔1〕 군산 보카이긴샤 관월회 하이쿠(3)/과제 벌레-다이산쿄 선/가작	喜吟	시가/하이쿠	
3	4	文苑	群山望海吟社觀月會俳句(三)/課題 蟲-對山居選/佳作 〈3〉〔1〕 군산 보카이긴샤 관월회 하이쿠(3)/과제 벌레-다이산쿄 선/가작	潭子	시가/하이쿠	
3	4	文苑	群山望海吟社觀月會俳句(三)/課題 蟲-對山居選/佳作 〈3〉〔1〕 군산 보카이긴샤 관월회 하이쿠(3)/과제 벌레-다이산쿄 선/가작	桃坡	시가/하이쿠	
3	4	文苑	群山望海吟社觀月會俳句(二)/課題 蟲-對山居選/佳作 〈3〉〔1〕 군산 보카이긴샤 관월회 하이쿠(3)/과제 벌레-다이산쿄 선/가작	醉月	시가/하이쿠	
3	4	文苑	群山望海吟社觀月會俳句(三)/課題 蟲-對山居選/佳作 〈3〉〔1〕 군산 보카이긴샤 관월회 하이쿠(3)/과제 벌레-다이산쿄 선/가작	淸汀	시가/하이쿠	
3	4	文苑	群山望海吟社觀月會俳句(三)/課題 蟲-對山居選/佳作 〈3〉〔1〕 군산 보카이긴샤 관월회 하이쿠(3)/과제 벌레-다이산쿄 선/가작	砂水	시가/하이쿠	
3	4	文苑	群山望海吟社觀月會俳句(三)/課題 蟲-對山居選/秀逸 〈3〉〔1〕 군산 보카이긴샤 관월회 하이쿠(3)/과제 벌레-다이산쿄 선/수일	浦舟	시가/하이쿠	
3	4	文苑	群山望海吟社觀月會俳句(三)/課題 蟲-對山居選/秀逸 〈3〉〔1〕 군산 보카이긴샤 관월회 하이쿠(3)/과제 벌레-다이산쿄 선/수일	鬼面	시가/하이쿠	
3	4	文苑	群山望海吟社觀月會俳句(三)/課題 蟲-對山居選/秀逸 〈3〉〔1〕 군산 보카이긴샤 관월회 하이쿠(3)/과제 벌레-다이산쿄 선/수일	潭子	시가/하이쿠	
3	4	文苑	群山望海吟社觀月會俳句(三)/課題 蟲-對山居選/秀逸 〈3〉〔1〕 군산 보카이긴샤 관월회 하이쿠(3)/과제 벌레-다이산쿄 선/수일	馬城	시가/하이쿠	
3	4	文苑	群山望海吟社觀月會俳句(三)/課題 蟲-對山居選/秀逸 〈3〉〔1〕 군산 보카이긴샤 관월회 하이쿠(3)/과제 벌레-다이산쿄 선/수일	喜吟	시가/하이쿠	
3	4	文苑	群山望海吟社觀月會俳句(三)/課題 蟲-對山居選/秀逸 〈3〉〔1〕 군산 보카이긴샤 관월회 하이쿠(3)/과제 벌레-다이산쿄 선/수일	旭民	시가/하이쿠	
3	4	文苑	群山望海吟社觀月會俳句(三)/課題 蟲-對山居選/秀逸 〈3〉〔1〕 군산 보카이긴샤 관월회 하이쿠(3)/과제 벌레-다이산쿄 선/수일	黑龍坊	시가/하이쿠	
3	4	文苑	群山望海吟社觀月會俳句(三)/課題 蟲-對山居選/追加 〈3〉〔2〕 군산 보카이긴샤 관월회 하이쿠(3)/과제 벌레-다이산쿄 선/추가		시가/하이쿠	
4	8~9		二人葛の葉 〈93〉 후타리쿠즈노하	坂本富岳	고단	

1918년 10월 01일 (화) 3924호

지면	단수	기획	기사제목 〈회수〉〔곡수〕	필자/저자(역자)	분류	비고
1	6~7		歷史小說 般若姬/婚宴の夜(1) 〈16〉 역사소설 한냐히메/혼인 피로연의 밤(1)	龜岡天川	소설/일본 고전	
3	5~8		火の湖/岩蔭の舟 〈521〉 불의 호수/바위 그늘의 배	渡邊默禪	소설	회수 오류

1918년 10월 01일 (화) 3924호 석간

지면	단수	기획	기사제목 〈회수〉〔곡수〕	필자/저자(역자)	분류	비고
3	1~3		人妻/佐十翁(五) 〈37〉 남의 아내/사토 영감(5)	小栗風葉	소설	
3	4		群山望海吟社觀月大會/四點 〔1〕 군산 보카이긴샤 관월대회/사점	裸堂	시가/하이쿠	
3	4		群山望海吟社觀月大會/四點 〔1〕 군산 보카이긴샤 관월대회/사점	大呵	시가/하이쿠	
3	4		群山望海吟社觀月大會/四點 〔1〕 군산 보카이긴샤 관월대회/사점	桃坡	시가/하이쿠	

지면	단수	기획	기사제목 〈회수〉〔곡수〕	필자/저자(역자)	분류	비고
3	4		群山望海吟社觀月大會/四點〔1〕 군산 보카이긴샤 관월대회/사점	鬼面	시가/하이쿠	
3	4		群山望海吟社觀月大會/三點〔1〕 군산 보카이긴샤 관월대회/삼점	大呵	시가/하이쿠	
3	4		群山望海吟社觀月大會/二點〔1〕 군산 보카이긴샤 관월대회/이점	浦舟	시가/하이쿠	
3	4		群山望海吟社觀月大會/二點〔1〕 군산 보카이긴샤 관월대회/이점	馬革齊	시가/하이쿠	
4	9~11		二人葛の葉〈94〉 후타리쿠즈노하	坂本富岳	고단	

1918년 10월 03일 (목) 3925호

지면	단수	기획	기사제목 〈회수〉〔곡수〕	필자/저자(역자)	분류	비고
1	5	日報俳壇	秋の調〔17〕 가을의 가락	秋汀	시가/하이쿠	
1	5~7		歷史小說 般若姬/婚宴の夜(2)〈17〉 역사소설 한냐히메/혼인 피로연의 밤(2)	龜岡天川	소설/일본 고전	
3	1~3		人妻/佐十翁(六)〈38〉 남의 아내/사토 영감(6)	小栗風葉	소설	
3	3		群山望海吟社觀月會俳句(四)/卽吟-互選/題、彼岸、紅葉/六點〈4〉〔1〕 군산 보카이긴샤 관월회 하이쿠(4)/즉음-호선/주제 히간(彼岸), 단풍/육점	對山居	시가/하이쿠	
3	3		群山望海吟社觀月會俳句(四)/卽吟-互選/題、彼岸、紅葉/五點〈4〉〔1〕 군산 보카이긴샤 관월회 하이쿠(4)/즉음-호선/주제 히간(彼岸), 단풍/오점	甚水	시가/하이쿠	
3	4		群山望海吟社觀月會俳句(四)/卽吟-互選/題、彼岸、紅葉/四點〈4〉〔1〕 군산 보카이긴샤 관월회 하이쿠(4)/즉음-호선/주제 히간(彼岸), 단풍/사점	大呵	시가/하이쿠	
3	4		群山望海吟社觀月會俳句(四)/卽吟-互選/題、彼岸、紅葉/四點〈4〉〔1〕 군산 보카이긴샤 관월회 하이쿠(4)/즉음-호선/주제 히간(彼岸), 단풍/사점	鬼面	시가/하이쿠	
3	4		群山望海吟社觀月會俳句(四)/卽吟-互選/題、彼岸、紅葉/四點〈4〉〔1〕 군산 보카이긴샤 관월회 하이쿠(4)/즉음-호선/주제 히간(彼岸), 단풍/사점	黑龍坊	시가/하이쿠	
3	4		群山望海吟社觀月會俳句(四)/卽吟-互選/題、彼岸、紅葉/四點〈4〉〔1〕 군산 보카이긴샤 관월회 하이쿠(4)/즉음-호선/주제 히간(彼岸), 단풍/사점	鬼面	시가/하이쿠	
3	4		群山望海吟社觀月會俳句(四)/卽吟-互選/題、彼岸、紅葉/四點〈4〉〔1〕 군산 보카이긴샤 관월회 하이쿠(4)/즉음-호선/주제 히간(彼岸), 단풍/사점	桃坡	시가/하이쿠	
3	4		群山望海吟社觀月會俳句(四)/卽吟-互選/題、彼岸、紅葉/三點〈4〉〔1〕 군산 보카이긴샤 관월회 하이쿠(4)/즉음-호선/주제 히간(彼岸), 단풍/삼점	砂水	시가/하이쿠	
3	4		群山望海吟社觀月會俳句(四)/卽吟-互選/題、彼岸、紅葉/三點〈4〉〔1〕 군산 보카이긴샤 관월회 하이쿠(4)/즉음-호선/주제 히간(彼岸), 단풍/삼점	鬼面	시가/하이쿠	
3	4		群山望海吟社觀月會俳句(四)/卽吟-互選/題、彼岸、紅葉/三點〈4〉〔1〕 군산 보카이긴샤 관월회 하이쿠(4)/즉음-호선/주제 히간(彼岸), 단풍/삼점	甚水	시가/하이쿠	
3	4		群山望海吟社觀月會俳句(四)/卽吟-互選/題、彼岸、紅葉/三點〈4〉〔1〕 군산 보카이긴샤 관월회 하이쿠(4)/즉음-호선/주제 히간(彼岸), 단풍/삼점	馬城	시가/하이쿠	
3	4		全州風呂吹會句集-素風選〔1〕 전주 후로후키카이 구집-소후 선	絃月	시가/하이쿠	
3	4		全州風呂吹會句集-素風選〔1〕 전주 후로후키카이 구집-소후 선	鵄翔	시가/하이쿠	
3	4		全州風呂吹會句集-素風選〔1〕 전주 후로후키카이 구집-소후 선	聖香	시가/하이쿠	
3	4		全州風呂吹會句集-素風選〔1〕 전주 후로후키카이 구집-소후 선	靑邱	시가/하이쿠	
3	4		全州風呂吹會句集-素風選〔1〕 전주 후로후키카이 구집-소후 선	馬岳	시가/하이쿠	
3	4		全州風呂吹會句集-素風選〔1〕 전주 후로후키카이 구집-소후 선	忍堂	시가/하이쿠	

지면	단수	기획	기사제목 〈회수〉〔곡수〕	필자/저자(역자)	분류	비고
3	4		全州風呂吹會句集-素風選〔1〕 전주 후로후키카이 구집-소후 선	馬岳	시가/하이쿠	
3	4		全州風呂吹會句集-素風選〔1〕 전주 후로후키카이 구집-소후 선	靑邱	시가/하이쿠	
3	4		全州風呂吹會句集-素風選〔1〕 전주 후로후키카이 구집-소후 선	鵄翔	시가/하이쿠	
3	4		全州風呂吹會句集-素風選〔1〕 전주 후로후키카이 구집-소후 선	馬岳	시가/하이쿠	
3	4		全州風呂吹會句集-素風選〔1〕 전주 후로후키카이 구집-소후 선	愛風	시가/하이쿠	
3	4		全州風呂吹會句集-素風選〔1〕 전주 후로후키카이 구집-소후 선	鵄翔	시가/하이쿠	
3	4		全州風呂吹會句集-素風選〔2〕 전주 후로후키카이 구집-소후 선	馬岳	시가/하이쿠	
3	4		全州風呂吹會句集-素風選〔1〕 전주 후로후키카이 구집-소후 선	愛風	시가/하이쿠	
3	4		全州風呂吹會句集-素風選〔1〕 전주 후로후키카이 구집-소후 선	靑邱	시가/하이쿠	
3	4		全州風呂吹會句集-素風選〔3〕 전주 후로후키카이 구집-소후 선	馬岳	시가/하이쿠	
3	4		全州風呂吹會句集-素風選〔1〕 전주 후로후키카이 구집-소후 선	靑邱	시가/하이쿠	
3	4		全州風呂吹會句集-素風選/人〔1〕 전주 후로후키카이 구집-소후 선/인	忍堂	시가/하이쿠	
3	4		全州風呂吹會句集-素風選/地〔1〕 전주 후로후키카이 구집-소후 선/지	馬岳	시가/하이쿠	
3	4		全州風呂吹會句集-素風選/天〔1〕 전주 후로후키카이 구집-소후 선/천	愛風	시가/하이쿠	
3	4		全州風呂吹會句集-素風選/追加〔1〕 전주 후로후키카이 구집-소후 선/추가	素風	시가/하이쿠	
4	9~11		二人葛の葉〈95〉 후타리쿠즈노하	坂本富岳	고단	

1918년 10월 04일 (금) 3926호

지면	단수	기획	기사제목 〈회수〉〔곡수〕	필자/저자(역자)	분류	비고
1	7	日報俳壇	秋の調〔12〕 가을의 가락	秋汀	시가/하이쿠	
3	7~9		火の湖/電報〈621〉 불의 호수/전보	渡邊默禪	소설	

1918년 10월 04일 (금) 3926호 석간

지면	단수	기획	기사제목 〈회수〉〔곡수〕	필자/저자(역자)	분류	비고
2	9~11		江原道踏破の記(第五十九信)/巨津港より(一)〈59〉 강원도 답파기(제59신)/거진항에서(1)	特派記者 坂本南岳	수필/기행	회수 오류
3	1~2		人妻/佐十翁(七)〈39〉 남의 아내/사토 영감(7)	小栗風葉	소설	
3	4		仁川木馬吟社俳句例會/秋-雜詠〔18〕 인천 모쿠바긴샤 하이쿠 예회/가을-잡영	小谷丹葉	시가/하이쿠	
4	9~11		二人葛の葉〈96〉 후타리쿠즈노하	坂本富岳	고단	

1918년 10월 05일 (토) 3927호

지면	단수	기획	기사제목 〈회수〉〔곡수〕	필자/저자(역자)	분류	비고
3	6~9		火の湖/電報を御覽〈127〉 불의 호수/전보를 봐요	渡邊默禪	소설	

지면	단수	기획	기사제목 〈회수〉〔곡수〕	필자/저자(역자)	분류	비고
			1918년 10월 05일 (토) 3927호 석간			
2	9~11		江原道踏破の記(第六十信)/巨津港より(二) 〈60〉 강원도 답파기(제60신)/거진항에서(2)	特派記者 坂本南岳	수필/기행	회수 오류
3	1~3		人妻/佐十翁(八) 〈40〉 남의 아내/사토 영감(8)	小栗風葉	소설	
3	4		平壤朝光會俳句 〔1〕 평양 조코카이 하이쿠	井泉水	시가/하이쿠	
3	4		平壤朝光會俳句 〔1〕 평양 조코카이 하이쿠	芳宙	시가/하이쿠	
3	4		平壤朝光會俳句 〔1〕 평양 조코카이 하이쿠	狂雨	시가/하이쿠	
3	4		平壤朝光會俳句 〔1〕 평양 조코카이 하이쿠	鴨原	시가/하이쿠	
3	4		平壤朝光會俳句 〔1〕 평양 조코카이 하이쿠	南涯	시가/하이쿠	
3	4		平壤朝光會俳句 〔1〕 평양 조코카이 하이쿠	如水	시가/하이쿠	
3	4		平壤朝光會俳句 〔1〕 평양 조코카이 하이쿠	兎國	시가/하이쿠	
3	4		平壤朝光會俳句 〔1〕 평양 조코카이 하이쿠	涅山	시가/하이쿠	
3	4		平壤朝光會俳句 〔1〕 평양 조코카이 하이쿠	草樂	시가/하이쿠	
3	4		平壤朝光會俳句 〔1〕 평양 조코카이 하이쿠	汀人	시가/하이쿠	
3	4		平壤朝光會俳句 〔1〕 평양 조코카이 하이쿠	迷二	시가/하이쿠	
3	4		平壤朝光會俳句 〔1〕 평양 조코카이 하이쿠	鷗四水	시가/하이쿠	
3	4		平壤朝光會俳句 〔1〕 평양 조코카이 하이쿠	文面玉	시가/하이쿠	
3	4		平壤朝光會俳句 〔1〕 평양 조코카이 하이쿠	空迷樓	시가/하이쿠	
3	4		平壤朝光會俳句 〔1〕 평양 조코카이 하이쿠	斗詩男	시가/하이쿠	
3	4		平壤朝光會俳句 〔1〕 평양 조코카이 하이쿠	周古郎	시가/하이쿠	
3	4		平壤朝光會俳句 〔1〕 평양 조코카이 하이쿠	再生子	시가/하이쿠	
4	8~10		二人葛の葉 〈97〉 후타리쿠즈노하	坂本富岳	고단	
			1918년 10월 06일 (일) 3928호			
1	6	日報俳壇	犬を撫でつゝ 〔9〕 개를 쓰다듬으며	秋汀	시가/하이쿠	
4	1~3		火の湖/埠頭を後に 〈128〉 불의 호수/부두를 뒤로	渡邊默禪	소설	
			1918년 10월 06일 (일) 3928호 석간			
2	8~10		江原道踏破の記(第六十一信)/乾鳳寺參觀(二) 〈61〉 강원도 답파기(제61신)/건봉사 참관(2)	特派記者 坂本南岳	수필/기행	회수 오류

지면	단수	기획	기사제목 〈회수〉〔곡수〕	필자/저자(역자)	분류	비고
3	1~3		人妻/佐十翁 〈41〉 남의 아내/사토 영감	小栗風葉	소설	
3	4		平壤朝光會俳句 〔2〕 평양 조코카이 하이쿠	芳宙	시가/하이쿠	
3	4		平壤朝光會俳句 〔2〕 평양 조코카이 하이쿠	鴨原	시가/하이쿠	
3	4		平壤朝光會俳句 〔2〕 평양 조코카이 하이쿠	南涯	시가/하이쿠	
3	4		平壤朝光會俳句 〔2〕 평양 조코카이 하이쿠	文而玉	시가/하이쿠	
3	4		平壤朝光會俳句 〔2〕 평양 조코카이 하이쿠	汀人	시가/하이쿠	
3	4		平壤朝光會俳句 〔1〕 평양 조코카이 하이쿠	鷗四水	시가/하이쿠	
3	4		平壤朝光會俳句 〔1〕 평양 조코카이 하이쿠	空迷樓	시가/하이쿠	
3	4		平壤朝光會俳句 〔1〕 평양 조코카이 하이쿠	草樂	시가/하이쿠	
3	4		平壤朝光會俳句 〔1〕 평양 조코카이 하이쿠	迷二	시가/하이쿠	
3	4		平壤朝光會俳句 〔3〕 평양 조코카이 하이쿠	再生子	시가/하이쿠	
4	9~10		二人葛の葉 〈97〉 후타리쿠즈노하	坂本富岳	고단	회수 오류

1918년 10월 07일 (월) 3929호 석간

| 1 | 6 | 日報俳壇 | 犬を撫でつゝ 〔10〕
개를 쓰다듬으며 | 秋汀 | 시가/하이쿠 | |
| 4 | 8~10 | | 二人葛の葉 〈99〉
후타리쿠즈노하 | 坂本富岳 | 고단 | |

1918년 10월 08일 (화) 3930호

1	6	日報俳壇	犬を撫でつゝ 〔10〕 개를 쓰다듬으며	秋汀	시가/하이쿠	
3	5	新講談豫告	立花三勇士-小金井蘆洲講演 濱田如洗畵 다치바나 세 용사-고가네이 로슈 강연 하마다 조센 삽화		광고/연재 예고	
3	7~9		火の湖/魔の手 〈129〉 불의 호수/마수	渡邊默禪	소설	

1918년 10월 08일 (화) 3930호 석간

3	1~3		人妻/佐十翁 〈42〉 남의 아내/사토 영감	小栗風葉	소설	
3	4		平壤朝光會俳句 〔3〕 평양 조코카이 하이쿠	汀人	시가/하이쿠	
3	4		平壤朝光會俳句 〔4〕 평양 조코카이 하이쿠	迷二	시가/하이쿠	
3	4		平壤朝光會俳句 〔6〕 평양 조코카이 하이쿠	再生子	시가/하이쿠	
4	9~11		二人葛の葉 〈100〉 후타리쿠즈노하	坂本富岳	고단	

1918년 10월 09일 (수) 3931호

지면	단수	기획	기사제목 〈회수〉〔곡수〕	필자/저자(역자)	분류	비고
3	7~8		火の湖/誰？〈130〉 불의 호수/누구?	渡邊默禪	소설	

1918년 10월 09일 (수) 3931호 석간

지면	단수	기획	기사제목 〈회수〉〔곡수〕	필자/저자(역자)	분류	비고
3	1~3		人妻/佐十翁〈43〉 남의 아내/사토 영감	小栗風葉	소설	
3	4		全州風呂吹會詠吟-杉山飛雨先生選〔1〕 전주 후로후키카이 영음-스기야마 히우 선생 선	愛風	시가/하이쿠	
3	4		全州風呂吹會詠吟-杉山飛雨先生選〔1〕 전주 후로후키카이 영음-스기야마 히우 선생 선	樫香	시가/하이쿠	
3	4		全州風呂吹會詠吟-杉山飛雨先生選〔1〕 전주 후로후키카이 영음-스기야마 히우 선생 선	愛風	시가/하이쿠	
3	4		全州風呂吹會詠吟-杉山飛雨先生選〔2〕 전주 후로후키카이 영음-스기야마 히우 선생 선	馬岳	시가/하이쿠	
3	4		全州風呂吹會詠吟-杉山飛雨先生選〔1〕 전주 후로후키카이 영음-스기야마 히우 선생 선	忍堂	시가/하이쿠	
3	4		全州風呂吹會詠吟-杉山飛雨先生選〔1〕 전주 후로후키카이 영음-스기야마 히우 선생 선	鵲翔	시가/하이쿠	
3	4		全州風呂吹會詠吟-杉山飛雨先生選〔2〕 전주 후로후키카이 영음-스기야마 히우 선생 선	馬岳	시가/하이쿠	
3	4		全州風呂吹會詠吟-杉山飛雨先生選〔1〕 전주 후로후키카이 영음-스기야마 히우 선생 선	飛泉	시가/하이쿠	
3	4		全州風呂吹會詠吟-杉山飛雨先生選〔1〕 전주 후로후키카이 영음-스기야마 히우 선생 선	樫香	시가/하이쿠	
3	4		全州風呂吹會詠吟-杉山飛雨先生選〔2〕 전주 후로후키카이 영음-스기야마 히우 선생 선	青丘	시가/하이쿠	
3	4		全州風呂吹會詠吟-杉山飛雨先生選〔2〕 전주 후로후키카이 영음-스기야마 히우 선생 선	飛泉	시가/하이쿠	
3	4		全州風呂吹會詠吟-杉山飛雨先生選〔1〕 전주 후로후키카이 영음-스기야마 히우 선생 선	樫香	시가/하이쿠	
3	4		全州風呂吹會詠吟-杉山飛雨先生選〔1〕 전주 후로후키카이 영음-스기야마 히우 선생 선	青丘	시가/하이쿠	
3	4		全州風呂吹會詠吟-杉山飛雨先生選〔2〕 전주 후로후키카이 영음-스기야마 히우 선생 선	飛泉	시가/하이쿠	
3	4		全州風呂吹會詠吟-杉山飛雨先生選〔3〕 전주 후로후키카이 영음-스기야마 히우 선생 선	青丘	시가/하이쿠	
3	4		全州風呂吹會詠吟-杉山飛雨先生選〔1〕 전주 후로후키카이 영음-스기야마 히우 선생 선	樫香	시가/하이쿠	
3	4		全州風呂吹會詠吟-杉山飛雨先生選〔2〕 전주 후로후키카이 영음-스기야마 히우 선생 선	鵲翔	시가/하이쿠	
3	4		全州風呂吹會詠吟-杉山飛雨先生選〔2〕 전주 후로후키카이 영음-스기야마 히우 선생 선	飛泉	시가/하이쿠	
3	4		全州風呂吹會詠吟-杉山飛雨先生選〔1〕 전주 후로후키카이 영음-스기야마 히우 선생 선	馬岳	시가/하이쿠	
3	4		全州風呂吹會詠吟-杉山飛雨先生選〔1〕 전주 후로후키카이 영음-스기야마 히우 선생 선	蘇風	시가/하이쿠	
3	4		全州風呂吹會詠吟-杉山飛雨先生選〔1〕 전주 후로후키카이 영음-스기야마 히우 선생 선	馬岳	시가/하이쿠	
3	4		全州風呂吹會詠吟-杉山飛雨先生選〔1〕 전주 후로후키카이 영음-스기야마 히우 선생 선	青丘	시가/하이쿠	
3	4		全州風呂吹會詠吟-杉山飛雨先生選〔1〕 전주 후로후키카이 영음-스기야마 히우 선생 선	鵲翔	시가/하이쿠	

지면	단수	기획	기사제목 〈회수〉〔곡수〕	필자/저자(역자)	분류	비고
3	4		全州風呂吹會詠吟-杉山飛雨先生選 〔1〕 전주 후로후키카이 영음-스기야마 히우 선생 선	馬岳	시가/하이쿠	
3	4		全州風呂吹會詠吟-杉山飛雨先生選 〔2〕 전주 후로후키카이 영음-스기야마 히우 선생 선	知足	시가/하이쿠	
3	4		全州風呂吹會詠吟-杉山飛雨先生選 〔1〕 전주 후로후키카이 영음-스기야마 히우 선생 선	忍堂	시가/하이쿠	
3	4		全州風呂吹會詠吟-杉山飛雨先生選 〔1〕 전주 후로후키카이 영음-스기야마 히우 선생 선	鵄翔	시가/하이쿠	
3	4		全州風呂吹會詠吟-杉山飛雨先生選 〔1〕 전주 후로후키카이 영음-스기야마 히우 선생 선	知足	시가/하이쿠	
4	9~11		二人葛の葉 〈101〉 후타리쿠즈노하	坂本富岳	고단	

1918년 10월 10일 (목) 3932호

지면	단수	기획	기사제목 〈회수〉〔곡수〕	필자/저자(역자)	분류	비고
1	6	日報俳壇	犬を撫でつゝ 〔10〕 개를 쓰다듬으며	秋汀	시가/하이쿠	
3	3~5		江原道踏破の記(第六十二信)/京城より(一) 〈62〉 강원도 답파기(제62신)/경성에서(1)	特派記者 坂本南岳	수필/기행	
3	7~9		火の湖/縛された女は 〈131〉 불의 호수/포박당한 여인은	渡邊默禪	소설	회수 오류

1918년 10월 10일 (목) 3932호 석간

지면	단수	기획	기사제목 〈회수〉〔곡수〕	필자/저자(역자)	분류	비고
3	1~2		人妻/佐十翁 〈44〉 남의 아내/사토 영감	小栗風葉	소설	
3	4		金海詠藻 〔4〕 김해영조	廣瀬鷗舟	시가/단카	
3	4		★金海詠藻 〔4〕 김해영조	坂口紫纓	시가/단카	
3	4		金海詠藻 〔4〕 김해영조	白水富美	시가/단카	
3	4		秋の句 〔16〕 가을의 구	金海 鷗舟	시가/하이쿠	
4	9~11		二人葛の葉 〈101〉 후타리쿠즈노하	坂本富岳	고단	회수 오류

1918년 10월 11일 (금) 3933호

지면	단수	기획	기사제목 〈회수〉〔곡수〕	필자/저자(역자)	분류	비고
1	4~5	文苑	犬を撫でつゝ 〔10〕 개를 쓰다듬으며	秋汀	시가/하이쿠	
3	4~6		火の湖/半獸主義 〈132〉 불의 호수/반수주의	渡邊默禪	소설	

1918년 10월 11일 (금) 3933호 석간

지면	단수	기획	기사제목 〈회수〉〔곡수〕	필자/저자(역자)	분류	비고
2	8~10		江原道踏破の記(第六十二信)/高城より(二) 〈62〉 강원도 답파기(제62신)/고성에서(2)	特派記者 坂本南岳	수필/기행	
3	1~3		人妻/佐十翁 〈45〉 남의 아내/사토 영감	小栗風葉	소설	
3	4	日報歌壇	出て行く親愛なる友へ 〔1〕 출발하는 친애하는 벗에게	陝川 高子	시가/단카	
3	4	日報歌壇	不幸なる我が身の上 〔1〕 불행한 내 처지	陝川 高子	시가/단카	
3	4		草笛 〔4〕 풀피리	紅雨	시가/도도이 쓰	

지면	단수	기획	기사제목 〈회수〉〔곡수〕	필자/저자(역자)	분류	비고
4	9~11		二人葛の葉 〈103〉 후타리쿠즈노하	坂本富岳	고단	

1918년 10월 12일 (토) 3934호

지면	단수	기획	기사제목 〈회수〉〔곡수〕	필자/저자(역자)	분류	비고
1	6	日報俳壇	(제목없음)〔10〕		시가/하이쿠	
3	7~9		火の湖/敵に非ず 〈133〉 불의 호수/적이 아니다	渡邊默禪	소설	

1918년 10월 12일 (토) 3934호 석간

지면	단수	기획	기사제목 〈회수〉〔곡수〕	필자/저자(역자)	분류	비고
2	5~7		江原道踏破の記(第六十四信)/高城より(三) 〈64〉 강원도 답파기(제64신)/고성에서(3)	特派記者 坂本南岳	수필/기행	
3	1~2		人妻/佐十翁(十四) 〈46〉 남의 아내/사토 영감(14)	小栗風葉	소설	
4	9~11		二人葛の葉 〈104〉 후타리쿠즈노하	坂本富岳	고단	

1918년 10월 13일 (일) 3935호

지면	단수	기획	기사제목 〈회수〉〔곡수〕	필자/저자(역자)	분류	비고
3	6~8		火の湖/意外の意外 〈134〉 불의 호수/의외의 의외	渡邊默禪	소설	

1918년 10월 13일 (일) 3935호 석간

지면	단수	기획	기사제목 〈회수〉〔곡수〕	필자/저자(역자)	분류	비고
2	4~6		江原道踏破の記(第六十四信)/外金剛より(一) 〈64〉 강원도 답파기(제64신)/외금강에서(1)	特派記者 坂本南岳	수필/기행	회수 오류
3	1~3		人妻/佐十翁(十五) 〈47〉 남의 아내/사토 영감(15)	小栗風葉	소설	
4	9~11		二人葛の葉 〈105〉 후타리쿠즈노하	坂本富岳	고단	

1918년 10월 14일 (월) 3936호

지면	단수	기획	기사제목 〈회수〉〔곡수〕	필자/저자(역자)	분류	비고
2	7~8		南沿岸巡り 〈1〉 남연안 순회	北水坊	수필/기행	
4	9~10		二人葛の葉 〈106〉 후타리쿠즈노하	坂本富岳	고단	

1918년 10월 15일 (화) 3937호

지면	단수	기획	기사제목 〈회수〉〔곡수〕	필자/저자(역자)	분류	비고
2	7~8		南沿岸巡り 〈2〉 남연안 순회	北水坊	수필/기행	
3	6~8		火の湖/あら小父さん 〈135〉 불의 호수/어머 아저씨	渡邊默禪	소설	
3	8	新講談豫 告	立花三勇士-小金井蘆洲講演 濱田如洗畵 다치바나 세 용사-고가네이 로슈 강연 하마다 조센 삽화		광고/연재 예고	

1918년 10월 15일 (화) 3937호 석간

지면	단수	기획	기사제목 〈회수〉〔곡수〕	필자/저자(역자)	분류	비고
2	8~10		江原道踏破の記(第六十五信)/外金剛より(二) 〈65〉 강원도 답파기(제65신)/외금강에서(2)	特派記者 坂本南岳	수필/기행	
3	1~3		人妻/波かしら(一) 〈48〉 남의 아내/파도일까(1)	小栗風葉	소설	
4	9~11		二人葛の葉 〈107〉 후타리쿠즈노하	坂本富岳	고단	

1918년 10월 16일 (수) 3938호

지면	단수	기획	기사제목 〈회수〉〔곡수〕	필자/저자(역자)	분류	비고
3	4	新講談豫告	立花三勇士-小金井蘆洲講演 濱田如洗畵 다치바나 세 용사-고가네이 로슈 강연 하마다 조센 삽화		광고/연재 예고	
3	5~7		火の湖/玉子の父〈136〉 불의 호수/다마코의 부친	渡邊默禪	소설	

1918년 10월 16일 (수) 3938호 석간

지면	단수	기획	기사제목	필자/저자(역자)	분류	비고
2	8~10		江原道踏破の記(第六十六信)/外金剛より(三)〈66〉 강원도 답파기(제66신)/외금강에서(3)	特派記者 坂本南岳	수필/기행	
3	1~3		人妻/波かしら(二)〈49〉 남의 아내/파도일까(2)	小栗風葉	소설	
4	8~10		二人葛の葉〈108〉 후타리쿠즈노하	坂本富岳	고단	

1918년 10월 17일 (목) 3939호

지면	단수	기획	기사제목	필자/저자(역자)	분류	비고
3	7	新講談豫告	立花三勇士-小金井蘆洲講演 濱田如洗畵 다치바나 세 용사-고가네이 로슈 강연 하마다 조센 삽화		광고/연재 예고	
3	8~10		火の湖/怖いわ〈137〉 불의 호수/무서워요	渡邊默禪	소설	

1918년 10월 17일 (목) 3939호 석간

지면	단수	기획	기사제목	필자/저자(역자)	분류	비고
2	8~10		江原道踏破の記(第六十七信)/外金剛より(四)〈67〉 강원도 답파기(제67신)/외금강에서(4)	特派記者 坂本南岳	수필/기행	
3	1~3		人妻/波かしら(三)〈50〉 남의 아내/파도일까(3)	小栗風葉	소설	
4	9~11		二人葛の葉〈109〉 후타리쿠즈노하	坂本富岳	고단	

1918년 10월 19일 (토) 3940호

지면	단수	기획	기사제목	필자/저자(역자)	분류	비고
3	6~7		火の湖/水夫室の女〈138〉 불의 호수/수부실의 여자	渡邊默禪	소설	

1918년 10월 19일 (토) 3940호 석간

지면	단수	기획	기사제목	필자/저자(역자)	분류	비고
3	1~3		人妻/波かしら(四)〈51〉 남의 아내/파도일까(4)	小栗風葉	소설	
4	8~10		二人葛の葉〈110〉 후타리쿠즈노하	坂本富岳	고단	

1918년 10월 20일 (일) 3941호

지면	단수	기획	기사제목	필자/저자(역자)	분류	비고
2	8~9		南沿岸巡り〈4〉 남연안 순회	北水坊	수필/기행	
3	7~8		火の湖/嬉しい語〈139〉 불의 호수/기쁜 말	渡邊默禪	소설	

1918년 10월 20일 (일) 3941호 석간

지면	단수	기획	기사제목	필자/저자(역자)	분류	비고
2	7~9		江原道踏破の記(第六十八信)/外金剛より(五)〈68〉 강원도 답파기(제68신)/외금강에서(5)	特派記者 坂本南岳	수필/기행	
3	1~3		人妻/波かしら(五)〈52〉 남의 아내/파도일까(5)	小栗風葉	소설	
4	9~11		二人葛の葉〈111〉 후타리쿠즈노하	坂本富岳	고단	

1918년 10월 21일 (월) 3942호

지면	단수	기획	기사제목 〈회수〉〔곡수〕	필자/저자(역자)	분류	비고
1	4	日報俳壇	逝秋の辭 〔1〕 가는 가을의 노래	大呵	시가/하이쿠	
1	4	日報俳壇	逝秋の辭 〔2〕 가는 가을의 노래	華堂	시가/하이쿠	
1	4	日報俳壇	逝秋の辭 〔1〕 가는 가을의 노래	潭子	시가/하이쿠	
1	4	日報俳壇	逝秋の辭 〔2〕 가는 가을의 노래	裸堂	시가/하이쿠	
1	4	日報俳壇	逝秋の辭 〔1〕 가는 가을의 노래	秋錦	시가/하이쿠	
1	4	日報俳壇	逝秋の辭 〔1〕 가는 가을의 노래	大呵	시가/하이쿠	
1	4	日報俳壇	逝秋の辭 〔1〕 가는 가을의 노래	裸堂	시가/하이쿠	
1	4	日報俳壇	逝秋の辭 〔1〕 가는 가을의 노래	仙溪	시가/하이쿠	
1	4	日報俳壇	逝秋の辭 〔1〕 가는 가을의 노래	砂水	시가/하이쿠	
3	6~9		人妻/波かしら(六) 〈53〉 남의 아내/파도일까(6)	小栗風葉	소설	

1918년 10월 22일 (화) 3943호

지면	단수	기획	기사제목 〈회수〉〔곡수〕	필자/저자(역자)	분류	비고
3	6~8		火の湖/策戰 〈140〉 불의 호수/작전	渡邊默禪	소설	

1918년 10월 22일 (화) 3943호 석간

지면	단수	기획	기사제목 〈회수〉〔곡수〕	필자/저자(역자)	분류	비고
2	7~9		江原道踏破の記(第六十九信)/外金剛より(六) 〈69〉 강원도 답파기(제69신)/외금강에서(6)	特派記者 坂本南岳	수필/기행	
3	1~2		人妻/波かしら(七) 〈54〉 남의 아내/파도일까(7)	小栗風葉	소설	
3	3		群山望海吟社十月例會/課題 蕎麥の花、逝く秋/佳作-對山居選 〔6〕 군산 보카이긴샤 10월례회/주제 메밀꽃, 가는 가을/가작-다이산쿄 선	旭民	시가/하이쿠	
3	3~4		群山望海吟社十月例會/課題 蕎麥の花、逝く秋/佳作-對山居選 〔3〕 군산 보카이긴샤 10월례회/주제 메밀꽃, 가는 가을/가작-다이산쿄 선	仙溪	시가/하이쿠	
3	4		群山望海吟社十月例會/課題 蕎麥の花、逝く秋/佳作-對山居選 〔5〕 군산 보카이긴샤 10월례회/주제 메밀꽃, 가는 가을/가작-다이산쿄 선	大呵	시가/하이쿠	
3	4		群山望海吟社十月例會/課題 蕎麥の花、逝く秋/佳作-對山居選 〔6〕 군산 보카이긴샤 10월례회/주제 메밀꽃, 가는 가을/가작-다이산쿄 선	淸汀	시가/하이쿠	
3	4		群山望海吟社十月例會/課題 蕎麥の花、逝く秋/佳作-對山居選 〔6〕 군산 보카이긴샤 10월례회/주제 메밀꽃, 가는 가을/가작-다이산쿄 선	甚水	시가/하이쿠	
3	4		群山望海吟社十月例會/課題 蕎麥の花、逝く秋/佳作-對山居選 〔4〕 군산 보카이긴샤 10월례회/주제 메밀꽃, 가는 가을/가작-다이산쿄 선	潭子	시가/하이쿠	
3	4		群山望海吟社十月例會/課題 蕎麥の花、逝く秋/佳作-對山居選 〔3〕 군산 보카이긴샤 10월례회/주제 메밀꽃, 가는 가을/가작-다이산쿄 선	鬼面	시가/하이쿠	
3	4		群山望海吟社十月例會/課題 蕎麥の花、逝く秋/佳作-對山居選 〔4〕 군산 보카이긴샤 10월례회/주제 메밀꽃, 가는 가을/가작-다이산쿄 선	黑龍坊	시가/하이쿠	
3	4		群山望海吟社十月例會/課題 蕎麥の花、逝く秋/佳作-對山居選 〔3〕 군산 보카이긴샤 10월례회/주제 메밀꽃, 가는 가을/가작-다이산쿄 선	砂水	시가/하이쿠	
3	4		群山望海吟社十月例會/課題 蕎麥の花、逝く秋/佳作-對山居選 〔4〕 군산 보카이긴샤 10월례회/주제 메밀꽃, 가는 가을/가작-다이산쿄 선	喜吟	시가/하이쿠	
3	4		群山望海吟社十月例會/課題 蕎麥の花、逝く秋/佳作-對山居選 〔3〕 군산 보카이긴샤 10월례회/주제 메밀꽃, 가는 가을/가작-다이산쿄 선	裸堂	시가/하이쿠	

지면	단수	기획	기사제목 〈회수〉〔곡수〕	필자/저자(역자)	분류	비고
3	4		群山望海吟社十月例會/課題　蕎麥の花、逝く秋/佳作-對山居選/十客(逆順)〔1〕 군산 보카이긴샤 10월례회/주제 메밀꽃, 가는 가을/가작-다이산쿄 선/십객(역순)	喜吟	시가/하이쿠	
3	4		群山望海吟社十月例會/課題　蕎麥の花、逝く秋/佳作-對山居選/十客(逆順)〔1〕 군산 보카이긴샤 10월례회/주제 메밀꽃, 가는 가을/가작-다이산쿄 선/십객(역순)	大呵	시가/하이쿠	
3	4		群山望海吟社十月例會/課題　蕎麥の花、逝く秋/佳作-對山居選/十客(逆順)〔2〕 군산 보카이긴샤 10월례회/주제 메밀꽃, 가는 가을/가작-다이산쿄 선/십객(역순)	潭子	시가/하이쿠	
3	4		群山望海吟社十月例會/課題　蕎麥の花、逝く秋/佳作-對山居選/十客(逆順)〔1〕 군산 보카이긴샤 10월례회/주제 메밀꽃, 가는 가을/가작-다이산쿄 선/십객(역순)	仙溪	시가/하이쿠	
3	4		群山望海吟社十月例會/課題　蕎麥の花、逝く秋/佳作-對山居選/十客(逆順)〔3〕 군산 보카이긴샤 10월례회/주제 메밀꽃, 가는 가을/가작-다이산쿄 선/십객(역순)	裸堂	시가/하이쿠	
3	4		群山望海吟社十月例會/課題　蕎麥の花、逝く秋/佳作-對山居選/十客(逆順)〔1〕 군산 보카이긴샤 10월례회/주제 메밀꽃, 가는 가을/가작-다이산쿄 선/십객(역순)	砂水	시가/하이쿠	
3	4		群山望海吟社十月例會/課題　蕎麥の花、逝く秋/佳作-對山居選/入賞〔1〕 군산 보카이긴샤 10월례회/주제 메밀꽃, 가는 가을/가작-다이산쿄 선/입상	池田喜吟	시가/하이쿠	
3	4		群山望海吟社十月例會/課題 蕎麥の花、逝く秋/佳作-對山居選/地賞〔1〕 군산 보카이긴샤 10월례회/주제 메밀꽃, 가는 가을/가작-다이산쿄 선/지상	鮎川黑龍坊	시가/하이쿠	
3	4		群山望海吟社十月例會/課題 蕎麥の花、逝く秋/佳作-對山居選/天賞〔1〕 군산 보카이긴샤 10월례회/주제 메밀꽃, 가는 가을/가작-다이산쿄 선/천상	小林鬼面	시가/하이쿠	
3	4		群山望海吟社十月例會/課題 蕎麥の花、逝く秋/佳作-對山居選/追加〔2〕 군산 보카이긴샤 10월례회/주제 메밀꽃, 가는 가을/가작-다이산쿄 선/추가		시가/하이쿠	
4	8~10		二人葛の葉〈112〉 후타리쿠즈노하	坂本富岳	고단	

1918년 10월 23일 (수) 3944호

지면	단수	기획	기사제목 〈회수〉〔곡수〕	필자/저자(역자)	분류	비고
3	4	新講談豫告	立花三勇士-小金井蘆洲講演 濱田如洗畵 다치바나 세 용사-고가네이 로슈 강연 하마다 조센 삽화		광고/연재예고	
3	5~7		火の湖/妙な藥〈141〉 불의 호수/기묘한 약	渡邊默禪	소설	

1918년 10월 23일 (수) 3944호 석간

지면	단수	기획	기사제목 〈회수〉〔곡수〕	필자/저자(역자)	분류	비고
2	8~10		江原道踏破の記(第七十信)/外金剛より(七)〈70〉 강원도 답파기(제70신)/외금강에서(7)	特派記者 坂本南岳	수필/기행	
3	1~3		人妻/波かしら(八)〈55〉 남의 아내/파도일까(8)	小栗風葉	소설	
3	3~4		金海詠藻〔3〕 김해영조	坂口紫纓	시가/단카	
3	4		金海詠藻〔3〕 김해영조	筑紫はな子	시가/단카	
3	4		金海詠藻〔3〕 김해영조	廣瀬鷗舟	시가/단카	
3	4		★金海の秋色/鳳凰臺にて〔2〕 김해의 가을 분위기/봉황대에서	鷗舟	시가/하이쿠	

지면	단수	기획	기사제목 〈회수〉〔곡수〕	필자/저자(역자)	분류	비고
3	4		金海の秋色/貝塚にて〔1〕 김해의 가을 분위기/패총에서	鷗舟	시가/하이쿠	
3	4		金海の秋色/龍眠上にて〔2〕 김해의 가을 분위기/용면상에서	鷗舟	시가/하이쿠	
3	4		☆金海の秋色/萬丈臺にて〔3〕 김해의 가을 분위기/만장대에서	鷗舟	시가/하이쿠	
3	4		☆金海の秋色/王陵にて〔2〕 김해의 가을 분위기/왕릉에서	鷗舟	시가/하이쿠	
4	9~11		二人葛の葉〈113〉 후타리쿠즈노하	坂本富岳	고단	

1918년 10월 24일 (목) 3945호

지면	단수	기획	기사제목 〈회수〉〔곡수〕	필자/저자(역자)	분류	비고
2	8~9		南沿岸巡り〈5〉 남연안 순회	北水坊	수필/기행	
3	4	新講談豫 告	立花三勇士-小金井蘆洲講演 濱田如洗畵 다치바나 세 용사-고가네이 로슈 강연 하마다 조센 삽화		광고/연재 예고	
3	5~7		火の湖〈142〉 불의 호수	渡邊默禪	소설	

1918년 10월 24일 (목) 3945호 석간

지면	단수	기획	기사제목 〈회수〉〔곡수〕	필자/저자(역자)	분류	비고
3	1~3		人妻/波かしら(九)〈56〉 남의 아내/파도일까(9)	小栗風葉	소설	
3	4		群山望海吟社十月例會(互選)/卽吟題 秋の風、唐辛子-蛭子講/三點〔1〕 군산 보카이긴샤 10월례회(호선)/즉음제 가을 바람, 고추-히루코 강/삼점	淸汀	시가/하이쿠	
3	4		群山望海吟社十月例會(互選)/卽吟題 秋の風、唐辛子-蛭子講/三點〔1〕 군산 보카이긴샤 10월례회(호선)/즉음제 가을 바람, 고추-히루코 강/삼점	椹水	시가/하이쿠	
3	4		群山望海吟社十月例會(互選)/卽吟題 秋の風、唐辛子-蛭子講/三點〔1〕 군산 보카이긴샤 10월례회(호선)/즉음제 가을 바람, 고추-히루코 강/삼점	大呵	시가/하이쿠	
3	4		群山望海吟社十月例會(互選)/卽吟題 秋の風、唐辛子-蛭子講/三點〔1〕 군산 보카이긴샤 10월례회(호선)/즉음제 가을 바람, 고추-히루코 강/삼점	黑龍坊	시가/하이쿠	
3	4		群山望海吟社十月例會(互選)/卽吟題 秋の風、唐辛子-蛭子講/四點〔2〕 군산 보카이긴샤 10월례회(호선)/즉음제 가을 바람, 고추-히루코 강/사점	黑龍坊	시가/하이쿠	
3	4		群山望海吟社十月例會(互選)/卽吟題 秋の風、唐辛子-蛭子講/四點〔1〕 군산 보카이긴샤 10월례회(호선)/즉음제 가을 바람, 고추-히루코 강/사점	潭子	시가/하이쿠	
3	4		群山望海吟社十月例會(互選)/卽吟題 秋の風、唐辛子-蛭子講/五點〔1〕 군산 보카이긴샤 10월례회(호선)/즉음제 가을 바람, 고추-히루코 강/오점	砂水	시가/하이쿠	
3	4		群山望海吟社十月例會(互選)/卽吟題 秋の風、唐辛子-蛭子講/六點〔1〕 군산 보카이긴샤 10월례회(호선)/즉음제 가을 바람, 고추-히루코 강/육점	黑龍坊	시가/하이쿠	
4	8~10		二人葛の葉〈114〉 후타리쿠즈노하	坂本富岳	고단	회수 오류

1918년 10월 25일 (금) 3946호

지면	단수	기획	기사제목 〈회수〉〔곡수〕	필자/저자(역자)	분류	비고
2	8~9		南沿岸巡り〈6〉 남연안 순회	北水坊	수필/기행	
2	8		歸省〈1〉 귀성	奈良生	수필/일상	
3	4~6		火の湖/燒き殺せ？〈143〉 불의 호수/태워 죽여라?	渡邊默禪	소설	
3	6	新講談豫 告	立花三勇士-小金井蘆洲講演 濱田如洗畵 다치바나 세 용사-고가네이 로슈 강연 하마다 조센 삽화		광고/연재 예고	

1918년 10월 25일 (금) 3946호 석간

지면	단수	기획	기사제목 〈회수〉〔곡수〕	필자/저자(역자)	분류	비고
2	8~10		江原道踏破の記(第七十一信)/外金剛より(八) 〈71〉 강원도 답파기(제71신)/외금강에서(8)	特派記者 坂本南岳	수필/기행	
3	1~3		人妻/波かしら(十) 〈57〉 남의 아내/파도일까(10)	小栗風葉	소설	
4	8~10		二人葛の葉 〈115〉 후타리쿠즈노하	坂本富岳	고단	

1918년 10월 26일 (토) 3947호

지면	단수	기획	기사제목 〈회수〉〔곡수〕	필자/저자(역자)	분류	비고
1	4~6		滿蒙再遊記 〈1〉 만몽재유기	眞繼雲山	수필/기행	
2	7~8		南沿岸巡り 〈7〉 남연안 순회	北水坊	수필/기행	
2	8		歸省 〈2〉 귀성	奈良生	수필/일상	
3	6~8		火の湖/流るゝ血 〈144〉 불의 호수/흐르는 피	渡邊默禪	소설	
3	8	新講談豫告	立花三勇士-小金井蘆洲講演 濱田如洗畵 다치바나 세 용사-고가네이 로슈 강연 하마다 조센 삽화		광고/연재 예고	

1918년 10월 26일 (토) 3947호 석간

지면	단수	기획	기사제목 〈회수〉〔곡수〕	필자/저자(역자)	분류	비고
3	1~3		人妻/波かしら(十一) 〈57〉 남의 아내/파도일까(11)	小栗風葉	소설	회수 오류
4	9~11		二人葛の葉 〈116〉 후타리쿠즈노하	坂本富岳	고단	

1918년 10월 27일 (일) 3948호

지면	단수	기획	기사제목 〈회수〉〔곡수〕	필자/저자(역자)	분류	비고
1	5~6		滿蒙再遊記 〈2〉 만몽재유기	眞繼雲山	수필/기행	
2	8		歸省 〈2〉 귀성	奈良生	수필/일상	
3	6	新講談豫告	立花三勇士-小金井蘆洲講演 濱田如洗畵 다치바나 세 용사-고가네이 로슈 강연 하마다 조센 삽화		광고/연재 예고	
3	7~8		火の湖/花嫁花婿 〈145〉 불의 호수/신랑 신부	渡邊默禪	소설	

1918년 10월 27일 (일) 3948호 석간

지면	단수	기획	기사제목 〈회수〉〔곡수〕	필자/저자(역자)	분류	비고
2	4~6		江原道踏破の記(第七十二信)/外金剛より(九) 〈72〉 강원도 답파기(제72신)/외금강에서(9)	特派記者 坂本南岳	수필/기행	
3	1~3		人妻/波かしら(十二) 〈59〉 남의 아내/파도일까(12)	小栗風葉	소설	
4	9~11		二人葛の葉 〈117〉 후타리쿠즈노하	坂本富岳	고단	

1918년 10월 28일 (월) 3949호

지면	단수	기획	기사제목 〈회수〉〔곡수〕	필자/저자(역자)	분류	비고
1	5~6		滿蒙再遊記 〈3〉 만몽재유기	眞繼雲山	수필/기행	
2	7		歸省 〈4〉 귀성	奈良生	수필/일상	

1918년 10월 28일 (월) 3949호 其二

지면	단수	기획	기사제목 〈회수〉〔곡수〕	필자/저자(역자)	분류	비고
1	3~6		人妻/波かしら(十三) 〈60〉 남의 아내/파도일까(13)	小栗風葉	소설	

지면	단수	기획	기사제목 〈회수〉〔곡수〕	필자/저자(역자)	분류	비고
1	6		草笛〔6〕 풀피리	紅雨	시가/도도이쓰	
4	9~11		二人葛の葉 〈118〉 후타리쿠즈노하	坂本富岳	고단	

1918년 10월 29일 (화) 3950호

지면	단수	기획	기사제목 〈회수〉〔곡수〕	필자/저자(역자)	분류	비고
1	4~6		滿蒙再遊記 〈3〉 만몽재유기	眞繼雲山	수필/기행	
1	6	日報歌壇	(제목없음)〔5〕	向島エス子	시가/단카	
3	6~8		立花三勇士 〈1〉 다치바나 세 용사	小金井蘆洲講演	고단	

1918년 10월 29일 (화) 3950호 석간

지면	단수	기획	기사제목 〈회수〉〔곡수〕	필자/저자(역자)	분류	비고
3	1~2		人妻/再生(一) 〈61〉 남의 아내/재생(1)	小栗風葉	소설	
4	8~10		二人葛の葉 〈119〉 후타리쿠즈노하	坂本富岳	고단	

1918년 10월 30일 (수) 3951호

지면	단수	기획	기사제목 〈회수〉〔곡수〕	필자/저자(역자)	분류	비고
1	5~6		滿蒙再遊記 〈4〉 만몽재유기	眞繼雲山	수필/기행	
2	8		歸省 〈5〉 귀성	奈良生	수필/일상	
3	5~8		立花三勇士 〈2〉 다치바나 세 용사	小金井蘆洲講演	고단	

1918년 10월 30일 (수) 3951호 석간

지면	단수	기획	기사제목 〈회수〉〔곡수〕	필자/저자(역자)	분류	비고
3	1~3		人妻/再生(二) 〈62〉 남의 아내/재생(2)	小栗風葉	소설	
4	8~9		二人葛の葉 〈120〉 후타리쿠즈노하	坂本富岳	고단	

1918년 10월 31일 (목) 3952호 석간

지면	단수	기획	기사제목 〈회수〉〔곡수〕	필자/저자(역자)	분류	비고
3	1~3		人妻/再生(三) 〈63〉 남의 아내/재생(3)	小栗風葉	소설	

1918년 11월 02일 (토) 3953호

지면	단수	기획	기사제목 〈회수〉〔곡수〕	필자/저자(역자)	분류	비고
3	4		歸省 〈5〉 귀성	奈良生	수필/일상	회수 오류
3	7~9		立花三勇士 〈4〉 다치바나 세 용사	小金井蘆洲講演	고단	

1918년 11월 02일 (토) 3953호 석간

지면	단수	기획	기사제목 〈회수〉〔곡수〕	필자/저자(역자)	분류	비고
3	1~3		人妻/再生(四) 〈64〉 남의 아내/재생(4)	小栗風葉	소설	
4	9~11		二人葛の葉 〈122〉 후타리쿠즈노하	坂本富岳	고단	

1918년 11월 03일 (일) 3954호

지면	단수	기획	기사제목 〈회수〉〔곡수〕	필자/저자(역자)	분류	비고
1	4~6		滿蒙再遊記 〈7〉 만몽재유기	眞繼雲山	수필/기행	

지면	단수	기획	기사제목 〈회수〉〔곡수〕	필자/저자(역자)	분류	비고
1	6	日報歌壇	菊 [2] 국화	紅夢	시가/단카	
1	6	日報歌壇	妹の植し菊を見て [1] 여동생이 심은 국화를 보고	高子	시가/단카	
3	6		歸省 〈4〉 귀성	奈良生	수필/일상	회수 오류
3	8~10		人妻/再生(五) 〈65〉 남의 아내/재생(5)	小栗風葉	소설	
4	8~9		二人葛の葉 〈123〉 후타리쿠즈노하	坂本富岳	고단	

1918년 11월 04일 (월) 3955호

지면	단수	기획	기사제목 〈회수〉〔곡수〕	필자/저자(역자)	분류	비고
1	6	日報歌壇	鳥の秋 [20] 새의 가을	竹內靑眼子	시가/하이쿠	
3	4		歸省 〈5〉 귀성	奈良生	수필/일상	회수 오류
3	6~9		人妻/再生(六) 〈66〉 남의 아내/재생(6)	小栗風葉	소설	
4	8~9		二人葛の葉 〈124〉 후타리쿠즈노하	坂本富岳	고단	

1918년 11월 05일 (화) 3956호

지면	단수	기획	기사제목 〈회수〉〔곡수〕	필자/저자(역자)	분류	비고
4	9~11		二人葛の葉 〈125〉 후타리쿠즈노하	坂本富岳	고단	

1918년 11월 05일 (화) 3956호 석간

지면	단수	기획	기사제목 〈회수〉〔곡수〕	필자/저자(역자)	분류	비고
2	8~10		江原道踏破の記(第七十二信)/外金剛より(十) 〈72〉 강원도 답파기(제72신)/외금강에서(10)	特派記者 坂本南岳	수필/기행	회수 오류
3	5		歸省 〈6〉 귀성	奈良生	수필/일상	
3	6~9		人妻/再生(七) 〈67〉 남의 아내/재생(7)	小栗風葉	소설	
4	1~3		立花三勇士 〈5〉 다치바나 세 용사	小金井蘆洲講演	고단	

1918년 11월 06일 (수) 3957호

지면	단수	기획	기사제목 〈회수〉〔곡수〕	필자/저자(역자)	분류	비고
3	1~3		人妻/再生(八) 〈68〉 남의 아내/재생(8)	小栗風葉	소설	
5	4		歸省 〈7〉 귀성	奈良生	수필/일상	
6	8~10		二人葛の葉 〈126〉 후타리쿠즈노하	坂本富岳	고단	

1918년 11월 07일 (목) 3958호

지면	단수	기획	기사제목 〈회수〉〔곡수〕	필자/저자(역자)	분류	비고
4	9~11		二人葛の葉 〈127〉 후타리쿠즈노하	坂本富岳	고단	

1918년 11월 08일 (금) 3959호

지면	단수	기획	기사제목 〈회수〉〔곡수〕	필자/저자(역자)	분류	비고
2	10~11		南沿岸巡り 〈8〉 남연안 순회	北水坊	수필/기행	
5	7		歸省 〈6〉 귀성	奈良生	수필/일상	회수 오류

지면	단수	기획	기사제목 〈회수〉〔곡수〕	필자/저자(역자)	분류	비고
6	8~10		二人葛の葉 〈128〉 후타리쿠즈노하	坂本富岳	고단	

1918년 11월 10일 (일) 3961호

지면	단수	기획	기사제목 〈회수〉〔곡수〕	필자/저자(역자)	분류	비고
3	4		歸省 〈8〉 귀성	奈良生	수필/일상	
3	5~6		ホトヽギス及び曲水會句稿(十一月二日晝 於靑眼子庵)〔6〕 호토토기스 및 교쿠스이카이 구고(11월 2일 낮 세이간시안에서)	靑眼子	시가/하이쿠	
3	5~6		ホトヽギス及び曲水會句稿(十一月二日晝 於靑眼子庵)〔4〕 호토토기스 및 교쿠스이카이 구고(11월 2일 낮 세이간시안에서)	胡月	시가/하이쿠	
3	5~6		ホトヽギス及び曲水會句稿(十一月二日晝 於靑眼子庵)〔4〕 호토토기스 및 교쿠스이카이 구고(11월 2일 낮 세이간시안에서)	東大寺	시가/하이쿠	
3	5~6		ホトヽギス及び曲水會句稿(十一月二日晝 於靑眼子庵)〔2〕 호토토기스 및 교쿠스이카이 구고(11월 2일 낮 세이간시안에서)	秋汀	시가/하이쿠	
3	5~6		ホトヽギス及び曲水會句稿(十一月二日晝 於靑眼子庵)/對州にて〔1〕 호토토기스 및 교쿠스이카이 구고(11월 2일 낮 세이간시안에서)/쓰시마에서	秋汀	시가/하이쿠	
3	5~6		ホトヽギス及び曲水會句稿(十一月二日晝 於靑眼子庵)/對州にて〔3〕 호토토기스 및 교쿠스이카이 구고(11월 2일 낮 세이간시안에서)/쓰시마에서	芝郞	시가/하이쿠	
3	5~6		ホトヽギス及び曲水會句稿(十一月二日晝 於靑眼子庵)/對州にて〔2〕 호토토기스 및 교쿠스이카이 구고(11월 2일 낮 세이간시안에서)/쓰시마에서	沙川	시가/하이쿠	
3	5~7		二人葛の葉 〈129〉 후타리쿠즈노하	坂本富岳	고단	
4	9~10		立花三勇士 〈7〉 다치바나 세 용사	小金井蘆洲講演	고단	

1918년 11월 10일 (일) 3961호 석간

지면	단수	기획	기사제목 〈회수〉〔곡수〕	필자/저자(역자)	분류	비고
1	6~7		南沿岸巡り 〈10〉 남연안 순회	北水坊	수필/기행	
2	8~10		江原道踏破の記(第七十四信)/外金剛より(十一) 〈74〉 강원도 답파기(제74신)/외금강에서(11)	特派記者 坂本南岳	수필/기행	회수 오류
3	1~2		人妻/再生(十) 〈70〉 남의 아내/재생(10)	小栗風葉	소설	
3	4	日報歌壇	統營面望吟秋句集 〔1〕 통영면 망음추 구집	孤雲	시가/하이쿠	
3	4	日報歌壇	統營面望吟秋句集 〔1〕 통영면 망음추 구집	景雪	시가/하이쿠	
3	4	日報歌壇	統營面望吟秋句集 〔1〕 통영면 망음추 구집	岳水	시가/하이쿠	
3	4	日報歌壇	統營面望吟秋句集 〔1〕 통영면 망음추 구집	寸九	시가/하이쿠	
3	4	日報歌壇	統營面望吟秋句集 〔1〕 통영면 망음추 구집	岳水	시가/하이쿠	
3	4	日報歌壇	統營面望吟秋句集 〔1〕 통영면 망음추 구집	禾刀	시가/하이쿠	
3	4	日報歌壇	統營面望吟秋句集 〔1〕 통영면 망음추 구집	孤雲	시가/하이쿠	
3	4	日報歌壇	統營面望吟秋句集 〔1〕 통영면 망음추 구집	走馬	시가/하이쿠	
3	4	日報歌壇	統營面望吟秋句集 〔1〕 통영면 망음추 구집	孤雲	시가/하이쿠	
3	4	日報歌壇	統營面望吟秋句集 〔1〕 통영면 망음추 구집	景雪	시가/하이쿠	

지면	단수	기획	기사제목 〈회수〉〔곡수〕	필자/저자(역자)	분류	비고
3	4	日報歌壇	統營面望吟秋句集〔1〕 통영면 망음추 구집	一白	시가/하이쿠	
3	4	日報歌壇	統營面望吟秋句集〔1〕 통영면 망음추 구집	十草	시가/하이쿠	

1918년 11월 11일 (월) 3962호

지면	단수	기획	기사제목 〈회수〉〔곡수〕	필자/저자(역자)	분류	비고
1	6		金海詠藻〔2〕 김해영조	廣瀬鷗舟	시가/단카	
3	2~3		西伯利出征勇士の軍歌〔1〕 시베리아 출정 용사의 군가		시가/군가	
3	7~9		立花三勇士〈8〉 다치바나 세 용사	小金井蘆洲講演	고단	

1918년 11월 11일 (월) 3962호 석간

지면	단수	기획	기사제목 〈회수〉〔곡수〕	필자/저자(역자)	분류	비고
3	1~3		人妻/再生(十一)〈71〉 남의 아내/재생(11)	小栗風葉	소설	

1918년 11월 12일 (화) 3963호

지면	단수	기획	기사제목 〈회수〉〔곡수〕	필자/저자(역자)	분류	비고
3	3~4		浦鹽節〔3〕 블라디보스토크 가락		수필·시가/관 찰·도도이쓰	
3	5		歸省〈9〉 귀성	奈良生	수필/일상	회수 오류
3	6~8		立花三勇士〈9〉 다치바나 세 용사	小金井蘆洲講演	고단	

1918년 11월 12일 (화) 3963호 석간

지면	단수	기획	기사제목 〈회수〉〔곡수〕	필자/저자(역자)	분류	비고
1	7	日報歌壇	(제목없음)〔1〕		시가/단카	
1	7	日報歌壇	(제목없음)〔3〕	白水富美	시가/단카	
1	7	日報歌壇	(제목없음)〔3〕	筑紫はな子	시가/단카	
1	7	日報俳壇	ホトヽギス及び曲水會句稿(十一月二日夜 秋汀庵)〔5〕 호토토기스 및 교쿠스이카이 구고(11월 2일 밤 슈테이안)	芝郎	시가/하이쿠	
1	7	日報俳壇	ホトヽギス及び曲水會句稿(十一月二日夜 秋汀庵)〔5〕 호토토기스 및 교쿠스이카이 구고(11월 2일 밤 슈테이안)	靑眼子	시가/하이쿠	
1	7	日報俳壇	ホトヽギス及び曲水會句稿(十一月二日夜 秋汀庵)〔5〕 호토토기스 및 교쿠스이카이 구고(11월 2일 밤 슈테이안)	沙川	시가/하이쿠	
1	7	日報俳壇	ホトヽギス及び曲水會句稿(十一月二日夜 秋汀庵)/對州立龜岩〔4〕 호토토기스 및 교쿠스이카이 구고(11월 2일 밤 슈테이안)/쓰시마 다테가미이 와에 서서	秋汀	시가/하이쿠	
1	7	日報俳壇	ホトヽギス及び曲水會句稿(十一月二日夜 秋汀庵)/對州立龜岩〔3〕 호토토기스 및 교쿠스이카이 구고(11월 2일 밤 슈테이안)/쓰시마 다테가미이 와에 서서	東大寺	시가/하이쿠	
2	8~10		江原道踏破の記(第七十五信)/外金剛より(十二)〈75〉 강원도 답파기(제75신)/외금강에서(12)	特派記者 坂本南岳	수필/기행	
3	1~3		人妻/嫁と妬(一)〈72〉 남의 아내/며느리와 질투(1)	小栗風葉	소설	

1918년 11월 13일 (수) 3964호 석간

지면	단수	기획	기사제목 〈회수〉〔곡수〕	필자/저자(역자)	분류	비고
2	6~8		江原道踏破の記(第七十六信)/外金剛より(十三)〈76〉 강원도 답파기(제76신)/외금강에서(13)	特派記者 坂本南岳	수필/기행	

지면	단수	기획	기사제목 〈회수〉〔곡수〕	필자/저자(역자)	분류	비고
2	9		歸省 〈9〉 귀성	奈良生	수필/일상	회수 오류
3	1~3		人妻/嫁と妬(二) 〈73〉 남의 아내/며느리와 질투(2)	小栗風葉	소설	
3	3	日報俳壇	群山望海吟社十一月例會句集(一)/即吟題 木枯、千鳥(互選)/二點〔1〕 군산 보카이긴샤 11월례회 구집(1)/즉음제 찬 바람, 물떼세(호선)/이점	清汀	시가/하이쿠	
3	4	日報俳壇	群山望海吟社十一月例會句集(一)/即吟題 木枯、千鳥(互選)/二點〔1〕 군산 보카이긴샤 11월례회 구집(1)/즉음제 찬 바람, 물떼세(호선)/이점	裸堂	시가/하이쿠	
3	4	日報俳壇	群山望海吟社十一月例會句集(一)/即吟題 木枯、千鳥(互選)/二點〔1〕 군산 보카이긴샤 11월례회 구집(1)/즉음제 찬 바람, 물떼세(호선)/이점	巴城	시가/하이쿠	
3	4	日報俳壇	群山望海吟社十一月例會句集(一)/即吟題 木枯、千鳥(互選)/二點〔1〕 군산 보카이긴샤 11월례회 구집(1)/즉음제 찬 바람, 물떼세(호선)/이점	仙溪	시가/하이쿠	
3	4	日報俳壇	群山望海吟社十一月例會句集(一)/即吟題 木枯、千鳥(互選)/二點〔2〕 군산 보카이긴샤 11월례회 구집(1)/즉음제 찬 바람, 물떼세(호선)/이점	棋水	시가/하이쿠	
3	4	日報俳壇	群山望海吟社十一月例會句集(一)/即吟題 木枯、千鳥(互選)/二點〔2〕 군산 보카이긴샤 11월례회 구집(1)/즉음제 찬 바람, 물떼세(호선)/이점	清汀	시가/하이쿠	
3	4	日報俳壇	群山望海吟社十一月例會句集(一)/即吟題 木枯、千鳥(互選)/二點〔1〕 군산 보카이긴샤 11월례회 구집(1)/즉음제 찬 바람, 물떼세(호선)/이점	鬼面	시가/하이쿠	
3	4	日報俳壇	群山望海吟社十一月例會句集(一)/即吟題 木枯、千鳥(互選)/二點〔1〕 군산 보카이긴샤 11월례회 구집(1)/즉음제 찬 바람, 물떼세(호선)/이점	裸堂	시가/하이쿠	
3	4	日報俳壇	群山望海吟社十一月例會句集(一)/即吟題 木枯、千鳥(互選)/二點〔1〕 군산 보카이긴샤 11월례회 구집(1)/즉음제 찬 바람, 물떼세(호선)/이점	馬城	시가/하이쿠	
3	4	日報俳壇	群山望海吟社十一月例會句集(一)/即吟題 木枯、千鳥(互選)/二點〔1〕 군산 보카이긴샤 11월례회 구집(1)/즉음제 찬 바람, 물떼세(호선)/이점	秋錦	시가/하이쿠	
3	4	日報俳壇	群山望海吟社十一月例會句集(一)/即吟題 木枯、千鳥(互選)/二點〔1〕 군산 보카이긴샤 11월례회 구집(1)/즉음제 찬 바람, 물떼세(호선)/이점	巴城	시가/하이쿠	
3	4	日報俳壇	群山望海吟社十一月例會句集(一)/即吟題 木枯、千鳥(互選)/三點〔1〕 군산 보카이긴샤 11월례회 구집(1)/즉음제 찬 바람, 물떼세(호선)/삼점	#城	시가/하이쿠	
3	4	日報俳壇	群山望海吟社十一月例會句集(一)/即吟題 木枯、千鳥(互選)/四點〔1〕 군산 보카이긴샤 11월례회 구집(1)/즉음제 찬 바람, 물떼세(호선)/사점	黑龍坊	시가/하이쿠	
3	4	日報俳壇	群山望海吟社十一月例會句集(一)/即吟題 木枯、千鳥(互選)/番外〔3〕 군산 보카이긴샤 11월례회 구집(1)/즉음제 찬 바람, 물떼세(호선)/번외	黑龍坊	시가/하이쿠	

1918년 11월 14일 (목) 3965호

지면	단수	기획	기사제목 〈회수〉〔곡수〕	필자/저자(역자)	분류	비고
3	2~3		歸省 〈10〉 귀성	奈良生	수필/일상	
3	4~6		立花三勇士 〈10〉 다치바나 세 용사	小金井蘆洲講演	고단	

1918년 11월 14일 (목) 3965호 석간

지면	단수	기획	기사제목 〈회수〉〔곡수〕	필자/저자(역자)	분류	비고
2	6~8		江原道踏破の記(第七十七信)/外金剛より(十四) 〈77〉 강원도 답파기(제77신)/외금강에서(14)	特派記者 坂本南嶽	수필/기행	
3	1~2		人妻/嫁と妬(三) 〈74〉 남의 아내/며느리와 질투(3)	小栗風葉	소설	
3	3	日報俳壇	群山望海吟社十一月例會句集(二)-對山居選/課題 大根曳、茶の花、冬構/佳作(逆順)〔1〕 군산 보카이긴샤 11월례회 구집(2)-다이산쿄 선/무 수확, 차 꽃, 겨울 준비/가작(역순)	仙溪	시가/하이쿠	
3	4	日報俳壇	群山望海吟社十一月例會句集(二)-對山居選/課題 大根曳、茶の花、冬構/佳作(逆順)〔1〕 군산 보카이긴샤 11월례회 구집(2)-다이산쿄 선/무 수확, 차 꽃, 겨울 준비/가작(역순)	大呵	시가/하이쿠	

지면	단수	기획	기사제목 〈회수〉〔곡수〕	필자/저자(역자)	분류	비고
3	4	日報俳壇	群山望海吟社十一月例會句集(二)-對山居選/課題 大根曳、茶の花、冬構/佳作(逆順)〔1〕 군산 보카이긴샤 11월례회 구집(2)-다이산쿄 선/무 수확, 차 꽃, 겨울 준비/가작(역순)	仙溪	시가/하이쿠	
3	4	日報俳壇	群山望海吟社十一月例會句集(二)-對山居選/課題 大根曳、茶の花、冬構/佳作(逆順)〔1〕 군산 보카이긴샤 11월례회 구집(2)-다이산쿄 선/무 수확, 차 꽃, 겨울 준비/가작(역순)	秋錦	시가/하이쿠	
3	4	日報俳壇	群山望海吟社十一月例會句集(二)-對山居選/課題 大根曳、茶の花、冬構/佳作(逆順)〔1〕 군산 보카이긴샤 11월례회 구집(2)-다이산쿄 선/무 수확, 차 꽃, 겨울 준비/가작(역순)	裸堂	시가/하이쿠	
3	4	日報俳壇	群山望海吟社十一月例會句集(二)-對山居選/課題 大根曳、茶の花、冬構/佳作(逆順)〔1〕 군산 보카이긴샤 11월례회 구집(2)-다이산쿄 선/무 수확, 차 꽃, 겨울 준비/가작(역순)	巴城	시가/하이쿠	
3	4	日報俳壇	群山望海吟社十一月例會句集(二)-對山居選/課題 大根曳、茶の花、冬構/佳作(逆順)〔1〕 군산 보카이긴샤 11월례회 구집(2)-다이산쿄 선/무 수확, 차 꽃, 겨울 준비/가작(역순)	鬼面	시가/하이쿠	
3	4	日報俳壇	群山望海吟社十一月例會句集(二)-對山居選/課題 大根曳、茶の花、冬構/佳作(逆順)〔2〕 군산 보카이긴샤 11월례회 구집(2)-다이산쿄 선/무 수확, 차 꽃, 겨울 준비/가작(역순)	大呵	시가/하이쿠	
3	4	日報俳壇	群山望海吟社十一月例會句集(二)-對山居選/課題 大根曳、茶の花、冬構/佳作(逆順)〔1〕 군산 보카이긴샤 11월례회 구집(2)-다이산쿄 선/무 수확, 차 꽃, 겨울 준비/가작(역순)	淸汀	시가/하이쿠	
3	4	日報俳壇	群山望海吟社十一月例會句集(二)-對山居選/課題 大根曳、茶の花、冬構/佳作(逆順)〔2〕 군산 보카이긴샤 11월례회 구집(2)-다이산쿄 선/무 수확, 차 꽃, 겨울 준비/가작(역순)	馬城	시가/하이쿠	
3	4	日報俳壇	群山望海吟社十一月例會句集(二)-對山居選/課題 大根曳、茶の花、冬構/佳作(逆順)〔1〕 군산 보카이긴샤 11월례회 구집(2)-다이산쿄 선/무 수확, 차 꽃, 겨울 준비/가작(역순)	鬼面	시가/하이쿠	
3	4	日報俳壇	群山望海吟社十一月例會句集(二)-對山居選/課題 大根曳、茶の花、冬構/佳作(逆順)〔1〕 군산 보카이긴샤 11월례회 구집(2)-다이산쿄 선/무 수확, 차 꽃, 겨울 준비/가작(역순)	馬城	시가/하이쿠	
3	4	日報俳壇	群山望海吟社十一月例會句集(二)-對山居選/課題 大根曳、茶の花、冬構/佳作(逆順)〔1〕 군산 보카이긴샤 11월례회 구집(2)-다이산쿄 선/무 수확, 차 꽃, 겨울 준비/가작(역순)	黑龍坊	시가/하이쿠	
3	4	日報俳壇	群山望海吟社十一月例會句集(二)-對山居選/課題 大根曳、茶の花、冬構/佳作(逆順)〔1〕 군산 보카이긴샤 11월례회 구집(2)-다이산쿄 선/무 수확, 차 꽃, 겨울 준비/가작(역순)	鬼面	시가/하이쿠	
3	4	日報俳壇	群山望海吟社十一月例會句集(二)-對山居選/課題 大根曳、茶の花、冬構/佳作(逆順)〔1〕 군산 보카이긴샤 11월례회 구집(2)-다이산쿄 선/무 수확, 차 꽃, 겨울 준비/가작(역순)	黑龍坊	시가/하이쿠	
3	4	日報俳壇	群山望海吟社十一月例會句集(二)-對山居選/課題 大根曳、茶の花、冬構/佳作(逆順)〔1〕 군산 보카이긴샤 11월례회 구집(2)-다이산쿄 선/무 수확, 차 꽃, 겨울 준비/가작(역순)	仙溪	시가/하이쿠	

지면	단수	기획	기사제목 〈회수〉〔곡수〕	필자/저자(역자)	분류	비고
3	4	日報俳壇	群山望海吟社十一月例會句集(二)-對山居選/課題 大根曳、茶の花、冬構/佳作(逆順)〔1〕 군산 보카이긴샤 11월례회 구집(2)-다이산쿄 선/무 수확, 차 꽃, 겨울 준비/가작(역순)	鬼面	시가/하이쿠	
3	4	日報俳壇	群山望海吟社十一月例會句集(二)-對山居選/課題 大根曳、茶の花、冬構/佳作(逆順)〔1〕 군산 보카이긴샤 11월례회 구집(2)-다이산쿄 선/무 수확, 차 꽃, 겨울 준비/가작(역순)	巴城	시가/하이쿠	
3	4	日報俳壇	群山望海吟社十一月例會句集(二)-對山居選/課題 大根曳、茶の花、冬構/佳作(逆順)〔1〕 군산 보카이긴샤 11월례회 구집(2)-다이산쿄 선/무 수확, 차 꽃, 겨울 준비/가작(역순)	黑龍坊	시가/하이쿠	
3	4	日報俳壇	群山望海吟社十一月例會句集(二)-對山居選/課題 大根曳、茶の花、冬構/五客〔1〕 군산 보카이긴샤 11월례회 구집(2)-다이산쿄 선/무 수확, 차 꽃, 겨울 준비/오객	夢朗	시가/하이쿠	
3	4	日報俳壇	群山望海吟社十一月例會句集(二)-對山居選/課題 大根曳、茶の花、冬構/五客〔1〕 군산 보카이긴샤 11월례회 구집(2)-다이산쿄 선/무 수확, 차 꽃, 겨울 준비/오객	黑龍坊	시가/하이쿠	
3	4	日報俳壇	群山望海吟社十一月例會句集(二)-對山居選/課題 大根曳、茶の花、冬構/五客〔1〕 군산 보카이긴샤 11월례회 구집(2)-다이산쿄 선/무 수확, 차 꽃, 겨울 준비/오객	大呵	시가/하이쿠	
3	4	日報俳壇	群山望海吟社十一月例會句集(二)-對山居選/課題 大根曳、茶の花、冬構/五客〔1〕 군산 보카이긴샤 11월례회 구집(2)-다이산쿄 선/무 수확, 차 꽃, 겨울 준비/오객	裸堂	시가/하이쿠	
3	4	日報俳壇	群山望海吟社十一月例會句集(二)-對山居選/課題 大根曳、茶の花、冬構/五客〔1〕 군산 보카이긴샤 11월례회 구집(2)-다이산쿄 선/무 수확, 차 꽃, 겨울 준비/오객	秋錦	시가/하이쿠	
3	4	日報俳壇	群山望海吟社十一月例會句集(二)-對山居選/課題 大根曳、茶の花、冬構/人〔1〕 군산 보카이긴샤 11월례회 구집(2)-다이산쿄 선/무 수확, 차 꽃, 겨울 준비/인	桑原潭子	시가/하이쿠	
3	4	日報俳壇	群山望海吟社十一月例會句集(二)-對山居選/課題 大根曳、茶の花、冬構/地〔1〕 군산 보카이긴샤 11월례회 구집(2)-다이산쿄 선/무 수확, 차 꽃, 겨울 준비/지	和田夢朗	시가/하이쿠	
3	4	日報俳壇	群山望海吟社十一月例會句集(二)-對山居選/課題 大根曳、茶の花、冬構/天〔1〕 군산 보카이긴샤 11월례회 구집(2)-다이산쿄 선/무 수확, 차 꽃, 겨울 준비/천	桑原潭子	시가/하이쿠	
3	4	日報俳壇	群山望海吟社十一月例會句集(二)-對山居選/課題 大根曳、茶の花、冬構/追加〔3〕 군산 보카이긴샤 11월례회 구집(2)-다이산쿄 선/무 수확, 차 꽃, 겨울 준비/추가		시가/하이쿠	

1918년 11월 15일 (금) 3966호

지면	단수	기획	기사제목 〈회수〉〔곡수〕	필자/저자(역자)	분류	비고
3	1~3		人妻/嫁と妬(四)〈75〉 남의 아내/며느리와 질투(4)	小栗風葉	소설	
3	4	日報俳壇	故津原國子追悼句〔1〕 고 쓰하라 구니코 추도구	福岡 阿部北翔	시가/하이쿠	
3	4	日報俳壇	故津原國子追悼句〔1〕 고 쓰하라 구니코 추도구	釜山 吉岡巨堂	시가/하이쿠	
3	4	日報俳壇	故津原國子追悼句〔1〕 고 쓰하라 구니코 추도구	大邱 末光吊川	시가/하이쿠	
3	4	日報俳壇	故津原國子追悼句〔1〕 고 쓰하라 구니코 추도구	木浦 永見草汀	시가/하이쿠	
3	4	日報俳壇	故津原國子追悼句〔1〕 고 쓰하라 구니코 추도구	釜山 龜田古泉	시가/하이쿠	
3	4	日報俳壇	故津原國子追悼句〔1〕 고 쓰하라 구니코 추도구	統營 米內夢柳	시가/하이쿠	

지면	단수	기획	기사제목 〈회수〉〔곡수〕	필자/저자(역자)	분류	비고
3	4	日報俳壇	故津原國子追悼句 〔1〕 고 쓰하라 구니코 추도구	釜山 黑田秋汀	시가/하이쿠	
3	4	日報俳壇	故津原國子追悼句 〔1〕 고 쓰하라 구니코 추도구	釜山 竹內靑眼子	시가/하이쿠	
3	4	日報俳壇	故津原國子追悼句 〔1〕 고 쓰하라 구니코 추도구	釜山 吉川春圃	시가/하이쿠	
3	4	日報俳壇	故津原國子追悼句 〔1〕 고 쓰하라 구니코 추도구	釜山 齊藤雨意	시가/하이쿠	
3	4	日報俳壇	故津原國子追悼句 〔1〕 고 쓰하라 구니코 추도구	光州 林駒生	시가/하이쿠	
3	4	日報俳壇	故津原國子追悼句 〔1〕 고 쓰하라 구니코 추도구	釜山 水野銖骨	시가/하이쿠	
3	4	日報俳壇	故津原國子追悼句/杳洲と予と 〔1〕 고 쓰하라 구니코 추도구/고슈와 나와	釜山 水野銖骨	시가/하이쿠	
3	4	日報俳壇	故津原國子追悼句/香洲と予と 〔1〕 고 쓰하라 구니코 추도구/고슈와 나와	釜山 岡松濤	시가/하이쿠	
3	4	日報俳壇	故津原國子追悼句/香洲と予と 〔1〕 고 쓰하라 구니코 추도구/고슈와 나와	釜山 篠崎茶遊	시가/하이쿠	
3	4	日報俳壇	故津原國子追悼句/香洲と予と 〔1〕 고 쓰하라 구니코 추도구/고슈와 나와	京城 橋本尋蟻	시가/하이쿠	
3	4	日報俳壇	故津原國子追悼句/香洲と予と 〔1〕 고 쓰하라 구니코 추도구/고슈와 나와	父 香洲	시가/하이쿠	

1918년 11월 15일 (금) 3966호 석간

지면	단수	기획	기사제목 〈회수〉〔곡수〕	필자/저자(역자)	분류	비고
2	6~8		江原道踏破の記(第七十八信)/外金剛より(十五) 〈78〉 강원도 답파기(제78신)/외금강에서(15)	特派記者 坂本南岳	수필/기행	
3	4		歸省 〈2〉 귀성	奈良生	수필/일상	회수 오류
3	5~6		立花三勇士 〈11〉 다치바나 세 용사	小金井蘆洲講演	고단	

1918년 11월 16일 (토) 3967호

지면	단수	기획	기사제목 〈회수〉〔곡수〕	필자/저자(역자)	분류	비고
3	4		歸省 〈12〉 귀성	奈良生	수필/일상	
3	5~7		立花三勇士 〈12〉 다치바나 세 용사	小金井蘆洲講演	고단	

1918년 11월 16일 (토) 3967호 석간

지면	단수	기획	기사제목 〈회수〉〔곡수〕	필자/저자(역자)	분류	비고
2	8~10		江原道踏破の記(第七十九信)/外金剛より(十六) 〈79〉 강원도 답파기(제79신)/외금강에서(16)	特派記者 坂本南岳	수필/기행	
3	1~3		人妻/嫁と姑(五) 〈76〉 남의 아내/며느리와 질투(5)	小栗風葉	소설	

1918년 11월 17일 (일) 3968호

지면	단수	기획	기사제목 〈회수〉〔곡수〕	필자/저자(역자)	분류	비고
3	4		歸省 〈13〉 귀성	奈良生	수필/일상	
3	5~6		立花三勇士 〈13〉 다치바나 세 용사	小金井蘆洲講演	고단	

1918년 11월 17일 (일) 3968호 석간

지면	단수	기획	기사제목 〈회수〉〔곡수〕	필자/저자(역자)	분류	비고
3	1~3		人妻/嫁と姑(六) 〈77〉 남의 아내/며느리와 질투(6)	小栗風葉	소설	

지면	단수	기획	기사제목 〈회수〉〔곡수〕	필자/저자(역자)	분류	비고
			1918년 11월 18일 (월) 3969호 석간			
3	4~5		歸省 〈14〉 귀성	奈良生	수필/일상	
3	6~8		人妻/嫁と妬(七) 〈78〉 남의 아내/며느리와 질투(7)	小栗風葉	소설	
4	9~10		立花三勇士 〈13〉 다치바나 세 용사	小金井蘆洲講演	고단	회수 오류
			1918년 11월 19일 (화) 3970호 석간			
2	10		歸省 〈15〉 귀성	奈良生	수필/일상	
3	1~3		人妻/嫁と妬(八) 〈79〉 남의 아내/며느리와 질투(8)	小栗風葉	소설	
4	9~10		二人葛の葉 〈130〉 후타리쿠즈노하	坂本富岳	고단	
			1918년 11월 20일 (수) 3971호			
1	5	日報俳壇	桃靑忌 도세이(바쇼) 기일		수필/기타	
1	5	日報俳壇	芭蕉忌 〔1〕 바쇼 기일	柳老	시가/하이쿠	
1	5	日報俳壇	芭蕉忌 〔1〕 바쇼 기일	德丘	시가/하이쿠	
1	5	日報俳壇	芭蕉忌 〔1〕 바쇼 기일	菊山人	시가/하이쿠	
1	5	日報俳壇	芭蕉忌 〔1〕 바쇼 기일	てる女	시가/하이쿠	
1	5	日報俳壇	芭蕉忌 〔1〕 바쇼 기일	可秀	시가/하이쿠	
1	5	日報俳壇	芭蕉忌 〔1〕 바쇼 기일	靑眼子	시가/하이쿠	
1	5	日報俳壇	芭蕉忌 〔1〕 바쇼 기일	春浦	시가/하이쿠	
1	5	日報俳壇	餘興相模句 〔1〕 여흥 사가미(相模)구	てる女	시가/하이쿠	
1	5	日報俳壇	餘興相模句 〔2〕 여흥 사가미(相模)구	可秀	시가/하이쿠	
1	5	日報俳壇	餘興相模句 〔1〕 여흥 사가미(相模)구	柳翁	시가/하이쿠	
1	5	日報俳壇	餘興相模句 〔1〕 여흥 사가미(相模)구	菊山人	시가/하이쿠	
1	5	日報俳壇	餘興相模句 〔1〕 여흥 사가미(相模)구	柳老	시가/하이쿠	
1	5	日報俳壇	餘興相模句 〔1〕 여흥 사가미(相模)구	菊山人	시가/하이쿠	
1	5	日報俳壇	餘興相模句 〔1〕 여흥 사가미(相模)구	靑眼子	시가/하이쿠	
1	5	日報俳壇	餘興相模句 〔1〕 여흥 사가미(相模)구	菊山人	시가/하이쿠	
1	5	日報俳壇	餘興相模句 〔1〕 여흥 사가미(相模)구	靑眼子	시가/하이쿠	

지면	단수	기획	기사제목 〈회수〉〔곡수〕	필자/저자(역자)	분류	비고
1	5	日報俳壇	餘興相模句 〔1〕 여흥 사가미(相模)구	菊山人	시가/하이쿠	
1	5	日報俳壇	餘興相模句 〔1〕 여흥 사가미(相模)구	春浦	시가/하이쿠	
1	5	日報俳壇	餘興相模句 〔1〕 여흥 사가미(相模)구	てる女	시가/하이쿠	
1	5	日報俳壇	餘興相模句 〔1〕 여흥 사가미(相模)구	可秀	시가/하이쿠	
1	5	日報俳壇	餘興相模句 〔1〕 여흥 사가미(相模)구	てる女	시가/하이쿠	
1	5	日報俳壇	餘興相模句 〔2〕 여흥 사가미(相模)구	柳老	시가/하이쿠	
1	5	日報俳壇	餘興相模句 〔1〕 여흥 사가미(相模)구	てる女	시가/하이쿠	
2	9		旅より 여행에서	殺生	수필/기행	
3	5~6		歸省 〈16〉 귀성	奈良生	수필/일상	
3	5~7		立花三勇士 〈15〉 다치바나 세 용사	小金井蘆洲講演	고단	

1918년 11월 20일 (수) 3971호 석간

지면	단수	기획	기사제목 〈회수〉〔곡수〕	필자/저자(역자)	분류	비고
3	1~3		人妻/嫁と妬(九) 〈80〉 남의 아내/며느리와 질투(9)	小栗風葉	소설	
4	9~10		二人葛の葉 〈131〉 후타리쿠즈노하	坂本富岳	고단	

1918년 11월 21일 (목) 3972호 석간

지면	단수	기획	기사제목 〈회수〉〔곡수〕	필자/저자(역자)	분류	비고
2	10		歸省 〈17〉 귀성	奈良生	수필/일상	
3	1~3		人妻/嫁と妬(十) 〈81〉 남의 아내/며느리와 질투(10)	小栗風葉	소설	
4	9~10		二人葛の葉 〈132〉 후타리쿠즈노하	坂本富岳	고단	

1918년 11월 23일 (토) 3973호

지면	단수	기획	기사제목 〈회수〉〔곡수〕	필자/저자(역자)	분류	비고
3	4~6		立花三勇士 〈16〉 다치바나 세 용사	小金井蘆洲講演	고단	

1918년 11월 23일 (토) 3973호 석간

지면	단수	기획	기사제목 〈회수〉〔곡수〕	필자/저자(역자)	분류	비고
3	1~2		人妻/披露の宴(一) 〈82〉 남의 아내/피로연(1)	小栗風葉	소설	
4	9~10		二人葛の葉 〈133〉 후타리쿠즈노하	坂本富岳	고단	

1918년 11월 25일 (월) 3974호

지면	단수	기획	기사제목 〈회수〉〔곡수〕	필자/저자(역자)	분류	비고
1	6	日報歌壇	國學 〔1〕 국학	釜山 林慶次郎	시가/단카	
1	6	日報歌壇	飛行機 〔1〕 비행기	釜山 林慶次郎	시가/단카	
4	9~11		二人葛の葉 〈134〉 후타리쿠즈노하	坂本富岳	고단	

지면	단수	기획	기사제목 〈회수〉〔곡수〕	필자/저자(역자)	분류	비고
			1918년 11월 26일 (화) 3975호 석간			
2	9~10		歸省 〈18〉 귀성	奈良生	수필/일상	
2	10~11		通度寺行 〔8〕 통도사행	香洲生	수필·시가/ 기행·하이쿠	
3	1~3		人妻/披露の宴(二) 〈83〉 남의 아내/피로연(2)	小栗風葉	소설	
4	8~10		二人葛の葉 〈135〉 후타리쿠즈노하	坂本富岳	고단	
			1918년 11월 27일 (수) 3976호 석간			
3	1~3		人妻/披露の宴(三) 〈84〉 남의 아내/피로연(3)	小栗風葉	소설	
4	8~10		二人葛の葉 〈136〉 후타리쿠즈노하	坂本富岳	고단	
			1918년 11월 28일 (목) 3977호			
3	6~8		立花三勇士 〈18〉 다치바나 세 용사	小金井蘆洲講演	고단	
			1918년 11월 28일 (목) 3977호 석간			
2	10	新講談豫 告	山本貞婦傳-眞龍齋貞窓講演 야마모토 정부전-신류사이 데이소 강연		광고/연재 예고	
3	1~3		人妻/披露の宴(五) 〈85〉 남의 아내/피로연(5)	小栗風葉	소설	회수 오류
4	9~10		二人葛の葉 〈137〉 후타리쿠즈노하	坂本富岳	고단	
			1918년 11월 29일 (금) 3978호			
3	6~8		立花三勇士 〈19〉 다치바나 세 용사	小金井蘆洲講演	고단	
			1918년 11월 29일 (금) 3978호 석간			
2	11	新講談豫 告	山本貞婦傳-眞龍齋貞窓講演 야마모토 정부전-신류사이 데이소 강연		광고/연재 예고	
3	1~3		人妻/披露の宴(五) 〈86〉 남의 아내/피로연(5)	小栗風葉	소설	
4	9~10		二人葛の葉 〈138〉 후타리쿠즈노하	坂本富岳	고단	
			1918년 11월 30일 (토) 3979호 석간			
2	9	新講談豫 告	山本貞婦傳-眞龍齋貞窓講演 야마모토 정부전-신류사이 데이소 강연		광고/연재 예고	
3	1~2		人妻/披露の宴(六) 〈87〉 남의 아내/피로연(6)	小栗風葉	소설	
4	9~10		二人葛の葉 〈139〉 후타리쿠즈노하	坂本富岳	고단	
			1918년 12월 01일 (일) 3980호			
3	1		新年文藝と兒童筆蹟募集 신년 문예와 아동 필적 모집	釜山日報社	광고/모집 광고	

지면	단수	기획	기사제목 〈회수〉〔곡수〕	필자/저자(역자)	분류	비고
3	6	新講談豫告	山本貞婦傳-眞龍齋貞窓講演 야마모토 정부전-신류사이 데이소 강연		광고/연재 예고	
3	7~9		立花三勇士 〈20〉 다치바나 세 용사	小金井蘆洲講演	고단	

1918년 12월 01일 (일) 3980호 석간

지면	단수	기획	기사제목 〈회수〉〔곡수〕	필자/저자(역자)	분류	비고
2	1~3		彩霞洞 〔1〕 채하동	芳子	시가/하이쿠	
2	9~10		大黑座覗き 다이코쿠자 들여다보기		수필/비평	
3	1~2		人妻/披露の宴(七) 〈88〉 남의 아내/피로연(7)	小栗風葉	소설	
4	9~10		二人葛の葉 〈140〉 후타리쿠즈노하	坂本富岳	고단	

1918년 12월 02일 (월) 3981호

지면	단수	기획	기사제목 〈회수〉〔곡수〕	필자/저자(역자)	분류	비고
3	7		新年文藝と兒童筆蹟募集 신년 문예와 아동 필적 모집	釜山日報社	광고/모집 광고	
3	8~10		人妻/披露の宴(八) 〈89〉 남의 아내/피로연(8)	小栗風葉	소설	
4	9~10		二人葛の葉 〈141〉 후타리쿠즈노하	坂本富岳	고단	

1918년 12월 03일 (화) 3982호

지면	단수	기획	기사제목 〈회수〉〔곡수〕	필자/저자(역자)	분류	비고
4	1~2		立花三勇士 〈20〉 다치바나 세 용사	小金井蘆洲講演	고단	회수 오류

1918년 12월 03일 (화) 3982호 석간

지면	단수	기획	기사제목 〈회수〉〔곡수〕	필자/저자(역자)	분류	비고
3	1~3		人妻/披露の宴(九) 〈90〉 남의 아내/피로연(9)	小栗風葉	소설	
4	9~10		二人葛の葉 〈142〉 후타리쿠즈노하	坂本富岳	고단	

1918년 12월 04일 (수) 3983호

지면	단수	기획	기사제목 〈회수〉〔곡수〕	필자/저자(역자)	분류	비고
3	1		新年文藝と兒童筆蹟募集 신년 문예와 아동 필적 모집	釜山日報社	광고/모집 광고	
3	6~8		人妻/披露の宴(十) 〈90〉 남의 아내/피로연(10)	小栗風葉	소설	회수 오류

1918년 12월 04일 (수) 3983호 석간

지면	단수	기획	기사제목 〈회수〉〔곡수〕	필자/저자(역자)	분류	비고
3	1~2		立花三勇士 〈22〉 다치바나 세 용사	小金井蘆洲講演	고단	
4	9~10		二人葛の葉 〈143〉 후타리쿠즈노하	坂本富岳	고단	

1918년 12월 05일 (목) 3984호

지면	단수	기획	기사제목 〈회수〉〔곡수〕	필자/저자(역자)	분류	비고
1	5	日報歌壇	歲暮 〔1〕 세모	釜山 慶次郎	시가/단카	
1	5	日報歌壇	公德 〔1〕 공덕	釜山 慶次郎	시가/단카	
3	6	新講談豫告	山本貞婦傳-眞龍齋貞窓講演 야마모토 정부전-신류사이 데이소 강연		광고/연재 예고	

지면	단수	기획	기사제목 〈회수〉〔곡수〕	필자/저자(역자)	분류	비고
3	7~9		立花三勇士 〈22〉 다치바나 세 용사	小金井蘆洲講演	고단	회수 오류

1918년 12월 05일 (목) 3984호 석간

지면	단수	기획	기사제목 〈회수〉〔곡수〕	필자/저자(역자)	분류	비고
1	7		新年文藝と兒童筆蹟募集 신년 문예와 아동 필적 모집	釜山日報社	광고/모집 광고	
3	1~3		人妻/陷穽(一) 〈90〉 남의 아내/함정(1)	小栗風葉	소설	회수 오류
4	9~10		二人葛の葉 〈144〉 후타리쿠즈노하	坂本富岳	고단	

1918년 12월 06일 (금) 3985호

지면	단수	기획	기사제목 〈회수〉〔곡수〕	필자/저자(역자)	분류	비고
1	5	日報歌壇	津原氏令孃を悼みて 〔1〕 쓰하라 씨 영애를 추도하며	紅夢	시가/단카	
1	5	日報歌壇	所感 〔1〕 소감	紅夢	시가/단카	
1	5	日報歌壇	歲晚 〔1〕 세밑	紅夢	시가/단카	
2	8		草笛 〔1〕 풀피리	紅淚子	시가/도도이 쓰	
2	8		草笛 〔1〕 풀피리	草人	시가/도도이 쓰	
3	1~3		人妻 〈93〉 남의 아내	小栗風葉	소설	
4	9~10		二人葛の葉 〈145〉 후타리쿠즈노하	坂本富岳	고단	

1918년 12월 06일 (금) 3985호 석간

지면	단수	기획	기사제목 〈회수〉〔곡수〕	필자/저자(역자)	분류	비고
3	1		新年文藝と兒童筆蹟募集 신년 문예와 아동 필적 모집	釜山日報社	광고/모집 광고	
3	2~3		(제목없음) 〔1〕		시가/하이쿠	

1918년 12월 07일 (토) 3986호

지면	단수	기획	기사제목 〈회수〉〔곡수〕	필자/저자(역자)	분류	비고
2	9		イルクツク 이르쿠츠크	千兵主人庵	수필/서간	
4	1~3		立花三勇士 〈24〉 다치바나 세 용사	小金井蘆洲講演	고단	

1918년 12월 07일 (토) 3986호 석간

지면	단수	기획	기사제목 〈회수〉〔곡수〕	필자/저자(역자)	분류	비고
2	8		草笛 〔1〕 풀피리	實山人	시가/도도이 쓰	
2	8		草笛 〔1〕 풀피리	紫石	시가/도도이 쓰	
2	8		草笛 〔1〕 풀피리	大頭樓	시가/도도이 쓰	
2	8		草笛 〔1〕 풀피리	紅雨	시가/도도이 쓰	
3	1~3		人妻 〈94〉 남의 아내	小栗風葉	소설	
4	9~10		二人葛の葉 〈146〉 후타리쿠즈노하	坂本富岳	고단	

지면	단수	기획	기사제목 〈회수〉〔곡수〕	필자/저자(역자)	분류	비고
			1918년 12월 08일 (일) 3987호			
3	4		林駒生氏の風懷〔10〕 하야시 고마후 씨의 풍회	林駒生	시가/하이쿠	
3	9	新講談豫告	山本貞婦傳-眞龍齋貞窓講演 야마모토 정부전-신류사이 데이소 강연		광고/연재 예고	
4	1~2		立花三勇士〈24〉 다치바나 세 용사	小金井蘆洲講演	고단	회수 오류
			1918년 12월 08일 (일) 3987호 석간			
2	8		新年文藝と兒童筆蹟募集 신년 문예와 아동 필적 모집	釜山日報社	광고/모집 광고	
3	1~3		人妻〈95〉 남의 아내	小栗風葉	소실	
4	9~10		二人葛の葉〈147〉 후타리쿠즈노하	坂本富岳	고단	
			1918년 12월 09일 (월) 3988호			
3	8~10		人妻〈96〉 남의 아내	小栗風葉	소설	
4	9~10		二人葛の葉〈148〉 후타리쿠즈노하	坂本富岳	고단	
			1918년 12월 10일 (화) 3989호			
3	1~3		人妻/陷穽(六)〈97〉 남의 아내/함정(6)	小栗風葉	소설	
4	9~10		仇討山本貞婦傳〈1〉 복수 야마모토 정부전	眞龍齋貞窓講演	고단	
			1918년 12월 10일 (화) 3989호 석간			
1	6		新年文藝と兒童筆蹟募集 신년 문예와 아동 필적 모집	釜山日報社	광고/모집 광고	
4	1~3		立花三勇士〈26〉 다치바나 세 용사	小金井蘆洲講演	고단	
			1918년 12월 11일 (수) 3990호 석간			
4	1~3		立花三勇士〈27〉 다치바나 세 용사	小金井蘆洲講演	고단	
			1918년 12월 11일 (수) 3990호			
3	1~3		人妻/陷穽(七)〈98〉 남의 아내/함정(7)	小栗風葉	소설	
4	9~10		仇討山本貞婦傳〈2〉 복수 야마모토 정부전	眞龍齋貞窓講演	고단	
			1918년 12월 12일 (목) 3991호			
4	1~3		立花三勇士〈28〉 다치바나 세 용사	小金井蘆洲講演	고단	
			1918년 12월 12일 (목) 3991호 석간			
1	6		新年文藝と兒童筆蹟募集 신년 문예와 아동 필적 모집	釜山日報社	광고/모집 광고	

지면	단수	기획	기사제목 〈회수〉〔곡수〕	필자/저자(역자)	분류	비고
3	1~2		人妻/陷穽(八) 〈99〉 남의 아내/함정(8)	小栗風葉	소설	
4	9~10		仇討山本貞婦傳 〈3〉 복수 야마모토 정부전	眞龍齋貞窓講演	고단	

1918년 12월 13일 (금) 3992호

지면	단수	기획	기사제목 〈회수〉〔곡수〕	필자/저자(역자)	분류	비고
1	6		新年文藝と兒童筆蹟募集 신년 문예와 아동 필적 모집	釜山日報社	광고/모집 광고	
3	3~4		新年文藝の締切りは 신년 문예 마감은		광고/모집 광고	
4	1~3		立花三勇士 〈29〉 다치바나 세 용사	小金井蘆洲講演	고단	

1918년 12월 13일 (금) 3992호 석간

지면	단수	기획	기사제목 〈회수〉〔곡수〕	필자/저자(역자)	분류	비고
2	4		三浪津にて 삼랑진에서	香洲生	수필/서간	
2	4		三浪津にて/途上吟 〔1〕 삼랑진에서/도상음		시가/하이쿠	
2	4		三浪津にて/林水産組合長を迎ふ 〔1〕 삼랑진에서/하야시 수산조합장을 맞이하다		시가/하이쿠	
2	4		三浪津にて/校長今岡美舟氏は俳友として旣に知己なり余の爲に 〔1〕 삼랑진에서/교장 이마오카 비슈 씨는 하이쿠 벗으로 이미 지기이다. 나를 위하여		시가/하이쿠	
3	1~3		人妻/陷穽(九) 〈100〉 남의 아내/함정(9)	小栗風葉	소설	
4	9~10		仇討山本貞婦傳 〈4〉 복수 야마모토 정부전	眞龍齋貞窓講演	고단	

1918년 12월 14일 (토) 3993호

지면	단수	기획	기사제목 〈회수〉〔곡수〕	필자/저자(역자)	분류	비고
4	1~3		立花三勇士 〈30〉 다치바나 세 용사	小金井蘆洲講演	고단	

1918년 12월 14일 (토) 3993호 석간

지면	단수	기획	기사제목 〈회수〉〔곡수〕	필자/저자(역자)	분류	비고
3	1~3		人妻/陷穽(十) 〈101〉 남의 아내/함정(10)	小栗風葉	소설	
4	9~10		仇討山本貞婦傳 〈5〉 복수 야마모토 정부전	眞龍齋貞窓講演	고단	

1918년 12월 15일 (일) 3994호

지면	단수	기획	기사제목 〈회수〉〔곡수〕	필자/저자(역자)	분류	비고
4	1~2		立花三勇士 〈31〉 다치바나 세 용사	小金井蘆洲講演	고단	

1918년 12월 15일 (일) 3994호 석간

지면	단수	기획	기사제목 〈회수〉〔곡수〕	필자/저자(역자)	분류	비고
3	1~3		人妻/陷穽(十一) 〈102〉 남의 아내/함정(11)	小栗風葉	소설	
4	9~10		仇討山本貞婦傳 〈6〉 복수 야마모토 정부전	眞龍齋貞窓講演	고단	

1918년 12월 17일 (화) 3996호

지면	단수	기획	기사제목 〈회수〉〔곡수〕	필자/저자(역자)	분류	비고
4	1~3		立花三勇士 〈32〉 다치바나 세 용사	小金井蘆洲講演	고단	

지면	단수	기획	기사제목 〈회수〉 〔곡수〕	필자/저자(역자)	분류	비고

1918년 12월 17일 (화) 3996호 석간

지면	단수	기획	기사제목 〈회수〉 〔곡수〕	필자/저자(역자)	분류	비고
2	8		暮の大邱 연말의 대구		수필/일상	
3	1~2		人妻/媾曳(一)〈104〉 남의 아내/밀회(1)	小栗風葉	소설	
4	9~10		仇討山本貞婦傳〈8〉 복수 야마모토 정부전	眞龍齋貞窓講演	고단	

1918년 12월 18일 (수) 3997호

지면	단수	기획	기사제목 〈회수〉 〔곡수〕	필자/저자(역자)	분류	비고
1	6	日報俳壇	車中にて〔3〕 차 안에서	二喬	시가/하이쿠	
4	1~3		立花三勇士〈33〉 다치바나 세 용사	小金井蘆洲講演	고단	

1918년 12월 18일 (수) 3997호 석간

지면	단수	기획	기사제목 〈회수〉 〔곡수〕	필자/저자(역자)	분류	비고
2	6		懸賞俳句募集 현상 하이쿠 모집		광고/모집	광고
2	7		彈き初め/勅題 朝晴雪-渡邊素風作〔1〕 새해 첫 연주-칙제 눈 내리고 맑게 갠 아침-와타나베 소후 작	群山 花月	시가/기타	
2	8	駄句理箱	學校組合起債〔2〕 학교조합기채	飯島二喬	시가/하이쿠	
2	8	駄句理箱	祝袋川子慶事〔2〕 축 다이센시 경사	飯島二喬	시가/하이쿠	
3	1~3		人妻/媾曳(二)〈105〉 남의 아내/밀회(2)	小栗風葉	소설	
4	9~10		仇討山本貞婦傳〈9〉 복수 야마모토 정부전	眞龍齋貞窓講演	고단	

1918년 12월 19일 (목) 3998호

지면	단수	기획	기사제목 〈회수〉 〔곡수〕	필자/저자(역자)	분류	비고
4	1~2		立花三勇士〈34〉 다치바나 세 용사	小金井蘆洲講演	고단	

1918년 12월 19일 (목) 3998호 석간

지면	단수	기획	기사제목 〈회수〉 〔곡수〕	필자/저자(역자)	분류	비고
2	8		暮の大邱 연말의 대구		수필/일상	
3	1~3		人妻/媾曳(三)〈106〉 남의 아내/밀회(3)	小栗風葉	소설	
4	9~10		仇討山本貞婦傳〈10〉 복수 야마모토 정부전	眞龍齋貞窓講演	고단	

1918년 12월 20일 (금) 3999호 석간

지면	단수	기획	기사제목 〈회수〉 〔곡수〕	필자/저자(역자)	분류	비고
2	5~7		暮の大邱 연말의 대구		수필/일상	
2	9	駄句理箱	(제목없음)〔7〕	飯島二喬	수필·시가/ 일상·하이쿠	
3	1~3		人妻/媾曳(四)〈107〉 남의 아내/밀회(4)	小栗風葉	소설	
4	9~10		仇討山本貞婦傳〈13〉 복수 야마모토 정부전	眞龍齋貞窓講演	고단	

1918년 12월 21일 (토) 4000호

지면	단수	기획	기사제목 〈회수〉〔곡수〕	필자/저자(역자)	분류	비고
4	1~3		立花三勇士 〈35〉 다치바나 세 용사	小金井蘆洲講演	고단	

1918년 12월 21일 (토) 4000호 석간

2	1~4		佛刹大本山 通度寺參觀記 불찰 대본산 통도사 참관기	坂本南岳	수필/기행	
3	1~3		人妻/嬬曳(五) 〈108〉 남의 아내/밀회(5)	小栗風葉	소설	
4	9~10		仇討山本貞婦傳 〈14〉 복수 야마모토 정부전	眞龍齋貞窓講演	고단	

1918년 12월 22일 (일) 4001호

4	1~2		立花三勇士 〈36〉 다치바나 세 용사	小金井蘆洲講演	고단	

1918년 12월 22일 (일) 4001호 석간

3	1~3		人妻/嬬曳(六) 〈109〉 남의 아내/밀회(6)	小栗風葉	소설	
4	9~10		仇討山本貞婦傳 〈15〉 복수 야마모토 정부전	眞龍齋貞窓講演	고단	

1918년 12월 23일 (월) 4002호

3	6~7		暮の大邱 연말의 대구		수필/일상	
3	8~10		人妻/嬬曳(七) 〈110〉 남의 아내/밀회(7)	小栗風葉	소설	
4	9~10		仇討山本貞婦傳 〈16〉 복수 야마모토 정부전	眞龍齋貞窓講演	고단	

1918년 12월 24일 (화) 4003호

4	1~3		立花三勇士 〈37〉 다치바나 세 용사	小金井蘆洲講演	고단	

1918년 12월 24일 (화) 4003호 석간

3	1~3		人妻/嬬曳(八) 〈111〉 남의 아내/밀회(8)	小栗風葉	소설	
4	9~10		仇討山本貞婦傳 〈17〉 복수 야마모토 정부전	眞龍齋貞窓講演	고단	

1918년 12월 25일 (수) 4004호

4	1~3		立花三勇士 〈38〉 다치바나 세 용사	小金井蘆洲講演	고단	

1918년 12월 25일 (수) 4004호 석간

2	6~7		暮の大邱 연말의 대구		수필/일상	
3	1~3		人妻/嬬曳(九) 〈112〉 남의 아내/밀회(9)	小栗風葉	소설	
4	9~10		仇討山本貞婦傳 〈18〉 복수 야마모토 정부전	眞龍齋貞窓講演	고단	

1918년 12월 26일 (목) 4005호

지면	단수	기획	기사제목 〈회수〉〔곡수〕	필자/저자(역자)	분류	비고
3	5~7		木浦の年の暮 목포의 연말		수필/일상	
4	9~10		仇討山本貞婦傳 〈19〉 복수 야마모토 정부전	眞龍齋貞窓講演	고단	

1918년 12월 28일 (토) 4007호

지면	단수	기획	기사제목 〈회수〉〔곡수〕	필자/저자(역자)	분류	비고
3	5~7		暮の大邱 연말의 대구		수필/일상	
4	9~10		仇討山本貞婦傳 〈21〉 복수 야마모토 정부전	眞龍齋貞窓講演	고단	

1918년 12월 29일 (일) 4008호

지면	단수	기획	기사제목 〈회수〉〔곡수〕	필자/저자(역자)	분류	비고
2	8~9		木浦紀行 〈1〉 목포 기행	群山 旗羅漢	수필/기행	
3	7~9		人妻/媾曳(十) 〈113〉 남의 아내/밀회(10)	小栗風葉	소설	
4	9~10		仇討山本貞婦傳 〈22〉 복수 야마모토 정부전	眞龍齋貞窓講演	고단	

대구

평양

신의주

조선 – 대구

지면	단수	기획	기사제목 〈회수〉 [곡수]	필자/저자(역자)	분류	비고
1905년 01월 25일 (수) 1호						
1	3		(제목없음) [1]		시가/한시	
3	2~3	朝鮮の眞相	韓人と其自然及美術 한인과 그 자연 및 미술	釋尾春芿	수필/비평	
3	3		濟物浦書感 [1] 제물포 서감	尾高##	시가/한시	
5	3		朝鮮の小守歌 [1] 조선의 자장가		민속/민요	
1905년 02월 06일 (월) 2호						
1	4	俳句	(제목없음) [2]	吟童	시가/하이쿠	
1	4	俳句	(제목없음) [2]	御幸	시가/하이쿠	
1	4	俳句	(제목없음) [1]	赤十	시가/하이쿠	
1	4	俳句	(제목없음) [1]	美月	시가/하이쿠	
1	4	俳句	(제목없음) [1]	しめ	시가/하이쿠	
1	4	俳句	(제목없음) [1]	俳茶	시가/하이쿠	
1	4	俳句	(제목없음) [2]	やよ	시가/하이쿠	
1	4	俳句	(제목없음) [2]	長山	시가/하이쿠	
3	1	朝鮮の眞相	韓人の二面 한인의 두 얼굴	釋尾春芿	수필/비평	
3	4		新年作 [1] 신년작	水畔	시가/한시	
1905년 02월 13일 (월) 3호						
1	2~3		韓婦人 한국 부인	西口白雨	수필/관찰	
1	4		低唱吟 [5] 나지막이 읊다	炭村峰子	시가/교카	
3	1~2	朝鮮の眞相	韓人の二面(其二) 〈2〉 한인의 두 얼굴(그 두 번째)		수필/비평	
3	4		武者紙鳶 [1] 무사 연	獅子庵	시가/한시	
1905년 02월 20일 (월) 4호						
1	3		嗚呼朝鮮國 [1] 아아, 조선국	古山劍風	시가/신체시	
3	1~2	朝鮮の眞相	韓人の二面(其三) 〈3〉 한인의 두 얼굴(그 세 번째)	釋尾春芿	수필/비평	
1905년 02월 27일 (월) 5호						

지면	단수	기획	기사제목 〈회수〉 [곡수]	필자/저자(역자)	분류	비고
2	4		霞(紅黃白紫團) [1] 봄 안개(홍황백자단)	螢子	시가/하이쿠	
2	4		霞(紅黃白紫團) [1] 봄 안개(홍황백자단)	白雨	시가/하이쿠	
2	4		霞(紅黃白紫團) [1] 봄 안개(홍황백자단)	沐薰	시가/하이쿠	
2	4		霞(紅黃白紫團) [1] 봄 안개(홍황백자단)	芳村	시가/하이쿠	
2	4		霞(紅黃白紫團) [1] 봄 안개(홍황백자단)	峰子	시가/하이쿠	
3	4		四溟師口吟(其一)/東海辭 〈1〉 [1] 사명대사의 시(그 첫 번째)/동해사		시가/한시	
3	4		四溟師口吟(其　)/壬辰十月領義僧渡祥原 〈1〉 [1] 사명대사의 시(그 첫 번째)/임진년 시월 승병을 이끌고 상원(祥原)을 건너며		시가/한시	
3	4		四溟師口吟(其一)/再入敵營 〈1〉 [1] 사명대사의 시(그 첫 번째)/재차 적 진영에 들어가다		시가/한시	

1905년 03월 06일 (월) 6호

지면	단수	기획	기사제목 〈회수〉 [곡수]	필자/저자(역자)	분류	비고
1	3		朝鮮の結婚式 조선의 결혼식	西口白雨	수필/관찰	
2	4	文苑	酒問贈某 [1] 아무개에게 술을 보내다	獅子庵	시가/한시	
2	4	文苑	似朴泳吉君 [1] 박영길(朴泳吉) 군처럼	螢雨樓	시가/한시	
3	3~4		麗末の國士鄭圃隱(其一) 〈1〉 고려 말의 명선비 정포은(그 첫 번째)	幣原坦	기타	

1905년 03월 20일 (월) 8호

지면	단수	기획	기사제목 〈회수〉 [곡수]	필자/저자(역자)	분류	비고
1	4		髭 [1] 수염	千歳	시가/하이쿠	
1	4		髭 [1] 수염	猪溪	시가/하이쿠	
1	4		髭 [1] 수염	南嶂	시가/하이쿠	
1	4		髭 [1] 수염	溪月	시가/하이쿠	
1	4		髭 [1] 수염	生山	시가/하이쿠	

1905년 03월 27일 (월) 9호

지면	단수	기획	기사제목 〈회수〉 [곡수]	필자/저자(역자)	분류	비고
1	4		南船北馬(其一) 〈1〉 남선북마(그 첫 번째)	竹露	수필/기행	
1	4	狂歌	敵軍の敗報 [2] 적군의 패전 소식		시가/교카	
2	1~2		韓客と語る 한인 손님과 이야기하다	ヒマラヤ山人	수필/일상	

1905년 04월 17일 (월) 10호

지면	단수	기획	기사제목 〈회수〉 [곡수]	필자/저자(역자)	분류	비고
1	4		人事詩 東京久良岐社同人 [1] 인간사 노래-도쿄 구라키샤(久良岐社) 동인	秀耳	시가/센류	
1	4		人事詩 東京久良岐社同人 [1] 인간사 노래-도쿄 구라키샤(久良岐社) 동인	宇皎	시가/센류	

지면	단수	기획	기사제목 〈회수〉〔곡수〕	필자/저자(역자)	분류	비고
1	4		人事詩 東京久良岐社同人〔1〕 인간사 노래-도쿄 구라키샤(久良岐社) 동인	幻怪坊	시가/센류	
1	4		人事詩 東京久良岐社同人〔1〕 인간사 노래-도쿄 구라키샤(久良岐社) 동인	悟新坊	시가/센류	
1	4		人事詩 東京久良岐社同人〔1〕 인간사 노래-도쿄 구라키샤(久良岐社) 동인	雲突坊	시가/센류	
3	4		金陵懷古〔1〕 금릉회고	思南	시가/한시	
5	1~2		★韓國の小說 한국의 소설	上村湘南 譚	수필/평론	
6	3		朝鮮料理 조선 요리	西口白雨	수필/관찰	

1905년 04월 24일 (월) 11호

지면	단수	기획	기사제목 〈회수〉〔곡수〕	필자/저자(역자)	분류	비고
1	2		自問自答 자문자답	旭邦	수필/기타	
6	1		寄朝鮮〔1〕 조선에 부쳐	達城學校長尹弼五	시가/한시	

1905년 05월 15일 (월) 14호

지면	단수	기획	기사제목 〈회수〉〔곡수〕	필자/저자(역자)	분류	비고
3	3		達城山麓の半日 달성산 기슭의 반나절	旭	수필/일상	
4	3~4	朝鮮の眞相	朝鮮の建築及び美術工藝品 조선의 건축 및 미술 공예품	旭邦	수필/평론	

1905년 05월 23일 (화) 15호

지면	단수	기획	기사제목 〈회수〉〔곡수〕	필자/저자(역자)	분류	비고
1	3		祝鉄道開通〔1〕 축 철도 개통	尹 不悔庵	시가/한시	
1	3		祝鉄道開通〔1〕 축 철도 개통	金 南坡生	시가/한시	
3	3~4		★三角旅行 삼각 여행	嶺南生	수필/기행	
4	1~2		韓國の工藝品(其三)〈3〉 한국의 공예품(그 세 번째)	旭邦	수필/평론	
4	3~4	史傳	使節としての鄭圃隱 사절로서의 정포은	幣原坦	기타	

1905년 06월 05일 (월) 17호

지면	단수	기획	기사제목 〈회수〉〔곡수〕	필자/저자(역자)	분류	비고
2	4		韓の俗謠〔1〕 한국의 속요		시가/민요	

1905년 06월 12일 (월) 18호

지면	단수	기획	기사제목 〈회수〉〔곡수〕	필자/저자(역자)	분류	비고
4	4		おとさんは女嫌です 아버지는 여자를 싫어하는 사람입니다		기타	

1905년 06월 26일 (월) 20호

지면	단수	기획	기사제목 〈회수〉〔곡수〕	필자/저자(역자)	분류	비고
5	4		大邱俳友會詠草(其の一)/課題衣更〈1〉〔2〕 대구 하이쿠 동호회 기록(그 첫 번째)/과제-고로모가에	二香	시가/하이쿠	
5	4		大邱俳友會詠草(其の一)/課題衣更〈1〉〔2〕 대구 하이쿠 동호회 기록(그 첫 번째)/과제-고로모가에	棠郎	시가/하이쿠	
5	4		大邱俳友會詠草(其の一)/課題衣更〈1〉〔2〕 대구 하이쿠 동호회 기록(그 첫 번째)/과제-고로모가에	朱#	시가/하이쿠	

지면	단수	기획	기사제목 〈회수〉 〔곡수〕	필자/저자(역자)	분류	비고
5	4		大邱俳友會詠草(其の一)/課題衣更 〈1〉〔2〕 대구 하이쿠 동호회 기록(그 첫 번째)/과제-고로모가에	##	시가/하이쿠	
5	4		大邱俳友會詠草(其の一)/課題衣更 〈1〉〔2〕 대구 하이쿠 동호회 기록(그 첫 번째)/과제-고로모가에	花#家	시가/하이쿠	
5	4		大邱俳友會詠草(其の一)/課題衣更 〈1〉〔2〕 대구 하이쿠 동호회 기록(그 첫 번째)/과제-고로모가에	捨舟	시가/하이쿠	
5	4		大邱俳友會詠草(其の一)/課題衣更/追加 〈1〉〔3〕 대구 하이쿠 동호회 기록(그 첫 번째)/과제-고로모가에/추가	南#	시가/하이쿠	
5	4		大邱俳友會詠草(其の一)/課題衣更/追加 〈1〉〔2〕 대구 하이쿠 동호회 기록(그 첫 번째)/과제-고로모가에/추가	白雨	시가/하이쿠	

1905년 07월 03일 (월) 21호

지면	단수	기획	기사제목 〈회수〉 〔곡수〕	필자/저자(역자)	분류	비고
1	3~4	紀行	雨中の眸め(大邱釜山間) 빗속의 응시(대구 부산 간)	旭	수필/기행	

1905년 07월 10일 (월) 22호

지면	단수	기획	기사제목 〈회수〉 〔곡수〕	필자/저자(역자)	분류	비고
3	4		第二回俳友會卽興/題 百合、螢/一點 〈2〉〔1〕 제2회 하이쿠 동호회 즉흥/제목-백합, 반딧불이/일점	風柳	시가/하이쿠	
3	4		第二回俳友會卽興/題 百合、螢/以下各二點 〈2〉〔1〕 제2회 하이쿠 동호회 즉흥/제목-백합, 반딧불이/이하 각 이점	朱#	시가/하이쿠	
3	4		第二回俳友會卽興/題 百合、螢/以下各二點 〈2〉〔1〕 제2회 하이쿠 동호회 즉흥/제목-백합, 반딧불이/이하 각 이점	二香	시가/하이쿠	
3	4		第二回俳友會卽興/題 百合、螢/以下各二點 〈2〉〔1〕 제2회 하이쿠 동호회 즉흥/제목-백합, 반딧불이/이하 각 이점	棠郞	시가/하이쿠	
3	4		第二回俳友會卽興/題 百合、螢/以下各二點 〈2〉〔1〕 제2회 하이쿠 동호회 즉흥/제목-백합, 반딧불이/이하 각 이점	朱#	시가/하이쿠	
3	4		第二回俳友會卽興/題 百合、螢/以下各三點 〈2〉〔1〕 제2회 하이쿠 동호회 즉흥/제목-백합, 반딧불이/이하 각 삼점	巴狂	시가/하이쿠	
3	4		第二回俳友會卽興/題 百合、螢/以下各三點 〈2〉〔1〕 제2회 하이쿠 동호회 즉흥/제목-백합, 반딧불이/이하 각 삼점	捨舟	시가/하이쿠	
3	4		第二回俳友會卽興/題 百合、螢/以下各三點 〈2〉〔1〕 제2회 하이쿠 동호회 즉흥/제목-백합, 반딧불이/이하 각 삼점	二香	시가/하이쿠	

1905년 07월 17일 (월) 23호

지면	단수	기획	기사제목 〈회수〉 〔곡수〕	필자/저자(역자)	분류	비고
1	4		若葉 〔5〕 어린잎	捨舟	시가/하이쿠	

1905년 07월 24일 (월) 24호

지면	단수	기획	기사제목 〈회수〉 〔곡수〕	필자/저자(역자)	분류	비고
1	4		若葉 〔5〕 어린잎	捨舟	시가/하이쿠	

1905년 07월 31일 (월) 25호

지면	단수	기획	기사제목 〈회수〉 〔곡수〕	필자/저자(역자)	분류	비고
2	4		夏 〔5〕 여름	無覺	시가/하이쿠	
2	4		夏 〔1〕 여름	白雨	시가/하이쿠	
3	3	雜報	大邱の十景(其一) 〈1〉 대구의 십경(그 첫 번째)	旭	수필/기행	
4	4		來世の有無 내세의 유무	旭	수필/기타	

1905년 08월 14일 (월) 27호

지면	단수	기획	기사제목 〈회수〉〔곡수〕	필자/저자(역자)	분류	비고
3	3		(제목없음) 〔1〕	南嶺	시가/하이쿠	

1905년 08월 21일 (월) 28호

지면	단수	기획	기사제목 〈회수〉〔곡수〕	필자/저자(역자)	분류	비고
1	4		發句 〔1〕 홋쿠	一秀	시가/하이쿠	
1	4		發句 〔1〕 홋쿠	枕石	시가/하이쿠	
1	4		發句 〔1〕 홋쿠	花月	시가/하이쿠	

1905년 08월 28일 (월) 29호

지면	단수	기획	기사제목 〈회수〉〔곡수〕	필자/저자(역자)	분류	비고
1	3~4		★長白山に登る 장백산에 오르다	今川氏一行	수필/기행	
1	4		虫聲 〔1〕 벌레 소리	一秀	시가/하이쿠	
1	4		虫聲 〔1〕 벌레 소리	仙友	시가/하이쿠	
1	4		虫聲 〔1〕 벌레 소리	花兄	시가/하이쿠	
1	4		虫聲 〔1〕 벌레 소리	朝女	시가/하이쿠	
1	4		瓜 〔2〕 참외	巴狂	시가/하이쿠	
1	4		瓜 〔2〕 참외	捨舟	시가/하이쿠	

1905년 09월 04일 (월) 30호

지면	단수	기획	기사제목 〈회수〉〔곡수〕	필자/저자(역자)	분류	비고
1	4		新秋 〔1〕 신추	鳳山	시가/한시	

1905년 09월 11일 (월) 31호

지면	단수	기획	기사제목 〈회수〉〔곡수〕	필자/저자(역자)	분류	비고
1	4		(제목없음) 〔2〕		시가/센류	
3	1~2		朝鮮の于蘭盆 조선의 우란분	旭邦	수필/관찰	

1905년 09월 18일 (월) 32호

지면	단수	기획	기사제목 〈회수〉〔곡수〕	필자/저자(역자)	분류	비고
1	4		(제목없음) 〔1〕	##	시가/하이쿠	

1905년 10월 02일 (월) 34호

지면	단수	기획	기사제목 〈회수〉〔곡수〕	필자/저자(역자)	분류	비고
2	4		(제목없음) 〔2〕	一秀	시가/하이쿠	
2	4		(제목없음) 〔1〕	茶遊	시가/하이쿠	

평양신보 - 평양

지면	단수	기획	기사제목 〈회수〉〔곡수〕	필자/저자(역자)	분류	비고
1906년 02월 17일 (토) 108호						
1	2		★梅五十句(上) 〈1〉〔20〕 매화-오십구(상)	粋花	시가/하이쿠	
1	3~4		★笠の滴 〈10〉 삿갓의 물방울	蝶羽居士	소설	
2	1	雜報	縣賞募集 軍歌と唄 현상모집 군가와 노래		광고/모집 광고	

평양일일신문 - 평양

지면	단수	기획	기사제목 〈회수〉〔곡수〕	필자/저자(역자)	분류	비고
1912년 09월 15일 (일) 191호						
1	4	平日文藝	★奉悼 〔4〕 봉도	逸鹿	시가/단카	
1	4~5	講談	★水戶黃門記 〈190〉 미토코몬기	伊藤湖玉 口演	고단	
3	5~6		親の心子知らず 부모의 마음을 자식은 모른다		소설	

평안일보 - 신의주

지면	단수	기획	기사제목 〈회수〉〔곡수〕	필자/저자(역자)	분류	비고
1907년 08월 16일(금) 3호						
1	3~6	講談	小山田庄左衛門 〈3〉 오야마다 쇼자에몬	桃川燕林 口演/佃速 記事務所員 速記	고단	
3	2		☆馬鹿ばなし 〈2〉 바보 이야기	醉翁	수필/일상	
1907년 08월 20일(수) 6호						
1	4~6	講談	小山田庄左衛門 〈6〉 오야마다 쇼자에몬	桃川燕林 口演/佃速 記事務所員 速記	고단	
1907년 08월 22일(목) 7호						
5	4~6	講談	小山田庄左衛門 〈6〉 오야마다 쇼자에몬	桃川燕林 口演/佃速 記事務所員 速記	고단	회수 오류 면수 오류
1907년 08월 23일(금) 8호						
5	4~6	講談	小山田庄左衛門 〈8〉 오야마다 쇼자에몬	桃川燕林 口演/佃速 記事務所員 速記	고단	면수 오류
1907년 08월 24일(토) 9호						
1	4~6	講談	小山田庄左衛門 〈9〉 오야마다 쇼자에몬	桃川燕林 口演/佃速 記事務所員 速記	고단	

지면	단수	기획	기사제목 〈회수〉〔곡수〕	필자/저자(역자)	분류	비고
1907년 08월 25일(일) 10호						
1	4~6	講談	義士銘々傳/奧田孫太夫 〈1〉 의사명명전/오쿠다 마고다유	桃川燕林 口演/佃速 記事務所員 速記	고단	
1907년 08월 27일(화) 11호						
1	3~6	講談	義士銘々傳/奧田孫太夫 〈2〉 의사명명전/오쿠다 마고다유	桃川燕林 口演/佃速 記事務所員 速記	고단	
1907년 08월 29일(목) 12호						
1	3~6	講談	義士銘々傳/奧田孫太夫 〈3〉 의사명명전/오쿠다 마고다유	桃川燕林 口演/佃速 記事務所員 速記	고단	
1907년 08월 30일(금) 13호						
1	4~6	講談	義士銘々傳/奧田孫太夫 〈4〉 의사명명전/오쿠다 마고다유	桃川燕林 口演/佃速 記事務所員 速記	고단	
1907년 08월 31일(토) 14호						
1	3~6	講談	義士銘々傳/奧田孫太夫 〈5〉 의사명명전/오쿠다 마고다유	桃川燕林 口演/佃速 記事務所員 速記	고단	
1907년 09월 01일(일) 15호						
1	4~6	講談	義士銘々傳/奧田孫太夫 〈5〉 의사명명전/오쿠다 마고다유	桃川燕林 口演/佃速 記事務所員 速記	고단	회수 오류
1907년 09월 03일(화) 16호						
1	3~6	講談	義士銘々傳/奧田孫太夫 〈7〉 의사명명전/오쿠다 마고다유	桃川燕林 口演/佃速 記事務所員 速記	고단	
2	5~6		★滊車見聞錄(上) 〈1〉 기차 견문록(상)	赤切符	수필/기행	
3	2		★新協約成り平安日報の發刊を祝して 〔1〕 신협약 체결 평안일보의 발간을 축하하며		시가/단카	
3	2		★發刊を祝して 〔1〕 발간을 축하하며		시가/하이쿠	
3	2		★秋三首 〔3〕 가을 세 수		시가/하이쿠	
1907년 09월 04일(수) 17호						
1	4~6		義士銘々傳/奧田孫太夫 〈8〉 의사명명전/오쿠다 마고다유	桃川燕林 口演/佃速 記事務所員 速記	고단	
2	5		★滊車見聞錄(中) 〈2〉 기차 견문록(중)	赤切符	수필/기행	
1907년 09월 05일(목) 18호						
1	4~6	講談	義士銘々傳/奧田孫太夫 〈9〉 의사명명전/오쿠다 마고다유	桃川燕林 口演/佃速 記事務所員 速記	고단	
2	4~5		★滊車見聞錄(下) 〈3〉 기차 견문록(하)	赤切符	수필/기행	
3	2		★雜吟 〔1〕 잡음	海藤	시가/단카	
3	2		時事に感あり 〔4〕 시사에 느낀 바 있네	海藤	시가/하이쿠	

지면	단수	기획	기사제목 〈회수〉〔곡수〕	필자/저자(역자)	분류	비고
			1907년 09월 06일(금) 19호			
1	5~6	講談	★俠客 鬼若三次 〈1〉 협객 오니와카 산지	今古亭桃林 講演	고단	
2	5~6		★新義州を觀る 〈1〉 신의주를 보다	南韓の浪人 赤毛布 生	수필/기행	
			1907년 09월 07일(토) 20호			
1	4~6	講談	★俠客 鬼若三次 〈2〉 협객 오니와카 산지	今古亭桃林 講演	고단	
2	4~5		★新義州を觀る 〈2〉 신의주를 보다	南韓の浪人 赤毛布 生	수필/기행	
3	2~3		★食道樂と女道樂 〈1〉 식도락과 여도락	福男	수필/일상	
			1907년 09월 08일(일) 21호			
1	5~6	講談	★俠客 鬼若三次 〈3〉 협객 오니와카 산지	今古亭桃林 講演	고단	
2	6		★新義州を觀る 〈3〉 신의주를 보다	南韓の浪人 赤毛布 生	수필/기행	
3	2		★暗中觀 〔5〕 암중관	うきくさ生	시가/교카	
			1907년 09월 12일(목) 22호			
1	2~3		談叢/一、二 담총/1, 2	翠村	수필/기타	
1	5~6	講談	★俠客 鬼若三次 〈4〉 협객 오니와카 산지	今古亭桃林 講演	고단	
2	5~6		滿韓の一日 〈4〉 만한의 하루	新來生	수필/기행	
3	2~3		★懇話會のぞき 간담회 엿보기	白馬山	수필/관찰	
			1907년 09월 13일(금) 23호			
1	2~4		★談叢/三、四、五、六 담총/3, 4, 5, 6	翠村	수필/기타	
1	5~6	講談	★俠客 鬼若三次 〈4〉 협객 오니와카 산지	今古亭桃林 講演	고단	회수 오류
			1907년 09월 14일(토) 24호			
1	1~4		★談叢/續、七 담총/속, 7	翠村	수필/기타	
1	5~6	講談	★俠客 鬼若三次 〈5〉 협객 오니와카 산지	今古亭桃林 講演	고단	
			1907년 09월 15일(일) 25호			
1	3		★談叢/八 담총/8	翠村	수필/기타	
1	4~6	講談	義士銘々傳/赤垣源藏 〈1〉 의사명명전/아카가키 겐조	桃川燕林 口演/佃速 記事務所員 速記	고단	
			1907년 09월 17일(화) 26호			

지면	단수	기획	기사제목 〈회수〉〔곡수〕	필자/저자(역자)	분류	비고
1	2~3		★談叢/十 담총/10	翠村	수필/기타	
1	3~6	講談	義士銘々傳/赤垣源藏 〈2〉 의사명명전/아카가키 겐조	桃川燕林 口演/佃速 記事務所員 速記	고단	

1907년 09월 18일(수) 27호

1	3		★談叢/十二 담총/12	翠村	수필/기타	
1	3~6	講談	義士銘々傳/赤垣源藏 〈3〉 의사명명전/아카가키 겐조	桃川燕林 口演/佃速 記事務所員 速記	고단	
3	3		★軟派の塵 〈1〉 연파의 티끌	三面子	수필/일상	

1907년 09월 19일(목) 28호

1	3		★談叢/十三 담총/13	翠村	수필/기타	
1	4~6	講談	義士銘々傳/赤垣源藏 〈4〉 의사명명전/아카가키 겐조	桃川燕林 口演/佃速 記事務所員 速記	고단	
3	1~2		馬鹿ばなし 바보 이야기		수필/기타	
3	2~3		★軟派の塵 〈2〉 연파의 티끌	三面子	수필/일상	

1907년 09월 20일(금) 29호

| 1 | 4~6 | 講談 | 義士銘々傳/赤垣源藏 〈5〉
의사명명전/아카가키 겐조 | 桃川燕林 口演/佃速
記事務所員 速記 | 고단 | |

1907년 09월 21일(토) 30호

| 1 | 4~6 | 講談 | 義士銘々傳/赤垣源藏 〈6〉
의사명명전/아카가키 겐조 | 桃川燕林 口演/佃速
記事務所員 速記 | 고단 | |

1907년 09월 22일(일) 31호

| 1 | 3~6 | 講談 | 義士銘々傳/赤垣源藏 〈7〉
의사명명전/아카가키 겐조 | 桃川燕林 口演/佃速
記事務所員 速記 | 고단 | |

1907년 09월 27일(금) 32호

| 1 | 3~6 | 講談 | 義士銘々傳/赤垣源藏 〈8〉
의사명명전/아카가키 겐조 | 桃川燕林 口演/佃速
記事務所員 速記 | 고단 | |

1907년 09월 28일(토) 33호

| 3 | 1~4 | 講談 | 義士銘々傳/片岡源吾右衛門 〈1〉
의사명명전/가타오카 겐고우에몬 | 桃川燕林 口演/佃速
記事務所員 速記 | 고단 | |

1907년 09월 29일(일) 34호

| 3 | 1~3 | 講談 | 義士銘々傳/片岡源吾右衛門 〈2〉
의사명명전/가타오카 겐고우에몬 | 桃川燕林 口演/佃速
記事務所員 速記 | 고단 | |

1907년 10월 01일(화) 35호

| 1 | 4~6 | 講談 | 義士銘々傳/片岡源吾右衛門 〈3〉
의사명명전/가타오카 겐고우에몬 | 桃川燕林 口演/佃速
記事務所員 速記 | 고단 | |

1907년 10월 02일(수) 36호

지면	단수	기획	기사제목 〈회수〉〔곡수〕	필자/저자(역자)	분류	비고
1	4~6	講談	義士銘々傳/片岡源吾右衛門 〈4〉 의사명명전/가타오카 겐고우에몬	桃川燕林 口演/佃速 記事務所員 速記	고단	
2	6		★行雲漫錄 행운만록	▲△子	수필/일상	
3	3		★嗚呼此の戀路 〈1〉 아, 이 연애		수필/일상	

1907년 10월 03일(목) 37호

| 1 | 4~6 | 講談 | 義士銘々傳/片岡源吾右衛門 〈6〉
의사명명전/가타오카 겐고우에몬 | 桃川燕林 口演/佃速
記事務所員 速記 | 고단 | 회수 오류 |
| 3 | 2~3 | | ★嗚呼此の戀路(つゞき) 〈2〉
아, 이 연애(계속) | | 수필/일상 | |

1907년 10월 04일(금) 38호

| 1 | 3~6 | 講談 | 義士銘々傳/片岡源吾右衛門 〈6〉
의사명명전/가타오카 겐고우에몬 | 桃川燕林 口演/佃速
記事務所員 速記 | 고단 | |
| 3 | 2~3 | | ★嗚呼此の戀路(つゞき) 〈3〉
아, 이 연애(계속) | | 수필/일상 | |

1907년 10월 05일(토) 39호

| 1 | 3~6 | 講談 | 義士銘々傳/片岡源吾右衛門 〈7〉
의사명명전/가타오카 겐고우에몬 | 桃川燕林 口演/佃速
記事務所員 速記 | 고단 | |

1907년 10월 06일(일) 40호

| 1 | 3~6 | 講談 | 義士銘々傳/中村勘助 〈1〉
의사명명전/나카무라 간스케 | 桃川燕林 口演/佃速
記事務所員 速記 | 고단 | |

1907년 10월 08일(화) 41호

| 1 | 3~6 | 講談 | 義士銘々傳/中村勘助 〈2〉
의사명명전/나카무라 간스케 | 桃川燕林 口演/佃速
記事務所員 速記 | 고단 | |

1907년 10월 09일(목) 43호 | | | | | | 요일/호수 오류

1	4~6	講談	義士銘々傳/中村勘助 〈3〉 의사명명전/나카무라 간스케	桃川燕林 口演/佃速 記事務所員 速記	고단	
1	4~6	講談	義士銘々傳/中村勘助 〈4〉 의사명명전/나카무라 간스케	桃川燕林 口演/佃速 記事務所員 速記	고단	
3	3~4		★滿韓の婦人/賣春婦 〈1〉 만한의 부인/매춘부		수필/관찰	

1907년 10월 11일(금) 44호

| 1 | 3~6 | 講談 | 義士銘々傳/中村勘助 〈5〉
의사명명전/나카무라 간스케 | 桃川燕林 口演/佃速
記事務所員 速記 | 고단 | |
| 3 | 3~4 | | ★滿韓の婦人/二種の藝妓 〈2〉
만한의 부인/두 종류의 예기 | | 수필/관찰 | |

1907년 10월 12일 (토) 45호

| 1 | 4~6 | 講談 | 義士銘々傳/間十次郎 〈1〉
의사명명전/하자마 주지로 | 桃川燕林 口演/佃速
記事務所員 速記 | 고단 | |
| 3 | 2~3 | | ★滿韓の婦人/娼妓 〈3〉
만한의 부인/창기 | | 수필/관찰 | |

1907년 10월 13일 (일) 46호

지면	단수	기획	기사제목 〈회수〉 〔곡수〕	필자/저자(역자)	분류	비고
1	4~6	講談	義士銘々傳/間十次郎 〈2〉 의사명명전/하자마 주지로	桃川燕林 口演/佃速 記事務所員 速記	고단	
3	2~3		★新「金色夜叉」 신「금색야차」		수필/비평	
3	3~4		★滿韓の婦人/酌婦 〈4〉 만한의 부인/작부		수필/관찰	

1907년 10월 15일 (화) 47호

지면	단수	기획	기사제목 〈회수〉 〔곡수〕	필자/저자(역자)	분류	비고
1	4~6	講談	義士銘々傳/間十次郎 〈3〉 의사명명전/하자마 주지로	桃川燕林 口演/佃速 記事務所員 速記	고단	
3	2		花井枝師來義席上作 〔5〕 하나이 기사 내한한 석상에서 짓다	山用障蔭	시가/속곡	
3	2~3		余が出演と所感 〈1〉 나의 출연과 소감	村春之助	수필/비평	
3	3~4		★滿韓の婦人/仲居 〈5〉 만한의 부인/요릿집 접대부		수필/관찰	

1907년 10월 16일 (수) 48호

지면	단수	기획	기사제목 〈회수〉 〔곡수〕	필자/저자(역자)	분류	비고
1	4~6	講談	義士銘々傳/間十次郎 〈4〉 의사명명전/하자마 주지로	桃川燕林 口演/佃速 記事務所員 速記	고단	
2	6		★奉迎紀行 〈1〉 봉영기행	於黃州 江東生	수필/기행	
3	1~2	雜報	教育茶話 〈1〉 교육차화	小野山生	수필/일상	
3	3~4		★滿韓の婦人/舞妓 〈6〉 만한의 부인/마이코		수필/관찰	
3	4		余が出演と所感 〈2〉 나의 출연과 소감	村春之助	수필/비평	

1907년 10월 19일(토) 49호

지면	단수	기획	기사제목 〈회수〉 〔곡수〕	필자/저자(역자)	분류	비고
1	4~6	講談	義士銘々傳/間十次郎 〈5〉 의사명명전/하자마 주지로	桃川燕林 口演/佃速 記事務所員 速記	고단	
3	1	雜報	奉迎紀行 〈2〉 봉영기행	江東生	수필/기행	

1907년 10월 20일(일) 50호

지면	단수	기획	기사제목 〈회수〉 〔곡수〕	필자/저자(역자)	분류	비고
1	3~6	講談	義士銘々傳/間十次郎 〈6〉 의사명명전/하자마 주지로	桃川燕林 口演/佃速 記事務所員 速記	고단	
3	1	雜報	★奉迎紀行 〈3〉 봉영기행	江東生	수필/기행	
3	1~2		★滿韓の婦人/總まくり 〈7〉 만한의 부인/총 결산		수필/관찰	

1907년 10월 22일(화) 51호

지면	단수	기획	기사제목 〈회수〉 〔곡수〕	필자/저자(역자)	분류	비고
1	4~6	講談	義士銘々傳/間十次郎 〈6〉 의사명명전/하자마 주지로	桃川燕林 口演/佃速 記事務所員 速記	고단	회수 오류
2	6		★奉迎紀行 〈4〉 봉영기행	(於京城)江東生	수필/기행	
3	1~2		天長節の素人劇 〈1〉 천장절의 소인극	春之介	수필/비평	
3	2		★浮き世草紙(安東縣某樓の藝技が懷中記) 〈1〉 우키요조시(안동현 어느 요릿집 예기의 회중기)		수필/일상	

지면	단수	기획	기사제목 〈회수〉〔곡수〕	필자/저자(역자)	분류	비고
			1907년 10월 23일(수) 52호			
1	4~6	講談	★義士銘々傳/加藤嘉明〈1〉 의사명명전/가토 요시아키라	桃川燕玉 講演	고단	
2	6		★教育茶話〈3〉 교육 차화	綠溪生	수필/일상	
3	1~2	雜報	東京唱歌〔20〕 도쿄 창가		시가/기타	
3	2~3		天長節の素人劇〈2〉 천장절의 소인극	春之介	수필/비평	
3	3		★浮き世草紙(安東縣某樓の藝技が懷中記)〈2〉 우키요조시(안동현 어느 요릿집 예기의 회중기)		수필/일상	
			1907년 10월 24일(목) 53호			
1	4~6	講談	★義士銘々傳/加藤嘉明〈2〉 의사명명전/가토 요시아키라	桃川燕玉 講演	고단	
2	5~6		★鴨綠江畔より(廿三日) 압록강 물가에서(23일)	岳邨生	수필/관찰	
2	6		★教育茶話〈4〉 교육 차화	小野山生	수필/일상	
3	1~2	雜報	天長節の素人劇〈3〉 천장절의 소인극	春之介	수필/비평	
3	2~3		★浮き世草紙(安東縣某樓の藝技が懷中記)〈3〉 우키요조시(안동현 어느 요릿집 예기의 회중기)		수필/일상	
3	3~4		★滿韓の婦人/滿韓妻〈9〉 만한의 부인/만한의 처		수필/관찰	
			1907년 10월 26일(토) 55호			
1	4~6	講談	★義士銘々傳/加藤嘉明〈4〉 의사명명전/가토 요시아키라	桃川燕玉 講演	고단	
3	3~4		天長節の素人劇〈5〉 천장절의 소인극	春之介	수필/비평	
			1907년 10월 27일(일) 56호			
1	4~6	講談	★義士銘々傳/加藤嘉明〈5〉 의사명명전/가토 요시아키라	桃川燕玉 講演	고단	
3	3~4		天長節の素人劇〈6〉 천장절의 소인극	春之介	수필/비평	
			1907년 10월 29일(화) 57호			
1	4~6	講談	★義士銘々傳/加藤嘉明〈6〉 의사명명전/가토 요시아키라	桃川燕玉 講演	고단	
3	1~2		天長節の素人劇〈7〉 천장절의 소인극	春之介	수필/비평	
			1907년 10월 30일(화) 58호			
1	4~6	講談	★義士銘々傳/加藤嘉明〈7〉 의사명명전/가토 요시아키라	桃川燕玉 講演	고단	
			1907년 10월 31일(수) 59호			
1	4~6	講談	★義士銘々傳/加藤嘉明〈8〉 의사명명전/가토 요시아키라	桃川燕玉 講演	고단	

지면	단수	기획	기사제목 〈회수〉〔곡수〕	필자/저자(역자)	분류	비고
2	4~5		★鴨綠江畔に立つて 압록강 물가에서	春之介	수필/일상	

일제강점 초기 일본어 민간신문 해제

대한일보(大韓日報)

- 발행 시기 : 1904년 3월 10일 ~ 1907년 8월 27일
- 발행지 : 인천 → 경성

1904년 3월 10일에 창간된 『대한일보(大韓日報)』는 1904년 12월 1일 제217호까지 인천에서, 12월 10일 제218호부터는 경성에서 발행되었다. 현재 제966호에 해당하는 1907년 8월 27일 지면만이 현존본으로 존재한다. 『대한일보』의 현존본 제966호는 순종 황제의 즉위를 축하하는 기념호적인 성격이 강한데 특히 이국적인 인물이 왕관을 들고 있는 제1면의 커다란 삽화가 인상적이라 할 수 있다. 또한 「공축 즉위 대전(恭祝卽位大典)」, 「새로운 황제의 즉위(新帝の卽位)」, 「금일 대전의 식순(本日の大典席次)」 등과 같이 순종 황제의 즉위에 대해 자세히 전달하고 있는 기사들을 찾아볼 수 있다. 이 외에 「오시오 일대기(大鹽一代記)」(제23회), 「한국 황제의 즉위식을 축하하며(韓皇卽位式を祝ひて)」 단카 2수, 「동운화당을 방문하다(상)(東雲畵堂を訪ふ(上)」와 같이 다양한 장르의 문예물이 게재되고 있었음을 확인할 수 있다.

대동신보(大東新報)

- 발행 시기 : 1904년 4월 18일 ~ 1906년 6월
- 발행지 : 경성
- 제호 변경 : 『대동신보』 → 『경성일보』와 통합(1906.7)

1904년 4월 18일 경성에서 창간된 신문으로 사장은 기구치 겐조(菊池謙讓)이다. 기구치 겐조는 『국민신보(國民新報)』의 기자였으며, 청일전쟁 당시 종군하여 한국으로 넘어왔다. 그는 명성왕후 암살사건에 가담하여 한국에서 추방된 인물로 그 후 다시 한국으로 넘어와 『한성신보(漢城新報)』의 주필을 역임했고, 사주와의 충돌로 퇴사하고 『대동신보』를 창간했다. 『대동신보』는 1906년 7월

에 통감부에 매수되어 통감부 기관지인 『경성일보』로 합병되었다.

『대동신보』는 현재 단일호로만 존재한다. 본 목록집에서는 '메이지신문잡지문고(明治新聞雜誌文庫)'(東京大學)에서 1906년 2월 16일 532호를 입수하여 문예물을 파악하고 목록화하였다.

경성신보(京城新報) · 경성신문(京城新聞) · 경성신보(京城新報)

- 발행 시기 : 1907년 11월 3일 ~ 1912년 2월 29일
- 발행지 : 경성
- 제호 변경 : 『경성신보』(1907~1908) → 『경성신문』(1908.7~1908.12)』 →
　　　　　　『경성신보』(1909.1~1912.2)

『경성신보(京城新報)』는 1907년 11월 3일 창간된 일본어 민간신문으로 미네기시 시게타로(峰岸繁太郎)가 창간하였다. 『경성신보』는 당시 총독부 기관지였던 「경성일보(京城日報)」와 대비되는 야당적인 논조를 띠고 있었기 때문에 발간기간 동안 어려움을 겪었다. 특히 통감부의 정간 처분으로 1908년 7월 5일부터 1908년 12월 23일까지는 『경성신문(京城新聞)』으로 제호를 바꾸어 발행해야 하였고, 다시 통감부의 폐간처분을 받은 뒤에는 『경성신보』로 돌아오게 된다. 그러나 최종적으로 총독부의 폐간처분을 받아 1912년 2월 29일(제899호)을 끝으로 폐간되었다.

창간호를 보면 『경성신보』의 세로로 된 제호 아래 신문료, 광고료가 명기되어 있으며, 발행인은 야마시타 에이지(山下英爾), 발행소는 경성신보사(京城新報社 : 京城西署西小門通)인 것도 확인할 수 있다. 제1호의 첫 단은 「발간사(發刊之辭)」로 천황의 치세를 칭송하며 '제국 국민이 힘을 하나로 합쳐 한반도 왕국의 그 실력을 발전하게 하고, 그 문화를 돕고, 그 국력을 개척하여야만 한다'라는 부분에서 『경성신보』의 주의를 명확히 읽어낼 수 있다. 그러나 『경성신보』는 재한일본인의 이권을 저해하는 통감부, 총독부의 대한정책에 대하여서는 회의적인 입장을 고수하며 입장을 달리하고 있었다. 따라서 『경성신보』는 대한정책에 대한 불만과 시정을 요구하는 기사, 칼럼 등을 다수 게재하며 비판의 목소리를 내고 있었다. 특히 초반 그 비난의 대상은 당시 통감이었던 이토 히로부미(伊藤博文)에 집중되어 있었는데 1909년 7월 2일부터 4일까지 3회에 걸쳐 연재된 「만약 내가 통감이라면(若しも余にして統監ならば)」이라는 대담한 제목의 칼럼은 주목할 만하다. 이 칼럼은 만약 통감이 된다면 '이토 통감과 관계된 인사들을 정리할 것', '무용한 내각 경질하여 각 부를 폐합할 것', '한인 관찰사를 일본인으로 바꿀 것을 단행할 것'을 피력하고 있는데, 이렇게 통감부의 정책과 통감에 대한 불만을 노골적으로 드러내고 있는 칼럼의 게재는 『경성신보』가 민간신문이였기에 가능하였다고 할 수 있다. 한편, 한반도 거주 일본인들의 자치기구였던 거류민단은 통감부와 자주 갈등을 빚고 있었는데 1908년 7월 '민장관선령(民長官選令)'의 발표가 그 분수령이 되었다. 『경성신보』는 거류민단에서 직접 선출하고 있었던 민장을 관에서 임명하겠다는 법안에 반대하며 연일

이와 관련한 기사를 내보내고 있었다. 이처럼『경성신보』는 대외적으로는 제국주의의 확장에 찬동하면서도 그 내부에서는 통감부, 총독부의 여러 정책에 대해 노선을 달리하고 있었던 것이다. 그러나『경성신보』가 모든 윗선의 정책에 대해 반대의 입장만 고수하고 있었던 것은 아니었다. 예를들어 조선의 토지와 자본 등을 합법적으로 수탈할 목적으로 설립된 '동양척식주식회사'에 대하여서는 중립적인 입장을 취하고, 「동척에 대한 희망 논평(對東拓希望論評)」, 「동척인물평론(東拓人物評論)」과 같은 코너들을 만들어 적극적으로 그 사업의 진행 사정과 정보를 연재하기도 하였다. 특히「동척에 대한 희망 논평」은 "한반도 개발이라는 큰 사명을 가진 동양척식주식회사는 이미 간판을 걸고 바야흐로 영업을 개시하려고 한다. 이러한 시기에 이르러 이 회사에 대한 세상 사람들의 다종다양한 희망과 논평을 소개하는 것은 단지 유익할 뿐만 아니라 동시에 흥미가 있을 것"(謹告『京城新報』1909.2.13.(2면)이라는 취지의 모집 광고를 내걸고 구독자들이 가지고 있는 '동양척식주회사'에 대한 자유로운 의견을 게재한 것이다. 이러한 방식의 연재 코너는 구독자들도 자유롭게 의견을 피력할 수 있는 장으로써 기능했던 민간신문의 일면을 보여주고 있다. 한편『경성신보』는 재한일본인 사회의 대표적인 일간지였던 만큼 정치, 경제, 사회, 문화 등 다양한 시사점들을 신문지면을 통해 구독자들에게 전달하고 있었다. 또한, 소설, 수필, 시가 등 다종다양한 장르의 문예물들은『경성신보』가 예술 표현의 장으로서, 그리고 독자들에게는 읽을거리를 제공하는 장으로 기능하고 있었다는 것을 뒷받침해주고 있다. 현재『경성신보』는 대표적으로 통감부의 정책을 비판하는 야당지로 잘 알려져 있다. 그러나 이는 신문의 일차적인 역할인 정보전달, 여론선도에만 초점을 맞춘 것으로 본지의 모든 지면에 아울러서 적용하기에는 무리가 있다. 이에 기존의『경성신보』의 논조에 관한 연구에서 더 나아가 당시 다양한 재한일본인의 삶과 문화가 담겨있는『경성신보』는 차후 종합적인 측면에서 분석되어야 할 여지를 남기고 있다.

경성약보(京城藥報)

● 발행 시기 : 1908년 3월 3일 ~ 미상

● 발행지 : 경성

1908년 3월 3일에 창간된 의약 전문 신문으로 매달 3일 발행되었다. 3월 3일 1호 창간호의 1면 「발간의 사(發刊之辭)」를 보면 당시 경성에 대해서 "미개국의 수도(未開國之首都)"라고 칭하고 있어, 경성뿐 아니라 조선 전체를 미개한 국가라고 인식하고 있는 것이 확연히 드러난다.

수록된 기사들을 보면 「약품시험소(藥品試驗所)」(1908.4.3 2호)나 「일한약품무역론(日韓藥品貿易論)」 등 조선의 약물 관리 체계 등에 관한 기사나 「한국의 위생(韓國の衛生)」(1908.5.3. 3호)과 같이 의료와 더불어 위생에 관한 기사가 다수를 차지한다. 「일한영약명사전(日韓英藥名辭典)」 코너에서는 영어로 된 의약품명을 한자와 한국어의 표기를 매회 연재한다.

언제 폐간이 되었는가는 불분명하며, 현재는 1908년 6월 3일에 발행된 4호까지 남아있다.

용산일지출신문(龍山日之出新聞)

● 발행 시기 : 1908년 5월 ~ 1910년 7월

● 발행지 : 경성 → 용산

● 제호 변경『용산일지출신문』(1908.5) →『조선일지출신문(朝鮮日之出新聞)』(1909.9)

　『용산일지출신문(龍山日之出新聞)』은 1908년 5월경에 창간되었으며, 1909년 9월에 조선일지출신문(朝鮮日之出新聞)으로 제호가 변경되었다. 1910년 7월 폐간되었다는『용산일지출신문』의 현존본은 현재 1908년 11월 20일(제43호), 1908년 11월 23일(제44호), 1908년 11월 26일(제45호), 1908년 11월 30일(제46호), 1908년 12월 3일(제47호), 1908년 12월 5일(제48호), 1908년 12월 9일(제49호), 1908년 12월 12일(50호), 1908년 12월 15일(51호), 1908년 12월 17일(52호), 1908년 12월 23일(54호), 1908년 12월 26일(55호), 1909년 1월 1일(제56호)까지 총 12호로 파악된다. 현존본 제43호부터 제55호(제53호 미발견)까지의 간행 일자와 제호를 보았을 때, 대체로 3일 간격으로 간행되고 있었으므로 일간 신문은 아니었던 것으로 사료된다. 신문의 지면은 총 3면인 경우가 대부분으로, 1면에서 편집 및 발행인이 모토무라 다로(本村太郎), 그리고 발행소는 용산일지출신문사가 있었던 '한국 용산 모토마치 산초메(韓國龍山元町三丁目)'였음을 확인할 수 있다.

　용산은 당시 일본인들의 대표적인 거류지로 민단(民團)이 존재하고 있었으며,『용산일지출신문』은 이러한 용산 거류민들의 이익을 대변하고 있었다. 예를 들어, 1908년 말 경성민단과 용산민단을 합병하려는 분위기가 일자『용산일지출신문』은 이에 반대하는 기사를 다수 게재하여 합병을 저지하려 하였다. 특히「민단합병의 불가(民團合倂の不可)」(제46호)와 같은 기사 이외에도 제44호부터는「시민의 목소리(市民の聲)-경룡민단합병문제(京龍民團合倂問題)」라는 코너를 만들어 합병에 대한 일반 거류민들의 의견을 대내외적으로 적극 발신하였다. 또한 1908년 11월 30일자 3면의「거류민 대회(居留民大會)」를 기록한 기사를 통해 합병을 반대하는 거류민 대회가 1908년 11월 28일 용산좌(龍山座)에서 개최되었다는 사실도 알 수 있다. 1910년 7월 5일, 경성민단과 용산민단은 결국 합병되는데,『용산일지출신문』에는 합병 전, 용산민단 측의 분위기와 반대 입장을 들여다볼 수 있는 중요한 자료라고도 할 수 있다. 한편『용산일지출신문』은 당시의 다양한 정치, 경제, 생활, 문화 등의 정보를 구독자들에게 발신하고 있었다. 2면이 주로 정치, 경제와 관련한 기사로 이루어졌다면 3면의〈잡보(雜報)〉란에서는 이슈가 되었던 사건, 사고를 다루어 시사 관련 사항들을 균형 있게 다루고 있었다. 또한「이천만 년 전의 동물 기담(二千萬年前の動物奇談)」,「겨울의 용산(冬の龍山)」과 같이 다양한 읽을거리들도 찾아볼 수 있으며, 문예란에서는 수필, 하이쿠(俳句) 이외에도 유희성을 지닌 정가(情歌)가 특히 다수 눈에 띈다. 또한「독자의 영분(讀者の

領分)」코너는 독자들의 투고로 운영되었던 문예란으로 신문 문예란의 만의 특색도 느낄 수 있다. 『용산일지출신문』의 또 하나의 특색으로는 용산 중심의 다양한 광고를 꼽을 수 있는데 이러한 광고들은 광고료를 받고 게재되는 체계였다. 이러한 신문 광고는 민간신문의 상업적인 성격을 보여줌과 동시에 당시 용산 거류민들의 생활권역을 떠올려 볼 수 있는 중요한 요소라 할 수 있다.

이상과 같이 『용산일지출신문』은 현존본이 많지 않아 전반적인 신문의 성격을 파악하기는 어려우나, 그동안 많이 알려지지 않았던 용산 중심의 일본어 민간신문이라는 점에서 차후 본격적인 연구가 필요할 것이다.

법정신문(法政新聞)

- 발행 시기 : 1907년 7월 25일 ~ 미상
- 발행지 : 미상

『법정신문』은 1907년 7월 25일 창간한 신문이다. 이 신문은 현재 창간호만 남아있으며, 간행 시기를 비롯한 관련 자료는 아직까지 발견되지 않았다. 본 목록집에서는 '메이지신문잡지문고(明治新聞雜誌文庫)'(東京大學)에서 1907년 7월 25일 창간호 지면을 입수해서 문예물을 파악하고 목록화하였다. 『법정신문』 발간사에는 "한국은 이미 법전조사국을 두고 법전의 편찬, 법령의 반포일이 빈번함에도 불구하고 민간은 아직 이를 보좌하고 보급하는 기관이 없어서 모든 국민이 그 설립을 상촉하니, 본지는 이러한 요구에 응하기 위해 발간"한다고 기술하고 있다. 위의 발간사를 통해 『법정신문』이 조선에서의 법률 보완과 보급을 목적으로 발간된 신문임을 알 수 있다. 창간호에는 일본어로 된 발간사를 시작으로 법률 관련 기사와 문예물, 광고 등이 소개되어 있으며, 뒤를 이어 한국어로 번역된 기사도 싣고 있다. 한국어 기사는 문예물을 제외한 발간사와 법률관련 기사를 한국어로 번역하여 소개하고 있다. 일본어의 기사와 이를 번역한 한국어 기사가 뒤이어 지면을 구성하고 있는 점이 이 신문의 특징이라 할 수 있다.

경성일일신문(京城日日新聞)

- 발행 시기 : 1920년 7월 1일 ~ 1931년 2월
- 발행지 : 경성
- 제호 변경 : 『경성일일신문』(1920.7) → 『조선일일(朝鮮日日)』(1931.3) →
  『조선일일신문(朝鮮日日新聞)』(1931.12~1942.2.8)

1920년 7월 1일에 샤쿠오 슌조(釈尾春芿)의 명의로 창간된다. 당시 샤쿠오와 아오야기 쓰나타

로(青柳綱太郎), 마쓰구 요시타로(真継義太郎)는 각자 신문 발행을 출원했으나, 총독부의 명으로 한 신문으로 통합하여 창간하게 된다. 사장 겸 주필(主筆)은 샤쿠오, 당시『경성신문(京城新聞)』에 몸을 담고 있었던 아오야기가 부사장을,『부산일보』의 경성지국장을 했던 마쓰구는 편집국장을 담당하게 되었다. 1921년 7월 샤쿠오가 사임하고, 인천의『조선신문(朝鮮新聞)』에 있었던 아리마 슌키치(有馬純吉)가 뒤를 이었다.

경성일일신문사는 대륙경영을 위한 정보를 발신하는 것을 목적으로, 월 3회에 걸쳐서「만주시보」를 발행했다. 이는 단순히 조선의 정보를 일본에 전달하기 위함으로, 그 이외에도 조선을 통해서 들어오는 대륙의 정보 또한 널리 전달하고자 하였음을 알 수 있다.

이 신문은 1931년 3월 15일에「경성일보(京城日報)」지배인과「서울프레스(ソウルプレス)」의 사장을 역임한 사메지마(鮫島宗也)에게 경영권이 넘어가고『조선일일(朝鮮日日)』로 제목이 바뀐다. 같은 해 말에는 사이토 고치키(斎藤五吉)에 의해서 매수되고, 다시『조선일일신문(朝鮮日日新聞)』으로 변한다.『조선일일신문』은 총독부의 정책에 의해서 1942년 2월 8일 폐간되었다.

조선신보(朝鮮新報)·조선신문(朝鮮新聞)

- 발행 시기 :『조선신보』(1892년 4월 ~ 1908년 11월 9일) →

　　　　　　　『조선신문』(1908년 12월 1일 ~ 1942년 2월 29일)

- 발행지 : 인천 → 경성

- 제호 변경 :『인천경성격주상보(仁川京城隔週商報)』(1890.1) →

　　　　　　　『조선순보(朝鮮旬報)』(1891.8) →『조선신보』→『조선신문』

1909년 당시 민간신문에서 경쟁이 치열했던『경성신보』와 비교해보면『경성신보』는 총합 48만 부수,『조선신문』1,623,960부수를 발행한 것으로 보아 당시 한반도에서 민간신문으로서는『조선신문』이 가장 많이 발행되었다는 것을 알 수 있다. 그 후,『조선신문』은 1919년 12월 18일, 인천에서 식민통치의 중심지인 경성으로 본사를 이전하였고, 12월 20일부터는 경성에서 신문을 발행하였다. 1920년 1월 1일 마키야마 고조(牧山耕藏)가 사장으로 취임한 이후 총독부 기관지인『경성일보』와 논쟁을 전개하거나 총독부 정책을 비판하는 논조로 수차례 발행정지 처분을 받는다. 그럼에도『조선신문』은『경성일보』,『부산일보』와 함께 당시 조선에서 발행되던 3대 일본어 신문 중 하나였다. 1929년 현재 전국에 걸쳐 지국과 지사를 두고 영업을 하였으며 일본 도쿄와 오사카에도 지국이 있었다.『조선신문』은 1942년 2월 29일 14666호를 마지막으로 총독부의 1도 1 신문정책에 의해 폐간되었다.

『조선신보』·『조선신문』은 인천 화도진 도서관이 일본국립국회도서관에서 소장한 마이크로필름을 구입한 것을 한국교회사문헌연구소에서 사용허가를 받아 발간한 복간본을 본 목록집의 저본으로 하고 있다. 이 복간본에서 1920년까지의『조선신보』-『조선신문』의 문예물을 발췌하여 목록화하였다. 지면 상태가 좋지 않은 부분도 많고 결호도 많지만, 연중무휴의 신문으로 방대한 양의 자료가 현존하고 있으므로, 문예물뿐만 아니라 정치, 경제, 광고에 이르기까지 당시의 재조일본인의 다양한 생활상을 살펴볼 수 있는 귀중한 자료이다.

조선일일신문(朝鮮日日新聞)

- 발행 시기 : 1904년 11월 17일 ~ 1910년 8월
- 발행지 : 인천 → 경성
- 제호 변경 :『인천상보』(1909.10) →『조선일일신문』(1904.11.17.)

인천의 곡식거래소의 기관지인『인천상보(仁川商報)』는 1909년 10월 니시나 미쓰야(仁科三也)에 의해 창간되었다. 그 후 1904년 11월 17일 이노우에 마사지(井上雅二)가『조선일일신문』으로 개명하여, 1908년부터는 본사를 경성으로 옮겨 발행하였다.『조선일일신문』은 통감부 거류민단장의 관선결정을 재류일본인의 민권을 저해했다고 간주하고 반대 의견을 표현하는 기사를 게재하거나, 동양척식회사를 공격하는 기사를 게재하여 1910년 8월 폐간될 때까지 당국의 탄압을 받았다.『조선일일신문(朝鮮日日新聞)』은 현재 단일호만 존재하고 있으며, 본 목록집에서는 '메이지신문잡지문고(明治新聞雜誌文庫)'(東京大學)에서 1905년 8월 9일 582호를 입수하여 문예물을 파악하였다.

조선신보(朝鮮新報)

- 발행 시기 : 1881년 12월 10일 ~ 미상
- 발행지 : 부산

『조선신보(朝鮮新報)』는 1879년 8월에 설립된 부산 지역의 일본인 경제 단체인 부산상법회의소(釜山商法會議所)가 1881년 12월 10일 창간한 신문이다. 이는 한국 최초의 근대 신문『한성순보(漢城旬報)』보다 2년 정도 앞서 창간된 것으로, 발행 주체를 감안하지 않는다면 국내에서 발간된 최초의 신문이라 할 수 있다.

재조일본인의 상업적 활동을 지원하고 관련 정보를 제공하기 위한 목적으로 제작되었으며, 편집인 및 인쇄인은 오이시 도쿠오(大石德夫), 판매와 책임 담당은 스즈키 다다요시(鈴木忠義)로 기록되어 있으나 이들 인물의 신상 및 이후 신문의 발행 사정에 관해서는 확실히 알 수 없다.

표지에는 제호의 우측에 일본 연호와 양력 발행일, 좌측에 구력 발행일이 각각 표기되어 있으

며, 좌측 하단에 '재부산항 상법회의소(在釜山港 商法會議所)'라는 발행 단체명이 보인다. 기사를 항목별로 분류하여 편집하는 방식으로, 일본 영사관에 관한 사항을 공지하는 〈영사관 녹사(領事館錄事)〉, 사설의 성격을 띠는 〈조선신보(朝鮮新報)〉, 기타 사항을 다루는 〈잡보(雜報)〉, 개항지의 경제 상황을 정리한 〈부산 상황(釜山商況)〉이나 〈원산 통신(元山通信)〉, 독자 투고를 게재한 〈기서(寄書)〉 등으로 구성되어 기본적으로 경제지의 성격이 부각되고 있다. 전체적인 구성 및 면수는 고정된 것이 아니라 기사의 양에 따라 다소 차이를 보인다.

현존하는 자료는 제5호(1882년 3월 5일)부터 제12호(1882년 5월 15일)까지의 지면에 불과하며, 도쿄 대학(東京大學)의 메이지 신문 잡지 문고(明治新聞雜誌文庫)에 그 원지(原紙)가 소장되어 있다.

조선시보(朝鮮時報)

● 발행 시기 : 1894년 11월 21일 ~ 1914년 4월

● 발행지 : 부산

● 제호 변경 : 『부산상황』(1892.7) → 『동아무역신문』(1893.?) → 휴간 →
　　　　　　　『조선시보』(1894.11.21)→ 『부산일보』에 통합(1914.5)

1892년 7월 11일, 재조일본인 사회에 상업 및 경제 관련 기사를 제공하기 위한 목적으로 『부산상황(釜山商況)』이라는 신문이 창간되었다. 이듬해 『동아무역신문(東亞貿易新聞)』으로 제호를 변경하였으나 경영난으로 휴간하던 중 이를 계승하여 다시 명칭을 변경하고 발행을 재개한 것이 『조선시보(朝鮮時報)』이다.

『조선시보』는 1894년 11월 21일 아다치 겐조(安達謙藏, 1864~1948)를 중심으로 창간되었다. 아다치 겐조는 구마모토(熊本) 출신으로 1894년 도한하여 『조선시보』를 간행하고 이듬해 한성신보사(漢城新報社)를 설립하는 등 언론계에서 활약했으나 명성황후 시해 사건에 가담하여 본국으로 송환 수감되었다가 곧 석방되어 정계에서 활동한 인물이다. 처음에는 일본의 『규슈일일신보(九州日日新報)』의 지부(支部) 역할을 겸하고 있었으며, 발행 초기 당시에는 대부분의 편집인이 구마모토 출신으로 구성되었다.

1919년 경쟁지인 『부산일보(釜山日報)』가 주식회사로 전환하자 『조선시보』 역시 동년 4월 10일 자본금 25만 원의 주식회사로 전환하고 운영 체제를 정비하였다. 1920년대 이후 부산 외에도 마산, 대구 등의 조선 남부의 주요 도시에 지국을 설치하는 등 배포 범위의 확장을 기도했으나, 『부산일보』의 발전과 더불어 점차 사세가 위축되어 간 것으로 추측된다. 결국 1941년 5월, 조선총독부의 언론 통폐합 방침에 따라 마산에서 발행되던 『남선일보(南鮮日報)』와 더불어 『부산일보』에 흡수 통합되었다.

현재 1914년 11월 2일부터 1940년 8월 31일까지의 자료가 부산시립시민도서관 고문헌실에 소장되어 있으며, 국사편찬위원회 웹사이트를 통하여 디지털 이미지 형태로 열람할 수 있다.

조선일보(朝鮮日報)

- 발행 시기 : 1905년 1월 15일 ~ 1905년 4월 19일
- 발행지 : 부산
- 제호 변경 : 『조선일보』 → 『조선시사신보(朝鮮時事新報)』(1905.11.3.~1907.7.5.) →
  　　　　　　『부산일보(釜山日報)』

『조선일보』의 발행인은 구즈 요시히사(葛生能久), 편집인은 단즈카 유즈루(段塚讓), 발행소는 부산항 대청정(大廳町) 27번지로 제1면에 기재되어 있다. 『조선일보』의 창간에는 당시 일본의 대외강경파인 흑룡회가 깊이 관여하고 있었다. 흑룡회 내에서도 조선통으로 통했던 구즈 요시히사는 흑룡회 간부로서 1893년 조선에 건너와 부산에서 대륙낭인들의 본거지 양산백(梁山泊)의 일원으로 활동하였고 러일전쟁 전에는 일본 해군의 근거지가 된 진해만의 와도와 마산포의 부도를 매수하기 위해서 진력하기도 하였다. 흑룡회의 우치다 료헤이(內田良平)도 외무성 정무국장을 역임했던 야마자 엔지로(山座円次郎)에게 부산에서의 신문 창간의 필요성을 호소하여 『조선일보』 창간을 지원하였다.

이렇듯 『조선일보』는 일본의 적극적인 대륙 진출을 주창하고 있던 대외강경파, 특히 흑룡회의 활동을 위한 기관지로서의 성격을 강하게 지니고 있어, 창간호 제 1면에 실은 〈본지의 특색〉에서는 "본지는 한국의 실정을 밝혀 내지인의 오해를 풀고 재한동포를 위해서 우리의 국력 확장에 따른 적절한 조치를 실수 없이 취할 수 있도록 공평하고 신중한 언론을 통해서 우리 전승국민의 대외정책에 이바지하고자 한다."고 신문의 성격을 밝히고 있다. 『조선일보』에는 [사설] 외에도 [기서(寄書)], [실업조사], [소설문예], [각지통신], [상황(商況)] 등의 란을 마련하고 특히 한국인들을 위해서 [언문주보(諺文週報)]를 발행하겠다고 밝혔으나 주간으로 한국어 부록이 발행되었는지는 현재 [언문주보]가 남아있지 않아 확인할 수가 없다.

부산은 일본과 교류가 빈번한 지역이었으며 일본상인들이 일찍부터 이곳에 거주하였기 때문에 일본어 민간신문 발행이 빨랐다. 한반도에서 발행된 최초의 민간신문, 『조선신보(朝鮮新報)』도 1891년 12월 10일 부산에서 발행되었다.

『조선일보』는 1905년 11월에 『조신시사신보(朝鮮時事新報)』로 제호를 변경하여 발행했지만 재정난을 견디지 못하고 1907년 7월 5일에 휴관한 후 그대로 폐간되었다. 그 후 1906년에 『조선시사신보』의 초청으로 주필을 맡고 있던 아쿠타가와 다다시((芥川正)가 쥬하치은행(十八銀行)의 부산지점장이었던 기타무라 게이스케(北村敬介)의 재정적 원조와 흑룡회 관계자의 도움을 얻어 1907년

10월 1일에 『부산일보(釜山日報)』를 창간하였다.

부산일보(釜山日報)

- 발행 시기 : 1907년 10월 ~ 1945년 8월
- 발행지 : 부산
- 제호 변경 『조선일보』(1905.1) → 『조선시사신보』(1905.11) → 휴간 → 『부산일보』(1907.10)

『부산일보(釜山日報)』는 1941년의 언론 통폐합 이후 해방에 이르기까지 경남 지역의 유일한 신문으로 남아있었으며, 경성에서 발행된 『경성일보(京城日報)』, 인천에서 발행된 『조선신문(朝鮮新聞)』과 더불어 식민지 시기 한반도에서 발행된 3대 일본어 신문 중 하나로 꼽힌다. 당시 조선 내 발행 부수 3위, 광고 수입 2위로, 총독부 기관지 『경성일보』 다음으로 영향력이 컸던 신문이다.

초대 사장 아쿠타가와 다다시(芥川正, 1865~1928)는 1919년 2월 부산일보사가 자본금 25만원의 주식회사 체제로 전환한 후에도 사장 및 주필을 담당하며 20년 이상 경영을 계속했다. 그가 사망한 후 부산의 손꼽히는 자본가이자 부산일보사의 대주주이기도 했던 가시이 겐타로(香椎源太郎, 1867~1946)가 대표로 취임하였으며, 이후 1932년 2월 주주총회의 만장일치로 아쿠타가와 다다시의 조카이자 양자인 아쿠타가와 히로시(芥川浩, 1893~?)가 사장으로 취임하였다.

태평양 전쟁이 한창이던 1940년부터 총독부는 언론 통폐합의 일환으로 '1도 1지(一道一紙)'의 방침을 내세웠고, 이에 따라 부산에서 발행되던 경쟁지 『조선시보(朝鮮時報)』와 마산에서 발행되던 『남선일보(南鮮日報)』가 1941년 5월 27일부로 『부산일보』에 통합되기에 이르렀다. 이로써 6월 1일부터 경상남도 유일의 신문으로 조선 남부 지역 언론을 독점하기에 이르렀으나, 1945년 8월 일본의 패전과 더불어 폐간되었다.

현재 1914년 12월 1일부터 1944년 3월 31일까지의 자료가 부산시립시민도서관 고문헌실에 소장되어 있으며, 국사편찬위원회 웹사이트를 통하여 디지털 이미지 형태로 열람할 수 있다.

조선(朝鮮)

- 발행 시기 : 1905년 1월 5일 ~ 1905년 10월 2일
- 발행지 : 대구

샤쿠오 슌조(釋尾春芿)에 의해서 1905년 1월 5일부터 10월 2일까지 대구에서 발행된 주간신문이다. 창간호의 1면의 사고(社告)의 말머리는 "본사는 조선각지의 통신을 환영한다. 또한 조선의 진상에 대한 재료를 크게 환영한다. (本社は朝鮮各地の通信を歡迎す又朝鮮の眞相に関する材料を

大に歓迎す)"라고 시작한다.

수록된 기사를 보면 창간호의 의도에 걸맞게 〈조선의 진상(朝鮮の眞相)〉라는 제목 아래 조선의 종교, 결혼식, 토지 제도 등 각종 풍습이나 문화에 대한 설명이 매회 연재되고 있다. 그 외에도 〈반도의 가치(半島の価値)〉(1905.7.3. 25호)와 같이 조선에 대한 평가, 혹은 분석을 하고자 하는 기사들이 다수 보인다. 대구 지역에서 발행된 지역 민간신문이었던 만큼 각 발행호 내에 〈대구(大邱)〉라는 부록 섹션에 대구 내의 소식이나 정보를 추가로 수록하고 있다.

평양신보(平壤新報)

- 발행 시기 : 1905년 7월 15일 ~ 1908년
- 발행지 : 평양
- 제호 변경 : 『평양신보』→『평양실업신보(平壤實業新報)』(1906.11.13.~1912.1.?)

『평양신보』는 평양에서 최초로 발행한 일본어 민간신문이다. 이 신문을 창간한 구마모토현(熊本県) 출신 신도 요시오(真藤義雄)는 도요대학(東洋大學)을 졸업하고 1904년 조선에 건너와 평양에서 일본어를 가르치며 일본 영사관의 분관에서 영사관 공문을 제작, 배포하는 일을 하였다. 당시 구마모토현은 조선어학생을 조선으로 파견하고 있었는데 신도 요시오가 그 1기생의 감독을 맡고 있었다. 『평양신보』는 일본어와 한국어 양국어로 발행되었으나 한글 담당 기자는 조선어학생으로서 구마모토현에서 조선으로 건너 온 미야지마 슈테이(宮嶋秋汀)가 맡았다.

『평양신보』 창간에는 부산의 『조선시보』 창간에도 관여한 아다치 겐조(安達謙藏)가 관여하여 『평양신보』 창간에 필요한 비용을 일본 외무성에 요청해서 실현되었다고 한다. 신문사의 경영부진이 계속되어 사장인 신도 요시오는 신문사의 경영권을 평양에서 유곽을 운영하고 있던 시라이시 도모요시(白石友吉)라는 인물에게 양도하였다. 하지만 신문사 내의 혼란과 경영상황의 악화로 1908년에는 경쟁지 『평양실업신보(平壤實業新報)』에게 매수당했다.

평양일일신문(平壤日日新聞)

- 발행 시기 : 1912년 1월 ~ 1914년
- 발행지 : 평양
- 제호 변경 : 『평양실업신보(平壤實業新報)』(1906.11.13.~1912.1.?)와 『평양신문(平壤新聞)』 (1909.9.15.~1912.1.?)이 통합하여 『평양일일신문』으로 제호를 바꿈.

『평양일일신문』의 사장은 1920년대 정우회본당(政友会本党)의 당원이자 오이타현(大分県) 현

회의장까지 오른 기노시타 준타로(木下淳太郎)였으며, 주필은 오이타현 출신이고 평양실업협회의 서기장을 역임한 마쓰모토 다케마사(松本武正)가 맡았다. 마쓰모토 다케마사는 1920년 2월 10일부터 경성에서 월간 시사잡지인 『경성잡필(京城雜筆)』을 발행한 인물이다. 기노시타 준타로와 알고 지내던 아키모토 도요노신(秋本豊之進)이 평양 부윤을 사임하고 기노시타에 이어서 『평양일일신문』의 사장을 맡게 되었다. 아키모토는 오이타현 중의원의원 선거에 출마하여 낙선한 후 다시 평양으로 돌아와 신문사 경영을 이어갔지만 경영난으로 인해 평안남도 신의주에서 광산을 경영하던 자노메 만지로(蛇目万次郎)에게 경영권을 양도하였다. 하지만 필화사건과 재정난이 계속되어 1914년 『평양일일신문』은 폐간되었다.

평안일보(平安日報)

- 발행 시기 : 1907년 8월 ~ 미상
- 발행지 : 신의주

『평안일보(平安日報)』 제1면에 의하면 발행처는 평안일보사, 발행 주소는 한국 평안북도 신의주 헌제158호, 발행 겸 편집인은 마쓰무라 료타로(松村良太郎)로 기재되어 있다. 이 신문은 현재 일본국립국회도서관에 1907.8.16.일(3호)부터 1907.10.31.(59호)까지 중간 결호가 있으나 보존되어 있다.

참고문헌

정진석, 「일본인 발행신문의 효시, 조선신보—조선신문」, 『조선신보』 영인본 제1권, 한국교회사문헌연구원, 2008.

정진석, 「일본의 언론침략 사료 복원」, 『경성신보』 영인본 제1권, 한국통계서적, 2003.

市川まりえ, 「1905~1910년(年) 재한일본인(在韓日本人) 민간언론(民間言論) 통감부정치관(統監府政治觀)」, 『한국사론』 55권, 서울대학교 국사학과, 2009

金泰賢, 「朝鮮における在留日本人社會と日本人警衛新聞」, 神戶大學博士學位請求論文, 2011

琴秉洞, 『日本人の朝鮮観: その光と影』, 明石書店. 2006

미즈노 나오키, 김명수 역, 「식민지기 조선의 일본어 신문」, 『역사문제연구』 18호, 역사문제연구소, 2007.

최혜주, 「식민지 시기 재조일본인의 출판활동과 조선인식」, 『한국민족운동사연구』 95, 2018.

연구책임자   유재진   고려대학교 일어일문학과 교수

공동연구원   김효순   고려대학교 글로벌일본연구원 교수

　　　　　 이승신   배제대학교 인문과학연구소 학술교수

　　　　　 이현희   고려대학교 BK21플러스 중일어문학사업단 연구교수

　　　　　 이윤지   고려대학교 글로벌일본연구원 연구교수

　　　　　 김보현   고려대학교 글로벌일본연구원 연구교수

　　　　　 김인아   고려대학교 글로벌일본연구원 연구교수

연구보조원   소리마치 마스미   고려대학교 중일어문학과 박사과정

일본학 총서 38
일제강점 초기 한반도 간행 일본어 민간신문의 문예물 연구 3

일제강점 초기 일본어 민간신문 문예물 목록집 3 〈부산 및 기타지역 편〉

2020년 5월 22일 초판 1쇄 펴냄

집필진   고려대학교 글로벌일본연구원
　　　　 일제강점 초기 한반도 간행 일본어 민간신문의 문예물 연구 사업팀
발행인   김흥국
발행처   보고사

책임편집   황효은
표지디자인   손정자

등록   1990년 12월 13일 제6-0429호
주소   경기도 파주시 회동길 337-15 보고사
전화   031-955-9797(대표), 02-922-5120~1(편집), 02-922-2246(영업)
팩스   02-922-6990
메일   kanapub3@naver.com / bogosabooks@naver.com
http://www.bogosabooks.co.kr

ISBN   979-11-6587-004-1   94800
　　　 979-11-6587-001-0   (세트)

정가 50,000원

이 저서는 2016년 대한민국 교육부와 한국연구재단의 지원을 받아 수행된 연구임.
(NRF-2016S1A5A2A03926907)